5

GOLDMANN

Buch

Lucy Bondurant ist fünf Jahre alt, als sie mit ihrer Mutter in das geräumige Haus ihres Onkels in der Peachtree Road kommt. Von diesem Tag an werden Lucy und ihr zwei Jahre älterer Cousin Shep unverbrüchliche Freunde. Und zwei Dinge bringt sie Shep schon an diesem ersten Tag bei, »was für die Landschaft und Stimmung meines kleinen Lebens umwälzende Veränderungen mit sich brachte. Ich erfuhr, daß nicht alle Frauen in der Nacht nach dem Liebesakt weinten. Und ich erfuhr, daß wir reich waren«.

Lucy entwickelt sich im Laufe der Jahre zur Draufgängerin, während Shep in den Augen seiner Familie zum Versager wird, da er den gesellschaftlichen Vorstellungen des höflichen und geselligen Südstaaten-Gentleman nicht entspricht.

Geschickt versteht es die Autorin, ihre beiden Hauptdarsteller in die Problematik der damaligen Zeit, Amerika zwischen 1945 und 1956, einzubinden. Hautnah erzählt sie von den Unterschieden zwischen Arm und Reich, Weiß und Schwarz; von der Aufbruchstimmung während der Civil-Rights-Bewegung und von der Hoffnung, die Amerika in die charismatischen Führer J. F. Kennedy und Martin Luther King setzt.

Autorin

Die Amerikanerin Anne Rivers Siddons arbeitete als Journalistin, bevor sie sich dem Schreiben widmete. Inzwischen hat sie in den Vereinigten Staaten sieben Romane veröffentlicht. Ihrer Heimatstadt Atlanta, der Heimat Margaret Mitchells, ist sie immer treu geblieben.

Die »Straße der Pfirsichblüten« wurde in den USA zu einer mehrteiligen Fernsehserie verfilmt.

Von der Autorin sind außerdem lieferbar:
Muscheln im Sand (43277)
Tausend Sommer (41536)
Und morgen ein neuer Tag (41582)
Das Haus nebenan (08116)
Licht über den Hügeln (geb. Ausgabe, Blanvalet Verlag 0696)

ANNE
RIVERS SIDDONS

Straße der Pfirsichblüten

ROMAN

Aus dem Amerikanischen
von Gabriele Dick

GOLDMANN VERLAG

Die amerikanische Originalausgabe erschien unter dem Titel
»Peachtree Road« bei Harper & Row Publishers, New York

Umwelthinweis:
Alle bedruckten Materialien dieses Taschenbuches
sind chlorfrei und umweltschonend.

Der Goldmann Verlag
ist ein Unternehmen der Verlagsgruppe Bertelsmann

Ungekürzte Taschenbuchausgabe Juni 1996

Umschlaggestaltung: Design Team München
Umschlagfoto: TIB/Marc S. Gil
Druck: Presse-Druck Augsburg
Verlagsnummer: 09754
Redaktion: Bettina Abarbanell
JP · Herstellung: Sabine Schröder
Made in Germany
ISBN 3-442-09754-1

1 3 5 7 9 10 8 6 4 2

Auf dem Heimweg werde ich zuweilen
Blind und kann es nicht finden:
Das Haus, in dem ich groß wurde und den Toren
Der Highschool entwuchs, ist abgerissen, dem Fortschritt
Gewichen, doch das ändert nicht.
Die nächsten am Herzen
Meines blinden Flecks sind
Die Buckhead Boys. Wenn ich sie finde, nur einen,
Bin ich daheim. Und wenn ich ihn finde, ihn in oder um
Buckhead treffe, sterbe ich nie; vielleicht wandelt dann meine Jugend
In mir wie ein König.

James Dickey
»Ich suche die Buckhead Boys«

Für Lee, Kemble, Rick und David
Meine wichtigsten Männer

Und für Betsy Fancher

Prolog

Der Süden hat Lucy Bondurant Chastain Venable am Tag ihrer Geburt umgebracht. Nur fand sie erst jetzt den Tod. Es war ein Mord, wie er im Buche steht, klassisch im Entwurf, tadellos in der Durchführung; in seiner Art ein echtes Kunstwerk. Kein Wunder auch. Das können wir ja am besten, unsere Frauen umbringen. Oder zu Krüppeln machen. Oder, was vielleicht das Schlimmste ist, zu Ungeheuern.

Das ging mir am Nachmittag auf dem Friedhof Oakland durch den Kopf, als ich im fahlgelben Herbstsonnenlicht Georgias vor Lucys Grab in der Parzelle der Bondurants stand. Das und etliches andere, da hier und heute der angemessene Ort war zum Nachdenken: eine stille Beerdigung auf einem alten Friedhof, wo all unsere Angehörigen, Freunde und Bekannten begraben wurden und werden. Unter anderem dachte ich darüber nach, wie zufrieden und ruhig ich mich hier immer fühle, wie angenehm leer. Oakland ist mir von jeher lieb gewesen. Hier haben Lucy und ich schon als Kinder vor über vierzig Jahren miteinander gespielt.

Nicht, daß ich zum Makabren neigte, auch wenn manche aus unserer Clique da anderer Meinung wären. Denn für uns heißt »makaber« soviel wie »komisch«, und unter den hier Versammelten, mich selbst nicht ausgenommen, gab es keinen, der Lucys Cousin Shep Bondurant nicht »komisch« fand. Aber meine Absonderlichkeit besteht nicht in einer Vorliebe fürs Makabre. Eher im Gegenteil, finde ich. Ich bin im allgemeinen recht heiter und optimistisch, obwohl ich keinen Fuß mehr vor die Tür setze, oder kaum noch. Wenn ich einen Hang zum Makabren hätte, wäre ich jetzt vermutlich tot.

Nein, Oakland ist für mich kein Ort der Schatten und des Stillstands. Nicht einmal des Todes. Dort herrscht, natürlich still und heimlich, ein geschäftiges Leben und Treiben, das, wie überall, wo Gleichgesinnte auf engem Raum in harmonischer Zweckgemeinschaft zusammen wohnen, ausgesprochen malerisch wirkt. Die Menschen hier besitzen prächtige kleine bemooste Anwesen, die dicht an dicht auf winzigen grünen, schattigen Rasenflecken stehen. Zwischen hohen Hügeln mit schönen alten Eichen und Magnolien schlängelt sich ein Gewirr von Ziegelstraßen hin. Eine hohe Backsteinmauer schützt die Bürger vor dem Pöbel. Nach Nordwesten hat man eine wunderbare Aussicht auf Atlanta. Livrierte Diener pflegen die Grünflächen, Straßen und Häuser. Daß die Einwohner von Oakland alle tot sind, fand ich immer nebensächlich. Hauptsache, sie sind zusammen wie im Leben und für alle Zeiten sicher vor dem, was sie zu Lebzeiten am meisten verabscheut und gefürchtet haben: vor dem schleichenden Eindringen von Geschmeiß und neureichem Pack in ihre geordnete Welt. All das überlassen sie uns, die wir sie hier nur besuchen kommen, und unter den adretten, achtbaren Bürgern, die sich am Nachmittag eingefunden hatten, um von Lucy Abschied zu nehmen, war mancher, der sich dem Frieden ihrer Reihen mit Erleichterung anheimgeben wird. Für die Menschen von Old Atlanta, von denen ich rede, ist die himmlische Glückseligkeit zweitrangig gegenüber der Abgeschiedenheit von Oakland.

Unsere Clique fühlte sich auf dem Friedhof fast so heimisch wie bei sich zu Hause oder in den Clubs. Von frühester Kindheit an waren Lucy und ich hier häufig mit der Familie zum Picknick, und bevor die Stadt Öffnungszeiten einführte und Vandalismus zu ahnden begann, konnte man da prima parken und Kutten befummeln – ein widerwärtiger Ausdruck, den jemand aus meiner Clique sich für Schmusen ausdachte und der sich jahrelang hielt. Lucy hat immer steif und fest behauptet, hier mit sechzehn in einer Frühlingsnacht nach einem Ball auf Margaret Mitchells Grab zum erstenmal mit Red geschlafen zu haben.

»Ich schwör dir, die Erde hat gebebt, Gibby«, sagte sie. »Der gute Red meinte, das käm, weil er so fabelhaft bumsen kann, aber ich glaub, es war Beifall von der lieben alten Peggy Mitchell.«

Ich kann mir kaum vorstellen, daß es stimmt, obwohl Lucy da schon mit Red schlief und es ihr ähnlich gesehen hätte, für ihre erste Paarung die geweihte Erde von Margaret Mitchells Grab auszusuchen. Zum einen war Lucy eine Lügnerin von barocker Phantasie, und zum andern war Red so bequem wie ein verwöhnter Hauskater und hätte nur auf ebenem Untergrund gebumst und auch nur auf der makellosen Chatham-Decke, die er für solche Zwecke immer im Kofferraum seines MG hatte. Es ist sogar unwahrscheinlich, daß er es überhaupt unter freiem Himmel gemacht hätte, schließlich hatte er Zugang zu mehreren Junggesellenwohnungen – es sei denn, Lucy hätte ihn so weit gebracht, daß er nicht lange über Alternativen nachdenken konnte. Das klingt durchaus glaubhaft. Schon als Lucy zwölf war, kriegte unsere halbe Clique bei ihr einen Ständer.

Der Friedhof Oakland hat sich in den gut hundertdreißig Jahren, die er Atlantas elegante Totenwelt beherbergt, kaum verändert. Mit Stolz verweist die Stadt darauf, daß hier Bürger aller Klassen beerdigt sind, von mittellosen Schwarzen und anonymen Einliegern der Armengräber bis hin zu Atlantas schwerreichem Geldadel, der sich die prächtigen viktorianischen Grabmäler erbauen ließ und nach dem etliche Straßen, Parks und Gebäude benannt sind. Strenggenommen stimmt das sogar; vier Jahre lang, bis zur Einrichtung von Westview, war Oakland sozusagen einziger Totentummelplatz der Stadt, und es wurden tatsächlich einige wenige verdiente Schwarze da begraben, im allgemeinen auf Betreiben der weißen Familien, für die sie oder ihre Erzeuger sich abrackerten. Es gibt auch eine jüdische Abteilung, einen Sektor mit konföderierten Toten, meist Gefallene der Schlacht um Atlanta, und einen katholischen Teil, der taktvoll dem ruhmreichen Andenken der irischen Schützen aus unserem Krieg gewidmet ist. Doch unsere Clique hat im Lauf der Jahre weitgehend von Oakland Besitz ergriffen, und nur selten wird hier neureichem Pack oder Geschmeiß die Ehre erwiesen.

Bei aller Bürgerlichkeit bleibt Oakland doch ein exzentrischer Ort, und darum mag ich ihn wohl auch so sehr. Ich höre förmlich meine Mutter, die hier begraben liegt, widersprechen: »Aber Shep, was redest du da. Wir sind hier unter uns. Die komischen Leute sind alle in Arlington.« Doch Oakland hat Biß, einen ganz eigentümlichen Charakter, ein Flair ordinärer Festlichkeit, irgend etwas leicht Vulgäres, das mich anspricht, da kann meine Mutter sagen, was sie will. Zwischen den unvermeidlichen Engeln und sentimentalen Inschriften läßt sich die Seele der Stadt erkennen, der Götze der Korruption und des Pragmatismus. Unverwüstlich, wie sie ist, hat sie beste Aussichten, die zerbröselnden Cherubine und rußtränenden Eierstabornamente recht lange zu überleben. Ein Ahnherr einer angesehenen Familie hat sich seinen akademischen Titel in den Grabstein meißeln lassen. Ein anderes Grabmal ist die Nachbildung der eleganten, klassizistischen Fassade vom irdischen Wohnsitz des Toten, komplett mit Hausnummer, damit er ja nicht verwechselt wird.

Am schönsten finde ich das Grab der Familie Smith, auf dem sich ein gewisser Jasper N. in Lebensgröße – Hut auf dem Knie und Blick gen Nordosten mit guter Aussicht auf die Stadt – als marmornes Denkmal verewigt hat. Zu Lebzeiten soll Jasper Smith nie eine Krawatte getragen haben, und auch im Tod ist er sich treu geblieben. Daß er jetzt nicht auf die Skyline, sondern auf die S-Bahn-Station King Memorial und den neuen Verladebahnhof der alten Baumwollspinnerei schaut, scheint ihn nicht weiter zu stören. So kann er wenigstens Cabbagetown nicht mehr sehen, dieses dichte Gedränge von alten Holzbaracken um die Spinnerei herum; und darüber sollte er froh sein. Ich wäre es jedenfalls von Herzen. Seit einem bitterkalten Tag vor über fünfundzwanzig Jahren habe ich Cabbagetown nicht wiedergesehen, und von jetzt an werde ich ihm nicht wieder freiwillig so nahekommen, ehe ich nicht an der Reihe bin, mich in Oakland anzusiedeln. Cabbagetown war das letzte Glied in einer Kette von Ereignissen, die mich zu einem – wie es beschönigend heißt – zurückgezogenen Leben veranlaßten, nicht jedoch seine Ursache. Man könnte vielleicht sagen, ich hätte die Veranlagung dazu mitgebracht.

Unser Familiengrab, letzter Hafen der Bondurants, liegt auf einem der vielen Hügel von Oakland im Schatten einer riesigen Magnolie und einer beerenlosen, windschiefen alten Stechpalme. Es ist zwar ein eher unscheinbares Grabmal, so schlicht, bescheiden und gradlinig wie der alte Gelehrte, mein Großvater, der es errichten ließ. Aber die Lage ist großartig, denn es grenzt an das Grundstück des längst verfallenen Bürgermeisterhauses, von dem aus General John B. Wood die Schlacht um Atlanta beobachtete. Warum meine Familie so stolz darauf war, obwohl die Konföderierten bei dieser Gelegenheit eine verheerende Niederlage hinnehmen mußten, ist mir immer ein Rätsel geblieben, doch besonders meine Mutter wurde, wenn wir dort waren, stets von patriotischen Gefühlen überwältigt. Sie stammte zwar nicht aus Atlanta, brachte aber jedesmal, wenn wir das Fleckchen aufsuchten, eine Träne zustande und sagte: »Ich kann richtig den Rauch und die Flammen sehen und die Kanonen hören. Ach, es geht mir so nah!«

»Dir gehen die merkwürdigsten Dinge nah«, bemerkte mein Vater einmal.

»Und wenn dir überhaupt etwas naheginge, wären wir alle besser dran«, konterte sie.

Vielleicht hatten beide recht.

Jetzt kann man über dem kolossalen Kadaver des S-Bahnhofs und dem trostlosen Gewirr des Rangierbahnhofs die Türme des Kommerz aufragen sehen, durch die wir zum Nabel des Sunbelt, zur unangefochtenen Hauptstadt des Südostens, ja, zum Mittelpunkt eines ganzen Landstrichs wurden: zu einer malmenden, wimmelnden, hektischen Megalopolis mit knapp drei Millionen Menschen in einem riesigen Ballungsgebiet aus achtzehn Counties, das sich unter einem stinkenden, mattbronzenen Baldachin zwischen dem Kennesaw Mountain im Westen, dem Stone Mountain im Osten und den Ausläufern der Blue Ridge im Norden über die grüne Ebene von Piedmont hinbreitet und wie ein zu weich gekochtes Eidotter unaufhaltsam und zähflüssig weiter südwärts schiebt.

Manche Gebäude im Zentrum – der Georgia Tower von der Trust Company, der Wolkenkratzer der First National Bank, das Georgia-Pacific-Hochhaus, das Westin-Peachtree Plaza, die knochenweißen Türme des Peachtree Center, das IBM-Gebäude – sind ziemlich hoch. Und das ist in meinen Augen auch alles: Sie sind hoch. Sie begrapschen und befummeln den Himmel wie bleiche, dürre, ungestalte Finger. Von ihrer prahlerischen Höhe abgesehen, haben sie gar nichts Besonderes vorzuweisen. Sie ragen jäh vor einem auf und wirken unruhig. Eine unruhige Skyline. Die marktschreierischen Wolkenkratzer erinnern den Betrachter erbarmungslos daran, daß Atlantas Wahrzeichen und Lebensader keineswegs die prallen Arterien der trägen Flüsse waren, sondern die schmalen, hastigen, robusten Venen der Eisenbahn. Atlanta war zu einem Dasein als Stadt des Handels prädestiniert – oder, wenn man so will, verurteilt.

Und als Geldstadt. Als Geldstadt sogar in erster Linie. Neben den Hochhäusern ist auch unser Reichtum nicht zu übersehen. Mein langjähriger Freund Charlie Gentry hat einmal – als ich noch unter die Leute ging – bei einem Wohlfahrtsbankett im Commerce Club zu mir gesagt: »Egal, was sie dir im Driving Club erzählen, *Geld* adelt bei uns. Geld und Grundbesitz. Garantiert nicht deine Herkunft aus einer alteingesessenen Familie. Vor hundertfünfzig Jahren war noch keiner von uns da. Damals stand hier nicht mal ein Pißpott. Und die paar von uns, die anfangs schon dabeiwaren, sind von woanders gekommen – aus Savannah oder Charleston oder Richmond, wo ›alt‹ wirklich etwas heißen will. Kein Wunder, daß wir so mit unserem Grips und Schneid hausieren gehen. Es ist unser Ersatz für blaues Blut.«

Der gute Charlie. War er sagte, stimmt natürlich. Und er mußte es wissen. Ohne daß er selbst groß Geld gehabt hätte, wurde er einer der mächtigsten Finanzjongleure der Stadt. Die meisten von uns haben irgendwann einmal Charlie Gentry hofiert, geradeso wie die Neureichen, über die wir die Nase rümpfen, die Texaner und Araber etwa. Er wußte genau, woher der Wind wehte, und tat für uns, was er konnte, ohne sich zu zieren. Unsere ethischen Grundsätze beruhten und beruhen auf Geld und Geschäft. Nicht auf Kreativität und nicht auf Kunstsinn, ja nicht einmal auf der von uns so geliebten, gut gepflegten Dekadenz. Nur das Geschäft zählt. Was in Atlanta gut fürs Geschäft ist, ist schon beschlossene Sache.

Für mich kein sonderlich attraktiver Zug an der Stadt, doch er hat uns – wie ich zugeben muß – mit viel Elan vorangebracht, und die süßen Früchte habe auch ich genossen. Ich bin nicht undankbar, nur unbeteiligt. Atlanta hat mir nie richtig gefallen. Das hat Lucy und mich sehr stark verbunden: Wir dachten gleich über die Stadt. Beide mochten wir sie nicht sonderlich, aber wir wollten auch beide nicht fort. Ich weiß noch, wie sie mich gegen Ende der turbulenten 60er Jahre einmal gefragt hat, was mich hier hielte, und ich ihr zu meiner eigenen Verblüffung aus dem Stegreif die prägnante Antwort gab: »Atlanta ist leidenschaftslos, berechnend, selbstzufrieden, intolerant, unsensibel, vulgär, ja, seelenlos … aber es ist lebendig! Ach, Lucy, die Energie in unserer Stadt! Und an manchen Stellen ist sie wunderschön. Aber vor allem ist es meine Stadt. Mein Revier. Das Los, das ich gezogen habe. Hierher gehöre ich. Ich kenne mich aus. Ich werde mich nie in einer anderen Stadt mit anderen Menschen so gut auskennen.«

»Spielt es denn eine so große Rolle, ob man sich auskennt?« fragte Lucy.

»Ja«, antwortete ich. »Es ist das Allerwichtigste.«

»Ach Quatsch, Gibby, sich auskennen bringt überhaupt nichts. Es ändert gar nichts an dem, was passiert.«

Lucy war eben schon immer realistisch.

Eine resolute, magere Frau mit braun gegerbter Haut und dem unverkennbaren Timbre von New York und Palm Beach in der Stimme, hat mich einmal auf einer Party – wieder damals, als ich noch unter Menschen ging – ganz ungehalten gefragt, wo denn überhaupt noch alte Atlanter zu finden seien. »Man trifft sie ja auf keiner Party, und ich war auf jeder wichtigen Party der Saison.«

Ich sah mich im Salon der Villa um, eines düsteren Hauses im pseudonormannischen Stil in einem der schauderhaften Neubaugebiete draußen am Fluß – wir nennen es das »Chattahoochee Triangle« –, wo man auf Schritt und Tritt den Lieferwagen von Floristen und Feinkostläden begegnet. Das Publikum bestand, wie die alten Damen aus meinen Kreisen sagen würden, gänzlich aus Parvenüs, die Hälfte davon offenbar Juristen. Ich kannte niemanden; ich war mit Marty Fox hier, meinem tüchtigen jüdischen Geschäftsführer, der mir bei der Verwaltung meines väterlichen Erbes half und mit dem ich mich ausgezeichnet verstand. Das Geschwätz über Geld und Geschäfte ödete mich zwar an, aber die Hors d'œuvres waren vorzüglich, für den Transport der Besucher von ihrem Auto zur Haustür waren eigens Kleinbusse bereitgestellt worden, und ich hatte noch nie so viel nackte Haut gesehen, außer bei den Striptease-Shows in Manhattan, die wir öfters klammheimlich von Princeton aus besucht hatten.

»Bei Leichenzügen«, sagte ich. »Besonders in Saint Philip's, All Saints oder Saint Luke's. Und auf dem Friedhof Oakland.«

»Wollen Sie damit sagen, die sind alle schon tot?« fragte sie herausfordernd und sah mich an, als ob ich sie auf den Arm nehmen wollte.

»Nein. Ich will damit sagen, daß die Leute, die Sie vermutlich meinen, sich nur noch bei Totenfeiern oder bei Beerdigungen in Oakland treffen.«

Und im Driving Club, im Capital City oder im Brookhaven Club. Aber das sagte ich ihr nicht, und von alleine würde sie nie darauf kommen. Damals kriegten Parvenüs, ganz gleich, wie reich sie waren, bei den alten Clubs noch keinen Fuß in die Tür. Inzwischen ist das ja anders, wie so ziemlich alles; aber das ist mal eine Neuerung, mit der ich herzlich einverstanden bin – oder wäre, wenn ich noch in die Clubs ginge. Die Vor-Parvenü-Zeiten waren ein Weltwunder an Langeweile.

Ich hatte der gegerbten Dame, wie scherzhaft auch immer, ehrlich Auskunft gegeben. Alle waren sie an diesem Nachmittag versammelt: ganz Old Atlanta, oder was sich dafür hält. Lebende wie Tote. Ein schrumpfendes Häuflein Männer und Frauen, jung und alt, die ihr Leben immer in denselben vier Quadratmeilen zugebracht hatten; zusammen waren sie aufgewachsen, zusammen zur Schule und aufs College gegangen, sie hatten miteinander geflirtet und getanzt, einander umworben und geheiratet, hatten gegenseitig für ihre Kinder Pate gestanden, miteinander gelacht und geweint und gefeiert, hatten einander geliebt und manchmal gehaßt, betrauert und begraben. Etliche von ihnen waren reich, oder was man so als reich bezeichnet. Manche von ihnen unvorstellbar reich. In ihrer Glanzzeit, als Atlanta noch überschaubar war, waren sie allmächtig gewesen.

Hier und heute an Lucys Grab standen ein ehemaliges und ein amtierendes Stadtoberhaupt, ein Gouverneur und ein Ex-Gouverneur, ein Senator, Kaufmänner und Geschäftsleute, die Familienbetriebe zu internationalen Konzernen ausgebaut hatten, Männer, die, direkt oder indirekt, mit Coca-Cola Millionen gemacht hatten, Männer, die mit ihren gigantischen Städtebauprojekten das Gesicht der Südstaaten – und in einigen Fällen ganz Amerikas – von Grund auf verändert hatten, Männer, die Atlanta in den stürmischen 60er Jahren im Alleingang oder gemeinsam mit fünf, sechs Gleichgesinnten viel Neues gebracht hatten: ein erstklassiges Stadion, fünf große Sportvereine, ein bedeutendes Kulturzentrum aus weißem Marmor mit einem weltbekannten Dirigenten, einen internationalen Flughafen, ein hochmodernes S-Bahnsystem, ein ausgedehntes Schnellstraßennetz und vorbildliche Kongreßzentren samt zugehörigem Publikum. Männer, die zudem durch die Abschaffung der Rassentrennung an den Schulen für die Stabilität sorgten, ohne die neue Industrien – der Motor des Fortschritts – die Stadt gemieden hätten.

Jetzt sind sie ein weitgehend zahnloses Rudel betagter Löwen, die ihre beste Zeit vermutlich schon hinter sich haben, aber noch immer über ihr Revier herrschen, jene eingezäunte Welt, für die sie all das geschaffen haben und die, auch wenn sie inzwischen geschrumpft ist und zuweilen in ihren Grundfesten wankt, unantastbar bleibt.

Und ihre Frauen, ebenfalls gealtert, aber nach wie vor elegant in den weichen Pastelltönen ihrer Jugend, und ihre Witwen; alle gleich adrett, gleich aufrecht und schlank und teuer und unaufdringlich gekleidet. Und ihre Söhne und Töchter: wir, meine Clique, meine und Lucys Altersgenossen, auch unsere Reihen gelichtet, unsere Gesichter voll Staunen über unser reifes Alter. Und ihre Enkel, ein paar. Unsere Kinder. Ich sah Sarah Gentrys zwei quirlige Töchter, Little Lady Rawsons einsame achtzehnjährige Circe und Lelia Cheathams hochaufgeschossene Söhne. Und Lucys Tochter Malory, gramgebeugt und verweint, und dabei in ihrer ranken, rauchigen Schönheit ihrer Mutter als junges Mädchen so atemberaubend ähnlich, daß mir die Augen brannten. Malory, im Moment bei den anderen Frauen – immer bilden sie eine Gruppe für sich –, abseits von der geschlossenen Reihe der Männer. Malory...

Die Frauen waren schon ganz ansehnlich, dachte ich, nicht zum erstenmal. Sie hatten noch immer diese sanften Gesichter und sanften Stimmen, diese Gelassenheit; im Augenblick unterhielten sie sich leise, lächelten hin und wieder ihren Männern zu. Ohne einander im mindesten ähnlich zu sehen, glichen sie sich doch sehr. Mir war natürlich klar, daß sie sich durchaus unterschieden; das, was sie so gleich erscheinen ließ, war nichts als Tarnung, eine sorgfältig aufpolierte Rüstung, die sie zusammen mit den Glücksarmbändern und weißen Kleidern angelegt hatten, als sie in den alten Villen um die Peachtree Road ihr Debüt geben.

In all dem gedeckten Graubraun und Blau stach mir ein grelles Rot ins Auge, und unwillkürlich mußte ich lächeln über das provozierend purpurrote Chiffontuch am straffen braunen Hals von Sarah Cameron Gentry. Kein Mädchen aus unserer Clique hatte für Lucy je das Geringste übrig gehabt, und gerade bei Sarah war das kein Wunder. Sie war zwar zu wohlerzogen, um am heutigen Tag offen zu triumphieren, zeigte aber dennoch Flagge. Die zierliche, verläßliche Sarah mit der vollkommenen Figur – auch sie von Kindheit an eine gute Freundin, und eine Weile mehr als das. In alten Zeiten hätte ich Sarah vielleicht heiraten und mich dadurch retten können. In alten und besseren Zeiten... Sarah fing meinen Blick auf und zwinkerte mir zu. Ihr dunkler Schopf ist nun von grauen Fäden durchzogen, aber sie hat noch dieselbe krause, zerzauste Kurzhaarfrisur wie als junges Mädchen. Sie hat das Haar stets kurz getragen, weil sie viel schwamm und tauchte. Ihr Körper ist immer noch geschmeidig und athletisch, und ich erinnere mich gern an das glänzende Öl und die Jodwasserperlen auf ihrem braunen Rücken und die Grazie, mit der sie im Driving Club vom Sprungbrett ins Becken eintauchte.

Ob Sarah immer noch so viel schwamm? Ich war schon ziemlich lange nicht mehr im Club!

Links neben den Frauen, wir: eine vom Aussterben bedrohte Art, der männliche Restbestand von Old Atlanta, schon in mittleren Jahren weit in der Minderzahl gegenüber unseren Witwen und Töchtern. Wir sprechen miteinander in unserer eigentümlichen Sprache, die aus einer vergangenen Zeit stammt: »Wie geht's, Sir?« »Nett, dich zu sehen, Sir.« Das »Sir« ist dabei keine Höflichkeitsform, sondern die vertrauliche Anrede innerhalb unserer Clique.

Ein paar reiche alte Männer, die ihre kleine Welt verändert haben. Und schließlich wir, ihre Söhne, die ihnen, all ihre Fähigkeiten zusammengenommen, in meinen Augen nie das Wasser reichen konnten: die Buckhead Boys.

Eine eifrige Reporterin, die keine von uns war, aber alles darum gegeben hätte, es zu sein, hat einmal im *Cityscope Magazine* einen Artikel über uns gebracht. Sie hat dabei entsetzlich dick aufgetragen und vieles romantisiert, aber ich fand doch, daß ihr eine ganz treffende Skizze von uns gelungen war, auch wenn sie die Sache grob vereinfacht hat. In meinem Bekanntenkreis war man da anderer Meinung und hat über die Verfasserin nur gelacht.

In Atlanta, schrieb sie, *in jener verträumten Wiege, die zwischen Wirtschaftskrise und Camelot sanft hin- und herschaukelte, gab es einmal eine fröhliche Schar Mädchen und Jungen, die Pinks und Jells genannt wurden. Sie entstammten meist den großen Kaufmannsfamilien, die Atlanta nach dem Bürgerkrieg neu aus den Trümmern erstehen ließen, und wenn es in der ungestümen, jungen Stadt so etwas wie eine Aristokratie gab, waren sie deren Erben und Erbinnen – die zukünftige Elite... die zukünftigen Opfer.*

Ihre Väter hielten in dieser jüngsten und untypischsten Stadt der Südstaaten die Macht in den Händen, waren »der Club«... saßen im Vorstand von Banken und Versorgungsbetrieben, leiteten Sender und Zeitungsimperien und die Familienunternehmen, die mit der Stadt wuchsen und in den 50er Jahren gigantische Ausmaße angenommen hatten. Diese Väter waren es, die in der Weltwirtschaftskrise eine sterbende Kommune übernahmen und sie mit Geld, Energie, Zielstrebigkeit und praktischem Verstand dahin brachten, daß sie am Ende der revolutionären 60er Jahre als »neue Weltstadt« betrachtet wurde. Ihre Söhne, Kinder eines goldenen Zeitalters, wurden Männer und übernahmen ihrerseits, ohne darauf vorbereitet zu sein, die Fackel, die Atlanta und die Südstaaten ins Licht der phantastischen neuen Welt des Sunbelt tauchte.

Ihre Töchter wurden Frauen und herrschten in jener Übergangszeit über elegante Häuser, über Schulen, Kinder und Wohltätigkeitsbälle und umrankten wie Rosen das zierliche Gitter ihres goldenen Käfigs... oder auch nicht, und bezahlten teuer dafür.

Diese streng männliche Welt war geprägt von Geld, Privilegien, Eleganz, Ritualen, eitler Prahlerei, viel Übermut und wenig Verantwortung. Die Buckhead Boys wurden an ihre künftige Aufgabe als Makler der Macht nicht herangeführt, weil man es für selbstverständlich hielt, daß sie so leicht in die Rolle hineinwachsen würden wie vorher ihre Väter in einer weniger schwierigen Zeit. Sie durften lange Kinder sein. Wahrscheinlich wurden sie aufrichtig geliebt, bestimmt aber verwöhnt. Die meisten von ihnen würden ihre Kindheit und Jugend als unbeschwert bezeichnen.

Abgeschlossen von der Außenwelt, sorglos, unverschämt selbstsicher, chauvinistisch, naiv und unbedarft, arrogant, eher oberflächlich als nachdenklich und intellektuell ziemlich unbeleckt, besaßen sie das Zusammengehörigkeitsgefühl eines Familienclans, fehlte ihnen, wie jungen Prinzen, jedes Einfühlungsvermögen. Außerhalb ihres kleinen Kreises mit all seinen Ritualen der besseren Gesellschaft interessierte sie nichts und niemand.

Dieses schöne und üppige, snobistische und anheimelnde Reich im grünen Vorort Buckhead im Norden Atlantas war damals wie heute eine eng begrenzte Welt, nicht größer als vier Quadratmeilen. Und doch kamen von hier die Männer – und indirekt auch die Frauen –, die zu ihrer eigenen Verblüffung das Wort »Südstaaten« neu definieren sollten. Allerdings hatte diese Welt tückische Klippen, an denen die Unvorsichtigen, die Außenseiter, die Sonderlinge, die Sensiblen und Sanften scheitern konnten und scheiterten.

Die Pinks und die Jells. Die Buckhead Boys und ihre Freundinnen. Die kleine, mächtige und manchmal vom Schicksal heimgesuchte Gruppe, die in die Enge einer reichen, unangreifbaren Welt hineingeboren war und ihr ganzes Leben dort verbrachte, mit der Peachtree Road als Sinnbild, Lebensader und Herz.

Lucy ärgerte sich über diesen Artikel mehr als wir anderen.

»Sentimentale Scheiße, Gibby«, schnaubte sie. »Und zwar von der übelsten Sorte, weil nämlich ein Quentchen Wahrheit drinsteckt. Aber die alberne Gans hat sich nicht die Mühe gemacht, tief genug zu bohren, um wirklich die Wahrheit über uns zu erfahren. Naja, wer hätte der auch schon was erzählt? Das Zeug da kann sie sich sonstwohin stecken.«

Wie gesagt, Lucy war äußerst realistisch. Sie hatte ein unglaubliches Gespür dafür, was wirklich los war. Schon als ganz kleines Kind; sie merkte es früh, merkte es auf grausame Weise, vergaß es nie. Was für eine entsetzliche Last, die Gabe der Erkenntnis, besonders für ein so sensibles Kind, aber auf ihre beruhte andererseits auch Lucys große Anziehungskraft. Sie fiel damit auf wie ein Flächenbrand auf einem öden Geröllhang.

Diese Gabe hat sie, wenn man so will, letztendlich auch das Leben gekostet. Sie unter die Erde gebracht zu den anderen Bondurants, Seite an Seite mit einer unsympathischen Tante, unter einen Grabstein mit der Inschrift: »In allen Stürmen, die tobten, blieb sie standhaft.« Lucy hätte darüber gelacht, ein volles, ansteckendes Gelächter aus dem Bauch heraus. Sie war alles andere als standhaft. Sie war ganz Schimmer, Glanz, Bewegung, Rauch und Licht.

Heute nachmittag waren etliche Bondurants auf dem Friedhof von Oakland, die meisten von ihnen, Gott sei Dank, wohlbehalten unter der Erde. Meine Großeltern Adelaide und Sheppard Gibbs Bondurant. Meine Großtante Lorena. Die eben erwähnte standhafte Tante Eugenie. Olivia Redwine Bondurant und Sheppard Gibbs Bondurant junior, meine Eltern. Eine traurige Reihe Kindergräber mit Steinen, die – mit Ausnahme des Grabs von Lucys kleinem Bruder Jamie – aussahen wie etliche andere auf dem alten Friedhof aus den Tagen der Typhus-, Pocken- und Diphterie-Epidemien. Und über der Erde bei den anderen Frauen – die hochhakkigen Ferragamos glänzten im Herbstlicht auf dem staubigen Weg – wie ein polierter Drache die alte Willa Bondurant am Arm ihrer überlebenden Tochter Adelaide. Little Lady Bondurant Rawson, Lucys kleine Schwester. Die »Brave«.

Lucy selbst.

Und ich, Sheppard Gibbs Bondurant III. Der letzte Bondurant. Oder? Wer weiß.

Lucys zweiter Ehemann, Jack, liegt nicht bei ihr inmitten der Bondurants. Er wurde im Familiengrab der Venables in Nashville beigesetzt. Selbst wenn er nicht vor ihr gestorben wäre, hätte er heute nachmittag dieses privateste Bondurant-Grundstück nicht betreten. Er wollte von den Bondurants nie etwas wissen – auch von mir nicht, glaube ich –, und ihn neben seiner Witwe zur Ruhe zu betten, stand niemals zur Diskussion. Seine Söhne haben ihn zum Begräbnis nach Hause geholt, wann, weiß ich nicht so genau. Ich mochte Jack, aber gleich nach seinem Tod war mir, als habe er für unser Leben, meins und Lucys, nicht die geringste Bedeutung gehabt. Ich bin nicht auf seine Beerdigung gegangen, und sie auch nicht.

Seine Witwe. Die Witwe Venable. Ich kann Lucy nicht so sehen, obwohl sie es natürlich für kurze Zeit war. Das Wort klingt so papiertrocken nach Alleinsein, und Lucy war im Leben nie allein. Sie hatte entsetzliche Angst vor dem Alleinsein und kämpfte ihr Leben lang dagegen. Sie hat sich tapfer geschlagen.

Außer dem Alleinsein fürchtete sie mehr als alles andere den Tod selbst, weshalb ich sie mit dem, was wir am Nachmittag auf dem Oakland-Friedhof begraben haben, unmöglich in Verbindung bringen kann. Ich habe ihren Leichnam gesehen, und obwohl es heißt, daß man erst beim Anblick des Verstorbenen seinen Tod wirklich begreifen könne, hatte die arme, schlaffe, hingestreckte Gliederpuppe für mich gar nichts mit Lucy gemein, und so habe ich weder dabei noch seither Trauer verspürt. Das ist ein großer Trost, auch wenn man kaum erwarten kann, daß es vorhält. Allerdings sind Lucy und der Tod für mich von jeher solche Gegensätze gewesen, daß sie einander eigentlich ausschließen müßten.

Kurz nachdem Lucy zu uns in die Peachtree Road gezogen war, hatte meine Mutter einmal ein paar Damen aus der Pfarrei zu Besuch, und eine von ihnen zeigte Dias vom protestantischen Friedhof in Rom, wo ein Verwandter von ihr begraben lag. Lucy und ich durften uns mit Erlaubnis der alten Martha Cater, unseres Kindermädchens, in den Salon stehlen, still in der heißen, staubflirrenden Dämmerung des Augusts sitzen und uns die Bilder ansehen. Mitten im Vortrag – Blitz für Blitz wurden Gedenksteine und Grabmäler, Putten und Engel und klassische Ornamente, weit prächtiger als in Oakland, an die Wand geworfen – brach Lucy in Tränen aus. Bevor Martha sie hinausscheuchen konnte, schluchzte sie schon laut, und als man sie schließlich in der kleinen Dachkammer neben meiner ins Bett gesteckt hatte, schrie sie vor Angst. Es war der erste ihrer fürchterlichen, nicht zu beschwichtigenden hysterischen Anfälle, unter denen sie als Kind zu leiden hatte. Nur eines war aus ihr herauszubringen: »Ich hab so Angst vorm Sterben! Ich hab so Angst vorm Sterben!«

Ein andermal, etwa zwei Jahre darauf – sie war sieben und ich neun –, lag ich wie so oft in der Hängematte auf der Gartenhausveranda und betrachtete versonnen das Spiel von Licht und Schatten durch das Netzwerk, als Lucy still zu mir trat. Sie hatte ganz allein auf der Schaukel am Goldfischteich gesessen. Sie konnte im Sommer stundenlang vor sich hinträumen. Als ich aufsah, war ihr Gesicht noch blasser als sonst, und ihre Augen waren nichts als Pupillen, fast wie im Wahnsinn. Das Haar wehte ihr wie Rauch um den Kopf.

»Weißt du was, Gibby?« sagte sie. »Ich glaube, es gibt Gott gar nicht.«

Da man mir den christlichen Glauben eingetrichtert hatte, erschrak ich.

»Na klar gibt's Gott, du Dummkopf. Und wenn du so was sagst, kommst du in die Hölle.«

»Nein. Wenn's Gott nicht gibt, gibt's auch die Hölle nicht.«

»Na, und was meinst du, wo du hinkommst, wenn du tot bist, wenn es Gott und den Himmel und die Hölle nicht gibt?« Mir schwante gar nichts Gutes, und ich kriegte es mit der Angst.

»Nirgendwo, natürlich. Ich komme nirgendwo hin, und du auch nicht. Wenn wir tot sind, gibt es nur... nichts. Das ist alles. Mach die Augen zu und stell dir's vor, Gibby. Schwarzes, schwarzes, schwarzes Nichts, immer und immer, ohne aufzuhören...«

Ich gehorchte, und bei Lucys Singsang wurde das rote Sonnenlicht auf meinen Lidern immer dunkler und kühler, die Hitze schwand aus dem Junitag, und ich trieb auf einmal eiskalt und ausgesetzt, gelähmt und völlig verlassen in einer unermeßlichen schwarzen Leere ohne Grenzen, aus der es kein Entrinnen gab. Angst und Verzweiflung trieben mir die Tränen in die Augen, und als ich sie aufschlug, schien sich die Welt in schwindelerregendem Wirbel zu drehen, und mein Herz klopfte vor Entsetzen – ein Entsetzen, wie ich es nie gekannt hatte.

Auch Lucys Augen schwammen in Tränen, ihre Brust hob und senkte sich, und einer ihrer grauenvollen, wilden Schreikrämpfe deutete sich an.

»Nichts ist so schlimm wie sterben«, sagte sie, und in ihrer Stimme lag die mir wohlbekannte Panik. »Nichts!«

»Es gibt Schlimmeres als sterben.« Ich plapperte meiner Mutter und den Frauen nach, die sie nachmittags regelmäßig besuchten. »Vergewaltigung und Schande und arm und verwahrlost sein und den Krieg verlieren ist alles schlimmer als sterben.«

»So ein Quatsch«, schrie sie. Das war damals ihr Lieblingswort. »Das ist alles zehntausendmillionenmal besser als tot sein und nichts! Das einzige, was ich nicht aushalten kann, wär, daß nichts da wär!«

»Du würdest es ja nicht mal merken, wenn nichts da wär«, behauptete ich pedantisch und stellte mich absichtlich dumm, um bei ihr einen Anfall zu verhindern. Dabei hämmerte und schmerzte mir selbst noch das Herz von dem Entsetzen, das Lucy in mir hervorgerufen hatte.

Aber es funktionierte. »Und ob ich's merken würde«, antwortete sie störrisch und schob das Kinn vor, und die Tränen versiegten. Widerspruch konnte Lucy nämlich nicht leiden.

Damals habe ich gelacht. Aber jetzt, in mittleren Jahren, da ich nachts oft schweißgebadet aus dem Schlaf fahre und voll Grauen das Nichts um mich herum spüre, da mein Herz unter der Last dieser Erfahrung gealtert ist und zu krank und gebrochen für jede Heilung, Erlösung oder Auferstehung, und da ich die Augen vor dieser Erkenntnis nicht mehr länger verschließen kann, jetzt sehe ich ein, daß sie recht hatte. Das wahre Gesicht des Todes ist das entsetzliche, grenzenlose Nichts und das fortdauernde Wissen um das Nichtsein. Ewiger Tod, Nichtleben, für immer.

Als wir heute nachmittag zusammenkamen, um Lucy ihrem ständigen Wohnsitz zu übergeben, spürte ich, ohne hinzusehen, die

Blicke der Frauen auf mir und hörte, wie die alte, halb taube Mrs. Dorsey laut und vornehm durch die Nase zu Mrs. Rawls sagte: »Es heißt, Shep nimmt es sich sehr zu Herzen. Sie hingen ja auch aneinander wie Zwillinge.«

Ich unterdrückte ein Grinsen.

»Halt bloß die Klappe, Mrs. Dorsey«, murmelte ich in mich hinein. »Jetzt, wo du alte Drecksau nicht mehr auf Lucy rumhacken kannst, wirst du dich bestimmt zu Tode langweilen.«

Eigentlich hat sie ja recht, wenn auch nicht so, wie sie glaubt. Ach, zum Teufel mit ihr. Soll sie denken, was sie will. Mir wird einiges nachgesehen, weil ich sensibel und angeschlagen bin; ich kann also hoffen, in Frieden gelassen zu werden. Zwischen Lucy und mir bestand eine ungewöhnliche, ungeheure Nähe, die in unser beider Leben einzigartig war. Es war unheimlich. Es war mir nicht immer recht. Manches Mal habe ich diese Nähe aus tiefster Seele verabscheut. Aber sie war da. Ich habe stets in Lucy hinein- und durch sie hindurchsehen können. Als sie jung, schön und herzlos war, war ich ihr Herz. Später, zu Zeiten, als sie den Verstand verloren hatte, war ich ihr Verstand. Jetzt weiß ich nicht, wohin mit so viel übriggebliebener Lucy in mir.

Ich sitze hier im alten Gartenhaus hinter der Villa in der Peachtree Road, in der ich geboren bin und die mir seit gut einem Vierteljahrhundert gehört, die ich aber in all den Jahren nur wenige Male betreten habe, und mir kommt der Verdacht, ich könnte, sobald die gleichbleibende, angenehme Betäubung nachläßt, feststellen, daß ich in einer Welt ohne Lucy nicht mehr leben kann... aber aus einem anderen Grund, als Mrs. Dorsey und Konsorten glauben. Es wird vielleicht einfach nicht möglich sein. In dem Fall weiß ich, wie ich die Angelegenheit regle. Lucy hätte ihre Freude am Witz, an der Ironie der Sache. Sehr passend würde es sein und an künstlerischer Perfektion ihrem eigenen Abgang in nichts nachstehen. Wenn es dazu kommt, bedeutet das das Ende der Bondurants? Ich habe bereits erwähnt, daß ich es wahrscheinlich nie erfahren werde, ob ich nun noch bleibe oder mich durch die Hintertür empfehle. Es spielt ohnehin kaum eine Rolle.

Es ist sieben Uhr, und die Schatten der alten Eichen und Hickorybäume im Park fallen auf die Gartenhausveranda. Dahinter, rund um das trockene Oval des Fischteichs, ist das Gras dürr und ausgebleicht von der Sommersonne, doch im kühlen Schatten kündigt sich schon der nahe Winter an. Marty muß mal wieder die Gärtner bestellen. Alles wirkt verbraucht und staubig, wie immer im Altweibersommer. So, wie die Eicheln auf das alte Schieferdach des Gartenhauses prasseln und sich im Gras aufhäufeln, kriegen wir einen langen, harten Winter. Die Vorstellung, wie Lucy mit dem Gesicht nach oben dem Winter ausgesetzt ist – sie, die Kälte so wenig ausstehen konnte, daß sie einmal aus Verzweiflung darüber, daß Februar war, in Tränen ausbrach –, wäre mir unerträglich, nur daß der Scotch jetzt Wirkung zeigt, und statt mir das Hirn mit Sentimentalitäten zu benebeln, reißt er mich aus meiner Gefühlsduselei. Von Alkohol bekomme ich immer einen klaren Kopf. Deswegen trinke ich wahrscheinlich auch so wenig.

Bald weiß ich, was mit mir wird.

Ehe ich den Friedhof verließ, kam als letzte die alte Willa Bondurant an mir vorüber. Sie ist fast in ihrer ganzen Schönheit erhalten, mumifiziert – geradeso wie Little Lady, die ihre Mutter behutsam wie altes Meißner Porzellan am gesprenkelten Vogelarm stützte. Nur liegt es, anders als bei Little Lady, am Alter, nicht am Alkohol. Willa hat sich stets mit größter Sorgfalt gepflegt. Immer noch sportlich und jugendlich in ihrem schlichten »kleinen Schwarzen« aus Rich's Regency Shop, ihren Perlen und eleganten Schuhen, mit der kehligen, gedehnten »Old Atlanta«-Sprechweise, die sie schon bald nach ihrem Einzug in unser Haus in der Peachtree Road perfekt beherrscht hatte, blieb sie stehen und lächelte mich an. Von allen Bewohnern der Villa lebt jetzt nur sie noch dort. Dahin kehrte sie jetzt, wie ich wußte, vom Friedhof aus zurück, zurück an den Kamin im kleinen Wohnzimmer zu ihren unvermeidlichen Zigaretten und Gläschen Sherry und Bridgeabenden und Wohlfahrtsveranstaltungen und Teestunden mit herrischen alten Weibern.

Noch ehe sie den Mund auftat, wußte ich, sie würde etwas so Gräßliches sagen, daß die Zeit für immer einen Sprung bekäme.

Ja. Wir schaffen uns unsere Ungeheuer selbst, doch sie nehmen unerbittlich Rache.

ERSTER TEIL

1. Kapitel

Lucy zog an einem Tag im April bei uns in der Peachtree Road ein, als sie fünf und ich sieben war, und bis zum Abend hatte ich zweierlei erfahren, was für die Landschaft und Stimmung meines kleinen Lebens umwälzende Veränderungen mit sich brachte.

Ich erfuhr, daß nicht alle Frauen in der Nacht nach dem Liebesakt weinten.

Und ich erfuhr, daß wir reich waren.

Daß derlei pikante Einblicke für mich die Welt völlig auf den Kopf stellten, kommt einem vielleicht heute, wo Siebenjährige tagtäglich mit Gleichmut Enthüllungen über die erotischen Abenteuer von Politikern und Fernsehpredigern und die gewissenlosen Milliardenschiebereien von Börsianern und Regierungsbeamten verfolgen, ein wenig sonderbar vor. Aber die Fürstentümer Buckhead und Atlanta waren damals um etliches kleiner als heute, und mein eigener Kosmos darin war winzig. Ich hatte praktisch keine Vergleichsmöglichkeit für mein Leben und nahm also an – wie alle weltfremd aufwachsenden Einzelkinder –, daß alles und jeder so war wie wir.

Ich wußte, daß meine Mutter nachts nach dem Verkehr mit meinem Vater weinte, weil ich von klein auf in dem winzigen Kämmerchen schlief, das ursprünglich als Ankleideraum für meine Eltern gedacht gewesen war und ans Schlafzimmer angrenzte, und weil ich klar und deutlich alle unterdrückten Ächzer und Stöße der stummen, wütenden Paarung, jedes beschleunigte Knarzen der Sprungfedern, jedes Stöhnen meines Vaters vernahm. Von meiner Mutter kam dabei kein Ton, aber immer, wenn mein Vater schnaufend von ihr abließ und zu schnarchen anfing, brach sie unweigerlich in Tränen aus, und ich lag mit angehaltenem Atem da, verkrampft vor Grauen und hilfloser Wut, und wartete, daß sie aufhörte. Ich wußte genau, wie lang das Geheul dauerte, und erst wenn es mit einem tiefen, rasselnden Seufzer verstummte, wenn die verräterischen

Sprungfedern noch einmal aufstöhnten und meine Mutter sich auf die andere Seite drehte und einschlief, erst dann lockerte ich meine zur Faust geballten Hände und fiel nach ihr in Schlaf.

Ich wüßte nicht, daß ich je darüber nachgedacht hätte, was sie da nachts machten, daß dabei diese eigentümlich heiseren Schreie und das merkwürdige Geweine herauskamen – denn ansonsten verfügte meine Mutter in jeder Lebenslage über eiserne Selbstbeherrschung. Schon als ich noch kaum auf den Beinen stehen konnte, beobachtete ich, was sich im Schlafzimmer abspielte, obwohl ich es nicht in Worte fassen konnte, ehe Lucy kam, und auch danach nur einen ziemlich verschwommenen Begriff davon hatte. Meine Mutter machte die Tür zwischen den beiden Räumen nie zu, und sie erlaubte auch nicht, daß mein Vater sie schloß, und ein paar Wochen und Monate lang – ich war etwa zwei und konnte eben über das Gitter an meinem Kinderbettchen klettern und zur Schlafzimmertür wackeln – wurde ich Zeuge der nächtlichen Paarung.

Der Anblick der beiden Titanen meines Daseins, wie sie in mörderischem Schweigen auf dem großen Himmelbett miteinander rangen, muß mich geängstigt haben, aber ich bin nie ins Zimmer gerannt, habe nie laut aufgeschrien und weiß bis heute nicht, ob sie mich überhaupt bemerkten. Wie sie es fertigbrachten, nicht einmal den Kopf zu heben und im siechen Schein meiner Micky-Maus-Nachtlampe die Silhouette meiner kleinen versteinerten Gestalt zu sehen, ist mir ein Rätsel, doch keiner von beiden gab je das kleinste Signal von sich, dabei stand ich Nacht für Nacht da – ein kleines ödipales Gespenst, das verzweifelt in einem Gemach spukte, wo man es nicht beachtete.

Nach einiger Zeit kam ich nicht mehr zum Zugucken zur Tür, und bald verschwand meine Angst, aber ich konnte nicht einschlafen, ehe sie fertig waren, und nach wie vor stieg bei diesen Lauten ein Gefühl der Schändung in mir auf und anschließend eine Welle gallebitterer, schuldbewußter Wut auf meine Eltern. Sonderbar, aber mein kindlicher Zorn richtete sich nie auf meinen Vater, sondern auf meine Mutter. Er war ein stämmiger, schlichter, weißblonder Choleriker, der seinem Temperament häufig und rückhaltlos in Ausbrüchen Luft machte, wann und wo sie sich eben entluden. Es war ebenso zwecklos, auf ihn wütend zu sein, wie auf einen Vulkan oder einen Wasserrohrbruch.

Nein, mein Zorn richtete sich gegen meine Mutter, den kühlen, schlanken, vornehmen und überwachen Gegenstand seiner Leidenschaft. Eine Person, die so klarsichtig, so maßvoll und diszipliniert war wie meine Mutter, durfte, fand ich, nichts mit sich geschehen lassen, das sie zum Weinen brachte, und ich zürnte ihr einmal ihrer Tränen wegen und zum andern, weil sie mich zu ihrem Zuhörer machte. Aber da meine Eltern mir aus naheliegenden Gründen die ganze Welt bedeuteten und da ich voll Leidenschaft meine Mutter liebte und meinen Vater fürchtete, gestand ich mir weder meine Wut ein, noch schloß ich die Tür. Ich verbrachte meine ersten sieben Lebensjahre in einem finsteren, fauligen Gebräu aus totgeschwiegener Sexualität und Wut, ohne die Dunkelheit zu verfluchen, ja, ohne sie für abnorm zu halten, bis Lucy Bondurant sie mit ihrem bemerkenswerten Gelächter verjagte. Nach außen hin muß ich, so jedenfalls dachten sicher die anderen aus dem kleinen Kreis, in dem sich mein Leben abspielte, ein ziemlich unauffälliger und gewöhnlicher kleiner Junge gewesen sein.

Aus demselben Grund hatte ich keine Ahnung, daß wir reich waren: Es gab in meinem Erfahrungsbereich nichts und niemanden, der sich von uns Bondurants unterschied, und wo arm kein Begriff ist, kann auch reich keiner sein. Natürlich waren da Shem und Martha Cater, die hinter dem Haus über dem ehemaligen Pferdestall – jetzt Garage – wohnten und in der Küche arbeiteten und den Chrysler fuhren und die Tür aufmachten und manchmal im Speisesaal, wenn Leute zu Besuch kamen, das Essen auftrugen, und da war Amos, der den Garten pflegte, und Lottie, unsere Köchin, und Princess, die in einem Binsenkorb, duftig, seidig und noch warm, die Bügelwäsche brachte.

Und die dunklen Männer und Frauen, die in den Häusern und Gärten arbeiteten, die Wägen chauffierten und in den wenigen anderen Villen in unserer Nachbarschaft, zu denen ich Zutritt hatte, die Mahlzeiten servierten – ich kannte sie alle, wie die anderen aus meiner kleinen Welt, und nannte sie beim Vornamen wie meine wenigen kleinen Freunde. Ich wußte, die dunklen Leute waren nicht wie wir und lebten nicht wie wir, aber für mich waren sie keine Armen. Für mich waren sie Neger. Das eine hatte mit dem anderen nichts zu tun. Etliche von ihnen hatte ich genauso gern wie meine Freunde und viel lieber als die weißen Erwachsenen, denn sie erwarteten weder etwas von mir, noch gaben sie mir etwas; nahmen mich in keiner Weise wahr außer als nicht lästigen Einrichtungsgegenstand auf jenem prächtigen, lächerlichen, weltfremden Feudalanwesen, auf dem sie dienten.

Theoretisch kannte ich arm schon; arm waren die hungernden Kinder in – weiß Gott, warum – Albanien, an die ich auf Aufforderung meiner Mutter zu denken hatte, wenn ich den Teller nicht leeressen wollte. Aber ich wußte nicht, wo Albanien lag, und ich glaube auch nicht, daß meine Eltern es wußten, zumindest meine Mutter nicht; denn als ich einmal über dem abkühlenden Schlegel eines Hühnchens – am Morgen war es noch hysterisch im Garten herumgeflattert, nachdem ihm Shem den Kopf abgehackt hatte – fragte, wo Albanien liege, lachte mein Vater sein lautes, freudloses Lachen, zielte ruckartig mit dem roten Wurstfinger auf meine Mutter und sagte: »Frag deine Mutter. Sie glaubt, es liegt irgendwo ein Stückchen südlich von Griffin. Da hat sie Verwandte, die sie nie kennengelernt hat, weil ihr Papa fand, daß die kein Umgang für sie sind.«

Meine Mutter – aufgewachsen mit Jesus im Nacken als abgöttisch geliebte, unfrohe, einzige Tochter eines weltfremden, ziemlich wohlhabenden Mannes und seines blassen Gespenstes von Ehefrau im winzigen Griffin, Georgia, sichere dreißig Meilen südöstlich vom Stadtzentrum Atlantas, wo sich die verfallenen Miethäuser der Familie Redwine befanden – lächelte ihm bitter zu.

»Dein Papa macht Witze«, sagte sie. »Albanien liegt in Europa, und die Menschen da sind arm, weil sie unterdrückt werden.«

»Wer unterdrückt sie denn?« fragte ich.

»Das Militär. Die Armee«, antwortete meine Mutter.

»Aber was für eine Armee?« hakte ich nach. Wie alle Kinder einer geordneten Welt dürstete ich nach Dramatik, und das klang mir nach echter Dramatik.

»Ja, Olivia, was für eine Armee? Erzähl's uns«, sagte mein Vater mit seinem gereizten Wolfsgrinsen.

»Erzähl's uns, erzähl's uns«, wiederholte ich übermütig vor Erleichterung und Schadenfreude, daß das Grinsen nicht mir galt.

»Also … ihre eigene Armee«, erwiderte meine Mutter mit Entschiedenheit. »Dort war Bürgerkrieg. Wie bei uns, als die armen Südstaatler leiden mußten, der Bruder gegen den Bruder kämpfte. Ein furchtbarer Krieg und furchtbares Leid. Albanien ist so schrecklich arm wie früher einmal Atlanta und die Südstaaten. Von dem Hühnchen auf deinem Teller könnte in Albanien eine ganze Familie eine Woche lang leben.«

»Warum schicken wir es dann nicht nach Albanien?« fragte ich und verschluckte mich vor Stolz über meinen Geistesblitz.

»Albanien steht bei deiner Mutter nicht auf der Wohltätigkeitsliste«, sagte mein Vater. »Es gibt zu seinen Gunsten keinen Ball, keinen Pfarrbazar und keine Modenschau. Es steht weder bei der Junior League noch im Driving Club auf dem Programm.«

Meine Mutter erhob sich mit der ihr eigenen geschmeidigen, amphibischen Grazie, die mich stets an einen Salamander oder Molch oder irgend etwas Feucht-Glitschendes unter Wasser erinnerte, und hüllte uns in einen Blick eisiger Mißbilligung.

»Ich finde euch alle beide roh«, sagte sie im Hinausgehen, ohne den Kopf zu wenden. Sie redete das nicht nur dahin. Sie meinte es so. »Roh« war der schlimmste Ausdruck im begrenzten Wortschatz meiner Mutter, und ein Gutteil meiner frühen Kindheit verbrachte ich im Kampf gegen das wilde Wuchern der üppigen Roheit meiner Natur.

Ich weiß noch, wie sehr ich mich immer für meinen Stuhlgang, mein häufiges, dünnes und reflexhaftes Erbrechen und meinen asthmatischen Würgreiz geschämt habe, weil sie dann jedesmal aus dem Zimmer ging und Martha Cater holte, damit sie sich um meine ekelhaften Zustände kümmere, und ohne daß sie es äußerte, sprach aus ihren Stoßseufzern und ihrem Schweigen das böse Wort »roh«.

Mein Vater grinste hinter ihrem abgehenden Rücken her, ich aber nicht. Und wenn sie mir noch so hartherzige Geborgenheit bot, meine Mutter war mein Nabel zur Welt. Die Eltern von manchen meiner Freunde, zum Beispiel von Sarah und Ben Cameron um die Ecke in der Muscogee Avenue, waren anders als meine: fröhliche junge Eltern, die sangen und tanzten und ihre Kinder herumschwenkten und vor allen Leuten an sich drückten, aber solche Eltern hielt ich für eine Laune der Natur oder einen Zufallstreffer wie blaue statt braune Augen oder Sommersprossen. Ich kam gar nicht auf die Idee, mir auch so welche zu wünschen. Olivia Redwine Bondurant war alles, was ich an Zuwendung kannte. Ich aß das Hühnchen auf.

Mein Vater hatte schon recht; das Prinzip »Adel verpflichtet« galt für unsere Familie noch nicht allzu lange. Vielleicht war unser Adel – sogar nach hiesigen Maßstäben – auch noch zu jung, um zu verpflichten. Nach einem grob vereinfachenden, aber treffenden Ausspruch gab es im damaligen Atlanta zwei Typen Edle: Die einen waren damit beschäftigt, großzügig zu werden, die anderen waren es. Zur zweiten Sorte gehörten zum Beispiel Dorothy und Ben Cameron, die Eltern von Sarah und dem kleinen Ben; seit drei Generationen hatten sich ihre Familien für die Geschicke und Menschen der Stadt engagiert, und sie waren von der Überzeugung durchdrungen, daß Reichtum Verantwortung mit sich bringt. Die Bondurants gehörten zur ersten Sorte.

Unser Haus war, ohne daß ich das damals in Worte hätte fassen können, bei aller Schönheit und Eleganz voller unterschwelliger Verrücktheiten und Absonderlichkeiten. Zu viele verhaltene Leidenschaften prallten da aufeinander, zu viel ungestillter Hunger, zu viele unartikulierte Ängste und unbefriedigte Bedürfnisse, zu viel Verdrängung. Meine Eltern waren weder klug und aktiv noch glücklich, fanden keinen festen Boden in einer Welt, die sie sich mit Redwineschem Geld und Land und Bondurantscher Schläue und Tüchtigkeit erkauft hatten. Keiner von beiden stammte aus Atlanta, und in ihren Kreisen gab es zwar noch relativ wenig Ortsansässige, aber weder Olivia noch Sheppard Bondurant fühlten sich je ganz heimisch in dem Riesenhaus, das ihr Eintrittsbillett gewesen war. Sie trugen das Gewand des Aristokratentums nicht mit der angemessenen Leichtigkeit und Natürlichkeit, denn es war ein geborgtes Kleid und kein Erbstück, und zumindest meine Mutter hat das nie vergessen. Sie, die im winzigen Griffin mühelos zur souveränen Königin der Gesellschaft hätte aufsteigen können, hatte in der hochnäsigen Großstadt im Norden unter Strapazen den Gipfel erklommen und klammerte sich daran in perfekt verhehlter Angst, die sie bald hatte erstarren lassen.

Mein Vater, der sich als junger Mann in einer rauhen Männergesellschaft von tüchtigen Trinkern, Jägern und Anglern – sie bildeten die dünne Oberschicht in Fayetteville, Georgia – sehr wohl und heimisch gefühlt hatte, wirkte hier, in den feinen Clubs und Salons und Speisesälen, die er affig fand, ungehobelt und fehl am Platze. Sie war nach einiger Zeit überzeugt, sie habe unter Wert geheiratet, und die unbändige Vitalität, die sie anfangs für ihn eingenommen hatte, lastete ihr nun wie ein Stein auf der Seele und bremste, meinte sie, ihren Höhenflug in Atlantas Gesellschaft. Er kam seinerseits zu der Ansicht, sie habe aus dem, was ihn anfangs so bezaubert hatte – Taktgefühl, Zurückhaltung, der Glanz einer gutsituierten Familie –, die Waffen geschmiedet, ihn von Männern seines Schlags zu isolieren und zur feindseligen Höflichkeit von Clubbällen, Bridgeabenden und Benefizgalas zu verurteilen. Sie hatte ein beträchtliches Vermögen mit in die Ehe gebracht, und er hatte mit einem Teil davon neben dem Haus in der Peachtree Road noch Land nordwestlich der Stadt gekauft und damit – die heruntergekommenen Häuser im Zentrum aus ihrem Familienerbe mitgerechnet – ihr Vermögen so gut wie verzehnfacht. Sie fühlte sich von ihm schamlos ausgenutzt, und er fand, daß sie auf ihn herabsah und seine Leistung nicht zu würdigen wußte. Beide hatten in jeder Beziehung recht.

Daß keiner aus ihrem Bekanntenkreis über ein ausreichendes Maß an Sensibilität oder Beobachtungsgabe verfügte, um sie als die Außenseiter anzusehen, als die sie sich insgeheim betrachteten, kam ihnen nicht in den Sinn, und selbst wenn, hätte es ihnen nichts genützt. Ihre Mißbildungen waren innerer Natur, und innerlich richteten sie sich nach ihren verzerrten Maßstäben. So war es von Anfang an unvermeidlich, daß ich wurde, was meine Mutter als Sensibel (so wie sie das Wort aussprach, mußte man es groß schreiben) und mein Vater als Memme bezeichnete.

»Olivia, wenn du so weitermachst, wird noch ein blöder Pfaffe aus ihm«, brüllte er einmal, als er mich dabei ertappte, wie ich in die Lektüre der Bibel versunken war, wobei er nicht begriff, daß mich nicht die Lehren der Heiligen Schrift, sondern die erhabene, wundervolle Sprache faszinierte. Das wußte ich zwar, konnte es aber in Anbetracht von so viel rotgesichtigem Blutandrang nicht erklären, und er stapfte hinaus in sein Studierzimmer und brummelte meiner Mutter über die Schulter hinweg zu: »Keucht und zwinkert und verhaut den Ball, wenn er Fußball zu spielen versucht. Kotzt sich die Därme aus dem Leib, wenn er einen Wurm an den Haken spießen will. Jault wie ein junger Hund, wenn ich ihn aufs Pferd setze. Verdammt noch mal, er kann es noch nicht mal beim Blechbüchsenkicken mit der kleinen Sarah Cameron aufnehmen, und die reicht keinem Grashüpfer ans Knie. Wie soll er denn je Schneid kriegen, wenn du ihn die Nase in so ein Buch stecken läßt!«

»Der Junge ist halt Sensibel, Sheppard«, sagte meine Mutter dann und strich mir das glatte, weißblonde Haar, mein väterliches Erbteil, aus der Stirn, so daß die verhaßte Brille mit dem fleischfarbenen Gestell entblößt wurde. Als ich ins Lesealter kam, hatte sie ihren Ekel vor meinen Körperfunktionen überwunden und bemutterte mich hingebungsvoll und besitzergreifend. »Sensibilität ist ja für dich ein Fremdwort, aber sie hat meinen Vater zu dem Mann gemacht, der er heute ist, und ich schätze sie an meinem Sohn über alles.«

Und ich starrte konzentriert und sensibel in die aufgeschlagene Bibel, ohne meinen Vater anzusehen, wobei ich innerlich feixte. Ich hätte mir das Wohlwollen meiner schönen Mama mit jeder mir verfügbaren Münze erkauft.

Mit Liebe ist es eine komische Sache: Wenn ich jetzt an meine Kindheit zurückdenke, fällt mir auf, daß es mir vor allem an Liebe fehlte. An bedingungsloser, ewiger, verläßlicher Liebe. Klar. Vor allem ihrer Liebe – aber auch jede andere wäre damals von Nutzen gewesen. Nicht, daß ich je um Liebe geworben hätte. Statt dessen erwartete ich, daß sie von selbst käme und mich über die Welt hinwegtrüge. Doch sie kam erst mit Lucy. Ihr größtes Geschenk an mich, ihre eigentliche Heilkraft und Stärke war ein Sturm der Liebe und Zuwendung. Und indem meine Mutter sie mir vorenthielt, belegte sie mich mit einem Fluch und stempelte mich zugleich für immer als ihr Eigentum. Ich frage mich jetzt noch, ob sie merkte, was sie da tat.

Meine Eltern lagen mit ihrer Ansicht über mich beide richtig: Ich war sensibel und ein Waschlappen; ich verfügte – was bei frühreifen Einzelkindern oft vorkommt – über eine hochfliegende, lebhafte Einbildungskraft, die mir in quälerischer Klarheit sämtliche Gefahren – und die Welt war voll davon – in ihrem ganzen Ausmaß bis ins Detail ausmalte. Außerdem war ich, geradeso wie Lucy, jenes überaus empfindliche und phantasievolle Wesen, absolut realistisch und, wie ich annehmen möchte, ziemlich scharfsichtig. So konnte ich alle Risiken meiner Umgebung klar erkennen und einschätzen. Deshalb war ich für die Erwachsenen und die meisten meiner Spielkameraden ein schwieriges Kind. Die meisten Kinder sind primitive, barbarische kleine Sinneswesen und können Anderssein spüren und in seiner Fremdartigkeit erkennen, auch ohne es zu begreifen. Ich hatte zwar Kameraden, aber keine eigentlichen Gefährten, und meine beiden engsten Freunde – Pres Hubbard, der Kinderlähmung hatte und eine klirrende Beinschiene trug, und Charlie Gentry, der an juvenilem Diabetes litt – waren die einzigen von uns, die mit mir die Zuschauerbank drückten. Im Gegensatz zu mir hatten sie zwar jede Menge Schneid, konnten ihn aber nicht beweisen. Mir sollte es recht sein, daß das Handicap bei mir – so mein Vater – die reine Einbildung war, solange mir die beängstigenden Betätigungen eines kernigen Jungen, wie er seiner Vorstellung entsprach, erspart blieben.

Trotzdem machte ich mir ständig bittere Vorwürfe, wenn auch insgeheim, weil ich mich für die meisten Spiele meiner Kameraden nicht erwärmen konnte und weil es mir nicht gelang, Gnade zu finden vor den Augen der männlichen Urgewalt, die meine Kindheit mächtig und lautstark beherrschte wie ein roter Kronos die Embryonenwelt. Und ich fühlte – ganz verhalten – eine hilflose Wut auf meine Mutter in mir aufsteigen, die mich so früh verurteilt hatte, Sensibel zu sein, und auf meinen Vater, der mich nicht vor ihr rettete, es vielleicht nicht konnte. Und ich haßte und fürchtete meine Wut, und in mir schwärten Schuldgefühle wie Granatsplitter. Für ein Kind, bei allem protzigen Luxus, war das nicht der günstigste Nährboden.

Aber oh – wie verführerisch, wie harmonisch, wie unverrückbar und voll berauschender Schönheit war meine Welt! Buckhead war damals, ehe es bei der Schickeria in Mode kam und in Verkehr und Schwärmen von vergnügungssüchtigen Halbwüchsigen aus der Oberschicht erstickte, einer der schönsten Orte auf der Erde. Nicht gerade im Zentrum, so, wie es da aussah: Damals wie heute bestand es aus einem wahllos und notdürftig zusammengeschusterten, hingehudelten Flickwerk aus kleinen Geschäften und Läden, Banken und Büros, Laderampen und Parkplätzen, Drugstores, Schnellcafés und Tankstellen und ein paar nüchternen, amtlichen Backsteinbauten – das Ganze unter einem verflochtenen Netzwerk aus Elektrodrähten und Telefonkabeln in einem grellbunten Reklameschilderwald. Nein, ich meine Buckheads Wohnsiedlung, das abgeschiedene, sattgrüne Rechteck mit den großen alten Bäumen und kurvigen Straßen und vornehmen, nicht allzu alten Häusern, die weit nach hinten versetzt auf samtigen Rasenflächen standen, ein Buckhead, das tief in den Laubwäldern errichtet und mit etlichen Lagen Geld vom Schweiß, Gestank und Lärm der eigentlichen Stadt im Süden isoliert und abgedichtet war. Keiner kann mit Bestimmtheit sagen, wie die Grenzen von Buckhead offiziell verlaufen, aber für mich bestand Buckhead immer schon aus den gut vier Quadratmeilen zwischen dem Peachtree Creek im Süden, der West Paces Ferry Road im Norden, dem Northside Drive im Westen und der Peachtree Road im Osten.

Peachtree Road... der Name hat für mich mehr Klang und Bedeutung, als die rund ein Dutzend Meilen lange Asphaltstraße eigentlich beanspruchen dürfte. Die hektische, elegant gekleidete Flut Menschen, die jedes Jahr zu irgendwelchen Treffen und Kongressen, in touristischer oder geschäftlicher Absicht herkommen, glauben, wenn sie die Peachtree Street gesehen haben, kennen sie Atlanta, doch sie irren. Besucher sehen sich die Peachtree Street an. Das Leben Atlantas aber spielt sich – so war es zumindest einmal – in und nahe der Peachtree Road ab. Sowenig mir die Stadt jetzt gefällt, so sehr hänge ich – stur wie ich bin – trotz aller Veränderungen an der Peachtree Road. Die Straße verkörpert alles Einmalige und Mächtige an unserer Stadt, aber auch alles Ungreifbare, Phantasievolle, Schöne. Sogar in seiner Häßlichkeit – und in manchen Gegenden ist es schlichtweg abgrundtief häßlich – ist Atlanta für mich reich, tiefgründig und einzigartig. Zugegeben, ich sehe es jetzt im weichen Licht der Kindheit, aber ich glaube nicht, daß es irgendeinem anderen Ort auf der Erde gleicht. Schon der Name bringt mir das Herz zum Klingen wie eine Glocke. Und am schönsten und einmaligsten in der ganzen Peachtree Road ist für mich das Haus Nummer 2500, wo ich geboren bin und mein ganzes Leben verbracht habe.

Das also waren meine Welten in jenem schicksalhaften Frühjahr, in dem Lucy zu uns kam: die größere von Buckhead und die kleinere der Peachtree Road Nummer 2500. Welten, die bei all ihrem Mangel an echter, verläßlicher Liebe doch einen Zauber und eine Verheißung ausstrahlten, wie ich sie sonst nirgends wieder gefunden habe. Ich weiß nicht, warum, aber so habe ich es damals empfunden. Vermutlich verlieh schon der Kontrast von Banalem und Schönem meinen beiden Welten die Bedeutung und das Gewicht des Dauerhaften.

Als dann Anfang April ein Telegramm von meiner Tante Willa kam, des Inhalts, Onkel Jim habe sie in New Orleans sitzenlassen und ihr bleibe nichts anderes übrig, als mit ihren Kindern zu uns zu ziehen, stand die Welt kopf, nicht nur für meine Eltern, sondern auch für mich. Wie wenig ich meinen Eltern auch bedeuten mochte, zumindest war ich bisher ihr einziges Kind gewesen. Bei dem Gedanken, mein Haus und ihre Zuwendung mit anderen teilen zu müssen, erfaßte mich eine so mörderische Wut, daß mir nur eine Gegenmaßnahme blieb, die ich früh gelernt hatte und bei jeder Bedrohung anwandte. Ich verbannte alles aus meinem Gedächtnis. Bereits am nächsten Tag hatte das zerlumpte Häufchen glückloser Verwandter – für mich jedenfalls – nie existiert.

Noch am Tag ihrer Ankunft, als meine Mutter unter tiefem Seufzen und Augenrollen von Martha Cater die Besucherzimmer hatte herrichten lassen und mein Vater polternd und mit hochrotem Kopf Shem mit dem Chrysler zum Greyhound-Busbahnhof geschickt hatte, wankte ich nicht. Ich war felsenfest davon überzeugt, daß kein wildfremdes Geschmeiß – den Ausdruck hatte ich von meiner Mutter aufgeschnappt –, weder Tante noch Cousins oder Cousinen, aus der grün schimmernden Nacht in die runde Empfangshalle meiner Domäne schneien würde. Auswendig hätte ich die Nachricht aufsagen können, die bald telephonisch oder telegraphisch eintreffen mußte: »Ihre Verwandten sind leider Gottes alle tödlich verunglückt und können deswegen nicht kommen.« Ich hatte den Klang der Stimme im Ohr, die den Satz artikulierte, und die weisen Worte des Trostes für meinen Vater auf der Zunge, da es sich ja um Frau und Kinder seines jüngeren Bruders handelte. Nur so dachte ich an meinen Onkel Jim, als Bruder meines Vaters, denn ich hatte ihn nie kennengelernt, und es kam mir gar nicht in den Sinn, daß ich irgendwo auf der Welt einen großen, blonden, jungen Onkel mit verschlafenen Augen hatte, der die verhängnisvolle, glänzende Kehrseite meines Vaters war und dem ich mit der Zeit fast gespenstisch ähnlich werden sollte. Wir hatten keine Fotografie von James Clay Bondurant im Haus, und sein Name kam meinem Vater nur selten über die Lippen. Meine Mutter erwähnte ihn zwar gelegentlich, aber ihre Worte waren nicht für meine Ohren bestimmt, und obgleich ich nur zur Hälfte verstand, was sie über Onkel Jim sagte, merkte ich, daß ihre Stimme dabei anders klang als sonst. Nur auf diese quasi unbewußte Art – so geht es Kindern ja oft – erfuhr ich von der dunklen Bedeutung Onkel Jims für unsere Familie, was mich um so mehr beunruhigte, als man sich darüber ausschwieg.

Als es klingelte, polterte ich also hinter meiner Mutter die Treppe hinunter, erwartete ernstlich, gleich im Türrahmen die kummervolle Miene des Telegrammboten zu sehen, und war über den Anblick der vier in Zwielicht getauchten Gestalten so bestürzt wie über Mörder oder Trolle. Ich starrte sie nur an, und das Herz pochte mir so laut in den Ohren, daß ich die Begrüßungsworte meiner Mutter nicht verstand, die freilich ohnehin knapp und kühl ausfielen. Ich hörte, wie mein Vater mit schweren Schritten hinter mir die Treppe herunterkam. Aber die vier rührten sich nicht, und ich brachte kein Wort heraus. Der Augenblick nahm und nahm kein Ende.

Mein erster klarer Gedanke war, daß Tante Willa Auge, Nase und Ohr gleichzeitig attackierte, allerdings in – für mich – nicht unerfreulicher Manier. Ihr Haar war so schwarz, daß es im Schein der Eingangslampe bläulich-violett schimmerte, und mit ihrem granatroten Lippenstift und Nagellack wirkte sie »wie einmal durch den Farbtopf gezogen«, wie meine Mutter alsbald leise und nur halb belustigt am Telefon erzählte. Sie war verschwitzt von der Reise und roch scharf nach Nervosität, was freilich von einem freundlichen, verführerischen Duft überdeckt wurde.

»*Evening in Paris,* ein ganzes Faß voll«, informierte meine Mutter später ihren Telefongesprächspartner.

Tante Willas Gesicht war bleich und kalkig vor Puder und Müdigkeit, und vorn an ihren langen Wimpern hing die Schwärze in winzigen, klebrigen Klümpchen. Ihre Augen waren so klar und stechend blau wie ein heruntergebranntes Kohlefeuer. Sie trug ein Kostüm aus bedruckter Kunstseide mit Schößchen, das ihre gertenschlanke Taille und die üppigen Rundungen an Hüfte und Busen betonte; ihre langen, schlanken Beine waren nackt und schmutzig. Sie wankte vor Müdigkeit auf ihren hochhackigen Sling-Pumps, und die Zehennägel waren, wie ihre Lippen und Fingernägel, rot wie geronnenes Blut. Hier, in der düsteren Vorhalle mit den düsteren alten Orientläufern und dem düsteren fleckigen Putz an den Wänden und den düsteren prächtigen Goldrahmenporträts meiner Redwine-Ahnen, strahlte sie, fand ich, einen mächtigen Zauber aus. Düster, düster... auf einmal kam es mir so vor, als sei mein Leben nichts als düster gewesen, ehe diese vier wildfremden Menschen aus der warmen Aprilnacht in meine Eingangshalle getreten waren und sie mit primitivem Leben erhellt hatten.

Als nächstes bemerkte ich einen engelsgleichen blonden Jungen von knapp einem Jahr auf dem Arm meiner Tante; an der anderen Hand hielt sie ein vielleicht dreijähriges, ebenso puttenhaftes Mädchen: ernst, schweißgebadet und übertrieben herausgeputzt in fuchsienrotem Samtmantel, mit Kappe und Höschen in der gleichen Farbe. Dahinter, die Hand auf der Schulter der Kleinen, stand ein Mädchen, das größer, aber anscheinend jünger war als ich, und starrte mich mit den ungewöhnlich blauen Augen ihrer Mutter an, und etwas in ihrem Blick durchdrang mich und traf mich mit einer Wucht geradewegs ins Herz, als hätte ich einen Brandpfeil verschluckt. Ich blinzelte und schluckte stumm wie ein Fisch an der Luft, und dann, zu meiner eigenen großen Verwunderung, lächelte ich.

Das Mädchen lächelte zurück. Ihr Haar war von einem reinen, klaren Dunkelbraun wie Wasser in einem kalten Winterbach über dürrem Laub, und es flog ihr lose um den schmalen Kopf wie Maispuppenhaar. Sie hatte rußschwarze Lider, die über den rosa angehauchten Wangen wie Spinnweben aussahen, und war groß und gertenschlank wie ihre Mutter mit langen Gliedern, zierlichen Händen und Füßen und einer Windhundtaille. Sie stand still, erweckte aber den Eindruck, als sei sie eben noch mitten im Flug gewesen und gerade auf der Erde gelandet. Sie trug einen Kordanzug und schmutzige, zweifarbige Halbschuhe.

Sie war von all den Menschen im Treppenhaus die erste, die sprach.

»Hier stinkt's«, sagte sie mit einer trägen, vollen Stimme, wie Musik, wie Tannenhonig.

»Lucy!« rief Tante Willa entrüstet. Sie sprach in einem monotonen, schleppenden Nasal. Meine Eltern sahen erst einander, dann das Mädchen an.

»Na klar«, antwortete ich, und eine unaussprechliche Freude floß mir durch die Adern. »Kommt aus der Küche. Martha macht Lamm zum Abendessen. Igitt!«

»Riecht mehr nach Hund«, sagte Lucy und lachte ein dunkles, seidig fließendes Lachen, und ich lachte auch, und noch als die Erwachsenen uns beide gezwungen hatten, uns zu entschuldigen, und uns nach oben auf den abgeschirmten Balkon geschickt hatten, »bis ihr euch wieder anständig aufführt wie eine Lady und ein Gentleman«, hörten wir nicht auf. Soweit ich denken kann, war es das erste Mal, daß ich im Haus in der Peachtree Road richtig gelacht hatte. Es war das Erste, Letzte und Nachhaltigste, was Lucy mir gab, und es wird mir unvergeßlich bleiben: ihr Lachen.

Als wir uns ausgelacht hatten, fragte sie mich: »Bist du alle Kinder, die da sind?«

»Ja«, erwiderte ich ein wenig beschämt.

»Dann hat es deiner Mama wahrscheinlich keinen Spaß gemacht, wenn dein Papa auf sie drauf ist«, stellte Lucy sachlich fest.

»Wieso, was meinst du?« Mir prickelte bei dem, was jetzt kommen mußte, erwartungsvoll die Haut.

»Also, meine Mama hat immer gelacht und geschrien, wenn Papa auf sie drauf ist, und wir sind drei. Du bist nur einer, dann hat's deiner Mama vielleicht keinen Spaß gemacht, und sie hat damit aufgehört, sonst wären doch mehr von euch da.«

»Aber sie hat ja nicht aufgehört«, sagte ich. Auf einmal war es mir sehr wichtig, Lucy von meinen Nächten im Ankleideraum zu berichten, in denen meine Mutter weinte. Die Scham verflog, und Wut kam auf. »Er steigt immer auf sie drauf, aber sie lacht nicht. Sie weint. Sie weint fast jede Nacht. Ich weiß es, weil ich bei ihnen im Zimmer schlafe.«

Sie sah mich erstaunt an.

»Warum?« fragte sie. »Wieso hast du denn nicht selbst ein Zimmer, wo ihr doch alle so reich seid?«

»Reich?« fragte ich entgeistert.

»Klar. Oder warum meinst du, daß wir von so weit hergekommen sind? Jetzt sind wir bald genauso reich.«

Das war zuviel. Zu viel Merkwürdiges auf einen Schlag, zu viel an Offenbarung und Verheißung. Mir krampfte sich der Magen zusammen, und ich rannte ins Badezimmer und übergab mich, und Martha steckte mich sofort ins Bett, und so verpaßte ich alles, was an dem Abend vielleicht noch vorfiel, und mir war immer noch flau und schwindlig, als meine Mutter heraufkam, um ihre Bekannten anzurufen und ihnen über die heidnische Invasion zu berichten. Als ich einschlief, war es schon spät.

Aber schließlich fiel ich doch in Schlaf; ich schlief in jener Nacht in einem anderen Land, wo wir reich und darum etwas Besonderes waren und wo die Frauen beim Liebesakt lachten und laut schrien vor Vergnügen.

Ein Land, wo es jetzt Lucy gab und wo daher nichts mehr unmöglich war.

Ich schlief den plötzlichen, unkomplizierten, dunklen Schlaf des behüteten Kinds, und am anderen Morgen erwachte ich voll Freude.

Ich habe gesagt, daß ich nicht mehr vor die Tür gehe, aber das stimmt nicht ganz. Ich gehe fast jeden Abend aus. Wenn das letzte Licht geschwunden ist und die Straßenlaternen angehen, zu welcher Tages- und Jahreszeit es auch sei, ziehe ich mir meine Nikes an, schlüpfe aus dem Gartenhaus in die freundliche Dunkelheit und renne durch Buckhead. Ich laufe etliche Meilen, an manchen Abenden immerhin fünfzehn bis zwanzig, an anderen nur vier oder fünf. Bei meinem Aufbruch weiß ich nie, welche meiner vielen Routen ich wählen werde; anscheinend nehmen mir meine Füße die Entscheidung ab, wenn sie über das gepflasterte Trottoir die Peachtree Road entlang traben. Aber ich bewege mich stets im selben Gebiet, im Land des früheren Buckhead. *Denn in ihm lebe, webe und bin ich*, wie es in der Apostelgeschichte heißt. Ja, ich laufe und werde vermutlich von etlichen Leuten gesehen – ein großer, schlanker Mann, dessen lichtes Haar im Schein der Straßenlaternen blond oder silbrig wirkt; nicht mehr jung, aber mit dem weiten, federnden Schritt des Läufers. Daß sie mich sehen, stört mich nicht; ich verstecke mich ja bei Tag auch nicht vor ihren Blicken, sondern vor ihrem Anblick. Ich laufe; laufe durch die Landschaft von vor über vierzig Jahren. Ich laufe um mein Leben.

Während ich leise und rhythmisch durch eine knospende Frühlingsnacht oder eine sternenbesäte schwarze Winternacht trabe, gehen mir klickend die Namen durch den Kopf wie Rosenkranzperlen durch die Finger eines frommen alten Katholiken, ohne Nachdenken, ohne Hinterfragen ihres Sinns. Die Namen sind mein Katechismus. Alles Schäbige und Verlotterte, alles Neue und Aufdringliche übersehe ich; ich laufe, wie gesagt, um mein Leben, aber um mein Leben von früher.

Nach rechts, die Muscogee Avenue entlang und vorbei am Haus der Camerons – nach dem Sitz von Dorothys Familie in Dorset »Merrivale House« geheißen –, Muscogee Avenue Nummer siebzehn. Neel Reid hat es im Jahre 1921 erbaut, ein klassizistischer Architekt, auf den Atlanta große Stücke hält und der nach jahrelangem Auslandsaufenthalt die bewaldeten Hügel und Höhenzüge im Nordwesten Atlantas mit nachempfundener Renaissance, georgianischem Stil, griechischem Neuklassizismus, Barock und italienisierenden Villenbauten von ausgefallenem Geschmack und Material übersäte. Diese sogenannten Vorstadtvillen waren teils als Sommerfrische gedacht, teils aber auch als Schaufenster, die die herausragende Stellung ihres Besitzers jedermann vor Augen führen sollten. Die meisten waren in den zwanziger, dreißiger Jahren erbaut, als Gärten und Gesellschaften die beiden Steckenpferde Old Atlantas waren und Salons, Speisesäle und ausgedehnte Landschaftsparks *de rigueur* wurden. Die meisten Häuser hatten riesige Gärten – viele haben sie noch –, die alle, Meile um Meile, ineinander fließen, so daß ganze Straßenzüge im Frühjahr eine einzige riesige Woge aus Farben bilden.

Die ungeheure Weite des Raumes, der willkürliche, übermütige Schwung der waldigen Höhen und das freie Spiel der Brandung aus Azaleen, Hartriegel und Baumblüte verleihen dem Frühling bei uns einen reizvollen, atemberaubenden Zauber. Im April grenzt der Verkehr in den engen alten Straßen hart an die kritische Masse, und manche große alte Dame verwünscht heute die Pracht, die zu schaffen sie und ihr Gartenarbeiter sich so mächtig ins Zeug gelegt hatten, als sie beide noch jung waren. Ich erinnere mich noch lebhaft an die Gärtner und Gartenarbeiter der alten Villen. Die meisten Kinder aus meiner Clique haben ihre ersten Schritte gemacht, indem sie den gleichmütigen schwarzen Arbeitern mit ihren wunderbaren Geräten und Schätzen hinterhergetrippelt sind.

Bei meinem nächtlichen Lauf übersehe ich die Kleinbusflotten und Laster der Firma Davey Tree, die jetzt die Parks pflegt. Wenn sie überhaupt gepflegt werden. Viele alte Häuser müssen den teuren, schäbigen Wohnanlagen weichen, die Buckhead verunstalten. Andere werden von Arabern und Parvenüs gekauft, den einzigen, die sich die Unterhaltung solcher Anwesen heute leisten können. Noch werden etliche Villen von verwitweten älteren Damen bewohnt, doch Heizung, Klimaanlage und Instandhaltung kosten unverschämt viel, und es wird unverschämt viel Geld geboten. Als 1907 die erste Straßenbahn vom Stadtzentrum nach Buckhead geplant wurde, war der Hektar Land in der West Paces Ferry Road noch für zweihundertundfünfzig Dollar zu haben. Jetzt kommt er auf bis zu zwei Millionen. Die alte Dorothy Cameron mußte in den letzten Jahren, bevor sie aus der Muscogee Avenue auszog, allein zehntausend per annum an Grundsteuer entrichten, und zu der Zeit waren sie und Ben alles andere als reich. Was sie am Schluß hatten, waren Herz und Kinderstube, nicht Geld.

Welche Ironie, daß Geld Buckhead entstehen ließ und Geld es zerstört!

Aber ich übersehe die Schilder von Sotheby und Harry Norman und Buckhead Brokers, die unbeleuchteten Fenster, das Unkraut, das heute dort wuchert, wo sich früher Rasenflächen hinstreckten, sattgrün und eben wie ein guter Billardtisch. Statt dessen sehe ich Sarah und Ben und mich im Garten der Muscogee Avenue Nummer siebzehn durch den gleißenden Wasserstrahl flitzen, während Leroy Pickens, der Chauffeur von den Camerons, den Schlauch hält und eine der immer gleichen Lincolnlimousinen Ben Camerons wäscht. Der feine Sprühregen, der von den Kotflügeln und den hohen, geteilten Fenstern und unseren geschmeidigen, braunen Körpern als Regenbogen aufsteigt, schmeckt warm und metallisch und ein bißchen nach dem roten Lehm von North Georgia, Schmetterlinge tanzen im kleinen Obstgarten, im Hintergrund fliegt ein Kolibri im Sturzflug auf die Rosen, die eben rund um den Pavillon im Formgarten aufbrechen, und eine fette schwarze Krähe stolziert auf der hohen Steinmauer, die im Bogen um den Vorgarten und den französischen Buchsgarten bei der Glasveranda führt.

»Schau mal, wie mein Papa badet«, sagt Ben, zerteilt mit einem Satz den Sprühregenbogen und verdreht sich dabei so phantastisch, daß er für einen Augenblick – im Zenit seines Sprungs vor dem schmelzenden Juniblau – wie ein zierlicher Kosakentänzer aussieht, wie Ariel, ganz aus Luft und Licht.

»Nein, so«, fällt die kleine Sarah ein und schwingt sich in einem braunen Bogen voll unbewußter Eleganz ins Blau wie ein Otter, der ins Wasser springt. Für einen Moment läßt sich schon die leichtfüßige, niedliche Nixe erahnen, zu der Sarah einmal werden soll.

Ich breche unter dem Sprühregen in Gelächter aus, weil der Gedanke, daß Eltern – und gar Dorothy und Ben Cameron senior, die ich anhimmele – überhaupt baden, mein gesamtes Vorstellungsvermögen sprengt.

»Und dein Papa, Shep, wie badet der?« fragt Ben. »Wetten, daß er sich suhlt und schnaubt wie ein Warzenschwein!«

Und er spielt es uns so anschaulich vor, daß wir das grunzende, wilde Tier und den stinkenden, schleimigen Schlamm und die endlose Weite der afrikanischen Steppe deutlich vor Augen sehen. Ben ist dabei keineswegs boshaft. Der Vergleich meines untersetzten, massigen, roten Vaters mit einem Warzenschwein im Schlammloch ist wirklich treffend. Und Ben und Sarah haben schon einmal ein Warzenschwein in einem Schlammloch erlebt, auf einer Safari mit ihren Eltern im Frühjahr zuvor.

Aber mir bleibt das Lachen im Halse stecken. Ich habe das Bild vor Augen und sage: »Ich glaube nicht, daß er badet.« Denn es übersteigt meine Vorstellungskraft, mir meinen Vater naß und nackt zu denken. Schon beim bloßen Versuch überläuft es mich kalt.

»Mann, muß der aber stinken«, kräht Ben und kann vor Heiterkeit nicht mehr an sich halten.

Sarah hört auf herumzutollen und blitzt ihn wütend aus großen, braunen Augen an.

»Shep hat recht«, sagt sie. »Und du brauchst gar nicht so zu lachen, Ben Cameron, ich weiß nämlich zufällig, daß Mama und Papa in Wirklichkeit auch nicht baden.« Sie sieht mich an, und aus ihrem Blick sprechen Güte und Freundlichkeit.

»Das war alles bloß erfunden, Shep«, sagt sie. »Meine Mama und mein Papa baden gar, gar, gar, *gar* nie.«

Eine ungeheure, großartige, wunderbare Lüge. Wir lachen, und Leroy Pickens lacht, und das Wasser gluckst, und der Terrier Yappie auch, und ich laufe jetzt an dem dunklen Gebäude vorbei, das für mich immer das romantischste Haus von Buckhead war.

Links in die Rivers Road, vorbei am weißen Holz-Landhaus der Slatons. Ich sehe Alfreda, klein, gehässig und vogelhaft in bauschigen Unterröcken, wie sie auf dem Weg zu einem College-Ball in Tom Goodwins 1935er Chevy – ohne Kotflügel, Verdeck und Auspuff – steigt. Die zierliche Freddie, so hübsch, wie es ihr möglich ist, die Hand verheißungsvoll und besitzergreifend auf Toms Arm gelegt.

Ich sitze mit Lucy auf dem Rücksitz des Chevy – Red Chastain wartet noch im Schoß der Zukunft –, und Freddie blickt mit scharfen kleinen Augen auf die Orchideenbüschel auf Lucys Kleid, an ihrem Handgelenk, in ihrem Haar. Die Blumen sind nicht von mir; Lucys Partner für die Tänze und das anschließende Frühstück und ihre übrigen Verehrer haben sie ihr geschickt. Die Sitte ist barbarisch, aber unausrottbar. Freddie trägt nichts als Toms kleine Purpurblüte. Sein Vater ist nicht in derselben Einkommensklasse wie die meisten von unseren, und Wolken opulenter weißer Orchideen sind für Tom unerschwinglich. Freddies Miene wird starr.

»Du lieber Gott, Lucy, du siehst ja aus wie ein Fruchtsalat«, sagt sie zuckersüß, doch ihre Stimme ist verräterisch schrill. Arme Freddie, immer wieder treibt sie ihr großer, unstillbarer Hunger in einen Wettstreit, in dem sie ohne jede Chance ist.

»Kann schon sein«, erwidert Lucy in ihrem lässigen, rauchigen Singsang. »Und du, Herzchen, siehst aus wie eine leere Salatplatte.«

Ein eindeutiger Triumph. Freddie ist für den Rest der Fahrt zum Brookhaven Country Club stumm vor Schmerz und Wut. Toms Nacken läuft dunkelrot an, und ich werfe Lucy einen strengen Blick zu. Ich bin in meiner Sankt-Shep-der-Schutzpatron-Stimmung, und weibliches Weh, und sei es bei Freddie, ist mir ein Greuel. Sie erwidert meinen Blick und grinst.

»Ein zähes Aas«, flüstert sie. Und zögernd grinse ich zurück.

Ich laufe hinein in die Peachtree Battle Avenue mit dem Wäldchen zwischen den Fahrbahnen. Lassen wir es Frühling sein, April. Das junge Laub *point d'esprit* mit zarten Spitzen, die weißen Hartriegelsterne funkeln im Laternenlicht. Straßenlampen durch frisches Grün... sie beleuchten meine Kindheit, daß sich mir das Herz zusammenzieht, die kleinen, kunstvollen Heiligenbilder des Stadtkinds. Weiter am Woodward Way vorbei und nach rechts in den Dellwood Drive, an dem riesigen, den Gebrüdern Adam nachempfundenen Komplex vorüber, wo Carter Rawsons Familie gewohnt hat. Er und Little Lady wohnen immer noch dort; das Haus ist gerade lichtdurchflutet, so, wie es damals gewesen sein muß, doch zu der Zeit kannte ich Carter nicht. Ich bin wirklich vor der Verlobungsfeier, die Carters Eltern für ihn und Little Lady gaben, nicht ein einziges Mal dort gewesen; jetzt steht mir der längliche, elegant proportionierte französische Buchsgarten hinter dem Haus vor Augen, dessen Hauptweg auf einen Rundpavillon zuführt, wo Little Lady neben Carter zwischen gelbem Jasmin und ionischen Säulen steht und strahlt wie eine Meißner Schäferin.

»Guten Abend, Mrs. Draper«, flötet Little Lady einer imposanten, panzerhaften Matrone zu und klimpert dabei mit ihren vielgepriesenen goldenen Federlidern. »Guten Abend, Mrs. Dorsey. Carter und ich sind entzückt, daß Sie diesen glücklichen Tag mit uns teilen. Wir hoffen, Sie besuchen uns gleich als Allererste, sobald wir von Sea Island zurück sind. Wir haben uns *so* über den zauberhaften Toastständer gefreut; ein Familienstück, habe ich recht?«

Und zwei alte Damen lächeln, endlich, und Little Lady wird wie eine Rakete in die gesellschaftliche Ionosphäre von Atlanta katapultiert.

»Ach du Scheiße«, murmelt Lucy, die mit Red Chastain hinter mir steht. »Irgendwas stimmt nicht an diesem Bild! Ach ja. Da fehlt die musikalische Untermalung. Da drüben hinter den Büschen müßte ein Orchester rumsitzen und ›Fascination‹ spielen.«

Nach rechts in die West Wesley Road und links in die Habersham Road, und in langem, federndem Lauf zu Tom Goodwins viel kleinerem Haus auf der rechten Seite, ein freundlicher Rahmenziegelbau, der weder von einem Neel Reid noch einem Philip Shutze oder sonst jemandem entworfen wurde, den man in Atlanta kennt, sondern von einem Bauunternehmer, der bei Toms Vater – Besitzer der ersten Werbeagentur der Stadt – Kunde war. Toms Familie hat etwas Geld, aber nicht genug, und etwas Einfluß, aber nicht genug, und das Haus ist bei weitem nicht elegant genug, um den Goodwins einen bleibenden Platz in dem Pantheon zu sichern, in dem sie sich allzu schwankend bewegen. Doch die Lage ist tadellos, und die Adresse in der Habersham Road zusammen mit der Aussicht, dort eines Tages Hausherr zu sein, wird Tom schließlich die kleine Vogelhand von Freddie Slaton einbringen. Vermutlich wäre es besser gewesen, sein Vater hätte in sicherer Entfernung von der Peachtree Road, in Garden Hills und damit auf der anderen Seite des Zauns, einen erschwinglichen Bungalow erstanden.

Nach rechts auf die Hauptverkehrsstraße West Paces Ferry Road. Sie führt zum Fluß, wo ein Harry Pace einmal eine Fähre betrieb, und hat sich inzwischen zu einer der meistverstopften West-Ost-Verbindungen im Norden Atlantas entwickelt. Doch bei meinen nächtlichen Läufen steht die Zeit still, und zwischen den dunklen Bäumen sieht man nur die Lichter der wenigen großen Häuser zu beiden Seiten. Dort, wo heute – seit nunmehr dreißig Jahren – der Gouverneurssitz (neoklassizistisch) liegt, steht für mich nichts als Wald. Der große Steinhaufen gleich daneben ist immer noch das Haus der Familie Grant und nicht der Cherokee Town Club, jener erfolglose Prätendent auf den Thron des Driving Clubs. Holz, der Duft von Geißblatt und Tränendem Herz, der Geruch von warmem Teer in der kühlen Nachtluft und frisch gemähtem Gras... und vorne die streuenden Lampen, ab und zu das Surren und Summen des Verkehrs im Zentrum von Buckhead.

Wenn ich zu der vertrauten Kreuzung von Peachtree, West Paces Ferry und Roswell Road komme, ist mir, als träte ich aus dem finsteren, tobenden Midgard ins ewig hell strahlende Walhalla. So war es früher schon. Die schäbige Kreuzung aus den 50er Jahren verkörpert für mich alles: Leben, Beistand, Verheißung und eine Art profane Unsterblichkeit. Welche Macht die paar funzeligen, zweckmäßigen, gelb-rosa-blauen Neonröhren nicht über die Myriaden Geister haben, die in Buckhead herumschwärmen wie die Motten!

Und ich beschleunige meine Schritte und laufe nach Buckhead hinein. Rechter Hand der Drugstore Wender & Roberts, und direkt gegenüber – die Spitze des von Peachtree und Roswell Road gebildeten Pfeils – Jacobs Laden und Madders Tankstelle und über dem Ganzen der große Mond der Coca-Cola-Reklame. Gleich hinter der Roswell Road das Buckhead Filmtheater mit einer Empore für die Neger aus den Villen der Umgebung, die in den Genuß eines Feierabends kommen. Ich glaube nicht, daß es damals, abgesehen von der Dienerschaft, in Nordatlanta auch nur einen Schwarzen gegeben hat. Ich kann uns sehen, wie wir in einer ganzen Horde – wir rempeln und johlen und boxen einander – von Wender & Roberts kommen und die Straße überqueren, um in den Spätfilm zu gehen. Ein Stückchen weiter die East Paces Ferry Road entlang war ein Kiosk, wo sich auch die kleinsten von uns zur Theke hinaufrecken und für einen Penny eine Zigarette erwerben konnten.

Auf der anderen Straßenseite, wo heute der scheußliche Klotz des Buckhead Plaza aufragt (wegsehen, wegsehen!), gab es eine Liliput-Autorennstrecke; auf dem grasigen Innenfeld stellte Caroline Gentry, Charlies kleine Schwester, immer ihren Ponywagen ab, mit dem sie vom West Andrews Drive hergefahren war, wo die weitläufige, fleckige Stuckvilla der Gentrys lag. Dann ging sie auf die andere Straßenseite zu Wender & Roberts, wo sie sich heimlich mit Boo Cutler traf, trank eine Fountain Cherry Coke zu einer Packung von Toms Kartoffelchips, und sie besuchten gemeinsam die Nachmittagsvorführung im Buckhead Filmtheater und knutschten. Niemand – nicht Mr. und Mrs. Gentry, nicht Carolines Sonntagsschullehrerin, nicht ihre Lehrer in der North Fulton Highschool, nicht Charlie selbst – konnte sie von der Beziehung abbringen.

Boo Cutler. Mit den schlaff-lidrigen blauen Augen, dem verwöhnten, verdorbenen Babygesicht und der kaugummirosaroten Unterlippe, dem buttergelben Bürstenschnitt und dem schnellsten Mercury, Baujahr 48, der Südstaaten. Der legendäre Boo des Klassentratsches: Wußtet ihr, daß Boo am Wochenende Alkohol von der Hall County nach South Georgia schmuggelt und die Polizei schon oft auf ihn geschossen, aber nie getroffen hat? Daß er über fünfzig Frauen flachgelegt hat, bevor er alt genug war, ein Automobil zu fahren, und eine von ihnen ist Lehrerin in der North Fulton Highschool? Daß er im Kofferraum des Mercury eine Schrotflinte dabei hat mit einer Kerbe für jeden Neger, den er in der tiefen Provinz South Georgias auf Nebenstraßen umgelegt hat? Daß er es einmal mit einer Kuh getrieben hat?

Das mit dem Alkohol hat jedenfalls gestimmt; ich entsinne mich, wie es eines Abends – ich war fünfzehn und er sechzehn – hieß, Boo komme genau um Mitternacht aus Hall mit einer Ladung durch Buckhead und habe versprochen, mit zweihundert Sachen durchzuflitzen, es sei ihm auch scheißegal, wie viele Bullen ihm auflauerten, sein Merc nehme es mit jedem auf. Ich weiß es noch wie heute: Es war im Spätherbst an einem Freitagabend nach einem Football-Heimspiel – wir hatten alle unseren Eltern erzählt, daß wir hingingen –, und wir trafen uns heimlich an der Ecke East Paces Ferry und Peachtree Road in der stillen Kälte und warteten auf Boo. Wie immer um diese Nachtzeit war so gut wie kein Verkehr, der Eingang des Lichtspielhauses ein Stück die Straße entlang bildete die einzige Beleuchtung, hoch am Himmel pfiff ein kräftiger Wind, und die Stille summte für uns vor Spannung, während wir auf Motorengeräusche lauschten. Als es soweit war, hörten wir ein hohes, durchdringendes Pfeifen und dachten erst, daß der

Wind aufgefrischt hätte. Da sagte Snake Cheatham: »Er kommt. Das ist er.«

Und wir traten aus unserer geschützten Stellung heraus in den Wind, daß uns die Augen tränten, und sahen Boo Cutler mitten auf der leeren Peachtree Road heransausen, wie wenn der Teufel hinter ihm her wäre, die paar armseligen Straßenlampen fingen den fliegenden Mercury auf und schleuderten ihn voran, der Motor heulte kehlig auf – entsetzlich, wunderbar.

Wir standen stumm. Er war an uns vorbei und die Peachtree Road hinuntergerast, ehe wir ihn in seiner Großartigkeit und Geschwindigkeit erfassen konnten; der Merc lag so tief, daß er mit dem Auspuff gewaltige Funkenfontänen aus dem Pflaster schlug, und bevor wir auch nur den Kopf nach dem neuen Lärm wenden konnten, blinkte ein schwarz-weißer DeKalb-Streifenwagen hoffnungslos abgeschlagen hinterher, dessen Sirenen im Vergleich zu dem Walküreschrei des Mercury dünn und jämmerlich klangen. Im Nu waren beide in der Stille verschwunden, und wir schwiegen einen Augenblick.

»Mannomann, der hatte mindestens zweihundertzwanzig drauf«, sagte Tom mit brüchiger Stimme.

»Ich hab' mir grad in die Jeans gespritzt«, fügte Charlie hinzu.

Ich weiß noch, wie ich im Schutz der Dunkelheit leise vor mich hinheulte und mich dafür schämte, aber nicht so sehr, als daß mir die Erinnerung an diesen wunderbaren Moment nicht noch nach all den Jahren vor Freude und Dankbarkeit das Wasser in die Augen triebe. Ein Moment der Fülle, rund und heil wie ein Ei.

Boo Cutler, Charlie...

Buckhead heißt so, weil ein Mann namens Hardy Ivy im Jahr 1838 den Kopf eines Bocks an einem Baum über seiner Ladenkneipe anbrachte, und der Name bürgerte sich bei den Siedlern ein, die sich dort trafen. Der Baum, an dem die schauerliche Trophäe hing, steht heute noch auf dem Parkplatz eines Getränkemarkts. Das Land, das den Kern von Buckhead ausmacht, die 80 Hektar, wo erst die Rennbahn war und dann Sears und wo sich jetzt das Buckhead Plaza breitmacht, erwarb Hardy für 605 Dollar. Hier soll eine Kiste Gold vergraben sein, die ein alter Mann und sein Sklave während der Belagerung der südlich gelegenen Stadt »da draußen« verbuddelt hatten, »damit die verdammten Yankees sie nicht kriegen«.

Ein günstiges Omen. Buckhead hat sich – zu Recht oder zu Unrecht – von jeher voller Stolz als reichste nicht eingemeindete Vorstadt der Vereinigten Staaten bezeichnet. Faktisch und von seinem Wesen her betrachtete es sich stets als eigene Einheit gegenüber dem protzigen Giganten an seiner Südgrenze und wehrte sich mit Zähnen und Klauen gegen die Annexion. Erst im Jahr 1950 kriegte uns die Großstadt, und viele Buckheader empfinden dies noch heute als Katastrophe von kaum geringerer Tragweite als die von General Sherman verursachte.

Nun ja. Ich lasse im Laufen das wohltuende Zentrum von Buckhead hinter mir und komme auf der Peachtree Road wieder in den dunklen, trommelnden Süden. In jenem vergangenen Land standen verstreut zu beiden Seiten dahinvegetierende Läden und Geschäfte, und gleich dahinter befand sich linker Hand der Stadtteil Garden Hills: solide Mittelschicht, anständig und wohlsituiert, aber eine völlig andere Welt als das Reich auf der anderen Seite der Peachtree Road. Erst als ich auf die North Fulton Highschool kam – am Ende der Delmont Drive links –, habe ich Menschen kennengelernt, die in Garden Hills wohnten, und wir Kinder waren zwar keine Snobs, nicht, daß ich wüßte – jedenfalls nicht in bezug darauf, wo man wohnte –, aber die Peachtree Road scheint in meiner Kindheit eine so unüberwindliche, klare Trennlinie gewesen zu sein wie der Hadrianswall. Später freundete ich mich mit etlichen Schulkameraden an, die *da drüben* wohnten, und einer von ihnen, A. J. Kemp, wurde neben Charlie Gentry vielleicht mein bester Freund. Doch im Land meiner Kindheit überschritt keiner von uns den Rubikon oder wünschte es auch nur.

Ich laufe weiter auf der Peachtree Road, vorbei an der North Fulton Highschool und der Grundschule von Garden Hills, die beide links außer Sichtweite liegen; vorüber an der Kirche *Saint Philip's* zur Rechten, die wir, als sie noch eine kleine Pfarrkirche war, jeden Sonntag mit mechanischer Frömmigkeit besuchten; vorüber an der Baptistengemeinde *Second Ponce de Leon* und an der Christkönigskathedrale (so katholisch, daß man es hört); vorbei an den letzten Lichtreklamen in die Dunkelheit zwischen nunmehr schlafenden Häusern. Eine Reihe Villen zu meiner Rechten, wie die in den entlegenen Straßen dahinter; Häuser, die Prinzen beherbergen könnten und beherbergt haben und die viele Jahre lang der Belagerung durch die Stadt im Süden standhielten. Diese paar Peachtree-Road-Häuser waren meist zwei- oder dreistöckige, dezente Backsteinbauten mit schwarzem oder grünem Zierwerk, manche mit Säulen und andere mit Adamschen Oberlichtern und eleganten georgianischen Fassaden. Sie schlafen sicher da im Dunkeln. Sicher und würdevoll und schön.

Aber das letzte vor der Muscogee Avenue, das sicherste und würdevollste und, für mich, auch das schönste… mein eigenes: Peachtree Road Nummer 2500.

Rückblickend könnte man meinen, daß meine Leidenschaft für das Haus angesichts meiner hungrigen und beengten Kindheit an Selbstzerstörung grenzt. Jeder Mensch mit dem geringsten Überlebenswillen hätte das einzig Vernünftige getan, den Kopf eingezogen und im Geiste die Mauern geleugnet, die ihn aushungerten und einschlossen, und gleich die erste Gelegenheit genutzt, ihnen zu entrinnen und sie ohne Bedauern und singenden Herzens hinter sich zu lassen. Doch die massiven, bergenden Backsteinwände an sich habe ich nie als bedrückend empfunden; nein, immer, wenn ich die Blicke oder Gedanken auf sie richtete, waren sie mir Trost und Zuflucht. Und als ich sie als junger Mensch verließ, gab es mir fast körperlich einen bösen Stich – zumindest was das Haus betraf. Und als ich wiederkam, auch wenn meine Rückkehr ursprünglich nicht freiwillig vonstatten ging, machte mein Herz denselben kleinen Freudenhüpfer wie jedesmal, wenn ich um die langgezogene Windung hinter der Peachtree Battle Avenue Richtung Norden bog und die zart-rosa Ziegel und das hübsch geschwungene Walmdach vor mir sah.

Dieses so vollkommen harmonisch proportionierte und mit klarem Licht durchflutete Haus konnte, fand ich – welch schleichendes Gift momentan auch die Eintracht stören mochte –, bei so viel Schönheit nicht an sich bösartig sein, sondern dämmerte nur unter einem Fluch, der bald aufgehoben werden mußte, und wenn es erwachte, würde das Glück in so märchenhafter Fülle hereinströmen, daß es weit über meine armselige Vorstellungskraft ging. Deswegen war ich vermutlich auch nicht wirklich unglücklich, weil ich mit so unerschütterlicher Überzeugung auf die künftige Freude wartete. Welches Kind traut sich, der schlimmsten Gefahr, in der es schwebt, ins Gesicht zu sehen? Selbst jetzt, wo jede Zukunft, die ich ihm vielleicht einmal zugedacht hatte, vergangen ist, bin ich immer noch hingerissen beim Anblick des Hauses Peachtree Road Nummer 2500, so schön ist es. Und ich betrachte es öfter am Tage, vom Gartenhaus aus.

»Mann, ist das aber riesig!« höre ich Lucy an ihrem ersten Tag in unserem Haus sagen. Wir standen auf der halbkreisförmigen Auffahrt und schauten zu ihm auf. Ihre blauen Augen glitzerten, und nicht nur von der Sonne.

»Verlangt ihr Eintritt dafür, daß Leute kommen und es anschauen?«

»Warum sollten wir?« fragte ich ehrlich verblüfft.

»Mama hat gesagt, in New Orleans machen die Leute so was.«

»Aber hier macht's keiner«, erwiderte ich bockig.

»Wetten, daß ihr damit ganz schön was verdienen könntet? Ich frag' mal Tante Olivia, ob ich's machen darf. Bestimmt würden viele Leute was zahlen, um das Haus zu sehen.«

»Lieber nicht«, sagte ich hastig, da ich instinktiv spürte, daß meine Mutter über so einen Vorschlag entrüstet wäre. »Wenn du Geld brauchst, geb' ich dir welches. Wieviel willst du?«

»Ein Nickel«, antwortete sie prompt.

»Willst du nicht lieber einen Dime? Ich habe einen.«

»Nee, du Blödian«, erwiderte sie verächtlich. »Ein Nickel ist doch doppelt so viel wie 'n Dime.«

Ich gab ihr den Nickel.

Das Haus war 1917 erbaut worden, und zwar nicht von Neel Reid, sondern von einem Architekturstudenten. Er war ein Cousin des Bauherrn, eines Arztes, der sich mit der Investition in die Herstellung von Coca-Cola-Flaschen als einer der ersten hier ein Vermögen erwarb, wie etliche von den Männern, die in Buckhead die ersten Villen errichteten. Das Dreieck zwischen West Paces Ferry und Roswell Road heißt auch heute noch *Coca-Cola Corners.* Der junge Architekt ertrank ein Jahr nach Fertigstellung des Hauses im Arno – er verbrachte nach seinem Abschluß am Georgia Technical College das obligatorische Studienjahr in Florenz –, nachdem er die ganze Nacht getrunken und Lord Byron gelesen hatte. Meine Mutter hat mir die Geschichte erzählt, als ich kaum drei Jahre alt war; eine meiner frühesten Kindheitserinnerungen: Ich sitze auf ihrem Schoß im Schaukelstuhl vor dem Kohlefeuer oben im großen Elternschlafzimmer und schaukle vor und zurück, vor und zurück, während ihr der rote Feuerschein über die Hände leckt und ihr dunkles, seehundweiches Haar uns wie ein Vorhang ins Gesicht fällt.

»Tragisch«, sagte sie, vor und zurück, vor und zurück. »Tragisch, wenn ein begabter Mensch so jung in einem fremden Land sterben muß. Du mußt mir versprechen, dich nie zu betrinken, Sheppie, und deine Mama nie allein zu lassen. Versprichst du mir das?«

Wahrscheinlich erinnere ich mich so lebhaft daran, weil es ein seltener Moment in meinem jungen Leben war; sie hat mich fast nie geschaukelt. Ja, ich kann mich an kein einziges anderes Mal erinnern. Die alte Martha Cater hat mich geschaukelt und – soviel ich erzählt kriegte – auch meine Großmutter Adelaide Bondurant, an die ich mich nicht mehr erinnern kann, aber ich glaube, ich neigte in den ersten Jahren viel zu sehr zum Sabbern für den empfindlichen Magen meiner Mutter. Keine Ahnung, warum es das eine Mal dazu kam; vielleicht litt ich an einer harmlosen Kinderkrankheit, bei der keine Körpersekrete im Spiel waren. Jedenfalls habe ich ihr damals versprochen, mich nie zu betrinken und sie nie allein zu lassen. Ich hätte ihr in dem Augenblick vollkommener, flammenbeschienener Seligkeit auch versprochen, in ein Trappistenkloster einzutreten, wenn sie es von mir verlangt hätte.

Der ertrunkene junge Architekt unseres Hauses ging mir nicht mehr aus dem Kopf. Ich fand sein Schicksal nicht tragisch, sondern romantisch und irgendwie ungemein edel. Jahrelang spukte mir der Gedanke im Hirn herum: »Für unser Haus ist einer gestorben.« Jener naßkalte unrühmliche Tod in Florenz verlieh ihm eine Art verheißungsvolle Bedeutung, als sei es von Geburt an zu etwas Besonderem ausersehen.

Das Haus ist schlicht und ausdrucksvoll im amerikanisch-georgianischen Stil aus dezent roten Backsteinen gebaut, mit Walmdach, Keilsteinen, einer Giebelreihe aus vier palladianischen Fenstern im zweiten Stock und einem Doppelkamin auf jeder Seite. Der Vordereingang im nüchternen, schmucken Plantagenstil hat ein fächerförmiges Oberlicht und Seitenfenster neben einem mit vielen Details ausgestalteten Vorbau, der von schlanken, ionischen Säulen getragen wird. Die Auffahrt durchschneidet im Halbkreis das kleine Rasenrechteck vor dem Haus, und ein schwarzer Schmiedeeisenzaun bildet die Grenze zur Peachtree Road. Der größte Teil des Geländes von gut einem Hektar mit dem länglichen Formgarten, dem Seerosenbecken und dem Gartenhaus liegt im Laubwald hinter dem Haus und grenzt an die Parks der Villen in der Rivers Road. Wenn man hinter dem Haus ist, merkt man auch heute noch nicht, daß der Verkehr einer Stadt von fast drei Millionen Einwohnern praktisch vor der Tür vorbeirauscht.

Als mein Vater das Haus im Jahr 1930 kaufte, lag die Peachtree Road natürlich fast auf dem Land, und der Verkehr war gering. Einer der Gründe, aus denen mein Vater es ausgesucht hatte. Der Neuankömmling aus dem winzigen, ländlichen Fayetteville im Südosten hatte sich zwar damit abgefunden, daß seine Zukunft und sein Glück in der Großstadt zu suchen waren, aber verrückt müßte er sein, wenn er mitten in all den Marotten, dem Lärm und der Arroganz auch noch wohnen wollte. Was meine Mutter betraf, konnte sie nur die Überzeugung, daß Buckhead eine der feinsten Adressen der Stadt war, in die Einöde der nördlichen Wohngebiete locken. Sie gehörte zu den Kleinstadtmädchen, die am liebsten mitten im Zentrum in Five Points gewohnt hätten. Aber als ihr mein Vater das Haus zeigte und ihr erzählte, daß links eine Tochter von Coca-Cola-Candler und gleich hinter ihr in der Muscogee Avenue ein ehemaliger Gouverneur wohnten, war sie überredet. Außerdem verkaufte die frisch verwitwete Frau Doktor zu einem günstigen Preis, und wenn meine Mutter auch oberflächlich war, dumm war sie nicht. Das Haus wurde schließlich von ihrem Geld bezahlt.

»Es ist eine Investition in deine Zukunft, Sheppie«, sagte sie, wenn ich mich recht entsinne, viele Male, als ich noch klein war. Und das war es tatsächlich, wenn auch nicht so, wie sie es gemeint hat. Sie stellte sich vor, daß ich heiraten und eine musterhafte Buckheadfamilie gründen würde, nachdem sie selbst die Früchte der untadeligen Adresse und Lage voll ausgekostet hatte. Daß mir das Haus einmal als Zuflucht für meine selbst gewählte Verbannung dienen würde, hätte sie sich nicht träumen lassen.

Das Innere ist fast ganz im georgianischen Stil gehalten: Die Eingangshalle, ein runder, rotundenhafter Kuppelbau mit Nischen für Blumen und Statuen, grenzt links an ein riesiges Wohnzimmer mit säulengeschmückter Veranda und rechts an den Speisesaal mit Anrichte; dahinter liegen der Dienstboteneingang und rechts davon die Küche. Hinter der Eingangshalle das zweistöckige Treppenhaus, eine Adamsche Treppe, die sich elegant in fünf Fluchten und sechs Podesten zum ersten Stock emporschwingt. Als kleiner Junge habe ich mir oft vorgestellt, wie Lucy im weißen Brautkleid die Treppe herunterkäme und ich sie in der Rotunde der Eingangshalle erwartete, und ich habe sie auch wirklich Jahre später in Weiß heruntergehen sehen, aber nicht zu ihrer Hochzeit. Das blieb Little Lady vorbehalten, und Tante Willa plante es, glaube ich, von dem Tag an, an dem sie in einer Frühlingsnacht des Jahres 1941 das Haus erstmals betrat.

Hinter dem Treppenhaus liegt die achteckige getäfelte Bibliothek, die hauptsächlich meinem Vater als Studierzimmer diente; wie alle Räume im Parterre ist sie mit ihren palladianischen Glastüren schön, luftig und voll heiteren Lichts, aber ich habe mich dort nie wohl gefühlt und durfte mich früher nie lange in ihr aufhalten. An manchen Winterabenden versammelten wir uns da ein Stündchen, meine Eltern und Tante Willa tranken zum Aperitif Whiskey oder Sherry, und wir Kinder, geschrubbt und gestriegelt, ließen das Victrola-Grammophon laufen oder lauschten den gedämpften Klängen aus dem großen Capehart-Radio. Aber meist saß die Familie, wenn überhaupt, im kleinen Damensalon hinter dem Wohnzimmer zusammen, oder – an den langen warmen Abenden im Frühling, Sommer und Herbst – auf der bequemen, ein wenig schäbigen, fliegenvergitterten Veranda, die rechts von der Bibliothek abgeht.

Oben, links vom Treppenhaus, befanden sich das Schlafzimmer und Bad meiner Eltern mit einem kaum benutzten Schlafbalkon davor und dem kleinen Ankleidezimmer, in dem ich den zornigen Schlaf des Gefangenen schlief. Rechts die beiden Räume, die Tante Willa und Little Lady bewohnten, und die Mädchenkammer, in der kurzzeitig der kleine Jamie Bondurant schlief. Hinter dem Treppenhaus, über der Bibliothek, ein Balkon, auf dem Lucy und ich an heißen Tagen hin und wieder spielten, bevor wir das Gartenhaus mit Beschlag belegten.

Eine enge Stiege führt in den zweiten Stock zu den niedrigen, muffigen Kabuffs, in denen zu wohnen sich die Dienstboten weigerten und die Lucy und mir in der Kindheit zur Zuflucht wurden. In die Kammern drang nur wenig Licht, sie waren extrem schlecht belüftet und im Sommer beklemmend, aber uns boten sie einen Unterschlupf, den wir grimmig bewachten, und in verschworener Gemeinschaft teilten wir diese einzig sichere Höhle, die wir je hatten, bis wir für solche Nähe zu alt geworden waren. Selbst als ich die Notwendigkeit unserer Trennung eingesehen hatte, betrauerte ich den Verlust der zellenhaften Nester unter dem Dach, und Lucy weinte tagelang untröstlich.

»Was haben die denn gedacht, was wir so Schlimmes machen würden?« fragte sie mich wütend in meiner neuen Burg im Gartenhaus nach dem Zwischenfall, der zu unserer Trennung führte.

»Na, du weißt schon«, antwortete ich errötend.

»Ach, das ist doch Quatsch. Ich will gar nicht, und du wüßtest nicht mal, worum es geht, wenn ich's dir nicht erzählt hätte. Ich glaub' sogar, du hast noch gar keinen Tüdellüt, oder?«

»Laß das jetzt, Lucy, deine Mama ruft dich. Ich hab' 'ne ganze Masse zu tun«, antwortete ich mit glühendem Gesicht.

»Na, und selbst wenn du einen hättest, was ich nicht glaube, wollte ich gar nicht mit dir«, sagte sie, und wieder stiegen ihr die Zornestränen in die Augen. »Mit dir würde es kein bißchen Spaß machen. Du müßtest bestimmt husten oder kotzen.«

Lucy war damals zehn – ich ging auf die zwölf zu – und kannte die Schwächen meines Fleisches und die Gebrechen meiner Seele besser als meine eigene Mutter.

Das Gartenhaus! Für mich immer schon, und dann auch für Lucy, ein verwunschener Ort, räumlich und geistig entrückt, der auf uns eine ungeheure Faszination ausübte, wie sie perfekte Miniaturausgaben von Dingen der Erwachsenenwelt immer in Kindern wecken. Ein richtiges kleines Haus und – abgesehen von dem weißen Balkenwerk – mit seinem Walmdach, den palladianischen Glastüren mit den schwarzen Läden und dem Säulengang mit Ziergiebel eine exakte Reproduktion der Villa. Es liegt tief in einem Hain aus alten Buchsbäumen und Indischem Flieder vor einem Walddikkicht, eine Glyzinie rankt sich über die Säulenhalle und füllt im Frühjahr die beiden großen Innenräume mit violettem Licht und Lavendelduft. Im Innern befindet sich ein großes Wohn- und Eßzimmer mit einem Boden aus italienischen unglasierten Kacheln und einem kleinen Steinkamin, daneben ein kleiner Schlafraum, dahinter ein kleines Bad und eine komplett eingerichtete, winzige Küche. Das Gartenhaus war für meine Großmutter Adelaide gebaut worden, die nach dem Tod meines Großvaters, vor meiner Geburt, zu Tochter und Schwiegersohn gezogen war; zwei Jahre später starb sie, und das Haus stand leer, bis Lucy und ich es in Besitz nahmen und tagsüber zu unserer Ausgangsbasis machten. Meine Eltern und ihre Mutter hatten nicht viel dagegen. Für die Bediensteten, die ja ohnehin ihre Wohnungen über der Garage hatten, waren die Möbel zu elegant und für Gesellschaften nicht elegant genug. Meiner Mutter hatten die schlichten, abgewohnten Familienstücke meiner Großmutter nie gefallen. Sie hatte einmal mit dem Gedanken gespielt, am Seerosenteich einen Swimming-Pool zu bauen und das Gartenhaus als Badehäuschen zu nutzen, aber sowohl sie als auch mein Vater konnten wegen ihrer empfindlichen Haut nicht lange an die Sonne gehen, und ich galt als zu schwächlich, besonders wegen der Poliogefahr im Sommer.

All das war von Geburt an mein – eine verschwenderische Fülle gestalteter Anmut, Symmetrie und Abgeschiedenheit, aber es bedurfte der klaren, licht-funkelnden Augen und wunderlichen, grillenhaften Phantasie meiner Cousine Lucy Bondurant, um mir Auge und Herz für dieses einzigartige Idyll zu öffnen. Ich habe keine Ahnung, was aus mir geworden wäre – ein Selbstmörder? Ein Börsenmakler? –, wäre sie nicht zu uns ins Haus gekommen, doch sie kam, und in einer einzigen Sekunde der Offenbarung, als sie in der Peachtree Road in die Eingangshalle trat und mit ihrer eigentümlichen Moschusstimme sagte, »Hier stinkt's«, stand mein Stern fest wie Orion am hohen Firmament: Und bis ans ferne Ende meines Daseins hat mir Lucy zu gleichen Teilen Freude und Einsamkeit geschenkt.

2. Kapitel

Sie waren noch keine Woche im Haus, da erkannte ich – seit neuestem konnte ich Einsichten über die Poren aufnehmen wie ein Schwamm –, daß mein Onkel Jim in Lucys Dasein, und damit in meinem, eine ähnlich überlebensgroße Gestalt darstellen sollte wie die Karikaturen in Macys Umzug zum Erntedank.

Ich hatte seit dem Tag ihrer Ankunft nicht mehr an ihn gedacht, und auch da nur indirekt, als Verursacher von Lucys Erscheinen in meinem Leben, und niemand – weder meine Eltern noch Tante Willa, noch Lucy selbst – hatte ihn erwähnt. Wenn Little Lady nach ihrem Papa quengelte und seinen Namen stammelte, hörten wir es nicht, denn sie verbrachte den ganzen Tag in der Obhut von Marthas Tochter ToTo, einem Teenager, in dem Kinderschlafzimmer im ersten Stock, das meine Mutter und Martha hastig eingerichtet hatten. Der kleine Jamie war ein zufriedenes Kind und weinte weder um seinen Vater noch aus anderen Gründen. Für kurze Zeit war es, als hätte es Jim Bondurant nie gegeben.

Dann, am fünften Tag ihres Aufenthalts im Haus gegen vier Uhr nachmittags, steckte Martha Cater den Kopf in meine eben bezogene kleine Klause im zweiten Stock, wo ich mir gerade den aufoktroyierten Schlaf aus den Augen rieb, und fragte, ob ich wisse, wo Lucy sei. Keine Ahnung. Man hatte sie, wie üblich, um zwei Uhr in ihrem neuen Zimmer neben meinem zu Bett gebracht, und sie war vor mir eingeschlafen. Das wußte ich, weil sie die letzte meiner Fragen, die ich schlaftrunken zu ihr hinübergerufen hatte, nicht mehr beantwortet hatte. Ich war kurz darauf eingenickt.

Unten hatte sie auch niemand gesehen, und eine flüchtige Durchsuchung des Gartens unmittelbar hinter dem Haus blieb erfolglos; also stieg Martha grummelnd die Treppe hinauf zu den Räumen meiner Mutter und Tante Willas. Anfangs verbrachte Willa Bondurant ihre ganze Zeit, wenn sie nicht – wie zum Frühstück und Mittagessen, zum Cocktail und zum Abendbrot – von meinen Eltern heruntergebeten wurde, mit ihren Kindern auf ihrem Zimmer. Mir ist unklar, womit sie sich beschäftigte – vermutlich aber mit ihren Nägeln, ihrer Frisur und ihrer spärlichen Kleidung, denn jeden Nachmittag, wenn sie unten auf der »guten« Veranda zum Aperitif erschien, stellten Glanz und Raffinesse ihrer Maniküre und Haartracht die Anstrengung des vorhergehenden Tags in den Schatten, und ihre Kleidung war ebenso sorgfältig aufgebügelt wie bestürzend in Schnitt und Muster. Ich bin sicher, daß sie nicht gelesen hat.

Mutter und Tante Willa waren über Lucys Verschwinden ausreichend besorgt, um sich in Morgenmantel und Hausschuhen nach unten zu begeben, obwohl Mutter mit ihrem gründlichen abendlichen Schminken erst halb fertig war, während sich Tante Willa bunt bemalt hatte wie ein Kabukitänzer. Da sie meinen Vater nicht im Studierzimmer stören wollten, wurde Martha nach oben geschickt, um alle erdenklichen Verstecke im Haus abzuklappern, während ich den Garten und das Gartenhaus durchsuchen sollte. Sie selbst stellten sich auf die Veranda und riefen mit unterdrückter Stimme, »Lucy! Lucy Bondurant! Du kommst sofort her!« Ich hörte den weichen Singsang und das schrille Miauen sich gemeinsam spiralig erheben, während ich durch Gebüsch und Ranken streifte und sämtliche Räume des Gartenhauses durchstöberte.

»Du solltest jetzt wirklich rauskommen«, rief ich laut, denn ich war sicher, daß sich Lucy irgendwo in der Nähe aufhielt. »Wenn mein Vater sauer auf dich wird, kannst du ganz schön was erleben.«

Aber sie antwortete nicht, und der Klang meiner Stimme in meinen Ohren erschreckte mich, und ich hörte auf zu rufen. Niedergeschlagen kehrte ich ins Haus zurück.

Mutter rief dann Shem Cater, und er arbeitete sich durch dichtes Unterholz, frisch ergrünt und vor Frühling strotzend, bis hinüber zur Rivers Road und erkundigte sich bei etlichen Nachbarhäusern an der Hintertür – aber von Lucy keine Spur. Mein Vater, den der gedämpfte Aufruhr aufgestört hatte, kam auf einen Sechs-Uhr-Bourbon aus der Bibliothek auf die Veranda; der Nachmittag verströmte sein letztes Licht, und die Schatten wurden lang und bläulich. Er und Shem nahmen den Chrysler, suchten Buckhead ab, eine gewundene Straße zwischen grünem Rasen hinauf und die nächste hinunter, und fuhren vor den großen Villen am Ende der langen Zufahrten vor. Shem wartete, während mein Vater an die Tür klopfte und fragte, ob jemand eine zierliche, dunkelhaarige Fünfjährige mit blauen Augen in Kordlatzhose und Halbschuhen gesehen habe. Ohne Erfolg.

Ich stand Todesängste aus, überwältigt von stummem Schmerz. Es war meine erste Begegnung mit Verlust; merkwürdig, aber ich hatte mir nie wie andere Kinder vorgestellt, daß meine Eltern sterben und mich allein lassen könnten, und sonst hatte es keinen gegeben, an dem ich hing, jedenfalls nicht sonderlich. Ich hatte nie ein Haustier gehabt, also war mir auch noch keines gestorben, und mein Unbehagen über den Tod meines kaum gekannten Großvaters Redwine hatte ich nicht erklären können. Doch in Lucy hatte das Schicksal die ideale Geisel gefunden. Wie ein strahlender Wirbelwind war sie in mein Leben gestürmt, hatte mir Befreiung, Lachen und Kindheit geschenkt und mich erobert, ohne daß ein Schuß gefallen war. Überdies hatte ich die Freude, die sie mir gebracht hatte, als das lang erwartete Geheimnis des Hauses angesehen und war nicht im Traum auf die Idee gekommen, sie könne mir wieder genommen werden. Zum erstenmal kriegte ich Verwundbarkeit, Ohnmacht, die grausame, willkürliche Gewalt der Welt zu spüren, und Angst und Empörung überkamen mich mit solcher Wucht, daß ich zu nichts mehr fähig war, als mich mit gesenktem Kopf, die Arme um die Knie geschlungen, hinter die Schwingcouch aus gestreiftem Segeltuch zu kauern und mir auszumalen, was Lucy alles passiert sein könnte.

Meine Mutter saß mit vor Ärger – und wohl auch vor Sorge – zusammengepreßten Lippen da, und mein Vater machte aus seinem Zorn keinen Hehl. Tante Willa schien eher peinlich berührt als beunruhigt.

»Windelweich prügel ich sie, wenn ich sie in die Finger krieg'«, sagte sie immer wieder, bedachte das unbewegte Gesicht meiner Mutter mit einem Seitenblick und meinen Vater mit einem Klimpern ihrer spitzigen Wimpern. »Sie ist ganz schön eigensinnig. Hat sie von ihrem Vater. Aber so was macht sie normal nich. O Gott, ich hoff' nur, daß sie nich mit 'nem Mann mitgegangen ist. Sie mag Männer. Sie hat keine Angst... nich so 'n bißchen... vor allem, was Hosen anhat. Ich red' mir den Mund fusselig, aber sie hört, scheint's, gar nich zu...«

»Es gibt hier keine Männer, die ihr etwas antun würden«, sagte meine Mutter eisig. »Wir kennen selbstverständlich alle Leute hier, einschließlich der Dienerschaft. Ganz gleich, wen sie trifft, ihr passiert nichts.«

»Natürlich nicht«, antwortete Tante Willa errötend. »Ich wollt ja auch nich sagen, daß jemand, den ihr *kennt*, ihr was... ihr wißt schon...«

»Ja, ich weiß. Du kannst in dieser Hinsicht ganz beruhigt sein«, erwiderte meine Mutter, und Tante Willa verstummte.

Aber ich wußte nicht, und das Undenkbare und Unausgesprochene schlug sich mir eiskalt auf Herz und Lunge, so daß ich hinter der Schwingcouch um Atem rang.

Es war schon ganz dunkel – mein Vater wollte eben die Polizei verständigen –, als Lucy aus dem Garten anspaziert kam, das Haar zerzaust und voller Blattkrümel, die Augen groß und rauchschwarz. Selbst in der grünen Dunkelheit konnte ich ihr freudestrahlendes Lächeln erkennen.

Sie erzählte uns nicht, wo sie gewesen war, sagte nur, »da hinten«. Auch nachdem sie Willa an den schmalen Schultern gepackt und geschüttelt hatte, daß ihr der Kopf wie bei einem Hühnchen hin- und herschlackerte, und sie mit einer Wut versohlt hatte, die meinen Vater schließlich veranlaßte zu sagen: »Das reicht. Schon gut«, sagte sie nicht mehr als »da hinten«, und auch später hat sie es nie erzählt. Offenbar verstand sie gar nicht, warum sie verhauen wurde.

Als Tante Willa zu prügeln aufhörte und schwer atmend die Hand sinken ließ, sah Lucy mit blassem Gesicht und trockenen Auges zu ihr auf und fragte: »Nimmst du mich jetzt in den Arm, Mama?«

»Nee, natürlich nicht«, erwiderte Tante Willa schrill. »Du warst furchtbar unartig. Wo du uns alle zu Tode erschreckt hast, und Onkel Sheppard ist in der Gegend rumgefahren und hat dich überall gesucht, und jetzt ist das Essen kalt... So böse Kinder wie du verdienen nicht, daß man sie in den Arm nimmt.«

»Papa hat mich immer in den Arm genommen«, sagte Lucy mehr zu mir im Hintergrund als zu ihrer aufgebrachten Mutter.

»Stimmt nicht«, erwiderte Willa. »Er hat dich gar nicht in den Arm genommen. Du warst immer unartig, er hat dich nicht ein einziges Mal in den Arm genommen. Verdroschen hat er dich. Du warst so unartig, daß er dich in einer Tour verdroschen hat.«

Da brach Lucy in Tränen aus. In ihrem Schmerz kniff sie die Augen zusammen und warf die Hände vor den Mund.

»Nicht so arg wie dich«, heulte sie und wirbelte von uns weg. »Dich hat er viel ärger verdroschen wie mich!«

»LUCY!« kreischte Tante Willa, aber Lucy war schon eine Treppe höher ins dämmerige Obergeschoß verschwunden. Wir hörten das Schmerzgetrommel ihrer kleinen Füße verklingen.

Ich traute mich nicht, Tante Willa ins fleckige, dunkelrote Gesicht zu sehen, also blickte ich meinen Vater an. Er zog eine verächtliche Grimasse. Ich schaute zu meiner Mutter hin. Kaum zu glauben, doch sie lächelte ihr volles, leises Lächeln, das ich schon seit fast einer Woche nicht mehr gesehen hatte. Sie legte Tante Willa ihre schlanke Hand auf den Arm.

»Komm mit mir auf mein Zimmer, Willa«, sagte sie in ihrem bedächtigen »Atlanta«-Tonfall. »Ich habe da ein paar Sachen im Schrank, die ich sowieso nicht mehr trage. Ich glaube, sie würden dir ganz fabelhaft stehen. Martha kümmert sich schon um Lucy.«

Erst da schaute ich Tante Willa voll ins Gesicht. Ehe sich die schwarzen Lider senkten, sah ich ihre Augen in blankem Haß aufglühen.

»Danke, Olivia«, murmelte sie.

Das war der Anfang einer langen, furchtbaren Symbiose.

Ich folgte Lucy die Treppe hinauf, wartete, bis ich Martha aus ihrer kleinen Kammer kommen hörte, trat ein und setzte mich zu ihr auf den Bettrand. Sie weinte nicht, sondern blickte starr vor sich hin in die Dunkelheit. Ich konnte das fiebrige Blau in ihren Augen erkennen.

»Ich nehm' dich in den Arm, Lucy«, sagte ich. »Soll ich?«

»Ja«, antwortete Lucy leise mit belegter Stimme. »Bitte mach's, sonst fall' ich durch den Boden von der Welt.«

Das klang mir damals kein bißchen seltsam oder ominös. Ich schlüpfte zu ihr ins Bett und schlang unbeholfen die Arme um sie, und so blieben wir liegen – ihre zarten Glieder fühlten sich unter meinen Händen wie die eines Vogels an –, bis ihr Herz aufhörte zu hämmern und sie einschlief. Vorher murmelte sie noch:

»Er hat mich doch in die Arme genommen. Mein Papa hat mich die ganze Zeit in die Arme genommen, und bei den andern hat er's nicht gemacht, auch nicht bei der Mama. Nur bei mir.«

Ich hielt sie fest, bis mir die Arme schmerzten und taub wurden, dann schlüpfte ich langsam und vorsichtig, damit sie nicht merkte, daß meine Arme fort waren, und erwachte, aus ihrem Bett und ging in mein eigenes. Da ahnte ich schon, ohne den Gedanken in Worte fassen zu können, daß nicht meine Arme Lucy fehlten. Ihr fehlten andere Arme, die Arme eines verschollenen Phantoms, und sie hat sie – ob das, was sie mir beim Einschlafen gesagt hatte, nun stimmte oder nicht – in ihrem wechselhaften Leben nicht wiedergefunden.

Lucy war nicht die erste Frau, die in Onkel Jims Armen Verheißung und Schmerz erfuhr. Von Geburt an hatte er Versprechen abgegeben und gebrochen. Jim Bondurant war sechs Jahre jünger als mein Vater, und in dem Moment, als er in Fayetteville im Bett meiner Großmutter Adelaide krebsrot auf die Welt flutschte, war er auch schon aller Liebling. Bei ihm war es eine schnelle, leichte Geburt; bei meinem Vater eine langwierige und schwere. Sein helles Haar war von Anfang an glatt und silbrig, die Augen dunkel, veilchenblau. Mein Vater war weiß-blond, fast schon ein Albino, mit milchigen, fast ständig zusammengekniffenen Augen. Onkel Jim hatte ein samtenes, rosiges Gesicht mit klarem, ansprechendem Lächeln. Das meines Vaters war fleckig vor Wut und Schmerz, und er machte seinem Ärger über eine Welt Luft, die er von Anfang an als lieblos erfahren haben muß. Er hatte damals schon, und später noch mehr, grobe Gesichtszüge, während die von Onkel Jim fein und aristokratisch waren. Die ganze Zeit muß mein Vater wie ein roher, ungehobelter, halb fertiger Entwurf zu meinem gutaussehenden, lebhaften, nichtsnutzigen Onkel gewirkt haben. Ihm lasen die Frauen von klein auf für den Zauber seines lieben Lächelns jeden Wunsch von den Lippen ab und weinten, wenn er sie verließ. James Clay Bondurant hatte nie einen Grund, rauhen Stürmen zu trotzen. Gleich um die Ecke zeigte sich ihm der Himmel wieder heiter.

Mein Vater, darauf angewiesen, sich mit Hammerfäusten und zornrotem Gesicht durchs Leben zu schlagen, muß ihn gehaßt und – auch wenn er sie nach außen hin bedauerte – eine klammheimliche Genugtuung verspürt haben bei jedem Streich, jeder Eskapade, die meine Großmutter Adelaide zum Weinen brachte. Aber es spricht für ihn, daß er seinen Bruder nie anschwärzte, weder bei seinen Eltern noch bei anderen Leuten, und seine stille Loyalität, sein felsenartiges *Hiersein* brachten ihm schließlich doch die Anerkennung der alten Adelaide ein: »Er ist ein guter Junge, ein guter, verläßlicher Junge. Und ein guter Geschäftsmann.«

Gesagt vor versammelter Damenschar kurz vor ihrem Tod im Salon der Villa ihres Sohnes während ihres kurzen Aufenthaltes in unserem Haus. Mein Vater war inzwischen auf dem besten Weg zu echtem Reichtum, und von ihrem jüngeren Sohn hatte sie seit über fünf Jahren nichts mehr gehört. Die Schecks, die er gelegentlich geschickt bekam, um ihm bei der Serie von Katastrophen und Fehlstarts, aus denen sein Leben bestand, aus der Klemme zu helfen, trugen inzwischen nicht mehr ihre Unterschrift, sondern die meines Vaters. Sie wußte, daß ihr Sohn Jim verheiratet war, starb aber, ohne zu erfahren – am Ende gestattete sie nicht mehr, daß sein Name in ihrer Gegenwart genannt wurde –, daß er eine Tochter Lucy hatte, die – wie es hieß – ihr kindliches Ebenbild sei. Es muß Tante Willa bitter aufgestoßen sein, daß die alte Dame vor der Geburt der Enkelin starb, die ihren Namen erhielt – wenn Willa Bondurant auch zwischenzeitlich kapiert haben mußte, daß sich ihre Schwiegermutter selbst von ganzen Heerscharen kleiner, weißblonder Adelaides nicht hätte erweichen lassen. Vielleicht gab sie ihrer Tochter den Namen Adelaide mit dem Hintergedanken, das Schokoladenpüppchen Little Lady werde bei meinem Vater, dem einzigen Bondurant, der noch als Rettungsanker zur Verfügung stand, manches Eis zum Schmelzen bringen. Er war schließlich der Geschäftsmann.

In Atlanta bedeutete das, damals wie heute, die wohl höchste Auszeichnung. Einmal, als ich noch ganz klein war, lag ich an einem stürmischen Januarnachmittag in meinem warmen Winternest auf dem Boden hinter dem Capehart, während meine Mutter sich mit ihren Bridgedamen unterhielt. Keine Ahnung, von wem die Rede war und warum ich die Ohren spitzte, als eine der Damen sagte: »Nun ja, ich weiß, daß es ihm in mancher Beziehung leid tut. Ich war dabei, als er von der Treppe im Driving Club in die Bowle gepinkelt hat. Ich bin mit Laura im Krankenwagen mitgefahren, als sie ihn neulich bei Brawner's eingeliefert haben. Er ist ein Säufer, und er ist ein Flegel. Aber eines muß man ihm lassen, man kann nicht behaupten, daß er kein guter Geschäftsmann wäre.«

Ich sperrte die Ohren auf: Wieder ein Wegweiser auf der Straße ins rätselhafte Land der Erwachsenen. Ein Geschäftsmann. Ich legte das Wort ab, ordnete es bei SCHNEID und RESPEKT VOR

FRAUEN ein. Von letzterem hatte ich schon mehr als genug, hielt es aber für äußerst unwahrscheinlich, daß ich die anderen beiden je zustande bringen würde.

Der Stellenwert, den Geschäftemachen bei uns hat, gründet – davon bin ich überzeugt – nicht in erster Linie in purem Materialismus, sondern in einem Reflex, der uns vom Bürgerkrieg, dem Elend und der Demütigung bei der Niederlage und Okkupation, geblieben ist. Wir haben erfahren, daß Land und Besitz nicht allein mit naivem Edelmut und Überzeugung zu retten sind. Wir haben erfahren, wie beides von einer reicheren, überlegenen Armee zugrunde gerichtet, von wohlhabenden Kriegsgewinnlern aufgekauft wurde. Der Katzenjammer nach der Niederlage, Angst, Minderwertigkeitsgefühle und Trotz – und, ja, auch Scham – vererbten sich gewissermaßen und waren anscheinend nur mit dem Balsam Geld zu lindern. So unfein dieser Zug zweifelsohne ist, er hat unsere Stadt in kürzester Zeit wieder lebensfähig gemacht. Die wenigsten Südstaatler, wie blau ihr Blut oder wie hochgemut ihre Ideale auch sein mögen, würden im Ernst verächtlich auf einen guten Geschäftsmann herabblicken.

Also muß der brave und fleißige Geschäftsmann, mein Vater, angesichts der selbstzerstörerischen Flugbahn, in die sich sein nichtsnutziger kleiner Bruder hineinkatapultierte, doch wenigstens eine Spur schlangen-boshafter Genugtuung verspürt haben. Nachdem er auf der University of Georgia durchgerasselt und wegen Trunkenheit vom Emory College in Oxford geflogen war, wurde Jim Bondurant aufs Georgia Southern College in Statesboro in der Bulloch County geschickt, eine winzige, unbedeutende Hochschule in Georgias sonnendurchglühter Küstenebene. Die nächste Stadt, Savannah, war gut sechzig Meilen entfernt, und da mein Großvater seinem jüngeren Sohn den Wagen weggenommen hatte – beinahe das letzte, was er vor seinem Tod noch erledigte –, sah sich der verwöhnte, junge Halbgott in einem trostlosen, provinziellen Liliput gefangen. Da gab es, fand er, nur eine Abhilfe. Er bumste sich durch den spärlich vertretenen weiblichen Teil der Studentenschaft.

In seinem letzten Studienjahr begegnete er Willie Catherine Slagle, einem Erstsemester in Hauswirtschaft mit einem Stipendium ihres heimatlichen Clubs der Optimisten. Sie war die erstaunlich blühende Tochter eines armseligen Geflügelfarmers aus einem nahegelegenen Weiler, der so klein und hakenwurm-arm war, daß er nicht einmal einen Namen besaß, und als sie aufs College kam und sich einen Job als Kellnerin im einsamen, schäbigen Limo-Ausschank des Nests besorgt hatte, wäre sie zu allem bereit gewesen, um den baufälligen Verschlägen von Hühnerställen, den stinkenden Kadavern und brennenden Federn zu entrinnen, die ihr Leben ausmachten – auch dazu, mit dem gutaussehenden, angeblich reichen und aus guter Familie kommenden jungen Mann aus Atlanta ins Bett zu gehen, der sie von den müden kleinen Füßen riß.

Als sie merkte, daß sie schwanger war, hatte Jim Bondurant sein Studium fast abgeschlossen, und seine frisch verwitwete Mutter machte Anstalten, ihn wieder an ihren großzügigen Busen zu drükken und ihm »eine kleine Starthilfe ins Geschäftsleben« zu gewähren. Da er nur allzu gut wußte, was zu erwarten war, wenn er mit einer geschwängerten Schwiegertochter aus dem mittellosen Geschmeiß aufkreuzte, schlug er Willie die Ehe ab. Na gut, sagte Willie Catherine Slagle nüchtern, dann werde sie sich eben das Leben nehmen, ganz klar, aber vorher werde sie höchstpersönlich seine Mutter aufsuchen und ihr von dem Engel erzählen, der demnächst ermordet werde.

»Ich zahl' dir die Abtreibung«, sagte er.

»Du hast ja gar kein Geld dafür«, antwortete Willie Slagle ruhig. Sie betrachtete mit ihren erstaunlich blauen Augen ihre gefalteten Hände. Alles in allem verlief die Sache gar nicht übel.

»Das Geld treibe ich schon auf«, sagte er.

»Ja«, lächelte sie. »Das mach man.«

Ihr war klar, was passieren mußte, wenn er seine Mutter um Geld anging, und es passierte auch. Er, der nicht sonderlich schnell von Begriff war und es nie nötig gehabt hatte, seiner Mutter gegenüber List und Tücke anzuwenden, rief sie an und erzählte ihr, wozu er das Geld brauchte. Zu seiner Bestürzung und höchlichsten Verwunderung legte sie einfach den Hörer auf. Willie Catherine Slagle ließ den Kopf nicht hängen und bügelte ihr bestes Kunstseidenes.

Im Mai schaffte Jim Bondurant mit Ach und Krach die Abschlußprüfung, und gleich danach ließen sie sich in Savannah vor dem Friedensrichter trauen. Jim war nicht unzufrieden mit seiner Braut. Sie, eine echte, wenn auch gewöhnliche Schönheit vom Lande, war mit ihrem natürlichen Farmappetit unwiderstehlich. Voller Erbitterung, daß ihm seine Mutter bei seinem jüngsten Dummejungenstreich nicht aus der Patsche geholfen hatte, und voller Heimweh nach dem glitzernden, weltstädtischen Atlanta, sah er die fruchtbare Willie Slagle als nie versiegende Quelle der Lust, aber auch als gerechte Entschädigung an. Ein ganzes Flitterwochenende lang wälzte er sich mit ihr in Seligkeit auf dem spatkranken Bett eines schäbigen Motels, kaufte ihr auf dem Heimweg nach Norden zwei neue Kleider und ein rosa Negligé aus Kunstseide bei Sears Roebuck in Macon und brachte sie schließlich, in einer zärtlichen Nacht Ende Mai, zum Eingangsportal von der Peachtree Road Nummer 2500, wo sein Bruder, seine dunkle, träge Schwägerin und, seit neuestem, seine Mutter wohnten.

Ein hochnäsiger, aschgrauer Negerbutler öffnete und teilte ihnen mit, daß keiner zu Hause sei. Er wußte, daß es eine Lüge war, da er Licht im Obergeschoß und Bewegung hinter den Gardinen sah. Er schleuderte dem schwarzen Butler Beschimpfungen ins Gesicht, und Willie Catherine, die trotz der lauen Frühlingsnacht in ihrer geblümten Seide fröstelte, fing an zu weinen. Sie legte die Hände schützend auf die harte Wölbung ihres Bauchs. Schließlich machte ihnen der Butler die Tür vor der Nase zu, und ehe Jim die Fäuste ballen und dagegen hämmern konnte, fiel ihm seine Frau in den Arm und zerrte ihn weg. Das alte Bonduranthaus in Fayetteville war verkauft, da konnte er nicht mit ihr hin. Zum erstenmal in seinem Leben war Jim Bondurant ganz auf sich allein gestellt. Den Schock hat er nie verwunden.

Er fand eine Arbeit an einer Decatur-Pumpe – er war nicht sonderlich anstellig beim Benzinzapfen –, verlor sie aber fast sofort wieder, weil er seinen Widerwillen gegen Öl und Schmiere und Kunden nicht verbergen konnte und geradeso arrogant wirkte, wie er war. Damals, mitten in der Wirtschaftskrise, waren Stellen selbst für bestausgebildete und tüchtigste junge Männer dünn gesät. Jim, Willa (gleich nachdem sie eine Bondurant geworden war, hatte sie sich umbenannt) und die winzige Lucy, die in jenem mörderisch heißen September zur Welt kam, zogen im Südosten von einer schmutzigen Kleinstadt zur nächsten und hausten in einer Serie von trostlosen Pensionen und Mansardenwohnungen. Als sie in Charlotte wohnten, kam das pausbäckige Zuckerpüppchen Adelaide zur Welt; Jim arbeitete – wenn überhaupt – freiberuflich als Anstreicher. Zwei Jahre später wurde in Greensboro in North Carolina als letztes Kind ihr Sohn James Clay Bondurant junior geboren.

Der Vater von Klein-Jamie arbeitete da schon nicht mehr. Statt dessen trank er sich fleißig durch den Südosten Richtung Mississippi, wobei er seine Frau und seine Kinder abwechselnd prügelte und mit Zärtlichkeiten erstickte. Allmählich verkrochen sich Willa und die beiden Jüngsten vor seinen Fäusten in unterwürfiger Furcht, die ihn zur Weißglut brachte, so daß er sie nicht mehr streichelte, sondern nur noch schlug. Doch die rauchdunkle, temperamentvolle Lucy, seine älteste Tochter, nahm die Prügel hin mit abgewandten, trockenen Augen und leise-lächelndem Schweigen, das eigentümlich beruhigend auf ihn wirkte, und streckte ihm hinterher jedesmal die dünnen, geschundenen weißen Arme entgegen, daß sich ihm vor rasender Liebe zu ihr das Herz zusammenzog, und er überhäufte sie mit all der Zärtlichkeit, der die übrige, eingeschüchterte Familie sich entzog. Schmerz und Liebe, Liebe und Schmerz... dunkle Geschwister – alles, was er geben konnte und was Lucy empfing.

Im Frühjahr 1941 machte sich Jim Bondurant auf nach New Orleans, um Arbeit zu suchen, die es dort reichlicher geben sollte, und telegraphierte Willa und den Kindern bald darauf, ihm zur Wohnungssuche drei Tage Zeit zu lassen und dann mit dem Greyhound nach New Orleans zu fahren. Bei ihrer Ankunft am Busbahnhof weit und breit kein Jim Bondurant; er hatte auch keine Nachricht hinterlassen, und nachdem Willa fast neun Stunden auf ihn gewartet hatte – es war inzwischen ganz dunkel geworden –, wußte sie, daß er nicht mehr kommen würde. Er kam auch nicht, weder da noch später, und das war das letzte, was sie je von ihm hörten.

Mit ihrem letzten Nickel rief Willa in Atlanta bei Shep Bondurant an, Travellers Aid besorgte die Karten, und sie machten sich auf die strapaziöse Fahrt mit dem Nachtbus durch die feuchte, moskitogeplagte Ebene Louisianas zu den roten, zerklüfteten Hügeln des Georgia Piedmont Plateaus mit seinen Krüppelkiefern. Am Abend wurden sie von Shem Carter mit Sheppards Limousine am Greyhound-Busbahnhof abgeholt und fuhren durch die Dämmerung in die Peachtree Road. Sheppard und Olivia waren nicht mitgekommen; Willa hatte auch nicht damit gerechnet. Sie war so mittellos wie ein Tier unter freiem Himmel und hatte ebensowenig Selbstmitleid. Sie besaß noch vier Cents und eine Rolle Karamelbonbons als Notration. Seit dem Frühstück in Mobile hatten die Kinder nichts mehr zu essen bekommen.

Unterwegs in eine andere Dimension. Irgendwo auf der Reise – während draußen endlos eine Meile nach der anderen vorbeiflog – hörte Willa Slagle Bondurant auf zu weinen und fing an zu planen. Als sie auf dem Rücksitz der Limousine durch den hell erleuchteten, weltentrückten Nordwesten Atlantas gefahren wurde, betrachtete sie die Architektur, die Landschaft und die Details jeder Villa an ihrer Route mit einem kühlen, abschätzenden Blick. In dem Moment, in dem sie unser Haus betrat, war sie entschlossen, alles zu tun, um es nie wieder verlassen zu müssen.

Lucy hat mir nach Jahren davon erzählt; sie sprach ja nicht oft über die Zeit, ehe sie nach Atlanta gezogen war. Wir waren zum letztenmal gemeinsam oben auf unserer Berghütte in Tate, hatten viel und leichthin mit befreiender Offenheit und ohne Bitterkeit über die Vergangenheit geredet, und es überraschte mich kaum, daß sie auch auf jene schreckliche Nachtfahrt zu sprechen kam. Lucy wohnte zwar bloß ein paar Meilen weit weg, erwähnte ihre Mutter aber nur selten.

»Versetz dich mal in ihre Lage«, sagte Lucy in der Nacht auf dem Berg. »Ohne einen Cent in der Tasche, ohne nennenswerte Ausbildung, ohne Familie, ohne Zukunft... nur sie allein und wir drei Kinder. Und du weißt ja, sie war schon mal dagewesen, und sie haben ihr die Tür gewiesen. Sie muß ganz schöne Ängste ausgestanden haben. Ich weiß es. Wir waren vielleicht in Biloxi, als ich eingeschlafen bin, und da hat sie noch geweint. Aber als ich in Mobile aufgewacht bin, hat sie sich die Lippen nachgezogen und die Haare gebürstet, und auf ihrem Gesicht lag so ein leises Mona-Lisa-Lächeln. Ich hab' sie gefragt, worüber sie lächelt, und sie hat gesagt: ›Über die Zukunft. Wir werden es schön haben in dem großen alten Haus.‹

›Wann gehen wir wieder fort?‹ wollte ich dann wissen. Weil wir doch überall, wo wir eingezogen sind, wieder fort mußten. ›Gar nicht‹, hat sie geantwortet.«

Und Willa hielt Wort. Sie schuhlöffelte sich ins häusliche Leben mit einer scheinbar mühelosen Zielstrebigkeit, die sie viel Anstrengung gekostet haben muß. Sie lächelte. Lächelte unaufhörlich und bezaubernd. War gefällig bei jeder Gelegenheit. War hilfsbereit, bescheiden, dankbar, unaufdringlich, gewissenhaft, zu meiner Mutter respektvoll, zu meinem Vater mädchenhaft, fast schwärmerisch. Er seinerseits, wie um die Kühle meiner Mutter auszugleichen, begegnete seiner Schwägerin, dem schönen, üppig gebauten Landmädchen mit der schrillen Stimme, und ihren Kindern von Anfang an mit ungewöhnlicher Herzlichkeit.

Jedenfalls war sein Verhalten bemerkenswert genug, daß es meiner Mutter auffiel; ich sah, wie es in ihren Augen – ehe sie die rußschwarzen Federlider senkte – nervös aufblitzte wie bei einem ungezähmten Tier, wenn sie an den ersten langen Abenden meinen Vater und Tante Willa beobachtete. Aber diese Merkwürdigkeit störte mich nicht; ich war sogar froh darum. Auch ich kriegte meinen Teil ab von seinem neuen Wohlwollen, und nach ihrem Einzug konzentrierte er sich bei den Mahlzeiten mit seinen unzufriedenen Blicken und gereizten Fragen für eine Weile nicht mehr auf mich. Und ich war rundherum selig mit Lucy.

Wir durften keineswegs unbeaufsichtigt herumtollen. Tante Willa paßte gut auf ihre Kinder auf. Sie zog sich weitgehend zurück, was, wie sie bald gemerkt haben muß, dem Wunsch meiner Mutter entsprach; akzeptierte unter schicklichen Dankesbekundungen die ausgemusterte Kleidung, die meine Mutter ihr schenkte; lächelte und nahm mit Charme und dankbarer Bescheidenheit allwöchentlich das »Natürlich bist du am Sonntag im Club zu Mittag unser Gast« entgegen, wobei meine Mutter in all den Jahren, in denen ich sie die Einladung aussprechen hörte, nicht ein einziges Mal versäumte, die Betonung auf »Gast« zu legen; trank gern das Gläschen Sherry, das mein Vater ihr jeden Abend vor dem Essen aus einer Flasche einschenkte, die er in der Bibliothek verwahrte; achtete darauf, daß ihre Kinder den Erwachsenen aus dem Weg waren, wenn sie nicht gewaschen und gestriegelt herunterkamen, und meinen Eltern die adressierten Gruß- und Dankesformeln aufsagten... und sie lernte.

Mit verblüffender Schnelligkeit und durch unermüdlichen Fleiß lernte sie durch ihre Poren und Fingerspitzen mit der instinktiven Schläue eines aufmerksamen Tieres eine Frau zu werden, wie sie in unser Haus gehörte. Ein Jahr später – der Zweite Weltkrieg lenkte uns ab von unseren langwierigen, anmutigen Ritualen und belegte etliche Männer aus Buckheads vornehmen Häusern mit Beschlag –

hatte sie ihr Ziel im wesentlichen erreicht. Mein Vater, aufgrund seines Blutdrucks und seiner Plattfüße vom Kriegsdienst befreit, vermerkte die wundersame Wandlung mit Beifall. Sogar meine Mutter, unter deren gesenkten Lidern sich die Augen eines Raubvogels verbargen, konnte an Willa nur mehr wenig von der linkischen, vulgären, aufgedonnerten, aufreizenden jungen Person entdecken, die ihr im Jahr zuvor ins Haus geplatzt war. Widerwillig und auf Betreiben meines Vaters führte sie Tante Willa in ihren geheiligten Gartenclub, Bridgekreis und einige ausgewählte, unbedeutendere Wohlfahrtsvereine ein. Eine – wie ich im Rückblick sagen muß – erstaunliche Errungenschaft. Was es Willa Slagle Bondurant gekostet haben muß, wäre mir wahrscheinlich nie in den Sinn gekommen, hätte ich nicht zu meinem Entsetzen – an dem Abend, als Lucy zum ersten Mal weggelaufen war und meine Mutter Tante Willa mit auf ihr Zimmer nahm, um ihr das erste einer langen Serie von Abdankerchen aus dem Kleiderschrank der Feindin zu schenken – in ihren Augen unverkennbar die Giftviper des blanken Hasses aufzüngeln sehen.

Nun flossen die Gezeitenströme im Haus mächtiger als je zuvor, so stark, daß sie uns alle zum Kentern bringen und versenken konnten, tiefe Ströme, die sich nach einem großen, mir unbekannten Mond richteten. Ich weiß nicht, ob es auch die Erwachsenen merkten, aber irgendwie müssen sie es gespürt haben, sie, die doch zu dritt ihren hochgekünstelten langsamen Walzer der Umgangsformen vollführten. Senden und Empfangen verstohlener Blicke, bedrückendes Schweigen zu Mahlzeiten und Cocktails; Unterhaltungen, bei denen die Worte mit versteckter Bedeutung befrachtet schienen; Lachen, das mir falsch in den Ohren gellte. Manchmal hatte ich das Gefühl, daß der Wahnsinn wie ein Blitzstrahl im Haus herumsauste auf der Suche nach einem Plätzchen zum Rasten.

Warum bedachte mein Vater Tante Willa mit so wohlwollendem Lächeln, besonders wenn meine Mutter dabei war? Es sah ihm eigentlich nicht ähnlich, andere Frauen zu beachten, jedenfalls nicht offen. Revanche an einem irrlichternden Bruder und einer kühl gewordenen Ehefrau? Schlichte Geilheit? Warum lächelte meine Mutter, wenn sie es bemerkte, ihr heimliches Lächeln und ließ die Lider vor ihren Augen wie Rolläden herunter? Das neue Mysterienspiel war für mich so wenig begreiflich wie der alte Taschenspielertrick.

Worauf Tante Willa aus war, weiß ich inzwischen und habe es vermutlich damals schon geahnt. Sie war von allen das schlichteste, offenste, argloseste Gemüt. Eigentlich hätte ich mich also in ihrer Gegenwart wohl fühlen müssen, aber so war und ist es nicht.

Lucy spürte die unterschwellige Brandung genau wie ich, da sie sich aber mit solchen Nuancen weit besser auskannte, hob sie nur die schmalen, füllenhaften Schultern und sagte: »Laß sie nur. Wenn die merken, daß du es komisch findest, wie sie sich benehmen, hakken sie alle auf dir rum.«

Also kümmerte ich mich kaum noch darum. Das Frühjahr war für mich ohnedies schwindelerregend, zum Bersten voll mit Lucy.

Das Band, das wir am ersten Abend in der Halle geknüpft hatten, wurde immer fester. Vom Temperament her hätten wir, oberflächlich betrachtet, gegensätzlicher gar nicht sein können: Ich war schüchtern, sie kontaktfreudig; ich war verhätschelt, sie hatte lernen müssen, sich durchzusetzen; ich war linkisch und gehandikapt von Asthma (und der Angst meiner Mutter vor dem entsetzlichen Würgegriff der Anfälle), sie war vogelflink, schlank und geschmeidig; ich war ängstlich, sie abenteuerlustig. Aber unsere Bedürfnisse und Wunden trafen sich und erkannten einander mit traumwandlerischer Sicherheit. Beide trugen wir unauslöschlich das Mal des Andersseins. Beide kannten wir den grausamen, unbezahlbaren Preis unserer kleinen Welt für unser existenzielles Unvermögen, die Regeln einzuhalten. Durch diese Verwandtschaft fühlte ich mich unwiderstehlich zu ihr hingezogen.

Zudem war Lucy eine Schönheit. Von Anfang an wurden Little Lady und der kleine Jamie sowohl von Tante Willa als auch von meiner Mutter offensichtlich bevorzugt, aber ich habe nie begriffen, wieso. Für mich war meine Cousine Lucy mit Abstand das faszinierendste und schönste Wesen, dem ich je begegnet bin.

Von Lucy ging zeitweilig ein Licht, eine Aura aus wie der Hof einer Straßenlaterne, den man gelegentlich bei Nebel beobachten kann. Gleich am ersten Abend sah ich es, und für mich war es ihr Leben lang da. Sie zog die Blicke auf sich, sogar in Gegenwart der rosig-süßen Little Lady, die nach allgemeiner Auffassung viel niedlicher war. Lucy, hörte ich meine Mutter einmal sagen, sehe ihrer Mutter ähnlich, habe von ihr das Äußere des Slagle-Wildlings. Dagegen seien die beiden Blondschöpfe Little Lady und Jamie echte

Bondurants, Ebenbilder des verschollenen Jim. Vielleicht begegnete meine Mutter deshalb Lucy von Anfang an mit derselben Kälte wie Tante Willa, während sie zu Little Lady und Jamie, wenn nicht liebevoll, so doch warmherziger war. Vielleicht lag es aber auch daran, daß Lucy für die würdevolle, propere Hausherrin in der Peachtree Road zu lebhaft, zu lebendig, zu *viel* war.

Lucy sprudelte und schäumte über vor Leben. Sie strotzte davon, daß ihre dünne Haut fast platzen wollte. Ihr Lachen war tief und voll, fast obszön, und sie fand vieles komisch, was die meisten Kinder ihres Alters und etliche Erwachsene das Fürchten lehrte.

Sie hatte einen messerscharfen Verstand, eine skurrile, blitzende Intelligenz, die hoch hinausschoß, sich überschlug und auf sich zurückfiel; ihr Hirn vollführte einen eigenwilligen, wirbelnden Tanz, dem nur wenige Menschen außer mir folgen konnten. Sie war eine talentierte, amüsante Lügnerin, erzählte sich und allen, die zuhören wollten, fabelhafte, verwickelte Geschichten um Ränkespiel und Abenteuer, in denen sie stets als befreite Heldin, als aus Nöten errettetes Edelfräulein auftrat. Sie war eine Träumerin, ein Quälgeist, eine kleine Dichterin und eine große Leseratte. Mit drei Jahren hatte sie sich schon das Lesen beigebracht, und als sie zu uns zog, hatte sie in den diversen schäbigen Behausungen, in denen Onkel Jim und Tante Willa gewohnt hatten, bereits viel gelesen, hatte selbstvergessen auf Bäumen und unter Veranden Geborgenheit in Büchern gefunden, die noch nicht ihrem Alter, aber schon ihrem Begriffsvermögen entsprachen.

Als der Frühling zum Sommer wurde und dieser dann kühlere Herbstfarben annahm, war ich dem vollkommenen Glück so nah, wie es einem Menschen möglich ist.

Wer konnte anders, als Lucy lieben?

An einem Abend im Herbst – es war eben genug abgekühlt, daß man ein Feuer in der Bibliothek anzündete, als wir uns dort auf einen Aperitif einfanden – kam Tante Willa etwas später als sonst herunter, und ich sah meine Mutter den Kopf heben und die Nasenflügel blähen, als röche sie von weitem etwas Durchdringendes, Fremdes, Bedrohliches. Tante Willa wirkte auf mich besonders hübsch. Ihre Wangen hatten einen rosigen Hauch, der nicht aus dem Rougetopf stammte, und ihre blauen Augen glänzten. Sie trug ein Kleid, das mir neu war, ein betont schlichtes, samtblaues Wollkleid, das ihr wie angegossen stand, und – im Gegensatz zu den Sachen, die sie aus New Orleans mitgebracht hatte – nicht wie angewachsen. Ein Unterschied wie Tag und Nacht. Ich merkte es an den Blicken meiner Mutter – und meines Vaters.

»Ich habe euch etwas mitzuteilen«, verkündete sie, und ihre Stimme hatte vor Aufregung und Übung ihren schrillen Klang verloren. Sie hörte sich gar nicht mehr nach der Frau an, die bei uns zur Tür hereingeschneit war. Wir blickten sie schweigend an.

»Ich habe eine Stelle gefunden!« sagte sie und fing an zu lachen, ein leises Plätschern reinen Vergnügens. »Ich bin jetzt eine richtige Verkäuferin bei *Rich's*. Morgen fange ich an, und ich verdiene zwanzig Dollar die Woche zuzüglich Sozialleistungen und Angestelltenrabatt. Na, wie findet ihr das?«

Wir starrten sie an, alle. Meine Mutter fand zuerst die Sprache wieder.

»Du hättest bestimmt keine Stelle anzunehmen brauchen, wo du, Gott weiß wem, Korsetts verkaufst, von all meinen Bekannten ganz zu schweigen. Du weißt ja, daß es mir... uns... ein Vergnügen ist, das Unsere mit dir zu teilen.«

Tante Willa hüllte meine Mutter in ein Lächeln voll Glanz und Gift.

»Ich werde dir stets dankbar sein für deine Großzügigkeit, Olivia«, sagte sie in ihrer neuen, vieltonigen Stimme. »Aber meine Mutter hat immer gesagt, daß sich jeder früher oder später auf den eigenen Hintern setzen muß. Und es wird Zeit, daß ich mich auf meinen setze. Ich kann deine und Sheppards Großmut nicht über Gebühr strapazieren.«

Ich riß die Augen auf. Noch nie hatte sie ihre Mutter erwähnt oder überhaupt etwas aus ihrem Leben vor der Zeit mit Onkel Jim.

»Ich weiß, du meinst es gut, Willa, aber bedenke doch, wie es nach außen wirken muß, wenn du arbeiten gehst, während du bei deiner eigenen Familie im Haus wohnst...« Meine Mutter hielt zartfühlend inne und lächelte. Es lag keinerlei Wärme darin.

»Olivia will damit sagen, daß ihre Freunde von der Junior League glauben werden, wir hätten dich arbeiten geschickt«, sagte mein Vater, stand mit dem Whiskey in der Hand aus seinem großen Ledersessel auf, schritt über den verschossenen Orientteppich und gab Tante Willa einen feuchten Kuß auf die Wange. »Hör nicht auf sie.

Es zeugt von Courage und Schneid, und ich bin stolz auf dich. Das ist übrigens ein ganz entzückender Hintern, auf den du dich da setzen willst.«

Lucy und ich schauten von einem zum andern, stumm vor Überraschung und Neugier, aber auch aufgrund des Radars, mit dem Kindernacken notwendigerweise ausgestattet sind und der ihnen signalisiert, sich bei Gefahr im Verzug still zu verhalten. Tante Willa lächelte, die Lider über die blauen Augen gesenkt, doch sie sagte nichts, und meine Mutter auch nicht. Aber ihre dunklen Augen loderten auf wie Flammen, in die Kerosin geschüttet wird, und ich hörte, ja, spürte das gewaltige Knirschen einer Verlagerung des Gleichgewichts der Kräfte.

3. Kapitel

»Ist das da echt?« flüsterte Lucy mir unter dem Zikadengezirp und Gekicher einer kleinen Kinderschar im Garten der Camerons vernehmlich zu.

Wir saßen im gepflasterten Hinterhof auf Klappstühlen im Halbkreis und schauten dem großen, schwarzen Leroy Pickens zu, wie er mit einem winzigen, herausgeputzten Shetlandpony am Seil, auf dessen Rücken ein Affe thronte, im Kreis herumging. Der Besitzer des Affen, ein dunkelhäutiger junger Mann von zigeunerhaftem Typ mit kräftigem Zwirbelbart und flottem, rotem Halstuch, betrachtete die Szene argwöhnisch vom Rand des Buchsbaumlabyrinths. Die Augustsonne brannte hell auf kleine Nacken und Arme und bleichte gestärkten Organdy und gepunkteten Schweizermusselin; das Häufchen Erwachsener hatte sich längst unter das Pergoladach in weiße Holzliegestühle zurückgezogen, wo der kleine Glenn Pickens, Leroys Sohn, mit zwischen weißen Zähnen vorspitzender roter Zunge ein Tablett mit Gin Collins herumreichte.

»Was meinst du mit ›Ist das da echt?‹ Ist *was* echt?« flüsterte ich ziemlich gereizt zurück. Seit einer Stunde oder so hatte sich Lucy so spröde und langweilig aufgeführt wie das affektierte, bös blickende Pony. Ich hatte keine Ahnung, was mit ihr los war, und spürte vage Verlegenheit und Verärgerung, weil ich es ganz gern gesehen hätte, wenn die kleine Gesellschaft von Lucy ebenso hingerissen gewesen wäre wie ich und mich um sie beneidet hätte. Vorher war dazu kein Anlaß gewesen.

»Das blöde Pony«, sagte sie, ohne sich die Mühe zu machen, die Stimme zu senken. »Und der blöde Affe. Die müssen doch unecht sein. Die können nichts als bloß immer im Kreis rumrennen.«

Köpfe wandten sich uns zu, auch die meiner Eltern und ihrer Mutter und Ben und Dorothy Camerons. Ben zwinkerte uns zu, und Dorothys Lächeln strahlte warm und voll Zuneigung auf uns beide. Von den Bewohnern des Hauses in der Peachtree Road lächelte und zwinkerte keiner. Mein Vater blickte ernst und ausdruckslos, und meine Mutter verzog das Gesicht zu dem leisen, überlegenen Lächeln, das ausschließlich Tante Willa und ihren Kindern vorbehalten war, und Tante Willa, luftig und elegant in weißem Voile und breitkrempigem, blumengeschmücktem Hut, dem seine Herkunft von *Rich's Wood Valley Shop* von weitem anzusehen war, warf Lucy einen eiskalten, zornigen Blick zu. Ben Cameron junior, in meinem Alter und so kupferhaarig und sommersprossig wie sein Vater, guckte auch zu ihr hin, während Sarah, seine Schwester, deren sechster Geburtstag gefeiert wurde, vor Zorn errötete und ihre bernsteinbraunen Augen sich mit Tränen füllten. Lucy ignorierte all die Blicke und ging konzentriert und demonstrativ daran, sich einen Mückenstich am Ellbogen zu kratzen.

Der Affe machte auf dem Ponyrücken einen Purzelbaum, und alle Kinder bis auf Lucy klatschten und johlten.

»Sei nicht so doof«, zischte ich wütend. »Natürlich sind die echt. Hast du denn noch nie ein Pony und einen Affen gesehen?«

»Doch, schon millionenmal«, antwortete Lucy gelangweilt, aber ihr Hals und ihr Gesicht übergossen sich mit Rot, und die blauen Augen wurden schmal. »Ich hab' ein Pony und einen Affen gehabt, wo wir in Charlotte gewohnt haben. Mein Papa hat sie mir geschenkt. Niemand anders durfte mit ihnen spielen, bloß ich. Die konnten viel bessere Sachen machen, als im Kreis rumrennen. Darum hab' ich ja auch gedacht, daß die nicht echt sind.«

Da wußte ich, daß sie wirklich noch nie ein Shetlandpony oder einen Affen gesehen hatte und daß ihr das Wunder dieses Anblicks verdorben war, weil es auf der Gartenparty eines Mädchens geschah, das eine unbekannte, wichtige Rolle in meinem Leben spielte. Denn als wir um die Glasveranda in den Garten gekommen waren, wo die Party stattfand, war die kleine Sarah Cameron mit strahlendem Lächeln und hellbraunen, leuchtenden Augen auf mich zugestürmt, und ihre Mutter hatte mich mit der unbeschwerten Wärme und Herzlichkeit an sich gedrückt, die sie uns allen freigebig schenkte. Lucy, die den ganzen Vormittag in heller, schnatternder Vorfreude auf die Party verbracht hatte, war daraufhin still geworden. Daß ihre kühlen Blicke nicht auf blankem Neid, sondern einer Art Angst beruhten, mag für einen Siebenjährigen eine frühreife Erkenntnis gewesen sein, aber es gab von Anfang an wenig an Lucy, das ich nicht begriff. Mein Ärger verebbte, und ich nahm sie bei der Hand. Ich fand keine Trostworte für sie, wußte aber, daß meine Berührung für gewöhnlich die Macht hatte, alle Dämonen zu vertreiben, die sie bedrohten.

Ein Schatten fiel über uns, und Ben Cameron hockte sich bei uns nieder, wippte auf den Fersen, seine grauen Schottenaugen und das rote Haar glänzten herrlich im Sonnenlicht. Er war groß, jünger als mein Vater, drahtig und knorrig mit athletischen Muskeln, und er trug eine weiße Leinenhose, weiße Schuhe und ein offenes blaues Hemd mit aufgekrempelten Ärmeln, so daß die üppig gesprenkelten Unterarme entblößt waren. Er hatte sich – weiß der Himmel, warum – einen gestreiften Schlips um die Taille geschlungen. Ich fand, er sah fabelhaft aus, so fröhlich und zugänglich. Er legte Lucy den Arm um die Schulter und schenkte ihr sein magisches Lächeln, und nach einem Augenblick des Zauderns lächelte sie zurück.

»Jeder weiß ja, daß die Ponys und Affen in Charlotte die besten auf der Welt sind«, sagte er. »Die da müssen erst üben, um gut genug zu werden. Wenn sie richtig in Form sind, schicken wir sie mit dem Schiff nach Charlotte. Aber ich wette, so gut wie dein Pony und dein Affe werden die nie.«

Lucy sah durch ihre schwarzen Lider zu ihm auf und lächelte und war, in dem Moment, die reinste Willa.

»Nee«, sagte sie.

Und die Wolken auf ihrem Gesicht verzogen sich, und während des übrigen Nachmittags war sie der Mittelpunkt, flitzte beim Versteckspielen durch das Gebüsch und den Wald, spielte Blindekuh mit flinker, anmutiger Sicherheit und verkleckerte so viel Eis wie nur möglich auf ihrem reich gerüschten *Rich's*-Rock, den ihr Tante Willa zu diesem Anlaß, dem Gesellschaftsdebut ihrer Tochter im kleinen Kreis der Buckheadjunioren, aus dem Laden mitgebracht hatte.

Seit sie bei uns war, hatte sie das Frühjahr und den Sommer über etliche Nachbarkinder kennengelernt, doch hier begegnete sie ihnen zum erstenmal als – wenn auch kleiner – Gruppe. Im Herbst und Winter kamen wir zwar in der Grundschule an der Ecke Peachtree Road und Peachtree Battle Avenue mit einer viel größeren Kinderschar zusammen, aber an heißen Tagen sahen die Sprößlinge aus den reichen Straßen und Häusern nicht viel voneinander. In den langen, tödlichen Sommern wurden die Schluchten von Buckhead ebenso unerbittlich von der Kinderlähmung heimgesucht wie die Baracken von Cabbagetown und Vine City, und die Furcht davor war allgegenwärtig. Mein Freund Pres Hubbard, der in der Chatham Road wohnte, war vor einigen Jahren eines Nachmittags blaß und still geworden und hatte über Kopfweh geklagt, und tags darauf lag er im Crawford Long Hospital in der eisernen Lunge. Pres hatte Glück. Er lief danach mit einer schweren Eisenschiene herum, aber er konnte noch laufen. Alfreda Slatons kleine Schwester war zwei Jahre zuvor an Kinderlähmung gestorben.

Als die Zornesröte des Nachmittags allmählich nachließ und die Erwachsenen die lauwarmen Gläser abstellten und Anstalten machten, nach Hause zu gehen, hatte Lucy mit ihrem Wagemut, ihrem ansteckenden Lachen und ihren lichtglitzernden blauen Augen eine Gruppe um sich geschart, die ihr, bis auf wenige Abtrünnige, bis zur Highschool die Treue halten sollte. Ich hatte sie an dem Nachmittag mehr als einmal »Hey, ich muß euch was erzählen« sagen hören, hatte gesehen, wie alle – Freddie Slaton, Snake Cheatham, Tom Goodwin, Charlie Gentry, Pres Hubbard und sogar der kleine Ben Cameron – sich um sie drängten. Nur Sarah Cameron erlag ihr nicht, hielt sich, den weiten Blick dunkel und ernst auf Lucy gerichtet, dicht bei ihrer Mutter. Nie war ich stolzer auf Lucy als in dem Moment. Sie war ein voller Erfolg, und sie gehörte mir. Süße Genugtuung rann mir durch die Adern.

Aber in der Nacht hatte sie einen ihrer furchtbaren Alpträume, und nachdem Martha Cater ihre heftigen Tränen gestillt, ihr den sauren Angstschweiß abgewaschen, sie wieder zu Bett gebracht hatte und in ihr eigenes Zimmer zurückgegangen war, kam sie und schlüpfte zu mir ins Bett.

»Hallo, Gibby«, sagte sie – so nannte sie mich, seit sie herausgefunden hatte, daß ich mit zweitem Vornamen Gibbs hieß –, »bist du wach?«

»Was glaubst du denn, bei dem Krach?« erwiderte ich. Ich rückte ein Stück zur Wand, um ihr Platz zu machen, und sie schmiegte sich an mich wie ein kleines Tier.

»Was hast du geträumt?« fragte ich.

»Ich hab' geträumt... daß ich zum Spielen rüber zu den Camerons gegangen bin, und dann bin ich rein ins Haus, und es war dunkel, und ich hab' niemand gefunden, und dann hab' ich sie hinten gehört und bin hin, und sie waren alle da und haben mich angegrinst und die Arme nach mir ausgestreckt... aber, Gibby, es waren lauter... Puppen.«

»Puppen?« Ich begriff nicht, was an der Vorstellung von Spielzeug so schlimm war, daß Lucy derart zittern und schreien mußte, aber die Glieder, die sie an mich preßte, bebten noch sacht, und ihre tränenbelegte Stimme klang nicht ganz fest.

»Ja, Puppen, weißt du. Große mit Fäden dran, die ganz ruckig laufen und so komisch reden. Wie da, wo wir waren, als ich hergekommen bin.«

Marionetten. Meine Eltern und Tante Willa waren mit Lucy und mir im Frühling um Ostern herum in ein groß angekündigtes Puppenspiel im alten Erlanger Theatre in der Innenstadt beim Fox Theatre gegangen, und mir fiel wieder ein, daß es Lucy nicht gefallen hatte. Ich dachte an Ben und Dorothy Cameron, an Sarah und Ben junior mit aufgemaltem Lächeln, wie sie gierig in der Dunkelheit der geräumigen, schattigen Glasveranda, ihrem Sommeraufenthalt, die hölzernen Arme ausstreckten. Eine grauenvolle Vorstellung.

»Sind sie dir nachgerannt?« fragte ich.

»Nein. Sie haben sich nicht bewegt. Aber ich wußte, daß sie mich kriegen wollten.«

»Warum war denn das so schlimm?« fragte ich, um uns beiden Mut zu machen. »Das sind doch nette Leute.«

»Darum«, antwortete sie. »Sie waren halt nicht echt.«

Wie so oft hatte Lucy etwas Wesentliches bemerkt, das sie in ihrer hungrigen, empfindlichen Seele zu einer Gefahr verwandelt und dramatisiert hatte. Die Camerons waren eine so beispiellos heile und gesunde Familie, daß sie – was nur begreiflich war – in den Augen einzelner Phantasiebegabter schlicht unwirklich erscheinen mußten. Ich fand das zwar nicht, aber vielleicht waren sie überwirklich. Hypernormal. Und eine Offenbarung. Willa Bondurant hatte die ohnehin schon heikle Balance in unserem Haus durch ihre Gefühlsarmut noch mehr ins Ungleichgewicht gebracht, und Lucys ungestillter Hunger vertiefte die Misere. Ohne Dorothy und Ben Cameron und ihre Kinder Sarah und Ben hätte ich nie Unbeschwertheit, Charme und Normalität kennengelernt. Ich habe das

Sarah einmal, nach Jahren, im getäfelten Salon des Hauses in der Muscogee Avenue nach einer Beerdigung gesagt.

»Ihr wart für mich alles, was ich je an Unbeschwertheit und Offenheit erlebt habe«, sagte ich. »Ihr wart mir ein Vorbild, wie vernünftige, normale, leistungsfähige Menschen handeln und wie man Reichtum in den Dienst einer guten Sache stellt. Ich glaube, euch allen zusammen – besonders deiner Mutter und deinem Papa – verdanke ich es, daß ich nur ein bißchen sonderlich bin und nicht auch schon tot.«

Sarahs Augen waren rot vom Weinen, doch sie lächelte. Kein amüsiertes Lächeln.

»Wenn du nach einem Tag wie heute so was sagen kannst«, erwiderte sie, »mußt du schlimmer dran sein, als irgend jemand je geahnt hätte.«

»Es war keine Verirrung, Sarah«, sagte ich. »Es lag an unserer Zeit. An der Stadt. In einer anderen Stadt hätte er vielleicht für sich eine Lebenschance gesehen. Zu einer anderen Zeit hätte er womöglich hier leben können.«

Ben und Dorothy Cameron – für mich verkörperten sie das Aristokratentum, soweit eine Stadt wie Atlanta so etwas hatte. Benjamin Aird Camerons Familie war von Schottland nach Virginia eingewandert, im Gründungsjahr der Stadt nach Atlanta gekommen und nach dem Bürgerkrieg zurückgekehrt, als die Asche noch rauchte, um beim Wiederaufbau mitzumachen. Dorothy Chase Camerons Familie stammte ursprünglich aus Dorset in England, und das Haus in der Muscogee Avenue, das ihr Vater hatte bauen lassen und in das sie und Ben nach seinem Tod einzogen, war eine Nachbildung vom Herrensitz der Chases. Es hieß Merrivale House nach seinem Vorbild, wurde jedoch nur von Fremden, nicht von den Camerons so genannt.

In keiner anderen Familie meiner Bekanntschaft spürte ich so viel Energie und Vitalität, so viel Zuneigung, ja Begeisterung füreinander. Die Camerons spielten ständig miteinander: fuhren mit dem Rad in Buckhead herum und machten weite Ausflüge in die Umgebung, spielten gemeinsam Tennis, gingen zum Baden in den Driving Club, spielten in ihrem Garten auf dem gepflegten Rasen hinter dem Buchsbaumlabyrinth Federball und Krocket und veranstalteten etliche Theateraufführungen, Umzüge, Varietényummern, Parodien und Unterhaltungsabende mit der Familie; in ihrem Häuschen in der alten Wochenendkolonie in Tate hatten sie zu diesem Zweck sogar eigens eine Empore. An langen Winterabenden lasen sie einander vor oder hörten im großen Capehart – das gleiche Gerät wie bei uns und in halb Buckhead – Schlager, seichte Klassik und Operettenmusik, denn Intellektuelle waren sie nicht (ich war bereits eine ganze Zeit in Princeton, ehe ich echten Intellektuellen begegnete), doch sie hatten ein Hausquartett: Dorothy spielte mittelmäßig und flüssig Klavier, Sarah war nicht übel auf der Querflöte, Ben senior spielte Saxophon und Ben junior Klarinette. An langen Nachmittagen dudelte ich in unserer Jugend auf seinem Instrument herum und kaute auf dem süßlichen Blatt; dabei wurde meine dauerhafte Leidenschaft für die Klarinette entfacht. Mir war, als röche ich das feine Mark der Musik in den Tiefen der langen Röhre aus Ebenholz und Silber, auch wenn es eine Weile dauerte, bis ich es herausholen konnte.

Als Gruppe verströmten sie ein weiches, klares Licht, eine Energiestreuung aus Liebe, gegenseitiger Anerkennung, Neugier, Lebenslust und, was mich magisch anzog, Achtung voreinander. Liebe kannte ich. Sie empfand ich, wenn auch pervertiert und verkrüppelt, für meine Mutter. Doch die Camerons zeigten mir, daß Liebe Hand in Hand gehen kann mit Achtung. Und bei dieser gegenseitigen Achtung blieb es, soweit ich es beurteilen kann. Auch, als das mit Ben junior passierte, nahm die Achtung keinen Schaden; die Familie empfand nur Bestürzung und Trauer.

Und ihr Licht strahlte so natürlich, reichlich und ohne Unterschied wie Sternenglanz auf die Menschen, mit denen sie zusammenkamen. Bei den Camerons fühlte ich mich immer größer, als ich war... vielleicht so groß, wie ich werden konnte. Lucy hat das nie so empfunden, und es ist mir ein Rätsel, wieso nicht. Wie sie mir öfter sagte – auch, als wir schon erwachsen waren –, reichte ihr eine Stunde in Gesellschaft von Ben und Dorothy oder, in geringerem Maß, von Sarah, und sie ginge am liebsten heim, um ein Nickerchen zu machen.

Im nachhinein verstehe ich zwar, was sie damit ausdrücken wollte, bin aber nicht ihrer Meinung.

Bei aller Gemeinsamkeit ermutigten die Camerons einander auch zur Entwicklung ihrer individuellen Talente. Der junge Ben war nicht nur ein vielversprechender Musiker, sondern, wie früher sein Vater, ein geschickter, gelassener Sportler, der ideale Mannschaftsspieler – und trotz seines ungestümen Wesens und der anmutigen Eleganz seiner Bewegungen mit dieser Rolle zufrieden –, und er wußte praktisch von Kindesbeinen an, daß er der zukunftweisende Architekt werden wollte, der er auch wurde. Sarah mit ihrem Zeichentalent war von beiden die begabtere; sie verschenkte eigenwillige, bezaubernde Porträts und Landschaftsbilder und begeisterte damit ihre Eltern und deren Freunde. In der Highschool begann sie einen lebhaften, einträglichen Handel mit Auftragsarbeiten von nackten Frauen und scheuenden Pferden, bis ihre Mutter der florierenden Heimarbeit auf die Schliche kam und ihr ein Ende machte. Sie erhielt die obligatorischen samstagnachmittäglichen Stunden in Aquarell und Pastell am High Museum of Art, und mancher Lehrer rief Dorothy Cameron an und drängte auf spezielle Förderung, gründliche Ausbildung oder gar ein Studium an einer der großen Kunstakademien im Osten oder im Ausland.

Doch Dorothy hielt nichts von der Vorstellung eines selbstgenügsamen Künstlerdaseins für ihre Tochter, und die heitere, nachgiebige Sarah, die in ihre Familie, ihre Welt und ihr amphibienhaftes Schwimmen und Tauchen verliebt war, bestand nicht auf dem Kunststudium. Ich habe mich oft gefragt, was der Welt verlorenging, als Sarah den Pinsel weglegte und im Club auf das Sprungbrett stieg. Wenn ich mir ihren zierlichen, vollkommenen Körper vergegenwärtige, der sich mit der Grazie eines fliegenden Schwans emporschwingt, fällt es mir schwer, den Verlust gänzlich beklagenswert zu finden.

Klänge es nicht so schwammig und widerwärtig banal, könnte man sagen, daß die Camerons das Prinzip »Adel verpflichtet« geradezu ideal verkörperten. Bens Großvater erwarb mit einem Patent zur Herstellung eines gängigen Virusmittels ein Vermögen, und Bens Vater und Ben selbst verwalteten es gut, so daß sich Ben, als er Dorothy geheiratet und eine Familie gegründet hatte, lokalpolitischen Aufgaben widmen und sich dabei auf die reale Macht und das Gewicht eines beträchtlichen Privatvermögens stützen konnte. Bald nach Sarahs Collegeabschluß im Jahr 1960 wurde er zum Oberbürgermeister von Atlanta gewählt und lenkte während der explosivsten Dekade – Jahre des Wachstums und des Umbruchs –, die Atlanta je erleben sollte, mit Einfühlungsvermögen und Standfestigkeit die Geschicke der Stadt. Sein inzwischen ergrautes Haar und sein sommersprossiges, schmales Gesicht waren fast ebensooft in den Medien zu sehen wie der Kastanienschopf und das blasse Grinsen des jungen Präsidenten, der bewundernd zu ihm aufsah. Sein Verfall und sein Tod wurden am Ende nicht nur in Atlanta betrauert.

Dorothy Cameron war eine zierliche, gut gewachsene, schöne Frau mit dem dichten, dunklen Haar, den sherrybraunen Augen und den geraden schwarzen Brauen, die sie ihrer Tochter vererbte. Sie war intelligent, offen und ziemlich, wenn auch nicht übertrieben, gebildet; eine Spur zu eifrig und idealistisch für die weit bodenständigeren Kreise in Atlanta, mit denen sie Umgang pflegte; eine leidenschaftliche Demokratin im Geiste Jeffersons. Ihr beißender Sarkasmus bewahrte sie vor dem Unding, die Güte in Person abzugeben, und ihre Energie und ihr beeindruckendes Durchhaltevermögen bildeten eine vortreffliche Ergänzung zu Bens lässigem Charme und seiner katzenhaften Trägheit. Rastlos engagierte sie sich als freiwillige Helferin, ihre wegweisende Planung in Atlantas Stiftskrankenhaus, dem Grady Memorial Hospital, wurde zum Vorbild für die Organisation der freiwilligen Kräfte in vielen Kliniken der Südstaaten. Unermüdlich rackerte sie sich bei Hilfsaktionen, in Vereinen, Komitees, Projekt- und Arbeitsgruppen ab.

Ich sehe Dorothy Cameron noch in ihrer Rotkreuzuniform im Gesellschaftsteil der Sonntagsbeilage vom *Atlanta Journal-Constitution* abgebildet, lebhaft und resolut wie eine Schauspielerin, und unter all den anderen Frauen in Wohltätigkeitsgala wirkte sie couragiert, weltfremd und androgyn wie Jeanne d'Arc.

Im Gegensatz zu den anderen Frauen in meiner Welt waren ihr gesellschaftliche Anlässe ein Greuel. Zwar erschien sie pflichtschuldigst und sah in ihren schlichten Schuhen und selbstgenähten Kleidern immer phantastisch aus, aber sie wäre nicht gekommen, wenn es nicht wegen ihrer Mitgliedschaft nötig gewesen wäre. Die anderen Damen müssen es gespürt haben. Im nachhinein ist mir klar, warum manche von ihnen sie nicht mochten, und auch, warum etliche von ihren Ehemännern und all ihre Kinder sie ins Herz geschlossen hatten. Alle bis hin zum Jüngsten waren wir von ihr begeistert.

Als ich zehn war und Lucy acht, erlebte Atlanta – was vielleicht einmal in zehn Jahren vorkam – einen seiner raren, wunderschönen Schneewinter. Es schneit zwar fast jeden Winter ein paar Flocken, aber echter, tiefer Pulverschnee fällt bei uns so selten, daß die ganze Stadt stillsteht, wenn es schneit, zum einen vor atemberaubter Verzauberung und zum andern, weil es schlicht unmöglich ist, irgendwo hinzukommen. Am Abend des Schneetages lagen Lucy und ich beide im Bett, weil sich ein lästiger Schnupfen ankündigte, an dem zweifellos unsere hartnäckige Weigerung schuld war, auf den Ruf unserer Mütter hin den stillen, weiß verhüllten Garten zu verlassen.

»Na, hoffentlich seid ihr beiden jetzt zufrieden«, sagte meine Mutter und schloß die Tür hinter uns. »Ihr werdet auf eurem Speicher hier festsitzen, bis euer Husten ganz vorbei ist, und viel in der Schule versäumen und alles nachholen müssen.«

Da war der Schnee uns nachhaltig verdorben, und wir wollten eben in einen unruhigen, fiebrigen Schlaf fallen, als sich die Tür öffnete und meine Mutter mit funkelnden Augen eintrat, gefolgt von Dorothy Cameron in Pelzmantel und dicken Schals.

»Ich habe Mrs. Cameron zwar gesagt, daß ihr eine böse Erkältung habt, aber sie hat mich zu etwas überredet, was mir bestimmt noch lange leid tun wird«, sagte meine Mutter. »Warum habe ich mich bloß breitschlagen lassen?«

»Ich übernehme die Verantwortung«, antwortete Dorothy Cameron. »Und wir bezahlen den Arzt, wenn sie krank werden. Aber das glaube ich nicht. Es ist bestimmt die beste Medizin für sie. Steht auf, ihr zwei Hübschen, zieht euch euren wärmsten Mantel über den Schlafanzug, packt euch in eure Galoschen, Mützen, Schals und Handschuhe und kommt mit. Ich entführe euch.«

Wir folgten in bedrücktem Schweigen, gebeugt unter der Last einer Tat, die meine Mutter, trotz Erlaubnis, offenkundig mißbilligte. Wir hatten keine Ahnung, was uns unten erwartete.

Vor der Tür stand, Wunder über Wunder, ein altmodischer Pferdeschlitten, vor den zwei Füchse gespannt waren, die auf der Kutschauffahrt vor dem Haus stampften und klingelten, während ein eingemummelter Ben Cameron die Zügel hielt; hinter ihm saßen, eingepackt bis über die Ohren, Ben junior und Sarah. Uns stand vor Verblüffung der Mund offen.

»Kommt schon!« rief Ben und schwang die elegante schwarze Peitsche. »Ich hab' mir den Pferdeschlitten von George Haynes aus dem Reitstall in Chastain Park ausgeliehen, und in zwei Stunden muß ich ihn zurückbringen. Laßt uns fahren!«

Und so fuhren wir. Unter einer hohen, weißen, schwebenden Mondgaleone, die vom sturmheulenden Abendwind über den sternenbesäten Himmel getrieben wurde, machten wir in der ganzen Geisterstadt Buckhead wunderbare, verzauberte Spuren in den Schnee: die Peachtree Road entlang, wo praktisch kein Automobil durchkam, durch die weiße, leere West Paces Ferry Road, die gewundene, stille Habersham Road hinunter über die West Wesley Road auf die Peachtree Battle Avenue und zurück in die Peachtree Road zu unserem Haus. Wir vier Kinder waren so erfüllt von Hochgefühl und Staunen, daß wir nur im Flüsterton sprachen, und die einzigen Laute in der schallschluckenden, schwarzsilbernen Hexennacht waren das Glöckchengeklingel des Pferdegeschirrs, das knirschende Stampfen der eisenbeschlagenen Hufe und die gedämpften Stimmen von Ben und Dorothy Cameron, die sich unterhielten und ab und zu Liedfetzen vor sich hin summten.

Bei unserer Rückkehr empfing uns meine Mutter voller Ingrimm und schickte uns schnurstracks zu Bett, und als wir die Treppe hinauftrappelten, hörte ich sie zu Dorothy Cameron sagen: »Ich will nur hoffen, daß es sich gelohnt hat. Bestimmt haben sie sich den Tod geholt und kriegen Lungenentzündung.«

»Aber nein«, erwiderte Dorothy lachend. »Garantiert nicht. Und selbst wenn, wäre es das fast wert gewesen.«

Wir kriegten natürlich keine Lungenentzündung, und unsere Erkältung kam gar nicht zum Ausbruch. Und Dorothy Cameron behielt recht. Die magische Schlittenfahrt durch die Nacht war es wert... alles. Keiner von uns hat sie je vergessen. Dorothy wußte stets, was Vorrang hatte, und verschenkte aus vollen Händen die Gabe der Phantasie und Zuwendung. Sarah ist ihr sehr ähnlich.

Dorothy und Ben waren – was bei ihrer Generation und Herkunft überraschen muß – glühende Verfechter der Sache der Neger. Weder hatte Dorothy etwas von einer Lady Bountiful noch Ben etwas vom Massa an sich, und daher gestand man ihnen zu, sich einerseits für die Belange der Schwarzen einzusetzen und andererseits – ein klassisches Paradoxon – schwarze Dienstboten zu beschäftigen.

Bei den schwarzen Familien, die in den Villen arbeiteten und dahinter wohnten, war es daher üblich, am Feierabend bei den Camerons reinzuschauen und der Familie, soweit anwesend, Gesellschaft zu leisten. Die Ausläufer dieser Pfahlwurzeln reichten vom Nordwesten bis in die trostlosen Schwarzenghettos, und so kam es, daß es Ben Cameron in den 60er Jahren von all den Weißen, die sich darum bemühten, fast als einzigem gelingen sollte, die drohenden Rassenunruhen allein dadurch im Keim zu ersticken, daß er sich auf das heiße Pflaster stellte und auf den wütenden Haufen einredete. Einmal – bei der vielleicht schlimmsten Demonstration – ging er nur in Begleitung des jungen Glenn Pickens mitten ins Gewühl, kletterte auf einen parkenden Wagen und sprach stundenlang auf die aufgebrachte, frustrierte Menschenmasse ein; alle wußten, wer er war, viele kannten ihn persönlich. Am Ende dieser schweren Zeit konnte sich Atlanta, dank Ben Cameron, weiterhin rühmen, daß hier »zum Hassen keine Zeit« sei. Jedenfalls an der Oberfläche. Was darunter vor sich ging, in den dunklen, aufgewühlten Wassern, war eine andere Geschichte, und Ben Cameron wäre der letzte gewesen, es zu bestreiten. Doch auch Oberflächliches hatte, solange es verhindern konnte, daß der Funke sich entzündete, seinen Nutzen.

»In der Schule war ein Junge, der hat gesagt, daß Mr. und Mrs. Cameron die Nigger lieben«, sagte Lucy einmal zu Anfang ihres Aufenthalts bei uns beim Abendessen. Sie ging seit neuestem in die erste Grundschulklasse und fand die Gesellschaft anderer Kinder verwirrend, aber auch anregend.

»Er sagt, Mr. Cameron schläft im Bett mit einer Negerfrau, und Mrs. Cameron umarmt und küßt den Leroy Pickens die ganze Zeit. Er sagt, seine Mama sagt, Ben und Sarah sind wahrscheinlich dem Leroy seine Kinder.«

»Lucy!« zischte Tante Willa mit einem Seitenblick auf meine Mutter. »Du weißt doch, daß ich dieses dumme Geschwätz nicht ausstehen kann.«

»Na, das hab' ja nicht ich gesagt, der Junge hat's gesagt.«

»Und was war das für ein Junge?« fragte meine Mutter interessiert. In ihren dunklen Augen lag ein amüsiertes, gieriges Funkeln wie bei einem Fisch tief unten im trüben Wasser, und auf einmal wünschte ich, Lucy würde den Mund halten. Aber mir war klar, daß sie nicht still sein würde.

Und sie war es nicht.

»Ich weiß nicht, wie der heißt«, sagte sie. »Er sieht komisch aus und hat Kratzer auf der Nase und einen dicken Po. Der Negerchauffeur von seinem Papa kommt immer und holt ihn mit einem großen alten Wagen ab. Ich habe ihn verdroschen.«

Diesmal war meiner Mutter deutlich die Bestürzung vom braunen, schönen Gesicht abzulesen.

»In unserem Haus verdrischt man keinen Menschen, Lucy«, sagte sie. »Ich glaube, das war der kleine Todd Beauchamp. Ich werde bei seiner Mutter anrufen und mich für dein Benehmen entschuldigen müssen.«

»War ja nicht im Haus«, erwiderte Lucy ernsthaft. »Es war auf dem Spielplatz. Ich mußte ihn doch verdreschen, Tante Olivia. Es hat nicht gestimmt. Ich meine, ich weiß, daß Mr. und Mrs. Cameron Neger gern haben, weil sie gesagt haben, daß sie sie gern haben ... na und, wir haben sie doch auch gern. Ich meine, Shem und Martha und so ... aber sie schlafen nicht bei ihnen im Bett, und sie umarmen und küssen sie auch nicht. Und Ben und Sarah sind nicht die Kinder vom Leroy. Ich hab' gefragt.«

»LUCY!« kreischte Tante Willa außer sich.

»Du meine Güte, Willa, laß es gut sein«, sagte meine Mutter in ihrem Singsang, und angesichts der Vorstellung, wie Lucy die musterhafte Dorothy Cameron fragt, ob sie Leroy Pickens umarme und küsse, siegte bei ihr offenbar die Heiterkeit über ihr Mißvergnügen, daß der dicke Toddy Beauchamps Prügel bezogen hatte.

»Jeder weiß ja, was Ben und Dorothy für komische Anschauungen über die Neger haben. Kein Wunder, wenn es die Kinder aufschnappen.«

Ben und Dorothys Bekannte kümmerten deren versponnene Ansichten nicht weiter, mit denen jeder andere Bürger so schnell aus dem Driving, Capital und Commerce Club hinauskatapultiert worden wäre, daß seine feinen, leinernen Rockschöße geraucht hätten. Die Camerons, besonders Dorothys Seite, galten schon von jeher als »komisch«. Die alte Milliment, Dorothys Mutter, jenes Musterbeispiel der Achtbarkeit, war einmal bei einer Parade zum vierten Juli mit offenen schwarzen Haaren und in stocksteifer Haltung an der Spitze einer Kolonne Suffragetten auf einem Schimmel die ganze Peachtree Street entlanggeritten, und das mitten im beschwerlichen Klimakterium. Später, lange bevor es für Damen schicklich war, selbst zum Einkaufen in die Stadt zu fahren, holte sie jeden Dienstag – traditioneller freier Tag der Buckhead-Chauffeure – ihren riesigen schwarzen Cadillac aus der Garage und setzte sich persönlich ans Steuer, ohne Rücksicht auf Verluste, eine Spur der Verwüstung ziehend. Sie wohnte nach dem Tod ihres Gatten im Cameronschen Gästehaus hinter dem Buchslabyrinth.

Es gab und gibt in Old Atlanta eine Verschrobenheit, die man toleriert, sogar hätschelt, und eine andere, die man nie billigen wird. Ben und Dorothy Cameron waren von ersterer. Lucy von letzterer. Nur wenige Leute kennen heute noch den Unterschied.

Zu all dem, ihrem Zusammenhalt, ihren Talenten, ihrer Herzlichkeit, ihrem Charme, ihrer Güte und Nächstenliebe und ihrer sympathischen Geselligkeit, kam, daß Ben und Dorothy fast die ganze Welt bereist und Ben und Sarah häufig mitgenommen hatten. In ihrer Anziehungskraft und Weltgewandtheit wären die Camerons auch in kultivierteren Kreisen willkommen und zu Hause gewesen, als sie Atlanta zu bieten hatte. Bei so viel Fülle, glaube ich, ist es begreiflich, warum Lucy sie in ihrer Leere und ihrem Hunger floh wie ein kopfscheues Fohlen. Aber für mich leuchteten sie wie die Sonne, und ich liebte sie kritiklos und voll Dankbarkeit.

Ich glaube, es war die dunkle Seite in Lucy, die sich vor dem Licht der Camerons versteckte. Jeder von uns hat eine dunkle Seite, keiner ist ohne Schatten. Doch im Lauf des ersten Jahres erkannte ich, daß auf Lucy eine wirkliche Dunkelheit, ein echter Schatten lag. Man konnte ihn nicht oft sehen, denn sie war immer in Bewegung, in schillerndem Flug, in tanzendem Licht. Aber er wartete auf sie am Rand des Sonnenscheins, und wenn er auf sie fiel, war er unübersehbar wie der Schatten von Schwingen.

Einmal habe ich es erlebt, wie diese Dunkelheit sichtbar, die Lichtlosigkeit greifbar wurde. Es war im Herbst; nach einem frühen Frosteinfall, der das Laub entflammt hatte, genossen wir einige Altweibersommertage und verbrachten alle zusammen das Wochenende auf der Hütte in Tate. Wir waren noch nie mit Willa und ihren Kindern dagewesen, obwohl das Häuschen in seiner Kühle und Abgeschiedenheit vollkommenen Schutz vor der Kinderlähmung geboten hätte. Meine Mutter hatte sich in der Hütte nie wohl gefühlt, und außerdem wollte sie Tante Willa nicht dort haben. Ich habe sie einmal zu meinem Vater sagen hören: »Wenn du sie hier schon zum Schreien findest, dann warte mal ab, bis wir in Tate sind. Ein gescheckter Affe ist nichts dagegen.«

Selbst ich begriff, was sie meinte. Die kleine Sommerkolonie in der Pickens County circa eine Autostunde nordwestlich war so einfach und so wenig schick, daß die meisten Atlanter, wenn sie nicht ein Wochenendhäuschen da besaßen, keine Ahnung von ihrer Existenz hatten. Deshalb galt und gilt sie auch als exklusiv. Die Familien, die dort die Sommerfrische verbringen, sind zumeist Nachkommen der Erstbesitzer, der Siedler, die die Tate Mountain Corporation gründeten, die alten Hütten bauten und den Golfplatz und den See mit Staudamm, Lände und Bootshäusern anlegten. Es ist so gut wie ausgeschlossen, sich in Tate einzukaufen, wenn man dort nicht verwurzelt ist, und wir kamen zu unserer Hütte auch nur, weil die Arztwitwe sie uns mit dem Haus zusammen verkaufte. Dennoch scheint mir fraglich, daß meine Eltern in der Kolonie gute Aufnahme gefunden hätten, wenn die alte Dame nicht, wie allgemein bekannt, auf den schleunigen Verkauf angewiesen gewesen wäre. Die anderen Siedler begegneten uns zwar mit Freundlichkeit, aber nicht mit echter Herzlichkeit, und meiner Mutter entging der feine Unterschied nicht, noch sah sie darüber hinweg. Mein Vater, mit seiner Passion für den Angelsport, hätte sich unter den Naturfreunden dort durchaus einleben können, aber nach den ersten zwei, drei Malen lehnte es meine Mutter ab, wieder hinzufahren, bis Tante Willa mit ihren Kindern zu uns kam, und so stand das Haus im schönen Laubwald am Abhang des Burnt Mountain leer, und wir verbrachten den Sommer auf Sea Island oder im Gebirge.

»Und wenn dein Leben davon abhinge, würdest du in Tate keine anständige Partie Bridge zusammenkriegen«, sagte meine Mutter des öfteren, »und kein Mensch nimmt dich für voll, wenn du keine Lust hast, im Dreck rumzuwühlen, dir nach Vögeln und Bibern die Hacken abzulaufen oder dir in dem besch...eidenen Tümpel einen abzufrieren.«

Und sie hatte recht. Es gab in Tate soziale Aktivitäten die Fülle, sei es am Bade- und Tauchsteg, auf dem Golfplatz, beim Spaziergang rund um den See in der Kühle des frühen Morgens oder abends oder beim »Eisbrechen« auf geschützten Veranden vor ausladenden Steinkaminen am späten Nachmittag. Aber das Gemeinschaftsleben am Berg war in Generationen gewachsen, beschränkte sich auf die eingesessenen Familien und zehrte vom reichen Anekdotenschatz längst vergangener Sommer. Das Essen wurde im Familienkreis eingenommen, und man ging mit den Hühnern schlafen, während man tagsüber die Kinder beim Spielen beaufsichtigte, im Garten arbeitete, einen Spaziergang unternahm, ab und zu eine Golfpartie wagte oder mit Feuereifer auf Kanufahrt und zum Baden ging. Alles war schlicht, fast spartanisch; es gab in der ganzen Kolonie kein Paar hochhackige Schuhe und keinen Schlips, und weit und breit kein Telefon. Das größte und älteste Häuschen, die Cameronsche Blockhütte, bildete ab Juni das Zentrum eines nicht abreißenden Zustroms von Kindern, die Ben und Sarah umwirbelten und umwuselten. Es war, als wäre Tate im Blick auf die Camerons geschaffen worden.

An dem Wochenende im Herbst des Jahres 1941 zeigte sich in der Tat, wie meine Mutter prophezeit hatte, daß Tante Willa nach Tate paßte wie eine Pfauenhenne auf einen Hühnerhof. Sie brach sich im roten Schlamm an der Eingangstür den Absatz von ihren neuen Newton Elkin Pumps ab, ergriff die Flucht angesichts des Skorpions, der sich im primitiven Badezimmer eingemietet hatte, wäre in der eisigen Nacht in ihrem hauchdünnen Négligé fast erfroren und mußte schließlich in einem vielgetragenen Flanellhemd meines Vaters schlafen und ließ sich vom Scharren der mageren Bärin, die am Wochenende die Abfallkübel der Kolonie durchstöberte, in Angst und Schrecken versetzen.

Als zur herrlichen blaugoldenen Morgenstunde die Sonne über dem Burnt Mountain aufging und die Wälder in gelbe Glut tauchte, kam Tante Willa mit roten Augen fröstelnd zum Frühstück herunter und mußte feststellen, daß mein Vater uns Kinder auf eine Tour zu den Bibern mitgenommen hatte, während meine Mutter wieder zu Bett gegangen war und das Feuer hatte ausgehen lassen; voller Verzweiflung stolperte sie hinaus auf das Holpersträßchen um den See auf der Suche nach einem anderen menschlichen Gesicht, fand aber keines. Wir waren die einzigen da oben. Die meisten anderen Hütten waren vor dem ersten Frost dichtgemacht worden. Tante Willa war den Tränen nahe, als wir zurückkamen und das Feuer anzündeten und meine Mutter aufstand, um uns mit Hotdogs abzufüttern. Wir sind in meiner Kindheit noch manches Mal in Tate gewesen, aber Tante Willa setzte in ihrem ganzen, langen Leben nie wieder einen Fuß auf den Burnt Mountain.

Lucy dagegen war vom ersten Tag an von Tate fast so hingerissen wie vom Gartenhaus, und sie war zwar in ihrer Kindheit nicht allzu häufig dort, behielt aber jeden unserer gelegentlichen Aufenthalte im Gedächtnis. Als wir erwachsen waren, gab ich ihr den Schlüssel, sooft sie wollte, und sie hielt sich, glaube ich, viel da oben auf. Auch Malory war, als die Reihe an sie kam, von Tate begeistert. Nach ihrer Geburt waren wir öfter dort. Deshalb habe ich die Hütte nach dem Tod meiner Eltern nicht verkauft und werde sie wohl auch nicht verkaufen. Schon möglich, daß ich nie wieder hinfahre, aber mich freut das Bild von Malorys junger, schlanker Weidengestalt – sie sieht Lucy ja so ähnlich –, lebhaft wie eine Flamme, vor dem grünen Burnt Mountain.

Am zweiten Abend unseres Aufenthalts in jenem Herbst gab es einen Meteoritenschauer, und Lucy und ich mummelten uns ein, nahmen uns eine Decke und gingen zum Bootssteg hinunter, um den Himmel zu beobachten. Wir lagen ganz still auf dem Rücken, während das Himmelsgewölbe über uns erglühte, und als es vorbei war, entschlossen wir uns zu einem Spaziergang um den See, um den Zauber ausklingen zu lassen. Wir liefen schweigend, sprachen nicht. Der verwunschene Silberregen am Himmel war noch zu frisch und nah für Worte. Der riesige weiße Mond stand voll und niedrig, so daß er auf der Kuppe des Burnt Mountain zu liegen schien, und die ganze Welt war silbern und schwarz wie ein Negativ. Wo Straße, See und Wiese frei dalagen, wirkten sie wie in kalte, glitzernde Strahlen getaucht, aber im Schatten der Bäume war alles dick und schwarz wie Tinte. Wunderbar. Eine wunderbare Nacht. Sie verschlug einem den Atem; man wollte flüstern. Ein Ding, so alt wie die Welt, doch außerhalb von ihr, begleitete uns auf der silbrigen Straße. Lucy ging ein paar Schritte vor mir her und war mit Silber übergossen, schien zu phosphoreszieren wie nackte Haut in einem Nachtmeer. Ich wußte, daß etwas Großes, Ehrfurchtgebietendes geschehen mußte. Es konnte gar nicht anders sein.

An einer Stelle des Sträßchens, am gegenüberliegenden Seeufer, verläuft parallel dazu, etwa vier Meter höher, die alte Gebirgschaussee. Sie liegt direkt über dem Seesträßchen, aber die Sicht wird durch Bäume behindert, so daß weder die Straße noch die Böschung zu erkennen sind. Das Seesträßchen verläuft schwarz im tiefen Schatten der Bäume, als käme man an einen Tunnel. Beim Anblick dieser Trollhöhle war mir auf einmal unheimlich zumute, und ich sagte leise zu Lucy: »Kehren wir um. Ich habe am Steg meinen Geldbeutel liegenlassen.«

»Nee, hast du nicht«, erwiderte sie, ohne sich umzudrehen. »Dein Geldbeutel ist in deiner Hosentasche. Du hast bloß Angst vor der Dunkelheit. Angsthase! Pfeffernase!« Und sie lief voraus, ließ eine silbrige Spur zurück und stürzte sich kopfüber in die Schwärze. Auf einmal überkam mich eine solche Angst, daß ich nicht genug Atem hatte, um Lucy zurückzurufen. In der Luft lag eine Schwere, die mir die Brust zusammenschnürte. Ich schleppte mich hinter Lucy her, so mühselig, als hätte ich Betonklötze an den Füßen.

Und da, nur einen Augenblick, bevor sie in den schwarzen Tunnel eintauchte, kam ein riesiges, fliegendes – ich weiß nicht recht – Ding, ein großes schwarzes Schattensegel... dicht über sie hinweggeflogen, direkt über ihren Kopf, wie ein Fluch, der vom Himmel auf sie herunterfiel. Gleich darauf war sie im Schatten der Bäume verschwunden, ich hörte ein gedämpftes Knirschen und eine Art Schrei, und dann, nichts.

Mein Herz setzte buchstäblich aus. Ich konnte kein Glied rühren. Meine Beine waren Eis. Ich wußte nicht, was es war, das ich da gesehen hatte; es war nicht von dieser Welt. Ich rief, ein dünnes Angstblöken, aber sie antwortete nicht, und dann hörte ich etwas durch das Unterholz brechen auf den See zu, und ein Hirsch sprang aus dem Gebüsch, setzte über die Straße und floh in den Wald am Seeufer. Das also war es gewesen – ein Hirsch auf der Straße über uns, den ein Automobil aufgeschreckt hatte. Ich sah Scheinwerferlicht über unseren Köpfen kreisen, hörte Motorenlärm anschwellen und verklingen. Der Hirsch war die Böschung heruntergerannt und geradewegs über Lucy gesprungen, und das Knirschen, das ich gehört hatte, kam daher, daß sein Huf an Lucys Jochbein abgeglitten war. Einen Augenblick lag sie wie benommen, und ihre Wange war aufgerissen. Wir mußten sie zum Nähen ins Krankenhaus bringen. Sie war sehr stolz auf die Narbe, die ihr blieb. Sie weinte weder, als es passierte, noch, als sie der Arzt behandelte, und sie war erst fünf. Meine Tante weinte, und zwar laut, und, wie ich annehme, vor Genugtuung. Das war das Tüpfelchen auf dem i ihrer Abneigung für Tate.

Ich habe diese Nacht nie vergessen. Sie war so geheimnisvoll, fast ein Omen. Sie prägte Lucy mit dem Mal des Andersseins.

»Sieht Lucy ähnlich, sich ein privates Omen zuzulegen«, sagte Sarah Cameron viel später, als ich ihr die Geschichte erzählte. Sie war zu der Zeit nicht allzu gut auf Lucy zu sprechen.

Doch Lucy und ich nahmen die Hirschnacht in unseren persönlichen Mythos auf. Denn obwohl wir, wie gesagt, beide kleine Realisten mit traurigen Augen waren, welches Kind spinnt keine Mythen um sein Leben? Wie wäre es sonst zu ertragen?

Den Herbst und Winter sprachen wir so oft davon, daß unsere Eltern uns schließlich als Quälgeister bezeichneten; niemand wolle mehr etwas über den Hirsch hören, der in Tate über Lucy gesprungen sei. Es war aber nicht so schlimm, denn bald kam der Sonntagnachmittag im Dezember – wir saßen alle um den Capehart in der Bibliothek und warteten, daß Shem mit dem Wagen vorfuhr und uns zum Essen in den Driving Club chauffierte –, als die Musik abbrach und eine Stimme uns mitteilte, daß japanische Bomber auf Hawaii Pearl Harbour angegriffen hatten.

Ich entsinne mich noch deutlich, daß meine Mutter weinte, Tante Willa einen unterdrückten Schrei ausstieß und mein Vater die Hände in die Hosentaschen steckte, ans Fenster trat und schweigend mit dem Rücken zu uns in den blattlosen Garten starrte.

Aber Lucy sprang auf die Beine, die Röte schoß ihr in die Wangen, die blauen Augen blitzten auf wie sprühende Diamanten. Sie stampfte mit den Füßen auf dem alten Orientteppich auf; sie schlang die Arme um sich und tanzte herum wie eine Marionette. Dann lief sie auf mich zu, warf mir die Arme um den Hals und peitschte mir mit dem Seidenhaar über das Gesicht.

»Also da ist er hin!« rief sie, und in ihrer Stimme jubilierten Flöten und Geigen. »Da ist mein Papa hingegangen. Er hat uns überhaupt nicht sitzenlassen! Er ist im Krieg!«

Und von da an bis zu dem Augusttag vier Jahre später, als die Kirchenglocken und Feuersirenen Buckheads uns den Sieg über Japan verkündeten, verfolgten wir den Kriegsverlauf, und Lucy war glücklich.

4. Kapitel

Über dem ersten Kampfjahr lag und liegt ein Dunstflimmer aus Erregung, Enthusiasmus und ungetrübtem nationalistischen Glitter, der für mich zu Anfang des Konflikts ebenso stark von Lucy ausging wie vom gesamten kriegsbegeisterten Amerika. Der Zweite Weltkrieg war für die meisten Amerikaner, abgesehen von denen, die wirklich daran teilnahmen, ein ungeheuer romantischer Krieg. Er besaß alle Zutaten eines Tennysonschen Epos: den glasklaren moralischen Imperativ, die leicht erkennbaren Mächte des Lichts und der Finsternis, die schlichten, überlebensgroßen Helden und Schurken, die Opfer, die Rechtfertigung für Gewalt, die tapferen Männer, die für Heimat und Vaterland fielen, die tapferen Frauen, die auf ihre Rückkehr warteten. Einfach unwiderstehlich. Keine Menschenseele in Amerika, in Atlanta, in Buckhead entkam dem glitzernden Netz dieses Kriegs.

Und eine seiner glühendsten Verfechterinnen war Lucy. Jahre später schrieb sie unter der Überschrift »Der letzte große Kriegstaumel« einen ausgezeichneten Artikel über die ersten Kriegstage in Atlanta, in dem sie treffend den kopflosen Chauvinismus beschreibt, der uns als Stadt und Nation vor der Entdeckung des nackten Grauens hinter dem Taumel bewahrte. Doch 1942, in jenem ersten Kriegsjahr, gab es keinen Amerikaner, groß oder klein, der so am Rundfunkgerät klebte oder sich mit solch konzentrierter Inbrunst in Zeitungen und Zeitschriften vertiefte wie die kleine Lucy Bondurant aus Atlanta, Peachtree Road Nummer 2500.

Ich vertiefte mich mit ihr, und das gerne, und bald wurde auch ich mitgerissen von den Schwingen der Macht und des Ruhms, die sie in Bann geschlagen hatten. In dem Jahr haben wir nicht viel getan, gedacht oder gesagt, was nicht mit dem Krieg zusammenhing.

Buckhead war damals noch ein Dorf, und wenn der Krieg mit gefiederten Flügelspitzen einen Buckheader berührte, traf er unvermeidlich jemanden aus unserem Bekanntenkreis. Im Frühjahr 1942 fiel ein junger Mann aus Buckhead, Sohn eines Verkäufers aus Cantrells Lebensmittelladen in der Roswell Road, auf den Salomoninseln durch einen Schuß in den Hals, und wir alle machten den Eltern unsere Aufwartung und betrachteten feierlich den Goldstern, Buckheads ersten, im Fenster ihres Häuschens im Mathieson Drive. Dann fielen ein Bademeister vom Schwimmbad in Garden Hills und ein Starathlet aus der Highschool, und bald hatten wir eine ganze Reihe Goldsterne.

Sie alle waren *unsere* Toten. Später zogen vereinzelt Väter unserer kleinen Freunde von der großen Einberufungskaserne Fort MacPherson im Südwesten Atlantas aus in den Krieg. Aber die Mehrheit blieb. Anfangs wurden Familienväter nicht eingezogen, und als es brenzlig wurde, brauchten Buckheads Finanzimperien sie offenbar dringender denn je. In den meisten Fällen war es keine Ausrede. In Nordatlanta ließ man kaum die Fäden spielen, um vom Kriegsdienst verschont zu bleiben. Der einzelgängerische, grimmige Südstaatler, der trotz seiner trägen, höflichen Fassade zu Gewalttätigkeit neigt, hielt sich von jeher für den streitlustigsten und besten Kämpfer Amerikas. Er drückte sich nicht vor dem Blutvergießen im Namen von Ruhm und Ehre. Das Etikett »unabkömmlich«, das die meisten unserer Väter freistellte, war korrekt. Und so saßen in Buckhead an den ersten Kriegswinterabenden eine Menge nüchterner junger Männer mit Frau und Kindern an ihren Eßtischen, in Bibliotheken oder Salons und hörten Radio. Wenn ich mir meine Familie als Familie vorstelle, als Menschen eines Blutes und Ziels, dann habe ich die Abende in der Bibliothek meines Vaters vor Augen, wo wir gemeinsam die Nachrichten mit H. V. Kaltenborn hörten und die Kriegsbilder in *Life* und *Atlanta Journal* betrachteten.

Ich sehe sie noch vor mir: Ganze Familien leblos hingestreckt am Eingang eines Luftschutzbunkers in Chungking, bei einer Panik niedergetrampelt. Sie sahen aus wie weggeworfene Chinesenpuppen: Warum sie wohl alle von der Taille abwärts nackt waren? Warum kein Blut zu sehen war?

Dicker schwarzer Rauch über den langsam umkippenden Türmen von Schlachtschiffen in Pearl Harbour.

Joe Louis in Gefreitenuniform; Veronica Lake mit dem seidigen Haarschopf in der Bohrmaschine als Reklame für Sicherheit am Arbeitsplatz.

Weiß Gott warum, ein zwanzig, dreißig Meter hoher Stapel Autoreifen in Akron.

Der verkohlte Kopf eines japanischen Panzerschützen im schwarzgebrannten Sand von Guadalcanal mit den immer noch lebendigen, grausig grinsenden Zähnen.

Der insektenhafte Monsterblick der Gasmasken.

Hinterher wurden Lucy und ich zu Bett geschickt, aber das störte uns nicht, denn oben konnten wir bis zum Einschlafen offen reden, und unser Gespräch drehte sich stets um den Krieg. Oder genauer gesagt um die Rolle, die mein Onkel im Krieg spielte.

Er war nämlich überall dabei. Sein Gesicht steckte in der Wochenschau im Buckheader Filmtheater gleich hinter Roosevelts großem jovialen Mond. »Da ist er, siehst du?« flüsterte Lucy im Dunkeln und stubste mich, und der anonyme Adjutant wurde tatsächlich zu meinem fabulierten Onkel Jim.

Er war auf den Salomoninseln dabei und auf den Philippinen, in Burma, Borneo und Singapur; zog mit General MacArthur von Corregidor ab und marschierte mit den Totenskeletten auf Bataan. Fast als einziger kam er durch; ganz allein brachte er die kleine Schar Überlebender in Sicherheit; ganz allein litt er und hielt stand. Die Niederlagen und der Blutzoll der ersten Schlachten fochten Lucy nicht an; vielleicht nahm sie sie gar nicht wahr. Hin und wieder sagte ich aus einer dumpfen, schwelenden Eifersucht auf das Vater-Onkel-Phantom heraus, das sich nach jeder verlorenen Schlacht wie Rauch erhob und niemals starb: »Wir haben den Kampf doch nicht gewonnen, Dummerchen! Wir haben verloren! Alle sind tot. Die anderen haben uns besiegt.«

»Stimmt ja gar nicht«, erwiderte sie dann gelassen. »Die sind nicht alle tot; er ist nicht tot. Wie soll sein Bild in die Zeitung kommen, wenn er tot ist?«

»Das ist gar nicht sein Bild«, rief ich einmal wütend. »Da ist jemand drauf, den du nicht kennst und der deinem Papa kein bißchen ähnlich sieht!«

»Woher willst denn du das wissen?« antwortete Lucy. »Du hast ihn doch noch nie gesehen.«

»Warum schreibt er dir dann nicht, wenn er so ein Superheld ist und die ganzen Schlachten überlebt und in *Life* und in allen Filmen kommt?«

»Er hat was Besseres zu tun, du Blödian«, sagte sie.

Wie wahr! Mit eigener Hand wendete James Bondurant mitten im Krieg im Korallenmeer Amerikas Geschick und watete mit der ersten Invasionswelle in Guadalcanal an Land. Bald machte er einen Riesensatz über Berge und Meere in die nordafrikanische Wüste und zeigte sich in bescheidener Siegerpose, nachdem Rommels Afrikakorps aufgerieben war. Als ich Lucy erklärte, daß es sich um einen britischen Einsatz ohne Beteiligung amerikanischer Truppen gehandelt habe, war die logische Antwort: »Na, also darum hab' ich keine Briefe von ihm gekriegt. Mein Papa kann nicht auf britisch schreiben.«

Ich glaube kaum, daß Tante Willa und meine Eltern Lucys eigenartige, versponnene Besessenheit von ihrem Vater bemerkten, zumindest nicht im ersten Kriegsjahr. Erstaunlich, daß es ihnen entgangen ist; Lucy machte keinen Hehl daraus. In dieser geistverwirrenden, herzzermürbenden Zeit kümmerten sich die Erwachsenen im Haus wenig um die kleine Lucy Bondurant und ihren kämpfenden Phantomvater.

Doch schließlich wurde Tante Willa auf das merkwürdige Phantasiegebilde aufmerksam und stürzte sich wie eine Furie auf Lucy. Ich war dabei. Ich werde es nie vergessen. Und Lucy hat es ihr bestimmt nicht vergessen.

Es geschah kurz vor Weihnachten 1942. Seit gut einem Jahr waren wir im Krieg. Eines Sonntagnachmittags lag Lucy auf dem Boden und war in die Sonntagszeitung vertieft. Ich saß in meiner angestammten Ecke halb hinter dem Capehart und las einen Captain America Comic. Die Unterhaltung der Erwachsenen, gespickt mit säbelrasselnden Kriegsgeschichten aus dem Driving Club, plätscherte über unseren Köpfen dahin.

Gelangweilt kroch ich aus meinem Bau und schlenderte zu Lucy hin.

»Was machst du da?« fragte ich. Ich sah, daß sie las oder zumindest Fotografien anschaute. In der Zwischenzeit hatte sie zwar flüssig lesen gelernt, aber das Kleingedruckte in den Zeitungen war ihr manchmal zu mühsam. Es regnete, und wir durften nicht hinaus. Der Nachmittag wollte kein Ende nehmen.

»Ich les' was über Papa«, antwortete sie. »Er ist in Jugo... Jugo... eben da.« Sie deutete auf eine skizzenhafte Karte und wies dann auf eine unscharfe Fotografie jener legendären jugoslawischen Partisanen, die – Männer, Frauen und Kinder – aus dem Hinterhalt hinter dunklen Bäumen hervor der Wehrmacht geradewegs vor die Panzer stürmten. Lucys Zeigefinger deutete liebevoll auf eine formlose, überhaupt nicht erkennbare Gestalt im Vordergrund, die den Arm hob, wie um eine selbstgebaute Granate zu schleudern. Das Gesicht war verhüllt; man konnte nicht sehen, ob es ein Mann, eine Frau oder ein großes Kind war. Ich nickte nur und sagte: »Aha.«

Aber Tante Willa fuhr aus ihrem Sessel hoch, kniete, ehe wir's uns versahen, neben Lucy, riß ihrer Tochter die Zeitung aus der Hand und zerknüllte sie in der Faust. Ich starrte sie mit offenem Mund an, und Lucy wurde ganz still und bleich.

»Lucy Bondurant, du lügst, das weißt du ganz genau!« gellte Tante Willa. »Was fällt dir ein, am Tag des Herrn solche Lügen über deinen nichtsnutzigen Faulpelz von Vater zu erzählen! Das ist nicht dein Vater! Dein Vater ist weit, weit weg von ... dem ausländischen Ort da, das sind ja noch nicht mal Amerikaner! Er ist ja noch nicht mal in der Armee; die würden ihn gar nicht nehmen! Nicht mal die *deutsche* Armee würde ihn nehmen! Wenn er noch am Leben ist, hat er sich irgendwo im hintersten Winkel verkrochen, damit er nicht in den Krieg muß; er ist der größte Feigling auf Gottes Erdenrund, und du kannst glatt deinen kleinen Hintern darauf verwetten, daß er von der Front so weit weg bleibt, wie's nur geht – wenn er noch lebt, was die Frage ist. Wahrscheinlich hat er sich längst totgesoffen oder schlimmer. Also halt gefälligst den Mund. Ich will nie wieder so einen Unsinn von dir hören!«

Sie brach ab und sah um sich, als tauche sie aus der Tiefe auf. Mein Vater hatte sich hinter seiner Zeitung versteckt, aber meine Mutter musterte Tante Willa und strickte mit ihren schlanken Händen flink und schweigend an etwas Olivgrünem, die brennende Zigarette im Aschenbecher parat. Sie lächelte ihr leises, rätselhaftes Lächeln.

Tante Willa lief dunkelrot an und senkte den funkelnden Blick.

»Ich wollte nicht laut werden«, sagte sie, nicht zu Lucy, sondern zu meiner Mutter. »Aber ich kann ihr solche Lügen nicht durchgehen lassen.«

»Wir sind zur Zeit alle ein wenig gereizt«, murmelte meine Mutter seidenglatt. »Bestimmt hat sie nur so getan, als ob ... es war nur ein Spiel.«

Lucy wandte ihr blasses, starres Gesicht von Tante Willa ab und meiner Mutter zu.

»Gar nicht«, sagte sie. »Ich hab' nicht nur so getan. Auf dem Bild ist mein Papa drauf. Und sie kann sagen, was sie will. Ihr alle könnt sagen, was ihr wollt. Er ist da auf der Zeitung drauf, und wer sagt, daß er nicht drauf ist, ist ein gemeiner Schwindler!«

»Lucy!« kreischte Tante Willa.

»Ich hasse dich«, erklärte Lucy ihrer Mutter rundheraus in kühlem Ton. »Ich wünschte, dir würden deine Arme und Beine verfaulen und abfallen und du würdest eine schwarze Zunge kriegen und dran ersticken.«

Behutsam stand sie auf, glättete das Zeitungsknäuel und ging in steifer, königlicher Haltung hinaus. Wir hörten erst ihre festen, sicheren Schritte auf der Treppe zum Speicher, dann gedämpftes Türenschlagen. Ich saß stumm mit angehaltenem Atem da.

»Ich muß mich für ihr Benehmen entschuldigen«, sagte Tante Willa. »Ich gehe nach oben und rede mit ihr.«

Sie verließ das Zimmer mit rotunterlaufenem schlanken Nacken. Meine Eltern sprachen nicht. Meine Mutter lächelte noch.

Lucy ließ ihre Mutter nicht in ihr verrammeltes Zimmer. Nicht einmal mich ließ sie rein. Erst am folgenden Morgen öffnete sie die Tür und tat, als habe es die häßliche Szene nie gegeben. Soviel ich weiß, hat sich Tante Willa nie wieder mit Lucys Phantastereien angelegt, und auch ich habe schlichtweg aufgegeben.

Ja, ich habe sogar mitgemacht. Fast den ganzen Krieg über zauberte mir meine Phantasie das Gesicht meines gutaussehenden jungen Onkels auf jedes Bild von der Front. Ich wußte zwar, daß Lucy sich täuschte, aber auf einer tieferen Ebene, jener unseres Einverständnisses, glaubte ich ihr. Wir sprachen nie wieder darüber mit meinen Eltern oder ihrer Mutter. Daß sie Jim Bondurant nicht sehen konnten, wunderte uns nicht. Irgendwie ahnte ich, daß es nur Lucy gegeben war, und durch ihre Vermittlung auch mir: Er war unser persönliches Totem und ihr Held.

Seltsam, aber sie hatte nie Angst um ihn, während mir die Gefahr, daß er fallen könnte, stets gegenwärtig war und ich das vernichtende, befreiende Telegramm mit den Anfangsworten »Zu unserem Bedauern müssen wir Ihnen mitteilen« halb fürchtete und halb herbeisehnte; eine olivgrüne Limousine auf der Auffahrt; ein großer, blasser Offizier an der Haustür. Sie kamen nicht. Vier Jahre lang trug ich trotz wachsender Geistes- und Urteilskraft das Bild dieses gepanzerten blonden Gespensts mit mir herum, das wie ein Wikingerbanner allen voran Schlacht um Schlacht bestritt, und als bei Kriegsende die Glocken und Sirenen ertönten und es bei Lane's und in Wender & Roberts Drugstore wieder Pfefferminzstangen gab, verließ James Bondurant mein Heldenpantheon und entflog wie ein Falke meiner Phantasiewelt.

So merkwürdig es klingt, das Klima war in unserem Haus im Krieg so gesund wie nie. Vermutlich war nur etwas in der Größenordnung eines Weltkriegs imstande, unsere Aufmerksamkeit abzulenken vom Treibsandschlund des Ichs und seiner Neurosen und sie nach außen zu locken. Denn wir alle, von Lucy und mir über die Dienerschaft bis hin zu meinen Eltern und Tante Willa, hatten in dieser Zeit ein Ventil für unsere Sehnsucht und unsere Energie, noch dazu eines, das allgemein Anerkennung fand. Lucy und ich hatten unseren Phantomkrieger. Mein Vater hatte seine unabkömmliche Beschäftigung. Meine Mutter und Tante Willa hatten ihre Heimatfrontarbeit. Vielleicht das erste – und einzige – Mal im Leben, daß Olivia und Willa Bondurant in ihrem kleinen Kreis dafür anerkannt wurden, was sie taten, und nicht dafür, was sie waren. Eigentlich verwunderlich, daß sie das Lob nicht zum Weitermachen ermunterte; meines Wissens hat keine von beiden je wieder Erfüllung in einer ehrenamtlichen Tätigkeit gesucht.

Doch dies eine Mal arbeiteten alle Frauen von Buckhead. Die Frauen aus dem größeren Buckhead um uns herum, die wir zwar jeden Tag zu Gesicht kriegten, aber irgendwie übersahen, gingen gegen Bezahlung arbeiten; sie übernahmen die freien Stellen in Büros, Fabriken und Geschäften, die die jungen Männer hinterlassen hatten, als sie in den Krieg zogen; sie chauffierten die Taxis, standen hinter der Theke, servierten die Mahlzeiten, reinigten die Kleider und pumpten Benzin. Manche arbeiteten in der riesigen neuen Bell-Bomberfabrik in Marietta. Der große Komplex der »Bumbumfabrik«, wie wir sie nannten, türmte sich in meinen Kindertagen schützend wie eine Festung, wie ein Waffendepot zwischen »uns« und den »anderen« auf. Die jungen Frauen verzichteten auf Nylon- und Seidenstrümpfe und trugen Florgarn oder färbten sich die Beine in tränendem Braun; sie trugen Hosen, Halstücher, Mützen und Kampfjacken, und einige der jüngeren hatten bald die Krankenschwesterntracht oder Soldatinnenuniform der Armee oder Marine an. Jeder warf sich in sein Kostüm für den »großen Kriegstaumel«. Lucy kriegte zu Weihnachten eine scheußliche Uniform des Women's Army Corps (WAC) mit Käppi, und ich bekam einen kleinen, weißen, vorschriftsmäßigen Matrosenanzug, den ich auf der Straße trug.

Die Frauen aus dem uns bekannten Buckhead, dem Buckhead unserer Umgebung, hatten ihre eigene Uniform; die fesche, äußerst kleidsame Tracht des Roten Kreuzes. Sowohl der engere Kreis meiner Mutter als auch die anderen Frauen aus den Villen, sie alle trugen bis Kriegsende diese Uniform. Meine Mutter ging dreimal die Woche nachmittags nach Fort MacPherson, um heimwehkranken jungen Männern, die dort zu Tausenden durchgeschleust wurden, Kaffee und Schmalzgebackenes zu reichen. Bestimmt war sie Gegenstand manch sehnsüchtiger Kriegsschwärmerei. Ich sehe sie noch vor mir, wenn sie nachmittags hinten in den Chrysler einstieg, den Shem vorgefahren hatte: schlank, streng, blaß und mit feingeschnittenem Gesicht, das glänzende, feucht schimmernde, dunkle Haar glatt nach hinten gekämmt unter der hübschen kleinen Schirmmütze, mit einem melancholischen Ausdruck in ihren großen, dunklen, verhangenen Augen. Nicht einmal die mit Lippenstift beschmierte Zigarette verdarb an jenen ersten Winternachmittagen den Eindruck hilfreicher Reinheit. Weil sie einen Dienst in dem Krieg leistete, der mich so gefangennahm, liebte und bewunderte ich sie. Es war das tiefste, intensivste Gefühl, das ich je für sie gehegt habe.

Manche Frauen aus unserem Bekanntenkreis übernahmen Aufgaben, die ihnen, wären sie nicht ehrenamtlich gewesen, Vorsitz oder Stimme in einem Aufsichtsrat gesichert hätten. Dorothy Cameron leitete fürs Rote Kreuz ein Pionierprojekt in der Ausbildung von Krankenschwestern in sieben Staaten, das sich unter ihrer Ägide zu einem Krankenpflegedienst für die gesamten Vereinigten Staaten entwickelte. Sie wurde in dem Jahr Atlantas »Frau des Verteidigungsjahres« und verpaßte das eigens ihr zu Ehren gegebene Bankett, weil sie im Grady Memorial Hospital einer schwangeren, ledigen, schwarzen Hilfsschwester den Kopf halten mußte, während sie sich in ein Handtuch übergab.

»Wie gräßlich«, bemerkte meine Mutter mit Nachdruck, als sie von der Geschichte erfuhr. »So etwas sieht Dorothy ähnlich.«

»Ja«, erwiderte mein Vater. »Ich finde, sie ist ein ganz tapferer, netter Kerl.«

»So, findest du«, sagte meine Mutter zuckersüß.

Tante Willa arbeitete auch beim Roten Kreuz, zum Teil – wie ich vermute –, weil sie instinktiv spürte, wie vorteilhaft sie in der Tracht wirkte. Sie blieb zweimal die Woche nach Feierabend in der Stadt und half in der Feldküche beim Busbahnhof aus, und ich weiß, daß sie dort auf die unverschämten, kaugummikauenden jungen Soldaten und Matrosen großen Eindruck machte, denn etliche von ihnen riefen bei uns zu Hause an, und ein paar hefteten sich ihr richtiggehend an die Fersen. Man konnte ihnen daraus keinen Vorwurf machen. Tante Willa in Schlachtmontur war sehenswert. Die korrekte Uniform verhüllte und akzentuierte zugleich ihre tropisch laszive Üppigkeit, und die keuschen weißen Doppelmanschetten und die Reinheit des Kreuzes auf ihrer Uniform brachten perfekt das rauchige Katzenaroma zur Geltung, das ihr anhing, wie sittsam ihr gesenkter Blick und wie routiniert ihr vornehmer Singsang auch wurden.

»Streichen um sie rum wie die Kater um eine rollige Katze«, murrte meine Mutter gegenüber meinem Vater, nachdem Shem den zweiten liebeshungrigen Halbstarken an der Haustür abgewimmelt hatte. »Und wenn sie den ganzen Wood Valley Shop aufkauft, bleibt sie doch so gewöhnlich wie Gossendreck.«

»Sie arbeitet für zwei und zieht drei Kinder groß, Olivia«, entgegnete mein Vater, »und seit sie ins Geschäft geht, hat sie keinen Cent von uns genommen.«

»Warum sollte sie?« Meine Mutter lächelte bitter. »Sie hat all die guten Sachen von mir und ein Kindermädchen für ihren Nachwuchs und ein schönes Haus und leckeres Essen und ein Auto zu ihrer Verfügung... Warum sollte sie mehr wollen? Was braucht sie denn noch mehr?«

»Vielleicht ein wenig Unterstützung von ihrer Schwägerin«, antwortete mein Vater.

»Die braucht sie auch nicht. Die kriegt sie reichlich von ihrem Schwager. Ich frage mich schon, was sie sonst noch von ihm kriegt.«

»Ich hatte ja keine Ahnung, daß du eifersüchtig bist«, sagte mein

Vater und verließ den Salon mit einem, wie mir schien – Lucy und ich hatten uns in der Telefonnische unter der großen Treppe versteckt –, eigentümlichen, leisen Lächeln auf den Lippen.

»Bilde dir bloß nichts ein«, antwortete meine Mutter und stieg die Treppe hinauf.

»Sie streiten sich wegen deiner Mutter«, sagte ich zu Lucy. In dem Winter war sie auf die Idee gekommen, sich unter der Treppe auf die Lauer zu legen und hinter den Erwachsenen herzuspionieren. Ich weiß nicht, warum. Weder damals noch später hatte ich den Eindruck, daß sie das Kommen und Gehen ihrer Mutter sonderlich kümmerte, wohingegen sie an meinem Vater brennend interessiert war.

»Ja«, meinte sie. »Ich glaube, dein Papa will auf Mama drauf. Soll er ruhig. Sie mag es viel lieber als deine Mama. Jedenfalls schreit sie und lacht, statt zu weinen.«

Der Gedanke war mir gräßlich, auch wenn ich damals nicht begriff, warum. Die unterschwelligen Spannungen im Haus wurden zwar von den stärkeren Stürmen des Krieges in Schach gehalten, waren aber durchaus vorhanden. Mir gefielen die vergleichsweise friedfertigen Tage, in denen die elterlichen Habichtsblicke abgelenkt waren, und ich wünschte mir keineswegs, daß die mächtigen, unterirdischen Strömungen den Staudamm durchbrachen.

»Komm mit nach oben«, sagte ich in der Hoffnung, sie damit von meinem Vater und Tante Willa abzulenken. »Ich hab' mir in der Schule ein Buch ausgeliehen. Ich lese dir was daraus vor.«

Es klappte. Flink wie ein Reh war sie an mir vorbei und die Treppe hinauf. Lucy schwelgte zwar in Kriegsberichten und hatte ihre Freude an den kleinen Schwächen der Erwachsenen, aber bei Geschichten aus Büchern blühte sie auf wie eine dürstende Pflanze im Frühlingsregen.

Obwohl sie eben erst eingeschult worden war, hätte sie jedes meiner Bücher selbst lesen können. Doch sie ließ sich gerne vorlesen, sowohl damals als auch später, und so webte ich fast ihr ganzes Leben lang von mir zu ihr Wortgespinste durch die Luft, las manchmal bis tief in die Nacht hinein, las mit ausgetrockneter, heiserer Kehle und schmerzenden Augen allein für das Vergnügen, das Gesicht der zuhörenden Lucy vor mir zu sehen. Sie hatte dann eine Art, mir an den Lippen zu hängen, mit ein wenig zur Seite geneigtem Kopf, den Mund leicht zu einem Lächeln geöffnet, daß ihre kleinen Perlmuttzähne durchschimmerten, in den Augen ein eigentümlich stillblaues Licht wie von Tränen. Es war der verzückte, hingebungsvolle Blick der jungen Novizin beim Empfang des Rings Christi; ein Blick, der dem Vorleser den Status und die Macht einer Gottheit verlieh. Zuweilen war etwas davon in ihren Augen, wenn sie sich mit jemandem unterhielt, und sie verfehlte damit nie ihre Wirkung. Aber es war nicht der selige, *empfangende* Blick, der demjenigen vorbehalten blieb, der ihr Worte aus einem Buch schenkte. Ob ihr sonst noch wer vorgelesen hat, weiß ich nicht; in unserem Haus jedenfalls, als sie klein war, niemand, und bei Red Chastain kann ich es mir nicht vorstellen. Vielleicht Jack Venable, aber ich glaube nicht. Sein allergrößtes Geschenk an Lucy war seine mächtige, beflügelnde Passivität. Jedenfalls bilde ich mir ein, der einzige zu sein, der Lucy vorlesen durfte, und ich hätte ihr sogar Plutarchs gesamte Biographien vorgetragen, wenn sie es verlangt hätte.

Ihre Lehrerin in der ersten Klasse hatte ein Kapitel aus Kiplings *Dschungelbuch* vorgelesen, und Lucy war auf der Stelle davon hingerissen. So sehr strahlte ihr Gesicht, als sie mir von dem kleinen Mowgli erzählte, den ein Wolfsrudel vom Hungertod bewahrt und großzieht, daß ich keine Ruhe gab, ehe meine Mutter mit uns in die Stadt in den großen grauen Steinbau der Carnegie Library ging und das Buch auslieh. In der Nacht las ich Lucy mit Hilfe von Micky Maus und einer stibitzten Taschenlampe die Geschichte ganz vor. Für den Rest des Herbstes lebten wir in Kiplings verzaubertem grünen Dschungel. Jeden Abend las ich ihr so lange aus dem Buch vor, bis sie eingeschlafen war, und nach der Schule spielten wir im herbstbunten Geißblattdickicht hinter dem Gartenhaus ununterbrochen Dschungelbuch. Manchmal übernahm Lucy die Rolle von Bagheera, dem geschmeidigen schwarzen Panther, aber meist war sie Mowgli, und mir wies sie immer den Part Baloos, des großen, wilden, schützenden Bären zu.

»Wir sind eines Blutes, du und ich«, sang Lucy an den heißen, abenteuerlichen Nachmittagen wieder und wieder wie eine Beschwörungsformel. Und wenn wir auseinandergingen oder wieder zusammenkamen, riefen wir: »Folge meiner Fä-ä-ä-ährte! Folge meiner Fä-ä-ä-ährte!«

Eines Nachmittags – die zikadenzirpende, trockene Hitze des Altweibersommers hatte uns so lange auf den Kopf gebrannt, daß wir nach unserem Empfinden außerhalb der Zeit in einer staubigen, goldenen Leere schwebten – glättete Lucy ihren vorne zusammengeknüllten Pullover und holte ein Obstmesser hervor.

»Wir wollen in echt eines Blutes sein«, sagte sie. »Komm, wir schneiden uns in den Arm und lassen es zusammenbluten, dann sind wir für immer Blutsverwandte.«

Beim bloßen Anblick des Messers wurde mir schlecht und schwindelig. Mir war sofort klar, daß sie es bitterernst meinte. Lucy spürte anscheinend oft nichts, wenn sie sich die Knie aufschürfte oder die Zehen anstieß, und Blut war für sie nicht schlimmer als Wasser oder Brause. Und ich wußte, daß sie wußte, wie mir bei Blut oder Schmerz immer die Knie zitterten und wie furchtbar übel mir wurde. Sie hatte mich damit bisher nie gequält oder in Verlegenheit gebracht. Mich überkam die alte Vor-Lucy-Verletzlichkeit und Beschämung.

»Wir *sind* ja Blutsverwandte«, sagte ich. »Wir sind Cousine und Cousin ersten Grades. Wir könnten gar nicht verwandter sein, außer wir wär'n Geschwister.«

»Du weißt schon, was ich meine«, antwortete Lucy.

Ich wußte es.

»Lucy, du spinnst, wenn du glaubst, daß ich mich damit schneide«, sagte ich verzweifelt. »Wenn wir's machen, kriegen wir Dresche.«

»Wir kriegen keine, wenn die's nicht merken«, erwiderte Lucy. »Wie sollen sie's merken, wenn wir's ihnen nicht sagen?«

»Sie merken's halt.«

»Ach komm, Gibby«, sagte Lucy. »Wenn du mich lieb hast, dann machst du's.«

Sie packte das kleine Messer mit dem Elfenbeingriff, das Shem immer am Wetzstein schärfte, daß es blinkte, und zog sich eine nässende rote Spur über das zarte, blaugeäderte Handgelenk. Blut quoll, vibrierte und ergoß sich als roter Regen auf die trockene Erde im Dickicht, die es sofort durstig trank. Lucy schaute verträumt auf die rote Spur auf ihrem Arm, als wolle sie sich ihren Verlauf einprägen. Dann wandte sie mir ihren lichttrunkenen Blick zu und lächelte. Sie streckte mir das Messer hin.

Der trockene, sengende Tag wölbte sich langsam und feierlich in einem blitzenden Bogen über meinem Kopf, und das zirpende Lied der Zikaden wich mir in gurgelndem Sog aus den Ohren, als ob es verebbte. Ich hörte nichts außer einem lauten Rauschen in der Ferne. Ich konnte nichts sehen als das böse, scharfe Blinken des Küchenmessers.

»Du bist dran«, sagte sie. Ich verstand sie kaum über dem Rauschen in meinen Ohren.

Ich wandte ihr mein blindes, beschämtes Gesicht zu.

»Ich kann das nicht«, flehte ich. »Ich kann mich nicht schneiden. Ich würde alles Erdenkliche für dich machen, Lucy, aber mit dem Messer da kann ich mich nicht in den Arm schneiden. Mir wird bloß schlecht, und ich kotz' dich voll. Oder ich fall' in Ohnmacht. Weißt du denn nicht mehr, was passiert ist, als ich vorigen Frühling Nasenbluten gekriegt habe? Ich hab' den ganzen Tag im Bett gelegen.«

»Du mußt«, sagte Lucy unerbittlich. Wie sie da im buntentflammten Wald kniete und die Herbstsonne das Messer in ihrer Hand aufblitzen ließ, erinnerte sie in ihrer Standhaftigkeit und Gnadenlosigkeit an eine heidnische Priesterin.

»Ich kann nicht«, erwiderte ich. »Du könntest ebensogut von mir verlangen, mir die Kehle durchzuschneiden.«

»Ich mach's dir«, antwortete sie ernst. »Ich mach' ganz schnell, daß du keine Zeit zum Angsthaben hast. Du merkst gar nichts davon, oder kaum. Es ist richtig scharf. Und ich leg' meinen Pully drüber, damit du das Blut nicht sehen mußt. Und wenn du kotzt, mach' ich es weg.«

»Ich kann nicht«, wiederholte ich in dumpfer Verzweiflung. Ein endloser, furchtbar demütigender Augenblick.

Im Nu war sie bei mir mit einem unhörbaren, geschmeidigen Ringeln wie dem einer Schlange.

»Du mußt es machen, Gibby«, zischte sie in einem eindringlichen, scharfen Flüsterton, bei dem ich die zusammengekniffenen Augen aufriß. Ihr Gesicht war papierweiß, ihre Augen blitzten und schwammen in Tränen. In dem Moment wirkte sie gar nicht wie meine Cousine Lucy; sie wirkte wie ein Wesen aus einem Wald, viel älter und wilder als unser jetziger; ein Wesen, das auf dem schönen, schmalen Kopf eine Krone aus lebendigen, ringelnden Schlangen trug. Ich spürte, wie sich mein Mund zu einem schlaffen O öffnete.

»Mach jetzt«, flüsterte sie. »Mach's. Dann gehören wir zusammen. Dann haben wir unser Leben lang jemand, der kommt und uns hilft und bei uns ist, wenn wir allein sind, und uns vor allem Schlimmen bewahrt. Wenn was Schlimmes passiert und uns sonst keiner rettet, haben wir immer noch einander. Dann merken wir, daß uns der andere braucht, egal, wo wir sind, und wir müssen kommen. Wenn du's nicht machst, habe ich niemanden, und eines Tages wird mir was Schlimmes passieren, und dann ist keiner da, der mich retten kommt, und ich muß sterben. Wenn du's nicht machst, Gibby, steche ich mir das Messer ins Herz, gleich jetzt, und sterbe hier vor deinen Augen mit schrecklichen Schmerzen und eimerweise Blut, und du ganz allein bist schuld.«

Da folgte ich. Mit der Schnelligkeit der puren Verzweiflung drückte ich mir die Klinge tief ins Handgelenk, wo das kleine, blaue Venendelta so hastig pulsierte wie bei einem Kaninchen in der Falle, und der Schmerz war so heftig und so übelkeiterregend wie die überreifen, fauligen Persimonen auf dem Waldboden um uns herum.

Das Blut tropfte nicht, noch rieselte es; es floß mir in Strömen aus der Wunde, rann mir über den Arm und sättigte die ausgedörrte Erde, daß es grausige Miniaturpfützen bildete, ohne zu versickern. Lucy packte mich rasch am Handgelenk und drückte ihren Arm darauf, wobei mich Schmerz, Übelkeit und Schwindelgefühl überkamen und mir trommelnd den Arm herauf in die Schläfen stiegen. Heftig drehte sich das Unterholz in der Sonne; ich krallte mich fast eine Stunde lang an der warmen Erde fest und befürchtete, daß mir das Mittagessen hochkäme.

Es ist nicht passiert. Als das Blut geronnen war und Lucy es mit ihrem Pulloverzipfel, den sie in das grünschäumende Wasser des brackigen Seerosenteichs tauchte, abgewaschen hatte, war mein Kopf klar, mein Magen hatte sich beruhigt, und mich durchfluteten Stolz und ein mächtiges, warmes Gefühl des Zusammengehörens. Wie sie vorausgesagt hatte, merkte keiner etwas: Als die Wunden gewaschen und getrocknet waren, waren sie kaum noch zu sehen, obwohl die tiefen Schnitte bleibende Narben zurückließen. Wäre es anders gekommen, hätte Lucy diese gräßliche Sache bestimmt so oft wiederholt, bis sich Narben gebildet hätten. Die feinen weißen Linien an unserem Handgelenk wurden für immer zum Zeichen von Besitznahme und Identität.

An dem Winterabend, als wir meine Eltern unter der Treppe in der Halle belauschten, hatte ich Thomas Malorys *Morte d'Arthur* aus der Schule mitgebracht, und dieses Buch sollte – wie das *Dschungelbuch* – in unserer Kindheit eine große Rolle spielen, ja, quasi zu einem Teil unseres Wesens werden. War Lucy von der Geschichte über Mowglis Rettung und Befreiung schon hingerissen gewesen, so versenkte sie sich in den Malory mit der bedingungslosen Hingabe eines Meereswesens, das, unmittelbar bevor es an der stechend scharfen Luft ersticken muß, zurückfindet ins tiefe Wasser der lebenspendenden See. Ich konnte ihr nicht oft und nicht lange genug daraus vorlesen, um sie zufriedenzustellen. Manche Nacht verschwammen mir die Seiten vor den brennenden Augen, die Lider klappten mir zu, und mein Kopf fiel vornüber, doch Lucys Stimme rüttelte mich wieder auf.

»He, wach auf, Gibby. Du bist noch lange nicht fertig. Elaine ist noch nicht mal im Boot.«

»Lucy, es ist schon ein Uhr. Du hast das Ganze schon fünfzigmal gehört. Ich fall' gleich tot um.«

»Ach, Gibby, nur noch ein bißchen; nur noch das Kapitelchen zu Ende. Ich muß wissen, wie's ausgeht. Ich *muß* einfach.«

»Aber du weißt es doch.«

»Ach, Gibby, *bitte...«*, und eine solche Not lag in ihrer Stimme, fast ein Wimmern, daß ich das Buch erst am Ende des Kapitels zuklappte. Keine Geschichte über Rettung aus der Not, die ihr nicht in Fleisch und Blut überging, so oft hörte sie sie, keine Erzählung von Tapferkeit und Ritterlichkeit, bei der ihr nicht die Augen glänzten, während ihr ein Triangellächeln um den rosigen Mund spielte, wie bei einem Kätzchen. Hinterher bedankte sie sich immer so rührend, daß Müdigkeit und Gereiztheit bei mir wie weggeblasen waren und ich den schweren Kopf und die rotgeriebenen Morgenaugen gerne in Kauf nahm.

Irgendwann im Lauf unserer Malory-Tage hatte mir Lucy meine Seele geschenkt, und ich wußte es. Von da an war ich nicht mehr der kleine Junge, der seiner jüngeren Cousine aus Büchern vorlas und alles tat, was sie sagte. Malory mit seinen mitleiderregenden, törichten, schönen Opfern war mein Geschenk an sie. Ihre Gegengabe an mich war ein Heiligenschein.

Gleich zu Anfang, als ich ihr aus dem *Morte d'Arthur* vorlas – es war die Geschichte von Lanzelot und Guinevere –, hat sie es mir auch gesagt. Ich legte das Buch aus der Hand und schaute sie an; sie saß aufrecht im Bett, ihr Gesicht leuchtete hell wie Feuer und wechselte immer die Farbe.

»Früher haben sie in einer Tour Damen gerettet«, seufzte sie verzückt. »Ein Ritter mußte das machen. Er *mußte* eben. Weißt du was, Gibby? Du sollst mein Ritter sein. Du wirst der mutigste und herrlichste Ritter von der ganzen Welt, und du kommst immer, immer und rettest mich. Ich hab' es gleich gewußt, als wir uns in den Arm geschnitten haben.«

Ich hatte auf einmal eine Identität, war gerettet, und mir schwirrte der Kopf. Nie mehr wußte ich mit solcher Bestimmtheit, wer ich war, wie damals. Sheppard Gibbs Bondurant III. Ritter.

»Na, dann fang ich am besten gleich damit an«, sagte ich beiläufig, um das Brennen in meinem Herzen zu verbergen. »Sonst bin ich am Ende der furchtsamste und knochigste Ritter auf der Welt.«

»Du bleibst ja nicht knochig. Paß auf, du wirst mal sehr hübsch. Später siehst du bestimmt aus wie... hmmm... wie Lanzelot. Oder nein, mehr wie Galahad, glaube ich. So ein bißchen wie ein Falke.«

Und ich schenkte ihr das Falkenlächeln des goldenen Galahad und liebte sie von ganzem Herzen. Und nachts im Bett, nachdem sie eingeschlafen war und ich Micky ausgeknipst hatte, weinte ich leise vor Erleichterung, daß mir ein Ich geschenkt war. Das schimmernde Armband der Narbe um mein Handgelenk pulsierte in edlem Eigenleben.

Denn da mir nunmehr die Rolle als Lucys Beschützer zugefallen war, blieb von meinem früheren Leben als machtloser, völlig unbedeutender kleiner Junge keine Spur zurück, und mir war uneingeschränkte Macht verliehen. All das, was mir andere zuvor als Schwäche angekreidet hatten, was mich verletzt und beschämt hatte, war nun in Macht verwandelt. Meine heimliche, tief verborgene Wut durfte sein, da sie ab jetzt der gerechte Zorn des Heiligen war. All meine Absonderlichkeit war gottgegeben, sie wurde zum Stigma des Heiligen von Gottes Gnaden. Mein ganzes Dasein, jetzt und in Zukunft, all mein Handeln war gerechtfertigt: Ich würde für Lucy Bondurant sorgen und alles, was sie bedrohte, bis ans Ende der Welt verfolgen. Du lieber Gott, wie entsetzlich verführerisch die mir gewährte Gunst war! Zu verführerisch für einen kleinen

Jungen, der sonst nichts besaß. So war ich für die meiste Zeit meines Lebens in Bann geschlagen – und nicht nur von Lucy; so wurde ich ins sterile, selbst auferlegte Exil eines Heiligen gezwungen.

Einmal – ich war längst erwachsen, Ben Cameron war schon krank, und Dorothy erwog den Verkauf des Hauses in der Muscogee Avenue – sprachen wir über die verhängnisvolle Macht, die Lucy mir verliehen hatte. Zu dem Zeitpunkt besuchte ich längst niemanden mehr, oder doch nur sehr wenige Leute, und dann meist nachts. Zu den Ausnahmen gehörte Dorothy Cameron. Mit ihr konnte ich in der schützenden Dunkelheit über jedes Thema sprechen.

»Von dem Tag an, an dem ich das berauschende Allmachtsgefühl als Lucys Beschützer und Ritter entdeckte, wollte ich ein Heiliger werden«, sagte ich. »Vielleicht war es aber weniger ein Wunsch als vielmehr ein Bedürfnis. Sie hat mir gezeigt, wieviel Macht, wieviel Verzückung ein solches Leben bedeutete. Also strebte ich es an. Eine Weile ordnete ich alles, was ich hatte, dem Dasein eines Heiligen unter, Beschützer der Schwachen, Retter der Hilflosen. Nothelfer Sankt Shep. Seit dem Tag draußen am Fluß – Sarah hat Ihnen sicher davon erzählt – hat das Gefühl nachgelassen, aber es verschwand erst am Tag des Feuers, als ich in den Augen der ganzen Stadt nicht gerade wie ein Heiliger dastand, sondern... naja, Sie wissen schon. Aber die Sehnsucht, der Drang ist immer noch da; immer noch stark...«

In der dichten Dunkelheit der Glasveranda spürte ich ihre großen Bernsteinaugen auf mir.

»Also bist du ausgestiegen«, sagte sie mit ihrer vollen, warmen Mädchenstimme.

»Ja.«

»Nicht gerade heiligmäßig, oder?«

»Im Gegenteil, Miss Dorothy. Wir Heiligen haben im Lauf der Geschichte manches Jahr als Einsiedler, Eremiten und so weiter zugebracht. Wissen Sie, wir Heiligen haben es nicht annähernd so gut, wie die Leute meinen.«

»Ich habe nie gefunden, daß du es sonderlich gut hättest«, erwiderte Dorothy. »Aber ich finde auch nicht, daß du es sonderlich schlecht hast, Shep.«

Das Beste an Dorothy Cameron war, daß sie mich wirklich

kannte und mich dennoch schätzte und gern mochte. Lucy auch, natürlich. Nur kannte Lucy einen anderen. Wie schade, daß sie in mir nicht die Spur den Durchschnittsmann sah, den Dorothy Cameron so gut kannte; es hätte uns viel Schmerz erspart. Doch sie war nicht fähig dazu. Es war ihr schlicht nicht gegeben.

Im Sommer 1942 war es mächtig heiß und so schwül, daß sich bis zum Herbst die Türen nicht schließen ließen und die Schuhe im Wandschrank einen grau-grünen Schimmelschal kriegten. Die Außenwände unseres Hauses sind fast so dick wie bei einem mittelalterlichen Kloster, und die meisten Sommer, die ich dort verbracht habe, waren bei geschlossenen, bodenlangen Vorhängen im Erdgeschoß und angestrengt dröhnenden Ventilatoren ganz erträglich; soviel ich weiß, hatte mir im Haus vorher die Hitze noch nie zugesetzt.

Anders in jenem Sommer. Jeder Tag brach milchig und lau an, und am Mittag zeigte sich die Welt in barbarischem, ausgebleichtem Weiß. Ab Juli fiel das Thermometer bloß an drei, vier Tagen unter fünfunddreißig Grad, und die Gewitter, die fast täglich von Westen heranrollten, linderten nicht die Hitze, sondern bliesen nur stickige Feuchtigkeit in die Luft.

Meine Eltern und Tante Willa saßen bis tief in die Nacht auf der Veranda, um so spät wie irgend möglich ins unerträglich schwüle Obergeschoß zu müssen, und wenn Tante Willa nachmittags aus dem Laden kam, war sie erschöpft und rot im Gesicht wie ein Kleinkind nach langem, schweißtreibendem Schlaf, war die schmelzende Eisglasur ihres Make-ups Asche und Rauch. Mein Vater arbeitete – nie dagewesen – nur noch in Hemdsärmeln in der Bibliothek, und meine Mutter gab nach und nach all ihre Kränzchen und Bridgeabende auf. Kaum jemand kam zu Besuch, aber wir konnten auch nicht Zerstreuung und Abkühlung im Schwimmbecken von Garden Hills oder vom Driving Club suchen, denn – wie uns Rundfunk und Zeitungen wieder und wieder vorbeteten – das wäre unter diesen Umständen geradezu eine Einladung an die Kinderlähmung gewesen. Wahrscheinlich hätten wir trotz der Abneigung meiner Mutter mindestens zwei Sommermonate oben in Tate verbracht, aber Benzin war damals streng rationiert, und nur wenige Leute gingen verschwenderisch damit um. Mein Vater bekam zwar Bezugsscheine, betrachtete es aber als Ehrensache, nicht zu oft Gebrauch davon zu machen. Weitgehend auf Haus und Garten von der Peachtree Road Nummer 2500 beschränkt, schliefen Lucy und ich mit elterlicher Erlaubnis im Gartenhaus auf Matratzen am Boden und wohnten praktisch auch da, mit unseren Büchern und einem kleinen Rundfunkgerät, das mein Vater uns aus der Eisenwarenhandlung mitgebracht hatte.

Ich will mir gar nicht erst vorstellen, wie diese Nächte für Shem und Martha Cater in den Kämmerchen über der Garage gewesen sein müssen. Sie schienen nie zerknittert oder gereizt zu sein wie wir anderen, und keinen von beiden habe ich je schwitzen sehen.

»Neger schwitzen nicht«, klärte mich Lucy auf. »Das kommt, weil sie so schwarz sind. Sie stammen aus Afrika, wo 's noch millionenmal heißer ist, und dann werden sie ganz schwarz von der Hitze, und darum schwitzen sie nicht.«

Das klang mir nicht plausibel. »Woher weißt du das?« fragte ich.

»Hab' ich irgendwo gelesen«, antwortete Lucy. Das konnte nicht stimmen, weil ich alles kannte, was sie gelesen hatte, und darin nirgends die Rede war von der Haut oder den Schweißdrüsen der Neger. Aber ich reizte sie nicht. Lucy brauchten ihre Phantasien nur krötengleich aus dem Mund zu fallen, um sich in Tatsachenperlen zu verwandeln, und sie regte sich furchtbar auf, wenn man sie der Lüge bezichtigte. Meiner Ansicht nach hatte sie Zugang zu einer Wahrheit, die über den Augenschein hinausging, mit dem wir anderen uns abplagten, und sie kam ja auch wirklich dem Wesen der Dinge in einer Weise auf die Spur, wie es wenige Erwachsene aus meiner Bekanntschaft je fertigbrachten. Mit ihr über den Schweiß von Shem und Martha Cater zu streiten lag mir ebenso fern, wie Martha zu befragen. Und es verbot sich von selbst, sich bei dem unnahbaren Shem mit den Donnerbrauen zu erkundigen.

Martha hatte in dem Sommer mit dem kleinen Jamie und Little Lady alle Hände voll zu tun. Im Lauf des Jahres, das die Kinder nun bei uns waren, hatten wir wenig von ihnen gehört oder gesehen, denn Tante Willa hatte wohlweislich dafür gesorgt, daß sie nicht im Weg waren und in den ihnen zugewiesenen Zimmern blieben; seit sie arbeiten ging, hatten Martha und ihre unterbelichtete Tochter ToTo, ein freundlicher Teenager, das Kinderhüten übernommen.

Die beiden waren hübsche, ruhige Kinder, so brav, als spürten sie, wie prekär es um ihre Duldung im Hause stand, und wenn sie bei festlichen Anlässen, zum Essen an den Feiertagen, in der Sonntagsschule oder bei einem Nachmittagsausflug dabei waren, sorgte Tante Willa dafür, daß sie in ihren gestärkten, gerüschten Festgewändern vor gestriegelter Rosigkeit glänzten. In ihrer hellhäutigen Blondheit mit den großen Puppenaugen und vollendet geformten Händchen und Füßchen waren sie so reizend, daß man gar nicht umhin konnte, sie anzulächeln und ihre seidige, flaumige Haut zu tätscheln. Tante Willa hatte Little Lady den Knicks beigebracht, eine widerliche, gezierte Parodie auf feine Manieren, verbunden mit einem in hohem näselnden Singsang gelispelten »Dankessön Ma'am, wiegehtssinen«. Meine Mutter zuckte dabei zwar zusammen, und mein Vater verdrehte die Augen, beide konnten aber gar nicht anders, als auf so viel Niedlichkeit mit Beifallsgemurmel und Lobhudelei zu reagieren.

Little Lady wand sich dann wie ein Spielzeugterrier, wenn er gestreichelt wird, kletterte einem auf den Schoß, kriegte Grübchen, neigte das hübsche kleine Kinn und klimperte mit ihren langen, zuckerbraunen Augenlidern. Für lange Zeit alles, was von ihr verlangt wurde, mehr war nicht nötig. Alle, die sie zu Gesicht bekamen, erinnerten sich an sie als flachsblonde Circe, und wenn jemand Tante Willa fragte, »Was macht denn Ihr hübsches Töchterchen?«, dann war sie gemeint. Ich habe nie begriffen, wie einem bei so viel blaßrosa Durchschnittlichkeit Lucys lebendiges Feuer entgehen konnte, doch ich bin überzeugt, daß die Erwachsenen damals nicht erkannten, was ich gleich gesehen habe und was bald alle Kinder von Buckhead, besonders die Jungen, wußten: daß Lucy Bondurant eine auffällige, eine erregende Schönheit war.

Und Klein-Jamie – wer könnte schon Anstoß nehmen an einem hübschen Baby, das nie schreit? Mit seiner Niedlichkeit und Freundlichkeit brachte er die Herzen zu Fall wie ein guter Kegler die Kegel. Sogar meine Mutter streckte, wenn er duftend, feucht und vor Vergnügen krähend aus der Wanne kam, die Arme nach ihm aus. Selbst mein Vater setzte die Brille ab, legte die Zigarre beiseite und nahm den kleinen Jamie Bondurant in den Arm, was er bei mir nie machte. In der Fülle und Weisheit meines neuerlichen Heiligendaseins verstand ich, daß man über etwas so Unkompliziertes und Unfertiges wie ein Baby nicht enttäuscht sein kann und daß –

wie mein Vater und ich beide wußten – der winzige Mann außer mir der einzige Stammhalter in der Familie war. Und ich verstand, ohne große Erbitterung oder Verletztheit, seine Ahnung, daß sein eigener Sprößling sich den Erwartungen des Stammes verweigern und als Versager erweisen werde. Insgeheim mußte ich ihm da sogar ein Stückweit recht geben. Mit Lucys Gunstzeichen fest an meinem Ritterärmel fügte mir dieses Wissen nicht allzuviel Schmerz zu.

In ihrem zweiten Sommer im Haus fühlten sich die beiden Kleinen freilich bei der Hitze gar nicht wohl oben, langweilten sich, quengelten nach der Mama, die ja tagsüber außer Haus war, und rieben sich an der Enge ihrer luxuriösen, aber winzigen Welt. Jeden Nachmittag gegen zwei Uhr kam, von der mörderischen Hitze vertrieben, eine geplagte ToTo herunter und scheuchte ihre knatschenden, raufenden Schützlinge wie zänkische Gänseküken vor sich her. Ihre erschöpfte Mutter verbat sich, die Kleinen in der Küche zwischen den Füßen herumkrabbeln zu haben, ließ sie aber auch nicht in die Bibliothek zu meinem Vater oder auf die große Veranda, wo meine Mutter sich auf einem Liegestuhl schlaff der Julihitze ergab. Blieb nur noch die Hinterveranda, die die Kinder aus irgendeinem Grund nicht leiden mochten, oder der Garten mit unserem Häuschen. Da es im Garten so heiß war wie in der Sahara, brachte ToTo die Kleinen ins schattige, schlangen-kühle, gekachelte Gartenhaus, wo Lucy und ich uns aufhielten, und empfahl uns, wenn es uns nicht passe, uns bei ihrer Mutter zu beschweren.

Wir spürten instinktiv, welche Folgen das hätte. Martha, von Natur aus unmütterlich, konnte zwar mit Kindern umgehen, war aber nicht besonders geduldig. Wenn sie von quengelnden kleinen Kindern getriezt wurde, ging sie einfach zu meiner Mutter und beklagte sich, daß sie mit den Gören zwischen den Füßen nicht zu ihrer Arbeit komme. Darauf folgte sofortige Verbannung und Einkerkerung für uns alle. Da wir keine andere Wahl hatten, als die beiden Störenfriede in unserem Reich zu dulden, verbrachten wir den Sommer mit erfindungsreichen Quälereien. Es verging kein Tag, an dem wir die beiden Kleinen nicht an Körper und Seele so lange piesackten, bis sie sich heulend Richtung Haus davontrollten, um uns zu verpetzen. Dann blickten wir ToTo lange und ernst an, und sie schlurfte hinter ihnen her. Sie protestierte nicht. Sie wußte, daß sie ihr Amt in der Peachtree Road Nummer 2500 los war, wenn sie mit den Kleinen nicht fertig wurde und sie unter Wutgeheul und Tränen zu Martha liefen; was ToTo dann blühte, war die Mithilfe im vielköpfigen Haushalt einer trägen Tante mit kräftiger Handschrift in Perry Homes. Eine teuflische Zwickmühle.

Eines endlosen Augustnachmittags – die Hitze hatte sogar die gekachelte Höhle des Gartenhauses in ein Inferno verwandelt – verlegten Lucy und ich unser Spiel ins Freie unter das Geißblattdikkicht, wo uns der träge Luftstrom zumindest den Schweiß auf der Haut trocknete. Diesmal waren wir unter uns. ToTo lag wie üblich in ihrem Drei-Uhr-Totenschlaf auf dem schmuddeligen Sofa, und Jamie und Little Lady, beide matt und benommen von der zehrenden Hitze, dösten unruhig auf dem Lager, wo Lucy und ich nachts schliefen. Sie waren den ganzen Tag besonders nervtötend gewesen; Little Ladys gezierte Niedlichkeit hatte sich in verdrossene Unansehnlichkeit verwandelt, und der blasse Jamie hatte geknörzt und genörgelt und die tief liegenden Augen mit den Fäusten gerieben, seit ToTo mit den beiden heruntergekommen war. Er habe, wie sie besorgt meinte, vergangene Nacht nicht viel geschlafen, aber wir achteten nicht weiter darauf. Wer schlief schon gut seit dem Ausbruch dieser barbarischen Hitze.

Unter dem Geißblattdickicht war ein Labyrinth von abgeteilten Räumen; richtige Zimmer in Kindergröße, die ineinander übergingen. Wir nannten das Dickicht, Gott weiß aus welchem geheimnisvollen Grund, Dumboozleton, Florida, hatten es mit Menschen bevölkert, uns eine Geschichte und eine fortlaufende Handlung ausgedacht und es strikt vor jedem Annäherungsversuch der beiden Kleinen abgeschottet. Einen Sommer lang war Dumboozleton, Florida, für uns vier Bondurantkinder Wirklichkeit, und was schon Lucy und mich faszinierte, war für Little Lady und Jamie unwiderstehlich. Doch wir hatten zwischen dem Seerosenteich und dem Gebüsch einen Kreis aus glatten weißen Steinen ausgelegt und den Kleinen weisgemacht, daß es ein Hexenkreis sei und ihnen darin Arme und Beine verfaulten und abfielen, und sie hatten es uns abgenommen. Sie standen stundenlang brüllend, bettelnd und quengelnd außerhalb des Kreises, doch nicht ein einziges Mal überschritten sie die Grenze nach Dumboozleton, Florida.

Aber als die beiden an dem Tag aus ihrem Mittagsschläfchen erwachten – vielleicht waren sie überreizt vor Hitze und Erbitterung –, hörten sie uns, stolperten aus dem Gartenhaus auf die Veranda und traten geradewegs über den Hexenkreis in unser Reich, nicht ohne uns einen trotzigen Blick zuzuwerfen und an sich hinabzusehen in der Erwartung, daß die erdachte Fäulnis ihnen langsam Arme und Beine hinaufkröche. Little Lady kicherte und lockte uns mit krummem Finger, und Jamie zog in lachhaftem Groll seine leinenweißen Brauen über den blauen Augen zusammen und stülpte die Unterlippe vor. Seine Augen wirkten matt und scheel, der Rotz lief ihm reichlich aus der Nase auf die aufgesprungene Oberlippe, und seine durchhängende Windel gab ein kräftiges Aroma von sich. In diesem Moment waren sie bar allen Charmes und jeglicher Menschlichkeit. Ich war über jedes vernünftige Maß böse über die Herausforderung, aber Lucy geriet völlig in Rage.

»Weg da, ihr blöden Babys!« kreischte sie.

»Will nich«, sang Little Lady.

»Auch nich«, leierte Jamie.

»Sofort weg da, oder ich schlag euch grün und blau«, brüllte Lucy.

»Ich sag's der Mama, und dann kommst du ins Ziehungsheim«, grinste Little Lady. »Sie mag mich viel, viel lieber wie dich. Sie findet dich böse und gemein. Wegen dir ist der Papa weggegangen.«

»Bös, bös«, schluchzte Jamie. »Will zu meinem Papa!«

Ohne zu überlegen, stürzte sich Lucy mit Geschrei auf die beiden und puffte sie halb, halb schob sie sie über den Steinkreis in die Sonne. Ihre blauen Augen waren weiß, ihr Blick wie von Sinnen, das Rauchhaar hatte sich aus den lockeren Rattenschwänzen befreit und flog ihr lose um das erblaßte Mänadengesicht. Ich war zutiefst entsetzt und fürchtete mich nicht wenig vor ihr. Lucy vertrieb Jamie und Little Lady aus Dumboozleton, Florida, wie der Racheengel im Buch Genesis.

Sie landeten auf allen vieren übereinander und prallten gegen die weiße Holzgartenbank vor der Veranda. Einen Augenblick lang – die vor Hitze summende Erde schien innezuhalten und zu lauschen – lagen sie ganz still da, dann kam das tiefe, rasselnde Atemholen, Vorbote himmelschreienden Schmerzgebrülls und Wutgeheuls und unserer unabwendbaren Verbannung in die Dachkabuffs. Lucy und ich sahen einander unbehaglich an. Sie atmete noch immer heftig und hatte weiße Ringe um die Augen. Schließlich waren es die anderen, die das Abkommen gebrochen, unser Heiligtum entweiht, das Tabu verletzt hatten. Aber wir wußten beide, wer dafür würde bezahlen müssen.

Da ging das Geschrei los, so wahnsinnig und eintönig wie das Pfeifen einer wild gewordenen Lokomotive oder unaufhörliches Sirenengeheul, und ToTo kam aus dem Gartenhaus gestolpert. Little Lady hatte sich aufgerappelt und führte einen Tanz auf, indem sie in Wut und Empörung mit den niedlichen, schmutzigen bloßen Füßchen aufstampfte, doch Jamie blieb mit geschlossenen Augen liegen, wo er hingefallen war, und stieß ein kurzes, mißtönendes Wimmern aus, immer im selben Ton, wie ein verstimmter Nachtvogel. Es klang gar nicht nach einem kleinen Jungen, der seinen Willen nicht gekriegt hatte und herumgestoßen worden war; es klang nicht nach Mensch. An seiner Schläfe war eine kleine, dunkelrote Stelle, die sich flammend von der weißen Haut abhob, und im Mundwinkel hatte er ein häßliches kleines Rinnsal Blut, wo er sich auf die Lippe gebissen hatte. Sonst schien er praktisch unverletzt. Aber er stand nicht auf und öffnete nicht die Augen.

ToTo hob ihn vom staubigen Boden auf und ging mit ihm, die heulende, tanzende Little Lady im Schlepptau, auf das Haus zu.

»Jetzt wird's euch beiden schlecht gehn«, sagte ToTo nicht ohne Genugtuung über die Schulter zu uns. »Ihr zwei habt dem Baby weh getan, und ihr wißt doch, was Miß 'Livia und Miß Willa für 'n Getue um ihn machen. Wochenlang werdet ihr nich mehr sitzen können.«

Lucy und ich zogen uns hinter den Kreis aus nun verstreuten glatten Steinen zurück, setzten uns in den hintersten Raum der Zimmersuite von Dumboozleton, Florida, und harrten der Dinge. ToTo hatte recht. Das Baby war unbestritten der Schatz, das Kronjuwel im Haus. Die Strafe ließ bestimmt nicht lange auf sich warten. Wir wußten beide, daß sie empfindlich sein würde.

»Ich sage, daß ich's war, der sie gestoßen hat«, tröstete ich Lucy, und meine neue Heiligkeit sang mir süß in den Adern. »Keine Angst. Dir passiert nichts.«

Neben dem überreifen Beigeschmack von Heldentum hatte das Angebot auch praktische Gründe. Niemand im Haus hatte mich je bestraft, zumindest nie die Hand gegen mich erhoben; dazu hatte ich noch nie genug Grips oder Courage gezeigt. Ich glaubte es auch jetzt nicht, obwohl ich durchaus mit Strafe rechnete – Hausarrest, vermutlich Trennung von Lucy, wahrscheinlich für lange Zeit. Das war zwar schlimm, aber der Heilige würde es mit Fassung tragen.

Lucy jedoch litt immer schrecklich, wenn Willa sie schlug. Sie weinte nicht bei den Prügeln, sie verbiß es sich um jeden Preis, doch danach war sie tagelang niedergeschlagen. Und Eingesperrtsein machte sie geradezu verrückt. Alles in allem würde ich mich besser damit abfinden. Und zusätzlich hätte ich bei Lucy noch einen Stein im Brett.

»Die wissen ja doch, daß ich es war«, erwiderte sie müde. Sie sah ToTo nicht nach und schaute mich nicht an, sondern blickte stur geradeaus in den heißen grünen Dunst des Gebüschs. »Little Lady verpetzt mich. ToTo verpetzt mich. Mama verhaut mich. Und dann sperren sie mich für immer und ewig oben ein.«

»Das können sie nicht machen«, sagte ich vernünftig. »Das wäre ungerecht.«

Da wendete sie sich mir zu. Die blauen Augen wirkten uralt.

»Die und gerecht«, sagte sie. »Wie kommst du denn darauf, daß die gerecht sind?«

Also verstummten wir. Und warteten darauf, daß sie kämen und uns bestraften.

Aber sie kamen nicht. Die weiße Glut wich aus dem Tag, dann die rote, bald war nichts mehr da als die heiße, ergrauende Asche der Dämmerung, und noch immer kam keiner, um Vergeltung für Little Lady und Jamie zu üben. Es war schon fast ganz dunkel, beinahe halb neun, als das Geheul einer Sirene zu uns drang; und als der Krankenwagen vor dem Haus vorfuhr, Männer im Laufschritt im Eingang verschwanden und wir vom Treppenhaus her verzweifeltes Stimmengemurmel hörten, war das letzte Licht verschwunden, und Glühwürmchen blinkten im schwarzen Wald und Garten. Auf den Sternen stand Schaum vor Hitze, der Mond ließ sich nicht blicken. Bevor die Türen zum Krankenwagen zugeschlagen wurden und die Sirene mit gedehntem, schauderhaftem Katzengejammer einsetzte, vernahmen wir das erste Lied der Laubheuschrecke, und als das Geheul die Peachtree Road entlang Richtung Crawford Long Hospital verklungen war, brachte sich der ganze Nachtchor zu Gehör. Wir rappelten uns auf und rannten heim.

Wir erreichten das Haus, den Atem oben im Hals und flach vor

Furcht, aber es war niemand da. Keiner auf der Veranda und in der Bibliothek, keiner von unseren Eltern oben in den Schlafzimmern. Mir kam die Wahnidee, alle wären tot und mit dem Krankenwagen abtransportiert worden. Wir durchstrichen das ganze heiße, leere, dunkle Haus, gingen in Zimmer für hallendes Zimmer hinein und wieder heraus, und als wir zur Küche gelangten, war meine Angst so groß geworden, daß mir die Tränen herunterliefen. Lucy war still. Die Küche war leer und ganz aufgeräumt. Auf dem riesigen Herd brutzelte kein Abendessen, kein Geschirr stand herum. Und der gußeiserne Tisch auf der Veranda war nicht gedeckt.

Als wir schließlich die Außentreppe zu Marthas und Shems Kämmerchen über der Garage hinaufstapften und an die Tür hämmerten, waren unsere Haare vor Panik naß bis an die Wurzeln, und erst da erfuhren wir, daß man den kleinen Jamie dem Tod nah ins Krankenhaus gebracht hatte und meine Eltern und Tante Willa mitgefahren waren. Little Lady lag auf Marthas schmalem Eisenbett und schlief; Martha bedeutete uns mit dem knorrigen Finger an den Lippen, leise zu sein, und wir sahen in der stickigen Dunkelheit ToTos gramgebeugte Gestalt neben dem Bett von Little Lady ihren Schlaf bewachen.

»Die hamm euch beide scheint's glatt vergessen«, flüsterte Martha müde. »Geht ihr mal wieder runter ins Haus, und ich komme und mach euch was zu essen.«

Auf ihrem dunklen Gesicht waren Tränenspuren wie die klebrigen Silberfährten von Schnecken. Sie und ToTo waren allein mit der schlafenden Little Lady. Shem hatte wohl meine Eltern im Chrysler hinter dem Krankenwagen her ins Hospital gefahren.

Sie machte uns Rühreier mit Schinken und setzte uns an den Küchentisch, aber wir hatten keinen Hunger und stocherten nur in dem abkühlenden Essen herum.

Sonderbarerweise fragten wir sie nicht nach dem Zustand des Babys; wir konnten nicht. Ich nahm an, daß er eine schreckliche, unsichtbare Wunde davongetragen hatte, als Lucy ihn aus Dumboozleton, Florida, verstoßen hatte, daß er ganz bestimmt sterben mußte und nichts auf der Welt je wieder so wurde wie vorher. Ich wußte mit felsenfester Sicherheit, daß Lucy ebenso dachte, aber sie war sehr bleich und blieb stumm, sprach auch später nicht darüber. Als ich neben Lucy in der dunklen, endlosen Nacht saß, wurde mir bewußt, daß es völlig außer meiner oder anderer Leute Macht stand, die Sache wieder ins Lot zu bringen. Zum erstenmal erlebte ich, was Verzweiflung heißt, und es blieb eine meiner schlimmsten Erfahrungen.

Das Baby starb am Morgen darauf, am 11. August 1942 um 4.15 Uhr, und erst am Spätnachmittag des folgenden Tages hielt man es für nötig, uns mitzuteilen, daß nicht Lucys Wutausbruch, sondern die Kinderlähmung dafür verantwortlich war. Erst da brach Lucy in Tränen aus, und mein Vater kam zögernd, hob sie hoch, nahm sie auf den Schoß und versuchte unbeholfen, sie zu trösten, und schließlich wurde sie unter Schluchzen still und sank in den Schlaf der Erschöpfung, doch nur sie und ich sollten je wissen, daß sie nicht vor Kummer geweint hatte, sondern vor Erleichterung.

5. Kapitel

Man steckte uns sofort in Quarantäne. Noch vor Jamies Beerdigung trennten sie uns voneinander und von der übrigen Familie, und während der zweiwöchigen Isolierung war ich verwirrt und einsam wie ein Ausgestoßener. Wenn ich heute über Tage und Wochen keine Menschenseele zu Gesicht kriege, kann man das dennoch nicht mit jener Fremdheit vergleichen, jenem rettungslosen Ausgeschlossensein aus der Gemeinschaft. Meine Einsamkeit heute ist selbstgewählt. Damals warf man sie mir über wie ein schmutziges Leichentuch.

Unsere Isolation hatte keinerlei medizinische Gründe; Dr. George Ballentine, häufiger Tischgast bei meinen Eltern, kam am zweiten Abend – in seinem kurzärmeligen Hemd und den zweifarbigen Schuhen sah er richtig komisch aus –, untersuchte Lucy und mich und erklärte uns, soweit er es beurteilen könne, für gesund und frei jeglicher Anfangssymptome von Polio. Er verabreichte uns beiden eine Aspirin und empfahl, uns zu Bett zu bringen, das aber nur wegen Lucys erschöpften Weinens und meiner Blässe und Übelkeit. Er ging ins Zimmer meiner Eltern und sprach mit meiner Mutter, dann gab er Tante Willa eine Beruhigungsspritze, denn sie wurde seit ihrer Rückkehr aus dem Krankenhaus von wilden Weinkrämpfen geschüttelt. Im Halbschlaf hörte ich Dr. Ballentine zu meinem Vater, der ihn hinausgeleitete, sagen, wir Kinder seien am anderen Morgen vermutlich wieder munter; er empfahl leicht bekömmliches Essen und ein, zwei Tage Ruhe, und wenn etwas wäre, solle man ihn gleich rufen.

Doch am Morgen darauf – der Tag brach in verblüffender Eintönigkeit an und brachte dieselbe farblose Hitze, denselben Gestank wie die Tage zuvor – schaffte ToTo Lucys spärliche Garderobe und Spielsachen aus ihrem Zimmer in die kleinen Räume über der Garage, und der große Speicher am Ende des Korridors wurde aufgeräumt und gelüftet.

In ToTos Kielwasser erschien meine Mutter in eleganter schwarzer Lochstickerei und so blaß, daß ihr dunkelroter Lippenstift auf der hellen Haut wie ein Brombeerfleck wirkte, und brachte mir ein Frühstückstablett. Das Ganze gefiel mir gar nicht, und ich strampelte mich aus den feuchten Laken, um fluchtbereit zu sein. Meine Mutter schloß mit Nachdruck die Tür hinter sich und setzte sich neben mich auf die Bettkante. Unter ihren braunen Augen – sie waren so dunkel, daß man nicht hineinschauen konnte – lagen dicke, grün verschmierte Schatten, und ihre Haut sah matt und grobporig aus. Sogar das dunkle Haar, in dem sonst so viel Licht spielte, daß es wie feucht wirkte, war ohne Glanz.

»Jamie ist an Kinderlähmung gestorben«, sagte sie. »Weißt du, was das ist, Sheppie?«

Ich nickte stumm und betrachtete sie unbehaglich. Dieses »Sheppie« hatte ich nicht mehr gehört, seit Lucy mit ihrer Familie zu uns gezogen war und mir einen Teil von der erdrückenden Last mütterlicher Fürsorge abgenommen hatte. Bei dem Kosewort schwante mir Übles.

»Na also«, fuhr sie fort, »dann weißt du ja, was das für eine schlimme Krankheit ist und warum wir alles tun müssen, damit du sie nicht kriegst. Wir wissen ja nicht, wo sich der arme kleine Jamie angesteckt hat, und müssen dich vor jeder Gefahr schützen, bis es wieder kühler wird. Lucy bleibt ein Weilchen bei Shem und Martha, und für dich bauen wir hier oben einen schönen Spielplatz, für dich ganz allein. Wir bringen dir ganz viele Bücher und Spielsachen, und Lottie kocht dir alles, was du magst, und wir bringen es dir rauf. Am Nachmittag komme ich und lese dir was vor, und manchmal esse ich hier oben mit dir zusammen, und Papa besorgt dir ein eigenes Radio und lauter neue Comicbücher. Du wirst dir vorkommen wie in einem Hotel. Weißt du noch, wie schön du's im Waldorf-Astoria gefunden hast, als wir in New York waren? Hier hast du es dann genauso schön.«

Mir traten die Angsttränen in die Augen, und ich schämte mich ihrer zwar, konnte sie aber nicht zurückhalten. Sie rannen mir still über die Wangen in den Mund. Mir wurde ganz übel von dem lauen Salzwasser.

»Aber ich will nicht ganz allein hier oben sein«, sagte ich. »Es ist zu heiß. Mir wird schlecht. Und Lucy kann nicht allein bleiben, wenn Shem und Martha arbeiten gehen. Sie ist doch noch klein. Sie kriegt Angst. Warum kann sie nicht auch hier hoch zu mir kommen, oder warum können wir nicht einfach ins Gartenhaus gehen und drin bleiben und nicht mehr rauskommen, bis ihr es sagt? Ich find's gemein, daß ihr sie ganz allein laßt.«

Meine Mutter umarmte mich und zog mich an sich. Ich konnte unter dem Stoff ihren Körper spüren und roch den Maiglöckchenduft, den sie damals benutzte. Ich fühlte mich in ihren Armen so komisch, daß ich wie gelähmt war und mich nicht richtig traute, Luft zu holen. Ich konnte mich gar nicht erinnern, wann sie mich zum letzten Mal umarmt hatte. Ich sah meine ungestillten Tränen der Schwäche auf ihr hübsches Kleid tropfen, war aber außerstande, den Fluß zu stoppen. Ich biß mir so fest auf die Lippen, daß die Schwärze hinter meinen zusammengekniffenen Augen vor Schmerz ganz rot wurde, und der Tränenstrom ließ ein wenig nach.

»Ein kleiner Junge ist uns schon gestorben«, sagte meine Mutter ungewöhnlich heftig. »Ich will nicht auch noch meinen eigenen Sohn verlieren. Vielleicht habe ich mich nicht genug um dich gekümmert, so, wie du den ganzen Sommer mit Lucy durch die Gegend gezogen bist, aber damit muß jetzt Schluß sein. Du bist mein ein und alles, der einzige, der wirklich mein ist, Sheppie, und ich werde bei dir kein Risiko mehr eingehen.«

Unwillkürlich blinzelte ich an ihrem duftenden schwarzen Busen. Was hatte sie vor? Ich wußte, daß ich nicht ihr ein und alles war; sie hatte ein Riesenhaus, zwei große Wagen, eine Masse schöner Kleider, die ganzen dunklen, polierten Möbel und das zerbrechliche, schimmernde Porzellan und die Kristallgläser; sie hatte Heerscharen von Bekannten, die sich wenig von ihr unterschieden, sie hatte ihre Clubs, Partys, Bälle, Essen und Abendgesellschaften, wo sie immer hinging; sie hatte meinen Vater. Ich hätte nicht gedacht, daß auch ich zum Pantheon ihrer Eigentumswerte gehörte. Es machte mir Angst wie einem kleinen wilden Tier, das in die Enge getrieben wird und deutlich eine Gefahr spürt, ohne sie klar zu erkennen.

»Aber Lucy ...« fing ich an.

»Lucy bleibt, wo ToTo und Martha auf sie aufpassen können und wo sie erst mal nicht mehr in der Lage ist, etwas anzuzetteln«, erwiderte sie scharf. »Sie könnte Kinderlähmung haben, genau wie du, und sie wird mir nicht noch das ganze Haus damit anstecken. Wer weiß, vielleicht ist sie eine Art Träger –«

»Ist sie nicht«, schrie ich und entzog mich ihr. »Du kannst sie bloß nicht leiden, deswegen sperrst du sie da unten ein und mich hier oben! Sie ist gar kein Träger!«

»Das kannst du nicht wissen«, entgegnete meine Mutter kühl und richtete sich auf der Bettkante auf. »Wir wissen nichts über die Ursachen von Kinderlähmung. Gib mir keine Widerworte, Shep. Ihr beide könnt wieder ins Gartenhaus ziehen, sobald es ein bißchen kühler geworden ist, aber erst einmal bleibst du hier, und ich will nichts mehr hören. Ein kurzer Urlaub von Fräulein Lucy kann dir gar nicht schaden. Ich weiß genau, wer das Baby zu Boden gestoßen hat, daß es sich den Kopf angeschlagen hat.«

»Das war ich!« rief ich. »Ich hab' das gemacht! Lucy hat das blöde Baby nicht angefaßt!«

»Genug jetzt«, sagte sie mit dem altbekannten Eis in der Stimme. »ToTo und Little Lady haben uns erzählt, was passiert ist. Das Mädchen hat doch nichts als Unfug im Sinn, um so schlimmer, wenn sie dich auch noch zum Lügen anstiftet. Ich muß mich jetzt für die Beerdigung zurechtmachen und wünsche, daß du badest und dir deinen Sonntagsanzug anziehst. Ich bringe ihn dir, sobald ich mit dem Ankleiden fertig bin.«

»Für was soll ich mich denn verkleiden, wenn ich hier doch nur rumsitze? Soll ich einen Hitzschlag kriegen?« fragte ich verdrossen, und in meinem Herzen gärte die Rebellion.

»Weil dein kleiner Cousin auf schreckliche Weise ums Leben gekommen ist und heute begraben wird, und du kannst ruhig ein wenig Respekt zeigen, auch wenn du dabei allein bist. Ein anständiger Mensch tut das. Du hast das Glück, als kleiner Gentleman aufzuwachsen, und es wird allmählich Zeit, daß du lernst, dich dementsprechend zu betragen. Von dir, Sheppie, als jungem Mann aus gutem Hause kann man Manieren erwarten, auch wenn du die ganze Zeit mit Kindern zusammen warst, die... bei denen es anders ist. Das kannst du dir ein für allemal merken.«

Erst als sie draußen war, dämmerte mir, daß sie Lucy gemeint hatte. Ich stand auf und trat zögernd in die ungewohnte Stille auf dem düsteren kleinen Flur. Um diese Zeit am Morgen war Lucy immer wach und unterhielt sich beim Anziehen mit mir. Jetzt herrschten hier nur Staub, Hitze und Schweigen, und als ich in ihr Zimmer hineinsah, war es leer, sogar das eiserne Kinderbett war nackt bis auf die Matratze. Ihre Kleider waren aus dem winzigen Schrank verschwunden. Nur Mickey lebte noch; jemand hatte vergessen, ihn auszuschalten, und er brannte glücklich und irgendwie grausig da in der Leere, ohne Lucy. Mir fiel ein, daß sie tot sein könnte, in der Nacht an der Kinderlähmung gestorben, die schon ihren kleinen Bruder hinweggerafft hatte, und kaum war mir der Gedanke gekommen, als ich auch schon oben an der Stiege zum ersten Stock stand und schrie: »Lucy! Lucy!«

In der schrecklich langen, ohrenbetäubenden Stille schlug mein Herz so heftig, daß ich fast in die Knie gegangen wäre, dann kam Martha Cater zum Fuß der Treppe und funkelte mich von unten an.

»Laß die Brüllerei, Shep! Das is doch 'n Trauerhaus! Ich hör dich ja bis unten hin. Was hast du?«

»Lucy!« blökte ich. »Wo ist Lucy?«

»Sie is im Bad von ihrer Mama und badet, das solltest du auch«, antwortete sie streng. »Was macht ihr zwei bloß für 'n Gezeter? Du am Brüllen und sie am Kreischen wie die Feuerwehr, und eure armen Eltern müssen sich fertigmachen, damit sie den armen Kleinen begraben können. Daß ihr euch nich was schämt, ihr alle beide!«

Da hörte ich über Marthas Stimme hinweg Lucy; hörte ihr Rufen in weiter Ferne und durch mehrere geschlossene Türen gedämpft, wenn ich auch die Worte, die sie schrie, nicht gleich verstand. Aber ich kannte den Ton, wußte, wie immer bei Lucy, was sie fühlte. Wut, Empörung, jene wilde Panik, die sie stets überfiel, wenn man sie einsperrte. Ich hörte aus dem Geschrei meinen Namen heraus: »Gibby! Ich will zu Gibby!«

Martha wandte sich angewidert ab, und ich ging zurück in mein Zimmer und schloß die Tür, um Lucys Rufen nicht mehr hören zu müssen. Wenn ich versuchte, zu ihr hinunterzugehen, würde man mich, ohnmächtiger kleiner Junge, der ich war, einfach packen und wieder nach oben tragen. Mein neuer Status als Heiliger hatte uns beide im Stich gelassen. Ich wollte außer der Enttäuschung nicht noch die Demütigung auf mich nehmen.

»Na gut«, sagte ich mir voller Ingrimm und doch mit kühler Ruhe. Mein Kopf war ganz klar. »Wartet nur, bis ich groß bin. Dann kann mich keiner mehr aufhalten. Dann gehe ich mit Lucy weit fort von hier, und ihr seht uns nie wieder, auf der ganzen Welt nicht. Ist mir egal, wie lange es dauert. Eines Tages tue ich's.«

Und ich legte mich zurück auf mein zerwühltes kleines Bett, verschränkte die Arme hinter dem Kopf und begann in einer Art zornigem Frieden mit dem langen Warten.

Eine schlimme Zeit, um so unerträglicher, als wir keine Ahnung hatten, wie lange sie dauern sollte. Wir wußten nur, daß die Freiheit mit dem Nachlassen der Hitze kommen mußte, doch es schien, als habe sich selbst das Wetter unversöhnlich gegen uns verschworen. Jeder Tag brach aufs neue bleich, nichtssagend und windstill an; Nachmittag um Nachmittag erfüllte sich die Strafprophezeiung des schwülen Morgens. Selbst die lautstarken, unwirksamen Gewitter, die ein wenig Abwechslung geboten hatten, hörten gegen Ende August auf, und übrigblieb nichts, nichts als Weiß, Stille, Ruhe, Langeweile und Hitze. Meine tiefe Sehnsucht nach Lucy schlummerte ein und versank in einem öden Meer von Elend und Unbehagen, das mich gefangen hielt, trotz der täglichen Besuche meiner Mutter und des gelegentlichen Erscheinens meines Vaters, trotz der Stapel von Büchern und Zeitschriften, trotz des neuen Radios und der Tabletts mit besonderen Leckerbissen, die dreimal täglich aus der Küche heraufgeschickt wurden.

Nach dem ersten Tag hörte ich Lucy nicht mehr nach mir rufen, und ich fragte auch nicht mehr nach ihr, weil die unvermeidliche Antwort auf meine Erkundigungen lautete: »Es geht ihr ausgezeichnet. Sie ist putzmunter, sie liest, hört Radio und spielt mit ToTo.« Ich glaubte denen kein Wort, wußte aber nicht, was ich sonst glauben sollte.

Irgendwann in der ersten Trauerwoche hörte Tante Willa mit ihrem wilden Weinen auf, wusch sich das Gesicht, schminkte sich, ging wieder zur Arbeit und heimste für ihre Tapferkeit und Selbstbeherrschung großes Lob ein. Ich hatte herausgefunden, daß ich in dem Speicherraum, der jetzt tagsüber mein Spielzimmer war, nur das Ohr an die Entlüftungsklappe am Boden legen mußte, dann konnte ich aufgrund eines geheimnisvollen physikalischen Phänomens die Unterhaltungen belauschen, die auf der Veranda vor dem Salon geführt wurden. Also bezog ich jedesmal meinen Posten, wenn die Autoreifen von Besuchern über die kiesbedeckte Auffahrt knirschten. Dort empfing meine Mutter die Kondolierenden während der offiziellen Trauertage – ebenso wie Tante Willa, bevor die Pflicht sie wieder rief. So verlor ich nicht gänzlich den Kontakt zur Wirklichkeit, und so erfuhr ich auch, am Boden liegend, das Ohr auf dem unbequemen Gitter, daß Lucy im Haus ohne jede Fürsprache war.

Eines Tages kam Dorothy Cameron zu Besuch und brachte meiner Mutter ein Glas Sülze mit grünen und roten Paprikaschoten; ich hörte, wie sie sich mit matter Stimme dafür bedankte und wie Dorothy Tante Willa lobte. Meine Mutter widersprach.

»Man hätte meinen können, es ginge bei ihr selbst ans Sterben, so wie sie sich da oben aufgeführt hat, und die arme Martha hat sich mit Tabletts abgeschleppt, und der Doktor hat fünfmal am Tag bei ihr reingeschaut. Und dann, ehe man sich's versieht, steht sie unten in voller Takelage mit fingerdicker Schminke und fragt, ob Shem sie nicht in die Stadt fahren kann; sagt, daß sie in der Feldküche vom Roten Kreuz gebraucht wird. Jetzt frage ich Sie! Der einzige Sohn ist ihr eben gestorben, und sie hat nichts Besseres zu tun, als in die Stadt zu fahren und sich dem Geschmeiß am Busbahnhof an den Hals zu werfen! Was sollen denn bloß die Leute denken?«

»Daß sie es richtig macht«, antwortete Dorothy kühl und in scharfem Ton. »Ich finde, sie hat ganz recht. Wir sind schließlich im *Krieg*, Olivia, und vom Heulen und Im-Bett-Herumliegen kommt das arme Kind auch nicht wieder. Das Rote Kreuz braucht alle Hilfe, die es kriegen kann. Die Leute werden schon das Richtige denken: daß sie eine tapfere Frau ist, der ihr Land über den eigenen Kummer geht.«

»Jetzt reden Sie genau wie Sheppard.« Die träge Stimme meiner Mutter klang ehrlich aufgebracht. »Ich sehe ihn schon losrennen und ihr die Kongreßehrenmedaille besorgen. Aber ich kenne diese Sorte, auch wenn Sie zu menschenfreundlich sind, um es wahrhaben zu wollen, und Männer sind ja alle gleich. Früher oder später tut sie etwas so Gewöhnliches, daß selbst er ihr wahres Gesicht erkennt, und es würde mich gar nicht wundern, wenn er ihr dann die Tür wiese.«

»Was eine Schande wäre, wo noch die beiden armen, vaterlosen Würmer da sind.«

Meine Mutter erwiderte nichts; Sarahs Mutter hatte sie einmal wieder zum Schweigen gebracht. Irgendwie hatte sie ein bißchen

Angst vor der zierlichen Dorothy Cameron, oder zumindest genügend Respekt, um sich von ihr mit ungewöhnlicher Langmut Dinge anzuhören, bei denen sie jedem anderen über den Mund gefahren wäre. Allerdings hängte sie sich, sobald Dorothy sich verabschiedet hatte, mit Sicherheit ans Telefon, um ihren Kreis über den jüngsten Cameronschen Fauxpas zu informieren.

Eine Zeitlang herrschte Schweigen, dann fragte Dorothy: »Wie haben es denn die Kinder aufgenommen? Ich habe Shep seither nicht mehr gesehen. Ich habe an ihn und Lucy denken müssen. Sie ist so ein sensibles Persönchen. Ich hoffe, das Ganze hat sie nicht zu arg aufgeregt.«

»Sie sollen zur Ruhe kommen, und wir haben sie ein Weilchen getrennt«, entgegnete meine Mutter, und ich lächelte ein freudloses Erwachsenenlächeln über diese ungeheure Untertreibung. »Lucy übt auf Shep nicht den besten Einfluß aus, und die kleine Pause wird ihm sehr gut tun. Ihm geht es prächtig; ich verbringe jeden Nachmittag und Abend mit ihm, und ich bin richtig froh, meinem kleinen Jungen wieder näherzukommen. Ich hänge entsetzlich an ihm, Dorothy, besonders, seit ich erfahren mußte, wie leicht sie einem einfach entgleiten können. Ich lasse ihn nie wieder so wild herumlaufen wie diesen Sommer mit dem Kind da, mit dieser Lucy. Shep hat so viel an Sensibilität und Talent, was man fördern müßte. Und Lucy ist ein kleiner Wildfang, wissen Sie, kein bißchen ausgeglichen. Viel zu eingebildet und ungezügelt. Seit der Junge gestorben ist, hat Willa sich keine Minute um Lucy gekümmert; sie verbringt jede Sekunde, die sie daheim ist, mit Little Lady. *Das* arme Kind war geradezu am Boden zerstört. Sie hat noch nicht aufgehört zu weinen. Aber Lucy … nicht eine Träne, nicht ein Wort. Nun ja. Unter den Umständen, was ist da zu erwarten?«

»Wer sieht nach Lucy?« fragte Dorothy.

»Ach… soviel ich weiß, niemand«, antwortete meine Mutter. »ToTo vielleicht ab und an. Sie scheint niemanden um sich haben zu wollen; gibt keine Antwort, wenn sie etwas gefragt wird; schaut einen noch nicht einmal an, wenn man mit ihr spricht. Also lassen wir sie meist allein. Soll sie ruhig schmollen. Sie wird schon merken, was sie davon hat. Um das Kind mach' ich mir gar keine Sorgen. Sie braucht keinen Menschen. Um so besser, wenn sie dabei ein wenig Manieren lernt.«

Ich rollte von der Klappe herunter und krümmte mich vor Schmerz. Ich wollte nichts mehr hören. Das übertraf meine schlimmsten Befürchtungen. Außer mir hatte Lucy keinen Beschützer im Haus. Ihre Mutter – sie spürte wahrscheinlich, wieviel Machtverlust Jamies Tod für sie bedeutete – war dazu übergegangen, Little Lady, ihren nunmehr einzigen lebensfähigen Handelsartikel, aufzupäppeln. Aus unerfindlichen Gründen überhäufte meine Mutter mich wieder mit ihrer betulichen Fürsorglichkeit. Mein Vater – vorher schon weit weg – betrauerte bestimmt auf seine Weise den Verlust des winzigen Bondurantjungen und hatte sich samt seiner Distanziertheit in die Bibliothek zurückgezogen. ToTo hütete den ganzen Tag Little Lady. Blieb nur Martha Cater – eine bereits erschöpfte, abgemagerte Martha. Lucy war geworden, wozu sie von Geburt an bestimmt schien: ein Paria.

Ich brach vor Wut in Tränen aus und faßte im Weinen den Entschluß, in der Nacht, wenn alle schliefen, nach unten zu gehen, Lucy zu trösten und mich den Teufel darum zu scheren, ob man mich erwischte. Wenn sie mich wegschleppten, würde ich wiederkommen. Und ich würde noch einmal wiederkommen. Ganz gleich, wie sie mit mir verfuhren. Und stark, schlicht und süß durchströmte mich erneut das Gefühl von Heiligkeit.

Ich mußte meinen Plan dann nicht in die Tat umsetzen, denn kurz nachdem mir meine Mutter das Abendessen gebracht und sich zu mir gesetzt hatte, kam mein Vater in mein Zimmerchen, das Gesicht sturmumwölkt, und fragte: »Ist Lucy da?«

»Selbstverständlich nicht«, erwiderte meine Mutter. »Was ist denn los?«

»Sie ist nicht auf ihrem Zimmer«, sagte er. »Als Willa aus der Feldküche heimgekommen ist, war Lucy nicht da, und wir können sie nirgends finden. Little Lady ist auch fort.«

»Und ToTo…«, fing meine Mutter an und erhob sich halb.

»ToTo«, schnaubte mein Vater verächtlich, »hat geschlafen. Ich und Martha haben fünf Minuten gebraucht, um sie zu wecken. Sie hätte nicht einmal gehört, wenn bei ihr eine Blaskapelle durchmarschiert wäre.«

»Wo ist Willa?« fragte meine Mutter.

»Unten, hat ihre Zustände. Martha hat George angerufen, und ich die Polizei. Diesmal gehe ich mit dem kleinen Gör kein Risiko ein.«

Mir war eiskalt vor Angst um Lucy, aber unter dem Eis züngelte das Feuer heller Begeisterung: »Gut gemacht, Lucy! Gut gemacht!«

Ich folgte ihnen aus dem Zimmer die Treppe hinunter; ich glaube, sie merkten gar nicht, daß ich wortlos die verhaßte Quarantäne aufgehoben hatte. Oder vielmehr, daß Lucy sie aufgehoben hatte, indem sie ihre kleine Schwester entführt hatte. Eine verschwundene Lucy Bondurant war eine Sache, aber eine verschwundene Little Lady war etwas ganz anderes. Noch ehe wir in die Halle kamen, hörten wir die erste Polizeisirene.

Lucy wurde in der Stadt im Greyhound-Busbahnhof aufgegriffen, wo sie mit der brüllenden, schmutzigen Little Lady im zu klein gewordenen Sportwagen an der Haltestelle für den Bus nach New Orleans stand, für den sie zwei Fahrkarten gekauft hatte. Das Geld hatte sie, wie sie freimütig zugab, ihrer Mutter aus der Börse stibitzt, hatte abgewartet, bis sie allein war, ein Taxi gerufen, Little Lady und den Kinderwagen eingeladen und sich zum Busbahnhof fahren lassen. »War überhaupt nicht schwer«, sagte sie, »käseleicht, wenn man weiß, wie es geht.«

»Wo wolltest du denn hin?« wurde Lucy gefragt. »Und was hast du dir nur dabei gedacht, deine kleine Schwester zu verschleppen und mit ihr Bus fahren zu wollen?«

»Ich wollte sie doch vor der Kinderlähmung retten, damit Mama nicht mehr weint«, antwortete Lucy ernsthaft mit großen, schimmernden blauen Augen. »Ich wollte Papa suchen, dann hätte er sie bestimmt vor der Kinderlähmung beschützt.«

Nachdem sie ihre Tracht Prügel verabreicht bekommen hatte und ohne Abendessen zu Bett geschickt worden war und – viel schlimmer, nie dagewesen – mein Vater ihr eine eindringliche Philippika gehalten hatte, lag sie leise schluchzend in ihrem kleinen Bett unter dem Dach. Als ich zu ihr schlüpfte und sie in die Arme nahm, reagierte sie nicht gleich. Alles war wie vor der Quarantäne, so, als sei Lucy nie von mir weggewesen.

»Ich finde, das war ganz schön mutig von dir«, flüsterte ich. »Sie hätte dich nicht dafür verdreschen dürfen.«

Ich spürte, wie sie anfing zu zittern, und schloß sie fester in die Arme, und dann hörte ich zu meiner Verblüffung ihr volles, wunderbares Lachen.

»Ich wollte sie ja gar nicht vor der Kinderlähmung retten, du

Dummerchen«, sagte sie. »Ich wollte sie mit dem Bus wegschicken, dann wär' ich die einzige. Wie ich's zuerst war, wo Papa noch da war. Sie und Jamie sind schuld, daß Papa fort ist. Wenn nur noch ich da wär', würd' er bestimmt zurückkommen. Das weiß ich genau. Er hat gesagt, daß er nie von mir weggeht; hätte er auch nicht gemacht, wenn die zwei Heulsusen nicht gewesen wären.«

Auf einmal war mir ganz kalt in dem engen weißen Bett unter dem hellen Mond. Sie war fast schon eingeschlafen, als sie den letzten Satz murmelte, aber es dauerte einige Zeit, ehe ich Schlaf fand.

Am nächsten Morgen kam sie nicht mit uns anderen zum Frühstück herunter, aber ich kommentierte ihre Abwesenheit lieber nicht, weil ich befürchtete, man werde sich an die Quarantäne erinnern und sie wieder in Kraft setzen. Ich wußte, daß Lucy wach war und auch nicht schmollte, weil sie beim Anziehen fröhlich mit mir geplaudert hatte.

Wir waren schon fast fertig, als sie ins Frühstückszimmer kam. Sie ging schnurstracks auf meinen Vater zu, kletterte auf seinen Schoß, legte ihm die Hände auf die Schultern und sah ihm ins Gesicht. Ihre Augen waren fast schwarz vor Inbrunst, und ihr Haar, das sie den ganzen Sommer zu Zöpfen geflochten hatte, war offen und stand ihr in frisch gebürstetem Nimbus um das schmale Gesichtchen. Sie wurde abwechselnd blaß und rosa.

»Es tut mir leid, daß ich unartig war, Onkel Sheppard. Ich verspreche dir, daß ich's nie wieder mache. Bitte sei nicht so böse auf mich, daß du nicht mehr für mich sorgst.«

Mein Vater betrachtete sie eine Weile schweigend, wie sie zerbrechlich und rosig angehaucht in ihrem dünnen weißen Batistnachthemd auf seinem Schoß saß. Dann zog er sie an sich, ungelenk, aber fest. Ich hörte, wie sie mit leisem Puff die Luft ausstieß.

»Ich sorge für dich, solange die Welt sich dreht, Dummerchen«, sagte er, und ich meinte, in seinen hellblauen Augen einen kaum wahrnehmbaren, feuchten Schimmer zu bemerken.

»Danke.« Damit kletterte Lucy hinunter und tapste aus dem Zimmer und wieder die Treppe hinauf.

Kurz darauf folgte ich ihr.

»Mann, da hast du ja mit Papa 'ne schöne Schau abgezogen«, sagte ich anerkennend. »Er hat dir glatt aus der Hand gefressen. Mir hätte er das nicht abgenommen.«

»Das war keine Schau«, erwiderte sie. »Es war mein Ernst.«

»Du hättest das doch nicht zu machen brauchen. Er sorgt sowieso für dich. Er muß. Du bist seine Nichte.«

»Aber ich muß es sicher wissen«, antwortete Lucy.

»Ich sorge doch für dich, Lucy«, sagte ich. »Ich habe es mit meinem Blut beschworen. Du brauchst dir darüber keine Gedanken zu machen.«

»Du bist noch nicht groß genug«, entgegnete sie, und in ihrer Stimme schwang ein völlig unkindlicher, handfester Pragmatismus mit. »Ich muß sicher wissen, daß er es macht, bis du kannst.«

In der Nacht braute sich ein Gewitter, Großvater aller Sommergewitter, über dem Haus in der Peachtree Road zusammen, und noch ehe Blitz und Donner grollend gen Osten abgezogen waren, kam vom grünschimmernden Westen her der belebende Hauch eines frischen, kühlen Windes und flüsterte uns zu, daß die Hitze – die monströse, brütende Große Hitze – fort war und mit ihr die schleichende, mörderische Kinderlähmung, und zumindest für dieses Jahr waren wir befreit von ihrem sommerlichen Todesschatten.

6. Kapitel

Manche Leute sind der Ansicht, daß damals, in den Jahren kurz nach dem Zweiten Weltkrieg, die großen Veränderungen anfingen; der kriegsbedingte ökonomische Aufschwung, der Atlanta aus der Flaute der Wirtschaftskrise trug, kam – so die These – danach nicht mehr zum Stillstand, und mit dem Flugzeug- und Schiffsbau für die Rüstung begann ein Höhenflug, der fünfzig Jahre währen sollte und Welten miteinander verband.

Die Weichen für Atlantas Zukunft wurden – heißt es – gestellt, als die jungen Männer unserer Vätergeneration aus dem Krieg beziehungsweise vom Kriegsdienst zurückkamen und sich erst mal ein Bild von der Lage zu machen versuchten. Noch waren sich diese Männer, die den Fortschritt in die Wege leiten und seine Bahn bestimmen sollten, ihrer Macht und künftigen Bedeutung nicht voll bewußt. Sie kamen nur nach Hause und kümmerten sich ums Geschäft, gründeten eine Familie, vermehrten ihren Reichtum und sicherten sich eine Nische zum Aufbau einer Existenz.

Gegen Ende der 50er Jahre setzte, wie sie bemerkten, eine allgemeine Stagnation ein; das letzte Hochhaus der Skyline war schon fast zehn Jahre alt, und Atlantas Motor stotterte untätig vor sich hin. Sie selbst waren zwar um ein Erkleckliches reicher, nicht aber die Stadt. Und gleichzeitig, als hätten sie es abgesprochen, stellten sie Überlegungen an und faßten Beschlüsse, und Räder, die ein Jahrzehnt lang stillgestanden hatten, setzten sich knirschend in Bewegung.

Wir Kinder bekamen natürlich nichts mit von dem schicksalhaften Wandel; diese illustren Männer waren für uns nichts weiter als unsere Väter. Vielleicht – ich möchte es zwar bezweifeln – spürten wir, daß wir selbst an der Schwelle zu einer neuen Wachstumsphase standen, am Übergang vom Kleinkindalter zur Welt des älteren Kindes, doch war es für uns nichts anderes als eine Ausweitung des privilegierten und isolierten Daseins unserer ersten Lebensjahre.

Wir waren auf beinahe groteske Weise typische Jungen und Mädchen. Das Hollywood jener Zeit wäre entzückt gewesen: niedliche kleine Walt-Disney-Schweinchen in Edelausführung.

Denn wir waren die kleinen Erben von Atlantas Geld- und Gesellschaftsadel, und irgendwo im Hinterkopf wußten wir es auch und fühlten uns, bei aller Unbekümmertheit, sicher unter dieser undurchdringlichen Muschelschale. Etliche von uns wußten auch, daß wir einmal mehr als lediglich ein Privatvermögen erben würden, aber dieses Wissen ließ uns sonderbar kalt. Im Rückblick verstehe ich, wieviel Mühe sich die meisten unserer Eltern gaben, damit wir »natürlich« aufwuchsen – oder was sie als natürlich ansahen –, unberührt und unverdorben von künftigem Besitz und gesellschaftlicher Stellung. Erst nach dem Tod meines Vaters erfuhr ich, welches Ausmaß das Vermögen meiner Familie hatte. Sarah und Ben Cameron, beide von ihren Großeltern mit erheblichen Treuhandvermögen ausgestattet, mußten sich ihr Taschengeld und Sonntagsschulgeld selbst verdienen. Die meisten von uns, darunter auch Lucy und ich, hatten weniger Taschengeld als viele der Kinder aus Garden Hills auf der anderen Seite der Peachtree Road, und fast alle mußten wir es selbst verdienen. Praktisch alle Jungen mußten in der Highschool nebenher arbeiten. Praktisch alle Mädchen halfen als Babysitter oder im Haushalt. Keiner von uns kannte sich mit dem Geschäft seines Vaters aus; jedenfalls wußten wir alle weniger darüber als die Kinder der Reichen und Privilegierten in anderen Städten. Sarah und Ben, Tom Goodwin, Carter Rawson, Snake Cheatham, Pres Hubbard, Charlie Gentry, ich, Freddie Slaton, Lelia Blackburn, Julia Randolph und andere unseresgleichen... der kleine Nachwuchs aus den großen Villen ahnte nicht, daß aus unseren Vätern Bürgermeister, Bankdirektoren, Leiter gigantischer Versorgungsbetriebe, Verleger, Pressezaren und Fernsehgewaltige, Städtebauer, Konzerngründer und Präsidenten großer Wohltätigkeitsstiftungen werden sollten.

Und wir blieben sehr lange unwissend. Wir waren nichts als drahtige Spieler, die mit aufgeschürften Knien Baseball und Football übten, waren Taucher und Schwimmer in den Becken der Clubs und Gärten, Seifenkistenrennfahrer, Flugzeug- und Schiffskonstrukteure, Drachenbauer, Murmelspieler und Messerwerfer und Scharfschützen mit Daisy-Luftgewehren, waren Gefangene in kleinen, elitären Tanzschulen, Besucher von Samstagnachmittagsvorstellungen und Comicsleser, Puppenmütter und Gäste zum Tee, unermüdliche Fahrer von Schwinnsrädern, Waldläufer und Bachplanscher, Ringer, Raufbolde und Streichespieler, flirtende Grünschnäbel und Kinderschönheiten in einer Ära, wie sie sich in ihrer Unschuld und Weltfremdheit vermutlich nicht wiederholen wird.

Da unsere Väter durch und durch konservativ waren und Frau und Kinder idealisierten – wenigstens die meisten von ihnen –, sorgten sie dafür, daß unsere Kindheit ihren konventionellen Vorstellungen entsprach: sorgenfrei, heiter, für die Söhne schlicht und handfest männlich, für die Töchter schlicht und zuckersüß weiblich, ohne Druck und Drohung, ohne das Gespenst verfrühter, unangebrachter Ambitionen. Ohne Welterfahrung. Mit geringen, festumrissenen Risiken und wenig echten Herausforderungen. Von uns wurde so gut wie nichts verlangt mit Ausnahme dessen, was manche nicht leisten konnten – Konformität und Anpassungsfähigkeit –, und wenn für die meisten von uns der Preis solcher Kindheit nicht hoch schien, so war er für manche, wie Lucy und mich, astronomisch.

Nein, wir bemerkten keine Veränderung in unserer Umgebung. Nicht damals. Für mich geschah der große Wandel in der inneren Landschaft, nicht in der äußeren, und er kam erst einige Jahre später, in einer Sommernacht, als ich zwölf war und Lucy zehn. Vorher war ich ein Junge wie alle anderen, rannte in völliger Freiheit herum in Gesellschaft von Jungen, die mir fast lächerlich ähnelten, zumindest oberflächlich. Und wohin wir rannten, rannte, freier und leichteren Herzens und flinkeren Fußes als wir alle, auch Lucy.

Es war für uns zwei eine wunderbare Zeit. Beide waren wir für den Augenblick frei. Tante Willa widmete sich fast besessen ihrer eigenen Weiterbildung und der Erziehung ihrer jüngsten Tochter und fand wenig Zeit oder gar Zuwendung für Lucy, und zum vielleicht allerersten Mal in meinem Leben konnten meine Eltern keinerlei eklatante Fehler an mir finden. Ich unterschied mich kaum von den aufgeschlossenen, normalen Buckheader Jungen und tat mich sogar in ein, zwei Sportarten hervor, so daß ich auf den Beifall meiner Familie hoffen konnte. Ich war vielversprechend im Tennis und lief, wie sich herausstellte, schnell wie der Wind. So gelang es mir einige Male, meinem Vater ein stolzes Lächeln zu entlocken.

Im nachhinein ist mir klar, daß Lucy und ich ebenso hart für die Anerkennung im Rudel arbeiteten wie manche Erwachsenen für ihre Karriere und aus einem weit wichtigeren Grund: Wir konnten uns damit Zeit für unser wirkliches Leben erkaufen. Jeder gewonnene Wettlauf, jedes siegreiche Tennismatch, jeder Tag, an dem wir nicht das Unheil elterlichen Mißvergnügens heraufbeschworen, bedeutete entsprechend viel geschenkte Zeit zum Lesen, Reden und Träumen im Gartenhaus. Meine Eltern lächelten über meine bescheidenen sportlichen Erfolge und behielten ihre Unzufriedenheit für sich, wenn ich einen ganzen hellen Sommertag mit Büchern und Lucy verbrachte. Tante Willa war augenscheinlich dankbar, daß keine erfindungsreiche, anstrengende Lucy sie störte, und fragte nicht groß, wie lange sie fort war und wo sie sich herumtrieb. Lucy hing gerade der Vorstellung an, ihr Vater nähme an einer längeren Geheimdienstoperation im besetzten Europa teil, was zwar an den Haaren herbeigezogen war, sie aber von der lästigen Sorge um ihn befreite. Allerdings wurde sie trotzdem regelmäßig von ihren entsetzlichen Alpträumen heimgesucht. Aber alles in allem ging es uns sehr gut, und wir machten uns keinerlei Illusionen darüber, wie wir es anstellen mußten, daß es dabei blieb. In der uralten Weise der geborenen Opfer agierten wir frisch und fröhlich im Sinne unserer Wärter wie unserer Spielkameraden und behielten das Geheimnis unserer inneren Freiheit für uns.

Lucys leitende Stellung im Rudel war etwas Erstaunliches, schier Unglaubliches: Daß ein kleines Mädchen, zwei Jahre jünger als die Jungen ihrer Umgebung, unbekannt, ohne Familie und quasi aus dem Nichts ins grundeinfache Atlanta der späten 40er und frühen 50er Jahre kommt und einfach das Kommando über eine Schar Jungen übernimmt, spottet aller Wahrscheinlichkeit. Doch genau das geschah. Von Anfang an mied und verachtete Lucy die kleinen Mädchen aus den Villen und begriff mit verblüffendem Einfühlungsvermögen, wie man Jungen für sich gewinnt.

»Hast du Lust, diese Woche mal nachmittags rüberzukommen und mit Sarah zu spielen?« fragte Dorothy Lucy einmal in dem Sommer, als sie zu uns gezogen war.

»Nein«, erwiderte Lucy prompt, dann fielen ihr Tante Willas Anweisungen ein, und sie fuhr fort: »Vielen Dank. Aber ich würde gern mit Ben spielen.«

»Glaubst du denn, daß du mit ihm mithalten kannst?« fragte Dorothy amüsiert. »Weißt du, er ist schon ein großer Junge.«

»Ja«, antwortete Lucy. »Aber ich glaube nicht, daß er mit mir mithalten kann.«

Um die Jungen aus unserer Clique für sich zu gewinnen, mußte man seine Überlegenheit beweisen. Lucy war dazu wie geschaffen. Sie hatte mehr Courage, Geschicklichkeit und Vorstellungskraft als alle anderen, Jungen wie Mädchen. Keine Großtat an Kraft und Wendigkeit, die sie nicht beherrschte, kein Höhenflug der Phantasie und Fabulierkunst, den sie nicht übertraf. Ihr wunderbares, alles in Frage stellendes Lachen und ihre unvergleichlichen Augen hypnotisierten uns alle, und mit ihrem kehligen »Hey, hört mal her, ich muß euch was erzählen!« konnte sie immer eine Runde um sich versammeln. Aber es waren die Jungen, die sie am engsten umdrängten und die am längsten blieben. Die Mädchen aus unserer Clique, ob bei Geburtstagsparties oder beim Spielen nach der Schule, zogen sich immer allmählich an den Rand der Gruppe zurück, verstummten und beobachteten mit offenen Augen und forschenden Blicken, wie Lucy Bondurant ihre Brüder und Spielkameraden mit ihrem Zauber bestrickte. Blicke, wie ich sie in den Augen der Frauen um sie herum immer wieder erlebte, wachsame Blicke, leichtes Blähen der Nasenflügel, als röchen sie Gefahr.

Lucy war es auch, die mir meine Position als voll anerkanntes Mitglied des kleinen, kläffenden Rudels verschaffte. Ich lernte schon deswegen laufen, um mit ihr Schritt halten zu können; und als ich merkte, daß ich ein gänzlich unverdientes Talent hatte, große Entfernungen flink wie eine Gazelle zurückzulegen, überholte ich sie und alle anderen aus der Gruppe und schwelgte im Siegestriumph, und sie freute sich genauso darüber wie ich. Als ich eines schönen Frühlings Tom Goodwin im Driving-Club-Juniorenwettkampf im Tennis schlug – das erste und einzige Mal, denn Tom war ein Tennistalent, wie man es selten erlebt –, spendete Lucy mir ebenso laut Beifall wie mein Vater. Im Lauf der Jahre zeigte Lucy vielerlei schwierige und beunruhigende Charakterzüge, aber in ihrem ganzen Leben war sie nicht einmal neidisch oder kleinlich. Was sie hatte, gab sie großzügig aus vollen Händen an andere weiter, und in jenen kurzen, heiteren Kindheitstagen hatte sie alles, was nötig war, um die Buckhead Boys anzuführen.

In erster Linie hatte sie Mut, und davon gleich eine solche Riesenportion, daß es an Tollkühnheit grenzte, wenn es denn keine war. An dem Tag, als sie, unausgesprochen, zu unserer unangefochtenen Anführerin wurde, verschaffte sie auch mir einen unumstrittenen Platz in unserer kleinen Schar, und keiner von uns hat es je vergessen. Wirklich wahr: Bei ihrer Beerdigung sprachen wir, das dezimierte Häufchen der gealterten Buckhead Boys, als erstes von dem Tag am Bahnhof Brookwood Station.

Die Southern Railways Peachtree Station steht heute noch in einer langgestreckten Kurve der Peachtree Road etwa auf halber Strecke zwischen Buckhead und der City. In meiner Kindheit war es ein sehr belebter Bahnhof, wo fast alle Stunde Güter- und Personenzüge ankamen und abfuhren, denn Atlanta war vor allem und in erster Linie eine Eisenbahnstadt, und seine eisernen Tentakeln reichten einst in die ganze Welt. Von Buckhead aus war es mit dem Fahrrad nicht weit; in einer Viertelstunde konnten wir uns die kurzen Steigungen hochquälen und die langen Gefällstrecken hinuntersausen; zwar durfte keiner von uns mit dem Rad auf die Peachtree Road fahren, aber wir taten es dennoch öfter und ohne großes Risiko, denn der Verkehr, der heute so dicht ist, daß er die schmale Fahrspur verstopft, war damals noch ganz erträglich und beschaulich.

Der Bahnhof zog Lucy unwiderstehlich an. Bei jeder Gelegenheit hielt sie sich stundenlang auf dem riesigen Betonfeld hinter der Peachtree Station auf, wo die Züge wie große schwarze Bisonbüffel abgestellt waren, und jedesmal, wenn sie danach rußgeschwärzt nach Hause zurückkehrte, war in ihrem Blick der Glanz der weiten Ferne. Dorthin führte sie uns, sobald wir Fahrräder hatten, wenn Zeit genug war zum Hin- und Zurückfahren, ohne daß unsere Eltern unsere Abwesenheit bemerkten.

Zum erstenmal fuhren wir an einem Samstag im Frühjahr hin; in stiller Übereinkunft hatten wir alle zu Weihnachten Räder geschenkt bekommen. Ich glaube, Lucy konnte es kaum verkraften, daß man ihr ein Damenrad geschenkt hatte, ohne die stolze Stange zwischen Sitz und Lenker, und sie riskierte immer wieder Kopf und Kragen, als wolle sie allein dadurch die verhaßte Leere überwinden, wo kein Stab der Mannheit war. Wir trafen uns bei Ben und Sarah im gepflasterten Hof, und Lucy war schon ganz erfüllt von ihrem Plan.

»Wer von euch traut sich bis Brookwood Station?« rief sie lächelnd aus.

Alle schwiegen, dann sagte Pres Hubbard: »Ich darf nur bis zur Peachtree Battle Avenue.«

Lucy streifte mit kühlem Blick seine Beinschiene, und er war abgefertigt. Er errötete. Sie erwähnte seine Behinderung mit keinem Wort, doch die Atmosphäre war gespannt.

Charlie Gentry, der sich immer vor Pres stellte, sagte: »So ein Quatsch. Keiner von uns darf so weit. Wir kriegen alle Hausarrest. Ich komm' nicht mit.«

Lucy würdigte ihn keines Blickes.

»Und du Ben, auch Angst?« fragte sie.

»Ich darf eigentlich auch nicht so weit«, antworte Ben. »Aber wenn du denkst, daß ich Angst habe...«

Sie brachte ihn mit einer Handbewegung zum Schweigen.

»Na, ich hab' jedenfalls keinen Schiß.« Lucy trat den Fahrradständer zurück und strampelte los auf die Muscogee Avenue. Sie sah sich nicht um.

Sie war schon fast oben auf dem Hügel zur Peachtree Road, als ich niedergeschlagen sagte: »Ich fahr' mit.«

Im Nu traten wir alle in die Pedale die Muscogee Avenue hinan und Lucy hinterher.

Erstmals wagten wir uns aus unserer unmittelbaren Umgebung, erstmals fuhren wir so weit auf der Peachtree Road, und obwohl wir es nie zugegeben hätten, waren wir nervös und ängstlich. Hätte einer von uns gesagt, »Kehren wir um«, wir wären ihm allesamt schleunigst gefolgt, aber da uns die kleine Lucy vorantrieb, war ein Rückzug undenkbar. Als wir am Bahnhof ankamen, die Räder abstellten und nach hinten gingen, wo der Mittagszug nach Charlotte und Richtung Norden stand und noch von seiner Morgenfahrt keuchte, bebten wir alle wie Ponys in einer Wolke Bremsen. Es hätte nicht viel gefehlt, und wir wären auseinandergestoben wie scheuende Pferde.

»Da seht ihr, daß es noch gar nicht spät ist. Der Zug steht ja noch da«, sagte Lucy.

»Der fährt gleich los«, erwiderte Tom Goodwin. »Es ist fast Mittag. Wir sollten lieber zurückfahren.«

»Ach was«, entgegnete Lucy. »Der steht noch stundenlang rum.«

Wir alle wußten, daß der Zug sofort losfahren mußte. Gepäck und Reisende waren verstaut, der Schaffner unternahm gerade mit dem Rücken zu uns seinen letzten Gang den Bahnsteig entlang. Der Atem des großen schwarzen Riesen ging tief, regelmäßig und bedächtig, aber ich wußte, daß er sich jeden Moment beschleunigen konnte zum kraftvollen Rhythmus der Fahrt. Wir sahen erst einander und dann Lucy an, die in ihren ausgewachsenen kurzen Hosen und ihrem T-Shirt blaßgliedrig und hochaufgeschossen wirkte wie eine junge Birke. Den ganzen Morgen schon war sie unruhig gewesen, quasi Funken sprühend; uns schwante, daß sie uns gleich zu Tode erschrecken würde. Ruhig erwiderte sie unsere Blicke.

»Ich wette, ihr traut euch nicht, unter dem Zug durchzukriechen«, sagte Lucy.

Alle, ohne Ausnahme, starrten wir sie voll Entsetzen an. Aufgekratztheit war eines, Selbstmord etwas ganz anderes.

»Habt ihr alle Angst?« fragte Lucy.

Keine Antwort.

»Ich wette, ihr habt Angst, alle miteinander. Angsthase, Pfeffernase, morgen kommt der Osterhase«, sang sie. »Große Jungs, zwei Jahre älter als ich, und lauter Angsthasen!«

»Sei bloß ruhig, Lucy Bondurant«, fauchte Snake Cheatham. Er war der größte von uns, und ein Angeber, aber Angst hatte er keine. Snake auf der langen Gefällstrecke den Northside Drive hinunter, wo die Seifenkistenrennen stattfanden, war ein wunderbarer, herzerhebender Anblick. Keine Wette, die er nicht annahm, kein Risiko, das er nicht einging in seinem spinnenhohen, fabelhaft konstruierten Gefährt.

»Snake ist ein Feigling«, sagte Lucy ruhig. Wir dachten, er würde ihr eine runterhauen, tat er aber nicht. Snake wußte, daß er kein Feigling war.

»Halt die Klappe, Lucy«, antwortete er verdrießlich. Aber er rührte sich nicht.

»Ben?« Sie sah Ben Cameron an. Er verfärbte sich – rothaarig wie sein Vater, hatte er die Neigung dazu von ihm geerbt – und schaute zu Boden.

»Nein«, erwiderte er kurz.

»Tom?« Tom Goodwin räusperte sich, spuckte in den Aschenstaub des Bahndamms und wich ihrem Blick aus.

»Du bist wohl nicht ganz bei Trost, Lucy«, murmelte er. Auch er rührte sich nicht.

Da blieb, außer mir, nur noch Pres Hubbard mit seinem von der Kinderlähmung steifen Bein, der zwar auf dem Fahrrad mit uns mithalten, aber bestimmt nicht unter dem Zug durchkriechen konnte, und Charlie Gentry, der schwer zuckerkrank war und uns nicht oft auf unseren Radausflügen begleitete. Lucys Augen übersprangen Pres; ihm hatte sie ihr Mal schon aufgebrannt. Ihr Blick richtete sich auf Charlie.

»Auch Angst, Charlie?« fragte sie.

»Ja«, antwortete Charlie, der meines Wissens im Leben nie gelogen hat. »Klar, hab' ich. Und wenn du versuchst, uns dazu anzustiften, sag ich's unseren ganzen Vätern und deinem Onkel Shep. Dann kriegst du 'ne ordentliche Abreibung.« Charlie war eigentlich keine Petze, aber er wehrte sich gegen jede Ungerechtigkeit, und er mochte Lucy nicht. Hatte sie nie gemocht, vom ersten Augenblick an nicht. Mir war klar, daß er es wirklich meinem Vater erzählen würde, wenn Lucy uns weiterhin anstachelte, unter den Zug zu kriechen, und daß eine empfindliche Strafe auf dem Fuß folgen würde. Schließlich war es weit mehr als nur ein dummer Streich.

»Hey, Lucy«, sagte ich. »Du hast gleich Klavierstunde. Fahren wir nach Hause und kommen ein andermal her.«

»Also gut, ihr Angsthäschen.« Lucy nahm ebensowenig Notiz von mir, als hätte ich gegen eine Wand gesprochen. »Ich mach's als erste.«

Und sie war auf dem Gleis und schlängelte sich unter die Lok, bevor wir einmal vor Verwunderung blinzeln konnten. Eine Ewigkeit schien zu vergehen. Uns stand das Herz still. Die Ohren dröhnten mir wie an dem Tag im Wald, an dem wir Blutsbrüderschaft geschlossen hatten. Endlich hörten wir sie von der anderen Seite des Zugs, verdeckt von seiner riesigen schwarzen Masse, mit Triumph in der Stimme singen: »Käseleicht! Überhaupt nichts dabei, ihr Hosenscheißer!«

Und im selben Moment hörten wir das erste, tiefe, die Fahrt ankündigende Keuchen der Lokomotive und spürten und sahen den großen schwarzen Leib erbeben.

»Hurra, hurra, ich bin wieder da!« schrie Lucy, schlängelte sich unter der Lokomotive durch und kam zu unseren Füßen zum Vorschein, mit Ruß und Staub bedeckt und strahlend vor Triumph. Der Zug setzte sich allmählich und fast unmerklich in Bewegung. Aus seinem Bauch kam ein zweites enormes, unterirdisches Keuchen, dann ein drittes.

»Ich gehe schnurstracks zu deinem Onkel Sheppard, sobald wir zu Hause sind«, sagte Charlie und funkelte sie mit blassem Gesicht an. Die Sommersprossen zeichneten sich deutlich auf seiner Haut ab.

»Ja«, echoten Ben und Snake, beschämt und aufgebracht über Lucys Tollkühnheit und fürchterlich erschrocken. Es gehörte zu Lucys dunklem Genius, anderen immer wieder durch Überschreiten der gegebenen Grenzen einen Heidenschrecken einzujagen. Charlie wandte sich ab und schritt den Bahnsteig entlang auf sein Fahrrad zu, und ich stürzte mich verzweifelt voran und warf mich unter die Lok. Der Tag schien zuerst unheimlich hell und dann dunkel zu werden. Eine Blase der Stille und Unwirklichkeit umgab mich. Die großen schwarzen Räder krochen auf mich zu, als ich mich wie eine Eidechse durch Ruß und Staub ringelte, und die Gleise fühlten sich unter meinem Rücken warm und hart an. Es roch kräftig nach Öl, Rauch und heißgelaufenem Metall. Die Schwärze stank, und sie war undurchdringlich. Ich schloß die Augen in gräßlicher Angst, wand mich seitwärts wie eine Schlange und rollte eben wieder ins Sonnenlicht, als die riesigen Räder an mir vorbeimalmten und der Gigant die Luft mit seinem Schnaufen erfüllte.

Ich lag still mit geschlossenen Augen in der Frühlingssonne, mein Atem ging pfeifend und keuchend, und erst als der letzte Waggon an mir vorbeirollte, rappelte ich mich auf, klopfte mich ab, strich mir die Kleider zurecht und nahm eine lässige Haltung an, so daß ich es, als ihre glotzenden Gesichter hinter dem Dienstwagen zum Vorschein kamen, fertigbrachte, wie ein junger Gott zu strahlen und mir in aufreizend knappem Gruß an die Stirn zu tippen. Ein bebender, lähmender Schrecken saß mir in allen Gliedern, und selbst wenn ich gewollt hätte, ich hätte nicht sprechen können, aber ich mußte auch nicht. Macht floß mir süß und stark durch die Adern; Bewunderung, Neid und Ehrfurcht gleichermaßen standen ihnen ins Gesicht geschrieben. Da wußte ich, daß sie uns nicht anschwärzen würden, mich nicht und Lucy nicht. Einer nach dem anderen drehten sie sich stumm um, gingen die Treppe hinauf zu den Fahrrädern und traten in die Pedale. Lucy und ich folgten ihnen in einigem Abstand.

Wir sprachen nichts, bis wir fast daheim waren.

»Mach so was bloß nie wieder, Lucy«, sagte ich. Meine Stimme zitterte noch.

»Nein, Gibby«, antwortete sie sanft. »Das brauch' ich jetzt nicht mehr.«

Von da an klebten sie und wir zusammen wie Pech und Schwefel. Sie hatte sich ihren Platz an unserer Spitze mehr als verdient, und rund zwei Jahre lang dachte keiner daran, ihn ihr streitig zu machen. Und in all der Zeit gab es keinen, der sie übertreffen konnte.

Nicht nur, daß sie alles besser konnte als wir, sie wußte auch mehr. Sie verstand mehr von dem, was in unserer winzigen, spießigen Welt nicht zählte – von Worten, Schmerz, Einsamkeit; Herz, Hirn, Geist –, aber auch von dem, was zählte. Wie Sport. Lucy war eine Sportskanone. Es war, als folgten wir nicht einem zierlichen, lebhaften Mädchen, sondern einer Art genetischem Wunder, einem Superjungen. Ich beobachtete ab und zu das Mienenspiel der anderen – Charlie, Ben, Tom, Pres und manchmal Carter Rawson; ich sah, wie sie Lucy anschauten. Außer Charlie betrachteten sie Lucy alle – da bin ich sicher – als einen Jungen, der ihnen haushoch überlegen war. Charlie, glaube ich, sah dasselbe wie ich, aber im Gegensatz zu mir nicht mit liebevollen Augen.

Ich sah, was ich gleich entdeckt hatte: ihre starke, ihr nicht bewußte Anziehungskraft und ihre fremdartige, schmerzhafte Schönheit, und ich konnte es nicht fassen, daß ihnen all das entging. Aber sie bemerkten nichts davon, oder doch erst viel später, und als es dann soweit war, kam alles auf einmal, und da war es zu spät, als daß sie und Lucy wieder Freunde hätten werden können.

Wahrscheinlich war es unvermeidlich, daß sie sich übernahm, die Grenzen ihrer Macht über uns überschritt bis zur Katastrophe. Für die kleine Lucy Bondurant, neu aus New Orleans gekommen, arm, vaterlos, ohne Fürsprecher und im Hause ihres Onkels nur geduldet, muß die Herrschaft über die kleinen Prinzen aus den großen Villen von unwiderstehlichem Reiz gewesen sein. Ihr Leben lang war Lucy impulsiv und zwischen Extremen hin- und hergerissen; ihr erster größerer Fehltritt war ganz verständlich und wohl auch verzeihlich. Aber die, die ihre Geschicke lenkten, waren zu Verständnis und Verzeihen nicht im mindesten fähig. Die Konsequenzen trafen uns alle rasch und hart. Für sie waren sie verheerend.

Es geschah eines trübseligen Septembernachmittags, als wir elf waren und Lucy neun. Ein windstiller, schwüler Nachmittag, der unsere Haut prickeln machte, während uns noch die Freiheit des vergangenen Sommers in den Adern sang. Lucy war in den Ferien aufgeschossen wie eine junge Weide oder ein edles Fohlen und schon fast so groß wie als erwachsene Frau. Ihre blauen Augen waren dunkler geworden, fast lila, und ihre Haare waren nicht mehr zu Rattenschwänzen zusammengebunden, sondern fielen ihr offen in seidiger, aschdunkler Fülle auf die Schultern – akkurat geschnitten in Richs Schönheitssalon auf Tante Willas Angestelltenrabatt –, und sie schimmerten flaumig im Licht wie Weinbeeren. Sie wirkte nicht mehr wie ein zwergenhafter Herrscher über ein Geschlecht einfältiger Riesen, sondern wie ein hochgewachsener, jungenhafter König. Sie hatte noch keinen Busen und keine Hüfte, aber ihre Taille fing an, sich zu der Handbreit zu verjüngen, die über Jahre ihr ganzer Stolz sein sollte, und ihre Hände und Füße waren zierlich. Auf ihrem Fahrrad, die Hand erhoben, um uns voranzutreiben, das Haar zerstäubt und offen, wirkte sie wie Hippolyte, die ihre Amazonen in die Schlacht führt, und einmal sagte ich es ihr.

»Ja, aber die Amazonen waren lauter Mädchen«, sagte sie wegwerfend. »Jungs sind mir lieber.«

Kein anderer aus unserer Clique hätte Hippolyte von Supergirl unterscheiden können, aber alle reagierten instinktiv auf das Charisma der Führernatur, das ihr inzwischen unverkennbar anhaftete. Wir gingen für sie durchs Feuer.

In ihrer Wildheit und Aufsässigkeit erinnerte mich Lucy seinerzeit an den Tag zwei Jahre zuvor, als wir in der Brookwood Station unter dem anfahrenden Zug durchgetaucht waren, und die Angst griff eiskalt nach meinem Herzen. Ich glaube, es ging uns allen so. Keiner sah Lucy an, und jemand – ich denke, es war Tom Goodwin – sagte: »Ich kann heute nicht lange. Ich hab' meiner Mutter versprochen, ihr die Dachrinne sauberzumachen.«

»Ich auch nicht«, warf Ben Cameron ein. »Mama will, daß ich um fünf wieder da bin. Papa hat Gäste zum Abendessen.«

»Also, meine Mutter behandelt mich nicht wie ein kleines Baby«, sagte Lucy schnippisch. »Ihr Mamakinder müßt doch erst in drei

Stunden wieder zu eurem Rockzipfel zurück. Da ist noch massig Zeit.«

»Zeit für was?« fragte ich zögernd. Ich wollte bestimmt nicht hören, was jetzt kam.

»Zeit«, antwortete Lucy, und ein leises Lächeln umspielte ihren rosigen Mund, »um zum rosa Schloß zu fahren.«

Wir schwiegen alle, und dann stieß Pres hervor: »Zum rosa Schloß! Wahnsinn, Lucy, nicht im Ernst!«

Das rosa Schloß war ein riesiger Stuckhaufen mit Zinnen und roten Dachziegeln und lag weit draußen an der West Paces Ferry Road, wo die Villen mit jedem Grundstück weiter auseinanderlagen, tief im dichten Laubwald am Fluß. Mit seinen dreißig Zimmern, unzähligen Erkern, Terrassen und Loggias war es 1923 im Stil der italienischen Hochrenaissance von einem langhaarigen Italiener erbaut worden, der eigens zu diesem Zweck von Mr. und Mrs. Chalmers French angestellt und herübergeholt worden war. Mr. French war mit einem gewaltigen Vermögen unbekannter Herkunft aus Macon nach Atlanta gekommen, hatte sein riesiges Märchenschloß gebaut, war anschließend gestorben und hatte es seiner um einiges älteren, krankhaft menschenscheuen, kinderlosen Frau Hester überlassen, einsam und alleine mitten im Wald in seinem ausufernden Phantasiegebilde herumzugeistern.

Da sie, als das Haus fertig war und Mr. French »den Drang des Irdschen abgeschüttelt« hatte, erst zwei Jahre in der Stadt gewohnt, keine Gesellschaften gegeben hatten und kaum jemand das große Haus hatte entstehen sehen, verkehrte auch niemand bei Hester French, und man nahm allgemein an, daß sie wieder zu ihrer Familie nach Macon zurückgehen werde. Aber sie ging nicht, und sie zeigte sich auch nicht; noch lange nach Ablauf der angemessenen Trauerfrist sonderte sie sich ab in ihrem – wie es nun hieß – rosa Schloß, und außer den Lieferanten, die sie ins Haus kommen ließ, dem Gärtner und seinen Gehilfen und einer Reihe von Zofen und Hausmädchen, die man allgemein als zweitklassig betrachtete und in den anderen Villen von Buckhead nicht anstellte, bekam niemand Hester French zu Gesicht.

Die Botenjungen und Neger redeten, und was sie sagten, elektrisierte Buckhead. Es glaubte ihnen zwar keiner ein Wort, aber... Das Haus sei umgeben von einem Graben mit schwarzem Wasser und großen Tieren, die laut tobten und brüllten. Hunde von einer Größe, daß eine Bulldogge daneben wie ein Zwerg wirke, liefen auf dem Anwesen frei herum und bekämen so wenig zu fressen, daß sie sich sofort auf jeden Besucher stürzten, der nicht vom Wachposten begleitet werde. Ein eigentümlich schimmerndes Licht blitze von Fenster zu Fenster in den oberen Türmchen des Schlosses, und die Treppenaufgänge seien immer versperrt und verriegelt. Die Buchshecken im terrassierten Formgarten hinter dem Haus seien in Form von religiösen Symbolen zurechtgestutzt, und in einer langen Figurenallee könne man gräßliche, groteske Darstellungen des gekreuzigten Christus in allen Variationen sehen.

Alles, was wir an diesem Septembernachmittag über das rosa Schloß wußten, war, daß es inzwischen seit Jahren leer stand. Niemand hatte eine Ahnung, ob Hester French gestorben oder fortgezogen war. Die Polizei schaute gelegentlich auf dem Grundstück nach dem Rechten, drang aber nicht in das abgesperrte Haus ein und hatte nie etwas Besonderes zu melden. Unsere Eltern verboten uns nicht einmal mehr hinzugehen, so tief waren das Haus, seine Bewohner und seine Legenden schon in Vergessenheit geraten. Ich hatte seit Jahren nicht mehr daran gedacht, und vermutlich auch niemand sonst von uns außer Lucy. Aber heute kann ich mir gut vorstellen, daß das rosa Schloß für sie so fabelhaft und verführerisch gewesen sein muß wie Avalon.

»Klar, im Ernst«, sagte Lucy in den windstillen Nachmittag. »Was ist, Pres, kannst du nicht so weit?«

Daß sie, wenn auch indirekt, auf seine Behinderung anspielte, war ein Zeichen ihrer Gereiztheit. Lucy war nie bewußt grausam. Ich weiß bis heute nicht, was an dem Nachmittag in sie gefahren war, aber es war jedenfalls stark genug, sie bedenkenlos ihren Ehrenkodex in bezug auf Pres vergessen zu machen und uns zu einer Fahrt anzustacheln, die eigentlich keiner von uns unternehmen wollte.

»Nein«, erwiderte Pres flammend rot, »wenn ich will, kann ich zweimal so weit. Ich fahre dir jederzeit davon, Lucy Bondurant. Ich muß bloß um fünf wieder daheim sein, das ist alles.«

»Na, das bist du auch, wenn wir gleich losfahren«, antwortete Lucy. »Ich weiß, du mußt wirklich heim, Pres. Du auch, Ben. Weil große Jungs mit elf Jahren doch keinen Schiß mehr vor Geistern und

Spuk und so Sachen haben können, oder? Wenn ein kleines Mädchen mit neun keinen hat?«

Da wußte ich, daß es ihr mit der Fahrt zum rosa Schloß todernst war. Lucy hätte nie zu Hohn und Spott gegriffen, um die Buckhead Boys zum Folgen zu veranlassen, wenn sie es nicht für unumgänglich gehalten hätte. Seit dem Tag an der Brookwood Station war es nicht mehr nötig gewesen.

»Ich hab' keinen Schiß vor Geistern oder Spuk oder sonst was«, sagte Pres verärgert, stieg auf sein Rad und trat wütend in die Pedale. Einer nach dem andern, wie in stummem Einverständnis, fuhren wir ihm schweigend hinterher. Lucy holte uns erst an der Ecke Peachtree Road, West Paces Ferry ein und sauste an uns vorbei an die Spitze der Kolonne.

Wir fuhren so schnell, daß uns der Wind die Worte aus dem Mund gerissen hätte, und so schwiegen wir, bis wir an die Abzweigung kamen – sie lag weiter die West Paces Ferry Road hinunter, als wir uns je vorgewagt hatten –, wo das gewundene, überwucherte Asphaltband der Auffahrt zum rosa Schloß in der mürrischen Glut des sterbenden Nachmittags still und böse vor sich hinbrütete. Noch immer wortlos stiegen wir ab und standen mit Lucy am Eingang des kettenverhängten Baumtunnels.

»Na«, rief sie schließlich in die schwüle Stille. »Worauf wartet ihr? Auf den Weihnachtsmann?«

Ich glaube, als wir aufbrachen, wollte Lucy jenes verwunschene, verbotene Königreich im Wald nur endlich einmal zu Gesicht bekommen, aber als wir die rostige Kette mühelos gelöst hatten und hintereinander den giftgrünen Tunnel entlangradelten, war ihre gefährliche Gereiztheit in der heißen, schwülen Luft mit Händen zu greifen und sprang von ihr auf uns über wie Hitzeblitze. Unsere Finger knisterten und sprühten förmlich vor aufgestautem Übermut, als wir unsere Fahrräder auf die große, gesprungene Marmorloggia legten und zum rosa Schloß aufschauten. Allein angesichts seiner Massigkeit und Unwirklichkeit blieben wir stumm. Wir waren zwar an große Häuser gewöhnt, aber das hier war unerreicht.

»Mannomann«, sagte Snake. »So 'n Haus hab' ich ja noch nie gesehn.«

»Ich schon«, widersprach Lucy. »Aber noch nie so 'n scheußliches.«

Noch immer voller Ehrfurcht, aber mit bis zum Zerreißen gespannten Nerven, stiegen wir die Marmortreppe hinauf und wandten uns nach rechts zu der riesigen Glaswand vor dem Seitenflügel des Schlosses, die das stille Schwimmbecken umgab. Wir bückten uns und hoben Steine auf, Brocken zerbröselten Betons, verrostete Eisengitter, irgendwelchen Bauschutt, der zur Hand war.

Am Rand der trüben schmutziggrünen Brühe bückte sich Lucy und nahm einen Betonbrocken.

»Vielleicht sind da Schlangen drin.« Sie lächelte böse.

»Oder vielleicht Krokodile«, sagte Tom und hob ein Stück rostiges Eisengeländer auf.

»Oder vielleicht Elefanten«, fiel Snake ein und hievte einen großen Granitstein hoch.

Für eine Minute standen wir alle wie elektrisiert und mit klopfendem Herzen da und hielten Steine und Trümmer in den Händen. Die Welt schien auf den Kopf gestellt. Wagemut und Abenteuerlust lagen in der Luft. Wir waren nicht mehr wir selbst.

Ich habe keine Ahnung, was passiert wäre, wenn Lucy nichts gesagt hätte, denn selbst da zögerten wir alle noch und zitterten wie Jungtiere vor der Schlachtbank. Aber sie sah uns, einen nach dem andern, an und befahl: »Macht das Glas kaputt!« Und als wir immer noch zauderten, holte sie mit weitem Arm aus und warf ihren bröseligen Betonklumpen durch die vielscheibige Wand direkt vor uns. Noch ehe das erste silberne Geklirr verhallt war, flogen all unsere Steine und Ziegel.

»Schlagt die Hexe tot!« kreischte Lucy. »Reißt das Schloß ab!«

»Reißt es ab!« heulten wir wie ein folgsames Echo. »Reißt es ab!«

Wir brauchten zwei Stunden. Wir arbeiteten uns von der Abschirmung des Schwimmbeckens über das Parterre des Hauses durch alle dunklen, leeren, staubigen Zimmer und zerschmissen und zermalmten dabei alles Glas. Wir stiegen die mit Scherben übersäte, geschwungene Doppeltreppe hinauf, zerschmetterten die Bleikristallfenster auf dem Absatz, holten einen Besen aus der Küche und rissen den enormen Kronleuchter mit seinen Glasprismen von der Decke. Wir legten eine klirrende Kristallspur zur ersten Etage und zu den kleinen Fenstern in der zweiten. Keine Scheibe, kein Spiegel, keine zurückgelassene Nippsache blieb ganz. Wir lachten nicht, und ich glaube nicht, daß wir viele Worte machten.

Ich kann mich nicht erinnern, daß jemand etwas gesagt hätte. Wie die Mänaden, die Orpheus mit ihren bloßen, blutigen Händen in Stücke rissen, kamen wir erst wieder zur Besinnung, als wir mit dem zweiten Stock fertig waren und am Fuß der Treppe zu den Turmzimmern standen, die Augen geblendet, die Brust schwer atmend. Es ist fraglich, ob wir da aufgehört hätten, so laut tönte uns das Liebeslied berstenden Glases in den Ohren, wäre es nicht schließlich von der Totenklage des Streifenwagens, der vor dem Haus vorfuhr, übertönt worden. Bis heute weiß ich nicht, ob sie nur ihre übliche Runde machten oder ob uns jemand an der Auffahrt beobachtet und die Polizei gerufen hatte.

Stumm und wie angewurzelt standen wir da und sahen das Unheil auf uns zukommen.

»Wir kriegen fürchterlich eins auf den Deckel«, flüsterte der empfindliche Ben, und sein lebhaftes, kluges Gesicht wurde bleich. »Und wir haben's nicht anders verdient. Das war – einfach gräßlich.«

Charlie war es, der alles beichtete. Ich wußte, daß er diesmal reden würde. Noch bevor sie die Sirene abstellten und der Polizeiwagen draußen unter der Loggia zum Stehen kam, sah ich, wie der wilde Glasrausch in seinen braunen Augen – sie wirkten hinter der dicken Brille groß wie die eines Cockerspaniels – dem Begreifen, dem Entsetzen wich, bemerkte den düsteren Schatten des Selbstvorwurfs. Auch sein Seitenblick auf Lucy entging mir nicht. Ich erkannte, daß er sie nicht verschonen würde, ebensowenig wie sich selbst. Sie wußte es ebenfalls, wußte in dem Moment noch mehr: daß ihre Tage an der Spitze der Buckhead Boys hier zu Ende waren, in all dieser grotesken Leere zwischen vergossenem Kristallblut. Ihre rauchblauen Augen wurden frei vom Wahn, weiteten sich und bekamen vor Panik weiße Ringe. Sie wandte sich an mich.

»Gibby«, wimmerte sie wie ein kleines Kind. »Gibby, bitte...«

»Du hältst den Mund, Shep«, sagte Charlie in einem Ton, den ich an ihm nicht kannte. In seinen Augen standen Tränen, vergrößert von flaschenglas-dicken Linsen. Er war ganz blaß und zitterte. »Klappe, Lucy. Kommt nicht in Frage, daß du jetzt Shep die Schuld in die Schuhe schiebst.«

Er hielt Wort. Er erzählte Billy Trammel, der die glasbesäten Treppen hinaufgeknirscht kam und uns da vorfand, daß Lucy uns zu der Verheerung angestiftet hatte, und er erzählte es erst seinem korrekten und zornigen Vater, der auf die Wache kam, um ihn nach Hause zu bringen, und dann meinem, als er Lucy und mich abholte. Er sagte es nicht, um selbst straffrei auszugehen; Charlie war so offen und ehrlich, daß er bei uns den Spitznamen »der Richter« hatte, und er wußte, daß wir sowieso nicht auf Schonung hoffen konnten. Dazu waren wir zu weit gegangen. Auch er hatte den Blutrausch gekostet und sich dadurch blenden lassen, genau wie wir anderen; er hatte mit uns im ganzen Haus getobt und zerschmettert, zerschmettert. Selbst wenn man ihn durch ein Wunder übersehen hätte, hätte er seine Schuld zugegeben. Und während der gepfefferten Strafpredigt, die wir von Polizeichef Shorty Farr zu hören kriegten, und bei den leiseren, viel verletzenderen Worten, die uns sein niedergeschlagener, gestrenger Vater sagte, sah ich, selbst hinter seinen Tränen – denn wir alle brachen angesichts der elterlichen Vorhaltungen und der Ungeheuerlichkeit unserer Tat zusammen –, die ganze Zeit in seinen sanften braunen Augen eine tiefe Erleichterung, daß es vorbei war, daß er Lucy auf ihren verrückten, verschlungenen Pfaden nicht mehr folgen mußte. Ich sah dieselbe Erleichterung, wenn auch weniger deutlich, in den Augen etlicher anderer.

»Lucy hat angefangen«, sagte Charlie immer wieder. »Aber keiner von uns hat sie daran gehindert. Ich habe als erster einen Stein geschmissen.«

Das war natürlich gelogen, aber bei diesen Worten entstand meine langjährige Zuneigung zu Charlie.

Also kamen Lucy und ich wieder einmal praktisch in Quarantäne, doch diesmal standen auch die Söhne aus mancher anderen Villa in Buckhead unter Hausarrest; obwohl die Strafe strenger war und länger dauerte, machte sie mir weit weniger aus als die Isolierung nach dem Tod des kleinen Jamie. Für mich begann eine kurze Periode als Junge in einer reinen Jungenwelt, eine Zeit, die ich vermutlich nicht erlebt hätte ohne den Arrest und damit die Trennung von Lucy. Wäre dieser Tag nicht gewesen, ich wäre Lucy in ihrem wahnwitzigen Tanz noch als Teenager auf der Highschool gefolgt und weit härter auf dem Pflaster aufgeschlagen, als sie schließlich ihre Hand öffnete und mich in die Freiheit fallen ließ. Doch so verbrachte ich die Tage meiner ausgehenden Kindheit unter Jungen, und einer von ihnen – Charlie Gentry – wurde mein bester Freund.

Die Haft und die wenigen Jahre danach waren die einzige Zeit, in der ich die Unkompliziertheit und Offenheit von Männerfreundschaften erfahren habe.

Für Lucy aber bedeutete der Hausarrest tiefe Einsamkeit, heulendes Elend und Schlimmeres: das Ende ihrer Macht über die Buckhead Boys.

7. Kapitel

Diesmal wurden wir ganz und gar getrennt. Martha und Shem Cater schafften mein Bett, meine Kleider und meine Bücher ins Gartenhaus, ein Ölofen wurde installiert, meine Mutter kam stumm, mit rotverweinten Augen, brachte Wintervorhänge, Zudecken und Kissen und schmückte die verputzten Wände mit Wimpeln vom Georgia Technical College und der University of Georgia, und von da an habe ich im Gartenhaus hinter der Villa gewohnt bis auf den heutigen Tag. Die Schande und Einsamkeit meiner Verbannung kamen mich zwar hart an, aber insgeheim war ich froh über ein Reich für mich allein im schützenden Garten, und ich spürte dumpf und verworfen so etwas wie boshafte Befriedigung darüber, daß dieses phantastische Revier mir allein zukam und Lucy nun verschlossen war. Mein erster Machtbereich, den ich nicht letztlich ihr zu verdanken hatte.

Sie war fast von jedem Kontakt zur Außenwelt abgeschnitten. Eine wütend kreischende Tante Willa verbot ihr jeden Umgang mit mir und den anderen Jungen aus ihrer ehemaligen Bande außer unter Aufsicht bei unvermeidlichen öffentlichen Anlässen wie in der Kirche und später in der Schule. Die Mahlzeiten durfte sie – nach einer Woche Abschottung und Tabletts – mit der Familie einnehmen, und sonntags fuhren wir beide im Chrysler zum Mittagessen in den Club, aber selbst da hatte sie bei ihrer Mutter und der braven Little Lady auf dem Rücksitz zu sitzen, während ich mich vorne zwischen meine Eltern quetschen mußte. Wir durften nicht miteinander reden, und eine Zeitlang versuchten wir es auch gar nicht. Während ihrer Haft sprach Lucy eine ganze Weile mit keinem Menschen und richtete den Blick auf ihren Schoß oder ins Leere.

In der ganzen Zeit hörte ich sie nie weinen, um Schonung bitten oder einen Rechtfertigungsversuch unternehmen. Hätte sie ihre Strafwürdigkeit abgeleugnet, dann hätte ich ihr wohl Rückendekkung gegeben, vielleicht mich selbst bezichtigt, aber uns war, denke ich, beiden klar, daß uns niemand geglaubt hätte. Lucy war zu ganz anderen Dingen fähig als ich, und unsere Familie wußte das. Sie konnte zwar, was oft auch geschah, angesichts der Folgen ihrer Handlungen in Panik geraten, aber nach ihrem strengen Ehrenkodex verbot sich ihr das Betteln um Gnade – während sie leidenschaftlich gegen jede ungerechte Behandlung anderer kämpfte.

Hätte sie doch nur gebettelt! Dann hätte Tante Willa vielleicht ihren erbitterten Willenskampf aufgegeben, der ihre Beziehung zu ihrer Ältesten ein Leben lang prägte, und sich von Lucys großer Verwundbarkeit erweichen lassen. Doch Lucy gab ihr nicht die Chance, und Tante Willa erkannte nichts von alledem. Sie sah Lucy nur als augenfällige Peinlichkeit, als Bedrohung ihrer Stellung im Haus und in der Stadt, eine Bedrohung, die jederzeit zu ihrer Rückverbannung auf die Hühnerfarm in South Georgia führen konnte. Schon vor der Begebenheit im rosa Schloß war Lucy ihr ein Dorn im Auge, ein Stein des Anstoßes gewesen, hatte aber insofern noch einen gewissen Wert gehabt, als mein Vater sie ab und zu mit einer Art Mitleid und Zuneigung behandelt hatte. Doch nun sprach aus seinen Blicken nichts als kühle, gnadenlose Verachtung, und Lucy war von da an für ihre Mutter nur noch die Feindin. Ich habe nie eine Frau so bar jeglicher Mutterliebe erlebt.

Selbst bei völliger Dunkelheit hätte man, glaube ich, gespürt, wenn Lucy mit einem im selben Raum war. Sie verströmte eine solche Energie, daß sie jeden Augenblick zu explodieren drohte, und so viel sprudelnde, brodelnde Lebendigkeit wirkt unvermeidlich beängstigend. Und tief in ihr brannte das Verlangen nach Schutz und Hilfe so stark, daß jede Lektion, die man ihr verabreichte, und jede Strafe, die man ihr auferlegte, ohne Wirkung blieben.

Sie wurde fast ganz aus unserer Gesellschaft verbannt. Selbst als der Arrest aufgehoben war und wir wieder miteinander sprechen durften, blieb für Lucy der Kontakt zu ihrer Mutter, ihrer Schwester, meinen Eltern und mir auf ein Minimum beschränkt. Zu den Kindern von Buckhead hatte sie gar keinen. Tante Willa hätte sie bestimmt in eine Klosterschule gesteckt, wenn es so etwas in Atlanta gegeben hätte und der üble Geruch Roms bei uns nicht tabu gewesen wäre, oder auf ein Internat geschickt, wenn sie es sich hätte leisten können. Es muß ihr in ihrem liebesleeren Herzen einen Stich gegeben haben, als sie das schroffe Angebot meines Vaters annahm,

Lucy tagsüber in eine kleine, snobistische und offenkundig minderwertige Privatschule zu schicken, wo man angeblich junge Damen auf die Highschool vorbereitete, in Wirklichkeit aber – wie allgemein bekannt – lebhafte oder schwierige vorpubertäre Mädchen in strenge Zucht nahm. Und das leise, wissende Lächeln meiner Mutter, als sie ihr den Vorschlag unterbreitete, und der verächtliche Triumph in ihrer Miene, der sich hinter seidigen Fächerlidern verbarg, müssen sie ebenso tief getroffen haben. Doch Tante Willa nahm an.

Dieser Triumph, diese Demütigung waren, glaube ich, der eigentliche Grund für Willa Bondurants Kriegserklärung an Lucy, nicht die Verwüstung des unbewohnten Hauses. Dennoch brachte sie, als sie das Angebot annahm, so viel von ihrer sorgsam antrainierten, bescheidenen Anmut auf, wie sie nur konnte. Besser das Auge ausreißen, das dich ärgert, als Gefahr laufen, daß es irreparablen Schaden anrichtet. Tante Willa war klug genug zu wissen, daß jedes Gerede über Lucy unweigerlich auf sie zurückfallen mußte.

Nach der Schule hatte Lucy eine Stunde zur freien Verfügung, aber da bisher ich und das Gartenhaus oder die von ihr angeführte Jungenbande im Mittelpunkt ihres Interesses gestanden hatten und ihr der Umgang mit den Nachbarkindern strengstens verboten war, abgesehen von ein paar Mädchen in ihrem Alter, die man als passende Kameradinnen ansah, hatte sie praktisch keine Freunde. Lucy ließ die ihr zugedachten kleinen Spielgefährtinnen links liegen, woraufhin sich diese ihrerseits weigerten, mir ihr zu spielen, so daß sie sich die meiste Zeit allein in den leeren Dachkammern aufhielt, wo wir einmal gemeinsam geschlafen, geflüstert, gelesen und unsere bunten, heimlichen Träume geträumt hatten.

Sie muß entsetzlich einsam gewesen sein und sich oft gefürchtet haben, denn die Stille und Abgeschiedenheit der Speicherkammern kam einem, wenn man allein da oben war, undurchdringlich und allumfassend vor; nichts deutete darauf hin, daß sich unten das Leben eines großen Hauses abspielte. Damals hat Lucy in den beengten, stillen Zimmerchen zu schreiben begonnen, aber sie hat mir nie verraten, was. Ihre ersten Sachen hat sie keinem gezeigt. Gelegentlich sah ich ihren dunklen Kopf am Fenster im zweiten Stock, wenn ich vom Gartenhaus zu Charlie in den West Andrews Drive oder zu Ben in die Muscogee Avenue ging.

Anfangs hielt sie in den Tagen der Trennung noch nach mir Ausschau und winkte mir manchmal einen steifen, formellen Gruß zu, und selbst von der Auffahrt aus konnte ich das Blau ihrer Augen in dem weißen Gesicht lodern sehen. Aber sie bedeutete mir nie, zu ihr zu kommen, öffnete nie das Fenster, um mir etwas zuzurufen, und versuchte nicht – wie während unserer Haft nach Jamies Tod –, sich aus ihrem Zimmer ins Gartenhaus zu stehlen. Ich fand, daß sie wunderschön und romantisch aussah, wie eine gefangene Prinzessin in einem verwunschenen Turm, und das Herz wand sich mir vor Sorge um sie in der Brust wie ein Fisch an der Angel. Doch mein Vater hatte auf dem Heimweg von der Wache zu mir gesagt: »Wenn ich dich wieder mal in der Nähe von Lucy erwische, schicke ich sie samt ihrer Mutter und Schwester noch am selben Tag fort«, und ich wußte, daß es ihm bitterernst war.

Ich habe ihn noch nie so wütend auf mich erlebt wie an dem Tag. Er brüllte nicht, konnte nicht einmal sprechen, und sein sonst so rotes Gesicht mit der aus Ärger über mich gerunzelten Stirn war dieses Mal ganz weiß und starr. Die kleinen blauen Augen waren richtig blaß, wie ausgebleicht von der Säure seines Zorns, und sein Atem ging so heftig und schnell, daß ich schon fürchtete, er würde irgendeinen Anfall kriegen und sterben. Meine Mutter kam mit Geheul und Getue und Getätschel – erst strich sie mir über die Wangen, dann über die Schultern und dann durch meine zerzausten Haare, bis ich ihr die manikürten Hände hätte wegschlagen mögen –, übermittelte meine Strafbedingungen und skizzierte das Leben danach. In der Hauptsache bestand beides darin, Lucy aus dem Weg zu gehen. Man verlangte von mir, nach der Schule und in den Sommerferien zu arbeiten, um meinen Teil zur Reparatur der Fenster im rosa Schloß beizutragen, aber das war zu erwarten gewesen und nicht weiter schlimm. Ich wußte, daß das auch die anderen Jungen machen mußten. Außerdem sollte ich ins Gartenhaus ziehen, und darüber freute ich mich so, daß ich die Augen schloß, damit meine Eltern es nicht merkten und die Anweisung zurücknahmen. Sie dachten, sie könnten mich durch die Trennung von Lucy in die Knie zwingen, und für eine Weile hätte es auch beinahe geklappt.

Ich glaube, damals hat mich mein Vater ohne allzu großes Bedauern schlicht und endgültig abgeschrieben, denn von da an gab er seine ständige Krittelei an meinen Beschäftigungen, Interessen und Unzulänglichkeiten auf, und gleichzeitig fing meine Mutter ernstlich mit ihrer Vergötterung und ihrem Getue an. Er verzichtete auf die Planung meines künftigen Studiums am Georgia Technical College oder – ein minderer, zweitrangiger Ort – an der University of Georgia, und sprach so gut wie nie mehr davon, mich an die Verwaltung unserer Grundstücke heranzuführen. Sie versuchte jetzt erst recht, einen richtigen kleinen Prinzen aus mir zu machen. Ich hätte mich über die Hintertreppe zu Lucy in den Turm flüchten, Briefchen und Bücher zu ihr schmuggeln oder zuallermindest die tiefe, heimliche Zwiesprache mit ihr führen können, die wir früher beim Essen und im Gottesdienst stets mit Blicken unterhalten hatten. Sie aber sah mich weder an, noch redete sie, und außerdem wußte ich genau, daß mein Vater seine Drohung wahrmachen und sie wegschicken würde. Der ritterliche Heilige regte sich noch in meiner Brust, doch sein Schild war verlorengegangen, seine Lanze zerbrochen. Nach einiger Zeit legte ich sie nieder und rettete mich frohgemut in die Kindheit.

Als erstes freundete ich mich mit Ben Cameron an. Daraus entwickelte sich zwar keine so reife, fruchtbare Freundschaft, wie sie mich später mit Charlie Gentry verband, doch ich genoß die Vorzüge einer Beziehung, die sich schmerzfrei und unkompliziert aus flachen Wurzeln nährte. Ich lernte Ben nie wirklich kennen. Das ist, glaube ich, keinem außerhalb seiner Familie gelungen, und die kannte ihn, wie sich herausstellen sollte, vielleicht am allerwenigsten. Julia Randolph jedenfalls, die Bens feste Freundin wurde, als er gerade sechzehn war, und die er kurz nach Abschluß seines Studiums heiratete, kannte ihn mit Sicherheit nicht, obwohl sie es glaubte. Aus der Ehe gingen zwei Söhne hervor, die Ben abgöttisch liebte und mit denen er noch einmal zum kleinen Jungen wurde. Mir gefiel die Vorstellung, daß wenigstens sie ihn so gut wie überhaupt möglich gekannt haben; aber wenn, dann haben sie den Vater in ihm gesehen und geliebt, nicht den Mann.

Nun ja, es spielt auch keine Rolle, denn Bens überschwenglicher Charme und sein glänzender, sardonischer Witz machten seine Verschlossenheit wett. Er begeisterte sich für vielerlei und auf sprunghafte Weise; im Februar ließ er die Murmeln klickern, im März auf dem Golfplatz herrliche, selbst gebaute Drachen steigen und im Frühlingswind tanzen, und kaum versuchte man, beim Wettschwimmen im Driving Club mit ihm mitzuhalten, flog er auch schon zur Herbstzeit auf Rollschuhen dahin. Er teilte großzügig sein Talent und war ein gewandter Lehrer, doch war er so leicht und durchtrainiert, so voll Kraft und Anmut und bewegte sich so flüssig, harmonisch und tänzerisch, daß es ihm keiner von uns gleichtun konnte; ehe wir in der einen Kunst, die er uns beibrachte, passabel waren, hatte ihn bereits die nächste Leidenschaft erfaßt.

Er war der geborene Tänzer; Sarah und Dorothy Cameron haben beide öfter gesagt, es sei doch ein Jammer, daß Ballettänzer als weibisch gälten, denn Ben hätte ein Star werden und eine Million Dollar verdienen können. Er zuckte dann die Achseln, errötete bis an den kupfernen Haaransatz und lachte, aber es stimmte. Ben auf dem Tanzboden war ein Glanzlicht, ein Feuer, das unsere Schulzeit überstrahlte. Die Mädchen drängelten sich und standen Schlange danach, mit ihm den Jitterbug zu tanzen. Ben aber verabscheute Gesellschaftstänze, besuchte die Tanzschule nur auf Bitten der kleinen, schüchternen Sarah als ihr Begleiter und weigerte sich schließlich, weiter hinzugehen. Dorothy drängte ihn, und Sarahs große Augen füllten sich bei der Aussicht, sich allein in den kleinen Übungskotillon wagen zu müssen, mit mühsam zurückgehaltenen Tränen, doch das war einer der seltenen Fälle, bei denen sich Bens Vater seiner Mutter gegenüber durchsetzte.

»Um Himmels willen, Dottie, laß ihn doch zufrieden«, sagte er, als ich einmal drüben in der Muscogee Avenue bei Ben zur Mathenachhilfe war und seine Mutter ihn dazu überreden wollte, Sarah am Abend in die Tanzstunde zu begleiten. »Tanzen soll so viel Spaß machen, wie es in Kleidern möglich ist. Wenn er keine Lust hat, soll er es bleiben lassen.«

»Aber ein Junge muß tanzen können«, erwiderte Dorothy. »Das ist eine absolut unerläßliche soziale Fähigkeit.«

»Ben kann es besser als jeder andere«, antwortete ihr Mann, und die grauen Augen – sie hatten die gleiche Farbe wie die seines Sohnes – ruhten mit so unverhohlener Liebe auf Ben, daß mir auf einmal Tränen in die Augen traten. »Er will halt nicht. Reicht es nicht, daß er schwimmt, Fußball, Baseball, Tennis und Klarinette spielt und Zeichnungen macht? Ganz abgesehen von seinen guten Noten? Was braucht er mehr?«

Ben wurde rot und schlich sich rückwärts aus dem kleinen Raum, in dem seine Eltern saßen, und Dorothy Camerons Blick fiel auf mich. Ich folgte Ben nicht; damals wie seither fühlte ich mich zu den Camerons hingezogen wie ein frierendes, hungriges wildes Tier zum Feuer und wärmte mich an ihrem Licht.

»Shep begleitet Sarah zur Tanzstunde, das machst du doch, Shep?« fragte Dorothy und lächelte mich an. Mit ihrem warmen Blick musterte sie mich Zentimeter für Zentimeter, und ich fand Gnade vor ihren Augen. Es war ihr, wie auch Sarah, gegeben, einen zu durchschauen und einfach so zu mögen, wie man war, sogar zu lieben; nichts von einem zu verlangen, einem vielmehr etwas zu schenken. Ich konnte zwar einigermaßen tanzen, war aber schüchtern, mochte den engen Kontakt zu Mädchen nicht und suchte ständig nach Ausreden, die auch meiner Mutter einleuchteten, um nicht zur Tanzstunde zu müssen. Doch für Dorothy Cameron wäre ich auch allein im Fox Theater vor ausverkauftem Haus auf der großen, nackten Bühne aufgetreten, und außerdem mochte ich die heitere, schelmische kleine Sarah.

»Na klar«, antwortete ich. »Sarah ist heute abend die Dame meiner Wahl.«

Ich grinste Sarah an, und sie errötete und lächelte ihr sanftes, dreieckiges Kätzchenlächeln.

»Danke, Shep«, erwiderte sie, zog das Kinn ein und verschwand auf Bens Spuren die Treppe hinauf.

»Wochenlang wird sie auf Wolken schweben«, sagte Dorothy, »sie ist in dich verschossen, seit sie denken kann, weißt du.«

Bei all seiner Großmut und fast exaltierten Geselligkeit war der junge Ben Cameron doch Stimmungen unterworfen, und manchmal suchte er richtiggehend körperlich Abstand, erhob sich sacht wie eine Katze, tappte aus dem Zimmer und ließ die gemeinsame Arbeit auf dem Schreibtisch liegen. Oder aber er zog sich nur innerlich zurück; man konnte noch immer mit ihm sprechen und kriegte auch eine Art Antwort, doch der eigentliche Ben Cameron befand sich irgendwo hinter den klaren, grauen Augen.

Dann wirkte er nicht mehr wie ein Kind. Man konnte Ben als Mann sehen, und es kam mir nicht so vor, als sei dieser Mann glücklich, ohne daß ich den Grund hätte benennen können. »Was braucht er mehr?« hatte Ben Cameron senior über seinen Sohn gesagt. Wäre er anders gewesen, hätte er dann den Abgrund hinter seinen Worten erkannt? Wäre dann alles anders gekommen? Ich weiß es nicht.

Aber ich erkannte damals mit großer Klarheit, daß Ben noch etwas brauchte, etwas Lebenswichtiges. Doch was, wußte ich nicht.

Ben gab mir nicht nur Nachhilfe in Mathematik, er schenkte mir auch eine der großen, beständigen Leidenschaften meines Lebens, schenkte sie mir mit der Offenheit und Selbstverständlichkeit, mit der er seine Meisterschaft in Murmelspiel, Tanz und Drachensteigenlassen mit mir geteilt hatte. Er erlaubte mir, auf seiner Klarinette herumzukauen und -zujaulen, die er mit derselben mühelosen Könnerschaft beherrschte wie alles andere, was er anfing. Zwar erreichte ich technisch nie Bens Virtuosität, doch die Leidenschaft für das Instrument erfaßte mich mit größerer Gewalt, sobald ich den schweren Ebenholzzylinder in Händen hielt und den rauchigen Persimonengeschmack des schlüpfrigen, zerbissenen Blattes auf der Zunge spürte. Noch ehe ich dem Instrument den ersten schrillen Pfeifton entrungen hatte, war ich geködert; ich lag meiner Mutter so lange in den Ohren, bis ich meine eigene glänzend neue Klarinette bekam, die ich mir an einem wunderbaren Frühlingsnachmittag noch in derselben Woche aussuchen durfte. Ich wurde dreimal die Woche von dem resignierten, strengen, zierlichen Mann unterrichtet, der auch Bens Lehrer war, und lernte rasch, ohne sonderlich begabt zu sein, da ich mit solchem Feuereifer übte, daß mich meine musikalische Leistung noch vor Ende des Sommers zufriedenstellte.

Der Tag, an dem die Klarinette für mich zum Leben erwachte, wird mir immer unvergeßlich bleiben. Ich war allein am See in Tate, lag auf dem Rücken im hohen Gras und dudelte vor mich hin. Das Mundstück vibrierte glatt und blechern an meinen Zähnen, während ich einen Rotschwanzbussard über dem Burnt Mountain kreisen sah und an gar nichts dachte, innen leer und still war. Und da ergoß sich auf einmal »Frenesi« aus dem Instrument wie warmer Honig, voll, silbrig und tadellos. Ich schrak heftig zusammen und drehte mich um, ob mich einer beobachte, dann legte ich die Klarinette hin, verschränkte die Arme unter dem Kopf und weinte.

Mathematik und Musik. Zwei vollkommen wahre Gegenstände, die mein sind und die ich ohne Ben Cameron nicht kennengelernt hätte. Wenn ich jetzt an ihn zurückdenke, spüre ich jenseits von Schmerz und Wut immer eine tröstliche Dankbarkeit. Ben; Ben mit den grauleuchtenden Augen und dem glühenden Herzen. Ich kann Atlanta nicht vergeben, was es Ben angetan hat.

Charlie Gentry, mein anderer Jugendfreund, wurde ein Freund fürs Leben. Ich kenne Charlie, seit ich denken kann. Unsere Krankheiten waren das erste, das uns verband; unsere Mütter besuchten mit uns denselben Kinderarzt, bei ihm wegen Diabetes und bei mir wegen Asthma. Und da unsere Familien beide aus Buckhead waren und sich unsere Eltern aus dem Club und der Episkopalkirche Saint Philip's kannten, ergab es sich fast von selbst, daß wir oft miteinander spielten.

Zum einen wies uns unser Gebrechen in der streng männlichen Gesellschaft, in der wir lebten, eine Zuschauerrolle zu. Zum andern verband uns bald nachhaltig unser Status als »andersartiges« Kind, als Außenseiter. Charlie und ich verstanden einander gleich, als wir uns in Dr. Forrest Davenports Praxis zum ersten Mal mit Kinderaugen betrachteten, und dieses Gemeinschaftsgefühl blieb uns, mit kurzen Unterbrechungen, bis ins Erwachsenenalter erhalten. Zwar befreundeten wir uns erst in dem Sommer enger, in dem Lucy und ich voneinander getrennt wurden, aber insgeheim ahnten wir beide von Anfang an, daß es dazu kommen mußte. Ich erinnere mich an Situationen in meiner frühen Kindheit – damals behinderte mich noch das Asthma, das um meinen zehnten Geburtstag herum verschwand, und machte mich zum schüchternen Eckensteher –, wie ich über eine Bande schreiender, raufender Kinder hinweg in Charlie Gentrys ernste braune Augen sah und mich ein stiller Friede, ein magischer Trost erfüllte. »Später«, sagten unsere Blicke zueinander, »später«.

Unsere Freundschaft wäre vermutlich schon wesentlich früher zustande gekommen, wenn Lucy nicht bei uns eingezogen wäre. Denn, wie gesagt, Charlie mochte sie nicht, und das beruhte offensichtlich auf Gegenseitigkeit.

Er belegte sie als erster mit einem Schimpfnamen, und das sah Charlie so wenig ähnlich, daß alle, die dabei waren, zutiefst schokkiert waren und den häßlichen Zwischenfall lange in Erinnerung behielten. Es geschah beim Ostereiersuchen; wir alle umringten Lucy voll andächtigen Staunens, die, mit den grimmig gerüschten neuen Organdyröcken über dem Kopf, in den Knien am Ast einer würdigen Eiche mit tief heruntergebogenen Zweigen baumelte, in ihrer Hand an einem Band das vergoldete Ei, der Hauptpreis, den sie sofort gefunden hatte.

Die Kinderschar unter ihr war verstummt vor Ehrfurcht, in die sich eine abergläubische Scheu mengte... Schließlich hatte Lucy genau gewußt, wo das Ei lag, und war schnurstracks hingelaufen, oder etwa nicht? Wirkte sie nicht, kopfüber in der flimmernden Luft, wie ein Geist, der geradewegs aus einem verzauberten Ort mit Namen New Orleans zu uns herabgekommen war, ein Geschöpf ganz aus Licht und Glimmer? Ich entsinne mich, daß lange Zeit keiner sprach, dann ließ sich Charlies schroffe Stimme klar und sachlich vernehmen: »Ach was, da ist gar nichts dabei. Das kann doch jeder, sich von so 'nem ollen Baum runterhängen lassen. Sogar ein Bastard. Sie ist ja bloß ein Bastard aus dem Drecksnest New Orleans.«

Das hatte auf Lucy eine verblüffende Wirkung. Wie der Wind war sie vom Baum herunter, ging auf Charlie los und drosch mit ihren kleinen Fäusten, die Augen vor Wut fest zusammengekniffen, das Gesicht rot-weiß gesprenkelt, auf ihn ein. Tränen stauten sich zu einem Kloß in ihrer Kehle. Sie schlug Charlie lautlos zu Boden, daß er rücklings ins satte grüne Gras stürzte und Nasenbluten bekam, und ließ erst von ihm ab, als ich sie von hinten an den Armen packte. Ich war einerseits beeindruckt, andererseits peinlich berührt. Beeindruckt, weil ich noch nie ein Mädchen einen Jungen hatte verhauen sehen, erst recht keinen, der zwei Jahre älter war als sie, und peinlich berührt, weil es gegen unseren Ehrenkodex war, die Hand gegen Charlie zu erheben, der nicht nur Brillenträger war, sondern auch so was Schlimmes hatte, daß er jeden Tag Spritzen kriegen mußte.

Lucy erklärte nicht, was in sie gefahren war, Charlie so zu attakkieren, und sie wollte nie mehr viel mit ihm zu tun haben. Es schien ihm nichts auszumachen; er war offenbar eher erleichtert darüber.

Ich weiß noch, daß ich, kurz bevor wir heimfuhren, zu Charlie gegangen bin und ihn leise gefragt habe: »Was ist das eigentlich, ein Bastard?«

»Das heißt, daß sie keinen richtigen Papa hat«, antwortete er.

»Quatsch, na klar hat sie einen. Er ist zwar nicht da, aber sie hat bestimmt einen. Er ist in New Orleans oder so. Sie ist ganz wild auf ihn. Redet in einer Tour von nichts anderem.«

»Ich habe aber genau gehört, wie meine Mutter das zu Mrs. Goodwin gesagt hat«, erwiderte Charlie störrisch. »Und wenn es nicht stimmen würde, würde sie so was garantiert nicht sagen.«

Ich wußte zwar, daß er sich irrte, widersprach ihm aber nicht. Es war begreiflich, daß er sich seiner Sache so sicher war. Charlies Mutter wäre eher am hellichten Tag nackt durch die Innenstadt spaziert, als eine Lüge über die Lippen zu bringen.

Von all den Leuten meiner Bekanntschaft, die als »gute Menschen« galten, einschließlich Ben und Dorothy Cameron, waren Charlies Eltern die bei weitem heiligmäßigsten. Die Luft um sie herum war so geschwängert vom Geruch der Frömmigkeit, daß einem in ihrer Gegenwart sogar schmutzige bloße Füße unchristlich vorkamen. Marianne Gentry hielt die Sonntagsschule ab, sang im Kirchenchor von Saint Philip's, war Vorsitzende des Sankt-Rhoda-Vereins und Chefin des kircheneigenen Secondhandladens, in dem die abgelegten Kleider der Damen von Buckhead zu stark reduzierten Preisen abgegeben wurden an die wenig dankbaren, bedürftigen Kundinnen aus der »Stadt«, dem Zentrum von Atlanta; in ihrer Freizeit malte sie Jesusköpfe in Flamingorosa auf Porzellanteller. Als sie schließlich der Porträtmalerei entsagte und sich auf sakrales Makramee verlegte, hatte jedes frisch gebackene Ehepaar in ganz Buckhead so einen Jesusteller. Sie war die erste, die, eine Kasserolle unterm Arm, nach dem Ableben eines Angehörigen vor der Tür stand, ja, so unheimlich es klingt, fast war es, als erschiene sie noch vor dem ersten Todesröcheln.

Ben Cameron sagte einmal zu Dorothy: »Wenn bei uns eines Tages Marianne Gentry mit einem Topf Hühnerpastete vor der Tür steht, dann geh schnurstracks zur Bank und mach unser Schließfach leer, bevor das Finanzamt es versiegeln läßt. Bei deiner Rückkehr wirst du mich sicherlich nicht mehr unter den Lebenden antreffen.«

Charlies Vater, Thaddeus Gentry, war Hauptaktionär der Coca-Cola Company; es hieß stets, er sei »im Geschäft«, aber was das genau für ein Geschäft war, habe ich nie erfahren, so eng Charlie und ich uns auch anfreundeten und sooft ich in seinem Haus in der West Andrews Drive zu Gast war. Mr. Gentry hatte sein Büro in der Stadt; er ließ sich von einem verhutzelten, blauschwarzen Zwerg von Neger fahren, der immer nach White-Rose-Schnupftabak roch und vom vielen Schnupfen schon eine Geschwulst an der Oberlippe hatte. Heute glaube ich, daß Thad Gentry eine Art philanthropische Familienstiftung betrieb, denn jeder wußte, daß er den Armen gab, was er geben konnte, und die Bezeichnung »christlicher Geschäftsmann« mit demselben Stolz trug wie sein Rotarierabzeichen. Mit seiner aggressiven Fröhlichkeit brachte er die Luft um sich herum zum Zittern, und wenn er einem über den Weg lief, schmetterte er jedesmal: »Sei glücklich! Jesus liebt dich!« Er war rundlich und untersetzt, trug wie Charlie eine dicke Brille, hatte fleischige, schmatzende Fischlippen und verschenkte mit derselben Lust sein geheiligtes Geld, mit der er klamme Onkelfinger auf junges Mädchenfleisch legte. In solchen Fällen lächelten die Mädchen dünn, und Marianne Gentry lächelte dünn, und er zitierte fröhlich eine Zeile aus dem Hohen Lied Salomos, ohne dabei freilich so weit zu gehen, die Stelle mit den Brüsten wie Rehzwillinge anzuführen.

Ich habe nie begriffen, worauf er mit seinen grapschenden Pfoten und seinen Stielaugen eigentlich aus war, aber der sensible Charlie verstand es bestimmt. Und Charlies kleine Schwester Caroline vermutlich auch. Ich sah, wie ihr die dunkle Röte in die Wangen schoß, wenn ihr Vater seine Hand auf die Schultern einer ihrer Spielkameradinnen legte. Caroline hat sich später revanchiert: Angefangen mit dem legendären Boo Cutler aus Buckhead, arbeitete sie sich die Ostküste hoch bis nach New York, wo sie mit fünfundzwanzig bereits den zweiten Ehemann ergattert hatte. Ich glaube, heute wohnt sie in Barbados in einer von ihrem soundsovielten Mann geerbten Villa. Tante Willa zieht ständig kopfschüttelnd über sie her, aber alles in allem, glaube ich, hat Caroline nicht wenig für sich erreicht. Jedenfalls verglichen mit denen von uns, deren Gesellschaft sie floh.

Als Charlie und ich uns anfreundeten, waren die Gentrys reich, aber in Charlies erstem Jahr als Jurastudent auf dem Emory College spendete Thad Gentry in einem Anfall geistiger Verwirrung voll Begeisterung seine sämtlichen Coca-Cola-Aktien an einen schwarzen Fernsehprediger namens Reverend Buddy, und Charlie und seine Mutter mußten sich unversehens ziemlich einschränken.

»Man sollte meinen, der Schwachkopf hätte wenigstens so viel Verstand gehabt, den Schotter an Billy Graham zu verschenken«, sagte Charlie milde, aber ich wußte, daß die Sache für ihn eine Katastrophe war.

Er setzte sein Jurastudium im Abendunterricht fort und arbeitete tagsüber bei Coca-Cola, um seine Mutter zu unterstützen und die große Villa im italienischen Stil zu unterhalten. So begann der allmähliche, unmerkliche Niedergang Marianne Gentrys.

Dorothy Cameron hielt so viel vom – wie sie es nannte – »gesunden Menschenverstand«, daß sie ihn mit Vorliebe gegen alle Übel dieser Welt wie eine Schlammpackung applizierte. Wegwerfend meinte sie: »Marianne Gentry hat nicht für drei Pfennig Verstand. Ich finde, Frömmigkeit ohne einen Funken gesunden Menschenverstand ist keinen Pfifferling wert.«

Ich weiß aber, daß sie und Ben für die Grundsteuer des Gentryschen Hauses aufkamen, bis Charlie auf eigenen Beinen stand. Sie hatten viel für Charlie übrig.

Wie Charlie es fertiggebracht hat, so heil zu bleiben, sich seine heitere, pragmatische Integrität zu bewahren, die ihn in meinen Augen stets über uns andere erhob, ist mir ein Rätsel. Die wenigsten Menschen sind von allein selbstlos. Vielleicht wurde er so stark, weil er mühsam lernen mußte, mit seiner Zuckerkrankheit zu leben. Charlie hatte nichts von der Frömmelei und dem Fanatismus seiner Eltern an sich. Er war von einer rührenden Anständigkeit, und aus seinen kurzsichtigen Augen strahlten Liebe und Frohsinn. Dabei war er alles andere als fromm. Er war eher still und skeptisch. Wenn er entspannt war und seinem lieben, häßlichen Froschgesicht der sarkastische Ausdruck fehlte, wirkte er fast phlegmatisch. Er hatte früh gelernt, seine Verletzlichkeit unter einer freundlichen, lässigen Passivität zu verbergen, die gut mit seinem kurzen, stämmigen Körper harmonierte. Aber ich wußte, und mancher andere sollte es noch erfahren, daß unter dieser unscheinbaren Hülle ein großes, leidenschaftliches Herz schlug.

Eines Märznachmittags – Lucy stand immer noch unter strengem Hausarrest, und Charlie und ich hatten gerade begonnen, gemeinsam herumzuziehen – wurde ich erstmals Zeuge dieser Leidenschaft, vielleicht ihrer Geburt. Die Nacht zuvor hatte ein grämlicher, verspäteter Schneesturm gewütet, und Marianne Gentry hatte Charlie, der sich leicht erkältete und zu Infektionen neigte, verboten, nach draußen zu gehen. Also blieb uns nur der Speicher mit seinen düsteren Zimmerfluchten, ähnlich denen in unserem Haus, wo wir gelangweilt in alten Kisten kramten. Charlie war wie ich eine Leseratte – seine Lektüre beschränkte sich allerdings auf populärwissenschaftliche Werke und Abenteuerbücher wie die Hardy Boys und Big Little Books, die er stapelweise herumliegen hatte – und dazu ein passionierter Flugzeugmodellbauer. Die Flieger hingen bei ihm im Zimmer wie sperrige, getrocknete Insekten, und seine Hände rochen immer nach Spannlack. Er hatte für Träumereien und Phantastereien nicht viel übrig und für das Herumstöbern auf dem Speicher noch weniger. Ich weiß nicht, wie wir damals auf die Idee gekommen sind. Wahrscheinlich, weil es immer noch interessanter war als Monopoly, das wir unten auf Drängen seiner Mutter mit der quirligen kleinen Caroline hätten spielen sollen. Kiste um Kiste barg nichts als zerschlissene, mürbe alte Klamotten, Hüte, Sammelalben und Wäsche; Fetische manch gelebten Lebens, die mich heute tief bewegen würden. Aber damals waren sie für uns bloß alt. Alt und dreckig. Und ich mußte davon so schrecklich husten, daß ich einen meiner seit langem schlummernden Asthmaanfälle fürchtete, eine Attacke auf meine Kehle und Brust wie von einem bösartigen kleinen Terrier.

»Gehn wir nach unten«, sagte ich. »Von dem Zeug hier muß ich so husten.«

»Gleich«, antwortete Charlie. Im schmutzigen Gesprenkel des durch die Dachluken fallenden Eislichts leuchtete sein Gesicht hell und weiß wie eine geweihte Kerze.

Ich senkte den Blick auf das, was er in den Händen hielt. Eine graue Wolluniform, verschossen, fleckig und vor Alter so steif, daß er sie kaum noch auseinanderfalten konnte; selbst im nachmittäglichen Dämmerlicht war zu erkennen, daß die verblichenen Litzen und Knöpfe und das rostzerfressene Koppelschloß an dem knarrenden alten Gürtel einmal vergoldet gewesen waren. Darunter in der Kiste eine flache Feldmütze, und darunter, eingewickelt in eine Bahn gelber, mit Fransen besetzter Seide, die vielleicht eine Schärpe gewesen war, ein angelaufener, rostiger Säbel.

Charlie kauerte ganz still vor der Truhe, den Säbel wie eine Opfergabe in den ausgestreckten Händen, und aus seinem veränderten Gesicht las ich, daß er für immer sein Herz verloren hatte.

»Hat meinem Urgroßvater gehört«, sagte er mit einer Stimme wie beim Beten oder beim Liebesspiel. »Er ist in der Wildnis umgekommen. Ich kenne ein Bild von ihm. Er hat ganz anders ausgesehen als alle anderen in unserer Familie. Ich bin nach ihm getauft. Charles Beauchamp. Ich hatte keine Ahnung, daß das da hier oben ist.«

»Mensch, zeig mal!« Ich streckte die Hand nach dem Säbel aus. Er riß ihn an sich, weg von mir.

»Nicht«, sagte er, und seine Stimme klang so komisch, daß ich ihn verblüfft anstarrte. Sein Gesicht glühte wachsweiß im Speicherdämmer, und in seinen dunklen Augen blinkten Tränen. Durch die dikken Brillenlinsen vergrößerten sie sich zu einem wahnsinnigen Glitzern. Ich ließ die Hände sinken.

»Bestimmt ist der nicht mal von deinem Urdingens«, sagte ich trotzig, denn die Abweisung hatte mich gekränkt, und das seltsame Leuchten war mir unheimlich. »Ich glaub', wenn es seiner wär, hättest du bestimmt gewußt, daß er hier oben ist. Wetten, daß das bloß irgend 'ne alte Uniform ist, die jemand vergessen hat wegzuwerfen, bevor ihr das Haus gekauft habt. Wetten, daß der alte Knacker irgendwo bei Macon an der Ruhr oder so was draufgegangen ist?«

Charlie wandte sich mit seinem verzückten, strahlenden Lächeln zu mir um, als wäre ich eine lästige Mücke, strich mit den Händen über den Säbel, streichelte den brüchigen Stoff der zusammengefalteten Jacke, fuhr zärtlich mit dem Finger an den Umrissen der kaputten Mütze entlang. Er handhabte die Sachen so liebevoll und sacht wie ein Blinder, der seiner Geliebten über das Gesicht streichelt.

»Die Sachen sind von ihm«, sagte er mit derselben seltsamen Stimme, wie von weither. »Ich kann ihn spüren. Ich spüre, wie sein Blut da drin mit meinem zusammenläuft.«

Im schwindenden perligen Licht sträubten sich mir die Haare im Nacken, und ein Schauer überlief mich wie bei einem Boris-Karloff-Film. Mir gruselte vor dem riesigen leeren dunklen Speicher hinter mir. Die Tür ins warme, beleuchtete Unten schien meilenweit weg.

»Herrgott, Charlie«, flüsterte ich. »Das find ich gar nicht witzig.«

Er gab keine Antwort. Ich glaube, er hörte mich gar nicht. Behutsam holte er den steifen grauen Rock aus der Kiste, breitete ihn über seine Knie und hielt ihn sich an die schmalen, zarten Schultern. Selbst im letzten Licht sah ich die große, dunkle Todesblume auf der linken Brust. In der Mitte saß ein sternförmiges Loch. Mein Atem ging langsam, stockend. Charlie betrachtete seinen Fund eine Weile und legte zärtlich den Zeigefinger auf den Fleck.

»Das ist Blut von ihm«, sagte er. »Da ist das Geschoß rein. Eine Miniékugel. Sie muß dringeblieben sein, weil am Rücken kein Loch ist.«

Auf einmal vergrub er das Gesicht in dem Rock, und seine Schultern zuckten in stummem Weinen. Die unirdische Kälte wich aus der Luft. Ich rutschte auf dem Hintern über den staubigen Boden und legte die Arme um ihn.

»Hey«, sagte ich. »Heul doch nicht. Das ist schon ganz lang her. Sei nicht so traurig.«

»Ich bin ja gar nicht traurig.« Charlie wandte mir sein feuchtes, schimmerndes Gesicht zu. »Ich bin glücklich. Das ist... das ist richtig großartig.«

Von dem Tag an wandelten Charlie und ich gemeinsam auf den Spuren der Geschichte.

Im ganzen Land gibt es sie, die Andenkensammler, ein kleines Heer, ein lächerlicher und etwas rührender Haufen von Enthusiasten, die ihr Leben und oft ihre ganze Habe darauf verwenden, die Schlachtfelder des Bürgerkriegs abzusuchen, Metalldetektoren in der Hand und Geschoßhülsen mit und ohne Ladung im Kofferraum. Sie kommen aus dem Norden wie dem Süden, dem Osten wie dem Mittelwesten, kommen aus allen Schichten und sind die seltsamste, bunteste Bruderschaft, die man sich vorstellen kann, nur verbunden durch jene tiefe, unstillbare Sehnsucht, wie sie nun aus Charlies Augen sprach. Sie nehmen in Kauf, daß man sie einsperrt wegen unbefugten Betretens historischer Schlachtfelder oder Grabens auf öffentlichem und privatem Land und opfern oft Ehe und Familie ihrer Manie. Manche kommen um Arme und Beine oder gar ums Leben, wenn eine vor hundertdreißig Jahren abgefeuerte Kugel schließlich ein Ziel findet. Jetzt war Charlie einer von ihnen. Zwar sollte er eines Tages der Chef einer der großen wohltätigen Stiftungen des Landes werden, Millionen von Dollars verteilen und viel Gutes tun, doch die Jagd nach den Spuren der Geschichte blieb, mit einer Ausnahme, bis zu seinem Tod seine größte Liebe.

Um Atlanta liegen etliche Schlachtfelder, Schauplätze eines längst vergessenen Krieges, über den jedoch die meisten von uns gebürtigen Atlanter weit besser Bescheid wissen als über das, was sonst noch in den Geschichtsbüchern steht, und in den Tagen meiner ausgehenden Kindheit, wenn ich mich auf Charlies staubigen Spuren in die verträumte, sonnendurchglühte Stille des Kennesaw Mountains oder des alten Parks in der Peachtree Battle Avenue begab, erwachte er für mich zu neuem Leben. Und wenn wir eine echte Miniékugel oder ein Koppelschloß fanden, erfüllte mich fast dasselbe Feuer der Begeisterung wie ihn.

Allerdings verlor sich mein Enthusiasmus, sobald wir das Schlachtfeld verlassen hatten und zum Abendessen heimgingen. In Charlie dagegen brannte die Flamme stets weiter unter seinem scheinbaren Gleichmut, und obwohl ich seine Begeisterung nicht in allem teilte, war ich doch stolz darauf, daß er unter all den Buckheader Jungen gerade mich als Begleiter gewählt hatte. Mich und Sarah Cameron.

Es dauerte Jahre, ehe sich Charlie, gehemmt durch seine Außenseiterrolle und seine Schüchternheit und durch die puritanische Prüderie seines Elternhauses, zum Umgang mit unserer elitären Highschool-Clique entschließen konnte, jenen kokett ausstaffierten jungen Leuten, die sich die Pinks und Jells nannten. In der Pubertät begannen die reizlosen kleinen Mädchen, die wir seit Urzeiten kannten, auf einmal mit Herumalbern und Flirten; Werbung und Eroberung wurden ihr Lebensinhalt, der für manche von ihnen auch später erste Priorität behielt. Einige wenige von uns – ich, Pres Hubbard und vor allem Charlie – wollten daher mit den legendären Pinks von Buckhead nicht viel zu tun haben – im Gegensatz zu den anderen Jungen, die in dieser Ära des Übermuts, ja der Ausschweifung heranwuchsen. Sarah Cameron war die Ausnahme für uns.

Soweit ich denken kann, hat sie immer an all unseren Unternehmungen teilgenommen, geradeso, als wäre sie ein kleiner Junge, abgesehen von den etwa zwei Jahren, in denen wir mit den Buckhead Boys Lucy Gefolgschaft leisteten. Als Charlie und ich später in selbstvergessener Zweisamkeit herumzogen, wurde allein Sarah als Dritte im Bunde zugelassen.

»Wo steckt denn Sarah?« fragte ich, wenn wir morgens zu einem Ausflug an den Peachtree Creek aufbrachen.

»Warte mal, Sarah ist noch nicht da«, sagte Charlie, wenn wir den Wald hinter dem Gartenhaus durchstreifen wollten.

Wahrscheinlich lag es daran, daß uns nichts an der kleinen Sarah bedrohlich oder befremdlich vorkam. Sie strahlte Natürlichkeit aus und mitreißende Fröhlichkeit. Sie war eine so tüchtige, großherzige Gefährtin, wie sie sich ein Junge nur wünschen konnte, ein Mädchen zum Pferdestehlen; nichts an ihr war dunkel, rätselhaft, geheimnisvoll. Ihr Lächeln strahlte vor Offenheit, ihre sherrybraunen

Augen hatten einen warmen, liebevollen Ausdruck. Mit ihrem straffen, geschmeidigen braunen Körper beherrschte sie die tausenderlei Sportrituale des Kindheitsreigens besser als wir, und ihr flinker Verstand flitzte mit uns mit und vor uns her wie ein Tümmler im warmen Wasser.

Egal, was wir unternahmen, Sarah war ganz Begeisterung und Tüchtigkeit. Sie hielt bei jedem unserer Spiele, jedem Sport mit und war uns in mancher Hinsicht so überlegen, daß wir einen anderen mit ihrem Talent sicher darum beneidet hätten. Doch Sarah, die das ausgeprägte Einfühlungsvermögen ihrer Mutter besaß, nutzte ihren Vorsprung nie aus. Im Wasser war sie eine Nixe, eine Lust fürs Auge, und sie sah wunderschön aus beim Sprung, am höchsten Punkt eines Saltos, wie aus der Luft gestaltet, in der sie schwebte. Doch in all der Zeit, in der Charlie und ich mit ihr schwimmen gingen – mal im Club, mal im Cameronschen Becken hinter der Villa in der Muscogee Avenue –, sprang sie nicht einmal vom Turm. Sie tat es nur, wenn sie allein oder mit anderen Kindern badete.

»Ich finde Turmspringen so angeberisch«, sagte sie, wenn eine rempelnde braungebrannte Kinderschar sie, Charlie und mich auf den beängstigend hohen Turm am Becken des Driving Clubs drängeln wollten. »Das ist mehr was für jemand, der unbedingt zeigen muß, wie toll er ist.«

Sie und Charlie Gentry wußten lange Zeit als einzige von meiner lähmenden Höhenangst. Außer Lucy natürlich.

Von Sarah ging, ähnlich wie von Lucy, ein Leuchten aus, ein Feuer, zu dem sich andere Menschen hingezogen fühlten, um sich daran zu wärmen. Alle aus ihrer Familie besaßen diese Ausstrahlung, besitzen sie noch – soweit sie noch leben. Aber dieses Feuer verbrannte und verzehrte einen nicht. Später kam mir der Gedanke, daß sie damals Lucy sehr ähnlich war, in ihrer Grazie, ihrer dunklen Lebendigkeit, ihrer körperlichen Gewandtheit, ihrem flinken, eigenwilligen Verstand. Sarah war vielleicht eine Lucy ohne Hunger und Schatten, eine Lucy in Glut, statt in Brand. Wie Charlie war mir auch Sarah in den kurzen, sonnigen Tagen vor der Highschool eine große Bereicherung. In ihrer Gesellschaft fühlte ich mich wohl, ob beim Radfahren, beim Rollschuhlaufen oder beim Durchstreifen der geisterhaften Gefilde von Charlies verlorenem, großartigem Krieg. Ich hatte Sarah schrecklich gern.

Charlie war in sie verliebt.

Ich weiß nicht, wann ich es erkannte, wann es mir mit der Kraft einer Offenbarung klar wurde, daß das Leuchten in Charlies braunen Augen bei jenen nachmittäglichen Streifzügen über die Schlachtfelder der Umgebung nicht allein auf das dortige *memento mori* zurückzuführen war. Mir war aber, als habe ich es immer schon gewußt, als sei er schon immer in sie verliebt gewesen. Und ich glaube, er liebte sie praktisch von Kindesbeinen an, all die Zeit, als ich in Lucy verschossen war und als wir Sarah und die anderen kleinen Mädchen zurückließen und in Lucys Gefolge mit dem Fahrrad die Gegend unsicher machten. Ich erinnere mich noch an den Tag, an dem wir zum Gedenkpark in der Peachtree Battle Avenue gefahren waren und umgeben von üppigem Septembergrün die bloßen Füße ins müde Wasser des Peachtree Creeks hängten. Sarah erzählte von ihrer Ururgroßmutter, die bei Kriegsausbruch als neunzehnjährige frischgebackene Ehefrau, im siebten Monat schwanger, allein mit hundert Sklaven und tausend Stück Vieh auf der gerade bezogenen Plantage zurückgeblieben war, während der junge Ehemann an der Spitze der Truppe, die er selbst ausgehoben hatte, davongeritten war.

»Sarah Tolliver Cameron«, sagte Sarah mit leuchtenden Augen. »Ich bin nach ihr benannt. Hoffentlich werde ich mal genauso tapfer wie sie, wenn ich groß bin. Ihr Mann – mein Ururgroßvater Beau – hätte bei ihr bleiben können, bis das Kind da war. Alle wollten es so. Aber sie hat ihn fortgeschickt. Sie sagte: ›Was soll ich deinem Sohn erzählen, wenn er mich fragt, warum sein Vater nicht mit unserem mutigen General Lee in den Krieg gezogen ist, als mutige Männer von unserem Land noch nötiger gebraucht wurden als von ihren Frauen?‹ Ist das nicht schön? Findet ihr nicht, daß sie tapfer war? Ich könnte das nie. Ich würde mich zu Tode ängstigen.«

»Glaub ich nicht«, erwiderte Charlie, und Tränen höchster Erregung schwammen hinter seiner Brille. »Du würdest es genauso machen. Du bist eine echte Frau aus den Südstaaten, Sarah. Meine Mutter hat mal ein Gedicht aufgesagt, in dem es heißt: ›Geliebte, teurer als mein Leben, die Ehr ist teurer noch.‹ Das hat deine Ururgroßmutter gemeint. Du würdest es auch so machen.«

Er sah so begeistert aus, daß ich ihn nicht anschauen konnte und den Blick auf meine grünlichen, im lauwarmen Wasser unförmig wirkenden Füße senkte. Sarah errötete über das Kompliment, und auch sie schlug die Augen nieder. Doch vorher las ich ihr vom Gesicht ab, daß sie Charlies Liebe nicht erwidern konnte und daß sie das schmerzte. Ich fühlte mich als unfreiwilliger Lauscher bei einer unerträglich intimen Szene; es war mir so peinlich, als hätte ich etwas Ungehöriges getan.

»Was ist mit deinem Ururgroßvater passiert?« fragte ich betont munter.

»Er ist gestorben«, antwortete sie, ohne aufzuschauen. »Er ist im Krieg geblieben.«

»In welcher Schlacht?« seufzte Charlie, der fast schon im siebten Himmel schwebte.

Sarah zögerte, dann erwiderte sie leise: »Er ist nicht in einer Schlacht gefallen. Er ist an der Ruhr gestorben in einem Lager bei Gettysburg.«

Eine Welle der Zuneigung durchflutete mich. Sie hätte so leicht lügen können. Für Charlie hätte es eine Welt bedeutet. Aber sie ließ es sein. Da wußte ich insgeheim, daß Sarah nicht nur Wohlbefinden, sondern auch Verläßlichkeit verkörperte.

Sarah kam nie zu uns ins Haus. Bei Charlie ging sie ein und aus, genau wie ich, und sie begleitete uns überallhin in Buckhead, wohin man laufen oder mit dem Rad fahren konnte, aber wenn wir uns vornahmen, bei mir Comics zu lesen oder im Gartenhaus zu spielen, verschwand sie wortlos. Ich war schon fast dreizehn, als ich sie einmal nach dem Grund fragte. Sie war damals elf, wie Lucy auch.

»Weil«, antwortete sie und sah mir mit großen Bernsteinaugen offen ins Gesicht, »weil ich Angst hab' vor Lucy.«

Ich wußte ja, daß sie nichts und niemanden fürchtete, jedenfalls soweit Charlie und ich es hatten beobachten können, also glotzte ich sie eine Weile völlig verblüfft an. Sie errötete.

»Ich kann's auch nicht ändern, wenn du mich blöd findest. Es stimmt aber. Ich habe wirklich Angst vor ihr.«

»So ein Quatsch«, erwiderte ich nach einer Pause. »Warum hast du denn vor Lucy Angst? Du kriegst sie doch nicht mal zu Gesicht. Sie kann dir gar nichts tun.«

»So meine ich das ja auch nicht«, entgegnete Sarah, aber dann verstummte sie. Erst Jahre später hat sie mir erzählt, wie sie es gemeint hat.

Seltsamerweise sagte Dorothy wenig später etwas Ähnliches. Ich saß eines trügerisch milden Februartages in dem Jahr, bevor ich auf die Highschool überwechselte, im Cameronschen Garten und sah ihr beim Einsetzen von Lilienzwiebeln zu. Sie trug eine Arbeitshose und Bens großen Strohhut mit einer Krempe, die ihr Gesicht ganz überschattete, und sang fröhlich vor sich hin. Ihre Stimme klang so tief und voll wie heißgemachter Sirup, wie später die von Sarah.

Auf einmal brach sie ab, schob sich den Hut aus der Stirn und sah mich an.

»Ich habe Lucy schon monatelang nicht mehr gesehen«, sagte sie. »Sie hat doch hoffentlich nicht immer noch Hausarrest? Man darf ein Kind wie Lucy nicht so lange einsperren. Etwas in ihr zerbricht dann.«

»Nee«, erwiderte ich. Dorothy Cameron war die einzige erwachsene Frau meiner Bekanntschaft, bei der ich mich traute, »nee« zu antworten.

»Das heißt, sie ist nicht auf ihrem Zimmer eingesperrt oder so. Aber sie muß jeden Tag bis vier zu Miß Beauchamp, und dann bleibt sie bis zum Abendessen oben in ihrem Zimmer. Sie spricht auch mit keinem von uns, nicht einmal mit mir. Ich war seit einer Ewigkeit nicht mehr mit ihr zusammen, außer beim Essen. Ich finde es ganz schlimm, was Tante Willa mit ihr macht.«

Dorothy schwieg.

»Sie mögen sich nicht leiden, stimmt's?« fragte ich, als mir die Erkenntnis plötzlich kam. Kein gewöhnliches Gespräch zwischen einer vierzigjährigen Frau und einem zwölfjährigen Jungen, aber ich merkte es gar nicht, so charakteristisch war es für meine eigenartige, fruchtbare Beziehung zu Dorothy.

»Das ist es ja gar nicht«, antwortete sie, setzte sich im Schneidersitz auf den Rasen und wischte sich mit dem Ärmel über das Gesicht. »Es ist eher... daß ich mich vielleicht ein klein wenig vor ihr fürchte.«

Mir brannten die Ohren. Was war das für eine Angst vor der kleinen, unbedeutenden Lucy Bondurant, die den weiblichen Mitgliedern der Familie Cameron auf der Seele lastete?

»Aber wieso denn?« fragte ich.

»Weil sie so viel *braucht«*, erwiderte Dorothy. »Das arme Kind ist ja wie ausgehungert. Sie ist wie... ein Motor, der durchdreht und außer Kontrolle gerät. Ich glaube, sie kann zu einer Gefahr werden.«

Ich lachte lauthals. Lucy eine Gefahr? Für wen? Sie selbst war ja das verletzlichste Wesen, das man sich vorstellen konnte.

»Ach Shep.« Sie sah mich mitleidig an. »Du solltest dich mal hören. Du bist ihr schon ganz verfallen. Eine Gefahr für dich vielleicht. Für jeden, von dem sie Hilfe erwartet und der ihr etwas geben könnte, was sie braucht...«

Auf einmal kam Zorn in mir auf, in mir, der ich noch nicht einmal meine Wut auf meine Mutter zugeben konnte. Lucy hatte sich zwar von mir abgewandt und spielte in meinem Leben keine wichtige Rolle mehr, abgesehen von der Wirkung ihrer Abwesenheit, aber in meiner schmalen Brust regten sich die vertrauten Instinkte des Schutzheiligen.

»Na, dann hat sie Pech gehabt, weil ihr keiner helfen wird«, entgegnete ich mit Schärfe. »Keiner kann oder will. Sie haben sie von allen abgeschirmt außer von den Negern. Und wie sollen die ihr helfen?«

Es stimmte. Lucy verbrachte nun ihre ganze Zeit, wenn sie nicht in der Schule oder auf ihrem Zimmer war oder stumm beim Essen saß, bei ToTo in der Küche oder in den Kämmerchen über der Garage und zuweilen auch hinten im Cameronschen Garten in dem Häuschen, das Glenn Pickens und seine Eltern bewohnten. Sie kam nie zur Villa oder zum Schwimmbecken, wo Sarah, Charlie, Ben und ich spielten. Und sie setzte praktisch keinen Fuß in unseren Garten, erst recht nicht ins Gartenhaus, das ihr so ans Herz gewachsen war. Wäre nicht überall, wo sie sich aufgehalten hatte, ihre Aura zurückgeblieben, hätte ich zuweilen nicht einmal gewußt, ob sie noch lebte.

Für mich eine eigentümliche Zeit, das Intervall zwischen meiner lange von Lucy erfüllten Kindheit und der Highschool. Meine erste keusche Liebesaffäre, so stark, daß ihr Ende fast Erholung bedeutete, lag bereits hinter mir. Und ich hatte einen Freund, eigentlich zwei Freunde: Charlie und Sarah. Ich war froh darüber, und es genügte mir im großen und ganzen, dem gedankenverlorenen, sinnentrunkenen Augenblick zu leben, dem Gefühl, jung zu sein. Doch hinter dem friedlichen Ruhebild lauerten Unbehagen und erwartungsvolle Leere. In meinem Herzen war ein Loch, das Lucys Gestalt hatte. Sie fehlte mir. Ich wunderte mich, daß sie nichts mehr mit mir zu tun haben wollte. Und doch war etwas in mir – Schmach und Schande über mich! – auch froh darüber.

Ich ahnte sicherlich, daß dieser Zustand nicht von Dauer sein konnte.

Nach einiger Zeit machte Lucy ihm selbst ein Ende; es war in einer Sommernacht, und meine Eltern und Tante Willa gaben das größte Fest, das ich je bei uns erlebt habe. In jeder Beziehung wurde es eine unvergeßliche Nacht. Eine rätselhafte, eine verhängnisvolle Nacht. Doch ohne sie hätte ich Lucy vielleicht für immer verloren.

Mit diesem Fest wollte meine Mutter angeblich eine Reihe gesellschaftlicher Verpflichtungen einlösen, die meine Eltern in dem zu Ende gehenden Sommer eingegangen waren. In Wirklichkeit aber sollten, wie ich wohl wußte, Little Lady und – widerwillig – Lucy vor den Kupplermüttern der Buckhead Boys zu Markte getrieben werden. Mütter frisch erblühter Töchter gaben immer eine Sommerparty. Die offizielle Fleischbeschau fand zwar erst viel später statt, wenn die Mädchen vom ausgeklügelten Räderwerk des Debütantinnenjahrs erfaßt wurden. Doch die ersten Geländeerkundungen ähnelten in vielem einem Rennen der einjährigen Stutfohlen. Jeder nahm daran teil. Nur ich nicht.

»Nein«, sagte ich. »Bedaure. Ich geh' nicht hin. Ihr könnt mich von mir aus einsperren, bis ich fünfzig bin, aber ich geh' nicht hin.«

Und ich ließ mich nicht überreden. Meine Mutter konnte sich auf den Kopf stellen, ich weigerte mich strikt, meinen zu klein gewordenen Sommeranzug anzuziehen und den herausgeputzten, gestriegelten, komisch blickenden Müttern meiner Altersgenossen Tabletts mit Partyhäppchen und Getränken zu reichen. Meinetwegen sollten sie ruhig der niedlichen, albernen Little Lady einen Apfel ins Maul stopfen und sie splitterfasernackt auf einem Silbertablett mitten auf dem Eßtisch plazieren, aber eher fand ich mich bis zu meiner Volljährigkeit mit Stubenarrest ab, als mitanzusehen, wie sie Lucy vor den versammelten Matronen von Buckhead zur Schau stellten. Ich wußte, daß sie nur geduldet war und daß Lucy es auch wußte; daß Little Lady der eigentliche Schatz unseres Hauses war und Lucy nur als Ausstellungsstück hervorgezerrt wurde, weil die Leute sich andernfalls die Mäuler zerreißen würden... und überdies könnte sich ja jemand in sie vergaffen, wenn es an der Zeit war, einen Sohn unter die Haube zu bringen; wer weiß? Es war schon Seltsameres geschehen.

»Nein«, sagte ich. »Bedaure.«

Am Ende gab meine Mutter es auf. Besser, der Sohn des Hauses blieb unsichtbar, als sie mit seiner Verdrossenheit zu blamieren.

Und so war ich, als Lucy zu mir kam, im Gartenhaus allein. Ich lag rücklings auf der Bettcouch unter der einzigen Wandlampe und las Moby Dick, war ganz im Bann der Geschichte mit ihrer schlichten, grausigen Wahrheit. Schweigend stand sie auf der Schwelle im Licht des beleuchteten, lärmenden Hauses, und als ich ihre Anwesenheit spürte und den Kopf hob, um sie anzusehen, erkannte ich sie nicht gleich. Sie war so wunderschön in ihrem neuen gelben Prinzessinnenkostüm, mit ihren ersten Pumps und mit einer Gardenie vom Strauch neben dem Seerosenteich im duftigen Haar. Ehe mein Blick ganz klar wurde und ich in ihr etwas von der alten Lucy wiedererkannte, sah ich die Frau in ihr; es verschlug mir die Sprache, und meine Brust schnürte sich zusammen.

Sie hatte eine fast volle Flasche Bourbon dabei und war mehr als angeheitert. Ihr Mund stand offen, und in ihrer Miene lag trunkene Ausgelassenheit. Im Nu wurde sie wieder zur kleinen Lucy Bondurant, zehn Jahre alt, in deren Kopf die grellbunten Flausen wirbelten wie der Hut eines kubanischen Tänzers.

»Hey, Gibby«, kicherte sie. »Guck mal, was ich dir mitgebracht habe.«

Ich habe keine Ahnung, was an dem Abend in uns gefahren ist. Ich hatte noch nie zuvor Alkohol getrunken, und sie, glaube ich, auch nicht. Ich wußte, mein Vater würde außer sich geraten, wenn er uns dabei erwischte, wie wir im Gartenhaus seinen geklauten Bourbon tranken, und meine Mutter dem Tode nah kommen, und das wortreich. Tante Willas Reaktion konnte ich mir nicht einmal ausmalen. Mir war nur klar, daß die Konsequenzen weitreichender und fürchterlicher wären als alles, was wir bisher durchgemacht hatten. Vielleicht wurden Lucy, ihre Mutter und ihre Schwester dann wirklich auf die Straße gesetzt. Vielleicht schickte man mich auf die Georgia Military Academy, jene letzte Zuflucht für schwer erziehbare Buckhead Boys. Das alles kümmerte mich einen feuchten Kehricht, als ich sie ansah und in meiner Brust leicht und fröhlich ein Federstrauß aufging. Und Lucy war sowieso viel zu beschwipst.

»Warte, ich hol' Gläser«, sagte ich. Und noch ehe eine Stunde um war, hatten wir die Flasche geleert.

Es war noch nicht spät, halb elf vielleicht. Das Fest ging auf seinen Höhepunkt zu. Wir hörten es im stetigen, dumpfen Rhythmus dahintuckern wie einen gut geölten Motor; es würde bestimmt noch zwei Stunden dauern, bis es allmählich ausklang. Die Nacht war schwül und dunkel; kein Mond, kaum Sterne. Im Wald summten die Zikaden, und an der gelben Lampe über der Gartenhaustür begingen Insekten ihren belanglosen, zischenden Selbstmord. Um uns herum roch es kräftig nach Geißblatt. Die Nacht quoll über vor Sommer, doch der Winter lauerte hinter Haus und Wald in der Ferne, der Winter, die Highschool und ein tiefgreifender Wandel, ein Zu-Ende-Gehen. Unter allem, was wir sagten und taten, lag kribbelnd eine tiefe, süße Trauer, doch obenauf ritt Gelächter – das leichtsinnige, ungehemmte, trunkene Gelächter des ersten Rauschs. Ich hätte ewig weiterlachen können vor Freude, sie wieder bei mir zu haben, wie sie sich rücklings neben mir auf die Couch warf, die hübschen Schuhe irgendwo auf den Boden geschleudert, die Röcke gerafft, daß duftige Unterröcke und ein zartes weißes Bein hervorschimmerten. Sie lachte auch, lachte das volle, verführerische, lebensfrohe Lachen, das mir immer im Ohr bleiben wird als Lucys Wesen.

Und dann weinte sie auf einmal. Sie weinte so schlimm und heftig, daß ich meinte, man müsse es trotz Musik und Gelächter bis in die Villa hören, und unbeholfen legte ich ihr die vom Whiskey zittrigen Finger auf den Mund; doch sie schüttelte meine Hand ab. Hoch und höher schaukelte sich ihr Weinen. Ich wußte, wenn sie nicht bald aufhörte, gäbe es kein Halten mehr und es käme zu einem ihrer verzweifelten Krämpfe aus Kindertagen, bei denen ihr für lange Zeit keiner helfen konnte. Seit Jahren war das nicht mehr passiert.

Ich zog sie an mich, preßte ihr Gesicht an meine Brust und hielt sie fest, bis das Schluchzen abebbte und das Zittern nachließ, drückte sie so fest an mich, daß ihre Rippen mir in die Hände schnitten.

Schließlich flüsterte sie, noch immer schluchzend, aber weniger heftig: »Gibby, es war grauenhaft! Du hast mir ja so gefehlt! Ich konnte es einfach nicht mehr aushalten; ich habe gedacht, daß ich sterben muß, und die würden nichts dagegen machen; denen wär' es gerade egal!«

»Aber du hast die ganze Zeit nicht mit mir geredet, Lucy. Ich hab' gedacht, du bist vielleicht sauer auf mich oder so; ich hab' gemeint, du willst mich nicht mehr bei dir haben. Warum hast du denn nichts gesagt? Ich wär' doch zu dir gekommen...«

»Ich hab' darauf gewartet, daß du kommst und mich rettest! Du hast's mir versprochen; du hast gesagt, daß du bestimmt kommst! *Gibby, warum bist du nicht zu mir gekommen?«*

»Ich...«, fing ich an und verstummte dann. Sie hatte recht. Ich hatte es versprochen. Und ich war nicht zu ihr gegangen. Warum nicht?

»ACH GIBBY, ICH HATTE JA SO ANGST!« Ein tiefer Urschrei unermeßlicher Einsamkeit, an dem nichts Kindliches war.

Auch meine Kindheit machte sich davon, als sei sie nie gewesen. Ich zog Lucy wieder an mich, stillte mit meinem blinden Mund ihre Tränen, und ehe ich mich dem erwidernden Mund, den Händen, dem Körper meiner Cousine Lucy entziehen konnte, lag ich auf ihr, und sie schlug unter mir auf der Couch wild aus und stöhnte Worte, über die ich noch heute bei der bloßen Erinnerung erröte, und ich war so nahe daran, in sie einzudringen, daß mich nur eine Katastrophe rettete. Statt im Gartenhaus mit Lucy – ich zwölf und sie zehn – zu schlafen, beugte ich mich vornüber und erbrach mich auf den Boden, zum einen wegen des Jack Daniel's Black Label und zum andern aus Angst; schon vor Schreck wurde ich schlagartig wieder nüchtern.

Ich glaube, ihr ging es ebenso. Ich setzte mich halbnackt auf, ribbelte mir den ekligen Geschmack aus dem Mund und sah sie entsetzt an; sie erwiderte meinen Blick in einem Bausch von Röcken unter silbern schimmernden jungen Brüsten, der Mund wund und nackt; augenblicklich war sie wieder nüchtern, und ihre Verzweiflungstränen versiegten.

Im Nu hatte sie sich die Kleider glattgestrichen und schritt durch die sommerliche Dunkelheit zur Villa zurück, wobei sie die neuen gelben Schuhe am Riemen von der Hand baumeln ließ. Sie sagte mir nicht gute Nacht, winkte nicht, drehte sich nicht um, als sie die Hintertür erreichte, und ich brachte auf der heißen, zerwühlten Bettcouch die erste schlaflose Nacht meines Lebens zu, warf mich herum in entsetzlichen Schamgefühlen und kurzschlußhaften pubertären Regungen.

Am nächsten Morgen fand sich wieder eine spritzige, strahlende, kindliche Lucy zum Frühstück ein, plauderte fröhlich mit mir, aß nebenbei ihre Getreideflocken und erzählte vom Fest wie eine ganz normale aufgeregte Zehnjährige. Meine Eltern lächelten ihr zum erstenmal seit Monaten zu, und sogar Tante Willa hörte auf, die Stirn über sie zu runzeln, wenn sie schon nicht lächelte. Offenbar sah nur ich das unmerkliche Beben von Lucys Händen und die Röte in ihren Augen, Zeichen eines Katzenjammers, der ebenso schlimm sein mußte wie meiner. Sie hat nie wieder mit mir über diese Nacht gesprochen.

Und so nahmen wir unseren alten Tanz wieder auf, sie und ich. Shep und Lucy, Lucy und Shep. Doch darunter wogte nun eine andere Melodie. Im Herbst kam ich in die achte Klasse der North Fulton Highschool, meine Welt erweiterte sich, wie erwartet, und enthüllte mir viel Merkwürdiges und Wundersames. Aber an jener Nacht im Gartenhaus haftete für mich ein so hartnäckiger Geruch von Gefahr und Tabu, daß Jahre vergingen, ehe ich wieder ein Mädchen geküßt habe.

8. Kapitel

Eines stickigen, schwülen Septembermorgens überquerte ich die Peachtree Road und betrat zum ersten Mal das rote Ziegelgebäude der North Fulton Highschool und damit eine andere Welt.

Ich war natürlich schon vorher viel herumgekommen in Buckhead und Umgebung und hatte auch schon unzählige Male die Gegend ostwärts der Peachtree Road bereist, jedoch stets als Wanderer mit einem bestimmten Ziel: um etwas zu kaufen, um etwas zu sehen, unterwegs zu irgendeinem Ort. Immer kehrte ich auf unsere Seite der Peachtree Road heim wie Odysseus, beladen mit den Schätzen, die zu gewinnen ich ausgefahren war, ohne mit den Eingeborenen jenes freundlichen, aber unterentwickelten Erdteils nennenswert in Berührung gekommen zu sein. Nur ein einziges Mal habe ich als kleiner Junge überhaupt ein Haus östlich der Peachtree Road betreten, als sich meine Mutter von einer tüchtigen, devoten, zierlichen Friseuse in der Küche ihres Hauses in der Pharr Road eine Dauerwelle machen ließ und mich mitnahm.

Für mich eine offizielle, zweckorientierte Visite: Mein Besuch in dem hübschen Holzhäuschen im Schatten von Bäumen hatte für mich einen ähnlichen Charakter, wie wenn ich – was ein paarmal vorkam – mit Shem Cater im Chrysler die Wäsche zu Princess nach Capitol Homes brachte oder Amos aus Pittsburgh oder Lottie, unsere Köchin, aus Mechanicsville abholte. Bei meinen Stippvisiten hatte ich nicht das Gefühl, daß in so einer Gegend wirklich Menschen wohnten. Es handelte sich lediglich um Anlaufstellen zur Versorgung von Buckheads Villen.

Nun aber ging ich in die North Fulton Highschool, um dort gewissermaßen zu wohnen. Und hinter ihren hohen Toren wartete eine Welt, die weiter und tiefer war als alles, was ich bisher erlebt hatte: dichter, exzentrischer, viel gewöhnlicher, bei weitem ärmer, hundertmal exotischer, tausendmal verführerischer. Zunächst mußte ich schlucken vor schierer Ungläubigkeit, dann warf ich mich hinein wie in ein warmes, allnährendes Meer. Die Highschool kam für mich und etliche andere Buckhead Boys gerade noch rechtzeitig.

Für Lucy waren es noch zwei Jahre, bis sie nach North Fulton wechseln konnte, und wieder einmal mußte sie, die noch immer in dem lauschigen kleinen Gefängnis von Miß Beauchamps Schule festgehalten wurde, sich von mir im Stich gelassen fühlen. Sie hat es nie ausgesprochen; damals, in dem fürchterlichen, kleinkarierten Schweizer Ghetto, lernte Lucy, was ihr ein Leben lang zur Gewohnheit werden sollte: Stillschweigen mit verschlossener Miene. Sie hat, als es vorbei war, nur ein einziges Mal darüber gesprochen.

»Wie war es eigentlich, Lucy?« fragte ich sie an dem Tag, als ihre Haft in Miß Beauchamps Anstalt zu Ende war.

»Ich werde nie wieder zulassen, daß mich jemand einsperrt. Eher bringe ich ihn um«, antwortete sie. Und damit war das Thema Miß Beauchamp abgehandelt.

Lucy ließ sich nie anmerken, wie grausam sie in meinem Elternhaus behandelt wurde. Sie hatte sich sowieso schon unbeliebt genug gemacht und wollte wohl nicht noch einmal riskieren, alle gegen sich aufzubringen. Und in ihrem bitteren kleinen Herzen weigerte sie sich standhaft, ihren Folterknechten, waren sie nun wirklich oder eingebildet, diese Genugtuung zu verschaffen.

Ich war verletzt, daß sie mir einen Teil ihrer selbst vorenthielt, mir, dem ritterlichen Heiligen, der sich vor langer Zeit ihrem Schutz verschrieben hatte, aber mir brannte immer noch der Mund vom Nachgeschmack des Abends im Gartenhaus, und für eine ganze Weile fiel es mir schwer, mich ihr gegenüber unverkrampft zu geben. Doch mit der Zeit verlor sich das Gefühl der Entfremdung von allein, und wir glitten wieder ins alte Fahrwasser, redeten oder lasen miteinander abends und nach der Schule im Gartenhaus, auf der Veranda und in der Bibliothek, denn Lucy und ich konnten uns nie lange voneinander trennen. Ich teilte mit ihr die Wohltaten der Highschool, und wieder webten wir uns das Gespinst aus gemeinsamen Träumen, das uns schon von jeher eng verbunden hatte. Wie früher kam sie zu mir, wenn sie Trost brauchte, und zeigte mir ihr stürmisches Herz mit seinen Ängsten und Freuden und mit seinem Zorn, aber dahinter lag nun eine Barriere, die vorher nicht dagewesen war, und ich wußte nicht – oder wollte nicht wissen –, wie ich sie durchbrechen konnte. Sie muß meine Zurückhaltung gespürt haben, aber sie machte keinerlei Anstalten, sie zu überwinden. Alles in allem hatte Lucy in der Villa in der Peachtree Road nicht viel bekommen für ihren hohen Einsatz eines hungernden Geistes und sehnsüchtigen Herzens.

Und so klammerte sie sich um so mehr an die Schwarzen ihrer Umgebung. Bis ich am Spätnachmittag nach Hause kam, lag ihre Beaufsichtigung weitgehend in Martha Caters rauhen, rosaflächigen Händen, und Lucy verblüffte uns alle, einschließlich Martha, indem sie der alten schwarzen Hexe eine so tiefe, bedingungslose Liebe entgegenbrachte, daß Martha schließlich nichts anderes übrigblieb, als zu kapitulieren und sie zu erwidern. Lucy war, soviel ich weiß, das einzige weiße Kind, das Martha überhaupt richtig ausstehen konnte. Jedesmal, wenn Little Lady beim Frühstück oder Abendbrot mit einem neuen gezierten Trick aufwartete und viel Beifall einheimste, bemerkte Martha: »Muß man dem lieben Herrgott dankbar für sein, daß se andern den Kopf verdrehn kann; wird alles sein, was se gelernt hat, wenn se erst groß ist. Is ja nix wie Wind hinter den großen blauen Augen da.«

Das murmelte sie beim Auf- und Abtragen von Tellern und Schüsseln leise in sich hinein, aber nicht so leise, daß es denen, die es hören sollten, nicht zu Ohren gekommen wäre, und dann schenkte ihr Lucy ein so inniges Lächeln der Dankbarkeit, als ginge die Sonne im Zimmer auf, Little Lady zog einen Flunsch, Tante Willas Gesicht verfleckte sich unschön vor verhaltener Wut, und meine Mutter sah seufzend meinen Vater an und verdrehte die Augen, aber keiner maßregelte Martha. So etwas schickte sich nicht, denn erstens begab man sich damit nur auf ihre Stufe, und zweitens erkannten wir alle, daß sie leider recht hatte mit ihrem Kommentar. Little Ladys Mangel an Intelligenz war offensichtlich – in der vierten Klasse hatte sie mit ihren Lese- und Buchstabierkünsten kaum das Niveau einer Zweitkläßlerin erreicht, und ihr fehlte jedes Abstraktionsvermögen. Doch was machte das aus? Schon als sie acht war, konnte man erkennen, daß aus ihr einmal eine Jane Powell würde.

Lucys Beziehung zu Martha Cater stand am Anfang ihrer lebenslangen Zuneigung und Nähe zu vielen der Schwarzen, denen sie begegnete. ToTo, der junge Glenn Pickens bei den Camerons drüben, Shem, Lottie, Princess und Amos, die schmächtige, gelbliche Johnnie Mae bei den Gentrys, Lubie bei den Slatons... mit zwölf verbrachte Lucy, außer mit mir, fast ihre ganze Zeit mit dem Personal aus den Nachbarvillen und seinem Nachwuchs; und auf jeden Schwarzen, der neu in ihre Welt trat, übertrug sie sofort all die schwärmerischen Gefühle, die in ihrem kleinen Herzen wohnten. Später, als Teenager, war sie mit ihrer Vorliebe für die Neger ein ständiger Quell der Verlegenheit für unsere Mütter und zum Teil auch für meinen Vater. Nun, da sie zehn war, ging es richtig los mit Verboten, gutem Zureden und Strafen, aber Lucy gab ihre geliebten schwarzen Kameraden nicht auf.

»Ja, Mama«, sagte sie zu Tante Willa, wenn sie einmal wieder bezichtigt wurde, den Nachmittag bei Glenn Pickens oder den Abend bei Shem und Martha Cater in den Kammern über der Garage verbracht zu haben.

»Ja, Mama, ich sehe es ein.«

Und sie lächelte, und die blauen Augen waren feucht vor Zerknirschung. Aber am nächsten Tag fand sie sich wieder bei ihren heißgeliebten schwarzen Freunden ein. Sie ließ sich schlicht nicht davon abbringen.

Sie erkannte nämlich in aller Klarheit, was die meisten von uns nicht sahen oder nicht sehen wollten: Die Neger in unserer Welt waren Ausgebeutete, Gedemütigte, Opfer. Nur ich ahnte, daß Lucy sich diese Rolle gewählt hatte. Ich wußte längst, daß sie sich trotz ihres Charmes, ihrer Intelligenz, ihrer Großzügigkeit und ihres heiteren, gewandten Auftretens – Tante Willa nannte es ihr Temperament – hilflos, ungeliebt und einsam fühlte. Und ich wußte, daß sie allen Grund dazu hatte. Und so wurde sie am Ende wirklich hilflos, wenn sie auch kaum einsam und nie ungeliebt war. Ihre Hilflosigkeit war ihre gefährlichste Waffe.

In den letzten einsamen Tagen zwischen Kindheit und Pubertät fand Lucy wenigstens einen Halt an ihren Schwarzen, und das war, glaube ich, ihre Rettung. Ich hatte meine Highschool.

Die North Fulton Highschool schenkte mir alles, was ich an Vielfalt vor Princeton kennenlernen sollte. Sie schenkte mir Toleranz und eine heitere Neigung zum Exzentrischen; sie zeigte mir Wahnsinn und Gemeinheit, Güte und Lächerlichkeit; sie veranschaulichte mir sowohl den Wert des Besonderen als auch den Nutzen der Anpassung. Sie zeigte mir Güte in Gestalt von Reba Marks, einer spindeldürren, blond ondulierten, viel gehänselten alten Jungfer, die mit Leidenschaft Chemie lehrte und auf dem Zebrastreifen vor der Schule eines plötzlichen Todes starb, weil sie ein Grundschulkind aus Garden Hills rettete, das vor einen gelben Fulton-County Schulbus gelaufen war. Sie zeigte mir Bosheit in Gestalt des oberflächlichen, plumpen, tratschsüchtigen Footballtrainers, der die scheue, unscheinbare Scarlett Mitchum aus der ländlichen Öde von Sandy Springs schwängerte und vor allen anderen mit ihrem harten, Basketball-runden Bauch verhöhnte, als sie ihm wie ein Hündchen durch den Korridor in den Umkleideraum folgte.

Sie zeigte mir Gefahr in Gestalt des kühl blickenden, blonden Boo Cutler, des legendären, ruhmreichen Boo Cutler, wenn er in seinem blitzschnellen Mercury um Mitternacht aus der Cherokee County angebraust kam; sie zeigte mir Hoffnungslosigkeit in den bleichen Gestalten jener namenlosen Schüler, die offenbar von Geburt an zu einem Leben als Diätassistenten oder Krankenpfleger, Bibliothekare oder Biochemiker verdammt waren.

Und sie schenkte mir Helden und eine ganz andere Romantik als die, die Lucy und ich beim Lesen und Träumen kennengelernt hatten: nicht tot, nicht unwirklich. Die strahlenden, lässigen Stars aus der Football-, Basketball- oder Leichtathletikmannschaft. Die Redakteure des *Hi-Ways* und des *Scribbler.* Die Cheerleader, die Schönen, die Schulrekordhalter und die Reserveoffiziere mit ihren sittenstrengen, Segen spendenden Sponsoren.

Sie schenkte mir – gänzlich unerwartet – einen prickelnden, berauschenden Schuß Beliebtheit. Lucy hatte recht behalten; als ich auf die Highschool kam, war ich größer und muskulöser und wirkte reifer im Gesicht. Ich war ein wenig zu dem herrlichen, kühnen Ritter geworden, den sie vor langer Zeit in mir gesehen hatte; wenn ich mich im Spiegel betrachtete, sahen mir nun die Züge meines Onkels Jim entgegen, allerdings jünger und weniger ausgeprägt. Dieser Ritter war freilich still und schüchtern, und mir war schon klar, daß das Geld meiner Familie einen Teil meines Prestiges ausmachte, so naiv war ich nicht, aber ich zeichnete mich als guter Tänzer aus und glänzte sogar in bescheidenem Maß als Meilenläufer und Mitglied der Staffel; mein bißchen Beliebtheit – oder, besser, die Anerkennung, die ich genoß – kam nicht völlig unverdient. Doch ganz wohl war mir dabei nicht.

Die meisten von uns aus den großen Häusern gewannen kaum neue Freunde in der Highschool. Ich fürchte, dazu war es bei unserem Schuleintritt bereits zu spät; Buckhead saß zu tief in uns. Gleich der katholischen Kirche behielt Buckhead die Seinen in den ersten sieben Lebensjahren für sich. Die Jungen aus den anderen Vierteln Atlantas, die North Fulton besuchten – aus Sandy Springs, Brookhaven, Morningside und Peachtree Hills, Peachtree Heights, Brookwood Hills und Ansley Park –, begegneten dem Geldgeruch mit Argwohn, der uns anhaftete, wie sehr wir ihn auch zu übertünchen oder gar abzulegen versuchten. Von allen Jungen, die ich in der Schule kennengelernt habe – sicher Hunderte –, schloß ich nur mit einem enger Freundschaft, mit A. J. Kemp vom andern Ende der Cheshire Bridge Road. Schlank, agil, intelligent, mit glatt zurückgekämmten Haaren, von Ehrgeiz besessen und fast feminin im Auftreten – oder jedenfalls nicht schlicht und grobschlächtig männlich –, ein erstklassiger Tänzer, einziger männlicher Cheerleader, Dressman, Schauspieler, der erste Zigarettenraucher, der Mann mit den meisten Pullovern und Schallplatten. A. J., einer der witzigsten Menschen, denen ich je begegnet bin, und – wie sich herausstellen sollte – auch einer der vertrauenswürdigsten. Er schloß sich uns, den Begüterten, auf der Stelle an und wurde von uns schon kraft seiner energischen Persönlichkeit akzeptiert, und noch vor Ende der achten Klasse war er durch und durch einer von uns. Vermutlich glaubte er, dadurch viele persönliche Vorteile ergattert zu haben, aber in Wirklichkeit profitierten wir von ihm. A. J. war uns eine Bereicherung.

Jahre später – ich war aufgrund der Katastrophe, die mich der Gemeinschaft der Pinks und Jells entfremdete, völlig am Boden zerstört – tauchte A. J. um die Mittagszeit mit Sandwichs, Eclairs und einem Sechserpack Bier im Gartenhaus auf. Von den andern hatte sich kaum einer blicken lassen, und als ich ihn im winterlichen Licht blinzelnd auf der Schwelle meiner düsteren, staubigen Höhle stehen sah, war ich verblüfft und peinlich berührt.

Ich brachte kein Wort heraus, und auch er sagte eine ganze Weile nichts; verrückt, aber ich bildete mir ein, er würde mir gleich das Essen hinwerfen wie ein Wärter einem verzweifelten wilden Tier im Käfig und die Flucht ergreifen. Da lächelte er sein weises Zaubererlächeln.

»Wahrscheinlich hast du abgenagte Knochen rumliegen und lauter Scheißhaufen in der Ecke, aber ich komm' trotzdem rein, ob es dir paßt oder nicht.« Gesagt, getan. Er ließ die Tür einen Spalt offen, daß das kristallklare, unerbittliche Mittagslicht hereinströmte.

»Und außerdem«, fügte er hinzu, »komme ich morgen mittag wieder, und übermorgen und überhaupt jeden Tag, bis du dein Leben in dieser Wolfshöhle drangibst und dich wieder wie ein menschliches Wesen aufführst.«

In meiner Erniedrigung und Schwäche trat mir vor Dankbarkeit das Wasser in die Augen, und ich wandte mich ab und murmelte: »Ich bin froh, daß du da bist, A. J.«

Er kam mit mir hinein und umarmte mich fest. Das sah A. J. gar nicht ähnlich; allmählich fand ich die Fassung wieder und warf ihm einen neugierigen Blick zu.

»Hast du nicht Angst, daß ich dir die Hose unterm Hintern anzünde?« fragte ich.

»Nee«, antwortete er, fegte den Abfall vom Kaffeetisch und stellte die Sandwichs und das Bier darauf. »Aber ich wollte, Shep, ich könnte dir ein bißchen Feuer unterm Hintern machen. Noch was, und dann verlier ich kein Wort mehr über den ganzen Mist. Wir wissen alle, daß du nichts damit zu tun haben kannst; wir *wissen* es. Die andern sollten eigentlich auch herkommen, aber so schnell wird das wahrscheinlich nicht passieren; du verstehst besser als ich, warum, aber so ist es eben. Ich kann zu dir kommen, weil ich nie richtig dazugehört habe, egal, wie ihr darüber gedacht habt oder ich. Ich bin an diese Buckhead-Scheiße nicht gebunden. Betrachte mich also als Abgesandten von uns allen und laß dir sagen, daß wir das alles große Kacke finden, und wir... wir haben dich gern.«

Das letzte murmelte er nur noch, sein schmales Affengesicht wurde flammend rot, und er senkte den Kopf und biß in sein Sandwich. Ich stand auf, ging ins Bad und flennte. Nur ein Mann – mein Vater nicht, Ben Cameron nicht – hat mir je gesagt, daß er mich gern hat. Es ist nur einmal passiert.

Danach kam A. J. einen Monat lang mindestens dreimal die Woche zum Mittagessen; er schlich um die Villa herum, um keine Begegnung mit meiner Mutter zu riskieren, und kam geradewegs zum Gartenhaus. Von dem Feuer war nie wieder die Rede, lediglich von einer ferneren Vergangenheit – von der North Fulton Highschool und was wir dort mit auf den Weg bekommen hatten. A. J. hat mir in jenem dunklen Monat unsagbar viel gegeben. Ich glaube, das weiß er.

Die Pinks und die Jells waren ein Geschenk der Highschool an uns alle, wie es nur das damalige Atlanta zu bieten hatte. Ich kann mir nicht vorstellen, daß sich irgendwo ein auch nur annähernd vergleichbares Lebensgefühl entwickelt haben könnte. Seither jedenfalls hat sich so etwas nicht wiederholt.

Niemand weiß genau, woher die Namen kommen. Bei »Pinks« liegt die Erklärung ja teilweise auf der Hand: Tüll in Pink. Angorapullis in Pink. Lippenstift in Pink. Twinsets aus Kaschmir in Pink. Pinks, das waren die Mädchen aus der glanzvollen Elite einer Generation. Dagegen ist der Ausdruck »Jells« oder »Jellies« nur schwer herzuleiten. Vermutlich geht er auf Jelly-Babys zurück: bunte, süße Gummibärchen, albern und für die Ernährung wertlos, aber ein großer Genuß. Ein süßer Spaß für einen Augenblick.

Buckheads Jells waren nicht in Gefahr, sich zu überanstrengen. Kaum einer spielte im Football oder in einem anderen Mannschaftssport mit, etliche allerdings beherrschten die prestigeträchtigeren, weniger anstrengenden Individualsportarten wie Tennis, Schwimmen und Tauchen. Manche waren auch als Reiter recht talentiert und saßen elegant zu Pferde. Alle aber konnten tanzen, und das ohne Unterlaß. Tanzen, darum drehte sich alles bei den Pinks und den Jells.

Die Highschoolathleten ignorierten die Jells weitgehend und sprachen, wenn überhaupt, mit Verachtung über sie; sie gehörten nicht zu der auserwählten Halbstarkenclique der Seifenkistenrennfahrer, Weiberhelden, Marathonsäufer, samstagabendlichen Randalierer, Barhocker, Tabakspucker und legendären Herzensbrecher. Die Jells tauchten zwar gelegentlich da auf, wo die Sportler und Rowdys herumlungerten, im Peachtree Hills Pub oder im Blue Lantern oder gar im verrufenen Cameo Lounge in der Innenstadt am Greyhound-Busbahnhof, aber sie waren weder gern gesehen, noch gefiel es ihnen da, so daß sie sich nicht oft blicken ließen.

Unser Baal, unser goldenes Kalb, war das Auto. Durchaus nicht jeder von uns besaß eines; bei den Jells gab es Arme und Mittelschichtler ebenso wie Reiche, und etliche konnten sich einfach keines leisten. Die meisten von den Buckhead-Jells freilich schon. Als ich sechzehn wurde, bekam ich zum Geburtstag einen scheußlichen, rot-weißen Fury Plymouth mit Bronzestreifen und war über das Geschenk mindestens so verblüfft wie alle andern. Das sollte wohl ein letzter Versuch meines Vaters sein, mich zu einem würdigen Sohn aus reichem Hause zu machen, einem attraktiven, schikken jungen Mann, und es klappte, zumindest eine Weile, denn der Wagen verschaffte mir unter den Jells und den mit ihren Wimpern klimpernden Pinks einige Gefolgschaft. Doch es gelang mir nicht, über längere Zeit dem entsprechenden Image gerecht zu werden, und während der letzten beiden Jahre Highschool übernahm Lucy immer öfter den Fury. Zu ihr paßte er auch besser.

Die Jells gab es nur wegen der Pinks. Sie wurden von uns umworben, umschwärmt, wie ein Schrein verehrt und schließlich – ich vermute, der Zweck der Übung – von etlichen von uns geehelicht. In jenen verträumten Tagen zwischen Weltwirtschaftskrise und Camelot eine Pink in Atlanta gewesen zu sein, hieß, eine kurze Glanzzeit erlebt zu haben, wie sie nicht mehr wiederkehrt. Wie könnte sie? Sie hatte ja mit der Wirklichkeit nicht das mindeste gemein; Pinksein war ein vier Jahre dauernder, eine Million Meilen langer und einen Zoll breiter Karnevalszug. Was ihm an Gehalt fehlte, machte er wett durch Überschwang und Eleganz. Bedingungslose Verehrung hieß der Tagesbefehl, und ein Mädchen, die sie auf sich zu ziehen wußte, war Vortänzerin eines so raffinierten, allumfassenden Reigens, daß für gewöhnlich alles andere – College, Debütantinnenjahr, Junior League, manchmal sogar die Hochzeit – daneben verblaßte.

Bei weitem nicht jede Schülerin in Atlanta besaß diese Gabe. Wer sie nicht hatte, war ein Unglückswurm, eine Niete, Luft. Wer sie hatte, war eine Pink. Schlicht und brutal. Wer sie nicht hatte, vergaß es nie; wer sie hatte, auch nicht. Etliche Buckhead-Damen aus meinem Bekanntenkreis erzählen einem beim vierten oder fünften Gin-Tonic im Club, daß ihre Zeit als Pink die glücklichste ihres Lebens gewesen sei. Gott steh ihnen bei.

Eine Pink, die den Namen verdienen und behalten wollte, mußte beliebt sein. Pinksein war übermütiges Flirten, verschämtes Lokken, Verführung und Abweisung zugleich. Das Vorbild meiner Pinkgeneration war Millie Perkins, eine mädchenhafte Schauspielerin mit frischem Gesicht, Pferdeschwanz und erstaunlich professioneller Naivität; von ihr lernten sie, den Pferdeschwanz zurückzuwerfen, den knabenhaften Busen vorzuschieben und zugleich die Knie zusammenzupressen. Schönheit war nicht obligatorisch, Aufgewecktheit schon. »Süß« war das beste, was man über eine Pink sagen konnte. »Keß« kam gleich danach. Unerschütterliche Selbstsicherheit, zumindest nach außen hin, war ein Muß; eher ging eine Pink ohne Orchidee oder ohne Partner für ihre Tänze auf einen Ball, als sich Unsicherheit nachsagen zu lassen. Wender & Roberts muß damals im Verkauf von Mum und Odor-O-No landesweit führend gewesen sein, denn eine Pink aus Buckhead schwitzte nicht, transpirierte nicht einmal; und wenn sie hundertmal am Tag den Kopf senkte und errötete und die mit Maybelline beschatteten Lider senkte, es geschah nie aus Verlegenheit.

»Ein entzückendes Kind; so charmant«, war das höchste Lob, das unsere Mütter unserer jeweiligen festen Freundin spenden konnten. Ein Gütesiegel, das etliche von den schicksten Hochzeiten der Nordweststadt in die Wege leitete.

Irgendwie hatten sich die unscheinbaren kleinen Mädchen, die wir von jeher gekannt, getriezt und ignoriert hatten, sobald sie auf die Highschool kamen, über Nacht zu Pinks gemausert. Ich persönlich habe kein Buckheader Mädchen erlebt, das es nicht zur Pink gebracht hätte. Es muß zwar einige gegeben haben, aber sie wurden auf Schulen geschickt, wo ihre Zukunft nicht von derlei Kinkerlitzchen abhing.

Lucy kannte welche. Ich habe sie einmal danach gefragt, als sie schon ein Jahr lang auf North Fulton war und sich zur pinksten aller Pinks entwickelt hatte.

»Die Piepeier?« erwiderte sie leichthin. »Ach, die gehn da irgendwo nach Norden und lernen. Sie kriegen Pickel und gute Noten. Sie sind weg, pfft; nach der siebten Klasse bekommt man sie nicht mehr zu Gesicht.«

»Und da meinen die Leute nicht, daß sie in anderen Umständen sind?« fragte ich. Denn das raunte man sich in meiner Clique hinter vorgehaltener Hand zu, wenn ein Mädchen plötzlich auf eine Schule in einem andern Bundesstaat wechselte.

»Himmel, nein.« Lucy lachte. »Mit einem Piepei bumst man doch nicht.«

Die Pinks und die Jells gediehen an der Highschool im Schutz eines Verbindungswesens, dessen barocke Vielfalt selbst den Hof Ludwigs XIV. in den Schatten gestellt hätte. In anderen Städten mag es ähnliche Organisationen gegeben haben, bei uns jedenfalls bildeten sie den Mittelpunkt eines ausgelassenen Karnevalstreibens: Etliche von uns erwiesen sich, als sie nach dem Schulabschluß mit der Wirklichkeit konfrontiert wurden, als lebensuntüchtig und bewegten sich verwirrt und verloren in der Welt wie piepsende Osterküken in einem Köhlerhof. Insgesamt gab es rund zwanzig verbindungsartige Vereine, vielleicht ein Dutzend Burschenschaften und sieben, acht Verbindungen für Mädchen, darunter die elitäre Gruppe der »Besten«: PhiPi, zu dem Lucy, Sarah, Little Lady und die übrigen Mädchen meiner Bekanntschaft gehörten, und RhoMy, mein Verein, in dem man als Buckhead Boy unvermeidlich landete.

Die meisten Mädchen aus meiner Clique gingen aufs Washington Seminary. Nur Sarah, deren Eltern Privatschulen ablehnten, und Lucy, deren Mutter sich keine leisten konnte, besuchten North Fulton, und es hat keiner von beiden geschadet.

Nicht aus Gründen der Bildung wurden die höheren Töchter aufs Seminary geschickt, sondern weil sie dort den letzten Schliff bekamen und erstklassiges Marketing lernten: Die sechste und letzte Stunde war traditionsgemäß dem hingebungsvollen Herrichten von Haaren, Nägeln und Gesichtern vorbehalten, Vorbereitung für den rituellen Spaziergang nach der Schule zum Tor hinaus und die Auffahrt hinunter auf die Peachtree Road, wo sich Atlantas Jells aus den Highschools der Umgebung versammelt hatten wie die schottischen Clans, sich drängelten und herumstolzierten und warteten, daß die süß wippenden Pinks lässig vor das Tor traten.

Ich sehe uns noch vor mir, wie wir lachend und bei laufendem Motor in meinem Fury oder A. J.s unberechenbarem Chevy saßen und den tänzelnden Aufmarsch der Vestalinnen vor der Schule beobachteten. Obwohl wir sie von klein auf kannten, waren die stolzierenden Pinks für uns so fremdartig und exotisch wie Mayaprinzessinnen. Als hätten wir sie noch nie gesehen.

»Mannomann, was für Möpse!« kreischte A. J. voll Begeisterung mit verzückter Miene. »Guck dir das an!«

Und wir pfiffen, stöhnten, schlugen uns an die Stirn und sanken vollkommen hingerissen in den Sitz, als sähen wir just diese beiden Kaschmir-verhüllten Brüste zum allerersten Mal.

»Mensch, was für ein Prallarsch«, ließ sich Snake dann vernehmen. »Hinterfeld auf Beinen!«

Und wir schlugen auf das Blech des Automobils und johlten vor Vergnügen. Keine Ahnung, warum uns die Wachhunde vom Seminary nicht mit dem Feuerwehrschlauch vertrieben, jedenfalls taten sie es nicht. Die Schule hielt sich an Louis Sullivans berühmtes Diktum: »Die Form kommt nach der Funktion.«

Tja, Washington Seminary war sich nicht im unklaren, von welcher Seite es die Butter auf dem Weißbrot bezog. Und die Pinks und die Jells blieben bei ihrem Tanz ungestört.

Denn Tanzen war es, was wir am liebsten taten, wir wohlgeborenen, Zeit vergeudenden, in Kaschmir gekleideten und extravagant beschuhten Sprößlinge einer neuen, aufstrebenden Provinzmetropole. Von Dezember bis Juni fand jeden Freitag der große Jahresball der einen oder anderen Verbindung statt, zu dem alle Schulvereine Atlantas eingeladen waren, und im Herbst, bevor mit dem Winterregen die Ballsaison einsetzte, gab es eine Tanzparty nach der anderen. Gut dreißig glitzige, spritzige Freitagabende reihten sich aneinander von Oktober bis Ende Mai wie knisternde Glieder einer Silberkette, mit je einem Ball daran als Perle.

Wir tanzten im Brookhaven Country Club, im Druid Hills Golf Club, im Ansley Golf Club und gelegentlich, wenn sich jemandes Eltern spendabel zeigten, im Driving Club. Wir tanzten in Turnhallen und unter freiem Himmel am Wasser des Chattahoochee in den Robinson's Tropical Gardens, auf Terrassen und Veranden und um private Swimmingpools. Wir tanzten Schmusewalzer mit der Nase tief in nach Halo und Prell duftendem Haar, die gespreizten Finger auf knochigen jungen Hüften, bloße, schwindelerregend weiße Schultern und Wangen dicht an uns gedrückt, träumerisch versunken in »Moonglow«, »Sentimental Journey« oder »These Foolish Things«, vor Liebe brennend und froh um die ribbelnden, wippenden Glockenunterröcke, die unsere heftige Erektion kaschierten.

Wir tanzten Jitterbug, rutschten und hüpften an der Hand unserer Partnerin wie Wassertropfen auf einem Ofenblech; flink und elastisch wie bei Rangierarbeitern flogen unsere Füße zu den Klängen von »Pennsylvania 6–5000«, »In the Mood«, »Strings of Pearls« und »Chattanooga Choo Choo«. Ein Meer von Musik überschwemmte und umspülte uns unaufhörlich: Musikfluten benetzten unsere Tage und umwogten unsere Nächte. Musik strömte aus den Plattenspielern, Jukeboxen und Radios von ganz Atlanta und verband uns miteinander wie das rauschende Blut in unseren Adern; Musik ertönte aus den Blasinstrumenten, Trommeln und Klavieren von fünfzigerlei Combobands und Tanzkapellen, von Bill Haley oder den Emory Aces bis hin zum legendären Ralph Marterie und Woody Herman, letzterer überredet durch einen gefälligen Bruder oder Vetter vom Georgia Tech und durch Papas Bargeld.

Wir tanzten Walzer und Tango, Shag und Lindy, Bunny-hop und Boogie-Woogie, manchmal sogar Charleston. A. J. unterhielt einmal zwanzig Minuten lang eine johlende, klatschende Menge im Brookhaven Club mit der Vorführung seines Lambeth-walk und wirkte mit seinem geliehenen Smoking und seinen geschmeidigen, eleganten Schlangenbewegungen in aller Augen wie ein glatt frisierter Fred Astaire. In Reihen standen die jungen Männer in den linden Mainächten auf den Terrassen von einem halben Dutzend Clubs und klatschten in einem herrlichen, ritualisierten Figurenspiel von Werbung und Rückzug die Pinks ihrer Wahl ab. Manche begehrten Pinks kamen nicht zu drei Tanzschritten, ehe sie erneut abgeklatscht wurden, und ein Mädchen, ich glaube, es war Little-Lady – ich war damals schon in Princeton –, stellte einen Rekord auf von dreißig Unterbrechungen bei einem einzigen Durchgang von »Stardust«. Der steht immer noch. An diesen glänzenden Freitagsbällen tanzte ganz Atlanta, ob im samtenen Winterdunkel oder unter den zarten Spitzen jungen Frühlingsgrüns, tanzte zu einer Musik, deren Rhythmus in unseren jungen Adern hämmerte wie der Pulsschlag.

»Daran werden wir denken, solange wir leben«, sagte Sarah Cameron eines Abends im Brookhaven Club zu mir, auf einem der ersten Bälle, bei dem ich mit ihr war. Sie trug eine Wolke aus gelbem Tüll über einem hüpfenden Petticoat, der sich hinten glockig bauschte, wenn ich sie an mich zog und mich im Takt der langsamen, fließenden Klänge von »Stardust« wiegte, während vom Saum des dunklen Golfplatzes her der zauberische Duft des Geißblatts durch die offenen Fenster strömte.

»Ich werd' dran denken, daß ich wegen dem blöden Ball die Mathearbeit verhauen hab'«, erwiderte ich verdrossen.

»Du bist doch ein Volltrottel, Shep«, antwortete die kleine Sarah Cameron. Und das meinte sie kein bißchen spaßig.

Schon durch das Tanzen wären uns diese Jahre unvergeßlich geblieben: fünfunddreißig Bälle in ebenso vielen Wochen, und was richtige Buckheader Pinks und Jells waren, die ließen keinen aus. Doch damit nicht genug, fand vorher ein Essen in einem der dünn gesäten »guten« Restaurants statt, wie etwa im Hart's in der Peachtree Road oder im Paradise Room des Henry Grady Hotels oder im Salon engelsgeduldiger Eltern, und hinterher ein Frühstück, das bis vier Uhr morgens dauern konnte. Nach dem Frühstück schlüpften wir gelegentlich in unsere Bluejeans, quetschten uns in sämtliche verfügbaren Autos, erklommen den hohen, schwarzen Rücken des Stone Mountains östlich der Stadt und lagen erschöpft und mit Lippenstift beschmiert auf den Granitfelsen, wenn verstohlen der Morgen dämmerte. Oder wir fuhren unsere Begleiterin nach kurzem, pflichtschuldigem Geplänkel auf dem Vorder- oder Rücksitz nach Hause – keine Pink wäre richtig zur Sache gegangen außer bei ihrem festen Freund, und manche von uns hatten zwar in den ersten Jahren Highschool eine Freundin, aber die meisten schmusten mal mit der einen, mal mit der anderen, und es kam höchstens zu tüchtigem Petting –, und anschließend lieferten wir uns trotz unzureichender Fahrkünste bis zum Morgengrauen Autorennen auf dem Marietta Highway. Keine Ahnung, warum uns unsere Eltern Wochenende für Wochenende das lange Aufbleiben erlaubten oder wie wir auch nur die Dauermüdigkeit ausgehalten haben. Ich entsinne mich, daß ich am Ende der Saison im Frühjahr jedesmal so erschöpft war, als hätte ich Pfeiffersches Drüsenfieber. Erschöpft und abgebrannt.

Denn für jeden Abschnitt eines Ballabends – Essen, Tanz und Frühstück hinterher – hatte eine Pink eine Verabredung mit einem anderen Jungen, und jede Verabredung hieß auch eine Orchidee. Aber nicht irgendeine; Lila war dermaßen verpönt, daß sich nicht einmal eine fette Berufsschülerin auf einem Ball zu Ehren der Kriegsveteranen damit hätte blicken lassen. Reines, wächsernes, keusches Weiß, gehüllt in Gaze mit Satinschleife: Wir erstanden ganze Wälder. Ich sehe sie noch vor mir an den Busen, Handgelenken und Taillen der Mädchen von Buckhead, normalerweise drei, manchmal bis zu sechs, wenn die Pink eine höhere Stellung in der gastgebenden Verbindung einnahm.

Ich kann mich noch gut an das Kleid erinnern, das Lucy mit fünfzehn – mein letztes Jahr auf North Fulton – getragen hat; das glänzende Nachtblau des Weihnachtshimmels; ein seidiger, samtener Raffgardinenrock, unter dem Wolken schneeweißer Unterröcke hervorschauten. Lucy hatte die Farbe als Hintergrund zu ihren weißen Orchideen gewählt. Red Chastain begleitete sie zum PhiPi-Winterball, und sie war in dem Jahr die Vorsitzende der Verbindung. Zum Essen und zum Frühstück war sie mit anderen verabredet – auf ihre Namen kann ich mich nicht mehr besinnen –, und alles in allem hatte sie sich acht Orchideen angesteckt und umgebunden. Drei prangten auf dem schulterfreien Oberteil ihres Kleids, zwei an den Handgelenken, eine an der Taille, eine auf der vorderen Rokklangette und eine im Haar, das sie offen auf die Schulter fallend trug und das sie umwogte und umspülte wie Tinte einen Tintenfisch im klaren Wasser.

»Du siehst aus wie ein Blumenladen«, sagte ich, als sie sich in der Halle im Bronzespiegel betrachtete, während sie auf ihren Begleiter zum Abendessen wartete.

»Ich sehe wunderschön aus«, antwortete sie mit verträumtem Lächeln. »So viele Orchideen hat noch nie eine gehabt. Sieben – mehr ist nie dagewesen. Ich heb' sie mir alle auf und kleb' sie ins Album zur Erinnerung an den Abend, als ich mehr Orchideen getragen habe als je ein Mädchen in der ganzen Stadt.«

»Na, dann stinkt es bestimmt wie bei einer Beerdigung«, erwiderte ich boshaft und betroffen, weil ich mir für Sarah nur eine einzige Orchidee hatte leisten können und mir mein Vater keine zweite spendiert hatte. Aber betroffen auch aus einem anderen Grund, den zu hinterfragen ich keine Lust hatte.

»Du hast nur so viele, weil Reds Vater stinkreich ist.«

»Genau«, antwortete Lucy und lächelte noch mehr. »Reds Papa kann mich gut leiden. Er möchte, daß mich Red auf dem Weg zum Club schnell bei ihm zu Hause vorbeibringt, damit er mich in großer Garderobe sehen kann.« Sie wandte sich vom Spiegel ab und warf mir einen strahlenden Blick zu.

»Ach, Gibby, weißt du, an wen ich jetzt denken muß? Ich wünschte, er könnte mich jetzt sehen! Mit all den Blumen!«

»Ja«, sagte ich und lächelte zurück, alle Bosheit war aus meinem Herzen verschwunden, und ich fühlte nur einen schmerzlichen Stich. »Ich weiß. Er wär' so stolz auf dich, daß er Knopfaugen kriegen würde, Lucy. Glatt rausspringen würden sie ihm.«

»Ehrlich?« Sie stieß die Luft aus und blickte mich an, doch ihre Augen sahen nicht mich, sondern jene erste große Liebe. »Ehrlich?«

»Ja«, antwortete ich. »Da kannst du deinen Hintern drauf verwetten.«

Orchideen, Orchester, Kleider aus Satin, Samt und Tüll über Wolken von Unterröcken, geliehene Smokings; Abendessen, Bälle und Frühstückstische. Kein Wunder, daß wir in den Sommerferien und oft auch am Wochenende arbeiten mußten, auch wir Söhne von Millionären und Beinahe-Millionären. Wie sich die Jells, die nicht reich waren, all das leisten konnten, war mir trotz ihrer Jobs ein Rätsel. Ich weiß, daß A. J. zur Finanzierung einer Saison während der Schulzeit viel härter arbeiten mußte als später während seines Studiums an der University of Georgia; er jobbte nach der Schule und samstags in einem Laden und bediente wochentags im Filmtheater den Projektor. Ich kann mir nur schwer vorstellen, was die Eltern jener mittellosen Jells empfunden haben müssen, wenn wieder ein Herbst mit seinen Bällen und Ausgaben in Sicht war. Verzweiflung vermutlich. Aber auch eine Art grimmigen, unausgesprochenen Stolz, möchte ich wetten. Die Erzeuger eines Atlanta-Jells zu sein, einen aus der Elite einer Generation hervorgebracht zu haben... dieses Gefühl muß für manche Knauserei, manchen Engpaß, manches Abknapsen entschädigt haben. Ich hoffe es jedenfalls. Melba Kemp, A. J.s verwitwete Mutter, die sich und ihn während der Highschoolzeit als Verkäuferin über Wasser gehalten hatte, erzählte mir kurz vor ihrem Tod, daß A. J.s Jahre mit den Jells von Buckhead trotz aller Einschränkungen die glücklichsten ihres Lebens gewesen seien.

»Wieso?« fragte ich und dachte an die langen Stunden im Laden auf schmerzenden Füßen, an die einsamen Nächte in ihrem Häuschen am anderen Ende der Cheshire Bridge Road, während A. J. fort zum Tanzen war in den Clubs und Villen, zu denen sie keinen Zugang hatte.

»Weil, das war schon was, eure ganze Clique«, antwortete sie lächelnd. »Die vielen Bälle und Partys, und für jeden ein hübsches Mädchen... Ihr Jungs wart schon was. A. J. hat sich nie mehr so königlich amüsiert wie damals.«

A. J. zuckte mir und Lana gegenüber leicht mokant die Achseln, als wolle er widersprechen, und verdrehte hinter dem Rücken seiner

Mutter die braunen Augen himmelwärts. Aber ich wußte trotzdem, daß sie recht hatte. A. J. war der geborene Jell, und meines Wissens hat ihn niemand übertroffen.

Das Dasein als Pink oder Jell beschränkte sich durchaus nicht auf den glanzvollen Rahmen der Schülerverbindungen. Für den Eingeweihten umfaßte es schließlich sein ganzes Leben, ja, sein Leben bestand nur daraus. Nach der Schule, nach dem Ritual von Beschau und Paarbildung auf dem Bürgersteig vor dem Washington Seminary und im Betonring vor der North Fulton Highschool zwängten wir uns in die verfügbaren Autos und schwärmten aus, um die Stadt unsicher zu machen.

Wir hatten meinen Fury, Snake Cheathams 1939er Mercury Cabrio, Ben Camerons frisierten Chevy, den er sich an seinem sechzehnten Geburtstag von seinem ganzen bis dato ersparten Geld gekauft hatte, und A. J. Kemps übel beleumundeten und heftig bewunderten 1935er Chevy ohne Verdeck und Kotflügel, den ihm Buckshot Jones vom Northside Auto Service in der Howell Mill Road geschenkt hatte, damit A. J. bloß nicht mehr auf seinem Gelände herumgeisterte. In diesem ausgeschlachteten, vibrierenden Wrack schaukelten wir durch die ganze Stadt. An der letzten Tankstelle vor Atlantas Stadtgrenze unterbrachen wir unsere Spritztour in die Innenstadt, und A. J. sprang über die Tür und legte sich unter den Wagen, um den Auspufftopf anzubringen. Auf der Rückfahrt wiederholte er das Manöver und montierte die wenig effektive Konstruktion wieder ab. Im übrigen fuhr er sein Auto in Buckhead einfach mit Gedröhn. Buckheads Polizei regte sich nicht darüber auf. Für Autonarren war A. J. eine Art Lokalgröße, weil er den Chevy überhaupt in Gang gebracht hatte.

Auch manche Mädchen hatten einen Wagen. Freddie Slaton kriegte, als sie sechzehn wurde, von ihrem Vater einen kleinen roten Triumph, vermutlich aus der nicht ganz verkehrten Überlegung heraus, daß die kleine, hornissenboshafte Freddie jeden nur denkbaren Pluspunkt dringend nötig hatte. Die meisten Washington Seminary Pinks besaßen ein Auto. Jedenfalls versammelten wir uns nach der Schule und samstags auf der Straße wie ein Schwarm Zugvögel – mit ebenso komplizierten und unabänderlichen Fluglinien.

Unser Lieblingsaufenthalt am Nachmittag in Buckhead war der Wender & Roberts Drugstore, wo wir einen Milkshake oder eine

Cola tranken und anschließend ins Filmtheater von Buckhead oder Garden Hills gingen. An Sommertagen badeten wir in einem der chlorverseuchten, azurblauen Schwimmbecken in Garden Hills, in Moseley Park, in einem elterlichen Club oder bei jemandem zu Hause im Garten.

Die Kegelbahnen mit den trübseligen Flipperautomaten und Musikboxen, der schicksalhaft lockende Chattahoochee, Grenzfluß zwischen der Fulton und der Cobb County, das Spielfeld hinter der Peacock Alley und Minor and Carter's Drugstore in der Stadt – sie alle bekamen unseren Stempel aufgedrückt, sie alle suchten wir heim in unserem rastlosen Taumel. Ach, der Zauber, wenn das schummrige Licht der Straßenlaternen durch frisches Aprillaub auf Rustys oder Harrys Parkplatz fiel, wenn wir den Geruch von Geißblatt und Mimose in der Nase hatten, wenn aus unvorstellbaren Spalten unter Bubikrägen und ärmellosen Blusen der aufdringliche Duft von Emeraude und Tigress stieg. In unseren Adern pulsierten so mächtig Blut und Miller-High-Life-Bier, daß wir vor Jungsein schier zu platzen glaubten.

Bei all dem Toben der Hormone, all dem Bier, den Strömen heimlich erstandenen Gins und Bourbons und all dem Schimmer verbotener, weißer Haut mußte es zu Keilereien kommen. Meist geschah es beim Tanzen, und zwar in den Pausen und unter freiem Himmel. Ich erinnere mich an einen Vorfall während meines letzten Schuljahrs im Druid Hills Country Club, als Red Chastain einen randalierenden Jell glatt durch die Glastür auf die Terrasse warf, nachdem er wiederholt versucht hatte, die strahlende Lucy bei einem No-Break-Tanz abzuklatschen. Die No-Breaks von begehrten Pinks waren oft Jahre im voraus ausgebucht, und inzwischen wußte auch der letzte, daß bei jedem Ball der dritte No-Break auf Lucys Karte Red vorbehalten war. Der Jell konnte sich also nicht auf Unwissenheit berufen. Es war ein kurzer, brutaler Kampf, und obwohl Red nicht sonderlich beliebt war, fanden wir alle, daß dem ramponierten Jell ganz recht geschehen war. Die Regeln der Pinks und Jells übertrat man nicht ungestraft.

Die Keilereien wurden von unseren Vätern mit beträchtlichem Humor hingenommen, während unsere Mütter meist weinten oder schalten. Wohl wurden wir pflichtgemäß ermahnt und zuweilen halbherzig mit Hausarrest bestraft, doch wir spürten, daß unsere

Väter verstanden, wie wichtig es für uns war, Konflikte mit Selbstbeherrschung und als Gentleman austragen zu lernen. Bestimmt hat mein Vater sehr darunter gelitten, daß ich mich nie traute, mir im Zweikampf die Hörner abzustoßen. Auch wenn diese Zeit ganz im Zeichen der Weiblichkeit, der Schwärmerei und Werbung um sie gestanden hat, war sie im Grundton dennoch männlich rüde.

»Wie bist du denn zu dem Veilchen gekommen, Junge?« fragte mich Ben Cameron eines Sonntags nach dem Mittagessen im Driving Club und deutete auf das blaue Auge, daß mir Snake bei einer besonders schwelgerischen Tittenbeschau vor dem Seminary mit dem Ellbogen beigebracht hatte. »Und wie geht's dem andern?«

»Shep läßt sich nicht auf Schlägereien ein«, antwortete da mein Vater trocken. »Er ist ein Don Juan. Weißt du das nicht?«

Da ich sechzehn war und außer mit Sarah noch nie mit einem Mädchen ausgegangen war, wurde ich rot.

Ja, mein Vater hatte es nicht leicht.

Und so wurden wir aufgrund unserer glänzenden Verbindungen die wahren Prinzen Atlantas, fuhren in unseren unverwüstlichen Karossen in der Stadt herum, genossen sie in all ihren Stimmungen zu jeder Tages- und Jahreszeit, räkelten uns unter ihrer Sonne, freuten uns an ihrer dunklen Wärme. Kein Wunder also, daß niemand von uns auf eine Universität außerhalb wollte, abgesehen vielleicht von solchen wie mir, denen das Dasein als Jell noch nie gut zu Gesicht gestanden hatte. Ein unerhört ausschweifendes, völlig selbstvergessenes Leben. In diesen wolkenleichten, turbulenten Tagen waren wir in erster Linie von uns selbst besessen.

Gleich danach rangierte Sex.

Wenn ich mir die unterschwellige Erotik jener Zeit vergegenwärtige, spüre ich wieder jene eiskalte Angst in der Magengrube unter der dünnen Tünche der gockelhaften Angeberei, mit der wir den Bizeps spielen ließen, und jenes ständige Brennen im Schritt. Von der Pubertät bis zum Schulabschluß und häufig bis in die Collegezeit hinein waren wir besessen von Sex – ich weiß nicht mehr, wie wir unsere Erektionen vertuschten und uns durch die nicht enden wollenden Tage und Nächte schleppten. Wir erwachten auf feuchten Laken, sprachen auf dem Schulweg über Sex, phantasierten und redeten sechs lange Stunden über die Pinks; rückten nach der Schule in Autos, Restaurants und Kinos so dicht wie möglich an die Mädchen heran, um mit raffinierter Beiläufigkeit eine Brust, einen Schenkel zu streifen; knutschten, was das Zeug hielt, mit jeder, die uns ließ, bei Rendezvous an langen Abenden, sei es vor dunklen Häusern oder an so beliebten Schmuseecken wie dem Sope Creek und dem Friedhof Oakland, in Parks und Autokinos (in der letzten Reihe, wo es dunkel war), machten Petting bis an die Grenzen von Vernunft und Pinksein, wenn wir mit einer gingen, und daheim wichsten wir mit Schuldbewußtsein und Erleichterung vor dem Einschlafen, erwachten im Feuchten, und der Alltag begann erneut. Gleich einem Heer von Onans ließen wir massig Samen auf die Erde fallen, aber fast nie in die Furche, für die er bestimmt war.

Zu zweit oder zu mehreren ersannen wir Lügengeschichten, was wir mit wem gemacht hätten und wie sie gestöhnt und um mehr gebettelt hätte und woher sie das hätte, was sie konnte, und wir versuchten, den Anschein von Gleichmut zu wahren, während wir Pullis oder Zeitungen über das Zelt breiteten, das sich zaghaft in unseren Bluejeans aufstellte. Wir fuhren bis zur anrüchigen Apotheke im Plaza an der Ponce de Leon, um uns Pariser zu besorgen, die uns bald in der Brieftasche vertrockneten, und ein Jell, an dessen Buxtonbörse sich außen kein Kreis von einem Kondom abzeichnete, verdiente den Namen nicht. Sogar ich besaß eines; Snake Cheatham, unser Verteiler von Trojan- und Ramses-Produkten, hatte es mir geschenkt, aber – wie man gar nicht erst erwähnen muß – es ergab sich nie die Notwendigkeit, es zu benutzen, und selbst dann hätte ich vielleicht nicht einmal gewußt, wie man es überstreift. Und trotz unseres Gebalzes, unserer Pfeifkonzerte und Prahlereien glaube ich nicht, daß es viele von uns wußten. Wir alle behaupteten zu vögeln. Die Jells in der Highschool, die es wirklich machten, hätte ich vermutlich an den Fingern einer Hand abzählen können. Wer es nicht gemacht hat, hat darüber geredet. Wer es gemacht hat, nicht. Ganz einfach. Es waren die Stillen unter uns, die wir insgeheim bewunderten. Aber wir mußten unbedingt über dieses Thema reden, das uns alle wie die Lemminge umtrieb.

»Hat sie? Hat sie?« johlten wir alle im Klassenzimmer und umdrängten den von uns, der tags zuvor trompetet hatte, er sei bei einer so gut wie gelandet.

»Eins A Nummer«, erwiderte dann lässig unser Held und bildete zwischen Daumen und Zeigefinger einen flotten Kreis.

»Und, wie war's?« Angehaltener Atem, klopfende Herzen.

»Mannomann, einfach bombig.«

»*Meeensch!*«

Die Schlüsselrolle spielten natürlich die Pinks. Eine Pink mußte mit Blicken, mit ihrem Lächeln und ihrer Stimme Welten, Galaxien, Universen zu versprechen wissen und zugleich die Jells bei der Stange halten, ohne zu liefern. Die meisten Pinks meiner Bekanntschaft brachten das fertig. Wie sie es anfingen, weiß ich nicht; in Anbetracht der Länge und Häufigkeit der Knutschsitzungen in den Autos muß es schwieriger gewesen sein als die Quantenphysik.

Sogar die Mädchen mit festem Freund galten als sittsam bis zum Erweis des Gegenteils, und da es dazu außer einer sichtbaren Schwangerschaft keine Möglichkeit gab, hielt man die Vermutung auch dann aufrecht, wenn der Wagen des Paares in der letzten Autokinoreihe schaukelte wie eine Nußschale bei heftigem Seegang. Ob Jungfrauen oder nicht, die Pinks von Atlanta trippelten mit Tugend umgürtet durch ihre Schulzeit, und eine, die vögelte, oder schlimmer, erzählte, sie habe Spaß daran, war schneller ausgestoßen als ein spatiges Jungtier aus einer Karibuherde. Soviel ich weiß, gab keine Pink aus Buckhead je zu, sexuell aktiv zu sein – außer Lucy, aber die stand irgendwie über den Regeln. Sie hatte auch schon früh einen höheren Preis bezahlt als alle anderen.

Eine Ära der Doppelmoral und der geistlosen Zweideutigkeiten, angeheizt von ungestilltem Verlangen und gewürzt, aber auch bedroht durch das absolute Tabu einer Schwangerschaft. »Folgen«, »dicker Bauch« oder »angebumst« waren Ingredienzen mancher Zote im Umkleideraum und bezeichneten zugleich, was ein Jell am meisten von seiner blassen, tränenüberströmten Freundin zu hören fürchtete. Für eine Pink bedeutete eine Schwangerschaft den gesellschaftlichen Selbstmord. Bestimmt haben etliche mehr Mädchen aus Buckhead, als ich weiß, vor dem ersten Morgengrauen einer gewissen Klinik in Copper Hill, Tennessee, einen Besuch abgestattet, deren Adresse jeder kluge Jell heimlich bei den Parisern in der Tasche stecken hatte, und ebenso sicher endete manche diskrete Konsultation eines angesehenen Arztes im Norden der Stadt, der zufällig ein Freund der Familie war, nicht nur mit einer Rechnung. Snake Cheatham, der auf der Emory University Medizin studiert hat und im Grady Memorial Hospital sein Praktikum absolvierte, bevor er eine Stelle als Assistenzarzt im Piedmont Hospital antrat, erzählte mir nach Jahren, daß ihn in unserer Studienzeit einige Frauen, von denen bei uns im *Hi-Ways* immer wieder mit lebhaftem Wohlwollen gesprochen wurde, um eine Abtreibung gebeten hätten... das war aber schon, als die meisten von uns studierten, zu Zeiten der feuchtfröhlichen, lockeren, freizügigeren Partys der Burschenschaften.

Ich wußte nichts über heimliche Schwangerschaften, obwohl immer Gerüchte umliefen. Keine Ahnung, wie die Jells meiner Highschooltage reagierten, wenn sie Pech hatten. Keine von den Pinks ging plötzlich von der Schule ab, wie es jedes Jahr mit dem einen oder anderen anonymen Mädchen passierte, das nicht dazugehörte. Vielleicht diente manche Sommerfrische im Ausland oder im Wochenendhäuschen eines Verwandten an einem entlegenen Ferienort einem doppelten Zweck; ich hätte damals eine Schwangerschaft nicht erkannt, und wenn mir das Fruchtwasser über die Füße gelaufen wäre. Und welche Lügen und Halbwahrheiten wir einander auch erzählten, über welche Funktionen und Phänomene des Frauenkörpers wir auch kicherten – Busen und Po, Menstruation und Masturbation, Aphrodisiaka und sexuelle Praktiken, die geheimnisvollen Tiefen weiblicher Geschlechtsteile –, über Schwangerschaft und Abtreibung wurde nicht geredet. Das war viel zu furchterregend und nah.

Doch die Jagd nach Mösen verlor von der Schulzeit bis zum Ende des Studiums nichts von ihrem Reiz. Etliche Jells machten ihre ersten sexuellen Erfahrungen mit Frances Spurling, einer fröhlichen Nymphomanin von fünfzehn Jahren, die bei ihren Eltern in der Roswell Road hinter einem schäbigen Lebensmittelladen aus weißem Fachwerk wohnte; sie rief den Jungen ihrer Wahl an und sagte: »Ihre Bananen sind da. Sie können sie heute um drei abholen.« Oder um vier, oder wann ihre Eltern eben nicht im Weg waren. Und der Junge begab sich mit zitternden Knien und großspurigen Bewegungen zum Laden, parkte im Hinterhof hinter dem Lagerschuppen und schlich sich in das schmutzige, schwarze, spinnwebige Innere, wo ihn Frances, die Unterhose bis zu den fleischigen Knöcheln heruntergelassen, auf einem Stapel Jutesäcke empfing, packte, in sich hineinstopfte – sie machte dabei nicht mehr Umstände, als wenn sie an der Registrierkasse herumfummeln würde –, kurz und heftig ruckelte, bis er mehr aus Verwirrung und Hast als aus Leidenschaft seinen nervösen Samenerguß abgab, sich dann an einem Jutesack abtrocknete und den Jungen, während er sich noch den Reißverschluß hochzog, mit den Worten zur Tür schob: »Diese Woche kosten die Bananen einen Dollar das Pfund.«

Meine unausweichliche Begegnung mit Frances fand mit vierzehn statt, am Vorabend von Allerheiligen, gut ein Jahr, nachdem alle andern Jungen aus meiner Bekanntschaft von ihr durch die Pforten des Paradieses eingelassen worden sein wollten. Es war eine der beschämendsten Erfahrungen meines Lebens.

Ein Jahr zuvor hatte Snake Cheatham einen kleinen, höchst exklusiven Kreis gegründet, eine Art Geheimbund unter Buckheads Jells, den Touchdown Club, und die Mitgliedschaft gründete sich ausschließlich darauf, einmal bei einer Frau gelandet zu sein. Da sich so etwas mit Hilfe einer Pink, die all ihre Sinne beisammen hatte, nicht beweisen ließ, einigte man sich für den Initiationsritus auf einen Besuch bei Frances Spurling, die die erfolgreiche Verrichtung mit einem roten X aus Kugelschreibertinte auf dem Handgelenk des frisch Eingeweihten belohnte. Diabolisch schlau und einfach: Frances erwies sich in dieser Beziehung als unbestechlich und verlieh das begehrte rote X nur, wenn die Leistung wirklich erbracht war. Da sie für so ein Übergangszeremoniell von jedem Initiierten zwei Dollar bar auf die Hand bekam, muß die Versuchung, sich gelegentlich diskret bestechen zu lassen, für sie groß gewesen sein, aber Frances hielt durch. Einmal auf dem Weg zum Lagerschuppen hinter dem Laden, wußte man, es blieb nur noch die Flucht nach vorn.

Charlie Gentry und ich waren die letzten von den Buckhead Boys, die dem Touchdown Club beitraten, und wir ließen uns auch nur deswegen zu dem entwürdigenden Allerheiligenausflug nötigen, weil wir keinerlei ehrenhafte Alternative sahen.

»Heute abend oder nie, Bondurant und Gentry«, höhnte Snake an jenem Nachmittag. »Und bei nie weiß es morgen früh die ganze Schule. Frances wartet um neun auf euch. X heißt die Devise.«

Am Abend brachen Charlie und ich auf, in einer Stimmung, als gingen wir zu unserer eigenen Beerdigung, in den Ohren das Hohngelächter der nur zu lebendigen Buckhead Boys, während es uns aus tiefer Verzweiflung die Sprache verschlagen hatte.

»Ich krieg' bestimmt Asthma und muß sterben«, sagte Charlie schließlich, der kläglich an meiner Seite in der finsteren Roswell Road in die Pedale trat. »Bestimmt huste ich mich zu Tode, gleich oben auf Frances drauf oder wo man da liegen muß. Hoffentlich.«

»Hör mal.« Ich erstickte fast an meiner Scham. »Ich habe einen roten Kugelschreiber dabei und fünfundzwanzig Dollar. Das ganze Geld, das ich die letzten zwei Jahre gespart habe. Ich frag' sie, ob sie sich kaufen läßt, und wenn sie nein sagt, können wir uns immer noch ein X aufs Handgelenk malen und sagen, daß wir's mit ihr gemacht haben und daß sie lügt.«

»Nein«, antwortete Charlie, der sich eher mit einem Großinquisitor angelegt hätte, als die Unwahrheit zu sagen. »Das können wir doch nicht machen, Shep.«

»Ich schon«, brauste ich auf. »Du mit deinen Prinzipien kannst ja mit Frances Spurling vögeln, bis es zwölf schlägt, wenn du's nicht fertigbringst, ein bißchen zu flunkern. Ich bin zum Glück nicht so heilig wie du.«

»Ich bin nicht heilig«, entgegnete Charlie niedergeschlagen. »Ich hab' auch siebzehn Dollar dabei. Aber wenn sie das Geld nicht nimmt, können wir uns begraben lassen. Snake hat nämlich gesagt, daß die Art, wie sie das X macht, ihr Geheimnis ist, und es sonst niemand so hinkriegt. Lügen nützt uns gar nichts.«

Wir strampelten schweigend und schicksalsergeben weiter.

Doch der große Gott Pan hatte ein Einsehen mit uns. Als wir an dem höllisch finsteren Schuppen hinter dem dunklen Lebensmittelladen ankamen, zaghaft klopften und auf ein gedämpftes »Herein« die Tür aufstießen, lag Frances Spurling im Licht einer tarngrünen Taschenlampe aus Plastik auf den Jutesäcken und wirkte in ihrem Flanellschlafanzug, ihrem riesigen, dicken Bademantel und ihren enormen Filzpantoffeln alles andere als verführerisch. Sogar Charlie und ich konnten erkennen, daß diese Aufmachung zur Deflorierung Minderjähriger nicht geeignet war. Das Herz schlug uns höher in der aufgewühlten Brust.

»Heute wird nichts draus«, sagte Frances verdrießlich. »Eben, bevor ihr gekommen seid, hat's mich erwischt. Ich habe solches Nasenbluten.«

»Ach je«, sagte ich mitfühlend. »Dann solltest du nicht hier draußen sein. Hat's denn... ist es arg schlimm?«

»Na, nicht grad ein Vergnügen, kann ich dir flüstern«, antwortete sie. »Und heute abend gibt's garantiert keine Bananen mehr.«

»O Gott, besser nicht«, stieß Charlie hervor, blankes Entsetzen im Gesicht. »Sollen wir deinen Eltern Bescheid sagen? Am besten bringen sie dich zum Arzt...«

»Ich brauch' keinen Arzt, ich muß bloß mit 'ner Wärmflasche ins Bett«, antwortete sie. »Seit acht Uhr lieg' ich hier in der Kälte und warte auf euch. Dafür könnt ihr schon zwei Dollar springen lassen.«

»Na klar«, sagte ich und griff nach der Brieftasche, und vor Erleichterung dröhnten mir die Ohren.

»Nee«, widersprach Charlie störrisch. »Das mit deiner Nase tut mir leid, Frances, aber wir können nichts dafür. Wir hatten ja keine Ahnung... und wir sind extra mit dem Fahrrad hergekommen. Ich seh' nicht ein, wie du dafür zwei Dollar verlangen kannst.«

»Charlie...«, fing ich verzweifelt an.

»Aber du kriegst das Geld, wenn du uns das X machst.«

Sie bedachte ihn mit einem skeptischen Seitenblick. Dann antwortete sie mürrisch, »Scheiße, also gut, her mit eurem Handgelenk.«

Wir streckten es ihr hin. Sie machte rasch ein kräftiges Kreuzchen darauf und hielt dann ihre fette rosa Hand hin. Ich holte mein Geld raus. Charlie auch. Dann zögerte er.

»Ist es auch das richtige X?« fragte er.

»Ja, es ist das richtige X, du kleiner Scheißer. Haut jetzt ab. Wenn mein Vater euch hier erwischt, jagt er euch 'ne Kugel durch den Kopf.«

Wir gingen. Hocherhobenen Hauptes und frohen Herzens radelten wir die Roswell Road entlang zu der Weggabelung, wo Snake und die anderen auf uns warteten, und sangen »We're off to see the Wizard« und »What shall we do with a drunken sailor«.

»What shall we do with a drunken Frances«, grölten wir.

Doch je näher wir den anderen kamen, desto stiller wurde Charlie, und als wir vom Rad stiegen, zu Snake hingingen und ihm die geweihten Handgelenke hinstreckten, platzte er auf einmal heraus: »Wartet mal. Es stimmt gar nicht. Wir haben gar nicht. Wir konnten nicht. Ich meine, Frances konnte nicht. Sie hat plötzlich furchtbares Nasenbluten gekriegt. Sie konnte ehrlich nicht, Snake. Wir haben's probiert.«

Für einen Moment schaute uns Snake nur an, dann brach er in Gelächter aus. Er hielt sich den Bauch und wankte auf dem überfrorenen Gehsteig herum; er beugte sich vor und schrie und weinte und heulte vor Lachen; er klatschte gegen die Mauer von Wender & Roberts, schlug sich die Hände vors Gesicht und jaulte seine widerliche Heiterkeit zum Himmel hinauf. Die andern lachten auch alle. Ben, Tom Goodwin, Pres und A. J. – sie lachten und lachten, und mir war, als müsse ich den Nachhall dieses Gelächters noch in Äonen hören, sicher und geborgen unter der stillen Erde von Oakland.

»Ihr Blödmänner«, röhrte Snake. »›Sie hat Nasenbluten gekriegt!‹ Mannomann! Habt ihr von nichts 'ne Ahnung? Sie hat Nasenbluten zwischen den Beinen! Der rote Vorhang ist runter. Bei ihr gibt's ein Verkehrshindernis! Mannomann!«

Er hat dann doch nicht in der ganzen Schule rumerzählt, daß Charlie und ich es nicht geschafft hatten, Frances Spurling zu bumsen. Allerdings nannte er uns nach jenem entsetzlichen Abend vier Jahre lang vor all unseren Bekannten »die beiden Nashörner«. Keine Ahnung, ob jemand außerhalb unserer Clique die Anspielung verstanden hat. Wahrscheinlich wußten alle Bescheid.

Ein teurer Preis dafür, daß wir Frances ihre Bananen nicht abgekauft hatten.

Frances war nicht die einzige, die im Umkreis von Buckhead ihr flottes Gewerbe trieb, und das war vermutlich gut so, sonst wären die Jells allesamt unberührt in ihr Hochzeitsbett gestiegen. Aber ich kann nicht viel Romantisches daran finden, und damals lebten wir nur für die Romantik. Anderen Jungen – rauhe Männer wie Boo Cutler und Floyd Sutton – wurde nachgesagt, unablässig zu vögeln, mit jeder, die ihnen gerade gefiel, was ebenso zu ihrem illustren Ruf beitrug wie ihre Leistungen beim Dragsterrennen und beim Alkoholschmuggel. Wir bewunderten sie zwar enorm, aber die wenigsten von uns waren auf Nachahmung aus. Keine Pink hätte sich noch einmal mit einem Jell getroffen, der ernsthafte Annäherungsversuche gewagt hätte, und ein Jell bleiben, das war damals noch erstrebenswerter als Sex.

Nein. Wir haben geschmust, gestreichelt und lüsterne Blicke geworfen, haben phantasiert, gewichst und anstößige Wörter benutzt, aber gevögelt haben die meisten von uns nicht, bis der Altar in Sicht war. Bestimmt haben deswegen so viele von uns gleich am Tag nach ihrem Abschluß des Colleges geheiratet, manche sogar vorher. Auch die hohe Sterblichkeitsrate der Ehen in meiner Clique dürfte auf diese lange unfreiwillige Enthaltsamkeit zurückzuführen sein. Als wir mit dem Studium fertig waren, konnten wir es einfach nicht mehr erwarten, endlich bumsen zu dürfen. Was uns an gemeinsamen Interessen mit unseren Freundinnen verband, lag vor allem unterhalb der Gürtellinie.

Damals hatte man ein merkwürdiges Verhältnis zum Sex, und das nicht nur in Atlanta. Lucy und ich haben einmal Ende der 60er Jahre darüber gesprochen, als wir beide von der Leidenschaft und ihren Nachwehen gezeichnet waren und zumindest ein wenig besser wußten, wovon wir redeten.

Wir saßen an einem Frühlingsabend im Zwielicht auf der dämmerigen Veranda hinter dem Gartenhaus. »Weißt du«, fing sie an, »eigentlich komisch, wenn man sich überlegt, wie unsere Eltern gelebt haben, als wir Kinder waren. Ganz ohne Skandale. Soweit ich mich erinnere, gab es keinen von den aufregenden, großartigen Sexskandalen, wie sie anderswo unter den verdorbenen Reichen gang und gäbe sind, ob in Palm Beach, Long Island, Los Angeles oder sonstwo. Wir hatten zwar ein paar Scheidungen und Nervenzusammenbrüche, und es gab Leute, die Alkoholiker wurden oder sich umgebracht haben und so weiter, aber ich wüßte nicht, daß jemand mit der Frau oder dem Mann von jemand anderem durchgebrannt oder in flagranti ertappt worden wäre oder sonst was Interessantes. Erinnerst du dich an ein einziges Verbrechen aus Leidenschaft? Ich nicht. Mensch, schau dir die Mama an; wenn je eine Frau dafür geschaffen war, sich lustig durch Buckhead zu ficken, dann sie; und so, wie sie aussieht, hat sich daran nichts geändert. Wenn man bedenkt, wie sie war, bevor sie Papa geheiratet hat! Aber seit sie das Haus betreten hat, ist sie nicht ein einziges Mal mit jemandem ausgegangen. Ich glaube nicht, daß sie auch nur einmal einem Mann heimliche Blicke zugeworfen und ein bißchen mit einem geflirtet oder sich was Aufreizendes angezogen hat. Sie hätte genausogut ins Kloster gehen können. Und Mama ist nicht gerade eine Heilige, das kann ich dir sagen. Es liegt an der Stadt. Was ist los mit dieser Stadt?«

Ich dachte nach. Sie hatte recht. Sexskandale waren bei keinem aus der Generation unserer Eltern vorgekommen; jedenfalls, soviel ich wußte.

»Vermutlich liegt es daran, daß die meisten von uns ihr Geld noch nicht so lange haben«, antwortete ich. »Und daß wir uns unseres Status, was immer das heißen mag, noch nicht sicher sind. Ein Emporkömmling riskiert seine gesellschaftliche Position nicht durch einen Skandal. Jedenfalls keinen solchen. Das kommt vermutlich später, in traditionsreicheren Städten wie Charleston, New Orleans und Savannah oder in den echten Großstädten wie New York, wo sich keiner um so was kümmert. Das waren damals schließlich die 50er Jahre. Jetzt, wo alles geht und alle alles mit allen machen, kümmert es keinen mehr. Natürlich hat ihre Generation auch ihre Sünden begangen, aber es waren mehr Unterlassungssünden. Und Verdrängung war der Sünde Sold. Vielleicht waren alle zu sehr mit Geldverdienen beschäftigt.«

Lucy streckte ihre langen Beine aus und zündete sich eine Zigarette an. »Bürgermeister Hartsfield hat sich geirrt«, sagte sie. »Es stimmt nicht, daß bei uns zum Hassen keine Zeit gewesen wäre. Es war keine Zeit zum Bumsen. Jammerschade. Geld ist bloß Geld, aber Bumsen ist eben Bumsen.«

Wenn ich von den Pinks und den Jells als »wir« spreche, ist das in erster Linie das Wir des Erzählers. Ich bin zwar ständig auf die Bälle gegangen, war aber meist nur Zuschauer, ein Mitglied des Ameisenhaufens, der den Pinkschmetterlingen zu ihrer überschäumenden Lebendigkeit verhalf. Ich war fast nie beim Abendessen davor oder beim Frühstück danach. Wenn ich unbedingt eine Partnerin brauchte, nahm ich Sarah mit, in deren Gesellschaft ich mich immer wohl fühlte. Zuweilen trieb ich mich nach der Schule mit der heulenden Meute herum, aber nur, weil der Fury ein so mächtiger Verführer war, und anschließend brachte ich – das blieb meist an mir hängen – den plumpen, bleischweren Pres Hubbard nach Hause oder ging mit Charlie auf Andenkenjagd oder fuhr heim zum Lernen und knüpfte wieder an den alten, fruchtbaren Austausch mit Lucy an.

Ich genoß das ziellose, bunte Radschlagen in unserer Schar, bewunderte ihr prächtiges Hochzeitsgefieder und kannte das Spiel, dank dem Geld meiner Familie, der geradezu herkulischen Anstrengungen Margaret Bryans und meiner Zugehörigkeit zur Generation der Eingeweihten. Nur kam mir das alles sonderbar und gestelzt vor, weit weg von mir, wie eine raffinierte Farce, die außer mir niemand durchschaute. Wenn ich in einen Ballsaal voll hübscher Mädchen trat, die sich in der sachten Brise der Musik wiegten wie ein köstlicher bunter Garten im Wind, hatte ich immer das Gefühl, als wären sie nicht echt, nicht wirklich da; und nur ich allein atmete und spräche und bewegte mich.

Manchmal dagegen, mitten in der fröhlichen antiseptischen Kakophonie von Wender & Roberts oder bei der rauschhaften, rasanten Fahrt die Peachtree Road hinunter auf dem letzten Abhang vor der Stadtgrenze von Atlanta, war mir, als wäre alles und jeder um mich herum wirklich, überwirklich, hyperwirklich, und bloß ich existierte nicht eigentlich. Nur in Lucys Nähe floß die Gegenwart in beide Richtungen. Die Wirklichkeit wollte mir damals entgleiten, und doch wußte ich ganz sicher, daß sie für mich woanders lag, nicht im Buckhead und Atlanta der Pinks und Jells.

»Und wo willst du hin?« fragte mich Sarah einmal, als ich davon anfing, daß ich am liebsten fortginge.

»Nach New York.« Ich wußte nicht, warum, wußte nur, daß es so war.

»Seit wann hast du das vor? Das ist das erstemal, daß ich davon höre«, sagte sie verblüfft.

»Schon immer«, erwiderte ich, ebenso verblüfft wie sie, daß es stimmte.

Im Gegensatz zu den anderen aus meiner engeren Jell-Clique interessierte ich mich für die Schule, besonders für Geschichte und Literatur, und bekam beachtlich gute Noten. Doch darauf kam es mir nicht an; ich konnte stundenlang gedankenverloren im sonnigen Blumengarten der Schul- und Stadtbibliotheken träumen und merkte erst, wie glücklich ich gewesen war, wenn ich wieder zu mir kam, blinzelte, mich rekelte und tief Luft holte. So begann meine Passion für die Wissenschaft, die mich durch das ganze Leben begleitet hat, mit einer Ausnahme die einzige Liebe, die mir stets die Treue hielt. In den langen Jahren im Sommerhaus war sie mir sowohl Lebensgefährtin als auch fast einziger Lebensinhalt.

Immerhin brachten mir meine guten Noten, eine tadellose Reihe von Einsen, ein Lächeln von meiner Mutter ein und hin und wieder sogar ein zufriedenes Nicken von meinem Vater, wenn er sich auch selten die Bemerkung verkniff, daß ich bei meiner Größe inzwischen ein Abwehrspieler erster Garnitur im Basketball sein müßte.

Lucy aber lobte mich ohne Einschränkung, und sie war damals noch immer die Sonne, die mich wärmte, mich allerdings auch, wie ich in jener Nacht im Gartenhaus erfahren hatte, tödlich verbrennen konnte.

Ich kam nie auf die Idee, mit ihr auf einen Ball oder auf eine Party zu gehen; ehrlich, in dem Licht habe ich sie gar nicht betrachtet, zumindest nicht wissentlich, und ich war für sie offenbar auch kein Gegenstand romantischer Gefühle. Nach wie vor war sie in meinen Augen mächtig verführerisch, ohne daß sie sich dessen bewußt schien, doch ich hatte mich bei der flüchtigen, versengenden Szene auf dem trudelnden Bettsofa von ihr als Frau so weit entfernt, daß ich sie fast so gründlich und objektiv betrachten konnte wie ein Soziologe.

In anderer Hinsicht hatte sich zwischen uns nichts geändert; obwohl meine Welt jetzt der der Erwachsenen viel näher war als ihre, waren wir einander noch immer eine verläßliche Zuflucht. Vermutlich spürten wir beide, daß eine romantische Beziehung die Geborgenheit, die wir einander gaben, empfindlich gestört hätte, und wir hatten sie beide bitter nötig. Also nahm ich Sarah auf die wenigen Bälle mit, auf die ich ging, und bei meiner Heimkehr erzählte ich Lucy davon wie ein brütender Vogel, der sein heißhungriges Küken füttert; als Gegenleistung belohnte sie mich mit ihrem anfeuernden, vollen Lachen und ihrer uneingeschränkten, beschwingenden Zuneigung. Wie schon gesagt, damals war ich ihr Herz, und sie war meine Schwungfeder.

Sarahs hingebungsvoller Blick, wenn sie zu mir aufsah, entging mir; eigentlich habe ich ihn nie bemerkt und glaube auch heute noch nicht so recht, daß es ihn gab. Charlie sagte hin und wieder zu mir, »Sarah ist in dich verknallt«, und ich habe es ihm nicht abgenommen. Wahrscheinlich dachte ich, er übertrage seine lange, heimliche Liebe zu Sarah auf mich, und immer, wenn er so etwas sagte, bemühte ich mich eilends, ihm diese Liebe zurückzugeben.

Ich konnte nicht glauben, daß mich ein Mädchen anhimmelte. Längst hatte ich unbewußt das mütterliche Urteil angenommen, ich sei zu unreif und sensibel für »diese albernen, pubertären Mädchengeschichten«, wie sie sich ausdrückte, ebenso wie das väterliche Verdikt, ich tauge einfach nicht dafür. Zwar traf beides nicht zu, aber ich wußte es nicht. Ich war überhaupt keine Memme mehr, hatte nie etwas Weibisches an mir gehabt. Nur hatte ich seit der Nacht mit Lucy die Lust tief in mir vergraben.

Und so lebten wir dahin, ich, indem ich ziellos das seichte Dasein eines Jells führte, während sich in allen nicht von Lucy beanspruchten Teilen meines Wesens eine tiefe, gestaltlose Sehnsucht ausbreitete; Lucy, indem sie gelassen ihre Zeit in ihrem entsetzlichen, lichtlosen Gefängnis von Kleinmädchenschule absaß, wir beide noch immer gefangen in den Rollen des Opfers und des Schutzheiligen und einverstanden damit. Ich habe keine Ahnung, wie lange es noch so weitergegangen wäre, aber inzwischen, da ich nach so vielen Jahren den besseren Überblick habe, meine ich, daß alles so kommen mußte, wie es kam.

Im Frühjahr machte Lucy mit zwölf ihren Abschluß bei Miss Beauchamp, wobei sie sich zwar nicht mit Ruhm bekleckerte, aber ihre Freiheit sicherte. Im Herbst wechselte sie auf die North Fulton Highschool. Ich verbrachte viel Zeit in der Bibliothek, der herbstliche Trubel des Jelldaseins beanspruchte mich, und nach der Schule genoß ich die alte, innige Vertrautheit mit Lucy; so bemerkte ich an ihr keine nennenswerten Veränderungen. Für mich sah sie immer noch so aus wie seit langer, stillstehender Zeit: wie ein silberner Weidenschößling, ein edles Fohlen, das mitten im Kindheitsstadium zu wachsen aufgehört hatte. Längst hatte ich es aufgegeben, mich darüber zu wundern, daß niemandem ihre elektrisierende Wirkung auffiel. Sie schien in North Fultons Fluß zu gleiten, ohne auch nur die Wasseroberfläche zu kräuseln. In den ersten Tagen sah ich sie kaum.

Eines Tages in der dritten Schulwoche ging ich auf den heißen Sportplatz, um mit den anderen drei Staffelläufern zu trainieren. Ben Cameron und A. J. Kemp waren beide auch dabei; merkwürdig, denn von den Jells nahmen die wenigsten am Sportprogramm teil. Aber die Staffelstrecke war für Ben mit seinem wieselflinken harmonischen Körper ideal, und A. J. in Bewegung war immer ein fantastischer Anblick. Den vierten machte Fraser Tilly, ein zierlicher, kaninchenhafter, stockstummer Unterstufler, der irgendwo hinter Sandy Springs wohnte; er lief mit der Ausdauer des Timberwolfs, sprintete wie der Eselhase, an den er erinnerte, und war in der Staffel besser als wir drei Buckhead-Jells zusammengenommen.

Es war die sechste Schulstunde. Auf dem gelben Rasen sammelten sich die Jungen und Mädchen in Knäueln wie bunte Punkte, um widerwillig die letzte Turnstunde des Tages hinter sich zu bringen. Die Gestalten auf der anderen Seite des Platzes flimmerten in der Hitze wie eine Fata Morgana in der Wüste, und die scheußlichen blau-weißen Hosen und Hemden, die man in North Fulton beim Turnen zu tragen hatte, waren schweißgetränkt. Sogar A. J., sogar der anmutige Ben Cameron sahen darin aus wie Störche im Salat. Die Mädchen wirkten schlichtweg unsäglich. Lieber hätten sich die Pinks von North Fulton bei der Heimdauerwelle mit Lockenwicklern und Papierröllchen im Haar oder mit Pickelcreme im Gesicht blicken lassen als in ihrer Turnkluft.

Ich war spät dran, und wir hatten einen neuen Trainer, einen rücksichtslosen, steinharten Hünen mit einem Bürstenschnitt von undefinierbarer Farbe und kühlen, nordischen Augen. Er hatte A. J. wegen Versäumens der ersten Stunde so abgekanzelt, daß es dem schlagfertigen A. J., der sonst nicht auf den Mund gefallen war, das Wasser in die Augen trieb. Aus Angst vor der scharfen Zunge des Trainers rannte ich leise die Steintreppe zum Platz hinunter, in der Hand die genagelten Schuhe.

Aber niemand achtete auf mich. Sie standen dicht beieinander auf einem Haufen mit dem Rücken zu mir, steckten die Köpfe zusammen und gafften offenbar etwas auf der anderen Seite des Platzes an, das ich nicht erkennen konnte. Sie lachten, und obwohl ich ihre Worte nicht richtig hörte, verstand ich den Tenor dieses Gelächters. Hundertmal hatte ich es gehört, in Umkleideräumen und dunklen Nischen, wenn das Gerede über Bumsen und Mösen losging; hatte sogar unbeholfen versucht mitzumachen. Es war das Lachen der Jells über ein Mädchen, das man quasi als Hure betrachtete. Ich bekam noch das Ende eines Satzes aus dem Mund des massigen Trainers mit: »...kleinen Hasen da hinten am Stiel vernaschen. Wetten, die läßt sich nicht lange bitten, und jeder von uns dürfte mal lekken.«

Ich trat zu der Gruppe und sah hinüber zu dem Mädchen, das gemeint war; es war Lucy. Ihre Klasse hatte in der sechsten Stunde Fußball. Sie tat nicht das geringste, außer unbeweglich am Rand einer Mädchengruppe in der Sonne zu stehen. Wie alle anderen auch trug sie die verhaßte blaue Hose zur weißen Bluse. Doch auf einmal fiel es mir wie Schuppen von den Augen, und ich sah, was Ben, A. J.,

Fraser Tilly und der Trainer sahen: Lucys weiße Haut nackt unter der gnadenlosen Septembersonne, als wären Shorts und Hemd gar nicht vorhanden; kleine spitze Brüste, die selbst unter dem gestärkten Weiß entblößt wirkten; lange Beine, die sich so offensichtlich zu einer Einfassung weicher Genitalien vereinten, daß die blaue Hose aus durchsichtigem Netzgewebe hätte sein können. Lucys Kleider lagen nicht eng an, und sie hatte keine provozierende Pose angenommen. Sie bewegte sich nicht einmal. Sie stand nur still da und sah die andern über den Platz hinweg an. Und unter dem gemeinen, dreckigen Gelächter der Staffel spürte ich das schmelzende Blau ihrer Augen auf uns und hörte das leere, sonnendurchglühte Schweigen wie eine Glocke schrillen.

Da drehten sie sich um und bemerkten mich, und das Gelächter verstummte. Ben wurde rot, und A. J. wich meinem Blick aus. *Ben! A. J.!*

Fraser Tilly und der preußische Trainer klopften sich emsig den getrockneten Lehm von den Schuhen. Um mich drehte sich alles, die Luft summte wie ein Bienenschwarm. Lucy war meinen Freunden und Teamkameraden und dem klotzigen, fremden Verräter ganz und gar ausgesetzt, und jetzt wußten alle, was ich insgeheim schon immer gewußt hatte: daß Lucy Bondurant nackt durch die Welt ging. *Lucy konnte genommen werden.* Wieder einmal hatte ich, diesmal unwiderruflich, als Schild und Schutz versagt, und da floh mich die Macht meiner Heiligkeit ein letztes Mal, und nur die Sehnsucht danach blieb zurück.

9. Kapitel

Als ich sechzehn wurde, bekam ich einen rot-weißen Fury; damit war das letzte vernünftige Argument gegen eine uneingeschränkte Teilnahme am Jelldasein gefallen, und ich fand keine gute Ausrede mehr, um mich vor den Essen, Bällen und Frühstücken zu drücken, so daß ich, nun stolzer Besitzer eines prächtigen Gefährts, auf Drängen meiner Mutter die meisten Veranstaltungen besuchte.

»Kommt ja gar nicht in Frage, daß du schon wieder einen Tanzabend versäumst, Sheppie«, sagte meine Mutter. Sie war ins Gartenhaus gekommen, um mich am Schlafittchen zu packen, nachdem sich beim hartnäckigen Verhör am Mittagstisch herausgestellt hatte, daß ich an den letzten zwei, drei Bällen nicht teilgenommen hatte und auch diesmal nicht daran dachte. »Bei diesen Partys werden die Debütantinnenlisten geschrieben, das weißt du so gut wie ich. Willst du denn fünf, sechs Winter lang auf keiner einzigen Liste stehen? Jetzt entscheidet sich deine Zukunft. Natürlich gehst du hin. Du kommst sofort mit ins Haus und rufst eine von deinen netten Freundinnen an. Die kleine Sarah Cameron würde bestimmt mit Freuden zusagen. Soll ich für dich mit Dorothy sprechen?«

Und bei der entsetzlichen Aussicht, daß meine Mutter die Mutter eines Mädchens anriefe, und wenn es nur Sarah war, stakste ich mit feuerrotem Kopf zur Villa, schlurfte verdrossen zur Telefonecke unter der Treppe und wählte die Nummer der Camerons.

»Sarah«, sagte ich, ohne mich zu melden, »ich muß am Freitag zu dem blöden Alpha-Ny-Fest da, und meine Mutter gibt keine Ruhe, ehe ich mich nicht mit einem Mädchen verabredet habe. Du hast doch bestimmt keine Lust mitzukommen?«

»Aber ja, Shep«, antwortete Sarah. »Danke. Ich komme gern. Es wird sicher sehr nett.«

Schon mit vierzehn hatte sie ihre kehlige, warme Frauenstimme, in der ein volles Lachen mitschwang und die die Menschen immer wieder anzog, und ihr schlichtes, frohes Danke war so viel freundlicher als meine mürrisch gemurmelte Einladung, daß ich beim Gedanken daran noch heute, nach all den Jahren, erröte. Damals kam ich gar nicht auf die Idee, daß ich unhöflich zu Sarah war. Etliche Jahre vergingen, ehe ich so viel Herzlichkeit und Zuneigung nicht mehr für ganz selbstverständlich nahm.

An den Freitagabenden, wenn ich, weiße Orchidee in der Hand, in den Fury stieg, waren meine Eltern so zufrieden mit mir wie sonst nie, was mich seltsam aufmüpfig und melancholisch stimmte. Ich ging widerwillig und trübsinnig, aber in korrekter Aufmachung auf die Bälle. Mein Vater hatte mich mit in die Stadt zu John Jarrell genommen und mir einen prächtigen Smoking machen lassen, den einzigen, den ich je besessen habe; ein herrlicher, pinguin-schwarzer Einreiher aus teurer Wolle mit einem breiten Shawlkragen aus Satin, dazu ein blendend weißes Plisseehemd mit einem weichen Kragen und Umschlagmanschetten. Ein schwarzer Satinkummerbund und Krawatte vervollständigten meinen Anzug, die Krönung aber bildeten die in Gold gefaßten Onyxmanschettenknöpfe und die rauchigen Perlenkragenknöpfe meines Großvaters Redwine.

Letztere brachte mir meine Mutter kurz vor dem ersten Freitagabendball der Saison und bestand darauf, sie selbst einzuknöpfen. Als sie sich über mich beugte, roch ich den rauchigen, bittersüßen Duft von Hermès' Calèche, ihrem Markenzeichen in dem Herbst, und den sauberen, leicht blumigen Geruch des Shampoos von ihrem Friseur. Solche Nähe zu meiner Mutter war mir ungewohnt, ich mußte mächtig gegen den nervösen Drang ankämpfen, sie wegzustoßen und davonzurennen. Sie drehte sich halb um, und ich schloß die Augen, um den perlenden Ansatz ihrer Brüste im tropfenförmigen Ausschnitt ihres Kleides nicht sehen zu müssen. Dann richtete sie sich auf, schob mich auf Armlänge von sich, die Hände fest auf meinen Schultern, und schaute mit ihren dunklen Schlehenaugen zu mir auf, in denen Tränen schimmerten.

»Mein hübscher kleiner Mann«, sagte sie. »Mein kleiner blonder Junge ist jetzt erwachsen. Er geht hinaus in die Welt und läßt seine Mama ganz allein zurück. Es tut mir im Herzen weh, daß du mich verläßt, Sheppie.«

Da ich lediglich um die Ecke zu den Camerons ging, um Sarah abzuholen, und dann vielleicht allerhöchstens drei Meilen weiter in den Brookhaven Country Club, fand ich ihre Tränen unangebracht und künstlich, nahm sie als eine mysteriöse Inszenierung und war verlegen.

»Ich gehe doch gar nicht fort, Mama«, antwortete ich.

»Doch, Sheppie«, erwiderte sie und lächelte mich mit ihrem verschlossenen, rätselhaften Lächeln an. »Du gehst hinaus ins Leben und wirst es sehr weit bringen. Das habe ich immer gefühlt. Dein Vater sieht es nicht, aber ich schon. Du bist ein ganz besonderer Junge und wirst später einmal ein ganz besonderer Mann. Ein sensibler, begabter, nobler Mann. Und so gutaussehend; ja, schau dich nur an. Du siehst in deinem neuen Tuxedo heute abend aus wie Leslie Howard. Ach bin ich *eifersüchtig*, Sheppie. Alle Mädchen werden verrückt nach dir sein. Ich wette, die Hälfte von ihnen ist schon in dich verschossen. Du wirst einmal ein wunderbarer Ehemann, und dann vergißt du deine arme alte Mutter ganz. Aber eines Tages wirst du erkennen, daß kein einziges Mädchen dich so lieb gehabt hat wie deine Mama.«

Sie beugte sich über mich, um mich zu küssen. Ihre Augen waren halb zu, und in ihrem Lächeln lag etwas, das ich noch nie darin gesehen hatte, etwas Heimtückisches, das sich nach mir reckte wie ein Tentakel.

In plötzlicher Panik wich ich aus und wandte mich meinem Spiegelbild zu. Ein zitternder blonder Mann, groß und reichlich verängstigt, sah mich mit verdutzter Miene an. Die Frau und der Mann im Spiegel waren beide Wildfremde für mich, und einen Moment lang verlor ich den Kontakt zur Wirklichkeit und fühlte mich wie in der Haut eines anderen. Da lachte meine Mutter ihr altes, nachsichtiges Lachen, und die wirbelnde Welt wurde wieder klar vor meinen Augen.

»Keine Angst, ich geb' dir keinen Kuß, und du brauchst nicht vor Verlegenheit in den Boden zu versinken. Jetzt geh' und hol' die kleine Sarah ab. Ich kann dir sagen, Sheppie, wir sind ganz schön froh, daß du mit ihr hingehst und nicht mit Lucy. Es wird Zeit, daß du ein paar kleine Freundinnen außer Lucy hast. Du bist jetzt zu alt für diese Cousinengeschichte. Die Leute reden schon.«

Da floh ich blindlings, rot bis unter die Haarwurzeln, und erst in der Einsamkeit meines Furys holte ich tief und erleichtert Luft. Der Wagen stand, am Nachmittag von Shem Cater auf Hochglanz poliert, auf der Auffahrt vor dem Haus für mich bereit. Die Begegnungen mit meiner Mutter gingen mir am Ende meiner Schulzeit zunehmend an die Nieren; ich brach fast zusammen unter einer drückenden Last, ohne den Grund zu verstehen. Als ich in das kleine Wohnzimmer im Cameronschen Haus trat, wo Sarah, Dorothy und Ben mich erwarteten, war ich froh und sehr erleichtert. Der junge Ben war bereits aufgebrochen, um die hübsche, stupsnäsige Julia Randolph abzuholen.

Schon in ihrem ersten Highschooljahr war Sarah in North Fulton allgemein bekannt und beliebt, die ideale Kandidatin, um – wie früher ihre Mutter – in heiterer Bereitwilligkeit und ohne jede ambitionierte Angeberei die »ernsten«, gemeinnützigen Aufgaben an der Schule zu übernehmen. Dabei war sie alles andere als ein Ausbund an Tugend oder eine Streberin; sie war Cheerleader beim Sport, war in der ganzen Stadt als gute Schwimmerin und hervorragende Malerin bekannt und hat in den vier Schuljahren, soviel ich weiß, bei keinem Freitagabendball einen Tanz ausgelassen. Mit ihrem elastischen, zierlichen Körper und den klaren, tief bernsteinfarbenen Augen, den Grübchen beim Lächeln und dem dunklen, schimmernden Haarschopf – sie trug das Haar kurz, damit sie beim Schwimmen und Tauchen keine Bademütze brauchte – war sie so ansprechend fürs Auge wie ein zahmes Eichhörnchen, und ebenso reizend. Es war unmöglich, Sarah anzuschauen, ohne daß sie einem wenigstens die Andeutung eines erwidernden Lächelns entlockt hätte. Schon von klein auf besaß sie Dorothys unerschöpfliche Energie und Zielstrebigkeit ohne deren Härte und Bens unverkrampftes Charisma ohne dessen schlichtes, geradeaus blickendes Ego. Das Beste – oder doch das Lebbarste – von beiden.

Als Sarah ihren Schulabschluß machte, war die Liste der Auszeichnungen und Titel unter ihrem Bild die längste im *Hi-Ways.* Es hieß dort: »Sarah Tolliver Cameron. Nach unserer Voraussage erste Präsidentin. Sprecherrat, Vertreterin in der Jahresversammlung, Vertreterin in der Elternbeiratsversammlung, Schriftführerin und Schatzmeisterin in der Junior Class, Vorsitzende in der Senior Class, Mitglied der Schwimmannschaft, Goldmedaille beim Städtischen Schwimm- und Tauchwettkampf, Cheerleader, Mitglied im Komitee für Mannschaftsaufstellung, Teilnahme an der Modenschau, Circle Française, zehnmal auf der Ehrenliste der National Honor Society, Who's Who, Schülerrat, Theatergruppe, Auszeichnung im *Atlanta Journal-Constitution* als hervorragende junge Künstlerin des Jahres im Südosten, Beste im interdisziplinären Wettbewerb, Abschlußrede.«

»Sieh dir das an, was die kleine Sarah für eine lange Liste unter ihrem Namen stehen hat«, sagte meine Mutter eines Morgens beim Frühstück, als Lucy ihr letztes Jahrbuch mit nach Hause gebracht hatte. Meine Mutter ließ nicht locker in ihrer Kampagne zugunsten einer Verbindung der Häuser Bondurant und Cameron und nannte Sarah dabei nie anders als »die kleine Sarah«. Ich schaute in den *Hi-Ways,* roch neues Kunstleder und frische, säuerliche Druckerschwärze und sah Sarahs vertrautes Eichhörnchengesicht, das mich über ein riesiges Meer von Druckbuchstaben hin anlächelte. Auf der Seite daneben war ein Bild von Lucy im Halbprofil, zu bloßer Zartheit verblaßt, wie immer auf Fotos, über ein, zwei dürren Zeilen.

»Ja, ganz schön lang, was?« gähnte Lucy und rieb sich mit den Fäusten die verschwollenen, verklebten Augen. Sie war am Vorabend mit Red Chastain ausgegangen, und ich hatte das Motorengeräusch seines MG kurz vor fünf auf der Auffahrt gehört. Längst hatte man es aufgegeben, Lucy wegen so etwas zur Rede zu stellen. Sie wirkte feucht und zerdrückt und verbraucht wie eine exotische Blume, die die ganze Nacht in heftigem Regen gelegen hatte.

»Wahrscheinlich haben die ihr den üblichen Annoncenpreis abgeknöpft«, sagte Lucy gedehnt und stürzte ihren Kaffee schwarz hinunter. Ich warf ihr einen finsteren Blick zu, und Tante Willa runzelte die Stirn, machte sich aber nicht die Mühe zu antworten. Meine Mutter lächelte ihr geheimnisvolles Lächeln. Sie hatte ihre Absicht erreicht: Sie hatte den Finger auf den Kontrast von Sarahs vielseitigen Aktivitäten und den dürftigen zwei Zeilen bei Lucy gelegt und damit im Frühstückszimmer eine gespannte Atmosphäre geschaffen. Bei Lucy stand: »Lucy James Bondurant. Stoppt die Maschinen! Männer über Bord! Vier Jahre Redaktion beim *Scribbler,* Chefredakteurin im Senior Year. Tallulah Falls, Who's Who.«

Vier Jahre Lucy Bondurant, und am Ende erfuhr man über dieses komplexe Bündel reiner Energie nichts weiter, als daß sie die Mitgliedschaft zweier Clubs besessen hatte, zu der Buckheads Pinks so automatisch kamen wie zur Geburtsurkunde und zur Pockenimpfung, daß sie nur bei der Schülerzeitung mitgearbeitet, nur dort eine

Spur hinterlassen hatte, und daß sie sich als zweiten Namen den ihres früh verlorenen, heißgeliebten Vaters ausgesucht hatte. Und doch war es immer noch Lucy, nicht Sarah, die mich hinabzog, versengte, sich an mir festklammerte und die für mich strahlte.

Als sie dreizehn wurde, gab es in ganz Atlanta kein Mädchen und keine Frau zwischen zwölf und dreißig, die es an Ausstrahlung mit Lucy Bondurant hätte aufnehmen können. Sie war ein Wesen aus purem Feuer; keiner, der sie damals kennenlernte, vergaß sie je. Mit dreizehn war sie ausgewachsen und voll entwickelt, mit unbewölkten, faszinierenden blauen Augen, schwarzen Wimpern und einer Taille, die ein Mann mit beiden Händen umspannen konnte; ihr dunkles Haar war nicht gestutzt zum gängigen Bubikopf, oder später zum Entensterz, sondern fiel ihr im gepflegten, lockeren Pagenschnitt des vergangenen Jahrzehnts weich auf die Wangen. Lucy hat ihr Haar so getragen, bis man es ihr viele Jahre später in der Klinik abschnitt.

Ihre Ausstrahlung war nicht die der klassischen Schönheit, sondern kam von etwas her, das sie ihren Motor, und ich, im Geiste, ihre Aura nannte: eine Lebendigkeit, ein Glanz – wie elektrischer Strom, der, wenn sie nicht gerade schlief, pausenlos floß. Sogar ihre Laster hatten Charme, ein ganz eigenartiges Gepräge, das manche ein Leben lang vergeblich zu imitieren versuchten. Irgendwo – vermutlich bei ihren geliebten Negern – hatte sie gelernt, wie ein Fuhrknecht zu fluchen, aber sie fluchte in so reinem, honigsüßem Singsang und mit so viel verletzlicher Unschuld in den blauen Augen, daß die Wirkung zauberisch war. Eine ganze Generation von Pinks lernte von Lucy »verdammte Scheiße« zu sagen, aber sie war die einzige, bei der es gut klang.

Auch das Rauchen gewöhnte sie sich zwei, drei Jahre vor den anderen aus ihrer Clique an – denn zu unserer Zeit rauchten so gut wie alle Mädchen Pall Malls, Viceroys oder Parliaments in den blauweißen, bruchsicheren Packungen –, und schon beim ersten Schluck aus der von meinem Vater stibitzten Flasche Jack Daniels war sie auf den Geschmack von Whiskey gekommen. Es dauerte allerdings noch eine Weile, ehe ihr das Trinken zur Gewohnheit wurde. In der Highschool war ihr Treibstoff noch ihr Elan. Aufgrund ihrer elektrisierenden Wirkung war sie ununterbrochen umschwärmt von Jells und anderen Jungen, was sie bei einer ganzen

Generation von Frauen nicht sehr beliebt machte. Ich glaube nicht, daß sie es merkte, und es hätte sie sonst auch sicher nicht gejuckt. Von dem Augenblick an, als sie North Fulton Highschool betrat, von dem Augenblick an, als sie den Kopf hob und über ein verdorrtes, gleißendes Spielfeld in die hungrigen verräterischen Augen der Staffel blickte, interessierte sich Lucy nur noch für Männer und nichts als Männer.

Trotz des Omens an dem Tag auf dem Sportplatz fing es ganz harmlos an mit Lucys verzehrender, dauerhafter Leidenschaft und Zuflucht. Während des gesamten ersten Jahres erlaubte ihr Tante Willa nicht auszugehen, obwohl die anderen Mädchen in ihrem Alter, besonders die Pinks, regelmäßig zu zweit oder allein zu den Essen und Bällen und sogar zum Frühstück danach erschienen und in Gruppen in die Nachmittagsvorstellung im Kino oder auf eine Limonade nach der Schule gehen durften. Ich weiß nicht, wieso Tante Willa in dem Jahr so streng mit Lucy war. Bisher war nichts mit Jungen vorgefallen, und von der Nacht im Gartenhaus ahnte sie mit Sicherheit nichts. Vielleicht sah auch sie in ihrer Tochter das nackte, hungrige, überzarte und äußerst erotische Geschöpf, das die Staffel an dem heißen Septembernachmittag erblickt hatte. Vielleicht war ihr bewußt, daß Lucy im Gegensatz zu der gehemmten, fügsamen Little Lady nicht artig und konventionsgemäß durch die Pubertät in den Hafen einer frühen und stabilen Ehe steuerte. Vielleicht dachte sie an ihre eigenen erotischen Abenteuer und deren Folgen – obwohl ich das bezweifeln möchte. Ich glaube nicht, daß hinter dem Verbot die Sorge um Lucy steckte. Ich denke damals wie heute – und auch Lucy war sich dessen sicher –, daß das Ausgehverbot, als alle anderen Mädchen fort durften, als Strafe gedacht war. Willa wollte Lucy damit sagen: »Du bist billiges Geschmeiß, man kann dir nicht trauen und muß dich an die Kandare nehmen.« So kam es wohl, daß der Gedanke an Promiskuität tief in ihr wurzelte. Und wie immer, wenn sie eingeschränkt wurde, machte das Verbot Lucy wütend und verzweifelt. Wäre Tante Willa im ersten Highschooljahr hinsichtlich des Ausgehens vernünftiger gewesen, hätte Lucys Leben anders verlaufen können. Vielleicht war es da aber auch schon zu spät für eine Korrektur.

Lucy lehnte sich nicht auf, tobte nicht, protestierte nicht wie früher. Die Folgen davon kannte sie zur Genüge. Sie ging nur dazu über, systematisch allen Männern in ihrer Reichweite den Kopf zu verdrehen, und das, ohne dabei einen Finger zu rühren. Lucy war schon unbewußt so verführerisch wie eine kindliche Nymphe – und nun erst eine Lucy, die bewußt all ihre Waffen einsetzte! Bis Schuljahresende gab es keinen Schüler auf North Fulton Highschool und kaum einen Jell in Atlanta, der nicht gewußt hätte, daß Lucy scharf und eine heiße Nummer war – auch wenn man nicht allgemein der Ansicht war, daß sie herumbumste. Allerdings war man sich einig darüber, daß es nur eine Frage der Zeit sei, und man stellte sich in die Startlöcher, um beim Massenansturm der erste zu sein; so blieb es, glaube ich, bis Red Chastain kam und den Wettbewerb auf Eis legte.

Lucys nächster Schachzug war, wie auch ich zugeben mußte, ziemlich elegant, wenn auch nicht sonderlich raffiniert. Sie verließ das Haus morgens vor mir, behauptete, vor der Schule eine Versammlung zu haben, steuerte in North Fulton schnurstracks auf die Mädchentoilette im Erdgeschoß zu und malte sich an. Da ihr Tante Willa auch das Schminken verboten hatte, hatte Lucy alles, was sie brauchte, einfach bei Wender & Roberts geklaut, und wenn sie aus der Toilette kam, dann unter einer farbenfrohen, meisterlich aufgetragenen Glasur aus Maybelline und Revlon. Wimperntusche und Eyeliner brauchte sie nicht, aber ich sah sie damals in der Schule selten ohne einen hektischen Strich »Cherries in the Snow« auf den weichen Lippen, und sie roch exotisch nach einem Parfüm namens Tabu, das sie mochte und während ihrer ganzen Schulzeit und noch danach benutzte, bis ihr ihre blaustrümpfigen Kommilitoninnen im Agnes Scott College einmal sagten, sie röche wie eine *cocotte*.

»Sie meinten natürlich französische Hure«, sagte sie zu mir, »aber, Gott bewahre, so ein Wort nimmt man im Scott nicht in den Mund. Du solltest mal ihre Gesichter sehn, wenn ich ›vögeln‹ oder ›Scheiße‹ sage. Vögeln heißt bei denen ›Vau-Wort‹. Und wenn sie ›bumsen‹ meinen, reden sie von ›Satansdienst‹ oder von der ›schmutzigen Sache‹. Ich weiß nicht, was die später mal ihren Kindern erzählen wollen: ›Du bist auf der Welt, weil Papa und ich im Dunkeln die schmutzige Sache gemacht haben‹, oder was?«

Ihr Tabu mußte Lucy nicht klauen. Ich habe es ihr im ersten Highschooljahr zu Weihnachten geschenkt, und zwar im Gartenhaus, damit Tante Willa und meine Eltern nichts merkten. Sie sprenkelte sich erst auf dem Schulweg damit ein und löste das Problem mit dem anhaftenden Geruch, indem sie Tante Willa erzählte, daß ihre Lehrerin in der sechsten Stunde sich kurz vor dem Läuten ausgiebig damit besprühe, so daß Lucy und die anderen Schüler in den vorderen Bänken stets etwas abbekämen.

»Ich würde mich ja wegsetzen, Mama, aber bei Miss Checkler dürfen nur die besten Schüler vorne sitzen. Es ist eine Ehre. Ich will sie nicht kränken«, sagte sie allen Ernstes.

Daß ihr die Lügen glatt und flüssig von den Lippen gingen, war eine weitere soziale Fähigkeit, die sie in jenem recht prägenden Jahr lernte. Im ganzen nützte ihr das mehr als ihre Männergeschichten.

Sie hatte die gleichen Röcke, Pullis, Strickjacken und Bass-Wee-Mokassins mit einem Penny drin an wie die anderen aufblühenden Pinks, aber sie stopfte sich das Oberteil in den Rock, zog es straff herunter und ließ am Ausschnitt ein oder gar zwei Knöpfe mehr offen als jede andere. Man sah nichts; der Lehrkörper fand keinen Anlaß, die sittsame kleine Lucy Bondurant aufzufordern, den Pulli herauszuziehen und zuzuknöpfen, aber man spürte die spannungsgeladene Atmosphäre und beobachtete sie mit ähnlichen Falkenblicken wie die Jungen. Lucy lächelte ihr wunderbares Engelslächeln, strahlte mit den blauen Madonnenaugen alle und jeden an und tat keinen falschen Schritt. Ein Bravourstück – und hätte man sie nur gelassen, sie hätte bestimmt das raffinierte erotische Schattenspiel nach Lust und Laune weitergetrieben. Wieder einmal war es Tante Willa, die sie aus der Heimlichkeit ins Offene zwang.

Schon die ganze Zeit war mir die starke Spannung, die knisternde Erotik aufgefallen, die stets herrschte, wenn sich eine Gruppe um Lucy sammelte. Etliche Male kam es vor, daß ich zu einer Schar Jungen trat und alles rot wurde und verstummte wie an dem Tag auf dem Sportplatz, und dann wußte ich gleich, daß sie über Lucy geredet hatten. Ein paarmal hörte ich ihr volles, offenes Lachen, ehe ich sie sah, und darin lag so ein neuer Ton von Verheißung und Sinnlichkeit, daß ich dachte, »Mann, wer ist *die* denn?«, ehe ich sie erkannte. Einmal habe ich wirklich gemeint, wir hätten eine neue Lehrerin bekommen, die – nie dagewesen – mitten in einem Haufen hechelnder, schnuppernder Schüler stände und mit ihrem Lachen etwas verspräche, wovon die meisten von uns nur träumten. Und dann teilte sich die Gruppe, und ich sah, daß es Lucy war, und die Jungen hörten bei meinem Anblick auf zu lachen, Lucy aber nicht.

Da sie sich nicht verabreden durfte und eine halbe Stunde nach der Schule gleich zu Hause sein mußte, gewöhnte sie sich das Schwänzen an, um mit dem einen oder anderen Jungen loszuziehen. Ich weiß, daß bei ihren gelegentlichen fünfzigminütigen Ausflügen nichts passiert ist, weil man es mir sonst brühwarm mitgeteilt hätte. Wenn sich Lucy vor der Stunde klammheimlich verdrückte, kriegten es die Schüler alle mit. Es kam zwar nicht allzuoft vor, aber sie machte auch kein Geheimnis daraus, und der fragliche Junge platzte garantiert damit heraus wie ein krähender Zwerggockel, so daß die Pinks und Jells fast bis auf die Sekunde genau erfuhren, wie lange sie mit Floyd Sutton im Moseley Park beim Zigarettenrauchen gewesen war oder wann sie in der Mittagspause mit Snake Cheatham in seinem Mercury in die Stadt zu Rusty gefahren war und warmes Bier getrunken hatte, das er in einer Papiertüte mitgebracht hatte. Vermutlich war es nur eine Frage der Zeit, daß sie sich mit Boo Cutler zusammentat.

Außer seinem ungeheuren, vibrierenden Mercury hatte Boo eine riesige Harley-Davidson, die er angeblich eines Wochenendes beim Würfelspiel in Floyd County gewonnen hatte; zwar war es ihm von der Schule verboten worden, die Maschine mitzubringen, aber er stellte sie in Winton Gladneys Shell-Tankstelle um die Ecke in der Peachtree Road unter und ging von dort aus zu Fuß zur Schule. Jell oder nicht, es gab keinen Jungen in North Fulton, der für eine Fahrt mit Boo Cutler auf der gigantischen, heulenden Harley nicht ein Stück seiner Seele an den Teufel verkauft hätte, aber außer Floyd Sutton durfte keiner mitfahren. Statt dessen fuhr Boo in der Mittagspause, und wann immer es ihm sonst noch einfiel, mit einer jungen Dame nach der andern herum, die sich, halb verängstigt und halb stolzgeschwellt, auf dem Sozius vor Nonchalance fast verschluckte. Die Mädchen seiner Wahl waren alle vom auffälligen, herben, schlanken Typ und gehörten zu keiner Clique, insbesondere nicht zur Schwesternschaft der Pinks; vielleicht fanden sie, daß sie durch eine Fahrt mit Boo nichts zu verlieren, aber viel Lorbeeren zu gewinnen hatten. Beinahe ohne Ausnahme wurden sie vom Lehrkörper getadelt und bestraft und saßen nie wieder hinter Boo auf der Harley, aber das Bewußtsein, daß sie einmal mit ihm gefahren waren, färbte ihnen die Wangen röter als jedes Rouge, und ihre Schultern wurden straffer, als es ein Gummiband hätte leisten können. Boo ignorierte stets die ihm zugedachten Strafmaßnahmen; er kam und ging einfach zu seinen Stunden, wann und wie es ihm paßte, und es gelang niemandem, ihn von seiner Harley zu trennen. Wir lernten früh, daß die Regeln, nach denen wir uns richteten, nicht für Boo Cutler galten. Irgendwie störte uns das wenig.

Boo brach seinen Boykott der Pinks, als Lucy nach North Fulton kam, und obwohl er schon im vorletzten Jahr war und sie erst im ersten, hofierte er sie auf seine lässige, flegelhafte Manier von Anfang an. Still und mit düsterer Miene erschien er neben ihr in der Essensschlange, daß das drängelnde Rudel der Jungen, die scharf darauf gewesen waren, beim Mittagessen an ihrem Tisch zu sitzen, dahinschmolz wie Schnee im April, und Lucy und Boo aßen allein und redeten, wer weiß wovon... denn von Boo war noch nie mehr zu hören gewesen als ein, zwei genuschelte Worte.

In der Pause wandelte er im langen Hauptkorridor auf und ab, wobei er ihr den blondbepelzten Arm schwer um die Schultern legte; sie steckten die Köpfe zusammen, ein dunkler und ein blonder mit so kurzem Bürstenschnitt, daß die verbrannte rosarote Haut durchschimmerte. Er schlenderte einfach auf und ab, eine Zigarette hinter dem Ohr, die Packung im aufgerollten Ärmel seines T-Shirts, sagte nichts, und Lucy hielt sich an seiner Seite, sah zu ihm auf mit Augen, blau wie die Karibik, und lachte ihr dunkles Lachen.

Einmal trug sie eine Woche lang seine Jacke mit dem Sportschulabzeichen, und dann gab sie sie ihm ebenso plötzlich zurück, wie sie sie angenommen hatte. Keine hatte Boo je unaufgefordert seine Jacke zurückgegeben. Lucys Mythos bekam Nahrung. Meine ganze Clique wartete am nächsten Tag im Aufenthaltsraum auf mich, um mich auszuquetschen, aber ich wußte nichts. Lucy sprach mit mir weder über Boo Cutler noch über etliches andere, das in der Schule passierte. Zu Hause war sie wie immer zu mir: heftig, witzig, offen, freimütig, einfallsreich und liebevoll. Lucy, die sprühende kleine Verführerin, wurde wieder zum verwunschenen Wechselbalg, wenn sich die Mauern der Peachtree Road um sie schlossen. Ich übersah die Verführerin und freute mich über den Wechselbalg. Ich verabscheute ihre neue Rolle in der Öffentlichkeit und die Richtung, in die sie sich entwickelte, aber sie sprach nicht darüber, und so ließ ich es ebenfalls bleiben. Das war zwischen uns eine stillschweigende Übereinkunft.

Eines Aprilnachmittags – ein Tag mit Regengüssen und schwellenden Knospen – schwänzte Lucy ihre fünfte Unterrichtsstunde in amerikanischer Geschichte und fuhr mit Boo Cutler auf der Harley die Peachtree Road entlang nach Brookhaven, wo die beiden auf dem Rasen vor der Oglethorpe University Bier tranken und Zigaretten rauchten. Lucy hatte bisher beim Schwänzen stets einen geradezu unheimlichen Sinn fürs Timing gehabt und war beim Weggehen noch nie von einem Lehrer erwischt worden, und selbst wenn man ihr Fehlen in der Stunde bemerkt hätte, hätte sie eine erstklassige Fälschung von Tante Willas Unterschrift unter eine kurze, getippte Entschuldigung setzen können. Es war schieres Pech, daß Bovis Hardin, der klapperdürre, glühend puritanische Konrektor, just an diesem Tag in Oglethorpe zur Mittagszeit einen Vortrag über die Bedeutung der Schulbildung hielt und die beiden zusammen auf dem Rasen erwischte. Boo Cutler kannte jeder, einschließlich der Lehrer, und inzwischen war auch Lucy Bondurants Gesicht unverwechselbar. Bovis Hardin nahm sich nicht einmal die Zeit, sich Brillantine ins Haar zu schmieren, ehe er im Zimmer des Rektors das Gesehene verkündete, und man beeilte sich, Tante Willa in ihrem kleinen Büro hinten in Richs Wäscheabteilung anzurufen. Als Lucy in die Schule zurückkehrte und sich nichtsahnend zur sechsten und letzten Unterrichtsstunde begab, erwartete sie ein Armageddon.

»Der alte Lüstling hat behauptet, daß Boo und ich uns auf dem Rasen geküßt haben und er mir den Rock bis zum Hals hochgeschoben hat«, erzählte mir Lucy danach.

»Und, stimmt es?« fragte ich.

»Nee. Ich hab ihn hochgezogen, damit er nicht ölig wird vom Motorrad. Wir haben uns nicht mal geküßt, er hat mir bloß einen dreckigen Witz ins Ohr geflüstert. Der gute Hardin hat gesehen, was er sehen wollte. Ich glaube gerne, daß er selbst nichts dagegen hätte, mir den Rock über den Kopf zu ziehen. Ich hab doch gemerkt, mit was für Blicken er mir immer im Flur nachschaut.«

Ich fand ihre Version glaubwürdig. Nicht, daß sie nicht manchmal gelogen hätte, bloß merkte ich es dann immer. Es machte allerdings keinen Unterschied. Sie kriegte jede Menge Tadel, und Boo Cutler wurde für den Rest des Jahres beurlaubt – was ihm zweifellos ziemlich entgegenkam. Die Schlammpiste in Lakewood war so gut wie trainingsreif, und bei Lucy war er sowieso so weit gekommen, wie sie ihn ließ. Prompt wandte er seine Aufmerksamkeit Caroline Gentry zu, was sich in jeder Beziehung als ergiebiger erwies. Lucy, erzählte er Floyd Sutton und seinem engsten Anhang im Peachtree Hills Pub, wolle einen bloß verarschen. Aufgrund dieses Urteils war sie bei den Rabauken von North Fulton abgeschrieben, doch bei den Jells erhielt das Feuer der Begeisterung dadurch nur neue Nahrung. Sie rechneten sich aus, daß irgendeiner ja der erste sein mußte.

Tante Willa kam mit dem Taxi und brachte Lucy in knisterndem Schweigen heim, doch die unumgängliche Schlacht brach gleich hinter der Tür im Treppenhaus aus, und ich platzte mitten hinein, als ich aus der Schule kam. Fünf Schüler hatten mich unabhängig voneinander eilends vom Showdown beim Rektor informiert, und ich war schleunigst nach Hause gegangen. Ich ahnte, daß Tante Willa diesen frischen Fleck auf ihrer Weste nicht mit Anstand hinnehmen würde.

Ich hatte recht. Schon auf der Straße, hinter der schweren, geschlossenen Haustür, konnte ich sie kreischen hören. Als ich ins Treppenhaus trat, hatte sich der erste Sturm gelegt; ihre Stimme klang wie ausgeleiert, und sie schnaufte so schwer, daß ihre Brüste unter dem sittsamen Challis ihrer Wood-Valley-Hemdbluse schaukelten wie Bojen bei hohem Seegang. Ihr gegenüber stand Lucy hochaufgerichtet an die Treppenspindel gelehnt, das Gesicht weiß wie eine frische Gardenie, doch starr und ausdruckslos. Sie hielt die Hände auf dem Rücken.

»...gewöhnlich wie Gossendreck, nichts als Geschmeiß!« heulte Tante Willa ohne jede Spur von Old Atlanta in ihrem Ton. Sie klang eher nach Hühnerfutter und Maschendraht. »Wenn du so weitermachst, bis du mit sechzehn trächtig wie eine streunende Katze, und was, glaubst du, soll dann aus dir werden? Ein für allemal, mein Fräulein, hier im Haus kannst du nicht bleiben, wenn du dir ein Kind anhängen läßt. Ich will kein Straßenmädchen zur Tochter.«

Ohrenbetäubende Stille.

»So wie du es warst, Mama?« sang Lucy zuckersüß. Sie lächelte.

Tante Willa schlug so fest zu, daß Lucy der Kopf zurückfiel und am Hals ein zarter und irgendwie rührender weißer Halbmond zu sehen war. Ihre Mutter drehte sich auf den Pfennigabsätzen um und klapperte die Treppe hinauf zu ihrem Zimmer. Wir hörten Türenschlagen. Kein anderer Laut kam von oben. Mein Vater muß fort gewesen sein; der Chrysler war weg. Ich weiß bis heute nicht, ob meine Mutter auf ihrem Zimmer war und den Wortwechsel mitbekommen hat. Normalerweise war sie um die Zeit da und döste oder las. Aber sie erwähnte den Vorfall nicht, und ich, überflüssig zu sagen, erst recht nicht. Sie fragte diesmal nicht einmal mehr, warum Lucy wieder in ihrem winzigen Zimmer im zweiten Stock Arrest hatte und fast zwei Wochen lang ihre Mahlzeiten auf dem Tablett hinaufgeschickt bekam, ehe sie sie wieder unten mit uns einnahm. Während der ganzen Highschoolzeit überging meine Mutter das Thema Lucy mit vielsagendem Schweigen, wobei ihre schön geschwungenen Augenbrauen die meiste Zeit dicht unter ihrem glänzenden Haaransatz saßen. Ja, sie brachte es fertig, so völlig von Willa Bondurant und deren ungeratener Tochter Abstand zu nehmen, daß sie ihren Bekannten mit großer Gelassenheit witzige und anzügliche Bosheiten über sie zuwispern konnte, als gingen die beiden sie nicht das geringste an. Ich hörte ihr etliche Male dabei zu. Sie erwarb sich dadurch geradezu den Ruf, geistreich zu sein und »eine Heilige, weil Sie es die ganzen Jahre mit den beiden unter einem Dach aushalten«, wie ihr Madge Slaton gegen Ende des Jahres beim Bridge im Salon sagte. Mutter hatte es heraus, selbst die schlimmste Situation zu ihrem Vorteil zu nutzen. Man mußte sich eben nur weit genug distanzieren. Mit der Zeit beherrschte sie es meisterhaft.

Für den Augenblick stand ich allein mit Lucy in der Halle; schweigend betrachteten wir das Schattenmuster der fliegenden Wolken auf den schwarz-weißen Schachbrettfliesen am Boden.

»Aber sie war ein Straßenmädchen, wenn nicht was Schlimmeres«, sagte Lucy zu mir mit gespielter Munterkeit, den Handabdruck von ihrer Mutter noch blutrot auf der Wange. »Das kann sich doch jeder ausrechnen. Warum hätte Papa sie denn heiraten sollen, wenn sie nicht mit mir schwanger gewesen wäre? Wo sie nur armes Geschmeiß war? *Er* war ja immerhin ein Gentleman.«

Und sie stieg die Treppe hinauf in ihre abermalige Verbannung.

Als sie schließlich wieder herunterkam, hatte Tante Willa eine uneinnehmbare Feste aus eingebildeter Damenhaftigkeit um sich errichtet und sich gefühlsmäßig wie körperlich so weit wie möglich von ihrer widerspenstigen Tochter zurückgezogen.

Das Ausgehverbot war aufgehoben – Tante Willa wusch kommentarlos ihre fleischigen, gepflegten Hände in Unschuld. Lucy konnte sich offen mit den Jungen verabreden, mit denen sie sich insgeheim schon das ganze Jahr traf und die sie die ganze Zeit an der Nase herumführte. Anscheinend bremste sie das ein wenig. Für eine kleine Weile gab es kein Gerede mehr über Lucys erotische Abenteuer, wenn auch immer Anspielungen gemacht wurden. Wenigstens holten ihre Partner sie in der Villa in der Peachtree Road ab. Meine Eltern oder ihre Mutter waren selten da, um sie kennenzulernen, aber ich legte Wert darauf, in der Nähe der Tür zu sein, wenn Lucy ausging. Ich kannte natürlich ihre Freunde schon. Ich fand es nur eine Schande, daß keiner aus der Familie da war und sich um das kurze, aber wichtige gesellschaftliche Ritual der Verabschiedung kümmerte. Inzwischen hatte ich mich, ob es mir paßte oder nicht, in tausenderlei unverrückbare, eherne Grundsätze und Regeln gefügt. Meine Mutter hatte früh gründliche Arbeit geleistet.

Ich wußte, daß die Jells sich über meine Anwesenheit das Maul zerrissen und lüstern über das Wesen meiner Zuneigung zu meiner Cousine Lucy spekulierten. Die Tendenz dieses Geredes gefiel mir ganz und gar nicht, aber noch weniger gefiel mir das Desinteresse, das die Abwesenheit von Eltern und Verwandten bekundete, wenn Lucy abgeholt wurde. Ich fand es unangebracht und lax, eine Schande für die Familie und für das Haus. Ich wußte, daß Lucy durch diese Nachlässigkeit schneller zur »leichten Beute« abgestempelt werden konnte als durch fast jede ihrer Handlungen. Und so übernahm ich die Aufgabe des Torwächters.

Tante Willa wachte ebenfalls, wenn auch nicht sichtbar. Sie trieb sich in der Nähe herum, wenn Lucy von einem Jungen angerufen wurde, und sie hatte anscheinend immer vor der kleinen Glasveranda im Erdgeschoß zu tun, wo Lucy sich aufhielt, wenn Jungen im Haus waren. Und es waren fast immer welche da. Sie verbot ihr ausdrücklich, mit jemandem außer mir ins Gartenhaus zu gehen, und am Anfang von Lucys Ausgehzeit gab es geflüsterte, gezischelte Litaneien hinter geschlossenen Türen in Lucys Zimmer, wenn sie spät nach Hause kam, was immer häufiger geschah. Nach einer Weile blieb Tante Willa nicht mehr auf und verzichtete auf ihre in den Wind gesprochenen Strafpredigten. Niemand wartete mehr, bis Lucy heimkam. Ich wußte, daß das Fehlen jeglicher Kontrolle in der ganzen Schule bekannt war und es im Schatten der Zufahrt zu entsprechend verlängerter frühmorgendlicher Knutscherei kam, weil ich die Wagen heranfahren und sich für gewöhnlich erst viel später davonstehlen hörte. Ich wartete immer, bis ich den gelben Strahl der Eingangslampe ausgehen sah, erst dann konnte ich endlich einschlafen. Doch nach dem ersten Jahr gab ich es auf, bis zu Lucys Rückkehr wachzuliegen.

Als ich erwachsen und weit genug fort war, erkannte ich, daß eine Lucy, die mächtige Verführungskünste entwickelte, Tante Willa nicht nur deswegen ein Dorn im Auge sein mußte, weil sie sich an ihr früheres Selbst erinnert fühlte, sondern auch, weil sie die fadenscheinige Ehrbarkeit und gesellschaftliche Akzeptanz bedrohte, die sich Willa Bondurant errungen hatte. Ihre Teilnahme am Leben in den Salons und Clubs, an den Diners, Modenschauen und Wohlfahrtsbällen war zu hart erkämpft und zu unsicher, als daß sie das alles durch Klatsch über Lucy aufs Spiel hätte setzen wollen. Doch nicht einmal ich konnte Lucy beeinflussen, erst recht nicht ihre Mutter, und so zog Willa sich einfach zurück und hoffte, nach Art des Vogels Strauß, die Schande würde mangels Kontakt nicht auf sie abfärben.

Lucy ihrerseits, die anfangs ihre natürlichen Verführungskünste eingesetzt hatte, um sich in die trostreichen Arme diverser junger Männer aus gutem Haus – Kopien, wenn auch blasse, ihres Vaters – zu retten, benutzte nun ihre erotische Ausstrahlung als Waffe der Auflehnung gegen ihre Mutter. Sie verabredete sich immer öfter, traf sich häufig mit einem Jungen zum Nachmittagsfilm, mit dem nächsten danach auf einen Milkshake und mit einem dritten am Abend. Sie schnallte den Gürtel eng, streckte den Busen heraus und wackelte mit den Hüften. Sie ging zu jedem Essen, jedem Ball, jedem Frühstück, die von den Schülerverbindungen ganz Atlantas in den folgenden vier Jahren gegeben wurden, und kam jedesmal verschmiert, zerknautscht und unbezähmbar mit schweren Lidern und Knutschflecken nach Hause. Ihr Lächeln wurde immer strahlender und verheißungsvoller, ihre Augen blauer und eindringlicher, ihr ganzes funkenstiebendes Wesen glanzvoller. Der Klatsch fing in ihrem zweitletzten Schuljahr richtig an und hörte nicht wieder auf; ich erfuhr jedes Detail und litt. Immerhin kam mir nicht zu Ohren, daß sie die schmutzige Sache schließlich mit einem der lechzenden

Jells gemacht hätte, also wußte ich, daß sie faktisch noch Jungfrau war, doch dieses Faktum hing an einem hauchdünnen Faden. Lucy zog damals einen Schweif Schwellungen hinter sich her, so dick wie die Chinesische Mauer.

Ich glaube nicht, daß Tante Willa das Gerede hinterbracht wurde. Ihre Bevorzugung Little Ladys hatte sich zur Besessenheit gesteigert. Dieser kleine Trumpf in ihrem Ärmel war, wie nun auch meine Mutter zugeben mußte, zu einer so gefügigen, glockenhaften, reizenden und durch und durch hirnlosen kleinen Atlantaschönheit erblüht, wie man sie sich nur wünschen konnte. Little Lady war eine Jungfrau der reinsten, vermarktbarsten Sorte. Sie konnte sich zwar nicht an ihren Vater erinnern, aber sie erinnerte sich noch lebhaft an die dramatischen Schilderungen ihrer Mutter aus der Zeit, als sie zu uns gezogen waren, wie James Bondurant betrunken heimgekommen sei und sie und die kleine Lucy verprügelt habe und wie er einmal gedroht habe, sie alle mit dem Splitthammer zu ermorden. Folglich hatte sie vor Männern, denen zu gefallen man ihr andressiert hatte, eine solche Heidenangst, daß sie sich von keinem über das obligatorische Führen beim Tanz hinaus anfassen ließ, und auch da nur sacht, und so durchlief sie ein paar Jahre darauf ein makelloses Debütantinnenjahr und ein zimperliches Übergangsjahr in der Junior League und war schließlich bei ihrer frühen glänzenden Hochzeit mit dem stiernackigen blaublütigen Carter Rawson noch eine Jungfrau vestalischer Unberührtheit.

Daß sie, in aller Diskretion, bald nach dem festlichen Ereignis anfing, regelmäßig tagsüber und am Abend Bourbon zu schlucken, mußte nicht unbedingt von einem traumatischen Erlebnis in der Hochzeitsnacht herrühren; es war vielleicht Jim Bondurants Erbe. Lucy jedoch bemerkte, nachdem Little Lady zum erstenmal bei einem Galadinner im Driving Club auf ihr hübsches Pekinesengesicht gefallen war: »Quatsch, das kommt natürlich vom Bumsschock. Lady hat doch bis zur Hochzeitsnacht gedacht, daß man es macht wie die Bienen und die Blumen. Mann, ich finde Schwachköpfe einfach entsetzlich!«

Nur bei mir war Lucy ihr altes, sprühendes, irrlichterndes Selbst; bei mir und bei den Negern ihres Umkreises. Mit ihnen, besonders mit dem düsteren, hochintelligenten Glenn Pickens bei den Camerons drüben und mit der plumpen, stumpfsinnigen ToTo bei uns im

Haus, die ihr vom Alter her nahestanden, gab sie sich vielleicht noch natürlicher, weil sie es genoß zu schenken, zu gefallen, Wissen weiterzugeben und einwirken zu sehen; mir hätte sie ja nicht viel erzählen können, das wir nicht schon miteinander geteilt hatten. ToTo war ein hoffnungsloser Fall; ihre Reaktion auf Lucy bestand in treuherziger, hündischer Anhänglichkeit. Aber Glenn Pickens' Geist schnellte und blitzte wie eine Regenbogenforelle in sonnenbeglänzter Gischt, und er brachte Stunden damit zu, Lucys üppiger Phantasie und ihren eigentümlichen, scharfsinnigen Einsichten zu lauschen.

Ein einziges Mal habe ich Glenn richtig lächeln sehen, bei einem von Lucys Einfällen. Was heute an Humor und Launigkeit in seinem komplexen, düsteren Herzen wohnt, hat wahrscheinlich sie dort gesät. In seiner Gegenwart nahm Lucy die Verführerin zurück und zeigte den heiteren Wechselbalg, und die beiden außergewöhnlichen jungen Geister, die hinsichtlich ihrer Abstammung und Umgebung so verschieden waren, begegneten sich in einem Funkenregen. Sogar Ben und Dorothy Cameron lauschten gelegentlich ihrem neckischen Wortgeplänkel, und obwohl Glenn und Lucy sich sonst vor den Ohren Erwachsener zurückhielten, bei so viel zwangloser Ermunterung plapperten sie ungeniert weiter.

»Sie tut ihm gut«, sagte Ben einmal, als er mit mir und Dorothy ins Haus ging, während Lucy ihre Bücher einpackte und Glenn sich auf den Nachmittagsunterricht bei dem Englischlehrer vorbereitete, den die Camerons ihm besorgt hatten. »Ich weiß nicht genau, was es ist, aber sie gibt ihm etwas, das er bei aller Bildung, die wir ihm geben können, sonst nicht lernen würde.«

»Sie zeigt ihm die Welt der Weißen rückhaltlos und ohne Gängelband«, antwortete Dorothy. »Sie schenkt ihm ihr ganzes Wesen, und wie sehr wir es auch versuchen mögen, die meisten von uns Weißen bringen das bei den Negern einfach nicht fertig. Aber wie können wir hoffen, daß sie in unsere Welt eintreten, wenn wir ihnen nicht zeigen, wie sie wirklich aussieht? Oder wer wir sind? Das ist es, was Lucy für Glenn tut. Sie zeigt ihm seine Möglichkeiten.«

»Lieber Himmel«, sagte Ben Cameron und zauste Dorothy das dunkle Haar. »Paß nur auf, daß so was außer uns und Shep niemandem zu Ohren kommt. Sonst hat der Klan seine Kreuze gezimmert, ehe du einmal ›Diskriminierung‹ sagen kannst. Aber du hast natürlich recht. Das ist es. Seine Möglichkeiten. Das kann mehr Türen öffnen als jedes Gesetz, das wir durchkriegen können.«

»Also wer ist jetzt Freiwild für den Klan?« fragte Dorothy.

»Na, wollen wir hoffen, daß Lucy nicht eines Tages von Glenn genug hat und fortbleibt«, sagte Ben. »Ich wundere mich sowieso, daß sie kommt. So hübsch wie sie ist, müßten doch sämtliche kleinen Lümmels von Buckhead eure Tür belagern, Shep.«

»Machen sie auch«, antwortete ich, und obwohl ich nicht mehr sagte, warf mir Dorothy rasch einen mitleidigen Blick zu. Sie wußte natürlich, wovon weder Ben Cameron noch andere Väter eine Ahnung hatten: daß Lucy in Buckhead Tagesgespräch war, und warum. Und sie ahnte, daß mir das alles an die Nieren ging. Ich war froh, daß sie es wußte, aber es machte mich auch verlegen, und ich ging nach der Schule nicht mehr zu den Camerons, wenn ich erfuhr, daß Lucy mit Glenn Pickens dort war.

Es spielte aber bald keine Rolle mehr, denn Tante Willa kriegte Wind davon, daß Lucy ganze Nachmittage mit Glenn im Pickensschen Häuschen hinter Merrivale House verbrachte, und verbot ihr strikt, weiter hinzugehen, ja, mit Glenn zu sprechen, und machte ihr so unverblümt klar, daß sie sie für den Fall des Ungehorsams weit fort auf irgendein Internat schicken würde – »und bei dem, was ich mir leisten kann, wird's dir da nicht sehr gefallen, mein liebes Fräulein« –, daß Lucy ohne ein Wort des Protests die Waffen streckte. Sie zog sich nur ein wenig mehr in sich selbst zurück, hängte sich stärker an Martha und ToTo an und begann, neben ihren erotischen Eskapaden, in der Öffentlichkeit zu rauchen und heimlich zu trinken. Über das Trinken wußte keiner außer mir Bescheid, denn niemand sonst hörte ihr hektisches Gekicher, wenn sie nachts heimkam, oder ihr ungeschicktes Gepolter an der Haustür; doch das, dachte ich, war nur eine Frage der Zeit, und meine heimliche Angst um Lucy wuchs.

Soviel ich mich entsinne, habe ich Glenn seither nicht wieder lächeln sehen, obwohl er natürlich gelächelt haben wird.

Wir sahen die Welt der Neger während jener letzten friedlichen Tage vor den Unruhen im Mai 1954 wie eine Art übertünchtes Bild: An der Oberfläche erfüllten sie für uns zweierlei Funktion: zum einen als Möbelstücke, zum anderen als Hofnarren. Die Pinks und Jells aus Buckhead waren in einem Meer schwarzer Gesichter aufgewachsen, doch zu diesen Gesichtern gehörten stets Hände, die in unserem Dienst arbeiteten: Kindermädchen, Köchinnen, Zofen, Chauffeure, Gärtner, Waschfrauen und sogar Ammen. Sie schenkten uns grenzenlose Liebe und Geduld, und wir ließen es uns in ihrer Wärme wohl sein, doch was wir von ihnen nahmen, war die Wärme und Bequemlichkeit alter Polstermöbel, unpersönlicher, unverrückbarer Einrichtungsgegenstände. Die meisten von uns merkten schon als Kleinkinder, daß wir insgeheim eine nie hinterfragte Macht über sie ausübten; zu viel Gebrüll und Tränen von uns, und die Kindermädchen und Pflegerinnen waren wieder in ihrer Baracke, ehe wir noch das niedliche rosa Mündchen zugeklappt hatten. Kaum anzunehmen, daß einer von uns damals das Entsetzliche dieser Macht bedacht hat, denn Kinder – insbesondere die Kinder zu jener Zeit an jenem Ort, aber auch die Heranwachsenden und die jungen Männer und Frauen – stellten das Gerüst ihrer Welt nicht in Frage. Es ist, wie es ist. Für die meisten von uns kamen Nachdenklichkeit und Bewußtsein, wenn überhaupt, viel später, als die in den Südstaaten rasenden Feuerstürme nicht einmal mehr von uns in der Feste Buckhead ignoriert werden konnten. Aber daran dachte natürlich noch keiner.

Wenn sie uns nicht umsorgten und das Leben bequem machten, dienten uns die Neger unserer Umgebung zur Unterhaltung. Die Pinks und Jells verfügten über einen ganzen Stall voll Neger, die uns unermüdlich mit ihren Faxen amüsierten und bezauberten, Faxen, die – in unseren verblendeten jungen Augen – das uns bekannte Leben der Schwarzen widerspiegelten. Sie waren die besten Stücke in unserer Möbelsammlung, echte »Charaktere«. Wir mochten sie und lachten über sie alle und kannten keinen von ihnen.

Blind Willie spielte bei Peacock Alley ungeheuer ansteckende und zotige Rhythm-and-Blues auf der Gitarre, Snake-Eye, Kellner im Drive-in, benannte etliche seiner unzähligen Kinder nach seinen Lieblingen unter den Jells, und Sister, ein affektierter Transvestit mit Carmen-Miranda-Turban und hochhackigen Schuhen, bot der Autokundschaft bei Rusty träge seine Dienst an, bis sich eine Delegation aufgebrachter Nordstadtmütter auf Rusty, beziehungsweise dessen Faktotum, stürzte und aus moralischen Gründen Sisters Vertreibung forderte. Oder die unglaublichen Kellner im Varsity, König von ihnen allen der fabelhafte, androgyne Flossie May, dessen leiernder Singsang und blitzschnelle Füße fast ebensoviel prikkelnde Zerstreuung boten wie die berühmten und strikt tabuisierten Niggershows in der Stadt im Municipal Auditorium am Samstagabend. Letztere besuchten wir regelmäßig, wobei wir unsere Eltern belogen; wir machten uns auf der Empore breit und tanzten, tranken Bier, schrien, lachten, warfen Abfall und Flaschen auf die Tänzer und wiegten uns im Rhythmus der dröhnenden, schmeichlerischen Negermusik, die ganz anders war als alles bisher Gehörte, hämmernd und aufreizend rhythmisch. Daß sie sich hinterher nicht auf uns gestürzt und uns für unsere Unverschämtheit umgebracht haben, ist sowohl der Gutmütigkeit der Tänzer als auch dem vornehm zurückhaltenden Geist jener Zeit zu verdanken. Zehn Jahre später, und sie hätten es getan.

Es zeigt einen der grundsätzlichen Widersprüche in Lucys Charakter, daß sie einzelne Neger ehrlich mochte und sich in jenen schrecklichen Nächten dennoch mit sichtlichem Vergnügen an den rassistischen Demütigungen und Hänseleien beteiligte. Sie war eine der ersten, die von der Empore aus mit Fingern auf die Tänzer auf der Bühne zeigte und sie auslachte. Und doch war sie die einzige, die, während sie noch lachte, mit jedem Künstler, der sie eingeladen hätte, heiter und selbstverständlich nach der Vorstellung heimgegangen wäre und den Rest der Nacht mit ihm getanzt und geredet hätte, ohne sich das geringste dabei zu denken. Eines von vielen Rätseln an Lucy, das ich nie gelöst habe.

Die meisten von uns waren gedankenlos freimütige Rassisten; wir erzählten des öfteren Niggerwitze und lachten darüber, aber das war meiner Meinung nach mehr eine Frage der Kultur, nicht der persönlichen Überzeugung, so wie wir auch dreckig über die Yankees lachten, ohne einen einzigen zu kennen, oder wie unsere Eltern selbst dann noch glattweg bestritten, Erzkonservative zu sein, wenn sie sich zum Wahllokal chauffieren ließen, um ihre Stimme Franklin Roosevelt zu geben. Doch manche von den Jungen meiner Bekanntschaft in North Fulton waren von blindem persönlichen Haß erfüllt und handelten – zumindest angeblich – dementsprechend. Boo Cutler und Floyd Sutton zum Beispiel; von beiden hieß es, daß sie in dunklen Nächten auf obskuren Feldwegen in South Georgia vom Auto aus Neger gejagt und erschossen hätten. Ich habe selbst erlebt – einmal im Blue Lantern und einmal im Moe's & Joe's –, wie

Boo einen müden, vorlauten farbigen Kellner zu Boden geschlagen und auf ihn eingetreten hat, bis er fast das Bewußtsein verlor.

Doch unter der lächelnden Maske von Kindermädchen und Steptänzern fing es bei den Negern in Atlanta – wie im ganzen Land – langsam, aber unaufhaltsam an zu gären. Damals merkte man noch nicht viel davon. Zu Beginn der 50er Jahre lebten Atlantas Schwarze, wie seit Jahrzehnten, im Süden der Stadt in schimmeligen Rattenlöchern und schwülen Elendsvierteln, die so verkommen waren in Armut, Arbeitslosigkeit, Krankheit und Kriminalität, daß niemand aus der Nordstadt seinen Augen getraut hätte, wenn er die Zustände gesehen hätte. Etliche aus meiner Clique sind nie dort gewesen.

Am Rand der Schwarzenghettos fanden sich, abseits der Elendshütten, ein paar wohlhabendere Wohnviertel mit ziemlich vornehmen Häusern, und südlich des Hauptgeschäftsviertels standen auf der Auburn Avenue Richtung Innenstadt vereinzelt ein paar Büroblocks, Fabriken und Kaufhäuser, die Schwarzen gehörten. Doch den Rest der Sweet Auburn, Hauptstraße der schwarzen Gemeinde, nahmen unsägliche, entsetzlich verlotterte Geschäfte und Dienstleistungsbetriebe ein, die ums Überleben rangen. Im Stadtzentrum, ja, in der ganzen Stadt und in allen anderen vergleichbaren Städten inner- und außerhalb der Südstaaten wucherten überall die »Nur-für-Weiße«- und »Nur-für-Farbige«-Schilder wie Krebsgeschwüre, ob an Kirchen oder Brunnen, in Restaurants, Bahnhöfen oder Wartesälen. Noch in der zweiten Hälfte unseres Jahrhunderts waren die Neger in Atlanta so entrechtet und unzufrieden wie Leibeigene in einem mittelalterlichen Feudalstaat.

Einige wenige Führungspersönlichkeiten gab es unter den Schwarzen, die sich für die Gemeinschaft einsetzten und den weißen Machtapparat um die dringend benötigten humanitären Lösungen angingen. Sie kamen freilich, wenn überhaupt, privat und heimlich nach Geschäftsschluß und hielten dabei, zumindest bildlich gesprochen, den Hut in der Hand. Kein Wunder, daß aus der Tiefe der schwarzen Wasser eine Flutwelle anrollte; ein Wunder nur, daß sie nicht früher und mit viel mehr Wucht über die Ufer trat und daß wir weißen Kinder, die wir von der schwarzen Geduld und Großherzigkeit profitierten, nichts von alledem hatten kommen sehen.

Wir waren mit Blindheit geschlagen.

Unsere Väter dagegen nicht.

»Was meinst du, wann hat dein Vater erkannt, welche Rolle Glenn einmal in der Stadt spielen wird?« fragte ich Sarah eines Tages, als Glenn Pickens den Gipfel seiner schwindelerregenden Karriere erreicht hatte.

»Wahrscheinlich an dem Tag, an dem Glenn auf die Welt gekommen ist«, antwortete sie.

Damit lag sie gar nicht weit daneben.

Das goldene Zeitalter ihrer Machtfülle, in dem die Väter der Jungen und Mädchen aus Buckhead als anerkannte weiße Zentralgewalt Gesicht und Charakter der Stadt von Grund auf umformten und Atlanta mit vereinten Kräften in die Strommitte schleppten, lag noch ein paar Jahre vor uns, als Sarah, Lucy und ich Teenager waren. Aber die Motoren liefen bereits, das Getriebe wurde geschmiert und gewartet.

Unsere Väter waren noch junge Männer, um die Vierzig, und hatten bisher ihre Energie vor allem auf die Verwaltung ihres Privatvermögens und die Ausdehnung ihrer persönlichen Macht gerichtet. Doch während Stadt und Nation noch nichts anderes in ihnen sahen als eine Gruppe wohlhabender Bürger aus einer nördlichen Vorstadt Atlantas mit ungewöhnlichem Zusammengehörigkeitsgefühl, wußten sie selber bereits, daß ihnen die Rolle von Katalysatoren und Pragmatikern, besonders aber von Alchemisten zukam. Von ihnen würde nicht weniger verlangt werden, als unedles Metall zu Gold zu machen, und sie würden es tun. Das einzige, was sie damals wohl noch nicht ahnten, war, welches Ausmaß ihr Einfluß annehmen sollte.

Sie kannten einander praktisch von Geburt an, und jeder fühlte sich in den Häusern und Clubs der anderen ebenso heimisch wie in den eigenen. Diese Nähe, diese verwandtschaftlichen Bande machten dann auch ihre einzigartige Stärke aus. Sie hielten sich bereit, hatten aber noch nicht all ihre Kräfte mobilisiert. In den letzten stillen Tagen vor dem Wachstum der Stadt und den Unruhen unter ihren Bürgern verlegten sie sich hauptsächlich darauf, sich umzuschauen.

Und sie sahen eine Stadt, die seit dem Ende des Baubooms gleich nach dem Zweiten Weltkrieg stagnierte, die dringend Bürogebäude und Entfaltungsmöglichkeiten brauchte, damit die erlöschende Fackel, die die Eisenbahn hatte fallen lassen, wieder entfacht werden konnte. Atlanta war von jeher eine Stadt der Dienstleistungen gewesen, ein Umschlagplatz, ein Ort der Zweigstellen, aber jetzt mußten die Herren erleben, wie sich Gelder und Geschäfte ungeduldig von Atlanta abwandten und woanders hingingen, da die Räder zu Hause für ihr Gewicht weder zahlreich noch stabil genug waren. Sie sahen, wie Firma für Firma aus den Nordstaaten kam, herumschnüffelte, wenig Erfreuliches an Lebensmöglichkeiten oder Lebensqualität vorfand und sich Richtung New Jersey oder Texas davonmachte. Und sie sahen eine gestaltlose schwarze Bevölkerung, die immer weiter wuchs, bisher ohne politische Macht, aber mit einem gewaltigen Potential.

Unsere Väter waren weder dumm noch kurzsichtig. Sie wußten auch, daß Rassentrennung, obwohl sie persönlich vielleicht dafür waren, keine Zukunft hatte und daß man, wenn sie zu bröckeln anfing, entweder davon profitierte oder unter den Trümmern begraben wurde, aber fallen mußte sie. Mochte der philanthropische Gedanke sie auch noch so kalt lassen, als gute Geschäftsmänner streckten sie ihre Fühler aus zu der gärenden schwarzen Gemeinde. Viel besser, Atlantas Neger kauften bei ihnen im Geschäft ein, als es anzuzünden. Viel besser, mit dem Versprechen friedlicher, allen Rassen zugänglicher Schulen um Kapital aus dem Nordosten zu werben, als ihre jungen Kräfte auf die Verteidigung einer letzten, romantischen Barrikade am Schultor zu vergeuden, die noch vor Ankunft des ersten Bundesbeamten fallen mußte.

Schon zu dieser frühen Zeit verfügten sie über gute Beziehungen; sie kannten die Einstellung der höchsten Bundesrichter und wußten, daß ihre Stadt bei einem sturen Aufstand gegen die Bundesgesetze zur schulischen Integration wieder in den schläfrigen Morast versinken würde, aus dem sie sich nach dem Krieg mühsam aufgerappelt hatte.

Bürgermeister Hartsfields Gedankengang war richtig, er hat sich nur falsch ausgedrückt: Es war nicht so, daß wir zum Hassen keine Zeit hatten, sondern daß der amtlich abgesegnete Rassenhaß schlecht fürs Geschäft gewesen wäre. Jene zwanzig, dreißig Männer, die für uns Pinks und Jells bloß unsere Väter waren, legten im Capital City Club ihre Speisekarte beiseite und spielten von ihrem

Tisch aus an ihren Verbindungsdrähten in die trostlosen Straßen und Wohnblocks der Südstadt.

Ein verschlungenes Geflecht von Verbindungen, etliche vom Typ Herr und Diener. Jede Familie aus Buckhead hatte unter den schwarzen Männern und Frauen, die für sie arbeiteten, ihren eigenen Kreis von Vertrauten, deren Familienangehörige man ebenfalls kannte. Außerdem bestanden Beziehungen zu den schwarzen Bediensteten in Buckheads Clubs und Restaurants und zu den Arbeitern der eigenen Firma und der von Freunden. Da sie selbst Führungspersönlichkeiten waren, kannten sie überdies die Handvoll Schwarzenführer – ob sie damals schon als solche zu erkennen waren oder nicht – und standen mit den Rektoren der sechs Bildungsstätten für Schwarze auf du und du, die auf dem Gelände der prächtigen, von der Rockefeller-Stiftung finanzierten Atlanta University im Südwesten der Stadt lagen. Vielleicht die wichtigste und glücklichste Verbindung überhaupt; die gebildeten jungen Schwarzen halfen der entstehenden Bürgerrechtsbewegung erst richtig auf die Beine, und als es ernst wurde, hatten unsere Väter ihre Kontaktleute, allerdings alles andere als ihre Agenten, vor Ort.

Und man pflegte die Kontakte. Selbst als der Kampf der Emotionen seinen Höhepunkt erreicht hatte und die Stimmen des White Citizens' Council und der glühenden, schillernden Verfechter der Rassentrennung am vernehmlichsten tönten, als die Telegraphendrähte heißliefen mit Meldungen aus Birmingham, Little Rock und Selma und jeden gleißenden Sommermorgen in der einen oder anderen kampflustigen schwarzen Gemeinschaft ein weiterer Aufruhr auszubrechen drohte, selbst da trafen sich in Atlanta die Schwarzenführer mit den Männern vom Club. Jeden Tag wurde in Wohnungen von Schwarzen wie Weißen stundenlang verhandelt. Man redete heimlich miteinander, aber man redete. Unter Mißachtung der Gesetze unseres Staates erkannte man schließlich die Bundesgesetzgebung an, und die Schwarzen erhielten Zugang zu den Schulen; Bürgermeister Ben Cameron stellte sich in Mechanicsville in der wutenden Hitze eines drohenden Aufruhrs stundenlang auf ein Autodach und redete auf die Menge ein; die »Nur-für-Weiße«-Schilder verschwanden eines nach dem anderen, und sogar im Allerheiligsten, im Commerce Club, wurden Neger bedient. Daß all dies geschehen konnte, lag in erster Linie daran, daß ein einflußreicher

Weißer den richtigen Ohren das richtige Wort zugeflüstert hatte und daß etliche schwarze Ohren darunter waren.

Trotz allem war es keine Musterlösung für die Rassenfrage, wie die Handelskammer nicht müde wird zu behaupten; oft war es nicht einmal eine anständige Lösung. Es steckten auch nicht nur hehre Motive dahinter. Vieles geschah wider Willen und mindestens zehn Jahre zu spät, aber wenigstens ohne Schlagstöcke, ohne Hunde, ohne Wasserwerfer und ohne Blutvergießen. Es geschah, weil die, die bald der Club wurden, zu Beginn der 50er Jahre ihre Ohren aufgesperrt hatten und die Trommeln schon leise hatten dröhnen hören, ehe es richtig anfing.

»Erinnerst du dich, als wir noch in der Highschool waren, wie sie da mal bei einer Party in einer Gruppe zusammengestanden sind?« fragte mich Lucy eines Nachts am Telefon. »Sie sahen einfach toll aus. Nicht so sehr sie selber, aber all die Macht, die sie verkörperten! Mann! Macht ist ja so sexy!«

Ja, sie waren schon beeindruckend, besonders als Gruppe, ob bei einem Galaessen, bei einer Aufsichtsratssitzung ihrer Bank oder auf einer Party. Jung, gutaussehend, zielstrebig, vom Golf- und Tennisspielen gebräunt und locker im Umgang miteinander. Wer im Capital City Club in der Peachtree Street zu Mittag aß, begegnete der puren Macht im Ruhezustand.

In meinem letzten Schuljahr bat mich mein Vater Ende März zum Essen in den Capital City Club. Ich fand das so verblüffend, als hätte er mich ins Varieté eingeladen. Und mir schwante Schlimmes. Natürlich war ich dort schon oft gewesen; der Capital und der Atlanta Athletic Club waren die Stadtclubs meines Vaters, und wir gingen häufiger mit der Familie hin. Aber mit meinem Vater allein war ich da noch nie gewesen. Eigentlich war ich seit Jahren nirgends allein mit ihm gewesen.

Eines Freitagmittags fuhr ich also in die Stadt, stellte den Fury auf den Clubparkplatz und warf dem alten James die Schlüssel zu; seit urdenklichen Zeiten war es das Amt des livrierten alten Dieners, die Autoschlüssel der Clubgäste aufzufangen. Leichtfüßig und mit Ohrensausen vor Angst rannte ich die flachen Steinstufen zum Marmorfoyer hinauf.

»Guten Morgen, Mr. Sheppard«, begrüßte mich der dicke Charles, seines Zeichens Türsteher, und lächelte mich an, als wäre ich sein Lieblingsneffe. Charles mußte doch in all den Jahren so viele Schwächen an den Weißen entdeckt haben, daß er bei seinem Gedächtnis ein äußerst mächtiger, gefährlicher Mann hätte sein können, wenn es ihm eingefallen wäre. Vielleicht hat er mit dem Gedanken gespielt. Ob er eine fette Akte mit der Aufschrift »Affären, weiß« bei sich zu Hause im Schrank versteckt hatte? Schon damals fand ich, daß die Vorstellung etwas für sich hatte, und heute finde ich es erst recht.

Vorbei an einem Wandgemälde mit Negern, die verzückt auf Baumwollballen vor einer unwahrscheinlich idyllischen Flußanlegestelle saßen, durch einen kurzen, mit dicken Läufern belegten Gang, vorbei an der düsteren Büste irgendeines finsteren, unbekannten Konföderiertengenerals und der Porträtgalerie verflossener Präsidenten gelangte ich zur Mahagonitreppe, die zum Miradorsaal im ersten Stock hinaufführte. Das Herz hämmerte mir heftig unter dem leichten blauen Stoff meines neuen Wollblazers, und ich kriegte Angst, daß ich hyperventilieren und Edgar ohnmächtig zu Füßen sinken könnte, der mir auch mit einem »Guten Morgen, Mr. Sheppard« die Tür zum Allerheiligsten öffnete, allerdings ohne Lächeln. Würde war die Parole im Miradorsaal.

Ich hatte zwar keine Ahnung, warum mein Vater mit mir essen wollte, aber ich dachte mir schon, daß er mich wohl kaum aus einer Laune heraus oder gar zum Vergnügen herbestellt hatte. Während ich über das glänzende Parkett schritt, das abends als kleiner Tanzboden diente, malte ich mir aus, wie mir mein Vater mitteilte, wir hätten unser ganzes Geld verloren und ich müsse auf Princeton verzichten, wo ich mich beworben hatte und angenommen worden war, und arbeiten gehen. Oder er habe Krebs und sei todkrank, und ich müsse von jetzt an die Familie ernähren. Oder Lucy müsse für immer ganz weit weg, und ich werde sie nie wiedersehen, und er wolle es mir schonend beibringen.

Während ich ihm noch zulächelte – er saß an seinem üblichen Tisch in der zweiten Reihe in der Ecke, das Gesicht rot unter dem lichten strohblonden Haar –, während ich registrierte, daß sein erwiderndes Lächeln gräßlich war wie das Grinsen eines Totenschädels, baute ich meine Verteidigungslinien auf und legte mir meine Argumente zurecht. Die Anwendung der letzten Waffe in meinem Arsenal, strikte Weigerung, kam mir in seiner Gegenwart einfach unvorstellbar vor. Ich konnte nicht hoffen, unversehrt aus dieser Begegnung hervorzugehen.

Zu meiner Verblüffung erhob sich Ben Camerons hohe Gestalt aus dem Stuhl gegenüber von meinem Vater, um mich zu begrüßen, und mein pochendes Herz machte vor Erleichterung einen verrückten Bocksprung und beruhigte sich. Ich hatte auf alle Fälle einen Verbündeten. Ich ging zum Tisch und streckte die Hand aus als der selbstbewußte junge Mann, der ich nicht war.

»Guten Tag, Mr. Cameron«, sagte ich. »Hallo, Papa.«

»Hallo, Shep«, antwortete Ben Cameron und schenkte mir sein warmes Lächeln, aus dem nichts sprach als die Freude, mich zu sehen. »Schön, daß du da bist.«

»Na, mein Sohn«, sagte mein Vater steif. Das grimmige Wolfslächeln verschwand nicht aus seinem roten Gesicht. Er deutete auf einen Stuhl neben Ben, und ich ließ mich hineinsinken.

»Entschuldigt die Verspätung«, sagte ich und runzelte die Stirn mit der Entschlossenheit des Mannes, der wichtige Geschäfte verschieben mußte, um eine Verabredung einzuhalten. »Aber auf der Peachtree war mal wieder Stau auf der ganzen Länge.«

»Daran wirst du dich gewöhnen müssen«, erwiderte Ben Cameron mit trübem Lächeln. »Zu deiner Zeit wird es bestimmt nicht besser. Obwohl ich insgeheim zu einem vielleicht verfrühten Optimismus neige und hoffe, daß wir eines Tages eine Schnellbahn kriegen, mit der man in ein paar Minuten durch den ganzen Schlamassel in die Stadt kommt. Ich fürchte aber, du wirst dich wie alle anderen durchkämpfen müssen, bis wir der Stadt genügend Mittel abknöpfen können.«

Verwirrt sah ich erst ihn und dann meinen Vater an. Ich hatte doch keinen Hehl daraus gemacht, daß ich eine Zulassung für Princeton hatte, danach für ein, zwei Jahre nach New York gehen und arbeiten und erst dann entscheiden wollte, was ich mit meinem Geschichts- oder Politikstudium anfangen würde. Mein Vater wußte es bestimmt, obwohl er schon lange nichts mehr sagte, wenn ich auf meine Pläne zu sprechen kam. Ich hatte schon gedacht, es sei ihm egal, und war froh darüber gewesen, auch wenn seine Gleichgültigkeit auf meiner Zunge einen erstaunlich bitteren Geschmack hinterlassen hatte.

Und Ben Cameron wußte es auch. Ich hatte mehr als einmal mit ihm über Princeton gesprochen; sein Vater war dort gewesen, und Ben hatte ihn als Kind ein-, zweimal zu einem Jahrgangstreffen begleitet. Warum tat er dann, als würde ich bald auf der Peachtree Road ins Büro im Zentrum fahren, wohin mein Vater vor kurzem sein Grundstücksgeschäft verlegt hatte? Konnte es mit Princeton zu tun haben? War die Zulassung irrtümlich erteilt worden, und sie wollten es mir schonend beibringen?

Ben hob lässig die Hand und lächelte mich freundlich an. Auf einmal kannte ich ihn nicht mehr; mir war, als hätte ich ihn noch nie gesehen. Auch mein Vater lächelte noch.

»Ja, ja, ich weiß«, sagte Ben. Seine Stimme klang bedächtig und belegt und jovial, ganz anders als sonst. »Princeton und so. Aber sieh mal, Shep, ich habe letzte Woche mit deinem Papa im Athletic Club gesprochen, ich, Tom Rawson und Frank Hubbard, und wir fanden auf einmal, daß es ein Jammer ist für deine Eltern, aber auch für unsere Stadt, wenn du so weit fortgehst, und auch noch in die riesige Yankeestadt da. Dein Papa hat mir zwar gesagt, du hättest dich schon entschieden, und es sei zwecklos, dich umstimmen zu wollen, aber, verdammt noch mal, du kennst mich ja, ich muß es wenigstens probieren. Also habe ich mich bei deinem Papa und dir zum Mittagessen eingeladen und will mein Bestes versuchen.«

Der Kellner kam, stellte mir ein Glas mit einer bernsteingelben Flüssigkeit und Eis vor die Nase und nannte mich »Mr. Shep«, genau wie meinen Vater. Ich glotzte das Glas ebenso dämlich an wie vorher Ben Cameron. Dann warf ich einen Blick auf meinen Vater. Sein Gesicht war röter als sonst, und in den kleinen blauen Augen lag ein Ingrimm über Gott weiß was – ich wußte es nicht –, aber er hörte nicht auf zu grinsen und deutete auf mein Glas.

»Hausmarke«, sagte er. »Köstliches Zeug. Dachte, du kannst ruhig mal mit Ben und deinem Alten einen heben. Bist ja jetzt alt genug. Quasi schon ein Mann; mir über'n Kopf gewachsen, eh ich's recht bemerkt hab.«

»Tja, so geht's einem.« Ben klang noch immer wie ein Schauspieler in einem schlechten Theaterstück. »Mein Ben kommt bald aufs Tech und kann mir schon auf den Kopf spucken, und meine kleine Sarah-Maus ist eine erwachsene Frau. Noch dazu eine hübsche, was Shep?«

»Klar«, antwortete ich in demselben banalen Ton wie er, und ich merkte es. Was war mit ihm los? Er klang nicht die Spur intelligent, und dabei schätzte ich die weitschweifigen, hochfliegenden Gespräche über alles, die ich gelegentlich mit Ben und Dorothy führte.

Ich trank einen ordentlichen Schluck Whiskey, um das Schweigen zu überbrücken, das ärger war als Bens aufgesetzte Großtuerei und das grimmige, verbissene Lächeln meines Vaters. Ich verschluckte mich bei dieser Stille, spuckte Whiskey auf meine Jacke und auf den Tisch und fühlte, wie ich vom Kragen bis unter die Haarwurzeln feuerrot anlief. Ich hatte keinen Whiskey mehr getrunken seit der Nacht im Gartenhaus mit Lucy vor langer Zeit, eine Nacht voll tödlicher Gefahr. Sie war jetzt auch hier zu spüren, in dem düsteren Prachtraum mit seinen Spiegeln, seinem Damast und dem polierten dunklen Holz.

»Whiskey muß man genießen«, sagte Ben Cameron. »Verbrennt einem die Kehle. Trink lieber langsam. Du wirst ja nicht auf allen vieren hier rauskrabbeln wollen... obwohl, bei deinem Vater ist das zu Zeiten schon vorgekommen.«

Er knuffte meinen Vater in den Arm, und der gab eine laute, fröhliche Lachsalve von sich. Ich merkte, daß sie mit mir redeten, oder zu reden versuchten, wie sie es untereinander taten, im rauhen, schlichten, ritualisierten Jargon des vornehmen Atlanters, der sich unter seinesgleichen wähnt. Weit entfernt, mich dabei wohl zu fühlen, wäre ich am liebsten aufgesprungen und davongerannt.

»Also.« Ben legte die Hände flach auf den Tisch und sah mich an; der liebenswürdige, rot-gesichtige Spaßmacher war verschwunden, und aus den klaren Augen schaute ein konzentrierter, zurückhaltender, respektheischender Fremder. Auch diesen Ben Cameron hatte ich noch nie zu Gesicht bekommen, aber ich ahnte instinktiv, daß er es war, der in den Clubs und Sitzungssälen zählte, der Bewegung in Sachen und Menschen brachte und der sie eines Tages führen würde.

»Nun, was hältst du davon, dir die Sache mit Princeton noch einmal zu überlegen, Shep?« fragte er. »Auf unserer Uni gibt es eine anerkannte Fakultät für Geschichte, wenn du dich dafür interessierst, und das Tech ist erstklassig in Wirtschaft und Politikwissenschaften. Ein Studienplatz ist kein Problem; darum kümmern wir uns schon.«

Ich schwieg nach wie vor, und ich vermute, daß er mein Schweigen fälschlich als Ablehnung interpretierte, dabei hätte ich nicht antworten können, auch wenn ich gewollt hätte. Was war hier los? Was sollte diese Unterredung?

»Und wenn dir das Grundstücksgeschäft Kopfzerbrechen macht, also, ich glaube nicht, daß es deinem Papa das Herz bricht, wenn du dich eine Weile in was anderem versuchst«, fuhr Ben fort und zwinkerte meinem Vater mit sandiger Braue zu, daß der feierlich nickte, ohne einen von uns anzublicken. »Eine lohnende Aufgabe für einen Mann, Shep, Grundstücke; ein ehrenwerter Beruf, bei dem man auch der Gemeinschaft dient, wenn man es richtig anfängt. Und der Besitz deines Vaters ist wirklich nennenswert. Aber das weißt du bestimmt selbst. In guten Händen kann er sowohl deiner Familie als auch deiner Stadt großen Vorteil bringen. Aber wenn du dazu eben keine Lust hast, naja, ich kann mir nicht denken, daß dein Vater was dagegen hat, wenn du dir etwas anderes suchst, solange du nur zu Hause bleibst. Stimmt's Shep?«

Wieder sah er meinen Vater an, und wieder nickte dieser, wobei er eindringlich die kleine Schirmlampe auf dem Tisch betrachtete, als sähe er sie zum ersten Mal. Mir stand immer noch der Mund offen.

»Also war ich so frei, ein paar alte Freunde von deinem Papa und mir anzurufen«, fuhr Ben Cameron fort. »Unter anderem den Papa von Snake, weißt du, und von Carter und Pres. Lauter anständige Menschen, die du schon seit Urzeiten kennst. Und alle sagen sie, daß es Ihnen eine Freude wäre, einen Jungen wie dich in der Firma zu haben. Was meinst du, Shep? Baugewerbe? Eine Bank? Ein Elektrizitätswerk? Ein Fernsehsender? Die Börse? Mensch, ich würde dich sogar versuchen lassen, meine Quacksalbereien an den Mann zu bringen, wenn du dazu Lust hättest. Die Sache ist nämlich die« – und er richtete die Gabel auf mich und sah mir eindringlich in die Augen mit einer eigentümlich undurchschaubaren, aber bedeutungsvollen Miene, wie ich es bei kaum einem anderen Menschen erlebt habe –, »wir brauchen dich hier. In Atlanta. Nicht nur wir, sondern die neue Generation nach uns. Deine Generation, und auch die nach dir. Du hast Talente – ein Gewicht, wenn du so willst –, von denen du jetzt vielleicht noch nicht mal eine Ahnung hast, und du erbst einmal ein beträchtliches Vermögen; beides sollte in deiner Heimatstadt bleiben. Verstehst du mich, Shep?«

»Ja, Sir«, antwortete ich. »Ich glaube schon.«
»Na? Und? Läßt du es dir durch den Kopf gehen?«

Wieder sah ich meinen Vater an, und diesmal erwiderte er meinen Blick; kühler Argwohn lag in seiner Miene, doch was dahintersteckte, war schwer greifbar. Und da, ohne daß ich wußte, wieso, fiel es mir wie Schuppen von den Augen: Ich erkannte seine ungeheure, grenzenlose Gleichgültigkeit gegen mich und dieses Gespräch, sah dahinter eine tiefe Abneigung, die nicht mir galt – man hegt keine Abneigung gegen etwas, das man abgeschrieben hat –, sondern Ben Cameron. Mein Vater wollte nicht mit mir und Ben hier sitzen und reden, er wollte nicht, daß ich in Atlanta blieb und eines Tages sein Grundstücksbüro übernahm, und er konnte kaum seinen Zorn über sein Gegenüber verhehlen, das sich so eifrig bemühte, mich genau dazu zu überreden.

Ein Augenblick der Offenbarung, der klarsten, ungetrübtesten Erkenntnis, die mich wie ein Schock traf, während ich mit Milde und ohne Sinn überlegte, wann genau mein Vater mich als den Sohn aufgegeben hatte, dem er lange Zeit sein Reich hatte hinterlassen wollen.

Und dann dachte ich darüber nach, welche Macht Ben über ihn ausübte, daß er hier mit einem Totengrinsen auf dem müden Gesicht dabei saß, während sein langjähriger Freund mich überreden wollte zu bleiben, wo er mich nicht mehr wünschte: im Haus in der Peachtree Road.

Ich weiß nicht, woher ich die Klarheit oder die Courage nahm. Mit keinem von beiden habe ich mich sonst im Umgang mit meinem Vater hervorgetan.

»Danke, Sir, aber es hat gar keinen Zweck, daß ich es mir noch einmal durch den Kopf gehen lasse«, antwortete ich brüsk. »Ich möchte wirklich nach Princeton und dann nach New York, wie ich es vorhatte, und das mache ich auch, wenn mein Vater noch damit einverstanden ist.«

Mein Vater machte eine wegwerfende Geste der Zustimmung, bedeutete dem Kellner, die Rechnung zu bringen, und erhob sich.

»Im Büro wartet jemand auf mich wegen des Objekts in Summerhill, Ben«, sagte er. »Trinkt ruhig noch einen Kaffee und eßt einen Nachtisch; geht auf meine Rechnung. Danke, daß du dir die Zeit genommen hast. Ich habe mir ja gedacht, daß es zwecklos ist, aber jetzt hast du's selbst gesehen. Shep.« Wieder nickte er mir zu, ohne mich anzuschauen, und schritt über den glitzernden Parkettsee aus dem Miradorsaal hinaus.

»Möchtest du noch was?« frage mich Ben Cameron; ich schüttelte den Kopf; das heulende Elend überkam mich, senkte sich wie ein stickiger dunkler Vorhang auf mich. Ich hatte mich durchgesetzt und ein für alle Mal die ersehnte Freiheit gewonnen, aber das Herz tat mir weh und sagte mir, daß ich keinen geringen Preis dafür bezahlte. Seinen Vater im Verdacht zu haben, daß er die eigene Existenz als belanglos betrachtet, ist eines. Es demonstriert zu bekommen, ist etwas anderes.

»Dann laß uns hier verschwinden«, sagte Ben. Schweigend gingen wir die Treppe hinunter zum Parkplatz; während wir warteten, daß James uns den Wagen brachte, sagte er: »Shep, du bist schlauer, als ich es dir zugetraut hätte. Princeton ist das Richtige für dich, und dann... naja, wir werden sehen. Es war nicht richtig, dich dermaßen unter Druck zu setzen. Ich hoffe, du nimmst mir's nicht übel, wenn ich dich gekränkt haben sollte. Deine Hand darauf?«

Ich schlug ein. Er lächelte sein leises, magisches Lächeln, das in meiner Kindheit manche Dunkelheit vertrieben hatte, und eine klitzekleine Welle der Hoffnung und Erleichterung sickerte mir ins eiskalte Herz. Ich erwiderte sein Lächeln.

Er stieg in seinen großen neuen Lincoln, schlug die Tür zu, steckte den roten Kopf aus dem Fenster und zwinkerte mir im hellen Sonnenlicht zu. Das klare, gleißende Märzlicht umspielte seinen Kopf wie Feuer.

»Weißt du, ich fand immer schon, daß du etwas ganz Besonderes bist, Shep«, sagte er. »Ich wäre stolz darauf gewesen, dich zum Sohn zu haben; wäre es noch, so sehr ich meinen Sohn auch schätze. Es war verkehrt, dich zu drängen. Aber ich möchte, daß du, wenn du mal daheim bist und Zeit hast, zu uns rüberkommst und mit mir über die Geschäfte deiner Familie redest. Ich verspreche dir, ich versuche nicht noch einmal, dir etwas aufzunötigen, wenn du dann noch findest, daß das nichts für dich ist. Aber du solltest das eine oder andere erfahren, und ich fürchte, dein Vater wird es dir nicht erzählen. Wollen wir es so machen?«

»Klar«, anwortete ich, und vor Liebe und Dankbarkeit trieb es mir das Wasser in die Augen. Ich blinzelte wie von der Sonne geblendet, damit er es nicht merkte. »Wollen Sie es mir denn nicht gleich jetzt erzählen?«

»Nee. Nicht der richtige Zeitpunkt. Aber ziemlich bald. Erinnere mich daran. Es ist wichtig.«

»Mach ich«, antwortete ich, und er legte den Gang ein, winkte mir flüchtig zu und fädelte sich ein in den Verkehrsfluß auf der Harris Street.

Als ich in meinem Fury nach North Fulton zurückfuhr, erfüllte mich mehr als je zuvor die absolute Gewißheit, daß meine Zukunft fern von Atlanta lag mit seinem Sog der Erinnerungen. Noch ehe ich die Palisades Road überquert hatte, wo die Peachtree Street zur Peachtree Road wird, hatte ich vergessen, was er mir zuletzt gesagt hatte.

10. Kapitel

Am Nachmittag hatte ich eine Verabredung mit Charlie am Kennesaw Mountain. Wir wollten auf dem ausgedehnten Schlachtfeld am Berg den neuen Metalldetektor aus dem Zweiten Weltkrieg ausprobieren, den er zum Geburtstag bekommen hatte. Ich ging aber nicht hin und dachte überhaupt erst beim Abendessen wieder daran. Statt dessen fuhr ich nach der Schule geradewegs zu den Camerons. Verwirrung, Selbstzweifel und der wachsende Schmerz über die Abfuhr von meinem Vater überwältigten mich. Ich mußte einfach mit jemandem darüber sprechen, um nicht an dem Kummer zu erstikken, und begab mich nach Merrivale House wie eine Taube in ihren Schlag.

Ich stellte den Fury auf dem gepflasterten Vorplatz ab und steuerte ums Haus herum auf den kleinen Raum zu, wo sich die Camerons häufig aufhielten. Da fiel mir plötzlich ein, daß ich diesmal ausnahmsweise nicht mit meinen Wunden schnurstracks zu Lucy ging. Dieser Gedanke war so aufrüttelnd, daß ich mitten im Lauf stolperte und mir heimtückisch und gemein vorkam, als begehe ich einen Vertrauensbruch. Und da erst wurde es mir glasklar: ›Sprich nicht mit ihr über Princeton, bevor deine Verteidigung lückenlos ist.‹ Insgeheim ahnte ich, was ich mir noch nicht völlig eingestanden hatte, daß Lucy das mächtigste Hindernis für meine Flucht aus Atlanta war. Ich war nicht nach Hause gegangen, weil ich Angst davor hatte.

Sie hatte nicht viel zu meinen Plänen gesagt, nach der Schulzeit fort auf die Universität zu gehen, weil ich selbst auch nicht viel darüber gesprochen hatte. Mit meinen Eltern redete ich nicht darüber, abgesehen vom notwendigen Austausch über Bewerbung, Studiengebühren und so weiter, weil ich fürchtete, meine Mutter mit ihrem besitzergreifenden Wesen und mein Vater mit seiner grimmigen Verachtung könnten mich von meinem Entschluß abbringen. Doch keiner hatte viel Aufhebens gemacht, als ich meine Bewerbung abschickte, auch nicht, als ich gegen Ende meines zweitletzten Schuljahrs die Zulassung bekam. Vermutlich glaubten meine Eltern, ich würde im Lauf des folgenden Jahres schon die Torheit meiner Pfade erkennen, wenn sie mich nur in Ruhe ließen. Warum Lucy nicht auf die eine oder andere Weise mehr Gefühl gezeigt hatte, darüber konnte ich nicht einmal spekulieren, es sei denn, daß sie damals zu sehr mit sich beschäftigt war und vielleicht die Bedeutung der Zulassung gar nicht richtig wahrnahm.

Als der Brief aus Princeton gekommen war, hatte ich ihn in meinem Schreibtisch im Gartenhaus eingeschlossen, und ich zeigte ihn niemandem; ich spürte seine Anwesenheit das ganze Jahr lang, wie einen verläßlichen Talisman. Dorothy und Sarah freuten sich am meisten für mich, bei ihnen konnte ich also auf Unterstützung für meinen Entschluß rechnen. Lucy, das spürte ich, nahm es bestimmt nicht gut auf, wenn mein Fortgehen aktuell wurde, und in meinem angeschlagenen Zustand nach dem Essen im Capital City Club war ich ihr nicht gewachsen.

Ich traf Sarah in dem kleinen Glasatelier an, das Ben für sie im Garten neben dem Badehäuschen hatte bauen lassen, als sich ihr künstlerisches Talent herausstellte. Hier hielt sie sich nachmittags meist auf, wenn sie nicht beim Schwimmtraining oder bei einer ihrer außerschulischen Aktivitäten war; ihr gefiel ihr Reich mit seinen weiß gekalkten Wänden unter den Bäumen, und mir gefiel sie darin. Wenn Sarah in ihrem Atelier mit zerzaustem, dunklem Seidenhaar und konzentrierter Miene zwischen Staffelei und Palette hin- und herging, wirkte sie wie ein Geschöpf in freier Wildbahn, das sich unbeobachtet fühlt und im Einklang mit seinem Lebensraum ist. Denselben Eindruck von Harmonie hatte ich, wenn ich sie im Wasser sah; auch dabei war sie ganz selbstvergessen und natürlich. Bei diesem Anblick fühlte ich mich getröstet und erleichtert und erkannte mit Brownings Pippa: Gott ist im Himmel, im Frieden die Welt.

Sarah begleitete die Pinks und Jells nicht auf ihre lärmenden, wirbelnden Fahrten nach der Schule, weder mit sechzehn noch vorher. Nicht, daß man sie nicht aufgefordert hätte; in ihrem zweiten Highschooljahr gab es keinen Jell in Atlanta, der nicht gerne an Sarahs Seite zu Wender & Roberts oder ins Filmtheater gegangen wäre, und Charlie brannte sogar darauf. Doch die Welt, die Ben und Dorothy in der Muscogee Avenue geschaffen hatten, war so reich und vielseitig, daß weder Sarah noch ihr Bruder Ben es eilig hatten, sie zu verlassen.

Jahre später, in einer Silvesternacht, die die schlimmste ihres Lebens gewesen sein muß, hat Sarah sich dazu geäußert, und ich staunte über die Klarheit und Schärfe ihrer Wahrnehmung. Ich weiß nicht, warum ich so überrascht war. Die Früchte meiner Unaufmerksamkeit waren inzwischen zu bitterer Reife gelangt.

»Du hättest gut werden können. Richtig groß«, sagte ich in jener Nacht. »Du hättest eine von denen werden können, die man in New York und Europa kennt, wenn du weitergemalt hättest. Du bist genau wie Ben ein Opfer der Cameronschen Vollkommenheit.«

»Nein«, antwortete Sarah. »Ich bin ein Opfer meines eigenen Charakters. Ich bin wie Brownings Herzogin. ›Mir gefiel alles, was ich sah, und meine Augen waren überall.‹ Ich habe gerne gemalt, Shep, aber es fehlte der rechte Antrieb dahinter. Wenn mir meine Familie vielleicht geschadet hat, dann so. All die Güte, all der Frohsinn, die Ausgeglichenheit und Energie... das ebnet Gipfel und füllt Täler.«

An jenem Märztag arbeitete Sarah an einem Stilleben mit Blumen und Moggy, dem alten kampfgezeichneten schwarzen Kater der Familie. Sie hatte einen blauen Steinkrug so vollgepfropft mit schreiend gelben Narzissen, daß sie wirkten wie eine leuchtende Sonne aus purem Gelb. Sarah mußte die Blumen eben erst unter den Bäumen im Garten gepflückt haben, denn an den ausgefransten Kelchen und Blütenblättern hing noch die Nässe, und die Luft war geschwängert von ihrem regenfrischen Duft. Moggy war schon fertig gemalt; schwarz, finster und phantastisch lag er wie ein Ebenholzpanther auf der Leinwand auf einem scharlachroten Wollschal, den Sarah um ihn drapiert hatte. Die Narzissen nahmen gerade Gestalt an unter ihrem Pinsel, Striche aus eingefangenem, schmelzendem Licht. Das Bild jubelte und hüpfte und vibrierte vor Leben; eine einzige Farbexplosion: rot, blau, gelb, schwarz, grün. Ursprünglich und wild wie ein Gauguin, aber mit einer tänzerischen Zartheit der Linien, die charakteristisch war für Sarah. Ein reifes, sinnenfrohes Bild. Kaum zu glauben, daß es das Werk einer Sechzehnjährigen war. Doch wenn Sarah malte, so zierlich und kindlich sie in dem weiten, farbverschmierten alten Hemd von ihrem Vater auch wirkte, war sie durchaus kein junges Mädchen mehr. Ich beobachtete sie eine Weile durch die offene Ateliertür, ohne daß sie mich sah. Die Stille war durchdrungen von ihrer Kraft und Energie.

Da bemerkte sie mich und lächelte und winkte mit ihrem Pinsel, und ich trat ein und ließ mich auf das durchgesessene Sofa an der Kaminwand fallen. Die erste Frühlingssonne hatte ihre Haut leicht gebräunt und ihr schon erste Andeutungen ihrer feinen, weißen Fältchen um die Augen eingraviert. Unter dem Hemd trug sie ein gestreiftes T-Shirt, dazu Jeans und Turnschuhe, und sah mehr denn je aus wie ein zäher, zierlicher Junge. Doch die starke Wölbung ihrer Brüste unter dem T-Shirt waren ganz Dorothy und ganz Frau. Sarah und ihre Mutter hatten die beste Figur, die ich je gesehen habe, ohne dabei im geringsten aufreizend zu wirken. Noch heute könnte ich Sarahs Taille mit meinen Händen umspannen, hat sie keinerlei Ansatz zum Doppelkinn und eine Wirbelsäule, gerade wie eine Stockrose. Im reinen Unterwasserlicht des Ateliers bot sie einen so frischen, hellen und schönen Anblick wie ein Fisch im klaren Wasser. Die Last auf meiner Seele wurde ein wenig leichter.

Sie sah mich an.

»Geht es um diese Princeton-Geschichte?«

Mir blieb der Mund offenstehen. Es war Monate her, daß wir über Princeton gesprochen hatten.

»Papa hat Mama nach dem Mittagessen mit dir und deinem Vater vom Büro aus angerufen«, sagte sie. »Er hat gemeint, es muß schlimm für dich gewesen sein. Es tut ihm leid, da mitgemacht zu haben. Er findet es gut, daß du fortgehst. Er hat das, glaub ich, nur gemacht, weil dein Vater ihn gebeten hat.«

»Ich weiß«, antwortete ich und war froh, daß ich ihr nicht die ganze Geschichte erzählen mußte. »Er hat es mir beim Rausgehen erzählt. Ich nehme es ihm nicht übel. Er kennt Papa schon seit Urzeiten. Und die Stadt bedeutet ihm viel. Ich verstehe, warum er mich gerne hier halten würde. Er kapiert eben bloß nicht, warum ich fort muß... hat er jedenfalls nicht bis vorhin. Aber was er am Schluß gesagt hat – vielleicht versteht er mich jetzt.«

»Klar«, antwortete Sarah. »Er versteht es schon. Warum bist du so durcheinander? Du überlegst es dir doch nicht etwa anders?«

»Ich bin nicht durcheinander«, erwiderte ich.

»Ach komm, Shep«, sagte Sarah ruhig.

»Weißt du ... Mensch, Sarah, du hättest das Gesicht von meinem Vater sehen sollen. Seine Augen. Er war nicht mal sauer auf mich. Ich war bloß noch Luft für ihn. Man hat richtig gemerkt, wie er mich abgeschrieben hat, gleich da am Tisch. Ich war der Meinung, die Sache mit Princeton wär geregelt; ich hab gedacht, er hätte es wenigstens geschluckt, auch wenn es ihm nicht paßt. Schließlich hat er gewußt, daß ich nicht hierbleibe und zu ihm in die Firma komme. Ich hatte ja keine Ahnung, daß er noch damit gerechnet ...«

»Du klingst, als wenn du es dir doch anders überlegst«, sagte Sarah.

»Eigentlich nicht.« Ich wollte ihr nicht in die durchdringenden, Cola-braunen Augen sehen, konnte aber auch nicht wegschauen. Sie hielten mich fest wie der Blick der Kobra den Mungo.

»Nur, auf einmal hab ich mir überlegt ... ob es nicht letztendlich relativ egal ist. Ich kann von der Georgia oder vom Tech und vom Emory aus ebensogut nach New York gehen wie von Princeton.«

»Das würdest du aber nicht machen«, antwortete Sarah. »Nie im Leben.«

»Doch, natürlich«, erwiderte ich verärgert.

»Und selbst wenn – du mußt vorher nach Princeton. Du mußt erst mal Menschen kennenlernen, die anders sind als wir, bevor du unter ihnen leben kannst. Du kennst nur Leute, die wie wir sind. Du kennst keine Künstler oder ... Juden oder Milchmänner.«

»Ich kenne dich. Juden oder Milchmänner kann ich auch hier kennenlernen.«

»Aber das ist was ganz anderes.«

»Also, in Princeton gibt es garantiert keine Milchmänner«, wandte ich albernerweise ein. Die Unterhaltung gefiel mir gar nicht. Sarah sollte mich trösten, nicht angreifen.

»Ach, sei nicht so blöd«, erwiderte sie ungeduldig. »Wenn du jetzt einen Rückzieher machst, wird es dir ewig leid tun. Wo bleibt dein Schneid?«

Damit brachte mich Sarah zum erstenmal auf die Palme. Ich konnte das Wort nicht ausstehen, dieses typische Atlanta-Attribut, diese Platitüde, diese Banalisierung und Seelenplaniererei, und aus ihrem sanften, heiteren Mund widerte es mich erst recht an.

»Verdammt noch mal, Sarah, wenn es in unserer Sprache ein Wort gibt, das ich nicht leiden kann, dann ›Schneid‹«, schrie ich.

»Ein Spießerwort für Arschlöcher und Schwachköpfe. Es steht für die totale Phantasielosigkeit und Dickfelligkeit. Es ist platt und… banal. Menschenskind, man kann nicht gleichzeitig Schneid haben und realistisch sein! Ein Wort für Angeber, für Leuteschinder. Sieh dir nur meinen Vater an. Sag dieses Scheißwort nicht zu mir, weil es *gar* nichts besagt!«

»Ich weiß«, grinste Sarah. »Ein blödes Wort. Tut mir leid. Du hast recht. Courage ist es, was zählt, nicht Schneid. Die beiden haben nicht das geringste miteinander zu tun.«

»Ich kenne niemand mit Courage«, sagte ich eingeschnappt.

»Ich schon. Du hast Courage.«

»Mensch Sarah, wie kommst du denn darauf? Du weißt doch, daß ich noch nie couragiert war.« Ich war ehrlich verblüfft.

»Du hältst durch, Shep«, sagte sie und betrachtete ihre feinen, braunen farbbeklecksten Hände. »Du schleppst deine Familie auf den Schultern rum wie Atlas die Welt, und Lucy dazu – ja, sie auch –, und du läßt dich nicht von dem abbringen, was du machen willst. Du hast dich geweigert, bei deinem Vater in die Firma einzutreten, du hast dich geweigert, auf die Georgia oder aufs Tech oder Emory zu gehen – Mann, ich hätte da furchtbare Angst. Das ist Courage, was sonst?«

Ich lächelte sie an, und sie lächelte auch, und es wurde mir warm ums Herz bei diesem Lächeln.

»Ich hatte ja nicht vor, einen Rückzieher zu machen«, sagte ich. »Ich mußte nur mit jemandem reden, bevor ich heimgehe. Mutter weiß über das berühmte Mittagessen heute sicher Bescheid, und beim Abendbrot wird das Ganze bestimmt wieder aufgewärmt. Danke für die Schützenhilfe.«

»Gern geschehn«, antwortete Sarah gleichmütig und wandte sich wieder ihrer Staffelei zu. Ich verließ das Atelier, ging ums Haus herum zu meinem Fury und spürte dabei ihre Augen auf meinem Rücken. Ich straffte mich ein ganz klein wenig unter ihrem Blick.

Mit dem Abendbrot hatte ich mich getäuscht. Bis auf den milden Kommentar, »Shep hat sich doch dazu entschlossen, im Herbst nach Princeton zu gehen«, verlor mein Vater kein Wort über das Gespräch im Capital City Club, weder beim Essen noch überhaupt. Er hatte mich vollständig abgeschrieben. Auch meine Mutter schien nicht ungehalten, und später dämmerte mir, warum: Viele Söhne aus den besten Südstaatenfamilien waren im Lauf der Zeit nach Princeton geschickt worden. Eine Privatuniversität mit Tradition, klassisch schönem Campus und der Reputation, mit einiger Regelmäßigkeit ein »Bestanden« unter Gentlemen zu gewähren, war Princeton ein idealer Ort für einen jungen Mann aus Atlanta, der bei seiner Rückkehr in die väterliche Firma eintreten wollte. Und, zugegeben, es verlieh einem ein gewisses Prestige.

»Irgendwie kommen sie doch unverändert zurück«, sagte meine Mutter kurz darauf zu Dorothy Cameron, und Sarah trug mir diesen Kommentar grinsend zu. Ich lachte zusammen mit ihr darüber und ließ es gut sein. Ich hatte durchaus nicht die Absicht zurückzukommen, erst recht nicht unverändert. New York leuchtete mir wie der heilige Gral in sicherer Entfernung hinter den träumenden Giebeln von Princeton.

Doch über seinem klaren, herrlichen Bild hing jetzt Lucys Gesicht wie ein heller Schleier in einem Traum, unglücklich und anklagend.

Denn ich hatte recht gehabt mit meiner Blitzeinsicht gleich nach dem Essen mit Ben und meinem Vater; auf die trockene, beiläufige Bemerkung meines Vaters beim Abendessen hin kam es zu einem Gefühlsausbruch von Lucy. Seit wir beide klein waren, hatte sie sich nicht mehr so bei einer Mahlzeit benommen. Alle am Tisch starrten sie nur mit offenem Mund an.

»Das kannst du nicht machen!« schrie sie und stand so abrupt auf, daß ihr Stuhl fast umgekippt wäre. »Gibby, das geht nicht! Du hast's mir versprochen! Ich laß dich nicht weg! Onkel Sheppard, laß ihn nicht weg! Er muß dableiben! Er soll aufs Emory gehen und daheim wohnen –«

»LUCY«, Tante Willas Stimme fuhr Lucy in die Parade, daß sie mitten im Satz abbrach. Die zornesbleichen Ringe um ihre Augen und das Glitzern des Wahnsinns darin verschwanden, die Augen erloschen plötzlich; Tränen stiegen auf, flossen über. Sie liefen ihr still über das Gesicht, das weiß war wie ausgebleichtes Gebein. Lucy schaute mich stumm an, die Tränen rannen und rannen.

»Ach Gibby, wie kannst du nur?« Ihre Lippen bildeten die Worte ohne einen Laut. Sie wandte sich ab, stieß den Stuhl um und rannte aus dem Eßzimmer die Treppe hinauf. Niemand sprach, bis ihre stampfenden Schritte mit einem Türenschlagen verhallten.

»Ich kümmere mich darum«, sagte Tante Willa zornig mit hoher, gepreßter Stimme, schleuderte die Serviette neben ihren Teller, riß sich dann zusammen, faltete sie ordentlich und legte sie wieder hin. Sie machte Anstalten, sich zu erheben, aber meine Mutter legte ihr die Hand auf den Arm.

»Warte lieber, bis sie sich beruhigt hat, Willa«, murmelte sie; aus ihrem leisen Lächeln sprach nichts als süße, madonnenhafte Sanftmut, und ihr Blick war verschleiert unter den Lidern. »Du weißt doch, wie durcheinander sie in letzter Zeit ist. Sheppie kann nachher zu ihr gehen und sich mit ihr aussprechen. Wir wollen doch nicht, daß sie etwas tut, das sie später... bedauern könnte.«

In dem Augenblick erfüllte mich derselbe Haß auf meine Mutter, der in Tante Willas Augen aufblitzte, ehe sie wieder ihren matten, höflichen Ausdruck annahmen. Lucys mitternächtliche Schmusereien waren in unserem Haus ebensowenig unbemerkt geblieben wie in jedem anderen in Buckhead – lediglich unkommentiert. Mir war klar, daß meine Mutter auf sie anspielte.

Lucy heulte immer noch, als ich abends um zehn zu ihr hoch ging, und sie ließ mich nicht hinein.

»Hau ab«, schluchzte sie. »Ich will dich nicht sehen. Ich hasse dich. Du hast dein Versprechen gebrochen!«

»Komm, Lucy, laß mich doch rein«, rief ich mit unterdrückter Stimme und pochte an die Tür. »Was hab ich dir versprochen? Jedenfalls nicht, daß ich daheim bleibe und hier auf die Uni gehe. Du hast das mit Princeton doch gewußt; ich hab's dir schon vor Urzeiten erzählt. Du hast letztes Jahr die Zulassung selbst gesehn...«

»Aber ich hab nicht gedacht, daß du wirklich fortgehst«, antwortete sie mit belegter Stimme, hoffnungslos und verlassen. »Ich hab gemeint, du redest bloß so. Ich habe nicht gewußt, daß du im Ernst fortwillst.«

»Aber du hast doch gesagt –«

»IST MIR EGAL, WAS ICH GESAGT HABE! DU HAST MIR VERSPROCHEN, DASS DU MICH IMMER BESCHÜTZT, UND JETZT BRICHST DU DEIN VERSPRECHEN!« kreischte sie; es folgte ein lauter Knall, als sie etwas Schweres gegen die Tür warf. Auf einmal fühlte ich mich unendlich müde und traurig und glaubte nicht mehr, daß ich an dem Abend mit Lucy ins reine kommen konnte.

»Gute Nacht«, sagte ich dumpf. »Bis morgen früh. Dann reden wir weiter.«

Sie antwortete nicht, und ich hörte, wie sie wieder zu heulen anfing.

Am Morgen erschien sie zwar blaß und mit roten Augen beim Frühstück, war aber ruhig und erwähnte Princeton nicht. Sie brach schon früh zur Schule auf; ich kann mich nicht entsinnen, ob wir überhaupt noch einmal ausführlich darüber geredet haben, bevor ich fortging, denn noch am selben Nachmittag, als sie aus der Schule kam, räkelte sie sich selbstgefällig im gelben Sportwagen und der glanzvollen Ziegenbockaura von Red Chastain.

Sie hatte ihn im letzten Winter bei einem Freitagabendball kennengelernt wie wir alle, und er hatte sie seither bei manchem Ball, Essen und Frühstück belagert wie ein geiler Jagdhund, aber sie hatte nie das geringste Interesse für ihn gezeigt, und er war noch nicht bei uns im Haus aufgetaucht. Ich hatte mich schon gewundert, warum nicht. Nach allem, was ich von ihm wußte, war Nunnally »Red« Chastain Lucys Aufmerksamkeit durchaus würdig: In ganz Atlanta rissen sich die Pinks darum, ihm ihre No-Breaks zu überlassen und mit ihm zu gehen, aber keiner galt sein Interesse sonderlich lange, außer Lucy. Nicht gerade ein Wunder. Ich bin überzeugt, daß Red Chastain selbst als unreifer Schuljunge jede Frau zwischen dreizehn und dreißig rumgekriegt hätte, die ihm über den Weg lief.

Sein alter Herr, ein steinreicher Kunstdüngerfabrikant aus Georgia, hatte ihn, schon seit er sieben Jahre alt war, in den ganzen Südstaaten von einer Militärakademie zur nächsten geschickt, da er es selten irgendwo länger als ein Jahr aushielt, bevor er wegen eines eklatanten Regelverstoßes von der Schule flog. Meist hatte es mit Raufen, Trinken oder beidem zu tun. Er war groß, etwa so alt wie ich, war aber wegen seiner Vorliebe für Quertreiberei ein Jahr unter mir in unserer Schule, die er seit seinem jüngsten Rausschmiß, diesmal aus der Georgia Military Academy, besuchte. Er war provisorisch bei einer Tante und einem Onkel in der Northside Drive untergebracht; North Fulton war der letzte Versuch seines Vaters, ehe er die Ausbildung seines Sohnes endgültig in den Wind schrieb und ihn ohne einen Pfennig zum Teufel jagte.

Red hatte sich kein Jota gebessert, aber als freie Schule behandelte North Fulton ihn nachsichtiger als die Militäranstalten, in denen er vorher gedrillt worden war, und Tante und Onkel waren klassische arme Verwandte, die vor Reds lächelndem, jähzornigem Vater eine Heidenangst hatten. Niemand hinterbrachte ihm Reds Streiche, und das stand auch in Zukunft nicht zu befürchten. So trugen sie nur zum Aufpolieren seines Mythos bei; außer in Lucys Augen.

»Er bildet sich ein, er wär Gottes Geschenk an die Frauen«, bemerkte sie ironisch. »Da kann ich ihn aber eines Besseren belehren.«

Red war weißblond, hatte verkniffene, schläfrige blaue Augen und das leise, einschmeichelnde Lächeln und aufbrausende Temperament seines Vaters. Drei, vier abgebrochene Schwangerschaften in verschiedenen Kleinstädten gingen angeblich auf sein Konto; ein fabelhafter Tänzer und flinker Sportler, hatte er einen jähzornigen Charakter, wie ihn viele Männer aus den Südstaaten hinter einer Maske der Umgänglichkeit und einem freundlichen Lächeln verbergen. Den Spitznamen »Red« hatte er weg, weil ihm die Wutröte ins Gesicht schoß, wenn er sich ärgerte, was häufig geschah. Er war nicht auf den Kopf gefallen, im Gegenteil. Red hatte die flinke Durchtriebenheit einer Kobra. Und trotz seiner unsäglichen Schulleistungen war er (als Sohn eines Princeton-Absolventen und potentiellen Mäzens) zuversichtlich, nach seinem Abschluß, egal auf welcher Schule, eine Zulassung für Princeton zu bekommen. Lucy teilte mir das bei der Vorstellung gleich als erstes mit, wobei sie ihn mit einem süßen Lächeln bedachte: »Red, das ist mein Cousin Gibby Bondurant; er ist so was wie mein großer Bruder. Sei nett zu ihm, er geht nämlich nach Princeton, genau wie du. Vielleicht könnt ihr ja zusammen in einem Zimmer wohnen.«

Und sie ließ ihr Lächeln wie Melasse in einem glatten, vollen Guß von Red zu mir gleiten.

Red Chastain glich so sehr den verblichenen Fotografien vom jungen Jim Bondurant, die Lucy in ihrem Zimmer in einem Album verwahrte, daß ich erschrak, als ich ihn kennenlernte – es war, als wäre er wirklich jenes verklärte Gespenst.

Von da an gab es in dem Frühjahr kaum einen Augenblick, in dem Lucy nicht mit ihm zusammen war. Er holte sie morgens vor der Schule ab, aß mit ihr zu Mittag, wandelte im Schulkorridor mit ihr auf und ab, den langen Arm um ihre Taille gelegt, wie es früher Boo Cutler getan hatte, trug nach dem Unterricht ihre Bücher zu seinem

MG und warf sie auf den Rücksitz, fuhr mit Lucy weg und brachte sie in der langen, grünlichen Dämmerung rechtzeitig zum Abendessen heim; dann zog sich Lucy um und bestieg wieder den MG. Das erste, was ich im Gartenhaus morgens vor der Schule, und das letzte, was ich abends vor dem Einschlafen hörte, war das Motorengeräusch des Sportwagens. Lucy knutschte und schmuste bis tief in die Nacht hinein im frühlingshaften Geißblattduft, aber Mund, Arme und Auto gehörten jetzt Red Chastain und ihm allein, und wie bei seinen Vorgängern wußte ich nur deshalb, daß es nicht richtig zur Sache ging, weil nicht darüber geredet wurde – was sonst bestimmt geschehen wäre. Man sprach in dem Frühjahr von nichts anderem als von Lucy und Red Chastain.

Meine Eltern sagten nichts zu der Verbindung, lächelten freundlich, wenn Red in seinem Wagen die Auffahrt heranknirschte, während er ihnen stets mit ausgesuchter Höflichkeit begegnete. Tante Willa gegenüber war er der personifizierte Charme, und sie behandelte ihn mit einer Herzlichkeit, wie ich es bei kaum einem anderen von Lucys Freunden erlebt habe; es grenzte fast schon an Koketterie. Red wirkte auf die meisten Frauen so. Und natürlich war er ungeheuer, sagenhaft reich. Tante Willa begegnete Lucy in dem Frühjahr mit einem Funken mehr Wärme als sonst, oder doch nicht so merklich kühl; immer bereit, mit der Wurst nach der Speckseite zu werfen.

Obwohl sie so sehr mit Red beschäftigt war, verhielt sich Lucy mir gegenüber sonderbar. Sie war mal schroff und gereizt, mal nachdenklich, mal fast verführerisch, immer aber einem Wechselbad der Gefühle unterworfen; ich führte es darauf zurück, daß sie sich noch nicht mit meinem Fortgehen abgefunden hatte und nicht allein in dem lieblosen Haus zurückbleiben wollte. Aber Sarah machte sich ihre eigenen Gedanken über Lucys launische Stimmung.

»Sie ist dermaßen eifersüchtig, weil du mit mir ausgehst, daß sie uns beide umbringen könnte«, sagte sie einmal und wurde glühend rot. Aber ich lachte sie aus, und sie sprach nicht wieder darüber. Und die Tage spulten sich ab bis zum Schuljahresende, und Lucy leuchtete die ganze Zeit am Arm und im gelben MG von Red Chastain wie eine weiße Kerze.

In der letzten Maiwoche, eine knappe Woche vor Ende meiner

Schulzeit in North Fulton, fuhren wir an einem stillen, heißen Nachmittag in unseren keuchenden Autos zusammen an den Chattahoochee, der tief unter einer stillgelegten alten Stahlbrücke bei den Robinson's Tropical Gardens dahinfloß.

Alle waren wir da aus meiner engeren Clique, der kleinen Schar der Buckhead Boys, die schon vor den Jells bestanden hatte; etliche von uns mit ihrer zukünftigen Lebensgefährtin. Ben Cameron kam mit der dunklen, sanften Julia Randolph, Tom Goodwin mit der zierlichen, gehässigen Freddie Slaton, Snake Cheatham mit Lelia Blackburn, Pres Hubbard mit der unscheinbaren, aristokratischen Sarton Foy, die gerade von Savannah nach Atlanta gezogen war und einen königsblauen Stammbaum aufwies, vor dem wir uns nur verstecken konnten. A. J. Kemp war mit Little Lady da, die schon mit vierzehn mitziehen durfte, weil A. J. arm und anständig war und von Tante Willa als harmlos eingestuft wurde. Ich war mit Sarah gekommen; selbst sie schien angesteckt von der Unruhe, die unter der glatten Oberfläche des Tages vibrierte, und hatte ihr Atelier verlassen. Charlie war solo. Er fuhr bei Sarah und mir auf dem Rücksitz des Fury mit, erzählte pausenlos Klugscheißerwitze und prüfte deren Wirkung auf Sarah. Ich beobachtete ihn im Rückspiegel.

Lucy kam mit Red Chastain.

Wir hatten nicht verabredet, zum Fluß zu fahren; wir kamen gerade von Wender & Roberts, hatten die schale Eiseskälte der Klimaanlage ebenso satt wie den Schwebezustand in unserem Leben und ließen uns als drängelndes Rudel zum Fluß hintreiben, als hätte uns eine Wasserhexe mit ihrem Gesang angelockt. Jedes Jahr im Frühling und Sommer gingen wir drei-, viermal zum Chattahoochee; zögerlich, wie um das Terrain zu sondieren.

Wir hätten keinen Grund nennen können. Es gab etliche Schwimmbecken, wo man besser baden konnte als im Chattahoochee, und dutzendweise bessere Stellen zum Schmusen, zum Beispiel am Sope Creek. Besaufen konnte man sich am besten in der Stadt im Autokino im Schutz der Dunkelheit und der blinkenden Neonröhren. Der Fluß war noch nicht einmal besonders malerisch. Glatt und trübe und rostig vom Schlick kam er aus dem Vorgebirge, in dem er entsprang; so weit südlich hatte er auch weder nennenswerte Untiefen noch Stromschnellen oder Wasserfälle.

Unter seiner trägen Schlangenhaut war der Fluß tückisch tief und reißend, und selbst an heißen Maitagen war das Wasser noch kalt. Aber er wirkte bloß wie ein brauner, träger, überwucherter Bach, der sich zwischen flachen, unkrautbewachsenen Ufern dahinschob. An ein paar Stellen säumten ihn mächtige Weiden, Laubwald und zierliches Bambusgehölz, und mancherorts schwang sich das Land zu einem hohen Granitsteilufer auf, und die Weiden und Wälder am Rand kannten noch nicht die überteuerten, wuchernden, schäbig gebauten Landhäuser, Schlößchen und Villen, die sich dort im folgenden Jahrzehnt gefräßig ausbreiten sollten. Alles in allem fand sich hier wenig, was uns hätte verlocken können. Aber junge Menschen zieht es nun einmal zum fließenden Wasser.

»Ich kann euch sagen«, bemerkte Lelia Blackburn und hielt sich das Haar hoch, um den Hals zu belüften. »Wenn es nicht mal endlich regnet, fahr' ich noch aus der Haut.«

»Warum nicht aus den Kleidern?« fragte Snake, und sie gab ihm einen Klaps.

Wir wären an dem Tag alle beinahe aus der Haut geplatzt wie überreife Trauben. Die Luft war gewittrig schwül, daß uns Arme und Hals prickelten. Für Mai war es zu heiß, und das schon seit Tagen. Die Ballsaison der Schülerverbindungen hatte gegen Schuljahresende ihren fiebrigen Höhepunkt erreicht; wir waren alle erledigt und übersättigt und hatten schwere Lider. Etliche Mädchen schmollten mit ihrem Freund und miteinander, ein Normalzustand, der sich um diese Jahreszeit verstärkte, und gifteten sich an und stichelten einander zuckersüß und treffsicher.

»Sarton, ich kann in der Sonne richtig durch deinen Rock durchsehen«, zirpte Freddie Slaton. »Tom würde mich umbringen, wenn ich allen Leuten meine Unterhose so zeigen würde wie du.«

»An deiner Stelle hätte ich da keinerlei Bedenken«, erwiderte Sarton in ihrem patrizischen Singsang. »Der Anblick deiner Unterhose würde die ganze Welt einschläfern.«

Aufgestaute erotische Spannung schwirrte durch die Luft wie Strom durch ein Kabel; die meisten von uns hatten sich an den langen, heißen Abenden nach den Bällen fast um den Verstand geschmust und geknutscht. Das Examen stand bevor. Und auf uns allen, insbesondere den Siebzehn-, Achtzehnjährigen, die ihr letztes Schuljahr hinter sich hatten, lastete – wie nach jedem größeren Lebensabschnitt – die Ungewißheit. Das Schuljahrsende näherte sich unerbittlich, wie viele wunde Herzen auch »Halt!« riefen. Und was das Leben auch für uns in petto haben mochte, nie wieder – das war den meisten von uns klar – konnte es so süß, heil und harmonisch sein. Zum erstenmal erlitten wir einen schweren Verlust, in dem zugleich Verheißung lag, und wir vibrierten wie zu straff gespannte Geigensaiten.

Als einziger von uns sprach der nervöse Ben Cameron aus, was alle spürten: »Das ist das letztemal, daß wir hierher kommen«, sagte er, und sein Blick richtete sich träumerisch in die Ferne.

»Quatsch«, widersprach Julia mechanisch. »Klar kommen wir wieder her.«

»Dann sind wir aber nicht mehr wir selbst«, antwortete er.

Niemand fragte ihn, wie er das meinte.

Auf der alten Brücke war kein Verkehr – der ging über die neue Brücke ein Stück flußabwärts –, und das Wasser unten strömte, glatt wie ein Spiegel, im gleißenden Licht Richtung Apalachicola ins Meer und hypnotisierte uns. Nicht einmal Zikadenzirpen durchbrach die Stille, nur weit da unten hörte man Schlangen, Schildkröten oder anderes Wassergetier plätschernd in den Fluß gleiten. Es war halb vier Uhr am Nachmittag, als wir zur Brücke kamen und, die Unterarme auf das zerfressene alte Geländer gestützt, auf den trüben Wasserspiegel hinuntersahen. Der Fluß war nicht braun wie sonst, sondern zinngrau, und auf der Wasseroberfläche bildete sich mit den großen, silbern geränderten Gewitterwolkenschiffen der Maihimmel ab; mir war, als sähe ich den Zwillingshimmel einer Welt außerhalb unserer Vorstellungskraft wie in einem Spiegel. Keine Brise regte sich; der Wind hatte sich am Mittag gelegt.

Sarah behauptet steif und fest, daß Lucy angefangen hat. Wahrscheinlich stimmt es. Ich war zu weit weg, um etwas mitzubekommen, aber es sah Lucy in mancher Hinsicht ähnlich, und an dem Tag strotzte sie vor Tatendrang. Sie blitzte geradezu vor Energie und Unruhe im stillen Sonnenlicht, und seit sie Red kennengelernt hatte, war sie erst recht wechselhaften Stimmungen unterworfen. Die beiden stiegen aus dem MG, und ich merkte, daß sie getrunken hatten, und zwar nicht bloß Bier. Ich roch den süßen, schweren Whiskey in Reds Atem und sah die roten, hektischen Flecken auf Lucys Wangen, die sie immer von Spirituosen bekam.

»Wer als letzter ins Wasser springt, ist ein – ein Schlappschwanz«, hat Lucy, laut Sarah, gerufen. Und war schon aus ihrem Rock, der ärmellosen Bluse und den schwarzen Capezio-Schuhen geschlüpft.

Als ich Snake schreien hörte: »Hey, spinnst du, willst du dich umbringen?«, stand ich zwar gerade mit dem Rücken zum Wasser, aber noch ehe ich mich umgedreht hatte, wußte ich, daß Lucy gemeint war. Und da stand sie, die weißen Zehen am Geländer festgekrallt, um das Gleichgewicht zu halten – nackt bis auf Nylonunterhose und Büstenhalter, die silberne Haut bis auf wenige Zoll entblößt –, stieß einen langgedehnten, unartikulierten Freudenschrei aus und sprang wie eine blitzende Klinge hinunter in das den Himmel spiegelnde Wasser sechs, sieben Meter unter uns. Red Chastain, auch ausgezogen bis auf die Unterhose, folgte ihr mit lässigem Panthersprung. Wir gafften stumm und traumverloren. Das Herz wollte uns stillstehen, so lange war im stahlgrauen Wasser nichts zu sehen als die Ringe um die Eintauchstelle, doch schließlich kamen ihre glatten, nassen Seehundköpfe zum Vorschein, und mit kräftigen, schlanken Armen schwammen sie zu einem kleinen Sandstrand ein paar Meter flußabwärts, der von überhängenden Weiden gesäumt war.

Für eine Weile standen wir noch still in der Sonne, in der singenden Luft, im Schweigen des Flusses. Und dann hielt Snake die Hände wie einen Trichter vor den Mund, stieß den lauten, widerlichen Tarzanschrei aller Samstagsnachmittagsvorführungen unserer Kindheit aus und schwang sich von der Brücke.

»Kowa Bunga!« brüllte Ben und folgte ihm.

»Ojemine, dafür werde ich *umgebracht*!« rief Julia, schlüpfte aber aus Sporthose und Bluse, kniff die Augen zusammen und sprang, Füße voran, hinter Ben her.

Julia wäre Ben in die Hölle gefolgt, und in gewissem Sinn hat sie es dann auch getan.

Da zerriß die lang angehaltene Spannung. Einer nach dem anderen schälten sich die Pinks und Jells mit Geschrei aus ihren Kleidern und sprangen in den Fluß. Ehe ich einmal tief Luft geholt hatte, waren wir nur noch zu viert auf der Brücke. Pres konnte mit seiner schweren Metallschiene nicht schwimmen; er stand grinsend und johlend bei uns. Charlie riskierte wegen der Kälte und Infektionsgefahr einen Diabetikertod, er durfte nur in sommerlich warmem

Wasser baden. Auch ich stand auf dem holprigen Schotter. Und Sarah, die mit Abstand beste Schwimmerin von uns allen, lehnte lustlos am Geländer und lächelte kühl auf die anderen hinunter, die uns zuriefen: »Zieht euch aus und springt! Springt doch, springt!«

»Nichts als dumme Aufschneiderei«, raunte sie mir eindringlich zu. »Sie haben bloß Schneid, nicht Courage. Sei richtig mutig und laß es sein.«

Daß ich eine mehr als gräßliche, eine wahnsinnige Höhenangst hatte, wußte außer ihr nur noch eine andere Person.

Lucy hat es schon immer gewußt.

Plantschend stiegen sie aus dem Wasser auf den kleinen Strand, staunten über ihre eigene Kühnheit, naß, lachend. Auch die Mädchen lachten. Auch Freddie Slaton, die aussah wie eine Wasserschlange; auch Little Lady, die an ein gebadetes Osterküken erinnerte; auch Sarton Foy, die nach dem ausschaute, was sie war – eine triefende, halbnackte Aristokratin.

»Springt doch! Springt! Springt! Los!« schrie sie. »Wenn ihr nicht springt, seid ihr Hosenscheißer!«

Außer Lucy ist Sarton die einzige Frau meiner Bekanntschaft, aus deren Mund ein Schimpfwort wie ein Ave Maria klingt.

Alle lachten, nur Lucy nicht. Sie lächelte nicht einmal. Sie stand ein wenig abseits, tropfnaß, schlank wie ein Schilfrohr, den Kopf im Nacken; ihre Haut schimmerte durch klatsch-enges Nylon durch, ihr Blick war direkt auf mich gerichtet; sie hielt sich die Hände wie einen Trichter vor den Mund und schrie mir zu: »Los, Gibby, spring, oder du bist der größte Angsthase von ganz North Fulton! Auf jetzt! Folge meiner Fä-ä-ä-ährte!«

Und bei diesem innigen Appell aus unserer gemeinsam durchlittenen Kindheit streifte ich Hemd und Hose ab, kletterte zitternd auf das heiße Stahlgeländer, stellte mich blindlings auf die Stange und machte Anstalten zu springen. Da öffnete ich einen verzweifelten Moment lang die Augen, schaute hinunter ins Wasser, das so schwindelerregend weit weg war, und erblickte statt dessen nichts als endlosen, treibenden Himmel. Ich taumelte auf die Brücke zurück, rappelte mich auf alle viere auf und übergab mich.

Von unten stieg in einem lauten Chor der Heiterkeit Lucys Gelächter zu mir auf. Mir war, als hörte es nie wieder auf. Als ich wie betäubt meine Kleider angezogen hatte und steif und stumm mit Sarah im Gefolge zurück zum Fury gegangen war, den ich gleich neben der Brücke geparkt hatte, war Lucy glitschig, tropfnaß und glitzernd wie ein junger Otter die Böschung hinaufgeklettert. Red stand unverschämt grinsend neben ihr.

»Was ist los, Gibby?« fragte sie leichthin und lächelte. »Ist dir das Mittagessen nicht bekommen?«

Red lachte.

Sarah holte mit dem schlanken braunen Arm aus und versetzte Lucy eine solche Ohrfeige, daß ihr der Kopf in den Nacken fiel und das nasse Haar über ihr Gesicht peitschte. Immer kriegt Lucy eine geschmiert, dachte ich geistesabwesend.

»Das werde ich dir nie verzeihen, Lucy«, sagte Sarah in einem Ton, den ich an ihr nicht kannte und nie wieder gehört habe. »Shep schon, weil er ein Trottel ist. Aber ich nicht.«

Wir schritten an ihnen vorbei und saßen bereits im stickigen Auto, als die anderen etwas sagten, das ich nicht mehr hörte. Ich drehte den Zündschlüssel um und ließ den Wagen über die sonnendurchwirkte Leere der Paces Ferry Road gleiten. Wir beide drehten uns nicht um. Stumm fuhren wir nach Hause, und als ich Sarah am Anfang der langen Cameronschen Zufahrt absetzte, beugte ich mich über sie und küßte sie flüchtig auf den weichen Mund, der zu meinem Erstaunen nach Tränen schmeckte.

»Danke, Sarah.«

»Nichts zu danken, Shep.«

Von da an bis zu dem Sommermorgen, an dem ich nach Princeton abfuhr, ging ich selten irgendwohin ohne Sarah an meiner Seite.

Am Abend vergoß Lucy bittere Tränen der Reue und war so zerknirscht, daß ich ihr, wie immer, vom Fleck weg verzieh; wie Sarah es vorhergesagt hatte. Aber die unmerkliche Kluft zwischen uns war unüberbrückbar geworden. Ich hatte zu meinem tiefen Schmerz und zu meiner Verblüffung feststellen müssen, daß Lucy mir nicht, wie ich geglaubt hatte, die Macht eines Schutzheiligen verliehen, sondern die offene Wunde der Verletzlichkeit zugefügt hatte. Ein unsichtbarer, unüberwindlicher Schild, den wir fast vom ersten Tag unserer Begegnung an gemeinsam geschmiedet hatten, war zerbrochen, Blut war geflossen. Obwohl niemand aus unserer Clique den Tag je wieder erwähnte, zumindest nicht in meiner Gegenwart, hat ihn keiner vergessen.

Fast unmittelbar nach dem Vorfall am Fluß ging das Gerücht um, Lucy mache die schmutzige Sache mit Red Chastain fast jede Nacht, manchmal sogar zwei-, dreimal, und die beiden hätten sich vage zur Verlobung entschlossen, sobald – falls – Red endlich den Schulabschluß schaffte.

Es mußte stimmen. Lucy war gereift und bewegte sich anders, bedächtiger, gefälliger, was selbst in meinen gänzlich unbedarften Augen auf Erfüllung hinwies. Irgendwie schien es mich völlig kalt zu lassen. Ich habe mit ihr nie darüber gesprochen, und sie auch nicht mit mir. Wir redeten überhaupt nicht viel in jenen letzten Tagen; ich war von zu Hause fort, so oft und so lange es ging, flüchtete zu den Camerons, die mich in ihrer Gutmütigkeit abends heimbrachten; Lucy hielt sich in ihrem Zimmer auf, wenn sie nicht mit Red unterwegs war. In der letzten Woche aß sie nicht einmal mehr mit uns. Ich weiß nicht, wo und ob sie etwas gegessen hat. Einmal blieb sie die ganze Nacht weg, und als sie nach Sonnenaufgang nach Hause zurückkehrte und sich im Treppenhaus die Kleider zurechtstrich, kam es zu einer hitzigen Auseinandersetzung mit Tante Willa. Aber ich glaube nicht, daß sie bestraft wurde, und wenn, scherte sie sich nicht darum, denn in der ganzen Woche war sie kaum daheim; ich fühlte mich einerseits ein wenig schuldbewußt, war aber andererseits froh, daß ich nicht noch einmal eine ihrer Verbannungen erleben mußte. Ich wollte nur zweierlei: Ich wollte das Wohlgefühl, die Leichtigkeit, die Geborgenheit bei Sarah genießen, und ich wollte fort aus Atlanta nach Princeton.

Erst viel später kam mir in den Sinn, daß sowohl Sarah als auch Princeton vielleicht eine Gegenleistung erwarteten.

Ich ging Ende Juni fort, ein volles Vierteljahr früher als geplant; die Stadt war frisch vom Regen, und die Luft roch nach Geißblatt, frisch gemähtem Gras und dankbarer, satter Erde. Ich stieg im Bahnhof Brockwood in den Zug, denn erst im Hauptstudium durfte man sein Auto mit auf den Campus bringen; meine weinende Mutter und die lächelnden Camerons und Sarah kamen an dem schönen, frischen Morgen, um mir zu winken. Mein Vater war bei einem Maklertreffen. Er hatte sich schon vorher kühl, mit rotem Gesicht, von mir verabschiedet. Lucy war irgendwo unterwegs mit Red Chastain. Wir hatten ganz versäumt, einander Lebewohl zu sagen.

Sarah kam regelmäßig nach Princeton, erst zu den Footballspielen und später zu den Bällen im Colonial Club, und mein Vater und meine Mutter kamen, wenn auch selten, zu einem förmlichen, steifen Elternbesuch, aber ich kehrte – bis auf die kurzen, obligatorischen Ausflüge gen Süden an Weihnachten und Ostern und die wenigen unvermeidlichen Ferientage – lange Zeit nicht mehr heim, und dann auch nicht aus freien Stücken.

Da war Lucy schon lange fort.

ZWEITER TEIL

11. Kapitel

Zu Beginn meines dritten Studienjahres in Princeton saß ich an einem diesigen Sonntagmorgen Ende Oktober in einer prächtigen Suite oben im Blair Arch neben Sarah auf der Fensterbank, küßte sie und legte ihr zaghaft die Hand auf den sanft gerundeten Busen.

Sie schmiegte den Kopf in meine Achselhöhle und lächelte mich an. »Bitte nicht, Shep«, sagte sie weich. »Ich weiß dann nicht, was ich machen soll. Und wir haben doch gesagt, daß wir noch nicht...«

»Schon«, erwiderte ich mit brüchiger Stimme. »Aber stell dir vor, dann könntest du später im Schaukelstuhl den Leuten erzählen, daß du deine Unschuld mit achtzehn in Princeton im Zimmer von Dub Vanderkellen verloren hast. So eine Gelegenheit kannst du dir doch nicht entgehen lassen.«

»Klar kann ich.« Sie setzte sich auf den alten Polsterkissen zurecht und straffte dabei ruckartig die Schultern, wie immer, wenn sie aufgebracht oder gekränkt war. Ich hatte mich locker und weltgewandt geben wollen, wie es sich meiner Ansicht nach gehörte für einen Besucher – und sei er nur geduldet – in der Wohnung eines der reichsten Söhne unseres Landes, der zudem der erfahrenste Frauenheld unserer Hochschule war, doch auf Sarah hatten meine Worte roh und verletzend gewirkt. Ich errötete heftig. Auch wenn Sarah sich in Dub Vanderkellens berüchtigtem Schlafzimmer auf der Fensterbank lümmelte, wo schon unzählige blaublütige junge Damen den Familienschmuck abgelegt hatten, blieb sie doch Sarah. Meine Bemerkung war unter unser beider Würde.

»Entschuldige.« Ich betrachtete ihr dichtes, krauses, mahagonibraunes Haar und ihre schmalen, wohlgeformten Schultern mit den zarten geschwungenen Schulterblättern unter dem weinroten Kaschmir. Zu meiner Beschämung und Verlegenheit überkam mich ein starkes Gefühl der Fürsorglichkeit für Sarah, eine ganz andere Regung als der heftige, unheimliche Beschützerdrang, den ich so oft für Lucy empfunden hatte. Echte Zärtlichkeit, die wärmte, ohne zu verbrennen. Mit ihren gerade achtzehn Jahren war Sarah noch sehr die Tochter ihrer Mutter, aber sie gehörte auch zu mir. Zu dieser stillschweigenden Einsicht waren wir beide im Lauf des Jahres gekommen.

»Es stimmt ja«, sagte sie in ihrer klaren, vollen Stimme und wandte mir wieder ihr von der Sommersonne gebräuntes Gesicht zu, auf dem ein herzliches Lächeln lag. »Ich sollte es mir nicht entgehen lassen. Wenn du es nicht gesagt hättest, hätte ich's vielleicht gesagt. Aber in einer guten Geschichte hätte ich meine Unschuld an Dub Vanderkellen persönlich verlieren müssen, und eher würde ich's mit einem Frosch machen. Nein, wenn schon, dann mit Shep Bondurant, und das ist mir hundertmal lieber, auch wenn ich noch nicht weiß, wann und wo.«

Zur Versöhnung küßte ich sie noch einmal sacht auf die Stirn unter den Locken; Wohlbehagen durchflutete mich. Sarah hat vielleicht in ihrem Leben keine große Leidenschaft erweckt, aber viel beständige Wärme entfacht.

»Dub wäre nicht gerade begeistert, daß du ihn mit einem Frosch vergleichst«, antwortete ich, wobei mir der illustre Name mit einer Selbstverständlichkeit über die Lippen ging, zu der knapp zwei Monate gemeinsamer Mitgliedschaft im Colonial Club nicht berechtigten. Ohne daß ich es mir eingestanden hätte, war ich ungeheuer stolz darauf, mit einem der mächtigen Vanderkellens zu Pittsburgh, Palm Beach, Antigua und London an einem Tisch zu sitzen. Von Atlanta her wußte ich zwar schon, was Reichtum bedeutete, doch Vermögen in einer Größenordnung, wie sie drei, vier ansonsten eher unscheinbare untere Semester hier in Princeton verkörperten – Dub Vanderkellen war eindeutig der Kronprinz unter ihnen –, waren mir unvorstellbar. Vanderkellen-Stahl, so schien mir, stützte die gesamte freie Welt. Allerdings faszinierte mich an diesem Namen eher der nostalgische Klang als das Geld und die Macht. Ich kenne meine Schwächen ziemlich gut.

Als ich gesehen hatte, wie Dub vom sonntagmorgendlichen Milchpunsch im Colonial aufstand und zu einer windhundschlanken, mit einem Kamelhaarcape bekleideten Studentin vom Bryn-Mawr-College in einen rasanten kleinen Sportwagen stieg, hatte ich meinen Mut zusammengenommen und ihn gefragt, ob ich mit Sarah auf sein Zimmer gehen und ihr die fabelhafte Aussicht zeigen dürfte. Dub verfügte über eine der wenigen eleganten Wohnungen der Universität: riesig, reich mit alten Erbstücken möbliert, mit einem atemberaubenden, weiten Blick über den Campus auf den Cannon Green Richtung Nassau Street unterm Dach des Blair Arch, eines Gebäudes aus Ziegel und hellem Stein mit neugotischem Tudorbogen, Zinnen, dicken Mauern und geteilten Fenstern, wie es für den Baustil der amerikanischen Campusuniversitäten richtungweisend geworden war. Das Zimmer in der Holder, in der ich während meiner beiden ersten Studienjahre gewohnt hatte, bevor ich in den Colonial umgezogen war, hatte zwar den malerischen Duft alter Zeiten und vornehmen Staubes verströmt, konnte aber den großen Wohnungen in Blair Hall nicht das Wasser reichen.

»Klar«, hatte Dub flüchtig geantwortet und nur Augen gehabt für den Schenkel der jungen Dame vom Bryn Mawr, der beim Einsteigen in den Jaguar perlweiß aufschimmerte. »Geht ruhig rauf. Aber Hände weg von Sarah. Sie ist viel zu gut für das, was du vorhast. Das kannst du dir für 'ne Nutte aufheben.«

Sein quäkendes Gelächter war noch zu hören, als der Jaguar die Prospect Street entlangheulte; das Grüppchen um uns herum lachte, und Sarah und ich auch, wenngleich ich als einziger errötete. Dub wußte natürlich, daß ich Sarah nicht nur die Aussicht zeigen, sondern vor ihr mit dem sagenhaften Zimmer und dem Flair seines berühmten Bewohners großtun wollte. Das war auch den anderen klar, die mich gutmütig aufzogen. Sarah war zum ersten Mal im Colonial, zum Spiel gegen Yale, aber ebenso wie vorher, im kleineren Kreis meiner Mitbewohner in der Holder Hall war sie wie eine Bombe eingeschlagen. Schon hätten mich etliche aus dem Colonial gründlich in die Mangel genommen, wenn sie mich der Entehrung Sarahs verdächtigt hätten. Solche Kleine-Schwester-Gefühle erweckte Sarah auf Schritt und Tritt, und hier wie in Atlanta entwikkelte sich Weiteres daraus. Ich dachte an den melancholischen Gesichtsausdruck meines Zimmergenossen Mac Thronton früher in der Holder Hall und bei Chalmers Stringfellow an diesem Wochenende; ich kannte ihn bereits von Charlie Gentrys stumpfem, bebrilltem Gesicht. Echte Zuneigung lag darin. Zärtlichkeit. So war ich in vieler Hinsicht stolz auf Sarah, nicht zuletzt deshalb, weil sie die weite, betörende Welt von Princeton an meinem Arm betrat.

Sarah rieb ihr seidiges Haar an meinem Kinn; es roch sauber und trocken wie eingefangene Sonnenstrahlen und brachte mich in die Gegenwart zurück. »Dub Vanderkellen sieht nicht bloß wie ein Frosch aus, er ist auch einer. Keine, die noch ihre fünf Sinne beisammen hat, würde ihn nur eines Blickes würdigen, weder hier im Zimmer noch woanders, wenn er Smith hieße oder Jones. Oder Bondurant«, fügte sie ernsthaft hinzu.

Ich boxte sie scherzhaft leicht gegen das Kinn, dann schaute ich aus dem Fenster in den verregneten späten Vormittag hinaus und seufzte auf in einem tiefen Glücksgefühl. In dem Augenblick war meine Welt so heil, daß ich gleichsam aus dem Erdinneren gedämpft ihre gewaltige Melodie hörte. Dieser Schatz, dieses vollkommene, zierliche Wesen, Sarah, die zu mir gehörte, saß neben mir in der Wohnung eines Kommilitonen, der einen der bekanntesten Namen der gesellschaftlichen und finanziellen Elite Amerikas trug und doch wundersamerweise mit mir studierte. Und vor unseren Augen lag im ausklingenden herbstlichen Nieselregen jener Ort, der so rasch und so vollständig von meinem Herzen, meiner Seele, meiner Phantasie Besitz ergriffen hatte: Princeton.

Ich war bezaubert seit jenem Herbsttag vor zwei Jahren, als ich im Bahnhof von Princeton Junction ausgestiegen war und vor mir alles in einem Grüngrau geschimmert hatte, zeitlos, sagenhaft und geheimnisvoll wie das England von König Artus. Wie anders war dieses Gefühl als die starke Strömung in der Peachtree Road Nummer 2500 und in den bergenden Armen des Gartenhauses! Jene hielten einen umschlossen. Princeton weitete, öffnete einen. Etwas in mir hat sich da frei in die Lüfte geschwungen zum jubelnden Gruß. Ich spüre es noch, wenn ich mir meine Zeit in Princeton und die Jahre in New York vergegenwärtige.

Wir hatten einen milden Herbst, trotz der Jahreszeit war es nicht richtig frisch an diesem letzten Oktoberwochenende, und manche der jahrhundertealten Bäume auf dem Cannon Green flammten in buntem Laub. In der Nacht hatte ein sachter Nieselregel eingesetzt, der den ganzen Morgen über angehalten hatte, und eben hörte es zwar auf zu regnen, doch auf den sich kreuzenden Rasenwegen und in den unzähligen Innenhöfen standen Pfützen. Die grauen, rosa und blauen Schieferdächer glitzerten vor Feuchtigkeit. Wasser tropfte von den schwarzen Eisenpfosten und Ketten um die Rasenflächen. Soweit das Auge reichte, glänzte ganz Princeton vor Nässe.

Wie oft, besonders im Winter, sah es aus, als liege der Campus unter Wasser. Ich sehe das Bild noch vor mir, nach all den Jahren.

»Bei Regen gefällt es mir hier am besten. Grau paßt so gut dazu«, sagte ich zu Sarah und sog in tiefen Zügen die feuchte Luft ein. Am Vorabend hatte man nach unserem Sieg über Yale auf dem Rasen Feuer gemacht, und in der Luft lag noch der eigentümlich brenzlige Geruch von feuchtem Rauch, fast gefährlich, aber doch angenehm.

»Man kann in dem Grau Hunderte von Farben erkennen«, sagte Sarah und lehnte sich neben mir aus dem Fenster. Ich schmiegte mein Kinn an ihren Kopf. »Rosa, blau, lila, schwarz und sogar gelb. Chromgelb. Siehst du es nicht? Princeton ist alles andere als grau in grau.«

So ein Wochenende hatte ich mir als Kind bei dem Wort »Studieren« erträumt. Sarah war am Freitagabend aus Atlanta hergeflogen, und ich hatte sie in Macs Plymouth abgeholt, der meinem Fury glich. Als höheres Semester hätte ich einen Wagen mitbringen dürfen, aber meinen Fury hatte natürlich Lucy, so daß ich bis zum Examen und danach ohne fahrbaren Untersatz blieb. Es machte mir eigentlich nichts aus. Ich verließ das Universitätsgelände nur, wenn ich mit Alan Greenfeld nach New York wollte, und dann nahmen wir die Bahn. Nach Hause fuhr ich so gut wie nie. Wenn ich, wie heute, ein Auto brauchte, lieh ich mir eines von einem Kommilitonen. Vermutlich hätte mir mein Vater einen neuen Wagen gekauft, wenn ihn ihn gebeten hätte, meine Mutter jedenfalls bestimmt, aber ich forderte sie nicht dazu auf. Es spielte keine Rolle. Wie gesagt, der Fury hat immer mehr Lucy gehört als mir, und ich vermißte ihn nicht.

Ich hatte mich vor der Fahrt zum Flughafen von Philadelphia mit Sorgfalt angekleidet. Ich wollte mit Sarah erst auf die Cocktailparty im Colonial, sie danach zum Essen ausführen und anschließend zum Tanz in den Club zurückkehren. Der »richtige« Ball mit Getränken und einem Buffet für die Ehemaligen und mit einer Jazzband aus dem Condon's, die irgendein Vater besorgt hatte, war zwar erst am Samstag, aber freitags war es immer viel schöner: Bei gedämpftem Licht wurden meist langsame, rauchige Balladen aufgelegt, kaum Rock 'n' Roll. Die Partner umarmten einander im Tanzritual, dem glitzernden Verbindungsfaden unserer auf verschiedenste Weise durchlebten Jugend.

Ich trug ein Sommerjackett aus Harristweed, ein Stehkragenhemd, weiße Saffianschuhe und eine graue Flanellhose. Immer wieder knotete ich mir die neue Colonial-Krawatte, bis sie perfekt saß, und drehte prüfend den Kopf vor dem trüben, kleinen Spiegel in meinem Kämmerchen hin und her, ob Harold, mein Friseur, nicht zuviel abgeschnitten hatte. Man trug damals Bürstenschnitt, aber bei mir schimmerte rosa die Kopfhaut durch, was zu meinem langen, grünschnäbeligen Falkengesicht unmöglich aussah, wie bei einem Vogel in der Mauser, so daß ich mir von dem armen Harold eine Art kurzen, glatten Helm schneiden ließ. Ich hielt seinerzeit so viel auf mein Äußeres, daß es fast an Eitelkeit grenzte.

Als ich im sanften Bronzelicht des Spätnachmittags aus dem Colonial Club auf die Veranda vor dem alten Verbindungshaus mit seinem Säulenvorbau trat, dabei mit Macs Wagenschlüsseln rasselte und »Darktown Strutter's Ball« pfiff, war ich mir durchaus meiner Wirkung bewußt. Hier, an der ehrwürdigen, laubübersäten Straße der Clubs, des Reichtums und der Beziehungen, wohnte – dachte ich betäubt und in unerträglicher Arroganz – die Elite der amerikanischen Jugend und genoß nach einer Woche der Vorbereitung auf den Dienst an der Nation das Jungsein und das süße Nichtstun.

Das Ideal des Dienens war Princetons Fundament. Bereits in meinem ersten Universitätsgottesdienst war davon die Rede gewesen, und ich hatte es auf der Stelle bereitwillig angenommen. Ich glaube, so ging es den meisten von uns. Bei diesem Gottesdienst hörte ich erstmals Princetons große Fürbitte: »... und für alle, die hier arbeiten, für alle ehemaligen Studenten auf der ganzen Erde, schenke ihnen deinen Geist des Opfermutes und des hingebungsvollen Dienstes am Nächsten«. Dienen. Das gefiel mir. An jenem Abend im Oktober spürte ich, daß ich diesem Ideal mit Freuden mein Leben widmen konnte. Aber fürs erste ging ich Sarah abholen.

Auf der alten Straße wimmelte es von jungen Männern wie mir, die nach ihrer aufopferungsvollen Tätigkeit eine Verschnaufpause einlegten und sich in den Trommelwirbel des Yale-Wochenendes stürzten. In allen Clubs standen sie auf den Veranden, die jungen Männer aus gutem Hause, gut situiert, gut angezogen, mit guten Verbindungen, gut vorbereitet auf unsere Welt, sei es auf die Gegenwart oder die Zukunft. Unter uns die ersten Frauen in farbenfrohen Kostümen und Twinsets zwischen all dem gedeckten Tweed und grauen Flanell, zwischen dem verheißungsvollen Gelächter von Jugend, Selbstvertrauen und Arroganz.

Alle Clubs waren gut vertreten. Diese versnobten Bastionen des schnöden Mammons unterschieden sich zwar in Charakter und Ansehen unmerklich voneinander, doch in jener Herbstnacht fühlten sich sämtliche ihrer Mitglieder, auf welcher Veranda sie auch standen, vom Finger Gottes berührt. Ob auch die anderen, jene große Masse von Princetons Eisberg, dessen Spitze wir waren, die Unabhängigen, die Streber, die Langweiler, den Finger der Auserwählung auf sich spürten, darüber konnten wir in der Prospect Avenue lediglich spekulieren, da keiner von uns näher mit denen zu tun hatte. Princetons Speiseclubs haben weder mit Demokratie noch mit sozialem Denken viel im Sinn und machen auch gar keinen Hehl daraus. Im Gegenteil, als Woodrow Wilson, der damalige Präsident der Universität, die Burschenschaften verbot, entstanden die Clubs an ihrer Stelle und unterschieden sich von ihnen allenfalls graduell und dem Namen nach.

Aber diejenigen unter uns, die im Garten Eden der Prospect Avenue residierten, führten sich nur selten die Diskrepanz zwischen dem Ideal des Dienstes am Nächsten und der systematischen Abkapselung gegenüber Außenseitern vor Augen. Selbst ich, der ich praktisch von Geburt an ein Außenseiter war, wärmte mich zu gern am lebenspendenden Feuer der Elite, um mir allzuoft den Genuß des goldenen Apfels von diesem Wurm verderben zu lassen. Schließlich hatte auch ich Anspruch auf Reichtum und Zugehörigkeit zur Elite. Wir alle. Sich der eigenen Widersprüchlichkeit ständig bewußt zu sein, wäre damals, finde ich, viel verlangt gewesen.

Sarah kam auf dem Flughafen von Philadelphia an und sah prachtvoll und erwachsen aus in ihrem dunkelroten Kostüm mit Pelzkragen. Ihr Gesicht leuchtete von ihrem Lächeln und von der roten Wolle. Stumm küßte ich sie auf die Wange, um Zeit zu gewinnen, mich an diese Fremde zu gewöhnen. Das passierte mir am Anfang jedesmal, wenn Sarah nach Princeton kam.

Da spürte ich ihre seidige Haut auf dem Gesicht, roch ihre Seife und hörte ihr zögerndes »Hallo, Shep«, und sie wurde wieder Sarah, ein lebendiger, harmonischer Teil meiner neuen Welt, und etwas wie Liebe regte sich in mir, weil sie das fertigbrachte: an beiden Welten teilzuhaben. Mir war, als hätte es sonst keiner aus Buckhead gekonnt. Zuweilen, wenn mich in meiner neuen Welt im Osten die Entdeckung eines Wunders in freudiges Erstaunen versetzte, richtete ich mich in meiner Vorstellung an Charlie oder Lucy, um es ihnen zu erzählen, und spürte enttäuscht, daß sie es nicht begriffen. Sie konnten nicht wie Sarah nach Princeton kommen und seinen Zauber mit mir teilen. Charlie war zu sehr gefangen in seinem Atlanta und seinen Südstaaten, Lucy in ihren Bedürfnissen und hochfliegenden Vorstellungen. Im übrigen erkannte sie nur einen Shep Bondurant an: den aus der Villa in der Peachtree Road.

Sarah dagegen... Sarah spazierte einfach mühelos hinaus aus jener Welt und begleitete mich überallhin, und dann freute ich mich so über sie, daß mein Gefühl für sie an Liebe grenzte.

»Hallo, Sarah«, sagte ich lachend, »Hallo, Sarah Tolliver Cameron!«

Beim Ball am Abend ließen ihr heiteres Naturell und ihr roter Pullover sie strahlen. Alle aus dem Colonial, ja, alle aus den Clubs konnten tanzen, doch an dem Abend zeigten Sarah und ich ihnen, was bei den Atlanter Pinks und Jells tanzen heißt. Noch nie habe ich so lange, so gut und so leicht getanzt, und Sarah ging Schritt um Schritt, Takt um Takt mit, bis zum kürzesten Innehalten, zur kleinsten Drehung; als wären wir aus einem Ei mit zwei Dottern geschlüpft. Eine knappe Stunde lang tanzten wir allein, umringt von klatschenden Kommilitonen und stirnrunzelnden Kommilitoninnen.

Sarah war ganz berauscht von der Nacht, von der Musik und dem Beifall, als ich sie zu ihrem Zimmer in einer stillen Straße in der Nähe des University Place begleitete, wo eine alte Dame, die Witwe eines beliebten Romanistikprofessors, jungen Besucherinnen aus gutem Hause eine keusche Kammer bot. Hier übernachtete Sarah, wenn sie nach Princeton kam, was nur zwei-, dreimal im Jahr geschah.

»Ich will nicht, daß du mich satt bekommst«, erklärte sie mir nüchtern bei ihrem ersten Besuch; sie war erst sechzehn, und ich ein Erstsemester. »Und das passiert bestimmt, wenn ich in einer Tour hier aufkreuze. Außerdem muß ich so gute Noten wie möglich kriegen, weil ich nach der Uni nach Paris gehen und an der Sorbonne studieren will, und Mama und Papa haben gesagt, daß ich darf, wenn ich weiter meinen Einserschnitt in der Highschool und am Scott College halte. Das wär prima für meine Malerei, Shep.«

Jetzt stand ich im Türschatten vor dem Haus der Witwe und betrachtete Sarahs kleine Hände, sah unter den kurzen Fingernägeln schwach die Ränder aus Preußischblau und Krapprot, die weder Terpentin noch Bürste beseitigen konnten. Sie hatte rauhe, warme, tüchtige Hände. Ihre Finger waren nicht so schlank und elegant wie Lucys, ihre Nägel nicht poliert zu dem perfekten Oval wie die der Studentinnen aus dem Radcliffe oder dem Bryn Mawr. Ich küßte erst eine Hand, dann die andere.

»Kommst du zum Frühstück, oder willst du ausschlafen?«

»Du machst wohl Witze«, sagte sie und strahlte mich im Dunkeln an. »Klar komme ich zum Frühstück! Und was machen wir dann? Kann man hier irgendwo morgens um neun schon tanzen?«

»Das nicht«, antwortete ich, küßte sie auf den Mund und spürte das Lächeln auf ihren Lippen. »Heb dir deine Energie lieber für unser Baseballspiel auf. Um zehn geht es gegen die Jungs aus dem Ivy und ihre Freundinnen.«

»Paß nur auf, so wie ich den Ball werfe, hat ihn seit Urzeiten kein Schläger mehr erwischt.« Sie wandte sich zur Tür. Dann drehte sie sich um, schlang ihre Arme um mich und drückte mich fest. Ich sah, daß sie unter Tränen lächelte.

»Ach, Shep, ich bin ja so glücklich!«

Und ehe ich etwas antworten konnte, war sie im Haus der alten Dame verschwunden. Ich blieb stehen, bis die trübe Lampe unten ausging und oben ein Fenster aufleuchtete, dann kehrte ich in mein Wohnheim zurück. Dabei pfiff ich eine Melodie, die mich lebhaft an Atlanta erinnerte, an die durchtanzten byzantinischen Nächte der Pinks und Jells: »It must have been moonglow... way up in the blue... it must have been moonglow... that moonglow gave me you.«

Im selben Moment, als ich in meinem Kämmerchen in der Blair Hall den Kopf auf das dünne, ererbte Kissen legte, war ich auch schon eingeschlafen.

Der Samstag kam, und wir ließen uns treiben wie am Freitagabend beim Tanz. Der Tag war herrlich, geradezu ideal. Schon bei Sonnenaufgang war es freundlich, und es blieb so. Bis Sonnenuntergang wehte uns eine sanfte Brise den Duft des fernen Meeres und des nähergelegenen, sonnigen Kiefernwalds zu. Wir gewannen das Baseballspiel gegen das Ivy und das Footballspiel gegen Yale; beim Lagerfeuer auf dem Cannon Green war die Nacht mild genug für ärmellose Westen, Hemdsärmel und Strickjacken. Wir standen juchzend und johlend im Dunkeln vor den lodernden Flammen. Anschließend unternahmen wir einen Spaziergang im Schein des Monds, der fast von den rasch von Westen heranziehenden, schweren Regenwolken verdeckt war. Unter dem Torbogen von Blair Hall sang ein Chor, ein paar Leute hörten zu. Wir blieben stehen.

»... situated and saturated in New Jer*see*«, sangen sie. Und dann, »Going back, going back, going back to Nassau Hall. Going back, going back ...«

Die Umstehenden stimmten ein, darunter auch Sarah und ich. Sie hatte die Princetonlieder schnell gelernt.

»We'll clear the track as we go back«, sangen wir, und unsere Stimmen schwangen sich hinauf zu dem alten Steinbogen. »Going back to Nassau Hall ...«

Ich merkte, daß Sarah weinte, und sah sie an.

»Halt bloß den Mund«, zischte sie. Im Mondlicht sah man die Tränenspuren auf ihrem Gesicht. »Sonst bleibe ich auf meinem Zimmer, bis ich morgen fort muß.«

Ich sagte kein Wort, drückte ihr nur die Hand und grölte mit beim nächsten Lied. Dabei ging mir, wenn auch nur flüchtig, durch den Sinn, was ich für ein Glückspilz war, jetzt hier zu sein, heute nacht, an der Seite einer zierlichen, großherzigen Frau, die über die Schönheit von Princeton weinte.

Ich wollte, ich hätte das besser zu schätzen gewußt.

Danach gingen wir in den Colonial Club, um einen Cocktail zu trinken, das Buffet zu stürmen und bis tief in die Nacht hinein zu den Klängen des Trios aus dem Condon's zu tanzen, und ich küßte Sarah wieder vor dem unbeleuchteten Haus der alten Dame, diesmal aber ausgiebiger, und jetzt war nicht sie es, sondern ich, der sich entzog und Sarah sanft die Treppe hinaufschob. Ich glaube, in der Nacht hätte ich über ihren zierlichen Körper und ihr lebendiges Herz alles erfahren können, was zu erfahren war, doch etwas in mir wollte unbedingt diesen Tag und seine Atmosphäre in die Nacht hineinretten: seine vollkommene Harmonie. Ich weiß noch, wie ich, weil es zu regnen anfing, im Dauerlauf den McCosh Walk entlangrannte und dabei dachte: Sarah und ich haben noch so viel Zeit.

Noch knapp zwei Stunden, dann mußte ich sie zum Flughafen bringen. Eigentlich hatte ich mit ihr essen gehen wollen, und danach vielleicht an den Carnegie-See, um den Booten beim Training für die Ivy League Regatten zuzusehen, aber ich blieb, wo ich war, stützte die Unterarme auf das schwere Steinsims in Dub Vanderkellens Zimmer und schaute aus dem Fenster. Durch eine kleine Lücke in den dahinjagenden Wolken brach blaß ein Sonnenstrahl und beschien die Türme der Kirche und der Bibliothek. Ein schwarzer Universitätshund stürzte sich wie ein Wilder auf einen gelben Laubhaufen, verstreute in einem goldenen Miniaturwirbelsturm die Blätter in den grauen Morgen und sprang dann eilends davon, zu Gott weiß welchem Hundeziel. Ich merkte nicht, daß ich lächelte, bis Sarah mir mit dem Finger die Lippen nachfuhr.

»Ich verstehe schon, warum du so angetan davon bist«, sagte sie. »Hier ist es wie im Film, was? Ein bißchen unwirklich. Wie in einem Roman.«

Mit beidem hatte sie recht. Princeton war für mich eine mächtige, verführerische Bilderbuchidylle, die nie an Glanz einbüßte, nicht im grauen Februarmorast, nicht im unaufhörlichen, kühlen Märzregen, nicht in der stickigen Schwüle Ende Mai oder Anfang September; nicht angesichts der beträchtlichen Ungerechtigkeiten des Kastenwesens oder der eingebildeten Rachsucht mancher irischen oder italienischen Aufsicht; nicht durch den ewigen Kartoffelbrei in der Mensa, die Angst vor dem Aufnahmeverfahren, die schmerzliche Demütigung, wenn man im Cottage oder Ivy Club abgewiesen wurde; nicht einmal durch einen Selbstmord in einem schäbigen Zimmer, was zu meiner Zeit zweimal in den Weihnachtsferien passierte. Ich war wohl einer der wenigen, die von Princeton nach dem Examen noch ebenso hingerissen waren wie am Anfang. Zum erstenmal in meinem Leben war etwas, wie es sein sollte, erfüllte sein Versprechen, gehörte mir allein. Denn die Villa in der Peachtree Road und das Gartenhaus gehörten auch Lucy. Princeton war die einzige große Liebe in meinem Leben, die ich nicht teilen mußte.

Auch die Umgebung faszinierte mich. New York natürlich: Bei Alan Greenfelds Eltern in der höhlenartigen, dunklen alten Wohnung in der Upper West Side mit den nüchternen Bauhausmöbeln hörte ich zum erstenmal linke Intellektuelle im Familienkreis reden. Ich und Alan trafen uns mit Mädchen unter der Uhr vor dem Biltmore Hotel, überließen uns dem eigentümlich blau-violetten Licht von Manhattan, das mich stets an Novemberdämmerung erinnerte. Jazz lag in der Luft, strömte frei und wild wie Honig und Rauch, wie ein Manhattan-Cocktail nach dem andern.

Zuweilen besuchte ich ein altersgelbes, festungsartiges Haus in Bronxville, Old Saybrock, Short Hills oder in der Bucks County und schwelgte in Gesprächen über Bücher, Musik, Malerei, Theater und Politik mit den Eltern von Freunden – diesmal Konservativen –, die mich anscheinend als ihresgleichen betrachteten und sich von anderen Eltern meines Erfahrungsbereichs – abgesehen vielleicht von Ben und Dorothy Cameron – so sehr unterschieden, als kämen sie von einem anderen Stern.

Ach, New York. Da lag es, außer Reichweite, geographisch und chronologisch jenseits von Princeton, eine Verheißung, ein Fortschritt. Der neue Zauber endete demnach nicht mit dem Studium, sondern entfaltete sich, breitete sich aus, reifte und blühte auf. Nach Princeton: New York.

Ich entdeckte die Firestone Library gleich zu Anfang. Die Begegnung mit dieser ungeheuren, von Türmen gekrönten Erhabenheit – die Bibliothek zählte noch keine zwanzig Jahre, wirkte aber in ihrer massigen Pracht uralt und war schon damals die größte wissenschaftliche Freihandbücherei der Welt – hat mein Leben geprägt wie sonst nur noch Lucy und Sarah. Ich war tief beeindruckt, sobald ich den Fuß in die Bibliothek gesetzt hatte, und zweifelte keinen Augenblick, daß sie mir allein gehörte. Hier hielt ich mich, nachdem ich sie entdeckt hatte, immer auf, wenn ich nicht gerade aß, schlief, Seminar hatte, im Colonial war, übers Wochenende nach New York fuhr oder, was viel seltener vorkam, mit Sarah zusammen war.

Ich stürzte mich in selbständige Forschungsarbeit wie eine lange auf dem Trockenen gehaltene Ente ins Wasser. Ich wechselte von Politik auf Geschichte, mit Literatur im Nebenfach. So konnte ich meine Zeit überwiegend in der Bibliothek zubringen. Ich stellte mir vor, daß ich nach dem Studium in New York eine Arbeit annehmen würde, bei der ich mich voll auf die Forschung konzentrieren konnte – in einem Museum, bei einer historischen Gesellschaft, höchstens eine Stunde Fahrt von der Firestone Bibliothek entfernt –, und danach vielleicht als Dozent an irgendeine kleine, vornehme Universität in New England ginge, die eine erstklassige Bibliothek hatte. Die nüchterne Vorstellung von einem Leben als unterbezahlter Niemand schreckte mich nicht im geringsten. Ich hatte Labsal für meine Seele, Manna für meinen Geist.

Ich betrachtete Sarah. Die Sonne linste verhalten und zögernd durch Vanderkellens verrufenes Fenster auf ihr Gesicht, ihre Haare und den Kaschmirpullover in seinem dunklen Preiselbeerrot. Sie hatte die orangene Chrysantheme mit dem kleinen goldenen Fußball und den orange-schwarzen Bändern angesteckt, die ich ihr gestern vor dem Spiel geschenkt hatte, sie hätte eigentlich auf Dunkelrot schauderhaft aussehen müssen, aber es war nicht so. In der Morgensonne wirkte Sarah wie ein Geschöpf aus Licht, Flammen und Blüten. Sie lächelte.

»Mir ist, als ob Micky Maus jeden Moment auf einer Lokomotive die Nassau Street entlanggefahren kommt«, bemerkte sie. »Oder als ob da unten gleich ein Einhorn graste.«

»Ja«, stimmte ich zu. »Kommt mir auch immer so vor. Es ist phantastisch, es ist ein Idyll, aber was hat es mit der Wirklichkeit zu tun? Funktioniert es überhaupt in Wirklichkeit?«

»Was macht es schon, wenn es eine Illusion ist, solange sie für dich Wirklichkeit wird?« fragte sie.

»Eigentlich nichts. Bis jetzt funktioniert es ja. Vielleicht bin ich selbst nicht wirklich und passe deswegen so gut hierher.«

»Seid ihr doch alle nicht.« Ihr Lächeln wurde breiter. »Nicht einer von euch in Princeton ist... tja, wie soll ich sagen, richtig wirklich. Bei allen Unterschieden seid ihr einander auch irgendwie ähnlich. So unschuldig.«

»Dub Vanderkellen und unschuldig? Grunt Grady und unschuldig?«

»Ich meine... es ist wie in Peter Pan. Ihr lebt hier wie die verlorenen Jungen, entrückt in eine phantastische Jungenwelt.«

»Aber ich weiß nicht, ob ich das gut finden soll«, erwiderte ich stirnrunzelnd. Ich wußte es wirklich nicht. Unschuldig? Verlorene Jungen? »Im übrigen, wer redet hier von Unschuld?«

»Gut oder nicht, jedenfalls ist es sehr attraktiv«, antwortete sie, ohne auf meine letzte Bemerkung einzugehen. »Ich wünschte, ich könnte dazugehören, richtig dazugehören.«

»Du gehörst doch dazu.«

Das stimmte... und zwar auf eine Weise, die ihr nicht unbedingt gefallen hätte. Dunkel – wie es mir damals mit allem ging – war mir bewußt, daß Sarah selbst einen Teil von Princetons Verlockung, seinem Zauber ausmachte, und daher auch von der Illusion. Unsere Beziehung war eine seichte College-Liebelei in Technicolor, ohne dunkle Seite, ohne Seelenqualen, ohne Wut und Schweiß, und jedenfalls ohne große sexuelle Erfüllung. Wir haben schon rumgeschmust, uns geküßt, sogar gestreichelt, und wir habe es durchaus genossen. Aber irgendwie mußte ich damals nicht weiter gehen. Nicht, solange in unseren Köpfen die Angst vor einer Schwangerschaft spukte. Nicht bei Sarah. Wenn sie sich mir wie immer mit den Worten entzog, »Wir sollten wirklich nicht, Shep. Jetzt noch nicht«, drängte ich sie nicht. Ich hätte sie so gut wie jederzeit haben können, das weiß ich jetzt. Aber ich dachte: Wir haben noch Zeit genug.

Zuweilen, wenn auch selten, dachte ich über mein schemenhaftes Museum in New York hinaus und stellte mir, wie durch einen Filter der Stille und Freude, eine Szene in einem Häuschen auf einem Campus vor. Ich sah mich, wie ich in durchgelatschten Pantoffeln und Strickjacke mit Flicken am Ärmel in einer mit Büchern vollgestopften Bibliothek etwas las, während eine schlanke Frau im Pullover neben dem Kamin stand, bernsteingelben Sherry in zarte, alte Gläser auf einem Silbertablett schenkte und dabei etwas von Vivaldi vor sich hinsummte. Sie sah so ziemlich aus, wie Sarah meiner Vorstellung nach in ein paar Jahren aussehen würde, und obwohl ich mir das Bild nicht weiter ausmalte, schöpfte ich unerklärlichen, wohltuenden Trost daraus. Eine gemütliche, anheimelnde, dichte Szene; eine Haut, in die ich nur zu schlüpfen brauchte. Ein, zwei Male ging mir durch den Kopf, daß mein früheres Dasein daheim in der Peachtree Road mir als Sohn des Hauses so ein Leben hätte bieten müssen, doch der Gedanke kam ohne Bitterkeit, und ich hing ihm nicht lange nach.

Denn hier und jetzt, an diesem phantastischen Ort, hatte ich ja Sarah. Wenn sie nicht da war, konnten Tage, manchmal Wochen vergehen, ohne daß ich an sie dachte, und auch das kam mir nicht merkwürdig vor. Unsere Vertrautheit war in Princeton entstanden und nicht in Atlanta, und wenn Sarah da war, ging ich völlig in ihr auf. Wir hatten eigentlich keine feste Perspektive, und das war auch nicht nötig, nicht für mich. Daß es ihr anders ging, habe ich nicht erkannt; weder damals noch später stellte sie Forderungen. Hätte sie es nur getan!

Wir traten hinaus in den aufklarenden Tag und gingen zum Essen in den Keller der Nassau Tavern. Dort, im kühlen Dämmerlicht, tranken wir Kaffee und aßen Käsebrötchen. Aus der Musikbox ertönte ein Lied von Bing Crosby, »I give to you, and you give to me... true love, true love«, und wir hielten auf dem Tisch Händchen.

»Sehen wir uns bald wieder?« fragte ich.

»Keine Ahnung«, antwortete sie. »Du kommst ja nie heim.«

»Ich komme zum Herbstball, und ein paar Tage an Weihnachten. Mac hat mich gefragt, ob ich mit ihm und Brad über Silvester nach Stowe zum Skifahren gehe. Sie bringen ihre Freundinnen mit; kommst du auch?«

»Ich kann nicht. Du weißt ja, bei uns sind die ganzen Parties. Ich hab gedacht, daß du mitgehst.«

Damals war sie in ihrem Debütantinnenjahr. Nach dem großen Juniball im Piedmont Driving Club ging der Trubel der Sommersaison erst richtig los, dann kamen der Herbstball an Erntedank und die Parties im Advent. Wie ich wußte, fand im Dezember jeden Abend eine Party statt, und oft eine zweite am Nachmittag.

»Sarah, du weißt doch genau, warum ich mich daheim nicht blikken lasse. Ich komme zum Herbstball, wie versprochen. Zu den anderen Parties kannst du ja mit Charlie gehen. Er würde dich bestimmt barfuß huckepack durch den Schneesturm hintragen, wenn du es von ihm verlangst.«

»Mach dich nicht über Charlie lustig«, erwiderte sie schroff. »Er ist sehr lieb, und er ist zuverlässig. Charlie ist *da*, Shep.«

»Ich mache mich nicht über ihn lustig. Außerdem bin ich auch da, wenn's darauf ankommt. Wenn's um dich geht. Ich war doch beim Jahresball.«

»Ja«, sagte sie. Sie senkte den Blick auf die Tischplatte mit ihren ausgefransten alten Kerben. »Aber du warst nicht beim Abschlußball, obwohl du es versprochen hattest.«

Wir schwiegen beide, dann hob sie den Kopf.

»Entschuldige«, sagte sie. »Ich quengele, und dabei habe ich mir geschworen, so was um keinen Preis zu machen. Ich rede ja schon wie Freddie Slaton. Das mit dem Abschlußball hat mir nichts ausgemacht. Höchstens vielleicht Lucy.«

Aha, da hatten wir es.

Plötzlich durchströmte mich siedendheiß der bisher zurückgedrängte Gedanke an die Abwesende, die mit Macht gegenwärtig war, ohne hier zu sein; an sie, die wir geschickt mit beredtem Schweigen belegt hatten: an Lucy.

Lucy.

Ja, ich war letztes Frühjahr bei Sarahs und Lucys Jahrgangsball gewesen, aber entgegen meinem Versprechen nicht bei ihrem Abschlußball.

Und ich glaube, für eine kleine Weile hat es Lucy sehr viel ausgemacht, daß ich nicht gekommen bin. Doch nur für eine kleine Weile.

Nach jenem Abend war es begreiflich, daß Sarah Lucy in keinem ihrer Briefe erwähnt hatte und ihr Name an diesem Herbstwochenende zum erstenmal fiel. Hätte nicht schon der Zwischenfall auf der Brücke über den Chattahoochee klare Fronten zwischen ihnen geschaffen, dann wäre es auf dem Tanzboden im Brookhaven Club dazu gekommen – vor den Augen sämtlicher versammelten Pinks und Jells.

Sarah verbarg, wie es ihre Art war, ihre tiefsten Empfindungen in sich. Das hatte Dorothy sie frühzeitig und gründlich gelehrt. Sie kam nie wieder auf diese Nacht oder auf Lucy zu sprechen, wenn es sich vermeiden ließ. Warum ich nicht darüber redete, war schwerer zu begreifen. Lucy und ich waren einander inzwischen fremd geworden. Ich schwieg zum Teil aus Wut und Trauer, soviel konnte ich zugeben, doch zum Teil auch aus Angst; eine Angst, die ich, wie Sarah, tief in mir vergrub.

»Selbst, wenn du wolltest, könntest du nicht wie Freddie Slaton sein«, antwortete ich. »Allenfalls könntest du dein Flugzeug verpassen, wenn wir nicht bald aufbrechen. Bist du so weit?«

»Ja. Shep?«

»Hmmm?«

»Das war ein sehr schönes Wochenende.«

»Ja. Wunderschön. Und so soll es noch oft sein. Sehr oft.«

»Ja«, sagte Sarah.

12. Kapitel

Als ich an jenem Freitagnachmittag im Mai zu Sarahs und Lucys Jahrgangsball nach Hause kam, wurde ich in der Peachtree Road nur von meiner Mutter begrüßt. Die Rückkehr von Princeton in die erinnerungsträchtige Welt meiner Kindheit berührte mich seltsam. Für einen Augenblick schwankte ich, wer die dunkelhaarige, geschmeidige Frau eigentlich sei, deren Arme mich so festhielten, und ich trat einen winzigen Schritt zurück.

Mein Rückzug geschah zwar fast unmerklich, aber das reichte schon, daß sie mich fester in die Arme schloß, das Gesicht an meinen Hals schmiegte und zu weinen anfing. Meine Mutter weinte nur selten, und wie immer war ich über ihre Tränen bestürzt. Ich tätschelte sie verlegen und drückte sie so kräftig, wie ich es irgend über mich brachte.

»Du bist ein Fremder geworden, ich hab's ja gewußt«, heulte sie in mein neues Oxfordhemd. »Ich habe gewußt, wenn du fortgehst, kommst du nie mehr richtig zu mir zurück. Ach, Sheppie, du hast mich von dir gestoßen.«

»Aber nein, Mutter«, antwortete ich und tätschelte fleißig weiter. Sie war dünner geworden, fand ich; ich konnte ihre Rippen unter der Seidenbluse spüren, fühlte ihr Herz pochen. Sie hatte ein neues Parfüm; ein überwältigender Moschusduft kam aus ihrem schwarzen Haar und drang auf mich ein.

»Du hast bloß so jung gewirkt im Licht, und da habe ich gedacht, daß du Lucy wärst, wie du die Treppe runtergerannt bist.«

»Oh... Lucy!« rief sie aufgebracht aus, aber sie fühlte sich, das merkte ich, auch geschmeichelt. Sie trat einen Schritt zurück, neigte den Kopf zur Seite und betrachtete mich voll Genugtuung. »Lucy läuft nicht die Treppe runter, sie schleicht sie rauf – früh um vier. Sie lebt ja mit diesem Chastain praktisch zusammen; weiß der Himmel, wo die beiden sich rumtreiben. Wir kriegen sie gar nicht mehr zu Gesicht.«

Es gab mir einen leisen Stich. Der altbekannte Lucy-Schmerz. Keine Ahnung, warum die Worte meiner Mutter mich überraschten. Ich wußte ja aufgrund meiner Stippvisiten zu Hause, daß Lucy seit zwei Jahren etwas mit Red hatte,und die Briefe meiner Mutter hatten es bestätigt. Wenn ich zwischendurch Gelegenheit zu einem Gespräch mit Lucy gehabt hatte, waren die Worte nur so aus ihr herausgesprudelt, während sie sich innerlich fast völlig von mir zurückzog. Ich dachte, sie sei noch eingeschnappt wegen meines Umzugs nach Princeton; sie benahm sich die ganze Zeit fast so wie zur Zeit meines Abgangs von North Fulton, als sie mich ohne Abschied hatte ziehen lassen.

Na schön, hatte ich gedacht, wie sie will. Ich muß mich doch nicht bei ihr entschuldigen, weil ich fort auf die Universität gehe. Soll sie doch zu mir kommen, sonst kann es von mir aus immer so weitergehen. Doch meine Gleichgültigkeit war nur gespielt. Es hatte mich schwer getroffen, daß Lucy sich erst all den Jells und dann Red in die Arme geworfen hatte.

Ich war der Meinung, Princeton und meine neuerdings engere Beziehung zu Sarah hätten die Wunde geheilt. Und so war es auch, oder fast: ein kleiner Stich nur, ein Ritzer, oberflächlich, winzig und gleich wieder verschwunden.

»Laß dich mal anschauen, Shep!« sagte sie und inspizierte mich von oben bis unten. Ich hatte meine Mutter seit dem vorigen Sommer nicht mehr gesehen. In den Ferien war ich bei Mac und Alan gewesen, und die Weihnachtstage hatte ich bei Haynes Potters Familie in ihrem Haus in Berkshire Hills verbracht. Wieder verschleierte sich ihr Blick, und ihre Augen blitzten auf in eigentümlichem Triumph.

»Mein Junge, du bist nicht wiederzuerkennen. Jetzt bist du ein Mann. Ein richtiger Mann, ein wahrer Bondurant. Fast unheimlich. Dein Vater wird außer sich sein.«

»Freut er sich nicht, wenn ich ihm ähnlich sehe?« fragte ich voll Verwunderung, daß ich mich von ihren Worten gekränkt fühlte. Bis in meinen sicheren Hort in der Firestone-Bibliothek und im Colonial Club drang meines Vaters Macht, mich zu verletzen, nicht, doch hier, unter seinem Dach, biß der Schmerz heimtückisch und schlangengleich zu.

»Aber nein«, erwiderte sie mit seidigem Lächeln. »Du siehst dem falschen Bondurant ähnlich, verstehst du?«

Ich verstand.
»Wo ist Papa?« fragte ich allzu beiläufig. »Wo ist Lucy? Und Tante Willa?«
»Dein Vater ist weg, Golf spielen«, erwiderte sie sachlich, als wüßten wir nicht beide, daß mein Vater einen großen Bogen um unser Haus machte, wenn ich dort erwartet wurde.
»Er kommt am Sonntag zurück, bevor du aufbrichst. Er möchte mit dir sprechen. Lucy zieht wie üblich mit Red Chastain herum, und Willa, ob du's glaubst oder nicht, ist auf Geschäftsreise in New York. Die haben das Weib zur Chefeinkäuferin für die Wäscheabteilung befördert, und jetzt stopft sie Rich's bis unters Dach voll Yankeeunterhosen. Komm, trinken wir ein Glas Eistee, dann kannst du mir erzählen, was es bei dir Neues gibt.«
»Na ja, eigentlich wollte ich kurz zu Sarah rüber...«, erwiderte ich.
»Ach ja, zu Sarah.« Die Stimme meiner Mutter hätte eisiger klingen können. Sie beobachtete die Festigung meiner Bande zum Hause Cameron mit viel Genugtuung. Außerdem mochte sie Sarah. Wie alle Frauen ihrer Clique. Sarah behandelte die älteren Damen mit Respekt, aber ohne Unterwürfigkeit, und kannte sich in allen Gebieten aus, auf die es bei ihnen ankam: Porzellan, Antiquitäten und Genealogie, dem Who-Is-Who von Atlanta. Lucy nannte das »Arschkriecherei auf die feine Tour«. Sarah selbst bezeichnete es als ihre »Tratschroutine«.
Ich steuerte eben auf das Telefon unter der Treppe zu, als Lucy ins Haus gestürzt kam und mich so stürmisch umarmte, daß sie mich fast umwarf. Meine Mutter schnitt eine Grimasse und verzog sich nach oben. Von der Auffahrt her war das Motorengeräusch von Red Chastains MG zu hören, das sich in Richtung Peachtree Road entfernte.
So weit weg Lucy gewesen war, so nah war sie jetzt. Sie umschlang mich fest mit ihren Armen, die ich kannte und doch nicht; sie lachte und weinte zugleich, vergrub ihr Gesicht an meinem Hals, roch rührend vertraut nach Tabu und fühlte sich aufregend an, eben wie Lucy. Die Befangenheit der beiden vergangenen Jahre verließ mich, ohne eine Spur zu hinterlassen. Jetzt war ich wirklich heimgekehrt. Ich küßte Lucy auf die Wangen, schwenkte sie herum und stellte sie auf den Fliesen in der Halle ab. Ich hatte ganz vergessen,

wie groß und schlank sie war. Obwohl sie nicht viel kleiner war als ich, hätte ich sie mit einer Hand hochheben können. Und ihre elektrisierende Ausstrahlung hatte ich gleichfalls vergessen. Lucy war mit achtzehn ganz einfach fabelhaft.

»Du siehst großartig aus«, sagte ich lahm.

»Du auch«, antwortete sie. »So anders. Mir gefällt's. Du erinnerst mich an jemanden, es liegt mir auf der Zunge... Tab Hunter vielleicht, aber mit Falkennase... Naja, ich komme schon noch drauf.«

Ich wunderte mich, daß sie die Ähnlichkeit zwar bemerkte, aber nicht erkannte. Und so blieb es. Sie war aus vielerlei Gründen nicht in der Lage dazu.

»Bestimmt bringst du morgen abend den ganzen Verkehr zum Stocken«, sagte ich. »Gehst du mit Red hin, oder ist das eine blöde Frage?«

»Mit wem denn sonst? Uns bleibt ja nicht mehr viel Zeit für uns. Sein Papa hat es *endlich* geschafft, ihn in Princeton unterzubringen; hat ihm angedroht, ihn vor die Tür zu setzen, wenn er nicht bei der Stange bleibt. Mit anderen Worten, ich darf ihn mindestens die nächsten zwei Jahre nicht besuchen, und er kann nur an Weihnachten und für eine Woche im Sommer herkommen. Mr. Chastain mag mich zwar, kennt mich aber nur zu gut; und er kennt Red. Er hat schon mit Mama darüber geredet. Sie sagt, in dem Moment, wo ich das Flugzeug besteige, um ihn heimlich zu besuchen, bin ich aus dem Scott College draußen. Ich fürchte, sie meinen es alle beide ernst.«

»Heißt das, daß er nicht zu deinem Debütantinnenball kommt?« fragte ich.

»Ich gehe nicht auf den Debütantinnenball«, antwortete sie grinsend.

»Das gibt's doch nicht!« rief ich bestürzt. »Mensch, Lucy, du *mußt* hin!«

Aus mir sprach der unverbesserliche Buckhead-Jell von früher. Ich erlitt fast augenblicklich einen Rückfall. Daß Lucy den prächtigen herbstlichen Initiationsritus versäumte, war ebenso undenkbar, wie daß sie vor Old Atlanta splitternackt erschien. In jener großen Novembernacht beim Herbstball im Piedmont Driving Club fing für die Mädchen aus Buckhead und ihre Verehrer alles an. Von da an schnurrten die Mädchen die vorgeschriebenen Stationen des gesellschaftlichen Kreuzwegs von Atlanta ab wie die Figuren einer

Schwarzwälder Uhr. Weihnachtsball, Bal de Salut, Rabun Gap-Nacoochee Guild, Tallulah Falls Circle, Cotillon, Music Club, Piedmont Ball und die unendliche Serie von Galas der Wohlfahrtsverbände; jeder dieser Fürsorgevereine hatte seinen vollgestopften Kalender mit glanzvollen Veranstaltungen, in jedem erwartete man regelmäßige ehrenamtliche Tätigkeit.

Und damit wurden auch wir, die Brüder, Verehrer und künftigen Ehemänner dieser wohlbehüteten Blumen, in unsere feste Flugbahn katapultiert: Die Begleiterlisten von vielleicht fünfzig Müttern aus den Südstaaten brachten uns in die Nine O'Clocks, den German Club, die Benedicts, den Racket Club und so weiter und so fort, bis wir am Ende in den Driving Club, den Capital City und den Brookhaven Club gelangten und im Vorstand all der unzähligen Wohlfahrtsvereine und Komitees saßen, deren Bälle unsere Frauen ausrichteten, und von da ging es in die Kommunalpolitik. Es war der einzig wahre Weg. Jeder, der etwas auf sich hielt, machte es so.

Ein plötzlicher Gedanke traf mich wie ein Tiefschlag. Nein, das wagten sie nicht, auch nicht bei Lucy Bondurant.

»Willst du damit etwa sagen, daß du nicht eingeladen worden bist?« Ich starrte sie an. Sankt Shep, der Nothelfer, stürzte aus seiner modrigen Gruft, riß seine verrostete Rüstung vom Nagel und zwängte sich hinein. Dafür wollte ich ein paar sorgfältig ondulierten Köpfen gehörig Beulen verpassen.

»Ach, sei nicht blöd, natürlich haben sie mich eingeladen«, antwortete Lucy. »Sie hätten sich nicht getraut, mich zu übergehen, nicht, solange ich hier bei Onkel Sheppard wohne. Ich geh bloß nicht hin, weiter nichts. Mann, Gibby, du hättest das Gesicht von meiner Mutter sehen sollen. Und das von deinem Vater erst! Wie wenn ich gesagt hätte, daß ich am Ostersonntag in der Saint Philip's Kirche einen Nigger heirate. Mama spricht immer noch kein Wort mit mir, und dein Papa, glaube ich, auch nicht. Ich habe ihn aber seitdem nicht mehr gesehen. Ich laufe nur noch frei herum, weil deine Mutter gemeint hat, sie sollen mich in Frieden lassen. Sie findet meine Entscheidung richtig unter den gegebenen Umständen. Tja, Tante Olivia weiß eben, was sich gehört.«

Ihr Lächeln war ohne Heiterkeit.

»Was denn für Umstände?« fragte ich begriffsstutzig.

»Mein Gott, Gibby, verabreichen sie euch denn in eurer Bildungsanstalt den Schwachsinn in Pillen mit dem Salpeter? Die Umstände mit Red Chastain natürlich. Wozu muß ich noch in die Gesellschaft eingeführt werden? Ich bin seit zwei Jahren so eingeführt, wie man nur sein kann. Tante Olivia ist doch nicht auf den Kopf gefallen.«

»Du meinst, weil du...«

»Weil ich mit ihm schlafe«, fuhr sie zuckersüß fort. Ihr Lächeln ging mir durch und durch. Auf einmal empfand ich es als unerträglich strahlend. Ihre Augen funkelten, aber nicht nur vor Ausgelassenheit und Wiedersehensfreude. Und ich spürte die unzähligen Messerklingen, die Lucy beengten.

»Weißt du, die schmutzige Sache, der Satansdienst. Bumsen. Vielleicht hast du mal davon gehört? Nicht, daß ich dächte, du und die engelhafte Sarah – Gott bewahre!«

»Na, du bist doch bestimmt nicht die einzige in Atlanta, die bei ihrem Debüt nicht mehr ganz Jungfrau ist«, unterbrach ich sie hastig.

»Nein, aber wahrscheinlich die einzige, die dabei im Billardzimmer im Brookhaven Club vom Golfclubvorstand erwischt wurde«, erwiderte sie.

»O je, doch nicht etwa...«

»Doch. Mitten bei der Sache. Schamlos. Das erstemal, soviel ich weiß, daß Red was angefangen und nicht zu Ende gebracht hat.«

Sie wollte mich natürlich schockieren, aber sie belog mich nicht. Ich hatte ein unfehlbares Gespür dafür, wann Lucy schwindelte. Diesmal hatte sie die Wahrheit gesagt. Ich schwieg.

»Zerbrich dir darüber nicht den Kopf, Gibby. Du mußt mich nicht retten. Ich kann all den Wohltätigkeits- und Ehrenamtsquatsch sowieso nicht ausstehen. Und deine Eltern sparen dabei massenhaft Geld. Little Lady kommt ja gleich nach mir, und für ihr Debüt müssen sie tief in die Tasche greifen. Nein, mein Debüt ist morgen abend. Warte, bis du erst mein Kleid siehst. Da fallen bestimmt manchen die Augen aus dem Kopf.«

Allerdings. Traditionell trugen die Mädchen aus North Fulton bei ihrem letzten Jahrgangsball weite, pastellfarbene Rüschenröcke, doch als Lucy am folgenden Abend die elegante Treppe heruntergeschwebt kam, trug sie ein weißes, eng anliegendes Seidenkleid, das ihre vollkommene Figur betonte. Ihre nackten jungen Schultern schimmerten zart perlweiß vor Puder. Sie trug keinen Schmuck. Sie hatte den schulterlangen Pagenkopf so ausgiebig gebürstet, daß ihr das Haar wie dunkle Distelwolle um den schmalen Kopf flog. Drei herrliche weiße Gardenien von dem Busch vor dem Gartenhaus steckten in ihrem Haar. Ihr Kleid hatte seitlich einen tiefen Schlitz, der den Blick auf ein schlankes, von der Frühjahrssonne leicht gebräuntes Bein freigab. Sie trug hochhackige weiße Sandalen und hielt eine kleine silberne Couverttasche in der Hand. In so viel weißer und schwarzer Pracht waren die vollen roten Lippen der einzige Farbtupfer; sie leuchteten scharlachrot, als habe sie Beeren gegessen oder Blut getrunken. Lucy strahlte förmlich in der düsteren Halle. Ich stand vor dem Bronzespiegel im Flur und band mir die schwarze Krawatte um, als sie herunterkam. Da hielt ich inne und starrte sie an. Mir verschlug es die Sprache. Was gab es auch zu Lucy James Bondurant zu sagen? Niemand würde die anderen Mädchen auf dem Ball eines Blickes würdigen.

Sie lächelte. Sie lief mit kleinen Schritten die Treppe herunter und warf sich mir in die Arme, und ich schwenkte sie herum. Sie lachte ausgelassen.

»Ach, Gibby«, rief sie aus. »Ich habe schon gedacht, du kommst gar nicht mehr heim.«

»Und ich hab gedacht, du willst mich nicht mehr hier haben«, antwortete ich und setzte sie ab.

»Na, ich war ganz schön doof. Das mußt du doch verstehen. Hast du sonst auch. Na egal, jetzt, wo du da bist, wird alles gut.«

»Was wird gut? Ist denn was nicht gut?« fragte ich neugierig.

»Doch, doch. Alles ist gut. Daß du nur hier bist! Da, kannst du mal eben zumachen? Ist die nicht schön?«

Sie reichte mir eine Perlenschnur, ganz warm von ihrer Hand, schaute in den Spiegel und hielt ihr schweres dunkles Haar mit beiden Händen hoch. Ich legte ihr die Kette um. Die schönen, kleinen Perlen waren wunderbar ebenmäßig.

»Die ist von deinem Papa«, sagte sie. »Da hat er noch nicht gewußt, daß ich nicht debütiere. Ich habe ihn gefragt, ob er die Kette wiederhaben will, aber er hat gesagt, natürlich nicht. Also hab ich sie behalten. Bin ja nicht blöd.«

Von der Auffahrt her kam das tiefe, laute Brummen eines schweren Motors. Ich warf Lucy einen fragenden Blick zu.

»Red kommt heute in Papas Rolls«, meinte sie. »Ich habe ihm gesagt, daß mich heute abend keine zehn Pferde in seine Schrottkarre kriegen.«

Sie betrachtete im Spiegel unsere Köpfe, einer blond, einer ebenholzschwarz, Seite an Seite.

»Sind wir nicht ein schönes Paar?« fragte sie. »Wir sehen aus wie in einer Reklame für... ach, ich weiß nicht, irgendwas Vornehmes, Wunderbares. Wie wenn wir nur das allerschönste Leben von der Welt haben dürften. Weißt du, Gibby, eigentlich hätte ich heute abend mit dir da hingehen sollen.«

»Mit dem Charme von Prinz Chastain kann ich nicht konkurrieren, Lucy«, antwortete ich. »Ich könnte nicht mitansehen, daß du allen den Kopf verdrehst und mit jedermann unter Neunzig rumschmust oder schlimmer. Aber er hat dich gut im Griff.«

»Ja.« Ihr Lächeln verschwand. »Deswegen bin ich auch mit ihm zusammen. Weißt du, eigentlich ist der Kerl ein Flegel, aber das mit dem im Griff haben, das hat er raus.«

Shem fuhr den auf Hochglanz polierten Fury vor, und ich steuerte ihn um die Ecke in die Muscogee Avenue, um Sarah abzuholen. Sie war noch nicht fertig angezogen, also führte mich Amos in das Zimmerchen hinter dem Haus, wo Dorothy allein vor dem Fernseher saß. Es hatte schon einige Gewitter gegeben, und eben prasselte wieder ein Schauer herunter, trommelte der Regen gegen die schwarzen Scheiben, beleuchteten Blitze die sturmgepeitschten Bäume.

Dorothy gab mir einen Kuß und wies mir den Stuhl an, auf dem sonst Ben saß.

»Wenn er reinkommt, mußt du dich zwar woandershin setzen, aber er ist gerade in der Küche und macht Käsetoasts. Möchtest du was trinken?«

»Danke, lieber nicht. Das wird noch eine lange Nacht.«

»Dann erzähl mir, was es Neues von Lucy gibt.« Auf ihrem ernsten schönen Gesicht stand mehr als reine Neugier. Ich wußte ja, daß ihre Besorgnis um Lucy echt war.

»Also, sie will halt nicht ihr Debüt geben, und ich finde das ganz richtig«, antwortete ich rechtfertigend. »Das ist doch kein Leben für eine Frau, das ganze ehrenamtliche Zeug und die Gutestuerei. Eine intelligente Frau könnte doch ganz andere Sachen –«

Da fiel mir ein, daß sie für ihre ehrenamtliche Tätigkeit am Grady Hospital vom Roten Kreuz zur Frau des Jahres gewählt worden war, und ich wurde glühend rot. »Ich meine ja nicht Sie…«

Sie lachte. »Ich weiß. Aber sag mal, wer soll die Arbeit denn machen, wenn nicht wir?«

»Vielleicht jemand mit weniger Grips«, antwortete ich. »Jemand, in dem nicht so viel steckt. Schauen Sie sich an. Sie hätten Direktorin oder Präsidentin einer großen Firma werden können, oder Ärztin oder… was Sie wollen. Alles. Sie hätten sich nicht wegwerfen müssen.«

»Und wie viele Leben hätte ich dafür gebraucht?« fragte sie mit dem liebevollen Lächeln von früher, als ich noch ein freimütiger kleiner Junge war. »Nein, Shep, es ist das einzig Gute, was man mit Geld und Ansehen anfangen kann. Menschen, die beides nicht besitzen, fehlen die Mittel und die Energie, das Nötige zu tun. Armut, nicht Reichtum unterhöhlt unsere Willenskraft und unseren Elan.«

»Aber«, wandte ich ein, »was sollen denn die machen, die mit dem Wohlfahrtskram nichts am Hut haben? Frauen wie Lucy, die was anderes wollen, die mehr wollen und das Zeug dazu haben?«

Sie nickte. »Sie sind Opfer unserer Zeit und unserer Stadt«, entgegnete sie. »Ehrgeiz und Anderssein – wir anderen Frauen tolerieren das nicht. Wir rächen uns dafür. Vielleicht, weil wir uns an unsere eigenen Versäumnisse erinnert fühlen. Lucys selbständiger Schritt wird sich rächen, wenn nicht jetzt, dann später. Sie ist ein Opfer, ob sie's weiß oder nicht. Wenn sie ihren Ehrgeiz für einen Mann, für ihren Ehemann einsetzte, wäre das was anderes.«

»Sie sehen die Sache so vernünftig, warum habe ich bloß so ein böses Gefühl dabei?«

»Vermutlich, weil du eine Wahrheit hinter meiner Wahrheit erkennst. Das konntest du auch früher schon, Shep. Paß nur auf – wir werden uns dafür wahrscheinlich auch an dir rächen wollen.«

»Wer will sich wofür an wem rächen?« fragte Ben Cameron, der mit zwei Käsetoasts und zwei hohen Gläsern Bier auf einem Tablett hereinkam. »Aha, welch seltener Gast. Hallo, Shep.«

»Ich mich an dir, wenn du einen Tropfen Bier verschüttest«, antwortete Dorothy und nahm ihm das Tablett ab; er umarmte mich so selbstverständlich, als wäre ich Ben junior. Ich fühlte eine Welle der Zuneigung für ihn. Er war zuverlässig, so wie Sarah es später über

Charlie gesagt hat. Ihm verdanke ich alles, was ich je an Vaterliebe gekannt habe.

»Schön, daß du zur Abwechslung dein häßliches Gesicht mal hier blicken läßt«, sagte er, immer noch den Arm auf meiner Schulter. »Sonst kommt bloß Charlie Gentry. Ich habe Dotty schon gefragt, ob er eigentlich neuerdings bei uns wohnt.«

Ich lachte. Wir wußten beide, daß Sarah in meiner Abwesenheit hauptsächlich mit Charlie ausging, weil er und Dorothy darauf bestanden, daß sie sich mit anderen Jungen traf. Sie fanden, daß Sarah noch viel zu jung für eine feste Bindung war. Das war auch Charlie klar. Bei meinem letzten Besuch in Atlanta hatte er zu mir gesagt: »Du brauchst bloß mit dem Finger zu schnippen, schon läßt sie mich fallen.« Eine sachliche Bemerkung, keine Spur von Bitterkeit in dem freundlichen, sommersprossigen Gesicht: »Na, von mir aus. Du machst es ja nicht, blöd, wie du bist. Und ein bißchen was von Sarah ist besser als gar nichts.«

Ben und Dorothy merkten, glaube ich, lange vor mir, an wen ihre Tochter ihr Herz verloren hatte, und sie gaben uns insgeheim ihren Segen.

»Ich bin wahnsinnig froh, mit dem gesellschaftlichen Firlefanz nichts mehr zu tun zu haben; endlich kann ich daheim bleiben und Rauchende Colts anschauen«, sagte sie lächelnd zu mir. »Was für ein scheußliches Wetter. Zum Glück bist du ja bei Sarah. Dann brauche ich mir keine Sorgen um sie zu machen.«

»Nicht unbedingt ein Kompliment für Shep«, warf Ben augenzwinkernd ein. Ich entdeckte in der zarten Haut unter seinen Augen neue Falten und die Andeutung von Tränensäcken, als sei er sehr müde. Ich fand, er sah älter und irgendwie würdevoll aus. Wie mir Sarah erzählt hatte, engagierte er sich in der Kommunalpolitik, was für einen Mann in seiner Position nicht selbstverständlich war. Auf einmal sah ich in ihm bei aller Leichtlebigkeit und Spontaneität eine echte Führungspersönlichkeit.

»Shep weiß schon, wie ich das meine«, sagte Dorothy. »Er ist etwas Besonderes, so nett die anderen Jungen auch sind. Das sagst du doch auch immer, also lach nicht über mich, Ben.«

»Ich glaube, ich gehe jetzt besser, sonst werde ich noch ganz eingebildet«, antwortete ich lächelnd. Ich fühlte mich ungeheuer geschmeichelt und wollte es mir nicht anmerken lassen.

»Wenn's nur so wäre. Ein klein wenig Einbildung schadet dir gar nicht. Ich wette, Shep, du kriegst nicht viele Komplimente zu hören.«

Da trat Sarah ein. In ihrem korallenroten Tüllkleid leuchtete sie wie eine Zinnie. Ich mußte unwillkürlich lächeln, weil sie so lieb aussah. Wir umarmten uns steif und verlegen, verabschiedeten uns von Ben und Dorothy und brachen auf zum Brookhaven Club. Es hatte aufgehört zu regnen. Ich war richtig aufgeregt. In den letzten beiden Jahren hatte ich kaum jemanden von den Pinks und den Jells zu Gesicht bekommen.

Alle kamen sie hereingeweht, setzten sich hin und wirbelten auf wie die Wanderschwalben. Der alte Ballsaal erglänzte in Kreppapier und Lampions unter einem bunten, kreisenden Scheinwerfer, und die Band hämmerte gerade schwungvoll ihre erste Nummer. Einige Paare drehten sich auf dem Parkett, andere lösten sich von ihrer Gruppe und fingen an zu tanzen. Die Musik war leise und verführerisch, nicht wild, wie später. Ich führte Sarah zu einem leichtfüßigen Jitterbug und hoffte, ordentlich zum Tanzen zu kommen, ehe der Wahnsinn losbrach. Ich habe die aggressiven, sinnlichen Beckenverrenkungen des Rock jener Zeit nie gelernt und war froh um Sarahs übervolle Tanzkarte, so daß sie nach Herzenslust herumwirbeln konnte. Bei den gellenden mitreißenden Stücken setzte sie lieber aus und ging mit mir frische Luft schnappen. Sarah mit ihrer zierlichen, tadellosen Figur bewegte sich zum Beach-bop der fünfziger Jahre ebenso elegant wie zu anderen Rhythmen, doch ihr Herz war genausowenig dabei wie meines.

Es hätte ebensogut auch mein letzter Jahrgangsball sein können, so kurz schien mir die vergangene Zeit, so wenig hatte sich auf den ersten Blick verändert. Unsere ganze engere Clique war in der üblichen Formation gekommen: Sarah und ich, Ben und Julia, Snake und Lelia, Pres und Sarton Foy, reizloser und aristokratischer denn je, und Tom und Freddie Slaton. A. J. war mit einer sehr hübschen, weißblonden Schülerin in Pink aus dem Washington Seminary erschienen, die den ganzen Abend aussah wie eine von den Amazonaspygmäen gefangengehaltene weiße Baronin, und Charlie kam solo, wie üblich.

Bei näherem Hinsehen entdeckte ich ein paar oberflächliche Veränderungen, meist Weiterentwicklungen bereits vorher erkennbarer Tendenzen: Ben Cameron strahlte eine sprühende Lebhaftigkeit aus, durch die seine alte, flinke Eleganz jetzt übertrieben theatralisch wirkte; Charlies pragmatischer, lahmer Gleichmut hatte sich fast zum Phlegma verstärkt, die Unzufriedenheit in Freddies durchdringendem Blick hatte sich verschärft zu stechender Bosheit. Und obwohl Bühnenbild, Kostümierung und Akteure bei dieser stilisierten Maskerade auf den ersten Blick gleich geblieben schienen, herrschte unterschwellig eine befremdliche Atmosphäre, jedenfalls für mein Empfinden. Nicht das alte Gefühl der Unwirklichkeit, das ich seit den ersten Bällen der Pinks und der Jells kannte, sondern ein spürbarer Hauch von Vergänglichkeit; fast erwartete ich, daß die ganze Szene wie das Bühnenbild einer Ausstattungsoperette seitlich in den Kulissen verschwinden und durch ein neues, verblüffendes Bild ersetzt würde. Ich wenigstens hatte mich in den letzten beiden Jahren ziemlich verändert.

Keine Spur von Lucy und Red Chastain.

Die Stimmung zur Pause war ausgelassen; schweißüberströmt schlenderten wir Buckhead Boys mit unseren Freundinnen auf den Parkplatz und setzten uns auf Stoßstange und Kotflügel von A. J.s neuester Errungenschaft, einem Cadillac Baujahr 1938. A. J. hatte Pampelmusensaft und Eiswürfel dabei, Ben steuerte den Wodka bei, und so saßen wir und tranken Purple Passion auf dem nassen Parkplatz unter der silbernen Mondsichel. Es war schwül, und aus den Villengärten der Umgebung wehte der aufdringliche Duft von Geißblatt und Mimose zu uns her. Ich fand die dickflüssige Mixtur eigentlich widerlich, und den meisten anderen ging es, glaube ich, nicht anders, aber wir tranken aus dem Thermosdeckel, den A. J. kreisen ließ, so bedächtig und feierlich wie aus einem Abendmahlskelch. Es war ja auch gewissermaßen, wie uns allen damals klar war, unser letztes Abendmahl.

Stärker als bei meinem Schulabschluß spürten wir hier draußen in der Dunkelheit eine Spannung der Veränderung, des Zuendegehens und vieler kleiner Tode, die sich wie in einer lautlosen Explosion entlud, denn nach dem bevorstehenden Examen wurden auch die Mädchen – der Kitt, der uns von Geburt an zusammengehalten hatte – in alle Winde zerstreut. Wir Jungen waren zwar schon vor zwei Jahren zu neuen Ufern aufgebrochen – ich nach Princeton, Ben auf die Architektenhochschule, Snake auf das Emory College zur Vorbereitung auf das Medizinstudium, A. J. auf die University of Georgia in der Innenstadt, Pres Hubbart auf die Universität draußen in Athens, Tom Goodwin nach Sewanee, auf die alte Hochschule seines Vaters, und Charlie zur Vorbereitung auf das Jurastudium auf das Emory College; doch außer mir waren alle in der Nähe geblieben, im Umkreis von zwei Stunden Fahrt von Atlanta.

Anders die Mädchen. Nur zwei von ihnen, Sarah und Lucy, die auf das Agnes Scott College wollten, blieben im Herbst in Atlanta. Julia Randolph hatte vor, mit drei ihrer Klassenkameradinnen aus dem Washington Seminary nach Auburn zu gehen. Lelia Blackburn war im Sweet Briar angemeldet. Sarton Foy begab sich auf den Spuren ihrer Ahnfrauen nach Wellesley, und Freddie Slaton wurde von ihren Eltern ins Pine Manor Junior College verschickt, in der schwachen Hoffnung, durch die Trennung von Tom werde sich manches von ihrem nagenden Neid verlieren, durch die Nähe Bostons ihre Rasierklingenschärfe ein wenig abstumpfen. Natürlich kamen wir in den Ferien her und trafen uns nach dem unaufhörlichen, vorgegebenen Muster der großen Gesellschaftsquadrille, die jetzt begann, doch nach dieser Nacht zerriß ein makelloses Bild, zerbrach ein heiles Ganzes, und wir wußten es. Der Becher kreiste viel länger als sonst.

Mit einem dröhnenden Schwall von Rhythmen aus dem alten Steinclubhaus kündigte die Band ihre Rückkehr an; wir glitten vom Wagen und spazierten gemächlich hinein, paarweise, Arm in Arm. Als Sarah und ich eben zur Tür kamen, kreischten hinter uns Reifen auf. Wir drehten uns um und sahen den schwarzen Rolls von Red Chastains Vater böse schlingernd auf zwei Rädern in den Parkplatz hineinrasen. Wir blieben alle stehen, um auf Red und Lucy zu warten, doch sie stiegen nicht aus. Die Musik, die aus den offenen Fenstern des Rolls plärrte, übertönte die Band im Club. Wir hörten erst Reds, dann Lucys Stimme in wütender Auseinandersetzung.

»Streit im Paradies«, bemerkte A. J.

»Ach, wahrscheinlich bloß ein bißchen Liebesgekabbel.« Snake grinste. »Vielleicht sollten wir ihnen eine kalte Dusche verpassen.«

»Haben die Krach miteinander, Shep?« fragte Freddie zuckersüß und wißbegierig. »Ich habe gehört, daß es schon seit Wochen Ärger gibt, weil Lucy mit Mr. Camerons schwarzem Hausboy geht oder so. Die Ärmste. Red soll zu ihr gesagt haben, wenn sie's nicht sein läßt, verlangt er sein Abzeichen zurück. Und sie hat's nicht sein gelassen, jedenfalls hab ich die beiden, wie ich neulich vorbeigefahren bin, zusammen bei den Camerons im Hof gesehen.«

Sie strahlte mich mit vorgerecktem Kinn an wie ein boshafter kleiner roter Vogel, und in dem Moment hätte ich sie erwürgen können. Freddie Slaton labte sich immer genüßlich an anderer Leute Kummer wie ein Geier an Aas.

»Ich hab' nicht die leiseste Ahnung, Freddie«, antwortete ich. »Ich hab' sie ja seit Weihnachten kaum gesehen.«

»Also, was ist, Sarah? Ben?« drängte Freddie. »Ihr müßt zugeben, sie hängt ständig bei euch rum mit dem Glenn Soundso da, wenn sie gerade nicht mit Red zusammen ist. Was spielt sich da ab? Sagt schon!«

Sarah holte tief Luft und setzte zu einer Erwiderung an, doch da antwortete ihr schon Ben in seiner angenehmen Stimme in trokkenem Ton.

»Freddie, so oft wie du bei uns vorbeifährst, kriegst du wahrscheinlich von Glenn Pickens und Lucy einiges mehr mit als Sarah und ich. Vorgestern erst hat Papa beim Frühstück gesagt, wenn er es nicht besser wüßte, könnte er glatt meinen, daß die kleine Slaton unser Haus kaufen will.«

Freddie wirkte eingeschnappt, wie immer, wenn sie auf eine aufdringliche Frage die wohlverdiente Antwort bekommen hatte, und plusterte sich auf wie ein kampflustiges Zwergküken, doch ihre Entgegnung ging unter in einer Lärmexplosion vom anderen Ende des Parkplatzes. Ein Glas wirbelte aus dem Fenster des Rolls und zerschellte auf dem Asphalt, dann ein größerer Gegenstand, eine Flasche vielleicht. Lucy schrie. Auch aus der Entfernung hörte ich, daß sie vor Wut schrie, nicht vor Schmerz oder Angst. Ich war verlegen, und ich war sauer auf sie und Red und auf Freddie. Ich hätte jeden angefahren, der den Mund aufgemacht hätte, aber niemand sagte ein Wort. Kurz darauf gingen wir wieder hinein und tanzten weiter.

Den ganzen Abend über sah ich immer wieder unruhig zur Tür, ob die beiden nicht kämen, doch als der letzte schluchzende Refrain von »I Got a Woman« verklungen war und die Band »Goodnight, Sweetheart« anstimmte, waren sie immer noch nicht da. Ich dachte mir, sie haben sich wohl schlimm gezankt und Red hat Lucy bestimmt nach Hause gefahren – oder sie versöhnen sich in wilder Paarung im Rolls auf dem samtgepolsterten Rücksitz. Ein abstoßender Gedanke, fand ich, die Vorstellung von Lucys und Reds Kopulieren. Ich zog Sarah enger an mich und vergrub das Gesicht in ihrem elastischen Seidenhaar. Sie schmiegte den Kopf an meine Schulter, und wir drehten uns gemeinsam unirdisch und verträumt, versanken im tausendfachen Ende, das vor uns lag. Allen Paaren um uns herum ging es ebenso. So laut und explosiv der Abend auch gewesen war, er klang verhalten aus, leise.

So kam es, daß alles stehenblieb und Lucy angaffte, als sie keuchend in den Ballsaal stürzte und ihre Sandalen über das gebohnerte alte Parkett der Tanzfläche klapperten. Man konnte gar nicht anders, als sie anstarren.

Lucy wirkte außer sich, wahnsinnig, fast gemeingefährlich. Ihr Gesicht war beinahe so weiß wie ihr Seidenkleid. Um die blauen Augen lag der unheimliche, blasse Ring, den ich an ihr seit den gräßlichen Alpträumen und hysterischen Anfällen ihrer Kindheit kaum mehr erlebt hatte. Ihr Kleid war verrutscht, so daß eine Brust fast heraushing. Sie hatte keine Gardenien mehr im Haar, das ihr wirr um den Kopf stand und in Strähnen über Stirn und Mund fiel. Ihre Lippen waren hochrot geschwollen und ohne Lippenstift.

Am Rand der Tanzfläche blieb sie stehen und schaute sich suchend um. Offenbar nahm sie gar nicht wahr, daß ihr fast dreihundert Augenpaare stumm folgten. Sie tastete mit ihrem Blick den Saal ab, bis sie mich entdeckt hatte. Da lächelte sie. Ich hatte sie noch nie so lächeln sehen und starrte sie verwundert an. Diese Lucy war mir fremd.

Sie kam schnurstracks auf Sarah und mich zu und legte mir die Hand auf den Arm, wobei sie Sarah ignorierte, als wäre sie Luft. Aus der Nähe sah ich die margenta-roten Fingerabdrücke auf ihren Oberarmen und auf Schulter und Hals. Sie roch stark nach Bourbon. Sie und Red mußten den ganzen Abend getrunken haben. Ich hatte Lucy noch nie in der Öffentlichkeit blau erlebt.

»Hallo, Gibby«, sagte sie klar und fröhlich. Sie lallte nicht. »Ich will mit dir tanzen. Weißt du noch, den letzten Tanz hast du mir versprochen.«

Ich antwortete eine Weile nichts, und Sarah auch nicht. Sie stand still neben mir, die Hand noch auf meiner Schulter, und betrachtete Lucy ernst. Sie wußte, daß ich Lucy den letzten Tanz nicht versprochen hatte, der gehörte nach alter Sitte der Begleiterin. So war es seit Jahren. Keiner von uns hätte im Traum daran gedacht, dieses ungeschriebene Gesetz zu brechen.

Da erst registrierte Lucy anscheinend Sarahs Anwesenheit und verzog die Lippen zu einem breiten, strahlenden Lächeln.

»Sarah hat bestimmt nichts dagegen, Gibby«, sagte sie, diesmal mit leichtem Lallen, und schwankte auf ihren hohen Absätzen. Um nicht das Gleichgewicht zu verlieren, mußte sie sich an mir festhalten. »Sarah wartet schön, bis wir fertig sind. Das gute Kind. Platz, Sarah, sei ein braves Hundchen und warte auf uns...«

»Wo ist Red, Lucy«, frage ich, stützte sie und übersah die sensationslüsternen, verlegenen Mienen meiner Freunde und Klassenkameraden um mich herum. Ich verfluchte Lucy im stillen. »Komm, wir suchen Red –«

»Nein! Ich will jetzt mit dir tanzen!« rief sie aus. »Nimm mich in die Arme, Gibby, und tanz mit mir... Tanz mit mir...« Sie schlang mir die Arme um den Hals und sackte gegen mich, so daß ich sie festhalten mußte, damit sie nicht hinfiel. Ich warf Sarah über Lucy hinweg einen verzweifelten Blick zu; sie war puterrot im Gesicht, bewahrte aber ihre Fassung.

»Bring sie doch raus an die frische Luft«, raunte sie mir in ruhigem Ton zu. »Ich komme schon heim; ich kann bei Ben und Julia mitfahren.«

»Genau«, sagte Lucy in ihrem Singsang, lächelte mit geschlossenen Augen und taumelte. »Sei ein liebes Mädchen, Sarah. Geh nur heim am Händchen von deinem großen Bruder und laß mich mit Shep tanzen –«

Da packte mich die kalte Wut. Ich stieß Lucy so heftig von mir, daß ihr der Kopf in den Nacken fiel. Sie schlug die Augen auf und sah mich an wie früher, voll Verwirrung und Verlorenheit. Mir zog sich verräterisch das Herz zusammen, aber meine Wut behielt die Oberhand.

»Laß das, Lucy«, sagte ich. »Der Tanz gehört Sarah. Ich tanze jetzt mit ihr, und dann bringe ich sie nach Hause. Wenn du nicht allein heimgehen kannst, hilft dir bestimmt jemand –« Ich sah mich um und entdeckte Charlie. Unsere Blicke trafen sich. Er nickte mir unmerklich zu. Ich meinte, hinter seiner dicken Brille etwas wie Triumph aufflackern zu sehen. »Charlie hilft dir. Ich tanze jetzt mit Sarah.«

Lucy guckte mich mit großen Augen an, ihr Gesicht war so bleich, wie ich es noch nie erlebt hatte, Tränen traten ihr in die Augen, daß sie schrecklich und silbrig glitzerten.

»Mach nur, Gibby!« Lucys Stimme war dunkel und gefaßt, ohne eine Spur von Trunkenheit. Sie klang durch den Saal wie eine Glocke. »Tanz nur mit deiner kleinen Sarah und bring sie heim, und dort legst du sie aufs Kreuz und bumst sie um den Verstand, warum machst du's nicht? Ach so, natürlich ... es geht ja gar nicht. Sie hat ja nichts zum Bumsen. Red hat mir erzählt, daß er es mal versuchen wollte. Du warst in Princeton, und er hat es probiert, aber weißt du was? Sie hat kein Loch! Stell dir vor, sie hat gar kein Loch, weil Sarah nicht wirklich Sarah ist. Sie ist eine niedliche kleine Gipselfe, so eine wie die auf den Minigolfplätzen, die immer grinsen, und daß Elfen kein Loch haben, weiß ja jeder ...«

Sarah wandte sich ab und ging hinaus. Ich folgte ihr. Stille herrschte in dem großen Saal; Lucy schwieg, und auch sonst sagte keiner etwas. Ein entsetzlicher Augenblick, ein regelrechtes Spießrutenlaufen. Mir ist schleierhaft, wie Sarah nach diesen heimtückischen Worten noch hocherhobenen Hauptes, ruhigen Schritts und mit straffen Schultern hinausgehen konnte.

Lucys Worte waren furchtbar, ein gräßlicher Vergleich. Von jeher besaß sie die Gabe, bei allem stets das innere Wesen zu erfassen. Die Parallele zwischen einer Karikatur von Sarah und den häßlichen, grotesken, bunten Elfen, die einem auf jedem beliebigen Minigolfplatz zwischen Brückchen und weißen Kugelpilzen zugrinsen, war treffend. Sie paßte auf ihren zierlichen, wohlgeformten Körper, den großzügigen, fast ständig lächelnden roten Mund, die gesunde Farbe und die großen Augen unter den schwarzen, geraden Brauen. Jeder hier im Saal würde von nun an, wenn er einen der gräßlichen Homunkuli zu Gesicht bekam, flüchtig und schuldbewußt an Sarah Cameron denken, wie gern er sie auch haben mochte. Mir ging es bestimmt so, und Sarah auch. Für diese Entwürdigung hätte ich Lucy umbringen können.

Sarah schwieg, als ich ihr den Wagenschlag aufhielt. Ich streckte die Hand aus, um sie zu umarmen, doch sie blickte mich so flehentlich an, daß ich es bleiben ließ. Sie kämpfte mit den Tränen. Eine zärtliche Geste, und sie hätte sich nicht mehr beherrschen können. Vor anderen zu weinen, war Sarah so peinlich, daß sie fast krank wurde. Ich sagte daher nur sanft und hilflos: »Tut mir leid«. Sie nickte, und ich lenkte den Wagen behutsam auf die West Brookhaven Avenue und weiter auf die Peachtree Road. Als wir ins menschenleere, mondbeschienene Buckhead kamen, knipste Sarah das Radio an; da wußte ich, daß sie die Tränen für den Augenblick erfolgreich bekämpft hatte, aber ich traute mich immer noch nicht, sie anzufassen.

»Bitte komm nicht mit rein, Shep«, sagte sie, als wir bei ihr zu Hause angelangt waren. »Ich geh' jetzt nach oben und heul' mich aus. Morgen fühl' ich mich wieder besser. Du kannst zum Mittagessen kommen, dann reden wir. Zerbrich dir nicht den Kopf. Ich weiß ja, daß du nicht für Lucy verantwortlich bist.«

»Sarah«, im Dunkeln schmeckte ich die Worte auf der Zunge. »Sarah, ich hab dich lieb.«

»Ja, ich weiß«, antwortete sie, stieg aus und verschwand durch die Tür zum kleinen Wintergarten.

Als ich nach Hause kam, war ich entschlossen, auf jeden Fall auf Lucy zu warten, egal, wie spät es wurde, und sie wegen ihres Benehmens zur Rede zu stellen. Ich hatte zwar keine Ahnung, was ich ihr sagen wollte, doch was sie Sarah angetan hatte, war ungeheuerlich; ich konnte es ihr nicht durchgehen lassen. Mir lag sehr viel daran, Lucy die Leviten zu lesen, doch beim Morgengrauen war sie noch nicht zurück, und in der heißen, aschenen Dämmerung eines neuen Frühlingstags fiel ich endlich in Schlaf.

Als ich gegen elf Uhr aufwachte, saß sie am Fußende meines Betts und rauchte eine Zigarette. Geistesabwesend blinzelte ich sie durch den Qualm an, während ich mir allmählich den gestrigen Abend ins Gedächtnis zurückrief. Ich setzte mich auf, holte tief Luft und sagte: »Also weißt du, Lucy...«

Sie lächelte. Sie sah aus wie nach zehn Stunden süßen, ungestörten Schlummers, und nur die gespenstisch schwachen Fingerabdrücke auf ihren Armen und an ihrem Hals erinnerten noch an den häßlichen Auftritt.

»Das mit gestern abend tut mir leid, Gibby. Ich weiß, ich war ekelhaft, und nachher gehe ich rüber zu Sarah und entschuldige mich. Aber ich hatte allen Grund für mein abscheuliches Benehmen, und darüber muß ich mit dir sprechen.«

Ich konnte nicht begreifen, wie sie hier im dämmrigen Gartenhaus sitzen und so unberührt, so jung und irgendwie rein und heil aussehen konnte, und eine Weile starrte ich sie nur an. Dann sagte ich: »Lucy, was du gestern gemacht hast, dafür gibt es keine Entschuldigung. Ich will nichts hören.«

»Tja«, antwortete sie gelassen und stieß durch die Nase Zwillingsschwaden von Rauch aus, »du wirst es hören müssen, ob es dir paßt oder nicht. Du mußt mir aus der Klemme helfen. Ich bin im vierten Monat, und wir müssen uns schleunigst was einfallen lassen. Ich hab gedacht, ich komme besser vor dem Frühstück zu dir, damit wir überlegen können, was wir jetzt am besten machen.«

Mir klangen die Ohren. Ich brachte kein Wort heraus.

»Ich will's wegmachen lassen«, fuhr sie fort, als ich stumm blieb, »aber ich habe kein Geld. Ich kenne da eine Klinik in Copper Hill in Tennessee. Da kann ich hin, und es wird von einem richtigen Arzt gemacht, ganz ungefährlich, aber er verlangt sechshundert Dollar, und so viel kriege ich nicht zusammen. Und du hast doch das Geld von deinem Großvater...«

»Natürlich ist es von Red«, sagte ich. Mein Mund war verspannt, pelzig, taub. Meine Zunge fühlte sich unförmig an.

»Na klar«, antwortete Lucy. »Von wem denn sonst? Wofür hältst du mich, Gibby?«

»Dann soll der doch, verflucht noch mal, auch das Geld auftreiben!« schrie ich. Ich war selbst verblüfft über das Ausmaß meiner Verbitterung und meines Abscheus. Bei Lucys und Reds Verhalten war dieser Ausgang alles andere als ein Wunder.

Da verlor Lucy ihre gesunde Selbstsicherheit.

»Wie soll ich es ihm denn sagen? Ich könnte es ihm nie sagen!«

»Wieso nicht, verdammt?« zischte ich wütend. »Wer tanzt, zahlt die Musik. Oder, deutlicher gesagt, wer vögelt, zahlt die Abtreibung. Himmel, Lucy, der Kerl stinkt doch vor Geld! Kann er denn nicht mal die Verantwortung für sein Kind übernehmen? Und übrigens, warum heiratet er dich eigentlich nicht? Hat er das nicht sowieso vor? Da kann er's doch auch *gleich* machen. Sein alter Herr hat genug für euch alle. Daran solltest du denken und nicht an eine Scheißabtreibung –«

»Er kann mich nicht heiraten!« Sie brach in Tränen aus. Die uralten Tränen des echten Schmerzes, der Angst und Verzweiflung; mein Herz krampfte sich zusammen. Lucy, es war doch Lucy...

»Wieso nicht, verdammt?« fragte ich noch einmal, doch meine Stimme klang unwillkürlich milder.

»Weil sein Vater gesagt hat, daß er keinen Pfennig sieht, wenn er einer ein Kind macht oder heiratet, ehe er mit dem Studium fertig ist, und Red meint, daß er nicht mit sich spaßen läßt. Er hat zu mir gesagt, er läßt mich auf der Stelle sitzen, wenn ich schwanger werde, und das macht er auch!«

»So ein widerliches Arschloch«, brach es aus mir heraus. »Dann fort mit Schaden! Nee, Lucy, ich zahl dir bestimmt nicht die Abtreibung. Wenn du nun dran *stirbst*...«

»Der Arzt ist wirklich gut, Shep; alle gehen zu ihm.«

»Was meinst du, ›alle‹?«

»Glaubst du etwa, ich bin die einzige in Atlanta, der das passiert ist?« Sie lachte bitter. »Bei uns gibt's schließlich weder überstürzte Hochzeiten noch ledige Mütter. Darauf kannst du deinen Arsch verwetten. Die gehen alle zu dem. Und ihre Eltern blechen. Er... er ist genauso in Mode wie der Friseur, zu dem alle in Buckhead gehen. Bloß, wer soll mir die Abtreibung zahlen? Deine Eltern vielleicht? Oder Mr. Chastain? Und Red macht es nicht.«

»Lucy, wie wär's, wenn du das Kind kriegst?«

»ICH WILL KEIN KIND, OHNE VERHEIRATET ZU SEIN!« schrie Lucy. »ICH KANN NICHT AUF EIN KIND AUFPASSEN! ICH KANN NOCH NICHT MAL AUF MICH SELBER AUFPASSEN!«

Sie brach wieder in Tränen aus. Sie weinte so heftig, daß ich sie in die Arme nahm wie vor langer Zeit, als sie weggelaufen war und Schläge bekommen hatte, und allmählich ebbte das schreckliche Schluchzen ab. Wir schwiegen eine Weile.

»Du hast gesagt, daß du immer für mich sorgst«, flüsterte sie an meiner nackten Brust. »Du hast's an dem Tag versprochen, als wir uns in den Arm geschnitten haben.«

Da hatten wir es wieder: Das Fräulein fleht den Ritter um Hilfe an, die alte Leier, die sie immer aufwärmte, wenn sie hilflos und verängstigt war. Die kleinen Narben aus der Kindheit, das dünne frische Blut, das so tief innen floß...

»Lucy, ich hab die sechshundert Dollar nicht«, sagte ich. »Nicht einmal annähernd, bis ich mit dem Studium fertig bin. Und dann ist es viel zu spät.«

»Aber du könntest mich heiraten«, antwortete meine Cousine Lucy. Sie sah mich an. Ihr Gesicht schimmerte, aber nicht nur vor Tränen. Es strahlte in freudiger Hingabe. »Wir könnten doch heiraten, Gibby. Wir könnten gleich heute nach Maryland fahren, und ich könnte mit nach Princeton kommen, dann suchen wir uns eine Wohnung, und ich gehe arbeiten, und du studierst weiter...«

»Ich kann nicht«, sagte ich wie betäubt. »Es geht nicht. Das mußt du doch einsehen! Lucy, ich kann mich nicht immer um dich kümmern. Ich bin nicht dazu in der Lage. Du kannst es nicht von mir erwarten.«

»Ich erwarte es aber«, stieß sie hervor, und die Tränen sprudelten frisch. »Du hast's mir geschworen bei deinem Blut!«

»Lucy«, antwortete ich verzweifelt. »Da war ich noch nicht mal neun! Und du warst noch keine sieben! Immer kommst du mir damit, und dabei muß dir doch klar sein, daß das bloß eine Kinderei war...«

Mir versagte die Stimme. Ich kauerte reglos auf dem Bett. Sie erwiderte nichts, musterte mich nur eindringlich. Sie muß mir die Antwort vom Gesicht abgelesen haben, denn auf einmal erstarrte sie, entzog sich meiner Umarmung und stand auf.

»Ich muß nachher nach Princeton zurück«, sagte ich. »Du gehst am besten erst mal zum Arzt und läßt dich untersuchen. Und wenn du sicher bist, rufst du mich an. Ich lasse mir die Sache durch den Kopf gehen. Irgendwas wird uns schon einfallen, wohin du kannst, um das Kind zu kriegen. Wir sagen einfach, du besuchst... ach, irgendwen...«

Sie bedachte mich mit einem strahlenden, schrecklichen Lächeln.

»Laß nur, Gibby. Vielleicht haben wir Glück, und es ist bloß Krebs, dann bist du aus dem Schneider. Du kannst auf meiner Beerdigung am lautesten flennen, und dann finden dich alle als Cousin so rührend.«

»Lucy«, flüsterte ich, doch sie ging hinaus.

Ich wollte hinterher.

»Keinen Schritt näher, oder ich erzähle jedem, daß es von dir ist, Gibby«, sagte sie, ohne sich umzusehen. »Ich mache keine Witze, das kannst du mir glauben. Fahr nur in dein geliebtes Princeton. Ich will dich nie mehr wiedersehen.«

Und ich fuhr. Ich ging nicht einmal mehr zu Sarah, rief nur bei ihr an und sagte, ich hätte verschlafen und müßte gleich zum Flughafen, und wir würden uns dann in vierzehn Tagen bei der Abschlußfeier sehen; dann nahm ich den Nachmittagsflug nach Philadelphia und fuhr mit dem Zug nach Princeton Junction. Die ganze Woche wartete ich auf Lucys Anruf und fühlte mich elend vor Sorge und Wut, aber warum ich wütend war, verstand ich nicht.

Fünf Tage darauf hatte ich Atlanta am Telefon, aber nicht Lucy, sondern meine Mutter. So sachlich, als ginge es um meine Wäsche, teilte sie mir mit, Lucy sei am Nachmittag während eines Gewitters mit dem Fury losgefahren, habe die Kontrolle über den Wagen verloren und sei auf der neuen Autobahn bei Gainesville gegen einen Brückenpfeiler geprallt. Sie liege mit einer Gehirnerschütterung, einer tiefen Fleischwunde an der Schläfe und inneren Verletzungen im Piedmont Hospital, werde aber trotz des hohen Blutverlustes wohl wieder ganz gesund. Der Fury allerdings habe Totalschaden. Ich glaubte, aus der Stimme meiner Mutter eine gewisse Genugtuung herauszuhören, hätte aber nicht sagen können, ob wegen der lädierten Nichte oder wegen des schrottreifen Wagens. Sie hatte beide nie leiden mögen.

Nach dem Abendessen rief ich Lucy im Piedmont in ihrem Einzelzimmer an.

»Was ist mit dem Kind?« fragte ich ohne Umschweife.

»Mit welchem Kind?« antwortete sie fröhlich. »Ich kriege kein Kind, Gibby. Jetzt nicht mehr.«

Eine Woche darauf machte Lucy mit ihrer und Sarahs Klasse ihren Schulabschluß; auf den Aufnahmen von Tante Willa sieht sie in ihrem weißen Talar mit Barett wie ein El-Greco-Engel aus, einen weißen Verband wie ein Schönheitspflästerchen auf der leicht eingefallenen Wange. Tante Willa war da und meine Eltern und Red Chastain – schick und arrogant in blauem Blazer, grauer Flanellhose und weißen Saffianschuhen –, sogar Reds Vater kam und grinste breit und furchterregend.

Aber ich kam nicht.

13. Kapitel

»Immer, wenn ich herkomme, stelle ich mir vor, daß bei dir Frank Sinatra unter der Treppe hockt und uns gleich um Heroin anbettelt«, sagte Sarah. Sie schmiegte sich an mich, während ich in meinen Taschen nach dem Wohnungsschlüssel fingerte. Bei einem ihrer Wochenendbesuche in Princeton war ich einmal mit ihr ins Playhouse in *Der Mann mit dem goldenen Arm* gegangen, und seither beschwor sie jedesmal, wenn wir die Marmortreppe zu meiner Wohnung in der West Twenty-first Street hinaufstiegen, Frank Sinatras vielgeplagten Geist.

Ich verstand sie. Inzwischen heißt die Gegend im Süden Manhattans zwischen der Eighth Avenue und dem Hudson »Chelsae« und ist, wie ich höre, zu einer Domäne der Schickeria geworden. Aber als ich Ende der 50er Jahre hinzog, war sie trostlos, stellenweise sogar unheimlich, wirkte trist und heruntergekommen; allerhand Sonderbares lag hier in der Luft und floß im Blut, Heroin zum Beispiel. Immer wieder stieß ich in meinem Block zwischen der Eighth und Ninth Avenue auf wie leblos daliegende Körper, zwischen Mülltonnen und unappetitlichen Abfällen auf dem Absatz einer Kellertreppe. Nach den ersten zwei, drei Malen rief ich erst gar nicht mehr die Polizei. Meist waren es Obdachlose, die – abgefüllt mit Pennerglück – einen Unterschlupf gesucht hatten, um ihren Rausch auszuschlafen. Einer war drogensüchtig, eine andere, eine aschgraue, verängstigt wirkende alte Frau, war tot. Nach knapp einem Jahr bildete ich mir ein, auf den ersten Blick die Lebenden von den Leichen unterscheiden zu können.

Die leblosen Körper störten mich nicht. Meine Wohnung lag im Erdgeschoß eines ehemals herrschaftlichen Sandsteingebäudes und war relativ preisgünstig, so daß ich sie mir auch ohne Mitbewohner leisten konnte. Vom Fenster der spärlich ausgestatteten Küche aus sah man nach hinten auf einen total verwilderten Garten, in dem ein niedriger, kräftiger Ginkgo stand. Nach zwei Tagen in der Wohnung registrierte ich schon kaum noch, wie stickig und düster, wie ausgesprochen schäbig alles hier war. Ich hatte eine Woche geschabt und geschrubbt, geputzt und gestrichen; wenn man nicht allzu pingelig war, konnte man es jetzt als sauber und gemütlich bezeichnen. Auch waren meine Arbeitsstelle, die städtische Bibliothek, und die Jazzclubs in Greenwich Village von hier aus zu Fuß und mit Bus- und U-Bahn leicht erreichbar. Ich stieg über das menschliche Strandgut der Lower Westside und wandelte auf Wolken reiner Freude.

Ich kochte in der winzigen Küche auf dem fleckigen alten Gasherd Kaffee, und Sarah und ich setzten uns mit unseren Tassen auf die Feuerleiter. Es war April. Der Ginkgo zeigte frische grüne Spitzen. Aus dem dunklen Garten zu unseren Füßen duftete hartnäckig ein Großstadtgeißblatt gegen den Gestank der Westside an. Für die Jahreszeit war es warm. Die laue Nacht erinnerte an die Aprilabende in Atlanta. So früh am Sonntagmorgen war das Knattern und Fauchen des Verkehrs auf der Ninth Avenue abgeebbt, so daß auch menschliche Laute an unsere Ohren drangen: Tritte auf der West Twenty-first Street, Radiogedudel aus einer Nachbarwohnung, aus dem unsichtbaren Garten mißtönende Schreie, die von einer Katze oder einem menschlichen Wesen stammen mochten, jedenfalls aber von Liebesleidenschaft zeugten. Ich schloß aus Sarahs Kichern, daß sie beschwipst war von den Gin-Tonics, die wir getrunken hatten. Andernfalls hätte sie das Lustgestöhn überhört.

»Scheint ja Spaß zu machen«, sagte sie und vergrub den Krauskopf an der gewohnten Stelle an meiner Schulter. Ich zog sie an mich.

»Wollen wir's auch mal ausprobieren?« fragte ich.

»Nee, danke«, murmelte sie. »Viel zu gemütlich so. Ein andermal vielleicht.«

Ich lächelte über ihre wirren Locken hinweg in die Nacht. Es war klar zwischen uns, daß wir nicht miteinander schlafen wollten, jedenfalls jetzt noch nicht; wir fühlten uns dabei so wohl, daß wir einander sogar damit aufzogen. Ich glaube, ihr gefiel das Gekabbel, und mir auch. Es brachte Kitzel und Würze in eine Beziehung, die sonst fast zu schön und harmonisch gewesen wäre. Nicht jetzt, hieß das, aber bald. Vielleicht morgen. Man kann nie wissen. Heute nacht war sowieso nicht genug Zeit. Sarahs Frühjahrsferien vom

Agnes Scott College waren zu Ende; am Nachmittag mußte sie zurück nach Atlanta fliegen. Ich warf einen Blick auf die Uhr. Nur noch ein paar Stunden. Schon so spät.

Das Wochenende war in seiner idyllischen Stimmung mit Sarahs Besuchen in Princeton vergleichbar. Wieder war Sarah problemlos in die Welt geschlüpft, die ich mir in New York geschaffen hatte. Wenn unsere gemeinsamen Unternehmungen, die Besichtigungen und Konzertbesuche, wenn unser Umgang miteinander Sarah nicht vollauf entzückten, dann habe ich es nicht gemerkt. Wie zuvor in Princeton, fügte sie sich harmonisch ein in meine Komposition, ging darin auf, wurde eins mit dem Fluß, dem Rhythmus und Pulsschlag meines Lebens in Manhattan, als sei sie Fleisch von meinem Fleisch und gehöre hierher. Zwischen Sarah und mir herrschte eine Übereinstimmung, die geradezu androgyn war und Teil jenes allumfassenden Zaubers zu sein schien, den New York auf mich ausübte. Für mich war es fabelhaft, doch später kam mir in den Sinn, daß Sarah sich vielleicht eine Gefühlswelt für sich allein gewünscht hätte. Während sie sich mühelos in meine Welt einfügte, schenkte ich ihr meinerseits nicht meine ungeteilte Aufmerksamkeit, und ich machte mir damals keinerlei Gedanken darüber, ob das Reich, in dem ich herrschte, auch für sie genug hergab.

Am Freitag nach ihrer Landung hatten wir ihr Gepäck im Barbizon Hotel for Women abgeladen, wo sie auf Wunsch von Ben und Dorothy wohnte, und waren zum Abendessen zu Alan Greenfeld gegangen. Alan arbeitete seit einem Jahr bei der Zeitung »New Republic« als Redakteur im politischen Teil. Es war das erste Mal, daß ich Sarah zu den Greenfelds mitnahm, und ich hatte Bedenken gehegt: Diese Ostküstenwelt jüdischer Intellektueller und politisch engagierter Linker war ihr ebenso fremd wie unseren Gastgebern das verschlafene, langweilige Buckhead. Doch Sarah kam gut an; ihr launiger Humor, ihre offene Natürlichkeit wirkten sympathisch, von ihrer melodischen Sprechweise und ihren guten Manieren ganz zu schweigen. Ben und Dorothy hatten Sarah etliche Türen offengehalten.

Am Samstag, also gestern, hatten wir erschöpfend (auch für uns) die Stadt besichtigt. Was mir an Sarah ganz besonders gefiel, war ihre Ausdauer; mit ihrer zierlichen, sportlichen Figur und den wohlgeformten, muskulösen Beinen bewältigte sie New York ebenso mühelos wie ich mit meinem mageren athletischen Körper. Ehe zartgrün die Sonne unterging, hatten wir wohl an die zehn Meilen zu Fuß zurückgelegt. Gegen sechs Uhr abends setzte ich mich in die nüchtern akademische Lobby im Barbizon und wartete, bis Sarah sich umgezogen hatte, dann aßen wir bei Mama Leone. Sarah saß neben mir in einem glänzenden, pfirsichgelben Baumwollkleid, und wir bestellten das Billigste, was Mama Leone zu bieten hatte: Pasta mit weißen Bohnen und reichlich Knoblauch. Wir tranken eine Menge gleichfalls billigen Chianti, lachten viel und hielten Händchen unter dem Tisch, angenehm erschöpft von den Strapazen des Tages. Anschließend hörten wir Brubeck im Village Vanguard.

Ich hatte das Gefühl, Sarah am allernächsten zu sein, wenn wir gemeinsam Jazz hörten. Sie wußte, was Jazz mir bedeutete, und hätte in jedem Fall mit ganzer Seele zugehört, doch sie und ihr Bruder Ben hatten die raffinierte Eleganz eines Artie Shaw und die nüchternen, glasklaren Synkopen eines Charlie Parker sozusagen mit der Muttermilch eingesogen. Sie drehte sich ebenso natürlich und gefällig zu den aggressiven Rhythmen der 40er und 50er Jahre wie zu den verträumten, atonalen Klängen des Cool Jazz, der kurz darauf aufkam und mich sehr ansprach. Sarah begeisterte sich für viele Arten Musik – Sinfonien, Opern, aber auch die jaulenden Countryballaden, die Atlanta von allen Seiten überschwemmten –, doch so versunken wie beim Jazz habe ich sie nur noch bei ihrer Malerei erlebt.

Schweißgebadet, benommen und ganz erfüllt vom grenzenlosen Überschwang der Musik, verließen wir das verräucherte Lokal.

Völlig trunken traten wir auf den Bürgersteig, was nur zur Hälfte am scheinbar endlosen Strom der von mir bestellten Gin-Tonics lag. Der Abend riß ein solches Loch in mein großväterliches Erbe, daß meinem Ahnherrn die trockenen alten Augen herausgequollen wären, aber ich hätte ihn vielleicht von der Unumgänglichkeit der Ausgaben überzeugt, wenn er an dem Abend dagewesen wäre und im blau verräucherten Dämmerlicht des Vanguard Brubeck hätte spielen hören. Als das Quartett mit tausend Volt von »Time Out« auf »Take the A Train« wechselte, riß es mich und Sarah mit den anderen vom Stuhl.

Das war Sarahs dritter Besuch bei mir in New York. Abgesehen von zwei, drei Kurzvisiten von kaum vierundzwanzig Stunden

Dauer, war ich seit dem Ball nicht mehr daheim gewesen. Ich war nicht, wie versprochen, an Erntedank heimgekommen, um mit Sarah auf den Herbstball zu gehen.

Auch an Weihnachten und Ostern war ich nicht zu Hause gewesen, ich kehrte während meiner letzten beiden Jahre in Princeton überhaupt nicht mehr heim. Warum, erzählte ich Sarah nicht, und hoffte, daß sie mein gespanntes Verhältnis zu meinem Vater dafür verantwortlich machte. Aber mir war klar, daß sie über die Entfremdung zwischen mir und Lucy Bescheid wußte, vermutlich, ohne den Grund und das Ausmaß zu ahnen. Sie erwähnte Lucy nämlich nicht, selbst dann nicht, wenn es das Natürlichste von der Welt gewesen wäre. In meinen letzten beiden Jahren in Princeton und meinen ersten in New York sprachen Sarah und ich über alles und jedes, außer über Lucy.

Im Juni 1958, in der Woche vor dem Examen, das zu meiner Zufriedenheit *cum laude* ausfiel, schrieb mir ein Bud Houston aus der Treuhandabteilung der Trust Company of Georgia, daß ich vom Tag meines Studienabschlusses an über das Treuhandkonto von meinem Großvater Redwine verfügen könne. Die Bedingungen waren großzügig: Ich sollte jährlich für den Rest meines Lebens eine kleine Summe erhalten und ganz nach Gutdünken ausgeben können. Ich fuhr nach New York, eröffnete bei der Manufacturers Trust ein Konto und forderte Houston auf, mir mein Jahreseinkommen zu überweisen und in Zukunft jedes Jahr bei Fälligkeit der Summe ebenso zu verfahren. Ihm schmeckte das gar nicht, er sprach von Investitionen und Wertpapieren, kurz, er sagte, was Bankmenschen so sagen, wenn sie anderer Leute Geld behalten wollen, doch schließlich kam er murrend meiner Aufforderung nach. Er sagte zum Glück nicht, ich solle meinen Vater zu Rate ziehen. Ich wäre ihm an die Gurgel gegangen!

Ich hatte seit über einem Jahr nichts mehr von meinem Vater gehört, abgesehen von den nichtssagenden, vorsichtigen Höflichkeiten, die wir bei meinen raren Besuchen zu Hause während der Mahlzeiten ausgetauscht hatten. Mit der Verfügbarkeit meines Treuhandkontos war ich nun auch faktisch, wie vorher in Gedanken, für ihn abgeschrieben; vom Reichtum der Bondurants würde ich wohl weder jetzt noch später profitieren.

Meine Mutter kam das hart an – bei meinem letzten Besuch daheim heulte sie mir fast eine halbe Stunde lang das Hemd naß. Sie schluchzte – »Es wäre alles deins, Sheppie, das ganze Geld, wenn du nur nach Hause kämst« –, während ich den Verlust von meines Vaters Gunst und Geld leicht verschmerzte. Mir reichte, was ich hatte. Mit der Erbschaft von meinem Großvater zerriß meine Abhängigkeit von meinem Vater und folglich auch von meiner Mutter. Die Nabelschnur, die mich mit Atlanta verband, meine Beziehung zu Lucy, war zerschnitten. Am Samstagnachmittag nach dem Examen fuhr ich schnurstracks von Princeton nach Manhattan und glitt hinein in die Stadt wie ein Dampfer ins Meer.

Vermittels der zweifellos widerstrebenden, doch höchst wirksamen Bemühungen von Dub Vanderkellens Vater, dem großen Mäzen und Vorsitzenden des Freundeskreises der New Yorker Bibliothek, fand ich gleich eine Stelle als Hilfskraft in der Handschriftenabteilung; das erste Jahr verbrachte ich fast ausschließlich damit, trockene, flämische Pergamente aus dem siebzehnten Jahrhundert mit frommem Inhalt und Buchmalereien, die in zerfressenes, stinkendes, ewig feuchtes Leder gebunden waren, karrenweise aus dem dumpfen Darmtrakt der Bibliothek in die neue, gleichmäßig temperierte Manuskriptenwerkstatt zu fahren. Eine anspruchslose Arbeit – in etwa so spannend wie der Transport von Mumien –, die nachmittags um zwei Uhr endete und kaum mehr als einen Hungerlohn abwarf. Es reichte gerade für die Miete. Von meinem Treuhandgeld kaufte ich mir kleinere Mengen an ungesunden Lebensmitteln und größere an edlen Spirituosen. In erster Linie aber öffnete mir das Geld die Türen zu Museen, Theatern, Kunstgalerien, Konzertsälen, Restaurants und Jazzclubs, in denen ich mich wohl fühlte wie ein Fuchs in seinem Bau. Mir gefiel die Arbeit, ich hatte es nicht eilig, mich nach einer anderen, höher qualifizierten Tätigkeit umzusehen; meine freien Nachmittage verbrachte ich meist oben im Leesesaal. Ich liebte die Stadt mit jeder Faser meines Seins. Princeton war die Vorrunde gewesen, Manhattan war das Hauptspiel.

Am Abend besuchte ich die kleinen Jazzclubs im Zentrum und in Greenwich Village, gelegentlich auch in Harlem, und lauschte hingerissen den kühlen Klagen oder den heißen, zerrissenen Dissonanzen eines neuen Jazzstils, bei dem mir die Kopfhaut prickelte. Ich hörte sie alle: Ellington, Hines, Krupa, Hampton, Kenton, Rich, Gillespie, Blakey. Und, was das beste war, die legendären Saxophonisten, die mit Bird Parker durch die ganze Welt reisten: Coleman Hawkins, Paul Desmond, Zoot Sims, John Coltrane, Stan Getz, Gerry Mulligan, Sonny Rollins, Ornette Coleman. Nach dem letzten Stück ging ich heim und dudelte bis in die klirrende Morgendämmerung auf meiner Klarinette und dem Saxophon, das ich gleich in meiner ersten New Yorker Woche in einem Pfandhaus gebraucht gekauft hatte. Wenn ich gerade nicht Musik hörte, spielte oder arbeitete, dann redete ich, redete endlos über die unsterblichen Tiefsinnigkeiten und die unerschöpflichen Möglichkeiten, von denen die dicke New Yorker Luft flirrte und die selbst das Straßenpflaster zu reflektieren schien wie Granitflimmer das Licht. Ich hatte Kontakt zu ehemaligen Kommilitonen, die in New York zu Hause waren, und lernte über Freunde andere Leute kennen; viele waren es nicht, aber sie gaben mir das Gefühl der Wärme, der Zugehörigkeit zu einer Clique. Alle stammten wir aus wohlbehüteten, begüterten Elternhäusern, hatten studiert und fühlten uns einander verbunden durch unsere Liebe zur Musik, durch unsere Jugend, unsere Hoffnungen und die lange, feste Umarmung der Großstadt. Ich aß fast nichts, wurde jeden Tag schmaler und zappeliger, las und arbeitete, spielte und forschte und gebrauchte dabei jede Faser, jede Sehne, jeden Nerv, jeden Tropfen Blut und jeden Funken Verstand in mir.

Und immer die Musik, und immer Sarah.

Ich konnte mir nicht vorstellen, jemals den Wunsch nach einem anderen Leben zu verspüren.

Aber was ich nicht konnte, konnten doch alle anderen. In meinem ersten Jahr in New York bestürmte mich meine Mutter mit ständigen Anrufen, und als ich nicht mehr ans Telefon ging, schrieb sie mir Briefe. Der Inhalt war immer derselbe: »Du verschwendest deine Zeit. Alles, was wir dir mitgegeben haben und mitgeben könnten, ist vergeudet, wenn du weiter deinen Kopf durchsetzen mußt, deiner armseligen Arbeit nachgehst und das Geld deines Großvaters für Aquavit und diese gräßliche Musik da rauswirfst. Du bist ein Bondurant aus Atlanta. Die Leute reden schon. Komm nach Hause. Es ist mir gleich, wenn du nichts mit dem Geschäft zu tun haben willst; du kannst machen, was du möchtest, wenn du nur heimkommst. Im übrigen sorge ich schon dafür, daß dein Vater Vernunft annimmt.«

Mit »im übrigen« meinte sie das Bondurantgeld. Sie war schon deshalb in der Lage, meinen Vater zur Vernunft zu bringen, weil es mindestens zur Hälfte ihr gehörte. Nach einer Weile beantwortete ich ihre Briefe nicht mehr. Aber sie schickte mir trotzdem welche. »Komm nach Hause, Sheppie. Ach, komm doch nach Hause, mein Junge.«

Auch von Dorothy Cameron erhielt ich Briefe, in denen im wesentlichen dasselbe stand, wenn sie auch weniger aufdringlich war und erhabenere Gründe nannte: »Shep, du bedeutest Ben und mir sehr viel und hast ungeahnte Talente. Du solltest sie nutzen. Nichts ist so befriedigend, wie der Welt etwas von ihren Gaben zurückzugeben. Es ist unsere heilige Pflicht. Wir mißachten sie auf eigene Gefahr. Und Shep, New York ist nicht auf deine Talente angewiesen, aber Atlanta... oh, wie dringend wir unsere raren Shep Bondurants brauchen!«

Tja, Dorothy, immer selbstlos. Ich beantwortete ihre Briefe postwendend und frohgemut, fürchte aber, daß sie weder mit dem Inhalt noch mit dem unverbindlichen Ton meiner Schreiben zufrieden war. Im Gegensatz zu meiner Mutter bettelte und schimpfte Dorothy aber nicht. Sogar Charlie schrieb mir: »Genug ist genug. Die Großstadt ist ja schön und gut, aber ohne dich langweilt man sich in Buckhead zu Tode. Raff dich auf und komm heim. Ich kenne eine Kleine mit dunklen Locken, der du schauderhaft fehlst. Und ich warne dich, ich war mit ihr dieses Jahr schon auf fünf Bällen, und am Samstag ist der nächste.«

Ich rief ihn auf seinen Brief hin bei seiner Mutter zu Hause an, wo er – zu seinem Leidwesen, wie ich wußte – noch immer wohnte. Ich wollte mal wieder seine liebe, helle Stimme hören.

»Du mußt mir nicht Bericht erstatten oder mich um Erlaubnis fragen, wenn du mit Sarah ausgehst«, sagte ich. »Es steht ihr frei, sich nach Belieben zu verabreden, und offenbar bist du der Glückliche. Ich freue mich darüber.«

»Das wundert mich nicht«, antwortete Charlie, und ich konnte mir das breite Grinsen auf seinem eckigen Gesicht vorstellen. »Wer außer mir würde deine Interessen so gut wahren?«

Die Briefe brachten mich ein wenig aus der Ruhe, und schließlich erkundigte ich mich bei Sarah, ob sie meine Lebensweise ebenso sah wie anscheinend alle anderen.

»Na ja«, antwortete sie nüchtern, »weißt du, du wirst nicht gerade reich so, und du bist daran gewöhnt, in Geld zu schwimmen. Ich glaube aber nicht, daß dich das groß juckt, und mir ist es auch gleich. Ich freue mich, wenn es dir gut geht. Es ist, als hätte jemand in dir ein Licht angeknipst. Daheim warst du nie so. Ich weiß nur nicht, ob du damit lange zufrieden bist... ob du nicht auf die Dauer mehr vom Leben erwartest. Ich meine nicht mehr Geld. Ich meine... ach, ich meine, mehr Erfahrung. Wenn dein jetziges Leben für dich an Spannung verliert, kommt es dir, fürchte ich, auf einmal ziemlich beschränkt vor. Und in der Zwischenzeit hast du womöglich deine Chance auf etwas anderes verpaßt und stehst ohne Beziehungen und ohne Antriebskraft da.«

»Klingt, wie wenn *du* nicht zufrieden wärst«, antwortete ich und sah sie scharf an. »Ich habe gedacht, dir gefällt mein Leben, die Stadt und was wir so unternehmen...«

»Gefällt mir ja auch. Im Moment kann ich mir nichts Besseres vorstellen. Aber das kann sich ändern.«

»Was willst du denn noch? Mehr Geld? Schöner wohnen?« fragte ich beunruhigt.

»Nein, das weißt du doch. Was ich mehr will – ich möchte was leisten. Was soll ich machen, Shep? So bin ich nun mal erzogen. Nicht, daß ich viel tun kann, aber ich muß es nach Kräften versuchen. Ich muß der Welt etwas geben, da bin ich die Tochter meiner Mutter. Darum will ich auch für ein Jahr zum Malen nach Paris, und darum mache ich immer noch bei dem Wohltätigkeitsquatsch in der Junior League mit.«

»Du könntest fast alles, was du vorhast, genausogut in New York verwirklichen.« Ich merkte selbst, wie verdrossen ich klang. »Du könntest hier besser Kunst studieren als in Atlanta.«

»Ich weiß.« Sie lächelte. »Deswegen plage ich dich auch nicht damit, daß du nach Hause kommen sollst. Nicht um mich mache ich mir Sorgen, sondern um dich.«

Das hatte sie bei ihrem letzten Besuch gesagt, kurz bevor sie das Flugzeug bestieg, so daß wir nicht mehr darüber reden konnten. Sarah hatte eine Vorliebe dafür, einem den Fehdehandschuh hinzuwerfen, wenn sie gerade im Aufbruch war; vielleicht, weil sie Konflikte scheute und fürchtete, daß mir – wie oft – die besseren Argumente einfielen.

Auch an diesem Sonntagabend flog mir beim Durchqueren der schmuddeligen, düsteren Abflughalle dieser Handschuh vor die Füße.

»Weißt du was? Wir müssen irgendwann mal über Lucy reden«, sagte sie aus heiterem Himmel, und ich schaute sie verdutzt an. Sie lächelte mir zu und ging weiter. »Ich weiß, daß ihr euch gestritten habt und daß es ein schlimmer Streit gewesen sein muß, weil du sie seit unserem Jahrgangsball nicht wiedergesehen und mit keinem Wort erwähnt hast, und das ist jetzt drei Jahre her, Shep.«

»Wir haben uns allerdings gestritten, und man könnte es durchaus als schlimmen Streit bezeichnen. Sie will mich nicht mehr sehen, und ich habe nicht das geringste dagegen. Ich sehe nicht ein, warum wir über sie reden sollen. Es kommt nichts dabei heraus.«

»Aber du denkst doch daran«, sagte sie mit gerunzelter Stirn. »Du denkst doch bestimmt manchmal an sie.«

»Nein«, antwortete ich bedächtig, ließ die Worte auf der Zunge zergehen und stellte fest, daß sie im wesentlichen stimmten. »So gut wie nie, ehrlich. Komisch eigentlich.«

Sarah antwortete nicht, doch ihr Lächeln wurde breiter.

»Was grinst du so?«

»Ich glaube dir kein Wort. Ein Stück von dir gehört für immer Lucy.«

»Da täuschst du dich eben. Diesmal liegst du falsch.«

Wir redeten nicht mehr darüber. Sarahs Flug wurde aufgerufen, ich gab ihr einen Kuß, und sie steuerte auf den Ausgang zu. Da drehte sie sich noch einmal um. Sie hatte Tränen in den Augen.

»Ach, Shep«, sagte sie. »Komm nicht nach Hause! Ganz gleich, was die anderen sagen, du hast recht. Bleib hier. Wenn du zurückkommst, dann zu ihr.«

Und ehe ich antworten konnte, war sie draußen auf dem dämmrigen Flugfeld und kletterte die Hühnerleiter hoch zu ihrer DC 7.

Auf dem Rückweg dachte ich darüber nach, wie selten sich Sarah in mir täuschte und wie eigentümlich es war, daß sie sich diesmal irrte, noch dazu bei so etwas. Denn ich war mir sicher: Ich dachte nur sehr selten an Lucy, und dann flüchtig, und ich fühlte gar nichts dabei. Mir war, als wären die vielen Jahre im alles verzehrenden, sinnesbetörenden, lebenspendenden Bann meiner Cousine Lucy nie gewesen.

Doch mit einem hatte Sarah recht. Es war schon fast ein Jahr her, daß ich von Lucy gehört hatte, und auch da nicht von ihr selbst, sondern ausgerechnet von ihrer Mutter, Tante Willa. Eines ungemütlichen Freitagabends hatte sie mich angerufen und mir mitgeteilt, sie sei auf einer Einkaufsreise in New York; sie würde sich gern tags darauf mit mir im Schrafft's am Broadway zum Mittagessen treffen und ein wenig mit mir plaudern. Wir verabredeten uns um zwölf. Beim Einschlafen ging mir der Gedanke nicht aus dem Kopf: Irgend etwas stimmte nicht mit Lucy, und sie will was von mir; bestimmt etwas scheußlich Unangenehmes.

Ich entdeckte Tante Willa sofort; sie hatte einen Ecktisch am Fenster ergattert und schaute hinaus auf den Verkehr in der Forty-third Street wie eine Königin, die incognito ihre Untertanen ausspioniert. In den letzten Jahren war sie noch schöner geworden. Sie mußte jetzt um die Vierzig sein, doch die Zeit hatte sie kaum gezeichnet; lediglich eine Art Patina lag auf ihr wie der Flaum auf einer Traube. Sie benutzte immer noch jede Menge helle, gedeckte Grundierung zu hektisch scharlachroten Lippen und Nagellack und hatte sich nach der Mode mandelförmige Rehaugen geschminkt. Inzwischen war sie so schlank, daß die Rundungen an Brust und Hüfte einen nicht mehr regelrecht anfielen, sondern einem nur zuzwinkerten. Ihre Kleidung war streng und schlicht, aber offensichtlich teuer. Lucy hatte so viel von den Bondurants, daß ich noch nie eine Spur von Tante Willa an ihr entdeckt hatte, doch als ich jetzt Willa Slagle in voller, reifer Pracht vor Augen hatte, sah ich in ihrer dunklen Anmut und Würde etwas von der Frau, zu der sich Lucy eines Tages vielleicht entwickeln würde.

Ich setzte mich voll Argwohn zu ihr, wie einer, der mit offenen Augen in eine Falle tappt. Hinter dieser Verabredung steckte bestimmt nicht Interesse an meinem Wohlbefinden; seit Tante Willa mit ihren Kindern bei uns zu Hause eingezogen war, hatte sie sich nicht ein einziges Mal unter vier Augen mit mir unterhalten. Ich konnte mir gar nicht vorstellen, mit ihr einfach zu reden wie mit Dorothy Cameron, nicht einmal wie mit meiner Mutter. Panik erfaßte mich, als ich auf sie zuging. Am liebsten hätte ich kehrtgemacht und die Flucht ergriffen.

Ich hätte mir keine Gedanken machen müssen. Tante Willa übernahm das Reden. Von dem Augenblick an, als sie mich auf die

Wange pickte und mit ihrem raffinierten, überwältigenden Moschusgeruch umhüllte, bis zu dem Moment, wo sie die Kaffeetasse abstellte und sich eine Parliament anzündete, wobei sie den reinen weißen Filter mit einem kräftigen Beerenfleck verfärbte, hörte sie nicht für eine Sekunde mit ihrem sinnlosen Geschnatter auf. Außer ab und zu einem »Hmhm« und »Aha« brauchte ich nichts beizusteuern. Zwischen Krabbencocktail und Gebäck quasselte Tante Willa ohne Unterlaß über ihre Karriere als richtige Einkäuferin (demnächst Chefeinkäuferin) bei Rich's, Atlantas erster Adresse, und über Neuigkeiten von den »jungen Leuten aus deiner Clique« (ein Feuerwerk von Hochzeiten und Verlobungen), redete über das, was ihre Bekannten trieben (sie vergaß keinen Teeklatsch, keine Modenschau, keinen Wohltätigkeitsball, nichts von alledem, was man im Lauf eines Jahres abhalten konnte, und nach ihrer Darstellung standen sie und meine Eltern praktisch immer im Mittelpunkt), und erzählte, was in Atlanta alles passierte (die Stadt wuchert wie Unkraut, Wolkenkratzer und Einkaufszentren schießen überall wie die Pilze aus dem Boden, und alles ist voll von Neureichen, die kein Mensch kennt. »Alle sagen, daß Ben Cameron unser nächster Bürgermeister wird, aber warum er kandidieren will, ist mir unbegreiflich.«). So viel hatte sie zu Hause in fünf Jahren nicht von sich gegeben.

Endlich verebbte ihr Redefluß, und sie feuerte ihr laszives rotes Lächeln in voller Breitseite auf mich ab.

»Na, ist wieder mein Mundwerk mit mir durchgegangen«, sagte sie kokett. »Aber jetzt zu dir, Shep. Wie geht es dir? Ich wollte dich schon deswegen wiedersehen, weil du Lucy so fehlst und ich ihr alles über dich erzählen möchte.«

»Ach, wer's glaubt, Tante Willa«, dachte ich und erwiderte: »Mir geht es gut. Wie geht's Lucy?«

Auf diese Frage hatte sie gewartet. Ich hatte natürlich recht gehabt. Man sah ihr richtig an, wie sie ihre Waffen bereitlegte und ihr Ziel ins Auge faßte. Sie senkte den Blick, legte die hübschen weißen Hände mit den Handflächen nach oben in hilfloser Geste auf den Tisch und hielt kurz inne. Als sie den Mund aufmachte, klang ihre Stimme leise und triefte vor Mutterleid.

»Shep, ich mache mir ja solche Sorgen um mein Kind. Sie bringt sich in Schwierigkeiten, und da wollte ich dich um Rat fragen. Du bist, scheint's, der einzige, der immer alles bei ihr erreichen konnte, und welche Tochter hört heutzutage noch auf ihre Mutter?«

Sie sah mit einem trübseligen, leisen Lächeln zu mir auf. Voller Bosheit und Nachsicht. »Saubere Sache, Tante Willa«, sagte ich stumm. Laut fragte ich mit so viel Widerwillen in der Stimme, daß sie schleppend klang: »Was ist denn mit Lucy?«

»Wenn sie so weitermacht, fliegt sie vom College«, antwortete Tante Willa, »und dann kann sie ihre Hoffnung auf eine Ehe mit Nunnally Chastain begraben, denn wenn der Grund rauskommt, enterbt ihn sein Vater. Und er kommt bestimmt raus, Shep. Du kennst ja Lucy. Sie schafft es immer, sich genau bei den Leuten ins Gerede zu bringen, die sie eigentlich hofieren sollte.«

Ich mußte unwillkürlich grinsen und verbarg mein Lächeln hinter der Kaffeetasse. Klar wußte ich, daß Lucy den Tratsch ebenso auf sich zog wie die Blicke, und daß sie beides nicht im geringsten scherte, außer es taugte als Waffe in ihrem langjährigen Guerillakrieg gegen ihre Mutter. Und ich wußte auch, daß Lucys Untaten, für die sie vielleicht des Colleges verwiesen wurde, für Tante Willa ganz ohne Belang waren, verglichen mit dieser Konsequenz: dem Verlust des unschätzbaren Glanzes, den der Name Chastain an alles und jeden abgab, der mit ihm in Berührung kam. Solange Lucy diesen Glanz und das Geld, das ihn abstrahlte, nicht aufs Spiel setzte, hätte es Willa Bondurant einen Dreck gekümmert, wenn ihre Tochter auf der Treppe zum Presser Hall Heroin gefixt hätte.

»Was hat sie denn angestellt?«

»Also, unter anderem, unter *vielem* anderen«, erwiderte Tante Willa, zog sich mit einem langen, goldenen Lippenstift den großen, zinnoberroten Mund nach und schnippte flink einen Klecks von einem Kaninchenzahn, »hat sie in der Hochschulzeitung, für die sie schreibt, einen Artikel über diesen gräßlichen Martin Luther King veröffentlicht, daß er ein moderner Heiliger wär, und etliche Zeitungen in den Südstaaten haben es abgedruckt. In der *Constitution* stand die Schlagzeile ›Reiche Erbin befürwortet Sitzstreiks: Atlantaprinzessin schwenkt Freiheitsflagge‹. Stell dir das mal vor! Im ganzen Land zu lesen! Und dabei ist sie überhaupt keine Erbin und erst recht keine Prinzessin. Ich sage dir, seit sie das gebracht haben, reden die Leute über nichts anderes mehr; alle lachen darüber. Das heißt, alle nicht. Babs Rawson fand es kein bißchen komisch. Sie hat uns letzte Woche im Driving Club total geschnitten, und dabei saß Little Lady neben Carter an ihrem Tisch!«

Na, dachte ich, natürlich wieder Lucy und ihre Neger. Das einzige, bei dem Willa noch in Zorn geriet, und wie nichts anderes geeignet, Buckhead ernstlich gegen sie aufzubringen und ihre verbissen erkämpfte Nische in der Gesellschaft zu gefährden. Aber deswegen...

»Deswegen fliegt sie doch nicht vom College! Schließlich ist sie, seit sie vor zwei Jahren aufs Agnes Scott gewechselt hat, Redakteurin bei der Zeitung – allerhand für eine Studienanfängerin. Die müßten Lucy inzwischen kennen. Ich habe gedacht, sie gehört in Journalistik und Englisch zu den Besten...«

»Schon, aber das sind die einzigen Fächer«, antwortete Tante Willa. »In den anderen steht sie so schwach, daß mich Dozenten mit Briefen bombardieren. Und natürlich hat sie schon so ziemlich gegen jede Regel verstoßen, die sie da haben, und dauernd wird sie vors Disziplinar-Dingsbums zitiert und ermahnt, aber sie lacht nur darüber und schert sich den Teufel drum. Erst vorgestern habe ich einen Brief gekriegt, daß Lucy vielleicht einmal eine wichtige Stimme – so hieß es, eine wichtige Stimme – für die Südstaaten wird, sie wär ja so begabt. Aber erst muß sie mal ihr Examen bestehen, und so wie sie sich aufführt, sehen die schwarz. Ich weiß natürlich, was die meinen. Lucy lernt nie. Sie steckt immer nur mit dem Negerjungen zusammen drüben bei den Camerons, mit dem Glenn Pickens. Ben will ihn sogar auf die Universität schicken, auf die Negerhochschule in der Südstadt. Nach More-sowieso.«

»Morehouse«, ergänzte ich mechanisch.

»Morehouse«, fuhr sie fort, »und Lucy geht in einer Tour mit ihm hin, zu irgendwelchen Diskussionen über Bürgerrechte und Sitzstreiks und so ordinäres Zeug. Und da war sie doch letzte Woche in South Carolina auf so einem Sitzstreik, deine Cousine Lucy, die einzige Weiße mitten in den ganzen schwarzen Gesichtern. Das haben sich die Zeitungsfritzen natürlich nicht entgehen lassen und groß rausgebracht!«

»Und darüber regen sie sich im Agnes Scott auf?« fragte ich verwundert. Ich wußte zwar, daß das Scott in bezug auf Bildungsfragen und Hausregeln höchst konservativ war, bezweifelte aber, daß sich das College einen offiziellen Standpunkt in einer so heiklen

Frage wie der neuen Bürgerrechtsbewegung leisten konnte. Zum einen scheute man im Scott öffentliche Aufmerksamkeit in jeder Form. Zum andern hatte Sarah nichts dergleichen erwähnt, und ich wußte ja, daß Ben und Dorothy sie sofort herunternehmen würden, sollte man dort Rassentrennung befürworten.

»Angeblich nicht. Sie sagen, es wär wegen ihren Noten und weil sie die Regeln übertritt«, erwiderte Tante Willa. »Aber natürlich steckt das dahinter. Und Farrell Chastain sieht rot, das kann ich dir sagen, ganz zu schweigen von Babs und Bill Rawson.«

»Und Red?« fragte ich neugierig. Ich kannte Red Chastain zwar als unverbesserlichen Rassisten, aber er hatte so viel politisches Bewußtsein wie ein Mistkäfer. »Sieht der auch rot?«

»Nee, soviel ich weiß, nich. Ich hab nachgegeben und sie zu ihm nach Princeton gelassen, hab gehofft, dann hat se nich mehr genug Zeit, mit den Niggern durch die Gegend zu strolchen.« Allmählich verfiel sie in ihren vulgären, weinerlichen Hinterwäldlerton. Etliche Blicke richteten sich auf sie, aber sie merkte nichts davon. Ich spürte, wie mir die Röte ins Gesicht stieg, und hätte mich am liebsten unter den Tisch verkrochen. »Is aber schnuppe, weil, wetten, wenn Farrell Chastain ihm die Hölle heiß macht, läßt er unser Fräulein Lucy schneller fallen wie 'ne Klapperschlange, statt das ganze Geld in 'n Schornstein zu schreiben.«

»Und, hat sie aufgehört?« frage ich mit echter Neugier. Niemand hatte es je geschafft, Lucy durch Ablenkungsmanöver oder Einschüchterungsversuche von ihren Plänen abzubringen.

»Na ja, sie war jetzt schon 'ne ganze Woche nich mit dem Farbigen weg, aber er ist auch grad in Mississippi drüben, die Nigger aufhetzen, daß sie sich in die Wahllisten einschreiben lassen sollen, darum hat sie gar nicht gekonnt. Sie wär ja mitgefahren, aber er hat ihr gesagt, daß es nicht geht. Zu gefährlich. Hör mal, Shep, ich möchte, daß du mit ihr redest. Du mußt doch einsehen, daß sie sich ihre Zukunft verbaut. Und sie blamiert uns. Rufst du sie an und sprichst mit ihr? Auf dich hört sie wenigstens.«

»Nein, Tante Willa«, antwortete ich so bestimmt ich konnte, »es geht nicht. Unser letztes Gespräch ist jetzt zwei Jahre her, und am Schluß hat sie zu mir gesagt, daß sie mich nie wiedersehen will. Sie würde auflegen, ehe ich ›Hallo‹ sagen kann.«

Zu meinem Entsetzen schlug sie die Hände vors Gesicht und fing an zu heulen. Keine Krokodilstränen. Ihr Schluchzen kam rasselnd, häßlich und gequält. Weitere Blicke hefteten sich auf uns und brannten mir Löcher in die Haut. Tante Willa nahm keine Notiz davon.

»Alles macht sie mir kaputt«, schniefte sie mit der Stimme des Mädchens von der Hühnerfarm, und fünfzehn Jahre mühsamen, eisernen Übens waren wie weggewischt. »Sie hört erst auf, wenn sie's geschafft hat. Ach, warum ist sie bloß nicht abgekratzt bei ihrer Geburt...«

Zu meiner Verlegenheit kam nun Zorn. »Also gut, ich rede mit ihr, aber so was will ich nicht mehr hören.« Mein Ton war so hart und eisig, daß ich selbst erstaunt war. Sie offenbar auch; ihre Tränen versiegten. Sie sah mich an. Trotz des Geheuls war die Schminke nicht verlaufen.

»Danke, Shep«, sagte sie kleinlaut. »Sie ist dieses Wochenende in Princeton, aber morgen abend, am Sonntag, kommt sie heim. Da rufst du sie an, ja?«

Vielleicht hätte ich trotz allem nicht mit Lucy gesprochen, aber am Abend ging ich mit Alan Greenfeld essen, und er erzählte mir, er habe gerade in Princeton noch ein paar Sachen aus seinem alten Zimmer im Holder abgeholt, und Lucy und Red Chastain hätten am hellichten Tag stockbesoffen auf der Veranda vom Tiger Inn herumgelegen, und zwar aufeinander. Die alte Sorge um Lucy, die so lange geschlummert hatte, überflutete mich wie kaltes Meerwasser, und in der Nacht fand ich wenig Schlaf. Mir blieb nichts anderes übrig, als sie anzurufen, obwohl es mir hinterher garantiert leid tun würde. Wieder einmal hatten die alten Bande gehalten, folgte ich der Stimme, die sagte: »Wir sind eines Blutes, du und ich...«

Ich hatte Red zwar seit zwei Jahren nicht mehr gesehen, aber genug über ihn gehört, um zu wissen, daß er ein ganz übler Zeitgenosse war. Im Grundstudium hatte er mit drei anderen Südstaatlern seines Schlags zusammengewohnt, kalt lächelnden Cholerikern von sportlicher Lässigkeit, die sich müßig herumtrieben und schon zu Beginn ihrer Studienzeit roher und übersättigter waren als die meisten von uns beim Abschluß. Red und seine Zimmergenossen sammelten eine ganze Horde solcher gutaussehender, verdorbener Südstaatler um sich, von denen die meisten schließlich ins Tiger Inn einzogen. All diese Burschen vertrieben sich ihre Zeit mit Saufen auf ihrem Zimmer und hurten in New York herum. Sie hatten alle ihre Betten in ein Zimmer geräumt und das andere als schicke Bar hergerichtet, wo unablässig Cocktailparties stattfanden, und Schlimmeres. Es interessierte mich nicht die Bohne, wenn Lucy sich mit ihren geliebten Negern abgab, und es scherte mich wenig, ob sie vom College flog, aber daß sie mit einer ganzen Bande von Red Chastains Sorte verkehrte, war mir ein Dorn im Auge. Ich griff zum Hörer.

Nachdem ich mich gemeldet hatte, war eine Weile Schweigen, dann sagte sie kühl: »Hallo, Gibby«, und ihre Stimme klang so voll, als stünde sie neben mir.

Das Gespräch verlief nicht gut. Ich stammelte, verhaspelte mich, räusperte mich, stockte, und die ganze Zeit blieb sie stumm und half mir kein bißchen. In meiner Verzweiflung erzählte ich ihr schließlich rundheraus, daß ich mich mit ihrer Mutter in New York getroffen hatte und daß sich alle Sorgen um sie machten und ich mit ihr sprechen müsse.

»Worüber?« fragte Lucy verbindlich.

»Na über... Mensch, Lucy, über das College und die blöden Neger und vor allem über diese abgewrackten Schwachköpfe aus dem Tiger, Reds Freunde«, platzte ich heraus. »Du spinnst, dich auf die Bande einzulassen. Man wird sich an der ganzen Ostküste die Mäuler zerreißen.«

Wieder Pause, dann drang perlend ihr beschwingtes Lachen über die Leitung zu mir. Auch mir zuckte es um den Mund, so ungehalten ich war.

»Sonst noch was?« fragte sie. Sie hörte zu lachen auf. »Gibby, du bist ein richtiger Spießerarsch geworden«, sagte sie eisig, und die Worte taten unerwartet weh. »Es geht dich einen Dreck an, mit wem ich mich einlasse und mit wem nicht, nach dem, was vor zwei Jahren war. Hast du das vergessen?«

Damit knallte sie den Hörer auf. Und seither hatte ich, nachdem der erste bittere Schmerz vorüber war, tatsächlich kaum mehr an sie gedacht. Als mich im November darauf eines Sonntags früh um drei ein Klopfen an der Haustür aus dem Schlaf riß und Lucy lächelnd mit einer Zigarette im Mund im Rahmen lehnte – sichtlich betrunken und hilflos und wunderschön in einem schmuddeligen London-Fog-Trenchcoat –, gaffte ich sie so entgeistert an, als wäre sie ein leibhaftiges Gespenst.

»Hallo, Gibby.« Sie lallte leicht, doch ihre Stimme klang voll und warm, wie früher. Mir war, als hätte ich sie erst vor wenigen Stunden gehört, dabei war es Monate her. Schlaftrunken und benommen, wie ich war, brachte ich vor Verwirrung kein Wort heraus.

»Lucy?« krächzte ich schließlich.

»Darf ich reinkommen?«

Ich räusperte mich. »Klar. Komm rein.« Ich hielt ihr die Tür auf. Sie winkte in Richtung Straße, und ich sah ein wartendes Taxi losfahren, hinein in den feinen, schillernden Nebel, den ich beim Schlafengehen noch nicht bemerkt hatte. Frost lag in der Luft, und ich konnte Lucys Atem sehen, als sie sich mir zuwandte. Der Nieselregen hing ihr im wirren, dunklen Seidenhaar und glitzerte um ihren Kopf wie draußen um die Straßenlaternen. Sie trat in meine Wohnung und blickte sich flüchtig in dem winzigen Wohnzimmer um, als nehme sie gar nicht wahr, was sie sah. Vermutlich war es auch so; ihre Augen glänzten matt, als ob sie zu viel getrunken hätte. Sie setzte sich auf mein schäbiges Sofa, schlug die langen Beine übereinander, steckte die Hände in die Manteltaschen und schaute mich immer noch lächelnd, immer noch glitzernd an. Dann lachte sie laut ihr volles, kehliges Lachen, das ich seit frühester Kindheit von ihr kannte, und wider Willen mußte ich grinsen. Nur wenige Menschen konnten Lucys Lachen widerstehen.

»Willst du nicht wissen, was ich hier mache?« fragte sie aufgekratzt; mir kam der Verdacht, daß ihr Überschwang nicht allein auf Alkohol zurückzuführen war. War sie hier aufgetaucht, weil sie in der Klemme saß? Ich hatte sie gar nicht gefragt, was los war, trotz der nachtschlafenen Zeit und obwohl sie mich nie mehr hatte wiedersehen wollen und obwohl ich nicht die leiseste Ahnung gehabt hatte, daß sie in der Nähe war. Sie erschien auf der Bildfläche, und das genügte. Lucy an einem Herbstmorgen früh um drei in meiner Wohnung war eine Sache an sich, etwas Absolutes, und bedurfte keiner Erläuterung. Sie füllte ebenso selbstverständlich den Raum aus wie früher das Kinderzimmer oder das Gartenhaus.

»Also, was machst du hier?« fragte ich. Ich war verlegen, weil ich nur die Drillichhose trug, in die ich beim ersten Klopfen hastig gefahren war. Mir war nicht kalt, mein ratternder alter Heizkörper verbreitete ein fast tropisches Klima in der Wohnung – wenn er funktioniert –, aber ich fühlte mich verletzlich in meiner Blöße.

»Ich war zufällig in der Gegend.« Sie kicherte. »Und da dachte ich, ich schau mal bei dir rein.«

Ich setzte mich auf den abgewetzten Stoffsessel ihr gegenüber.

»Du bist übers Wochenende bei Red und seiner Bande in Old Nassau?« fragte ich.

»Du hast's erfaßt«, antwortete sie. Hektisches Gelächter sprudelte in ihrer Stimme mit, rote Flecken zeigten sich auf ihrem Gesicht. »Heute war das Spiel gegen Yale. Da muß Red doch dabeisein. Bloß diesmal war er nicht dabei. Er schläft schon seit heute morgen um elf seinen Rausch aus. Naja, wen juckt's? Waren ja noch massig andere zum Feiern da.«

»Mensch, Lucy.« Ich war verärgert und angewidert und mehr. »Du handelst dir eine Unmenge Ärger ein.«

Ich merkte selbst, wie schulmeisterhaft das klang, und erwartete, daß sie in die Luft gehen würde, aber sie sagte nichts. Sie stand auf und spazierte, immer noch im Regenmantel, in dem kleinen Zimmer herum, betrachtete die wenigen Fotos und Poster an der Wand und begutachtete meine paar Nippsachen.

»Mach dir wegen mir keine überflüssigen Gedanken, Gibby«, bemerkte sie über die Schulter hinweg. »Ich habe Red schon im Griff.«

»Also, pflanz dich irgendwo hin«, sagte ich schroff. »Ich mache uns einen Kaffee. Du siehst aus, wie wenn du einen vertragen könntest. Wie hast du es nur geschafft, mit dem Zug von Princeton herzukommen?«

»Ich bin nicht mit dem Zug gekommen. Jemand hat mich mitgenommen.«

»Wer denn?«

»Keine Ahnung, Gibby, ich habe ihn nicht nach seinem Namen gefragt. Ist doch egal. Ich will keinen Kaffee. Hast du nichts Anständiges zu trinken da? Und vielleicht irgendwo eine vergammelte Zigarette?«

»In der Schreibtischschublade müßten Zigaretten sein«, antwortete ich. »Die liegen da schon seit Monaten und sind wahrscheinlich ungenießbar. Und sonst gibt's bei mir bloß Kaffee. Setz dich und zieh den Mantel aus. Du machst mich ganz kribbelig mit deiner Rumlauferei.«

Sie lächelte mich mit eigentümlich schmalen Lippen an, warf

plötzlich den Mantel ab und stand nackt da bis auf ihre weiße Nylonunterhose. Ich sah ihre dunklen Brustwarzen und das gekräuselte Haardreieck zwischen ihren Schenkeln. Ich schlug die Augen nieder.

»Meine restliche Garderobe hängt im Aufenthaltsraum vom Tiger am Haken«, sagte sie. »Sie haben mich für das Wochenende zur Schönheitskönigin gekürt, und ich habe ihnen meine Gunst geschenkt. Statt einem einzigen Ritter habe ich jetzt vierundsiebzig. Red natürlich nicht mitgerechnet. Siehst du, was dir entgangen ist, Gibby?«

Ich errötete, als wäre sie nicht Lucy mit dem schlanken, weißen Windhundkörper, der mir von Kindheit an fast so vertraut war wie mein eigener. Ich ging zurück in die Küche, die am Ende der Flucht von Räumen lag. Sie folgte mir unsicheren Schritts. Ich stellte auf dem winzigen Herd Wasser auf und drehte mich zu ihr um. Ich würde mich doch nicht von einer betrunkenen Lucy provozieren lassen. Ich entschloß mich, ihre Blöße zu ignorieren.

»Na, wie gefällt dir die Wohnung?« fragte ich. »Ist sie so, wie du sie dir vorgestellt hast?«

»Ehrlich gesagt, hab ich sie mir gar nicht vorgestellt«, antwortete sie. »Aber sie gefällt mir. Wie in einem Zug. Wie... ach, Gibby, weißt du, an was sie mich erinnert? An Dumboozleton, Florida! Weißt du noch?«

Und wieder fing sie an zu lachen, hörte gar nicht mehr auf, bis ich fürchtete, daß sie wieder einmal einen hysterischen Anfall bekommen würde. Aber sie bekam keinen. Sie warf nur den Kopf in den Nacken und lachte und lachte.

Als ich eben, von ihrer Heiterkeit wider Willen angesteckt, in ihr Gelächter einstimmen wollte, sah ich die Flecken an ihrer Kehle. Häßlich und deutlich zeigten sich hochrot zehn Fingerabdrücke am Übergang vom schlanken, weißen Hals zum zarten, vorstehenden Schlüsselbein. Seitlich am Hals verlief ein älterer, violetter Bluterguß bis unter den Haaransatz.

»Wer hat dich gewürgt, Lucy?« fragte ich. »War es Red? Er war es doch, oder? Ist das erst jetzt passiert? Bist du deswegen da?«

Sie hörte abrupt zu lachen auf und faßte sich an den Hals, behutsam, als habe sie Schmerzen.

»Er hat mich gar nicht gewürgt«, antwortete sie mit verschlossener Miene. »Er hat mich nur ein bißchen geschüttelt. Hat gar nicht gemerkt, wie fest er zugepackt hat. Hinterher hat es ihm leid getan. Nein, darum bin ich nicht hergekommen. Wie gesagt, ich war zufällig –«

»Lucy, laß den Scheiß. Mir kannst du's doch sagen«, unterbrach ich sie. »Ich bin doch nicht blind. Er hat dich gewürgt. War er besoffen oder einfach saumäßig brutal?«

Sie antwortete mir nicht. Sie hatte die Flasche Bourbon entdeckt, die ich vor allem für Besucher vorrätig hatte, ich trank so gut wie nichts außer der obligatorischen Bestellung in den Jazzclubs. Ich konnte es mir auch nicht leisten. Mit einem trotzigen Blick auf mich griff sie nach der Flasche. Ich gab mich achselzuckend geschlagen. Sie schraubte den Deckel ab, nahm einen guten Schluck, setzte ab und wischte sich den Mund mit dem Handrücken ab.

Nach längerem Schweigen sagte sie: »Weißt du, Red meint es nicht böse. Kein bißchen. Ich war nur ziemlich albern und laut, und er konnte mich nicht bremsen, das war alles. Ist eben seine Art, mir zu zeigen, daß er mich mag.«

Ich sah sie schweigend an.

»Papa hat es auch gemacht«, fuhr sie lauter fort. »Es ist ganz normal. Papa hat's gemacht, weil er mich lieb hatte. Ich war böse, und dann hat er mich verhauen, und dann hat er geweint, weil er dazu gezwungen war...«

Da stand mir deutlich die Szene im düsteren Treppenhaus vor Augen, vor langer Zeit, als die kleine Lucy nach ihrem ersten Durchbrennen von Tante Willa verprügelt worden war und gefragt hatte: »Nimmst du mich jetzt in den Arm, Mama?«, und wie Tante Willa sie angefahren hatte und Lucy behauptet hatte, ihr Vater habe sie immer in den Arm genommen, und wie Tante Willa geantwortet hatte: »Stimmt nicht, er hat dich gar nicht in den Arm genommen. Du warst immer unartig, er hat dich nicht ein einziges Mal in den Arm genommen. Verdroschen hat er dich. Du warst so unartig, daß er dich in einer Tour verdroschen hat.«

Und Lucys gequälter Aufschrei über den Vertrauensbruch und ihr Weinen, das auf der großen, geschwungenen Treppe verhallt war...

»Deine Mutter hat die Wahrheit gesagt«, flüsterte ich.

Lucy wußte natürlich gleich, was ich meinte. Wie immer.

»Na ja, vielleicht. Teilweise schon. Er hat's ja nur gemacht, weil er mich lieb hatte, Gibby. Nur darum.«

Ich schwieg vor Schmerz und Hoffnungslosigkeit. Natürlich schlug Red Chastain sie, natürlich ließ sie es sich gefallen, forderte ihn auch noch dazu auf. Der jähzornige Vater, Reds Brutalität...

Nach einer Weile sagte sie sachlich: »Ich glaube, daß er tot ist, Gibby. Bestimmt. Ich weiß jetzt, daß er im Krieg gefallen ist, und sie haben nicht gewußt, wie sie uns benachrichtigen sollen.«

Ich mußte nicht fragen, wen sie meinte. Jim Bondurant stand im Zimmer, heil und lebendig im Licht der Entfernung.

»Woher weißt du?«

»Weil er mich sonst geholt hätte«, antwortete sie schlicht.

Darauf gab es keine Antwort, also antwortete ich nicht. Ich lehnte mich nur gegen den Küchenschrank, nippte an meinem Kaffee und betrachtete sie. Sie trank ein paar Schluck aus der Flasche und zündete sich eine meiner ausgetrockneten Zigaretten an, dann sah sie mich lächelnd an. Ihr altes Lächeln, offen und übermütig.

»Weißt du noch, Gibby, wie wir uns in den Arm geschnitten und unser Blut vermischt haben?« fragte sie.

»Klar. Hinterher habe ich stundenlang gedacht, daß ich gleich in Ohnmacht falle.«

»Bei mir sieht man die Narbe immer noch.« Sie streckte mir das schmale Handgelenk hin. Eine dünne weiße Linie verlief quer über das kleine Delta aus blauen, pochenden Adern wie die Hälfte eines zarten Armbands. »Und bei dir?«

Ich hielt mein Handgelenk unter die Küchenlampe. Ich hatte schon lange nicht mehr an den Tag gedacht, nicht mehr seit dem Gespräch im Sommerhaus nach dem Ball, als sie das damals gegebene Versprechen eingefordert hatte. Die Narbe war noch sichtbar, kleiner und schwächer als bei ihr, ein winziges, verblaßtes Zeichen in meiner gebräunten Haut. Ich hielt meinen Arm neben ihren, und wir begutachteten unsere Wundmale.

»Arme Lucy. Ein feiner Ritter war ich dir. Nicht einen einzigen Drachen habe ich für dich besiegt.«

Sie sah mich eindringlich an, als könne sie mir durch reine Willenskraft etwas entlocken. Ihre Pupillen waren riesig schwarz.

»Du könntest jetzt einen für mich besiegen.«

»Red?« Mir wurde vor Angst eiskalt.

»Nein.« Ihr Gesicht fiel plötzlich zusammen, und sie weinte lautlos. Tränen flossen ihr aus den lichtfunkelnden Augen auf das Kinn, tropften auf ihren Hals und rannen ihr über die schlanke, bloße Schulter. »Nein, nicht Red.«

Ich legte ihr die Hände auf die Schulter, spürte die leichten Vogelknochen durch die straffe Seidenhaut, schob Lucy zur Bettkante und ließ mich neben ihr nieder. Sie hob den Kopf nicht. Ihre Tränen fielen heiß und leicht auf meine Hände.

»Was dann?« fragte ich.

»Ach Gibby, ich hab ja so Angst«, flüsterte sie und vergrub das Gesicht an meinem Hals. Ich umarmte sie und streichelte ihr über den Rücken. Wie oft war ich schon so dagesessen mit Lucy im Arm, während ihre Phantasie sie quälte wie ein bösartiger kleiner Terrier?

»Wovor hast du denn Angst, Lucy?«

»Vor allem eben«, schluchzte sie gedämpft an meinem Hals. »Vor allem, was ich nicht selbst bestimmen kann.«

Ich bemühte mich, aufmunternd zu lachen, doch es gelang mir nicht.

»Dann müßtest du ja die meiste Zeit Angst haben, Kleines.«

Sie wandte mir ihr Gesicht zu; es war grimmig, wild, halb blind.

»Dann will ich nicht mehr weiterleben, weil ich das nicht mehr aushalte – sechzig oder siebzig Jahre lang Angst haben! Nicht mal ein Jahr halt ich's noch aus! Lieber sterbe ich!«

»Lucy, niemand kann selber vollkommen über sein Leben bestimmen«, antwortete ich, so vernünftig ich konnte. »Aber deswegen mußt du doch nicht die ganze Zeit Angst haben. Du brauchst nur... nur einfach nicht daran zu denken, du lebst einfach weiter. Du bringst es hinter dich, du machst immer weiter. Und im ganzen passiert dir dann eigentlich auch nichts Schlimmes.«

»Die anderen sind eben stärker als ich«, schluchzte sie. »Sie haben eine Kraft, die mir fehlt. Jemand muß vergessen haben, sie mir mitzugeben. Weil, ich halt's nicht aus, nicht... sicher zu sein. Nicht zu wissen, was als nächstes passiert. Wie wenn ich jeden Moment aus der Welt herausfallen könnte. Das Gefühl habe ich immer, Gibby, *immer*!« Sie sprach lauter. »Ich muß *wissen*, daß ich in Sicherheit bin. Ich muß *wissen*, daß jemand für mich da ist...«

»Lucy...«

Das Weinen wurde wilder und wilder.

»Versprich mir's!« schluchzte sie. »Versprich mir, daß du immer für mich da bist!«

»Ich versprech's dir«, antwortete ich mechanisch, streichelte ihr über den Rücken und über das Haar und spürte unter meinen Händen mit Macht die Angst und das Leid aus ihrer frühesten Kindheit.

Sie blieb eine Weile an mich gelehnt und sog die Luft in tiefen, langen Zügen ein, und ich dachte mit angehaltenem Atem, daß ich für diesmal eine der entsetzlichen Heimsuchungen hatte abwenden könne. Dann fragte sie: »Ganz ehrlich?«

»Klar«, antwortete ich.

»Dann laß uns heiraten.«

Vor Schreck verschlug es mir den Atem. Ich haderte im stillen mit mir, daß ich ihre Absicht nicht durchschaut hatte. Schließlich sagte ich, den Mund dicht an ihren Haaren: »Lucy, wenn wir heiraten, versauen wir uns unser Leben mit Sicherheit. Ein für allemal, daraus wird nichts. Nicht jetzt, nicht später. Es ist nicht erlaubt. Wir wären erledigt. Man kann nicht seine Cousine heiraten. Es *geht* nicht.«

Sie wand sich wie eine Riesenschlange, eine Boa oder Anakonda. Ehe ich ein Glied rühren konnte, war sie mit flinken, geschmeidigen Bewegungen bei mir, auf mir, schlang mir die Beine um die Taille, ringelte sich unter mich, schlängelte sich aus der Unterhose. Sie sagte nichts; der Atem kam ihr in heftigen Stößen aus den Nasenlöchern, und sie fiepte wie ein Tier. Sie hatte die Hände an meinem Schlitz und dann drinnen, und ich spürte ihre nackte Haut an meiner, fühlte mein Glied steif werden, heftig pulsieren, und wußte, ich war haarscharf dran, es in sie hineinzustoßen. Sie griff hektisch danach und führte es zwischen ihre Schenkel, und im selben Moment riß ich mich los und rollte vom Bett hinunter. Unter der rasenden Lust kochte ich vor Zorn, aber darunter lauerte, noch heftiger, blinde Angst.

Ich drehte mich um, zog mir den Reißverschluß zu und rang nach Luft und Fassung. Ich hörte keine Bewegung von ihr. Ich zog mir ein T-Shirt an, stopfte es mir in die Hose und machte den Gürtel zu.

»Steh auf und zieh dir den Mantel an«, sagte ich ruhig und immer noch schwer atmend. »Ich bring dich nach Princeton zurück.«

Zu meiner Verblüffung lachte sie. Ich drehte mich um. Sie lag nackt auf dem Rücken mit den Händen unter dem Kopf und gespreizten Beinen. Ich wandte den Blick ab.

»Du hättest schon Lust gehabt, was, Gibby?« Ihre Stimme klang jung und beschwingt. »Ich hab's gemerkt. Ich konnte es spüren. Ich sehe es noch, da, in deiner Hose. Mann, da hat sich bestimmt ganz schön was angesammelt, und das hebst du dir alles für Sarah auf, wo wir beide wissen, daß sie Bumsen nicht von Hula-Hoop unterscheiden kann? Was machst du? Wichsen? Dir am Times Square einen runterholen? Ein Jammer! Überleg's dir noch mal, Gibby. Ich könnte es dir vor dem Frühstück hundertmal besser besorgen als Klein-Sarah in ihrem ganzen Leben.«

Ich hob den Regenmantel auf, zog sie vom Bett hoch und legte ihn ihr um. Sie lächelte mich mit weit aufgerissenen Augen an, dann verlosch das heimliche Feuer, das die ganze Zeit in ihr geschwelt hatte, und ihr Gesicht wurde leer, müde und schlaff.

»Entschuldige, Gibby«, sagte sie fast mit ihrer normalen Stimme, so daß ich sie erstaunt ansah. Fast normal, nicht ganz. Das Leben war daraus verschwunden. »Ich bin wirklich unausstehlich, wenn ich betrunken bin. Red hatte ganz recht, mich zu vermöbeln. Du brauchst mich nicht zurückzubringen. Ich habe schon genug Durcheinander bei dir angerichtet für eine Nacht. Ruf mir bloß schnell ein Taxi und leih mir ein paar Kröten, ja? Ich geb sie dir zurück, wenn ich zu Hause bin. Ehe mein Galan mich vermißt, bin ich wieder in Princeton.«

»Wirklich?« fragte ich und blickte ihr in die Augen. Sie lächelte flüchtig, zurrte den Gürtel ihres Trenchcoats fest und fuhr sich mit den schlanken Händen durch das wirre Haar.

»Wirklich. Ich würde mich ja bei dir entschuldigen, aber das bringt nichts mehr. Außerdem, du kennst mich ja. Unverbesserlich. Ach Gibby, Herzchen, ich habe dich so gern. Ehrlich. Mach nicht so ein Gesicht. Mir passiert schon nichts. Ich geh zu Red, schmeiß ihn aus dem Bett und laß mir von ihm in der Tavern ein Frühstück spendieren. Ich fresse ihm die Haare vom Kopf.«

Einigermaßen beruhigt begleitete ich sie hinaus auf die stille, frühmorgendliche Straße bis zur Ninth Avenue, wo ich ihr ein Taxi anhielt, das schon in aller Frühe unterwegs war. Die Straße mit ihren Neonlichtern und den schillernden Schneckenspuren eben verschwundener Reifen wirkte im irisierenden Nieselregen wie in einem Film, leer und gelb und schwarzweiß. Fast erwartete ich, Gene Kelly durch die Gossen Chelseas nach Hause tanzen zu sehen.

Ich legte Lucy alles Geld, das ich bei mir hatte, in die Hand, schloß ihre Finger darum und setzte sie ins Taxi.

»Zur Penn Station«, sagte ich zum Chauffeur. Ich steckte den Kopf durchs Fenster und küßte Lucy auf die Wange, fühlte die Feuchtigkeit vom Nebel und von frischen Tränen. Trotz ihrer Trunkenheit und der langen Nacht und trotz des schäbigen Regenmantels sah sie wunderschön aus, und als sie mir zur Erwiderung ihr strahlendes, allheilendes Lächeln schenkte, schoß mir der Gedanke durch den Kopf, wie es wohl wäre, Lucys Ehemann zu sein, Hüter eines schlanken, reizvollen Körpers mit all seinem Heißhunger.

»Reiß dich zusammen«, sagte ich. »Wir sehen uns vielleicht Weihnachten. Paß auf dich auf, Lucy.«

Sie fuhr mir ganz sacht mit den Fingerspitzen über die Lippen.

»Das habe ich vor, Gibby.«

Mit Beginn des Nachttarifs am Abend kurz nach neun rief mich meine Mutter an und erzählte mir, daß Lucy und Red Chastain am frühen Morgen von Princeton nach Elkton in Maryland gefahren waren und sich von einem Friedensrichter hatten trauen lassen.

Tiefe Stille breitete sich in mir aus. War es Leere? War es Frieden?

14. Kapitel

Sarah bestand ihr Examen am Agnes Scott College im Juni 1960 *magna cum laude*. Den Buckhead Boys und ihren Freundinnen eröffnete sich nun eine größere Welt mit den verschiedensten Betätigungsfeldern. Das hieß für die meisten von uns schlicht, daß wir den Kokon unseres nahegelegenen Südstaatencolleges wieder mit unserem alten Zimmer in einer Buckheader Villa vertauschten oder eine Wohnung bezogen in drei Meilen Umkreis von unserem Elternhaus und eine Stellung in der Firma unseres Vaters oder eines seiner Geschäftsfreunde antraten, keine fünf Meilen entfernt von der giebelverzierten und säulenbestückten Eingangstür, hinter der wir aufgewachsen waren.

Doch wie nah am Zuhause die Arbeit auch war, sie bildete eine unerläßliche Station auf unserem Lebensweg und gab uns ein stolzes Gefühl von Selbständigkeit. Die wenigen unter uns, die von Atlanta fortgegangen waren – Lucy, Red Chastain und ich –, galten nun, da wir in alle Winde zerstreut waren, nicht mehr als gar so krasse Außenseiter. Ob drei Straßen oder zweitausend Meilen weiter – was zählte, war die Unabhängigkeit vom Elternhaus. Die höheren Söhne und Töchter mauserten sich zu jungen Erwachsenen mit eigenem Hausstand.

In dem Jahr brach das Heiratsfieber aus. Als erste von uns ließen sich Ben Cameron und Julia Randolph trauen. An Sarahs Examenstag, einem Samstag, fuhr ich nach Hause, um in der All Saints-Kirche ihrer Hochzeit beizuwohnen.

Ben Cameron, inzwischen fünfzig Jahre alt, stand vor dem Gipfelpunkt seiner Macht; in den vergangenen Jahren war er Präsident jedes lohnenden Wohltätigkeitsausschusses gewesen, vom kommunalen Wohlfahrtsfonds bis zum March of Dimes. Als zweiter – und designierter erster – Vorsitzender der Handelskammer arbeitete er, so Sarah, an einem umfassenden Projekt für Stadtentwicklung, das Atlanta zu einem der bedeutendsten Zentren Amerikas machen sollte. Er kannte offenbar jeden einflußreichen Mann persönlich, der ihn in seinen Plänen unterstützen konnte; alle kamen sie in die Kirche zur Hochzeit seines Erstgeborenen und einzigen Sohnes. Von Ben juniors Seite waren eine Menge Freunde aus North Fulton und dem Tech gekommen, und auch Julias Freundinnen und ihre prominente Familie waren bestens vertreten, doch an diesem Tag platzte das Gotteshaus von All Saints fast aus allen Nähten vor unaufdringlich in dunkle Anzüge gekleideten Männern, Maklern der Macht und Herren einer Stadt im Aufbruch.

Als die Orgel Purcells »Trumpet Voluntary« anstimmte, ging ein unruhiges Raunen durch die Menge. Da drängte sich mir für den Bruchteil einer Sekunde Lucys Bild auf, wie sie bleich und übernächtigt im nüchternen, neonbeleuchteten Büro eines Friedensrichters in Maryland stand, die blauen Flecken von den Händen ihres frischgebackenen Ehemanns an ihrem Hals nur vom schwer herabfallenden Haar verdeckt. Ich verbannte die Vorstellung aus meinen Gedanken und warf einen Blick auf Sarah. Ihre Augen schwammen in Tränen, als Julia zum Altar schritt und Ben zaghaft anlächelte. Sarah schaute mich an, schnitt fast unmerklich eine Grimasse und errötete, hörte aber nicht auf zu weinen. Die Tränen rannen ihr still die Wangen hinab und tropften auf ihren Strauß Stephanotis, als ihr heißgeliebter großer Bruder zum verheirateten Mann wurde, sich über seine Braut beugte, den Schleier hob und sie strahlend küßte.

»Da vorne sollten jetzt wir stehen«, dachte ich. »Was hält mich denn ab? Sie ist so schön und heil, so stark und liebenswert. Ich kann sie kaum noch lieber haben als jetzt. Ich weiß, sie hat mich lieb. Warum heirate ich sie dann nicht? Wenn sie aus Paris zurückkommt...«

Gleich nach den Flitterwochen auf Sea Island trat Ben eine Stelle an in einem aufstrebenden Architekturbüro und wurde Mitarbeiter von Männern, die bei dem umstrittenen Avantgardisten Bruce Goff an der University of Oklahoma studiert hatten; er und Julia zogen in ein Häuschen in Collier Hills – die unvermeidliche hölzerne Schuhschachtel, die John Randolph seiner Tochter zur Hochzeit geschenkt hatte. Wenig später heiratete Tom Goodwin die zierliche, boshafte Alfreda Slaton mit all ihren Sehnsüchten und ihrem Intrigantentum und teilte mit ihr eine Zweizimmerwohnung in den Colonial Homes. Ein Jahr zuvor hatte Toms Vater seine Werbeagentur, das Haus und den größten Teil seiner Ersparnisse verloren, und zum ersten Mal im Leben war Tom allein auf seinen Verdienst angewiesen. Wie A. J. mir erzählte, schloß man Wetten ab, ob Freddie Tom überhaupt noch nehmen würde, nachdem ihr das Grundstück in der Habersham Road durch die Lappen gegangen war. Doch sie hatte, so A. J., ihre besten Jugendjahre der Jagd nach Tom geopfert und wußte, daß die törichte Suche nach neuer Beute – längst hatte sie ihre spärlichen Brücken hinter sich abgebrochen – sie zu einem Leben als alte Jungfer verurteilen mußte. Nach einer anderen Version sollte Colby Slaton seiner Tochter gedroht haben, sie vor die Tür zu setzen, wenn sie Tom abwies; offenbar war niemand so scharf darauf, Freddie aufzunehmen; ebenso gemütlich hätte man mit einer Giftviper zusammengelebt.

Freddie Slaton Goodwin verabscheute die Colonial Homes; sie litt darunter, dort zu wohnen. Sie war besessen von Ehrgeiz für Tom und verbarg unter einer saccharinhaften Liebenswürdigkeit nur schwer den blanken Neid auf die neuen Häuser und Autos, die Familienerbstücke, die Partys und die Reisen, die die anderen für selbstverständlich erachteten. Wir Buckhead-Boys waren uns einig, daß Tom ein netter Kerl war, wenn auch nicht allzu üppig ausgestattet im Oberstübchen, und seine Arbeit für eine neumodische Werbefirma eine Zeitlang einigermaßen gut machen würde, daß ihn Freddie aber schließlich zugrunde richten mußte.

»Beim Umgang mit Freddie Goodwin hat man das Gefühl, von einer Kletterrose erwürgt zu werden«, schrieb mir Charlie einige Zeit später. Nach Abschluß seines Jurastudiums war er bei seiner Mutter ausgezogen und wohnte jetzt mit einem Freund aus dem Emory College in den Colonial Homes. Er verkehrte mit den jungen Juristen, Bankmanagern und Firmenleitern, die in Scharen in die Stadt zogen. Charlie war allgemein beliebt, sei es in Gesellschaft oder an seiner Arbeitsstelle als Nachwuchsjurist bei der Coca-Cola Company, mit deren Aktien seine Familie ihr inzwischen verlorenes Vermögen verdient hatte. Charlie war der einzige von uns, der keine feste Freundin hatte – er ging zwar oft mit Sarah aus, doch wußte jeder, einschließlich er selbst, wie aussichtslos die Sache für ihn stand.

Im Laufe des Jahres heirateten Snake Cheatham und Lelia Blackburn, Pres Hubbard und Sarton Foy; Little Lady gelang der Coup des Jahres, vielleicht des Jahrzehnts, indem sie in ihrem zweiten Studienjahr den sagenhaft reichen Carter Rawson ehelichte. Wir kannten Carter nicht richtig; zum einen war er zwei Jahre älter als die meisten von uns, zum andern war er die meiste Zeit weg gewesen, erst in Phillips Exeter und anschließend in Yale und Wharton. Aber niemand hegte Zweifel, daß Carter ein Geschäftsgenie war, wie vor ihm schon sein Vater und Großvater, und daß er seine Firma zur Erschließung von Bauland weithin bekannt machen würde. Auch wunderte sich niemand, was ein Mann von seiner Weitsicht und Menschenkenntnis in einer Little Lady mit ihrem Hühnerverstand sehen mochte. Sie war von so exquisiter Schönheit und so speziell auf eine gesellschaftliche Schlüsselposition dressiert, daß sie in jeder x-beliebigen Stadt die wichtigsten Wohlfahrtsbälle hätte zustande bringen können, ohne auch nur einen wohlgepflegten Finger zu rühren.

Adelaide Bondurant Rawson war vermutlich Carters wertvollster Besitz, und das lange, mühsame Training, dem Tante Willa sie unterworfen hatte, machte sich für sie mehr als bezahlt. Noch am selben Tag, an dem sie Little Ladies Hand in Carters piratenbraune Pranke gab, wurde sie gebeten, die Honeurs beim Piedmont Ball zu machen, und zum Beitritt sowohl im Friday Femmes als auch im Every Thursday Study Club aufgefordert. Nicht einmal meine Mutter war Mitglied im Every Thursday. Mutter legte sich das ganze Wochenende mit Migräne zu Bett und stand erst am Montag wieder auf. Tante Willa ging zum erstenmal seit zwanzig Jahren allein mit meinem Vater in den Driving Club essen. Niemand wandte das elegant ondulierte Haupt. Sie hatte es ja gewußt: Möglich, daß sich die Leute über die Wäscheeinkäuferin Willa Slagle Bondurant die Mäuler zerrissen hätten, wenn sie mit ihrem Schwager allein zu Mittag aß, nicht aber über Willa Slagle Bondurant, Schwiegermutter von Carter Rawson III.

Außer Charlie war auch A. J. Kemp noch ledig. Er witzelte, er könne sich keine Frau leisten, ehe er nicht bei dem konservativen Bankhaus, in dessen Aufsichtsrat Snake Cheathams Vater den Vorsitz führte, ein Vermögen verdient habe. Wie es hieß, hatte er aber ernste Absichten auf eine freundliche, intelligente, ziemlich unscheinbare und warmherzige junge Frau namens Lana Bates aus Hogansville von gänzlich unbedeutender Herkunft. Freddie Goodwin hatte Lana als einzige von uns schon zu Gesicht bekommen. Wir wußten nur, daß sie in derselben Bank arbeitete wie A. J. Als Freddie von ihrer Existenz erfuhr, ging sie schnurstracks in die Stadt, stellte sich ihr vor, lud sie zum Kaffeetrinken ein und fragte sie eine geschlagene Viertelstunde lang mit größter Zuvorkommenheit aus.

»Ihr Vater züchtet Vieh«, sagte Freddie danach, und ihre kleinen Auge funkelten vor Genugtuung, endlich jemanden gefunden zu haben, auf den sie unmöglich neidisch sein konnte. »Und zwar nicht gerade weiße Angusrinder. Nee, stellt euch vor, er züchtet polnische Mastschweine. Als Lana noch auf die Landwirtschaftsschule gegangen ist, hat sie selbst mal einen preisgekrönten Eber besessen. Muß ein bißchen abgefärbt haben. Ne Idee weniger Speck könnte ihr nicht schaden, und ihre Himmelfahrtsnase erinnert einen an einen rosa Rüssel.«

Man sagte ihr, sie solle gefälligst ihr Schandmaul halten, woraufhin sie beleidigt war, doch als unsere Clique Lana kennenlernte, war keiner von uns beeindruckt. Wir behandelten sie mit so kühler, ausgesuchter Höflichkeit, daß A. J. sie nicht mehr mitbrachte und selbst auch nicht mehr kam. Sie heirateten an Weihnachten in der kleinen weißen Holzkirche von Hogansville. Aus Atlanta kam niemand zur Hochzeit außer A. J.'s Mutter Melva. Ob sie wohl heimlich jenem Phantom einer Buckheadprinzessin nachtrauerte, das sie A. J. als Braut zugedacht hatte und für das sie so hart gearbeitet hatte?

»Die richtige Frau hätte aus A. J. etwas gemacht«, hieß es einige Zeit später allgemein bei den in die Jahre gekommenen Buckhead-Boys, als A. J. mit seiner Frau von Atlanta nach Hogansville zog, wo er zum allgemeinen Erstaunen die Farm von Lanas Vater übernahm.

»Kein bißchen größer als früher, wie er Lana kennengelernt hat«, fing Freddie wieder an. »Bloß ein schäbiger alter Schuppen mit Hühnern, Schweinen und Kühen und gerade ein, zwei Pächtern. A. J. geht selber aufs Feld, und sie hilft mit.«

Aber ich fand, daß A. J. früh etwas erkannt hatte, was uns entgangen war, daß er die richtige Frau geheiratet und sie tatsächlich etwas aus ihm gemacht hatte. Unser treuer A. J., seine Sehnsucht endlich gestillt...

Wie jeder weiß, der diese Zeit erlebt hat, war es eine für junge, hoffnungsvolle Menschen besonders günstige Ära mit fabelhaften Zukunftsaussichten, insbesondere in Atlanta. Nach den selbstgerechten, engstirnigen 50er Jahren, als erzkonservative Augen hinter jedem Baum einen augenrollenden Kommunisten lauern sahen (»und hinter jedem Kommunisten einen augenrollenden Nigger«, wie Lucy einmal bemerkte), brach mit dem lebhaften jungen Präsidentschaftskandidaten John F. Kennedy aus Massachusetts ein neues Jahrzehnt an. Er sprach von neuen Aufgaben, von großen Herausforderungen und vom selbstlosen Dienst am Nächsten, jenem alten Verführer der Jungen. Wie überall in den Südstaaten, kam es auch in Atlanta zu Rassenunruhen, doch meisterte die Stadt in ihrem Pragmatismus die Situation, ohne sich das Geschäft verderben zu lassen. Nach Jahren der Stagnation wurde Ben Cameron zum Bürgermeister gewählt. Er verschaffte den Farbigen Zugang zu den Schulen und Universitäten, ließ ein ausgedehntes Schnellstraßennetz bauen und verwirklichte seine Pläne zur Stadterneuerung. Eine Flut hochmotivierter, gut ausgebildeter junger Menschen aus allen Kleinstädten und Universitäten der Südstaaten ergoß sich in die Großstadt. Sie alle suchten Arbeit, Wohnraum und Freizeitvergnügen, ließen sich nieder, heirateten, gründeten eine Existenz und wurden selbst Atlanter. Etliche von ihnen freundeten sich mit Leuten aus unserer Clique an. Zu unserem Erstaunen waren die neu zugezogenen jungen Leute ebenso vorzeigbar wie wir selbst. Sie hatten eben bloß nicht das Glück gehabt, in Buckhead geboren zu sein. Nur die allerältesten aus der alten Garde machten ihnen daraus einen Vorwurf.

Etwa um die Zeit von Bens und Julias Trauung fing es an mit Lucys Anrufen. Der erste kam in der Woche nach Sarahs Studienabschluß und Bens Hochzeit, als ich wieder in New York war. Es war fünf Uhr früh, und ich dachte zunächst, daß etwas passiert sein müsse. Selbst die passioniertesten Trinker aus meinem Bekanntenkreis hätten zu dieser Stunde nicht mehr angerufen, damit ich ihnen bei einem letzten Gläschen vor dem Schlafengehen Gesellschaft leistete, sei es in der Kneipe oder bei mir. Als ich den Hörer abnahm, war ich hellwach und ziemlich beunruhigt.

»Hallo?« fragte ich mißtrauisch.

Knisternde Stille, wie immer bei Ferngesprächen, dann ein tiefer

Atemzug und Lucys Stimme, vertraut und fremd zugleich, getragen von einem leisen Seufzer aus – wie ich wußte – ausgestoßenem Qualm.

»Hallo, Gibby. Ich bin's, Schätzchen, Lucy.« Von da an bis zu ihrem Tod begann fast jedes unserer Telefongespräche mit einem tiefen Zigarettenzug und ihrem leisen, kehligen »Hallo, Gibby«.

»Lucy? Was ist los?«

»Nichts«, antwortete sie. Bei ihrer lässigen, gedehnten Sprechweise klang das auch sofort glaubhaft. »Was soll denn los sein?«

»Lucy, es ist fünf Uhr früh!«

»Ach ja. Ihr habt ja schon drei Stunden später. Daran werde ich mich nie gewöhnen. Hier es es erst zwei. Habe ich dich geweckt?«

»Nein, gar nicht«, antwortete ich sarkastisch; bei aller Erleichterung, daß es ihr gutging, ärgerte ich mich jetzt über sie. »Ich mußte sowieso aufstehen, weil das Telefon geklingelt hat.«

Sie lachte. Ihr Gelächter flog dreitausend Meilen weit bis in mein Zimmer und brachte Lucy zu mir. Ich sah sie, wie sie in lässiger Haltung herumlümmelte, die schlanken Beine hochgelegt, das Aschenende ihrer Zigarette gefährlich lang. Kalifornien war so nah wie die Wohnung nebenan.

»Was machst du so, Gibby?« fragte sie. »Erzähl mir, was es Neues gibt. Wie ging's Sarah im Examen, und wie war's bei der Hochzeit von Ben und Julia?«

»Mensch, Lucy, das könnte ich dir genausogut abends um acht oder bei Tag erzählen. Es muß nicht in aller Herrgottsfrühe sein. Warum bist du noch auf? Du bist doch bestimmt nicht eben erst aufgestanden. Warst du noch gar nicht im Bett?«

Wieder lachte sie, und wie immer, wenn sie getrunken hatte, klang ihre Stimme ausgelassen und ein wenig fahrig.

»Ich war auf einer Party, und die andern sind alle ins Bett gegangen, aber ich bin noch nicht müde. Ich langweile mich bloß. Und da fiel mir ein, daß ich gern mal wieder deine Stimme hören würde. Ganz schön lange her seit dem letzenmal, Gibby.«

»Erst acht Monate, zwei Wochen und vier Tage.« Ich war zwar in gewissem Sinn erleichtert, daß Lucy fest in anderen Händen war, war aber trotzdem sauer, daß sie so lange nichts von sich hatte hören lassen.

Alles, was ich über sie und Red wußte, hatte ich von meiner Mutter erfahren. Ihr hatte es Tante Willa erzählt, die es ihrerseits von Reds schüchterner, gramgebeugter Mutter hatte. Seit Red Princeton verlassen hatte, um Lucy zu heiraten, hatte sein Vater ihn keines Wortes mehr gewürdigt. Die regelmäßigen Anrufe meiner Mutter und die schlecht verhehlte, salbungsvolle Genugtuung in ihrer Stimme, wenn sie das neueste Detail von Reds und Lucys nicht eben glorreicher Odyssee erzählte, brachten mich zwar ziemlich auf, doch ich hörte trotzdem zu. Ich mußte einfach wissen, wo Lucy steckte.

Als das Brautpaar am Morgen nach der Trauung in einem Motelzimmer in Ocean City mit einem scheußlichen Kater und beträchtlichem Nachdurst erwacht war, hatte Red seinen Vater in Atlanta angerufen, ihm – ein schöner Beweis für seinen Mut – von der Hochzeit erzählt und angekündigt, er werde Lucy vor seiner Rückkehr nach Princeton zu Hause vorstellen und fände eine kleine Feier im Driving Club nicht unangebracht.

»Deine nächste Party kannst du von mir aus bei der Heilsarmee abhalten«, antwortete Farrell Chastain. »Denn solange ich noch bin, siehst du von mir keinen roten Cent, und danach auch nicht. Und ob du in Princeton weiterstudieren kannst, hängt ganz davon ab, wieviel Lust du hast, Tische abzuwischen und Soda zu zapfen.«

Red fand diese Bedingungen nicht annehmbar. Er fragte, ob er mit seiner Mutter sprechen könne. Im Hintergrund hörte er, wie sie weinte und flehte, mit ihrem Sohn reden zu dürfen, aber Farrell Chastain erlaubte es ihr nicht. Er legte auf. Als Lucy aufwachte – genauso arg mitgenommen wie ihr frischgebackener Ehemann –, mußte sie erfahren, daß es Red so ergangen war wie ihrem Vater bei dessen Heirat und der eigene Vater ihm die Tür gewiesen hatte.

Daraufhin hatte Red erklärt, er habe schon immer Matrose werden wollen, und auf der Stelle in Ocean City bei der Marine angeheuert. Am Mittag fuhren sie in dem weißen Jaguar, den Chastain seinem Sohn zum Schulabschluß geschenkt hatte, nach Parris Island in South Carolina. Sie besaßen zusammen noch fünfundfünfzig Dollar und vierzehn Cent. Red telegrafierte seiner Bank in Princeton um Geld, stellte jedoch fest, daß sein Vater das Konto aufgelöst hatte; bei einem heimlichen Telefongespräch mit seiner Mutter zu einer Tageszeit, zu der sein Vater immer im Büro war, sprangen nur gut zweihundert Dollar aus der Haushaltskasse heraus. Auf dem

Marinestützpunkt war Red unter nie gekannten Bedingungen untergebracht. Das Flamingo-Motel – zwei Meilen vom Stützpunkt an einer holprigen zweispurigen Teerstraße neben einem gemeinen, moskitoverseuchten Sumpf gelegen – war in Anbetracht ihrer vereinten Barschaft Lucys erstes Heim als verheiratete Frau. Als Red seinen ersten Scheck erhielt und Lucy im benachbarten Beaufort eine winzige Hotelwohnung in einem Betonblock fand, war sie über und über mit eiternden Stichen bedeckt und hatte sechs Pfund abgenommen.

Red mußte erst zur Rekrutenausbildung, besuchte danach die Kadettenschule in Quantico, Virginia, erhielt eine Einladung an die elitäre, berüchtigte Ausbildungsstätte für Ranger in Fort Benning und machte schließlich vorübergehend Dienst als Leutnant in Camp Pendleton. Arroganter, verwöhnter Sprößling eines schwerreichen Mannes, der er war, fühlte Red sich trotzdem wohl wie eine Ente auf dem Wasser. All die verborgenen kriminellen Energien hinter seiner trägen, lächelnden Wut und seinen jähzornigen Gewaltausbrüchen kamen ihm nun zugute bei der strapaziösen Grundausbildung und gezügelten Brutalität des Rangertrainings. Red hatte endlich seinen Platz im Leben gefunden. Seiner Meinung nach war er als Kampfmaschine ebensogut wie als Sohn aus reichem Hause. Und es machte ihm viel mehr Spaß.

Wie Lucy dieses Leben gefiel, darüber tappe ich im dunkeln. Es war genau wie mit ihrer verhaßten Mädchenschule: Sie hat es immer abgelehnt, mir über ihre erste Zeit als Frau eines Marineoffiziers zu berichten, über das Herumziehen von den Sümpfen South Carolinas zur sonnendurchglühten Ebene Georgias und schließlich zum südkalifornischen Flachland, das gnadenlos von der Sonne versengt und vom Santa-Ana-Wind ausgedorrt wurde. Das Leben in einer nüchternen Wellblechbaracke als abgemagerte, von Moskitos geplagte Leutnantsfrau am unteren Ende der Hackordnung beim Marinecorps muß für die sensible, phantasievolle Lucy – herausgerissen aus der einzigen Zuflucht, die sie je gekannt hatte, und ohne ihre wenigen Freunde und Angehörigen – einfach unerträglich gewesen sein. Doch bei ihrem ersten Telefongespräch ließ sie sich nichts davon anmerken, und erst viel später habe ich mir darüber Gedanken gemacht, wie es ihr in ihrem ersten Jahr als Mrs. Nunnally Chastain wirklich ergangen sein muß.

»Warum weckst du nicht Red und feierst mit ihm weiter?« fragte ich sie in jener Julinacht 1960. »Wenn ich mich recht entsinne, spielte er doch zu unserer Zeit bei jeder anständigen Party die Stimmungskanone.«

»Red schleicht schon seit zwei Monaten mit einem Messer zwischen den Zähnen auf allen vieren durch die Sümpfe, erwürgt Klapperschlangen und jagt Yuccapalmen in die Luft«, kicherte sie hörbar angesäuselt. »Er übt gerade die Eroberung von Cleveland.«

»Und mit wem hast du dann gefeiert?«

»Mit seinem Chef«, gluckste sie. »Ein entzückender, niedlicher alter Knabe aus Texas namens Rafer Hodges. Captain Rafer Hodges vom US Marine Corps. Er ist gut zwei Meter lang, hat flachsgelbes Haar wie ein Hofhund und eine Tätowierung mit der Aufschrift ›Semper Fi‹. Ich kann dir aber nicht verraten, an welcher Stelle. Das wissen bloß die Männer von seinem Zug, seine Frau und ich.«

»Und wo war seine Frau?« fragte ich vorsichtig. Das klang heikel. Warum war ich überrascht?

»Ach, die ist heim, seinen Säbel polieren, glaube ich, oder sie schläft den Schlaf der Gerechten. Jedenfalls wollte sie nach Hause, als sie aus dem Kasino gestürmt ist, nachdem Rafer zum viertenmal hintereinander mit mir getanzt hat. Hat ganz schön Wind gemacht, Gibby. Noch sechs Frauen von höheren Offizieren sind mit ihr abgerauscht. Was soll's, dann hatte ich ein paar Männer mehr für mich zum Feiern. Und ich hab mehr vertragen als die alle. Stell dir vor, Gibby, ich hab in einer Nacht sieben Seemänner unter den Tisch getrunken!«

»Lucy, du bringst dich in Teufels Küche, wenn du bei den Frauen nicht aufpaßt«, sagte ich verzweifelt. »Du kannst dich da nicht wie zu Hause aufführen. Ist dir nicht klar, daß du so zur Ausgestoßenen wirst und Reds Karriere ruinierst? Willst du ihn denn unbedingt bei der Marine unmöglich machen?«

»Ach Quatsch, Gibby, du bist ja immer noch derselbe Spießer!« erwiderte sie verdrossen. »Die Frauen waren ja selbst voll bis obenhin. Ich will ganz brav sein und ihnen ordentlich Honig ums Maul schmieren, dann vergessen sie es im Nu.«

»Sag mal, warum trinkst du nur so viel?«

»Weil, alles ist dann schöner.«

»Lucy, du bist noch kein Jahr verheiratet. Es dürfte nicht sein, daß du dich betrinken mußt, damit alles schön ist. Selbst wenn du dein Leben da draußen gräßlich findest, hast du immer noch Red; den findest du doch nicht gräßlich. Mensch, du bist vor eurer Hochzeit fünf Jahre lang mit ihm gegangen. Da mußt du ihn doch gern haben.«

»Red ist anders geworden«, erwiderte sie knapp.

»Wieso?« fragte ich und wollte es gar nicht hören. Die blauunterlaufenen Fingerabdrücke...

»Ach... Ich weiß nicht. Anders und doch nicht anders. Er... Er geht ganz in den Rangers auf. Manchmal kommt er nicht mal heim, wenn er frei hätte. Er streift mit den anderen tagelang durch die Wüste, bloß mit einem Messer und einer Schachtel Streichhölzer, und wenn er zurückkommt, ist er verstunken und verdreckt und besoffen und quietschfidel. Er hat auch keine Lust mehr, zum Tanzen ins Kasino zu gehen, und du weißt, wie gern er das früher gemacht hat... Aber das Schlimmste ist, Gibby, er versteht mich nicht. Das hab ich inzwischen kapiert.«

Hätte ich dir schon vor fünf Jahren sagen können, antwortete ich nicht.

Statt dessen sagte ich: »Du bist auch nicht gerade leicht zu verstehen.«

»Du verstehst mich, Gibby«, sagte sie weich. »So war es schon immer.«

Und damit legte sie unvermittelt auf. Da lag ich nun in der fahlen, geräuschvollen Morgendämmerung New Yorks und grübelte über Lucys Leben nach. Im Lauf der Zeit habe ich mir alles zusammengereimt: Reds Abwesenheit von der schäbigen Wohnung, immer öfter, immer länger, seine Flucht in das Land der verlorenen Jungen – zu den Rangern. Dann die endlos langen Monate auf See. Und Lucy allein auf dem Stützpunkt, wo sie nur die Frauen anderer Marineoffiziere kannte, Frauen, die sie ablehnten und ihr mißtrauten wegen ihrer Schönheit, ihrer Ausgelassenheit, ihres südländischen, exotischen Aussehens und der gefährlichen Untiefen von Mutwillen und Schlimmerem, die sie unter Lucys lebhafter Oberfläche vermuteten. Ihre Ehemänner und deren Vorgesetzte mochten zwar von Lucys schwungvoller Unbekümmertheit und feschem Äußeren begeistert, manche regelrecht hingerissen gewesen sein, sahen aber in Lucy Bondurant Chastain eine Gefahr für ihre Karriere. Ein paar unselige

Abende im Offizierskasino, an denen sie zu viel trank, zu hemmungslos flirtete, mit zu vielen jungen Offizieren mit Bürstenschnitt nach draußen ging. Ein paar gleichfalls mißglückte Teekränzchen, bei denen sie aufreizende Kleider trug und in Hörweite von viel höher gestellten Damen »Scheiße« sagte. Schon fand sie sich als eine Paria in jenem glutheißen Küstenstrich und fühlte sich einsam, ob im Haus oder außerhalb. Im Lauf dieses heißen Sommers fing es richtig an mit ihren Ferngesprächen nach New York.

Sie liefen stets nach dem gleichen Muster ab: das Schnarren des Telefons zu später Stunde, der tiefe Atemzug, wenn sie trostsuchend zur Zigarette griff, ihre Stimme, die durch das ganze Land zu mir drang, tief und voll von unserer gemeinsamen Geschichte: »Hallo, Gibby. Ich bin's, Schätzchen, Lucy.«

Und es folgte die triumphierende Erzählung ihrer jüngsten Eskapade, was sie zu wem im Laden gesagt habe und wie sie den Schwachkopf von Captain dazu angestiftet habe, auf dem Kasinoparkplatz Stoßstangen zu klauen, und wie sie die alte Schrulle, die Frau des Konteradmirals, schockiert habe. Sie war meist betrunken, und hinter ihrer Ausgelassenheit hörte ich wie eine Litanei ein fast wahnsinniges Lamento der Einsamkeit. Die Anrufe wurden immer häufiger, im Spätsommer kamen sie fast jede Nacht. Ab Mitte August erzählte sie mir dann des öfteren, wie brutal Red im Suff zu ihr sei. Zuweilen schluchzte sie – meist selbst betrunken – mitleiderregend ins Telefon und beschwor mich, ihr zu Hilfe zu eilen.

Die ersten Male rief ich sie am Morgen darauf an, wenn sie wieder nüchtern war, und dann lachte sie ihr warmes, ansteckendes Lachen und sagte, ich solle mir darum keine Gedanken machen, sie vertrage eben nichts mehr. Also hörte ich nach einiger Zeit auf, mich gar so schrecklich um sie zu sorgen, und reagierte beim nächsten Telefonat mit einiger Skepsis. Doch es ging so weiter. Aus ihrer Stimme klang jedesmal so viel Angst und Verzweiflung, daß ich doch wieder um sie besorgt war und wütend auf Red wurde, und wieder fand ich mich in dem alten Schlamassel der Aufregung um Lucy, in dem ich den größten Teil meines Lebens gesteckt hatte.

Sarah besuchte mich ein paarmal im Sommer und wurde dabei Zeugin von Lucys späten Anrufen. Sie verstummte dann, senkte die Augen, und ihr beweglicher Mund verhärtete sich, doch sie sagte kein Wort.

An einem solchen Abend muß Lucy einmal irgendwie auf Sarahs Anwesenheit aufmerksam geworden sein, denn sie fragte: »Ach, störe ich dich gerade bei was, Gibby? Coitus interruptus? Ich kann ja später noch mal anrufen. Obwohl, ich glaub's nicht. Sarah nix Coitus, was? Ich sag dir eins, Gibby, wenn du die heiratest, mußt du dir so eine japanische Gummipuppe mit einem Loch besorgen, wie sie die Matrosen mit auf See nehmen, denn deine Kleine –«

Ich knallte wutentbrannt mit hochrotem Kopf den Hörer auf die Gabel. Sarah sah mich neugierig an, aber natürlich erzählte ich ihr nicht, was Lucy Unverschämtes gesagt hatte. Sarah hatte schon genug unter ihrer boshaften Zunge gelitten. Zudem war etwas Wahres dran.

Wir schämten uns wahrscheinlich beide ein wenig, daß wir noch nicht miteinander geschlafen hatten, dabei hatten wir genügend Gelegenheit zur körperlichen Liebe. Die grenzenlose Weite der Großstadt schrie förmlich nach einer ebenso großen Leidenschaft. Zu dieser Zeit, ehe die goldenen Sechziger in die Jahre kamen, war New York wie geschaffen für Verliebte. Alles in unserer Umgebung, sowohl in Manhattan als auch in Atlanta, die Hochzeiten, die Schwangerschaften unserer Altersgenossen, erinnerte – wie sich Sarahs energische Großmutter, die alte Milliment, ausgedrückt hätte – an die abgesegnete Lust. Ich glaube, für Sarah und mich war es ein Problem, daß unsere Lust nicht abgesegnet war. Heute kommt es einem absurd vor, aber damals schlief man in meiner Clique nicht einfach so mit dem Mädchen, das man in seine enge, geordnete Welt als Ehefrau heimführen wollte, und setzte sie nicht der Gefahr einer Schwangerschaft aus. Und noch als sexuell gereifte Erwachsene blieben Sarah und ich in erster Linie Bürger jener Welt. Wir hatten uns zwar noch nicht offiziell verlobt, hatten es aber für die Zeit nach Sarahs Pariser Studienjahr ins Auge gefaßt. Doch im Sommer des Jahres 1960 stand für uns die Zeit still, und zwischen uns und der Hochzeit schienen mehr als ein Jahr und ein Ozean zu liegen.

Wir haben es versucht. Ein- oder zweimal entzog sich Sarah mir nicht, und wir lagen nackt beieinander, nur noch von wenigen Zentimetern glutheißer Luft getrennt. Und einmal bin ich sogar in sie eingedrungen. Doch ihr leises Stöhnen wurde so plötzlich zum Schmerzensschrei, daß ich mich fluchend zurückzog. Ich schimpfte auf mich und auf sie, auf unsere Eltern und die Südstaaten und auf die Generationen von Frauen aus unser beider Geschichte, die über meinem schmalen Eisenbett schwebten und schrien: »Halt! Sünde! Schande!«

Sarah setzte sich in den zerwühlten Decken auf und weinte vor Scham und Verzweiflung.

»Ach Shep«, schluchzte sie, »was bin ich nur? Bin ich denn eine Frau? Bin ich eine Künstlerin? Treibe ich nur mein Spiel mit dir? Nichts kriege ich fertig! Nicht mal im Bett tauge ich was!«

So weit ließ ich es nicht mehr kommen. Oft zog ich mich zurück. Wir waren uns einig, daß wir beide noch warten wollten. Wir verstanden uns damals prächtig und teilten alles. Uns fehlte nur die große Leidenschaft, um gehörig darauf loszubumsen, doch das war vermutlich auf seine Weise fatal. Ich für meinen Teil fand diesen Zustand der Unberührtheit abscheulich und fühlte mich emotional wie real als Neutrum. Doch ich hatte die größte Angst davor, Sex mit einer anderen als Sarah ernsthaft in Erwägung zu ziehen. Ich hatte zwar noch nicht richtig mit einer Frau geschlafen, aber ich hatte schon eine begehrt: meine Cousine Lucy vor vielen Jahren im Gartenhaus hinter der Villa in der Peachtree Road.

Bevor Sarah Anfang September nach Paris flog, verbrachte sie das Wochenende bei mir. Sie wohnte wieder sittsam im Barbizon, wo sie allerdings Freitag und Samstag nacht nur knappe sechs Stunden zum Schlafen hinging. Am Samstag klapperten wir jede Menge Galerien und Museen ab, gingen spazieren, sahen uns in die Augen, hielten Händchen und küßten uns verstohlen. Das mußte reichen, bis sie in neun Monaten wiederkam. Abends um zehn wollten wir gerade eine Pizza von der Straße essen und eine Flasche Chianti dazu trinken, als das Telefon klingelte. Wir wußten beide, daß es Lucy war. Sarah sagte nichts.

»Ich mach's kurz.« Ich nahm den Hörer ab. Sarah nickte stumm.

Doch damit hatte ich kein Glück. Lucy rief aus der Wohnung einer Nachbarin in Pendleton an, und ich brauchte fast eine Stunde, um aus ihrem Schluchzen und Stammeln – mit gereizten Unterbrechungen durch die fremde Frau – zu erfahren, daß Red ihr zwei blaue Augen verpaßt und sie an der Lippe verletzt hatte, daß er sie vor die Tür gesetzt und ihr gedroht hatte, ihr im Fall ihrer Rückkehr den Schädel einzuschlagen.

»Ach Gibby, was soll ich bloß machen? Er ist fürchterlich besoffen. Er bringt mich um«, weinte sie. Sie nuschelte vor Trunkenheit und wegen der Lippenverletzung.

»Ruf die Militärpolizei, Lucy«, antwortete ich, und mein Ärger über ihren Anruf war wie weggeblasen vor Angst um sie und vor Empörung über Red. »Rauf dich nicht rum mit ihm. Ruf sofort die MPs.«

»Das geht nicht«, heulte sie. »Die lassen die Ranger in Ruhe. Das weiß doch jeder. Stecken alle unter einer Decke. Gegen die allmächtigen Rangerärsche unternimmt keiner was! Eher lochen die mich ein!«

»Dich können sie doch gar nicht belangen, Lucy. Hör mal, bist du auch besoffen?«

»Ein bißchen vielleicht«, schniefte sie. »Aber deswegen darf er mich noch lange nicht verprügeln. Gibby, bitte, du mußt kommen. Du mußt mich hier wegholen...«

Schließlich gelang es mir, sie zu beruhigen und der Nachbarin das Versprechen abzunehmen, daß sie mich am Morgen telefonisch über den Stand der Dinge unterrichten würde. Meine Stimme klang belegt aus Sorge um Lucy. Ich legte auf und schaute Sarah an, die sich nicht von der Stelle gerührt hatte. Sie war kreideweiß im Gesicht, machte aber eine freundlich fragende Miene.

»Sie steckt ziemlich in der Tinte«, sagte ich. »Er schlägt sie regelmäßig. Diesmal hat er sie schwer mißhandelt. Sie will, daß ich komme. Ich sollte wirklich hin.«

Da ging Sarah in die Luft.

»Wenn du hinfährst, Shep«, stieß sie zwischen den Zähnen hervor, und aus den sherrybraunen Augen mit den erweiterten Pupillen flossen die Zornestränen, »hast du sie für immer am Hals. Darauf hat sie es ja abgesehen. Die ganze Zeit. Und wenn du es nicht merkst, bist du ein Vollidiot. Vielleicht willst du es ja nicht anders, ob du es nun weißt oder nicht. Aber mir reicht's jetzt. Ein für allemal. Ich will dich nicht mit einer Lucy Bondurant teilen. Ich hab's satt!«

Und Sarah steigerte sich so sehr in ihre Wut und war so tief verletzt, daß sie, die ich vielleicht ganze drei Mal hatte manierlich weinen sehen, einen richtigen Heulkrampf bekam. Sie senkte den Kopf, verschränkte die Arme über der Brust, wiegte sich auf dem schäbigen Sofa hin und her, und aus dem weit aufgerissenen Mund kam ein kindliches, herzzerreißendes Schluchzen. Ich hatte Sarah noch nie so außer Fassung erlebt, hatte von ihr noch nie solche Laute gehört.

Ich war von ihrem Schmerz tief betroffen. Vergessen waren Lucy und ihr Kummer, ihre dreitausend Meilen reichenden Tentakel. Ich nahm Sarah in die Arme und drückte sie so fest an mich, daß ich ihr Weinen förmlich erstickte. Doch sie wurde weiter von Schluchzern geschüttelt und zitterte heftig. Da schob ich sie auf das Sofa und legte mich längelang auf sie, um mit jedem Pfund meines Gewichts, jedem Zentimeter meines Körpers das gräßliche Zittern und Weinen zurückzudrängen, die Qual aus ihr herauszupressen.

»Hör auf, Sarah, hör doch auf«, flüsterte ich in ihr tropfnasses, verklebtes Haar. »Bitte nicht...«

»Oh, Shep, mach's jetzt!« schrie sie mir ins Ohr – und ich gehorchte. Ohne Nachdenken, ohne Gewissensbisse oder Skrupel, ohne Rücksicht auf ihre Schmerzen und Ängste zog ich sie aus und drang in sie ein und stieß vor und zurück, vor und zurück, und ich spürte ihre Muskeln, fand meinen Rhythmus und überließ mich ihm, fühlte, wie Sarahs Hüften auf- und niedergingen, wie sie mich mit den Beinen umklammerte, hörte ihren lauten, heiseren Schrei, als wir gemeinsam kamen und mir selbst ein Schrei entfuhr – ein Schrei der Freude und Erleichterung und Lust, uralt wie die Welt.

Als mein Atem ruhiger ging, rollte ich von ihr herunter, stützte mich auf den Ellbogen und sah ihr in die Augen. Sie lächelte gelöst und fuhr mit dem Finger eine Spur auf meiner Wange nach. Da erst merkte ich, daß die Feuchtigkeit in meinem Gesicht auch von meinen eigenen Tränen kam.

»Wir haben's geschafft.« Sie grinste. Ich glaube, ich habe nie wieder jemanden so schön gefunden wie Sarah in dem Augenblick, als sie blutig und entspannt mit rotem Gesicht auf meinem Sofa lag, das dunkle Haar feucht am Kopf, die braune Haut gerötet. Sie wirkte auf mich wie ein vollkommener, reifer Pfirsich.

»Wir haben's geschafft«, echote ich. »Und ich leih mir gleich eine Kanone und gebe einundzwanzig Schuß Salut. Mensch! Ich hatte ja keine Ahnung! Weißt du, ich hab noch nie...«

»Ja, ich weiß.«

»Hat es dich eigentlich gestört? Es ist ja nicht gerade normal.«

»Was ist schon normal!« Sie rekelte sich genüßlich. Ich betrachtete die Schweißperlen auf ihrem eleganten, zierlichen Körper und das Spiel ihrer Schwimmermuskeln. »Bei mir war's auch das erste Mal.«

»*Natürlich.*« Ich war gar nicht auf die Idee gekommen, daß Sarah nicht mehr Jungfrau hätte gewesen sein können.

Da fiel mir etwas ein, das mir die Bocksgenugtuung austrieb.

»Sarah, hör mal, glaubst du, daß du vielleicht schwanger wirst? Ich meine, wann ist deine nächste... Periode?« Und zu meinem Schrecken errötete ich bis zu den Haarwurzeln.

»In vierzehn Tagen«, sagte sie und wurde ebenfalls rot. Sex ließ Atlantas Pinks und Jells nicht erröten, aber die Erwähnung der Menstruation schon, und was mich betrifft, ist es noch heute so.

»Aber es passiert nichts. Ich werde schon nicht schwanger.«

»Woher weißt du?« fragte ich. »Ich hab nicht... Ich hab nichts verwendet.«

Sarah errötete tiefer und senkte den Blick.

»Aber ich.«

Ich konnte sie nur anschauen.

»Ich habe ein Pessar«, sagte sie hastig und so leise, daß ich sie kaum verstand. »Ich hab's gleich reingemacht, als wir zurückgekommen sind. Ich hab's vor einem Jahr von Snake gekriegt, und seitdem habe ich es jede Nacht drin gehabt, wenn ich bei dir in New York war. Du kannst von mir aus denken, daß ich billig bin, aber du brauchst nicht zu befürchten, daß ich schwanger werde.«

»Sarah...« Mir blieb die Spucke weg. Ich stellte mir vor, was es sie gekostet haben mußte, Snake um das Pessar zu bitten. Hatte er sie untersuchen müssen, um es ihr anzupassen? An so etwas Gräßliches wollte ich gar nicht denken. So wenig hatte sie mir vertraut?

»Hast du Angst gehabt, daß ich dich dränge?« fragte ich.

»Aber nein, Shep!« Sie war entsetzt. »Ich hatte keine *Angst* davor, ich habe es *gehofft*! Ich konnte mich nur nie überwinden, den... letzten Schritt zu tun... aber ich hab immer gehofft, daß du eines Nachts einfach weitermachst und... das tust, was ich nicht fertiggekriegt habe...«

Ich umarmte sie wieder und hielt sie stumm fest, wiegte sie ein wenig, von Liebe und Dankbarkeit erfüllt.

»Ein Glück, daß du nach Paris gehst«, sagte ich schließlich, »denn wenn nicht ein Weltmeer zwischen uns läge, würde ich dich bestimmt nicht mehr aus dem Bett lassen.«

»Und ich bin's wert, daß man auf mich wartet?« Sie strahlte.

»Da kannst du deinen Hintern drauf verwetten. Deinen hübschen, kleinen rosigen Hintern. Und Sarah – gleich, wenn du zurück bist, denk nur... wie viele Tage, Nächte, Monate und Jahre im Bett dann vor uns liegen.«

»Ja. Wir haben massenhaft Zeit.«

Typisch, erst als sie am nächsten Abend ins Flugzeug stieg, sagte sie zu mir mit mutwilligem Augenzwinkern: »Und wem haben wir das alles zu verdanken?«

»Wem denn?«

»Natürlich Lucy. Du solltest ihr ein Dutzend Rosen schicken. Oder sollte ich? Obwohl, vielleicht lieber nicht. Sie würde durchdrehen. Sie würde in drei Stunden heulend hier bei dir vor der Tür stehen, und dann bin ich nicht mehr da, um ›Hände weg‹ zu sagen.«

»Dann sag ich's ihr eben selbst.« Ich gab ihr einen letzten langen Kuß.

»Und ich warne dich«, sagte Sarah, bevor sie sich auf den Weg nach Atlanta und nach Paris machte und dabei – so empfand ich es – ein großes Stück von meinem Herzen mitnahm. »Sollte ich dich je in Lucys Klauen erwischen, dann sind wir geschiedene Leute. Ich rede nicht lang, ich bin eine Frau rascher Entschlüsse.«

Und damit war sie im flirrenden Licht des späten Septembers verschwunden.

Ich ging zurück in meine Wohnung in der West Twenty-first Street und wartete auf ihre Rückkehr.

Drei Wochen, nachdem sich Sarah auf der *United States* nach Frankreich eingeschifft hatte, trat Red Chastain seine erste längere Seereise bei der Marine an, und Lucy blieb fast acht Monate allein in Camp Pendleton. Noch am Abend seines Aufbruchs rief sie mich an und lallte mir auf altbekannte weinerliche Weise etwas vor.

»Gibby, kannst du mich nicht besuchen kommen? Ich werde verrückt, wenn ich so lange allein bin.«

Es war morgens um halb vier, und auf einmal sah ich mit der Klarheit einer Offenbarung, daß es nicht den geringsten Grund gab, warum Lucy mir um diese Zeit mitteilen mußte, wie schrecklich ihr Red Chastain fehlte. Ich holte tief Luft.

»Nein Lucy. Ich kann dich nicht besuchen kommen. Ich kann

nicht, und ich will nicht. Du bist jetzt erwachsen und eine verheiratete Frau. Du bist acht Monate lang vor Red sicher, das wolltest du doch, du hast keinerlei Pflichten und mußt niemandem Rechenschaft ablegen, und ich will nicht, daß du mich anrufst, es sei denn, es geht um Leben und Tod, und dann ruf mich gefälligst bei Tag an. Wenn du einsam bist, geh unter die Leute. Mach einen Kurs. Leg einen Garten an. Pflanz einen Baum. Von mir aus schreib ein Buch.«

»Was soll ich denn schreiben, Gibby?«

»Irgendwas, Lucy. Irgendwas, was dir durch den Kopf geht. Dir wird schon was einfallen.«

Und ich legte auf und löschte das Licht. Danach klingelte das Telefon noch zweimal in halbstündigen Abständen, doch ich biß die Zähne zusammen und ließ es läuten. Am folgenden Abend klingelte es wieder um elf, und tags darauf um acht. Beide Male saß ich zähneknirschend und mit geballten Fäusten da und starrte den Apparat an; dann hörten die Anrufe auf. Ich erfuhr nicht, womit sich Lucy die Zeit vertrieb, all die Tage, Wochen und Monate bis zur Rückkehr ihres Mannes, bis sie ihren brutalen, rasenden Tanz wieder aufnehmen konnten.

Der Herbst war vorüber, Weihnachten kam und ging, das Frühjahr zog ins Land, und bald stand der Sommer bevor. Sarah schrieb mir lange begeisterte Briefe, die ich mit sehnsuchtsvollen beantwortete. Ich traf mich mit Freunden oder ließ es sein, aß oder ließ es sein, hörte und spielte Jazz oder blieb daheim, vergrub mich in den unterirdischen Gängen und Grüften der Bibliothek und in ihren abgeschiedenen Magazinen über der Erde, schlief ein, wachte auf – und alles wieder von vorne. Und die Leere in meinen Lenden und in meinem Herzen, wo Sarah fehlte, füllte sich, je näher die Zeit ihrer Rückkehr kam, mit einer tiefen, schlummernden Vorfreude. Ich konnte es kaum erwarten, sie wiederzusehen und zu streicheln, sie wieder zu riechen und zu schmecken.

Wir rechneten am späten Vormittag des 5. Juni 1961 mit Sarahs Ankunft. Ben und Dorothy kamen aus Atlanta, um sie abzuholen, und am Vorabend ging ich mit ihnen zum Essen in den Oak Room im Plaza. In all den Jahren, die ich jetzt in New York wohnte, hatte ich den eleganten, dunklen Saal mit seiner ehrwürdigen Atmosphäre von Reichtum und Macht noch nie betreten. Ben und Dorothy stiegen immer im Plaza ab; schon Bens Vater hatte hier gewohnt, wenn er sich in New York aufhielt, und Tradition, so Ben, war für einen Cameron mehr als nur ein Wort.

Ich betrachtete ihn eindringlich, als sähe ich den Mann zum allerersten Mal, den in ein paar Jahren ganz Amerika kennenlernen sollte als den aristokratischen Bürgermeister jener Stadt der Südstaaten, der es im Feuersturm der 60er Jahre irgendwie gelang, mit ihren schwarzen Mitbürgern in grimmiger Harmonie zu leben. Seine Pupillen zogen sich in der schummerigen Beleuchtung auf Stecknadelgröße zusammen. Mit den weißen Fältchen in der dünnen, braunen Haut um die Augen sah er aus wie ein Mann, der oft in weite Ferne schaut. Und zum erstenmal in meinem Leben fühlte ich mich in seiner Gegenwart ein wenig eingeschüchtert. Dorothy an seiner Seite wirkte nicht verändert. Ich fand, daß sie schön war. Als reife Frau, dachte ich, wird Sarah wunderschön aussehen.

Als man den Nachtisch abgeräumt hatte und den alten Cognac servierte, den Ben so gern trank, erzählte er von seinen Plänen für die Stadtentwicklung und von der Werbekampagne, mit der er Atlanta der Nation in Erinnerung bringen wollte.

»Unser Slogan heißt, ›Vorwärts Atlanta‹.«

Ich mußte spontan lachen. »Du lieber Himmel«, sagte ich. »Warum nicht gleich ins Horn blasen und die Flagge schwenken? Nicht eben unaufdringlich, was?«

Er grinste. »Nee. Geradezu geschmacklos. Aber ich find's gar nicht übel. Weißt du, es ist nämlich von mir. Atlanta ist nun einmal geschmacklos, Shep. War schon immer so. Aber in den nächsten zehn Jahren werden alle Feuer und Flamme dafür sein.«

»Und die Rassenunruhen?« fragte ich. »Da könnte euch die Stadt wirklich in Flammen aufgehen.«

»Das ist natürlich ein Knackpunkt.« Sein Lächeln war wie weggewischt. »Könnte uns den Garaus machen. Aber ich glaube es nicht. Ist nicht gut fürs Geschäft. Und ich habe meine Männer vor Ort, die in der Lage sind, die Sache zu entschärfen. Aber du hast recht, es könnte schlimm werden. Wir dürfen es eben nicht dazu kommen lassen. Die Neger müssen für uns sein, nicht gegen uns. Wir brauchen ihre Mitarbeit und ihr Kapital. Da ist so viel zu tun. Wir können nicht alles ohne sie schaffen.«

»Und, schafft ihr es denn mit ihnen? Es ist ein kühner Plan, Ben, die radikale Neuschöpfung einer Stadt...«

»Ja. Wir schaffen es«, antwortete er. »Wir schaffen es so grade. Man nennt uns das System, manchmal den Club. Und das sind wir auch, eben darum können wir etwas erreichen – wir haben jede Menge Geld und können daheim alle größeren Projekte finanzieren. Und wir sind uns auch darüber einig, was zu tun ist. Damit ist die Schlacht zu achtzig Prozent geschlagen. Den großen Anstoß können wir ganz alleine geben. Aber damit es danach weitergeht, brauchen wir mehr als nur Durchsetzungskraft. Wie brauchen Geld von auswärts. Und damit kriegen wir auch Auswärtige. Und unser Buckheader Herrenclub ist dem Untergang geweiht. Wir wissen es; da ist nichts zu machen. Wir haben eben nicht genug junge Leute wie dich, die in unsere Fußstapfen treten können.«

»Aha, Sie haben es noch nicht aufgegeben, mich zur Rückkehr zu überreden?«

»Sieht so aus.«

»Wieso? Braucht Ihre Stadt denn noch einen Bibliothekar?«

»Meine Stadt braucht noch einen intelligenten jungen Mann mit Kapital.«

»Ich habe kein Kapital, Ben. Und wahrscheinlich werde ich auch nie welches haben«, entgegnete ich ihm offen. Er wußte doch sicher Bescheid über die Entfremdung zwischen mir und meinem Vater.

»Du weißt gar nicht, was du hast, Shep. Dein Vater hat es dir nie gesagt, und deine Mutter durfte es dir nie sagen. Hast du denn überhaupt eine Ahnung, wo eure Grundstücke liegen?«

»Eigentlich nicht. Irgendwo in der Südoststadt bei der alten Baumwollspinnerei, glaube ich...«

»Also, ich zeig dir die Stelle genau, wenn du mal heimkommst.«

»Ben...«

»Shep, verdammt, einmal mußt du ja heimkommen und Sarah heiraten, selbst wenn du am nächsten Tag wieder verschwindest«, sagte er schroff. »Und ich laß dich nicht wieder aus der Stadt, ehe ich dich nicht bei der Hand genommen und durch Cabbagetown geschleift habe. Da zeige ich dir, wo deine Familie ihren Zaster her hat.«

Ich hob die Hände und ließ sie wieder sinken. Ich war nicht in der Stimmung zu einem Streit mit ihm darüber, daß ich ebensowenig Aussichten auf die Grundstücke meiner Familie hatte wie auf die Brooklyn Bridge.

Wir verabredeten uns für den nächsten Morgen am Hafen. Ich lehnte Bens Angebot ab, mir ein Taxi zu rufen, und ging die vierzig Häuserblocks zu Fuß. Ich spazierte gemächlich an der lauen Luft und ließ den besänftigenden Rhythmus der nächtlichen Stadt auf mich wirken. Ich dachte an nichts. Ich war glücklich. Ich erreichte meine Wohnung kurz vor Mitternacht; beinahe hätte das Telefon schon zu läuten aufgehört, als ich die Tür aufgeschlossen hatte und den Hörer abnahm.

Eigentlich erwartete ich, daß der Anruf von Ben oder Dorothy wäre, doch das leise Rauschen in der Leitung zeigte ein Ferngespräch an. Ich hörte die kühle, sachliche Stimme eines jungen Arztes aus dem Militärkrankenhaus von Camp Pendleton in Kalifornien. Es dauerte eine Weile, ehe ich begriffen hatte: Lucy lag im Krankenhaus; fünf Zähne waren ihr ausgeschlagen, ihr Kiefer war zertrümmert und mit Draht geflickt, sie hatte einen Schlüsselbeinbruch und eine Unterarmfraktur. Am Kopf aber hatte sie eine Schramme, wo sie ein Schuß aus Red Chastains Dienstrevolver gestreift hatte.

Ich sagte nichts. Die Military Police des Stützpunkts fahnde nach Lieutenant Chastain, fuhr die Stimme fort, und Mrs. Chastain könne am Montag morgen entlassen werden, doch da man sie nicht allein lassen dürfe und da bei der von ihr angegebenen Nummer in Atlanta niemand mit den Ärzten oder den Vorgesetzten ihres Ehemanns sprechen wolle, die alle zutiefst besorgt seien über ihren bedenklichen emotionalen Zustand und ihre Verletzungen, wisse man nicht, wohin mit ihr. Sie habe gesagt, ihr Cousin, Mr. Bondurant, werde sie heim nach Atlanta holen, und man hoffe, ich könne möglichst sofort kommen. So verzweifelt warte sie auf meine Ankunft, daß sie kaum im Bett zu halten sei, und man habe bereits zweimal die Drähte an ihrem Kiefer durchzwicken müssen, weil sie sonst erstickt wäre. Wenn ich nicht käme, sagte der Arzt, lehne er jede Verantwortung ab.

Ich hockte eine ganze Weile auf der Bettkante und starrte leeren Blicks auf meine Füße, die in den schmutzigen weißen Saffianschuhen brav nebeneinander auf dem Boden saßen wie dressierte Pudel nach dem Kommando »Platz!« Dann rief ich das Plaza an.

Ich habe Ben noch nie in einer so kalten Wut erlebt. Während ich redete, machte er zweimal schroff »aha« in einem Ton, arktisch wie die Tundra, und als ich geendet hatte, sagte er: »Shep, du bist ein absoluter Schwachkopf und von allen guten Geistern verlassen, wenn du wegen dem armen Luder nach Kalifornien fährst. Wenn du das machst, weiß ich nicht, wie lange ich brauche, bis ich wieder normal mit dir reden kann.« Dann gab er mir Dorothy.

Ich glaube, sie hat mich wirklich verstanden, war jedoch ziemlich gekränkt und enttäuscht. Sie sagte zwar nichts, aber ich habe es gespürt. Sie fragte nur in ihrer freundlichen, tiefen Aristokratenstimme: »Was hat Lucy bloß an sich, Shep? Weshalb fühlst du dich so zu ihr hingezogen?«

»Ich... sie ist eben so verletzlich, Dorothy«, antwortete ich matt. »Und sie ist jetzt ganz allein und hilflos. Und trotz allem, was Sie von ihr denken und wie Lucy manchmal handelt, steckt in ihr ein guter Kern, eine natürliche Herzlichkeit...«

»Unsinn«, unterbrach mich Dorothy. »Natürliche Herzlichkeit gibt es nicht. Wir müssen sie lernen, und das ist schwer. Es setzt Freundlichkeit voraus. Aber Lucy ist nicht freundlich; dazu hat sie zu viele Ängste und Bedürfnisse. Naivität, ja, das ist was anderes. Das ist es, was du an Lucy unterschwellig bemerkst. Eine unerbittliche, rettungslose Naivität. Menschenfreundlichkeit ist ein verderblicher Schatz, sie ist erlernt, und Lucy hat sie nicht gelernt und lernt sie auch nicht mehr.«

Sie seufzte. Es klang sehr müde und niedergeschlagen.

»Du mußt natürlich hin, Shep«, sagte sie. »Du könntest nicht damit leben, daß du nicht fährst. Sarah und du könnten nicht mit dieser Last leben. Ich rate dir nur, nimm dich gut vor ihr in acht. Sie ist für sich selbst eine große Gefahr, aber für dich ist sie eine noch größere. Ich will Sarah alles erklären. Sie hat bestimmt Verständnis.«

Doch Sarah hatte kein Verständnis. Eine Woche später kam ich mit einer blassen, abgemagerten, kaum wiederzuerkennenden Lucy aus Kalifornien nach Hause, brachte sie – nachdem ich meiner und ihrer Mutter das Versprechen abgerungen hatte, auf ein »Ich hab's dir ja gleich gesagt« zu verzichten – in ihrem alten Zimmer in der Villa in der Peachtree Road unter, rief eilends vom Apparat unter der Treppe aus bei Sarah an und mußte von einer gedämpft und alt klingenden Dorothy erfahren, daß Sarah vor zwei Tagen ihre Verlobung mit Charlie Gentry bekanntgegeben habe. Morgen sei die Anzeige in der Zeitung. Sie hoffe, daß ich rüberkommen und mich mit Sarah unterhalten würde. Auch Charlie habe sich angesagt, um die telefonischen Gratulationen entgegenzunehmen, die auf die Annonce so unvermeidlich folgen würden wie der Sonnenaufgang auf die Nacht. Die beiden könnten es kaum erwarten, mich zu sehen.

»Komm doch, Shep«, fuhr sie fort. »Die Geschichte hat Sarah ziemlich mitgenommen. Es wäre nett von dir, wenn du kommen würdest. Sie läßt dir ausrichten, daß sie morgen nachmittag im Atelier auf dich wartet.«

Doch ich verließ Atlanta noch am selben Tag und kehrte zurück nach New York, ohne sie wiederzusehen.

15. Kapitel

Da ich nicht zu ihnen ging, kamen sie zu mir. Ich war gerade eine Woche wieder in New York, als eines Freitagabends bei mir das Telefon klingelte; ich hob ab, und am Apparat war Charlie. Ich hörte zwar nicht das leise Rauschen, das bei Ferngesprächen immer auftrat, aber ich hätte auch so gemerkt, daß er bei mir in der Stadt war. Seine Stimme klang so nah, daß ich unwillkürlich den Hörer weiter vom Ohr weg hielt.

»Sarah und ich sind im Plaza und möchten mit dir reden. Wir finden beide keine Ruhe, ehe wir uns nicht mit dir ausgesprochen haben. Vorher gehen wir nicht heim. Wann hast du Zeit?«

Er hatte sich weder gemeldet, noch sich nach meinem Ergehen erkundigt. Bei all seinem Phlegma war Charlie taktvoll und mitfühlend, und er spürte, man konnte und mußte unser Gespräch nicht mit Floskeln versetzen. Er wußte nur zu gut, wie es mir ging. Er hatte jahrelang in diesem Zustand gelebt: unglücklich und ohne Sarah. Schmerz und die unmittelbare, alles durchdringende Rage eines Kleinkinds über die ganze Ungerechtigkeit füllten die eisige, ächzende Leere, die in meiner Brust war, seit ich vorigen Samstag Dorothys Worte gehört hatte, und ebbten wieder ab. Meine Knöchel um den schwarzen Plastikhörer waren blau unterlaufen, wie ich mehr sah als spürte; mein ganzer Körper krümmte sich, wie man sich beim Empfang einer Verletzung gegen den Schmerz wappnet, der einen gleich durchdringen muß. In dem Moment haßte ich sie beide in meiner Schwäche und Verzweiflung. Mir traten die Tränen in die Augen. Doch ich bezwang meinen Schmerz.

»Ich habe gar keine Zeit für euch, weder jetzt noch später.« Selbst in meinen Ohren klangen meine Worte kindisch und ohnmächtig, obwohl meine Stimme ruhig blieb. »Ich habe keinem von euch beiden irgendwas zu sagen. Und ich wüßte nicht, was wir überhaupt zu besprechen hätten. Geht wieder heim und feiert eine Party oder heiratet oder tut Gutes oder alles drei.«

Er seufzte.

»Sarah hat sich schon gedacht, daß du nicht willst. Und ich hab's ihr nicht abgenommen. Ich hab gedacht, daß wir einander mehr bedeuten. Wir gehen nicht nach Hause, Shep. Wir bleiben hier, bis du mit dir reden läßt. Können wir zu dir kommen?«

»Bloß nicht«, rief ich entsetzt aus. »Ich komme lieber zu euch.« Lieber wäre ich gestorben, lieber hätte ich beide umgebracht, ehe ich sie hier hereingelassen hätte, in die Wohnung, die mir allein gehörte, in der Sarah und ich miteinander geschlafen und ein gemeinsames Leben begonnen hatten. Wenn sie hierher kämen, wäre auch noch diese meine letzte Zuflucht von ihnen und dem Schmerz verseucht. Schon hing der Gifthauch ihrer Paarung in der heißen Luft der Stadt da draußen, kam aus dem Hotel im Zentrum hierher zu mir in die Lower West Side geweht. Ich legte den Hörer auf und schloß die Fenster wie in Trance. Dann zog ich mir einen grauen Leinenanzug und eine schwarze Strickkrawatte an, ging zur Eighth Avenue und winkte mir ein Taxi heran. Es war fast neun Uhr, als ich vor dem Plaza ausstieg. Über der Fifth Avenue lag schwül und perlgrau die sommerliche Dämmerung Manhattans, und soeben blühten die weißen Lichtkugeln am Parkrand auf.

Ich fand es heimtückisch und schäbig von ihnen, sich im Plaza zu verschanzen, der unzugänglichen, uneinnehmbaren Festung der Eleganz und Würde, wo traditionell alle Camerons abgestiegen waren, bis hin zu Bens Großvater. Gerade so, als empfingen sie einen Feind in der Burg ihrer Vorfahren. Etwas in mir wußte genau, daß keine Faser an Sarah heimtückisch oder schäbig war, ebensowenig wie an Charlie, und daß Sarah sich instinktiv ins Plaza geflüchtet hatte, weil es ihr Geborgenheit bot. Doch bei der Eiseskälte in meinem Inneren erstarben solche Gedanken. Bringen wir's hinter uns, dachte ich, sollen sie halt ihr Sprüchlein aufsagen. Hauptsache, sie verschwinden aus meiner Stadt. Ich hülle mich in Schweigen, dann erkennen sie schon ihre erbärmliche Falschheit. Dann weint Sarah und überlegt es sich anders, sie fleht mich an, zu ihr zurückzukehren; so kommt es. Beschwingt rannte ich die Steintreppe zur Halle hinauf, mein Herz hämmerte unter dem Gletscher in meiner Brust.

Am Empfang erkundigte ich mich nach Miß Sarah Cameron, nicht nach Charlie. Ich kam gar nicht auf die Idee, daß sie ein Zimmer gemeinsam bewohnen könnten, und so war es auch nicht.

»Miß Cameron läßt Sie auf ihre Suite bitten«, sagte der Portier. »Mr. Gentry ist bei ihr. Gehen Sie bitte hinauf.«

Ich stieg in den getäfelten Aufzug, der nach teurem Teppich und Zitronenpolitur roch, und drückte auf die Sieben. Ich war im Plaza noch nie im Aufzug oder auf einem Zimmer gewesen und hielt es nicht für wahrscheinlich, daß es noch einmal dazu kam. Auf einmal durchzuckte mich schmerzlich der Gedanke, daß Sarah und Charlie, wenn sie wollten, ihr Leben lang gemeinsam in den Aufzug steigen und sich rasch auf ihre Zimmer mit Blick auf den Park tragen lassen konnten – vermutlich hatten die Camerons immer dieselben Räume –, wo sie die Tür vor dem Rest der Welt verschlossen, und noch vor einer Woche wäre ich an Sarahs Seite gewesen, und nicht Charlie.

Sobald Charlie die Tür geöffnet hatte, war mir klar, daß ich nicht hätte herkommen dürfen. Er trat schweigend einen Schritt zurück, um mich hereinzulassen. Er sah stämmig, nüchtern und solide aus in seinem olivgrünen Sommeranzug, der weder seiner bläßlichen Haut mit den dunklen Sommersprossen noch den hinter der Brille vergrößerten braunen Augen schmeichelte. Er wirkte um Jahre gealtert. Nur seine Miene war noch wie früher: milde und hintergründig zeugte sie von seinem Humor und seiner Freundlichkeit. Charlie sagte kein Wort, tippte mir nur auf die Schulter. Ich trat in das beleuchtete Zimmer.

Sarah saß auf einem kleinen, geblümten Sofa vor einem großen Fenster, das tatsächlich auf den im Dämmer liegenden Park ging; als ich hereinkam, erhob sie sich, schritt auf mich zu und blieb dann auf dem blauen Teppich stehen, die Hände vor dem Körper lose verschränkt, die Füße in glänzenden Pumps dicht nebeneinander. Sie trug ein gelbes Leinenkleid. Das krause Haar war auf eine Weise glatt nach hinten gekämmt, wie ich es an ihr noch nie gesehen hatte; das Lächeln auf ihren sensiblen Lippen war so zaghaft, als müsse es ums Überleben kämpfen. Auch sie wirkte älter, auf einmal Jahre entfernt von dem heißblütigen, lachenden, schweißglänzenden Mädchen, das doch erst vor knapp neun Monaten in meinen Armen gelegen hatte. Aber natürlich, ich erinnerte mich dumpf, sie hatte ja seit unserer letzten Begegnung etliche Monate in Paris verbracht; ich staunte, wie sehr sie sich in der kurzen Zeit verändert hatte.

Doch dann wußte ich, daß nicht Paris Sarah verändert hatte, daß nicht die verflossene Zeit ihre Spuren an Charlie hinterlassen hatte. Hier in dem warm beleuchteten, harmonischen Zimmer, das mitten in der Luft in Manhattan schwebte, wirkten sie unwiderruflich und auf ewig wie ein Ehepaar. Die Hochzeit, die noch nicht stattgefunden hatte, schien bereits Jahre zurückzuliegen. Obwohl der ganze Raum zwischen ihnen lag, schien zwischen ihnen kein Abstand zu sein. Mit einer bleischweren Gewißheit, bei der mir fast schlecht wurde, dachte ich, wenn ich sie nicht so gesehen hätte, wenn sie statt dessen zu mir gekommen wären, wäre dieses Ereignis vielleicht noch abwendbar gewesen, hätte es für mich noch Hoffnung gegeben. Jetzt nicht mehr. Alles war vorbei, obwohl es ja erst noch bevorstand, und der heftige Schmerz, der schon die ganze Zeit heulend an meiner Tür gekratzt hatte, überwältigte mich. Ich konnte kein Wort herausbringen, bekam keine Luft. Ich stand mitten in dem Zimmer, das wie ein Schiff auf der Nacht trieb, und sah erst Charlie, dann Sarah an.

»Hallo, Shep«, sagte Sarah, und ihre Stimme traf mich wie ein Rapier.

»Hallo, Sarah«, sagte ich. Die Laute schienen aus einer Quelle außerhalb von mir zu kommen – aus dem Leuchtkörper an der Decke oder der kleinen, geblümten Porzellanuhr auf dem Toilettentisch. Ich war verblüfft, wie normal ich klang.

»Ich habe uns etwas zu trinken bestellt«, sagte Charlie. »Ich hab mir gedacht, stoßen wir miteinander an und quatschen ein bißchen, und nachher möchten wir dich zum Essen einladen. Du kannst dir aussuchen, wo.«

Dieses Wir! Ein Wir, das mich jetzt nicht mehr einschloß. Ich rettete mich vor dem Schmerz in eine kalte rote Wut.

»Danke, Charlie, aber ich habe keine Lust, mit dir anzustoßen. Und auch auf das Essen verzichte ich. Deine Siegesfeier, was? Kleiner Appetitanreger vor der Ehe! Ihr braucht mich nicht durchzufüttern. Höchstens, daß ich bleibe, um nachzusehen, ob die Sache auch richtig vollzogen wird, wie am russischen Zarenhof in der Hochzeitsnacht, wißt ihr, wo man sichergehen wollte, daß die entsprechenden Teile bei den königlichen Hoheiten auch richtig funktionieren.«

Verletzt sog Sarah die Luft zwischen den Zähnen ein. Charlies Gesicht entflammte in häßlichem Dunkelrot. Scham glimmte flüchtig in mir auf und entfachte meinen Zorn frisch. Obwohl ich wußte, daß ich meine Worte mein Leben lang bedauern würde, wollte ich die beiden nur noch treffen und kränken.

»Bei Sarah brauchst du da keine Bedenken zu haben«, fuhr ich fort. »Bei ihr funktioniert alles wunderbar. Bei dir allerdings habe ich so meine Zweifel.«

»Shep, du Arschloch«, fing Charlie mit schriller, bebender Stimme an, doch Sarah unterbrach ihn.

»Laß es nicht an ihm aus«, sagte sie. Ich schaute zwar immer noch Charlie an, traute mich nicht, Sarah ins Gesicht zu sehen, aber ich hörte ihrer Stimme an, daß sie weinte.

»Streite dich mit mir, wenn du dich unbedingt streiten mußt. Es war meine Idee. Ich habe ihm einen Antrag gemacht. Er hätte dich nie hintergangen, so was würde er nicht tun. Laß deine Wut jetzt nicht an ihm aus, Shep. Hör mir wenigstens zu.«

Da sah ich sie an. Natürlich weinte sie; sie stand vor dem dunklen Himmel im Licht, schön in ihrem gelben Kleid, für mich verloren, und weinte wegen Charlie Gentry. Habe ich zumindest gedacht. Wieder steigerte ich mich in meinen Zorn, um meinen Schmerz zu vergessen.

»Sarah, was könntest du mir noch zu sagen haben? Ich finde, es ist alles gesagt, zumindest von meiner Seite. Findest du nicht? Beim letztenmal hast du jedenfalls eine Menge gesagt. Ich wüßte nicht, was dem noch hinzuzufügen wäre.«

Da machte sie kehrt, stürzte ins Schlafzimmer und schloß die Tür hinter sich, und ich starrte auf den Punkt, wo sie gestanden hatte und wo jetzt nur noch Glas war und dahinter eine sternengesprenkelte Nacht. Im Fenster sah ich, daß Charlie die Schultern hob und wieder fallen ließ, wie ermüdet von einer schweren Last. Ich sah, wie er mir die Hand hinstreckte, und drehte mich um. Ich musterte die Hand, die er mir hinhielt. Sie war gedrungen und rauh, mit stumpfen Fingerspitzen, etlichen Kratzern und halb verheilten Schrammen; sein Leben lang trug Charlie diese Stigmen seiner Jagdleidenschaft nach Altertümern an den Händen, hatte er unter den Nägeln die rote Erde Georgias, in der sie begraben lagen. Diese braune Hand hatte sich in unserer gemeinsamen Kindheit nach mir ausgestreckt, hatte mich gehalten und gestützt, mir Beifall gespendet und mich manchmal gerettet, und ich betrachtete sie in diesem fremden Zimmer durch einen Schleier plötzlich aufkommender Tränen. Meine Schultern sackten zusammen, ich senkte den Kopf, aber meine Hand gab ich ihm nicht.

Er setzte sich auf die Sofakante und deutete auf den Ohrensessel gegenüber, aber ich blieb stehen.

»Shep, du findest natürlich, daß ich dein Vertrauen mißbraucht hätte«, seufzte er. »Und vielleicht stimmt es sogar. Vielleicht ist es so. Aber ich wollte sie um jeden Preis. Und ich hatte nicht den Eindruck, daß sie dir so wichtig ist. Man muß sich Sarah über alles wünschen. Für mich war es so. Man muß sie zu schätzen wissen. Du, Shep, hast sie nicht zu schätzen gewußt. Ich will nur eines im Leben: sie glücklich machen. Vielleicht wird sie mit mir glücklich in Atlanta. Sie muß in Atlanta leben. Sie ist dafür geboren –«

»Nein!« schrie ich. »Ist sie nicht! Nein! Sie ist für mich geboren! Das weißt du genau! Und sie weiß es auch! Charlie, du bist eine so armselige zweite Wahl, du kannst mir nicht das Wasser reichen! Sie wollte mir ja nur heimzahlen, daß ich Lucy abgeholt habe. Wir hätten uns schon wieder zusammengerauft, wenn du nicht wie ein geiler Bock dazwischengegangen wärst; auf einmal konnte sie keine Woche mehr warten…«

»Geh jetzt«, sagte er. »Ich habe gedacht, daß wir uns mit dir aussprechen könnten. Ich wollte unsere Freundschaft bewahren. Habe mir sogar eingebildet, daß du uns vielleicht deinen Segen gibst; ihr war daran gelegen. Wir haben dich beide gern. Aber so nicht. Erst mal mußt du dich bei Sarah entschuldigen…«

Die Schlafzimmertür ging auf, und Sarah trat auf mich zu. Die weißen Fältchen in der braunen Haut um ihre Augen hatten sich vertieft, als habe sie zu viel in die Sonne gesehen oder gelacht, doch ich wußte ja, daß Sarah in der Zwischenzeit nicht gelacht hatte. Ihre Stimme klang voll und ruhig. Sie neigte sich ein wenig zu mir hin, ohne mich zu berühren. Das hätte ich auch nicht ertragen.

»Ich muß jemandem so wichtig sein wie er mir, sonst fühle ich mich… nicht genug gewürdigt«, sagte sie. »Ich muß jemandem viel bedeuten, sonst bin ich nicht wirklich da. Es klingt vielleicht blöd, aber so ist es halt. Daß du zu Lucy gefahren bist, war für mich ein Zeichen, daß ich dir nicht genug bedeute. Ich wünschte mir von ganzem Herzen, daß du mich verstehst.«

Ich überließ mich meinem Zorn. Fast ein Genuß, schwelgerisch, orgiastisch. Eine ganz neue Regung, wie ich sie weder für meine Mutter noch für meinen Vater je verspürt hatte, auch nicht für Lucy. Ich lachte. Sogar in meinen Ohren klang es gräßlich.

»Du irrst dich«, sagte ich zu Sarah. »Du irrst dich in mir und irrst dich in der Sache und überhaupt. Du hast mich getäuscht. Du wolltest gar nicht mich. Du wolltest keinen Mann, du wolltest ein Schoßhündchen. Jetzt hast du eins. Viel Spaß damit.«

Und ich stürmte zur Tür hinaus, stieß im Flur beinahe mit dem Kellner zusammen und trat aus dem Hotel und dem Leben von Sarah Tolliver Cameron. Sollte ich sie wiedersehen – und das hatte ich keineswegs vor –, dann als Sarah Cameron Gentry. Eine absolut unerträgliche Vorstellung.

Die Weltliteratur hätte sich mehr mit unglücklich verliebten Männern befassen müssen. Über Frauen gibt es Bücher in Massen: Frauen, getroffen von der Liebe oder deren Verlust, sind über die Literatur zerstreut wie welke Rosen. Für Frauen gibt es Entwürfe, Anleitungen, ja Handbücher. Madame Bovary kannte jenes Reich des Schmerzes, Anna Karenina, Maria Magdalena und Tausende ihrer leidgeprüften Schwestern. Überall auf der Welt zollt man ihnen tränenreichen Tribut.

Doch ein abgewiesener Mann ist ein Witz, ein peinlicher Versager. Und, was das schlimmste ist, er weiß nicht einmal, wie man es anstellt, die verlorene Liebe angemessen zu betrauern; wer könnte es ihm beibringen? Seine Freunde geben ihm unbehaglich den Rat: »Schau nicht zurück, schau tief ins Glas, schau dich nach einer anderen um. Vor allem aber, rede nicht darüber.« Die Literatur hat ihm keinen Anschauungsunterricht zu bieten. Also stolpert er, wie ich, unbeholfen und untröstlich, gramgebeugt und blindlings voran, und er argwöhnt zu Recht, daß er eine ebenso lächerliche wie unwillkommene Gestalt ist. Und, wie ich, zieht er sich schließlich in sich selbst zurück.

Nach jenem unsäglichen Abend im Plaza wurde meine Welt grau. Die Großstadt, die mich bezaubert und angeregt hatte, kam mir nun auf eine subtile Weise fast feindselig vor. Auf einmal gelang es mir nur noch mühsam, mich durch den Verkehr zu schlängeln oder den Tag hinter mich zu bringen. Meine Arbeitsstelle und mein kleiner Bekanntenkreis verloren für mich mit dem Ende meiner Beziehung zu Sarah an Faszination. Selbst meine Leidenschaft für die Rhythmen des Jazz flaute ab. Gelegentlich spielte ich noch Klarinette und Saxophon, ging aber abends nicht mehr ins Vanguard oder Half Note. Nicht, daß mir ein Besuch an einem Ort, wo Sarah strahlend vor Lebenslust an meiner Seite gesessen hatte, zu traurig gewesen wäre, er schien mir nur sinnlos. Nur die Geschichte verlor für mich nicht an Reiz und lockte mich in die Bibliothek. Bald verbrachte ich fast jede freie Minute dort und las und las. Ich vergrub mich in Attika, Thrakien, Mykenä und Kreta. So verstrichen viele Stunden ohne Schmerz. Ich blieb, bis der Nachtwächter mich hinauswarf und zusperrte. Damals begann mein langer Rückzug.

Vielleicht wäre es übertrieben zu behaupten, daß ich ständig vom Schmerz überwältigt war, aber ich kann sagen, daß ich, wenn ich nicht litt, unter einer Art eisiger Betäubung stand. Ich lernte, Teile meines Bewußtseins tot-, kalt- und ruhigzustellen, und bekam darin so viel Übung, daß ich für einen beträchtlichen Teil des Tages der verheerenden Bahn des Schmerzes ausweichen konnte. Die Binsenweisheit, daß Arbeit ein gutes Betäubungsmittel sei, stellte sich als wahr heraus; ich arbeitete unermüdlich und ungeheuer konzentriert. Hätte ich mir etwas Wichtigeres, Ergiebigeres vorgenommen, als vergammelndes Papier von einem unterirdischen Magazin ins andere zu schieben, ich hätte mir auf irgendeinem interessanten Gebiet rasch einen glänzenden Namen gemacht. Ich dachte jedoch nicht daran, mir eine andere Arbeit zu suchen; mein Labyrinth spendete mir dieselbe tröstliche Geborgenheit wie das des Minotauros seinem armen, mutierten Bewohner, und es hatte dieselbe Funktion: Ich konnte mich darin verstecken. Tagsüber vergrub ich mich unter der Erde, und nachts wühlte ich mich durch Tonnen von Leder und Papier, und wenn mir meine Zuflucht verschlossen war und ich nach Hause mußte, verbarg ich mich hinter rasch anlaufendem Blech und klagenden Dissonanzen. Doch hier war ich nicht so sicher wie in meinem Labyrinth aus Bücherregalen. Hier fiel der Schmerz mich an.

Das Schlimmste war meine tiefe Scham wegen meines Benehmens gegenüber Sarah und Charlie, wegen meiner schäbigen Reaktion auf ihre Verlobung. Ich war noch nie so außer mir gewesen, hatte noch nie so besinnungslos gehaßt und verwundet.

Wenn ich manchmal nachts in der schwülen Hitze nicht schlafen konnte, mühte ich mich, das Ungeheuer zu fassen, das mich gnadenlos in seinen Krallen hielt und mir die Eingeweide zerfleischte. Ich hatte doch schon oft einen Verlust erlitten, angefangen bei meinem Vater bis hin zu Lucy. Ich war nicht der naiven Auffassung, man könne nicht verlieren, was einem lieb und teuer ist.

Doch mein Vater und Lucy gehörten mir sozusagen von Geburt. Und ersterer war weniger mein, als vielmehr ich sein war; diese Zurückweisung ließ sich schlicht und grausam dadurch erklären, daß ich seinen Kriterien nicht entsprach. Ich und Lucy dagegen waren wie füreinander geschaffen, oder dafür, unsere Bedürfnisse gegenseitig zu befriedigen, was wir lange Zeit taten, ehe ich auch Lucy verlor – oder so schien es. Egal, was Lucy sonst noch für mich war, sie war in erster Linie eine Verantwortung.

Aber Sarah... Sarah war ein Geschenk. Sie war mein Geschenk vom Leben, mein einziges, ehe ich Princeton bekam. Daß ich sie nicht zu würdigen gewußt hatte, sie in meiner Verblendung als selbstverständlich hingenommen hatte, änderte nichts daran, daß Sarah ohne wenn und aber und bedingungslos zu mir gekommen war. Ich hätte nicht gedacht, daß das Leben seine Geschenke zurückfordern würde.

Im Sommer suchte ich hin und wieder Zuflucht in der Firestone-Bibliothek in Princeton, doch über dem laubbedeckten Campus schwebte spürbar und beharrlich Sarahs zierlicher Schatten. Immer wieder drehte ich mich nach ihr um und blickte in die leere Luft, wo sie eben gewesen sein mußte. Ich konnte nicht mehr hingehen. Eine dumpfe Wut brodelte in mir; Wut auf das Leben, weil es mir Sarah und Princeton genommen hatte, Wut auf Sarah, weil sie mir auch noch Princeton gestohlen hatte, und, was am empfindlichsten traf, Wut auf mich selbst, weil ich sie hatte gehen lassen. Der frische, brennende Schmerz, die alles durchdringende Qual legte sich mit der Zeit, und übrig blieb ein dumpfes Bauchweh; ich vermerkte mit Dankbarkeit, daß ich einigermaßen mit ihm leben konnte, wenn ich ganz behutsam auftrat und mich vorsichtig bewegte.

Ich hörte natürlich nichts mehr von Sarah und Charlie. Hätte ich ihnen die Hand hingestreckt, mich entschuldigt, den ersten Schritt getan, sie wären bestimmt darauf eingegangen, aber ich konnte nicht. Es hätte mir Sarah nicht wiedergebracht, und nur dafür hätte sich die ungeheure Überwindung für mich gelohnt. Im Juli erfuhr ich, daß die Hochzeit nun statt im Oktober schon für September geplant war und im kleinen Kreis gefeiert werden sollte, nur mit der Familie und den engsten Freunden. Ich hörte es von meiner Mutter, die am Telefon niedergeschlagen und verärgert zugleich klang. Niedergeschlagen, weil ihr nun das unbestritten glänzendste Ereignis der Saison entging, und verärgert, weil ich dem Hause Cameron abtrünnig geworden war.

»Ich dachte mir, es interessiert dich vielleicht, und es ist kaum anzunehmen, daß es dir jemand anders erzählt«, sagte sie. Sie sagte nicht, daß mich alle für einen Lumpen hielten und lüstern spekulierten, ob ich Sarah geschwängert hatte und Charlie sie rettete, doch die Leitung schrillte und bebte von solchen Worten. Ich legte auf, sobald es die Höflichkeit erlaubte. Ich erhielt keine Einladung zur Hochzeit. Gott sei Dank.

Meine Mutter lag richtig. Seit ich Lucy im Juni aus Kalifornien abgeholt hatte, hatte sich fast niemand mehr aus Atlanta bei mir gemeldet. Das war durchaus nichts Besonderes. Außer von ihr und Sarah und Dorothy Cameron hörte ich sowieso selten etwas von zu Hause. Ein paar Tage nach Sarahs und Charlies Rückkehr nach Atlanta rief Lucy bei mir an, und als ich gleich den Hörer auflegte, rief sie noch einmal an. Ich ließ das Telefon läuten, und ein drittes Mal versuchte sie es nicht. Dafür erhielt ich ein paar Wochen lang immer wieder Briefe von ihr, die ich ungelesen zerriß, doch auch sie wurden weniger, und schließlich kamen keine mehr. Beim Gedanken an Lucy hätte ich rasen mögen vor Zorn, erfaßte mich eine so blinde, unversöhnliche Wut, daß ich es mit der Angst kriegte. Doch als die Briefe nicht mehr kamen, ließ auch meine Wut nach. Im großen und ganzen bewahrte mich eine tödliche Starre vor Schmerz, und wenn er auftrat, war er erträglich.

Da rief mich Anfang August Dorothy an.

»Shep, ich bin's, Dorothy.« Augenblicklich war der dumpfe Schmerz verschwunden, und tiefe Traurigkeit schnitt mir ins Herz wie eine Klaviersaite. Ich wollte weinen, schreien wie ein Ire bei der Totenklage, heulen wie die keltische Todesfee. Ich wollte durch die über achthundert Meilen lange Leitung zwischen New York und Atlanta kriechen, meinen Kopf in ihren Schoß legen und herzzerreißend, untröstlich schluchzen wie ein Kind, bis ich vor Erschöpfung einschlief. Mir war die Kehle zugeschnürt. Ich brachte kein Wort heraus. Ich hatte nicht nur Sarah verloren.

Ich entrang mir ein heiseres Krächzen, das eine Dorothy Cameron nicht täuschte.

»Ach, Shep«, sagte sie. »Es tut mir ja so leid. Ich habe nicht vorher angerufen, weil ich mir gedacht habe, daß es für dich genauso schlimm ist wie für mich. Ich konnte nicht den Hörer in die Hand nehmen, ohne zu weinen. Lächerlich, schließlich ist niemand gestorben. Ben ist schon ganz böse mit mir. Es wird Zeit, mit diesem Unsinn aufzuhören.«

Und wunderbarerweise löste sich der würgende Knoten, und ich konnte sprechen. Dorothy hatte eben die Gabe der Heilung.

»Sie haben mir gefehlt«, sagte ich. »Und jetzt, wo ich Ihre Stimme höre, merke ich es erst richtig. Ich hätte ja bei Ihnen angerufen, aber ich habe mich wie ein solcher Hornochse aufgeführt, daß ich mich nicht getraut habe. Himmel, Dorothy, ich habe alles vermasselt...«

»Allerdings«, antwortete sie so sachlich, daß auch darin Trost lag. »Aber du hast dir selbst am meisten weh getan. Wir hier sind eigentlich alle recht munter. Traurig, aber das Leben hat die boshafte Angewohnheit, einfach weiterzugehen, auch über unsere Leiche hinweg. Den Kopf in den Sand stecken, keine Briefe beantworten und nicht ans Telefon gehen, ist ganz überflüssig und nicht sonderlich intelligent. Ich wollte dich fragen, ob du es dir nicht überlegen willst und nach Hause kommst. Natürlich nur zu Besuch.«

»Nein, Dorothy. Ich kann nicht. Vielleicht haben Sie recht, und es ist blöd, den Kopf in den Sand zu stecken, aber ich kann jetzt noch nicht heimkommen. Hat... hat Sarah Sie gebeten, mich anzurufen?« Und aus den vereisten Tiefen meines Innern kroch eine verhungerte, armselige Hoffnung in mein Herz.

»Sarah? Nein. Shep, du warst einfach gräßlich zu ihr, und ich kann mir nicht vorstellen, daß Sarah dich anruft, und Charlie auch nicht. Ich will mich da nicht einmischen. Die beiden sind durchaus in der Lage, ihr Leben selbst in die Hand zu nehmen, ohne daß ich meinen Senf dazu gebe. Nein, nicht Sarah hat mich gebeten, dich anzurufen, sondern Lucy. Sie hat mir gesagt, daß du nicht ans Telefon gehst und ihre Briefe nicht beantwortest und daß sie dringend mit dir reden muß. Sprich halt mit ihr, Shep!«

»Lucy? Meine Cousine Lucy?« fragte ich entgeistert. Lucy hatte ich auf den Grund der Gletscherspalte in mir gepackt, noch unter den Schmerz über Sarah und Charlie. Und am allerwenigsten hätte ich erwartet, ihren Namen aus Dorothys Mund zu hören, und das auch noch in Form eines Hilferufs – Dorothy hätte ebensogut senegalesisch mit mir reden können.

»Ja, Lucy.« Dorothys Stimme klang energisch; ich merkte, wie sie mit meiner Begriffsstutzigkeit allmählich die Geduld verlor. Ich schüttelte mich wie ein triefend nasser Hund.

»Also gut«, sagte ich. »Was hat Lucy diesmal angestellt? Und ich sage Ihnen eines, Dorothy, ich will gar nichts davon wissen. Lucy hat mich zum letztenmal in was reingeritten. Sie ist erwachsen, sie ist eine geschiedene Frau und durchaus zu einem selbständigen Leben fähig. Und wenn nicht, soll sie sich einen andern suchen. Ich sehe mich im Moment außerstande, mit Lucy zu reden, und wenn sie mal wieder in der Klemme steckt, bin ich der letzte, der nach Atlanta saust und ihr raushilft.«

»Ich wüßte nicht, daß sie in der Klemme steckte«, antwortete Dorothy gelassen. Sie kannte meine Ausbrüche seit meiner Kindheit. Ich fühlte mich mit ihr so vertraut, daß ich meinem Ärger freien Lauf ließ, was ich sonst nur noch bei Lucy gekonnt hatte. »Eher im Gegenteil. Sie hat eine Arbeit gefunden, die ihr anscheinend Spaß macht, und sie gibt deinen Eltern etwas für Kost und Logis. Ich hab sie noch nie so erlebt, sie wirkt... glücklich. Schlicht glücklich. Nicht begeistert, aufgedreht oder überkandidelt; sie strahlt eine Art Feuer aus, eine nie gekannte Ruhe, und ich muß sagen, ich finde das höchst ansprechend. Vielleicht hat sie wieder einen Freund, sie hat nichts erzählt, obwohl sie in letzter Zeit abends oft zum Reden rübergekommen ist. Ich habe noch nie eine solche Veränderung an einer jungen Frau erlebt. Sie meint, daß sie das dir zu verdanken hat. Keine Ahnung, was du zu ihr gesagt hast. Und ich glaube nicht, daß sie bloß so tut; das würde ich bei Lucy auf der Stelle merken. Sarah hält es auch für echt. Lucy war viel mit Sarah zusammen, sie ist mit ihr einkaufen gegangen und hat ihr bei den Hochzeitsvorbereitungen geholfen. Sarah sagt, daß sie sich ehrlich entschuldigt hat für das Durcheinander, das sie angerichtet hat, und dabei hatte sie Tränen in den Augen. Sarah war gerührt. Charlie verhält sich noch abwartend, aber du kennst ja Charlie...«

Allerdings, und ich wußte, daß Charlie in bezug auf Lucy über einen – frei nach Hemingway – untrüglichen Kacke-Detektor verfügte. Wie ich.

»Na, freut mich zu hören, daß sie nicht in der Bredouille ist, aber ich an Ihrer Stelle würde die neue Lucy mit Vorsicht genießen«, antwortete ich. »Sie wechselt die Farbe wie ein Chamäleon. Das gefällt mir ganz und gar nicht.«

»Ja, ich weiß«, erwiderte sie. »Deswegen finde ich auch, daß du herkommen solltest; dann kannst du es selber sehen. Sie wünscht es sich so heiß, daß man meint, sie platzt fast. Sie sagt, sie möchte versuchen, mit dir ins reine zu kommen, vorher findet sie keine Ruhe, aber sie weiß gar nicht, wie sie dich erreichen soll. Shep, ich glaube, sie will ihr Leben wirklich selbst in die Hand nehmen. Sie macht wertvolle Arbeit und schreibt auch an etwas, und sie sagt, vielleicht kommt ja irgendwann mal was dabei raus. Sie sieht aus, als hätte sie ein schönes Geheimnis, als hätte jemand eine Kerze in ihr angezündet. Strahlend...«

Na ja, dachte ich. Strahlend, das trifft auf Lucy zu. War schon früher so. Was wohl dahinter steckt? Merkwürdig. Laut sagte ich: »Ich komme nicht nach Hause, Dorothy; ich kann einfach nicht. Aber wenn sie will, rede ich mit ihr. Richten Sie ihr aus, daß sie mich anrufen soll. Diesmal gehe ich ran. Und... Dorothy... wie geht es Sarah? Ich möchte es wirklich wissen. Ist sie... Sie wissen schon... ist sie glücklich?«

»Glücklich?« Sie kaute auf dem Wort herum, als hätte sie es noch nie gehört. »Also, Shep, ich glaube nicht, daß Sarah sonderlich glücklich ist, aber es geht ihr recht gut. Wir hier in Atlanta brauchen sie, und sie wird eine nützliche Ehe führen, und dadurch wird sie mit der Zeit auch glücklich. In New York braucht sie keiner. Ob du es glaubst oder nicht, für eine Frau wie Sarah ist auf die Dauer Glück nicht so wichtig. Viel wichtiger ist ihr, daß sie gebraucht wird.«

Das ging mir durch und durch. Sarah war nicht glücklich. Drei Wochen vor der Hochzeit war sie nicht glücklich. »Sarah... wird gebraucht.« In dem Moment hatte ich ihr Leben vor Augen.

»Dorothy, Sie mit Ihrem Scheißedelmut!« Meine Stimme war zwar nicht laut, bebte aber vor Erbitterung.

»Laß das, Shep. Wir haben dich gern. Wir fühlen mit dir. Jeder von uns. Werde nicht so ausfällig.«

»Entschuldigung«, sagte ich.

An dem Abend schrieb ich Sarah und Charlie je einen Brief, zwar kurz, aber so herzlich und zerknirscht, wie ich es nur über mich brachte. Ich entschuldigte mich für mein Verhalten, gab ihnen meinen Segen und kam mir dabei so scheinheilig und verdorben vor wie ein Borgia-Papst. »In Liebe«, schrieb ich unter beide. Auf dem Weg zum Briefkasten zerquetschte ich in der schwülen Dunkelheit ein paar Tränen der Scham, fühlte mich aber zugleich auch edel, nobel. Ich malte mir aus, wie Sarah in ihrem Atelier meinen Brief las. Bei Charlie gelang es mir nicht, denn seine Wohnung in den Colonial Homes gehörte nicht zum Reich meiner Kindheit, und nur dort hätte ich ihn in meiner Phantasie sehen können. Für mich war er in unserer gemeinsamen Jugend eingeschlossen wie in Bernstein, und ich konnte ihn mir ebensowenig an seinem Schreibtisch im neuen Verwaltungsbau der Coca-Cola Company in der North Avenue vorstellen wie mit Sarah in der Kirche oder neben ihr in einem neuen, weißen Ehebett. Ein Glück.

Zwei Tage darauf erhielt ich ein Telegramm von ihnen, in dem stand: »Bitte komm doch zu unserer Hochzeit.« Und darunter: »Alles Liebe, Sarah und Charlie.«

Aber das konnte ich nicht.

In den folgenden drei Wochen gelang es mir ziemlich gut, nicht an sie zu denken. Dafür dachte ich viel über Lucy nach.

»Sie meint, daß sie die Veränderung in ihrem Wesen dir zu verdanken hat«, hatte Dorothy berichtet. »Keine Ahnung, was du zu ihr gesagt hast.«

Ich brauchte eine Weile, bis es mir einfiel. Im Flugzeug von Los Angeles nach Atlanta, ehe sie unter den Nachwirkungen von Schmerzen und Tabletten erschöpft eingeschlafen war, hatte ich mich um ein ernsthaftes Gespräch mit ihr bemüht. Allerdings geriet es eher zu einem Monolog, denn sie wollte zu ihrer Ehe mit Red Chastain nichts weiter sagen, als daß sie zu Ende war.

Die MPs von Pendleton hatten Red schließlich im Hinterzimmer einer schäbigen Kneipe in einer entlegenen Nebenstraße von Tijuana ausfindig gemacht und am Tag vor unserer Heimkehr in Handschellen zum Stützpunkt gebracht. Zwei seiner Vorgesetzten hatten Lucy im Krankenhaus besucht und sich erkundigt, welche Schritte sie zu unternehmen gedächte; Lucy hatte so zu zittern und zu weinen begonnen, daß der Arzt und ich die Offiziere wieder fortschickten. Tags darauf verließen wir den Stützpunkt, und meines Wissens hat Lucy ihren Ehemann nie wiedergesehen. Sobald sie in

Atlanta war, wollte sie die Scheidung einreichen, aber darüber hinaus hatte sie keine Pläne. Ich nahm also das Thema Arbeit und Zukunftsperspektive in Angriff. Für mich war ja der Himmel voller Geigen, und ich wollte mein eigenes Leben weiterleben und Lucy auf eine Bahn bringen, von der aus sie meine am wenigsten störte. Ich war rasend vor Ungeduld, Sarah wiederzusehen.

»Du könntest eine fabelhafte Schriftstellerin werden«, hatte ich ihr gesagt. »Du bist wirklich Klasse. Deine Artikel könnten in jeder Zeitung stehen. Deine Lehrer fanden das auch. Ich habe ein paar Sachen von dir gelesen – viel hast du ja nicht geschrieben –, und ich weiß, daß du gut bist. Und du weißt es auch. Aber was machst du? Verschwendest deine kostbare Zeit, indem du dich mit Männern wie Red Chastain im Bett herumwälzt. Nicht zu fassen! Daß ihr Frauen aus den Südstaaten euch mit so wenig zufrieden gebt!«

»Mensch, Gibby, bist du vielleicht ein Feminist?« fragte Lucy. Sie formte behutsam mit ihrem verletzten Mund das Schlagwort, das eben erst aufkam.

»Kann sein«, antwortete ich nachdenklich. »Du nicht? Ich habe gedacht, alle Frauen mit einem Funken Verstand sind Feministinnen.«

»Nein. Ich hasse Frauen. Das weißt du doch. Man kann nur Männern trauen.«

»Ach, Lucy, sieh sie dir nur an, deine Männer«, erwiderte ich verzweifelt.

»Schon, Gibby, aber sie sind alle berechenbar. Ich weiß, was sie vorhaben. Ich komme damit zurecht. Frauen sind rätselhaft. Sie sind kein offenes Buch und dadurch automatisch feindliche Wesen. Viel besser, du hast einen Mann auf und an deiner Seite!«

»Völlig idiotisch«, sagte ich. »Nur eine Ausrede von euch Frauen, weil ihr mit eurem Leben nichts anfangt.«

»Nun, immerhin haben wir massenweise die Kinder von euch Männern aufgezogen«, zischte sie eingeschnappt.

»Stimmt nicht«, entgegnete ich. »Das machen schwarze Frauen.«

Sie verstummte, danach schlief sie ein und wachte erst wieder auf, als wir zu Hause waren. Konnten die paar Worte eine Lucy Bondurant wirklich verändert haben? Kaum vorstellbar, doch sonst fiel mir nichts ein...

Charlie und Sarah heirateten an einem Samstag Anfang September, ohne daß ich den Tag auf besondere Weise begangen hätte. Als ich an dem warmen Abend in der Dämmerung nach Hause kam und die zerschrammte Tür zu meiner Wohnung ins Schloß zog, klingelte das Telefon.

Lucy war dran.

»Hallo, Gibby«, sagte sie, und auf einmal erfüllten mich Freude und Trauer, regten sich in mir Schmerz und Überschwang und simple Nostalgie. »Hallo, Lucy.« Meine Stimme klang mir selbst fremd in den Ohren.

»Was gibt's?« fragte ich.

»Ich komme eben von der Hochzeit.«

»Aha. Und, wie war's?«

»Ach, es war entzückend. Ganz schlicht und im kleinen Kreis und im Nu vorbei und kein bißchen gräßlich. Niemand hat geweint oder eine Szene gemacht, und die beiden wirkten recht glücklich, ohne aus dem Häuschen zu sein. Fast schon wie ein altes Ehepaar. Sarah hat mich vor ihrer Abreise umarmt und zu mir gesagt, ich soll dich anrufen und dir alles erzählen. Sie hofft, daß du sie nach den Flitterwochen einmal besuchen kommst. Ich war von unserer Familie die einzige in der Kirche, und es waren wenig fremde Leute da. Wenn du gekommen wärst, hätte es dir auch nichts ausgemacht.«

Sie hatte sich verändert; eine Art Leuchten klang aus ihrer Stimme. Ich lauschte auf ihren Scharfsinn, ihre honigsüße Ironie, die hinreißend boshaften Sticheleien, die ich so gut an ihr kannte – aber nichts davon. Nur Freundlichkeit und eine Hilfsbereitschaft, die ihr gar nicht ähnlich sah.

»Na ja... jedenfalls danke, Lucy«, antwortete ich lahm. »Nett von dir. Gut, daß du hingegangen bist. Dorothy hat mir erzählt, daß du ihr und Sarah in letzter Zeit eine große Hilfe warst.«

»Das will ich hoffen«, entgegnete sie schlicht. »Ich war bis jetzt einfach schauderhaft zu Sarah und möchte versuchen, es ein bißchen wiedergutzumachen. Ich wünschte, ich könnte es bei dir auch.«

»Nicht nötig.« Zum ersten Mal in meinem Leben war mir bei einem Gespräch mit Lucy unbehaglich zumute. Ich wußte nichts zu sagen. Vor ein paar Monaten war ich beim Gedanken an sie noch außer mir gewesen vor Wut; das war vorbei, und die Fremde mit der ruhigen Stimme erweckte in mir gar kein Gefühl mehr. Es war, wie wenn man sich am Telefon mit einer flüchtigen Bekannten unterhält.

»Und wohin fahren sie in die Flitterwochen?« fragte ich, nur um etwas zu sagen, und bereute es sofort. Ich wollte es ja gar nicht wissen, wollte nicht, daß Lucy das dachte, und vor den Bildern, die dieses Wort heraufbeschwor, schreckte ich zurück wie vor einer Schlangengrube.

»Soviel ich weiß, nur nach Tate«, antwortete Lucy. Ich mußte unwillkürlich lächeln. Tate. Natürlich. Die große alte Hütte am Burnt Mountain, wo Sarah so gerne war. Ich sah sie vor mir, wie sie einem braunen Otter gleich in den dunkelblauen, eiskalten kleinen Bergsee tauchte, wie sie mit dem Fahrrad das staubige Sträßchen um den See entlangfuhr, wie sie vom Holzstapel an der Hintertür bemooste Äste holte und ins prasselnde Feuer im großen Kamin warf, wie sie sich über den alten Herd beugte und geschickt mit einer gußeisernen Pfanne hantierte. Ich sah den stämmigen, dunkelhaarigen Charlie an ihrer Seite gehen, neben ihr stehen, vom abgewetzten Sessel neben dem Feuer mit innigem Blick zu ihr aufschauen. Doch ich sah sie nicht gemeinsam die alte Kieferntreppe hochsteigen zum Schlafzimmer im Obergeschoß; davor verschloß ich meine Augen...

Natürlich nahm Sarah Charlie mit nach Tate. Sie und ich wären auch dorthin gegangen. Ich hatte vorher nicht daran gedacht, aber jetzt wußte ich es.

»Gibby«, sagte Lucy in mein Schweigen hinein, »bitte komm doch nach Hause. Die sind jetzt mindestens vierzehn Tage weg. Du triffst sie bestimmt nicht. Und ich muß dich sehen. Ich möchte versuchen, dich ein bißchen zu entschädigen. Ich glaube, das kann ich, wenn du mich läßt. Aber ich halte es nicht aus, so... fremd zu sein für dich. Ich möchte etwas aus meinem Leben machen – allein, meine ich – und ich glaube, das kann ich erst, wenn du mir verziehen hast.«

»Längst, Lucy«, antwortete ich im Brustton der Überzeugung. »Dafür muß ich nicht nach Hause kommen. Längst – eigentlich gibt es gar nichts zu verzeihen. Warum kommst du nicht zu mir? Wenn du knapp bei Kasse bist, schicke ich dir ein Flugticket –«

»Gibby...« Sie holte tief Luft. »Ich möchte, daß du nach Hause kommst, weil ich ein Buch geschrieben habe, und es erscheint nächste Woche bei Scribners, und ich muß auf ein paar Partys und so, und ich möchte, daß du mit mir hingehst. Ich will nicht allein hin, Gibby, und Mama und Lady haben bestimmt keine große Lust.«

»Lucy!« Ich schrie, als wäre sie taub. »Das ist ja... Menschenskind! Das ist prima! Das... Warum hast du das nicht gleich gesagt? Wann hast du es denn geschrieben?«

»Letzten Sommer und Herbst, als Red acht Monate lang auf See war. Weißt du noch? Ich habe dich angerufen und gejammert, daß du kommen und mir Gesellschaft leisten sollst, und da hast du gesagt, ich soll ein Buch schreiben oder einen Baum pflanzen oder so was? Na ja, da hab ich's gemacht – ein Buch geschrieben. Und wie's fertig war, habe ich bei meiner alten Dozentin im Scott angerufen, und sie kennt eine Agentur in New York, und da habe ich es hingeschickt, und die haben es ein paar Verlagen angeboten, und Scribners hat es genommen – und jetzt kommt es raus. Ich habe dir nichts davon gesagt, weil ich gemeint hab, du willst davon nichts hören und auch sonst nichts von mir – und das wolltest du auch nicht –, und es kam mir so unwahrscheinlich vor... Aber, Mann, Gibby, jetzt rückt der große Tag immer näher, und ich soll bei Rich's signieren, und Mr. und Mrs. Cameron geben mir im Driving Club eine Cocktailparty, und sogar Mama meint, daß sie und deine Mutter vielleicht hier im Haus zum Tee laden könnten... und ich kann mir einfach nicht vorstellen, wie ich das alles ohne dich durchstehen soll. Also habe ich mit Mrs. Cameron gesprochen, und sie hat gesagt – Sie hat dich doch angerufen? Sie hat gesagt, daß sie dich zum Heimkommen überreden will, und da habe ich gedacht, wenn ich dich vielleicht danach anrufe...«

»Und wann sind die Partys?« Das Herz klopfte mir vor Stolz.

»Jetzt am Wochenende. Am Samstag und am Sonntag.«

»Ich komme am Freitag abend. Holst du mich vom Flughafen ab?«

»Aber natürlich, Gibby! Ich freue mich so! Ich komme zum Ausgang; ich habe jetzt ein eigenes Auto, einen Käfer. Ich habe einen Kredit aufgenommen, und Mr. Cameron hat gebürgt. Er ist blau – Scheiße, Gibby, du hast mir ja so gefehlt! Und ich habe eine Heidenangst!«

»Warum? Du brauchst keine Angst zu haben. Dir liegt jetzt die Welt zu Füßen«, sagte ich. »Vor dir nichts als Rosen und Zuckererbsen.«

»Weil ich so glücklich bin. Das macht mich ganz nervös. Und mir hat noch nie jemand eine Party gegeben.«

Ich blieb die ganze Nacht wach, dudelte auf meiner Klarinette herum und hörte immer wieder meine Brubeck-Platten, leise, damit die Puertoricanerin über mir – eine Witwe in den Wechseljahren – nicht wieder die Polizei rief, und dachte über die beiden nach: Sarah und Lucy. Lucy und Sarah. Das heißt, eigentlich dachte ich nicht über sie nach, sondern ließ den Film ihres Lebens vor mir ablaufen, wie ich ihn im Gedächtnis bewahrt hatte. Ich wollte an dem Abend gar nicht nachdenken. Die ganze lange Nacht flirrte und flimmerte mir das Bild der beiden Frauen vor Augen: beide lebendig, beide leidenschaftlich, beide schön, beide irgendwie mein und doch nicht mein. Ein Leben ohne sie war für mich undenkbar. Doch von heute an wurde von mir verlangt, daß ich zumindest ohne eine von beiden weiterlebte.

Lucy und Sarah, Sarah und Lucy. In der frühen, friedlichen Dämmerung – ein herbstlicher Nieselregen setzte ein und vertiefte die Stille – erschienen sie mir wie die Figuren einer Schwarzwälder Uhr, die in mein Leben eintraten und es verließen in ihrem stilisierten Tanz – Schritt vor, Schritt zurück, die eine sich nähernd, die andere sich entziehend –, dann gemessen Aufstellung nahmen und wieder von vorne anfingen. Wenn die Uhr anhielt, konnte ich mir nichts weiter als Leere vorstellen. Also stellte ich mir gar nichts mehr vor und spulte wieder meinen Film ab. Lucy und Sarah, Sarah und Lucy...

Im Morgengrauen fielen mir endlich die Augen zu. Der Gedanke, den ich in den dunklen Stunden mit Musik und Bildern in Schach gehalten hatte, nahm Gestalt an, und ich überließ mich der Verzweiflung: Heute war Sarahs Hochzeitsnacht, aber es war nicht meine.

16. Kapitel

Freitag nacht schlief ich zum erstenmal im großen, zum Garten hin gelegenen Gästezimmer der Villa in der Peachtree Road.

Eine merkwürdige Nacht. Ich tat kaum ein Auge zu. Voller Geräusche, Schatten, Bewegungen, die ich von jeher kannte, die mir aber nun aus meiner neuen Position fremd vorkamen. Schließlich dämmerte ich doch ein, fiel in eine Art Halbschlaf wie ein Soldat an der Front, jeden Augenblick auf einen feindlichen Überfall gefaßt.

Ich spürte die Anwesenheit meiner Tante Willa drüben auf der anderen Seite des Flurs fast körperlich, erst recht die Gegenwart meiner Eltern, die vermutlich nebeneinander im großen Schlafzimmer zur Straße hin lagen, wo sie, soviel ich wußte, schon seit der Zeit vor meiner Geburt ihre Nächte verbrachten. Ich lag in einem ungewohnten neuen Schlafanzug unter dünnen, weißen Laken ganz still da und horchte unsinnigerweise auf die freudlosen Laute ihrer unsäglichen Paarung, wie in meiner frühen Kindheit in dem verhaßten Ankleidezimmer. Lucy, die der Qual ein Ende gemacht hatte, schlief heute nacht nicht unter diesem Dach, sondern im Gartenhaus, das lange Zeit mein Reich gewesen war. Ich mißgönnte es ihr zwar nicht, vermißte aber mein Refugium schmerzlich. Ich fühlte mich überhaupt nicht wohl in diesem nüchternen, dunklen Zimmer in dem kalten, weißen Bett.

Lucy und ich waren lange im Gartenhaus zusammengesessen, nachdem wir die trübselige kleine Begrüßungszeremonie zwischen mir und meinen Eltern und Tante Willa hinter uns gebracht hatten. Meine Mutter, strahlender, geschmeidiger und bleicher denn je, hatte sich an mich geklammert, mich umgarnt und befingert und bezirpt, und Tante Willa, jeder sehenswerte Zoll eine Dame der Atlanter Gesellschaft, hatte lächelnd und ruhig rauchend auf der dunklen, warmen Veranda gestanden, wo wir uns begegnet waren, und war ganz Auge gewesen. Auf dem Gesicht meines Vaters hatte sich die zornige Röte vertieft, als er die gelblichen Zähne zum zwischen uns üblichen Gruß fletschte; er hatte sich zwei Glas Bourbon hintereinander eingeschenkt, mir mit einem barbarischen Grinsen zugenickt und gesagt, ja, der Rolls-Royce in der Auffahrt sei neu; ich müsse einmal eine kleine Spritztour machen. Und auch ich hatte ihm zugegrinst und dabei gespürt, wie mir der Mund spannte, und geantwortet, daß ich dazu große Lust hätte, wohl wissend, daß ich nicht mit dem Wagen fahren und er es mir nicht noch einmal anbieten würde.

Wenig später zog er sich mit seiner Karaffe in die Bibliothek zurück, und ich sah ihn bis zu meinem Rückflug nach New York am Sonntag abend nicht wieder. Meine Mutter behauptete, er habe außer Haus zu tun, doch ich glaubte ihr kein Wort. Ich wußte nicht, wohin er verschwand, ahnte aber, warum. Bei der erstbesten Gelegenheit flohen Lucy und ich mit unverhohlener Erleichterung ins Gartenhaus.

»Ich hoffe, du hast nichts dagegen.« Sie knipste die Lampe neben dem durchgesessenen, alten blauen Sofa an und ließ sich auf die Kissen zurücksinken. »Ich bin ein, zwei Wochen nach meiner Rückkehr im Juni hierher gezogen. Niemand wußte, was er mit mir reden sollte, und ich merkte, daß meine Wunde und die blauen Flecken die anderen in Verlegenheit brachten, und da schien es mir in jeder Beziehung das einfachste. Martha hat mir das Essen gebracht, und ich habe die meiste Zeit geschlafen, und als es mir besser ging, habe ich Arbeit gefunden, und dann war's günstiger hier draußen, weil ich beim Weggehen und beim Heimkommen niemanden gestört habe. Ich arbeite manchmal bis tief in die Nacht. Und ich habe nicht mit deiner Rückkehr gerechnet. Aber wenn du willst, räume ich meine Sachen im Nu wieder hier raus. Ich habe alles gelassen, wie es war...«

Und wirklich. Das Gartenhaus sah noch fast so aus wie zur Zeit meines Umzugs nach Princeton. Meine Bücher und Schallplatten standen noch genauso unordentlich im Regal, und sogar die Wimpel vom Georgia Tech und der University of Georgia zierten noch die Wände. Nur der Schreibtisch zeugte von Lucys Anwesenheit; er war über und über mit Büchern, Zetteln und gelben Notizblöcken bedeckt, und in der Mitte stand eine arg mitgenommene alte Reiseschreibmaschine, eine Smitz Corona, über die gewissenhaft eine Hülle gebreitet war. Doch daß Lucy hier wohnte, hätte ich selbst mit verbundenen Augen gemerkt. Über allem, über dem Heugeruch des trockenen Grases, über den septemberlich gelben Wäldern draußen, über dem Atem des veralgten Seerosenteichs vor der Veranda und dem säuerlich kühlen Gipsgeruch der Wände, hing aufreizend und seidig der Duft ihres Tabu.

»Nein, ich habe nichts dagegen«, sagte ich. »Ich freue mich, daß du hier draußen bist mit deiner Schreibmaschine und deinem nagelneuen Leben; wenn ich wieder in New York bin, werde ich mich im Gedanken daran freuen. Als Klause für eine Schriftstellerin ideal. Und wie mir scheint, fühlst du dich wohl hier. Du siehst phantastisch aus.«

Lucy hatte natürlich schon immer phantastisch ausgesehen, doch sobald ich am Flughafen ihre hoch aufgeschossene Gestalt in der Menge erkannt hatte, war mir die enorme Veränderung an ihr aufgefallen. Das seidige, schwarze Haar fiel ihr wie früher in einem blau schimmernden Pagenschnitt über das schräge, weiß hervortretende Jochbein, der rosige Teint war vor Aufregung leicht gerötet. Sie hatte – ungewöhnlich für Lucy – weder Lippenstift aufgelegt, noch sich die strahlenden Augen geschminkt, aber ich hatte sie schon oft ohne Make-up gesehen. Wenn sie vorher schlank gewesen war, dann war sie jetzt mager. Dennoch wirkte sie elegant, graziös und zarter denn je.

Die eigentliche Veränderung schien mir innerlich, leuchtete ihr wie morgendlicher Sprühregen aus den blauen Augen und den weich geschwungenen Lippen. Sie erinnerte mich an einen Trick, den wir als Kinder einmal vorgeführt hatten: Wir steckten uns eine Taschenlampe in den Mund oder ließen sie durch die Hand scheinen, so daß wir von innen heraus leuchteten – strahlende Wesen aus Licht und Gebein. Lucy sah aus, als hätte sie eine weiße Kerze in sich angezündet. Es gab einen Ausdruck dafür, aber er wollte mir nicht einfallen.

Auf dem Weg zur Villa gingen wir auf einen Sprung ins Rusty's. »Damit du dich vor der Schlacht stärken kannst«, sagte Lucy. »Wenn das Wochenende erst angelaufen ist, bleibt uns keine Zeit mehr zum Reden. Das ist die Ruhe vor dem Sturm. Hoffentlich findest du den ganzen Zirkus mit meinem Buch einigermaßen erträglich.«

»Du spinnst wohl«, antwortete ich. »Ich könnte nicht stolzer auf dich sein, wenn du den Literaturnobelpreis gekriegt hättest. Ich helfe dir gerne wieder, wenn dein nächstes Buch erscheint. Schreibst du an einem? Wann erzählst du mir, wovon dein jetziges handelt?«

»Na ja... später. Bald. Vielleicht nachher.« Sie trank ihre Cola aus, wobei sie kindlich ungezogen mit dem Strohhalm schlürfte. Ich hatte Bier bestellt und sie gefragt, ob sie auch eines wolle, doch sie hatte den Kopf geschüttelt und eine Cola verlangt.

»Ich trinke keinen Alkohol mehr. Ich bin inzwischen strenge Coca-Colikerin.«

»Finde ich gut. Ich habe mir, ehrlich gesagt, deswegen schon ein ganz klein wenig Sorgen gemacht.«

»Und zu Recht. Ich bin nicht eben nett, wenn ich betrunken bin. Nüchtern allerdings auch nicht. Weißt du, Gibby«, und sie wandte mir so schwungvoll den Kopf zu, daß ihre Frisur ihr glockig um die Wangen flog, »ich möchte dir was sagen, wenn du mich läßt. Was ich dir und Sarah angetan habe, wird mir ewig leid tun. *Du* solltest jetzt mit ihr in Tate sein, nicht Charlie Gentry, und ich weiß, ich bin schuld, daß es anders gekommen ist. Nein« – ich machte Anstalten, ihr zu widersprechen –, »laß mich ausreden. Ich kann es nicht ungeschehen machen, aber ich will nie wieder mit meinem Egoismus und meinen Neurosen Schaden anrichten. Ich möchte dir sagen, daß ich mich geändert habe. Vielleicht ist es ein schwacher Trost, aber immerhin. Und ich habe dich sehr gern.«

Diese Ansprache war an sich schon ungewöhnlich, doch für Lucy war sie erstaunlich. Es verschlug mir die Sprache, und ich schwieg erst einmal. Dann sagte ich: »Ich fand das alte Modell nicht übel. Hoffentlich verschwindet es nicht für immer in der Mottenkiste.«

Zu meiner Erleichterung ließ sie ihr herrliches, kehliges Lachen erklingen. Irgendwo hinter dieser – das gesuchte Wort tanzte mir auf der Zunge, zum Verrücktwerden –, diesem Ausbund an Tugend mußte meine geliebte, meine bezaubernde Lucy stecken. Das sollte mir für jetzt genügen; ich ließ mich in den Sitz des Käfers sinken, schloß die Augen und holte tief Luft. Der Duft der staubigen Geißblattranken am Zaun von Rusty's Parkplatz verbreitete sich im Wagen; junges Gelächter perlte aus dem offenen Fenster des Nachbarwagens. Für kurze Zeit war es wieder 1953, ein sommerlicher Mond schien auf uns nieder, ich war wirklich heimgekehrt. Erst Stunden später, als wir im Gartenhaus im Halbdunkel saßen und Lucy – die Züge vom Schein der Lampe klar umrissen in Licht und Schatten wie bei einer Jeanne d'Arc – davon sprach, auszuziehen und meinen Eltern keine Umstände mehr zu machen, fiel mir das Wort ein, das ich zuvor gesucht hatte: Sie sah aus wie eine Heilige.

»Ich habe noch einen anderen Grund zum Umziehen«, sagte sie, als hätte sie meine Gedanken gelesen.

»Und der wäre?«

»Mutter und deine Eltern wollen mich nicht im Haus haben. Sie wollen, daß ich mir hier eine eigene Wohnung suche. Sie haben mir einen Monat Zeit gegeben, und mir schien es das beste, ihnen so lange aus dem Weg zu gehen, um die Atmosphäre zu entgiften. Sie sind ganz schön sauer auf mich. Ich kann es ihnen nicht verübeln.«

›Aha‹, dachte ich. ›Es gibt also doch Probleme. Hätte ich mir denken können. Warum hätte sie sonst gewollt, daß ich herkomme? Immerhin begreiflich, daß sie Dorothy und Sarah Sand in die Augen streuen konnte. Die neue Lucy ist ein guter Schwindel, geradezu unheimlich...‹

Ich fühlte mich zutiefst erschöpft. Schlimmer, mir war fast schlecht vor Enttäuschung.

Laut sagte ich: »Also, raus damit, Lucy.«

Sie warf mir einen Blick zu, und ich hätte schwören können, daß ihre Verblüffung echt war. Wieder lachte sie ihr volles, wohltuendes Lachen.

»Armer Gibby! Keine Angst, du brauchst nichts zu unternehmen. Könntest du gar nicht, selbst wenn du wolltest. Das kann nur ich, und ich habe auch was unternommen.«

»Was denn?«

Sie antwortete nicht gleich. Im Zimmer war es heiß wie in einer Hochsommernacht. Lucy wickelte sich das schwere Haar um den Finger und hielt es sich in einem Knoten an den Kopf. Der schlichte, weiße Stehkragen stand von ihrem dünnen Hals ab, und ich sah deutlich die winzigen weißen Narben am Haaransatz von der Naht der Streifschußwunde und die Kerbe, wo Red Chastain mit dem Revolvergriff das zarte Schlüsselbein zerschmettert hatte. Auf ihrem Hals und ihrer Oberlippe standen Schweißperlen. Auf einmal hätte ich heulen können vor Mitleid, sie wirkte so verletzlich und jung. Ihre Unbekümmertheit, früher einmal ihr Schutz, war dahin.

Sie sagte: »Tja, sie bißbilligen eben meine Arbeit. Sie meinen, ich mache sie nur aus Trotz, wie... früher, als ich die Artikel am Scott geschrieben habe und auf die Märsche und Sitzstreiks und so weiter gegangen bin. Vielleicht habe ich das wirklich gemacht, um sie zu ärgern, und es ist begreiflich, daß sie jetzt auch so denken. Vielleicht können sie nicht anders. Aber ich kann das nicht aufgeben, ich habe das alles so ins Herz geschlossen. Erst jetzt ist mir klar, was es heißt, seine Arbeit zu lieben, Menschen so zu lieben wie ich diese –«

»Um Himmels willen«, unterbrach ich sie, »was treibst du denn? Aussätzige pflegen? Silberlöffel klauen?«

»Ich bin bei der Bürgerrechtsbewegung.« Lucy strahlte. »Ich arbeite in der Stadt im Damascus House; das ist ein Gemeindezentrum im Schwarzenviertel südlich von der Staatsregierung. Gleich bei Capitol Homes, weißt du, wo wir immer die Wäsche bei Princess abgeholt haben? Da ist so eine Art Armenmission, und sie wird von Father Claiborne Cantrell geleitet. Du hast bestimmt schon von ihm gehört oder gelesen – es war was über ihn in *Time* und auch in *Newsweek*. Ich glaube, für einen Episkopalkirchenmann aus dem Süden ist er ganz schön links. Auf jeden Fall mußte er sein Amt in Saint Martin niederlegen, als man ihn zum viertenmal bei einem Sitzstreik festgenommen hatte, und dann ist er nach Capitol Homes gezogen und hat in einer leeren alten Kirche und ihren Nebengebäuden Damascus House gegründet und inzwischen ist es ein Vorbild für etliche andere Armenmissionen in den Südstaaten. Ich habe Clay – Father Cantrell – Anfang Juni auf einer Kundgebung kennengelernt und mich gleich von ihm magisch angezogen gefühlt. So geht es jedem. Ich habe ihn mit Tränen in den Augen angefleht, für ihn arbeiten zu dürfen, und er hat es endlich erlaubt... Ach Gott, ich habe es bis jetzt nur noch nicht gewußt, aber das ist die Sache, zu der ich berufen bin!«

Ich mußte unwillkürlich lächeln, obwohl ich jetzt ahnte, woher Lucys strahlendes Wesen und ihre neue, unkritische Liebe zur Menschheit kamen. Wieder einmal Lucy und die Neger. Kein Wunder, daß unsere Eltern aufgebracht waren. Ein amüsanter Artikel in der *Atlanta Constitution* über die Atlantaprinzessin, die sich für Gleichberechtigung einsetzt, war eine Sache, in *Time* und *Newsweek* war es etwas ganz anderes.

Allerdings war mir schleierhaft, was hinter ihrer Leidenschaft steckte.

»Lucy, deine Berufung ist das Schreiben.« Ich hoffte, daß meine

Stimme sachlich klang und kein Echo der wütenden Reden bei uns zu Hause abgab. »Was machst du denn in diesem Damascus House?«

»Ich trage Wähler in Listen ein. Ich setze staatliche Gelder ein, daß sie dem einzelnen zugute kommen. Ich arbeite in der Suppenküche, fahre den Bus, treibe Kautionsgeld auf für die Sitzstreiks und... ach Gibby, da ist ja so viel zu tun.«

Ihre blauen Augen glitzerten, fast wie bei einer Wahnsinnigen, und ihre Weltfremdheit erschreckte mich ein wenig.

»Kannst du die Bewegung nicht mit Schreiben genausogut unterstützen wie mit Suppekochen? Ist dir nicht klar, daß du großen Erfolg als Autorin haben könntest? Du hast mir ja selbst das mit deinen Kritiken erzählt. Mensch, dir zu Ehren ist morgen praktisch die ganze Stadt auf den Beinen. Du hast großen Einfluß; könntest du anders nicht mehr Menschen erreichen?«

»Aber ich liebe sie, Gibby«, erwiderte sie schlicht. »Ich liebe die schwarzen Menschen. Ich muß ihnen nahe sein. So gute Freunde habe ich noch nie gehabt. Ich möchte in der Beziehung mit ihnen im reinen sein; Clay sagt, um glaubwürdig zu sein, müssen wir mit ihnen zusammenleben.«

»Ach so.« Ich glaubte, begriffen zu haben. »Clay. Der fromme Father. Lucy, siehst du denn nicht, daß du bloß mal wieder hinter einem Mann herrennst und brav befolgst, was dein neuester Erlöser dir sagt? Siehst du das denn nicht?«

Sie lächelte mir zu. Ein liebevolles, nachsichtiges Lächeln. »Ich nehme es dir nicht krumm, daß du so denkst, aber du täuschst dich, Gibby. Ich habe dir gesagt, daß ich mich verändert habe, und es ist wahr. Du wirst das mit Clay schon verstehen, wenn du ihn erst kennengelernt hast. Seine Güte ist einfach... hinreißend.«

Ich schwieg und betrachtete sie im Schein der Lampe. Wie sie da lässig mit einer Zigarette in der Hand auf dem durchgesackten Sofa lümmelte, schien es ihr nichts auszumachen, meinem Blick stumm zu begegnen. Wenigstens dem Rauchen hatte sie nicht abgeschworen. Mir kam der Gedanke, daß Lucy in Ermangelung eines vertrauenswürdigen Beschützers, den sie in keinem von ihren Männern hatte finden können, jetzt Sicherheit suchte, indem sie ganz artig war. Die böse Lucy hatte ein tragisches Ende genommen. Und wer konnte schließlich sicherer auf Anerkennung und Wohlwollen in der Gesellschaft rechnen als eine Heilige? Diese Annahme war jedoch ebenso irrig wie alle anderen Motive, nach denen sie bisher ihr Leben ausgerichtet hatte, und mußte ebenso zum Scheitern führen. Und egal, ob Lucy es wahrhaben wollte oder nicht, an der ganzen Sache war eine Menge kindliche Auflehnung gegen unsere Eltern.

Denn diesmal waren Tante Willa und meine Eltern sich absolut einig in ihrer Mißbilligung von Lucys Umgang mit »dem radikalen Verrückten und seinen Niggern da«. Laß die Finger von dieser abscheulichen Geschichte, hatten sie gesagt, und suche dir eine anständige Arbeit in der Nordstadt – zum Beispiel bei der Gesellschaftssparte der Zeitung, als Lehrerin an einer kleinen Buckheader Privatschule oder als Verkäuferin in der Geschenkboutique vom Piedmont Hospital, wo viele Frauen aus der League arbeiten –, oder verlasse unser Haus. Ich konnte mich über Lucys Gelassenheit angesichts dieses Ultimatums nur wundern. Früher wäre sie geradezu außer sich gewesen vor Angst, hätte man sie der einzigen Zuflucht beraubt, die sie je gekannt hatte.

»Du läßt nicht die Finger davon«, sagte ich. Keine Frage.

»Natürlich nicht.«

»Also, hast du dann eine Wohnung oder so?«

»Eher oder so, Gibby. Ich habe was Besseres als eine Wohnung. Ich habe, das heißt, ich kriege einen Mann.«

Ich glotzte sie an wie der sprichwörtliche Ochs vorm Berg. Ich war wie vor den Kopf geschlagen. Mir war schwindelig. Da fiel mir ein, daß ich seit dem Mittag, als ich mir in der Bibliothekskantine hastig ein Sandwich reingedrückt hatte, nichts mehr zu mir genommen hatte. Mir war, als wäre das zu einer anderen Zeit und in einem fremden Land gewesen. Sie legte ihre Hand auf meine und schaute mir tief in die Augen. Im scharfen, klaren Winterlicht betrachtete ich ihre Züge: die ungewöhnlich blauen, funkelnden Augen, die gerade Nase, die feine Haut, die zarten Lippen. Doch ich konnte sie nicht zu einem Gesicht zusammenfügen.

»Freu dich doch für mich, Gibby«, flüsterte sie fast. »Ich liebe ihn. Ich schätze ihn. Er hat Courage, er ist stark und engagiert, und er betet mich an. Er ist ein bißchen älter, achtunddreißig, und arbeitet im Damascus House als Finanzberater. Er war von Anfang an dabei, er ist ruhig und solide, hat einen Hang zum Sarkasmus, ein wunderbares Lächeln und alle Kraft der Welt...«

»Ein Finanzberater. Mein Gott, Lucy. Hat er auch einen Namen?«

Sie lachte. »Jack. Jack Venable. John Creighton Venable. Er ist Finanzfachmann, weil er aus einer reichen Familie stammt. Die wollen auch nichts mehr von ihm wissen; wir haben manches gemeinsam. Er ist seit etwa zwei Jahren hier. Er hat's schwer gehabt im Leben, Gibby, und braucht mich genauso wie ich ihn. Seine Frau – sie heißt Kitty – ist mit einer anderen Frau durchgebrannt und hat ihn mit seinen zwei kleinen Jungen sitzenlassen. Toby ist neun und Thomas elf. Die Kinder haben ihre Nachricht vor Jack gefunden... Sie war schon immer labil gewesen, aber niemand hatte geahnt, daß sie lesbisch war. Die armen Kinder! Toby, der jüngere, hat danach fast ein ganzes Jahr lang nicht mehr geredet. Ich will so gut für die Kinder sorgen, Gibby, du wirst mich nicht wiedererkennen. Und Jack... er ist einfach ein wunderbarer Vater.«

»Ja aber... ein Finanzfachmann? Bilanzen und Gewinn- und Verlustrechnungen für die breite ungewaschene Masse?« Ich mußte grinsen. Ich konnte mir Lucy ebensowenig als Frau eines Finanzberaters vorstellen wie als Frau eines Bantuhäuptlings. Eigentlich eher weniger.

»Mach dich nicht darüber lustig, Gibby«, antwortete sie gelassen, doch ihre Augen sprühten Funken. »Die breite ungewaschene Masse, wie du es so charmant ausgedrückt hast, benötigt ein paar Kleinigkeiten, wie beispielsweise Haushaltspläne und Hilfe bei den Wohlfahrtsverbänden und beim Sozialamt. Ganz banal. Jack arbeitet für sie zwanzig Stunden am Tag für ein Gehalt, das du in fünf Minuten bei John Jarrell's ausgibst. Und was tust *du*?«

Ich errötete und sagte nichts. Als ich Jack Venable am Abend kennenlernte, fiel mir sofort auf, daß dieser unscheinbare, blasse Mann mit seinem schlohweißen Haar und seiner äußerst gelassenen, an Stumpfheit grenzenden Art, mit seiner Geduld und seinem sichtlichen stillen Entzücken an der spritzigen, lebendigen Lucy wirklich, wie sie gesagt hatte, ein wunderbarer Vater war. Für sie.

›Na, warum auch nicht?‹ dachte ich, angesichts von Lucys bevorstehender Heirat wieder einmal heimgesucht von der üblichen Verzweiflung, dem uralten Verlustgefühl. ›Vielleicht braucht sie wirklich einen gesetzten, älteren Mann, der sie behütet und auf Händen trägt. In der Hinsicht ist sie ja wahrlich nicht verwöhnt.‹

Jack Venable und seine mutterlosen Kinder wohnten, so Lucy, nahe der Kleinstadt Lithonia, zwanzig Meilen östlich von Atlanta in einer Farm aus dem letzten Jahrhundert. Während Jack arbeitete, gingen die Jungen zur Schule; danach wurden sie von einer alten schwarzen Haushälterin versorgt, die kochte, putzte und die Wäsche wusch. Lucy war begeistert von der Aussicht, auf dem Lande in einem echten Farmhaus zu wohnen.

»Und später wollen wir uns auch Hühner und Schweine halten und so«, sprudelte sie. »Und ich pflanze Gemüse und Blumen, und die Kinder kriegen ein Pony, und Jack kann seine Vögel beobachten... einfach fabelhaft. Und er und ich können immer zusammen zur Arbeit fahren. Ach, Gibby, ich habe es nicht gewußt, aber so was habe ich mir immer gewünscht. Engagement für eine wichtige Sache, einen guten, ruhigen Mann, ein einfaches Leben... die Natur, die Jahreszeiten, die Erde...«

Wenn ich an die irrlichternde Lucy dachte, sprühend vor Leben in der elitären, eleganten Welt von Buckhead, sank mir das Herz in die Hose bei der Vorstellung von der Farm in der ländlichen DeKalb-County. Aber ich ließ mir meine Befürchtungen natürlich nicht anmerken.

»Also, Lucy, mein Schatz«, sagte ich, »das alles klingt so vollkommen, wie es auf Erden nur sein kann. Wann ist die Hochzeit? Ich möchte Trauzeuge sein.«

Sie wurde flammend rot und schlug die Augen nieder. »Also, weißt du, Gibby, sie ist ziemlich bald, in vierzehn Tagen oder so, und Glenn – du kennst doch Glenn Pickens von den Camerons – will unser Trauzeuge sein, und Clay wird uns natürlich trauen. Die Hochzeit ist im Damascus House, nur im allerkleinsten Kreis, und nur die... die Neger, die da wohnen... sind eingeladen. Hier weiß es noch keiner. So, wie meine Mutter und deine Eltern über das Ganze denken und wie manche Neger über reiche Weiße denken, habe ich mir gedacht...«

»Du weißt, daß ich arm bin wie eine Kirchenmaus«, erwiderte ich pikiert. Offensichtlich war ich bei der Hochzeit meiner Cousine Lucy nicht willkommen, was auch durch ihr Unbehagen nicht wettgemacht wurde. »Mensch, Lucy, ich bin es doch!«

»Ich weiß, Gibby, und wenn es nur wegen mir und Jack wäre, würde ich nicht im Traum ohne dich heiraten. Aber dein Papa –

deine Familie – besitzt in dem Viertel um das Damascus House eine Masse Grundstücke, das wissen die Leute dort. Manche sind eure Mieter. Weiße Grundstückseigentümer sind bei ihnen nicht gerade beliebt.«

»Ich besitze gar nichts«, entgegnete ich störrisch. »Das Land gehört meinem Vater, nicht mir. Außerdem kennt mich von denen sowieso keiner.«

»Oh, doch«, erwiderte sie niedergeschlagen. »Man kennt dich.«

Damit ließ ich es gut sein. Ich wollte ihr ja nicht weh tun. Und sie war in guter Hut, geborgen... Jetzt hatte ich in Atlanta endgültig nichts mehr verloren.

»Und«, sagte ich mit erzwungener Heiterkeit, »wann lerne ich denn deinen Tugendbold, diesen Jack Venable, kennen?«

»Heute abend, hoffe ich. Er war die ganze Woche weg, aber wir treffen uns nachher um zehn bei Paschal's im Carrousel. Eins von den Jazz-Assen spielt heute, und ich dachte, das interessiert dich bestimmt. Glenn Pickens kommt auch. Du kennst das Lokal; wir waren schon dort, weißt du noch? In deinem letzten Schuljahr? Es macht dir doch nichts aus, daß es ein Club für Schwarze ist?«

»Natürlich nicht«, antwortete ich. »Kommt Jack denn nicht mit zur Autogrammstunde? Oder zur Cocktailparty?«

»Nein.« Sie lächelte wehmütig. »Er haßt den Driving Club und die Leute da. Sie würden ihn schon reinlassen, wenn er wollte oder das Geld hätte. Er ist ja aus guter Familie. Allerdings kriegt er von denen keinen Pfennig. Auf mein Geschreibsel ist er nicht allzu erpicht, also nehme ich ihn auch nicht mit zu Rich's. Er haßt den Trubel um mein Buch.«

»Für einen, der sich von Berufs wegen der Nächstenliebe verschrieben hat, haßt er ziemlich viel«, bemerkte ich. »Sag nur, er glaubt nicht, daß du mit deinem Schreiben Gutes bewirkst.«

»Oh, doch, er findet bloß, daß ich der... Gesellschaft im Damascus House mehr nütze. Und er hat recht, Gibby. Heutzutage kommt einem Schreiben ziemlich selbstsüchtig vor. Später, wenn die Bewegung ihr Ziel erreicht hat und ich nicht mehr arbeiten muß und wir daheim auf dem Land wohnen... sagt er, hat er nichts dagegen, wenn ich weiterschreibe.«

»Reizend von ihm«, brummelte ich. Was ich da hörte, gefiel mir ganz und gar nicht.

Doch Jack Venable gefiel mir, als ich ihn am Abend im Südwesten der Stadt auf dem mit Unkraut überwucherten Gehweg vor dem Paschal's Motel kennenlernte. Es war fast halb elf, und die Straße vor dem schäbigen, zweistöckigen Motel mit Gaststätte, dem inoffiziellen Zentrum der aufkommenden Bürgerrechtsbewegung, war wie ausgestorben. Ich kam mir vor wie in einem anderen Atlanta, von dessen Existenz ich nichts geahnt hatte, auf einer Straße der Schatten, der banalen Häßlichkeit, im spärlichen, trüben Licht der wenigen unbeschädigten Straßenlaternen; als die untersetzte Gestalt, die aus der Tür trat, sich als Lucys Zukünftiger erwies, war ich ziemlich erleichtert. Wie Lucy gesagt hatte, war ich schon im Carrousel gewesen, allerdings mit einer johlenden, fröhlichen Schar von Pinks und Jells und zu einer anderen Zeit. Hier auf dieser mondbeschienenen Straße war es nicht gerade lustig. Ich spürte deutlich, daß mir die Aura von Buckhead und dem Driving Club anhing wie eine Witterung. Nur Lucy schien das Merkwürdige, die lauernde Gefahr um uns nicht zu bemerken. Wir hatten ihren Käfer anderthalb Straßen weiter in der Nähe der Atlanta University abgestellt, und sie war an meiner Seite durch das prickelnde Niemandsland geschritten mit derselben lässigen Grazie wie über das gebohnerte Parkett des Driving Clubs.

»Nur die Ruhe.« Sie grinste. »Man könnte meinen, daß wir durch die finsterste Hölle gingen. Hast du dein Blasrohr bei dir? Übrigens, die Band heute abend nennt sich ›The MauMaus‹.«

»Nein, wirklich?«

»Ach Quatsch. Sie heißt Ramsey-Lewis-Trio. Die sind toll; ich hab ein Album von ihnen. Jack hat sie bei der Arbeit in Washington kennengelernt. Sie sind kultivierter als wir.«

»Ich kenne Ramsey Lewis«, sagte ich knapp. »Ich habe alle seine Platten.« Es ärgerte mich, daß sie den sauren Geruch der Angst, der mich umgab, so rasch wahrgenommen hatte. Ich mußte mir Mut immer schwer erkämpfen, während Lucy schon von Natur aus reichlich damit ausgestattet war.

Ich wußte – wie man als Bewohner einer Stadt etwas weiß, ohne sich über das Woher im klaren zu sein –, daß etliche Jazzgrößen seit Jahrzehnten regelmäßig ins Carrousel, den Jazzclub des Motels, kamen. Leute wie Count Basie, Lionel Hampton, Don Shirley und Red Norvo tauchten immer wieder in der Stadt auf und spielten ihre einmaligen Stücke in dem gewöhnlichen, fast heruntergekommenen Etablissement, und nur sehr wenige Weiße kamen zum Zuhören oder wußten auch nur, daß sie auftraten. Die Brüder Paschal brauchten keine Werbung. Die Menschen aus der großen Jazz-begeisterten schwarzen Gemeinschaft und einige wenige privilegierte Weiße waren offenbar stets informiert, wer wann in der Stadt war, und es war immer brechend voll im Club.

Für einen Augenblick blieben wir blinzelnd im Licht von Paschal's' Leuchtreklame auf dem Bürgersteig stehen. Als Jack Venable auf uns zu trat, strahlte Lucy über das ganze Gesicht, daß das Neonlicht daneben verblaßte.

»Hallo, Schatz.« Sie ging mit ausgestreckten Armen auf ihn zu. »Wartest du schon lange? Komm, ich stell dir Gibby vor.«

»Hallo«, sagte er und gab ihr einen Kuß auf die Wange. »Nein, ich bin eben erst gekommen mit einem großen Banjo unterm Arm. Guten Abend, Shep. Also, ich nenne dich ganz bestimmt nicht Gibby. Und du kriegst auch keinen Kuß.«

»Das fehlte noch.« Ich erwiderte sein freundliches Lächeln mit einem Grinsen. Bis auf sein Lächeln und das weiße Haar wirkte er verblüffend anonym; er hätte von einer Casting-Agentur kommen können, um einen Mann mittleren Alters in einer Menschenmenge darzustellen. Er war von Kopf bis Fuß farblos, vom gelichteten Haarschopf über das Gesicht mit den kleinen blaßblauen Augen in einem Netz von Fältchen und den Tränensäcken darunter bis zu den Armen und Händen. Er trug eine Brille mit durchsichtiger Plastikfassung, ein beiges Polohemd, eine lohbraune Gabardinhose und ausgelatschte Stiefel; der Bauch quoll ihm über den Gürtel. Er hatte Hängebacken und wabbelige Arme. Man hätte ihn fast als klein bezeichnen können.

Doch er lächelte reizend, hatte eine volle, angenehme Stimme, und mir gefiel, wie er Lucy ansah; so hatte Charlie Gentry Sarah angesehen. Ich erkannte, daß sich dieser Mann mit Haut und Haar der schlanken, mädchenhaften Frau in seinem Arm verschrieben hatte.

»Seid ihr soweit?« fragte er. »Glenn ist schon drin. Er wollte uns einen Platz freihalten. Keine Ahnung, wer sonst noch kommt. Es heißt, daß der große Mann später persönlich aufkreuzt.«

»Oho...«, machte Lucy leise.

»Der große Mann?« fragte ich.

»King«, antwortete er beiläufig. »Der ist oft hier. Wenn er nichts anderes zu tun hätte, könnte er an jeder besseren Musikhochschule Jazz unterrichten.«

Nein, ich betrieb keinen Slumtourismus in einem Tanzlokal für Schwarze, um mich zu meiner Entspannung über die Kapriolen der lustigen Neger zu amüsieren. Ich befand mich im geistigen Zentrum einer Bewegung, deren Ziele in ihrer schlichten, menschlichen Bedeutung alles in den Schatten stellten, was ich in meinem farblosen Wohlstandsleben je erfahren hatte; und für ein paar Stunden sollte ich in Gesellschaft der jungen Männer und Frauen sein, die sich für diese Ziele einsetzten.

Während ich mich zwischen den dicht gedrängten Tischchen durchschlängelte – die Luft in dem verräucherten Lokal war zum Schneiden –, spürte ich die Blicke des Publikums auf uns. Jack und Lucy gingen voraus. Ich folgte ihnen hoch erhobenen Kopfes mit einem albernen Lächeln auf den Lippen, das ich nicht unterdrücken konnte. Ich begab mich zum erstenmal als einer von wenigen Weißen mitten unter eine Menge Schwarzer und merkte, wie ich unwillkürlich den Raum nach Anzeichen von Feindseligkeit absuchte, wie ein Wolf, der Witterung nimmt. Doch ich spürte keinerlei Feindseligkeit und kaum Neugier. Im Lokal war es ruhig, nur die geschmeidige, sämige Musik erfüllte den Raum wie der Pulsschlag eines freudig klopfenden Herzens. Während ich hinter Lucy und Jack herstolperte, ging mir durch den Sinn, daß Sarah die Rhythmen des Ramsey-Lewis-Trios genossen hätte und sich im knisternden Dämmerlicht des Carrousel so natürlich und fließend bewegt hätte wie beim Schwimmen. Ich dagegen nicht. Ich ertappte mich dabei, wie ich nach rechts und links lächelte.

»Mein Gott, Gibby, hör doch auf, wie ein schlechter Schauspieler zu nicken«, flüsterte mir Lucy belustigt über die Schulter hinweg zu. »Du benimmst dich ja wie Lord Mountbatten bei der Truppenparade.«

Lucy und Jack ließen sich an einem Tisch an der Wand nieder, und ich setzte mich neben sie. Mir gegenüber saß Glenn Pickens. Er lächelte nicht, runzelte aber auch nicht die Stirn, und als er Lucy flüchtig auf die dargebotene Wange geküßt und Jack einen Schulterklaps versetzt hatte, sagte er freundlich zu mir: »Hallo, Shep. Lange nicht gesehen.«

»Hallo, Glenn«, antwortete ich. »Stimmt. Wie geht's dir? Gut siehst du aus.«

Und so war es. Ich hatte ihn in Erinnerung als zierlichen Jungen mit zartem Hals, abstehenden Ohren und karamelbrauner Haut, wie er einen von Ben Camerons schwarzen Lincolns polierte oder gewissenhaft mit vorspitzender Zunge bei einer von Dorothys Abendgesellschaften ein Tablett herumreichte. Aber er war seitdem fülliger und beträchtlich größer geworden, und im Halbdunkel des Lokals wirkte er massig. Sein Kopf war schmal und wohlgeformt; entweder hatten sich die abstehenden Ohren zurückgebildet, oder sein Schädel war ihnen entgegengewachsen; die Hornbrille auf seiner eigentümlich indischen Nase gab ihm ein gebildetes, kompetentes Aussehen. Wenn ich mich recht erinnerte, hatte Lucy gesagt, daß er im Morehouse sagenhaft gut abgeschnitten habe und später, wenn die Bewegung ihn nicht mehr brauche, Jura studieren wolle; im Augenblick seien er und einige andere junge Mitstreiter wie Julian Bond, Andrew Young und John Lewis allerdings für Martin Luther King unentbehrlich, und es sei gar nicht abzusehen, wann er je dazu kommen werde. Ich wußte, daß er schon öfter in übel beleumundeten Gefängnissen gewesen war und seine jungen Schultern mehr als einmal den Schlagstock oder Feuerwehrschlauch zu spüren gekriegt hatten.

›Die sind mir Lichtjahre voraus‹, dachte ich, wobei ich Lucy und Jack in eine Welt mit Glenn Pickens und der jungen Frau in seiner Begleitung katapultierte. ›Für sie spielt meine Welt nur noch eine untergeordnete Rolle, doch in ihrer fühle ich mich keine fünf Minuten lang wohl. Wahrscheinlich war es falsch, überhaupt herzukommen.‹

Lucy tippte mich an. »Ich möchte dir Gwen Caffrey vorstellen«, sagte sie und berührte Glenns Begleiterin sacht am Arm. »Sie ist die neue Moderatorin der Sechs-Uhr-Nachrichten bei Channel Seven. Sie ist in ihrem Beruf eine absolute Koryphäe, und sie ist boshaft wie ein Skorpion, also nimm dich in acht, was du sagst.«

Sie lächelte, und Gwen Caffrey lächelte und streckte mir die Hand hin. Sie fühlte sich warm und erstaunlich rauh an, als habe die junge Frau schwere Arbeit verrichtet. Vielleicht war es so.

»Freut mich«, sagte ich. »Ich habe noch keinen Moderator kennengelernt, und erst recht keine Moderatorin.«

»Und schon gar keine farbige, möchte ich wetten«, antwortete sie und traf damit ins Schwarze, so daß mir das Blut verräterisch ins Gesicht schoß. Scheiße, dachte ich, ich erröte heute öfter als in meiner ganzen Schulzeit. Sie lachte gutmütig. Ich grinste unsicher.

»Da sind Sie nicht der einzige«, bemerkte sie. »Ich bin in Atlanta die erste. Dafür habe ich noch keinen Princeton-Absolventen kennengelernt, wir wären also quitt.«

»Hat Lucy wieder geklatscht?« fragte ich, um etwas zu sagen. Ich tat mich nicht gerade als glänzender Unterhalter hervor.

»Nein, eigentlich hat Glenn mir von Ihnen erzählt. Er kennt Sie aus Buckhead aus der Zeit, als Sie und er noch Kinder waren.«

»Ach so.« Ich war verblüfft. »Erstaunlich, daß er sich an mich erinnert. Bei den Camerons sind immer massenhaft Kinder rumgesprungen –«

»Und kleine Weiße sehen alle gleich aus«, warf Glenn Pickens ein. Ich wußte nicht, ob er es im Spaß sagte; weder seine ausdruckslose Miene noch die Augen hinter der starken Brille gaben einen Hinweis. Ich glaubte, eher nicht. Mir fiel ein, daß Lucy vorhin von den Schwarzen aus dem Damascus House gesagt hatte: »Sie kennen dich.«. Ich fühlte mich nackt und unbehaglich. Ich hätte nicht gedacht, daß ich für Glenn Pickens, den Sohn von Ben Camerons Chauffeur, existierte, ebensowenig, wie er für mich existiert hatte.

Lucy und Jack Venable lachten fröhlich und natürlich, und ich hatte den Eindruck, daß auch Glenn Pickens lächelte. Also grinste ich ebenfalls und kam mir dabei vor wie ein plumper Albatros in einem Schwarm glänzend schwarzer Krähen. Die Musik, spielerische Klavierklänge verwoben mit Baß- und Schlagzeugrhythmen, erfüllte den Saal wie ein schwärmender Bienenstock. Ich ließ mich instinktiv mitreißen und schlug mit den Füßen den Takt. Allmählich entspannte ich mich.

Lucy beugte sich zu mir vor und tippte mir auf die Schulter. »Na, wie gefällt es dir?«

Das Trio spielte Ellingtons »Come Sunday«, und ich lächelte Lucy an. »Prima, die sind Spitze. Endlich erlebe ich sie mal live. Danke, daß ihr mich mitgenommen habt, Lucy.«

»Ob King wohl da ist?« meinte Glenn Pickens. »Er ist ja öfter hier. Da drüben am Podium sehe ich ein paar von seinen Freunden. Wollt ihr sie kennenlernen?« Ohne auf Lucys Zustimmung zu warten, hob er die Hand und winkte jemandem an einem großen Tisch auf der anderen Seite des Raums zu.

Aus dem Schummer tauchten zwei sehr junge Männer neben Glenn auf und nahmen uns in Augenschein. Der eine war untersetzt, fast dick, mit ziemlich heller Haut und hellgrauen Augen. Der andere war dunkel, schlank und ausgesprochen hübsch. Beide waren ein ganzes Stück jünger als wir; kaum zwanzig. Doch dann fiel mir ein, es war ja der Kampf eines jungen Mannes. Martin Luther King war selbst nicht viel älter als dreißig.

Sie begrüßten Glenn fröhlich, und er klopfte ihnen auf den Rükken und stellte sie uns vor. Der kleine Dicke hieß Tony Sellers und der größere Dunklere Rosser Willingham. Ich kannte sie dem Namen nach aus den Meldungen über die Sitzstreiks an der Universität im Jahr zuvor und über die Aktionen in den Stadtbussen im Frühsommer. Beide waren mit King auf Märsche und Demonstrationen gegangen, beide hatten ihn gelassen und selbstverständlich in Alabama ins Gefängnis begleitet. Man hatte sie geschlagen, gebissen und getreten, auf sie geschossen und sie mit Tränengas traktiert. Vor Scham verschlug es mir die Sprache, als Glenn mich vorstellte. Lucy lächelte ihr einmaliges Lächeln und streckte ihnen die Hand hin. Die übliche Reaktion stellte sich ein, und die beiden lächelten sie ebenfalls herzlich an.

»Freut mich, Sie kennenzulernen, Lucy Bondurant Chastain«, sagte Tony Sellers. »Ich habe von Ihnen gehört. Wie finden Sie Ramsey Lewis?«

»Einfach fabelhaft. Ich finde ihn noch besser als Don Shirley, und das will, wie Shep bestätigen kann, bei mir einiges heißen.«

»Das wird Ramsey gerne hören«, antwortete Sellers.

»Wir haben dich im Sommer in Washington vermißt«, sagte Willingham zu Glenn Pickens. »Es hätte dir gefallen. Wenn ich mich recht erinnere, fühlst du dich ja unter Menschen wohl. Du wärst in deinem Element gewesen.«

»Ich hatte zu tun.« Glenn lächelte nicht. Ich meinte, so etwas wie Abwehr aus seiner Stimme herauszuhören. »Ich bin der Meinung, daß wir auch ein paar Studierte brauchen bei so viel Pferdestärken. Es kommen noch genügend Märsche. Dann bin ich dabei.«

Er sah Rosser Willingham scharf an und verzog das Gesicht zu seinem kaum merklichen Lächeln.

»Gwen wäre fast hingegangen«, fuhr er fort und tippte ihr sacht auf die Schulter. »Ihr Sender wollte sie hinschicken, aber im letzten Augenblick fand man, daß sie noch zu klein sei, und entsandte einen Mann. Sie hat zwar versprochen, daß sie zehn Zentimeter wächst, wenn man sie mit den Großen spielen läßt, aber nichts zu machen.«

»Sender?« fragte Tony Sellers und warf Gwen einen Blick zu.

Glenn antwortete: »Sie ist kürzlich bei Channel Seven Moderatorin in den Sechs-Uhr-Nachrichten geworden. Und dreimal die Woche macht sie eine Talkshow im Radio bei WCAT.«

»Klasse, wir können Sie gut gebrauchen«, sagte Rosser Willingham mit ernster Miene.

»Wohl kaum, es sei denn, Sie wollten sich in meiner Sendung über Rezepte für Bohnensalat und Mittelchen gegen den Rosenkäfer austauschen«, entgegnete Gwen.

»Rosen. Whouw!« rief Willingham aus.

»Allerdings«, sagte Gwen, »Rosen.«

Man beäugte sich gegenseitig.

›Was ist hier los?‹ dachte ich. ›Sie hat den beiden soeben zu verstehen gegeben, daß sie sich verdünnisieren sollen. Und Glenn ist reichlich komisch zu ihnen. Gehören sie nicht alle zu derselben Bewegung? Was soll dann dieses Gerangel?‹

»Ich war bei den Sitzstreiks, wenn ich mich freimachen konnte«, sagte Jack Venable auf einmal mit so unangebrachter Feierlichkeit, daß ich sie erst für Ironie hielt, und nur am feuchten, messianischen Glanz hinter der praktischen, billigen Brille merkte ich, daß er es ernst gemeint hatte. »Ich wollte bei der Busaktion dabeisein, konnte aber damals nicht frei über meine Zeit verfügen. Jetzt habe ich mehr Zeit. Ist... machen Sie... ist irgend etwas geplant, wo noch Freiwillige gebraucht werden?« Sein schlaffer Körper neigte sich ganz leicht zu den beiden jungen Schwarzen hin; für einen Mann mittleren Alters strahlte er einen geradezu grotesken Eifer aus.

Ich errötete für ihn. Zum Glück war es dunkel. Ich hätte mir nicht träumen lassen, daß in diesem phlegmatischen Finanzmann ein romantischer kleiner Junge steckte. Fühlte sich Lucy deswegen so zu ihm hingezogen?

»Wir kriegen einen heißen Herbst in Mississippi, wenn Sie wirklich Lust haben«, antwortete Tony Sellers gedehnt. »Wird was für harte Männer. Könnte genau das Richtige für Sie sein.«

Ich sah, wie sich Jacks Miene verdüsterte, und errötete wieder, diesmal aus Mitgefühl. Lucy beugte sich vor.

»Der Sitzstreik bei Rich's war super. Ich war dabei. Es war Klasse, Mannomann!«

Die jungen Männer blickten sie ausdruckslos und höflich an.

»Freut mich, daß es Ihnen gefallen hat, Miß Bondurant«, sagte Willingham. »Es war natürlich eher was für Amateure, aber es hatte, fanden wir, doch Schwung und eine gewisse Frische.«

Mir brach der Schweiß aus. Glenn starrte angestrengt in sein Glas, und Gwen Caffrey hörte strahlend und entschlossen der Band zu, die jetzt »The In Crowd« anstimmte, und zog sich beinahe körperlich von uns anderen zurück. Ich konnte keinem von ihnen in die Augen schauen. ›Die halten uns für Vollidioten‹, dachte ich.

Lucy grinste.

»Junger Mann, seien Sie nicht gönnerhaft zu mir. Ich bin eine gebürtige Feldstein. Während wir hier sitzen, steht meine Oma als Lampenschirm bei irgendeinem fetten Spießer in Argentinien im Wohnzimmer. Ich kenne eure Tour. Ich bin auch wer. Glaubt bloß nicht, daß ihr was Besseres seid!«

Da grinste auch Rosser Willingham. Grüßend hob er zwei Finger. Das Unbehagen legte sich.

»Das waren noch Zeiten«, lachte er. »Da müssen damals so an die fünfzehnhundert Leute in der Menschenkette gewesen sein. Ging um die ganze Innenstadt rum. Mann, wir hatten Pendelbusse, um die Leute hin- und herzukarren, und Funkgeräte und Schilder, die Regen, Spucke und Schlimmeres ausgehalten haben, und wir hatten extra Mäntel für die Mädchen – auch gegen Spucke und Schlimmeres. Mensch, damals haben wir gedacht, wir wären die Größten. Gutes Gefühl. Damals waren wir es auch.«

Glenn Pickens war der einzige, der nicht lachte.

»Ist der Herr da?«

»Der Herr?« fragte Lucy.

»King. Ich habe so was läuten hören.«

Willingham und Sellers sahen ihn durchdringend an.

»Er ist beim Essen«, antwortete Tony Sellers.

»Mein Gott«, sagte Jack ehrfürchtig. »Das ist hier wohl so eine Art Hauptquartier?« Er sah aus, als wolle er weinen, weil es so wunderbar war.

»Ja, wenigstens wissen wir, daß man uns hier bedient«, sagte Willingham. »Das ist keineswegs überall so.« Die anderen grinsten. Ich fühlte mich so fehl am Platz, daß es mir fast peinlich war, aber gleichzeitig verspürte ich auch eine dunkle Faszination. Diese jungen Männer waren gefährlich; sie waren mit Leib und Seele dabei. Hinter ihren Späßen, ihrer lässigen Art und ihren distanzierten Blicken lagen uns fremde Erfahrungen: Märsche, Schlägereien in dunklen heißen Nächten auf dem Land und an drückenden, gemeinen Tagen in der Stadt; Angst und Verhaftungen und Bomben und Wasserwerfer und Hunde und Gewehre in der Dunkelheit. Diese Augen hatten mitansehen müssen, wie die Leichen ermordeter Schwarzer vor ihrer Haustür baumelten und wie Kinder in einer Kirche von Bomben zerrissen wurden.

Ich senkte den Blick.

»Dabei ist King nicht unumstritten«, bemerkte Glenn Pickens unvermittelt. Alle sahen ihn an.

»Bei der Diskussion neulich hat Malcolm X gesagt, die Tage des gewaltlosen Widerstandes seien gezählt«, fuhr er in leichtem Plauderton fort.

Immer noch waren alle Blicke auf ihn gerichtet. Keiner sprach. Gwen verdrehte die Augen zur Decke und schüttelte den wohlgepflegten Kopf. Ich hatte noch nie jemanden gesehen, der sich so offensichtlich wünschte, woanders zu sein. Das Schweigen hielt an.

Schließlich sagte Rosser Willingham: »Quatsch, Glenn, Bruder Malcolm ist ja bloß ein anmaßender Nigger, der nicht richtig im Kopf ist.« Er lachte, aber niemand stimmte ein.

»Er ist ein Unruhestifter«, fügte Tony Sellers hinzu.

»Wollen wir das nicht gerade?« fragte Glenn. »Unruhe stiften? Wir alle?«

Jack Venable lachte – ein nervöser, aufreizender Laut. Sonst lachte niemand. Die Musik umschmeichelte uns mit ihrer Melodienfolge. Die Spannung hielt an. Mir kribbelte die Haut, und ich wußte, daß es Lucy nicht anders ging. Ich fragte mich, wann wir endlich gehen könnten und wie ich jemals aufrecht durch diesen Raum nach draußen gelangen sollte.

Auf einmal stand noch eine Gestalt neben uns.

»Weiß eure Mutter denn, daß ihr Jungs noch auf seid?« fragte eine

Stimme, die einen Traum haben würde, eine Nation angerührt hatte, die von vielen umlagerten Kanzeln und aus etlichen Gefängnissen Liebe und Freundlichkeit gepredigt hatte. Ich sah auf. Da stand er; er trug eine Strickjacke gegen die Kälte aus der Klimaanlage, ein offenes, weißes Hemd und eine legere Hose.

Im Nu waren wir alle aufgestanden. Allgemeine Vorstellung. Er hielt sich nicht auf. Er wechselte ein paar Worte mit Sellers und Willingham und gratulierte Glenn Pickens zum bestandenen Examen. Er reichte Jack Venable die Hand und entzog sie ihm behutsam, als dieser sie gar nicht mehr loslassen wollte. Dann verschwand er in der Menge.

Die Band spielte schwungvoll »You Been Talkin 'Bout Me, Baby«, und Jack Venable schob den Stuhl zurück und sagte: »Lucy, laß uns gehen. Morgen früh ist wieder Schule.« Und in seinen prosaischen Worten hörte ich Begeisterung mitschwingen.

Die Gruppe löste sich auf, Tony Sellers und Rosser Willingham folgten King ins Allerheiligste des Nebenzimmers, Glenn Pickens und Gwen Caffrey begaben sich zu einem anderen, vermutlich unterhaltsameren Tisch, und Lucy, Jack und ich gingen hinaus in die angenehm kühle Nacht. An diesem Septemberabend des Jahres 1961 hatte sich in einem düsteren Lokal in Atlanta zwischen jungen Negern und linken Weißen nichts Ungewöhnliches ereignet. Aber ich spürte deutlich, daß etwas zu Ende ging und etwas Neues anfing. Mehr noch: Lucy hatte sich von mir entfernt und unwiderruflich in ein fremdes Land begeben, in das ich ihr nicht folgen konnte.

Ich betrachtete die beiden auf dem Gehweg, Jack und Lucy; die eine kannte ich, den anderen nicht. Sie schienen mir wie Angehörige eines Kults, exotisch und rätselhaft wie die Eleusinischen Mysterien, und sie bildeten nun eine Einheit, an der ich nicht teilhaben konnte. Weltschmerz überfiel mich. Jetzt hatte ich auch Lucy verloren, sagte ich mir insgeheim. Nicht die Trennung, nicht mein Zorn, nicht ihre Ehe hatten uns einander je so entfremdet. Ich hatte sie verloren an einen Traum, an ein Heer arroganter, junger Märtyrer und einen pragmatischen, gebildeten Heiligen, der das Jahrzehnt nicht überleben sollte. Ich glaubte nicht, daß sie zu mir zurückkommen würde.

Schließlich küßte Lucy Jack Venable auf die Wange, und er erwiderte den Kuß und sagte: »Hoffentlich die erste von tausend schönen Nächten, Shep«, und ich sagte: »Hoffe ich auch. Ich brauche dich ja nicht zu bitten, daß du gut auf sie achten sollst«, und er antwortete: »Nein, nicht nötig«, hob grüßend die blasse, sommersprossige Hand und schlurfte davon zu seinem Wagen. Es war zwar unwichtig, aber ich überlegte trotzdem, was für ein Auto er wohl fuhr; von hinten sah Jack aus, als müsse er sich in einen uralten Chevrolet quetschen mit einem Stapel Warenmuster auf dem Rücksitz.

Lucy warf mir einen Blick zu.

»Verstehst du jetzt?«

»Was denn?« fragte ich. Ich wußte natürlich, was sie meinte, wollte ihr aber diese kleine Freude aus purer Lust am Widerspruch nicht machen.

»Das mit den Negern und Martin Luther King und der Bewegung und Jack... Ach, das Ganze eben. Findest du nicht auch, daß es was Wunderbares... was ganz Besonderes ist? Komm, Gibby, ich weiß doch, daß du es verstehst.«

Aber ich verstand nur, daß ich von nun an ohne meine Cousine Lucy durchs Leben gehen mußte. Keine Ahnung, warum mich das in so tiefe Verzweiflung stürzte. Noch vor gar nicht allzu langer Zeit war ich so wütend auf sie gewesen, daß sie für mich erledigt war, abgehakt.

Erst als wir im Norden der Stadt angelangt waren, war ich bereit, ihr entgegenzukommen.

»Er ist ein netter Kerl, Lucy, und es war ein schöner Abend. Du bist gut aufgehoben.«

»Danke, Gibby«, antwortete sie in einer schläfrigen, piepsigen Kinderstimme und legte mir den dunklen Kopf auf die Schulter. Als wir in der Peachtree Road ankamen, war sie eingeschlafen.

Die Partys und die Autogrammstunde gingen reibungslos über die Bühne, genauso, wie ich es mir vorgestellt hatte: Man kam zusammen, um der Autorin flüchtig die Aufwartung zu machen, und das, weil sie entgegen der allgemeinen Erwartung etwas geworden war, und nicht so sehr wegen des schmalen Bändchens, das alle kauften und die wenigsten lesen würden. Man trank viel und aß einiges. Man hatte sich nach dem Einschnitt der Ferien und vor Beginn der herbstlichen Gesellschaftssaison manches Neue zu erzählen. Lucy, die bei all der ungewohnten Aufmerksamkeit irgendwie eingeschüchtert und gedämpft wirkte, schüttelte viele Hände, küßte etliche Wangen, lächelte ihr neues, zauberhaftes Lächeln, signierte an die dreißig Bücher mit ihrem ausladenden, schwarzen, nach links geneigten *Lucy J. Bondurant*, dankte allen, daß sie gekommen waren, und benahm sich überhaupt so sehr als die folgsame, reizende Debütantin, die sie nicht hatte sein wollen, daß ältere Buckheader versöhnt waren und unsere Clique bloß noch Bauklötze staunte. Ich sah, wie verstohlene Blicke sie streiften, wie Köpfe flüsternd zusammengesteckt wurden, und spürte dieselben Augen auch auf mir. Ich wußte, ich wurde auf Anzeichen von Schock wegen Sarah und Charlie unter die Lupe genommen, also lächelte ich länger und breiter als sonst, küßte mehr Wangen und klopfte auf mehr Rücken. Meine Mutter und Tante Willa repräsentierten bei allen Veranstaltungen kühl und elegant, und kein Muskelzucken deutete auf den Eklat hin, den Lucys neue Beschäftigung hervorgerufen hatte. Ich fragte mich, wie sie wohl die Nachricht und die Umstände von Lucys bevorstehender Hochzeit aufnehmen würden. Ich glaubte, es mir ausmalen zu können, und mußte bei dieser Vorstellung unwillkürlich grinsen.

Dorothy küßte mich zur Begrüßung so unbefangen und herzlich, als wäre inzwischen nichts Schmerzliches geschehen, und flüsterte mir ins Ohr: »Du mußt nicht glauben, daß Ben dir absichtlich aus dem Weg geht. Er mußte zu einer Kundgebung, will aber versuchen, später noch kurz reinzuschauen. Lester Maddox macht uns das Leben schwer, und in zwei Monaten ist die Wahl. Ben ist hingegangen, weil er dringend die Stimmen der Neger braucht.«

Da fiel mir wieder ein, daß Ben ja als Bürgermeister kandidierte.

»Ist er immer noch sauer auf mich, Dorothy?« fragte ich.

»Ja. Aber nicht mehr so arg wie anfangs. Er verdaut es schon noch, Shep. Er hat dich doch gern.«

»Verdient habe ich das nicht. Ich könnte verstehen, wenn er nichts mehr von mir wissen wollte.«

»Das würde er nicht über sich bringen, und ich auch nicht.« Sie küßte mich und überließ mich Lucy, die schlank und ungewohnt bieder aussah in ihrem nachtblauen Baumwollkleid mit Ben Camerons weißem Orchideenstrauß.

»Sind Sie nicht die Verfasserin von diesem Schundroman?« fragte ich sie und drückte sie an mich. »Wenn Sie gestatten, möchte ich Sie entführen. Gehen wir zu mir oder zu Ihnen?«

Sie kicherte gedämpft und manierlich. »Schön wär's, wenn wir einfach abhauen und irgendwo miteinander reden könnten. Du fliegst ja morgen gleich nach dem Tee zurück, und ich habe keine Ahnung, wann wir überhaupt Zeit dazu finden werden. Aber ich treffe mich nachher mit Jack im Camellia Gardens, und morgen früh um elf wollten wir in den Gottesdienst im Damascus House...«

»Macht ja nichts«, sagte ich. »Ich kann nachher mit Snake und Lelia und vielleicht noch A. J. und Lana essen gehen. Wir beide frühstücken dann zusammen. Du siehst übrigens prima aus. Ich erinnere mich noch daran, wie du einmal acht Stück von den Dingern anstecken hattest.«

Sie streifte die Orchideen mit einem Blick. Tränen traten ihr in die Augen.

»Da war ich das schönste Mädchen der ganzen Stadt, stimmt's?«

»Was heißt hier ›war‹? Du bist es noch. Du redest, als wenn du fünfzig wärst.«

»Ein Teil von mir ist fünfzig«, sagte sie weich, ohne zu lächeln.

»Na, der Teil, den ich vor mir sehe, ist immer noch das Mädchen, auf das mit zwanzig alle Jells scharf waren.« Ich drückte ihr die Hand, und zu meiner Bestürzung rannen ihr Tränen über die Wangen. Ihre Lippen zitterten und öffneten sich. Sie umarmte mich, schmiegte den Kopf an meinen Hals, wie Sarah früher, und wisperte mir etwas ins Ohr. Ich spürte warm ihre Tränen, verstand aber kein Wort, hob ihr Kinn und schaute ihr fragend ins Gesicht.

»Ich habe gesagt: Gibby, ich liebe dich. Und mach's gut und viel Glück.«

»Ich muß bloß zurück zur Arbeit«, entgegnete ich mit gespielter Munterkeit. »Ich geh doch nicht für ewige Zeiten fort.«

»Doch«, sagte Lucy.

Nach dem Teekränzchen, das meine Mutter und Tante Willa am folgenden Nachmittag für Lucy in der Villa in der Peachtree Road gaben, habe ich sie nicht mehr gesehen; ich wartete nicht auf meinen Vater, um ihn bei seiner Rückkehr von wer-weiß-wo zu begrüßen. Ich umarmte meine Mutter länger und fester als sonst, wenn ich nach New York fuhr, denn ich glaubte, daß ich wahrscheinlich so bald nicht mehr nach Atlanta zurückkommen würde, falls überhaupt. Wozu auch? Zwei von drei Frauen, die um meine Liebe geworben hatten, hatten mich verlassen, ebenso der Mann, der um sie hätte werben sollen. Was ich sonst an Bindungen an Atlanta hatte, war zum größten Teil flüchtig und oberflächlich. Ich kehrte nach New York zurück. Als ich in der West Twenty-first Street die Wohnungstür aufschloß, war der Sonntagabendverkehr abgeflaut, nur die Lichterkette in der Ninth Avenue zeigte Leben an und erinnerte an das Fortschreiten der Zeit. Aus dem Apartment wehte mir eine dumpfe, staubgeschwängerte Luft entgegen wie aus einer Totengruft.

In den frühen Morgenstunden wachte ich auf und spürte bis ins Innerste eine melancholische Gewißheit, daß meine New Yorker Zeit zu Ende war. Mit der leidenschaftslosen Klarheit eines alten Mannes erkannte ich, daß mich in Atlanta niemand vermißte und daß ich nun auch in New York nichts mehr zu suchen hatte. Am Nachmittag erkundigte ich mich schriftlich bei Corey Appleby, einem ehemaligen Kommilitonen aus dem Colonial Club, der in Vermont an der Haddonfield Academy Französisch lehrte, ob für mich eine Stelle frei sei, und als er postwendend bejahte, lieh ich mir am Wochenende Alan Greenfelds Corvette und fuhr hin. Nach vierzehn Tagen erhielt ich Bescheid, daß ich im kommenden Trimester, ab 5. Januar 1962, Seminare in mittelalterlicher Geschichte und Anfängerkurse in englischer Literatur geben könne.

Vier Tage vor Weihnachten rief mich zu meiner Überraschung Lucy an und teilte mir mit ihrer alten, tränenerstickten Ferngesprächsstimme mit, mein Vater habe im Brookhaven Club auf dem Golfplatz einen schweren Schlaganfall erlitten, sei völlig gelähmt und werde die Nacht wahrscheinlich nicht überleben, und meine Mutter sei am Boden zerstört, habe sich in ihrem Zimmer eingesperrt und sei nur zu beschwichtigen, wenn ich heimzukommen verspräche.

Also verließ ich tags darauf New York im Morgengrauen in einem gemieteten U-Haul-Lieferwagen; und statt nach Vermont fuhr ich zurück nach Atlanta in die Villa in der Peachtree Road. Ich hatte vor, meinen Vater zu begraben, meine Mutter zu trösten, meine wenigen Habseligkeiten zu packen und nach Vermont abzureisen, sobald es irgend anging. Mit etwas Glück kam ich noch rechtzeitig zum Trimesteranfang.

Hätte mir, als in der kurzen Dezemberdämmerung das Ortsschild von Atlanta vor mir auftauchte, einer gesagt, daß ich die Stadt nie wieder verlassen sollte, ich hätte ihn ausgelacht.

17. Kapitel

Mein Vater starb dann doch nicht. Den kalten grauen Tag über und während der Nacht darauf hielt ich an Raststätten und Tankstellen, rief zu Hause an und bekam von Tante Willa stets dieselbe Auskunft: »Sein Zustand ist unverändert. Er liegt auf der Intensivstation und ist die meiste Zeit bewußtlos, und wenn er bei sich ist, wissen wir nicht, ob er uns erkennt. Geradezu ein Wunder, daß er noch lebt. Hub Dorsey meint, daß es heute noch zu Ende geht.«

Doch er hielt durch, während ich in dem rüttelnden, schwerfälligen Lieferwagen auf holprigen Straßen Meile für graue Meile durch New Jersey, Pennsylvania und Virginia fuhr, das Geratter und Gerumpel meiner spärlichen Habe im Rücken. Am ersten Abend erreichte ich North Carolina nach Einbruch der Nacht, und da ich vor Erschöpfung und wegen eines Graupelschauers nicht weiterfahren konnte, stieg ich bei Kannapolis in einem schäbigen kleinen Motel ab. Ich holte mir an der schmuddeligen, hell erleuchteten Eßtheke einen Kaffee im Pappbecher und einen Hamburger mit Pommes, schlurfte damit zu meinem Zimmer und schlang das Zeug kalt hinunter, während mir Tante Willa mit gedämpfter »Atlanta«-Stimme mitteilte, was ich schon den ganzen Tag gehört hatte: »Sein Zustand ist unverändert.« Auch als ich am Morgen in die zerknitterten Kleider vom Vortag schlüpfte und meinen Kaffee hinunterstürzte, war Tante Willas Auskunft: »unverändert«.

Da ich spät aufgebrochen war, war es schon fast dunkel, als ich von Norden her Atlantas Stadtgrenze passierte, vorbei am Brookhaven Country Club, wo meinen Vater vor zwei Tagen der Schlag getroffen hatte und er auf den gefrorenen Boden gefallen war; vorbei am Grundstück Peachtree Road Nummer 2500, wo nur oben im Schlafzimmer meiner Eltern Licht brannte, zum Piedmont Hospital, wo Tante Willa auf mich zu warten versprochen hatte. Ich hatte zuletzt mittags mit ihr telefoniert und erfahren, daß meine Mutter von Dr. Dorsey eine Beruhigungsspritze bekommen und tief geschlafen habe, eben aber aufgewacht sei und sich ankleide, um Besucher zu empfangen. Hub Dorsey erlaube ihr nicht vor morgen, ins Krankenhaus zu gehen, falls es für meinen Vater ein Morgen gab. Ich wollte vor der Begegnung mit meiner Mutter erst einmal das Terrain sondieren. Ich wollte informiert sein, wollte kühl und bestimmt darüber befinden, was wer zu tun hatte. Auf gar keinen Fall plante ich, in Atlanta zu bleiben. Das mußte ich meiner Mutter von Anfang an klipp und klar sagen.

Im Krankenhaus nahm ich den Aufzug zur Intensivstation. Als ich das blendend helle Wartezimmer betrat, war mir für einen Moment, als lauere mir hier meine Vergangenheit auf. Die paar Menschen, die auf Sofas und Plastikstühlen herumsaßen oder vom Fenster aus die Lichterflut der Scheinwerfer auf der Peachtree Road betrachteten, hatten sich zu Ehren meines Vaters eingefunden. Wie die großen Elefanten umringte Old Buckhead einen Gestürzten aus seiner Herde. Dorothy saß zierlich, aufrecht und mit ruhiger Miene neben Lucy auf einem Sofa und streichelte ihr die verkrampften Hände. Am Fenster stand Jack Venable mit dem Rücken zu uns, die Hände in den Taschen, und sah hinaus in die Nacht. Ben, der inzwischen fast ganz eisengrau war und abgespannt und verbissen wirkte, saß auf einer Couch neben der blassen, elegant in schwarzen Jersey gekleideten Tante Willa, die schweigend eine Zigarette rauchte. Ein wenig abseits von den anderen saß auf einem Plastikstuhl Sarah Gentry in der rosa-weiß gestreiften Uniform der freiwilligen Pflegerinnen vom Piedmont Hospital, mit ebenso geradem Rücken und derselben Gelassenheit wie ihre Mutter. Ich sah Charlies bescheidenen Diamanten an ihrem Finger blinken. Beim Ton der Aufzugglocke hob sie den Kopf und schaute mir direkt ins Gesicht; als sie mich erkannte, blitzten ihre Augen vor Freude, wie früher, und ich bemerkte darunter die Schatten der Müdigkeit.

»Shep.« Ihre Lippen formten stumm meinen Namen. Die Beine wurden mir bleischwer vor Erschöpfung, und ich spürte die Freude über Sarahs Anblick in allen Gliedern; es gab mir im Herzen einen Stich.

Lucy sah Sarah lächeln, wandte mir den Kopf zu, sprang auf und rannte zu mir, das Gesicht voll frischer Tränenspuren, die Augen rot geschwollen. Sie wirkte furchtbar dünn, fast durchsichtig; in ihrem zerknitterten Pulli und Karorock, die ich noch aus der Schulzeit zu kennen glaubte, sah sie beinahe schlampig aus. Sie hatte das glänzende Haar zu einem unordentlichen Pferdeschwanz zusammengebunden. Sie war schön, trotz ihrer sorgenvollen Miene und legeren Kleidung, wirkte aber um Jahre gealtert. Sie streckte mir ihre eiskalten, rissigen Hände entgegen.

»Ich hab schon gedacht, du kommst gar nicht mehr«, sagte sie, und neue Tränen traten ihr in die Augen. Ich umarmte sie zerstreut.

»Wie geht's ihm?« fragte ich.

»Immer noch unverändert«, antwortete sie mit erstickter Stimme. »Gibby, er wird künstlich beatmet, und Dr. Dorsey glaubt nicht, daß er durchkommt und... ach, er sieht einfach furchtbar aus! Ganz weiß und verzerrt und eingefallen und mit tausend Schläuchen an ihm dran... Man kann es gar nicht mitansehen!«

Ich hatte leicht die Arme um sie gelegt, während ich darüber nachdachte, warum die Sache sie so mitnahm. Lucy war meinem Vater nie nahegestanden, das mußte ihr doch schon seit Jahren klar sein. Ich erinnerte mich an jene Szene aus unserer Kindheit, als sie nach Jamies Tod mit Little Lady durchgebrannt war und furchtbar Prügel bekommen hatte, wie sie ihm da am Frühstückstisch im dünnen Nachthemd auf den Schoß geklettert war und eine kleine Rede gehalten hatte, daß es ihr leid tue und sie auch ganz artig sein wolle, wenn er sie nur nicht fortschicke, und wie er sie nach einigem Zögern umarmt und ihr versprochen hatte, immer für sie zu sorgen. Und wie sie hinterher zu mir gesagt hatte: »Ich muß sicher wissen, daß er für mich sorgt, bis du es kannst.«

Aber weder er noch ich hatten ihrer Erwartung entsprochen.

Das war natürlich der Schlüssel. Der Schlaganfall mußte ihre alten Ängste auf den Plan gerufen haben. Aber sie war jetzt ja erwachsen und verheiratet, hatte sich zudem einen Vater erheiratet. Ich warf einen Blick auf Jack Venable, der immer noch in die schwarze Septembernacht starrte. Die steife Haltung von Schultern und Rükken sagte deutlich, daß er sich nicht zu dieser elitären Gruppe rechnete und nur wegen Lucy gekommen war.

Ich begrüßte Tante Willa, Dorothy, Ben und Sarah. Dann trat Hubbard Dorsey, der seit dem Tod des alten Dr. Ballentine unser Hausarzt war und gelegentlich mit meinem Vater Golf gespielt hatte, aus der Schwingtür zur Intensivstation. Auch er sah müde und zerknittert aus in seinem weißen Kittel mit dem Stethoskop um den Hals, aber als er mich erblickte, steuerte er mit einem Lächeln auf mich zu, und ich merkte seiner straffen Haltung und seinem beschwingten Schritt an, daß mein Vater noch einmal dem Tod entronnen war.

Er legte mir den Arm um die Schulter, schob mich zu der Sitzgruppe, wo die anderen saßen, und sagte: »Also, wir sind anscheinend fürs erste über dem Berg. Seine Werte sind plötzlich stabiler, er atmet wieder selbständig, und das EKG ist fast normal. Er hat nach wie vor gravierende Lähmungserscheinungen. Ich vermute, daß der Schaden bleibt, obwohl es zu einer sicheren Prognose noch zu früh ist. Vielleicht führt er uns an der Nase herum, wie mich letzte Nacht. Aber wenn er nicht noch einen schweren Schlaganfall erleidet – und diese Gefahr ist immer gegeben, besonders jetzt –, dann hat er es geschafft. Für diesmal.«

Lucy weinte auf, und ich überließ sie Jack, der den Arm um sie legte und sie zum Fenster führte, weg von den anderen. Dorothy und Ben standen lächelnd auf und streckten sich, Dorothy gab mir einen Kuß, Ben zog mich steif und wortlos an sich, und Tante Willa trat auf mich zu, küßte mich, als wäre es das Selbstverständlichste von der Welt, und sagte in zuckersüßem Ton: »Shep, Herzchen, was für eine gute Nachricht! Du hast ihm Glück gebracht. Ich rufe sofort Olivia an, und du mußt gleich zu ihr. Seit es passiert ist, wartet sie sehnlichst auf dich.«

»Ich gehe ja gleich nach Hause, Tante Willa«, antwortete ich. »Aber wenn es möglich ist, möchte ich erst nach Papa sehen.« Ich sah Hub Dorsey fragend an, und er nickte zustimmend.

»Nur ganz kurz. Ich komme mit.«

Ich ging auf Sarah zu und überlegte, was ich ihr bloß sagen sollte. Ich hatte sie nicht mehr gesehen seit ihrer Hochzeit, nein, seit dem häßlichen Auftritt im Plaza im Frühsommer, und in meinem Hirn, auf meinen Lippen wollten sich keine Worte einfinden. Ich konnte sie nur anschauen. Sie kam mir viel magerer vor als bei unserer letzten Begegnung. Ihre ganzjährige Bräune war einer Blässe gewichen, die ich nicht an ihr kannte, und unter den bernsteinfarbenen Augen saßen tiefe, safrangelbe Ringe. Die dichten, dunklen Brauen waren nicht gezupft. Ob sie krank gewesen war? Sie fuhr mir sacht mit den Fingern über die Wange, daß mir das Herz stockte. Mir fiel auf, daß ihre Hand ebenso kalt war wie Lucys und daß sie zum erstenmal, seit ich denken konnte, keine Farbspuren unter den Nägeln hatte. Ich legte meine Hand in ihre und sagte: »Hallo, Sarah, schön, daß du gekommen bist.«

»Aber das ist doch selbstverständlich, Shep«, antwortete sie mir mit der alten, vollen Stimme, bei der mir warm ums Herz wurde. »Ich habe auf dich gewartet.«

»Nett von dir. Ist Charlie auch da?«

Sie lachte, und auch das Lachen war das alte; unverwechselbar Sarahs Lachen.

»Nein, er ist im Büro. Er läßt dich grüßen und dir ausrichten, daß er dich morgen besucht, und es würde ihn ganz besonders freuen, wenn du bald einmal zu uns zum Essen kommen würdest.«

»Wo wohnt ihr denn?« Die Frage klang verrückt, aber mir fiel ein, daß ich es nicht wußte.

»Wir sind in ein Häuschen in der Greystone Road gezogen, gleich um die Ecke von Bens und Julias Wohnung. Ben ist es bestimmt nicht recht, daß ihm seine kleine Schwester so nahe auf die Pelle gerückt ist, aber er sagt nichts. Nach Weihnachten, wenn sich der Trubel gelegt hat, würde ich gerne eine kleine Party für dich geben...«

»Das wäre nett«, sagte ich. Die Vorstellung war mir zwar unerträglich, doch ich fühlte mich sicher in dem Wissen, daß ich, ehe sie die Leute zusammentrommeln konnte, schon zweitausend Meilen weit weg in Vermont sein würde. »Du siehst gut aus, Sarah...«

»Ich sehe aus wie zwölf Meilen Schlaglöcher, und du weißt es.« Sie grinste. »Aber das ist nur vorübergehend. Also, geh jetzt hinein zu deinem Papa. Ich muß dir ja nicht erst sagen, wie froh wir sind, daß er auf dem Weg der Besserung ist.«

»Ja, ein Glück.« Ich gab ihr einen Kuß auf die Wange, die ebenso kalt war wie ihre Hände. Dann wandte ich mich Hub Dorsey zu.

»Gehen wir«, sagte er.

Wir schritten durch die Schwingtür den Korridor entlang zur Intensivstation, und der Geruch von Krankheit und ihr elektronischer Pulsschlag füllten mir Nase und Ohren. Die Sterblichkeit grinste von den Bildschirmen herab; gleich da, außer Sichtweite, lauerte der Tod und verbreitete seinen Gestank, trotz aller Anstrengungen, ihn mit Wäschestärke und Desinfektionsmittel stubenrein zu machen.

»Meinen Sie wirklich, daß er durchkommt?« fragte ich. »Oder war das nur zur Beschwichtigung für Lucy und Tante Willa gedacht?«

»Nein. Ich glaube schon, daß er durchkommt. Ich glaube aber auch, daß ihm das leid tun wird ... falls er überhaupt so weit denken kann. Im Moment tappen wir völlig im dunkeln über Art und Ausmaß seine Hirnschädigung, und das wird auch eine Weile so bleiben. Vielleicht wird er wieder einigermaßen klar, vielleicht vegetiert er nur noch dahin. Er hat schwere bleibende Schäden. Er kann nur eine Hand bewegen und die Zehen an einem Fuß, er kann den Kopf zur Seite drehen. Er kann natürlich nicht sprechen, und ich bezweifle stark, daß er je wieder dazu in der Lage sein wird. Aber, wie gesagt, womöglich führt er uns an der Nase herum. Er muß eine Konstitution haben wie ein Mammut.«

Mein Vater erinnerte mich so sehr an eine Wachspuppe, die man zu Demonstrationszwecken an eine erstaunliche Menge Maschinen und Bildschirme angeschlossen hatte, daß mir seine Leiden unwirklich vorkamen, und so empfand ich, als ich ihn in seinem Gitterbett betrachtete, nichts als milde Verwunderung, weil er so klein wirkte. Er lag in einem weißen Operationshemd im geisterhaft grünlichen Zwielicht der Skalen und Monitore, und etliche Kabel krochen in ihn hinein und aus ihm heraus. So erinnerte er mich frappierend an ein unglückliches Insekt, das Argiope, eine unserer schönen großen Spinnen der Südstaaten, in ihrem Netz fängt, flink mit weißer Seide umwickelt und aussaugt, bis nur noch eine papierne Hülse bleibt. Er atmete von selbst, seine Brust hob und senkte sich unter gereiztem Pfeifen. Ein Auge stand offen und starrte blau und wütend zur Decke, das andere war zu, und der halb geschlossene Mund war verzerrt, als wolle mein Vater ein Lachen unterdrücken oder in Tränen ausbrechen. Man hatte ihn ans Bett geschnallt; auch seine Arme waren angegurtet.

»Warum ist er so verschnürt?« fragte ich. »Er kann sich doch sowieso nicht bewegen. Und selbst wenn, wie sollte er denn über die Gitterstäbe kommen?«

»Wenn ihn noch einmal der Schlag trifft, könnte er rausgeschleudert werden«, antwortete Hub Dorsey. »Soviel ich gehört habe, hat er beim erstenmal auf dem Golfplatz fast einen Salto rückwärts gemacht.«

Die Vorstellung von den akrobatischen Übungen meines Vaters auf dem Samtrasen des Brookhaven Clubs war gräßlich und komisch zugleich, und ich mußte mich schwer zusammenreißen, um nicht in ein verrücktes, verbotenes Gelächter auszubrechen.

»Glauben Sie... Kriegt er noch einen Anfall?«

»Höchstwahrscheinlich. Früher oder später stirbt er vermutlich an einem neuen Schlaganfall, das heißt, wenn er keine Lungenentzündung bekommt. Es kann heute nacht passieren oder erst in zehn, zwanzig Jahren. Das Wahrscheinlichste ist, daß er eine Reihe geringfügiger Hirnschläge bekommt, die man nicht einmal bemerkt; wir nennen so etwas ›vorübergehende ischämische Attacken‹. Das kann ziemlich lange dauern. Oder, wie gesagt, es kommt ein schwerer Anfall und macht allem ein Ende.«

»Zehn Jahre«, murmelte ich, betrachtete den mit Schläuchen behafteten Körper meines Vaters, sah aber nur den rotblonden Riesen, der meine Kindheit beherrscht hatte. »Vielleicht auch zwanzig...«

»Tja. Deswegen habe ich ja gesagt, daß es ihm wahrscheinlich leid tun wird, wenn er durchkommt, Shep, und im Lauf der Zeit auch euch. Das ist doch kein Leben. Ich persönlich würde der Lungenentzündung den Vorzug geben, wie jeder Arzt. Sie heißt ja bei uns nicht umsonst ›Freundin der Alten‹. Alles in allem ist es ein guter Abgang.«

»Mann Gottes«, murmelte ich vor mich hin. Wie konnte er sich da hinstellen, neben dieses menschliche Wrack, das sich so grausig und widersinnig an sein erbärmliches Leben klammerte, und von einem guten Abgang sprechen?

Er legte wieder den Arm um mich. »Shep, wir Ärzte finden uns nicht einfach mit dem Tod ab, aber gelegentlich kann die Alternative schlimmer sein. Das da, was du hier im Gitterbett angeschnallt siehst wie ein mißgebildetes, altes Baby, ist nicht mehr dein Vater; das ist nicht mehr mein Freund. Es ist ein Mutant. Ein peinlicher Unfall. Er war zum Sterben bestimmt. Der Mensch Sheppard Bondurant ist vorgestern auf dem Golfplatz gestorben. Ich sage dir, an dieser Ruine wirst du nicht viel Freude haben. Und Olivia erst recht nicht. Ich rate dir, laß mich Anweisung geben, daß nichts unternommen wird, wenn er eine Lungenentzündung bekommt. Und wenn er sich durchkämpft, solltest du ihn gleich in einem Pflegeheim unterbringen. Die können am besten Rehabilitationsmaßnahmen durchführen, wenn es noch möglich ist. Und wenn nicht, können wenigstens du und Olivia normal leben.«

»Ich weiß nicht, was Mutter für Pläne…«, fing ich an.

»Sie überläßt es dir. Zu mir hat sie gesagt, daß du von jetzt an die Entscheidungen triffst. Shep, sie will bestimmt nur, daß es vorbei ist, und glaube mir, wenn er irgend kann, ist es das beste, ihn von uns gehen zu lassen, und wenn nicht, ihn in ein Heim zu geben.«

Ein Gefühl der Erschöpfung durchflutete mich mit solcher Macht, daß ich fast zusammengebrochen wäre. Mir zitterten die Knie, und mein Kopf fiel zur Seite. Hub Dorsey merkte es, stützte mich und schob mich aus dem Zimmer.

»Gehen wir einen Kaffee trinken und vielleicht einen Happen essen«, sagte er. »Die Cafeteria ist offen und der Drugstore vis-à-vis. Du bist bestimmt an einem Stück durchgefahren. Wann hast du das letzte Mal was zu essen gekriegt?«

»Ich habe gestern abend gut gegessen und letzte Nacht lange geschlafen«, antwortete ich. Meine Benommenheit ließ nach. »Ich mache mich auf den Heimweg. Wie geht es meiner Mutter? Tante Willa hat mir gesagt, daß sie außerstande ist herzukommen.«

»Es geht ihr inzwischen einigermaßen. Zuerst war sie ziemlich hysterisch. Ich habe sie die ganze Zeit ruhiggestellt. Aber am Anfang… ich weiß nicht. Sie hat geweint und gelacht… So kenne ich sie gar nicht. Irgendwie hätte ich das nicht erwartet. Wenn du meine Offenheit entschuldigst – ihr Verhältnis muß doch enger gewesen sein, als ich gedacht hätte…«

Ich winkte ab. Ich konnte ihm sein Erstaunen nicht verübeln. Die Reaktion meiner Mutter überraschte mich genauso. Was sie auch einmal verbunden haben mochte, meiner Ansicht nach hatten sie keinerlei Gemeinsamkeiten gehabt, abgesehen von Vertrautheit, Gewohnheit und einem ausgedehnten Grundbesitz mit seinen komplizierten Eigentumsverhältnissen. Aber, dachte ich, schließlich bin ich der letzte, der sich als Experte für die Beziehung zwischen zwei Menschen betrachten dürfte. Ich werde nicht mehr so schnell über die Liebe eines anderen Menschen staunen, ob Mann oder Frau.

»Ich lasse mir das mit dem Pflegeheim durch den Kopf gehen«, sagte ich. »Inzwischen, wenn es zum Letzten kommt, keine Apparate, keine künstliche Beatmung, ja?«

»Gut. Braver Junge. Mann, meine ich. Shep, ich finde das so bedauerlich. Für den einzigen Sohn ist es nicht leicht, den Vater zu verlieren.«

»Danke, Hub, für mich ist es nicht so schlimm. Ich mache mir nur Sorgen um Mutter.« Ich wandte mich ab, daß er mein Gesicht nicht sehen konnte, das verräterische Fehlen der Trauer nicht bemerkte.

»Ihr wird es bestimmt bald bessergehen, jetzt, wo du zu Hause bist. Sie hat die letzten zwei Tage ständig nach dir gefragt. Wenn du bei ihr bist, kommt sie schon darüber hinweg.«

Ich dachte an die weißen Berge von Vermont, den braunen neugotischen Ziegelbau, der in Haddonfield auf mich wartete, und an den süßen, frischen Fluß von Tagen und Monaten, in den ich würde eintauchen können. Ich war mehr denn je entschlossen, den Trimesteranfang nicht zu versäumen. Ich hatte mich bereits entschieden: Ich wollte für meinen Vater ein gutes Pflegeheim suchen, Tom Carmichael, dem Geschäftsführer meines Vaters, die baldige Einstellung eines guten Managers anempfehlen, meine Mutter mit meinen Plänen bekannt machen und die Stadt noch vor Anbruch des neuen Jahres verlassen. Notfalls würde mich Ben Cameron unterstützen. Auch auf die anderen mächtig gewordenen Männer aus Buckhead konnte ich zählen. Sollte meine Mutter Einwände erheben – ich war imstande, mich klammheimlich in aller Frühe, ehe sie erwachte, mit meinen Siebensachen aus dem Gartenhaus zu schleichen. Ich wollte nur noch schleunigst das Notwendige erledigen – und dann nichts wie weg. Beim Anblick von Sarahs blassem, bedrücktem Gesicht hatte ich erkannt, daß meines Bleibens hier nicht war.

Ich bestieg meinen Lieferwagen und fuhr auf der Peachtree Road zurück nach Norden. Es war jetzt fast zehn Uhr abends, doch die Landschaft strahlte in der Lichterflut der Automobile und Neonröhren so hell wie bei Sonnenuntergang. Auf einmal fiel mir auf, daß zur Zeit meines Umzugs nach Princeton hier nicht so viel Licht gewesen war. Dieser Abschnitt der Peachtree Road hatte früher im Dunkeln gelegen, bis auf die Straßenlaternen und ein paar unscheinbare Neonstriche, wo sich zwischen alten Villen und dichtem Baumbestand hier und da bescheiden ein Restaurant duckte – Johnny Escoe's oder Rusty's oder Vittorio's. Inzwischen hatten etliche der Wäldchen häßlichen, zwei- oder dreistöckigen Geschäftsbauten weichen müssen – eine Beleidigung für die alten Häuser –, und auch an mancher Villa hafteten diskret die Schilder von Firmen: Versicherungsgesellschaften, Arztpraxen, Anwaltskanzleien, Vertretungen und Verkaufsbüros amerikanischer Konzerne. Tankstellen, Chemische Reinigungen und Getränkemärkte boten jetzt, zur Urlaubszeit, ihre Dienste an, und an der Straßenecke gegenüber vom Krankenhaus stand ein unmögliches, schilfgedecktes polynesisches Restaurant mit einem krängenden, überdimensionalen Auslegerboot davor und einem Schild mit der Aufschrift »Kon Tiki«. Jemand – offenbar ein Spaßvogel – hatte auf dem handtuchgroßen Rasen neben dem Ausleger eine Weihnachtskrippe aufgestellt. Ein riesiges, gelangweiltes Plastikkamel war offenbar eben im Begriff, den gespreizten Huf ins Boot zu setzen. Wieder mußte ich es mir mühsam verbeißen, wie ein Irrsinniger zu lachen. Wenn ich erst einmal anfange, dachte ich, kann mich keine Macht der Welt mehr bremsen, und ich kann doch nicht unser schönes Haus, ein Trauerhaus, mit einem Heidengelächter betreten.

Soweit ich denken konnte, hatte zu Weihnachten an der großen, weißen Haustür mit dem fächerförmigen Oberlicht ein schlichter, grüner Buchskranz mit roter Samtschleife gehangen. Der freundliche, friedliche Anblick rührte mich an, und ich stellte instinktiv den Lieferwagen hinter dem Haus vor der Stallgarage ab, statt ihn wie einen Schandfleck auf der halbkreisförmigen Auffahrt stehen zu lassen. Shem Cater hatte offenbar nach mir Ausschau gehalten, denn noch ehe ich hinten auf der kleinen Sommerveranda die Hand nach dem Türknauf ausstrecken konnte, hatte er mir geöffnet. Martha stand neben ihm. Shem schüttelte mir die Hand und sagte: »Was bin ich froh, daß Sie wieder daheim sind, Mr. Shep«, und die alte Martha drückte mich kurz und kräftig an sich und sagte: »Zeit wird's, Shep. Komm schon rein und mach die Tür zu, sonst erfrieren wir hier noch.« Martha hat mich nie im Leben ›Mr. Shep‹ genannt. Ihr dunkler, geheimnisvoller Duft hüllte mich ein; da kam ich mir wirklich wie zu Hause vor.

Meine Mutter erwartete mich, aber nicht auf der kleinen Glasveranda, wo wir uns sonst im Winter aufhielten, sondern im Wohnzimmer. Soviel ich wußte, hatten meine Eltern den Raum nie benutzt, außer wenn Besuch da war, und als ich in das riesige Zimmer mit den aprikosenfarbenen Stuckwänden und den Schnitzereien aus Celastraceenholz trat, fühlte ich mich wie ein Eindringling, ein

Vandale oder Hunne auf Raubzug. Plötzlich genierte ich mich, daß meine Kleider schmutzig waren von der Reise und ich seit der Abfahrt in New York nicht gebadet hatte.

Meine Mutter saß auf einem der beiden Brokatsofas neben dem offenen Kamin mit einer Verkleidung aus grauem italienischen Marmor. In ihrem dunkelroten Samtkleid sah sie aus wie eine mittelalterliche Fürstin oder wie Königin Guinevere beim Empfang eines Gefangenen, den ihr ein Ritter der Tafelrunde von seiner Ausfahrt zur Auslösung schickt. Die große, geschmückte, lichtbesetzte Fraser-Tanne – ein Gegenstück zu der im Treppenhaus – und das flackernde Feuer bildeten die einzige Beleuchtung im Zimmer, und es fehlte nur noch das Windspiel zu ihren Füßen zur Vervollständigung dieses Bildes düsterer, mittelalterlicher Pracht.

»Shep, mein Junge«, flötete sie und streckte im Sitzen beide Hände nach mir aus. Ich setzte mich neben sie auf das Sofa und nahm ihre Hände; sie legte mir sacht die Stirn an die Schulter und verharrte reglos in dieser Stellung, so daß mir schließlich nichts anderes übrigblieb, als sie zu umarmen. Wir saßen eine ganze Weile so da, still und stumm, ich, weil ich nichts zu sagen wußte und bei ihrem Duft und ihrer Nähe einen trockenen Mund bekam, und sie, weil sie irgendein seltsames Mutter-und-Sohn-Spielchen trieb. Das unbewegte Schweigen machte mir eigentlich nichts aus. Besser als das hysterische Gelächter und Geheule, von dem Dr. Dorsey berichtet hatte. Sie hob den Kopf und sah mich an, und ich bemerkte den fiebrigen Glanz in ihren raffiniert geschminkten dunklen Schlehenaugen. Auf dem blassen Gesicht brannten hektisch zwei rote Flecken, und ihr Lippenstift paßte farblich perfekt zum weich fallenden Seidensamt ihres Kleides. Sie hatte das glanzlose schwarze Haar zu einem strengen Nackenknoten zurückgekämmt. In den fleischigen kleinen Ohren funkelten Stecker mit Süßwasserperlen als einziger Schmuck außer dem Ehering.

»Was für ein schwerer Schlag«, sagte sie. »Schlimmer. Eine Tragödie. Das Ganze hat mich so angegriffen, ich habe gedacht, es ist mein Tod; und keiner da zu meiner Unterstützung, bloß immer diese Willa mit ihrer Betulichkeit und ihrem Geflüster. Aber jetzt, wo du zu Hause bist, wird alles gut. Ja, auf meinen großen, tapferen Jungen kann ich mich verlassen. Ach Sheppie, ich habe es kaum erwarten können, daß du endlich kommst!«

»Ich bin eben noch im Krankenhaus vorbeigefahren«, sagte ich. »Hub Dorsey ist ziemlich zuversichtlich, daß Papa durchkommt. Tante Willa hat dich ja bestimmt schon angerufen. Ben und Dorothy sind auch dagewesen, und Lucy und Jack und Sarah. Du mußt dich nicht so aufregen, Mutter. Wie es aussieht, hat er sich schon ganz gut erholt.«

Ich sah keinen Grund, ihr Hub Dorseys Äußerungen über die Zukunft und die Überlebenschance meines Vaters wiederzugeben. Ganz bestimmt behielt ich für mich, was er für einen Anblick geboten hatte.

»Ich sollte eigentlich an seiner Seite sein, aber du hast mir so gefehlt, und ich wollte nicht ohne dich aus dem Haus«, sagte sie mit brüchiger, müder Stimme. »Ich war die ganze Zeit mit dem Krankenhaus in Verbindung; Hub und Willa haben alle halbe Stunde hier angerufen, und jetzt, wo du da bist und Papa auf dem Weg der Besserung, will ich nicht mehr von seiner Seite weichen. Gleich morgen früh gehe ich hin und bleibe den ganzen Tag. Aber jetzt möchte ich, daß du dich zu mir setzt, dich ein bißchen ausruhst und mir erzählst, was es Neues bei dir gibt, wie bei einem richtigen Besuch. Wie an Weihnachten, als du noch klein warst. Weißt du noch, wie du mal gedacht hast, bei Rich's zu sein und nicht im Wohnzimmer, weil so ein großer Baum drin stand? Du hast dich gar nicht hereinzukommen getraut. Du warst damals drei, vielleicht auch vier oder fünf, und einfach süß in deinem niedlichen Schlafanzug mit den Füßchen...«

Die verbrauchte, angeschlagene leise Stimme gewann beim Sprechen an Kraft und Eindringlichkeit, bis meine Mutter zu meinem Erstaunen übersprudelte von mädchenhaftem Geplapper. Ich schaute sie mit offenem Mund an. War sie angetrunken? Oder kündigte sich ein neuer hysterischer Anfall an, wie ihn Hub Dorsey beschrieben hatte?

»Was es bei mir Neues gibt, hat Zeit«, sagte ich im Gedanken an den nahen Hafen von Haddonfield. Es wäre Selbstmord gewesen, zur Unzeit davon anzufangen. »Ich würde jetzt ganz gerne einen Happen essen und dann duschen und ins Bett gehen. Ich habe seit heute mittag nichts mehr gekriegt. Und du solltest dich auch ein bißchen ausruhen. Du bist ja aufgedreht wie ein Uhrwerk. Hat Hub dir was zum Einschlafen dagelassen?«

»Ach, mein armes Kind«, rief sie aus und hielt sich die weiße Hand vor den Mund, als hätte sie eine schlimme Nachricht erhalten. »Du mußt natürlich unbedingt etwas essen! Shem soll uns hier am Feuer belegte Brote und etwa zu trinken servieren, das wäre doch festlich und weihnachtlich, was? Entschuldige meine Selbstsucht. Ich hätte daran denken müssen, daß du ja Hunger hast! Wir könnten eine Flasche vom Weihnachtssekt aufmachen und eine kleine Party feiern –«

»Mutter«, ich hob abwehrend die Hand. »Bloß keinen Sekt, danke. Ein Brot und ein Glas Milch oder eine Tasse Kaffee wäre jetzt recht. Komm, plündern wir die Küche! Ich möchte Shem und Martha nicht bemühen, sie haben genausowenig geschlafen wie alle anderen.«

Einen Moment lang wirkte sie verblüfft, als könne sie nicht begreifen, wozu Shem und Martha Cater denn Schlaf brauchen sollten, dann lächelte sie wehmütig.

»Junge, woran du alles denkst. Natürlich. Sie haben sich um Papa fast genauso viel Sorgen gemacht wie ich. Gehen wir in die Küche, und ich richte dir eigenhändig ein paar Brote. Es macht mir Freude, mein Kind wieder einmal zu versorgen.«

Da ich mich nicht entsinnen konnte, daß sie das früher getan hätte, schwieg ich. Wir verließen das düstere Wohnzimmer; sie ging voraus, ihr schlanker Körper tänzelte förmlich auf den schmalen Füßen in ihren hochhackigen goldenen Pumps. Hauchdünne Strümpfe schimmerten an ihren Fesseln, und auf dem Nackenknoten steckte ein glitzerndes Diadem – Straß? Diamanten? Sie war gekleidet, als ginge sie auf den Wohltätigkeitsball im Driving Club. Sie wiegte sich wie zu Musik.

Die Küche war gut geheizt und hell erleuchtet. Auf einem Tablett stand unter einer Serviette ein Teller mit Schinken- und Putenbroten. In der Maschine war frischer Kaffee. Shem und Martha hatten sich offenbar in ihre Wohnung über der Garage zurückgezogen.

Meine Mutter ließ sich auf einem Küchenhocker nieder, kreuzte die eleganten Beine und nippte an dem Kaffee, den ich ihr eingoß. Ich schlug mir den Bauch voll, bis sich in meinem Magen ein wohliges Gefühl der Sättigung einstellte, und schenkte mir ebenfalls einen Kaffee ein. Wie wir da saßen, hätten wir für ein Bild in einer von den Frauenzeitschriften meiner Mutter posieren können: Mutter und

Sohn lächelnd beim nächtlichen Imbiß in einer warmen, hellen Küche in Irgendwo, USA, zu jener hoffnungsvollen Zeit, Anfang der 60er Jahre. Schmerz und Gestank, Tod und Intubation, starres Fletschen stummer Lippen, Wachstum von Todesblumen in zerstörten Hirnen – all das gab es nicht in unserer glänzenden Vierfarbdruckwelt. Meine Mutter war nicht soeben aus einem angsterfüllten Tablettenschlaf erwacht; mein Vater lag nicht, verkabelt und verkrampft, in einem Krankenhaus zwei Meilen weiter; Sarah hatte nicht Charlie Gentrys Goldring am schlanken Finger; mein Herz war darum nicht grau und weise geworden. Ich stellte meine Tasse hin und grinste meine Mutter albern an; wieder war mir bewußt, daß ich ihr nichts zu sagen hatte, keine klugen Worte des Trostes oder gar der Zuneigung. Ich wollte nur noch in die alte, friedliche Vergessenheit meines dunklen Schlafzimmers im Gartenhaus fliehen. Ich wußte nur nicht, wie hinkommen, ohne aufzuspringen und in die kalte Nacht hinauszustürmen, und das strahlende, erwartungsvolle Lächeln meiner Mutter sagte mir deutlich, daß von diesem Abend und von mir noch einiges erhofft wurde. Die schmerzensreiche Dame aus dem Mittelalter hatte sich mitten in ihrer Erzählung über ein Weihnachten in meiner Kindheit auf Nimmerwiedersehen verabschiedet. Die Frau vor mir war ein Geschöpf der Lüste und Ränke und lauerte nur darauf, sie ihrem Sohn anzutragen.

»Ahh«, sagte ich schließlich. »Das hat gutgetan. Möchtest du dich wieder an den Kamin setzen?«

»Nein, da ist es so steif und förmlich, findest du nicht? Bleiben wir doch hier und reden ein Weilchen, und dann habe ich oben eine Überraschung für dich. Sag mal, wie geht es Sarah? Hat sie sich gefreut, dich zu sehen? Ist sie schon in Umständen?«

Die Wendung des Gesprächs kam für mich so völlig unerwartet, daß ich mich am Kaffee verschluckte und ein paar Tropfen auf den Tisch spuckte. Sie kicherte silbern auf.

»Sheppie, du bist ja immer noch ein klein bißchen in sie verschossen, hm?« fragte sie fast übermütig. »Das habe ich mir gedacht. Na ja, ist nicht schlimm. Es gibt bei uns noch mehr hübsche Mädchen, und ich sorge schon dafür, daß du allen vorgestellt wirst, wo du jetzt wieder daheim bist. Und ein paar ganz entzückende junge Frauen sind neu in der Stadt; ich treffe sie ständig in der League und beim Essen. Jede Menge berufstätige Frauen. Hübsch und klug. Du bist nicht auf Sarah angewiesen. An jedem Finger kannst du zehn haben, du wirst dich noch wundern. Du bist wirklich ein gutaussehender junger Mann, Sheppie, das habe ich schon immer gesagt, auch wenn es dein Papa nie gefunden hat, und jetzt, wo du erwachsen bist –«

»Mutter«, unterbrach ich sie halb verblüfft, halb verzweifelt. »Wir müssen uns erst einmal über Papa unterhalten. Warten wir ab, bis du ihn morgen besucht und mit Hub gesprochen hast, dann werden wir weitersehen, aber du solltest wissen, daß es... nicht zum besten um ihn steht...«

»Aber natürlich, das weiß ich ja.« Sie verzog keine Miene. »Er hat einen schweren Schlaganfall erlitten. Da kann es ja gar nicht gut um ihn stehen. Aber du und Willa, ihr habt doch beide gesagt, daß er nicht sterben muß...«

»Sterben vielleicht nicht, aber wie es aussieht, wird er vermutlich nie wieder der alte sein, vielleicht kann er sich nicht einmal mehr bewegen... Ich will nur nicht, daß du meinst, alles wird wieder so wie früher. Ich möchte nicht, daß du das glaubst und dann traurig bist, wenn es anders kommt. Mutter, er kann noch jahrelang leben, ohne ein Glied zu rühren. Wir müssen uns wirklich gründlich überlegen, was wir unternehmen...«

Sie lächelte mich so strahlend an, daß mir unheimlich wurde und mir der Hals und die Hände kribbelten.

»Ich habe mir schon alles überlegt«, antwortete sie, als ginge es um einen Elternabend im Kindergarten. »Ich habe es mir gestern und heute durch den Kopf gehen lassen, während die anderen alle im Krankenhaus waren. Natürlich wird alles anders als früher. Ich weiß, daß er wahrscheinlich für immer gelähmt ist. Aber er bleibt wenigstens am Leben. Ich habe noch einen Gatten, und du hast noch einen Vater. Es ist immer noch ein Mann im Haus. Sogar zwei, weil du jetzt auch daheim bist.«

»Mutter, es kann doch nicht dein Ernst sein, daß du ihn ins Haus nehmen willst! Weißt du denn, was es heißt, völlig gelähmt zu sein, einen völlig Gelähmten im Haus zu haben? Wer soll ihn versorgen? Das kannst du auf gar keinen Fall schaffen, auch nicht mit Shem und Martha und Tante Willa. Mit ›unternehmen‹ habe ich gemeint, wir sollten ein gutes Pflegeheim für ihn suchen, wo er vom Krankenhaus aus hin kann, und jemanden einstellen, der sich um das Geschäft kümmert –«

Sie machte eine wegwerfende Handbewegung, daß die rot lackierten Fingernägel blitzten.

»Pah, das Geschäft! Tom Carmichael kann das alberne Geschäft leiten, bis du dich auskennst. Er kann dir alles beibringen, was du wissen mußt, und du richtest dir dein Büro in der Bibliothek ein oder fährst ein paarmal die Woche in die Stadt, wenn du willst – mehr hat er auch nicht gemacht. Und selbstverständlich hole ich ihn nach Hause. Er kann in Tante Willas Zimmer ziehen, und in Little Ladies Schlafzimmer stellen wir eine Sitzecke, und im Ankleidezimmer kann die Krankenschwester schlafen, und zuerst lassen wir rund um die Uhr eine kommen, und später kriegt er seine Privatpflegerin. Und ich lege selbst mit Hand an. Er ist schließlich mein Mann. In unserer Familie kümmert man sich um die Seinen...«

Ich konnte sie nur ansehen. Ihre Miene glänzte vor Unternehmungslust und irrwitziger Heiligkeit, aber es lag noch etwas anderes darin. Macht blitzte da auf wie bei einem Wärmegewitter. Klar, daß sie ihn bei sich behielt, klar, daß sie ihn selbst pflegte. Dann gehörte alles ihr: die Macht im Haus, die Macht über ihn; die Macht und der Mann waren in ihrer Hand. Dazu kam noch ihr neuer Heiligenschein: Olivia Bondurant pflegt den hilflosen Gemahl, sitzt geduldig an seiner Bettkante, legt ihm die kühle Hand auf das stumme, zornige Gesicht. Das provinzielle Gewand der Selbstlosigkeit, das sie bei der Heirat im engen Griffin zurückgelassen hatte, als sie mit meinem Vater in die weltgewandte Stadt zog, schmiegte sich ihr um die Schultern wie für sie geschaffen.

»Und wo schläft Tante Willa?« war alles, was ich herausbrachte.

»Willa zieht ins Gartenhaus, und ich kann dir sagen, darüber ist sie ganz schön wütend«, antwortete meine Mutter mit Genugtuung. »Aber was soll sie machen? Sie kann ja nicht selbst bestimmen, wo sie im Haus ihrer Schwägerin schlafen soll; sie kann noch froh sein, daß sie all die Jahre überhaupt ein Dach über dem Kopf hatte. Und Little Lady und Carter haben ihr auch nicht gerade den roten Teppich ausgerollt. Nein, das Gartenhaus ist genau das richtige für sie, dann ist sie mir wenigstens oben nicht im Weg, solange ich einen Kranken im Haus habe. Bestimmt würde sie ihn am liebsten selbst pflegen, mit dem Hintergedanken, daß er ihr dann vielleicht eine Kleinigkeit vermacht. Pah! Willa! Sie kann von Glück sagen, daß ich sie nicht vor die Tür setze!«

Meine Kehle und meine Zunge wurden staubtrocken, und das Herz klopfte mir heftig. Das Gartenhaus – meine kühle, schöne Zuflucht; Lucys und mein Versteck vor der Welt, wo wir beide uns vollkommen sicher gefühlt hatten. Mir wurde richtig schlecht, wenn ich mir Tante Willa darin vorstellte in ihren modischen, verführerischen Klamotten und mit ihrem aufwendig zusammengesuchten Schnickschnack – alles den Sachen in der Villa so ähnlich wie möglich; Willa, mit ihrem aufdringlichen Duft nach Frau... Ich schluckte mühsam und spürte, wie mir salzig die Galle hochkam. Selbst wenn ich gar nicht da war, wenn ich aus vielerlei Gründen nie wieder heimkehrte – die Vorstellung von Willa Slagle Bondurant im Gartenhaus war mir unerträglich.

»Wann... wann zieht sie um?« fragte ich heiser. Mich durchfuhr der entsetzliche Gedanke, daß sie womöglich schon dort wohnte, daß ich die unvermeidlichen Weihnachtsnächte im kühlen, freudlosen Gästezimmer oder, schlimmer noch, in Tante Willas alten Räumen verbringen mußte. Ich war drauf und dran, mit Gebrüll durch die Nacht zum Gartenhaus zu stürmen und ihre widerlichen Habseligkeiten mit meinen bloßen Händen in den kalten, toten Park hinauszuschleudern.

»Sie zieht um, sobald der schreckliche kleine Kerl von Rich's kommen kann, um ihr Zimmer für Papa herzurichten und noch ein paar Änderungen vorzunehmen«, erwiderte meine Mutter. »Er hat mir gleich an dem Tag, an dem ich angerufen habe, ein paar Entwürfe und Muster gebracht. Wann war das noch? Laß mich überlegen. Vorgestern? Ich glaube, ja. Kommt mir vor wie eine Ewigkeit. Ja, ich habe in der Dekorationsabteilung angerufen, und keine vier Stunden später war er zur Stelle. Der Name Bondurant bedeutet eben noch was bei Rich's, trotz der ganzen Neureichen in der Stadt.«

Sie lächelte vor Genugtuung darüber, daß sich der arme Dekorateur von Rich's mit seinen Musterbüchern, Entwürfen und Stoffen mitten im Weihnachtsrummel an ihrer Türschwelle eingefunden hatte, und ich dachte: ›Sie spricht von dem Nachmittag nach Papas Schlaganfall. Er lag im Krankenhaus und rang mit dem Tod, und da hat sie sich in ihrem Zimmer eingeschlossen, und während alle dachten, daß sie niedergeschmettert und hysterisch ist, hat sie sich Gedanken über eine neue Inneneinrichtung gemacht. Sie polstert das Nest frisch, obwohl er noch gar nicht draußen ist.‹ Ich war sprachlos.

»Und jetzt«, trällerte sie, »das Beste an meinem Plan. Komm mit nach oben, Sheppie. Ich habe eine Überraschung für dich.«

Ich stand auf und folgte ihr aus der Küche. Die beiden endlosen, nervenaufreibenden Tage auf der Straße, die Begegnungen im Krankenhaus, der Schreck über den verzerrten, an Schläuche angeschlossenen Körper meines Vaters und die kalte Last Sarahs auf meiner Seele überfluteten mich wie eine große, eisige Woge; stumm stolperte ich hinter meiner Mutter die schöne, freistehende Treppe hinauf, weil ich zum Widerspruch zu müde war.

Oben links am Ende des Flurs blieb sie an der Tür zum Elternschlafzimmer stehen, sah mich über die Schulter an und bedachte mich mit einem Lächeln, krampfhaft und strahlend wie alles an ihr in dieser seltsamen Nacht.

»Bist du bereit?« fragte sie in kindlicher Aufregung.

»Ich glaube schon«, murmelte ich.

»Voilà!« rief meine Mutter und stieß die Tür auf.

Seit ich das verhaßte Kabuff nebenan verlassen hatte, wo ich vom Säuglingsalter bis zu Lucys Ankunft den Voyeurschlaf eines Gefangenen geschlafen hatte, hatte ich das Zimmer kaum betreten. Ich haßte es rundheraus, obwohl es bei weitem das schönste Schlafzimmer der Villa war. In meiner Einbildung hatten diese Wände meinen kindlichen Zorn, meine Angst, meinen Ekel in sich aufgesogen und gespeichert. Ich blieb hinter meiner Mutter auf der Schwelle stehen und hatte so wenig Lust zum Eintreten, als züchtete sie hier Schlangen.

Der riesige Raum im Obergeschoß nahm den größten Teil des linken Flügels ein und war so tief wie das Haus selbst; die großen palladianischen Fenster reichten bis zum Boden und gingen nach vorne auf die Peachtree Road und nach hinten auf den Park mit dem Gartenhaus. Der Boden war ein glitzernder See aus poliertem Eichenholz, auf dem vereinzelt dünne, glänzende alte Orientteppiche in dezenten Pastelltönen – Kirmans und Bucharas – lagen; rechts und links vom Kamin mit seiner rosa Marmoreinfassung standen zwei blaßrosa Brokatsofas, dazwischen ein hübsches Teetischchen.

An einem der Fenster auf die Peachtree Road befand sich der zierliche französische Schreibtisch meiner Mutter; neben dem offenen

Kamin prangten zwei riesige Kleiderschränke aus Mahagoni. An der gegenüberliegenden Wand stand das Bett, das sie während all der Ehejahre mit meinem Vater geteilt hatte, ein schlichtes Hepplewhite-Himmelbett mit einem gestärkten Spitzenbaldachin und einer verblichenen Satindecke mit Rosenstickerei aus der Aussteuer ihrer Großmutter mütterlicherseits. Darunter verbarg sich eine Heizdecke mit Doppelsteuerung. Mein Vater hatte sich zwar schweigend in dieses saubere Schlachtfeld gefügt, dabei aber seine Bequemlichkeit nicht vergessen. Alles in dem Zimmer war von jeher vornehm, elegant, heiter, ordentlich und bieder gewesen. Wie – in jeder Hinsicht – meine Mutter.

Vom Schlafzimmer aus gelangte man auf der Gartenseite auf einen verglasten Schlafbalkon, wo mein Vater gelegentlich gelesen oder auf einer durchsackenden Bettcouch ein Nickerchen gemacht hatte, und in das elende kleine Ankleidezimmer, meinen frühkindlichen Verbannungsort. Die Türen zu den beiden Räumen waren geschlossen, und im großen Zimmer war es dunkel. Meine müden Augen gewöhnten sich nur allmählich an das Zwielicht.

»Na?« zirpte meine Mutter. »Wie gefällt es dir?«

Ich lugte ihr über die Schulter und hätte fast hörbar nach Luft geschnappt. Unwillkürlich suchte ich am Türpfosten Halt. Was ich vor Augen hatte, war das Privatgemach eines verrückten Großwildjägers.

Das ganze Zimmer erglänzte jetzt in neuer Pracht wie ein von einem Irren übermaltes Bild. Unten drunter schimmerten Holz und Seide, Samt und Stuck in alter Anmut und Harmonie. Doch die neue Farbschicht an der Oberfläche – als hätte ein größenwahnsinniger Ernest Hemingway auf Leben und Tod gegen einen Aubrey Beardsley gekämpft, jeder von beiden entschlossen, dem Raum seinen Stempel aufzudrücken. Bett, Stühle, Sofas, Tische und Chaiselongue, ja, sogar der Boden und die hohen Fenster waren mit Stoffen drapiert, mit Kissen, Farbmustern und primitivem Nippes überhäuft, hektisch von großen, kräftigen Rankpflanzen überwuchert. Am Bett hingen Gardinen aus rohem, mullartigem Stoff, und über die zarte Decke war das Fell eines Tiers gebreitet, das nie einen Huf auf Amerikas Boden gesetzt hatte. Die alten Orientteppiche waren mit Zebrahäuten bedeckt, und vor dem offenen Feuer lag ein Leopardenfell, an dem noch das gefletschte Maul hing. Als Nachttische dienten hohe, schlanke Trommeln. An den elfenbeinfarbenen Wänden prangten kunstvoll gekreuzte Speere und Wurfspieße, auf den beiden Sofas fletschten weitere wilde Tiere wütend die Zähne im Dämmerlicht. In der Ecke neben der Verandatür stand ein hoher Käfig mit einem prächtigen Ara auf der Stange.

Als ich stumm blieb, packte mich meine Mutter am Arm, zerrte mich ins Zimmer zu einem Sofa und stieß mich förmlich auf eines der steifen Pelzkissen. Obwohl mir der Kopf schwirrte und ich die Blicke wild im Zimmer herumkreisen ließ, registrierte ich mit den Fingerspitzen, daß es kein echtes Fell war. Ich schaute erst meiner Mutter in das blasse Gesicht mit den magenta-roten Wangen und den blutroten Lächellippen, dann auf das Leopardenhaupt zu meinen Füßen, das, wie ich merkte, ebenfalls unecht war. Dasselbe galt bei genauerem Hinsehen für die Tierköpfe an der Wand über den beiden Sofas. Ich war dankbar dafür. Bei der Felldecke, den Pflanzen und dem Papagei kam es mir fraglich vor. Die Spieße und Speere schienen mir schon geeignet, einem den Bauch aufzuschlitzen, wenn man es ausprobieren wollte. Und mitten in dieser Pracht wirkte meine lächelnde, fingertrommelnde Mutter so verrückt und plastisch schön wie eine Trickfilmzeichnung der Dschungelkönigin Sheena.

»Sag doch was«, befahl sie und beugte sich in ihrem blutroten Samt über mich wie eine Dschungelpriesterin, die mich gerade für ihre Ameisensoldaten einpfählen lassen wollte.

»Ach du Scheiße«, ächzte ich spontan. »Willst du Papa etwa nach Hause holen und zwischen all das Zeug hier legen?«

»Sei nicht albern«, erwiderte sie ungeduldig, streckte sich auf dem Sofa gegenüber aus und nahm sich eine Zigarette aus einer bemalten Tonschale, die ich noch nie gesehen hatte. Ich fühlte mich erleichtert, daß es kein Totenschädel war. »Das ist für dich.«

»Für mich?« Es muß wie ein Aufschrei geklungen haben, denn sie lachte, legte mir die Hand aufs Knie und ließ sie da liegen.

»Ja, für dich. Du bist jetzt hier der Hausherr und brauchst ein Herrenzimmer. Es wird Zeit, daß du aus dem blöden Gartenhaus hierher in die Villa ziehst, ins große Schlafzimmer, wo du hingehörst. Mr. Ronnie, der Dekorateur von Rich's, meint, daß zur Zeit der Safarilook der letzte Schrei ist, schon weil es heute Pelzimitate von hoher Qualität gibt und sich Messing und Kupfer so günstig beschaffen lassen. Er sagt, praktisch jedes große Haus im Osten hat mindestens ein Safarizimmer. Die Sachen sind natürlich nur Anschauungsmaterial, es sind nur Muster, unter denen du auswählen kannst; du kannst das Ganze auch... ein wenig unaufdringlicher gestalten, wenn du möchtest. Oder alles ganz anders einrichten. Er findet den Marinelook auch nicht übel, aber wir dachten, daß das hier am besten in so ein großes Zimmer paßt, und mir fiel ein, daß du schon immer eine Vorliebe für Abenteuergeschichten und Tiere hattest und für Kiplings Buch über den Dschungel da. Ich habe es ihm erzählt – er wollte natürlich deinen Geschmack kennenlernen, und als er das hörte, hat er gesagt, daß das genau das richtige wäre. Nicht gerade mein Fall, aber ich muß zugeben, ganz durchdacht. Schau, der Bettvorhang soll an ein Moskitonetz erinnern, und die Trommeln sind authentisch, er hat mir gesagt, wo sie her sind, aber ich hab's vergessen. Den Papagei finde ich vielleicht eine Spur übertrieben...«

Und damit brach sie ab, legte den Kopf zur Seite und sah mir gespannt ins Gesicht. Als sie auf meine Reaktion wartete, lag auf ihren Lippen das volle, sahnige Halbmondlächeln einer Frau, die auf ihre Leistung stolz ist.

»Na, wie gefällt dir dein Weihnachtsgeschenk, mein Junge?«

»Mutter«, quäkte ich wie im Stimmbruch. »Und wo schläfst du?«

»Ach, mein Goldschatz, mach dir darüber keine Gedanken«, antwortete sie fröhlich. »Ich bin die meiste Zeit bei Papa. Ich habe gedacht, ich baue mir ein Nestchen da drüben auf der Schlafveranda, bloß ein Bett und ein Kleiderschrank und meine Schminkkommode. Ich brauche ja nicht viel Platz. Ronnie meint, man kann leicht noch eine Tür zum Flur durchbrechen, damit ich nicht immer durch dein Zimmer muß. Und du kannst deine Sachen im Ankleidezimmer unterbringen. Ist das nicht wunderbar, Sheppie?«

Ich betrachtete sie in ihrem Rot und ihrer Macht, in diesem grausigen Zimmer, wo der frustrierte kleine Dekorateur von Rich's all seine wütenden perversen Phantasien verwirklicht hatte. ›Wer ist das?‹ dachte ich. ›Medea? Gertrud? Iokaste?‹ Ich kenne sie nicht. Doch wer sie auch sei, wenn ich in das Zimmer hier ziehe, dann gehört wirklich alles ihr: das Geld, die Macht, der gestürzte Ehemann den Flur entlang, der Sohn wieder in ihrem Schlafzimmer. Ekel regte sich in mir, und ich schluckte schwer dagegen an. Ich stand auf und wankte auf Gummibeinen zur Tür. Hinter mir hörte ich bloße Nylonstrümpfe aneinanderreiben, als sie aufsprang und mir auf leise tappenden Sohlen folgte.

»Sheppie! Sheppie...«

Ich drehte mich um. Sie stand neben dem Bett.

»Wen du dir hier ins Zimmer legst, ist mir gleich«, sagte ich. »Von mir aus Henry Haggard und Frank Buck und Mr. Ronnie von Rich's zusammen. Ich würde hier keine einzige Nacht verbringen, und wenn es das letzte Zimmer von ganz Amerika wäre. Nicht so und nicht in deinem Scheißmarinelook, und auf gar keinen Fall, das sage ich dir, mit dir in dem kleinen Zimmer gleich nebenan. Überhaupt nicht, Mutter. Außerdem bleibe ich sowieso nicht in Atlanta, schlag dir das aus dem Kopf; ich bin nur heimgekommen, um nach Papa zu sehen und das Gröbste für dich zu regeln –«

»UUUUUUUUHHHHHH!« Ein gräßliches, langgezogenes Winseln; es erinnerte mich ans Sterben und an die Klage der Todesfee. Sie sackte auf dem Bett zusammen, versank halb in Pelz – die Hände auf ihrem Schoß zusammengeballt, die zierlichen Füße in den Goldschuhen adrett nebeneinander – und riß den Mund sperrangelweit auf wie zu einem kindlichen Wut- und Schmerzgebrüll.

»Du kannst mich nicht im Stich lassen«, heulte sie. Aus den zusammengekniffenen Augen spritzten die Tränen, die Schminke floß ihr über das blasse Gesicht. »Du darfst mich doch jetzt nicht im Stich lassen! Nicht auch noch du, nicht, wo das alles passiert ist – wenn du fortgehst, habe ich gar nichts mehr! Dann habe ich ja gar nichts mehr...«

Ich betrachtete sie schweigend. Sie wirkte auf dem riesigen Bett winzig, nicht größer als ein Kind, ein niedliches, braves, äußerst schlichtes Kind in Verwirrung und Bestürzung über einen unfaßbaren Schicksalsschlag. Da erkannte ich, daß sie im Augenblick nicht Iokaste war, sondern nur die kleine Olivia Redwine aus Griffin, Georgia, in ihrer Seele entwertet, wie ihre Ahnfrauen, ihre Schwestern und Nachfahrinnen, ohne einen Mann. Obwohl ihr alles zur Verfügung stand – Geld, gesellschaftliche Stellung, die Villa mit ihrer Einrichtung, die Kleider und Automobile, die Clubs und Wohlfahrtsbälle und Galadiners –, trotz alledem war sie nichts ohne einen Mann für sich, er sei Gatte oder Sohn, war sie gelähmt, unvollständig, tot. Alles in ihrem Leben sagte ihr, daß es so war. Und sie glaubte es in ihrer verängstigten Seele. Und sie hatte recht. Ich dachte an Lucy, an Little Lady, die zwecks Verehelichung an Carter Rawson verschachert worden war, an meine geprügelte, gehetzte Tante Willa und an die Fingernägel von Sarah Gentry, die nun keine Farbe mehr kannten. Auf einmal haßte ich den Süden, haßte ihn mit aller Kraft, dieses schöne Land der Frauenmörder, dieses Reich der Seelenzerbrecher. Ich bleibe hier nicht, dachte ich. Ich bleibe nicht.

Aber die Sache hatte bis nach Weihnachten Zeit. Dieser schluchzenden Kindfrau auf dem gräßlichen Pelzbett konnte ich das nicht antun. Ich lasse sie erst einmal in dem Glauben, daß ich bleibe, dachte ich; notfalls schleiche ich mich im frühen Morgenrot davon, wie ich es mir für so einen Fall vorgenommen habe. Inzwischen hatte ich in der Hinsicht keinerlei Skrupel mehr, und es machte mir nichts aus, meine Mutter zu belügen.

Ich setzte mich zu ihr und legte den Arm um sie.

»Schscht«, sagte ich. »Schscht. Ich hab's ja nicht so gemeint. Wenn du mich wirklich brauchst, bleibe ich natürlich. Bloß... bloß hier im Zimmer kann ich nicht wohnen. Das ist dein Zimmer. Und Papas. Und im Gartenhaus fühle ich mich daheim. Ich bin gern dort. Wenn du mich hierbehalten willst, mußt du es schon mir überlassen, wo ich wohne.«

Sie gab nach ohne einen Seufzer. Der angedrohte Verlust meiner Person ließ sie jede eventuelle Enttäuschung über meine Aufnahme von Mr. Ronnies Kunstwerk vergessen. Das grausige Zimmer wurde nie wieder erwähnt; im Lauf der nächsten Tage – wann, weiß ich nicht – holten Mr. Ronnie und seine Chargen die unwillkommenen Gerätschaften aus dem Herzen der Finsternis wieder ab. Für den Augenblick hielt ich meine Mutter im Arm, bis sie zu schluchzen aufhörte und eingenickt war, legte sie dann sacht auf die Fellkissen, deckte sie mit Mr. Ronnies unmöglichem Pelz zu, löschte das Licht und entwischte in die eisbehauchte Nacht zum Gartenhaus. Der Tag schien mir inzwischen achtundvierzig Stunden alt.

Als ich eben einschlafen wollte und mich zur Seite drehte, sah ich auf dem Nachttisch Lucys Buch liegen. Obwohl ich auch in New York ein Exemplar besaß, hatte ich es noch nicht gelesen und wollte erst im neuen Jahr in Haddonfield damit anfangen. Lucy hatte mich nicht gedrängt, einen Kommentar abzugeben. Im Gegenteil, sie hatte ihren Roman kaum erwähnt, als ich bei seinem Erscheinen in

Atlanta gewesen war, und auch seither war weder in Briefen noch Telefongesprächen von ihm die Rede gewesen. Statt dessen hatte sie in ihren Telefonaten von Jack und der Bewegung gesprochen, vom Alltag im Damascus House und ihren Erlebnissen im Bus, bei Ämtern, in der Suppenküche und, weniger häufig, im Carrousel; doch über ihr Buch oder dessen eventuelle Fortsetzung hatte Lucy nichts gesagt. Ich überlegte, wer es mir hierher ans Bett gelegt haben konnte. Meine Mutter bestimmt nicht. Ich nahm das dünne Bändchen in die Hand. Es handelte von einem kleinen, weißen Mädchen, das zur Zeit der Wirtschaftskrise bei einer schwarzen Familie in New Orleans aufwächst, und trug den Titel *Dunkelheit und alte Bäume*. Ich mußte lächeln. Lucy hatte schon immer eine Vorliebe für die Natursymbolik à la Robert Frost gehabt.

Zitternd vor Kälte stützte ich mich auf den Ellbogen, knipste die Leselampe an und schlug das Buch auf. Auf der Widmungsseite las ich: »Meinem Vater James Clay Bondurant. Wir sind eines Blutes, du und ich.« Und auf der Titelseite stand in Lucys nach hinten geneigter Handschrift: »Lieber Gibby, Schätzchen, folge meiner Fährte!«

Ich legte das Buch wieder weg, löschte das Licht, rollte mich auf den Bauch, vergrub das Gesicht in den Armen und weinte – um die entwürdigte, heimgesuchte Frau in dem grotesken Bett in der Villa, um die ungeschriebenen, unbetrauerten Bücher Lucy Venables und um die sauberen Fingernägel Sarah Gentrys.

18. Kapitel

Wenn in Buckhead ein Titan stürzt, scharen sich seine Artgenossen um ihn, um den Gefallenen vor den Blicken und Klauen fremder Räuber zu schützen und der betroffenen Familie Beistand zu leisten. Jedenfalls im Buckhead der Ära meines Vaters. Fällt heute einer aus der alten Garde, kann er froh sein, wenn ihn drei einflußreiche Personen mit Namen kennen. Die jetzigen Makler der Macht stammen nicht aus den alteingesessenen Familien und sind häufig einige Schattierungen dunkler als damals, in jenem stürmischen Jahrzehnt.

So kam es, daß sich die Villa in der Peachtree Road am folgenden Morgen, an Heiligabend, mit Gesichtern und Stimmen füllte, die mir von Kindheit an vertraut waren. Ab elf Uhr trafen sie ein, die Altersgenossen meiner Eltern, die Väter und Mütter der Pinks und Jells, und in geringerer Zahl auch die Pinks und Jells selbst.

Den ganzen Tag empfing Shem Cater die Besucher mit einem schmucken Lächeln an der Tür, nahm ihnen Hut und Mantel ab, parkte Wägen und fuhr sie vor, während Martha für ständigen Nachschub an Kaffee, Gebäck, belegten Brötchen und Käsestangen sorgte und gegen vier Uhr nachmittags auf dem Teewagen im Wohnzimmer Karaffen mit Sherry, Bourbon und Gin servierte. Ich habe keine Ahnung, woher das alles kam und wer es gerichtet hatte; doch ich fand, daß Buckheads Schwarze einen mindestens so ausgeprägten Sinn für Sitte und Anstand hatten wie die Weißen. Meine Mutter hatte sich jedenfalls um nichts gekümmert, als ihr Schlafzimmer mit Hilfe Mr. Ronnies von Rich's in einen Safaripark zu verwandeln. Die Sorge um das Totenbett meines Vaters – denn als solches betrachtete ich es, mochte er sich auch weiterhin im Krankenhaus an die traurigen Trümmer seines Lebens klammern – wurde zur Gänze und aufs schicklichste von Shem und Martha Cater übernommen.

Meine Mutter verbrachte den ganzen Tag im Piedmont Hospital, und ich saß verlegen in Anzug und Krawatte im Salon und empfing die Besucherflut. Auf der anderen Seite der Peachtree Road, in Garden Hills, wäre man mit Kuchen und Eintopf angerückt; hier brachte man ganze Schwaden von Gewächshausblumen oder große, prächtige Weihnachtssterne im manschetten-überzogenen Topf und legte seine Karte auf ein Silbertablett im Treppenhaus. Irgend jemand hatte in der Halle ein schlichtes, in Leder gebundenes Adreßbuch ausgelegt, in das sich alle mit Selbstverständlichkeit eintrugen wie in eine Kondolenzliste. Buckheads Äquivalent zur Buschtrommel hatte offenbar prächtig funktioniert und überall verbreitet, daß Sheppard Bondurant bei seinem Kollaps auf dem Golfplatz mit dem Leben abgeschlossen hatte, auch wenn der Tod noch nicht eingetreten war. Man kam, ihm die letzte Ehre zu erweisen.

Ich küßte kalte, süßlich duftende Frauenwangen, schüttelte graubehandschuhte Männerhände und betrachtete alle Leute mit von der Erschöpfung und den Umständen geschärftem Blick. Die Frauen kamen mir kaum verändert vor, hübsch, warm angezogen und elegant wie sie waren in ihren Pelzmänteln; sie bewegten sich in unserem Haus lächelnd und ungezwungen, kannten sie es doch, wie alle anderen Villen in Buckhead, fast ebenso gut wie ihr eigenes. Zwar nannte mich keine »Sheppie«, doch der Kosename sprach aus ihren Umarmungen und ihrem sanften »Ach, Schätzchen, ich bin ja *so* betroffen«. Es war keine unter ihnen, die mich nicht von klein auf gekannt hatte.

Doch die Männer hatten sich verändert. Das sah und spürte ich deutlich, wahrscheinlich, weil ich etliche von ihnen seit Jahren nicht mehr gesehen hatte und mit neuen Augen betrachtete. Diese zwanzig, dreißig Herren hatten Macht erlangt und hielten zusammen. Sie bildeten jetzt den Club und wußten es, und bald sollten es die Stadt und der ganze Südosten erfahren; auch ihre Söhne und Erbprinzen hatten es inzwischen erkannt, und damit wußten sie auch, woher sie eines Tages ihre Macht beziehen würden.

Ich spürte es so deutlich, wie ein Tier während einer Dürreperiode das Wasser spürt, ohne daß ich es in Worte hätte kleiden können. Ich las es aus ihrer Miene und ihren Gesten, und aus der Haltung ihrer Söhne, meiner Freunde, der Buckhead Boys. Bei all dem fühlte ich mich so fremd, so allein und von Grund auf anders, als gehörte ich einer fremden Art an.

Auch Ben Cameron, der inzwischen designierter Bürgermeister war und das Amt im neuen Jahr übernehmen sollte, erschien mit Ben junior im Gefolge. Er blieb nicht lange. Er begrüßte die kleine Schar in unserem Salon, wünschte allerseits frohe Weihnachten, steckte den Kopf in die Küche, redete, wie sonst auch, mit Shem und Martha und sagte mit einem flüchtigen Schulterklopfen zu mir: »Rühr dich, Shep, wenn ich irgendwas für dich tun kann. Wir sind doch alte Freunde.«

Ich begegnete seinem Blick mehrmals während des Besuchs; Ben betrachtete mich so abschätzend und nachdenklich, als wäre ich neu in unserem Kreis. Ich fühlte mich unbehaglich wie ein kleiner Junge oder ein Hund, der zwar spürt, daß von ihm etwas erwartet wird, aber nicht weiß, was es ist.

»Schau rein bei uns, sobald du dich wieder ein bißchen eingelebt hast«, sagte er, während er in seinen Kamelhaarmantel schlüpfte und sich von Shem den Filzhut reichen ließ. »Wir müssen uns einmal unterhalten.«

»Mache ich«, antwortete ich, wobei ich mir ziemlich sicher war, daß ich nicht zu ihm gehen würde. Ich konnte mir nicht vorstellen, worüber wir uns hätten unterhalten sollen, außer über Sarah, und bestimmt hatte keiner von uns Lust, dieses Tabuthema anzuschneiden. Dorothy wollte ich schon besuchen, und zwar, während Ben im Büro war, in der Woche zwischen Weihnachten und meiner Abreise nach Haddonfield. Ich wollte ihr gerne erzählen, warum ich nicht in Atlanta bleiben konnte.

Ben junior saß noch am Feuer und schlürfte Whiskey, als die letzten Gäste zum Heiligabenddiner nach Hause gegangen waren. Als ich den letzten Besucher verabschiedet hatte und in den Salon zurückkehrte, schenkte er sich eben nach, hob das Glas und prostete mir zu. Dann ließ er sich auf ein aprikosengelbes Sofa fallen, streckte die langen Beine aus und schlug die Knöchel übereinander. Abgesehen von dem feinen Liniennetz um die Augen und der runzeligen Haut auf den Handrücken und am Hals, sah er kein bißchen älter aus als zu unserer Schulzeit. Doch ich wußte, daß er viel erreicht hatte; er wurde allmählich bekannt für die kühnen, freistehenden Häuser, die er in den nordwestlichen Vorstädten auf urwüchsigen Hügeln und am Steilufer des Chattahoochee gebaut hatte; wie mir meine Mutter erzählt hatte, war er unter den Neureichen, die in Scharen in die Stadt strömten, begehrt als der junge Modearchitekt schlechthin.

Ben hatte zudem in einem Vorort für das Bankhaus von Snake Cheathams Vater ein Bankgebäude errichtet, und der schöne, geschwungene Bau aus Stein und Glas hatte so viel Aufsehen erregt, daß Ben mit der Planung zweier weiterer Filialen beauftragt worden war. Allmählich kamen auch aus anderen Städten Aufträge. Er spiele mit dem Gedanken – so meine Mutter –, aus dem Architektenbüro auszuscheiden und sich selbständig zu machen, doch auf Julias Einwände hin habe er diese Entscheidung bis nach der Geburt des Kindes aufgeschoben.

»Dorothy sagt, daß sie sich richtig gestritten haben«, hatte meine Mutter genüßlich erzählt. Da sie nun einmal mit ihrem eigenen Sohn nicht viel hermachen konnte, erfüllte es sie mit Schadenfreude, daß es beim Kronprinzen des Hauses Cameron ein wenig in der Ehe kriselte.

Ben und ich saßen ein Weilchen schweigend beieinander. Das fast erloschene, knisternde Feuer hinter dem Schirm war die einzige Beleuchtung im dunklen Zimmer. Er trank sein Glas aus und stellte es ab.

»Ich muß nach Hause«, sagte er. »Wir sind bei Julias Eltern zum Essen eingeladen. Ihre Stiefmutter kocht an Heiligabend immer Austernsuppe; rührt sie, glaube ich, aus Tapetenkleister und Schafsmilch zusammen. Ist bei ihnen so Brauch.« Er machte jedoch keinerlei Anstalten zu gehen.

»Du bleibst doch nicht hier?« fragte er unvermittelt, und ich war so verblüfft, daß ich glatt verneinte.

»Gut.« Ich musterte ihn scharf. Offenbar glühte immer noch das Fieber in ihm, das mir schon bei seiner Hochzeit an ihm aufgefallen war, und die grauen Augen strahlten, als stünden Tränen darin, aber ich war nah genug, um zu sehen, daß er nicht weinte.

»Woher weißt du?« fragte ich. Ich hatte doch weder Dorothy noch sonst jemandem gesagt, daß ich wegwollte.

»Weil du wie ich bist.« Er schloß die Augen und legte den Kopf auf den matt schimmernden Brokat. Sein kupferrotes Haar sah schön aus im Licht der Flammen vor dem aprikosengelben Hintergrund. »Du bist anders. Ein Außenseiter. Du trägst das Kainsmal. Was sollst du hier?«

»Was für ein Kainsmal?« fragte ich verwundert. Warum sprach er von Außenseitertum und Anderssein? Ich konnte mir kaum einen Menschen vorstellen, der besser an das Leben in Buckhead angepaßt gewesen wäre als Ben Cameron junior.

»Keine Ahnung. Klingt eben gut.« Er grinste, immer noch mit geschlossenen Augen. »Ich habe doch recht? Hier hält dich doch nichts?«

Er erwähnte Sarah mit keinem Wort, aber ich verstand ihn auch so.

»Nein. Ich haue an Neujahr ab. Aber bitte erzähl es nicht herum. Ich muß sowieso mitten in der Nacht aus dem Fenster klettern. Ich kann dir sagen, meine Mutter...«

»Ich weiß«, unterbrach er mich. »Die wickeln einen ein und saugen einen aus und ziehen einen ganz tief runter, stimmt's?« Seine Stimme klang bitter, nach Alter und Tod, und ich fühlte mich gleichzeitig angezogen und abgestoßen. Sein Ton gefiel mir ganz und gar nicht. Was mochte sich in ihm abspielen?

»Geh bald, Shep. Lauf weit weg«, sagte er, die Augen geschlossen unter dichten Kupferlidern. »Renne im Zickzack und dreh dich nicht um. Jage die Brücke hinter dir hoch.«

»Ben...«, fing ich an, und er grinste, erhob sich und fuhr sich mit den langen, schlanken Fingern durch das Haar.

»Entschuldige. Ich bin heute abend ein bißchen deprimiert. Ich kann Weihnachten nicht ausstehen, und es geht mir an die Nieren, wenn die Väter meiner Freunde im Sterben liegen, und das Baby ist überfällig, und alle Leute sind furchtbar gereizt. Mensch, erst habe ich gemeint, ich kann es nicht erwarten, daß das Kind endlich da ist, und im nächsten Moment wär's mir lieber, es käme gar nicht. So hab ich das natürlich nicht gemeint, aber ein Kind... das hat was Endgültiges, Shep. Wenn erst mal ein Kind da ist, ist alles anders als vorher. Dann... hat man keine große Wahl mehr.«

»Das liegt wohl in der Natur der Sache«, erwiderte ich lahm. Ich konnte mir nicht vorstellen, wie es wäre, an Heiligabend zu seiner Frau heimzukehren, die demnächst ein Kind bekam, das einem das ganze Leben auf den Kopf stellte.

»Tjaja«, lachte er. »Unbestritten. Na. Jetzt gehe ich aber wirklich. Julia ist bestimmt schon an der Decke. Ohne fremde Hilfe kommt sie nicht vom Stuhl hoch und kann sich nicht anziehen, und darum ist sie mordsmäßig schlecht gelaunt. Ich muß nach Hause, um ihr zu helfen.«

»Wie geht's ihr denn?« fragte ich mechanisch. Ich dachte an die zierliche, sehnige Frau mit dem hingebungsvollen Blick, der Stupsnase und den winzigen Affenhänden. Ich konnte mir keine Julia Randolph Cameron im Sessel vorstellen, die sich nicht einmal selbst ankleiden konnte.

»Sie ist fett wie eine gestrandete Walkuh und doppelt so unästhetisch«, antwortete er düster. »Jemand soll mal gesagt haben, daß schwangere Frauen schön und strahlend lebendig aussehen, aber der kannte Julia nicht.«

Seine Worte waren so ausfällig und gemein, daß mir die Spucke wegblieb.

An der Haustür umarmte er mich spontan und drückte mich fest an sich. Dann verschwand er in der Dunkelheit. Wieder kam, wie in der Nacht zuvor, ein eisig kalter Nebel auf. Die Scheinwerfer trugen Aureolen, und die Autoreifen hinterließen auf dem schwarzen Asphalt perlmuttene Schneckenspuren.

»Frohe Weihnachten, Shep«, drang seine Stimme zu mir. »Und gute Reise!« Da ich kein Türenschlagen hörte, vermutete ich, daß er seinen Wagen um die Ecke bei seinen Eltern in der Muscogee Avenue hatte. Mir fiel ein, daß Sarah und Charlie heute abend wahrscheinlich auch da waren und die an Heiligabend bei Dorothy üblichen Toastbrote mit Käse vorgesetzt bekamen.

Meine Mutter war noch in der Klinik, und Shem und Martha hatten sich verabschiedet. Ich dachte daran, Lucy anzurufen, aber mir fiel ein, daß ich ihre Nummer in Lithonia nicht hatte, und es war sowieso ihr erster Heiligabend mit Jack und seinen Jungen auf der alten Farm. Nicht einmal Tante Willa war da; sie war zu Little Lady und Carter gegangen. Das Haus lag im Dunkeln, und ich fühlte mich sehr einsam.

Ich ging in die Küche, richtete mir einen Teller mit übriggebliebenen Partybrötchen, schenkte mir einen Kaffee ein, zog mich zurück auf die Glasveranda vor dem Salon und legte eine alte Platte von Charlie Parker auf. Zögernd setzte ich mich in den geräumigen, durchgesessenen Lehnstuhl meines Vaters, den ich erstaunlich bequem fand, und ließ mich von Birds flüssigem Silber umspülen. Ich war weit weg, saß neben Sarah im Vanguard, als plötzlich jemand neben mir sagte, »Shep, schläfst du?«, und ich die Augen aufschlug. In der Wohnzimmertür lehnte Charlie, die Tropfen perlten ihm vom Mantel, das brünette Haar klebte an seinem Quadratschädel. Er lächelte wie früher, auf seine herzliche, warme Art.

»Ich habe gerufen und geklopft, und wie ich die Musik gehört habe, bin ich reingekommen. Die Tür war offen. Ich habe mir gedacht, daß du da bist. Wer würde sonst bei euch Charlie Parker spielen?«

»Charlie!« rief ich in meiner Schlaftrunkenheit ganz unbefangen. Ich freute mich rückhaltlos, ihn wiederzusehen. »Wie schön, daß du da bist! Komm rein. Ich hocke hier und blase Trübsal.«

»Das habe ich mir gedacht. Ich bin eben im Krankenhaus vorbeigefahren, und deine Mutter hat mir gesagt, daß du ganz allein daheim sitzt. Ich bin auf dem Weg zu den Cam... zu Ben und Dorothy, und da wollte ich eben auf einen Sprung bei dir reinschauen. Sarah ist noch bei der Bescherung in der Sonderschule.«

Ich stand ihm steif und verlegen gegenüber, zwischen uns lagen Zuneigung und Groll, Gekränktheit und die verstrichene Zeit; doch auf einmal war der Bann gebrochen, und wir fielen einander lachend um den Hals.

»Du hast mir gefehlt«, murmelte ich in sein nach Seife duftendes Mausefell. Er reichte mir bis unters Kinn. Ich sah, daß sich sein Haar oben lichtete wie bei einer Tonsur.

»Du mir auch«, sagte er. »Obwohl du so ein Ekel bist.«

Ich schenkte uns einen Bourbon ein und legte im Salon Holz nach. Das Feuer gab ein düsteres Licht. Draußen war die Nacht angebrochen, und der Nebel verdichtete sich, bis er fast zum Nieselregen wurde. Ich dachte, morgen früh ist wahrscheinlich alles vereist.

»Jetzt komme ich sogar ein bißchen in Weihnachtsstimmung«, sagte ich.

»Ja, schon eine traurige Weihnacht für euch. Hub Dorsey meint aber, daß dein Papa durchkommt. Glück gehabt.«

»Wohl kaum, Charlie«, widersprach ich ihm. Ich hatte eben einen Freund wiedergewonnen. Ich hatte nicht die Absicht, mit ihm Platitüden auszutauschen.

»Na, da hast du wahrscheinlich recht«, pflichtete er bei. »Aber für dich ist das Ganze schlimmer als für ihn. Ich finde es schwer, unvorbereitet die Rolle des Familienoberhaupts zu übernehmen.«

Ich dachte an den inzwischen permanent manischen Thad Gentry, der in einer psychiatrischen Klinik untergebracht war, und an Charlies Jahre als Jurastudent, als er arbeiten gehen mußte, um seine Mutter zu versorgen. Er war jetzt das Oberhaupt von zwei Familien. Ob er es als Belastung empfand? Vermutlich nicht. Nicht mit Sarah an seiner Seite.

Er fragte mich nicht, ob ich in Atlanta bleiben wolle. Er ging einfach davon aus, glaube ich. Ich seinem dunkelblauen Anzug und mit den blank geputzten Halbschuhen wirkte er um Jahre gealtert, wie damals an dem katastrophalen Abend im Plaza, doch sein Gesicht war glatt und rosig vor Zufriedenheit und Begeisterung. Er hatte ein paar Pfund zugelegt, und ich stellte mir vor, daß Charlie in einigen Jahren statt klein und eckig klein und rundlich sein würde. Er war der Typ, auf den andere sich verließen, der stets die undankbaren Aufgaben übernahm, der als erster kam und als letzter ging, der sich häufig breitschlagen ließ, den Schriftführer oder Schatzmeister zu machen. Doch unter der Oberfläche solider Ehrbarkeit und bürgerlichen Glücks brannte noch wie früher das heilige Feuer der Leidenschaft für die Zeugen der Vergangenheit.

»Dir scheint es ja prächtig zu gehen«, bemerkte ich. Keine Frage.

Er warf mir einen scheuen Blick zu, als beschäme ihn der Gedanke, daß er sein Glück zur Hauptsache meinem Leid zu verdanken hatte.

»Ein kluger Mann hat einmal gesagt, Gott verlangt nicht von uns, daß wir blöd sind«, sagte ich, und er grinste; ich hatte die bösen Geister gebannt.

»Mir geht's so prächtig, daß mir manchmal angst und bange wird«, antwortete er. »Weißt du, Shep, ich habe mich nie für was Besonderes gehalten, ich wollte es noch nicht mal sein. Ich wollte nur ein guter Anwalt werden, eine Familie gründen, ein bißchen was für Atlanta bewirken – Mann, das klingt jetzt so großartig –, aber mehr wollte ich gar nicht. Und jetzt... ich weiß nicht, aber bei Coca-Cola ist was im Gange. Schwer zu sagen, aber... ich hab das Glück, daß ein paar höhere Tiere auf mich aufmerksam geworden sind und mir den Weg ebnen. Es heißt, man hat in der Chefetage einiges mit mir vor.«

Er wirkte so froh und so verlegen zugleich, daß ich lauthals lachen mußte.

»Paß nur auf, eines Tages kriegen sie raus, daß du die Prüfung im Knotenknüpfen bei den Pfadfindern nicht bestanden hast«, sagte ich. »Was für Tiere sind es denn? Wie hoch?«

»Also... Mr. Woodruff.«

Ich pfiff durch die Zähne. »Mensch, da hast du einen dicken Fisch an der Angel.«

Robert Woodruff, der Geschäftsführer der Coca-Cola Company, war einer der größten Mäzene Amerikas und hatte mit seinen zahlreichen privaten Stiftungen das Gesicht der Stadt geprägt: mit Krankenhäusern, Bibliotheken, Museen, Theatern, Universitäten, Parkanlagen, Fachhochschulen und Kunstakademien, Stipendien, öffentlichen Bauten und privaten Wohlfahrtsverbänden; er hatte Hunderte Millionen Dollar zum Wohle Atlantas gespendet. Der Wille dieses Mannes regierte heimlich die Stadt – kein unbedeutender Fürsprecher für einen fünfundzwanzigjährigen Juristen, auf dessen blütenweißem Examenszeugnis die Tinte noch kaum trokken war.

»Wie hast du das gemacht? Ihn beim Rumfummeln erwischt? Seinen Schoßhund unter einem fahrenden Zug rausgezogen?« fragte ich.

»Ich weiß nicht. Ich war bloß in der Rechtsabteilung. Und da bin ich nicht gerade ganz oben geschwommen. Aber neulich hat mich Mac Draper gefragt, ob ich in der Mittagspause mit Mr. Woodruff und ein paar anderen zusammen essen will; wir haben dabei nicht mal übers Geschäft geredet; bloß über Atlanta, wie mir die Stadt gefällt und so – und ein paar Tage später hat er mich zu sich bestellt und mich gefragt, ob ich nicht eventuell in einer Weile von der Firma in eine Stiftung überwechseln will.«

»Und, ist das gut?« fragte ich. Ich hatte ehrlich keine Ahnung, und ein richtiger Buckhead Boy hätte es gewußt. Der Graben zwischen mir und der Stadt klaffte immer tiefer.

»Soll das ein Witz sein? Es ist so, wie wenn man dich aus dem Orchestergraben holt und dir den Taktstock in die Hand drückt. Zumindest für mich. Zwar kein Job, mit dem man groß angeben kann, aber ich denke, auf lange Sicht kann ich viel bewirken. Für die Stadt, meine ich. Ich verstehe bloß eins nicht: Warum gerade ich?«

»Warum nicht?« Wie immer wurde mir bei seiner Bescheidenheit warm ums Herz. »Du wirst bestimmt einmal ein guter Jurist, Charlie, sonst hättest du nicht das beste Examen gemacht. Vor dir liegt eine glänzende Zukunft. Und Ben Camerons Schwiegersohn ist nicht gerade ein Niemand. Außerdem kenne ich keinen, dem dieses Drecksnest so am Herzen liegt wie dir. Wenn ich sechshundert Millionen zu verschenken hätte, dir würde ich sie sofort anvertrauen. Außerdem bist du noch absolut unbestechlich.«

Er errötete vor Freude und zog den Kopf ein. Ich mußte wieder lachen.

»Und, was habt ihr für Pläne?« fragte ich.

Er strahlte über das ganze Gesicht. »Mann, Shep. Wir haben Großes vor. In zehn, fünfzehn Jahren wirst du unsere Stadt nicht mehr wiedererkennen; ich kann dir nicht mal die Hälfte von dem aufzählen, was in Aussicht steht. Es kommt alles zusammen: Ben wird Bürgermeister, hinter ihm stehen Männer, die wir gut kennen, mit Geld und Macht, mit Engagement und Können – und Mr. Woodruff zieht alle Fäden wie... wie eine Spinne in einem riesigen Netz – ein gräßlicher Vergleich, ich weiß. Willst du unsere Pläne für die nächsten zehn Jahre wissen? Ein großes Sportstadion und erstklassige Spieler? Gemacht. Ein modernes Kulturzentrum? Ein Schnellbahnnetz, ein Schnellstraßensystem, ein neuer Flughafen? Kostet uns ein paar Anrufe. Direktflüge in die europäischen Hauptstädte, Vertretungen und Konsulate aller bedeutenden Staaten in der Peachtree Road? Mehr neue Wolkenkratzer in der nächsten Dekade, als so gut wie jede andere Stadt in Amerika in fünfzig Jahren hat bauen lassen, Zweigstellen von praktisch allen großen Firmen, ausgedehnte Bürokomplexe in den fünf Counties der Umgebung, Einkaufszentren in jeder Siedlung in diesem Umkreis, Wohnungsbau? In ein, zwei Jahren...«

Er mußte eine Atempause machen, messianische Begeisterung spiegelte sich auf seiner Miene.

»Und das Rassenproblem?« Ich stellte ihm dieselbe Frage wie vor einem knappen Jahr Ben Cameron.

Sein Gesicht verdüsterte sich. Er runzelte die Stirn.

»Das ist natürlich der wunde Punkt. Wir müssen im September die Schulen und Universitäten für Schwarze aufmachen, sonst bringen wir nichts davon zustande. Und das übersteht die Stadt nicht. Aber Mr. Woodruff will sie offen haben, also werden wir es durchsetzen.«

»Einfach so?« fragte ich.

»Einfach so.« Er war ernst.

»Und du meinst, es reicht, daß die Schulen offen sind? Mir scheint, sogar hier, im Zentrum der Bürgerrechtsbewegung, kümmert man sich einen feuchten Dreck um Rassenintegration. Wo ist die schwarze Flut, die den Damm der Peachtree Road unterspült?«

Er runzelte die Stirn.

»Immerhin gibt es in den öffentlichen Verkehrsmitteln keine Rassentrennung mehr. Die Neger können auf den städtischen Golfplätzen spielen. Sie dürfen in etliche Hotels, in manche Restaurants und in die meisten Filmtheater. Sie trauen sich nur noch nicht.«

»Und wann wird Martin Luther King Mitglied im Capital City Club?« fragte ich. Charlie war zwar kein Spießer, aber ich fühlte mich auf einmal von seiner Naivität provoziert. Wie konnte er hier in Atlanta leben und behaupten, diese Stadt zu lieben, und dabei ganz übersehen, daß die alten Schranken noch nicht gefallen, die tragenden Mauern noch nicht eingestürzt waren?

»Stimmt, wir müssen die Clubs liberalisieren«, antwortete er. »Und das wird sehr schwierig sein, obwohl es wirklich Wichtigeres gibt. Doch eines Tages schaffen wir es. Wir sind ja nicht blöd. Die weiße Führung ist nicht blöd. Ben Cameron hat sich während der Sitzstreiks ständig heimlich mit etlichen führenden Schwarzen im Commerce Club getroffen.«

»Und was hat man ihnen serviert?« Ich konnte meine Sticheleien nicht lassen.

»Hör auf, Shep. Sie haben sich in einem Nebenzimmer versammelt, nach der Sperrstunde. Wie gesagt, Ben ist nicht blöd, und die Neger auch nicht. Krawalle wie in Manhattan oder London wären für uns alle verheerend. Wir werden uns einigen, weil wir müssen. Weil Mr. Woodruff und etliche andere dahinter stehen. Atlanta verfügt über zweierlei, das die meisten anderen Städte der Südstaaten nicht haben: eine alteingesessene schwarze Gemeinschaft mit einem schönen Batzen Kapital und eine wohlhabende und politisch reife weiße Oberschicht, die entschlossen die Rassenintegration fördert. Du brauchst dir in den nächsten Jahren nur Ben anzuschauen. Ja, man kann den Fortschritt bestimmt schon bald erkennen. Ich bin wahnsinnig stolz darauf, mitmachen zu dürfen, wenn auch nur im kleinen Rahmen und hinter den Kulissen.«

»Und ich bin wahnsinnig stolz auf dich«, sagte ich im Brustton der Überzeugung. »Du bist einsame Klasse, Charlie. Du hast es verdient, gefördert zu werden. Verkauf dich nicht unter Wert.«

Als die Bronzestanduhr im Treppenhaus acht schlug, erhob sich Charlie. Ich half ihm in den Mantel und begleitete ihn zur Tür.

»Ben junior war vorhin da«, sagte ich. »Ich mache mir Sorgen um ihn. Es frißt etwas an ihm. Fällt dir das nicht auch auf?«

Er sah mich verblüfft an. »Nein. Er müßte doch eigentlich auf Wolken schweben. Er hat seine Arbeit, die Anerkennung, sein Kind... was soll nicht stimmen? Du klingst ja schon wie Sarah.«

»Warum, was sagt Sarah?« Mit Mühe formten meine Lippen ihren Namen, mit Mühe entrang er sich meinem Mund in Gegenwart dieses kleinen, soliden Menschen, der jetzt ihr Mann war.

»Bloß, daß da was nicht stimmt. Sie weiß nichts Genaues und gibt zu, daß sie keinerlei Anlaß zur Sorge hat. Aber sie hat es schon öfters erwähnt. Es belastet sie.«

»Mich belastet es auch«, sagte ich.

»Vielleicht ist es ja nur, weil das Kind bald kommt. Das ist ein... echter Einschnitt. Shep...« Er zögerte.

»Ja?«

Er blickte mich mit strahlender Miene an. »Du sollst es als erster wissen, außer natürlich Ben und Dorothy. Deswegen bin ich eigentlich vorbeigekommen. Sarah hat mich gebeten, es dir zu sagen. Sie kriegt... wir kriegen ein Kind. Sie ist im dritten Monat. Im Juni ist es soweit.«

Stille senkte sich über mich wie ein ausgeworfenes Netz. Ich sah Sarah vor mir, wie sie – dünn und mit Schatten unter den bernsteingelben Augen – im Krankenhaus zu mir gesagt hatte: »Ich sehe aus wie zwölf Meilen Schlaglöcher... Aber das ist nur vorübergehend.«

»Herzlichen Glückwunsch, Papa.« Mir traten die Tränen in die Augen, zum einen vor Freude, zum andern, weil in mir auf einmal alles leer war. Ein Weilchen sah ich Charlie nur verschwommen.

»Danke«, sagte er. »Du kannst dir ja denken, wie glücklich wir beide darüber sind.«

»Ja. Kann ich mir denken.«

Als die schwere weiße Tür hinter ihm ins Schloß fiel, fand das Geräusch ein Echo in meinem Innern, in der Nähe meines freudlosen Herzens.

Irgendwie brachten meine Mutter und ich die Farce der Weihnachtsfeiertage hinter uns. Halb Buckhead, so schien mir, lud uns zum Mittagessen im Familienkreis ein, doch meine Mutter lehnte ab; sie ruinierte wohl ungern das erbarmungswürdige Bild von der tapferen, schönen Gattin, die Weihnachten allein am Krankenbett ihres Mannes wacht, und mir kam das sehr gelegen. Ich hätte es nicht ertragen, mit Feiertagsgesicht in einem eleganten Salon oder am zünftigen Kaminfeuer Konversation zu machen, während ich mich mit jeder Faser meines Seins fort wünschte. Von jetzt an sollten mich so wenig Polypenarme wie irgend möglich mit dem versunkenen Atlanta verbinden. Ich wollte bei meiner Abreise leicht und frei sein, ohne die brennenden roten Male der Saugnäpfe in meinem Fleisch.

Mein Vater entwand sich langsam, unmerklich dem tödlichen Zugriff des Schlaganfalls; er war allerdings nach wie vor gelähmt: bis auf seinen Fuß, der täglich an Beweglichkeit gewann, lag er steif und vernichtet da und drehte das wütende Gesicht lautlos mal zu meiner Mutter und mir, mal zum Fenster. Aber jeden Tag wurde ein anderer Schlauch entfernt, und gegen Ende der Woche konnte er etwas von dem widerlichen Brei schlucken, den ihm eine Schwester in den verzerrten Mund löffelte, wobei er das meiste verschlabberte. Nach Hub Dorseys Ansicht konnte man nun allmählich an eine Entlassung aus dem Krankenhaus denken, sobald der Katheter draußen war und mein Vater problemlos seine Medikamente schluckte. Als ich Dorsey erzählte, daß meine Mutter ihren Mann nach Hause holen wolle, schüttelte er nur verzweifelt den Kopf. Mr. Ronnie von Rich's kam, eine Keilformation Untergebener im Gefolge, bedachte mich mit stummen, vorwurfsvollen Blicken, brachte Tapeten, Stoffe, Farben und Kissen und verwandelte die Zimmer im rechten Flügel – einst das Reich von Tante Willa und Little Lady – in einen Palast für einen invaliden orientalischen Herrscher. Ich verkroch mich vor seinem geschäftigen Mißvergnügen im Sommerhaus oder auf der Glasveranda. Mr. Ronnies Entwurf eines kaiserlichen Krankenzimmers traf meinen Geschmack nicht mehr als sein Safariraum. Vielleicht wäre es für einen sterbenden Philipp von Makedonien das Passende gewesen; mein Vater hingegen würde, wie ich fürchtete, bei diesem Anblick schnurstracks über den Jordan befördert, bevorzugte er doch als ausgefallenen Zimmerschmuck die düsteren Tartanmuster des schottischen Hochlands.

Tante Willa, konfrontiert mit dem Verlust ihres alten Boudoirs und auch des Gartenhauses, blieb keine Wahl, als das fröhliche Angebot meiner Mutter anzunehmen, sich »eine entzückende kleine Wohnung ganz für dich allein« oben unterm Dach einzurichten, in den winzigen Verschlägen, wo Lucy und ich in unserer Kindheit gehaust hatten. Für den Augenblick mußte sie sich geschlagen geben, doch – das muß man ihr lassen – sie machte gute Miene zum bösen Spiel und ging auf der Stelle daran, den launischen Mr. Ronnie zu umgarnen, bis dieser die meiste Zeit bei ihr verbrachte und ihr selig seine Muster, Stoffbücher und Polsterkissen vorlegte. Meine Mutter schäumte ob seiner Treulosigkeit, sagte aber nichts. Um den beiden Frauen aus dem Weg zu gehen, die ihre unterschwellige Wut unter freundlichem Lächeln und höflichem Singsang verbargen, vergrub ich mich in den geheiligten Räumen der Bibliothek meines Vaters hinter den großen, schalldichten und blickgeschützten Eichentüren und machte mich zögerlich daran, die Akten und Papiere durchzusehen, die Hieroglyphen seiner Geschäfte. Für mich ergaben sie nicht den geringsten Sinn. Babylonische Keilschrift hätte mir mehr gesagt.

Ich besuchte unter der Woche einige Buckhead Boys und deren Frauen, schon, weil es sonst merkwürdig gewirkt hätte, aber zu Sarah und Charlie ging ich nicht. Einen Abend verbrachte ich bei Lucy und Jack auf ihrer Farm am Ende einer unsäglichen Schmutzpiste meilenweit außerhalb von Lithonia. Ich war noch nie so weit östlich in der DeKalb County gewesen. Ich verfuhr mich und holperte über schlammige, schwarze Landsträßchen, die so eingewachsen waren, daß immer wieder Zweige am handpolierten Lack vom schaukelnden Rolls meines Vaters entlangschrammten. Als ich mit einer Stunde Verspätung endlich ankam, fand ich Lucy völlig aufgelöst in der riesigen, schmuddeligen Küche vor, erhitzt von der Glut des alten Gasherds; die beiden blassen, blutarmen Jungen in ihrem verhaßten »guten« Anzug waren quengelig vor Hunger, das Essen trocknete im Ofen aus, und Jack Venable gab sich säuerlich und heiser vor Gereiztheit. Das Haus war eine Bruchbude, hätte innen wie außen dringend einen Anstrich nötig gehabt und hatte keine Zentralheizung, so daß man von einem kleinen, überheizten Raum zum anderen huschte, indem man auf welligem Linoleum eine dunkle, schäbige Gipsplattenarktis durchquerte. Jack hatte sich eine »richtige« Farm gewünscht. Da hatte er ja einen guten Griff getan.

Lucy setzte uns im großen vorderen Raum, offenbar ihr und Jacks Wohnschlafzimmer, ein miserables Hühnerfrikassee vor. In dem Rosenmusterporzellan und den dünnwandigen Gläsern erkannte ich das Royal Doulton und Baccarat-»Zweitservice« aus unserem Familienbesitz – es war von meiner Großmutter väterlicherseits und hatte meiner Mutter nie gefallen. Ein enormer Raumstrahler glühte zornig vor dem zugemauerten Kamin, und das große Bett in der Ecke, dunkel, hoch und massiv wie ein Wikingerschiff, war offenbar ein altes Familienerbstück von Jacks Seite.

Das Haus war von vorne bis hinten ein schizophrenes Amalgam aus gichtigem, scheußlichem echten North-Georgia-Land und eleganten Hochzeitsgeschenken aus Buckhead. Alles in allem, fand ich, gewann das dickköpfige, trostlose Land die Oberhand. Lucys tapfere Beigaben an Porzellan und Kristall, Silber und Damast wirkten eher abstoßend auf mich als edel und lässig, wie sie es zweifelsohne beabsichtigt hatte. Ich fragte mich, wie sie wohl ihr ländliches Idyll in der Realität verkraftete.

Es wurde ein mißlungener Abend. Meine Verspätung und das abgestandene Essen trugen sicher ihren Teil dazu bei, aber die Ungemütlichkeit hatte tiefere Ursachen. Den Kindern mußte man zwar einiges nachsehen – sie hatten schließlich die Mutter verloren, und der Vater war zu einer fremden und wesentlich jüngeren Frau übergelaufen –, aber ich fand sie ziemlich unerträglich. Sie beschossen Lucy und mich mit Seitenblicken aus ihren kleinen, blassen Augen und bohrten in der Nase, ignorierten demonstrativ Lucys Fragen und Äußerungen und sprachen gezielt und ausschließlich zu ihrem Vater. Mich würdigten sie keines Blickes.

Auch Jack war schweigsam, aß mechanisch, nickte und antwortete mit Ja und Nein auf direkte Fragen und sagte sonst wenig. Vor dem Essen stürzte er wacker etliche Gin-Martini hinunter, danach trank er Scotch; er setzte sich in einen geräumigen, abgewetzten Sessel neben dem Raumstrahler und glotzte stumm auf den Fernsehschirm, während Lucy Kaffee mit Cognac servierte und so angeregt plauderte, daß es fast fieberhaft wirkte. Sie trank gleichfalls nicht wenig, nippte unaufhörlich an einem stets gefüllten Glas

Orangensaft, das den Raum mit seinem Wodkageruch schwängerte. Sie trug eine schwarze Seidenbluse zu einer Capri-Hose aus schwarzem Samt und hatte ihre Examensperlenkette angelegt, trotzdem fand ich nicht, daß sie gut aussah. Sie hatte rissige Lippen, und die zarte, rosige Haut ihrer Hände war aufgesprungen, als wasche sie sie ständig mit hartem, kaltem Wasser. Das schwere, seidig blauschwarze Haar war zu einem Pferdeschwanz gebunden, wie ich es an ihr im Krankenhaus gesehen hatte; die Enden hingen ihr zottelig in den Nacken. Mich überkam ein Anflug von Zorn. Der regelmäßige Friseurbesuch bei Rich's war ein festes Ritual in Lucys Leben, und ihr prächtiges Haar war der einzige Vorzug ihres herrlichen Körpers, auf den sie sich etwas einbildete. Waren sie wirklich so arm, daß sich Lucy – neben so ziemlich jedem anderen gewohnten Luxus – auch das Haareschneiden versagen mußte? Ging sie so völlig auf in der Arbeit für die Bewegung, daß sie den Lockungen der Welt zur Gänze abgeschworen hatte, oder konnte Lucy sie sich nicht mehr leisten? Mir ging es gegen den Strich, wie sie herumlief und was für ein Leben sie offensichtlich führte. Das Haus war nicht nur baufällig, es war zudem nicht eben sauber. Sie wirkte darin wie eine Araberstute im unausgemisteten Stall eines Ackergauls. Wenn Jack Venable ihr kein anderes Heim zu bieten hatte, das hier konnte er sich sonstwohin stecken! Und warum war er so einsilbig und unhöflich? Hatten sie Streit, oder benahm er sich immer so, seit sie verheiratet waren?

Trotz Lucys ausgelassenem Geplauder, ihrem volltönenden Lachen und ihren schlüpfrigen Klatschgeschichten – stets eingeleitet durch ein hastig ausgestoßenes »Weißt du, Gibby« – schleppte der Abend sich träge dahin; ich verabschiedete mich schon zwei Stunden nach meiner Ankunft und nahm dafür den eisigen Wind, die schlechten Straßen und meinen weiten Heimweg als Vorwand. Jack erhob sich schwerfällig aus seinem Sessel, begleitete mich gemeinsam mit Lucy zur Tür, drückte mir ganz flüchtig die Hand und sagte beiläufig: »Laß dich mal wieder blicken, Shep. Und gib acht, daß du dir auf der Zufahrt den schönen Rolls nicht verkratzt.«

Ich war so wütend über seine Kälte gegenüber Lucy und seine schäbige Lieblosigkeit, daß ich mich auf halber Strecke zum Wagen umdrehte, um ihm leichthin und bedeutsam etwas zu sagen wie »Mach ihr keinen Kummer, oder ich kümmere mich um dich«, aber die Worte blieben mir im Halse stecken. Er stand mit Lucy im Arm in der dunklen Haustür und beugte den Kopf über sie; in seiner Miene, seiner Geste lag so viel Zärtlichkeit, daß es mir die Kehle zuschnürte. Was Jack Venable auch bewogen haben mochte, Lucy heute abend kühl zu behandeln, es fehlte ihm nicht an Liebe zu ihr. Während ich die holprigen Meilen nach Atlanta zurücklegte, dachte ich voll Sorge an meine Cousine Lucy, aber nicht seinetwegen.

Tags darauf erhielt ich Besuch von Tom Carmichael und Marshall Haynes, dem für meinen Vater zuständigen Berater bei der Treuhandbank. Shem Cater führte die beiden in die Bibliothek, wo ich die Geschäftsbücher, Berichte und Akten für den Augenblick beiseite gelegt hatte und in ein Buch von Bulfinch vertieft war, das meinem Großvater Redwine gehört hatte. Die beiden kamen gleich zur Sache.

»Wir müssen uns ein paarmal zusammensetzen, Shep, sei es hier, bei mir im Büro oder in der Bank«, sagte Tom Carmichael, und Haynes nickte mit dem flachsgelben Bürstenschnittkopf. Wie es in meiner Clique hieß – und das hatte man bestimmt von den alten Herren –, sollte er ein Magier der Finanzen sein, ein junger Mann mit großer Zukunft. Marshall Haynes und ich betrachteten einander mit strahlendem Lächeln und der instinktiven, auf Gegenseitigkeit beruhenden, Abneigung des jungen, fähigen Mietlings für den jungen, unfähigen, reichen Sprößling.

»Ich denke, in etwa sechs Wochen haben wir Sie soweit, daß Sie selbständig arbeiten können«, fing Haynes an, und Tom Carmichael fuhr fort: »Die Routinearbeiten sind eigentlich ziemlich einfach; Ihr Vater hat die Sache in zwei, drei Stunden pro Tag erledigt, und er hätte nicht immer extra in die Stadt kommen müssen, außer zum Mittagessen im Capital City oder Commerce Club. Marshall Haynes und ich wollen Ihnen ein bißchen was über Buchhaltung und Wechsel und so beibringen und Ihnen einen kleinen Überblick über die Gesetzmäßigkeit des Ganzen verschaffen.«

Diesmal nickte Haynes; die beiden erinnerten an Vater und Sohn in einer zweitklassigen Varieténummer.

»Selbst wenn Sie sich schon in der Branche auskennen würden, müßten Sie Ihre Kenntnisse aufpolieren«, fuhr er fort. »Obwohl, Tom Carmichael hat mir erzählt, daß Sie eher auf historischem Gebiet zu Hause sind als im Grundstücksgeschäft. Bringen wir die Sache möglichst rasch über die Bühne, dann können Sie bald selbst die Zügel in die Hand nehmen. Hinter den Kulissen sind wir natürlich immer da, um Sie notfalls zu unterstützen.«

Er grinste, ein charmantes Duplikat von Tom Carmichaels Grinsen – das kumpelhafte Grinsen der Clubherren –, und ich grinste auch, setzte mich zurecht und sagte störrisch: »Bedaure, nicht drin. Gut, daß Sie gekommen sind, dann brauche ich Sie nicht anzurufen. Aber ich will weder irgendwelche Zügel in die Hand nehmen noch hinter die Kulissen gucken. Nächste Woche reise ich ab nach Vermont, um dicken, stinkreichen Bälgern ein bißchen Geschichte einzupauken, und ich erwarte von Ihnen beiden, daß Sie mir einen guten Geschäftsführer suchen und ihm den ganzen Quatsch übergeben. Am liebsten vorgestern. Das kriegen Sie doch hin, Tom, was?« Ich richtete das Wort absichtlich nicht an Haynes.

Sie wechselten stumme Blicke, dann antwortete Carmichael: »Schon. Aber das ginge mir sehr gegen den Strich. Hören Sie, Shep, überstürzen Sie nichts. Überlegen Sie es sich. Ich weiß, Sie und Ihr Vater... das war nicht immer Friede, Freude, Eierkuchen, aber darauf kommt es jetzt nicht mehr an. Sie können nicht einfach davonlaufen.«

»Ich überstürze nichts. Ich habe es mir lange genug überlegt. Und ich kann durchaus davonlaufen. Ich kann sogar rennen. Das Ganze ist nichts für mich, und dabei soll es bleiben.«

Carmichaels Miene war frostig und mißbilligend. »Ich dächte, bei Licht besehen ist es *alles* für Sie«, wandte er ein. »Natürlich gehört die Firma Ihnen.«

»Allerdings. Und die Entscheidung liegt bei mir. Ich möchte Sie bitten, sich sofort nach jemandem umzusehen, sonst mache ich es selbst, und dann geht es bestimmt ins Auge. Okay?«

»Äh... Okay. Also gut. Aber warten Sie doch ein paar Tage, reden Sie erst einmal mit Ihrer Mutter –«

»Fällt mir gar nicht ein. Und wenn mir zu Ohren kommen sollte, daß Sie ihr gegenüber etwas haben verlauten lassen, setze ich Sie raus«, sagte ich. Keine Ahnung, warum ich so mit ihm umging; er war ein fähiger, würdevoller Mann und hatte meinem Vater lange Jahre rechtschaffen gedient. Aber es tat mir gut. Marshall Haynes warf mir einen prüfenden Blick zu, in dem eine Spur von widerwilligem Respekt lag, und das tat mir erst recht gut.

»Sie werden ihr doch sicher mitteilen, was Sie uns gesagt haben«, erwiderte Tom Carmichael eisig. »Sie können sich nicht einfach verdrücken, ohne es ihr zu erzählen. Ihr Anteil an den Liegenschaften ist, um das mindeste zu sagen, nicht unbeträchtlich –«

»Natürlich sage ich es ihr. Ich bin zwar Historiker, aber kein Unmensch. Ich möchte nur den geeigneten Zeitpunkt abwarten. Nächste Woche, denke ich, kurz bevor ich mich … verdrücke. Sie hat zur Zeit genügend andere Sorgen. Ich möchte sie nicht früher als nötig damit belasten.«

Als sie merkten, daß ich mich nicht erweichen ließ, gingen sie, zweifellos in den Capital Club, um ihre Wunden zu lecken und über dem Tagesmenü und einem Fläschchen Chardonnay Pläne zu schmieden, wie ich am besten auszumanövrieren sei. Die Mühe hätten sie sich sparen können.

Am nächsten Morgen saß ich wieder tief in Bulfinch versunken in der Bibliothek, da steckte Shem Cater den Kopf ins Zimmer: »Mr. Shep, Besuch für Sie.« Herein trat Ben Cameron.

»Guten Morgen, Ben.« Ich erhob mich aus den Tiefen meines Lehnstuhls. »Setzen Sie sich. Möchten Sie einen Kaffee?«

Er lehnte ab. »Danke, ich habe eine Thermoskanne voll im Wagen. Shep, wenn du einen Augenblick Zeit hast, dann hol dir deinen Mantel, deinen Schal und deine Handschuhe und komm mit. Ich will dir was zeigen.«

»Was denn?« fragte ich.

»Ich möchte es dir lieber zeigen. Komm, tu mir den Gefallen. Wir sind in zwei Stunden wieder da. Wir können in der Stadt essen, oder im Brookhaven, wenn es dir recht ist. Du bist doch nicht unabkömmlich?« Er streifte den Bulfinch mit einem bezeichnenden Blick, und ich lachte.

»Nein. Das hat keine Eile. Ich hol nur schnell meine Sachen.«

Als ich in meinem Mantel und einem alten Princetonschal aus dem Gartenhaus zurückkam, wartete er schon im Wagen auf mich. Er saß im Fond seiner schwarzen Lincoln-Limousine, und ich sah zu meiner Verblüffung, daß Glenn Pickens am Steuer war, in einem schmucken, dunklen Anzug mit Krawatte und grauen Autohandschuhen. Er erwiderte meinen Gruß nur mit einem »Guten Morgen, Shep«. Ich hatte gar nicht gewußt, daß er immer noch für Ben Cameron chauffierte; ich hätte nicht gedacht, daß er solche Arbeiten noch übernahm, seit er mit dem Studium fertig war. Doch dann fiel mir ein, daß Ben ihm ja den Besuch der Universität ermöglicht hatte und Glenn ihm bestimmt gerne ab und zu einen Gefallen tat.

»Soll das eine Entführung sein?« fragte ich, während Ben mir eine Tasse Kaffee aus der Thermosflasche reichte. Er gab einen Schuß Brandy aus einem silbernen Flachmann hinein, und ich mußte grinsen.

»Allerdings«, antwortete er. »Es handelt sich gewissermaßen um ein Kommandounternehmen. Und ich stelle eine Bedingung. Keine Fragen – ehe du gesehen hast, was ich dir zeigen will. Einverstanden?«

»Klar«, sagte ich. »Solange der Brandy fließt, gebe ich keinen Mucks von mir.«

Er schwieg gedankenvoll, und ich warf ab und zu einen Seitenblick auf sein klares, scharfes Profil, das ich schon so lange kannte, und doch wieder nicht; ich verspürte eine seltsame Beklommenheit, wie ich hier, chauffiert von einem alten Bekannten, neben dem designierten Bürgermeister auf der Peachtree Road in die Innenstadt fuhr und seinen Brandy trank. Ich überlegte, ob Ben Cameron sich auch manchmal so merkwürdig fühlte, ohne Halt, belauert von seinem eigenen Leben. Unvermittelt fragte er mich: »Weißt du eigentlich, daß Sarah schwanger ist?«

»Ja. Charlie war an Heiligabend bei mir und hat es mir erzählt. Es geht ihr doch gut?«

»Nein«, erwiderte Ben düster. »Es geht ihr beschissen. Sie sieht schlecht aus und kotzt sich die Seele aus dem Leib. Dorothy meint, es sei nur vorübergehend, aber ich mache mir wahnsinnig Sorgen. Sarah war noch nie krank.«

»Ach, das tut mir leid«, sagte ich lahm. Bei seinem Ton fühlte ich mich irgendwie schuldig, geradeso, als wäre ich für Sarahs morgendliches Erbrechen verantwortlich.

»Ich will es hoffen.« Wieder zog er sich zurück in sein Schweigen, pfiff lautlos durch die Zähne und trommelte mit den Fingern auf seinen Knien herum, und auch ich schwieg eingeschnappt. Was seine Tochter auch litt, mein Schmerz war bestimmt größer.

Glenn Pickens steuerte den Lincoln durch Five Points und bog dann nach Osten in die Mitchell Street ab, vorbei am Justizpalast, am Rathaus mit dem hübschen Art-Déco-Türmchen und am schmutzigen Parlamentsgebäude aus Granit und Marmor. In dieser Zeit zwischen den Jahren waren die Straßen wie ausgestorben, nur ein paar Fußgänger, hauptsächlich Neger, hasteten am Parlament entlang die lange Steigung hinauf.

Glenn bog hinter dem Gebäude ab in die Capitol Avenue; wir glitten hinein in die ausgedehnte, für mich gesichtslose Öde im Südosten, wo der überwiegende Teil von Atlantas schwarzer Bevölkerung wohnte. Ich war schon hier gewesen – meist mit Shem Cater im Chrysler –, um den einen oder anderen unserer Bediensteten abzuholen oder nach Hause zu bringen, doch für meine blinden weißen Augen waren die Wohnstraßen der Neger so ziemlich wie die Neger selbst: Sie sahen alle gleich aus. Ich warf Ben einen fragenden Blick zu, den er schweigend erwiderte. Glenn Pickens blieb auch stumm. In mir regte sich ein leichtes Unbehagen, wie wenn ein Landtier oder ein Vogel vor dem eigentlichen Erdstoß ein Vorbeben spürt. Was mir Ben Cameron in dieser trostlosen Gegend wohl zeigen wollte?

Wir besichtigten eine Schwarzensiedlung nach der anderen im Süden der Stadt: Summerhill, Peoplestown, Joyland. Überall dieselbe Hoffnungslosigkeit, dasselbe Elend; ich hätte nicht sagen können, wo ein Stadtteil aufhörte und der nächste anfing. Aber Ben wußte es; er nannte mir im Durchfahren die Namen; im selben Plauderton, mit dem wir über Sarah oder das Wetter geredet hatten, sprach er von den Unterschieden und Besonderheiten der einzelnen Siedlungen. Ab und zu fragte er: »Stimmt's, Glenn?«, und Glenn Pickens antwortete: »stimmt« oder »nicht ganz. Der Spielsalon gehört Mule Coggins, nicht Morley.« Mir war unbegreiflich, wie Ben Cameron bei seinem vollgepfropften Terminkalender Zeit gefunden hatte, die Geographie und Ethnologie der trostlosen Schwarzengettos in den Eingeweiden der Stadt kennenzulernen. Ob für ihn mit den Namen auch Gesichter verbunden waren? Neben mir saß ein Wildfremder, und ich kam mir verschüchtert, unwissend und jung vor. Genau genommen war ich es auch.

Die Negersiedlungen bestanden aus einem Gewirr von engen Straßen und Gassen, etliche davon ungepflastert, und die ein- und vereinzelt auch zweistöckigen Häuser aus Holz, Beton oder Ziegel saßen so dicht aufeinander, daß häufig nicht einmal eine Einfahrt dazwischen lag – was augenscheinlich nichts ausmachte: Ich sah kaum Fahrzeuge. Die meisten Häuser standen parallel zur Straße oder, falls vorhanden, zum Bürgersteig und hatten einen handtuchgroßen Vorgarten aus blankem oder betoniertem Boden, der mit zerbrochenen Spielsachen, Flaschen und Abfall übersät war. Bei fast allen Gebäuden war längst die Farbe abgeblättert, in manchen waren keine Scheiben mehr; die Fenster hatten blinde Augen aus Pappe oder Zeitungspapier. Die Treppen zu den durchhängenden Veranden waren aus gestapelten Ziegel- oder Schlackensteinen, und in vielen unkrautüberwucherten Hinterhöfen standen Außenaborte in gefährlicher Schieflage. Eine städtische Kanalisation mußte vorhanden sein – es gab Hydranten, und in den offenen Gossen stand gefrorenes Abwasser –, doch die Aborte überwogen.

Aus etlichen wackeligen, verfallenen Kaminen stiegen Rauchschwaden, und ich überlegte, ob die Häuser keine andere Heizung hatten. Hier pfiff, anders als im Zentrum mit seinen schützenden Hochhäusern, ein umbarmherziger Wind. Auf allen Pfützen lag eine dicke, braune Eisschicht. Ich bekam nur wenige Menschen zu Gesicht, lauter magere, zu leicht bekleidete Kinder und alte Frauen.

Durch jede Siedlung zog sich eine Hauptstraße mit einem schäbigen Kaufladen, einem Drugstore, Getränkemärkten, Pfandleihern und ein, zwei Cafés. Dort zeigten sich auch Menschen, meist Männer; Halbstarke, junge Männer und Männer mittleren Alters lungerten in und vor den Cafés herum, standen eisigen Atems in Gruppen an Straßenecken unter zersplitterten Laternen, hatten der Kälte wegen den Kopf eingezogen und streiften uns mit kühlen Blicken, während Glenn den Lincoln vorbeisteuerte. Ich wäre den toten, gnadenlosen Augen am liebsten ausgewichen, wohingegen Ben ihren Blicken ruhig und abschätzend begegnete und Glenn gelegentlich einem Bekannten zuwinkte, der den Gruß lässig erwiderte. Ob sie Ben Cameron kannten? Ich hatte das Gefühl, daß etliche wußten, wer er war.

»Wo sind denn die ganzen Frauen?« Ich hatte vergessen, daß ich keine Fragen stellen sollte. Ich hatte hier im Südosten nicht eine Frau gesehen, die jünger aussah als siebzig.

»Da, wo wir hergekommen sind, Shep«, sagte Glenn, ohne den Kopf zu wenden. »Sie arbeiten in Buckhead im Haushalt.«

Ich errötete heftig. Ich hätte es wissen müssen. Da war ich ganz schön ins Fettnäpfchen getreten. Ben neben mir lächelte dünn.

Wir fuhren nun durch Summerhill, und er deutete auf einen Straßenzug auf der rechten Seite, wo in trister Verlassenheit noch mehr von diesen erbärmlichen Hütten kauerten.

»Da kommen die neue Schnellstraße und das Stadion hin«, sagte er. »Erstklassige Lage, die Planung ist schon perfekt.«

»Und wo sollen die Leute hin, die hier wohnen?« wollte ich wissen. Er stieß ein unfrohes Lachen aus.

»Gute Frage. Das wüßten die wohl selber gern. Menschenskind, da kriegt man achtzehn Millionen für ein Stadion zusammen und hat im sozialen Wohnungsbau in den nächsten zehn Jahren fünfzig Millionen zur Sanierung der Slums zur Verfügung, ist aber anscheinend nicht in der Lage, Wohnraum für eine einzige schwarze Familie zu schaffen, deren Haus abgerissen wird, oder einen Penny in Siedlungen wie Vine City und Buttermilk Bottom zu stecken. Das muß anders werden, und zwar schleunigst.«

»Aber es gibt doch Sozialwohnungen«, sagte ich, obwohl ich mir ziemlich sicher war, daß er nicht mit mir gesprochen hatte.

»Schon. Seit 1936 wurden ganze vier Wohnungsbauprojekte verwirklicht. Vier! Wir können von Glück sagen, wenn uns nächsten Sommer keiner buchstäblich Feuer unterm Arsch macht.«

Glenn chauffierte uns durch Mechanicsville und Pittsburgh und vorbei an der Oase des Friedhofs Oakland. Ich atmete unwillkürlich auf vor Erleichterung, wieder auf vertrautem, heiligem Boden zu sein, während wir auf der DeKalb Avenue Richtung Osten weiterfuhren. Nach der halbwegs vertrauten kleinen Enklave von Cabbagetown, die, obwohl hier genausoviel Armut und Elend herrschten wie in den anderen Siedlungen, ausschließlich Weißen vorbehalten war, bog Glenn Pickens zu einem anderen Wohngebiet ab und hielt an.

»Von hier aus gehen wir zu Fuß«, sagte Ben. »Am besten bindest du dir den Schal um den Kopf. Hier, trink einen Schluck Brandy. Es ist ein ganz schönes Stück bis dahin, und der Wind wird immer eisiger.«

»Wo sind wir?« fragte ich. Ich war noch nie so weit im Osten gewesen, hatte nie mehr von diesem Viertel gesehen als den Teil von Cabbagetown, den man von dem myrtenbewachsenen Hügel unseres Familiengrabs auf dem Friedhof Oakland überschaute. Auf meiner Landkarte war hier ein weißer Fleck.

»In Pumphouse Hill«, antwortete Ben. »Auf dem Hügel da drüben war früher eine alte Handpumpe, wo sich die Leute ihr Wasser holen mußten. Ob zum Waschen oder Trinken, zum Spülen oder Feuerlöschen, die Leute mußten ihr Wasser von da drüben nach Hause schleppen.«

»Die meisten machen es immer noch so«, sagte Glenn Pickens, der sich stillschweigend zu uns gesellt hatte; er hatte sich den Kragen seines grauen Mantels hochgeschlagen. »In den 50er Jahren hat die Stadt zwar Leitungen legen lassen, aber die wenigsten Familien können sich das Wasser leisten. Ich glaube, zwei Drittel von den Hydranten hier sind seit zehn Jahren kaputt.«

Ben runzelte die Stirn. »Dafür ist die Stadt zuständig, nicht die Anlieger. Das ist kein Zustand. Da muß ich Dampf dahinter machen.«

Wir gingen eine Straße in Pumphouse Hill entlang. Wir waren noch nicht an drei Häusern vorbei, da fragte ich mich schon, wie ich das ertragen sollte. So armselig die anderen Wohnblocks auch gewesen waren, verglichen mit Pumphouse Hill kamen sie mir fast wie Paläste vor. Es war unbeschreiblich. Die winzigen Häuschen waren Jahrzehnte älter und bei weitem baufälliger als in den anderen Gettos, bei manchen war das Dach abgedeckt, bei den meisten fehlten eine oder mehrere Fensterscheiben, alle bestanden aus blankem, verrottetem, schimmelndem Holz. So gut wie nirgends brannte elektrisches Licht, wenn auch schiefe Leitungsmasten mit durchhängenden Kabeln herumstanden, und nur aus wenigen Kaminen kam Rauch. In Pumphouse Hill waren keine Menschen zu sehen, nicht einmal alte Leute.

Auf den ungepflasterten Straßen lag eine dicke Schicht aus Dreck und Kot. Zum erstenmal an dem Tag war ich froh, daß die Temperaturen unter dem Gefrierpunkt lagen; die Exkremente im Graben und unter den Fenstern hätten sonst einen unerträglichen Gestank verbreitet. Vor den Haustüren und Hintereingängen häuften sich Müll und Unrat, verfaultes, gefrorenes Gemüse lag, wo man es hingeworfen hatte. Ich sah etliche Hunde und Katzen, die noch nicht lange tot waren; sie waren nicht unters Auto gekommen, sondern lagen bloß steif und hoffnungslos da, als seien sie nachts umgefallen und erfroren. Einmal stolperte ich, hielt mich an Ben fest und schaute, auf was ich da getreten war. Zu meinen Füßen lag der zermalmte, gefrorene Kadaver einer Ratte von der Größe eines kleinen Foxterriers. Mir kam es hoch vor Ekel.

Pumphouse Hill bestand nur aus sechs, sieben Straßen und war nicht größer als etwa vier Häuserblocks in der Innenstadt. Doch was für ein Abgrund menschlichen Elends! Welch entwürdigende Zustände! Mir brannte das Herz. Es verschlug mir die Sprache.

Schließlich brachte ich heraus: »Ist irgend jemand hier? Wohnen hier Leute?« Seit wir den Wagen verlassen hatten, war ich keiner Menschenseele begegnet. Ich merkte, daß meine Stimme hoffnungsvoll klang.

»Na klar«, antwortete mir Glenn. »Da wohnen eine Menge Leute. Liegen alle drinnen im Bett.«

»Im Bett?« wiederholte ich begriffsstutzig. Was machten sie da? Waren sie krank? Beim Liebesspiel? Schliefen sie, oder was?

»Ja, im Bett«, sagte er. »Da, wo man sich aufwärmt, wenn man kein Geld für die Strom- und Gasrechnung hat und kein Brennholz findet. Stapelt man sich halt übereinander.«

Wieder wurde ich rot. Den Rest des Weges durch die entsetzliche Eiswüste legten wir schweigend zurück. Als wir wieder im Wagen saßen, zitterte ich vor Kälte und Ekel. Und kochte innerlich vor Wut.

»Warum haben Sie mich hierher geschleift?« fragte ich Ben Cameron.

Er schenkte mir eine Tasse Kaffee mit Brandy ein und reichte sie mir. Er betrachtete mich lange mit einem unergründlichen Blick.

»Du solltest es selbst sehen. Die Häuser sind Eigentum deiner Familie.«

Abscheu und Widerwille überfielen mich mit solcher Gewalt, daß es mich förmlich auf dem Sitz nach hinten warf.

»Ich glaube Ihnen kein Wort«, stieß ich zwischen den Zähnen hervor. Mir dröhnten die Ohren, als hätte jemand direkt neben mir einen Elchtöter abgefeuert. »Meine Eltern... die haben... ganz bestimmt keine Ahnung, wie es hier aussieht. Das würden sie nie... Sie brächten es nie...«

»Sie bringen es fertig«, sagte Ben, und ich wußte, daß er mich nicht belog.

»Jedenfalls dein Vater«, fuhr Ben fort. »Seit Jahren liege ich ihm in den Ohren, hier endlich Ordnung zu schaffen, und nicht nur ich. Ich möchte annehmen, daß Olivia nicht Bescheid weiß. Ich glaube nicht, daß sie so etwas zulassen würde. Shep, ich kenne deinen Vater seit Jahrzehnten. Ohne ihn hätte ich meinen Wahlkampf nicht finanzieren können, und ich schulde ihm mehr, als du glaubst. Aber eins sage ich dir, wenn Olivia nicht gewesen wäre, hätte ich ihn dafür vor Gericht gebracht. Ich habe schon als kleiner Junge mit ihr gespielt. Unsere Familien sind seit Jahrzehnten befreundet. Ich habe die Sache nicht weiter betrieben und auch... einige andere... überredet, sie auf sich beruhen zu lassen. Aber jetzt, wo dein Vater nicht mehr im Spiel ist, steht alles anders. Ich hätte dir noch etwas Zeit gelassen, weil ich ja weiß, daß du dich in der Firma nicht auskennst und auch so schon genug um die Ohren hast, aber wir können nicht länger warten. Glenn sagt mir, daß es hier rumort und daß die Sache immer schlimmer wird, und so, wie sich die Rassenfrage in den Südstaaten entwickelt, müssen wir schleunigst etwas unternehmen. Ich habe mir gedacht, daß es am schnellsten geht, wenn ich es dir zeige.«

Ich sagte nichts und sah dann Glenn Pickens an.

»Ich hatte wirklich keinen Schimmer.«

»Das habe ich auch nicht von dir gedacht, Shep.« Seine Miene war verschlossen. »Aber jetzt weißt du Bescheid.«

»Jetzt weiß ich Bescheid.«

Auf dem Heimweg wurde nicht gesprochen, wir aßen nicht im Club zu Mittag, und kaum hielt der Lincoln bei uns vor dem Haus, als ich schon ausgestiegen war und die Treppe hinaufrannte zum Zimmer meiner Mutter. Ich hörte mich brüllen; es klang in meinen Ohren irre und weit weg, wie wenn zwei Häuser weiter ein Tobsüchtiger rast, den Tränen nah. Ich muß sie eine ganze Weile angeschrien haben. Als ich aufhörte, war ich so heiser, daß ich kaum noch flüstern konnte.

Meine Mutter hob den Blick von der Patience, die sie auf ihrem Sekretär gelegt hatte; sie unterbrach mich nicht, sah mich nur aufmerksam an, während ich schrie und tobte.

»Die Häuser waren nie Eigentum deines Vaters«, sagte sie mir kühl. »Sie gehören mir ganz allein. Mein Papa hat sie mir hinterlassen, mit allem Drum und Dran, und hat gesagt, daß sie meinen Lebensunterhalt sichern sollen, und ich soll das Geld nehmen und keinen Penny Kapital hineinstecken, und genauso habe ich's gemacht. Dein Vater hätte längst die Hälfte der Einkünfte wieder ausgegeben, aber ich habe auf meinen Papa gehört und ihm die Häuser nicht überschrieben und nicht zugelassen, daß er das Geld, das bald deins ist, in diese gräßlichen Rattenlöcher stopft. Und du brauchst dich gar nicht so aufzuführen, mein lieber Herr Sohn. Von meinen Mietern hat sich noch keiner beschwert. Eine billigere Wohnung finden sie in der ganzen Stadt nicht.«

Ich wandte mich ab von ihr. Ich mußte daran denken, was sie ihr Leben lang zur Verfügung gehabt hatte, was sie auf Kosten der stummen, unsichtbaren Kreaturen in den kalten Betten von Pumphouse Hill besaß, und wie wenig von deren tiefem Elend je durch diese cremeweißen Wände, durch ihre cremeweiße Haut dringen würde. Und ich mußte daran denken, was ich auf Kosten dieser Armen besaß. Ich dachte an meinen milden, vornehmen Großvater Redwine und an das Treuhandvermögen, das er mir hinterlassen hatte. Darauf also war es gegründet! Mir war ganz schlecht vor Scham.

Ich kehrte meiner Mutter noch immer den Rücken zu und sagte: »Du gibst mir auf der Stelle Vollmacht, Tom Carmichael mit der Sanierung der Siedlung zu beauftragen, oder ich nehme das nächste Flugzeug und bin weg, Mutter. Es ist mir bitterernst. Er soll gleich morgen anfangen und so viel Zeit und Geld bekommen, wie er braucht. Sonst gehe ich fort, und ich sage dir, du siehst mich nie wieder.«

»Sheppie...«

»Du hast die Wahl, Mutter.«

Wir kämpften den ganzen Nachmittag verbissen wie zwei wilde Tiere, aber am Ende lenkte sie ein. Für diesmal war ich froh um die krankhafte Macht, die sie mir selbst verliehen hatte: die des Herrn, der das letzte Wort spricht. Voll Ekel vor ihr und voll Selbstverachtung benutzte ich meine Macht gezielt und unerbittlich. Ehe wir uns zurückzogen, sie in ihr Schlafzimmer und ich ins Gartenhaus, erklärte sie sich mit der Sanierung von Pumphouse Hill einverstanden. Mein letzter Gedanke war, bevor ich in einen unruhigen Schlaf fiel, daß ich gleich am Morgen Ben Cameron anrufen und es ihm sagen würde. Wenn wir Glück hatten, war die Siedlung im Sommer bewohnbar.

Doch es war kein Tag des Glücks noch der Vergebung. In den frühen Morgenstunden, während meine Mutter und ich, jeder für sich, den Schlaf der Erschöpfung schliefen, steckte ein Brandstifter Pumphouse Hill an, und bei zehn Grad unter Null, böigem Wind und defekten Hydranten konnte die Feuerwehr wenig ausrichten. Am Morgen waren elf Menschen tot, sieben von ihnen Kinder, und gut hundert Häuser waren bis auf den gefrorenen Grund abgebrannt.

Der Brandstifter – so vermutete die Polizei später – mußte gewußt haben, wem die Häuser gehörten, und sobald das Feuer gelegt war, bei den Zeitungen angerufen haben, denn kaum fuhren die ersten Löschzüge unter Sirenengeheul zum Brandherd, als auch schon ein Reporter bei meiner Mutter anrief, und nur Minuten später standen die Journalisten und Fotografen in Scharen bei uns vor der Tür. Ich wurde von einem aufgelösten Shem geweckt und stolperte den Pfad entlang zur Villa, während ich mich noch in den Morgenmantel kämpfte und mir den Schlaf aus den Augen rieb. Doch ich kam zu spät. Auch hierin hat uns Fortuna völlig im Stich gelassen.

Meine Mutter stand, leichenblaß und mit vor Schreck idiotisch verzerrtem Gesicht, in ihrem eigenen Haus mit dem Rücken zur Wand; ihr spitzenbesetztes Satinmorgenkleid war verrutscht, das schwarze Haar hing ihr wirr um den Kopf wie bei einer Hexe. Ich kam eben recht, um sie kreischen zu hören: »Die Häuser gehören mir nicht! Ich habe nichts damit zu tun! Ich habe sie nie gesehen! Ich... Sie gehören meinem Sohn! Ich habe sie ihm schon vor Jahren überschrieben! Er ist zuständig! Fragen Sie doch ihn...«

Alle Zeitungen von Georgia, und auch etliche von außerhalb, brachten am folgenden Morgen ihre Worte und ein Bild von mir mit offenem Mund und aufgerissenen Augen in unserer eleganten Eingangshalle. In der *Atlanta Constitution* stand die Schlagzeile: »Elendsviertel wird Beute der Flammen. Buckheader Grundstückshai verantwortlich für Todesfalle.« Ich sprach nie mehr ein Wort mit meiner Mutter.

Am späten Abend kam Ben zu mir mit einer Flasche Wild Turkey. Seit die Pressefritzen im kühlen Morgengrauen abgezogen waren, saß ich in der Bibliothek. Ich hatte den ganzen Tag hier verbracht. Niemand war hereingekommen. Soviel ich wußte, waren überhaupt nicht viele Leute ins Haus gekommen; in der Bibliothek kriegte ich zwar nicht mit, wenn es an der Tür läutete, aber aufgrund irgendeines akustischen Phänomens konnte ich die Reifen auf der Auffahrt knirschen hören. Das war nur zweimal geschehen. Bei Leid und Tod rückt man zwar zusammen in Buckhead, doch wenn Schande droht, bildet man eine Wagenburg und überläßt den Missetäter nackt und schutzlos den Wölfen draußen. An jenem Tag war ich froh darüber.

Ich hatte ein Feuer angezündet und in Gang gehalten, jedoch kein Licht gemacht. Ben trat ein und warf im Schein der Flammen flakkernde, riesige Schatten. Ich hatte keinen Wagen gehört und dachte mir, daß er sich durch den Wald zwischen der Muscogee Avenue und der Peachtree Road geschlagen haben mußte. Er trug einen dikken Norwegerpulli unter seinem alten Jagdparka und alte Gummistiefel. In seiner plumpen Sportkleidung wirkte er viel jünger, so wie der Ben Cameron von früher. Sein Besuch überraschte mich nicht. Ja, mir wurde klar, daß ich hier in dem dunklen Raum auf ihn gewartet hatte, damit er mir wie einem ratlosen Kind sagte, was ich jetzt machen sollte. Seit die Stimme meiner Mutter verklungen war, waren jeder Gedanke und jedes Gefühl in mir abgestorben.

Er setzte sich mir gegenüber auf das breite Sofa, entkorkte den Whiskey und schenkte zwei Wassergläser voll. Wir sahen uns im Licht der Flammen schweigend an und tranken.

»Wo ist deine Mutter?« fragte er schließlich.

»Hat sich seit heute morgen auf ihrem Zimmer eingeschlossen.« Meine Stimme klang heiser, weil ich so lange nicht gesprochen hatte. »Ich glaube, sie hat nur Hub Dorsey und Tom Carmichael zu sich gelassen. Die waren beide hier. Und Martha hat ihr das Essen gebracht. Sie würde wahrscheinlich mit Ihnen sprechen, wenn Sie zu ihr wollen.«

Er winkte ab. »Shem hat mir erzählt, daß du schon den ganzen Tag hier drin hockst. Ich habe im Gartenhaus vorbeigeschaut, und als du da nicht warst, bin ich zur Hintertür gekommen.«

»Ich finde es besser hier«, antwortete ich knapp. Zum einen hatten meine Mutter und ich die Villa zu einer uneinnehmbaren Festung gemacht, und zum anderen widerstrebte es mir zutiefst, mein geliebtes Refugium mit dem Geifer ihres Vertrauensbruchs zu besudeln.

»Du bleibst für alle Fälle am besten ein paar Tage hier«, sagte Ben. »Ich habe inoffiziell ein paar Posten um das Haus aufstellen lassen, um dir die Presseleute und die Gaffer vom Hals zu halten, und wenn das Glück dir hold ist – was man in letzter Zeit nicht eben behaupten kann –, hat sich der ganze Spektakel bald gelegt. Darum komme ich auch in der nächsten Zeit lieber hintenrum durch den Wald zu dir. Es darf nicht ruchbar werden, daß eine Absprache zwischen uns besteht. Außerdem macht es mir Spaß.«

»Was für eine Absprache?« fragte ich begriffsstutzig.

Ben stellte sein Glas ab und beugte sich vor, wobei er die Unterarme auf die Knie stützte und die Hände locker herunterhängen ließ. Er starrte in die bläulichen Flammen. Dann fing er an zu sprechen. Er redete eine ganze Weile.

Weder er noch der Club – so die Quintessenz seiner Rede – würden dagegen einschreiten, daß meine Mutter mich zum Sündenbock abgestempelt hatte. Jeder wisse, daß ich nichts dafür könne, und alle seien einmütig empört über ihren Vertrauensbruch. Notfalls werde man mir den besten Anwalt der Südstaaten besorgen. Doch er, Ben, könne mir mit ziemlicher Sicherheit versprechen, daß man zwar eine Untersuchung einleiten, aber nicht Anklage erheben werde, und daß nichts mehr darüber in die Zeitung komme.

Aber es werde auch niemand die Vorwürfe meiner Mutter entkräften.

Ich wußte, daß sie ihr Versprechen einhalten konnten. Keiner würde mir ein Härchen krümmen. Aber auch das andere machten sie wahr. Das las ich aus Bens grimmiger Miene. Was sollte ich dazu sagen? Ich schwieg.

»Verstehst du, warum wir dich hängenlassen, Shep?« fragte er unvermittelt, nachdem ich eine Weile stumm aus dem Fenster in den Sternenhimmel gestarrt hatte.

»Um meine Mutter zu retten, wahrscheinlich«, murmelte ich.

»Nein. Um uns alle zu retten. Auch dich. Uns alle hier in Buckhead. Um Buckhead zu retten und unseren gewohnten Lebensstil. Wir leben in gefährlichen Zeiten; ein falscher Schritt von einem von uns, und mit diesem Lebensstil ist es aus. Er geht in Rauch auf. Letzte Nacht war es fast soweit. Der Tag wird sowieso bald kommen, aber wenn wir unsere Karten richtig ausspielen, können wir die Sache hinauszögern, bis ihr – ihr Jungen, der nächste Schub sozusagen – die Zügel übernehmen könnt und unsere Zukunft gesichert ist. Auf keinen Fall darf herauskommen, daß jemand von uns hier in Buckhead – und gar eine Frau! – die Hände in den Schoß gelegt und so was Entsetzliches bewußt in Kauf genommen hat. Das darf nicht sein. Dazu ist die verflixte Rassengeschichte viel zu heikel. Besser, es trifft dich, quasi einen Außenstehenden, der durch seine lange Abwesenheit vielleicht ein wenig entschuldigt ist. Diese Lüge im Raum stehenzulassen, kommt mich hart an, und dir wird die Stadt wohl nie wieder so übel mitspielen. Aber ich tue es nicht für mich. Ich will meiner Stadt die Konsequenzen von dieser Sache ersparen. Wenn ich nächste Woche meinen Amtseid ablege, werden das für mich keine leeren Worte sein.«

Ich blieb stumm. Er strich mir sacht über den Kopf. Ich spürte, wie mir vor Schwäche die Tränen in die Augen traten.

»Shep, du bist in jeder Hinsicht mein Sohn, außer biologisch«, sagte er. »Ich habe mir dich als Schwiegersohn gewünscht, sosehr ich Charlie schätze. Dein Tag kommt erst noch. In zwanzig Jahren, wenn deine Zeit da ist, haben hier neue, andere Leute die Macht in Händen, Menschen, die nie von dem Feuer gehört haben werden und denen das auch ganz egal wäre. Du verlierst deinen... deinen Platz an der Sonne nicht, nicht auf lange Sicht. Wir bitten dich lediglich um Aufschub. Ich bitte dich darum. Wir stehen für immer in deiner Schuld, alle Menschen in der Stadt, auch wenn sie es leider nie erfahren werden.

Aber wenn du nicht einverstanden bist, wenn du meinst, deine Mutter mit hineinziehen zu müssen... tja, dann muß ich die Justiz und die Presse gewähren lassen. Es steht zu viel auf dem Spiel.«

Dann sagte er nichts mehr. Kurz darauf stand er auf, stapfte aus dem Zimmer und schloß leise die Tür. Er ließ die Whiskeyflasche vor mir auf dem Tischchen stehen.

Da saß ich nun in meines Vaters Bibliothek zwischen den Trümmern meines Lebens, und es ist kein kleines Zeichen für Ben Camerons Einfluß und Charme, daß ich seinen Standpunkt begreiflich fand.

19. Kapitel

Die Polizei hat den Brandstifter von Pumphouse Hill nie gefunden. Ich weiß allerdings nicht, wie eifrig man nach ihm suchte. Clem Coffee – Vorreiter einer neuen Generation von studierten Polizisten und unter Atlantas blau Uniformierten so exotisch wie eine Spitzentänzerin in einer Fußballmannschaft – erledigte seine Arbeit leise und ließ kaum etwas an die Öffentlichkeit dringen. Es stand zu befürchten, daß der Brandstifter eine Menge Staub aufgewirbelt hätte – ein gefundenes Fressen für die Presse –, und so herrschte über diesen Ausgang allgemein Erleichterung.

Nach Auffassung des Polizeichefs mußte unser – Bens, Glenns und mein – Besuch in Pumphouse Hill jemanden, der die Besitzverhältnisse kannte, zur Legung des Feuers veranlaßt haben. Ich fand, daß das den Kreis ziemlich eingrenzte. Wie viele Mieter im Südosten wußten schon, wem ihre Behausung gehörte? Was kümmerte es sie?

»Mehr, als du denkst«, sagte Ben, und Clem Coffee grinste säuerlich. »Die haben ein Informantennetz, das die Information Agency vor Neid erblassen ließe«, fügte er hinzu. »Es würde mich nicht wundern, wenn jeder wüßte, daß die Siedlung... nicht Ihnen gehört.«

»Warum sagt es dann keiner?«

»Denen ist es doch schnuppe, wer den Kopf hinhalten muß, Hauptsache es ist einer von uns«, antwortete Coffee. »Und solange wir den Täter nicht fassen, ist da nichts zu machen. Sie können Gift darauf nehmen, daß keiner von denen einen Mitbruder verpfeift. Die reden nicht mal mit meinen Leuten.«

»Auch nicht bei Mord? Es war doch Mord«, sagte ich.

»Bei Mord erst recht nicht. Die sehen es lieber, wenn die Sache Ihnen in die Schuhe geschoben wird, ob zu Recht oder zu Unrecht. Der Täter war sich ziemlich sicher, daß die Geschichte weder für Sie und Ihre Familie noch für jemanden aus dem Viertel Konsequenzen haben würde; zumindest gehe ich davon aus. Natürlich darf ich das nicht laut sagen. Im übrigen hat es ja funktioniert, oder? Es tut sich was in Pumphouse Hill.«

So war es; freilich ging alles entsetzlich, nervtötend langsam. Meine Mutter hatte mir über Tom Carmichael ihre verspätete Bereitschaft übermittelt, Geld in die Renovierung der Häuser zu stekken, und ich hatte ihn beauftragt, sofort damit anfangen zu lassen. Wie Ben vorhergesehen hatte, legte sich die Aufregung ohne Tatverdächtigen und ohne Strafverfahren schon bald – bereits im Januar des jungen Jahres.

Das Leben ging weiter, was für mich kein großer Trost war. Ben Cameron wurde am 2. Januar 1962 in sein Amt eingeführt, begleitet von Dorothy, Sarah, Charlie, Ben und Julia mit dem winzigen Ben Cameron II auf dem Arm. 1962 wurde ein Jahr des Aufbruchs. Ben erließ als erste Amtshandlung – exemplarisch für seine ganze Amtsführung – die Weisung, schwarzen Polizisten dieselben Befugnisse wie ihren weißen Kollegen zu geben. Er versprach den Bau einer neuen Stadthalle für fünfzig Millionen Dollar und ein kommunales Wohnungsbauprogramm für Schwarze in Thomasville in der Südoststadt. In Washington war John F. Kennedy auf dem Höhepunkt seiner Macht, und seine Frau Jackie hatte die Welt erobert. Und im Haus in der Peachtree Road verließ meine Mutter ihren selbst gewählten Verbannungsort und knüpfte fast geräuschlos weiter am seidenen Teppich ihres Lebens.

Keine Ahnung, wie es ihr in ihrem Monat im Turm ergangen ist. Ich weiß bis heute nicht, warum sie sich damals zurückgezogen hat. Wäre es nur gewesen, um mir aus dem Weg zu gehen, dann hätte sie sich – wie ihr bald klarwerden mußte – die Mühe sparen können. Am zweiten Abend nach dem Brand zog ich wieder ins Gartenhaus, und das, soweit es sie betraf, für immer. Ich möchte stark bezweifeln, daß sie wegen Pumphouse Hill und dem Feuer Scham oder gar Reue empfand, während sie sicherlich schwer darunter litt, daß ich mich von ihr abwandte. In der ersten Woche danach brachten mir Shem und Martha fast stündlich Briefchen, in denen sie mich drängte, mich mit ihr auszusprechen. Als das nichts fruchtete, schickte sie Hub Dorsey vor, der mich aufforderte, den Unsinn zu lassen und mit meiner Mutter zu reden.

»Sie ist in einer schlechten Verfassung, Shep«, sagte er. »Sie kann nicht schlafen, und ich fürchte, sie hat die ganze Woche kaum etwas gegessen; sie muß zehn Pfund abgenommen haben. Sie weint ununterbrochen. Ben hat mich aufgeklärt. Ich weiß, wie schwer das alles für dich sein muß; alle wissen es, auch wenn wir es nicht sagen dürfen. Aber wenn du dich weiterhin weigerst, dich mit ihr auszusprechen, kann ich für nichts garantieren. Ist es nicht Strafe genug, daß sie mit ihrer Tat leben muß? Ich fürchte, sie fängt sich nicht mehr, wenn sie jetzt zu deinem Vater auch noch dich verliert. Sie wird daran zerbrechen.«

»Wohl kaum«, antwortete ich, und er verabschiedete sich bald darauf kopfschüttelnd. Ich konnte es ihm nicht verübeln. Zwei Generationen von Ärzten hatten an den Bondurants recht wenig Freude.

In den folgenden ein, zwei Tagen kam meine Mutter selbst, vergoß Tränen auf meiner Schwelle, klopfte an die Tür, rief wieder und wieder meinen Namen und versprach mir das Blaue vom Himmel, doch ich übertönte sie erfolgreich mit Hilfe von Beethoven und Brubeck. Sie ließ mir von Shem auf einem Tablett bogenweise Briefe bringen, die ich alle in meinem Wohnzimmer ins Feuer warf. Ich war gottfroh, daß ich im Gartenhaus kein Telefon hatte. Doch schließlich hörte sie auf mit ihren Szenen und riß sich zusammen; sie badete und kleidete sich an, ging zum Friseur und zur Maniküre und reihte sich wieder ein in den Tanz der winterlichen Gesellschaftssaison, der ihren Alltag ausmachte – blasser und schmaler und schöner denn je und bestimmt viel bewundert für ihre tapfere Haltung angesichts der Schande, die ihr Sohn über das Haus Bondurant gebracht hatte. Ich glaubte nicht, daß außer Ben und dem Club viele aus unseren Kreisen die Hintergründe kannten.

Bald war ich mit ihrem Lebensrhythmus vertraut und richtete mich darauf ein. Wenn sie aus war, ging ich in die Bibliothek und holte mir die Bücher, Papiere und Möbel, die ich brauchte, außerdem ein paar Bilder und anderen Krimskrams. Von den Caters erfuhr ich, daß Tante Willa mit ihren Habseligkeiten in die frisch dekorierten Speicherzimmer gezogen war und daß meine Mutter meinen Vater in der zweiten Februarwoche heimkommen lassen wollte. Als er dann wieder zu Hause war – so erzählten mir meine Gewährsleute –, setzte sich Tante Willa am Abend stundenlang mit heiterer Miene an sein Bett, während die Schwester in der Küche

Kaffee trank oder in ihrem winzigen Zimmerchen vor dem Fernseher hockte. Meine Mutter schaute nur morgens und am Spätnachmittag auf eine halbe Stunde bei ihm herein, nachdem sie ihr Kränzchen, ihre Sitzung, ihren Einkaufsbummel oder ihr sonstiges Tagesprogramm hinter sich hatte. Willa Slagle Bondurant dagegen war zuverlässig. Mich hätte brennend interessiert, wie meine Mutter darüber dachte. Für die beiden schwarzen Wächter unseres damaligen Familienlebens, soweit vorhanden, muß es eine schwere Zeit gewesen sein: Ich lag mit meiner Mutter im Clinch, und eine Fremde scharwenzelte um das Bett ihres gestürzten Brötchengebers. Shem brachte mir zu essen, half mir beim Möbelschleppen und chauffierte mich ab und zu, und Martha kochte und putzte für mich, wusch mir die Kleider und grummelte, brummelte und werkelte wie in alten Zeiten; mehr als einmal ging mir durch den Sinn, wieviel wir alle diesen treuen Seelen verdankten und wie beschämend wenig wir es verdienten.

Eines Tages – meine Mutter ließ sich von Shem im Rolls irgendwohin kutschieren – besuchte ich meinen Vater in dem lächerlichen Serail, das ein triumphierender Mr. Ronnie für ihn geschaffen hatte, und blieb ein Stündchen an seinem Bett sitzen. Er sah mich mit seinem einen, offenen alten Adlerauge trübe und grimmig an, seine verzerrten Lippen bewegten sich ein paarmal, und heraus kam ein Gebrumm wie von einem aufgebrachten Bienenschwarm; die Finger seiner nutzlosen Hand scharrten auf der Bettdecke – ich war nicht böse, als die Schwester kam und mich hinauswarf. Danach ging ich monatelang nicht mehr zu ihm. Insgesamt sah ich für eine ganze Weile wenig Grund zum Verlassen des Gartenhauses.

Ich konnte nicht mehr weg aus Atlanta, nicht nach Vermont, nicht nach New York, nirgendwohin. Zwar hielt mich hier nichts, aber Fortgehen war irgendwie undenkbar. Vielleicht blieb ich aus einem unerklärlichen, bösen Stolz heraus in dem kleinen Haus hinter meinem großen und verbarg mich vor der Frau, die mir vor sich und meiner Welt die Treue gebrochen hatte. Vielleicht litt ich unter einer Depression – ich meine, eine echte, pathologische, die den Willen untergräbt, die Glieder lähmt und das Denken und Handeln beeinträchtigt. Lucy hat mir später einmal gesagt, daß sie das glaubte; die Schründe und Abgründe der menschlichen Seele waren ihr da nicht mehr fremd.

Doch zu Beginn meines ersten Winters daheim war ich weder traurig noch verängstigt, fühlte mich nicht einmal unbehaglich. ›Später‹, dachte ich, ›werde ich entscheiden, welchen Weg ich einschlagen will; später rufe ich Leute an, schreibe Briefe, besuche Freunde, überlege, ob ich das Gartenhaus, Atlanta, die Südstaaten wieder verlasse, suche mir ein Ziel, gewinne meine Energie zurück. Später erkunde ich meine Gefühle für meinen Vater und taste mich vielleicht sogar ganz sacht und behutsam heran an das Geheimversteck, wo ich die Ungeheuerlichkeit von Pumphouse Hill, dem Brand und den Worten meiner Mutter begraben habe. Später...‹

Ich dachte nicht im Traum an einen Besuch bei meiner Mutter.

Ich habe gesagt, Buckhead hätte eine Wagenburg gebildet und mich ausgesetzt, doch das stimmt nicht ganz. Lucy kam von Anfang an, zuerst fast jeden Abend, und immer mit Jack im Schlepptau; ihr Käfer hatte nämlich inzwischen den Geist aufgegeben, und sie hatten jetzt nur noch den kleinen Fordkombi, den Jack als einziges Stück aus seiner ersten Ehe mitgenommen hatte, mit dem sie gemeinsam zum Damascus House und zurück fuhren. Bei ihrem ersten Besuch – Lucy hatte eine ganze Woche lang versucht, mich telefonisch zu erreichen – sagte sie: »Die Zeitungen können schreiben, was sie wollen, und du kannst sagen, was du willst, ich glaube kein Wort davon, daß du irgendwas mit diesem widerlichen Slum und dem Brand da zu tun hast. Man macht dich zum Sündenbock. Ich weiß ja nicht, wer dahintersteckt, aber ich wette, es ist Tante Olivia. Ich finde es zum Verrücktwerden, daß du mir kein Sterbenswörtchen sagst, aber wenn du nicht willst und wenn es unbedingt sein muß, vergrabe dich meinetwegen Millionen Jahre hier drin. Du kannst mich nicht daran hindern herzukommen, und du kannst mich nicht vor die Tür setzen, ich bleibe. Also. Ich verliere kein Wort mehr darüber, bis du selbst das Thema zur Sprache bringst. Ich wollte dir nur sagen, daß ich dich gern habe und du mich nicht verscheißern kannst.«

»Ich weiß. Ich habe dich auch gern. Erzähl, was gibt's Neues bei euch im Damascus House?«

Und sie berichtete mir von ihren Sitzstreiks und Demonstrationen und jüngsten Begegnungen mit Martin Luther King, während Jack es sich an meinem Feuer bequem machte, Scotch trank, Erdnüsse knabberte und Lucy innig anlächelte.

Lucy hatte abgetragene, formlose Pullis und Röcke aus ihrer Schulzeit an, ihre Schuhe waren durchgelatscht und abgewetzt, und sie trug noch denselben Wintermantel aus dem Wood Valley Shop, den ihr Tante Willa gegen Ende ihrer Schulzeit geschenkt hatte. All das schien auf den ersten Blick mehr ein Zeichen für den Altruismus, den sie sich neuerdings zugelegt hatte, als für ihre Armut. Sie trug die Kleider mit ihrer gewohnten lässigen Eleganz, und die Sachen wirkten an ihr – groß und mager, wie sie war – flott und aufmüpfig attraktiv. Doch ich wußte ja: Was sie und Jack im Damascus House verdienten, langte kaum für Essen und Benzin. Jacks Jacke aus Harris Tweed war zwar gediegen, aber verschlissen und an Ärmeln und Kragen ausgefranst, und seine Hose war durchgewetzt und spannte über dem rundlichen Hintern. Ich traute mich nicht, ihnen auszuhelfen.

Auch Sarah und Charlie kamen. Bei ihrem ersten Besuch im Gartenhaus saßen sie nebeneinander auf dem Sofa im Wohnzimmer; sie waren fast gleich angezogen mit grauer Flanellhose, Slippers, Stehkragenhemd und Pullover mit rundem Ausschnitt. Ich war betroffen, wie sehr sie sich einander äußerlich angeglichen hatten, jetzt, wo Sarah durch die Schwangerschaft in die Breite gegangen und ein wenig pausbäckig geworden war. Beide sahen sie im düsteren Licht der Lampe und der Flammen klein, dunkel und untersetzt aus, beide legten sie dieselbe gezwungene Heiterheit an den Tag. Und sie standen beide sichtlich unter Anspannung. Zweimal fingen sie gleichzeitig an zu reden, hörten auf, fingen wieder an, brachen ab und lachten verlegen. Wir sprachen über alles und jedes, bloß nicht über das, woran wir dachten: verkohlte Kinderleichen im nächtlichen Pumphouse Hill. Ich glaube, wenn einer von ihnen allein gekommen wäre, hätte ich mich nicht so unbehaglich gefühlt, aber zu zweit gaben Sarah und Charlie Gentry sich seit neuestem den Anstrich vornehmer Bürgerlichkeit, den jeder für sich nie an sich gehabt hatte. Als stünde ihnen für ihre Ehe nur das ausgeklügelte, banale Strickmuster zur Verfügung, das in Buckhead seit fünfzig Jahren in Umlauf war.

Auf einmal runzelte Sarah die Stirn und sagte: »Hör mal, Shep, ich fühle mich komisch so. Laß uns mal offen miteinander reden.« Ich sah zu Charlie, der hinter ihr stand, und er schüttelte kurz den Kopf: nein. So erfuhr ich, als hätte ich es mir nicht denken können, daß Charlie die Wahrheit über Pumphouse Hill kannte, aber daß Ben und der Club es für ratsam hielten, sie den Frauen zu verschweigen, sogar Sarah. Natürlich. Nach so einem peinlichen, ja, schmählichen Vorfall besann man sich auf die alte Leier: Unsere empfindsamen, schwachen Frauen sind zu schützen, selbst auf die Gefahr hin, daß man sie in ein Klischee preßt. Doch für mich stand mehr auf dem Spiel: meine Ehre. Sarah wäre besser als diese Herren mit Pumphouse Hill fertig geworden, denn besser als sie alle kam sie mit der Wirklichkeit zurecht.

Aber ich sagte nur obenhin: »Ist ja kein Wunder, daß du dich komisch fühlst, in deinem Zustand. Siehst übrigens großartig aus. Wie geht es dir? Neulich bist du mir nicht allzu lebhaft vorgekommen.«

Sie betrachtete mich mit einem durchdringenden Blick. »Also gut, Shep. Ich mache mit bei dem saudummen Spiel, das ihr, Papa, Charlie und du, euch ausgedacht habt. Aber merkt ihr nicht, wie kindisch ihr euch aufführt? Ja, vielen Dank, mir geht es prima. Kein morgendliches Erbrechen mehr, alles vorbei. Aber ›großartig‹ stimmt nicht ganz. Ich sehe aus wie eine Abbildung in irgendeiner blöden Frauenzeitschrift in einem Artikel über ledige junge Mütter.«

Ich lachte aus vollem Halse und Charlie auch – weniger, weil wir ihre Selbstbeschreibung so treffend fanden, als vor Erleichterung, daß das Tabu nicht gebrochen worden war. Aber sie hatte recht. Mit ihrem frischen Gesicht, den großen, klaren Augen, ihren glühenden roten Wangen, dem Wuschelkopf und der kleinen Rundung unter dem Pullover wirkte sie wie eine Landstreicherin unterwegs zum Florence-Crittenton-Heim für gefallene Mädchen. Ansonsten hatten ihre straffen Muskeln ihr die schlanke Figur erhalten; der weite Pulli versteckte ihre vollen Brüste. Sie sah so jung aus wie an jenem Tag am Chattahoochee vor langer Zeit, als ich sie zum erstenmal als Frau wahrgenommen hatte. Und plötzlich konnte ich kaum noch begreifen, wieviel Schmerzliches seither geschehen war.

In der Woche darauf, an einem lauen Abend im Februar, kam Sarah wieder zum Gartenhaus, diesmal allein.

»Irgendwas stimmt nicht. Ich will wissen, was los ist«, sagte sie ohne Umschweife, setzte sich auf die Couch und sah mir ins Gesicht.

»Ich weiß nicht, was du meinst.« Ich wußte genau, daß sie mir die

Lüge anmerkte. »Natürlich stimmt alles mögliche nicht, aber das weißt du ja. Es wird eine Zeitlang dauern, bis ich über den Brand hinweg bin.«

»Ich finde das zum Kotzen!« Sie lehnte sich an und vergrub die Hände in den Taschen ihrer Umstandsbluse. »Ihr mit eurem blöden... Schweigegelübde oder was. Zum Kotzen. Das ist für uns eine Beleidigung, besonders für mich. Menschenskind, Shep, ich bin es doch. Traust du mir denn nicht genug, um mir die Wahrheit zu erzählen? Kannst du dich etwa nicht darauf verlassen, daß ich den Mund halte, wenn du mich darum bittest? Willst du denn, daß zwischen uns... eine unüberwindbare Mauer entsteht?«

»Bitte, Sarah, frag nicht«, erwiderte ich leise und gepreßt.

»Brauch ich gar nicht. Ich weiß auch so, daß es nicht deine Schuld war. Du kannst gar nichts dafür, aber die anderen schieben es dir in die Schuhe. Ach, Shep, ich hasse sie, und fast hasse ich dich, weil du so was mit dir machen läßt –«

»Oh, Sarah!« Verzweifelt schloß ich die Augen. Diese Worte und der eindringliche Ton trafen mich wie glühendes Eisen.

»Schon gut«, sagte sie weich. »Schon gut. Tut mir leid. Ich hör ja schon auf. Hast du einen Kaffee oder einen Tee für mich? Ich hätte so Lust auf einen Bourbon mit Soda, aber daraus wird nichts, bis das Kind kommt.«

Ich machte ihr Tee, und sie bedankte sich, trank aber nicht. Sie hatte die Arme um die Knie geschlungen und starrte in die kalte Asche im Kamin, den ich seit einer Woche nicht mehr ausgekehrt hatte.

Ich hörte mich unvermittelt fragen: »Sarah, bist du eigentlich glücklich?« und hätte mir am liebsten sofort die Zunge abgebissen. Wir hatten uns doch beide so angestrengt bemüht, diese Klippe bei unseren Gesprächen zu umschiffen.

Sie blickte mich ohne Verwunderung an.

»Ja. Ich bin glücklich. Nicht so, wie du meinst, das nicht, aber auf eine andere Art schon. Wie sollte ich nicht? Charlie ist wahrscheinlich der beste Mann, den man sich vorstellen kann; er ist sehr gut zu mir, und ich freue mich so auf unser Kind. Ich hätte nie gedacht, daß ich mich einmal so auf ein Kind freuen könnte. Ich will noch ganz, ganz viele.«

Sie schwieg eine Weile und sagte dann: »Shep, es ist nicht das

Glück, das ich mit dir hätte erleben können, aber es ist ein anderes, und ich staune darüber. Ich habe Charlie aus Enttäuschung geheiratet, das weiß er, und so viel Glück habe ich gar nicht verdient. Du mußt dir um mich keine Gedanken machen.«

»Also lasse ich's«, erwiderte ich mit brennenden Augen. »Malst du gerade an einem Bild?« Sie lachte, unbehaglich, wie ich fand. »Wo soll ich in diesem Puppenhaus denn Platz zum Malen finden? Außerdem hat mir Dr. Farmer verboten, mit dem ganzen Giftzeug herumzuhantieren, bis das Baby kommt. Ich habe immer noch massig Zeit zum Malen.«

»Warte nicht zu lange. Dazu bist du zu gut. Es gehört zu dir.«

»Es gehörte zu einem anderen Leben«, erwiderte sie wie im Selbstgespräch. »Mit jetzt hat es nichts mehr zu tun. Mir kommt es irgendwie... unwirklich vor.«

Ich schwieg, und sie auch. Sie trank ihren Tee aus und warf mir einen Seitenblick zu. Ich spürte, wie geladen die Atmosphäre zwischen uns war – die Spannung, die Verlegenheit waren fast mit Händen zu greifen. Uns fiel kein Thema mehr ein, das wir gefahrlos hätten anschneiden können, und wir trauten uns beide nicht, uns auf unsicheres Terrain zu begeben.

Schließlich erhob sie sich, und als ich sie zur Tür begleitete, küßte sie mich auf die Wange und fragte: »Ist es für dich auch so schwer wie für mich?«

»Ja.«

»Habe ich mir gedacht.« Sie grinste ihr vertrautes, breites Grinsen. Mir tat das Herz weh.

»Ich glaube nicht, daß ich so schnell wieder herkomme, Shep. Vielleicht ab und zu mal mit Charlie, aber nicht allzuoft. Du verstehst mich sicher. Und du weißt, wir... ich liebe dich. Wenn du mich brauchst, fliege ich. Aber wir können nicht... einfach Freunde bleiben.«

»Nein.« Ich mußte ihr recht geben. Sarah und ich konnten die liebenswürdigsten Bekannten sein, und wir waren, wenigstens einmal, ein wunderbares Liebespaar gewesen, aber normale Freundschaft war uns nun verschlossen.

Zum erstenmal seit jener Nacht mit Lucy vor langer Zeit in diesem Raum ließ ich mich bis zur Besinnungslosigkeit vollaufen, und draußen war es schon hell, als ich erwachte.

An einem Tag im März kam ein Mann von der Southern-Bell-Telefongesellschaft mit seinem Lieferwagen zum Gartenhaus, um ein Telefon zu installieren. Auf die Frage, wer ihn beauftragt habe, wies er mit dem Daumen hinter sich und sagte: »Die Dame in der Villa da drüben.«

»Na schön, dann richten Sie der Dame in der Villa da drüben bitte aus: Vielen Dank, aber ich brauche kein Telefon«, sagte ich. »Moment mal, ich gebe Ihnen noch was, damit Sie sich nicht umsonst herbemüht haben.«

»Sind Sie der Mr. Bondurant?«

»Ja.«

»Die Dame meint, daß Sie keine Fisimatenten machen sollen, weil, sie hat's über, darauf zu warten, daß Sie zu ihr gehen, und sie kann schlecht rüberkommen. Sie sollen sie gleich anrufen, sobald das Ding geht. Sie wüßten dann schon.«

Allerdings. Die »Fisimanten« hatten mir auf die Sprünge geholfen. Klang nicht nach meiner Mutter. Als der Apparat angeschlossen war, rief ich bei Camerons an. Dorothy nahm ab.

»Aha«, sagte sie. »Eine Leiche, die sprechen kann. Funktioniert nur die Stimme, oder tun es die Gehwerkzeuge auch?«

»Dorothy, Sie müßten sich eigentlich denken können, daß ich so einen Scheißapparat nicht will. Ich weiß, Sie meinen es gut, aber jetzt läßt mir meine Mutter bestimmt keine ruhige Minute mehr.«

»Du brauchst ihr ja nicht verraten, daß du ein Telefon hast. Die Rechnung geht an uns. Das ist übrigens keine milde Gabe, ich will das Geld irgendwann zurück. Hör mal, Shep, ich möchte mit dir reden. Ich habe genug von deinen Kindereien. Ich würde dich ja besuchen kommen, aber irgend jemand würde mich bestimmt dabei sehen – fällt mir nicht ein, mich wie ein Indianer durchs Unterholz zu schleichen wie Ben –, und dann erfährt Olivia, daß ich dich heimlich besuche, wo ich sie keines Wortes mehr würdige, und dann haben wir den Salat. Ich möchte mit dir reden können, wenn mir danach ist, und jetzt kommst du erst mal her.«

»Zu euch rüber?« fragte ich. »Jetzt sofort?«

»Von mir aus gern, aber das kann ich von Buckheads einzigem echten Einsiedler ja kaum verlangen. Nein, warte, bis es dunkel ist, wenn du niemandem begegnen willst. Ich lasse dir die Tür zur Glasveranda offen. Ben ist heute abend in der Stadt zu einer Sitzung.«

»Dorothy, ich weiß nicht recht«, fing ich an. Plötzlich überkam mich Panik bei der Vorstellung, das Gartenhaus zu verlassen.

»Du bewegst deinen Hintern hierher, Shep, sonst wächst du mir noch fest und kommst gar nicht mehr aus deinem hübschen Schnekkenhaus raus«, sagte sie schroff, und ich versprach es ihr. Sie hatte ja recht. Ich mußte irgendwann sowieso einmal aus dem Gartenhaus hinaus in die Welt. Und mit jedem Tag wuchs die Gefahr, daß ich für immer drinnen blieb.

Nach dem Dunkelwerden brach ich auf. Eigentlich hatte ich die Abkürzung durch den Wald nehmen wollen, doch auf einmal fand ich das dichte Unterholz und die Bäume stickig und widerwärtig, war der schwüle Abendwind bedrückend von dem Duft schwellender Knospen und süßlicher Frühlingsverheißung. Auf eine Eingebung hin wandte ich mich zur Villa und fiel in Trott, lief am Haus vorbei über die Auffahrt zum Gehweg und rannte dann die Peachtree Road entlang Richtung Muscogee Avenue. Die verspannten Muskeln in meinen Waden und Oberschenkeln arbeiteten, schmerzten und lockerten sich. Auf dem Bürgersteig war kein Mensch; auf der Peachtree Road herrschte reger Verkehr, und bis auf die hellen Lichtpfützen der Straßenlaternen lief ich durch kühle, süße Dunkelheit. Zwar raste mir das Herz, und ich bekam Seitenstechen, aber von hinten wehte unablässig ein leiser Wind und blies mich voran, und als ich in die Muscogee Avenue abbog und den ersten langen, dunklen Abhang hinunterlief, fühlte ich mich nackt und neugeboren, schwebte ich wie ein Taucher in Luft und Raum. Was für ein herrliches Gefühl! Ich war pitschnaß, als ich an der Verandatür ankam, und blies wie ein Delphin, fühlte mich aber leicht und rein wie ein Schilfrohr.

Ich umarmte Dorothy überschwenglich. Erst jetzt merkte ich, wie sehr sie mir gefehlt hatte. Sie sah Sarah so ähnlich, daß ich lachen mußte. Sie lachte auch, drückte mich an sich und rümpfte leicht die Nase.

»Um mit Leroy zu sprechen«, sagte sie, »du riechst müde. Kommt das vom Arbeiten?«

»Nein«, antwortete ich. »Vom Laufen.«

Ohne zu fragen, goß sie mir einen Whiskey ein, dann bediente sie sich selbst, und wir setzten uns auf die kleine Glasveranda, wo ich mich fast so zu Hause fühlte wie bei uns daheim, und unterhielten uns. Mein Auge fiel auf die leuchtenden Bilder von Sarah an der Wand. Der Anblick versetzte mir einen Stich wie die hinterlassenen Kleider einer Verstorbenen.

Dorothys einziger Kommentar zum Brand und seinen Folgen war: »Wird langsam Zeit, daß du wieder aus dem Gartenhaus rauskommst.« Als ich sie fragte, ob sie allen Ernstes seither kein Wort mehr mit meiner Mutter gewechselt habe, war die Antwort: »Nein, und dabei bleibt es wahrscheinlich. Nicht, daß es ihr etwas ausmachte, aber ich werde ihr das nie verzeihen.«

So erfuhr ich, daß sie im Gegensatz zu ihrer Tochter über die Rolle meiner Mutter bei der Geschichte informiert war und beim verschwörerischen Schweigen der Herren vom Club mitmachte. Wider Willen, wie ich annahm. Ben besprach immer alles mit ihr, also hatte er ihr auch das nicht verschwiegen. Neben meiner Mutter – und vermutlich einer Reihe von Schwarzen – war sie wohl die einzige Frau in Atlanta, die die ganze Wahrheit kannte.

Statt dessen besprachen wir den neuesten Buckheader Klatsch, redeten über Bens Hoffnungen in seiner noch jungen Amtszeit für eine rasche Entwicklung der Stadt, den jungen rothaarigen Präsidenten, die aufkommende Bürgerrechtsbewegung und Lucys leidenschaftliches Engagement dafür. Wir sprachen über Musik, Theater und Kunst, über Gartenarbeit und Reisen. Sie erzählte mir ein wenig traurig, daß sie und Ben den lang gehegten Wunsch einer Kunstreise nach Europa mit der Atlanta Art Association im Mai hätten aufgeben müssen, weil Ben fand, daß ein frisch gewählter Bürgermeister seiner Stadt nicht im ersten Amtsjahr einen ganzen Monat lang fernbleiben konnte.

»Ich verstehe ihn ja«, sagte sie. »Es würde sonderbar aussehen. Aber ich würde so gerne mitfahren. Da kommen um die hundert Leute mit, lauter uralte Bekannte von uns. Wir würden praktisch einen ganzen Monat lang ein Fest im Familienkreis feiern. Ben und ich haben schon lange nichts mehr nur für uns unternommen. Diese Bildungsreise wäre eine ideale Gelegenheit gewesen. Ich wollte Sarah und Charlie überreden, aber bei ihr ist es Anfang Juni soweit, und vorher kommen sie nicht zurück. Möchtest du nicht vielleicht mitfahren mit einem Freund oder einer Freundin?«

»Auf gar keinen Fall. Meine Mutter fliegt mit. Europa ist zu klein für uns beide.«

Sie legte ihre Hand auf meine. »Du kommst darüber hinweg. Daß du schon Witze machen kannst, ist ein gutes Zeichen.«

»Aber natürlich. Was dachten Sie denn?«

»Keine Ahnung. Vielleicht die schlimmste Erfahrung in deinem ganzen Leben.«

»Na also«, erwiderte ich. »Um so besser, wenn ich es gleich hinter mich bringe. Der Rest ist jetzt ein reines Zuckerschlecken.«

Als ich gerade aufbrechen wollte, erzählte mir Dorothy von einer phantastischen Idee, die ihr gekommen war: Sie führte mich in die Bibliothek und zeigte mir fünf geräumige Holzkisten mit den Tagebüchern und Aufzeichnungen ihres Vaters, Großvaters und Urgroßvaters, die sie von Jugend an geführt hatten. Drei vollständige, getreulich und mit Liebe zum Detail aufgezeichnete Patrizierviten, über zweihundert Jahre Geschichte, eine Reise vom Herrenhaus in Dorset zur warmen, roten Erde Virginias und über Carolina bis nach Atlanta. Die Herren Chase aus Merrivale House in Dorset und aus weit westlich oder südlich von hier gelegenen Orten hatten in etlichen vergilbten Pergamentheften in ihrer feinen Krakelschrift überlebt.

»Ich habe da so eine Idee«, sagte Dorothy, als ich verdutzt vor den Kisten stand. »Ich weiß ja, wie gerne du Forschung betreibst und wieviel Talent du zum Schreiben hast. Und du mußt unbedingt etwas Nützliches tun, damit du nicht den Verstand verlierst. Also gebe ich dir die Geschichte meiner Familie, statt sie unserer historischen Gesellschaft aufs Auge zu drücken, wo keiner das Zeug liest, geschweige denn zu schätzen weiß. Ich hoffe, das klingt nicht eingebildet, Shep, aber ich finde, die Männer aus meiner Familie – sie sind aus England über Virginia und Carolina hierher nach Georgia eingewandert – sind typisch für die Immigranten in Georgia, gewissermaßen Musterpioniere. Wir sind nicht aus den Londoner Schuldtürmen gekommen; über diese Leute gibt es einiges an Literatur. Unsere Familie gehörte unter den Auswanderern in die Kolonien zum kleinen Kreis der Vornehmen und Gebildeten. Meines Wissens ist das Thema noch nicht erschöpfend abgehandelt worden. Und doch waren sie es, die das Gesicht der Südstaaten geprägt haben. Daraus wäre ein großes historisches Werk zu machen. Und ich finde, du solltest es schreiben. Ich denke, du wirst an die zwanzig Jahre brauchen, aber mir scheint, daß du die Zeit dazu hast. Hast du

Lust? Mir ist es lieber, du beschäftigst dich damit, statt ein Säufer, Perverser oder Päderast zu werden.«

So wurde *The Compleat Georgian* (Der Musterpionier) geboren. Dorothy hatte den richtigen Riecher gehabt; ich war hingerissen von den talentierten, eigensinnigen Männern, deren Geschichte förmlich danach schrie, sich aus den zerfledderten Seiten zu befreien; die Arbeit bewahrte mich tatsächlich immer wieder davor, den Verstand zu verlieren. Vielleicht tut sie es noch. Ich würde sehr gerne sehen, wie mein Pionier munter und voller Leben hinausgeht in die Welt. Wenn es dazu kommt, dann weil Dorothy damals erkannte, was mir fehlte. Und sie schenkte mir an jenem Abend das nächste Vierteljahrhundert meines Lebens. Leroy mußte mich in Bens Lincoln nach Hause fahren mit fünf Kisten voll Chases im Fond und im Kofferraum.

Noch am selben Abend packte ich sie aus, und schon am folgenden Morgen, ehe ich den Schreiner bestellte, der die benötigten Regale bauen sollte, setzte ich mich auf einen von der Frühlingssonne beschienenen Fleck am Boden und fing an zu lesen.

In jenem Frühjahr brachte ich allmählich Ordnung sowohl in mein eigenes Leben als auch in das Dasein dieser Männer. Während der Jahre in der Bibliothek in New York war ich durch das alte, zu Papier gewordene Leben anderer nur spazierengegangen und hatte meine Zeit abgewartet. Jetzt aber entwarf ich mir eine Welt, in der sowohl ich als auch die in den Blättern gefangenen Südstaatenpioniere mit Anstand leben konnten. Diese Vorstellung erfüllte mich mit tiefer Befriedigung und sättigte ein wenig das gierige Maul des Schmerzes, den der Brand und seine Folgen und der Vertrauensbruch meiner verängstigten Mutter entfesselt hatten.

Es war gut so. Aus meinem früheren Buckheader Leben besuchte mich kaum jemand. Die Buckhead Boys blieben nicht so sehr aus einer ablehnenden Haltung heraus weg, sondern eher aus Verlegenheit, einer kollektiven Scheu, die ich durch meinen Rückzug selbst hervorgerufen hatte. A. J. kam natürlich. Auch Charlie und Ben schauten gelegentlich herein, und mit Dorothy unterhielt ich mich häufig, doch Sarah ließ sich nicht wieder blicken, und im Mai hörten auch Lucys fast allabendliche Besuche in Jacks Begleitung auf. Eines Tages rief sie mich an, um mir mit tränenerstickter Stimme mitzuteilen, daß Jack sich eben gegen den Besuch bei mir gesträubt habe und sie sich deswegen gestritten hätten. Am Ende habe er sich geweigert, weiterhin zu kommen, und auch ihr den Besuch bei mir verboten, wenn sie, was selten geschah, allein unterwegs war.

»Mit dir hat es nichts zu tun, Gibby«, sagte sie und zog an ihrer Zigarette. Und sie trank; ich konnte über das Telefon das Eis in ihrem Glas klirren hören. »Er mag dich. Es liegt an mir. Er sagt, ich gebe ein schlechtes Beispiel für die Kinder ab, ich vernachlässige sie und verbringe meine ganze Freizeit bei dir. Ab sofort will er, daß wir nach der Arbeit schnurstracks nach Hause fahren wie eine normale Familie und etwas mit den Jungen unternehmen. Was für ein furchtbarer Quatsch. Wir sind keine normale Familie. Wir haben keine normalen Kinder. Die können mich nicht ausstehen, das wird immer schlimmer, sie halten es kaum aus mit mir. Wenn wir am Abend Familienglück spielen, ist es für die beiden genauso nervtötend wie für mich. Aber Jack findet es himmlisch. Plötzlich sollen wir auf Harmonie machen wie die Fernsehfamilien in den Vorabendserien. Er hat doch bei unserer Heirat gewußt, daß ich nicht so bin. Er kannte mich und wußte, wofür ich mich engagiere. Er ist wie ausgewechselt. Ich bin doch kein hirnloses Heimchen am Herd.«

Der Heiligenschein war offenbar von ihr gewichen, und ich verspürte so etwas wie Erleichterung.

»Die Kinder gewöhnen sich schon noch an dich. Ihr werdet euch schon vertragen. Es kann doch nicht so schlimm sein, wenn du einmal ein paar Abende zu Hause bleibst.«

»Ich finde es gräßlich mit den beiden«, antwortete sie. »Wie Nasebohren für Fortgeschrittene. Es besteht nicht die geringste Aussicht, daß sie mich akzeptieren, Gibby. In ihren kleinen Köpfen hat sich der Gedanke festgesetzt, daß ich am Durchbrennen ihrer heißgeliebten Mutter schuld bin. Und das Beste, Jack will ein Kind von mir. Er hat mein Pessar weggeworfen. Nacht für Nacht mühen wir uns ab. Schöne Bescherung, wenn ich schwanger wie eine streunende Katze auf Demonstrationen gehe, den Bus chauffiere und Wähler registriere!«

»Willst du denn keine Kinder?« fragte ich. »Ich hätte gedacht, daß du Kinder magst.«

»Nicht jeder kann ein solches Muttertier sein wie deine geliebte Sarah«, erwiderte sie schnippisch, sagte aber sofort: »Ach, nimm es mir nicht übel, ich habe zu viel getrunken. Ich bin wahrscheinlich eifersüchtig , weil ich glaube, daß sie eine tausendmal bessere Mutter ist als ich. Und, offen gesagt, paßt es mir auch nicht, daß du in Sarahs Stammbaum herumwühlst.«

»Aber wieso denn nicht?« fragte ich verblüfft. Sie hatte Begeisterung geheuchelt, weil ich eine so anspruchsvolle, wichtige Arbeit gefunden hätte. Sie hatte behauptet, sie sei froh, daß ich nicht vor Einsamkeit vor die Hunde ginge.

»Keine Ahnung. Es ist unvernünftig und nicht richtig von mir. Wahrscheinlich... habe ich das Gefühl, daß es dich mit Sarah verbindet, und zwar praktisch dein Leben lang. Ich weiß zwar nicht, wieso, aber es stört mich eben.«

»Sarah und ich haben nichts mehr miteinander zu tun, Lucy. Das weißt du doch so gut wie alle anderen.«

»Stimmt nicht«, murmelte sie. Dann wechselte sie das Thema, und von da an war ihr kehliges: »Hallo, Gibby?« (Pause. Ein tiefer Zigarettenzug.) »Ich bin's, Herzchen, Lucy.« Das Vorspiel für meine tägliche Dosis Leben von außerhalb der Gartenhausmauern. Ich gewöhnte mich so sehr daran, daß ich es die wenigen Male, da sie nicht anrief, schmerzlich vermißte. In den ersten langen Monaten meiner Isolation war Lucy mein Fenster zur Welt.

Anfang Mai brach meine Mutter zusammen mit über hundert Mitgliedern der Atlanta Art Association zu einer vierwöchigen Studienreise in europäische Museen und Kunstgalerien auf, und mich hinderte nichts mehr, am Spätnachmittag in die Villa zu gehen. Manchmal besuchte ich Shem und Martha in der Küche, manchmal stieg ich die Treppe hinauf und setzte mich stillschweigend ein paar Minuten zu meinem Vater, der stumm in seinem verfallenen Körper gefangen lag, oder ich saß einfach auf der kleinen Glasveranda neben dem Wohnzimmer, wo das Nachmittagslicht auf den schwarzweiß gekachelten Boden fiel und zwischen dunkelgrünen Wänden luftige weiße Korbmöbel standen. Der einzige Raum im Haus meiner Mutter, den ich wenigstens teilweise als mein Revier ansah. Inzwischen war es für mich nicht mehr das Haus meines Vaters. Auch wenn ein Weltmeer zwischen uns lag, meine Mutter blieb die Herrin.

Am Morgen des ersten Junisonntags döste ich vor mich hin und überlegte, ob ich aufstehen und auf der Glasveranda der Villa frühstücken sollte, wo ich während der Abwesenheit meiner Mutter auch die vergangenen vier Sonntage meinen Kaffee und die Sonntagszeitung genossen hatte. Sie wurde spät am Abend aus Paris zurückerwartet, was das Ende meines Daseins als Herr im Hause Peachtree Road Nummer 2500 bedeutete. Es machte mir nichts aus, nur, daß mir die stillen Sonntagmorgen fehlen würden. Ich erwog eben, meinen Schlaf zugunsten von Waffeln und Würstchen aufzugeben, als die Tür zu meinem Schlafzimmer knarrte und jemand leise rief: »Shep?«

Selbst mit geschlossenen Augen und im Halbschlaf erkannte ich Sarah an der Stimme und war nicht überrascht. In jener Dämmerwelt, in der einem alle Unstimmigkeiten vernünftig, alle Widersprüche aufgehoben scheinen, empfand ich nichts als tiefe, heitere Zufriedenheit, so richtig kam es mir vor, von Sarahs Stimme geweckt zu werden, und ich lächelte mit geschlossenen Augen. Ich ließ sie noch ein Weilchen zu, denn ich wußte, daß meine vollkommene Zufriedenheit dahin sein würde, sobald ich die Augen aufschlug.

Ich spürte das Bett unter Sarahs Gewicht einsinken, als sie sich setzte, und streckte mit geschlossenen Augen die Hand nach ihr aus. Sie sagte noch einmal »Shep«, und bei ihrem Ton öffneten sich diesmal meine Lider, als hingen sie an Fäden. Ich fuhr in dem zerwühlten Bett hoch und schaute sie an.

Ihr Gesicht war so geschwollen und verheult, daß mein erster Gedanke war, Charlie oder dem demnächst erwarteten Baby müsse Schlimmes zugestoßen sein. Dann fiel mir ein, daß dem Kind nichts passiert sein konnte, weil es ja noch da war – ein runder, beweglicher Ball unter dem Umstandskittel. Ich hob verschreckt den Blick von Sarahs Bauch und sah ihr ins Gesicht.

»Ist was mit Charlie?« brachte ich mühsam heraus.

»Nein. Nicht mit Charlie. Shep, Papa hat eben etwas Furchtbares erfahren. Die... die... Maschine von deiner Mutter... sie ist verunglückt, Shep. Es ist beim Start passiert in Orly, es ist entsetzlich, alle sind tot. Es kommt gerade im Radio. Man weiß noch nichts Genaues, aber Papa hat nachgefragt, und es ist bestimmt kein Irrtum... einfach furchtbar. Ich wollte es dir selber sagen, damit du es nicht, wenn du allein bist, im Radio hörst oder von einem Reporter am Telefon erfährst.«

»Alle tot«, wiederholte ich wie vor den Kopf gestoßen. »Aber Sarah, das kann doch gar nicht sein. So viele Menschen. Es ist sicher ein Irrtum.«

In meiner Magengrube war ein Eisklotz, und die Kälte fuhr mir in alle Glieder. Ich fühlte mich schwach. Ich weiß noch, wie ich mir vorstellte, daß ich zusammenklappen mußte, sobald ich aufstehen würde. Aber darüber hinaus konnte ich weder denken noch fühlen. Ich war wie betäubt, und im Versuch, einen klaren Gedanken zu fassen, klammerte ich mich an eine Zahl, die mir einfiel.

»Über hundert«, murmelte ich. »Über hundert Menschen, die ich... und du... die wir alle gekannt haben. Sarah, das ist Buckhead. Alles alte Bekannte von uns. Und was ist mit Überlebenden? Das kann man doch jetzt noch nicht so genau wissen...«

»Zwei oder drei, in einem Stück vom Rumpf, das abgebrochen ist«, antwortete sie.

»Vielleicht...«, begann ich.

»Nein. Sie gehörten zur Besatzung. Sonst niemand, Shep. Kein Mensch. Alle tot.«

»O Gott. Dann kann Tante Willa ja einen Stock tiefer ziehen«, bemerkte ich völlig unangebracht.

»Ach Shep, du Ärmster«, rief Sarah mit Tränen in den Augen, umarmte mich und verbarg ihr Gesicht in der Kuhle an meiner Schulter, wo es so gut hinpaßte; ich drückte sie an mich und dachte dabei nur, daß sich ihr Leib wie ein Basketball anfühlte. In meinem ganzen Körper breitete sich ein Eisgletscher aus.

Schließlich hob sie den Kopf, wischte sich die Augen und sah mich an.

»Ich habe Charlie versprochen, sofort zurückzukommen. Er ist drüben bei Mutter. Papa ist im Rathaus. Er fliegt heute abend nach Paris. Das Ganze hat Mama ziemlich mitgenommen; all die Leute im Flugzeug waren gute Freunde von ihr und Papa, mit denen sie praktisch schon im Sandkasten gespielt haben. Ich wollte zu dir kommen und es dir sagen, und Charlie hat auch gemeint, es wäre das beste... Shep, ich würde heute gerne bei dir bleiben, wenn es dir recht ist. Ich möchte dich nicht allein lassen. Oder willst du mit zu Mama und Papa rüberkommen...«

»Nein, vielen Dank, Sarah. Ich denke, ich fahre raus zu Lucy«, antwortete ich zu meinem eigenen Erstaunen. Mein Verstand sagte mir zwar, daß es kaum etwas Ungemütlicheres gab als die schäbige kleine Farm und die Gesellschaft des schweigsamen Jack und seiner beiden mürrischen Bälger. Aber es zog mich mit Macht zu meiner Cousine Lucy. Wir hatten beide den großen Anker unserer Kindheit verloren, mochte er auch aus kaltem Eisen gewesen sein, und ich traute Sarah nicht zu – sie war unter der heiteren Sonne von Bens und Dorothys verläßlicher Liebe aufgewachsen –, diesen Verlust in seiner klettenhaften Kompliziertheit auch nur annähernd zu begreifen. Ich war im Moment wie betäubt, doch die Betäubung hielt bestimmt nicht an, und wenn sie nachließ, wollte ich mit dem einzigen menschlichen Wesen zusammensein, das die eigentümliche Natur meiner Trauer verstand – wenn es Trauer war, was ich empfand.

»Verstehe«, murmelte Sarah, und mit meiner alten Antenne, die einst für Sarahs Stimmungen so empfänglich gewesen war, meinte ich, eine Spur Gekränktheit herauszuhören.

Sie erhob sich schwerfällig unter der Last des tief liegenden Ungeborenen und ihres Kummers und sagte: »Wir sind ja nur einen Katzensprung weg, und du kannst zu jeder Tages- und Nachtzeit rüberkommen. Mutter läßt dir ausrichten, daß du bei uns im Gästezimmer übernachten kannst und daß sie dich auf jeden Fall später noch anruft.«

»Danke, Sarah. Vielen Dank euch beiden. Sag ihr vielen Dank von mir. Lieb, daß du gekommen bist. War bestimmt nicht leicht für dich...«

»Was denkst du denn.« Wieder standen Tränen in ihren Augen. »Ist doch ganz klar, daß ich zu dir komme. Was denn sonst...«

»Aber ja«, antwortete ich. »Geh jetzt heim. Deine Mutter braucht dich bestimmt. Ich komme schon zurecht. Ich muß mit Tante Willa reden und dafür sorgen, daß es mein Vater erfährt.«

Als sie gegangen war, saß ich einfach nur da. In mir nichts als Kälte und Stille. Das Telefon klingelte, und ich legte den Hörer neben die Gabel. Mit zitternden Knien schaltete ich das Radio ein.

Der Bericht war inzwischen klarer und ausführlicher. Kurz nach Mittag, um 6.29 Uhr Atlanter Zeit, sei die gecharterte, voll besetzte Boeing 707 der Air France auf dem Pariser Flughafen Orly beim Start von der Rollbahn abgekommen, und sämtliche Passagiere sowie alle Besatzungsmitglieder bis auf zwei seien tödlich verunglückt, als die Maschine in einer Senke am Ende des Startstreifens explodiert sei. Unter den Opfern befänden sich 106 Mitglieder der

Atlanta Art Society, die nach einer vierwöchigen Studienreise mit der Chartermaschine den Heimflug hätten antreten wollen. Es sei das schlimmste Unglück in der Geschichte der Luftfahrt. Die meisten verkohlten Leichen seien noch auf ihren Sitzen angeschnallt und nicht geborgen, die anderen habe man provisorisch in einem stillgelegten Teil des Flughafens untergebracht. Im Lauf des Tages werde man sie nach Paris in die Leichenschauhäuser überführen...

Eine ganze Weile saß ich da, dachte an nichts, ließ mich treiben, während die Nachricht aus Frankreich in mir wuchs und aufging wie eine ungeheure Lilie. Eine ganze sechsköpfige Familie: die Carters... Ich hatte sie alle gekannt. Siebenundzwanzig Ehepaare, etliche von ihnen hinterließen Kinder in Atlanta. Ärzte, Juristen, Börsenmakler, Geschäftsleute, Bankiers, Geistliche, Künstler, Mäzene, Philanthropen – die politische, kulturelle und wirtschaftliche Elite einer Millionenstadt, deren Namen jeder Leser unserer Zeitungen kannte aus Artikeln über den Capital City Club, den Driving Club, die wirtschaftliche Entwicklung, die Förderung des Gesundheitswesens, aus Kritiken über Opern und Konzerte, über Theaterstücke und Ausstellungen... Dreißig Mitglieder des Driving Clubs. Einundzwanzig des Capital City Clubs. Old Atlanta. Buckhead.

Und Olivia Redwine Bondurant. Auch sie tot. Verbrannt in einem hellen Pilz dreitausend Meilen weit von der Peachtree Road. In dumpfem Erstaunen kam mir der Gedanke: ›Ich bin jetzt eine Waise.‹ Das Bild, wie sich das lange, prächtige schwarze Haar meiner Mutter aus der elegant geflochtenen Frisur löste und verbrannte, ließ mich nicht mehr los. Es beherrschte mich eine Zeitlang, sonst hatte ich nur flüsterndes, stummes Weiß vor Augen. Um mich herum toste und pulsierte die Stille, und ich sah nichts als ein gleißendes Licht, das immer heller wurde und dann verging.

Ich rief bei Lucy und Jack an. Beim zweiten Läuten nahm Jack ab und meldete sich in gereiztem Flüsterton.

»Sie hat stundenlang versucht, dich anzurufen. Sie war hysterisch. Sie hätte dich gebraucht und konnte dich nicht erreichen.«

»Ich komme sofort.« Zu meinem Erstaunen klang meine Stimme ruhig.

»Nicht jetzt. Sie ist gerade eingeschlafen. Ich habe ihr zwei Schlaftabletten gegeben. Komm nicht. Sie regt sich nur auf. Später vielleicht, wenn sie sich ausgeruht hat –«

Ich legte einfach auf.

»Und ich? Was ist mit mir, du Arschloch«, rief ich, ohne mich zu ereifern. »Schließlich ist meine Mutter in Rauch aufgegangen, nicht Lucys.« Ich mußte ständig gähnen. Ich blieb einen Augenblick sitzen, weil ich nichts mit mir anzufangen wußte, dann stand ich auf und ging zur Villa. Ich wußte zwar, daß Tante Willa beim Gottesdienst in Saint Philip war, wollte aber verhindern, daß die Schwester meinem Vater die Nachricht ausposaunte. Offenbar hatte eben jemand Shem und Martha benachrichtigt, denn ich traf Shem an der Hintertür. Sein dunkles Gesicht war aschgrau.

»Mr. Shep...« fing er an mit Tränen in den braunen Augen, und das Weiße darin war gelb und blutunterlaufen. Ich konnte mir nicht vorstellen, daß er meine Mutter in irgendeiner Weise geliebt hatte, doch sie und mein Vater hatten sein und Marthas Leben nun gut dreißig Jahre lang gestaltet und bestimmt. Die Nachricht mußte ihnen einen schlimmen Schock versetzt haben. Sie fühlten sich wahrscheinlich ebenso verloren und orientierungslos wie ich.

»Hat mein Vater es schon erfahren?« fragte ich.

»Nein, Sir. Er schläft. Ich habe zur Schwester gesagt, sie soll ihm zwei so Pillen geben und die Heulerei lassen, wenn er aufwacht. Für ein Weilchen schläft er erst mal.«

»Gut gemacht, Shem«, sagte ich.

Ich legte ihm die Hand auf die Schulter, und er bedeckte sie mit seiner rauhen braunen. Wir standen einen Augenblick stumm da, dann fragte er schlicht: »Und was machen wir jetzt?«

»Holen Sie den Rolls«, antwortete ich, wieder verblüfft über meine eigenen Worte. »Ich fahre in die Stadt zum Rathaus.«

»Ja, Sir.« Er richtete sich auf; sein Gang auf dem Weg zur Garage kam mir sicherer und zielstrebiger vor. Als ich mich umgezogen hatte und vor das Haus trat, stand er fast in Habtachtstellung neben unserem lächerlichen, glänzenden Ungeheuer von Wagen und trug eine strenge, dunkle Uniform, die ich nicht kannte.

»Was ist das für eine Uniform, Shem?« fragte ich beim Einsteigen.

»Sie sorgen doch jetzt dafür, daß Miss Olivia nach Hause kommt?«

»Ich denke schon«, erwiderte ich, wobei mir das erst jetzt klar wurde.

»Na dann«, sagte Shem Cater.

Es war ein merkwürdiges Gefühl, nach meinem wochenlangen Eremitenleben im Gartenhaus wieder unter die Leute zu gehen. Ich kam mir splitternackt und sehr verletzlich vor.

Die Straße vor dem Rathaus lag verlassen da, die Fahnen hingen auf halbmast. Ich ging die geschwungene Marmortreppe zu Ben Camerons Amtszimmer im ersten Stock hinauf und stieß schon im Flur auf ein Menschenknäuel. Ich sah etliche Bekannte und streifte sie mit verwirrtem Blick. Da fiel mir ein, daß das Flugzeugunglück in Frankreich natürlich in erster Linie Buckhead betraf; fast alle, die in dem Graben bei Paris umgekommen waren, hatten im Umkreis von zwei, drei Meilen voneinander gewohnt. Die Menschen, deren vertraute Gesichter – Spiegel meines eigenen – blaß und leer waren vor Entsetzen, waren in derselben Absicht hier wie ich auch: um von unserem gewählten Oberhaupt zu erfahren, was wir tun sollten. Wir nickten einander wortlos zu. Die Tränen, der Trost, die Umarmungen kamen später, mit dem Schmerz.

Die meisten Leute hier waren allerdings Reporter. Ich war noch nicht ganz die Treppe hoch, da blitzte auch schon Wiedererkennen in einer Miene auf, und zwei oder drei lösten sich aus der Meute und steuerten auf mich zu. Ich konnte ihnen ihr »menschliches Drama« von den blassen, wißbegierigen Gesichtern ablesen: Das war ja der gestürzte Grundstückshai, den seine Mutter erst kürzlich zur allgemeinen Schadenfreude böse beschuldigt hatte, und er kam, um ihren verkohlten Leichnam zu bergen. Die Kameras wurden in Anschlag gebracht. Mir brach der Schweiß aus. Mein Herz schlug heftig und unregelmäßig, mir wurde schlecht. In Panik schaute ich nach rechts und links; es gab kein Entrinnen, aber ich konnte ihnen auf keinen Fall entgegentreten.

Noch ehe ich von hinten Hände auf meiner Schulter spürte, sah ich, wie sich die Kameras senkten; die Menge teilte sich und ließ mich durch; man schob mich durch das Vorzimmer in Bens Büro, und die Tür fiel resolut ins Schloß. Ich drehte mich um und erblickte Glenn Pickens' beeindruckende Gestalt in dunklem Anzug und Krawatte; auf seinem schmalen, gelblichen Gesicht lag ein fester, ruhiger Ausdruck; vor dem Blitzen seiner Augen wäre noch anderes gewichen als eine Schar Reporter.

»Danke, Glenn«, sagte ich matt.

»Mein Beileid, Shep, wegen der ganzen Sache.«

Wir wechselten stumme Blicke, dann ging er wieder vor die Tür und zog sie hinter sich ins Schloß. Ich sah zu Ben Cameron hin. Er hatte sich auf seinen Schreibtisch gestützt, einen Telefonhörer am Ohr und einen in der Hand. Er schaute auf, sah mich, unterbrach kurz sein Gespräch, deutete mit dem Hörer auf einen Stuhl und sprach weiter. Ich setzte mich und betrachtete ihn.

Er trug noch die Tenniskleidung, die er offenbar beim ersten Anruf angehabt hatte, Schuhe und Shorts waren mit rotem Staub bedeckt. Unter der Sonnenbräune und den Sommersprossen auf seinen Wangen war sein Gesicht kreidebleich und eingefallen. Er wirkte um Jahre gealtert. Seine Augen waren rot geschwollen. Zum erstenmal dachte ich daran, wie entsetzlich das alles für ihn sein mußte. Die Menschen, die er verloren hatte, waren die Stützen seines Lebensplans, und doch mußte er seinen persönlichen Schmerz hintanstellen und sowohl die Familien als auch die Stadt mit Gelassenheit, Würde und Kompetenz vertreten. Wir anderen konnten uns, unseren Schmerz wie einen Knochen zwischen den Zähnen, in unsere reich gepolsterten Höhlen zurückziehen und die Geborgenheit des Rudels genießen, während er trotz seiner Trauer unter den Augen der ganzen Welt in ein fremdes Land reisen mußte, um die verkohlten Leichen zu identifizieren und heimzubringen, und nach seiner Rückkehr mit der Arbeit in seiner Stadt wieder von vorne anfangen mußte. Ben Cameron hatte nicht so bald Zeit zum Weinen, nicht einmal zum Schlafen. Ich fühlte in mir warme Zuneigung für ihn.

Trotz des Tumults im Vorzimmer, das zu einer Art Pressezentrale umfunktioniert worden war, ging es hier drinnen ruhig zu. Bens Referentin Margaret Hartley, üppig, tränenverschmiert und tüchtig, saß ebenfalls am Telefon. Ab und zu kam eine Schreibkraft mit einem Telegramm, einer Liste oder einem Bericht herein, legte das Schriftstück hin und ging wieder. Zuoberst auf Bens Schreibtisch lag auf einem ständig anwachsenden Berg ein Telegramm des Inhalts: »Mrs. Kennedy und ich sind zutiefst bestürzt über das Flugzeugunglück in Frankreich, das Ihre Stadt und unser Land so teuer zu stehen kommt. Bitte versichern Sie die betroffenen Familien unseres tiefempfundenen Mitgefühls.«

Ben legte den Hörer auf, ging um den Schreibtisch herum und

drückte mich an sich. »Tja Shep, traurige Nachrichten. Trauriger Tag. Entsetzlich. Es tut mir ja so leid wegen deiner Mutter...«

»Danke«, antwortete ich. »Ich... mir auch. Ich kann es noch gar nicht fassen.«

»Mein Gott«, sagte er mit brechender Stimme, »Mensch, Shep, das war... meine ganze Generation. Mit den meisten von ihnen bin ich aufgewachsen. Laura Rainey war mein erster Schwarm. Und ich weiß noch, wie wir einmal zu Sibley French zum Schwimmen gegangen sind, da hatte sie einen zweiteiligen Badeanzug an. Das war wochenlang das Stadtgespräch. Und wenn mir Dorothy nicht über den Weg gelaufen wäre, hätte ich wahrscheinlich Jane Ellen Alexander geheiratet. Und mit Tommy Burns habe ich mich in Tate draußen zum erstenmal besoffen, mit Schlehenlikör. Whit Turner und Howard Shelton und Marjorie Callahan... großer Gott, wie wenn eine kleine Stadt einfach ausgelöscht wird, oder ein Kleinstaat. Irgendwie ist es so...«

Er hielt inne und rieb sich die Augen.

»Kann ich was Bestimmtes für dich tun?« fragte er. »Wie du weißt, fliege ich nachher. Ich verspreche dir, mich darum zu kümmern, daß sie... gut nach Hause kommt.«

»Ben, ich will mit.«

Er schüttelte den Kopf: nein; dann setzte er zum Sprechen an, zögerte.

»Bist du dir darüber im klaren, wie grausig diese Reise wird?« fragte er. »Und du kannst gar nichts machen – selbst ich kann wahrscheinlich wenig machen. Das ist die Stunde der Offiziellen, der Mediziner und Regierungsbeamten, und sie werden über meine Anwesenheit nicht eben begeistert sein, erst recht nicht über deine...«

»Ich werde nicht stören. Sie merken gar nicht, daß ich dabei bin. Ben, ich muß mitkommen. Und ich möchte gerne bei Ihnen sein.«

»Also gut«, sagte er endlich. »Ich kann es dir, nach allem, was war, nicht abschlagen. Hast du einen Paß?«

»Ach herrje – nein.«

»Doug«, rief Ben zu Douglas Fowler hinüber. »Können Sie uns für nachher noch einen Paß besorgen?«

Fowler musterte mich kritisch. »Ich denke schon, wenn es sein muß«, antwortete er.

»Es muß sein. Und wenn Sie schon dabei sind, reservieren Sie uns doch gleich noch einen Platz in der Maschine nach New York.«

Zu mir sagte er: »Shep, das sind etliche Gefallen auf einmal.«

»Klar. Ich weiß gar nicht, wie ich Ihnen danken soll.«

»Ich wüßte schon, aber darüber reden wir ein andermal.« Und damit hängte er sich wieder ans Telefon. Ich ließ mich von Shem nach Hause chauffieren, um mich umzuziehen. Unterwegs hörte ich Ben im Radio ruhig und gemessen mit tiefer Stimme eine amtliche Stellungnahme verlesen: »Atlanta hat einen tragischen Verlust erlitten. Unser tiefes Mitgefühl gilt...«

»Schalten Sie's ab, Shem«, sagte ich. Schweigend fuhren wir nach Hause.

Eine Stunde später ging ich in Reisekleidung mit einer kleinen Tasche in der Hand zur Villa. Mir graute davor, meinem Vater die Nachricht zu überbringen. Auf der Treppe begegnete ich Tante Willa. Sie trug noch vom Kirchgang ein weißes Leinenkostüm. Ihr Gesicht war bleich und ausdruckslos, ihre Augen ohne Glanz; sie sah verwirrt und erschrocken aus wie ein Kaninchen in der Falle. Ihre Hände bebten. Sie fuhr sich ständig mit der Zunge über die Lippen. Ich schaute sie mit großen Augen an. Auf ihrem perfekt hergerichteten Gesicht stand keine Trauer, sondern die nackte Angst. Ich hätte mir von Tante Willa beim gewaltsamen Tod ihrer Schwägerin und Peinigerin alles mögliche erwartet, bloß nicht Angst.

»Ist mein Vater wach?« fragte ich.

»Er wacht gerade auf. Ich bin runtergekommen, weil ich dich fragen wollte, ob ich es ihm sagen soll. Es steht mir zwar nicht zu, aber von mir nimmt er manches eher hin als von der Schwester, und für dich ist es bestimmt furchtbar...« Ihre Stimme, hoch und kristallen, brach fast unter der Last ihrer Angst.

Und auf einmal erkannte ich den Grund dafür und spürte eine Welle von Mitgefühl für sie. Nie mehr fühlte ich mich ihr so nah wie in jenem Moment. So hart sie die Herrschaft meiner Mutter angekommen war, so verhaßt ihr der Status des bloßen Geduldetseins im Haus gewesen sein mußte, hatte doch zwischen den beiden Frauen eine sonderbare Symbiose bestanden, ein verschlungenes, unverbrüchliches Band, das meine Tante zwar einerseits fesselte, ihr aber andererseits Sicherheit bot. Jetzt, wo ihre lächelnde Gefängniswärterin tot und das Band zerrissen war, hatte ich, der Erbe, keinerlei Grund, ihre Anwesenheit hier zu begrüßen, ja, nicht einmal zu tolerieren. Ihre beiden unmündigen Töchter waren in der Obhut ihrer Ehegatten, und Willa wußte wohl, daß sie in ihrer herausgeputzten kleinen Speicherwohnung mit dem Hintern halb auf der Straße saß. Ich verstand sie so gut, daß mir der Mund trocken wurde. Auch meine Lage hier im Haus war oft geradeso heikel gewesen.

Ich stellte die Tasche ab, legte ihr den Arm um die Schulter und setzte sie in der Halle auf die unterste Treppenstufe.

»Ich wäre dir wirklich dankbar, wenn du es ihm sagst. Du hast dich, seit er wieder daheim ist, am meisten von uns allen um ihn gekümmert, und ich wüßte nicht, wer mehr Recht dazu hätte als du. Ich glaube, ich brächte es nicht fertig. Ich schaue nach ihm, wenn ich zurückkomme, aber im Augenblick wäre es mir sehr lieb, wenn du die Sache in die Hand nehmen würdest.«

Sie konnte mich nur anstarren, und – unglaublich – ihre großen Augen füllten sich mit Tränen. Sie sagte kein Wort.

»Ach, und Tante Willa, hol doch deine Siebensachen aus diesem Speicherloch und zieh in Mutters Zimmer«, fügte ich hinzu. »Hat ja keinen Zweck, daß es leersteht, und ich will bleiben, wo ich bin. Ich möchte, daß du es dir da gemütlich machst, bis ich zurückkomme, ja?«

Sie nickte nur mit Pfirsichwangen, auf denen die Schminke verlief, und zitternden roten Lippen. Sie drückte mich flüchtig an sich und hauchte: »Danke, Shep.« Dann schloß sich die weiße Haustür hinter mir, und ich stieg in den Rolls.

Danach habe ich sie nicht wieder weinen sehen.

Am Flughafen wartete Lucy auf mich. Sie saß da – neben sich ein Köfferchen, die Füße artig nebeneinander, die Hände im Schoß gefaltet – wie ein braves Mädchen, das auf den Zug zurück ins Internat wartet. Sie hielt den Kopf gesenkt, und Augen und Nase waren gerötet, doch sie wirkte gefaßt, keine Spur von der Hysterie, gegen die ihr Jack am Morgen Beruhigungspillen verabreicht hatte. Dafür, wie sie in letzter Zeit herumgelaufen war, ganz zu schweigen von ihrem angeblichen Zusammenbruch, sah sie erstaunlich gut, ja, phantastisch aus. Das blauschwarze Haar war wieder zu einem glänzenden, lang fallenden Pagenschnitt frisiert und fiel ihr über die hohen Wangenknochen. Sie trug ein rotes Futteralkleid aus Leinen, einen rot lackierten Pillbox-Strohhut und flache Pumps aus Krokodilleder, lauter Sachen, die ich noch nie an ihr gesehen hatte. Sie zog etliche Blicke auf sich, und da ich so unerwartet auf Lucy stieß, wußte ich auch, warum. Sie war wieder ganz die alte und strahlte wie früher von einem unsichtbaren Feuer.

Sie hob den Kopf, bemerkte mich, sprang auf, lief auf mich zu, umarmte mich stürmisch, und alle Köpfe wandten sich uns zu. Sie war nicht geschminkt und wirkte sehr blaß, doch in ihren eigentümlichen Augen tanzte die alte Oktoberflamme, und sie roch nach ihrem unverwechselbaren Tabu. Sie küßte mich auf die Wange – mir klopfte das Herz – und flüsterte mir zu: »Keine Angst, ich fange nicht von Tante Olivia an, jetzt nicht. Ich will es dir nicht schwerer machen, sondern ich möchte dir helfen.«

»Du siehst einfach toll aus«, sagte ich. »Schön, daß du zum Abschied da bist. Wo ist Jack?«

»Danke«, erwiderte sie mit ihrem alten warmen Lächeln. »Ich hab' mir dieses Zeug vor knapp zwei Stunden mit allem Pipapo von Little Lady ausgeliehen. Und ich bin nicht zum Abschied hier, sondern zur Begrüßung. Jack hockt zu Hause in seinem Schmollwinkel.«

»Zur Begrüßung...«

»Ich komme mit. Carter hat mir das Geld fürs Ticket geborgt. Ich habe einen Platz und einen Paß – alles erledigt. Du mußt dich um nichts kümmern.«

Ehe ich etwas erwidern konnte, trat Ben Cameron zu uns.

»Na, Herzchen.« Er gab Lucy einen Kuß. »Shep, wie ich sehe, hast du das hübscheste Abschiedsgeleit weit und breit. Sind wir alle beisammen? Sie haben uns Plätze nebeneinander reserviert.«

Ich klappte den Mund auf, ohne zu wissen, was ich sagen sollte, aber Lucy kam mir zuvor.

»Ich komme mit, Mr. Cameron. Sie können mich von mir aus aus dem Flugzeug werfen, dann nehme ich eben das nächste. Ich lasse Shep nicht allein fort, um seine Mama zu holen.«

Ben Cameron ließ stumm den Blick von ihr zu mir schweifen und zuckte die Achseln. »Amerika ist ein freies Land.« Er lächelte leise. »Und das Flugzeug ist für alle da. Shep freut sich bestimmt über deine Gesellschaft, Lucy.«

So kam es, daß Lucy Bondurant Venable die ganzen langen Stunden an meiner Seite saß, beim Flug nach New York und weiter über den grenzenlosen, schwarzen Atlantik nach Paris, als ich die sterblichen Überreste meiner Mutter nach Hause holte, die mich so geliebt und verletzt hatte und die nie das geringste von ihrer Nichte hatte wissen wollen. ›Eine beeindruckende Demonstration ihrer Macht‹, mußte ich beim Flug über die wilde, wogende Schwärze denken, und sei es posthum.

Wir näherten uns bereits Orly, da kam Ben und setzte sich bei mir auf die Armlehne.

»Ich möchte dir den Hergang des Unglücks erzählen«, sagte er. »Sie sind pünktlich angerollt, gegen 12.30 Uhr. Nach Augenzeugenberichten haben sie gar nicht abgehoben. Der Pilot muß sofort gemerkt haben, daß etwas nicht stimmte – er hat die Räder blockiert und versucht, den Start abzubrechen. Erst haben sich die Reifen auf der Rollbahn abgerieben, dann die Felgen; es heißt, daß die Bremsspuren über einen Kilometer lang sind. Die Maschine ist in einen Hangar gerast und auseinandergebrochen. Der Treibstoff ist tonnenweise ausgelaufen und explodiert. Hundert Meter weiter befindet sich eine Siedlung, die der Pilot offenbar verschonen wollte. Das Flugzeug ist in mehrere Teile auseinandergeflogen, die alle ausgebrannt sind, bis auf den Schwanz. Dort waren auch die beiden überlebenden Besatzungsmitglieder. Die Feuerwehr war gleich zur Stelle, konnte aber nicht nah genug heran, um noch jemanden zu retten. Es wäre sowieso zu spät gewesen. Alles ging... sehr, sehr schnell.«

Neben mir seufzte Lucy auf und grub mir ihre Nägel in die Hand.

»Tut mir leid, Lucy«, fuhr Ben fort. »Aber ihr müßt wissen, was euch erwartet. Vermutlich sind etliche Presseleute unten, und wir müssen vielleicht... persönliche Sachen identifizieren, du auch, Shep. Nicht, daß ihr mir vor den Reportern und den Kameras in Ohnmacht fallt. Ich vertrete unsere Stadt, und ob es euch paßt oder nicht, für euch gilt dasselbe, solange ihr bei mir seid.«

Und so traten wir hinaus in den warmen Pariser Morgen und gerieten hinein in die gemessenen, offiziellen Beileidsbekundungen. Insgesamt wurden wir von dreißig, vierzig Personen empfangen. Neben französischen Diplomaten war auch der amerikanische Botschafter – ein kleiner, untersetzter Herr – mit ein paar Mitarbeitern gekommen; dahinter warteten still um die zweihundert Reporter, von einer blauen Phalanx uniformierter Gendarmerie in Schach gehalten. Ich erinnere mich an nichts mehr, als daß ich von einer schüttelnden Hand mit sprechendem Mund zur nächsten gereicht wurde, dabei albern nickte und lächelte, während Lucy hinter mir immer wieder leise murmelte: »Merci, Monsieur, merci bien.«

Nur eins ist mir noch im Gedächtnis geblieben: Ich wunderte mich, daß Lucy Französisch konnte – ich hatte nicht gewußt, daß sie es im Scott belegt hatte. Einmal schaute ich mich um: ein Grüppchen würdiger, eleganter Franzosen im prächtigen Galaanzug umdrängte sie, und jeder gab ihr unter tiefen Verbeugungen einen Handkuß. Ich dachte: ›wie typisch für Lucy, ohne Einladung und ohne Status im geborgten roten Kleid ihrer Schwester hierherzukommen und den eben erst zu Ruhm gelangten Toten Atlantas die ganze Schau zu stehlen‹. Meine Mutter hätte sich schwarz geärgert. Ich unterdrückte das Bedürfnis, fürchterlich zu kichern, und mir fiel John F. Kennedys Kommentar zur überwältigenden Eroberung Frankreichs durch seine Frau ein: »Ich bin der Mann, der Jackie Kennedy nach Paris begleitet hat.« Im Moment waren Ben Cameron, Hinton Drexel und Carter Stephenson die Männer, die Lucy Bondurant Venable nach Paris begleiteten. Der Gedanke richtete mich auf, und ich klammerte mich an ihn wie an eine Rettungsboje in stürmischer See.

Irgendwie überstand ich die anschließende Pressekonferenz, dann fuhren wir zur Unfallstelle. Wir hatten sie aus der Luft nicht gesehen. Entweder waren wir aus einer anderen Richtung gekommen, oder es war noch zu dunkel gewesen. Doch nun, am Montag, dem vierten Juni, hatten wir im klaren Morgenlicht unübersehbar eine Kraterlandschaft vor Augen, gab es kein Entrinnen vor dem düsteren Schattenreich. Vor uns breitete sich über Hunderte von Metern stille, aschgraue Verzweiflung aus. Während ich an Lucys Seite hinter Ben hermarschierte, ging mir immer wieder durch den Kopf, was mir Lucy vorhin im Flugzeug noch schnell zum Trost zugeflüstert hatte: »Es wird kein Blut zu sehen sein, Gibby, und es gab auch keinen Schmerz. Dafür war nicht genug Zeit. Es war nicht mal genug Zeit, um Angst zu haben. Nur Licht war da. Klares, helles Licht. Denk immer daran.« Aber hier war kein Licht.

Feuerwehr und Polizei waren seit vierundzwanzig Stunden am Werk und hatten die Trümmer nach dem Abtransport der Toten immer wieder nach verkohlten Gegenständen durchstöbert, die zur Identifizierung beitragen konnten. Das riesige Heck war noch ganz und ragte vier Stockwerke hoch vor uns auf wie eine große, plumpe Grabstele der Weltraumära. Darunter lag, über die verbrannte Erde verstreut und nicht mehr erkennbar, das Innere der Maschine in Klumpen aus verzogenem, geschmolzenem Metall, das an den Stellen, wo der Ruß abgestoßen war, silbrig aufblitzte. Die vier Motoren waren noch zu sehen, lagen vereinzelt, weit auseinandergeflogen, auf der stillen, schwarzen Fläche. Hinter all dem Schwarz träumte die Siedlung Villeneuve le Roi, der der Pilot noch hatte ausweichen können, in der Morgensonne. Vögel zwitscherten, Menschentrauben unterhielten sich im Flüsterton hinter der Postenkette und begafften die Angehörigen, die aus Amerika gekommen waren, um ihre Toten zu bergen, doch jeder Laut schien vom Rand des schwarzen Bereichs abzuprallen und zu Boden zu stürzen. Als stehe die große Wunde jedweder Lebensäußerung feindselig gegenüber.

Schließlich verließen wir das sonnenbeschienene, stille Leichenfeld und fuhren zum Mittagessen nach Paris. Ich stellte fest, daß ich Hunger hatte.

Während Lucy im Hotel blieb, besuchten Ben und seine Leute sämtliche fünf Leichenschauhäuser. Nach dem ersten wartete ich im Wagen, aber nicht vor Entsetzen, Übelkeit oder Schwäche; nein, ich wußte nur nach dem ersten, daß ich vergebens in die Gesichter der Toten sah. Sie waren nicht einfach durch Hinschauen zu identifizieren; es konnte noch Wochen dauern, bis das überhaupt möglich war. Auf einmal erschien mir meine Anwesenheit als unerträglich plumpe, gewaltsame Ruhestörung. Wenn meine Mutter in der Leichenhalle lag, die ich besichtigte, hatte ich sie nicht erkannt, und wenn sie in einer anderen war, hätte es keiner von uns sagen können. Die Leichen, die streng und förmlich unter reinen, weißen Laken zu aseptischer Starre gekühlt dalagen, waren kaum entstellt. Meist war noch nicht einmal das Haar verbrannt. Nur die Haut war zu einem straffen, gelackten Gelbbraun versengt wie bei jahrhundertealten Mumien, so daß sie nicht mehr erkennbar waren.

Ich mußte die mir inzwischen vertraute Vorstellung vom brennenden Haar meiner Mutter aufgeben und durch ein anderes Bild ersetzen: ein Bild von meiner Mutter mit dem harten Ockergesicht einer seit Jahrtausenden toten ägyptischen Prinzessin.

Hinterher gingen Ben und Hinton Drexel auf ihr Zimmer und machten sich an die zeitraubenden, traurigen Telefonate mit den Angehörigen in Atlanta; Carter Stephenson feilte an seinen Artikeln herum, und Lucy und ich setzten uns zusammen und hielten Händchen. Wir redeten nicht viel und betranken uns nicht. Ohne es auszusprechen, wußten wir, daß wir nichts mehr in Paris zu suchen hatten und tags darauf zurückfliegen würden. Ich glaube, wir fanden beide, daß die Reise dennoch nicht umsonst gewesen war. Ich hatte das Gefühl, daß wir etwas Ungreifbares, nicht Benennbares, aber Wesentliches erreicht hatten, und ich bin froh, daß ich damals geflogen bin und daß Lucy mich begleitete.

Aber mit derselben Gewißheit spürte ich auch, daß wir uns in Paris nicht länger aufhalten durften. In schweigender Übereinkunft erhoben wir uns gegen neun von unseren Stühlen und fuhren in dem kleinen, verschnörkelten Käfigaufzug nach oben zu unseren nebeneinander liegenden Zimmern. Lucy fragte mich nicht, ob ich mich noch mit ihr unterhalten wolle oder Gesellschaft brauche; sie küßte mich nur auf die Wange, sagte »Nacht, Gibby«, schloß ihr Zimmer auf und verschwand darin. Ich zog mich aus, ging zu Bett und versuchte einzuschlafen; ich war so müde, daß ich kaum noch etwas denken oder fühlen konnte.

Gegen Mitternacht klopfte Ben leise bei mir an und öffnete die Tür. Wie mir einfiel, hatte ich vergessen abzuschließen. Er setzte sich auf die Bettkante.

»Schläfst du?« fragte er, und als ich verneinte, knipste er die Nachttischlampe an. Er war so abgespannt, daß seine Gesichtshaut aussah wie zerknülltes Seidenpapier, doch er lächelte.

»Eben hat Dorothy angerufen. Sarah hat heute nachmittag um 16.17 ein Mädchen zur Welt gebracht. Sie und das Kind sind wohlauf. Sie hat mich gebeten, es dir zu sagen. Ich soll dir auch ausrichten, daß sie ihr den Namen Olivia Redwine Gentry geben will... damit der Name deiner Mutter weiterlebt. Das wollte ich dir nur sagen.«

»Danke, Ben.«

Er stand auf und ging hinaus. Ich löschte das Licht und brach in Tränen aus. Ich weinte vor Schmerz laut und untröstlich wie ein Kind.

Irgendwann – ich habe es gar nicht gemerkt – kam Lucy herein und schlüpfte zu mir ins Bett. Sie war nackt. Sie war leicht und seidig und kühl, sie legte sich um mich und auf mich und unter mich und drückte mir ihre warmen, süßen Lippen auf das Gesicht, das Haar, die Wangen, die Augen, die Nase und endlich auf den Mund, so daß ich in sie hineinschluchzte, und dann nahm sie mich tief in sich auf und bewegte sich mit mir zu einem Rhythmus, alt und ursprünglich wie die Welt, und war Lucy, war Sarah, war Lucy, war meine Mutter, war Sarah, war Lucy, war die Erde, war das All... und alles, was ich bis dahin gefühlt hatte, entfaltete sich und wuchs und blühte auf und explodierte, und sie nahm es auf, und ich war frei.

Tags darauf flogen wir heim nach Atlanta und erwähnten diese Nacht nie wieder, weder damals noch später. Drei Monate darauf erzählte sie mir an einem schönen, sonnigen Tag in Tate, wo sie, Jack und ich das Wochenende verbrachten, daß sie schwanger sei, und als ich fragte: »Lucy, ist es von...?«, schüttelte sie bloß den Kopf.

»Ich weiß es nicht. Ehrlich, Gibby, ich habe keine Ahnung. Es könnte ebensogut von Jack sein, und wenn nicht, braucht er es nicht zu wissen.«

Und damit mußte ich zufrieden sein, da sie es offenbar war.

Im März 1963 bekam sie im Piedmont Hospital mitten in einem Schneesturm, der drei Tage dauerte, eine Tochter. Ich fragte, wie sie heißen sollte, und in Lucys blauen Augen funkelte noch etwas anderes als liebevoller Stolz auf ihr hübsches, winziges Baby, als sie antwortete: »Das ist Malory. Malory Bondurant Venable.«

DRITTER TEIL

20. Kapitel

Von Anfang an bestand zwischen Lucy und ihrer Tochter eine ungewöhnlich enge Bindung. Ich habe es mir nicht bloß eingebildet; alle sagten es. Tante Willa, jeder Zoll die liebevolle Buckheader Großmama, bemerkte: »Ich könnte schwören, die Kleine versteht, was Lucy sagt. Guckt euch nur an, wie sie ihr mit den Augen folgt.« Und ein hochgestimmter Jack räkelte sich am Abend nach Malorys Geburt in meinem Wohnzimmer im Gartenhaus in seinem Sessel und sagte: »Wie wenn du zwei Spiegelbilder siehst, die sich anschauen. Oder wie Zwillinge. Dieselben blauen Augen, die einander so eindringlich mustern, man sieht fast die Funken von einer zur anderen überspringen. Und die Laute, die die Kleine von sich gibt, wenn Lucy mit ihr spricht. Wie wenn sie sie versteht und ihr was antwortet. Lucy meint, das macht sie auch. Shep, ich sage dir, so lieb mir natürlich meine beiden Jungen sind – ich hab' die Kleine so ins Herz geschlossen, das hab' ich noch nie erlebt! Es geht mir mit ihr fast wie mit Lucy. Sag mal ehrlich ... hast du je so ein schönes Baby gesehen?«

»Nein, noch nie. Die Babys, die ich gesehen habe, kann man zwar an einer Hand abzählen. Aber sie kommt mir hübscher vor, als ein Baby sein kann, wenn es mit rechten Dingen zugeht.«

»Gott sei Dank ist sie Lucy wie aus dem Gesicht geschnitten.« Er stürzte seinen Scotch hinunter. Sein teigiges Gesicht war gerötet, seine Miene weicher, als ich es seit den ersten Tagen seiner Ehe mit Lucy erlebt hatte; fast jungenhaft, trotz seines schütteren weißen Haars und der feinen Fältchen. »Ginge mir ganz schön gegen den Strich, einem kleinen Mädchen die Venable-Visage zu vererben. Nein, Malory ist eine Bondurant reinsten Wassers.«

Ich verriet mit keiner Miene, daß mich seine Worte eigentümlich anrührten. Ich muß mich, dachte ich, an solche Augenblicke schmerzlicher Freude gewöhnen, denn Malory Venable ist tatsächlich eine Bondurant reinsten Wassers, wenn sie auch mehr Lucy und

– aus den alten, in Ehren gehaltenen Fotos zu schließen – ihrem Vater ähnelt als mir. Auf der einen Seite war ich froh darüber, obwohl sich insgeheim auch ein wenig Enttäuschung in mir regte. Doch welche Rolle spielte es schon, fand ich. Malory Venable war, in welchem Grad auch immer, meine Blutsverwandte, und als Vorwand für meine Hingerissenheit konnte mir zumindest das Recht des liebenden Cousins dienen. Denn es erging mir nicht besser als allen anderen, die die winzige Malory in ihren ersten Tagen erlebten; ich streckte die Waffen, ehe ein Schuß gefallen war.

Ich sah sie als einziger außer Jack und Tante Willa noch am Nachmittag nach der Geburt. Lucy hatte dafür gesorgt, daß ich als enges Familienmitglied behandelt wurde, und als ich an jenem glitzernden Nachmittag aus einem kristallenen Eis-Chaos in ihr Krankenhauszimmer trat, lag sie allein mit dem Baby im Licht der ersten Strahlen einer gerade durchbrechenden Sonne in einem Meer von Blumen, und Malory nuckelte schlaftrunken an ihrer blaugeäderten Brust. Ich spürte, wie mir beim Anblick ihres durchsichtigen, vertrauten Körpers die Hitze ins Gesicht stieg, aber sie hat es bestimmt nicht gemerkt. Lucy brannte an dem Tag vor Begeisterung.

Wir betrachteten einander eine ganze Weile über den seidigen, dunklen Kopf der Kleinen hinweg, dann sagte Lucy sanft: »Gibby, o sieh nur. Schau sie nur an.«

Ich ging zu ihr, küßte sie auf die Wange und roch außer ihrem Tabu den frischen Milchgeruch des Neugeborenen. Mir brannten die Augen. Ich brachte es nicht über mich, das Baby näher anzusehen.

»Sie ist wunderschön, Lucy«, sagte ich. »Ganz die Mama.«

»Mehr der Großpapa, findest du nicht? Oder wenigstens die Bondurantmänner. Am Anfang hab ich gedacht, sie hat so einen Zug um den Mund von Mama, aber jetzt finde ich es nicht mehr. Und vom armen Jack hat sie gar nichts. Nein, alles von der Bondurantseite. Schau dir nur ihr Näschen an – wie bei euch allen.«

Es lag keinerlei Unterton in ihren Worten, nur Entzücken über ihr Kind. Mein Unbehagen wich, und ich betrachtete Malory jetzt gründlich. Sie drehte den Kopf von Lucys Brust weg, als fühle sie meinen Blick, und schenkte mir ein volles, gezieltes Lächeln. Ihr Blick war so tief und unmittelbar, und in ihren funkelnden, Licht sprühenden blauen Augen, die Lucys so sehr glichen, lag ein so hellwacher Ausdruck, daß mir richtig flau im Magen wurde. Als ich den Kopf bewegte, folgte sie mir mit den Augen und lächelte noch breiter. Sie gab ein sachtes, melodisches Glucksen von sich, fast wie eine Erwachsene, die vergnügt und heiter auflacht. Eine große, hilflose Affenliebe entstand in mir und umschlang Malory mit ihren Ranken. Sie war unkompliziert und ohne Schatten – die reinste und schlichteste Liebe, die ich je verspürt habe, ganz Licht, Luft und Gewißheit.

Lucy betrachtete die winzige Malory mit einem so strahlenden Lächeln, daß ich am liebsten die Augen abgewandt hätte; angesichts dieser hungrigen Liebe kamen mir fremde Blicke zudringlich vor. In mir regte sich eine Art abergläubische Furcht, eine Angst, die mit der realen Zukunft nichts zu tun hatte. Eine so ideale, brennende, leuchtende Liebe mußte das Schicksal und die Götter herausfordern. Ich spürte in mir die alte Leidenschaft, sie beide zu beschützen, zu umschließen und abzuschirmen, bis mir einfiel, daß das ja Jacks Ressort war.

»Und wehe, Freundchen, du machst es nicht richtig«, sagte ich bei mir, und es war mein Ernst.

Ich fragte Lucy: »Kann ich dir irgendwas besorgen? Außer Blumen? Davon hast du ja für zehn Jahre genug.«

»Danke, Gibby. Ich habe schon alles hier. Alles, was ich mir nur wünschen kann. Obwohl... weißt du, was du mir mitbringen könntest? Das alte Buch von Malory. *Morte d'Arthur.* Hast du es vielleicht noch irgendwo im Gartenhaus? Und das Dschungelbuch. Ich möchte ihr die Sachen gleich hier vorlesen, ehe wir heimgehen. Damit sie weiß, wo sie herkommt und was wichtig für sie ist.«

»Die stehen bestimmt noch im Bücherregal. Wenn nicht, besorge ich sie ihr. Mein erstes Geschenk.«

»Ach, bitte such sie doch, Gibby«, rief Lucy. »Ich will ihr ›Wir sind eines Blutes‹ aus demselben Buch vorlesen, aus dem du es mir vorgelesen hast. Ich will *unsere* Bücher.«

»Ich seh mal nach. Ich bringe sie morgen mit, wenn es geht. Obwohl es noch an die sechs Jahre dauert, bis sie was versteht.«

»Unsinn«, antwortete Lucy in vollem Ernst; sie lächelte nicht mehr, ihre blauen Augen sprühten Feuer. »Sie wird es verstehen. Sie versteht mich ja auch. Sie versteht, was ich ihr sage, und ich verstehe, was sie mir sagt. Denk von mir aus, daß ich verrückt bin, aber es stimmt. Ich bin Malory, und sie ist ich; sie wird meinen Ruf ihr Leben lang hören, egal, wo sie ist. Und sie wird zu mir kommen.«

Da verließ ich sie in der schnell hereinbrechenden Dämmerung und ging heim in die Geborgenheit des Gartenhauses; die Angst in mir ließ sich weder vom Feuerschein noch vom Whiskey, noch von Marthas heißer Gemüsesuppe beschwichtigen. Ich hatte erfahren, was Lucy mit der ungezügelten Gewalt ihrer Liebe anrichten konnte, und ich fürchtete ebensosehr für sie wie für das Kind, dem ihre Liebe galt. Ich fand den Malory und den Kipling und blieb noch bis spät in die Januarnacht hinein auf und las, und als ich auf dem Sofa vor dem verlöschenden Feuer einschlief, waren meine Träume voll kaleidoskopartiger Bilder von großen Bären und schwarzen Panthern und Wölfen und aufgezäumten Streitrossen und Feuer: dem fortwährenden, nicht mehr zu löschenden Feuer von Pumphouse Hill und Paris.

Lucy strahlte immer weiter in fieberhafter Seligkeit bis zu dem Tag, an dem Jack sie und Malory aus der Klinik abholen wollte; sie erwachte am Morgen mit einer voll ausgebildeten Depression, die fast schon an die Starre der Katatonie grenzte. Sie lag mit dem weißen Gesicht zum Fenster und schaute auf die nackten, windgepeitschten Bäume an der Peachtree Road, bewegte sich nicht, sprach nicht, atmete kaum und reagierte auf nichts und niemanden. Als ihr die Schwester Malory auf die Brust legte, nahm sie sie nicht in den Arm, und das Kind wäre vom Bett heruntergefallen, wenn die Schwester es nicht aufgefangen hätte. Man trug die Kleine hinaus, um sie zu wiegen und ihr im Kinderzimmer ihr erstes Fläschchen zu geben, und sie weinte erst, als sich die Tür zwischen ihr und ihrer Mutter schloß. Doch dann war ihr Schreien den ganzen Flur entlang zu hören bis ins geschlossene, verglaste Kinderzimmer, und die Schwestern berichteten später, daß Malory nicht aufgehört habe, bis sie Stunden später erschöpft eingeschlafen sei.

Jack und Tante Willa kamen, setzten sich zu Lucy, rieben ihr die Hände und sprachen zu ihr, aber sie antwortete nicht. Jack, das Haar und die Hände mit weißer Tünche bespritzt, da er die Farm anläßlich von Lucys und Malorys Heimkehr frisch gestrichen hatte, war fast außer sich. Seine alte, schwarze Bedienstete in Lithonia konnte sich natürlich nicht um das Baby und um Lucy gleichzeitig kümmern, solange sie in dieser Verfassung war, und er konnte nicht lange von seiner Arbeit wegbleiben. Da sie ohnehin schon auf Lucys Gehalt, so gering es war, verzichten mußten, war es ihm nicht leicht gefallen, die paar Tage freizunehmen, die er für ihre Rückkehr eingeplant hatte. Als Lucy gegen Mittag weder auf die beiden Besucher noch auf ihren Geburtshelfer reagiert hatte und ein Psychiater verständigt worden war, rief Jack mich an, und ich kam, setzte mich zu ihr, hielt ihr die Hand und rief sie leise beim Namen.

»Lucy! Komm, Lucy. Ich bin's, Gibby. Sprich mit mir.«

Diesmal wandte sie den Kopf und sah mich an, und ich hätte fast laut nach Luft geschnappt. Sie hatte sich seit dem Tag vorher völlig verändert. Die lebhaften blauen Augen waren jetzt ohne Licht und Leben, wie ein Aquarell, das man draußen im Regen vergessen hatte. Ihr Gesicht war ganz abgeflacht und aufgedunsen und weiß wie ein Blatt Papier. Die gesprungenen Lippen formten meinen Namen: Gibby. Dann flüsterte sie heiser: »Ich hab die Bäume noch nie so prächtig gesehen. Der Oktober ist wirklich der schönste Monat, findest du nicht?«

Ein eisiger Schauer rann mir den Rücken hinunter.

»Wir haben März 1963, und du hast gerade eine kleine Tochter zur Welt gebracht. Es wird Zeit, daß du mit dem Unsinn aufhörst und mit Jack nach Hause gehst.« Ich sprach zu laut. Sie klappte die Augen zu und drehte das Gesicht wieder zum Fenster.

»Ich kenne keinen Jack«, antwortete sie im dünnen Quengelton eines Kindes. »Und ich habe keine dumme kleine Tochter. Gibby, bring mich nach Hause. Ich will zu meinem Papa. Ich will heim.«

Jack Venable stöhnte auf vor Schmerz, und Tante Willa schnaubte in verhaltener Wut. Ich schloß verzweifelt die Augen. An dem Tag sagte Lucy nichts mehr. Der Psychiater widmete sich ihr ungefähr eine Stunde lang, und die Tests, die ihr Geburtshelfer durchgeführt hatte, wurden ausgewertet; gegen Abend kamen beide ins Wartezimmer und setzten sich zu uns zwischen die Zeitschriften, Kaffeetassen und überquellenden Aschenbecher.

»Es handelt sich um eine klassische Wochenbettpsychose«, sagte der Psychiater. Er hatte silbernes Haar und ein rosarotes Satingesicht ohne Falten, wie ein Säugling. Glatt wie ein Kinderpopo, hätte Lucy gesagt.

»Das mag seltsam aussehen, ist aber nichts Ungewöhnliches, und mir sind schon weit schlimmere Fälle vorgekommen. Meiner Einschätzung nach wird sie es bei guter Pflege bald überstanden haben, sie muß nur regelmäßig ihre Medikamente einnehmen. Wie ich die Sache sehe, kann Mr. Venable sich nicht zu Hause um sie kümmern. Kann man sie irgendwo unterbringen, wo sie absolute Ruhe hat und Betreuung für das Kind?« Er warf Tante Willa und mir einen Blick zu; ich wußte, es gab keine andere Möglichkeit, und nickte. Tante Willa folgte mit zusammengepreßten Lippen meinem Beispiel.

»Es wird uns ein Vergnügen sein«, sagte ich. »Martha Cater kann nach ihr sehen und uns bestimmt auch eine Kinderschwester besorgen. Vielleicht kann ja ihre Tochter kommen. Sie hat auch auf Lucy aufgepaßt, als sie noch klein war. Wir wohnen ganz in der Nähe vom Krankenhaus, und es ist auch gar nicht weit zu deiner Arbeit, Jack, so daß du vorher und hinterher vorbeikommen kannst – oder übernachten, wenn du magst. Wir haben eine Menge Platz.«

Ich sah ihn fragend an. Ich wußte nicht, wieso, aber mir wuchsen Flügel, und das Herz klopfte mir in der Brust.

»Ähm,... also gut, von mir aus«, sagte Jack. Ich wußte, daß es ihm gegen den Strich ging, Lucy wieder in dieses Haus des Reichtums, des Standesbewußtseins und der Gefühlskälte zu lassen. Ich wußte auch, daß er keine andere Wahl hatte. »Ich wäre euch außerordentlich dankbar. Aber nur, bis sie wieder auf den Beinen ist. Und vielen Dank, aber übernachten will ich nicht. Ich schau rein, wenn ich kann.«

»Schön«, sagten Lucys Psychiater und ihr Geburtshelfer wie aus einem Munde in offensichtlicher Erleichterung, daß ihnen die Peinlichkeit eines bösen, komplizierten Ausgangs einer schicklichen Buckheader Geburt aus den Händen genommen wurde.

»Scheint mir die beste Lösung«, fügte der Psychiater hinzu.

»Also gut.« Tante Willa erhob sich elegant und glättete das Futteral aus grauer Wolle, das sich ihr um die ansehnlichen Hüften und Hinterbacken schmiegte. »Dann gehe ich schon mal und richte alles für das Baby her. Mal überlegen... hmmm... nein, es geht nicht anders. Lucy und das Baby müssen mein Zimmer und das Ankleidezimmer nehmen, und ich ziehe auf den Speicher. Sheppard, den Ärmsten, und seine Krankenschwester können wir ja schlecht ausquartieren. Du lieber Himmel, so viele Kranke und Pflegerinnen...« Ihre Stimme verklang, während sie auf klappernden Absätzen den Flur entlang zum Aufzug ging und eine Spur vergifteten

Honigs hinter sich herzog. Ich wußte, und Jack vermutete es wahrscheinlich, daß Willa Slagle unter dem Honig und ihren aufopfernden Mutterworten wieder einmal hätte platzen mögen vor Wut über diese lästige Tochter, die sie nicht in Ruhe ließ in dem idyllischen Boudoir, in dem sie sich endlich eingenistet hatte.

Und so kam Lucy wieder heim in die Peachtree Road Nummer 2500, begleitet von einer Schwester und Malory, und wurde im großen Schlafzimmer im Obergeschoß untergebracht; die alte Martha holte ToTo aus Forest Park und besorgte eine Amme aus einer Sozialsiedlung, Tante Willa ging wieder zur Arbeit, und ich kehrte zurück ins Gartenhaus zu Sarahs anspruchsvollen Ahnen. Bei der Arbeit freute ich mich an dem Gedanken, daß die kleine Malory Bondurant ein wenig Glanz in das Ankleidezimmer brachte, das auch mein erstes Kinderzimmer gewesen war.

Eine Woche lang lag Lucy nur da und starrte aus dem Fenster in die Wipfel der Bäume, die vor ihrer Ehe mit Red Chastain ihre Sommer beschirmt hatten. Niemand durfte zu ihr, nur ich stahl mich ab und zu aus dem Gartenhaus, um Malory zu betrachten, die in perliger Anmut schlief, während eine dösende ToTo sie wiegte, und setzte mich anschließend ein Weilchen an Lucys Bett. Ich hielt ihre Hand und redete belangloses und unsinniges Zeug; manchmal drückte sie meine Hand, und ein- oder zweimal lächelte sie. Eines Nachmittags, gegen Ende der ersten Woche, sagte sie unvermittelt mit matter Stimme: »Gibby, wenn ich daran denke, daß ich jetzt immer für sie sorgen muß, werde ich furchtbar müde. Ich kann noch nicht einmal richtig für mich selbst sorgen. Ich weiß nicht, was aus uns werden soll.«

Es war das erstemal nach ihrer Entlassung aus dem Krankenhaus, daß sie mit mir sprach, und ich schrak sichtlich zusammen.

»Jack sorgt schon für euch beide, Lucy«, erwiderte ich, doch sie schüttelte nur matt und gereizt den Kopf auf dem Kissen.

»Er wird sich bemühen, aber irgendwann wird er es nicht mehr schaffen.«

»Natürlich schafft er es. Und ich helfe ihm. Wenn du und Malory noch jemand anderen braucht, dann bin ich immer für euch da.«

»Wirklich, Gibby?« fragte sie und wandte mir das dünne, weiße Gesicht zu.

»Klar. Immer.«

Sie schwieg eine Weile und lächelte dann. Ein volleres, kräftigeres Lächeln.

Bald darauf war sie auf dem Weg der Besserung, und eine Woche später fuhr sie mit Tante Willa für zehn Tage nach Sea Island, um die erste Frühlingssonne zu genießen. Bei ihrer Rückkehr hatte sie ein bißchen Farbe bekommen, ihr Gesicht wirkte weniger eingefallen, ihr Körper weniger abgemagert. Lucy war übermütig, fast wild; sie packte Malory und drückte sie, daß das Baby brüllte.

»Du hast nicht nach der Mama geschrien, gell, mein Engelchen?« sprach sie in Malorys seidige Wange. »Ich weiß, daß du nicht geschrien hast. Ich habe dich die ganze Zeit gespürt und tausendmal am Tag mit dir gesprochen, und ich weiß, daß du ein braves Mädchen warst. Sie war doch brav, Martha? Oder, Shep?«

»Ja, Ma'am«, knurrte Martha. »Hat gar nicht geweint, wo Sie fort sind. Ich hab noch nie so ein braves Baby erlebt wie das da.«

Ich wußte, die alte Martha gab das nur widerwillig zu; als Lucy ihr ihre Reisepläne mitgeteilt hatte, hatte sie ungehalten im Haus herumgelärmt und Fürchterliches prophezeit – schlaflose Nächte, schweren Schaden für Malory. Doch es war nichts geschehen. Malory hatte nach Tante Willas und Lucys Abfahrt etwa eine Stunde lang bitterlich und untröstlich geweint, dann aber, als habe sie tatsächlich eine Art heimliches Zeichen erhalten, verwundert aufgeschaut und aufgehört zu schreien und war sofort eingeschlafen. Ich weiß es, weil ich sie gerade im Arm hielt. Ich hatte das Weinen bis ins Gartenhaus gehört und es nicht über mich gebracht, sie weiterschreien zu lassen, ohne Trost. Sie erkannte mich, dachte ich, und als ich sie in den Arm nahm, entkrampften sich ihre winzigen, angespannten Muskeln, aber sie hörte erst eine Stunde später auf zu weinen. Als ich es Lucy erzählte, lächelte sie nur.

»Ja, ich weiß«, sagte sie. »Wir haben gerade angehalten und im New Perry Hotel gefrühstückt, da habe ich sie auf einmal gehört. Mitten im Kauen. Schwer zu erklären. Und da... habe ich mit ihr gesprochen. Ich bin im Geist zurückgekommen und habe ihr gesagt, weine nicht, ich bin ja bei dir und alles ist gut. Ich weiß, dann hat sie aufgehört. Ich habe es gespürt. Das ist eine ungeheure Erleichterung, Gibby – ich kann fortgehen zur Arbeit oder sonstwohin, ohne mir Sorgen machen zu müssen, weil ich mit ihr sprechen kann.«

»Na, das hat uns gerade noch gefehlt, daß ihr zwei hier Gespenster spielt«, antwortete ich und wurde dabei ein flaues Gefühl nicht los. Mir gefiel der Gedanke nicht, daß Lucy mit ihrer Tochter übersinnliche Kommunikation betrieb. Ich wollte Malory vor allem Düsteren, Undurchsichtigen, Esoterischen oder übertrieben Leidenschaftlichen bewahren. Wenn ich mir die Jahre ihres Heranwachsens vor Augen stellte, sah ich Sonnenschein, Ordnung und Sandkästen, Kätzchen und Ponys, sah ich Kinderfeste, Kindermädchen und gestärkte Schürzen, Rattenschwänze und Abendessen im Familienkreis von glänzendem Silbergeschirr. Was ich sah, war natürlich meine eigene Buckheader Kindheit, oder, besser, ihr Inventar; ich erkannte selbst, daß ich den Schmerz, die Angst und die Tücke dieser Welt munter übertünchte und daß es töricht, ja vielleicht gefährlich war, sie mir für Malory zu wünschen. Dennoch tat ich es. Ordnung und Verläßlichkeit – das wünschte ich mir am meisten für das kleine Mädchen, das meinen Namen und meine Gesichtszüge trug und mein Herz besaß; Geborgenheit, nicht die ziellose, launische, schwankende Welt von Überfluß und Mangel, nicht die Küsse und die Zeiten der Abwesenheit, die unterschwelligen Gezeitenströme, die Lucys Vermächtnis an sie sein würden. Aber ich hatte erkannt, daß weder ich noch Jack Venable noch sonst irgend jemand großen Einfluß auf Malorys Erziehung geltend machen konnten. Dazu war die Symbiose zwischen ihr und Lucy zu eng.

In den Tagen, ehe Lucy das Baby heim auf die Farm brachte, ging mir nicht selten durch den Kopf, daß sie Malory ganz bestimmt keine sonderlich stabile und verantwortungsbewußte Mutter war. Meist gelang es mir, nicht daran zu denken; ich wußte ja, daß Malory stets andere zärtliche Hüter um sich hatte: Jack, der sie vergötterte, die alte schwarze Haushälterin auf der Farm, die resolut und liebevoll mit Kindern umging, mich und sogar Tante Willa, die an ihrer Enkelin ein besitzergreifendes Interesse zeigte, das sie für Lucy nie an den Tag gelegt hatte. Doch ein- oder zweimal gelang es mir nicht, meine Befürchtungen zu unterdrücken, und als es das letzte Mal geschah, kostete es mich Malorys Gesellschaft im Haus und in der Peachtree Road.

Lucy hatte sich angewöhnt, mich nachmittags mit dem Baby im Gartenhaus zu besuchen, wenn ich mit meiner Lektüre und den Notizen fertig war und sie und Malory ihr Bad und ihr Nickerchen hinter sich hatten. Ich machte dann Kaffee, reichte von Martha gebackene Kuchen oder Plätzchen, zündete das Feuer an und legte eine Platte von Vivaldi oder Palestrina auf; Lucy legte mir Malorys kleine, duftende Last in die Arme, fläzte sich auf das Sofa und zündete sich eine Zigarette an. Manchmal trank sie Sherry statt Kaffee; an solchen Nachmittagen wurde sie lebhaft und redselig und erzählte vom wachsenden Einfluß der Bürgerrechtsbewegung und der nie endenden Arbeit im Damascus House.

Da die Rassentrennung an Schulen und Universitäten allmählich aufgehoben wurde, konzentrierte sich der Kampf nun auf die Hotels und Restaurants, in denen sie noch galt, so daß im Frühjahr selten ein Tag ohne Demonstration, Blockade oder Sitzstreik verging. Wie ich wußte, traf sich Ben Cameron fast täglich mit den Führern der Schwarzen. Vor kurzem war im Grady Hotel – einer weißen Mittelklasse-Bastion in der Peachtree Street in der Innenstadt, wo sogar die behütete Buckheader Jugend gelegentlich die Vorstellung eines zweitklassigen Zauberkünstlers oder Komikers besuchen durfte – ein »Lie-in« abgehalten worden, und die Hälfte der Bewohner des Damascus House, einschließlich des charismatischen Claiborne Cantrell, war freudestrahlend ins Gefängnis gegangen und hatte »We shall overcome« gesungen. Lucy brannte darauf, auch dabeizusein.

»Ich hätte mitgehen müssen«, sagte sie wieder und wieder durch die Rauchschwaden. »Ich hätte mit ihnen gehen müssen. Es ist auch mein Kampf. Ich war schon zu lange weg.«

»Na wunderbar«, bemerkte ich und wiegte mich mit der schlafenden Malory in dem alten Schaukelstuhl, den mir Shem vom Speicher ins Gartenhaus geschafft hatte. »Genau das richtige für Malory, wenn ihre Mutter im Knast sitzt.«

»Das würde ihr nichts ausmachen«, antwortete Lucy. »Ich würde mit ihr sprechen. Sie hätte ja noch dich.«

»Und Jack. Es sei denn, er säße mit dir im Kittchen.«

»Und Jack«, wiederholte sie. »Er wäre nicht im Gefängnis. Er ist der Finanzmann. Er ist viel zu wichtig. Clay läßt ihn nicht mehr auf die Demonstrationen. Jack sagt, er wäre viel lieber wieder aktiv, aber ich glaube ihm kein Wort. Außerdem würde Jack sich nie einsperren lassen. Im Gefängnis gibt es keinen Scotch und keine Kartoffelchips und weder Bücher noch Schallplatten.«

Doch als die Nachricht aus dem Damascus House von den Festnahmen kam, wurde sie geistesabwesend und unruhig, und in den wärmer werdenden Nächten sah ich zu allen Zeiten das Licht in ihrem Schlafzimmer brennen.

Gegen Ende der Woche kam sie mit Malory zum Gartenhaus; sie hatte das Kind in eine ihrer Blusen gewickelt und sich eine spitzenverzierte Decke von Malory um die Schultern gelegt.

»Wir haben getauscht, Gibby«, gluckste sie. »Siehst du? Sie ist jetzt die Mama, und ich das Baby. Jetzt ist sie dran, für mich zu sorgen.«

Übermütig hielt sie das Kind hoch; Malory strampelte unwillig in der beengenden Bluse, wollte die kleinen Fäuste und Füßchen befreien und quengelte empört. Ich wurde wütend, während ich es gleichzeitig mit der Angst bekam, wie an dem Morgen von Lucys Rückzug in die Depression. Ich schnaubte, nahm ihr das Kind ab, befreite Malory aus der grotesken, herunterhängenden Bluse und wickelte sie in die Decke, die Lucy um die Schultern gehabt hatte.

»Mach sie gefälligst nicht lächerlich, Lucy!« Mühsam beherrschte ich meinen Zorn.

Sie sah mich an mit blau-weißen, brennenden Augen.

»Geht dich gar nichts an, was ich mit meinem Kind mache«, fauchte sie dann. Ihre Stimme klang wütend.

Ich blickte sie nur weiter schweigend an, und schließlich schlug sie die Augen nieder, nahm mir Malory ab und ging ins Haus zurück. Am nächsten Abend kam Jack, um sie und das Baby abzuholen, und seine Freude über seine Tochter und seine Liebe zu Lucy waren so deutlich zu erkennen, daß mein leeres Herz fast getröstet war, während ich zusah, wie das rosa eingewickelte Baby endlich nach Hause gebracht wurde.

Bald darauf ging Lucy wieder arbeiten und ließ Malory in der Obhut der alten Schwarzen zurück; wenig später nahm sie ihre abendlichen Telefonate wieder auf und berichtete, daß Malory in Gesellschaft ihres neuen Kindermädchens und der mürrischen beiden Jungen, Toby und Thomas, genauso zufrieden sei wie bei ihrer Mutter und mir.

»Sie ist eben eins von diesen seltenen, idealen und durch nichts zu erschütternden Babys, Gibby.« Sie zog an ihrer Zigarette. »Estelle sagt, daß sie nie weint. Sie ist schon ein kleines Dickerchen geworden, und sie lacht uns an, wenn wir heimkommen, als wären wir den ganzen Tag zu Hause gewesen.«

Dann wechselte sie übergangslos das Thema und erzählte von ihrer Arbeit im Damascus House; wieder mußte ich erstaunt feststellen, wie völlig sie in den Plänen zum Kampf gegen die Rassentrennung in Schwimmbädern und Parks aufzugehen schien, als sei ihr die Sicherheit und Unbefangenheit, mit der sie sich unter den schwarzen Kämpfern bewegte, nach der tagtäglichen intensiven Beziehung zu Malory ein Bedürfnis. Bald arbeitete sie länger und länger, während Jack im Hochsommer das Damascus House verließ – mit sichtlicher Erleichterung, wie ich fand – und eine Stelle in einem großen Steuerberatungsbüro in der Innenstadt antrat, wo er weniger arbeiten mußte und etwas mehr verdiente. So kam es, daß es nun fast ausschließlich ihm überlassen blieb, abends die drei Kinder zu hüten.

Auch ich ging im Gartenhaus wieder an die Arbeit und betrat die Villa monatelang nicht mehr. Nicht, daß ich sie gemieden hätte; nur gab es inzwischen keinen Grund zu einem Besuch dort, da Lucy und Malory fort waren und mit meinem Vater so wenig zu reden war wie mit einem betäubten und angeketteten wilden Tier. Es machte mir nichts aus. Das Haus in der Peachtree Road war inzwischen so unwiderruflich zum Revier meiner Tante Willa geworden, als wäre sie, nicht ich, dort geboren. Bei meinen seltenen Ausflügen in die Villa, wenn ich Kleider oder Bücher brauchte, fühlte ich mich wie ein Einbrecher. Die Luft war voll von ihrem bitteren, teuren Duft, von dem auch – wie ich bei meinen seltenen Stippvisiten bemerkte – das Zimmer meines stummen, Grimassen schneidenden Vaters geschwängert schien. So erfuhr ich – von Martha und Shem Caters gelegentlichem Murren einmal abgesehen –, daß sie noch immer viele Stunden an seinem Bett verbrachte; weiß der Himmel, wie sie sich die Zeit totschlug – jedenfalls bestimmt nicht im Gespräch mit ihm. Er blieb stumm und unbeweglich wie ein Toltekengötze.

Mit Tante Willa verhielt es sich merkwürdig: Sie hatte natürlich keine Spur mehr Anspruch auf das Haus in der Peachtree Road als zu Lebzeiten meiner Mutter, und doch gehörte es nun ihr mit Nagel und Balken. Inzwischen waren es ebensooft ihre Besucher wie die meines Vaters, die die halbkreisförmige Auffahrt heraufkamen und ihre Karte auf dem alten Silbertablett in der Halle hinterließen. Für sie fuhr Shem den Rolls vor, für sie hielt er die schwere Tür auf. Lieferwagen brachten ihre Bestellungen, auf ihren telefonischen Befehl eilten die Wagen von Wäschereien und Heißmangeln herbei, und die eleganten, schlanken Damen in Wolle und Seide, die zum Abendessen oder Bridgekränzchen kamen, waren bei ihr zu Gast. Nicht dieselben Besucherinnen wie bei meiner Mutter, aber nur für das allereingeweihteste Auge von ihnen zu unterscheiden, und ganz gewiß keine Neureichen. Gehobene zweite Garnitur, hätte man sagen können; ein Großteil der allerersten Garnitur war mit meiner Mutter in einem Graben in Orly verbrannt, und diejenigen, die übrig waren, hätten jedenfalls nicht Willa Bondurant besucht. Aber ich glaube, Tante Willa war im großen und ganzen zufrieden mit ihren Freundinnen. Sie waren, wie sie selbst, ein gutes Stück weg von der Hühnerfarm.

Sie hatte sich so langsam und vorsichtig in unser Haus eingeschlichen wie eine Katze, die ein Backenhörnchen in die Enge treibt. Ich war mit Sarahs Familie und mit Malory beschäftigt gewesen, so daß ich es gar nicht bemerkt hatte, obwohl ich sie ja selbst vor meinem Abflug nach Orly aufgefordert hatte, in das Zimmer meiner Mutter zu ziehen, und sie damit implizit zur Hausherrin gemacht hatte. Daß ich sie nicht hinauswarf, sondern uneingeschränkt schalten und walten ließ, verstand sie wohl als stillschweigende Erlaubnis, das Haus in Besitz zu nehmen. Wie mir inzwischen klar ist, hat sie sich noch auf einen anderen, wirksameren Freibrief verlassen: den einer Königinmutter. Tante Willa war nicht dumm. Sie muß vom ersten Tag an gewußt haben, wie ich für Malory empfand, und sie kannte von jeher mein unzertrennliches, verschlungenes Verhältnis zu Lucy. Ich glaube, sie bewegte sich voll Gelassenheit im Zimmer und im Haus meiner Mutter in dem Wissen, daß ich Lucys Mutter und Malorys Großmutter schon nicht aus einem Haus vertreiben würde, das die beiden – genau wie ich – als ihr erstes Heim betrachteten. Und sie lag richtig.

Shem und Martha nahmen ungern ihre Anweisungen entgegen, waren aber einfühlsam genug zu merken, daß sie mir damit nicht kommen konnten, und so behielten sie ihren Kummer zumeist für sich. Sonst schien niemandem etwas aufzufallen, außer daß man gelegentlich Bemerkungen darüber machte, wie günstig es sich treffe, daß meine Tante Willa fähig und willens sei, meinem Vater und mir den Haushalt zu führen, und sich fragte, was wir nur ohne sie anfangen würden.

Inzwischen erinnerten sich nur noch wenige von den aparten Damen in mittleren Jahren in Tante Willas Alter, daß sie einmal hinter ihrem Rücken gemeinsam mit meiner Mutter über sie gelacht hatten. Wenn sie auch nicht zu ihnen gehörte, so hatte sie doch subtil und vollkommen ihre Patina angenommen, und in Atlanta läßt man sich von jeher von Äußerlichkeiten besänftigen und einnehmen. Bei uns gibt es nicht so viel echtes blaues Blut, als daß man sich allzu hitzig darüber ereifert hätte, daß sich eine Willa Slagle Bondurant in die erlauchte Gesellschaft einschmeichelte. Zudem hatte Atlanta Mitte der 60er Jahre einen Kometenschweif erhascht, und auch Old Atlanta ließ sich wohl oder übel von dem Taumel mitreißen und keuchte, ja kicherte gar beschwipst in phantastischen Träumen. Niemand hatte Zeit und Lust, über Tante Willa die Nase zu rümpfen, wie noch vor zehn Jahren.

Und so herrschte sie zufrieden und behaglich in dem Haus, in das sie ein Vierteljahrhundert zuvor auf kippeligen, schäbigen, hochhackigen Schuhen hereingestolpert war, ebenso schön, geschliffen und elegant wie all die Frauen, die ihr im Driving Club mit affektiertem Lächeln begegnet waren. Ich überließ ihr, alles in allem, ganz gern den Haushalt, so wie ich dem findigen, schroffen Marty Fox, den Tom Carmichael und ich im Jahr zuvor als Geschäftsführer für meinen Vater angestellt hatten, gerne die Leitung der Firma überließ. Ich kannte ihre Macht über Lucy, hatte aber auch ihre Tränen und Ängste und damit ihre Schwäche erlebt, und meines Wissens übte sie keine Macht über Malory aus. Wenn sie das versuchen sollte, konnte ich ihr jederzeit mit der Drohung, sie hinauszuwerfen, in den Arm fallen, und das hätte ich bedenkenlos getan.

Denn das Haus gehörte jetzt tatsächlich mir, nicht meinem Vater. Ich glaube nicht, daß Tante Willa das damals wußte, sie erfuhr es lange Zeit nicht. Meiner Meinung nach ging sie davon aus, daß die Villa noch meinem Vater gehörte und auch ich hier vermutlich nur geduldet war; deshalb verbrachte sie womöglich so viele Stunden an seinem Bett und rechnete in einem Winkel ihres unbedarften Herzens damit, daß er sein Testament änderte und ihr zur Belohnung das Haus vermachte, aber vielleicht wollte sie auch nur auf Nummer Sicher gehen.

Mich hätte einmal interessiert, wie er über ihre Gesellschaft an seiner Bettkante dachte; wir waren uns nicht sicher, ob er ganz begriff, was meiner Mutter zugestoßen war, aber er mußte ihre Abwesenheit bemerkt und nach einiger Zeit gefolgert haben, daß sie tot war. Wenn er klar genug war, das zu verstehen, muß ihn die Vergeblichkeit von Tante Willas Wacht an seiner Seite mit böser Schadenfreude erfüllt haben. Er wußte schließlich seit Jahren, was ich erst nach dem Unglück in Orly von Tom Carmichael erfahren hatte: daß sowohl die Villa als auch praktisch alle Mietshäuser und anderen Bondurant-Liegenschaften, die mein Vater verwaltet und durch geschicktes Lavieren gemehrt hatte, auf den Namen meiner Mutter eingetragen und nach ihrem Tod nicht an ihn, sondern an mich gegangen waren. In einem feurigen Augenblick wurde ich zu einem ziemlich reichen jungen Mann, und er nominell zum gelähmten Habenichts, und mich läßt die Frage nicht los, ob er in diesem Wissen meine Mutter und mich nicht schon lange gehaßt hatte. Es würde, zumindest teilweise, seine kalte Verachtung für mich und seinen langen Rückzug von meiner Mutter in sein Studierzimmer erklären.

Ich fühlte mich nicht reich oder überhaupt verändert und vergaß zwischendurch über längere Zeit, daß der Bondurantbesitz nun in meine höchst unbedarften Hände übergegangen war, bis Marty mir den allmonatlichen Stapel Rechnungen, Schecks und Papiere zur Unterschrift vorlegte. Das viele Geld brachte mir nur einen wichtigen Vorteil: Ich konnte mir damit Freiheit und Verschonung von lästigen Pflichten und Kleinkram erkaufen. Ich nutzte es schamlos aus. Marty Fox leitete praktisch das Geschäft und Tante Willa den Haushalt. Die Geschichte von Dorothys Ahnen bot mir genügend Stoff, um mich, wenn ich wollte, bis ins hohe Alter zu beschäftigen, und außerhalb des Gartenhauses reizte mich kaum etwas genug, um mich herauszulocken. Die Buckhead Boys und ihre Frauen hielten wegen des schwärenden Stigmas vom Brand in Pumphouse Hill und des natürlichen Interesses an ihrer jungen Familie und dem Heranwachsen ihrer Sprößlinge schickliche Distanz von mir.

Hätte ich richtig zu ihnen gehört, eine Familie gegründet, einen Beruf ausgeübt und mich unter sie gemischt in den Clubs, Villen und Sommerfrischen unserer alten Welt, man hätte mir, wie ich wußte, den Brand verziehen und mich wieder in den Schoß der Gruppe aufgenommen, doch ich trug inzwischen das Mal des Einzelgängers auf der Stirn, und als ausgeprägte Rudeltiere sahen und rochen sie es und ließen mich weitgehend in Frieden. In der Zeit nach dem Tod meiner Mutter luden sie mich pflichtschuldigst einer nach dem anderen in ihr immer gleiches »erstes Häuschen« zum Essen ein und ließen mich an Ausflügen, Clubbällen und den anderen üblichen Herdenritualen teilnehmen, doch ich war schon keiner mehr von ihnen, war ein für allemal aus dem Gleis geraten, das sie eines Tages in die oberste Machtetage unserer Stadt trug, wo sie die Fackel von den Clubherren übernehmen würden. Es machte mir nichts aus. Menschlicher Kontakt war, so schien mir damals, nichts als Konfrontation, und die Toten im Gartenhaus empfingen mich freundlicher als die Lebenden in Buckhead. Mit meinem Reichtum konnte ich mir Abgeschiedenheit erkaufen; ich konnte es mir leisten, zum Einsiedler zu werden, also machte ich dankbar von der Möglichkeit Gebrauch.

Dorothy bemühte sich als einzige, mich hinaus in die Welt zu locken.

»Ich wüßte nicht, wieso du dich jetzt schon seit Wochen in deinem Gartenhaus da verkriechen müßtest«, sagte sie eines Abends im Frühherbst 1963, als ich in der Dämmerung hinübergelaufen war, um sie zu besuchen. »Du solltest dein Geld lieber nutzbringend anlegen.«

Ich wußte, daß Ben außer Haus war; am Morgen hatte in der Zeitung gestanden, daß er sich abends mit Vertretern mehrerer schwarzer Organisationen traf, um mit ihnen über etliche Themen zu beraten: Empfehlungen für den öffentlichen Wohnungsbau, Gesetze zur Förderung frei verfügbaren Wohnraums, eine gerechte Beschäftigungspolitik und die Aufhebung der Rassentrennung in öffentlichen Gebäuden. Er war damals selten daheim, ob tagsüber oder abends. Dorothy saß in ihrem winzigen Wohnzimmer, zu ihren Füßen spielte die kleine Livvy Gentry brav in ihrem Laufstall. Wie sie mir sagte, war Sarah auf einer Probe für die Junior League Revue, und Charlie besprach sich wieder einmal mit Mr. Woodruff, was inzwischen zwei-, dreimal die Woche vorkam.

Dorothy reichte mir Livvy. Die Kleine erinnerte mich an ein Äffchen, hatte Sarahs zierlichen Körperbau und Charlies Knopfaugen und Oberlippe; mir war, als hätte ich eine winzige, zupfende Meerkatze im Arm. Nicht lange, und ich gab das Kind an Dorothy zurück; zwar trug es den Namen meiner Mutter und war Fleisch und Blut meiner verlorenen Geliebten, doch außer Dankbarkeit gegenüber Sarah – sie hatte mir ja mit dem Weiterleben des Namens meiner Mutter einen Gefallen tun wollen – empfand ich nichts für ihre Tochter als nur leichtes Bedauern, daß sie ihr so wenig glich. Die überwältigende Liebe, die mir die Knie zittern machte, wenn ich Malory in den Armen hielt, blieb offenbar allein für sie reserviert. Ich war froh, daß ich vor Dorothy keine Zuneigung für ihre Enkelin zu heucheln brauchte.

»Mit Ihren Ahnherren komme ich ganz gut weiter«, sagte ich. »Es könnte ein wunderbares Buch werden. Ich brauche viel Zeit und Konzentration. Ich taste mich allmählich voran. Wozu soll Geld nütze sein, wenn nicht dazu, uns Zeit und Muße für unsere Arbeit zu verschaffen? Und was haben Sie übrigens gegen einen reichen Einsiedler? Immer kriegen nur die armen Einsiedler die gute Presse.«

Sie schnaubte und räumte eine Rose-Medaillon-Untertasse aus der Reichweite des Babys. »Ich glaube nicht, daß es arme Einsiedler gibt, zumindest keine freiwilligen«, antwortete sie. »Ein armer Mensch wird selten freiwillig zum Eremiten. Wetten, daß der klassische, reine Eremit nur deshalb einer war, weil er sich kein Leben als reicher, verdorbener Wüstling leisten konnte?«

Ich lachte. »Also gut, wenn Sie wollen, steige ich aus dem Eremitengeschäft aus und werde ein reicher, verdorbener Wüstling, und dann sagen alle, daß mein Reichtum mich verändert hat und ich nicht mehr der liebe, alte, einfache, nüchterne Einsiedler bin wie früher.«

»Ich finde, da bist du auf dem Holzweg«, antwortete Dorothy. »Ich habe in meinem Leben schon eine ganze Menge Geld gesehen, das manchmal über Nacht erworben wurde, und es heißt generell, daß es die Menschen verändert. Wie du gesagt hast. Soundso ist nicht mehr der alte Soundso, wie wir ihn aus mageren Zeiten gekannt haben. Aber ich glaube, daß es umgekehrt ist. Die Armut schreibt dir vor, was du über die Welt um dich herum denkst und was für ein Mensch du wirst. Die Armut schränkt dich ein. Geld gibt dir die Möglichkeit zu wählen, dir eine Persönlichkeit zu kaufen – sozusagen dir deinen wahren Charakter zu leisten. Wer ganz er selber sein will, muß das entsprechende Finanzpolster haben. Findest du das, was ich sage, vernünftig?«

»So vernünftig wie alles, was Sie sagen, und das will etwas heißen. Aber wenn Sie recht haben, was ist dann so schlimm daran, den Privatier zu spielen? Ich meine, es liegt doch in meiner Natur. Was hat das denn mit meinem Geld zu tun?«

Sie schüttelte ungeduldig den Kopf. »Es sollte eben arbeiten. Wenn du es nicht anlegen willst, dann gib es jemandem wie Charlie, damit der es nutzbringend verwendet. Du brauchst es nicht, Shep. Es ist unmoralisch, bloß dazuhocken und mit meinen Ahnen zu spielen, wo du mit einem bißchen von deinem Geld so vielen Menschen helfen könntest.«

»Ich habe Pumphouse Hill saniert, Dorothy«, erwiderte ich beleidigt. »Ich habe Tom und Marty beauftragt, all unsere Häuser zu renovieren. Ich werfe das Geld nicht zum Fenster raus. Ich werde es so anlegen, daß es nach meinem Tod Gutes bewirkt, und ich bin gerade dabei, für Malory ein Treuhandkonto einzurichten.«

Sie sah mich scharf an.

»Wie großzügig von dir, Shep. Obwohl ich mir kaum vorstellen kann, daß Jack Venable allzu begeistert davon ist. Und was ich so höre, wird Lucy gar nicht wahrhaben wollen, daß Malory so etwas braucht, jetzt oder in Zukunft. Ich habe gehört, daß sie mehr denn je für die Bewegung arbeitet und erst heimkommt, wenn das Kind schon schläft. Sie ist ja sofort wieder ganz in der Sache aufgegangen.«

»Sie hören viel«, sagte ich ohne Unmut.

»Ja«, antwortete sie ebenso milde. »Die Leute erzählen mir erstaunlich viel. Habe ich recht mit Jack?«

»Ja«, gab ich zu. »Er hat es rundweg abgelehnt, über ein Treuhandkonto für Malory auch nur zu reden, und gesagt, daß sie keinen Penny davon anrühren darf, wenn ich es gegen seinen Willen einrichte. Aber er überlegt es sich bestimmt noch anders. Er und Lucy verdienen zusammen nicht einmal genug, um sie ins Zeltlager schikken zu können, ganz zu schweigen von Schule und Universität und... was sie sonst noch so braucht.«

»Er ist sehr stolz, aber ich kann ihn verstehen. Sie ist schließlich *seine* Tochter.«

»Ich bin auch mit ihr verwandt«, sagte ich.

»Ich weiß.« Aus Dorothys Unterton schloß ich, daß sie über Malorys Zeugung ebensoviel wußte wie ich. Aber mehr sagte sie nicht, weder damals noch später. Dorothy mochte unermüdlich an meiner Vollkommenheit arbeiten, doch sie wußte haargenau, wann sie den Mund halten mußte. Und ich liebte sie darum um so mehr.

In jenem Herbst fing ich an, mich ernstlich um Lucy zu sorgen, und damit auch um Malory. Lucys Engagement für die Bürgerrechtsbewegung entwickelte sich zur Besessenheit; sie verbrachte nicht mehr zwei, drei, sondern drei, vier Abende in der Woche im Damascus House, ging oft auch am Wochenende hin und übernachtete ein-, zweimal sogar auf einem Feldbett im Büro. Ich merkte es daran, daß die Hintergrundgeräusche bei ihren allabendlichen Telefonaten mit mir unverwechselbar von anderen Telefonen und Mimeographen stammten und ich Gesprächsfetzen von schwarzen Stimmen hörte. Ich glaube nicht, daß sie mir erzählt hätte, von wo sie anrief, wenn ich sie nicht gefragt hätte. Sie wußte schon, wie ich über ihre häufige Abwesenheit von Malory dachte.

»Reg dich ab, Gibby«, sagte sie dann. »Malory geht es gut; es geht ihr prächtig. Ich habe eben zu Hause angerufen. Sie hat zum Abendessen eine doppelte Portion vertilgt und ist gleich eingeschlafen, und Jack sagt, daß sie heute abend kein einziges Mal geweint hat. Ach, und er meint, sie fängt bald an zu laufen; vielleicht macht sie morgen oder übermorgen ihre ersten Schritte. Wie findest du das? Sie ist sehr früh dran mit Laufen, weißt du.«

»Ich hoffe nur, daß du dabei bist«, antwortete ich. »Der wievielte Abend ist es denn diese Woche? Der dritte oder der vierte? Sie wird bald Estelle für ihre Mutter halten.«

»Keine Angst, sie weiß genau, wer ihre Mutter ist«, sagte Lucy gereizt. »Es vergeht keine Stunde, in der ich nicht über Radar mit ihr rede. Sie antwortet mir immer. Ist es nicht wunderbar, daß sie bald läuft? Noch ehe das Jahr rum ist, kann sie bei uns mitmarschieren.«

»Ich würde am liebsten rüberkommen und mit dir nach Hause marschieren«, erwiderte ich aufgebracht. »Lucy, sie braucht ihre Mutter. So einfach ist das.«

»Sie braucht eine Welt, wo Negerkinder nicht beim Gottesdienst in die Luft gejagt, von Hunden gebissen und mit Schläuchen und Knüppeln traktiert werden.« Lucy zischte fast. »So einfach ist das. Ist dir denn nicht klar, daß ich das alles für sie tue?«

»Jetzt, wo du es sagst, kommt mir der Gedanke, daß du es womöglich für dich tust!« Das war zwar ungerecht, aber ich fand es zum Aus-der-Haut-Fahren, wenn Lucy mit ihrem schwammigen linken Gewäsch anfing. Irgendwie konnte ich mir aus ihrem Mund keine Banalitäten anhören.

»Arschloch!« Lucy knallte den Hörer auf und rief nicht wieder an, ehe ich mich nicht – zwei Tage danach – telefonisch bei ihr entschuldigt hatte. Daraufhin erwähnte ich ihre lange Arbeitszeit und immer schlimmer werdende Besessenheit zwar nicht mehr, war aber darum nicht weniger beunruhigt. Als im September in Birmingham in einer schwarzen Baptistenkirche eine Bombe hochgegangen war, war sie fast ausgerastet; sie hatte tagelang geheult und gewütet. Einige Zeit vorher hatte Jack sie nur durch die Drohung, Malory sonst bei mir und Tante Willa abzuliefern, von einer Teilnahme am Marsch auf Washington abbringen können, bei dem Martin Luther King seine aufrüttelnde Rede »Ich habe einen Traum« gehalten hat. Seither hatte sie sich immer weiter in ihre Gefühle hineingesteigert; ich fragte mich bloß, ob diese Drohung inzwischen noch etwas fruchten würde. Ich konnte nur hoffen, daß Jack es nicht darauf ankommen ließ.

An einem Freitag im November rief er mich am frühen Nachmittag an.

»Würdest du mir einen Riesengefallen tun?« Seine Stimme klang schwerfällig und monoton wie bei großer Erschöpfung.

»Klar«, antwortete ich. »Was gibt's denn?«

»Könntest du Lucy vom Damascus House abholen? Die haben eben angerufen und gesagt, daß sie ... eine Art Anfall oder Zusammenbruch erlitten hat, und die können sie bei all dem Durcheinander schlecht nach Hause fahren, und ich kann die Kinder nicht allein lassen. Sonst würde ich sie selbst abholen. Wenn du sie herbringen könntest, wäre ich dir außerordentlich dankbar.«

Komisch, da stimmte doch was nicht. »Was machst du denn mitten am Tag zu Hause? Ist Malory was passiert?«

Er schwieg eine Weile und fragte dann: »Weißt du's denn noch nicht?«

»Ob ich was nicht weiß?« Mir wurde kalt ums Herz.

»Kennedy ist tot. Heute mittag in Dallas erschossen.«

Das Zimmer dehnte sich aus, es wurde ganz hell, und Jacks Stimme verklang und brauste wieder heran wie eine kalte Flutwelle.

»... weißt ja, wie sie ihn verehrt hat«, fuhr er fort, und was ich für

Erschöpfung gehalten hatte, verwandelte sich, während er sprach, in Trauer. Seine Stimme brach. Er räusperte sich und sprach weiter.

»Wenn King ihr Gott war, war er ihr Messias. Und seit das Baby auf der Welt ist, ist sie so furchtbar labil. Ich möchte nicht die drei Kinder ins Auto zwängen und sie abholen, es ist mir sowieso lieber, wenn sie Lucy nicht in dem Zustand erleben, egal, was es ist. Ich glaube nicht, daß sie es verkraften können, ich weiß nicht mal, ob ich es könnte. Du hast es ja immer fertiggebracht, sie zu beruhigen; ich kann dir gar nicht sagen, wie dankbar ich dir wäre, wenn du sie abholen und irgendwo unterbringen würdest, bis sie in einer Verfassung ist, daß man sie wieder zu den Kindern lassen kann. Estelle ist gegangen und hat mich mit ihnen allein gelassen.«

»Wo ist er erschossen worden?« fragte ich wie betäubt und ohne Sinn.

»Im Zentrum von Dallas in einem Wagenkorso. Vor so einem Schulbuchverlag.«

»Nein, ich habe gemeint... wo die Kugel... ist er entstellt?«

Eine grausige und irrelevante Frage, das wußte ich selbst, aber ich konnte an nichts denken als die Zerstörung jenes strahlenden, ermutigenden Lächelns und des schönen roten Haarschopfs, den er wie einen Helmbusch mit lässigem Charme getragen hatte. Diese Vorstellung war mir auf einmal unerträglich.

»Mein Gott, Shep, keine Ahnung. In den Hinterkopf, glaube ich. Ist doch scheißegal! Auf jeden Fall ist er tot.«

»Bin schon unterwegs«, sagte ich.

»Danke«, seufzte er. »Danke.«

Aber es dauerte noch ein Weilchen, ehe ich aufbrach. Angesichts dieses Verlusts versagten mir die Knie heimtückisch den Dienst, obwohl mein überstrapaziertes Herz das nicht einsehen wollte, und ich mußte mich ein paar Minuten auf die Couch setzen. Immer wieder schüttelte ich den Kopf, um klar denken zu können. Ich überlegte, ob ich mich von Shem Cater chauffieren lassen sollte, aber ich wollte lieber allein sein, und so holte ich schließlich selbst den Rolls aus der Garage und fuhr in das öde Viertel südöstlich von Five Points zum Damascus House; Hände und Knie zitterten mir die ganze Zeit heftig, als hätte ich Schüttelfrost.

Bei meiner Ankunft hielt Claiborne Cantrell gerade einen Gottesdienst ab, so daß ich fast niemandem begegnete. Ich hörte

Schluchzen und ein eigenartig tiefes Winseln, bei dem sich mir die Nackenhaare sträubten, und ab und zu ein entsetzliches Trauergeheul, dazu die Klänge alter Choräle, von brüchigen Stimmen gesungen: »Abide with me«, »The old rugged cross« und jene ergreifende, nun herzzerreißende Hymne der Hoffnung, Hingabe und Courage, »We shall overcome«.

»Nein, ich glaube nicht, daß wir darüber hinwegkommen«, flüsterte ich vor mich hin, als ich die alte Steintreppe hinaufstieg und mich nach rechts zu dem kleinen Büro wandte, wo Lucy arbeitete. Ich merkte, wie mir die Tränen über das Gesicht liefen.

Lucy saß am Schreibtisch, als ich in das enge, vollgestopfte Büro trat, und neben ihr war eine ziemlich dicke Schwarze mittleren Alters, die ihr beide Hände hielt. Ich sah auf den ersten Blick, daß sie Lucy richtig auf ihrem Stuhl festhielt; Lucy bäumte sich auf und wollte aufstehen; sie warf den Kopf hin und her, daß ihr blauschwarzes Haar nur so flog. Ihr Teint war gelblich wie billiges Schreibpapier, um die blitzenden, hellen blauen Augen saßen weiße Ringe, auf den Wangen hatte sie scharlachrote Flecken, und sie lächelte ein grausiges, strahlendes, krampfhaftes Lächeln.

»Hallo, Gibby«, sang sie und lächelte und lächelte. »Kommst du mit auf den Marsch? Flora, das ist mein Cousin Gibby. Er weiß immer Rat. Er ist gekommen, um mitzumarschieren – ich habe euch ja gesagt, daß die Leute mit der Zeit schon herkommen, ihr müßt nur Geduld haben. Mist, wo bleibt bloß Claiborne mit dem Bus? Wir verlieren zu viel Zeit. Singen und heulen können wir auch nachher noch. Jetzt müssen wir erst mal alle auf die Straße...«

Sie spähte an der Schwarzen vorbei zur Tür, von wo Gesang und Jammertöne in den Raum drangen. Die Frau schüttelte den Kopf und ließ ihre Pranken auf Lucys zarten Händen. Auf ihren Wangen waren eingetrocknete, silberne Tränenspuren, doch ihre Miene zeigte Gelassenheit.

»Sie meint, wir gehen nach Washington und marschieren dann alle zum Weißen Haus«, sagte sie. »Meint, jetzt, wo der Präsident tot ist, kriegen wir den größten Marsch aller Zeiten zusammen, und es wär aus mit dem Kampf und dem Unrecht an uns Schwarzen. Glaubt, er ist von einer Bande Rassisten erschossen worden, und damit wär der Kampf vorbei –«

»Vorbei, vorbei!« trällerte Lucy. Ihre Stimme bebte vor Erregung in einem hohen Tremolo wie von einem Kastraten. »Wir haben gesiegt, verstehst du denn nicht? Jetzt kann kein Mensch mehr für Rassentrennung sein – er ist der größte Märtyrer für die Bewegung, den man sich denken kann! Aber wir müssen jetzt los, wir müssen schon dasein, wenn sie ihn bringen. Alle anderen werden vor uns dasein...«

Ich kniete mich vor sie hin, nahm ihre Hände aus denen der schwarzen Frau, die Lucy sacht über das Haar strich und dann hinaus zu den Sängern ging.

»Lucy«, sagte ich, »sei still und hör mir mal zu. Du gehst nicht nach Washington. Niemand marschiert hin. Es war keine Verschwörung von Rassisten; es hatte nichts mit den Bürgerrechten zu tun. Ich habe auf dem Weg hierher im Radio gehört, daß der Kerl gerade gefaßt wurde. Er soll eine Art Kommunist sein und auf eigene Faust gehandelt haben.«

Sie sah mir ruhig in die Augen.

»Die wollen natürlich, daß wir das denken«, erwiderte sie. »Das gehört zu ihrem Plan. Du wirst sehen – du wirst schon sehen. Klar wollen die, daß wir das denken, aber jeder Idiot weiß ja, daß die Bürgerrechte der Grund sind und nicht so ein alberner kleiner einsamer Kommunist... Gibby, holst du Claiborne bitte *sofort* aus dem blöden Gottesdienst raus? Aus allen Städten von ganz Amerika werden die Leute hinströmen, nur wir sitzen immer noch hier auf unseren Ärschen und singen!«

»Lucy, hör auf der Stelle mit diesem Scheißdreck auf!« Ich war verärgert und erschrocken. »Ich habe Jack versprochen, dich nach Hause zu bringen, wo du hingehörst, zu ihm und Malory, und das mache ich auch. Hol jetzt deine Sachen, dann gehn wir.«

Ihr Lächeln wurde breiter. Sie sah schön und vollkommen verrückt aus. »Ich gehe nach Washington, Gibby, ich marschiere für meinen Präsidenten. Und jeder, der ein Gewissen und einen Funken Anstand im Leib hat, macht dasselbe. Ich wette, mein Vater kommt auch. Wetten, daß er schon da ist... Ist dir eigentlich die Ähnlichkeit zwischen John F. Kennedy und meinem Vater mal aufgefallen? Findest du nicht, daß sie sich geradezu unheimlich ähnlich sehen? Das wär doch was, wenn ich meinem Vater ausgerechnet in Washington über den Weg laufen würde, beim größten Marsch der Weltgeschichte –«

»Lucy!« rief ich.

»Gib nur acht, Gibby, sonst werde ich wirklich verrückt!« Sie warf mir aus ihren weiß umrandeten Augen einen schlauen Seitenblick zu. »Möchtest du mich mal richtig verrückt erleben? Also gut: PAPA! ICH WILL ZU MEINEM PAPA! ICH WILL ZU MEINEM PAPA! MEIN PAPA IST NICHT TOT! DER PRÄSIDENT IST ERSCHOSSEN WORDEN!«

Ihre durchdringenden, wilden Schreie überschlugen sich, prallten gegen die Wände des kleinen Büros wie verrückte Vögel in der Falle, stoben hinaus in den Flur, wirbelten zur Decke des alten Gebäudes und schrillten und schrillten. Sie brauchte zwischendurch nicht einmal Luft zu holen.

Ich holte so weit aus, wie es ging, und ohrfeigte sie mit aller Kraft, die ich aufbringen konnte. Ich spürte die Wucht des Schlags bis ins Schulterblatt. Ihr Kopf flog zur Seite und wackelte auf dem schlanken Hals. Sie holte lange und zischend Luft, die geweiteten Augen blicklos auf mich gerichtet, ganz Pupille, dann schlug sie die Hände vors Gesicht und brach in Tränen aus. Ich legte den Arm um sie und zog sie an mich, und so blieben wir und weinten gemeinsam in dem überheizten, abscheulich vollgepfropften Zimmerchen, bis es sie würgte vor Schluchzen und ich meine Knie nicht mehr spürte. Ich konnte mir keine Zukunft vorstellen, als wären wir in dem Moment am öden, weißen Ende aller Dinge angelangt.

Danach war sie still – eine fragile, schwankende Stille –, aber sie konnte nicht aufhören zu weinen. Auf der Rückfahrt nach Buckhead sprach sie nicht, doch sie rauchte unter Tränen und hörte schweigend den trübseligen Stimmen aus dem Autoradio zu, bis ich es nicht mehr aushielt und abschaltete. Als wir an der Brookwood Station vorbeifuhren, wo Welten und Äonen zuvor zwei magere, leichtsinnige Kinder mit klopfendem Herzen unter einem anfahrenden Zug durchgekrochen waren, sagte sie schließlich: »Gibby, ich kann nicht nach Hause. Bei dir kann ich einigermaßen vernünftig bleiben, aber wenn ich mir die widerlichen, armen Gesichter von den beiden Jungen anschauen und ihr Gequassel über diese Geschichte anhören muß, fange ich wieder an zu heulen wie ein Klageweib, das weiß ich genau. Ich kann noch nicht einmal im Geist mit Malory sprechen. Ich will mir nicht Jacks endlose Analysierereien anhören. Ich habe richtig Angst, nach Hause zu kommen, Gibby.«

»Dann fahren wir eben nicht hin. Du kannst bei mir bleiben, bis es dir bessergeht. Wir können essen gehen, oder ich koche uns schnell was. Ich habe schon zu Jack gesagt, daß ich dich heute vielleicht nicht mehr hinbringe.«

»Hat er was dagegen?« Ihre Stimme klang weit weg.

»Es war seine Idee.«

Nach einer Pause fuhr sie fort: »Gibby, ich möchte nicht ins Gartenhaus. Damit ich es später nicht mit dieser furchtbaren Geschichte assoziiere. Und ich will keinesfalls riskieren, daß ich Mama sehe. Sie konnte ihn nicht ausstehen. Oder, schlimmer, sie hat es nur behauptet, weil ihre ganzen spießigen Busenfreundinnen ihn nicht leiden mochten. Ich glaube, wenn sie jetzt ein einziges Wort über ihn von sich gibt, bringe ich sie um; ich erwürge sie eigenhändig.«

»Ich weiß, wo wir hingehen«, sagte ich, als hätte ich es schon die ganze Zeit vorgehabt. »Gehn wir doch rüber zu Camerons. Die sind bestimmt zu Hause. Irgend jemand ist sicher da. Einverstanden?«

Auf einmal wollte ich unbedingt in dem kleinen Wohnzimmer in Merrivale House sein. Ich wollte nicht einmal jemand Bestimmten von den Camerons sehen, ich wollte nur dort sein, in dem Haus, das schon von jeher für mich so viel Geborgenheit und Schönheit ausgestrahlt hatte.

»Von mir aus«, erwiderte Lucy matt. »Egal, wohin. Bloß nicht nach Hause oder ins Gartenhaus.«

Ben und Dorothy waren zwar nicht daheim, aber Sarah und Charlie waren da, außerdem Ben junior, Julia, Snake und Lelia, und kurz nach uns kamen noch Tom und Freddie Goodwin. Andere folgten. Nach und nach versammelten wir uns alle, die Buckhead Boys und ihre Freundinnen, strömten in jener Novembernacht aus allen Richtungen zusammen wie auf einen Ruf hin.

Eine traurige Heimkehr. Ich weiß noch, daß wir alle weinten, auch diejenigen von uns, die sich nie viel aus Kennedy gemacht hatten. Wir spürten, daß mehr zu Ende gegangen war als das Leben eines Visionärs. Wir hatten mehr verloren als einen Präsidenten. Unsere Jugend war tot, unsere kollektive Kindheit war unwiederbringlich vorüber: Von diesem Tag an war unser Leben geteilt in ein Vorher und ein Danach.

Sarah öffnete uns und brachte uns in den kleinen Raum auf der Rückseite des Hauses. Ihr Gesicht war bleich und zerquält. Sie hielt ein Glas in der Hand, an dem sie den ganzen Abend ununterbrochen nippte. Wie wir anderen, weinte auch sie. Wir tranken alle eine Menge, und manche von uns betranken sich wohl zum erstenmal völlig ungeniert. Ich weiß noch, wie Ben irgendwann im Lauf des Abends Julia die Treppe hinauf in sein altes Zimmer schleppte, und Tom Goodwin taumelte und stolperte immer wieder zum offenen Kamin, wo die Getränke standen. Charlie sprach wenig, weinte nur still und unaufhörlich, während er seine Gastgeberpflichten versah, Gläser einschenkte und herumreichte, Zigaretten anzündete, Lappen besorgte, um Verschüttetes aufzuwischen, Mäntel aufhängte und holte, wenn Leute kamen oder gingen.

Sarah stellte Tabletts mit belegten Broten, eine Kuchenplatte und Dorothys altes Sheffield-Kaffeeservice bereit, aber niemand aß etwas. Wir tranken und sahen fern, starrten auf die flimmernde Mattscheibe, ohne die Bilder und Geräusche richtig zu registrieren, die sich uns aber dennoch bis ins kleinste Detail einprägten: Lyndon Johnson, bedrohlich wie ein Wolf, wie er in einer überfüllten Flugzeugkabine die Hand hebt. Jackie, aufrecht und blutbefleckt allein auf einem Pier in Virginia. Flaggen auf halbmast, Menschen auf der ganzen Welt, die wie wir vor Entsetzen weinten, die furchtbaren Stimmen der Trommeln.

Gegen zehn Uhr hob Freddie herausfordernd ihr Vogelköpfchen und fragte: »Meint ihr, daß wir deswegen die Junior League Revue absagen müssen? Ich weiß gar nicht, wie wir das machen sollen; wir haben monatelang wie die Verrückten geschuftet. So was muß ausgerechnet jetzt passieren –«

»Halt bloß die Klappe, Freddie«, schrie Lucy und sprang kreidebleich und mit ausgefahrenen Fingernägeln aus dem Sessel auf, in dem sie den ganzen Abend gekauert hatte. Ich packte sie hinten am Pullover, ehe sie sich auf Freddie stürzen konnte. Sie keuchte so schwer, daß ich schon befürchtete, sie würde gleich in Ohnmacht fallen oder gar sterben. Ihr Atem klang fauchend und raspelnd durch das Zimmer.

»Also Lucy, eins will ich dir sagen«, fing Freddie an, aber Tom fuhr ihr über den Mund. »Hör schon auf, Freddie«, lallte er mit schwerer Zunge. »Leck mich am Arsch mit deiner Junior League Revue. Leck mich doch überhaupt mit deiner Junior League.«

Freddie verzog sich schmollend in die Küche, nachdem sie

rundum vergeblich nach Unterstützung Ausschau gehalten hatte. Niemand achtete auf sie. Statt dessen waren die meisten Blicke auf Lucy gerichtet. Ihr Ausbruch war so rasend und heftig gewesen wie ein Mord, wie ein Anfall von Wahnsinn.

Nach Mitternacht kam Glenn Pickens vorbei, um Ben zu besuchen. Auch sein Gesicht trug silberne Tränenspuren, aber ich habe ihn nicht weinen sehen. Er setzte sich einen Augenblick zu uns, ließ sich völlig erschöpft in einen Sessel plumpsen, trank einen Kaffee, den Sarah ihm servierte, sagte nichts. Er glotzte wie wir auf den Fernsehapparat. Auf einmal erhob er sich, und Lucy sah ihn, stand mühsam auf und begleitete ihn zur Tür. Sie breitete wortlos die Arme aus, und nach einem Moment des Zögerns ließ er sich von ihr umarmen. Sie hielten einander eine Weile; ich saß hinter ihm und sah, wie seine Schultern zuckten und aus Lucys fest zusammengekniffenen Augen neue Tränen flossen.

»Ich weiß, wie du für ihn empfunden hast«, schluchzte Lucy. »Ich bin so traurig, Glenn. Wir haben ihn verloren... wir haben... O Gott, ich weiß nicht... alles verloren.«

»Nein Lucy, du hast keine Ahnung, wie ich für ihn empfunden habe«, antwortete Glenn Pickens gereizt. Dann lächelte er. Sein Lächeln wirkte ebenso schmerzlich wie sein Weinen. »Ich glaub dir ja, daß du traurig bist. Arme, nette kleine Lucy. Armes, braves, kleines weißes Mädchen. Ich weiß nicht, ob du wirklich begreifst, was wir verloren haben.«

Als er gegangen war, setzte sich Lucy wieder hin und betrank sich absichtlich und schweigend bis zur Bewußtlosigkeit. Im Morgengrauen half mir Charlie, sie in den Rolls zu tragen; als wir die lange, fast vogelleichte Gestalt mit den schlenkernden Gliedern auf den Rücksitz schoben, betrachtete ich ihr geflecktes Gesicht im Licht der schwarzen Eisenlaternen. Es war leer und stumpf, hatte nichts mehr von der launigen Spritzigkeit, die es im Wachen belebte. Lucy wirkte auf einmal wie eine Frau mittleren Alters, fast häßlich, beinahe tot. Das Herz tat mir weh.

Nach jenem Novembertag war Lucy nie wieder richtig jung.

21. Kapitel

Die etwa fünf Jahre nach Kennedys Ermordung sind für mich im Rückblick eine Zeit, in der nichts geschah. Natürlich geschah eine Menge: Lee Harvey Oswalds Kugel riß Amerika aus der Geruhsamkeit der 50er Jahre und stürzte die Nation in einen irrwitzigen Taumel, der erst mit dem Rücktritt Richard Nixons aufhörte; und Atlanta verließ seine idyllische Lichtung aus träumerischem, jahrhundertealtem Sonnenschein und tauchte in die hellen, klaren, kühlen Strahlen des Raums.

Ja, es ist wirklich einiges geschehen. Aber was uns betraf, mich, Jack, Lucy und Malory, geschah nicht viel, soweit man so etwas behaupten kann. Oder, besser gesagt, Lucy war in den Jahren nicht offensichtlich verrückt. Die Szene von Kennedys Todestag wiederholte sich nicht. Wir hatten uns inzwischen daran gewöhnt, unser Leben und unsere Stimmungen nach Lucys Launen auszurichten.

Also hätte zumindest ich es besser wissen müssen.

Überall im Land zerbröckelten zweihundert Jahre alte Mauern, und nur wenige von ihnen friedlich. Das Bürgerrechtsgesetz wurde endlich ratifiziert. Martin Luther King erhielt den Friedensnobelpreis. James Meredith wurde in Mississippi erschossen. Schwarze und Weiße marschierten und sangen gemeinsam und wurden in Selma, Alabama, geschlagen, gebissen und eingesperrt. Watts, Detroit und Newark brannten, als sich in jenen hitzigen Sommern die Wut entlud. Auf der anderen Seite der Welt ging der grüne Fieberdschungel Vietnams in Flammen auf, und wenigstens die Hälfte der Proteste und Kundgebungen richteten sich gegen diesen unwürdigen, grausigen Krieg. Die Beatles eroberten Amerika, die Rocklänge kletterte zu den Oberschenkeln, die Teenager berauschten sich an Drogen, von denen die meisten Erwachsenen nie gehört hatten, und auf den Partys ersetzten Perlen, Glöckchen, Röhrenblitze und Synthesizer die Lampions und die schmelzenden Klänge von *Moonglow.*

In Atlanta hatten Ben und die Clubherren ihr Ziel fast erreicht. Ein neues, großes Sportstadion wurde in der Rekordzeit von einundfünfzig Tagen hochgezogen. Die Rassentrennung in den Kneipen und Restaurants war aufgehoben. Man plante ein Verkehrsnetz für die ganze Region. Wir waren damals die Stadt mit der zweithöchsten Baurate Amerikas. Schnittige, sonnenbeschienene neue Hotels, Bürogebäude und Wohnblocks reckten sich in der Peachtree Street in den Himmel, neben denen das behagliche Chaos der acht- bis zehnstöckigen Edward-Hopper-Geschäftshäuser wie eine Spielzeugstadt wirkte. Am Stadtrand und sogar unter der Stadt wurden Rummelplätze und Märchengärten eröffnet; neue Kneipen, Restaurants und Clubs schossen aus dem Boden wie die Pilze nach einem Sommerregen. Einkaufszentren und Ladenstraßen wucherten überall. Im Grady Hospital wurden Schwarze behandelt. Man baute einen neuen Regierungssitz und einen pompösen Amtssitz für den Gouverneur. Die ersten der vornehmen alten Villen in der Peachtree Road wurden abgerissen, und in der wohlanständigen, schäbigen kleinen Siedlung um Tenth Street an der Peachtree Road – in der Lokalgeschichte als »Tight Squeeze« (drangvolle Enge) bekannt – kampierten bärtige, perlenbehängte, langhaarige und ständig bekiffte junge Leute aus den ganzen Südstaaten, die sich Hippies nannten.

Atlantas Fortschritt war nicht umsonst zu haben. Aufruhr lag in der Luft an den hellen, heißen Tagen und in den schwülen Nächten. Ben ging zu so vielen Diskussionen und Gesprächen, daß er schließlich einmal von Hub Dorsey und einer resoluten Dorothy ins Bett gesteckt wurde und eine ganze Woche lang nicht sprechen durfte, damit seine Stimme nicht irreparablen Schaden nahm. Bei einem besonders spektakulären Auftritt kletterte er auf ein abgestelltes Auto – sein Kupferkopf war ein leichtes Ziel für jeden fanatischen Mörder – und richtete mit einem geliehenen Megaphon einen Appell um Ruhe und Ordnung an die Menschen zu seinen Füßen – ein wogendes Meer zorniger, verzweifelter schwarzer Gesichter. Er hatte Erfolg – und sein Bild erschien in allen amerikanischen Zeitungen –, obwohl er vom Auto gefegt wurde und mit einem verstauchten Knöchel und einem Loch im Hosenboden in der Notaufnahme des Piedmont Hospital landete. Atlanta ging, anders als Detroit, Watts, Pittsburgh und andere Städte, in jenen Sommern nicht in Flammen auf, und das war – so Ben – schon ein ordentliches Stück vom bürgermeisterlichen Hinterteil wert.

Sarah und Charlie bekamen noch ein kleines Mädchen, das sie Charlsie nannten, und Ben junior und Julia einen zweiten rothaarigen Sohn. Ben war bald einer der gefragtesten jungen Architekten und wurde oft fast in einem Atemzug mit Philip Johnson und I. M. Pei genannt. Er war damals häufig verreist, so daß Julia des öfteren klagte, er müsse irgendwo noch eine andere, ziemlich besitzergreifende Familie haben, denn sie und die Kinder bekämen ihn gar nicht mehr zu Gesicht. Doch in ihrer Stimme schwang Stolz mit. Niemand, der Ben mit seinen Söhnen zusammen sah, konnte an seiner abgöttischen Liebe zu ihnen zweifeln.

Little Lady erlitt den ersten von vielen diskreten Blackouts und stattete Brawner's einen diskreten Besuch ab, während sich Atlantas einziges, herzlich unbeliebtes englisches Kindermädchen um ihre Kinder kümmerte; Carter wurde reicher und reicher und immer distanzierter. Tante Willa hörte schließlich auf, so zu tun, als arbeite sie bei Rich's, und wurde eine der elegantesten Gastgeberinnen von Buckhead. *The Complete Georgian* nahm in meiner Schreibmaschine gewichtige Gestalt an. Und Lucy gab ihre Arbeit im Damascus House auf und nahm eine Stelle bei der *South* an, einer kleinen, von einer Stiftung finanzierten, linken Zeitung, wo sie, wie sie sagte, näher am Puls der Zeit sei.

Jeder, außer ihr selbst, fand ihren Entschluß verheerend.

Nun verbrachte sie ihre Tage und Nächte nicht mehr in den vier Wänden des Damascus House, sondern reiste in dem kleinen Austin, den die Zeitung ihr zur Verfügung gestellt hatte, überall in den Südstaaten herum, um über die Bewegung zu berichten, hinter sich ihre hastig zusammengerafften Kleider und neben sich einen bärtigen, gelassen dreinblickenden und lachhaft jungen Fotografen. Die Bürgerrechtsbewegung verließ damals die ruhigen Bahnen Kings und seiner frühen Anhänger und verfolgte ihre Ziele nunmehr auch unter Anwendung von Gewalt. Wenn Lucy unterwegs war, fürchteten wir zu Hause Gebliebenen zum einen die Kugel aus dem Hinterhalt und zum andern Lucys fehlbare Hand am Steuer des Austin. Sie berauschte sich förmlich am Glanz und Erfolg der Bewegung und verbrachte die meiste Zeit in Gesellschaft der jungen Helden und Guerillakämpfer, deren Namen und kühle, verschlossene Gesichter durch die Fernseh- und Zeitungsberichte aus mehreren Städten bekannt geworden waren: aus Little Rock, Selma, Birmingham, Montgomery und Oxford. Mehr als einmal ging sie weiter, als es ihre Arbeit ihr auftrug, und landete selbst im Gefängnis. Jack und die beiden Jungen reagierten verängstigt und aufgebracht, Malory war verwirrt, Tante Willa selbstverständlich empört und Lucy begeistert wie ein rächender Engel.

Als ich wieder einmal Geld für eine Kaution schicken mußte, las ich ihr nach ihrer Rückkehr die Leviten. Sie war mit Malory zu einem ihrer raren Besuche im Gartenhaus gekommen, und als die Kleine draußen am Seerosenteich spielte, sagte ich ohne Einleitung: »Dir käme es wohl eben recht, auf dem Altar von deiner Scheißbewegung geschlachtet zu werden.«

»Geschlachtet vielleicht nicht gerade«, antwortete sie. »Aber ich fände es toll, geschlagen oder weggeschwemmt oder von einem Hund gebissen zu werden. Vielleicht sogar angeschossen, solange ich nicht daran sterbe. Ich muß wissen, wie sie sich fühlen. Ich muß alles am eigenen Leib spüren. Sie sind meine Familie. Es ist mein Kampf. Du solltest auch mitmachen, Gibby.«

»Verdammt noch mal, das ist nicht deine Familie«, fauchte ich. »Jack ist deine Familie. Malory ist deine Familie. Toby und Tommy sind deine Familie. Und ich *mache* dabei mit. Ich finanziere den ganzen Quatsch mit deinen Kautionen und Bußgeldern.«

»Du bist genau wie Jack«, gab sie gereizt zurück. »Stellst deine eigenen Interessen über die größte und ... moralisch wichtigste ... Bewegung der Geschichte. Siehst du denn nicht ein, daß ich es für die Kinder tue? Ich möchte, daß Malory mit einem Bewußtsein für das aufwächst, was wirklich zählt.«

»Und ich möchte, daß Malory mit einer richtigen Mutter aufwächst, nicht einer falschen Märtyrerin.«

Aber Lucy brannte vor Eifer und Begeisterung und hörte nicht auf mich. Am Montag darauf war sie wieder unterwegs, sie aß und schlief kaum, wurde täglich dünner, abgehärmter und fiebriger, erschöpfte sich bis zum Umfallen mit ihren Reisen, ihrem Termindruck und in den langen, leidenschaftlichen Gesprächen mit den jungen Männern, die jetzt die Avantgarde der Bewegung bildeten. Ich glaube nicht, daß sie sie mehr mochte und respektierte als King und seine Umgebung, aber sie fand sie ohne Frage spannender.

Hätten sich ihre häufige Abwesenheit und ihr Fanatismus auf die Kinder merklich ungünstig ausgewirkt, wäre Jack vermutlich – bestimmt aber ich – entschiedener dagegen eingeschritten, aber es sah nicht danach aus. Die inzwischen halbwüchsigen Jungen verhielten sich ihr gegenüber bestenfalls gleichgültig und waren sicher froh, ihren Vater so viel für sich allein zu haben. Und Malory war mit fünf ein heiteres, ausgeglichenes Kind, das entzückend aussah und sich leicht tat, die Erwachsenen in seiner Umgebung für sich einzunehmen. Sie zeigte keine Anzeichen, daß sie ihre Mutter vermißte. Es fehlte ihr nicht an Gesellschaft. Jeder, der Malory kennenlernte, war begeistert von ihr. Sie hatte ein unheimliches Gespür dafür, mit welcher kleinen Aufmerksamkeit, Geste oder Bemerkung sie jemandem eine Freude machen konnte, und gewöhnte sich an, kleine bunte Kreidezeichnungen zu malen mit der Unterschrift: »Ich liebe dich, Malory B. Venable«, die sie an Familienmitglieder, Freunde und neue Bekannte verschenkte. Auf etlichen Kühlschränken in der Umgebung von Lithonia – und auch auf einem oder zwei in Buckhead – klebte eine Zeichnung von Malory. Meiner war damit vollgepflastert. Ich war mir nicht sicher, was ich davon halten sollte, daß es ihr so leicht fiel, sich überall lieb Kind zu machen. Doch wie alle anderen um sie herum war auch ich vollkommen von ihr hingerissen. Wie Malory sich mit fünfeinhalb Jahren gab, war einfach zu schön, um wahr zu sein.

Man vergaß in ihrer Gesellschaft oft, daß sie noch ein Kind war. Mit ihrem spitzen Koboldkinn, Lucys riesigen, kristallblauen Augen und dem seidigen Kinderhaar, das ihr fransig in das herzförmige Gesicht hing, hatte Malory doch die aufmerksame, mütterliche Art einer erwachsenen Frau an sich. Ich war mir darüber im klaren, daß sie durch Lucys häufige Abwesenheit schon früh in die Rolle der fürsorglichen Gehilfin gedrängt wurde. Sie brachte Jack Essen und Getränke, Knabbereien, die Zeitung und die Hausschuhe, holte den Jungen alles, wonach sie sie schickten, und wenn sie bei mir zu Besuch war, trippelte sie ständig herum und sammelte Geschirr ein, schüttelte Sofakissen auf und brachte mir die erstaunlichsten Lekkerbissen aus meinem Kühlschrank. Ich lernte bald, ihre Dienste ohne Aufhebens anzunehmen; wenn man Malory für eine Aufmerksamkeit lobte, ruhte sie nicht, ehe sie nicht noch etwas für einen getan hatte.

Vielleicht litt sie nicht so sehr unter Lucys häufiger Abwesenheit, weil ihre Mutter, wenn sie einmal da war, so intensiv anwesend war. Die alte Symbiose bestand noch; wenn die beiden zusammen waren, schenkten sie einander ihre ganze Aufmerksamkeit, und die alte gespenstische, wortlose Kommunikation funktionierte noch. Ich habe erlebt, wie Lucy vor Gästen verstummte, wie sie sich konzentrierte und wie kurz darauf Malory hereinkam, schnurstracks zu ihrer Mutter ging und sie fragend ansah. Es hatte etwas von einem Taschenspielertrick, ich konnte es nicht leiden, wenn Lucy das machte, aber ich gebe zu, es war erstaunlich. Als Malory älter wurde, reagierte sie nicht mehr so automatisch; sie wehrte sich gegen diesen Mißbrauch mit einer liebenswerten und rührenden natürlichen Würde, aber sie spürte dennoch Lucys Ruf, und so blieb es, solange ihre Mutter lebte.

Wenn Lucy in der Stadt war, trennte sie sich kaum einen Augenblick von ihrer Tochter. Sie holte Malory morgens und abends zu sich und Jack ins Bett, nahm sie mit zu Interviews und ins Büro und ließ sie lange aufbleiben mit den Schwarzen und Weißen aus der Bewegung, die auf der Farm ein- und ausgingen und dort aßen, sich ausruhten, Gespräche führten, häufig auch übernachteten und manchmal eine Woche oder länger blieben.

»Sei so stark wie sie, Malory«, sagte sie oft. »Sei immer stark.«

Und Malory nickte dann schweigend – ihre ganze Kinderseele in ihrem Blick.

So sehr ich diese chaotische Nichtkindheit für Malory ablehnte, so sehr verstand ich auch die Faszination, die ihre Mutter auf sie ausübte. Ich versuchte, Lucy mit Malorys Augen zu betrachten – ein unwiderstehliches, ein überwältigendes Bild: Die schöne, lebendige, strahlende Mutter, die sie selten sah, aber immer spürte, fegte in ihr kleines Leben herein und wieder hinaus und füllte ihre Welt mit Begeisterung, mit Glanz und mit Schwärmen interessanter, exotischer Leute, die Lucy folgten wie ein Kometenschweif aus kosmischem Staub. Kein Wunder, daß ihr ihr Vater dagegen nur langweilig vorkam. Wie konnte es anders sein? Jack, eintönig, silbergrau und formlos, in die Passivität abgesunken, die sein Leben lang andauern sollte, Jack, in seinem Sessel versackt, im Whiskey versumpft und abgestumpft vom Fernsehen, Jack, der zögerliche Ermahner, der Glanzlose, der immer Anwesende – er hatte bei Malory keine Chance. Ich weiß, daß sie ihn liebte, wie man einen großen, freundlichen Hund liebt oder das eigene Bett. Lucy dagegen strahlte wie Venus in einer Winternacht.

»Jack ist ein Sack«, sagte Malory einmal zu mir, als sie bei mir im Gartenhaus zu Besuch war. »Schläft die ganze Zeit und riecht so komisch.«

Sie hat mich damals oft besucht, wenn Jack am Wochenende arbeiten mußte oder wenn sie mit ihrer Großmutter einen Einkaufsbummel oder Kinogang geplant hatte. Wir genossen beide ihre Besuche, ich, weil ich sie mit der ganzen Leidenschaft liebte, die ich bei Sarah, Lucy und meiner Mutter nie hatte aufbringen können, und sie, weil ich sie vermutlich interessierte. Sie fand es anscheinend nicht merkwürdig, daß ihr Onkel – oder Cousin oder wofür sie mich halten mochte – abgeschieden in einem Gartenhaus hinter seinem prächtigen Elternhaus lebte und fast keine Besucher empfing. Wir führten lange Gespräche über eine Vielfalt von Themen: spannende, weitschweifige Unterhaltungen, die mich erheiterten und entzückten. Ich habe ihr Kipling und Malory vorgelesen, und sie war von ihnen ebenso begeistert wie zuvor ihre Mutter. Lucy hatte ihr von den beiden Büchern erzählt, dem Inbegriff von Geborgenheit und Zauber, der so klar und zuverlässig über unsere Kindheit gewacht hatte, und wenn Malory laut mit Mowgli rief: »Folge meiner Fährte!« und »Wir sind eines Blutes, du und ich.«, war es für mich fast unmöglich, die Stimmen von Mutter und Tochter zu unterscheiden; beide brachten, ineinander verflochten, etwas in mir zum Klingen, und ich mußte bei diesen Worten jedesmal schlucken. Schließlich war sie, so oder so, meines Blutes. Ich bilde mir gerne ein, daß sie kritisches und abstraktes Denken zum Teil von mir lernte, während sie mir wieder das Träumen und Spielen beibrachte. Es gab kaum etwas, über das sie nicht mit mir sprach. Man vergaß leicht, daß sie erst fünf war.

»Er ist kein Sack«, antwortete ich ihr, als wir über Jack redeten. »Er muß den ganzen Tag schwer arbeiten, und wenn er nach Hause kommt, ist er müde. Wenn er sich nicht ausruhen würde, könnte er nicht arbeiten gehen und für dich sorgen.«

»Pah, braucht er ja gar nicht. Mama hat gesagt, daß du das schon machst.«

»Na ja, wenn er es mal nicht mehr kann, dann ja!« Ich verfluchte

Lucy insgeheim wegen dieser Herabwürdigung Jacks. »Aber er kann es. Es ist seine Aufgabe. Dazu sind Väter da. Er liebt dich und deine Mama.«

»Aber du liebst meine Mama doch auch?« fragte sie.

»Natürlich.« Die Richtung des Gesprächs gefiel mir ganz und gar nicht. »Aber auf andere Art als Jack.«

»Na, dann finde ich deine Art besser. Er ist wirklich ein Sack. Er ist eine hingeflackte Molekularanhäufung.«

Ich merkte, daß sie das von Lucy haben mußte, und erwiderte streng: »Ich möchte nichts mehr davon hören, Malory. Dein Vater ist ein feiner Mensch. Du würdest ganz schön in der Klemme stekken, wenn er nicht da wäre und für dich sorgen würde.«

»Vielleicht«, sagte sie gleichmütig. »Aber wetten, daß ich schon für mich selber sorgen kann? Ich habe keine Angst.«

Das glaubte ich ihr aufs Wort. Malory hatte vor fast nichts Angst. Aber nur fast. Denn es gab etwas, wovor sie Angst hatte, so entsetzliche Angst, daß sie ebensolche blinden hysterischen Anfälle erlitt wie Lucy in ihrer Kindheit. Als sie sehr klein war, konnten wir uns zunächst gar keinen Reim darauf machen; ihre Anfälle kamen unregelmäßig, ein-, zweimal im Haus in der Peachtree Road, häufiger auf der Farm. Sie rang nach Luft und schluchzte etwas, das klang wie »Schuhumann, Schuhumann«.

Schließlich fanden wir die Ursache für ihre grauenvollen Angstschreie: Die gerahmten, in der ganzen Farm aufgestellten Fotografien von ihrem Großvater James Bondurant, Lucys Vater – alle am selben Tag aufgenommen. Er trug auf den Bildern schwarz-weiße Halbschuhe; erst als Malory sprechen gelernt hatte, fanden wir heraus, warum sie solche Angst vor ihm hatte. Sie befürchtete, er käme in seinen komischen gestreiften Schuhen ins Haus und holte ihre Mutter ab. Erst als sie acht, neun Jahre alt war, konnten wir ihr das ausreden.

»Hast du ihr das etwa erzählt?« herrschte ich Lucy an, als wir dem Übel auf die Spur kamen.

»Natürlich nicht«, antwortete sie gereizt.

»Kannst du mir vielleicht sagen, wo sie es sonst herhaben soll?«

»Mein Gott, Gibby, vielleicht habe ich mal gesagt, daß er mich eines Tages holen kommt, aber das ist doch kein Grund, daß sie sich so aufführt.«

»Lucy, manchmal glaube ich, du bist total verrückt.«

Ich sollte noch an diese Worte denken.

Nach dem Mord an Martin Luther King in Memphis ging es ihr, was kein Wunder war, zum erstenmal wirklich schlecht. Sie war eben mit dem Austin unterwegs nach Pascagoula, Mississippi, als die Nachricht im Radio gebracht wurde; wie der junge Fotograf erzählte, der sie begleitete, habe sie einfach das Steuer losgelassen und zu schreien angefangen, und hätte er ihr nicht ins Lenkrad gegriffen, hätten sie beide im Straßengraben geendet. Sie habe geschrien, bis er sie ins nächste Krankenhaus in die Notaufnahme gebracht habe, wo man sie förmlich habe niederspritzen müssen. Sie war immer noch bewußtlos, als Jack und Shem Cater mit dem Rolls kamen, um sie abzuholen, begleitet von einer Krankenschwester, die ich engagiert hatte.

Wir brachten sie geradewegs in die Klinik nach Ridgecrest. Erst nach zwei Tagen war sie klar genug für eine Untersuchung, und auch dann stellten die Ärzte keine einheitliche Diagnose. Ein Psychiater sprach offen von einem schweren Fall von Schizophrenie, ein anderer tippte auf manisch-depressive Psychose, ein dritter plädierte für Erschöpfung, Schock und Hormonstörungen, und zwei weitere zuckten bloß die Achseln.

Inzwischen redete Lucy wieder, doch mit dem, was sie sagte, gewann sie sich nicht eben Freunde. Zwischen Kraftausdrücken und schauerlich schrillem Geschrei kamen zweierlei groteske Vorstellungen heraus, von denen sie besessen war: daß ihr Vater sie auf Kings Beerdigung suchen würde und daß Jackie Kennedy eigens nach Atlanta gekommen sei, um Kings Leichnam wegzuzaubern. Schwer zu sagen, was sie mehr aufregte. Sie wehrte sich so rabiat gegen die Pfleger – sie wollte unbedingt zum Begräbnis in die Ebenezer-Baptistenkirche, sowohl um ihrem Phantomvater zu begegnen als auch um Jackies Machenschaften zu durchkreuzen –, daß man sie schließlich in die Isolierzelle bringen mußte.

»Hört ihr sie denn nicht, ihr Arschgeigen?« schrie sie immer wieder. »Hört ihr sie nicht rufen? Wollt ihr etwa tatenlos zulassen, daß sie ihn entführt und in Hyannis Port ins Meer wirft?«

Aber als man sie nicht fort ließ, gab sie schließlich auf, schluchzte herzzerreißend und verstummte dann; ihr Zustand glich einer Katatonie, wie nach Malorys Geburt.

Zwar erholte sich Lucy allmählich nach dem Begräbnis, blieb aber stumpf und apathisch, pflegte sich nicht und mußte vom Personal gebadet und gefüttert werden. Für Jack war das Pendeln zwischen Büro, Klinik und Zuhause dermaßen ermüdend, daß ihm schließlich nichts anderes übrigblieb, als seine Söhne nach Nashville zu einer Tante zu geben, die sie prompt ins Sommerlager schickte; außerdem erlaubte er Malory resigniert, zu uns in die Peachtree Road zu ziehen. Bei seinem Zustand psychischer und physischer Erschöpfung war ich froh, daß er die Kinder nicht um sich hatte. So waren sie – wie ich dunkel empfand – doch zumindest für den Augenblick in Sicherheit.

Unter dem Einfluß eines starken Beruhigungsmittels und eines neuen trizyklischen Antidepressivums erholte sich Lucy allmählich; sie bettelte so lange um einen Besuch von Malory, bis die Ärzte einwilligten, weil sie sich eine positive therapeutische Wirkung versprachen. Also holte ich an einem Samstagnachmittag im Juni mit Malory zusammen Jack ab und fuhr sie im Rolls zur Klinik. Ich hatte Lucy seit ihrer Einlieferung nicht mehr gesehen, aber aufgrund von Jacks knappen Äußerungen über ihren Zustand und ihr Aussehen befürchtete ich Schlimmes, wenn Malory sie zu Gesicht bekam. Das Mädchen hatte sich während ihres Aufenthalts bei uns eigentümlich unbesorgt über die Krankheit der Mutter gezeigt. Als ich das Thema einmal anschnitt, hatte sie nur gemeint: »Der Mama geht es gut. Hat sie mir gesagt.«

Aber es ging Lucy nicht gut, und als Malory sie in der Klinik im gnadenlosen Licht des mit Plastikmöbeln ausgestatteten Aufenthaltsraums erblickte, wurde sie blaß und still. Ich geriet in Wut auf die ganze Bande – die Ärzte, Jack, Lucy selbst –, aber es war zu spät, um noch etwas zu verhindern. Malory ging auf das grüne Vinylsofa zu, auf dem ihre Mutter saß – hinter ihr ein Pfleger –, und setzte sich wortlos zu ihr. Sie starrte Lucy so lange an, daß es mir wie eine Ewigkeit vorkam. Ich sah, wie sich ihre magere kleine Brust hob und senkte, ohne daß ich sie atmen hörte.

Wie man uns später sagte, hatte Lucy einen schlechten Tag. Offenbar vollgepumpt mit Medikamenten, saß sie mit stumpfem Blick im schmerzenden Licht, die Hände bewegungslos im Schoß verkrampft. Bluse und Hose waren befleckt von Speiseresten und den Brandlöchern ihrer Zigaretten. Man hatte ihr das schwere, seidig schwarze Haar um den schmalen Kopf stufig und brutal zurückgestutzt, so daß man in der weißen Haut hinter den Ohren Kerben sah. Offensichtlich war sie mit Elektroschocks behandelt worden, denn die durchsichtigen Handgelenke trugen noch die roten Male der Elektroden. Sie war mit Kratzern und blauen Flecken übersät, wo sie sich gegen die Gurte gewehrt hatte, und roch nicht reinlich. Sie schwieg eine Weile und betrachtete uns nur mit trübem Blick. Dann tätschelte sie Malory und sagte mit ihrer alten, verblüffend vollen, fröhlichen Stimme: »Hallo, mein Schatz. Gib der Mama einen Kuß.«

Malory umarmte ihre Mutter. Sie schloß die Augen. Sie flüsterte in Lucys gräßliche Frisur: »Mama, ich will, daß du heimkommst. Ich will ganz brav sein, wenn du nur wieder heimkommst. Ich bin nie mehr böse. Ich sorge für dich, Mama. Dann bin ich die ganze Zeit die Mami, und du darfst das kleine Kind sein.«

»Au ja!« Lucy strahlte und drückte Malory an sich. »Du bist die Mami, und ich bin das kleine Kind.«

Voll Entsetzen und Entrüstung überlegte ich, wie oft Malory diese Worte schon gehört haben mochte, wie tief sie überzeugt war, daß Lucy durch ihre Schuld in der Klinik war. Und mir war wieder die Szene gegenwärtig, wie vor langer Zeit die kleine Lucy meinen Vater angefleht hatte, für sie zu sorgen, und versprochen hatte, ganz brav zu sein. Neben mir schimpfte ein niedergeschlagener Jack mit monotoner Stimme.

Da erst nahm sie Jack und mich wahr. Ihr Lächeln wurde so breit, daß es ihr trockenes, fleckiges Gesicht zu spalten schien. Ich zog eine Grimasse. Lucys zarte, frische Porzellanhaut wirkte gegerbt wie weiches Leder, war an den Mund- und Augenwinkeln brüchig wie jahrhundertealte Glacéhandschuhe. Sie hatte wunde Stellen an Lippen und Nasenflügeln, wo die Haut aufgesprungen war, geblutet hatte, verheilt und dann wieder aufgesprungen war. Sie klatschte überschwenglich in die Hände, die so trocken und rauh waren wie die einer alten Frau. Als sie die Hände nach uns ausstreckte, nahm Jack sie, und ich setzte mich neben Lucy und legte ihr den Arm um.

»Hallo, Liebes«, sagte Jack.

»Na, was gibt's Neues, Lucy?« fragte ich und merkte selbst, wie lächerlich meine Worte klangen.

»Jack! Gibby!« rief sie. »Steck ihn dir ins Ohr!«

Wir starrten sie an. Sie lachte aus vollem Hals.

»Steck ihn dir ins Ohr, Mistkerl«, sang sie. »Steck ihn dir ins Ohr!« Damit entzog sie Jack ihre Hand und steckte sich den Finger ins Ohr.

»Das hat sie wahrscheinlich von einem anderen... Gast aufgeschnappt«, erklärte der Pfleger. »Wir glauben nicht, daß es was zu bedeuten hat. Aber es macht ihr Spaß. Manchmal können wir sie nur dazu bringen, ihre Medikamente zu nehmen oder zu Bett zu gehen, indem wir ›steck ihn dir ins Ohr‹ mit ihr spielen. Es funktioniert immer, also lassen wir sie.«

»Klar«, antwortete Jack. »Wenn es sein muß, laufe ich für den Rest meines Lebens mit dem Finger im Ohr rum.«

Sein Gesicht war blasser geworden, und er war in den Tagen ihres Klinikaufenthalts um Jahre gealtert, aber wenn er Lucy ansah, lag noch immer seine alte, innige Liebe in seinem Blick.

»Jack, steck ihn dir ins Ohr!« leierte Lucy.

Er steckte sich den Zeigefinger ins Ohr und lächelte, und sie lachte und klatschte in die Hände. Der dumpfe Medikamentennebel schien sich zu heben. Sie schüttelte leicht den Kopf. Die irre Grimasse wurde zu ihrem alten Lächeln. Malory schmiegte sich an sie, und Lucy drückte sie, küßte mich auf die Wange und sah uns nacheinander ins Gesicht.

»Ich war lange weg«, sagte sie. »Ich würde wirklich gern nach Hause kommen.«

Danach erholte sie sich rasch. Der Psychiater behielt sie in Ridgecrest, um die Wirkung des Antidepressivums abzuwarten, und die folgenden vierzehn Tage verliefen ereignislos. Lucy ordnete sich in den Klinikalltag ein und nahm pflichtschuldig an Gruppensitzungen, Beschäftigungstherapie und Gymnastik teil. Dreimal am Tag durfte sie mit anderen erwachsenen Patienten in Begleitung eines Pflegers den vergitterten Bereich mit dem Aufenthaltsraum und den Krankenzimmern verlassen, um unten in der sonnigen, modernen Cafeteria die Mahlzeiten einzunehmen. Wie sie mir erzählte, fuhren sie ein, zwei Male mit dem klinikeigenen Bus ins Kino und zu einer Kegelbahn; einmal am Tag gingen sie im Park spazieren oder sonnten sich; die Patienten wirkten in ihrer Freizeitkluft und ihren Shorts wie Urlauber, wenn auch mit blasser Haut und schlechtem Haarschnitt, in einem spartanischen, drittklassigen Ferienort.

»Hier ist es wie in einem großen, freundlichen Zeltlager für Erwachsene; zwar nicht halb so bunt wie in Camp Greystone, aber dafür macht es viel mehr Spaß«, sagte sie, als ich sie im Sommer einmal besuchte. Wir saßen im Aufenthaltsraum, und sie hatte mich beinahe jedem Patienten in der Klinik vorgestellt; alle kamen sie zu ihr, einer nach dem anderen, wie angezogen von einem magnetischen Kraftfeld. Das wunderte mich nicht, wenn ich an die Energie und den Glanz dachte, die sie in ihrer Jugend ausgestrahlt hatte. Merkwürdigerweise schien sie in der Klinik glücklich – sicher, geborgen und frei –, und eine glückliche Lucy war, wie immer, unwiderstehlich.

Sie sah inzwischen auch besser aus; die rote, häßliche Frisur wuchs langsam heraus, so daß ihr das Haar wieder weich ins Gesicht fiel, ihre Haut war voller und glatter geworden durch die fette Feuchtigkeitscreme, die ich ihr gebracht hatte, und Lucy hatte sich von zu Hause ihre Schminksachen und ihr Tabu mitbringen lassen. Abgesehen von den verblaßten safrangelben Flecken und den roten Druckstellen an den Schläfen sah sie nicht viel anders aus als vor ihrem Klinikaufenthalt. Sie hatte sogar ein wenig zugenommen; an den Aufenthaltsraum schloß sich eine kleine Küche an, in der immer allerlei Leckerbissen vorrätig waren. Wie sie mir erzählte, beklagten sich alle Patienten, daß sie dick würden.

Lucy war sehr beliebt. Ihr als Führernatur ordneten sich die anderen Frauen unter, und die Männer flachsten mit ihr herum und spielten den Beschützer. Ich sah in der Miene der anderen Patientinnen nichts von dem instinktiven Mißtrauen, der Wachsamkeit, wie ich sie auf allen Gesichtern der Frauen um Lucy von Kindheit an kannte; hier, in diesem Schutzraum aus Vorschriften, Ritualen und täglichem Einerlei, wo Absonderlichkeit etwas Normales war, wo man durch ein Gitter und künstliche Euphorie von der Außenwelt abgeschirmt war, spielte Lucys exzentrisches Wesen anscheinend keine Rolle. Sie gehörte ganz dazu. Lucy bestätigte das selbst.

»Ich fühle mich den Leuten in diesem Irrenhaus näher als allen andern draußen, außer dir und Jack und Malory«, sagte sie. »So muß es im Krieg in England gewesen sein.«

Alle Männer himmelten Lucy an, und sie hätschelte und päppelte sie ihrerseits, als kriegte sie es bezahlt. Wenn ich auf Besuch bei ihr war, beschäftigte sich Lucy jedesmal die meiste Zeit damit, mir und allen anderen Männern im Raum – Patienten wie Gästen – Häppchen, Kaffee und Zigaretten anzubieten, und sauste zwischen dem Aufenthaltsraum und der Küche hin und her wie eine schlanke, fesche Kellnerin.

»Warum machst du das, Lucy?« habe ich sie einmal gefragt. »Du hast mir doch sonst nie etwas gebracht, und anderen auch nicht.«

Sie antwortete: »Tja, es ist komisch. Ich finde es nicht mal gut. Ich weiß nicht, wie es kommt – irgendwie hat es angefangen, als ich die schlimmste Verrücktheit hinter mir hatte und mich allmählich besser gefühlt habe. Auf einmal hatte ich das Bedürfnis, den Hornochsen hier alles mögliche zu servieren, wie wenn ich ihr Dienstmädchen wäre. Wahrscheinlich ein Atavismus, Gibby. Es liegt uns im Blut, uns Frauen aus den Südstaaten. Wenn ich so was mache, fühle ich mich... instinktiv wohl, vollkommen mit mir selbst in Einklang, als hätte ich teil an etwas Altem, das man nicht in Frage stellt, als würde ich ferngesteuert auf dem richtigen Gleis laufen. Ich weiß auch nicht. Es ist so beruhigend. Mit meinem bewußten Denken hat es nichts zu tun. Manchmal ist es eben am wichtigsten, daß man sich einfach nur wohl fühlt.«

»Kein Wunder, wenn so viele von euch ausrasten.« Ich nahm ihr ein Plastiktablett mit leeren Tassen aus der Hand und stellte es ab. »Es ist eben ein himmelweiter Unterschied, ob man für andere rumrennt oder sich um die eigenen Bedürfnisse kümmert.«

Lucy drückte mir die Hand.

»Ich kenne sonst keinen Mann, der das versteht, und darum hab ich dich so lieb«, sagte sie.

Ende Juni durfte sie nach Hause, wo sie sich, versehen mit den Segnungen der Medizin – einem Beruhigungsmittel und dem neuen Antidepressivum –, zufrieden mit Lesen, Gartenarbeit, Fernsehen und Schlafen die Zeit vertrieb. Von *South* bekam sie ihr halbes Gehalt weiterbezahlt, was zwar angesichts der durch ihre Krankheit verursachten drückenden Schulden kaum ein Tropfen auf den heißen Stein war, ihr aber immerhin das Gefühl gab, daß sie auch zum Haushalt beitrug. Lucy hatte sich ja nie große Sorgen ums Geld gemacht, aber damals schien sie nicht mal daran zu denken.

Kaum etwas drang von außen in die von den Medikamenten geschaffene Zauberwelt während der langen, trägen Sommertage auf der Farm in Gesellschaft ihrer geliebten Malory. Zum ersten und letzten Mal in ihrem Leben hatte Malory ihre Mutter ganz für sich, war sie mit Leib und Seele bei ihr, und ich glaube, sie war so glücklich, wie es ein Kind nur sein kann. Wenn mich die beiden im Gartenhaus besuchten, oder, was seltener vorkam, wenn ich am kühlen Spätnachmittag mit dem Rolls zu ihnen hinausfuhr, fiel mir an Malory derselbe dunkle Glanz auf, der früher Lucy umspielt hatte. Er verwandelte sie in ein magisches, verzaubertes Wesen, doch ich betrachtete das Phänomen mit Unruhe. Dieses dunkle Feuer hatte ihre Mutter nicht erwärmt, sondern verbrannt.

Aber für den Augenblick beleuchtete seine Glut einen zeitlosen, unbeschwerten Sommer, an den sich beide noch lange voll Liebe und Dankbarkeit erinnern sollten. Nicht Lucy und Malory bereiteten mir im Sommer 1968 Kummer, sondern Jack.

Ich wußte, er war fast außer sich vor Sorge wegen seiner finanziellen Lage und Lucys langwieriger Krankheit, aber er wollte mit mir nicht darüber sprechen und schlug mein Angebot eines Darlehens so schroff aus, daß ich es nicht wiederholte. Er suchte sich eine Nebenbeschäftigung als Dozent für Buchhaltung, verbrachte drei Abende in der Woche in einem faden, zweitrangigen College, und wenn er in der kurzen Zeit zwischen Unterricht und Arbeit und am Wochenende auf der Farm war, schlief er fast die ganze Zeit. Bei all dem verhielt sich Lucy merkwürdig unbekümmert; ich war manches Mal drauf und dran, ihr über den Mund zu fahren, wenn sie über seine häufige Abwesenheit spottete und scherzte, er müsse wohl irgendwo noch eine Freundin haben. Wie konnte sie nur vergessen, weshalb er zu dieser Zusatzarbeit gezwungen war? Aber dann dachte ich an die enorme Menge Medikamente in ihrem Körper und hielt den Mund. Lucy war zu der Zeit bei weitem nicht die Alte, doch sie war übermütig, verträumt und träge, und sie schien mir glücklich. Ab und zu hatte ich allerdings den Eindruck, daß ihr Verstand gelitten, an Klarheit und Reichtum verloren hatte. Sie nahm inzwischen auch Antabus ein, weil sich ihre Medikamente nicht mit Alkohol vertrugen, und ich vermutete, daß der Entzug vorübergehend seinen Tribut von ihr forderte.

Also schwieg ich und ließ Lucy heiter ihren traumwandlerischen Pas de deux mit ihrer Tochter tanzen, während sich Jack fast zu Tode arbeitete. Er, nicht Lucy, trank in jenem Sommer und Frühherbst jeden Abend bis hinein in die frühen Morgenstunden.

Im Oktober war meine Besorgnis um ihn so groß geworden, daß ich ihm keine Ruhe ließ, ehe er sich nicht ein verlängertes Wochenende freigenommen hatte, und ich fuhr mit ihm, Lucy und Malory zur Hütte in Tate. Lucy, immer noch begeistert von Tate, war im Lauf der Jahre öfter oben gewesen, wohingegen es bei mir gut zehn Jahre her war, und als der Rolls den ersten der steilen Berge der Pikkens County hinaufbrummte, fiel mir eine lange nicht bemerkte Last von der Seele und flog geradewegs in den kobaltblauen Himmel über dem Burnt Montain. Wir kamen am Donnerstag abend an. Die großen alten Hütten auf dem Hang über der Wiese und dem See lagen im Dunkeln. Ich hatte uns angemeldet und Rafer Spruill, unseren Platzwart, gebeten, das Haus zu putzen und Feuer zu machen, und als wir in das große, gewölbte Zimmer traten, dessen Fenster die düsteren Wälder am anderen Seeufer umrahmten, wehte mir massiv der Geruch von Putzmitteln, frisch gehacktem Holz und der schwere, erdige Duft des Herbstwalds entgegen. Ich zündete die Lampen an. Das schäbige, vertraute alte Zimmer stürzte auf mich zu und nahm mich in seine Arme. Ich war heimgekehrt in eine Kindheit, die in meiner verführerischen, trügerischen Erinnerung so idyllisch war wie die Bücher, die Lucy und ich früher geliebt hatten.

Malory war entzückt. »O Shep, was für ein schönes Haus«, piepste sie. »Ist es unseres? Ist es meins?«

»Aber nein«, antwortete Jack ungehalten. »Du weißt doch, wo du zu Hause bist.«

»Aber ja«, übertönte ihn Lucy fröhlich. »Es ist Gibbys, also so gut wie unseres, oder, Gibby?«

»Ihr könnt es jederzeit haben«, sagte ich. »Und ich hoffe, daß ihr es nutzt, weil ich kaum noch herkomme. Ein Jammer, daß es die ganze Zeit leersteht.«

»Warum kommst du nicht gerne her, Shep?« fragte Malory und drehte sich mitten im Raum um die eigene Achse. »Spukt es hier?«

»Irgendwie schon«, erwiderte ich lachend. »Es gibt hier zwar keine Gespenster, aber dafür spuken richtige Menschen. Nur für mich, nicht für dich oder andere Leute«, fügte ich hinzu, weil sie mich erschrocken ansah. »Für dich müßte es eigentlich herrlich sein.«

»Ist es auch«, rief Malory aus. »Ich glaube, am liebsten würde ich immer und immer hier wohnen!«

»Ohne mich?« fragte Lucy leichthin, doch ihr Blick war eindringlich auf Malory gerichtet. Sie spürte es und sah ihre Mutter mit blauen Augen an.

»Na ja... nein. Nicht ohne dich, Mama. Wenn du mitkommen kannst. Und Jack auch. Wir könnten Beeren und Eicheln und Honig sammeln wie die Bären im Gebirge, und dann brauchen wir uns keine Sorgen mehr um das blöde Geld zu machen.«

»Aber Dummerchen, niemand macht sich Sorgen ums Geld«, widersprach Jack.

Sie erwiderte nichts, aber ihr Blick sprach Bände. Er wandte sich ab.

»Jetzt hätte ich gern den besten Martini aller Zeiten«, sagte er, »dann grille ich die Steaks und esse meins am Kamin, und dann lege ich mich oben aufs Ohr und schlafe sechsunddreißig Stunden. Von mir aus könnt ihr gern die rosenfingrige Morgenröte grüßen, wenn sie sich hinter dem Biberdamm zeigt. Einer muß ja hier die Prioritäten im Auge behalten.«

Lucy lachte, küßte ihn, mixte ihm einen mörderischen Martini und brachte Jack das Glas zu dem abgewetzten, karierten Ohrensessel am großen Steinkamin. Malory rollte sich in seinen Armen zusammen. Er war längst eingeschlafen, ehe die Glut die richtige Hitze für die Steaks hatte. Lucy schob ihn, der murrte und schimpfte, nach oben ins große Schlafzimmer, wo – wenn auch selten – meine Eltern gewohnt hatten, und wir sahen ihn erst am folgenden Mittag wieder. Als er gähnend die Treppe herunterkam, wirkte er zehn Jahre jünger und beinahe frei von Sorgen. Ich erwog damals ernsthaft, ihm und Lucy das Haus zu überschreiben. In der klaren, blauen Luft lag etwas, das ihn über Nacht gesund gemacht hatte. Möglich, daß Tate Jack geheilt hätte, hätte er dort nur früh genug freien Zugang gehabt. Es hat ja auch andere Atlantakranke geheilt.

Ganz unerwartet wurde es ein phantastisches Wochenende. Am Freitag kamen Charlie und Sarah mit den Kindern und Ben und Julia mit ihren beiden kleinen Jungen und bezogen die große Cameronsche Hütte; so verwandelte sich, was als Rückzug in die Einsamkeit geplant gewesen war, in eine Stegreifparty. In Tate war so etwas an der Tagesordnung: Nachbarn, die einander in der Stadt nicht im Traum unangemeldet besuchen würden, schneiten einem einfach ins Haus, als gehörte es ihnen; man aß zusammen, ging gemeinsam spazieren, spielte Volleyball, ging schwimmen, paßte zusammen auf die Kinder auf und übernachtete gelegentlich sogar in unbenutzten Betten, wenn der Heimweg über dunkle, steile, von Rhododendron überwucherte Wege sich aufgrund der vorgerückten Stunde und des Alkoholpegels als zu schwierig erwies.

So war es auch an diesem Wochenende. Am Samstagmorgen erschienen sie alle vier, die Kinder im Schlepptau, bei uns an der Hintertür mit Decken, Körben und Thermosflaschen voll Bloody Mary und luden uns zum Picknick ein, und Ben forderte mich auf, meine Klarinette mitzubringen. Am frühen Nachmittag lagen wir auf der schmalen Wiese am See tief im gelben Gras, außer Atem vom Volleyballspielen, vom Wettrennen mit Hunden und Kindern, tranken Bloody Mary und lachten, während die helle Sonne honiggelb und warm auf die Erde und auf unsere Köpfe und Schultern schien. Sogar ich, dem die Gegenwart anderer Menschen normalerweise fast wie eine Invasion vorkam, fühlte mich wohlig und geborgen in alter, unkomplizierter Kameradschaft. Und Jack, der Lucys Jugendfreunde nie gemocht und sich ihnen gegenüber stets kühl und distanziert gegeben hatte, lachte mit Ben und Charlie, schäkerte mit Julia – sie war wieder einmal hochschwanger – und blühte auf wie eine Primel unter der Sonne von Sarahs ungekünsteltem Charme.

Alle Regeln schienen an diesem Wochenende außer Kraft. Ich staunte darüber. Vielleicht lag es am Zauber von Tate, aber nie zuvor hat er für mich so deutlich und mächtig gewirkt – wohl, weil ich mit meinen Eltern so selten dort gewesen war. All die blaue und lohbraune Weite des unberührten, klingenden Raums; das klare, helle Sonnenlicht; das feurige Herbstlaub der Bäume auf dem Hang zu unseren Köpfen; die riesige Himmelsschüssel und der kleinere, spiegelnde Pokal des Sees; die Harmonie, mit der die kühlen, blauen Abendschatten auf die noch warme Erde fielen – Tate war und ist größer als die Menschen, die es besuchen, und gleichzeitig anheimelnd und vertraut, so daß althergebrachte Schranken nicht zu gelten scheinen. Als blieben Vergangenheit und Zukunft auf der alten Schotterstraße am Tor zurück, und drinnen herrschte nur die Intensität des Augenblicks.

Hier auf dem Wiesenhang konnte ich ohne Schmerz Sarah in ihrer zierlichen Schönheit mit ihren Töchtern durch das hohe Gras laufen sehen. Ich konnte mit Charlie auf dem sonnenbeschienenen Fuhrweg um den See spazieren und über die knarrende Holzbrücke gehen und dabei zwischen uns nur die alte, schmerzlose Freundschaft spüren. Ich konnte im hohen Gras auf dem Rücken neben Ben liegen, während meine angerostete Klarinette auf die seine so flüssig antwortete wie Wasser über Felsen läuft, und sah nicht den abgemagerten, fiebrigen, gehetzten Mann in ihm, der er geworden war, sondern den alten, goldenen Pan unserer Kindheit. Ich konnte Lucy betrachten, wie sie sich an diesem magischen Nachmittag mit Glanz füllte wie ein Kristallkrug mit Wasser, sah ihr direkt ins Herz, wie früher, und hörte in der Luft zwischen uns ihr unausgesprochenes »Wir sind eines Blutes, du und ich…«.

Am Abend legten wir die Kinder bei den Camerons in die Stockbetten im Obergeschoß, saßen lange an dem alten, aufgebockten Tisch in der großen Küche um die sterblichen Überreste von Sarahs und Julias Lasagne und zogen dann ins Wohnzimmer um, wo Charlie das Feuer anzündete. Wir flackten uns auf die alten Möbel – durchgesessen von ein paar Generationen Cameronscher Hinterteile –, Sarah servierte Käse, Äpfel, Birnen und Cognac, und ganz unwillkürlich spielten wir wieder Kinder.

Dort erwachten die unbesiegbaren Buckhead Boys zu neuem Leben und rasten auf ihren pfeilschnellen Rädern – Lucy an der Spitze wie eine dunkle, schlanke Walküre – die Peachtree Road entlang; wieder warfen wir uns in der Brookwood Station unter ein kriechendes, schwarzes Ungeheuer von Zug; wieder wirbelten und sprangen wir wie die Regenbogenforellen im Brookhaven und Capital City Club über die Tanzfläche, in der Nase den Duft von Mimosen und die Klänge von »Moonglow« in den Ohren. Noch einmal standen Charlie und ich im eisigen, schwarzen Novemberwind an der Ecke zur East Paces Ferry Road und sahen Boo Cutlers Mercury mit kreischenden Reifen mitten auf der Peachtree Road vorbeirasen, als wären tausend Teufel hinter ihm her, Ruhm und einen schwarz-weißen Streifenwagen der Verkehrspolizei im Gefolge. Wieder strampelten er und ich total verzweifelt die pechschwarze Roswell Road entlang zu unserer Verabredung mit Frances Spurling, um mit ihr zu vögeln. Und noch einmal litten wir alle – ich, Snake, Ben, Tom, Charlie und A. J. Kemp – fünf Jahre lang an schmerzenden Hoden und Herzklopfen und nannten es Liebe.

Ich glaube, wir alle können uns noch an diese Nacht erinnern. Sarah warf den Kopf auf dem kräftigen, schlanken braunen Hals zurück und lachte, bis sie sich verschluckte. Julia führte, schwanger, wie sie war, eine boshafte Parodie auf eine Pink aus dem Washington Seminary auf, die sich am Neger-Bop versucht. Charlie und ich leerten gemeinsam eine ganze Flasche Courvoisier, stützten uns gegenseitig, damit wir nicht umfielen, und sangen Kampflieder aus North Fulton. Lucy, die sich in einem alten Pulli von mir auf der Couch hingekuschelt hatte, strahlte vor Begeisterung und feuerte uns an: »Ach, singt doch noch ein Lied! Erzählt noch eine Geschichte über Freddie Slaton! Erzählt doch die mit A. J. auf der Sope-Creek-Brücke, erzählt, was Snake an dem einen Abend im Varsity zu Flossie May gesagt hat, erzählt... erzählt... erzählt...«

Als wären die alten Geschichten ein Rosenkranz, und jede Perle brächte sie der Erlösung näher. Ich freute mich über ihr strahlendes Gesicht und ihr altes schlüpfriges, melodisches Gelächter.

Ben und Jack beteiligten sich als einzige nicht an dieser Litanei. Jack hörte lächelnd zu, lachte manchmal auch laut auf. Ben trank still und beständig von seinem Cognac – das kluge, hagere Gesicht von Licht und Schatten umspielt, den Blick in eine nur ihm bekannte Ferne gerichtet, die mageren Hände und Füße nervös zukkend. Es war schon spät, als ihm einfiel, daß er noch einen Kunden in Philadelphia anrufen mußte; er ging hinaus ins stille, kristallene Mondlicht und setzte sich in seinen rasanten kleinen Jaguar, mit dem er hinter dem Kombi mit Julia und den Kindern hergefahren war. Wir hörten den Motor aufheulen, dann verschwand er auf der Schotterstraße zum Torhaus, wo sich das einzige Telefon befand.

»Manchmal wünschte ich, er würde damit aufhören und Bauunternehmer werden«, sagte Julia, während sie den Lichtern des Jaguars nachsah, die in der Dunkelheit verschwanden. »Er hetzt sich so ab, daß er nicht einmal in den Ferien und am Wochenende Ruhe findet. Ihr glaubt nicht, was wir rund um die Uhr an Anrufen kriegen und zu welchen Zeiten er irgendeinen Schwachkopf von Kunden besuchen muß, um Händchen zu halten – man könnte meinen, daß er der einzige Architekt im ganzen Land ist. Er macht sich kaputt. Er hat dieses Jahr schon furchtbar abgenommen. Und nächste Woche ist er wieder längere Zeit unterwegs nach Cleveland oder sonstwohin.«

»Er war schon immer unruhig wie ein Floh auf einem heißen Ofenblech«, bemerkte Charlie. »Ich glaube kaum, daß du ihn jetzt noch ändern kannst.«

»Will ich gar nicht«, antwortete Julia liebevoll. »Er ist ja glücklich bei seiner Arbeit. Ein richtiges Genie ist er – so einer läßt sich nicht zähmen. Er würde bestimmt einen Teil seiner Arbeit aufgeben, wenn ich ihn darum bitte, aber dann wäre er nicht glücklich. Ihr kennt ja Ben, er meint, daß er alles auf einmal haben kann. Und das kann er auch, glaube ich.«

Unwillkürlich warf ich im Halbdunkel einen Blick auf Sarah, und mir stockte der Atem. In ihrer Miene lag so viel heimliche Angst – ich wunderte mich, daß die anderen sie nicht auch spürten. Aber niemand beachtete Sarah. Sie wandte mir den Kopf zu. Unsere Blicke begegneten sich, und in ihren Augen stand ein so flehentlicher Hilferuf, daß ich wirklich Anstalten machte, mich zu erheben, doch dann senkte sie den Blick und griff zum Glas. Es war vorbei, und ich wußte nicht, ob ich es mir nur eingebildet hatte. Den Rest des Abends war sie locker und witzig wie vorher. Ich redete mir ein, daß mich das flackernde Licht und meine von der Einsamkeit geschärften Sinne getäuscht hätten. Doch eine eiskalte Last legte sich mir auf die Seele.

Ben kehrte schließlich zurück, rotwangig vom Nachtfrost, glitzernd wie zerbrochenes Glas. Er summte wie ein edler Motor. Den Rest der Nacht erzählte er uns so schlüpfrige und komische Geschichten, daß uns vor Lachen die Tränen über das Gesicht liefen und wir um Gnade bettelten.

»Bevor ich ins Bett gehe, gebe ich euch noch ein erstaunliches Rätsel auf«, sagte er und stellte sich mit einer nicht angebrochenen Flasche Cognac in der Hand auf die unterste Stufe der rustikalen Treppe. »Und ich schwöre bei allem, was mir heilig ist, daß die Geschichte wahr ist. Mir hat sie einer aus San Francisco erzählt, der es aus sicherer Quelle weiß. Ihr kennt doch die kleinen alten Uhrmacher, die so feine Uhren machen, daß sie unter dem Mikroskop mit winzig kleinem Miniaturwerkzeug arbeiten müssen? Wißt ihr, mit was sie die winzig kleinen Uhrwerke schmieren? Mit Maulwurfsamen. Mit richtigem Samen von den kleinen blinden Maulwürfen, die man nach einem Regenschauer im Garten sieht. Alles andere ist zu zäh und zu dick – es geht nur mit Maulwurfsamen. Aber jetzt die große Frage: Was meint ihr, wie sie an den Maulwurfsamen kommen? Haben sie vielleicht ein kleines Zimmer, wo sie den Maulwürfen nacheinander einen runterholen? Oder packen sie einen Haufen Maulwürfe auf einmal in ein schmieriges Hotelzimmer und zeigen ihnen Pornos und legen dazu Ravels Bolero auf? Wer eine bessere Idee hat, kann sie uns morgen beim Frühstück erzählen.«

Und damit verschwand er in der Dunkelheit und ließ uns hilflos vor Lachen im Licht des verlöschenden Feuers zurück.

Am folgenden Nachmittag brachen Lucy, Jack, Malory und ich wieder auf nach Atlanta, und als wir am Cameronschen Haus vorbeikamen, schaute ich nach, ob noch Autos davorstanden, aber sie waren fort und die Fensterläden zugeklappt.

Eine Woche darauf rief mich Charlie in einer stürmischen, regnerischen Nacht an und erzählte mir, er habe soeben erfahren, daß sich Ben in einem Hotelzimmer in Cleveland erschossen habe. Im Moment wüßten sie noch nicht viel, aber er habe einen Brief an Julia hinterlassen, aus dem hervorgehe, daß er aus Liebeskummer Hand an sich gelegt hatte, wegen eines viel jüngeren Mannes.

22. Kapitel

»Habt ihr das mit ihm gewußt?«

Außer diesem Satz sagte Dorothy wenig in den ersten entsetzlichen Stunden, nachdem die Camerons vom Tod ihres Sohnes erfahren hatten. Aufrecht, untadelig gepflegt und zutiefst erschüttert, saß sie in ihrem gewohnten Sessel im kleinen Wohnzimmer und fragte uns, die wir die erste Nacht mit ihr wachten, wieder und wieder: »Habt ihr es gewußt? Habt ihr das mit ihm gewußt?«

Doch wir alle – Ben senior, Sarah, Charlie und ich – schüttelten die Köpfe. Nein, wir hatten es nicht gewußt.

Inzwischen hatten sie Bens Brief gelesen. Julias Vater hatte ihn dem alten Leroy Pickens an der Haustür in die zitternden Hände gedrückt. Ben hatte Julia geschrieben, er müsse sich selbst und ihr nun eingestehen, daß er homosexuell sei und immer bleiben werde. Er sei hoffnungslos in einen jungen Mann aus seinem Büro verliebt, mit dem es natürlich keine Zukunft geben könne, und sehe für sie alle keinen anderen Ausweg aus dieser Misere. Julias Vater hatte noch hinzugefügt, daß Julia die Beziehung entdeckt habe, während Ben und der junge Mann nach Cleveland verreist gewesen seien, und ihm am Telefon mit einem öffentlichen Eklat und dem Scheidungsrichter gedroht habe, wenn er diese Beziehung nicht aufgebe. Doch Ben habe es nicht über sich gebracht, und er habe seinen Kindern das Trauma eines Skandals ersparen wollen.

»Julia hat vor einer Stunde im Piedmont Hospital ihr Kind verloren«, schloß die Notiz ihres Vaters. »Ich bitte Sie, von Besuchen, Telefonaten oder sonstiger Kontaktaufnahme mit meiner Tochter oder ihren Kindern abzusehen. Wir wollen mit ihr wegfahren, sobald sie reisen darf. Wenn sich etwas Neues ergibt, lasse ich es Sie wissen.«

Wir saßen bis in die frühen Morgenstunden um das heruntergebrannte Feuer. Charlie und Ben legten zuweilen Holz nach mit den schwerfälligen Bewegungen uralter Männer. Sarah kauerte, den alten Afghan von ihrer Großmutter Milliment um die Schultern, in der Sofaecke und weinte still vor sich hin. Ihr gegenüber saß im hohen Ohrensessel Dorothy mit der Haltung einer zierlichen Königin. Ich hatte mir den Sessel von Ben junior genommen. Keiner sonst hatte Anstalten gemacht, sich hineinzusetzen, und ich konnte den Anblick des leeren Möbelstücks nicht ertragen, dieser nie mehr zu schließenden Lücke im Kreis um den häuslichen Herd in der Muscogee Avenue. Der erste Herbststurm trieb den Regen mit monotonem Getrommel gegen die Bleiglasfenster. Der Wind heulte und stöhnte in den Kaminen und Schornsteinen. Leroy Pickens brachte uns in der Nacht Kaffee und belegte Brote, aber niemand nahm etwas zu sich. Sein altes Gesicht war so aschgrau und zerfurcht, daß Dorothy aufstand, ihn umarmte und ihn ins Bett schickte.

»Er hat an Ben genauso gehangen wie an Glenn«, sagte sie in den Raum hinein. »Er soll bei uns sitzen, Ben, darüber darf es erst gar keine Diskussionen geben.«

Sie weinte. Seit meiner Ankunft hatte sie ununterbrochen still vor sich hingeweint, doch ihr apartes Gesicht wirkte unverändert, außer daß es totenblaß war, und Stimme und Hände zitterten nicht. Bis auf die Feuchtigkeit in ihrem Gesicht kam sie mir nicht grundlegend anders vor. Dabei hatte ich sie noch nie weinen sehen. Es berührte und ängstigte mich so, als wäre ein großes Urfundament – ein Berg, die Erde selbst – ins Wanken geraten. Manche Leute in Atlanta halten Dorothy für gefühllos, dabei verstehen sie sie nur nicht. Sie und Ben haben sich stets nach dem Grundsatz gerichtet, anderen Stütze und Stärke zu sein. Ihre Tränen zeigten mir zum erstenmal einen Riß in diesem festen Kodex.

Ben Cameron hatte ich schon einmal weinen sehen: vor den Trümmern seiner Kindheit auf der versengten Erde von Orly – aber um seinen einzigen Sohn weinte er nicht. Er war bestimmt weit darüber hinaus. Als Dorothy davon sprach, daß Leroy bei ihnen sitzen solle, schlug er die Hand vors Gesicht und seufzte zittrig. Ich wußte, vor seinen Augen sah er – wie auch ich – den furchtbaren, den undenkbaren und so nahen Morgen in der Kirche Saint Philip's und danach auf dem Friedhof Oakland, an dem er seinen Erstgeborenen begraben mußte.

»Er hat kein Haus für sich gebaut«, sagte er mit bedecktem Gesicht. »Weißt du noch, Dottie, wie er letztes Jahr fast angefangen hätte, aber dann kam der Auftrag aus Houston dazwischen, und er hat es sein lassen? Ich wollte, er hätte sich ein Haus gebaut.«

»Ach Liebes!« Dorothy eilte zu ihm und legte ihm die schlanken Arme um. Von der anderen Seite des Zimmers hörte man Sarah schluchzen. Ihr Schmerz ging mir so nah, daß ich am liebsten geschrien hätte. Charlie drückte sie an sich. Seine Miene wirkte leer, fast komisch vor Bestürzung. Ich stand auf, um mich zu verabschieden, aber Dorothy winkte ab.

»Shep, ich bitte dich, bleib. Ich wäre froh. Wenigstens ein Kopf, ein Herz, die nicht so... unwiderruflich Cameronsch sind.«

Auch Sarah wandte mir das verweinte Gesicht zu. »Ja, bitte, Shep«, flüsterte sie. »Du gehörst doch zur Familie. Du bist fast wie ein Cameron für uns. Bitte bleib.«

Am liebsten wäre ich auf sie zugestürzt, hätte Charlie weggestoßen und Sarah fest an mich gedrückt, um Schmerz, Verlust und Ungeheuerlichkeit aus ihr herauszupressen; ich wünschte es mir so, daß meine Knöchel weiß hervortraten.

Ich setzte mich wieder in Bens Sessel.

Im Grunde war ich über seinen Suizid nicht überrascht. Bestürzt, traurig, empört schon, aber nicht überrascht. »Habt ihr es gewußt?« hatte Dorothy gefragt, und wir hatten nein gesagt, aber ich glaube, ich zumindest habe gelogen. Von der Homosexualität an sich hatte ich nichts gewußt, aber ich wußte, daß Ben von einem dunklen, unüberwindlichen Schmerz verzehrt wurde, denn ich hatte ihn als mir seelenverwandt erkannt. Ich hatte das seit unserer Kindheit gewußt.

Sarah auch, glaube ich. Ich erinnerte mich an ihren Blick in der Woche zuvor in Tate, an den Appell in ihren großen, braunen Augen. Wir hatten immer schon, genau wie Ben selbst, von seinem wesentlichen Anderssein gewußt. ›Wie war es für ihn, als er es zum erstenmal gemerkt hat‹, dachte ich, ›wie war es seither all die verzweifelten Jahre lang?‹ Zu der Zeit, als Ben zum erstenmal die beängstigende Wahrheit über sich aufgegangen sein muß, war Atlanta für Homosexuelle ein höllisches Pflaster. Nicht nur die gemeinen Ignoranten von der Art eines Boo Cutler, sondern auch wir anderen, die Elite, die Buckhead Boys, Bens Freunde – wir alle verhöhnten und quälten sie und machten sie lächerlich – die Weibischen, die Perversen, die Warmen, die Schwuchteln, die Tunten. Dahinter steckte das große Tabu: anders. Wie es heißt, sind wir inzwischen zu einer Art Mekka für Schwule geworden, aber für Ben kam das zu spät. Der Rubikon, den er überschritt, entsprang einer Zeit, die uns heute in ihren moralischen Anschauungen so fern liegt wie das finsterste Mittelalter. O Ben, dachte ich. Mein guter, schöner Freund. Mein anderes Ich.

Dieses Unglück war für Ben und Dorothy um so unerträglicher, als sie es nicht teilen, kein bißchen von der Last an ihre Freunde abgeben konnten. Ihr Kodex vom Edelmut und vom Dienen, von Gesundheit und, vor allem, Ganzheit, nach dem sie ihr Leben ausgerichtet hatten und zu dem sie ihre Kinder hatten hinführen wollen, vertrug sich nicht mit dieser Verirrung, mit der narzißtischen Selbstbesessenheit der Homosexualität. Ich wußte, sie würden nie darüber sprechen. Bei Bens Beerdigung würde man Lobreden auf ihn halten, und kaum jemand außerhalb der Mauern von Merrivale House würde je erfahren, warum Ben Hand an sich gelegt hatte. Auch Julia würde nie darüber sprechen. Bens Söhne erfuhren wahrscheinlich nur, daß ihr Vater sie aus freien Stücken auf eine denkbar krasse Art verlassen hatte, aber nie, warum. Eine tiefe, resignierte, matte Empörung stülpte sich über meine Trauer.

›Er ist das erste Opfer unserer Weltsicht, der Buckheadsicht, der Südstaatensicht‹, dachte ich. Und in meiner Resignation war ich mir gewiß, daß er nicht das letzte sein würde. Mit ihrer ungetrübten Einfalt, ihrer Starrheit mußte sie unweigerlich jede Vielschichtigkeit, Sensibilität und Empfindsamkeit abtöten – jene zweifelhaften Gaben, mit denen ein paar Kinder dieser Welt, zum Beispiel Ben, Lucy und ich, so reich gesegnet waren. Und der Grund für die Bestürzung der Familie Cameron unter ihrem bohrenden Leid war nicht eine totgeschwiegene moralische Verfehlung, sondern die Abweichung von der vorgegebenen Norm, der Mangel an Direktheit, Gesundheit und Licht.

Sie haben ihn buchstäblich erstickt mit ihrer Liebe, dachte ich. Er ist an Liebe gestorben. An der Liebe, die er nicht erwidern und weitergeben konnte. Auf einmal tat mir unvernünftigerweise Ben am meisten leid, der tote Ben, der doch nun eigentlich vor allem Schmerz sicher war. Ich wußte, Julia und ihre Kinder, Dorothy und Ben senior waren robust. Hatten ihren unversehrten Regelkodex, überstanden es schon. Mir tat nur Ben leid und die heitere, fassungslose, desillusionierte Sarah, die man gelehrt hatte, daß Hilfsbereitschaft, Zuwendung und Freundlichkeit hinreichend Schutz böten vor dem Ungeheuren, den Dämonen, dem Tod.

Später, beim Morgengrauen, als es Charlie und Sarah endlich gelungen war, Dorothy und Ben nach oben in das große, lichtdurchflutete Schlafzimmer zu schicken, das sie ihr Leben lang geteilt hatten, und sich Charlie ans Telefon hängte, um die bedrückenden Vorkehrungen zu treffen, kam Sarah mit der schlichten Natürlichkeit eines erschöpften Kinds zu mir auf den Schoß. Ich glaube, sie merkte es nicht einmal. Sie vergrub instinktiv den Kopf an seinem alten Platz unter meinem Kinn, und ich drückte ihre kleine, schmerzgebeugte Gestalt wortlos an mich, legte das Kinn auf ihren Krauskopf und wiegte sie leicht hin und her. Sie hatte aufgehört zu weinen, doch ihre Stimme klang angeschlagen, gebrochen. Es hörte sich an, als habe Sarah physischen Schaden erlitten.

»Ich hab ihn kein einziges Mal gefragt, was nicht stimmt mit ihm«, flüsterte sie. »Ich hab gewußt, daß was nicht stimmt, aber ich hab ihn... eben nicht gefragt. Ich glaube, ich wollte nicht, daß er mich ins Vertrauen zieht. Shep, er hatte gar niemanden. Keinen Menschen, der ihn getröstet und unterstützt hat oder ihm einfach gesagt hat, daß er nicht... widerlich war... Er war mein Bruder, ich habe ihn geliebt, und dann habe ich ihn im Stich gelassen. Er ist gestorben, und niemand hat gewußt, wer er war. Er hat gemeint, daß er es uns nicht sagen kann. Er hat gedacht, es wär was zu Schlimmes. Deswegen hat er sterben müssen. Ich glaub, ich werde nie darüber hinwegkommen – daß er niemanden hatte, der ihn so gekannt und geliebt hat, wie er war.«

»Er hatte doch jemanden«, sagte ich in die dichten, drahtigen Locken. »Vielleicht paßt dir nicht, wer es war, aber jemand hat ihn gekannt... und geliebt. Er ist nicht ungeliebt gestorben.«

Sie hielt still, und als sie begriff, daß ich von dem jungen Mann aus Bens Büro sprach, rieb sie den Kopf an meinem Kinn hin und her.

»Warum hat ihn dieses kleine Arschloch dann nicht gerettet?« heulte sie wieder los. »Hätte er ihn nicht gefälligst so lieben können, daß es sich dafür zu leben lohnt? Kein Mensch sollte an Liebe sterben müssen!«

Ich hätte ihr antworten können, daß Ben seinen Tod selbst gewählt hatte, aber an diesem trüben, verregneten Morgen ging das nicht. Sie hatte recht. Kein Mensch sollte an Liebe sterben müssen. Ich konnte ihr nichts sagen, also sagte ich nichts.

Wir begruben Ben auf dem Friedhof Oakland im Cameronschen Familiengrab, ein Stückchen bergab von der Parzelle der Bondurants. Die Stelle lag im Schatten eines japanischen Ahorns, der prachtvoll im Herbstlicht flammte wie ein Wächter, wie ein Leuchtfeuer für Ben. Dieser brennende, lichtdurchwirkte Baum schenkte mir Trost an einem sonst trostlosen Tag. Ich hatte den Arm um Lucy gelegt und stand, innerlich grau wie erkaltete Lava, im rotgoldenen Licht hinter den stummen, gesenkten Köpfen der Camerons neben den niedergeschlagenen Buckhead Boys und ihren Frauen – um mich fast alle Pinks und Jells eines anderen, freundlicheren Atlantas – und versuchte, mich im Geist von Ben zu verabschieden. Aber ich konnte nicht. Der Tod erschien mir damals noch als Abstraktum, ein Land der Alten und Verbrauchten; unvorstellbar, daß er meinen Jugendfreund miteinschloß, der mir so ähnlich gewesen war. In dem Sarg da auf den Brettern, der gleich in den geduldigen Schoß der Erde glitt, hätte ein x-beliebiger liegen können – alt, anonym, Mann, Frau, sogar Tier. Unsere Clique – ich, die Buckhead Boys und Ben – verband mit Oakland Übermut und Jux, Knutschen und Picknicks und heimliche Besäufnisse; wir gingen nicht hin, um einander zu begraben. Ich hatte die absurde Vorstellung, daß Ben nach der Trauerfeier aus dem Sarg steigen und mit uns nach Buckhead zurückkehren würde, nicht ohne unterwegs auf einen Chili-Dog im Varsity vorbeizuschauen.

Ich spürte, wie Lucy neben mir zitterte. Sie hatte die Sache mit Ben furchtbar mitgenommen, was mich ein wenig verblüffte; sie hatten sich nie sonderlich nahegestanden. Es war mir immer eher vorgekommen, als ob sie einander ständig mißtrauisch beäugten. Sie hatte sich in eine übertriebene Angst hineingesteigert, die mir unverständlich war. Ich hatte sie und Jack von der Kirche zum Friedhof begleitet und unterwegs versucht, Lucy zu beschwichtigen. Meine Vermutung war, daß sie wegen ihres labilen Zustands vielleicht Angst hatte, am Grab die Fassung zu verlieren.

»Weißt du«, hatte ich ihr gesagt, »du brauchst nicht mit auf den Friedhof. Bestimmt findet niemand was dabei, wenn du solange im Auto wartest. Jack bleibt bei dir. Du hast ihm ja in der Kirche die Ehre erwiesen und dem Anstand genügt. Das reicht.«

»Nein, ich muß mit«, sagte sie leise und gepreßt mit vor Angst dünner Stimme. »Ich muß dabeisein, wenn sie ihn begraben. Sonst kann ich nicht sicher sein, daß er wirklich tot ist.«

»Lucy –«, fing ich an, eigentümlich berührt von diesen ominösen Worten, aber sie unterbrach mich.

»Gibby, seit er gestorben ist, habe ich die ganze Zeit entsetzliche Alpträume. Wenn ich aufwache, heule ich und bibbere, daß ich nicht mehr einschlafen kann. Jack ist ganz sauer auf mich. Ich wecke ihn jede Nacht auf. Ich träume immer dasselbe. In meinem Traum ist er bei mir im Zimmer – Ben, meine ich – und hat eine Papiertüte oder eine Schachtel oder so was mit seiner Pistole drin, die will er mir geben. Er kommt bloß nicht nah genug an mich heran, daß ich sie nehmen kann, und ich weiche vor ihm bis zur Wand zurück, aber ich weiß, er kriegt mich bald und stellt mir die Tüte auf den Schoß oder so was, und dann ist es zu spät. Er ist ganz scharf drauf, daß ich sie nehme. Einmal hat er gesagt: ›Komm schon, Lucy, ich habe nicht ewig Zeit.‹ O Gott, Gibby, ich will das Ding nicht!«

»Schätzchen, es ist doch bloß ein Alptraum.« Ich war zutiefst beunruhigt. Was für eine grauenvolle Vorstellung! »Selbst wenn er dir die Tüte gibt, was soll schon passieren?«

»Dann bin ich dran. Die Pistole ist für mich. Wenn er sich so was antun konnte – wenn er es fertig gekriegt hat –, warum soll es mir nicht auch einmal passieren? Ich... ich habe auch so was in mir wie er, Gibby. Was Düsteres, was Verrücktes. Ich weiß es schon lange, und du auch. Weil er das gemacht hat... ist es möglich geworden, verstehst du nicht? Ich hab wahnsinnige Angst vorm Sterben. Ich würde alles tun... alles..., daß ich nicht sterben muß!«

Ihre Stimme klang schrill, und ich erinnerte mich an den Tag vor langer Zeit bei uns zu Hause, als sie und ich uns ins Wohnzimmer geschlichen hatten, wo Dias von einem Friedhof in Rom gezeigt worden waren, und Lucy beim Anblick der Grabsteine und Denkmäler den ersten ihrer furchtbaren hysterischen Anfälle erlitten hatte. Immer wieder hatte sie geschrien: »Ich hab so Angst vorm Sterben! Ich hab so Angst vorm Sterben!«

»Du stirbst doch nicht, Kleines«, sagte Jack. Seine Stimme klang müde. »Das sind nur die Nerven – du bist aufgeregt, und du bist noch nicht richtig gesund. Es wäre mir wirklich lieber, wenn du nicht auf den Friedhof mitkämst. Ich bleibe bei dir im Auto.«

»Nein«, sagte sie. »Ich muß sehen, wie er beerdigt wird.«

Also kam sie mit und beruhigte sich schließlich bis zum Schlußsegen und verließ den Friedhof, als wäre für sie mit Ben eine furchtbare Angst in der roten Erde von Oakland begraben worden.

Anders, als es sonst üblich gewesen wäre, wenn einer aus Old Atlantas Reihen die letzte Ruhe gefunden hatte, kehrten wir nicht bei den Camerons auf einen Imbiß mit Kaffee und Sherry ein. Daran war gar nicht zu denken. Die Menschen auf dem Friedhof – eine viel kleinere Gesellschaft als bei Bens Hochzeit – schritten wie auf Verabredung zu ihren großen, ruhigen Limousinen, fuhren in ihre großen, ruhigen Villen und schlossen die großen Türen hinter sich. Auch Bens Clique – unsere, meine Clique – machte keine Anstalten, sich hinterher zusammenzusetzen, wie es nach dem Tod eines der unseren zu erwarten gewesen wäre.

Denn auf einen Verstorbenen trinken heißt, ihn noch für eine kleine Weile bei sich haben, und ich glaube, keiner von uns hätte es in der gespenstischen Gesellschaft dieses verzweifelten Toten ausgehalten. Ich muß Lucy zustimmen. Bens Tod jagte uns schreckliche Angst ein. Er hatte, wie sie gesagt hatte, das Undenkbare denkbar, das Unmögliche möglich gemacht. In jenem Schreckensjahr 1968 hatte es schon zu viele Tote gegeben. Der jüngste nun brachte uns Buckheadern ein Entsetzen ins eigene Haus, das bei der Ermordung von Martin Luther King und Robert Kennedy die ganze Nation erschüttert hatte. Ich weiß noch, wie ich vor der Haustür stand, Lucy und Jack in ihrem verbeulten Ford davonfahren sah und dabei Trauer und Bestürzung empfand, aber außerdem etwas anderes spürte, was wir als die Elite einer Generation nun alle spüren müssen – eine trübe Kälte, die Anfänge eines subtilen, schalen Zynismus, eine erste, schlimme, untilgbare Einsicht, daß auf die Gesetze des Universums nicht immer Verlaß ist.

Im Lauf des Spätherbstes und Winters ging es mit Lucys Genesung allmählich voran. Einmal in der Woche besuchte sie einen neuen Psychiater, der in einem der Zwillingstürme gegenüber vom Lenox Square praktizierte; nach wie vor nahm sie Antabus und Antidepressiva. Sie gewann viel von ihrem alten, sprühenden Charme und ihrer Energie zurück und sah glänzend aus. Ihr Arzt setzte die Beruhigungspillen ab, so daß sie allmählich lebhafter und spritziger wurde, und als im Februar schüchtern die ersten Forsythien spitzten, strich sie wieder voll Unruhe herum, lief kettenrauchend in der Farm auf und ab, trank literweise Kaffee und führte endlose Telefonate.

»Ich dreh noch durch, wenn ich nicht endlich aus diesem öden Loch herauskomme und wieder was Sinnvolles zu tun kriege«, murrte sie einmal. »Ich geh bald mit dem Hackebeil auf Jack los und stecke den ganzen Plunder hier an. Ich habe die Leserei satt, das Fernsehen steht mir bis hier, ich habe keine Lust auf die Scheißgartenarbeit, und Estelle treibt mich noch zum Wahnsinn. Sie ist schuld, wenn man die Neger verachtet. Sie hat den IQ von einem Krauteintopf. Gibby, ich will wieder arbeiten gehen, aber Jack will nichts davon wissen. Er sagt, mein Zustand wär noch zu labil. Zum Kuckuck, klinge ich etwa labil? Labil, Quatsch! Aber so labil bin ich nicht, daß ich nicht kochen und putzen darf oder ihm seine Drecksklamotten waschen und seinen blöden Garten umgraben kann. Ich darf ihm auch jeden geschlagenen Abend ein Glas nach dem andern bringen, während er vor der Glotze hockt.«

»Was ist denn aus der Frau geworden, die so wild auf das reine, idyllische Landleben war, die auf einer malerischen alten Farm wohnen und mit eigenen Händen in Mutter Erde buddeln wollte?« fragte ich. »Gönn Jack mal eine Verschnaufpause, Lucy. Er reißt sich den Arsch auf für dich. Wenn er nach Hause kommt, hat er sich ein warmes Essen und ein, zwei Gläschen verdient. Du weißt ja, daß er es gut mit dir meint, und außerdem hat er wahrscheinlich recht. Wie es aussieht, bist du nicht fähig, einfach zu arbeiten, nein, du mußt dich dabei krank machen.«

Sie schwieg. Ich hörte sie tief inhalieren, dann sagte sie: »Ja, ich weiß. Er hat recht. Er hat immer recht. Ich habe mich da nervlich zu sehr fertiggemacht. Und er meint es ununterbrochen gut mit mir – manchmal weiß ich nicht, warum er sich noch mit mir abgibt. Gibby, ich bin manchmal ziemlich gemein zu ihm. Aber er ist so... alt geworden.«

»Na, ein Jüngling ist er nicht mehr.« Allmählich riß mir die Geduld. »Als du ihn geheiratet hast, war er über zehn Jahre älter als du, und er ist es noch. Du hast ja hoffentlich nicht angenommen, daß sich daran etwas ändert. Außerdem hat er meist einen Vierzehnstundentag. Was erwartest du da?«

»Ich weiß nicht«, sagte sie kläglich. »Nicht so was.«

»Und was ist mit Malory? Kann sie dir nicht die Zeit vertreiben?«

»Malory ist ein Schatz, aber sie geht jetzt tagsüber in den Kindergarten, und danach verabredet sie sich mit den kleinen Kretins aus der Nachbarschaft zum Spielen – Jack besteht darauf, sie geht nicht gern –, und sobald er nach Hause kommt, verwandelt sie sich in Mary Poppins und flitzt hier mit Getränken und Tabletts und Zeitungen herum, daß man ihr am liebsten ein Bein stellen würde. Und außerdem ist sie erst fünf. Fünfjährige sind bei Tisch nicht eben die besten Unterhalter, weißt du?«

»Allerdings«, antwortete ich nun ziemlich verärgert. »Wußtest du das bisher nicht? Ist die Erkenntnis dir neu? Mutter muß erkennen: Tischgespräch ihrer Fünfjährigen intellektuell unzulänglich! Vielleicht schickst du sie mal auf ein Rednerseminar zu Dale Carnegie. Oder zu mir – ich unterhalte mich glänzend mit ihr.«

»Ach, du bist unmöglich!« fauchte sie und legte auf, rief aber sofort wieder an.

»Entschuldige, Gibby, ich bin unmöglich, nicht du. Ich benehme mich zur Zeit wie eine alberne Kuh allererster Güte. Ich rede heute abend noch einmal mit Jack, daß ich wieder arbeiten gehen will. Er muß gemerkt haben, wie deprimiert ich bin, und wir können das Geld wirklich gebrauchen, und diesmal suche ich mir was, wofür man keinen Enthusiasmus entwickeln kann, vielleicht als Tippse oder Telefonistin.«

»Ich hatte keine Ahnung, daß du tippen kannst, und ich würde mein Telefon lieber rund um die Uhr klingeln lassen, ehe ich es dir anvertrauen würde. Buschtrommeln lägen eher auf deiner Linie.«

Sie lachte ihr altes, volles, unbeschwertes Lachen.

»Wie kommt es, daß ich nur mit Ärschen befreundet bin? Ich kann alles, solange ich dem stillen Glück hier entrinne, du wirst staunen. Diesmal mache ich es besser. Unterstützt du mich, wenn Jack mir Steine in den Weg legt?«

Ich versprach es ihr, aber es war dann gar nicht nötig. Sie muß ihn an dem Abend überzeugt haben, daß sie einer Arbeit nachgehen konnte, ohne sich dabei kaputtzumachen, denn tags darauf streckte sie ihre Fühler aus. Schließlich konnte sie die *South* überreden, sie wieder einzustellen – diesmal als Empfangsdame mit einer Arbeitszeit von 10.00 bis 16.00 Uhr –, und schon schwamm sie wieder mit im Strom der Bürgerrechtsbewegung – oder planschte vielmehr in

Ufernähe im trägen, sonnigen Flachwasser. Für ein paar Monate schien sie damit zufrieden, mit körperlosen Stimmen aus der Basis der Bewegung zu telefonieren – Fußvolk, nicht mehr Führung –, doch ich überlegte des öfteren, während der Frühling rasch zu einem höllischen Sommer wurde, wie lange sie sich noch pflichtschuldigst aus allem heraushalten würde.

Ich glaube, es hätte funktionieren können; vielleicht hätte sie die mühsame Metamorphose von der Aktiven zur Zuschauerin geschafft, wenn nicht die Bewegung selbst sie im Stich gelassen hätte. Wäre dieser reiche, reine, sprudelnde Fluß der Zivilcourage und selbstlosen Integrität nicht versiegt, sie hätte vermutlich auch aus dem Waten an seinem friedlichen Rand genug Ansporn, genug Begeisterung und – wer weiß – genug Selbstwertgefühl geschöpft. Seit dem Tag, als sie aus einer von Drachen bedrohten Welt in das Haus in der Peachtree Road gekommen war, hatte Lucy immer den unmittelbaren Kontakt zu Helden und Legenden gesucht. Die Bewegung hatte sie über Jahre hin zu Hunderten geliefert.

Aber in jenem glanzlosen Jahr 1969, als Richard Nixon in einem gebeutelten, trudelnden Staat das Präsidentenamt übernahm, als ein verbrauchter, abgearbeiteter Ben Cameron ankündigte, daß er keine dritte Amtszeit in Atlanta anstrebe, als der von Lucy fanatisch verehrte Ralph McGill einem Herzinfarkt erlag, entzweite sich die Bürgerrechtsbewegung am Stolperstein Vietnam, und die Jugendbewegung und die Drogenkultur fanden nie wieder richtig zueinander. Jetzt waren es die ganz Jungen, die in den Straßen protestierten, und sie demonstrierten rauchend und singend gegen den Krieg und gegen ihre Eltern. Die jungen Neger, die in den Südstaaten auf die Straße gingen, marschierten meist mit der weißen, Nirvana-gläubigen Jugend mit, berauscht und geschmückt mit Fransen, Perlen und Glöckchen.

Lucys leidenschaftliches Herz scherte sich einen feuchten Dreck um Vietnam und die Hippies. Hier waren keine Helden in Sicht – nicht für ihre phantasievollen Augen. Auch für die aufkommende Frauenbewegung interessierte sie sich nicht. Ein tückischer Dschungel ohne Heldentum – sei es unter der schrillen Bande der BH-Verbrennerinnen oder unter der dauerberauschten, laschen Jugend. Warum habe ich damals nicht vorhergesehen, daß sie sich in Ermangelung eines Helden selbst auf die Suche machen würde? Ich verstehe eher, warum Jack nichts merkte; er war damals so müde, daß er sogar übersehen hätte, wenn sie sich eine Rüstung angelegt und einen Schimmel vor dem Haus vorgeführt hätte.

Aber ich, der ich ihre Ausfahrten von klein auf beobachtet hatte und ab und zu sogar mitgeritten war, ich, der selbst versucht hatte, ein Held zu sein, als sie keinen andern fand, ich, der einmal mit Leib und Seele ihren Hunger und Durst mitgefühlt hatte, ich hätte es wissen müssen.

Lucy lernte Beau Longshore kennen, als er ihr bei der *South* ins Büro hereinstolperte und um Spenden für seine Mission in Mississippi bettelte; nachdem er ihr sein Anliegen vorgebracht hatte, war sie wohl schon rettungslos verloren. So schlimm die Folgen auch waren, ich hätte bei dieser Begegnung gerne Mäuschen gespielt. In dem überhitzten, schäbigen kleinen Büro müssen die Funken geflogen sein wie die Leuchtkäfer. Ich habe öfter erlebt, wie Lucy mit Menschen in Verbindung trat, die auf ihrer Welle lagen, auch mir selbst ist es manchmal mit ihr so gegangen. Ich kann bestätigen, man spürt förmlich eine unsichtbare Explosion reinen Lichts. Aber an dem Tag muß sie nicht nur spürbar, sondern auch sichtbar gewesen sein.

Unvermeidlich, daß sie Beau abends mit auf die Farm nahm, da er weder Geld noch sonstige Mittel noch Kontakte in der Stadt hatte. Auf dem Heimweg kam sie mit ihm im Gartenhaus vorbei, um ihn mir vorzustellen und einen Schluck zu trinken, einen Imbiß und eine Spende zu schnorren. Bei der Vorstellung hatte ich das unheimliche Gefühl, Lucys Zwillingsbruder die Hand zu geben: derselbe Glanz in seinen tiefliegenden Augen, dasselbe Fieber, derselbe verschleierte Wahnsinn. Als wir unser improvisiertes Abendessen beendet hatten, war ich von ihm fast so hingerissen wie sie, aber auch zutiefst beunruhigt über die Begegnung der beiden. Fast hätte ich Jack angerufen und ihm geraten, den Kontakt um jeden Preis zu unterbinden, aber ich ließ es sein. Da ahnte ich wohl schon, daß es bereits viel zu spät war.

Beaus Kritiker hätten selbst damals ein kleines Land-County in Georgia bevölkert, doch sein persönlicher Charme war fast unwiderstehlich. Nachdem er später im ganzen Land bekannt wurde, entwickelte sich um ihn ein quasi religiöser Kult, während er bei seinen Gegnern verhaßt und gefürchtet war. Er war sehr groß und dünn, ja, ausgemergelt, und früh weiß geworden, wie Jack, sei es aufgrund von Veranlagung oder weil er seinem Körper zu viel zugemutet hatte. Die braunen Augen brannten in tiefen, dunklen Höhlen wie schwelende Kohlen in Torfmoorlöchern. Die erbarmungslose Sonne der Golfküste Mississippis hatte ihn dunkelbraun gebrannt, was zu seinen langen, anmutigen Gliedern und den markanten Gesichtszügen eigentümlich aristokratisch wirkte. Mit seiner weißen Leinenhose und dem ausgebleichten Jeanshemd sah er aus, als wäre er soeben mit dem Beiboot seiner privaten Rennschaluppe an Land gerudert.

Die Leinenhose stammte aus dem Missionskrankenhaus in Afrika, wo er als Arzt gearbeitet hatte, und das Hemd war, wie die Kleidung seiner Patienten in den Sümpfen bei Pass Christian, aus der Altkleidersammlung. Immerhin war sein aristokratisches Auftreten gerechtfertigt, stammte er doch, wie mir Lucy später erzählte, aus guter Familie, hatte sowohl Theologie als auch Medizin an angesehenen Hochschulen studiert und beide Abschlüsse mit Auszeichnung bestanden. Er hatte mit seiner Familie gebrochen, als er die Kanzel der alten, grauen, steinernen Episkopalkirche von Richmond verlassen hatte und nach Gabun gegangen war, und der Graben war unüberbrückbar geworden, als er mit einer schwarzen Frau zurückgekehrt war, die in Oxford studiert hatte. Sie hatte das Leben als Missionarsgattin schnell überbekommen, war zu ihrer Familie nach Bandundu in Zaire zurückgegangen und hatte nie wieder von sich hören lassen.

»Aus ihrer Sicht sind wir bestimmt geschieden«, erzählte er Lucy. »Ich glaube, das macht man da, indem man um ein Huhn herumtanzt oder so was. Und aus Gottes Sicht – in Afrika drückt er öfter mal ein Auge zu.«

Er erkannte, daß sich das Böse in Afrika in Gestalt von Krankheit und Defätismus, nicht von Gottlosigkeit zeigte, und so kam er heim zum Medizinstudium, das er mit Hilfe eines Stipendiums seiner Kirche und drei, vier Nebenjobs gleichzeitig finanzierte. Natürlich fing er an, Drogen zu nehmen. In seiner Generation war der künstliche Rausch vorherrschender Trend, und mit Hilfe der leicht beschaffbaren Drogen konnte er mehr leisten und sein Studium erfolgreich abschließen. Etliche Medizinstudenten des Wassermannzeitalters nahmen regelmäßig Aufputsch- und Beruhigungspillen, doch Beau Longshore war ununterbrochen aufgeputscht. Er stieg um auf Kokain, flirtete mit LSD, und zwischendurch betrank er sich.

Viele Jahre lang schien sein Kreislauf diese Chemikaliensuppe ohne Schaden zu überstehen. Bei nachlässiger, krummer Haltung und täuschend starker Konstitution verfügte er über viel Schwung und Begeisterung. In den rund zehn Jahren seit seinem Medizinstudium hatte er in Afrika und an der Golfküste mit erstaunlich wenig Geld erstaunlich viel für die sozial Benachteiligten getan. Doch nun gingen ihm die Mittel und die Energie aus, seine medizinischen und theologischen Methoden hatten ihn seiner Kirche und seinen Kollegen entfremdet, und zum erstenmal war er auf der Suche nach Hilfe.

Und fand Lucy.

»Niemand würdigt seine Arbeit, Gibby«, schwärmte sie mir tags darauf am Telefon vor, nachdem Beau wieder Richtung Mississippi aufgebrochen war. »Er legt keinen Wert auf Publicity, und um die armen Neger da unten kümmert sich kein Mensch. So war es immer schon. Beau ist, Gott sei Dank, kein Heiliger – er erzählt sehr realistisch und sehr witzig von ihnen. Man könnte fast sagen, zynisch. Er sagt, er hat noch keinen edlen Wilden kennengelernt, aber schon schrecklich viele traurige Gestalten, und dasselbe gilt für die Neger da an der Küste. Er sagt, die würden keine Schlange erschlagen, um sich zu wehren, wahrscheinlich nicht mal für eine Million Dollar, und das Wichtigste für sie wär nicht Geld, Essen und das Wahlrecht, sondern daß sie sich gut fühlen. Er sagt, das wär wahrscheinlich die Wurzel jeder Diskriminierung; wer immer halb verhungert, krank und müde ist und Hakenwürmer hat, geht nicht hin und beansprucht seine Rechte. Er sagt, die brauchen nicht nur Gesetze, sondern auch Energie, und am einen kann er nicht viel ändern, aber am andern schon. Also gibt er ihnen Drogen.«

»Du lieber Himmel, Lucy! Darauf hat die Welt gewartet. Ein Heiliger der letzten Tage, der die Mühseligen und Beladenen antörnt. Du weißt schon, daß er sich damit strafbar macht?«

»Quatsch«, erwiderte sie hitzig. »Er ist schließlich auch Arzt, nicht bloß Pfarrer – er verschreibt ihnen die Drogen mit Rezept und allem Drum und Dran. Und er macht noch eine ganze Menge andere Sachen. Einmal im Monat hält er in der Kapelle eine Predigt, manchmal auch in anderen Kirchen, und er verheiratet und tauft und beerdigt sie, und er sorgt dafür, daß sie sich in die Wahllisten eintragen lassen und zum Zahnarzt gehen, und bettelt überall Kleider, Essen und Geld für sie zusammen, und er unterrichtet sogar die Kleinen und die, die nicht lesen können. Die meisten können es nicht. Und da ist weit und breit keine Schule. Und natürlich behandelt er die Leute umsonst. Niemand macht sich einen Begriff von seiner Arbeit da unten – ich glaube, das elende Nest hat noch nicht mal einen Namen. New Orleans und Mobile sind die nächsten Großstädte, aber sie liegen Hunderte von Meilen weit weg, und keiner kennt ihn dort. Seine Kirche und seine Ärztekollegen wollen wegen den Drogen nichts mehr von ihm wissen. Er braucht vor allem Publicity, und die verschaffe ich ihm. Ich habe mit Chip Turner von der *Newsweek* gesprochen, und er hat gesagt, er würde gerne was über ihn bringen. Ich frage bei der *South*, ob ich für sie hinfahren kann, dann kann Chip den Artikel abdrucken und weiterverbreiten. Das Geld von Chip kriegt natürlich Beau. Inzwischen kannst du ihm einen hübschen Scheck ausstellen. Er hat noch nicht mal das Geld für die Rückfahrkarte. Er ist hergetrampt.«

»Du spinnst, wenn du meinst, daß ich einer Bande von schwarzen Junkies aus Nirgendwo, Mississippi, ihren Lebenswandel finanziere. Ich kann ihnen eine Wagenladung Medikamente, Lebensmittel und Kleider schicken oder was er da unten so braucht, aber für Drogen kriegt er von mir keinen Penny. Marihuana für das Volk entspricht nicht meiner Vorstellung vom Kampf gegen Armut und Unterdrückung.«

»Er gibt ihnen keine Beruhigungsmittel, nur Aufputschmittel«, erwiderte Lucy vernünftig. »Amphetamine. Nur das Zeug, das auch in Diätpillen drin ist, ganz unschädlich. Beruhigungspillen nur für diejenigen mit Schlafstörungen oder Angstzuständen. Und Schmerzmittel, wenn jemand so was braucht. Nie härtere Sachen. Kein bißchen anders als andere Ärzte auch.«

»Die meisten Ärzte verschreiben aber Medikamente nicht aus sozialkritischen Motiven. Und er selbst nimmt bestimmt auch was, oder? Er sieht mir ganz nach einem Junkie aus.«

»Er sieht phantastisch aus«, entgegnete Lucy hitzig. »Er *ist* phantastisch. Er ist ein echter Held in einer Zeit der Antihelden, und ich schreibe einen sensationellen Artikel über ihn. Mensch, du klingst immer mehr wie Jack. Wenn ihr immer alles besser wißt, warum helft ihr dann nicht den Bedürftigen, statt euch vor den Fernseher zu hocken oder in einem aufgeblasenen Puppenhaus zu verkriechen?«

Ich schluckte meinen Ärger hinunter, denn sie hatte nicht ganz unrecht. Ich war nicht eben stolz darauf, daß ich mich aus den drängenden sozialen Problemen um mich herum heraushielt, konnte aber anscheinend den Zustand der Entropie nicht überwinden, der mich ans Gartenhaus fesselte. Ich konnte mir über eine längere Zeitspanne einbilden, daß meine Arbeit am *Compleat Georgian* auf die Dauer wertvoller sei als irgendwelche kurzatmigen, sporadischen sozialen Aktivitäten, aber insgeheim kannte ich den wahren Zweck meines Opus nur zu gut – es spendete einem alternden Peter Pan Trost und Zuflucht, der sich nicht in die Welt hinaus traute. Also ließ ich ihr die beißende Bemerkung über das Gartenhaus durchgehen.

»Demnach ist Jack nicht allzu begeistert von Dr. Longshore?« fragte ich.

»Jack war die ganze Zeit, wo er hier war, saumäßig unhöflich zu ihm. Er war strikt dagegen, daß ich Malory aufwecke und Beau vorstelle. Und er hat darauf bestanden, daß ich ihn in aller Herrgottsfrühe zum Busbahnhof fahre; hat ihn nicht mal ausschlafen und frühstücken lassen, wo doch klar war, daß der arme Mann halb tot war vor Hunger und Müdigkeit. Er hat gesagt, er duldet keine streunenden Löwen Gottes unter seinem Dach; ihm hätten schon meine streunenden Black Panther gereicht. Ich war so sauer auf ihn, Gibby, ich hätte ihn umbringen können. Und Beau hat sich so nobel verhalten. Charmant und witzig. Er hat Jack sogar zum Lachen gebracht, während der ihm die Tür gewiesen hat.«

»Was hat Jack denn so komisch gefunden?«

»Beau hat gesagt, er kann es ihm nicht verdenken. Er sagte, wenn es was Schlimmeres gäbe als einen Berufsheilsbringer, dann einen Berufsheilsbringer, der sich nebenbei als völlig zugekiffter Almosensammler betätigt. Er sagte, an Jacks Stelle hätte er sich auch rausgeworfen.«

Ich lachte und fand Beau Longshore wider Willen noch sympathischer als tags zuvor. »Eins muß man diesem Hurensohn lassen. Er hat Charisma. Mach dir um den keine Sorgen, Luce. Ich werde das Gefühl nicht los, daß er auf sich aufpassen kann. Laß Chip Turner selbst hinfahren und einen Artikel über ihn schreiben oder einen vorwitzigen Grünschnabel hinschicken. Du hast versprochen, es nicht zu übertreiben.«

»Ein Wochenende im Frühling an einem subtropischen Strand hat doch nichts mit übertreiben zu tun«, erwiderte Lucy fröhlich. »Und gleich ein Missionsarzt zur Hand. Mehr ein Urlaub in einem kirchlichen Erholungsheim als journalistische Arbeit. Ich überlege, ob ich Malory mitnehmen soll.«

»NEIN!« Ein Schrei aus meinem Innersten, spontan und unwillkürlich. »Im Ernst, Lucy! Renn meinetwegen diesem abgetakelten Rattenfänger hinterher – niemand kann dich daran hindern. Aber Malory wirst du mir nicht mitnehmen. Ich verbiete es dir.«

Sie schwieg eine ganze Weile, dann lachte sie leise: »Du willst es mir verbieten, Gibby? Mir verbieten, meine eigene Tochter zu einem Wochenendausflug mit ans Meer zu nehmen? Wer bist du denn, daß du das könntest?«

»Du weißt genau, wer ich bin!« Ich sah rot. »Wenn Jack dich nicht abhält, ich mache es bestimmt. Da kannst du Gift drauf nehmen.«

Wieder Pause. »Ach, reg dich ab«, antwortete sie leichthin und versöhnlich. »Ich wollte sie ja eigentlich gar nicht mitnehmen. Ich hab nur gesagt, ich überlege. Mann, du und Jack, ihr tut gerade so, wie wenn Beau ein Mädchenhändler wär, so wie ihr euch aufführt. Jack hat gedroht, sie zu dir und Mutter zu geben, wenn ich sie mitnehme. Ihr seid schuld, wenn sie später zu ängstlich ist, ein Risiko einzugehen und Leute kennenzulernen.«

›Um so besser‹, dachte ich. ›Ich hoffe, sie kommt durchs Leben, ohne solche Risiken einzugehen und viele solche Leute kennenzulernen wie du.‹ Aber ich sagte es nicht. Ich hörte aus Lucys Stimme eine fieberhafte Begeisterung heraus, die sich schnell zu Übermut und Schlimmerem entwickeln konnte; ich kannte das schon. Es hatte keinen Zweck, Lucy zu widersprechen, nicht, wenn es um Malory ging.

»Wann fährst du?«

»Morgen früh. Sobald ich gepackt, Geld geholt und ein Auto gemietet habe. Ich kriege von Chip keinen Vorschuß, aber er bezahlt einen Mietwagen über das Wochenende. Wenn sie haben, nehme ich ein Cabrio. An der Golfküste ist bestimmt schönes Wetter.«

»Fahr vorsichtig«, sagte ich nüchtern. Es fiel mir schwer, mir meine Besorgnis nicht anmerken zu lassen.

»Mach ich. Ich komme Anfang der Woche zu dir und erzähle dir alles. Und entschuldige, daß ich dich so angefahren habe. Ich hab das mit dem Gartenhaus nicht so gemeint, und auch nicht das mit Malory. Gibby, ich liebe dich, und immer komme ich dir nur mit Entschuldigungen. Bitte laß mich nicht fallen, auch wenn ich es verdiene.«

»Bestimmt nicht. Dafür hab ich zu viel in dich investiert.«

»Ich weiß. Ich verlaß mich darauf. Ciao, Gibby.«

»Ciao, Luce«, sagte ich, und dann ohne jeden Grund: »Steck ihn dir ins Ohr.«

Ihr Lachen kam tief, voll und fröhlich über die Leitung. »Steck ihn dir selbst ins Ohr.« Und weg war sie.

Als sie nach dem Wochenende nicht nach Hause kam, rief Jack bei Chip Turner von der *Neewsweek* an und erfuhr, Lucy habe sich gemeldet und darum gebeten, den Wagen noch ein paar Tage behalten zu dürfen. Sie habe gesagt, daß der Artikel länger brauche als geplant, die Sache aber sehr vielversprechend sei. Chip Turner äußerte sich erstaunt, daß sie nicht zu Hause angerufen hatte.

»Immerhin hat sie sich gemeldet, also mach ich mir keine Sorgen«, sagte Jack zu mir, als ich bei ihm anrief, um mich nach dem Verlauf des Wochenendes zu erkundigen. »Ich habe nicht ernstlich erwartet, daß sie nach zwei Tagen schon zurück ist. Du kennst ja Lucy. Sie begeistert sich immer so, wenn sie sich für etwas interessiert, daß sie sogar das Essen vergißt. Ich hoffe nur, das Arschloch ist es wert. Malory ist ganz schön beunruhigt. Seit Lucys Abreise ist sie in heller Aufregung und fängt immer wieder an zu weinen. Das hat sie sonst nie gemacht.«

»Gibst du sie mir mal?« Meine Sorge wuchs wie die Quecksilbersäule in einem Thermometer.

»Hallo, Shep!« Malorys Stimme klang lustlos.

»Dein Papa sagt, du regst dich auf, weil deine Mama nicht da ist. Das sieht meiner Malory gar nicht ähnlich.«

»Ich kann sie nicht hören.« Malory sprach leise, als traue sie sich nicht, die Worte laut zu sagen. »Ich rufe und rufe, aber sie antwortet mir nicht. Shep, sonst antwortet sie mir immer! Meinst du, sie ist ausgerastet oder tot oder so was?«

»Aber Dummerchen, natürlich nicht. Sie amüsiert sich nur so gut, daß sie… ihr Radio nicht auf Empfang hat. Bestimmt ist sie in Null-komma-nichts zu Hause.«

»Sie antwortet mir sonst immer«, wiederholte Malory mit tränenerstickter Stimme. »Immer. Sie hat mir's versprochen, egal, wo sie ist.«

»Du wirst sehen, ihr geht es prächtig.« Ich dachte bei mir: ›Lucy, ich könnte dich ohrfeigen. Erstens, weil du sie als eine Art psychische Funkstation mißbrauchst und dann einfach abschaltest, und zweitens, weil du überhaupt von ihr fortgegangen bist.‹

Dann übernahm wieder Jack. »Gibst du mir Bescheid, wenn sie dich anruft? Sie hat zu Turner gesagt, daß sie telefonisch nicht zu erreichen ist und sich wieder meldet. Vielleicht ruft sie dich an. Als sie gefahren ist, war sie stinksauer auf mich. Wie gesagt, ich mach mir keine Sorgen, aber ich könnte ihr den Hals umdrehen, weil sie Malory so aufgeregt hat.«

Aber Lucy meldete sich nicht bei mir und kam auch nicht heim, und nach fünf Tagen rief Jack noch einmal bei Chip Turner an. Diesmal kam erst ein langes, summendes Schweigen, dann sagte Turner: »Lieber Himmel, ich war der Meinung, sie – oder sonst jemand – hätte mal angerufen. Sie… Jack, sie hat so durcheinander geklungen, als sie mich anrief und mehr Zeit und Geld wollte, und dann haben wir erfahren, daß man sie da unten in den letzten Spelunken hat herumhängen sehen, und nicht in… sonderlich gutem Zustand… Na ja, vorgestern haben wir die Sache abgeblasen, und sie hat versprochen, nach Hause zu kommen. Sie wollte nicht, daß ich Sie anrufe, und hat gesagt, daß sie sich bei Ihnen meldet. Und das hätte sie auch… O Gott. Was soll ich machen? Wie kann ich helfen?«

»Sagen Sie mir nur, wo ich sie suchen soll«, antwortete Jack. »Und behandeln Sie das Ganze möglichst diskret, ja?«

»Selbstverständlich. Hören Sie, soll ich oder jemand anders von der Redaktion mitkommen?«

»Nein«, sagte Jack gepreßt. »Ich habe jemanden.«

Er holte Malory mittags von der Schule ab und brachte sie mit Schlafanzug und Zahnbürste zu uns in die Villa, und um eins waren wir schon unterwegs nach Südwesten zur Küste Mississippis. Meile für Meile schnurrte der Rolls mit leisem Brummen über enge

Asphaltstraßen. Wir unterhielten uns nicht miteinander, außer über den Weg, wenn wir die Karte lasen. Ich spürte die Angst in uns beiden wie einen Motor dröhnen, aber wir sprachen nicht davon. Als wir die Küstenebene von Alabama erreichten, wo sich das Brackwasser schwarz in den Gräben am Straßenrand spiegelte und die ersten Bartflechten an den Bäumen hingen, ging mir durch den Kopf, daß Jack Venable und ich nichts, aber auch gar nichts gemeinsam hatten außer Lucy – ein Band, das uns – sowenig es uns paßte – wohl ein Leben lang aneinander fesselte. Wäre sie nicht gewesen, wir hätten einander nicht einmal als oberflächliche Bekannte gewählt.

Doch jetzt glaubte ich kaum, daß wir je wieder frei voneinander sein würden. Wir unternahmen unsere gemeinsame Hilfsexpedition für Lucy ebenso selbstverständlich, wie sich die Lemminge instinktiv auf lange Wanderungen in den Tod machen – und, wer weiß, vielleicht ebenso selbstzerstörerisch.

Wir erreichten Pass Christian bei Anbruch der Nacht, brauchten aber fast bis Mitternacht, ehe wir am Ende einer sandigen, grasbewachsenen Straße – so dunkel, daß sie eins zu sein schien mit dem dichten Lianendschungel, durch den sie führte – Dr. Beau Longshores Missionskrankenhaus gefunden hatten. Stundenlang hatten wir die Gegend abgesucht, telefoniert, an Supermärkten in schäbigen Betonblocks und auf Rastplätzen angehalten und nach dem Weg gefragt, uns in schwarzen, moosüberwachsenen, tunnelartigen Sackgassen verfahren, uns beim Wendemanöver mit dem Rolls im tiefen, von Gestrüpp bedeckten Sand abgemüht, aggressive Stechmücken erschlagen, geflucht, mühsam bei Innenbeleuchtung Chip Turners Karte studiert und immer tiefer durchgeatmet gegen die steigende Angst, bis wir voll böser Ahnungen in die Lichtung hineinfuhren, wo an einem baufälligen, abgestützten Holzbau ein rohes Brett hing mit der Aufschrift: MISSIONSKLINIK DR. MED. BEAU LONGSHORE. ALLE WILLKOMMEN. BITTE KLOPFEN ODER HUPEN.

Der helle Mond dieser freundlichen, schönen Küste tauchte das schiefe Gebäude, die vier oder fünf unansehnlichen Autos und den schmutzigen, neuen Hertz Mustang Cabriolet in ein klares, strahlendes Licht – man glaubte, hineinfassen zu können wie in Schmelzwasser. Das Moos auf den Lebenseichen und hohen Schwarzkiefern war silbergrau, die Schatten tiefschwarz wie auf einem Negativfilm; im tückischen Unterholz hielten Zirpfrösche, Vögel und anderes Nachtgetier mit Silberstimme ein Konzert ab, und in der Luft hing schwer der Duft von wildem Geißblatt und Mimosen wie der Lebensatem eines Naturgeists oder Gottes. Als wir aus dem Rolls stiegen, sahen wir keine Menschenseele in der Nähe der Mission, nur in einem der Fenster auf der Rückseite schien trübe ein gelbes Licht wie von einer Petroleumlampe, und vorne sah man einen Fernseher bläulich flackern.

Schweigend gingen wir gemeinsam wie im Gleichschritt zur Hüttentür und klopften. Unsere ruhestörerischen Knöchel machten entsetzlich viel Lärm. Niemand kam, und ich holte tief Luft, um zu rufen, aber Jack faßte mich beschwörend am Arm.

»Nicht«, flüsterte er. »Bloß nicht. Ich geh rein.«

»Aber nicht allein«, raunte ich.

»Du bleibst draußen, Shep«, zischte er ingrimmig. »Ich will dich nicht dabei haben.«

»Du hältst mich nicht ab«, fauchte ich. Er funkelte mich an, zuckte dann aber resigniert die Schultern und betrat Beau Longshores Klinik.

Der geräumige Hauptraum der Hütte war unglaublich schmutzig. Ein ranziger Geruch nach Schweiß und verdorbenem Essen und – süßlich, stechend – nach Marihuana, vermischt mit selbstgebranntem Fusel oder billigem Wein, ein Geruch nach Krankheit und Verzweiflung, schlug uns entgegen. Kein Licht brannte, nur an einer Wand flimmerte eine Talkshow über den Fernsehschirm: *The Tonight Show.* Ein stummer, gestikulierender Johnny Carson unterhielt sich mit einem gleichfalls stummen Schwarzen, einem perlengeschmückten Bartträger mit Wuschelkopf und grimmigem Blick, wie sie zu der Zeit im Rampenlicht standen. Er hätte alles sein können, Rockstar oder Bürgerrechtler, Evangelist oder Krimineller. Vor dem Fernseher lagen auf blanken, fleckigen Matratzen etliche schwarze junge Männer und Frauen im Drogenrausch oder Alkoholkoma – schwer zu sagen, man sah nur, daß sie nicht dalagen, um sich auszuruhen oder zu schlafen.

Niemand sprach uns an. Ich glaube kaum, daß uns jemand wahrgenommen hat. Manche Paare waren unvollständig bekleidet, als hätten sie miteinander geschlafen, aber immerhin war niemand ganz nackt oder mitten im Liebesspiel. Der Boden zwischen den Matratzen war übersät mit Flaschen, Pappbechern, Aschenbechern und Papptellern, halb gefüllt mit einer vor Fett triefenden Pampe, die in der stillen, schwülen Hitze schnell eindickte. Auf der anderen Seite des Zimmers saß eine vollkommen schweigsame, sehr attraktive junge Schwarze und rührte bedächtig in einem verbeulten Topf. Sie hob verdrießlich den Circekopf und warf uns mit toten Augen einen Blick zu, gab aber kein Zeichen und keinen Laut von sich und senkte schließlich den Blick. Der wohlgeformte, dunkle Körper war unzureichend in eine Art Kinderschürze aus Organdy gehüllt, in der sie grotesk wirkte. Sonst hatte sie nichts an. Wir durchquerten den Raum und gingen in das dahinter liegende in der Tat von einer Petroleumlampe erleuchtete Kabuff, wo wir Lucy und Beau Longshore fanden.

Sie lagen nackt übereinander auf einer Matratze am Boden, neben ihnen der Haufen mit ihren Kleidern, über ihnen an der Wand weiße Rechtecke in schwarzen Rahmen – vermutlich Longshores akademische Grade. Neben ihnen standen Teller mit derselben Pampe wie im Nebenraum. Auf dem Boden lagen etliche leere Flaschen. Ich konnte zwar die Etiketten nicht lesen, erkannte aber an Form und Geruch, daß es Scotch war, und zwar eine teure Marke. Lucys Marke, Haig & Haig oder vielleicht Cutty Sark. Ich fragte mich, ob Lucy den Whiskey bezahlt hatte oder ob er mit einem widerwillig zugunsten Longshores ausgefüllten Spendencheck finanziert worden war. Der Doktor lag schlaff und bewußtlos da und sah im flackernden, trüben Licht aus, als liege er im Sterben oder wäre schon tot, so eingefallen und blaß wirkten sein Körper und sein Gesicht. Lucy dagegen war wach, und in ihren hellblauen Augen, unter denen tiefe schwarze und saffrangelbe Ringe lagen, sah ich die alte, eisige Flamme des Rauschs und des Wahnsinns und außerdem einen neuen matten Glanz, der von den befreienden Pillen des idealistischen jungen Arztes herrühren mußte. Ich fühlte nichts als grenzenlosen, grauen Überdruß, aber im Mund hatte ich den Salzgeschmack meiner Tränen.

»Ach du Scheiße«, flüsterte ich. »Lucy.«

»Hallo, Gibby«, flötete Lucy. »Hallo, Jack. Steck ihn dir ins Ohr!«

Diesmal brachten wir sie nach Park Forest, einer neuen psychiatrischen Klinik im Norden, die sich auf Alkohol- und Drogenmißbrauch spezialisiert hatte. Ein niedergeschlagener Chip Turner bestand darauf, daß die *Neewsweek* für ihren Krankenhausaufenthalt aufkam, obwohl sie dazu nicht verpflichtet war, und Jack nahm dankbar an. Er war inzwischen völlig blank, ließ sich aber von mir nicht unter die Arme greifen. Ohne Turners Angebot hätte Lucy nach Decatur ins Kreiskrankenhaus gehen müssen. Ich glaube nicht, daß ihr das gut getan hätte. Aber in Park Forest gab man sich modern und experimentierfreudig, wollte eine Fülle neuer Therapien und Medikamente an ihr ausprobieren und weigerte sich mit der Unbekümmertheit des Neulings, sich geschlagen zu geben. Wir verließen sie in der Überzeugung, daß man dort alles Menschenmögliche für sie tat. Wir erklärten uns einverstanden, sie für einen Zeitraum von drei Wochen weder anzurufen, noch zu besuchen. Wir unterschrieben die Papiere, lieferten Lucys Tasche ab, küßten sie auf die schmale, feuchte Wange, verschlossen unsere Ohren vor ihrem Weinen und Flehen und gingen heim, um uns um das andere kleine Opfer von Beau Longshores Odyssee zu kümmern.

Als Jack Malory in der Peachtree Road abholte, war sie still und fügsam, gab mir und ihrer Großmutter einen Abschiedskuß und ging brav mit Jack, doch schon am nächsten Nachmittag rief er mich ganz außer sich an und fragte, ob ich etwas von ihr gesehen oder gehört habe, da er soeben von der alten Schwarzen erfahren habe, die es ihrerseits von Malorys Klassenlehrerin wisse, daß sie am Morgen nicht im Schulbus gewesen sei. Ich hatte die Polizei noch nicht erreicht, und Shem holte eben den Rolls aus der Garage, da fuhr vor dem Säuleneingang ein gelbes Taxi vor, und die kleine Malory stieg aus und kam zögernd in meine Arme.

Sie hatte gewartet, bis Jack von der Bushaltestelle weggefahren war, und war die wenigen Straßen in die Innenstadt von Lithonia gelaufen, wo sie von ihrem Essensgeld eine Busfahrkarte zum Greyhound-Busbahnhof im Zentrum von Atlanta gelöst hatte; dort war sie in das erstbeste Taxi gestiegen und hergefahren. Ich bezahlte den Fahrer und ging mit ihr ins Gartenhaus, während Martha bei Jack anrief. Ich hatte Tante Willa nichts von Malorys Verschwinden erzählt, da ich nicht darauf erpicht war, sie händeringend in heller Aufregung um mich zu haben und auf Lucy schimpfen zu hören.

Soviel ich wußte, hielt sie gerade ihr Mittagsschläfchen auf ihrem Zimmer. Aber ich wollte es nicht darauf ankommen lassen. Ich setzte Malory mit einer Tasse Kakao auf das Sofa im Gartenhaus und sah sie an. Ich wußte nicht, sollte ich schimpfen, sie streicheln oder selber losheulen angesichts der großen Tränen, die ihr nun über die Wangen kullerten.

»Du hast uns ganz schön Angst eingejagt, weißt du das?« würgte ich heraus. »Wir haben gedacht, daß dir vielleicht was passiert ist.«

»Mir gefällt es da nicht mehr.« Sie kämpfte mit den Tränen und bemühte sich, das Gesicht nicht zu verziehen. »Ich hatte Angst, und Jack schläft die ganze Zeit, und ich kann meine Mama nicht hören. Niemand hat sich um mich gekümmert, und Mama hat gesagt, wenn keiner sonst da ist, machst du es, also... bin ich hergekommen. Wenn du mich zurückschickst, komm ich einfach wieder.«

Da nahm ich sie auf den Schoß, saß mit ihr im Arm im schwindenden Zwielicht des Frühlingsabends, fühlte bei ihr das erlösende Zittern und Schluchzen kommen, stärker werden und erschöpft abflauen, sah die Lichter der Villen im Lavendeldämmer aufblühen und fluchte voll Schmerz und Zorn auf eine merkwürdige, böswillige Welt, die ein lebhaftes kleines Mädchen – und etliche Jahre später auch deren kleine Tochter – dazu gezwungen hatte, in kopfloser Flucht vor ihr davonzurennen.

23. Kapitel

In den folgenden zehn Jahren lief Malory so oft von zu Hause weg, daß ich ihr, als Willie Nelsons Single *On the road again* herauskam, einen Goldanhänger der Platte schenkte, den sie lachend an ihrem Glücksarmband befestigte.

»Findest du nicht, daß er mir das Lied widmen müßte?« fragte sie eine Spur schuldbewußt. »Ich bin fast soviel *on the road* wie er. Hast du mich satt?«

»Ach, ich glaube, im Moment noch nicht«, antwortete ich leichthin. »Durch dich kriegt die Klitsche hier wenigstens ein bißchen Pfiff.«

Denn sie kam zu mir, wenn auf der Farm die dunkle Last zu schwer wurde für ihre kleinen Schultern – erst mit Bus und Taxi, und später, gemäß den atemberaubenden Gepflogenheiten ihrer Generation, per Anhalter. Mit der Zeit gewöhnten sich Jack und Lucy daran, sie als erstes im Gartenhaus zu suchen; hier war sie fast immer, saß mit einem Buch zusammengekuschelt auf dem Sofa oder hörte leise Musik, während ich mich mit Sarahs Ahnherren beschäftigte. Manchmal blieb sie auch über Nacht bei ihrer Großmama Willa, die sie vergötterte; ich nahm dann ihre Hand und präsentierte Malory förmlich in der Villa an der Hintertür, wo sie freudestrahlend und voll Stolz von Shem und Martha empfangen und nach oben in den für sie reservierten Ankleideraum neben Tante Willas Zimmer geleitet wurde. Sie blieb häufig zwei, drei Tage bei uns, aber dann kam immer ein Anruf von Lucy, daß sie Malory brauche und Shem sie bitte heimbringen solle.

Und Malory folgte widerspruchslos, denn »brauchen« war bei ihr das Schlüsselwort. Im ersten Drittel ihres Lebens ließ Malory alles stehen und liegen, sobald ihre Mutter anrief und sie »brauchte«, und ging nach Hause als das brave Kind, das sie war. Diese Gewißheit war, glaube ich, einer der wenigen Fixsterne an Lucys schwankendem Firmament.

Lucy befand sich zu der Zeit quasi im freien Fall, der aber nicht jäh und schrecklich anzusehen war, sondern mehr ein seitliches Abtreiben, die träumerische, spiralförmige Abwärtsbewegung eines Fallschirmspringers, der, ehe er an der Leine zieht, von thermischen Winden getragen wird. Wie es heißt, ist der traumhafte freie Fall für den Springer gefährlicher als die Landung, denn er ist dabei oft so fasziniert, so völlig frei und berauscht, daß die Versuchung groß ist, mit dem Ziehen der Leine zu lange zu warten. Ich glaube, etwas von dieser Freiheit und diesem Rausch hat Lucy bei ihrem allmählichen Abgleiten in den Wahnsinn empfunden, denn sie flüchtete sich oft dann hinein, wenn die Welt sie zu grausam verletzte, wenn sie allzu unsanft mit der Wirklichkeit konfrontiert wurde. Nicht, daß Lucy sich in den Wahnsinn hineingesteigert hätte, sondern sie bemühte sich nur nicht allzu sehr, ihm zu entgehen. Vielleicht nahm sie es nicht einmal mehr wahr, wenn sie ihre bequeme Flucht antrat. Lucy bewohnte das kalte Land der Realität, solange sie es aushielt, doch im vierten Jahrzehnt ihres Lebens besuchte sie es nur noch sporadisch. Den genauen Zeitpunkt ihrer Abreise bemerkten wir anderen, die Zuschauer, nicht Lucy selbst.

Ich hörte es an ihrer Stimme beim Telefonieren. Wenn Lucy in einer ihrer ruhigen Phasen war, klang ihre Stimme voll, bedächtig und rauh vom ständigen Rauchen, und in ihrem gedehnten »Gibby? Ich bin's, Schätzchen, Lucy« schwangen schwer und verheißungsvoll Heiterkeit und Ironie mit. Aber wenn sie getrunken hatte – denn was immer an heimlichen, weißen Wurzeln des Wahnsinns in ihrem Gehirn brach lag, mit dem Alkohol begann, ihr und uns zur Qual, Lucys allmähliches Abdriften –, war ihre Stimme hell, schrill und schneidend wie Glasscherben, strotzend vor unterdrücktem Übermut.

»Gibby, Schätzchen?« flötete sie dann mit Kristallstimme – ein tiefer Zug aus der Zigarette –, »Herzchen, bist du dran? Ich bin es, Lucy.«

Ich konnte diese Stimme nicht ausstehen. Ich konnte diese Anrufe nicht ausstehen. Nach einiger Zeit gab ich es auf, über den Grund für ihren Zustand nachzudenken, und machte mich auf die Litanei des Zorns und der Angst gefaßt, die zwangsläufig folgen mußte. Denn nach dem Zwischenfall mit Beau Longshore an jener namenlosen Küste in Mississippi veränderte sich bei ihr das Krankheitsbild: Sie erlitt nicht mehr hysterische Anfälle mit anschließender schwerer Depression, sondern sie war besessen von Angst vor Jack und maßloser Wut auf ihn.

Wenn der Alkohol ihrem Wahn Tür und Tor geöffnet hatte, glaubte sie, daß er sie in die staatliche Irrenanstalt einliefern wolle und sich mit Tante Willa und der unglücklichen Little Lady verschworen habe, sie für den Rest ihres Lebens dort einzusperren. Und mit dem Entsetzen eines schwachen Kindes in der Stimme, das herzzerreißend gewesen wäre, wenn ich es nicht schon so oft gehört hätte, klagte sie, Jack beschimpfe und mißbrauche sie, er schlage sie ins Gesicht, er prügle und trete sie, und sie habe Angst, daß er sie eines Tages erschießen werde. Ich konnte es ihr nicht ausreden, solange sie in diesem Zustand war. Nichts, nicht mein Drängen, Jack aufzuwecken und ans Telefon zu holen, nicht meine wiederholten Hinweise, daß sie gar keine blauen Flecken habe, nichts half gegen den Ansturm der Angst und Wut, gegen die nächtlichen Auflistungen seiner Untaten.

»Lucy, er hat doch nicht mal einen Revolver«, sagte ich anfangs einmal zu ihr, als ich noch vernünftig mit ihr zu reden versuchte. »Er hat mir gesagt, daß er Schußwaffen nicht ausstehen kann und sich lieber von einem Einbrecher erschießen läßt, als im Haus einen Revolver aufzubewahren, schon wegen der Kinder.«

»O, er hat schon einen Revolver, du hast ihn bloß noch nicht gesehen«, antwortete sie in ihrem schrillen Singsang. »Aber ich sehe ihn die ganze Zeit. Er hat ihn seiner ersten Ehefrau abgenommen, bevor sie ihn verlassen hat. Die arme Frau, ich kann sie jetzt nur zu gut verstehen. Ich habe es vorher nicht begriffen. Ich habe ihr furchtbar Unrecht getan, Gibby. Furchtbar. Das rächt sich jetzt.«

Nachdem es einige Jahre so gegangen war, kamen ihre Anrufe manchmal auch von woanders. Zwei-, dreimal im Jahr erweckte das Schweigen am anderen Ende der Leitung, wenn ich abends den Hörer abnahm, mein Mißtrauen, noch ehe mir eine lachende, aufgedrehte Lucy mitteilte, sie sei in diesem oder jenem zweitklassigen Pendlermotel, wie sie rund um die Stadt an allen Ausfallstraßen lagen, und zwar mit einem Mann, den sie nebenan in der Kneipe aufgelesen habe.

Es schien, als sei ihr bei jenem ersten Erlebnis von außerehelichem Sex mit Beau Longshore irgendein wichtiger Kontrollmechanismus abhanden gekommen, so daß sie offen nach den schützenden Vaterarmen suchte, die sie nie gefunden hatte. In ihren vergleichsweise gesunden und vernünftigen Phasen war Lucy Jack so treu wie eine Braut vom Lande im 19. Jahrhundert. Doch während der Zeiten geistiger Umnachtung zog es sie zu den verschlissenen Laken und dünnen Matratzen der Holiday Inns und Howard Johnsons im ganzen North Fulton County. Am Anfang kam Jack und brachte sie in grimmigem Schweigen nach Hause, aber nach einer Weile wurde sie so ausfällig und heftig, wenn er sie abholen wollte, daß er auf ihre Anrufe nicht mehr reagierte, sich auf die andere Seite drehte und weiterschlief. Er wußte ja, daß sie als nächstes mich anrief und ich schon gehen würde. Mit mir kam Lucy normalerweise willig mit.

Ich weiß auch nicht, warum ich diese hoffnungslosen nächtlichen Wallfahrten unternahm, warum ich immer noch zuhörte, wenn Lucy – was immer öfter geschah – mit schriller Stimme sagte, »Gibby, Schätzchen? Ich bin es, Lucy«, und ihre unvermeidlichen Tiraden des Wahnsinns und der Klage, der Angst und des Schmerzes von sich gab. Wir sind wie zwei Gespenster, dachte ich oft, auf uns liegt ein Fluch, daß wir rastlos in einer Welt umgehen müssen, in die wir uns nicht einmal mehr hinauswagen, und wir sprechen miteinander in den Spuknächten über Geistertelefone. So hörte ich ihr mit einiger Geduld zu, egal, wie oft sie anrief oder wie absurd ihre Anschuldigungen waren. Zum Teil einfach, weil sie so abhängig von mir war, sich mir in ihrer Krankheit so völlig ergab, mir in ihrem Schmerz wie keinem anderen vertraute. Und ihre Ergebenheit, so tückisch und schlitzohrig sie sein mochte, schenkte mir Wärme und Licht in meiner selbst auferlegten Verbannung.

Vor allem aber ließ ich Lucys gekränkte Litaneien über mich ergehen, weil ich wußte, daß sie sich dann beruhigte und Malory noch für ein Weilchen mit ihren Verrücktheiten verschonte.

Denn Malory litt. Dieses heitere, hübsche Mädchen mit Lucys glattem, schwarzglänzendem Haar, den strahlend blauen Augen und dem jungen, markanten Falkenprofil der Bondurants hatte so gut wie gar keine Kindheit. Je mehr ihre Mutter in die Dunkelheit entglitt, desto mehr verlor sie ihre frühere Freude am Spiel; ihr volles, ausgelassenes Lachen, Lucys so ähnlich, war nicht mehr oft zu hören. Der Ausdruck ihres beweglichen, intelligenten Gesichts war häufiger sorgenvoll und düster als verschmitzt oder wißbegierig. Auch sie hatte etwas von Lucys alter Energie, aber sie äußerte sich nicht mehr, wie früher, in ausgelassenen Späßen und Albereien, sondern in gewissenhafter, hitziger Beharrlichkeit, und ich war darüber besorgt. Sie hatte Humor, doch sie war weder fröhlich noch witzig. Malory, deren ganze Kindheit nur auf Lucy ausgerichtet war, prallte überall an den Wänden ihres Lebensraums ab wie eine heftig angestoßene Kugel; vermutlich war es nur natürlich, daß sie jeder Begegnung mit Überraschungen und mit Spontaneität auszuweichen versuchte. Ich konnte es ihr nicht verdenken. Sie hatte in ihrem Leben schon zu teuer für Impulsivität und Überspanntheit bezahlt.

In einem Alter, in dem sie Kinderfeste hätte besuchen, nach der Schule mit anderen Kindern herumtollen und den langen Frühling und goldenen Sommer und Herbst im Süden von Piedmont frei hätte genießen sollen, blieb sie statt dessen zu Hause auf der heruntergekommenen Farm in der liebevollen, aber unbefriedigenden Gesellschaft der alten Schwarzen. Sie las und sah fern, hielt ihre traurige, hilflose Wacht über ihre Mutter und bewirtete ihren schweigsamen, säuerlichen Vater, wenn er von der Arbeit kam und sich mit der Zeitung in seinen Fernsehsessel fallen ließ. Sie brachte ihm seinen Whiskey, wärmte ihm die gehaltvollen Mahlzeiten auf, die die Haushälterin für sie gekocht hatte, setzte sich still neben ihn und starrte auf den flimmernden Bildschirm, bis er in einen Scotchgeschwängerten Schlaf fiel. Erst dann deckte sie ihn zu, putzte sich die Zähne, ging selbst zu Bett und schlief den leichten Schlaf einer verbrauchten alten Frau.

Malory hatte sich diesen armseligen Tagesablauf selbst gewählt, denn ich glaube nicht, daß Jack den stillen, guten Geist in seinem Haus bewußt vernachlässigte. Doch offenbar gelang es ihm nicht, eine fruchtbare Beziehung zu Malory zu knüpfen. Vielleicht hatte sie zu viel an sich von seiner schönen, schwachen Frau, die ihm allmählich entglitt; vielleicht hatten Lucys anonyme Motelzimmer schließlich doch seine Liebesfähigkeit zerstört, oder sie war mit der Bürgerrechtsbewegung abgestorben, die so viel von ihr beansprucht hatte. Aber die Gründe spielten für Malory kaum eine Rolle; sie war auf jeden Fall einsam im Haus ihres Vaters.

Meines Wissens dachte Jack nie daran, Lucy zu verlassen, und beging keine der Ungeheuerlichkeiten, deren sie ihn bezichtigte. Während der beträchtlichen Zeitspannen, in denen sie gesund und nüchtern war, verhielt sich Lucy ihm gegenüber auch zärtlich und anhänglich wie nur je. Wenn überhaupt, dann versagte Jack darin, Mutter und Tochter Erfüllung zu geben, und das möglicherweise mit fatalen Folgen.

Also lief Malory von zu Hause weg. Ich habe sie dafür nicht ein einziges Mal getadelt. Es war vielleicht das Klügste, was sie unter den Umständen tun konnte. Erst wenn Lucy anrief und Malory sich auf den Heimweg machte, bekam ich es mit der Angst, bis ich wußte, daß sie gut angekommen und Lucy bei Verstand war.

Während der ersten Jahre von Lucys raschem Abgleiten in den Wahnsinn war mir gar nicht wohl dabei, daß Malory auf der Farm wohnte. Selbst zu Lucys »guten« Zeiten, wenn sie einmal aus der Klinik entlassen war, in die sie ihr jeweiliger Psychiater gesteckt hatte, und sich vorgeblich als freie Schriftstellerin betätigte, war es ein verdrehter, ungesunder Haushalt. Doch wenn es ihr sehr schlecht ging und sie wieder in die Niederungen von Alkoholmißbrauch, Promiskuität und Paranoia sank, muß die Atmosphäre dort für Malorys Gefühlsleben verheerend gewesen sein. Zu den Zeiten, in denen das Kind bei mir war, untersuchte ich sie sorgfältig nach Anzeichen von Schäden und Verletzungen, fand jedoch nur wenige. Sie kam mir wunderschön vor in der Zeit kurz vor der Pubertät – sie hatte eine fast unirdische Ausstrahlung. Ich mußte nie mit ihr schimpfen. Ich sah nichts, worüber ich hätte schimpfen können. Mit der Zeit gewöhnte sie sich an, einfach zu verschwinden, wenn ihr etwas nicht paßte; und wenn Tante Willa oder Jack sie gegen ihren Willen zu etwas zwingen wollten, drohte sie auf sachliche und überaus höfliche Weise mit Weglaufen, was mir ganz vernünftig und sogar liebenswert vorkam.

Erst Dorothy öffnete mir die Augen.

Seit einem Jahr besuchte ich sie immer öfter, denn um Ben legte sich allmählich der heimtückische Nebel der Demenz – jener Krankheit, der man zehn Jahre darauf den Namen Alzheimer gab. Es hatte etwa um die Zeit von Ben juniors Tod begonnen und sich nach Beendigung seiner zweiten Amtszeit als Bürgermeister verschlimmert. Dorothy war fast ganz ans Haus gebunden; sie ließ ihn nicht gern mit Leroy Pickens und Minnie, der Köchin, allein. Er war noch nicht ständig verwirrt und aggressiv, sondern hatte längere Phasen von relativer Klarheit und Wohlbefinden, in denen sich hämisch das Zerrbild des Mannes zeigte, der er einmal gewesen war.

Doch zu seinem Entsetzen hatte er manchmal plötzliche Ausfälle. Es kam öfter vor, daß er draußen herumirrte; bei einer Gelegenheit sogar in seinem geliebten Lincoln, und einmal steckte er den Wald hinter dem Haus an, da er Abfall verbrannt und das Feuer einfach sich selbst überlassen hatte. Zuschauen zu müssen, wie ein schwacher, verlöschender Geist von diesem von mir über alles geliebten Mann mit dem liebenswürdigen Wesen und dem vitalen, sehnigen Körper Besitz ergriff, war für mich äußerst schmerzlich und bestürzend, und ich wußte, für Dorothy mußte es grauenvoll sein. Sie war schon deshalb froh über meine Besuche, weil Ben fast normal auf mich ansprach, also ging ich oft hin, und manchmal nahm ich Malory mit. Sie liebte Dorothy und Ben, der sie zwar häufig für Lucy hielt, sich aber stets an sie erinnerte, und die Camerons bedachten Malory großzügig mit fast derselben unkomplizierten Zuneigung wie Livvy und Charlsie, Sarahs kleine Töchter. Bens Söhne sahen sie nicht oft. Julia konnte nicht verzeihen, auch da nicht, wo es nichts zu verzeihen gab. Der Verlust von Bens Kindern war eine nicht verheilte und nicht heilbare Wunde, doch weder Dorothy noch Ben erwähnten sie. Noch ein Grund, weshalb ich Malory mitnahm.

Als wir eines Nachmittags – Malory war damals zehn – bei Dorothy in der kleinen Bibliothek Tee tranken, während Ben oben sein Mittagsschläfchen hielt, fragte Dorothy Malory, was sie in der Woche noch vorhabe. Sie wohnte bei uns. Lucy erholte sich in der Klinik von einem Rückfall und wurde erst in ein, zwei Wochen zu Hause erwartet.

»Ich hab's vergessen.« Malory lächelte Dorothy an und warf mir einen spöttischen Blick zu. Ich plante oft ihre Unternehmungen für sie, auch wenn ich sie nicht begleitete.

»Morgen nachmittag mußt du zum Zahnarzt«, erinnerte ich sie. »Und am Freitag will deine Großmutter nach –«

»Nein«, sagte Malory.

Ich sah sie an, und Dorothy zog die schwarzen Brauen hoch.

»Was nein?« fragte ich.

»Nicht zum Zahnarzt. Ich geh' nicht zum Zahnarzt.«

»Doch. Du weißt genau, daß du noch ein Loch hast, bevor du fertig bist. Du hast dir selbst den Termin geben lassen.«

»Ich geh nicht hin«, antwortete Malory mit sanfter, angenehmer Stimme und hielt meinem Blick stand. »Ich geh nicht hin. Und wenn du mich zwingen willst, laufe ich weg. Und du weißt, daß ich es wirklich mache, Shep.«

Ich zuckte die Achseln. Schon möglich. Aber ebensogut konnte es sein, daß sie ihre Drohung am nächsten Tag vergessen hatte und sich willig von Shem im Rolls zum Zahnarzt fahren ließ. Es kam mir nicht wichtig vor.

»Malory, Pickles hat geworfen. Willst du nicht mal in die Garage gehen und dir die Jungen anschauen? Ich glaube, sie haben schon die Augen offen.«

»Gerne, Mrs. Cameron.« Malory erhob sich gleichmütig. »Langt eine Viertelstunde?«

»Vollkommen.« Dorothy zuckte es vor unterdrücktem Lachen um den Mund, aber als sie sich mir zuwandte, lächelte sie nicht.

»Sie ist fast so beängstigend wie charmant, und das will etwas heißen. Hör mal, du findest vielleicht, daß es mich nichts angeht, aber sonst sagt es dir ja keiner. Es wird Zeit, daß du einmal streng zu ihr bist. Wenn nicht, wird es ihr noch schlecht ergehen.«

»Streng?« Das Wort ging mir eigentümlich schwer über die Lippen. »Warum soll ich denn streng zu ihr sein? Sie ist schon so wohlerzogen wie eine Erwachsene –«

»Aber sturer und dickköpfiger als die meisten. Und ein ganzes Stück herrischer. Shep, ich schließe aus dem, was du mir erzählt hast, daß praktisch niemand das Kind erzieht. Ihr Vater ist entweder fort zum Arbeiten oder schläft vor dem Fernseher, und ihre Mutter… nun ja. Und eine arme, ungebildete Schwarze kann es schon gar nicht mit Malory aufnehmen. Da bleibst nur noch du. Vielleicht hast du es nicht gemerkt, aber du bist jetzt ihr wichtigster Erzieher. Und weil das so ist, mußt du dich darum kümmern. Du kannst sie nicht nur verwöhnen. Es ist eine schlimme Geschichte, daß sie mit Weglaufen droht, wenn ihr etwas gegen den Strich geht. Die schlimmste Art von Manipulation. Du mußt ein Ende damit machen, denn du bist offenbar der einzige, der es kann.«

»Oh Gott, Dorothy, ich wollte doch nie ein… Erzieher sein«, antwortete ich kläglich.

»Nicht? Du hast dich ihr als Fels und Zuflucht angeboten. Herzchen, ohne sauren Schweiß keine süßen Früchte.«

»Wie kann ich denn streng zu ihr sein?« fragte ich verzweifelt. »Sie hat so viel durchgemacht. Sie macht immer noch so viel durch – sie wirkt vielleicht selbstsicher, aber innerlich ist sie bestimmt sensibel, womöglich schon verletzt. Ich möchte ihr nicht noch mehr weh tun...«

»Dann gibst du ihr dieselbe furchtbare Macht, die ihre Mutter hat. Glaube nicht, daß sie nicht furchtbar ist, die Macht der Schwachen über die Starken. Sie hat den Dreh schon raus. Von wem sie ihn wohl gelernt hat? Du mußt dagegen einschreiten, weil du der einzige bist, der es kann. Oder möchtest du diese Rolle für Malory?«

»Nein.« Ich schloß gequält die Augen. »Nein.«

Sie hatte recht. Sosehr es mir zuwider war, ich mußte Malory beiseite nehmen und mit ihr sprechen, wie ich es noch nie getan hatte. Ich wollte nicht, daß Lucy als ihr größtes Vermächtnis ihr Talent zu Flucht und Manipulation an ihre Tochter weitergab.

Eines unguten Nachmittags schnitt ich dieses Thema an. Ich fing es ungut an, und Malory nahm es ungut auf. Sie heulte vor Wut, wie ich es bei ihr noch nie erlebt hatte. Ich fühlte mich an Lucys frühe Anfälle von Verzweiflung und Hysterie erinnert; das Herz stockte mir. Schließlich schluchzte sie, daß sie weit weglaufen und nie mehr wiederkommen werde, und rannte aus dem Haus, und nur die körperlose Hand Dorothys auf meiner Schulter bewahrte mich davor, ihr nachzusetzen. Sie kam nicht zum Abendessen bei ihrer Großmutter, und ich wollte eben Shem holen und mit ihm den Wald durchkämmen – eine Neuauflage jener Suche, die vor Jahrzehnten ihrer Mutter gegolten hatte –, als sie mit rotverweinten Augen ins Gartenhaus schlüpfte, mir die schlanken Arme umlegte und sagte: »Shep, es tut mir leid. Es war dumm von mir, und du hast es nur gut mit mir gemeint. Ich mach so was bestimmt nie wieder.«

»Nie mehr davonlaufen?« fragte ich, umarmte den niedlichen, zarten Körper und merkte, wie ich selbst weinen mußte, während ich gleichzeitig sehr stolz auf sie war.

»Ich glaube nicht, daß ich dir das versprechen kann«, antwortete sie nach langer Pause gedämpft an meinem Hals. »Vielleicht muß ich noch ein paarmal von zu Hause hierher laufen. Aber ich verspreche, daß ich nicht mehr damit drohe, außer wenn es mein Ernst ist.«

»Einverstanden.« Neben Stolz kam dumpfe Wut in mir auf, daß ihr so früh so viel Reife aufgezwungen wurde. Trotz all meiner Bemühungen war es Malory nicht oft vergönnt, ein Kind zu sein.

Erst als sie knapp zwölf Jahre alt war, zeigte sich ein anderes, tückischeres Phantom und hob herausfordernd das Schlangenhaupt. Ich hatte es seit Jahren befürchtet: Wie hätte Malory – so, wie Lucys Krankheit sich äußerte – von ihm unberührt bleiben können? Wie seinem Schatten entgehen? Doch obwohl ich die Augen offengehalten hatte, hatte ich nichts gesehen.

Aber dann, in der Weihnachtswoche vor ihrem dreizehnten Geburtstag, fragte sie mich vom Teppich vor dem Feuer aus, wo sie über Kopfhörer Jimi Hendrix hörte, während ich Walker Percy las: »Warum geht meine Mutter immer in so Motelzimmer?« Sie stellte die Frage, ohne mich anzusehen; ihre Stimme klang leise und liebenswürdig wie immer, aber ich sah, wie sie im Nacken dunkelrot anlief.

Lieber Gott, steh mir bei, dachte ich voll Panik, als ich im Feuerschein den alten, lang erwarteten Feind erkannte.

Lucy war fast ein Jahr lang klar gewesen. Wir hatten große Hoffnungen in ihre neue Psychiaterin gesetzt, eine sarkastische, aber warmherzige Frau, die sie mit Lithium behandelte und eine neue, sogenannte kognitive Therapie an ihr ausprobierte. Sie glaubte, daß der Krankheit eine manisch-depressive Psychose zugrunde liege, überdeckt von Alkoholmißbrauch, und daß hinter Lucys Angst und Wut eine extrem negative Weltsicht stehe. Sie sagte, das Lithium könne gegen die manische Depression und die daraus resultierende Abhängigkeit vom Seelentröster Alkohol helfen, während ihre kognitive Therapie den nihilistischen Zug in Lucys Wesen bekämpfen solle.

Lucy verstand sich blendend mit der Ärztin, hatte auf die Behandlung gut angesprochen, sogar erwogen, im neuen Jahr ihre Arbeit bei der *South* wieder aufzunehmen, und wir hegten die zaghafte Hoffnung, sie habe den Tunnel hinter sich gelassen oder nähere sich zumindest dem Licht. Jacks Gang und seine Stimme waren unbeschwerter als in den vergangenen vier Jahren voll Ärzte und Kliniken, und Malory lachte wieder, wenn auch schüchtern und verhalten, und hatte sich schon seit Januar nicht mehr zu uns geflüchtet.

Nur ich war skeptisch. Mir schien es ganz klar, daß die Finsternis zu tief in Lucy wurzelte, als daß man ihr mit Pillen und positivem Denken hätte beikommen können. Aber ich behielt meine Zweifel für mich. Was Lucy betraf, war ich nicht eben ein unvoreingenommener Beobachter. Schlafenden Wahnsinn soll man nicht wecken. Immerhin hatte Lucy seit elf Monaten kein Glas angerührt und auch keinen Mann.

Doch dann verlor sie wieder den Boden unter den Füßen. Je näher Weihnachten kam – aus irgendeinem Grund haßte und fürchtete sie die Weihnachtszeit –, desto gereizter, dünnhäutiger und zänkischer wurde sie, und obwohl wir alle verzweifelt Augen und Ohren verschlossen, war keiner von uns überrascht, als am 17. Dezember gegen Mitternacht ihr Weckruf kam. Sie hatte in einem nahegelegenen Einkaufszentrum Weihnachtseinkäufe erledigen wollen und war statt dessen Richtung Duluth zu einer Raststätte gefahren, einem Treffpunkt für Lastwagenfahrer; als sie mich unter irrem Lachen anrief, hörte ich im Hintergrund Gelächter von mehr als einem Mann. Ich fuhr sofort ins Motel, und als ich die nicht abgeschlossene Zimmertür öffnete, ritt einer auf ihr wie auf einer bockenden Stute, ein zweiter kniete mit offenem Hosenschlitz über ihrem Kopf, und ein dritter schaute fern auf dem anderen Bett und wartete energisch masturbierend darauf, daß er an die Reihe kam. Bei meinem Anblick schmolzen sie weg wie schmutzige Schneemänner und zogen sich im Hinausgehen die Hosen an. Lucy schrie und lachte herausfordernd während der ganzen Fahrt in die Klinik, in der ihre Ärztin arbeitete. Und seitdem war sie dort.

Wir hatten Malory natürlich keine Einzelheiten erzählt; weder jetzt noch vorher. Wir hatten auch diesmal, wie immer, nur gesagt, ihre Mutter sei krank und müsse in die Klinik, um wieder gesund zu werden, und sie komme bald nach Hause. Doch Malory, alles andere als beschränkt, stand an der Schwelle zur Pubertät und hätte auf alle möglichen Arten das genaue Krankheitsbild ihrer Mutter in Erfahrung bringen können. Wie gesagt, ich hatte so etwas erwartet. Ich hatte sie im Auge behalten, um zu sehen, ob ein Schatten der Dunkelheit auf sie fiel – ein frühreifes Interesse, Anzeichen von Lüsternheit oder gar, Gott bewahre, ein Hinweis darauf, daß ihr dasselbe Fieber im Blut lag. Sie war schon fast in dem Alter, in dem es sich bei ihrer Mutter zum ersten Mal gezeigt hatte.

Doch Malory blieb keusch und asexuell wie ein mittelalterlicher

Page oder eine kleine Heilige. Sie hatte keine Freunde und wenig engere Bekannte, und darunter waren keine Jungen. Jacks Söhne hatten sich längst für die verläßliche, wenn auch lauwarme Gastfreundschaft ihrer Tante in Nashville entschieden; sie kamen nur noch selten auf die Farm zu Besuch. Malory schien sich in der Gesellschaft der gleichaltrigen Jungen, mit denen ich sie zusammen sah, nicht unwohl zu fühlen: mit Snakes und Lelias drei Söhnen, mit Freddies und Toms hübschem, dummem Tommy und, seltener, mit den beiden munteren Rotschöpfen von Ben junior. Doch sie blieb nie lange mit ihnen zusammen, sondern verschwand nach kurzer Zeit so schnell und still wie Schnee an der Frühlingssonne. Ich überlegte hin und her, ob sie Angst vor Jungen hatte, und in Anbetracht von Lucys Lebensgeschichte hätte ich das gar nicht schlecht gefunden. Ich betrachtete sie an jenem Abend im Licht der Flammen; in ihrer abgerissenen, ausgebleichten Blue jeans, der verschlissenen Weste und den Stiefeln erinnerte sie an eine androgyne, von Remington gezeichnete Figur. Wären ihre spitzen, ungeschnürten jungen Brüste und die feinporige Haut nicht gewesen, hätte sie auch ein Junge sein können.

»Ich finde, da solltest du lieber deinen Papa fragen«, antwortete ich endlich so beiläufig ich konnte. »Es wird ihm nicht recht sein, daß ich mit dir darüber spreche. Bestimmt macht er es lieber selber.«

»Jack habe ich schon gefragt.« Sie schaute immer noch nicht auf. »Er meint, ich soll mir keine Gedanken darüber machen. Er sagt, es wär Mamas Problem und nicht meins. Das ist doch Quatsch, Shep. Klar mache ich mir darüber Gedanken. Es *ist* mein Problem, und seines auch. Er tut nur so, als wär es nicht seins. Deshalb frage ich dich.«

Ich seufzte. »Also, ihre Krankheit und der Alkohol bringen sie dazu, so was zu machen. Wenn sie gesund wäre, würde sie es nicht machen, und es kommt bestimmt nicht mehr vor, wenn sie wieder ganz gesund ist –«

»Ja, aber was macht sie denn da eigentlich?« Ich merkte, daß Malory den Tränen nahe war, obwohl sie die Augen niedergeschlagen hatte.

»Malory, es ist nichts arg Schlimmes, bloß… ich will nicht –«

»Mann, Shep, ich weiß, daß sie mit Männern vögelt«, unterbrach sie mich gereizt und schaute mich endlich an. Tiefer Schmerz war in ihrem Blick. »Ich weiß, daß sie sich um den Verstand bumst mit Männern, die sie gar nicht kennt. Als Jack nicht mit mir geredet hat, habe ich ihre Mackenpflegerin gefragt, und die hat's mir erzählt. Aber, ich möchte wissen, warum. Warum muß sie so was tun? Ist Jack ihr nicht genug? Bin ich's nicht?«

Nun kullerten ihr die Tränen übers Gesicht, aber sie schien sie nicht zu bemerken und wischte sie nicht ab. Sie sah mich an, als hinge ihr Leben von meiner Antwort ab. Ich wußte, daß es quasi auch so war, und in dem Moment haßte ich Lucy glühend und hemmungslos.

»Sie ist nicht bei sich, wenn sie so was macht«, sagte ich in dumpfer Verzweiflung. »Ich glaube, sie merkt nicht mal, was sie tut. Vielleicht liegt es an irgendeinem chemischen Vorgang in ihrem Hirn, über den wir nichts wissen, und sie kann nichts dafür. Oder es ist eher eine Art Flucht vor etwas, das sie tief verletzt...«

»Vor mir zum Beispiel?« Ihre Stimme zitterte jämmerlich.

»Aber Kleines, vor dir doch nicht. Deine Mutter hat dich sehr, sehr lieb. Das weißt du doch. Nein, es hat wahrscheinlich schon angefangen, als sie noch ein ganz kleines Mädchen war, womöglich schon, ehe sie hierhergezogen ist. Und dann hat irgendwas in ihrem Hirn, diese chemische Substanz vielleicht, die Sache ausgelöst...«

»Mama hat mir erzählt, sie hat den ersten... Anfall gleich nach meiner Geburt bekommen«, sagte sie sachlich. Mir klangen die Ohren. Ich dachte: ›Lucy, dafür würde ich dir am liebsten den Hals umdrehen.‹

»Das stimmt nicht«, antwortete ich ruhig. »Sie hatte ein paar kleinere... Anfälle, könnte man wohl sagen..., als sie noch aufs College gegangen ist, und kurz danach. Sie weiß es vielleicht nicht mehr, aber ich schon. Es hat also nichts mit dir zu tun.«

»Die Frau Dr. Farr hat mir gesagt, daß sie irgendwie auf der Suche nach ihrem Vater ist. Nach meinem Großvater.« Die Tränen rannen zwar noch, aber sie hielt die Schultern nicht mehr so schrecklich steif und lehnte sich an meine Knie an.

»Ich glaube, da hat sie recht.«

»Also, dann... dann möchte ich gern wissen... will sie, wollte sie so was mit ihrem Vater machen? Ich meine, darf man sich das wünschen... du weißt schon... mit seinem Vater? Oder darf man es nicht und wird verrückt, weil man es sich wünscht? Oder was?«

»Hat sie so was schon mal zu dir gesagt?« Wutentbrannt stellte ich mir vor, wie sich meine Hände genüßlich um Lucys schlanken Hals legten.

»Nein, nein. Ich hab mir das nur gedacht. Ich meine, wenn sie in all den Männern ihren Vater gesucht hat und das mit ihnen gemacht hat, wollte sie's dann nicht auch mit ihm tun? Die ganze Zeit?«

Der Gedanke war so grotesk und so logisch, daß ich am liebsten laut aufgelacht hätte.

»Ich weiß nicht«, erwiderte ich bedächtig. »Ich weiß es wirklich nicht. Und sie bestimmt auch nicht. Kann schon sein.«

Sie saß eine ganze Weile an mein Knie gelehnt vor dem Feuer, dann legte sie mir die Stirn auf die Knie und rollte langsam den Kopf hin und her, wie um die Gedanken darin abzuschütteln.

»Gräßlich, was? Die Sache mit dem Sex.«

»Manchmal schon. Es kann schon mal gräßlich sein. Andererseits kann es auch fabelhaft sein. Es kommt auf die Umstände an. Vor allem darauf, mit wem man es macht.«

»Findest du es gräßlich? Hast du darum... weißt du... keine Freundin und keine Frau?«

»Ich? Unsinn«, antwortete ich voll Verblüffung und Verlegenheit. »Ich fand es nicht gräßlich. Es war... prima. Ich habe bloß gerade keine, mit der ich es machen möchte.«

»Hast du schon mal?«

»Aber ja.«

»Und jetzt nicht mehr?«

»Nein, jetzt nicht.«

»Wo ist sie denn? Ist ist tot?«

»Malory, ich habe dich sehr gern und will dich nicht anlügen, aber in manchen Punkten behalte ich mir das Recht vor, dir nicht zu antworten. Ich verheimliche dir nichts, was dich betrifft. Aber das geht dich nichts an. Das ist nur was für Erwachsene. Du bist gerade elf Jahre alt. So wohlerzogen und reif du auch bist, du bist erst elf.«

»Fast zwölf. In dreieinhalb Monaten. Wie alt muß ich sein, daß du es mir erzählst?« kicherte sie. Da wußte ich, daß wir dem Abgrund entgangen waren, an dessen Rand wir uns bewegt hatten.

»Siebenunddreißig, oder vierzig. Steh jetzt auf, dann bringe ich dich schnell zu Camerons. Dorothy wollte heute zum Tee Plätzchen backen.«

»Ich glaub' trotzdem, Sex ist was Gräßliches!« Sie stand mit einer einzigen fließenden Bewegung ihrer langen Arme, Beine und Haare auf. »Ich will nichts damit zu tun haben. Gar nie. Igitt.«

»Man soll nie nie sagen.«

»Doch.« Sie sah mich an. In ihrem Blick lag nichts Kindliches mehr, das Lachen war daraus verschwunden, und etwas viel Älteres, fast Wildes, Unversöhnliches stand darin. »Ich meine es ernst. Ich sterbe lieber, als mit einem Mann in ein Zimmer zu gehen und ...«

›Lucy, dafür kriegst du hoffentlich eines Tages die Rechnung präsentiert‹, sagte ich im stillen zu ihr, als ich mit ihrer Tochter die Peachtree Road entlang durch die freundliche Dunkelheit ging. ›Ich hoffe, du hast eines Tages Gelegenheit, Malorys Wunde zu heilen, weil ich dazu nicht in der Lage bin. Und ob krank oder nicht, wehe, du machst deine Sache nicht gut!‹

Lucy blieb fast anderthalb Jahre in der neuen Klinik und kam regelmäßig zu Besuch nach Hause. Faith Farr bestand mit Nachdruck darauf, daß Malory sie nicht im Krankenhaus besuchte; sie sprach aber fast jeden Tag mit ihrer Mutter am Telefon und, wie ich annehme, mit Hilfe ihrer stummen Kommunikation. Sie kam oft zu mir und Tante Willa in die Peachtree Road auf einen Kurzbesuch, denn seit die Jungen fort waren, ließ sie Jack nicht gerne lange allein; in dieser Zeit verhaltener Unruhe und zäher, keimender Hoffnung übernahm sie die Rolle von Jacks Hausmütterchen.

Er arbeitete immer noch für zwei, kam nach Hause, trank sich einen Rausch an und döste ein, so daß die Zeit, in der er für Malory ansprechbar war, sich auf weniger als eine Stunde täglich beschränkt haben muß, doch ihr schien das lange Alleinsein nichts auszumachen. Die alte Estelle kam gegen Mittag und blieb, bis sie Abendessen gekocht hatte. Malory entdeckte, wie ihre Mutter und ich, früh den Fluchtweg in die Welt der Bücher. Ich hätte sie für immer von der Farm genommen, hätte ich Anzeichen für Vereinsamung und Vernachlässigung gesehen, aber so war es nicht. Solange Malory jemanden zu umsorgen hatte, war sie glücklich. Also ließ ich erst einmal alles auf sich beruhen. Faith Farr, die inzwischen nicht nur Lucys Therapeutin, sondern auch allmählich die Vertraute und Ratgeberin der ganzen Familie geworden war, fand offenbar, daß es Malory als Jacks Haushälterin und Lebensgefährtin gutging. Doch, wie ich, hegte sie ihretwegen ernstliche Bedenken auf lange Sicht.

»Jetzt ist nicht die Zeit, an ihre Zukunft zu denken«, sagte sie mir des öfteren, wenn ich sie bedrängte in meiner Angst um Malory. »Falls wir die Sache bei Lucy diesmal in den Griff kriegen, findet sich alles andere vielleicht von selbst. Ihre Abhängigkeit von Malory löst sich vielleicht von ganz allein, was auch das beste wäre. Was nicht kaputt ist, soll man nicht zu reparieren versuchen.«

»Sind Sie sicher, daß nichts kaputt ist?«

»Im Moment wahrscheinlich noch nicht, was nicht heißen soll, daß es immer so bleibt. Gehört alles zu dem Packen von Abhängigkeiten, den Lucy mit sich rumschleppt, denke ich. Wenn man eine löst oder die Ursache angeht, folgt der Rest von allein, *denke* ich.«

»Denken Sie? Himmel, Faith, wenn Sie es jetzt nicht sicher wissen, wann dann?«

»Wahrscheinlich nie.« Sie warf mir durch den Rauch ihrer Belair einen eindringlichen Blick zu. »Kein Therapeut ist sicher. Wir können nur denken. Und ich kann es besser als mancher andere. Also, ich habe Ihnen gesagt, was ich denke.«

Damit mußte ich mich zufriedengeben. Im Lauf der nächsten Monate mußte ich mir insgeheim eingestehen, daß sie den ungeheuren Motor, der Lucy antrieb, anscheinend wirklich irgendwie im Griff hatte. Lucy sah fast so gut aus wie früher, abgesehen von dem bleibenden Netz feiner Linien um Augen und Mund und den Kummerfalten zwischen den zarten Brauen; sie hatte sogar ein wenig Fleisch auf den Knochen und interessierte sich wieder für ihre Schmink-Utensilien und ihre Kleidung. Sie hatte seit Monaten keinen Anfall von Tobsucht, Hysterie oder Depression gehabt, und nach Aussage ihres Stationsarztes hatte sie in ihrer Gruppe verschiedentlich einen »signifikanten Durchbruch« geschafft und sprach so gut auf Faith Farr an, daß diese sagte, ihre gemeinsamen Sitzungen seien oft ein reines Vergnügen.

»Ich bin selten jemandem mit so viel Ausstrahlung begegnet«, erzählte sie Jack und mir einmal. »Man muß sie lieben. Ihr Charme ist ungeheuer und, soweit ich beurteilen kann, ist er jetzt vollkommen natürlich.«

»Klar«, sagte ich. »Alles an ihr ist vollkommen natürlich. Sie läßt raus, was in ihr drin ist, ob in ihren besten oder in ihren irrsten Zeiten.«

Dr. Farr warf mir einen Blick zu. »Ich habe noch nie einen Menschen mit so viel Verschlagenheit erlebt wie Lucy. Und ich habe sie noch nie so gekonnt angewandt gesehen. Daß Sie nichts gemerkt haben, ist ein Beweis ihrer Geschicklichkeit.«

»Das glaube ich nicht«, antwortete ich wie betäubt. »Ich weiß genau, wann sie sich verstellt. Ich habe es immer gewußt.«

Jack grinste mich an. Kein freundliches Grinsen.

»Du kannst es ihr ruhig glauben.«

Ungefähr einen Monat vor Lucys geplanter Entlassung paßte ich Dr. Farr in der Klinikkantine ab und bat sie um Auskunft über Lucys allgemeine Verfassung und um eine Prognose. Sie wollte erst nicht, aber dann kam sie meiner Bitte nach.

»Also gut, aber wenn Malory nicht wäre, würde ich nicht mit Ihnen reden, klar, Shep?« Sie blies in ihre dampfende Kaffeetasse. »Lucy geht Sie eigentlich gar nichts an. Es ist ihre und Jacks und Malorys Sache, nicht Ihre. Ich finde die gegenseitige Abhängigkeit zwischen Ihnen und Lucy äußerst ungesund und halte es für unerläßlich, daß wir sie lösen. Sie ist nicht sonderlich gut für Sie, und sie ist gefährlich für Lucy. Ich könnte sogar so weit gehen zu sagen, daß darin eine der Ursachen für ihre Krankheit liegt.«

»Herrgott, Faith, manchmal hatte sie nur mich«, fuhr ich die Ärztin an. »Was hätte ich denn machen sollen? Sie hängenlassen? Und eines sage ich Ihnen, ich bin von ihr nicht abhängig.«

»Ach nein«, entgegnete sie gelassen. »Und was das Hängenlassen betrifft, genau das hätten Sie tun sollen. Es stimmt nicht, daß sie nur Sie hatte – sie hatte noch sich selbst. Aber sie hat nie gelernt, allein zurechtzukommen. Und daran haben wir in den letzten anderthalb Jahren gearbeitet wie zwei Maulesel auf einer Zuckerrohrplantage. Sie macht Fortschritte. Sie schafft es vielleicht, wenn Sie nicht dazwischenfunken. Sie, Jack und auch die kleine Malory. Ich rede noch mit den beiden darüber, ehe Lucy rauskommt.«

Ich schwieg so lange, daß sie mir die Hand streichelte.

»Machen Sie sich keine Vorwürfe. Sie haben es nur gut gemeint. Jeder, der sie aufliest und ihr hilft, meint es gut. Darin liegt ihre Gabe, ihre Krankheit – in der Fähigkeit, anderen das zu suggerieren. Es ist fast unmöglich, ihre List zu durchschauen. Sie hat zuerst sogar mich an der Nase herumgeführt. Aber hören Sie auf, den Retter zu spielen. Wenn Sie schon jemandem helfen müssen, seien Sie für Malory da. So sehr Lucy ihre Tochter liebt und vergöttert, sie ist dazu nicht fähig, und Jack... der Ärmste. Er kann sich nicht einmal selber helfen. Er ist ebenso Lucys Opfer wie sie selbst, vielleicht noch mehr. Ich habe keine Ahnung, ob er sich noch einmal fängt. Aber ich weiß, daß er sich längere Zeit nicht um Malory wird kümmern können. Ich glaube, das wird Ihnen und der Großmutter überlassen bleiben.«

Ich verzog das Gesicht bei dem Gedanken an Malory in den manikürten Klauen von Willa Slagle Bondurant.

»Sehen Sie Anzeichen für eine Schädigung? Ich bin besorgt, daß sie so wenig Freunde hat und ständig auf der Farm herumhängt und Jack bedient und Lucy, wenn sie daheim ist. Und ich mache mir große Sorgen über ihre sexuelle Entwicklung. Sie fürchtet sich vor Sex. Sie ekelt sich richtig davor.«

»Ich wußte das mit dem Bedienen und Umsorgen«, sagte Faith bedächtig. »Es gefällt mir zwar nicht, scheint mir aber bis jetzt nicht übermäßig schlimm zu sein. Die Sache mit dem Sex wußte ich nicht, aber es ist kein Wunder. Jetzt ist es noch zu früh, um zu sagen, ob es ernst ist. Könnte zum Teil an ihrem Alter liegen – manche Dreizehnjährige sind eben noch nicht soweit. Und ich finde es verständlich, daß sie so denkt, wo ihre Mutter in so viele Betten gehüpft ist.«

»Sie ist höllisch scharfsichtig. Sie ist tatsächlich dahintergekommen, daß Lucy, vollkommen unbewußt natürlich, immer mit ihrem Vater vögeln wollte. Ich meine, buchstäblich. Sie hat nur nicht begriffen, warum. Und ich muß sagen, mir geht es nicht anders.«

»Na, Shep, wo gut vögeln ist, haut kein Mann so schnell ab.« Faith grinste sarkastisch. »Darum geht es bei Lucy natürlich. Um Verlust und die Angst vor dem Verlust. Jeder neue Verlust war für sie eine Wiederholung jenes ersten Traumas, als sie ihren Vater verlor. Sie weiß es jetzt besser, aber theoretisches Wissen bringt uns nicht weit. Es ist noch ein langer, dornenreicher Weg, bis wir etwas an ihrer Reaktion auf einen Verlust und ihrer Angst davor ändern können.«

»Verlust...« Alte Bilder drängten sich mir auf. »Verlust...«

»Erinnern Sie sich. Immer, wenn sie etwas ihr Wertvolles verloren hat oder geglaubt hat, es zu verlieren, ging es los. Alkohol fungiert als Zündung, nicht als Motor, und wirkt schmerzlindernd. Der erste Anfall nach Malorys Geburt? Sie verlor ihren Status als umsorgtes Kind an ihre Tochter. Wissen Sie noch, wie sie gesagt hat,

›Jetzt bin ich das kleine Baby und sie die Mutter‹? Und als John F. Kennedy und Martin Luther King ermordet wurden, verlor sie zwei klassische Vaterfiguren. Und kurz bevor sie mit diesem Prediger durchgebrannt ist, hatte sie die Bewegung verloren, die ihrem Leben Stabilität und ein Ziel gegeben hatte, und damit auch die Helden und Väter in ihr...«

»Und die vielen anderen Male, wo kein Auslöser zu erkennen war?«

»Verlust, so wahr ich hier sitze. Mit Sicherheit meinte sie, Jack verloren zu haben, der sich vor ihren Augen vom verläßlichen, vitalen älteren Mann selbst in ein passiv-aggressives Kind verwandelte, sich von einem Kind bedienen ließ und noch nicht einmal bereit war, sie aus diesen Motels abzuholen und ihr aus der Klemme zu helfen, in die sie sich gebracht hatte. Das haben Sie getan. Wieder und wieder wollte sie ihn dazu bringen, sich um sie zu kümmern, indem sie ihn mit ihrer Sauferei und den Männern in den Motels provozierte. Und als er nicht spurte, vertiefte sich das Verlustgefühl. Ein Teufelskreis. Ich glaube, es geht ihr unter anderem deswegen so gut in der Klinik, weil ihr hier die Machtstrukturen Halt und Sicherheit bieten. Aus dem Grund habe ich sie diesmal so lange hierbehalten – ich wollte ihr Zeit geben, sich auf ein Leben aus eigener Kraft einzustellen, ohne daß sie sich anlehnt, sobald sie wieder zu Hause ist. Außerdem wollte ich Malory ein bißchen Zeit lassen, reifer, erwachsener zu werden.«

»Glauben Sie denn, daß diesmal wieder was für Malory zu befürchten ist?«

»Ich glaube, Lucy wird wieder versuchen, sie als Stütze zu benutzen. Hinter dieser berühmten alten, unheimlichen Geschichte mit der Telepathie stecken meiner Meinung nach eine große Sehnsucht und die Reaktion eines hochsensiblen Kinds. Die Sehnsucht hat nicht nachgelassen.«

»Und warum muß sie sich ausgerechnet auf ihre Tochter stützen, die doch selbst nur ein Kind ist? Warum muß sie so von ihr Besitz ergreifen? Ich bin doch da. Und Jack...«

Sie lächelte wehmütig.

»Na ja, Lucy hatte auch kaum eine Mutter oder sonst eine weibliche Bezugsperson, die allein für sie da war. Da liegt der Hase im Pfeffer. Und darum beunruhigt es mich so. Es ist so etwas Ursprüngliches und geht bei beiden so tief. Schauen Sie sich Malory an – sie ist das typische Alkoholiker-Psychotiker-Kind. Das perfekte Hausmütterchen. Etliche dieser Kinder leiden ihr Leben lang darunter. Deshalb spreche ich mit Ihnen darüber. Vielleicht kommt es nie dazu, aber behalten Sie Malory im Auge. Passen Sie auf sie auf. Wenn die Sache zu sehr ausufert, nehmen Sie sie da raus. Ich bin vielleicht nicht immer da – einmal muß ich Schluß machen mit Lucy, das wird uns beiden nur guttun. Aber ich denke, Sie werden immer dasein.«

»Worauf Sie sich verlassen können.«

»Also, geben Sie auf sich acht«, sagte sie freundlich. »Sie sind fast ebenso sensibel wie Malory. Aber psychisch gestörte Einsiedler fallen nicht in mein Ressort.«

Ich lachte, küßte sie auf die Wange und kehrte zurück ins Gartenhaus. Am Abend darauf rief ich Malory an und fragte sie beiläufig, ob sie vielleicht Lust habe, auf ein Internat zu gehen.

»Ich würde dich gerne auf eine Schule schicken«, sagte ich mit so viel Nonchalance, wie ich aufbringen konnte. »Was würdest du am liebsten machen? Reiten oder Tanzen« – gegenwärtig ihre beiden großen Leidenschaften – »oder lieber rauf in den Schnee oder an eine Schule, wo du viel über Tiere lernst? Du kannst es dir aussuchen.«

»Das geht nicht, Shep«, antwortete sie energisch mit einer erwachsenen Spaß-beiseite-Stimme, die mir durch und durch ging. »Tausend Dank. Du bist ein Schatz, aber das kommt gar nicht in Frage. Wer soll sich um Jack kümmern, und außerdem kommt Mutter in zwei Wochen nach Hause. Ich kann sie nicht allein lassen.«

»Malory«, sagte ich verzweifelt, »du bist jetzt dreizehn. Soviel ich weiß, hast du noch nicht viel an lustigem Leben gehabt.«

»Ich bin zufrieden mit meinem Leben«, antwortete sie mit wohlerzogenem Erstaunen. »Mama ist viel lustiger als irgendwelche Kinder in meinem Alter, wenn sie ... du weißt schon ... gesund ist, und diesmal ist sie ja gesund. Außerdem ist Lernen nicht nur lustig, oder?«

»Doch.« Und ich dachte an die North Fulton Highschool zur Blütezeit der Pinks und Jells und an meine Princeton-Begeisterung. »Ich finde schon.«

»Bitte entschuldige, ich glaube, ich höre Jacks Wagen«, sagte sie höflich und gnadenlos und hängte sacht ein.

Tags darauf rief ich Charlie an, bat ihn um einen Termin zur Besprechung einer finanziellen Angelegenheit, und mir blieb nichts übrig, als seine beharrliche Einladung zum Abendessen zu dritt mit ihm und Sarah anzunehmen. So begab ich mich eines Donnerstagabends zum erstenmal nach über zehn Jahren in Sarahs und Charlies Häuschen.

Im Gegensatz zu den meisten anderen aus unserer Clique wohnten sie immer noch in ihrem ersten kleinen Haus in Collier Hills. Charlie, Sachwalter einer der größten philanthropischen Privatstiftungen der USA, bezeichnete sich zwar gerne ironisch als »Götterbote« für Bittsteller im ganzen Land, war aber selbst alles andere als wohlhabend. Hätte er die Stiftung verlassen wollen, er hätte in einer Rechtsanwaltskanzlei ein Vielfaches seines Gehalts verdienen können, ohne daß es ihn mehr als drei Anrufe gekostet hätte.

Doch Geld spielte für Charlie nicht so eine große Rolle wie für die meisten von uns, und in Sarah hatte er in dieser Hinsicht die ideale Frau. Natürlich würde sie eines Tages Ben Camerons ganzen Besitz erben, aber der bestand inzwischen fast nur noch aus dem Anwesen in der Muscogee Avenue. Ben litt an einer langwierigen Krankheit und würde weder seiner Witwe noch seiner Tochter große Reichtümer hinterlassen. Doch Sarah war das gleich.

Im Lauf der Jahre hatten sie immer wieder an ihr kleines Häuschen angebaut, so daß es inzwischen das steile Waldgrundstück hinauf- und hinuntergeklettert war bis zu einem Bächlein hinter dem Haus am Grund einer Schlucht. Es hätte ein wenig Farbe vertragen können, wie ich in der sommerlichen Dämmerung sah, und auf dem steilen Dach fehlten ein paar Schindeln, aber der Rasen war sattgrün, und überall in der betäubenden Fieberhitze wucherten üppig die Blumen. Ein ausgebleichter Schlauch speiste einen Rasensprenger. Zwei gleichfarbige Fahrräder lagen in der Auffahrt auf dem Boden. Das ganze Haus hätte bei Little Lady und Carter Rawson in den Salon gepaßt, dachte ich, und fast auch bei etlichen anderen Häusern, die unsere Altersgenossen bewohnten oder eines Tages erbten, einschließlich Merrivale House.

Ich fragte mich, ob Sarah wohl je die Pracht und Großzügigkeit ihres Elternhauses vermißt hatte. Ich glaubte nicht. Schließlich war sie auch bereit gewesen, zu mir in die Wohnung in der Lower West Side zu ziehen. Und Charlie hätte auch voll Seligkeit in einem Iglu gehaust, solange seine gesammelten Schätze, seine geliebte Frau und seine Töchter bei ihm waren. Als er und Sarah im schwülen Zwielicht vor die Tür ihres Häuschens traten, um mich zu begrüßen, fiel mir auf, wie gut sie hierher paßten und wie ähnlich sie einander geworden waren. Meine Ahnung an jenem fernen Abend im Plaza vor ihrer Hochzeit, als sie mich aufgesucht und um meinen Segen gebeten hatten, war längst Wirklichkeit geworden; kein Paar hätte verheirateter aussehen können als Sarah und Charlie. Ich spürte unerwartet den alten schmerzlichen Stich, als ich ihnen begegnete, wie sie eng umschlungen in ihrer unangreifbaren Einheit zu mir heruntersahen, und mir schwante nichts Gutes für den Abend.

Doch ich täuschte mich. Ich war erst das zweite Mal zum Essen bei ihnen, aber es hätte ebensogut das zweihundertste sein können. Sarah, in Shorts und Agnes-Scott-T-Shirt, war so elastisch und sonnengebräunt wie in ihrer Jugend und hätte mit ihren Ende Dreißig wieder für achtzehn durchgehen können. Nur die Fäden kräftigen, väterlichen Eisengraus in ihrem glänzenden Haar sprachen von der verflossenen Zeit; die zarten weißen Fältchen in der braunen Haut um die Augen hatte sie schon mit achtzehn gehabt. Charlie dagegen sah man sein Alter deutlich an; mit seinem soliden Gestell wirkte er so gemütlich und wohlgepolstert wie ein guter alter Lehnstuhl, seine Brillengläser waren dicker geworden, die zerknitterte alte Baumwollhose spannte ihm über dem runden Leib, und die kahle Tonsur in seinem dunklen, ergrauenden Haar hatte sich vergrößert.

Doch die Augen hinter der Brille waren noch Charlies Augen, die Augen des freundlichen, leidenschaftlichen, großherzigen Jungen, den ich einmal gekannt und mit dem ich die nahegelegenen Schlachtfelder durchstreift hatte, und auch sein Lächeln war wie immer: offen, charmant und naiv, typisch Charlie. Wir aßen gute Lasagne und tranken schlechten Wein. Wir lachten über das, was wir an Schönem und Heiterem zusammen erlebt hatten, und von dem anderen sprachen wir nicht. Zu meinem Erstaunen genoß ich den Abend und die Gesellschaft der beiden – der beiden zusammen, nicht als Einzelwesen, wie sonst immer. Als wir aufstanden, war ich entschlossen, regelmäßig herzukommen.

Wie so oft, nahm Sarah auch diesmal meinen Gedanken auf.

»Das machen wir jetzt öfter mal!« Sie zwinkerte mir zu. »Immer, wenn du dreimal hier warst, führst du uns einmal zum Essen aus.

Du kannst ja nicht ahnen, wie du uns gefehlt hast, Shep. Charlie sehnt sich seit Jahren nach dir, obwohl es ihm nicht bewußt war.«

»Das nächste Mal bin ich dran«, sagte ich. »Wo ihr wollt. Ich glaube nicht, daß ich, seit Hart's zugemacht hat, irgendwo auswärts zum Essen war.«

Sarah schnaubte verächtlich.

»Auf diese überaus bedauerliche Bemerkung hin räume ich jetzt den Tisch ab und überlasse euch eurem Geschäft.«

»Du brauchst uns nicht allein zu lassen. Ich will nur eine Art Treuhandkonto für Malorys Ausbildung einrichten; das Geld soll allein ihr gehören, ohne Einschränkungen und ohne daß sonst jemand rankommt. Ich möchte gerne eure Meinung dazu hören.«

Charlie lächelte. »Ich wollte dir schon lange mal sagen, daß du meiner Meinung nach einfach großartig zu ihr bist. Du bist ihr ein besserer Vater als Jack Venable.«

In das anschließende Schweigen hinein sagte Sarah energisch: »Also. Laßt mich jetzt den Abwasch machen. Ihr könnt unten im Keller das Geschäftliche besprechen, und wenn ich fertig bin, komme ich nach. Charlie, zeig Shep doch die Kiste mit den Granaten, die du neulich von diesem Menschen aus Louisiana geschickt bekommen hast. Da ist bestimmt etliches Neue für ihn dabei.«

Ich hätte sie küssen mögen, während ich hinter Charlie in den Keller ging in den vollgestopften kleinen Hobbyraum mit kieferverkleideten Wänden, den er sich ausgebaut hatte. Er knipste das Licht an, und ich mußte unwillkürlich lachen.

»Ja, ich weiß.« Er grinste. »Sarah sagt, hier sieht es aus wie in einem Laden für große Kinder, die Bürgerkrieg spielen wollen.«

Allerdings. Schlimmer noch. Die Utensilien und Waffen aus dem Bürgerkrieg, die Charlie seit jenem fernen Tag so faszinierten, als er auf dem Speicher des Hauses im Andrews Drive die Uniform seines Urgroßvaters gefunden hatte, nahmen jeden Fleck im Raum ein. Sie marschierten akkurat in Reih und Glied auf Regalen und Tischen, hingen in Vitrinen, lehnten an Möbelstücken, bedeckten die feuchten Betonwände. Granaten und Miniékugeln, Gürtelschnallen und Feldflaschen, Sporen, Handfeuerwaffen, Abzeichen, Säbel, Steigbügel und Kochgeschirr, alles liebevoll auf Hochglanz poliert. Eine ganze Wand stand voll Glasschränke, in denen empfindlichere Sammelstücke aufbewahrt waren: Uniformen und Teile davon, Fahnen,

Flaggen, Regimentsstandarten, Handschuhe, Hüte, Mützen, Pistolenhalfter, Stiefel, Schärpen...

»Alles da bis auf die Soldaten. Bei dir im Garten würde ich mich nicht zu graben trauen. Wer weiß, wen man da alles findet.«

»Schon möglich, daß du einen ausgraben würdest«, antwortete er mir. »Das Schlachtfeld von Peachtree Creek liegt keine drei Straßen weiter. Auch ein Grund, warum ich nie Lust zum Umziehen hatte. Hat Sarah dir erzählt, daß wir vielleicht hier wegziehen?«

»Nein. Wohin denn?«

»In ihr Elternhaus. Dorothy kann mit Ben dort nicht länger bleiben, auch nicht mit fremder Hilfe. Es ist zu groß für ihn und hat zu viele Fallgruben. Und die Grundsteuer frißt sie inzwischen fast auf. Sie möchte in das scheußliche Ding in der Peachtree Road ziehen, in die große Wohnanlage mit einer Art integriertem Altersheim. Es gibt da Pfleger, Personal, Therapeuten und alles mögliche, was Ben bald brauchen wird, und sie sagt, innen ist es ganz nobel. Mit Restaurants und Kinos und Kartenzimmern und Büchereien und großen Wohnungen. Sie will uns Merrivale House schenken.«

»Ja, dann nehmt es doch! Es ist das schönste Haus von ganz Atlanta! Freut sich Sarah nicht, wieder nach Hause zu kommen?«

»Ich glaube schon«, antwortete er unlustig. »Wahrscheinlich nehmen wir's.«

»Charlie, was hast du denn?«

»Nichts... Bloß, es ist so voll mit Cameronscher Geschichte«, erwiderte er bedächtig. »Jedes Stück darin ist Cameronsch. Überlebensgroß, du kennst sie ja. Wenn ich dort bin, habe ich immer das Gefühl, daß Teile von mir abbröckeln und einfach verschwinden. Ich fürchte, wenn ich da wohne, verwandele ich mich innerhalb von einem Jahr selbst in einen Cameron. Sarah versteht mich nicht, aber wenn sie dort ist, wird sie natürlich auch wieder mehr zu einer Cameron. Ich habe die Camerons sehr gern, und ich liebe Sarah heiß, aber ich möchte etwas um mich haben, das nach Gentry riecht.«

»Dann bleibt eben hier und verkauft das Haus«, sagte ich verständnisvoll. »Dorothy wäre es gleich. Sie ist nicht sentimental. Und Sarah ist überall glücklich mit dir.«

»Schon. Und wenn nicht, würde sie es mir nicht sagen. Aber ich weiß ja, wieviel ihr das Haus bedeutet. Sie... sie blüht richtig auf, wenn sie heimgeht. Verstehst du? Ich werde es machen. Auch wenn mein Zuhause hier ist. Scheiße. Was spielt es für eine Rolle? Es ist ein schönes Haus, und im Herbst sind wir vielleicht Nachbarn. Das ist immerhin etwas, worauf ich mich freue.«

»Ich mich auch«, sagte ich und dachte, daß ich mich keineswegs freute. Viel zu nah... »Was ist da in der Kiste?«

»Ich glaube, lauter Granaten. Ich habe das Zeug unbesehen von einem Sammler aus Louisiana gekauft. Da müßten die 40-Millimeter-Geschosse drin sein, die in den großen Schlachten verwendet wurden, wahrscheinlich sind sie von Vicksburg. Wußtest du, daß Mörser im Bürgerkrieg erfunden worden sind?«

»Nein.« Ich warf einen Blick auf die Kiste. »Die sind aber nicht scharf, oder?«

»Natürlich nicht.« Er lachte. »Da passen wir Sammler schon auf. Komm, setz dich, sie explodiert bestimmt nicht. Wir können sie nachher aufmachen, wenn wir geredet haben. Du möchtest für Malory ein Treuhandkonto einrichten?«

Ich sagte ihm, was mir vorschwebte, und er hörte mir zu, nickte gedankenvoll, notierte sich ab und zu etwas auf einen gelben Block und kaute auf seiner Unterlippe.

»Ist machbar. Aber warum soll ich das übernehmen? Würden das nicht besser Tom Carmichael und deine Leute bei der Bank machen?«

»Ich möchte es unabhängig haben vom übrigen Bondurant-Vermögen. Ich möchte nicht, daß was anderes oder jemand anderer dranhängt. Es soll klar sein, daß es ihr Geld ist, von mir für sie. Wasserdicht und leicht zugänglich. Außerdem will ich nicht, daß andere es wissen. Das kannst du doch für mich tun? Ich weiß, daß du es kannst, du gibst ja jeden Tag Millionen weg – mit mehr Haken dabei als beim Wettangeln.«

»Klar, kann ich. Ich mach es gleich am Wochenende. Wenn du willst, kannst du am Montag unterschreiben. Ganz gut, wenn ich meine Juristerei mal wieder anwenden kann. Manchmal frage ich mich, ob ich nicht ziemlich weit von meinen ursprünglichen Vorstellungen abgegangen bin.«

»Dabei bist du Amerikas größter Glückspilz!« Ich grinste. »Du verschenkst Geld, beglückst Menschen und kriegst es auch noch bezahlt. Ich kenne dich doch. Was willst du mehr?«

Er erwiderte mein Lächeln.

»Ich bin froh, seinerzeit den Fuß in die Tür gekriegt zu haben. Es war mir wichtig, etwas zurückzugeben, und ich glaube, heute könnte man als einzelner nicht mehr viel bewirken. Die Stadt ist zu groß geworden. Ich habe viel Schwein gehabt, Shep. Mein Beruf ist auch meine Berufung. So was habe ich mir immer gewünscht. Ich habe die Frau bekommen, die ich wollte, die Kinder, die ich wollte, das Leben, das ich wollte. Ich muß oft daran denken, wie ich all das bekommen habe. Du kannst mir glauben, daß es mich belastet.«

»Unsinn. Ich glaube, ich habe auch meine Berufung gefunden.«

»Aber hast du dir das gewünscht?« fragte er mit einem Seitenblick auf mich.

»Vielleicht. Vielleicht nicht. Aber letztlich ist unsere Berufung wichtiger als unsere Wünsche – es sei denn, beides stimmt überein.«

Er schlug den Notizblock zu, stand auf und räkelte sich. »Sarah kommt bestimmt gleich runter mit dem Kaffee. Du kannst auch einen Brandy haben, wenn's dir lieber ist. Bleib noch auf einen Schluck, und wir werfen einen Blick auf mein neues Spielzeug.«

Ich betrachtete ihn im Licht der Lampe: ein wenig gebückt, untersetzt, zerzaust, mit freundlicher Miene, den Kopf geneigt, zur Treppe hin horchend auf Sarahs Schritte, die seine Frau, seine Liebe, sein Leben war. Auf einmal wollte ich ihn umarmen. Ich wußte, daß ich nicht bleiben würde.

Sie verabschiedeten mich gemeinsam, hatten einander den Arm um die Taille gelegt, winkten und riefen mir nach, daß wir uns bald wiedersehen müßten, löschten dann das Licht über der Haustür und traten aus meinem Blickfeld. So habe ich Charlie zum letztenmal gesehen. Später fiel mir wieder ein, daß ich ihn hatte umarmen wollen, unten im Keller seines lustigen Häuschens in Collier Hills in seinem Schauerkabinett, und ich wünschte, ich hätte es getan.

Ehe ich durch die stille, schwüle Sommernacht bis zur Peachtree Road gelaufen war, hatte Charlie die Kiste des vorsichtigen Sammlers aus Louisiana aufgestemmt und die entschärfte Mörsergranate herausgenommen, die dann doch scharf war, und in dem Häuschen, wo Charlie mit Sarah gelebt hatte und das er nicht hatte verlassen wollen, flog in einem einzigen Augenblick aus blendendem Licht alles, was Charlie Gentry war – Brille, Kahlkopf und Wanst, dunkle, freundliche Augen und nobles, liebevolles Herz – mit Getöse in die Luft.

24. Kapitel

»Von jetzt an werden wir uns fast nur noch auf dem Friedhof treffen«, hat jemand – ich glaube, Freddie Goodwin – nach Charlies Beerdigung bei dem kleinen, stillen Empfang in Merrivale House gesagt. Nach altem Brauch hätten wir in Sarahs Häuschen in Collier Hills zusammenkommen müssen, doch das ging nicht wegen der Explosionsschäden. Außerdem versammelten wir Buckheader uns üblicherweise nur nach einem natürlichen, einem – wenn man so will – konventionellen Tod, nicht unbedingt nach einem entsetzlichen, bestürzenden Ende. Wir waren nicht zusammengekommen, nachdem Sarahs Bruder das Grauen für sich gewählt hatte. Wir taten es auch jetzt nicht, da ihr Mann ihm, wenn auch unabsichtlich, gefolgt war. Nicht in den vier Wänden, in denen noch der Gestank von seinem Abgang hing.

Doch Merrivale House – ja, das war etwas anderes. Merrivale House in der Muscogee Avenue: solide, schön, abgeschieden, würdevoll. Dieses Haus machte seinen Tod weihevoll und keimfrei. Hier konnte Charlie sein – und wieder nicht sein; hier blieb er immer heil, freundlich und unanstößig; hier konnten wir ihm mit Zuneigung und ohne Schauder begegnen. Ich glaube, ich, der ich noch an unser letztes Gespräch über das einnehmende Wesen der Familie seiner Frau denken mußte, war der einzige von uns, dem das Treffen hier nicht paßte. So wurde Charlie Gentry für immer zu einem Cameron, der er nicht hatte sein wollen. Sie hatten in alle Ewigkeit von ihm Besitz ergriffen.

Und auch Freddies Bemerkung paßte mir nicht. Sie triefte vor unberechtigtem Zynismus – typisch Freddie. Sie sprach, als wären wir schon in dem Alter, in dem der Tod häufiger kommt als die anderen Rituale unseres Lebens. Das stimmte nicht. Nach den Jahren des Pflanzens und Hegens hätte Charlie die Zeit der süßen Früchte noch vor sich gehabt. Von all den Todesfällen, an die ich mich erinnere, habe ich bei Charlies am meisten echte Trauer gespürt.

Der Tag war von Anfang bis Ende trostlos. Anders als nach dem Tod ihres Bruders, weinte Sarah nicht. Mit trockenen Augen bewegte sie sich durch ihr Elternhaus, ohne Geschmeidigkeit, starr, roboterhaft. Ihre Wangen brannten rot wie bei einem Clown oder bei einer Gipselfe – womit Lucy Sarah vor vielen Jahren einmal verglichen hatte –, und die großen Augen glitzerten wie gefrorenes Coca-Cola. Ansonsten war sie vom herzförmigen Gesicht bis zu den kleinen, gewölbten Füßen in den schwarzen, hochhackigen Schuhen weiß wie Papier, kalt und weiß wie behauener Marmor. Ihre bleichen Lippen waren verzerrt zu einer furchtbaren, flehentlichen Grimasse. Ich konnte ihr nicht ins Gesicht sehen. Ich konnte nicht mit ihr reden; bei dieser trockenen Maske verboten sich Worte von selbst. Sie prallten von ihrer Oberfläche ab wie grober Schrot von Glatteis. Einer nach dem anderen kamen wir, Old Buckhead, die Pinks und Jells, und glitten ab an der Hülse von Charlie Gentrys Frau.

Die beiden kleinen Mädchen – klein, sage ich, dabei waren sie fast so alt wie Malory, aber so zierlich und elfenhaft – weinten auch nicht, nicht mehr im Haus ihres Großvaters, obwohl ihre Tränen am Grab lautlos, höflich beinahe, geflossen waren. Sie hatten sich an ihre Mutter geschmiegt wie kleine Tiere, bestürzt, großäugig und still leidend wie zwei überdimensionale Affenkinder, starr vor Trauer und Entsetzen. Am Spätnachmittag dieses heißen, grauen Tages saßen sie rechts und links von Dorothy im Salon in Merrivale House, winzig, in kurzen, streng weißen Baumwollkleidchen – Sarah hätte den zarten Schultern ihrer Töchter kein erdrückendes Trauerschwarz zugemutet –, schüttelten Hände, murmelten Dank und ließen die tränenreichen Umarmungen der Freunde ihres Vaters über sich ergehen. Immer wieder warfen sie aus dunklen Augen – ganz Charlie – Blicke auf ihre Mutter, während diese sich steif und lächelnd durch die kleine Schar der Gäste bewegte; sie spürte die Blicke, drehte sich um, verstärkte das verzerrte Lächeln und nickte ermutigend.

Tränen, Geheul, Raserei, Verzweiflung – alles wäre mir lieber gewesen als Sarahs Eiseskälte, die würdige Haltung der Mädchen und Dorothys stiller Schmerz, aber nichts davon war zu erwarten. Nicht im Hause Cameron.

Einer allerdings beweinte Charlie, und das machte das Ganze

noch schlimmer: Dem verwirrten Ben Cameron rannen die Tränen aus den grauen Augen. Er war weder in der Kirche noch auf dem Friedhof dabeigewesen. Er verkraftete nun keine Masse Menschen mehr, und ich überlegte, wer ihm wohl während der Beerdigung seines Schwiegersohns Gesellschaft geleistet hatte. Leroy Pickens, innerhalb eines Tages rapide gealtert und vor Kummer runzelig wie ein heruntergefallener Apfel, hatte Sarah, Dorothy und die Mädchen im Lincoln chauffiert. Aber als wir alle in der Muscogee Avenue versammelt waren, kam Ben am Arm von Glenn Pickens die schöne alte Treppe zum Salon herunter. Er sah wunderbar aus in einem silbergrauen Sommeranzug, mit seinem kupfer-grauen Haar und der schlanken, immer noch aufrechten Gestalt. Wir verstummten alle und starrten ihn an, und ich weiß, alle dachten und fühlten wie ich: Wie empörend, wie unmöglich, daß ein Mann, der noch so leicht ausschritt, den schmalen Aristokratenkopf so hoch hielt, dessen freundliches Mienenspiel sich kaum von dem des richtungweisenden Architekten des neuen Atlanta unterschied, von einem zerrissenen, verwirrten Geist regiert war.

Ich sah, daß er von Charlie erfahren hatte, denn über die gebräunten Wangen rannen still und unaufhörlich die Tränen, und die grauen Augen waren gerötet wie bei einem Kind, das sie sich mit der Faust gerieben hatte. Er drehte den Kopf hin und her, als suche er jemanden – Dorothy. Sie stand flink von dem Ohrensessel neben dem großen offenen Kamin auf, wo sie die ganze Zeit gesessen hatte, ging auf ihn zu und nahm ihn am Arm. Glenn Pickens trat zurück, als übergebe er eine Fahne. Er stand schweigend da mit ausdruckslosem Gesicht und sah niemanden an.

»Schatz, komm, setz dich zu uns und sag ›Guten Tag‹«, sagte Dorothy. »Die Leute hier sind gekommen, um dir ihre Aufwartung zu machen und dir ihre Zuneigung zu zeigen.«

Er betrachtete sie lange mit einem so verständnislosen, schmerzverzerrten Gesicht, daß ich den Blick abwenden mußte.

»Ben ist tot«, klagte er mit gebrochener, dünner Greisenstimme. »Weißt du schon, Dottie? Alle sagen mir, daß Ben tot ist. Ich verstehe das nicht. Er war eben noch hier.«

Zum ersten und einzigen Mal an diesem gräßlichen Tag sah ich den nackten Schmerz in Dorothys Gesicht, dann nahm ihre Miene wieder den Ausdruck von sanfter, fast nüchterner Gelassenheit an.

»Aber Schatz, nicht Ben. Das ist schon lange her. Darüber sind wir jetzt hinweg. Es geht um Charlie. Wir haben unseren geliebten Charlie verloren. Weißt du noch, Schatz, wie ich es dir erzählt habe?«

»Charlie?« Ben Cameron sah uns reihum an und ließ den Blick auf Sarah ruhen, die inzwischen mit blassem Gesicht hinter ihn getreten war. »Charlie? Ist das nicht der junge Mann, der früher immer hier herumgesessen ist und für Bob Woodruff arbeitet? Was ist mit ihm?«

»Charlie war mein Mann, Papa. Er hat einen Unfall gehabt«, antwortete Sarah sanft, immer noch lächelnd, und ich glaubte, auf der Stelle vor Schmerz sterben zu müssen, gleich hier im Salon von Merrivale House. Um mich herum hörte ich mitleidiges Raunen und das Rumoren von Menschen, die sich vor dem Unerträglichen zurückziehen.

»Shep ist dein Mann.« Ben runzelte die eisengrauen Brauen. »Wo ist Shep? Sag ihm, daß er herkommen soll. Ich muß mit ihm über den widerlichen Slum da in Pumphouse Hill sprechen...«

Ich machte Anstalten, mich zu erheben, wußte nicht, was sagen, wollte nur unbedingt die geliebte, verrückte Stimme zum Schweigen bringen, doch da nahm Glenn Pickens wieder Bens Arm und führte ihn schweigend aus dem Zimmer die Treppe hinauf. Ben schlurfte im Hinausgehen.

»Entschuldigen Sie«, sagte Dorothy mit klangvoller, klarer Stimme in den Raum hinein. »Als wir vorhin zur Kirche aufgebrochen sind, schien er gut beieinander, und er wollte so gerne herunterkommen und seine alten Freunde begrüßen. Aber ich fürchte, das alles war ein bißchen viel für ihn.«

Sarah wandte sich ab und stakste auf lahmen Beinen in die Küche. Die meisten von uns gingen dann still, mit der unvergleichlichen, beneidenswert schlichten Würde von Menschen, die sich absolut sicher sind, was sich gehört, und ich wußte, die frischen Tränen auf den meisten Wangen galten ebenso Ben wie seinem geliebten Schwiegersohn.

Ich folgte Sarah mit vor Schmerz starrer Miene in die Küche. Sie hatte die Hände vor das Gesicht geschlagen und sich angelehnt. Ich tippte sie auf die Schulter, da hob sie den Kopf und sah mich an. Sie weinte nicht.

»Sarah...« Sie kam einfach in meine Arme, und ich hielt sie fest. Ich spürte weder ihr Herz klopfen noch ihren Atem an meinem Hals, aber ich fühlte durch das dunkle Baumwollkleid, wie eiskalt sie war.

»Ich verliere einen Mann nach dem anderen, Shep«, flüsterte sie auf einmal. »Irgendwas muß an mir ganz und gar verkehrt sein, daß ich ständig die Männer um mich verliere.«

Wie ich sie, selbst einer dieser verlorenen Männer, da in der Küche von Merrivale House im Arm hielt, fand ich, daß sie nicht unrecht hatte. Die kleine Sarah Cameron, die ihr Leben lang Männer in Scharen um sich zu ihren Füßen hatte, die sie vergötterten, Sarah, die reich gesegnet gewesen war mit einem liebenden Bruder, Vater, Gatten und Freundeskreis, stand jetzt allein mit Mutter und Töchtern in einer Welt der Frauen und Witwen. Kaum ein Mann in Atlanta wilderte in diesem keuschen Revier.

»Du hast noch mich«, antwortete ich und zuckte zusammen, so falsch klang es mir.

»Ach«, aus ihrer Stimme klang Überdruß, »dich habe ich schon vor zwanzig Jahren verloren.«

Tiefe Zerknirschung kam zu meiner Trauer, als hätte ich sie vor zwei Jahrzehnten vor dem Altar stehenlassen. »Ich wollte, es hätte mich getroffen.« Ich meinte es ehrlich. Charlie war zu wertvoll gewesen, und ich hätte nicht so viele niedergeschlagene Frauen hinterlassen.

»Rede kein dummes Zeug«, sagte Sarah mit einem Anflug von Schärfe. »Wie hätten Charlie und ich damit leben sollen?«

Kurz darauf, im August, zog Dorothy mit Ben nach Carlton House in eine prächtige, Lepra-weiße Wohnanlage für ältere Herrschaften in der Peachtree Road, dort, wo von den zwanziger Jahren an bis vor kurzem die elegante Villa von Dr. Thorne Champney gestanden hatte, und das Haus in der Muscogee Avenue war von da an leer. Zu meinem Erstaunen weigerte sich Sarah, aus ihrem Häuschen in Collier Hills auszuziehen.

»Ich kann nicht«, sagte sie eines Abends in dem kleinen Wohnzimmer von Dorothys und Bens Appartment in Carlton House, wo ich sie antraf, als ich zu Besuch kam. Ben schlief, und wir drei saßen zusammen und tranken Sherry. »Was sollen wir drei in diesem großen Haus? Wir sind so... kleine Menschen. Wir würden uns fühlen wie Puppen in Versailles.«

»Aber früher hast du doch auch hingepaßt, und da warst du kleiner als jetzt«, antwortete Dorothy lächelnd.

»Ich kann es dir nicht erklären, Mama, aber ich bin... geschrumpft. Ich glaube, ich würde jetzt Angst kriegen in so viel Raum. Um das Haus in die richtige Dimension zu rücken, muß man schon Papas oder deine Statur haben. Ihr habt es ausgefüllt, obwohl ihr nur zu zweit wart. Ihr überschwemmt die lächerliche Wohnung hier. Aber mich würde es verschlucken. Weißt du, Charlie hat eigentlich nicht dahin ziehen wollen. Er wäre schon. Wir hatten es vor. Aber er wäre lieber in der Greystone Road geblieben. Es war unser Haus, seins und meins. Meins ist es noch, und es umgibt mich wie eine zärtliche Hülle. Charlie ist noch dort.«

Sie hielt inne, lachte gräßlich auf und sagte: »Wortwörtlich ist er noch dort. Im ganzen Keller kleben Stücke von Charlie... oh Gott.« Sie stand auf und stürzte aus dem Zimmer in die winzige Küche der Wohnanlage; ich hörte sie in Tränen ausbrechen.

Ich warf Dorothy einen hilflosen Blick zu.

»Laß sie nur weinen«, sagte sie, selbst mit feuchten Augen. »Sie hat erst vor kurzem damit angefangen. Eine Zeitlang habe ich befürchtet, daß sie mir noch erstickt an all den ungeweinten Tränen. Sie muß noch durch einiges durch, ehe sie darüber hinweg ist.«

»Beim Gedanken an das leere Haus blutet mir das Herz«, sagte Dorothy eines Tages im Herbst, als wir in einem der riesigen Aufenthaltsräume, mit denen Carlton House reich gesegnet war, in einer eleganten, ruhigen Kaminecke Kaffee tranken. Wir saßen einander gegenüber auf samtgepolsterten, zweisitzigen Bänken und aßen Plätzchen und Sandwiches; ebensogut hätten wir im Bostoner Ritz oder im Plaza den legendären Tee zu uns nehmen können, nur daß alle Menschen hier alt waren.

»Die Gärtner von Martin's halten es ordentlich in Schuß«, sagte ich. »Ich laufe fast jeden Abend vorbei. Da sitzt jeder Grashalm, und sie rechen ständig die Blätter zusammen.«

Trotz der Dienste der Landschaftsfirma, die Dorothy mit der Gartenpflege beauftragt hatte – Kosten, die sie sich zusätzlich zu Bens Pflegerinnen, dem Kaufpreis für die enge, kleine Wohnung und der Grundsteuer auf die Villa bestimmt kaum leisten konnte –, wirkte Merrivale House wie ein großes, gähnend leeres Haus mit blinden Augen und einem kalten, toten Herzen. Wenn ich bei Anbruch der Dämmerung daran vorbeilief, schaute ich weg.

»Vielleicht wären wir ja trotz der Kosten geblieben, Ben und ich, wenn ich nicht gedacht hätte, daß Sarah es sich vielleicht doch anders überlegt«, sagte Dorothy. »Und das kann sie ja noch. Aber wenn nicht, werde ich verkaufen müssen. Die Steuern sind horrend, und Ben lebt wahrscheinlich noch ziemlich lange, der Ärmste. Und die verfluchte Gartenfirma ruiniert mich noch. Mensch, Shep, was für ein aufwendiger Lebensstil das früher doch war, als wir uns diese monströsen alten Kästen gebaut haben. Allein was man da an Personal braucht! In meiner Bekanntschaft ist nicht eine Witwe, die sich nicht nach einem Käufer umsieht, und nicht eine verheiratete Frau, die insgeheim weiß, daß sie es auch einmal wird tun müssen.«

»Na, zumindest werden Sie einen anständigen Preis dafür bekommen«, sagte ich. »Ich habe gehört, was die Grundstücke in der Gegend um die Peachtree Road bringen. Geradezu absurd.«

»Leider nicht in unserer unmittelbaren Nachbarschaft. Keiner kauft so eine Villa, um darin zu wohnen. Man braucht nur das Grundstück, um Geschäftshäuser zu bauen, und da gibt es Probleme mit dem Bebauungsplan. Ich bleibe auf dem Haus sitzen.«

»Das Ganze muß schlimm für Sie sein. Für mich ist es schon schmerzlich. Ich kann mir gut vorstellen, wie Sie sich fühlen.«

»Ach Shep, natürlich tut es weh, aber du weißt ja, daß ich nicht sentimental bin. Ich bin froh um das Haus hier, so gräßlich es ist. Ich wüßte nicht, wo ich Ben sonst unterbringen und trotzdem noch bei ihm sein könnte. Wenn ich die Wahl habe zwischen dem hier und einem Pflegeheim, nehme ich das hier mit Handkuß. Ich wußte ja gar nicht mehr, wie schön es ist, so leicht von einem Zimmer ins andere zu kommen. Zum Beispiel gibt es in verschiedenen Räumen eine Ecke für diejenigen von uns, die noch rüstig sind, und eine für die mit Gehwägen und Rollstühlen und so weiter. Und auf einen Wink hin kommt eine Schwester, ganz schlicht gekleidet wie gutes Personal. So sehr ich Merrivale House vermisse, ich habe kein Heimweh danach. Das ist vorbei. Mit diesem Teil meines Lebens habe ich abgeschlossen. Ich gehe nicht einmal mehr daran vorbei. Nur Ben fehlt das Haus. Er versteht nicht, warum wir so lange in diesem Hotel bleiben. Er möchte heim.«

»Das kann ich verstehen.«

»Natürlich. Mein armer, guter alter Ben. Dieses herausgeputzte Greisengetto ist nicht sein Daheim. Diese scheußliche Gegend, die man Buckhead nennt, mit ihren albernen, kleinen Schickeria-Boutiquen, ihren teuren kleinen Restaurants und ihren überall herumfahrenden lachhaft kleinen deutschen Autos, ist nicht sein Daheim. Diese Stadt ist nicht mehr seine Stadt, die er mitaufgebaut hat. Wenn er nur heimgehen könnte! Ich wünschte, er würde eines Abends einfach einschlafen und beim Aufwachen... wäre er heimgegangen. Und wenn Sarah das alte Haus nicht will, wünschte ich, es würde einfach abgerissen.«

Ich dachte bei mir, daß das wahrscheinlich nicht mehr lange dauern würde. Buckhead – das Buckhead, das an die Peachtree Road grenzte und das ich mit diesem Namen verband – war kein Wohnort für junge Familien mehr. In den luxuriösen grünen Enklaven im Nordwesten, in dem abgeschiedenen Waldstück zwischen Buckhead und dem Chattahoochee – und inzwischen auch jenseits davon – standen die großen Villen von Old Atlanta noch, wuchsen die erstaunlichen Häuser der Neureichen in samtener, stiller Heiterkeit, gebettet auf weite, mit Mammutbäumen bestückte Rasenflächen und auf Reichtum. Aber an der Peachtree Road selbst, dieser so vornehmen und erinnerungsträchtigen Verkehrsader, standen die feinen Villen meiner Jugend leer oder wurden abgerissen, fielen lächerlichen, spießigen und immens überteuerten Häuschen im sogenannten Landhausstil oder protzigen Wohntürmen aus Spiegelglas zum Opfer, wichen dreißig- bis vierzigstöckigen Bürohochhäusern, Hotels und »Vielzweck«-Bauten, die um die Wette aus der geschändeten roten Erde wuchsen. Südlich vom Buckheader Zentrum war nur noch ein Häuserblock an der Peachtree Road mit den alten Villen und ihren ursprünglichen Bewohnern stehen geblieben: der mit meinem eigenen Haus. Zwischen uns und der Innenstadt stand nicht ein Wohnhaus mehr. An der Peachtree Road entlang Richtung Norden nach Brookhaven hinein und weiter – dort, wo sich einst die Mauern eines schwarzgrünen Waldes ohne Unterbrechung nach Norden bis Chamblee und Doraville erstreckt und riesigen alten Häusern Schutz geboten hatten, als wären es menschenscheue Königliche Hoheiten – entwickelte sich ein zweites Stadtzentrum, dessen Wolkenkratzer sich auf Grundstücken mit Quadratmeterpreisen von über 7000 Dollar drängten.

Und das Zentrum von Buckhead, jenes unprätentiöse, provinzielle Durcheinander, das kleine Reich der Buckhead Boys, das sie auf ihren Fahrrädern und später in ihren frisierten alten Kisten durchstreiften, geistige Heimat einer Generation von Pinks und Jells – was war aus Buckhead geworden? Ich glaube, es genügt, wenn ich sage, daß ich neulich jemanden allen Ernstes Buckhead das »Beverly Hills von Atlanta« habe nennen hören. Ich lachte hilflos. Buckhead? Wo der unsterbliche Boo Cutler an der Ecke East Paces Ferry und Peachtree Road in seinem mächtigen Mercury wie der Wind vorbeigebraust war? Wo Hartriegel, wildes Geißblatt und Mimosen den Sieg über Autoabgase davongetragen hatten? Wo wir in Scharen unter dem großen Tagesmond des freundlichen Coca-Cola-Schilds am Treffpunkt von fünf leeren, sonnenbeschienenen Straßen zusammengeströmt waren, auf dem Weg zur Nachmittagsvorführung im Buckhead Theatre, um Popcorn zu knabbern, mit etwas Glück ein wenig zu schmusen oder gar scheu eine Berührung zu wagen?

Buckhead? Wo zu unserer goldenen Jugendzeit der schwitzende, drängelnde Körper des Atlanter Zentrums in sicherer Entfernung gen Süden lag, zu einer Zeit, als alles, was wir an grünen, träumenden Meilen um uns sahen, uns gehörte?

Was war Buckhead zugestoßen? Wann war es vom Süden und vom Cobb und DeKalb County her mit Cafés, Grillrestaurants und Bistros, Nachtclubs und Weinlokalen, Parkplätzen, Antiquitätenläden und Galerien, mit Mercedes, BMWs und Jaguars überschwemmt worden? Wann hatten seine Tore nachgegeben, waren seine Mauern gefallen? Während ich weggesehen hatte, war Buckhead von der Großstadt verschluckt worden. Während ich im Sommerhaus geträumt hatte, waren sie gekommen, die Neureichen, die gefürchteten Yankees, die Bezirksdirektoren aus New York, Scranton und Pocatello, die Araber, Libanesen, Japaner, Deutschen und Südamerikaner, und wir waren kampflos gefallen, wie die Dinosaurier, die wir waren, durch das schnell und heimlich wirkende Gift des Geldes.

Warum war ich nur so bestürzt? Diese Entwicklung hatte vor langer Zeit begonnen – erst ein Rinnsal, dann eine Flut –, schon mit dem Ende der Dekade von Ben und dem Club vor zehn Jahren, als sich die politische und wirtschaftliche Grundlage und Zusammensetzung der Stadt verändert hatte. Ben hatte schon vor seinem Amtsantritt prophezeit, daß er und seine Zeitgenossen an den Aufbau einer Großstadt gingen, die sie erst entthronen und dann über sie hinauswachsen werde. Ich überlegte, ob er noch viele der Neuerungen mitbekommen hatte, oder ob ihm das durch die Verdunklung seines Verstandes erspart geblieben war. Doch dann dachte ich, ihn hätte es vielleicht nicht gestört, sondern er wäre von dieser Verwandlung begeistert gewesen. Etlichen Leuten ging es so, wenn auch darunter nicht viele aus Old Atlanta waren; Atlanta verfügte während der ersten Entwicklungsphase zu *der* City des Sunbelt über eine ungeheure Energie und einen grellen, frechen Charme. Und Atlanta war und ist eine der schönsten Städte der Welt; wer im Frühjahr oder im Bronze-blauen Licht eines schönen Oktobertags die Wohnsiedlungen im Norden durchquert, hat die Erde verlassen und taucht ein in reines Entzücken.

In dem Atlanta, das uns Ben Cameron hinterlassen hatte, als sein Geist erkrankte, war der Einfluß der Weißen eklatant zurückgedrängt worden. Old Atlanta hatte zum größten Teil noch Geld. Unsere Clique insgesamt war geradezu unverschämt erfolgreich und verhalf dem Vermögen, das unsere Väter und Großväter angehäuft hatten, zu neuem Glanz und neuer Größe. Viele von uns waren von Anfang an so gut gepolstert, daß ein Versagen fast unmöglich war. Aber wir waren bei weitem nicht mehr die einzigen mit Geld in der Stadt, nicht einmal mehr die mit dem meisten. In der Metropole, die über Ben Camerons Stadt gewachsen war, gab es Hunderte mit beträchtlicherem, neuerem Reichtum, und mit jedem Tag wurden es mehr. Doch sie alle zusammengenommen hatten nicht annähernd so viel Einfluß wie unsere Väter.

Inzwischen war die politische Macht fest in den schwarzen Händen, die die vom Club abgegebene Fackel übernommen hatten. Der erste einflußreiche schwarze Bürgermeister der Südstaaten hatte nun in der City Hall schon fast seine erste Amtszeit hinter sich. Schwarze beherrschten alle Ebenen der Stadt- und Countyverwaltung. Einer von ihnen war Glenn Pickens. Im Jahr 1972 war er aus einem mittelmäßigen Rechtsanwaltsbüro ausgeschieden, um in eine große, renommierte Firma einzutreten, deren Flügeltüren aus Mahagoni ihm Ben Cameron aufgestoßen hatte, und kurz darauf hatte er erfolgreich für ein Richteramt in der Fulton County kandidiert.

Inzwischen wurde er schon als ernst zu nehmender Bewerber für das Bürgermeisteramt gehandelt, sobald der betagte, kränkliche Horace Short abtreten würde. Er selbst hielt sich zwar bedeckt, zumindest in der Öffentlichkeit, aber ich sah ihn schon so deutlich in dem Büro im ersten Stock der City Hall wie am Tag des Flugzeugunglücks in Orly vor über fünfzehn Jahren. Nur daß er jetzt in dem Sessel saß, hinter dem er vorher gestanden hatte.

In der Stadt, deren Zügel er übernehmen würde, herrschte keine Einigkeit mehr über Ziele und moralische Vorstellungen. Dazu war sie zu groß geworden und zu sehr in Splittergruppen mit unterschiedlichen Interessen aufgeteilt. Geld und Vermögen von Weißen und die damit verbundene Macht waren aus der Innenstadt in die Vorstädte gewandert, die sich fünfzig Meilen weit nordwestwärts erstreckten.

Die im Zentrum gebliebenen Schwarzen aber handelten, anders als Ben und der Club, nicht wie ein Mann, nicht einmütig und mit einer Stimme, sondern bekriegten einander rudelweise unter Gezänk und Geknurr. Doch in erster Linie war Atlanta, obwohl in der Zwischenzeit lauter geworden und in die Breite gegangen, eine Geschäftsstadt geblieben. Glenn Pickens, im Allerheiligsten der ökonomischen Macht von einem Ben Cameron aufgebaut und herangezogen, würde das begreifen.

All das sah ich in den ausgehenden 70er Jahren, als ich den Kopf hob und mich umschaute. Und da kam es mir so vor, als seien ich und mein Vater – ich im Gartenhaus und er, sprachlos und gelähmt, in seinem grotesken Sultansserail in der Villa – die einzigen, die sich nicht verändert hatten, stumme Gespenster in einer Stadt, die uns nicht kannte.

Doch die Veränderungen kümmerten mich recht wenig in meinem klösterlichen Mikrokosmos der Villa und des Gartenhauses dahinter. Als nämlich Malory fünfzehn war, zog sie zu uns, und von da an bewegte sich jeder in der Peachtree Road Nummer 2500 leichteren Schritts und froheren Sinns.

Sie kam, weil sie schließlich auf der Farm nicht mehr bleiben konnte. Sogar Lucy, die sie davontrieb, während sie zugleich schluchzend ihre Liebe zu ihr beteuerte, hatte das eingesehen. Sogar Jack war dankbar, daß sie eine Zuflucht hatte, als er sie eines wechselhaften Apriltags in unsere Obhut gab – mit der Miene eines Mannes, der im kalten Meer um sein Leben schwimmt und das letzte Schiff davonfahren sieht.

»Gib für uns auf sie acht«, sagte er mit einer Stimme, so grau und erschöpft wie das schwermütige Gesicht unter dem gelichteten weißen Haar. »Ihre Mutter kann es nicht lassen, ihr zu schaden, und ich kann ihr nicht helfen. Ich habe keine Ahnung, was aus uns werden soll, aber wenigstens soll Malory ein Zuhause haben.«

Malory weinte. Das schöne, strenge junge Gesicht, Lucy ähnlich und unähnlich zugleich, war von ungewollten Tränen überströmt. Sie umklammerte ein schäbiges blaugrünes Köfferchen, das einmal Lucy gehört hatte. Ihr Blick wanderte von Jack zu mir. Ich habe kaum je einen Menschen so hin- und hergerissen gesehen.

»Sag Mama, ich hab sie lieb und ruf sie jeden Tag an«, sagte sie niedergeschlagen zu Jack. »Sag ihr, wenn sie mich braucht, bin ich in einer Stunde bei ihr.«

»Ich sage ihr, daß du sie lieb hast, aber nicht, daß du anrufst, und auch nicht, daß du kommst. Wir haben doch ausgemacht, daß das nicht geht, Malory. Was hat es für einen Zweck, daß du hierher ziehst, wenn du jedesmal heimgerannt kommst, sobald sie nach dir schreit. Mach das einmal, ehe es ihr nicht gewaltig besser geht, und ich stecke dich ins Internat, das kannst du mir glauben. Du mußt endlich einmal dein eigenes Leben führen, und sie erholt sich erst, wenn sie aufhört, sich auf dich zu stützen. Du hast doch gehört, was Faith gesagt hat.«

Malory antwortete nicht. Sie wandte sich ab, damit wir sie nicht weinen sahen. Ich wollte sie umarmen, ließ es aber sein. Ich wußte, daß sie dann ihre Fassung verlor, um die die fünfzehnjährige Malory mit der Entschlossenheit einer jungen Amazone rang.

»Wir halten dich auf dem laufenden, und du kannst jederzeit zu Besuch kommen«, sagte ich. »Wir haben immer einen Kaffee für dich da. Du wirst sehen, es klappt bestimmt gut. Wir werden sie ordentlich verwöhnen.«

»Hoffentlich«, antwortete er dumpf. »Bisher ist sie ja nicht eben verwöhnt worden.«

Er stieg in den alten Ford und fuhr weg, ohne sich umzudrehen. Ich schaute ihm nach, bis er im ständig fließenden Verkehr auf der Peachtree Road verschwunden war, und wandte mich an Malory.

»Bringen wir deine Sachen nach oben und lassen wir die Begrüßung deiner Großmama über uns ergehen, und dann kommst du zu mir zum Tee. Wundere dich nicht, wenn sie dein Zimmer mit rosa Organdy ausstaffiert hat. Ich hab nämlich kürzlich den kleinen Dekorateur von Rich's – weißt du, der deinen Großonkel in den Harem gelegt hat – in einer rosa Wolke die Treppe hinaufsegeln sehen.«

Sie unterdrückte ein Kichern.

»Ich weiß ja, daß ich nicht zu dir ins Gartenhaus ziehen kann. Aber wieso muß ich gleich neben ihr wohnen? Mir wären die kleinen Speicherzimmer lieber, wo du und Mama gewohnt habt, als ihr klein wart. Ich glaube nicht, daß ich es in rosa Rüschen aushalte.«

»Versuch es wenigstens. Du kannst ein bißchen rosa Rüschen vertragen. Außerdem ist deine Großmama so scharf darauf, es dir recht zu machen, daß du ihretwegen bestimmt alles schwarz dekorieren und Satan anbeten darfst, wenn du willst. Wenn du es nicht mehr aushältst, können wir uns das mit dem Speicher noch überlegen. Aber ich warne dich, deine Mutter und ich fanden es teilweise scheußlich da oben. Nicht eben angenehm, wenn man Hausarrest hat, das kann ich dir sagen.«

Sie warf mir einen ernsten Blick zu. Wieder zog sich mir das Herz zusammen beim Anblick ihrer reinen, strengen Schönheit, dem klar geschnittenen Gesicht und der hohen, schlanken Tänzerinnengestalt.

»Mama ist wohl ständig angeeckt, was? Sie hat mir lustige Geschichten erzählt über die ›Große Gefangenschaft‹, wie sie es nennt, und wie wütend ihre Mutter immer auf sie war, aber das muß zum Teil auch an ihr gelegen haben. Man... quält doch nicht grundlos kleine Kinder. Da muß es schon angefangen haben – mit ihrer Krankheit, meine ich.«

»Im kleinen, ja. Natürlich habe ich es damals nicht so empfunden. Ich habe ja meistens selbst mitgemacht. Aber die Anlagen waren vermutlich schon da. Sie war immer ein wildes kleines Mädchen. Und... das bezauberndste Wesen..., das mir je vorgekommen ist.«

»Ja. Für mich ist sie es noch. Sie ist unvergleichlich. Ich wünschte, ich hätte ihre... Energie, ihr Talent, einem die Welt als einen besonderen, verzauberten Ort auszumalen mit einem selbst als Mittelpunkt. Und ihr Humor – ach Shep, sie ist so witzig. Ich werde nie so geistreich sein wie sie, so... lebhaft. Trifft es das? Das Wort klingt... blaß –«

»Zum Glück bist du anders«, antwortete ich, während ich ihr Gepäck in die Halle schleppte. »Sie hat damit etlichen Leuten das Leben zerstört, jedenfalls beinahe. Deine Talente sind tausendmal wertvoller, aber ich glaube, das verstehst du erst, wenn du eine Weile weg von ihr bleibst.«

»Was für Talente?« Sie sah mich mit ernsten, neugierigen Augen an.

»Freundlichkeit«, erwiderte ich zu meinem eigenen Erstaunen, »Unbestechlichkeit. Und viele, viele andere gute Eigenschaften. Du wirst einmal eine ungewöhnliche Frau, Malory, wenn du dir vorher gestattest, ein junges Mädchen zu sein.«

Sie errötete tief. Ihre durchsichtige Haut glühte, als hätte sie einen Sonnenbrand. Sie lächelte schüchtern.

»Danke, Shep. Ich hoffe es.«

»Du kannst dich darauf verlassen. Jetzt paß auf, da kommt deine Großmama die Treppe heruntergestürzt.«

Malory hatte sich selbst dafür entschieden, nicht mehr unter einem Dach mit ihrer Mutter zu leben. Doch es war ihr nicht leichtgefallen.

In den ersten beiden Jahren nach Lucys letztem Klinikaufenthalt hatte alles so ausgesehen, als habe Faith Farr recht behalten, als habe Lucy diesmal die Krankheit und das Trinken wirklich in den Griff bekommen. Sie hatte gewissenhaft ihre Medikamente eingenommen, war zweimal pro Woche zu Faith in die Praxis gegangen – ich möchte wetten, meistens gratis, denn Faith wußte so gut wie ich über Jacks und Lucys finanzielle Situation Bescheid – und hatte drei Vormittage in der Woche bei dem kleinen Provinzwochenblatt gearbeitet, das in Lithonia erschien. Am Anfang bediente sie nur das Telefon, später avancierte sie zu seichter Berichterstattung über Geselligkeit und Lokalpolitik, und als ihr Name erstmals in der Zeitung stand, war sie so begeistert, als hätte sie den Pulitzerpreis gewonnen.

»Immerhin ein Anfang, Gibby«, flötete sie bei einem ihrer abendlichen Anrufe, die nach ihrer Entlassung aus der Klinik wieder angefangen hatten. Ihre Stimme klang hoffnungsvoll.

»Das Thema des Artikels ist zwar belanglos, und das Honorar reicht nicht mal fürs Benzin und fürs Essen, aber es ist ein Anfang. Und ich muß selbst sagen, der Artikel ist verdammt gut.«

»Stimmt«, antwortete ich. Und so war es. Daß Lucy über Lokalpolitik berichtete, war, wie wenn eine Lippizanerstute den Acker pflügt, doch das bißchen Arbeit füllte sie aus und hinderte sie, mit wachsender Unruhe und Energie von Malory Besitz zu ergreifen; außerdem geschah in dem winzigen Redaktionsbüro – besser gesagt, in dem ganzen County – nichts Aufregendes oder für sie Bedrohliches. Für lange Zeit bestand Jacks Alltag in Arbeit und Schlaf, Arbeit und Schlaf, während sich Lucy nachmittags zurückzog und an etwas schrieb, ohne es jemandem zu zeigen oder darüber zu reden; Malory – inzwischen in der Highschool und an der Schwelle zur Pubertät – kümmerte sich nach der Schule um den Haushalt, machte Abendessen und bediente Jack und Lucy. Estelle war inzwischen zum Arbeiten zu alt und zu müde geworden. Ich fand, Malory nahm viel auf sich, um Harmonie und Ordnung in ihre Familie zu bringen, aber sie blühte dabei auf, und alle drei gewannen eine Atempause und ein gewisses Maß an Stabilität.

Doch dann entwickelte sich Malory quasi über Nacht vom Kind zur Frau, und mit der friedlichen Zeit war es aus. Als ihre Tochter zum erstenmal ihre Periode bekam, kaufte Lucy zur Feier des Tages eine Flasche Sekt, die sie allein leerte, und um drei Uhr nachts fuhr sie mit dem Ford gegen ein Stoppschild auf dem Weg zu Wendy's, wo sie »mal sehn wollte, wer da ist und mit mir spielt«. Als sie wieder nüchtern war und von ihrer weißgesichtigen Tochter und ihrem graugesichtigen Mann in der Notaufnahme des kleinen Countykrankenhauses abgeholt wurde, entschuldigte sie sich unter Tränen bei ihnen. Sie war so zerknirscht, daß die beiden davon absahen, Faith Farr zu unterrichten. Das ganze Wochenende über mußte Lucy sich übergeben, was noch nie vorgekommen war. Ihr war so furchtbar schlecht, daß sie schwor, Alkohol nie wieder auch nur riechen zu wollen, und die vor Erschöpfung zitternde Malory glaubte ihr. Sie hatte zwei strapaziöse Tage lang ihrer würgenden Mutter den verbundenen Kopf gehalten. Wer würde schon freiwillig riskieren, sich die Därme aus dem Leib kotzen zu müssen.

Aber als sich Malory von dem Geld, das sie aus der Haushaltskasse gespart hatte, glühend vor Verlegenheit und Stolz, ihren ersten Büstenhalter kaufte und mit künstlich herausgestreckter, schmaler Brust nach Hause kam, besorgte Lucy eine Flasche Scotch, die sie auf ihrem Zimmer trank, bevor Jack von der Arbeit kam, während Malory das Abendessen kochte. Anders als bei Sekt, wurde Lucy von Whiskey nicht schlecht. Die anderen merkten erst, daß sie betrunken war, als sie, eine ganze Weile, nachdem sie angeblich zu Bett gegangen war, den Ford nahm und mit quietschenden Reifen davonfuhr. Diesmal kam sie erst in der Frühe wieder nach Hause, und zwar mit dem leeren, schlaffen Gesichtsausdruck, den die beiden inzwischen so gut kannten, jenem erschöpften, übersättigten Blick, den Jack ihr »Gut-gebumst-und-schlecht-gegessen-Gesicht« nannte.

Und so fing es wieder an. Beim dritten Mal verlor sie die Stelle bei dem kleinen Wochenblatt, und beim vierten Mal machte Faith Farr mit der Therapie Schluß.

»Die Sauferei ist jetzt das Hauptproblem«, sagte sie zu mir, als ich nach einiger Zeit von Lucys Rückfall Wind bekam und bei ihr anrief. Jack und Malory hatten mir nicht erzählt, daß Lucy wieder krank war. Ich hatte es erst von ihr selbst erfahren, als sie mich einmal spät abends von einem Motel außerhalb von Athens aus angerufen hatte.

»Sie will nicht zu den Anonymen Alkoholikern«, fuhr Faith fort, »und sie will ihr Antabus nicht nehmen, und dann kann ich ihr schlicht nicht helfen. Früher oder später wird der Alkohol immer das Hauptproblem. Ich habe ihr schon einmal geholfen und könnte es vielleicht wieder, Shep, aber ich behandle keine Alkoholiker. Die Erfolgsrate ist mir zu niedrig. Und ich spiele ihre Spielchen nicht mit.«

»Wer soll ihr denn dann helfen?« fragte ich ärgerlich und verzweifelt und dachte an Malorys angespanntes junges Gesicht und ihren gehetzten Blick. »Jack kommt nicht mit ihr zurecht, und Malory erst recht nicht, obwohl sie ihr Bestes versucht. Sie haben keinen roten Cent und Schulden im ganzen Osten des DeKalb County. Wenn Sie ihr nicht helfen, wird sie ins Central State Hospital müssen. Sie können sich nichts anderes leisten, und Jack läßt mich nicht für ihren Klinikaufenthalt aufkommen.«

»Da hat Jack recht. Tja, dann bleibt eigentlich nur Central State, wenn sie Lucy da unterbringen können. Sie werden sie allerdings zwangseinweisen müssen. Sie wissen ja, daß sie nicht freiwillig reingeht. Und viel Vergnügen auch. Tut mir leid, Shep. Ich weiß, Sie werden es mir nicht glauben, aber ich habe Lucy gern. Ehrlich. Sagen wir, gern genug, um sie, wenn es sein muß, nach Central State zu schicken. Können Sie von sich dasselbe sagen?«

Ich konnte nicht. Und ich wußte, daß auch Jack es wahrscheinlich bei all seiner erschöpften Distanz nicht konnte. Und Malory geriet schon bei der bloßen Erwähnung dieser Klinik außer sich. Sie drohte damit, endgültig wegzulaufen, wenn wir ihre Mutter nach Central State einliefern würden, und ich bezweifelte nicht, daß sie diesmal ihre Drohung wahrmachen würde. Nachdem ich Lucy zum drittenmal in einem Motel abgeholt hatte, fragte ich ihre Tochter, warum sie denn so unbedingt dagegen sei.

»Es ist doch eine Klinik wie die andern auch. Vielleicht nicht so schick, aber im Prinzip genau dasselbe.«

»Sie werden eine Lobotomie machen«, schluchzte sie. »Die wenigsten Leute wissen es, aber das machen sie mit den Alkoholikern. Mama hat es mir gesagt. Kannst du dir Mama nach einer Lobotomie vorstellen, Shep? Lieber soll sie tot sein. Lieber will ich selbst tot sein, ehe ich das zulasse. Ich hab ihr versprochen –«

Sie brach ab, aber da ihr das entfahren war, wußte ich genug. Lucys düstere Schilderungen vom Central State Hospital hatten auf Malory die von ihr beabsichtigte Wirkung. Lucy war jetzt sicher davor, und auch vor jeder anderen Klinik. Sie hatte darauf gerechnet. Sie wußte genau, daß weder Jack noch ich Malory so etwas antun konnten.

»Und was hat sie diesmal verloren?« fragte ich Faith Farr.

»Malory natürlich. Malory wird erwachsen und entfernt sich von ihr, trifft sich mit Jungen, lernt vielleicht einen kennen, den sie heiraten will... die erste Periode, der BH – die ganze Geschichte. Ich könnte mich ohrfeigen, daß ich es nicht geahnt und Jack und Malory wenigstens gewarnt habe.«

»Das hätte auch nichts geändert.«

»Nein«, sagte sie traurig. »Vermutlich nicht.«

Doch es kam, wie es kommen mußte: Lucy ging zu weit und verlor ihre Tochter, jedenfalls vorübergehend. Bisher hatte sie, um sich zu betrinken und Männerbekanntschaften zu schließen, stets die Farm verlassen. Ausgerechnet das eine Mal, als sie es anders hielt – sie nahm einen torkelnden Fernfahrer und seine große Flasche Rebel Yell mit nach Hause in ihr und Jacks Ehebett, wo sie mit ihm in einen langen Schlaf der Betäubung fiel –, brachte Malory eine ihrer wenigen neuen Freundinnen aus der Highschool zum Fernsehen mit heim – ein schüchternes, prüdes Mädchen vom Lande.

An dem Wochenende lieferte Jack sie bei uns ab. Lucy war inzwischen ganz matt und heiser vom hysterischen Weinen und flehentlichen Bitten, aber diesmal blieben sowohl Jack als auch ich hart. Und bei der stummen, blassen und resignierten Malory biß sie auf Granit. Erst als Jack Anstalten machte, ohne sie heimzugehen, zeigte sich das alte gespenstische Band, geriet Malorys Entschluß ins Wanken. Doch kein Gespann Clydesdale-Pferde hätte sie mir da noch entreißen können. Malory war endlich in der Peachtree Road zu Hause, und unser gemeinsames Leben wurde heiterer, tiefer und enger, als ich je zu hoffen gewagt hatte.

Ich glaube, daß sie glücklich war. Nein, ich weiß es. Und ich? Ich summte, während ich auf der alten Schreibmaschine herumhackte, die mühsam Zoll für Zoll meinen *Compleat Georgian* ausspuckte, und trällerte falsch vor mich hin, wenn ich nachmittags der strahlenden Martha einen Imbiß aus der Küche stibitzte – Milch und Eistee für meinen täglichen Tratsch mit Malory im Gartenhaus. Ich ging zum ersten und letzten Mal seit meiner Kindheit gewaschen und gebügelt in unseren schönen alten Speisesaal hinüber, um mit Tante Willa und Malory das Abendessen einzunehmen, das Marta gekocht hatte und Shem mit angestaubter Grandezza servierte.

Wir hatten hier sonst selten im Familienkreis gegessen, aber Tante Willa, die wohl einigen Nachholbedarf hatte an der Gesellschaft ihrer schwer greifbaren Enkelin, bestand auf elegantem Tafelgeschirr mit Kerzen, altem Redwine-Damast und mehreren Gängen; ich muß zugeben, auch mir gefiel es, wie Malorys blasses, feines Gesicht an meinem Tisch im Kerzenlicht glänzte, wie sie mit leiser Freude das schwere, reich verzierte alte Tiffanysilber, die Kristallgläser und das edle Porzellan handhabte und nett über die Ereignisse des Tages plauderte.

Zum erstenmal, seit ich Tante Willa das Feld geräumt hatte, unterschrieb ich ihre Haushaltsschecks gerne, ja, mit Freuden, sicherten sie doch jetzt Malory ein Leben in Reichtum und Geborgenheit. Ich würde Willa Slagle Bondurant in alle Ewigkeit als Hausdame bezahlen, und zwar lächelnd, wenn ich damit Malory im Hause ihrer Großtante und ihres Großonkels, ihrer Mutter… und in meinem Haus halten konnte. Daß ihre Mutter Hausverbot hatte – denn

Tante Willa und ich waren uns ausnahmsweise darüber einig, daß Lucy nicht mehr herkommen durfte –, trübte meine Freude nur wenig. Lucy hatte ihre Zeit hier verlebt, und es konnte wieder so kommen. Doch gegenwärtig war dies Malorys Zuhause.

Eines mußte man Tante Willa lassen: Sie ermöglichte Malory ein fast normales Leben und gab ihr so viel Luxus, wie sie nur annehmen wollte. Im Gegensatz zu ihrer aufsässigen Tochter hatte ihre Enkelin alles, was Willa sich wünschen konnte: Liebenswürdigkeit, Anmut, Nachgiebigkeit, Aufrichtigkeit und beste Aussichten für die Zukunft. Sie war eine Lucy ohne den Teufel im Leib, eine Little Lady mit Verstand – jetzt schon hübsch, bald eine Schönheit. Und, das beste, mit ihrer Hilfe konnte sich Willa Slagle Bondurant ein für allemal im Haus in der Peachtree Road festsetzen.

Tante Willa war in ihrem Element. Sie brachte Malory in Westminster unter und führte sie ein in die feine Gesellschaft ihrer Clubs. Als Malory sechzehn wurde, gab sie ihr in der Nummer 2500 eine kleine Teeparty und kaufte ihr stapelweise schöne Kleider, was Malory, glaube ich, gefiel, obwohl sie nach wie vor Blue jeans bevorzugte. Sie ging mit ihr ins Konzert und ins Ballett, ins Theater und ins Museum, gelegentlich auch zum Essen und ins Kino. Shem Cater holte so oft den Rolls aus der Garage, daß ich für eine neue scheußliche dunkle Chauffeursuniform mit Mütze Geld springen lassen mußte. Er weigerte sich kategorisch, Malory in Freizeitkleidung zu fahren, wie es die wenigen übriggebliebenen Buckheader Chauffeure inzwischen fast alle hielten. Shem hatte eiserne Ansichten über Schicklichkeit, von denen er ebensowenig abwich wie Tante Willa von den ihren.

Als Malory sechzehn war, versuchte Tante Willa hartnäckig, sie in die Welt der jungen Leute einzuführen, die sie als »richtigen Umgang« bezeichnete, aber Malory sträubte sich. Sie interessierte sich nicht für Bälle und Rendezvous, lehnte mit höflichen Ausflüchten jede vorgeschlagene Übernachtungsparty ab und schlug die nicht unbeträchtliche Zahl der Einladungen, die sie von den Jungen aus ihrer Umgebung erhielt, von denen ich die meisten nicht kannte, mit so viel freundlicher Kühle aus, daß man sie nicht noch einmal fragte. Die Teilnahme am Debütantinnenball oder der Junior League stand für sie ebensowenig zur Debatte wie seinerzeit für Lucy.

Sie war eigentlich nicht schüchtern. Nur fehlte ihr von klein auf jeder Herdeninstinkt, und sie fühlte sich nur wohl, wenn sie jemanden bemuttern konnte. Im Gegensatz zu den Teenagern um sie herum hatte sie nie richtig Kind sein dürfen. Es wunderte mich nicht, als sie sich keinem Club und keiner Clique anschließen wollte, die für mich wenig Glanz besaßen, verglichen mit dem sprühenden Überschwang der Pinks und Jells. Und es wunderte mich noch weniger, daß sie, nachdem ich ihr zum sechzehnten Geburtstag einen kleinen Toyota geschenkt hatte, einen großen Teil ihrer Freizeit bei der freiwilligen Arbeit in einem Rehabilitationszentrum für minderjährige Drogen- und Alkoholsüchtige verbrachte, im inzwischen berüchtigten Tight-Squeeze-Viertel Richtung Innenstadt an der Ecke Tenth Street, Peachtree Road. In einer Zeit der blühenden Drogenkultur, als Atlanta für eine Menge Aussteiger und jugendlicher Ausreißer, die Trost bei chemischen Substanzen suchten, zum Mekka des Südostens geworden war, bekamen etliche dieser wunden Pilger beim Erwachen aus ihrem mörderischen Rausch als erstes Malorys zärtliches junges Gesicht zu sehen. Und manche sahen es als letztes auf dem Weg zurück nach Hause, zu ihrer Arbeit oder Universität. Malory hatte die Gabe zu trösten und zu heilen. Hatte sie früh und untilgbar erlernt. Sie mochte ihre Arbeit, und es störte sie kein bißchen, daß sie praktisch kein Sozialleben hatte, während Tante Willa darüber außer sich geriet.

»Ich brauche das nicht, Shep«, sagte sie mir, als ich sie einmal auf Tante Willas bekümmerte Bitte hin darauf ansprach. »Ich liebe meine Arbeit. Sie gibt mir fast alles, was ich brauche. Und ich habe ja immer noch dich.«

›Ja‹, dachte ich und bedachte sie mit einem stummen Blick, in den ich mein ganzes Herz legte. ›Du hast ja immer noch mich.‹

Gegen Ende des Jahrzehnts fand Jack Lucy in einem anonymen, gemieteten Bett zu viel und warf sie hinaus. Er wollte sich zwar nicht von ihr scheiden lassen, reagierte aber weder auf ihr Hämmern an seiner Tür noch auf die anschließenden verzweifelten Anrufe, und so kam sie in einer bitteren, regnerischen Frühlingsnacht ins Gartenhaus. Ich wußte, daß sie es in der Villa nicht versuchen würde. Tante Willa hatte sich eisig und überdeutlich dagegen verwahrt.

Ich machte ihr natürlich auf. Letztendlich konnte ich Lucy fast nichts abschlagen, und sie wußte es. Ich auch.

Ich saß auf dem Sofa und sah sie an, die Hände baumelten mir traurig von den übereinandergeschlagenen Knien. Sie sah schlimm aus, krank, lahm und alt, ihr sonst so attraktives Gesicht war aufgedunsen und verfärbt. Ihre Haare waren wirr verfilzt, und sie hatte Schürfwunden an Lippen, Hals und Schultern. Die feurigen blauen Augen waren trüb.

Sie nahm einen tiefen Zug aus ihrer Zigarette und warf den Stummel in den kalten Kamin.

»Es hat wohl keinen Zweck, dir die Geschichte meiner vergeblichen Suche nach meinem Vater zu erzählen«, fragte sie in einem hilflosen Versuch, mich mit Ironie milde zu stimmen.

»Nicht den geringsten. Ein Glück nur, daß du dich wenigstens mit Männern einläßt. Frauen – das wäre mir zu viel.«

»Klar mit Männern«, antwortete sie fröstelnd. »Männer haben die Macht. Das hat mir mein Vater beigebracht.«

Ich stand steifbeinig auf, holte ein Handtuch und warf es ihr zu.

»Na, da hat er ja eine Menge für dich getan in seiner Machtfülle, was? Menschenskind, Lucy, er hat Null für dich getan. Er hat in deiner Erziehung nicht die geringste Rolle gespielt. Soll das Macht sein?«

»Er ist fortgegangen«, antwortete sie sachlich. »Die Macht, fortgehen zu können, ist die größte, die es gibt.«

Sie bettelte, ob sie nicht eine Weile im Gartenhaus wohnen dürfe, nur, bis sie »auf eigenen Beinen« stand, und ich ließ sie auch für diese Nacht auf dem Sofa schlafen und deckte sie mit meiner Steppdecke zu. Aber um Malorys willen, die ahnungslos in der Villa in dem kleinen weißen Bett, das früher ihrer Mutter gehört hatte, den Schlaf der Genesung schlief, konnte sie auf keinen Fall länger bleiben. Lucy hatte ihre Tochter mit keinem Wort erwähnt, aber ich wußte, daß sie vor allem ihretwegen gekommen war. Spätestens am Morgen oder tags darauf mußten sie einander begegnen, und dann nahm der alte, dunkle Spürhund in Lucys Kopf wieder unerbittlich Malorys Fährte auf, witterte und suchte, und vorbei war es mit Malorys Zeit der Gesundung und Wirklichkeitsfindung in der Villa, und vielleicht in der Welt.

›Ich lasse es nicht zu‹, dachte ich. ›Nein, ich lasse es nicht zu.‹

Als sie eingeschlafen war, ging ich in mein Schlafzimmer, rief Jack an und teilte ihm mit, daß sie bei mir war.

Er schwieg lange, dann antwortete er: »Scheiße. Also gut, Shep. Ich hole sie morgen früh ab. Paß auf, daß sie Malory auf keinen Fall begegnet.«

»Nein, komm nicht. Einmal muß Schluß sein. Ich kümmere mich schon darum. Keine Angst, ich lasse sie nicht einmal in die Nähe von Malory. Aber ich will auch nicht, daß du sie wieder aufnimmst, Jack. Nicht jetzt. Laß mich nur machen und warte ab, was passiert.«

Er schwieg wieder, dann brach es aus ihm heraus: »Verdammt noch mal, Shep! Sie hat mich meine Jungen gekostet. Sie hat mich meine Tochter gekostet. Sie besitzt mich ganz – hat mich schon immer besessen. Was will sie denn noch?«

»Sie fürchtet, daß du sie verläßt, also geht sie zuerst.« Eigentlich glaubte ich selbst nicht recht, was ich sagte. Meine Worte klangen auch in meinen Ohren wie von einer billigen Platte.

»Ich würde sie doch nie verlassen!« Er war den Tränen nah. So hatte er sich noch nie angehört. Schmerz belebte seine müde Stimme wie ein aufflackerndes Feuer. »Wie könnte ich sie verlassen? Zu den Zeiten, wo es ihr gut geht, ist sie hinreißend, die Frau meiner Träume. Warum fürchtet sie nach alledem noch, daß ich sie verlassen will?«

Hast du doch schon, vor langer Zeit, sagte ich nicht und dachte an den leidenschaftlich liebenden Mann, den ich eines Abends vor vielen Jahren vor dem Carrousel kennengelernt hatte.

»Ich weiß es nicht. Wahrscheinlich wieder die alte Geschichte mit ihrem Vater und Red. Und mir. Lucy passiert das immer wieder, daß ein Mann sie verläßt. Hat alles mit ihrem alten Herrn zu tun...«

»Am liebsten würde ich ihn umbringen, den Hurensohn«, sagte er resigniert.

Ich dachte an das grelle Phantom mit seinem tückischen, magischen Blondschopf und den zweifarbigen Schuhen, der Lucys Kindheit verschlungen und ausgespuckt hatte.

»Ihr geht es ebenso«, sagte ich.

Am folgenden Morgen ließ ich Shem mit dem Rolls vorfahren und brachte Lucy ins Zentrum zu dem einzigen Wohnblock, den ich kannte, Colonial Homes, wo etliche aus unserer Clique nach dem Studium ein selbständiges Leben angefangen hatten. Das Gebäude wirkte schmuddelig und gewöhnlich an diesem regenfrischen Morgen, und die Scharen von gepflegten, schicken Menschen, die in ihren gepflegten, schicken teuren Autos zur Arbeit fuhren, gehörten zu einer Welt, die mich so wenig kannte wie ich sie. Ich wandte das Gesicht ab und verschloß grimmig die Ohren gegenüber Lucys Klagen und Wutgeheul und Bitten, mietete ihr eine Atelierwohnung, bezahlte per Scheck die Kaution und die ersten drei Monatsmieten, fuhr sie zur verlassenen Farm hinaus, wartete, bis sie ihre wenigen, abgetragenen Kleider gepackt hatte, brachte sie zurück nach Colonial Homes und half ihr beim Umzug in die Wohnung. Ich sprach bei der Arbeit fast nicht mit ihr. Ich sagte ihr, ich wolle für ihre Miete mit Nebenkosten und ihren Lebensunterhalt aufkommen, bis sie auf eigenen Beinen stehe. Sie dürfe aber unter keinen Umständen versuchen, Malory zu treffen. Keine Besuche, keine Briefe, keine Anrufe. Ich würde Tante Willa ins Bild setzen, sagte ich, und das Telefon von Shem und Martha bewachen lassen, und sie dürfe nicht mit ihrer Tochter sprechen.

Sie weinte. Echte Tränen der Angst und Verzweiflung. Sie dachte immer noch, daß Jack sie aufgegeben habe, und nun handelte ich nicht nur genauso, sondern trennte sie auch noch von ihrem Kind, das ihr Stütze und Erfüllung war.

»Gibby, ich brauche sie«, schluchzte sie. »Ich kann hier nicht allein wohnen, das weißt du doch. Wer soll sich um mich kümmern? Wer redet mit mir und... du weißt schon... ist bei mir? Malory kann auf dem Klappbett schlafen. Mir macht es nichts aus, auf dem Sessel oder einer Matratze –«

»Nein«, sagte ich kühl. »Ruf mich an, wenn du es nicht mehr aushältst. Oder such dir einen Mitbewohner. Oder trete einer Kirche bei. Ich weiß nicht, was du machen willst, Lucy, aber du wirst die Finger von Malory lassen. Du wirst ihr die Chance geben, eine Zeitlang normal aufzuwachsen.«

»Gibby, ich liebe sie«, flüsterte sie.

»Dann laß sie in Frieden.« Sie antwortete nicht, und es gab eigentlich nichts mehr zu sagen, also wandte ich mich zur Tür.

»Gibby! Ich kann hier nicht wohnen bleiben«, heulte sie.

»Wieso denn nicht, verdammt noch mal? Was hast du dagegen einzuwenden? Tausendmal besser als die lausigen Motels, in denen du dich in letzter Zeit herumtreibst.«

»Es ist ein Wohnblock für Alleinstehende, Gibby«, sagte sie empört. »Fällt mir eben auf.«

»Na, dann ist es doch genau dein Fall, Luce.« Ich verzog das Gesicht zu einem freudlosen Lächeln und verschwand, für diesmal, aus ihrem Leben.

Ein paar Monate lang kamen keine Anrufe; ich erfuhr nur von Sarah, die Lucy zufällig im Laden getroffen hatte, daß sie zu den Anonymen Alkoholikern ging, bei einem neuen Buckheader Wochenblatt eine Stelle angenommen hatte und sich alle Mühe gab, anständig zu leben und nüchtern zu bleiben. Beides gelang ihr so gut, daß Jack sie im Herbst aufforderte heimzukommen, was sie mit der Bereitwilligkeit eines ausgesetzten Hundes tat, der endlich nach Hause gefunden hat. Kurz darauf rief sie Malory an, und ich erlaubte es mit klopfendem Herzen, und Lucy war so kleinlaut, so reizend und reumütig und vor allem so liebevoll, daß Malory am Wochenende darauf auf die Farm zurückkehrte und schließlich den Rest ihres letzten Schuljahrs bei ihrer Mutter und Jack verbrachte, was für alle drei eine relativ glückliche Zeit war.

Ich fühlte mich in dem Herbst wie ein dünner Streifen aus gepeinigtem Fleisch, der straff über einen tiefen Abgrund gespannt war, mischte mich aber nicht ein. Im März wurde Malory achtzehn. Von jetzt an mußte sie selbst entscheiden. Ich hatte endlich den Wert einer Liebe kennengelernt, die mit leichter, offener Hand gegeben wird.

Im Mai schloß sie als Zweitbeste ihrer Klasse die Schule ab und ging im Frühsommer nach Wellesley, wo man ihr ein kleines Stipendium für das Studium Englischer Literatur gewährt hatte. Voll Stolz bezahlte ich ihr die Unterkunft, Verpflegung und Taschengeld für das erste Jahr und schickte sie mit Jack und Lucy nach Wellesley. Malorys kleiner Toyota schwankte unter dem Gewicht einer neuen Garderobe und einer Kiste mit Büchern und Tonbändern – Geschenke von mir zum Schulabschluß. Ich dachte nicht daran mitzukommen. Wenn sie je zu einer Familie zusammenwuchsen, dann jetzt. Sobald Malory wieder nach Hause kam, verändert wie alle jungen Leute, die zum erstenmal in die Welt hinausziehen, war es zu spät.

Und so brach eines makellosen Junimorgens eine unbeschwerte, fast lächerlich normal wirkende kleine Expedition aus Atlanta auf. Sie erinnerte mich schmerzlich an den Tag meiner Abreise nach Princeton vor langer Zeit, als meine Mutter, Ben, Dorothy und Sarah sich von mir verabschiedet hatten. Meine besten Wünsche und all meine Liebe – abgesehen von der hartnäckigen, aber zahnlosen alten Leidenschaft, die ich immer noch für die ahnungslose Sarah hegte – waren mit dem schlanken, frisch erblühten Mädchen, das vielleicht meine Tochter war.

25. Kapitel

In Malorys erstem Studienjahr in Wellesley starb im Oktober mein Vater in seinem vergammelten Sultansserail zuckend und gurgelnd eines raschen Todes, wie er ihn schon vor knapp zwanzig Jahren hätte sterben sollen, und wieder versammelte sich Old Buckhead in der Kirche Saint Philip's und auf dem Friedhof Oakland.

Auf der Fahrt im Rolls durch die Stadt, die hell im klarblauen Herbstlicht lag, fragte mich Dorothy neben mir: »Shep, bist du sehr traurig?«

Es war zwar ein wenig unorthodox, daß sie bei mir im ersten Auto hinter dem Leichenwagen saß, doch sie scherte sich wenig um Konventionen, und was mich betrifft – hätte ich jetzt noch einmal damit angefangen, wären sowohl meines Vaters als auch meine eigenen Freunde ziemlich perplex gewesen. Shem Cater, verhutzelt und grimmig, in der neuen schwarzen Chauffeursuniform, war unsere einzige Verbeugung vor Sitte und Brauch. Er lenkte die polierte, alte Limousine tadellos und verharrte in würdigem Schweigen, doch ein gelegentliches tiefes und rasselndes Schluchzen verriet ihn. Ich fragte mich, wie der vertrocknete alte Raubvogel im Leichenwagen vor uns nach all den Jahren seines stummen, starren Nichtdaseins seinem Chauffeur noch Tränen entlocken konnte, aber dann fiel mir ein, daß Shem meines Vaters erster Angestellter gewesen war und trotz seiner erstaunlichen Gelenkigkeit ein wenig älter war als der Tote, dem er gedient hatte.

›Armer Shem‹, dachte ich. Er hat zu viele Veränderungen miterlebt.

Ich betrachtete Dorothy. Im Sonnenlicht, das durch die makellosen Scheiben des Rolls hereinfiel, wirkte auch sie alt, und doch war sie immer noch schön. Ihr zierlicher Körper war mit fortschreitendem Alter abgemagert, doch sie hielt sich so aufrecht wie ein junges Mädchen, und ihre Haut hatte die weiche, matte, lockere Struktur von drapierter Seide. Das Faltennetz auf ihrem scharf geschnittenen

Gesicht und ihrem Hals war spinnwebzart, ihre Hände waren knorrig von der Arthritis und den langen Jahren harter Gartenarbeit, doch die leuchtenden, sherry-goldenen Augen glitzerten vor Leben, und das dichte, prächtige, dunkle Haar, nur leicht mit Grau bestäubt, glänzte vital wie das von Sarah. Sie trug es inzwischen zu einem altmodischen Dutt hochgesteckt, was ihr gut stand: Sie sah aus wie eine winzige Herzogin aus der Zeit König Edwards. Nun legte sie lächelnd ihre zerbrechliche Hand auf meine und drückte sie.

»Vielleicht sollte ich traurig sein, aber ich bin's nicht«, antwortete ich. »Ich war es schon, als ihn der Schlag getroffen hat, sehr sogar, und er hat mir leid getan, als Mutter verunglückt ist – aber vielleicht hab ich mir auch selber leid getan, denn man konnte ja unmöglich sagen, was er dabei empfunden hat. Aber jetzt nicht mehr. Er hat zwanzig Jahre lang im Sterben gelegen. Und ich möchte wetten, er hat sich jeden Tag gewünscht, endlich fortzukönnen. Das heißt, wenn er noch soviel mitgekriegt hat. Tante Willa war die einzige, die er um sich haben wollte. Ich war schon lange nicht mehr öfter oben als vielleicht einmal im Monat. Es ist, wie wenn man ... ein Möbelstück rausträgt. Klingt ganz schön gefühllos, was?«

»Nein.« Sie schaute hinaus auf die vorbeigleitende Skyline. »So ist es eben, wenn der Körper noch da ist, der Mensch aber nicht mehr. Ich kenne das Gefühl. Grauenhaft. Schlimmer als der Tod.«

Wir schwiegen und betrachteten die grotesken, sonnenbestrahlten Wolkenkratzer, deren Namen wir nicht wußten. Dann sagte sie: »Findest du nicht auch, daß es ein trauriges kleines Begräbnis war? Nicht so sehr seinetwegen als wegen dem, was sich daran gezeigt hat. Nur so wenige von uns, die Abschied von ihm genommen haben. Beim Lebewohl für meinen alten Ben werden es noch weniger sein. Traurig, wie diese... Titanen zu ganz gewöhnlichen alten Männern geworden sind – so verwirrt und aggressiv. Manchmal glaube ich, das schlimmste, was einem passieren kann, ist, seine Zeit zu überleben. Es ist zutiefst unanständig.«

»Ich weiß nicht einmal mehr, wessen Zeit es ist. Ich bin ja noch nicht richtig alt, aber das ganze Zeug da könnte, soweit es mich angeht, am anderen Ende der Welt stehen.« Und ich deutete mit dem Daumen auf die Skyline. »Es gehört nicht zu dem Atlanta, das ich kenne. Oder kannte.«

»Ja, es ist nicht zu übersehen, daß eine neue Zeit gekommen ist.«

Dorothy klang nicht sonderlich traurig, eher interessiert. »Eine neue Zeit, eine neue Welt. Ich finde es aufregend. Denk nur, was haben wir nicht alles in den letzten fünfzig Jahren erlebt! Ich würde ja gerne wissen, was in den nächsten fünfzig passiert, wenn ich nur noch so lange leben würde! Aber ich fürchte, das ist das Vorrecht der jungen Leute.«

»Ich weiß nicht einmal, ob es sie interessiert. Die jungen Leute, die ich kenne, sind zum Studium nach Osten oder Westen oder sogar ins Ausland weggezogen. Anscheinend geht niemand mehr aufs Tech oder auf die Georgia University. Ich könnte mir vorstellen, daß viele von ihnen gar nicht mehr zurückkommen.«

Sie schnaubte ein wenig ärgerlich.

»Also, Shep, manchmal redest du schon wie ein alter Tattergreis. Ich habe nicht Sarahs Kinder oder Malory, überhaupt nicht die neue Generation gemeint. Ich meine dich. Dich und Sarah, eure Clique. Ihr habt noch so viel Zeit, so viel Leben...«

Damit brach sie ab, aber ich hatte verstanden. Sie meinte Sarah und mich. In Einsamkeit vereint, ohne Hindernis zwischen uns. Shep und Sarah, Sarah und Shep... Der alte Schmerz, den die beiden Namen weckten, brandete kurz auf, ebbte jedoch zum Glück schnell wieder ab.

Ich hatte natürlich nach Charlies Tod daran gedacht. Doch dieses Land lag für mich wie in einen Nebel gehüllt, den zu durchdringen ich nicht die Kraft hatte. Vielleicht, dachte ich, habe ich zu lange allein gelebt, war zu lange vom Leben und seinen strapaziösen Leidenschaften getrennt. Die meisten von uns hören eines Tages zu lieben auf, da Liebe mit Vertrautheit einhergeht, und irgendwann sind wir zu müde und verbraucht, sie zu riskieren, und mit ihr all die kleinen Tode, die in ihr lauern. Selbst meine Liebe zu Malory, selbst dieses starke, ausdauernde Feuer drohte stets, mich mit seinem Atem zu verbrennen, so daß ich mich manchmal fast davor scheute. Verlieren war zu schwer geworden, zu schwer...

Dorothy erriet meine Gedanken, wie früher ihre Tochter.

»Malory ist nicht zur Beerdigung gekommen«, bemerkte sie. »Gut. Klug von ihr. Ich hatte schon Angst, Lucy würde die Gelegenheit nutzen, um sie nach Hause zu holen.«

Ich grinste. »Ihnen entgeht wohl so schnell nichts, wie? Nein, Lucy hält sich zur Zeit recht gut, aber Jack und ich waren uns einig, daß Malory nicht mitten in der Studienzeit nach Hause kommen muß, bloß um auf die Beerdigung eines alten Mannes zu gehen, den sie gar nicht gekannt hat.«

»Willst du wirklich nicht, daß ich komme? In zwei Stunden kann ich im Flugzeug sitzen«, hatte Malory vor zwei Tagen gefragt, als ich ihr am Telefon gesagt hatte, mir wäre es lieber, wenn sie in Wellesley bliebe.

»Nein. Ich sehe dich dann an Erntedank. Oder hast du Heimweh nach Atlanta?«

»Nein. Ich habe zwar gedacht, daß ich welches kriege, aber ich vermisse bloß dich, Mama und Jack. Und weißt du, was ich noch vermisse? Tate. Könnten wir an Erntedank rauffahren? Ich war nicht mehr dort, seit ich ein kleines Mädchen war, und ich muß oft daran denken.«

Ich erinnerte mich an das weit zurückliegende Wochenende in Tate mit der improvisierten Party, nur wenige Tage bevor Ben Cameron sich erschossen hatte, und an die kleine Malory, die sich voll Freude und Begeisterung mitten auf dem Hüttenboden um die eigene Achse gedreht und gerufen hatte: »Ist es unseres? Können wir nicht immer und immer hier wohnen?«

»Klar fahren wir. Wenn es warm genug ist, bleiben wir vielleicht das ganze Wochenende. Wir könnten Erntedank oben feiern.«

»Das wär schön. Hör – wie geht es eigentlich Mama?«

»Gut.«

»Ich meine, wie geht es ihr *wirklich*, Shep?« fragte sie mit der alten Überbesorgnis in der Stimme.

»Meine ich auch. Sie rührt keinen Tropfen an. Sie arbeitet gern und schreibt allmählich wieder ziemlich gute Artikel. Und sie geht jeden Montagabend zu den Anonymen Alkoholikern, sobald die aufmachen, und stell dir vor, in Lithonia gibt es einen neuen Psychiater, der ihr andere Medikamente verordnet hat. Sie hat ein bißchen zugenommen und sich die Haare wachsen lassen. Sieht hübsch aus. Sie wird dir bestimmt gefallen, wenn du sie wiedersiehst.«

»Ich kann's nicht erwarten. Ich hör sie die ganze Zeit nach mir rufen. Fällt mir schwer, nicht zu antworten.«

»Versuch's.«

Ich sah mich um bei der Beerdigung auf dem Friedhof Oakland, betrachtete die Handvoll alte Leute und die kleinere Schar meiner alten Freunde im Schatten der alten Eichen und des Indischen Flieders. Mir kam es vor, als sähe ich sie zum erstenmal seit Jahren, und bei etlichen von ihnen war es auch so. ›Wieviel wir alle hinter uns haben‹, dachte ich. ›Wir sind wie Überlebende einer Art unfreiwilligen intergalaktischen Reise. Und daran ist mehr Wahrheit als Romantik.‹

Die Freunde und Kameraden meines Vaters, oder wer von ihnen übrig war, der berühmte Club der 60er Jahre – inzwischen Greise, wenn auch etliche noch ungebeugt, schlank und fit waren. Manche trugen schwer an der Bürde ihres Alters, andere fehlten in ihren Reihen, wie Ben Cameron in seinem Schattenreich in Carlton House. Viele waren tot. Doch so gut die übrigen den Stürmen der Zeit getrotzt haben mochten, den damit einhergehenden Umwälzungen hatten sie, wie ich fand, nicht so gut widerstanden. In den Blicken der meisten von ihnen lag etwas Zaghaftes, Verwirrtes, das man schwer in Einklang bringen konnte mit den Männern, die noch vor kurzem eine große Vision für ihre Stadt verwirklichten. Sie waren von eben den Leuten entthront worden, die sie hofiert hatten – aber auch von denen, die sie nicht umworben hatten: von Geschäftsleuten aus aller Welt und von Atlantas schwarzer Gemeinschaft. Die Investitionen von außerhalb hatten die Herren vorhergesehen, ja, gewollt, was sie nicht vorhergesehen hatten, waren Ausmaß und Fülle der Macht in schwarzen Händen.

Es hatte eine Zeit gegeben, als Schwarzen die Mitgliedschaft in den Herrenclubs verwehrt gewesen war, doch inzwischen waren sie selbst die Herren, jene Schwarzen, die sich im Schutz der Nacht nach der Polizeistunde in ein Hinterzimmer des Commerce Club hatten schleichen müssen, um mit dem Bürgermeister Rettungspläne für die Stadt zu schmieden. Und Glenn Pickens, dessen Vater zeit seines Lebens bei Ben Cameron und seiner Familie Chauffeur gewesen war und nie ein eigenes Auto besessen hatte, war jetzt Bürgermeister. Glenn hatte die letzte Wahl spielend gewonnen, war inzwischen schon zwei Jahre im Amt und hatte sich mit Durchsetzungskraft und klaren Vorstellungen als tüchtiger Bürgermeister erwiesen, wenn er auch für den Geschmack mancher älteren Bürger zu schnell den Abriß alter Gebäude befürwortete, um Platz zu schaffen für das gierige Heer der Hochhäuser, die unerbittlich die Peachtree Road entlang gen Norden marschierten. Er war ein weltgewandter Bürgermeister für eine Weltstadt, ein neuer Mann für eine neue Region, für den Sunbelt.

Doch die alten Herren, die bestürzt zusehen mußten, wie ihre ehrwürdigen Clubs, ihre Häuser und Wasserstellen fielen, wie die freundliche, heimelige Stadt ihrer Glanzzeit von Stahlbeton und Abgasen verschluckt wurde, konnten sich nicht abgewöhnen, Glenn Pickens in Gedanken, und oft auch in Worten, mit »der Junge von Ben Camerons Chauffeur« zu bezeichnen.

»Wissen Sie, Ben hat ihn nach Morehouse geschickt«, erinnerten sie einander. »Ben hat ihn praktisch aufgezogen. Ein Glück, daß er nicht mehr erleben muß, wie er sich entwickelt hat.«

›Im Gegenteil‹, dachte ich, ›Ben würde Glenn Pickens' Odyssee gutheißen, war er doch ihr Erfinder und ihr Lotse gewesen.‹ Doch auch ich war froh, daß er die Veränderungen am Gesicht seiner Stadt nicht erleben mußte: nicht zusehen mußte, wie sein geliebtes Merrivale House leerstand und herunterkam, nicht die Horden von Neuzugezogenen verkraften mußte. Wenn ich gelegentlich die alten Clubherren beim Umgang mit den energischen, unsentimentalen, geradezu unverschämt reichen Zugereisten beobachtete, die jetzt die Geschicke der Stadt lenkten, gab es mir einen Stich. Die alten Regeln, die ungeschriebenen, feinen, bedächtigen Gesetze der Ordnung, nach denen sie sich bei ihren privaten und politischen Unternehmen gerichtet hatten, galten nicht mehr. Die Neuen verstanden die Notwendigkeit der anmutigen Rituale ihrer Glanzzeit nicht, nicht die Jovialität, das Feingefühl, die selbstverständliche Höflichkeit, das Ballett von Stoß und Parade. Sie verstanden nicht Buckheads Eigentümlichkeiten, an die sich die alten Löwen erinnern konnten. Zu viele neue Augen mit hartem, lieblosem, verschlagenem Blick. Sie bildeten einen anderen Mittelpunkt für eine neue, riesengroße Stadt.

Ich sah meine Freunde an, die dicht gedrängt Schulter an Schulter standen, wie sie es von Kindheit an gewohnt waren und bei unseren Treffen immer noch hielten. Selbst wenn mein Platz nicht auf der anderen Seite des Grabs bei Jack, Lucy und Tante Willa gewesen wäre, wären sie ein Stück von mir abgerückt. Sie wollten mich nicht verletzen mit dieser Distanz, nein, anfangs war ich es gewesen, der sie gewünscht hatte. Jetzt kam es mir so vor, als hafte an mir noch immer eine leichte Dunstglocke vom Rauch über Pumphouse Hill. Nicht, daß er noch allzu schlimm gestunken hätte, aber er verdeckte ihnen ein wenig die Sicht auf mich. Alles in allem hatte es mich nie gestört und störte mich auch jetzt nicht.

Sie sind übriggeblieben vom früheren Club, dachte ich, oder von dem, was daraus geworden ist. Und sie sind erfolgreich. Manche von ihnen sind recht mächtig. Einige verkehren mit den ersten Kreisen der Neuen, mit den Arabern und den Schwarzen. Carter Rawson zum Beispiel könnte sich von jeder Stadt der Welt ein ansehnliches Trumm kaufen, es niederreißen und wieder aufbauen, wenn er wollte. Snake Cheatham hat neben seinem Einkommen als Arzt genug Grundbesitz, um eine eigene Stadt zu eröffnen. Und Charlie hatte einmal mehr Macht als jeder von uns und hat sich weniger darauf eingebildet.

Aber mit denen vor uns können wir es nicht aufnehmen, dachte ich. Wir haben nicht an einem Strang gezogen. Wir haben das alles nicht gut erhalten. Vielleicht hat unsere Generation damit angefangen, die Regeln in Frage zu stellen. Der junge Ben Cameron tot; Tom Goodwin mit seiner quirligen kleinen Freddie auf dem Abstellgleis, eigentlich nirgendwo, er gehört nicht einmal mehr zu uns; Pres und Sarton Hubbard nach Savannah weggezogen – sie hatten das Ganze hier satt und haben sich in einer Stadt niedergelassen, wo das, was man kennt, bleibt, wie es ist; A. J. und Lana Kemp auf einer Farm mit hundert Morgen Land – ihnen geht es wahrscheinlich am besten von uns allen; Charlie tot. Und schließlich ich. Der Einsiedler unter den Buckhead Boys.

Strenggenommen war ich natürlich kein richtiger Einsiedler. Ich ging ab und zu in den Drugstore, in die Eisenwarenhandlung oder zur Post und machte Besorgungen. Ich saß lange Stunden in der Bibliothek im Zentrum und im Archiv der Historischen Gesellschaft, wo mich niemand belästigte. Oft ging ich die Peachtree Road entlang über den Lenox Square hinaus nach Carlton House, um mit Dorothy zu sprechen und Ben zu sehen. Ich lief täglich im Morgengrauen etwa fünf Meilen auf der leeren Bahn der North Fulton Highschool und joggte abends durch Buckhead. Ich besuchte die obligatorischen Beerdigungen, aber nicht die Hochzeiten – die inzwischen allmählich die von den Sprößlingen der Pinks und Jells waren. Ich beantwortete höflich und postwendend die wenigen noch pflichtschuldigst an mich gerichteten Einladungen, jedoch nur, um sie abzulehnen. Ich sah eigentlich nur Dorothy, Lucy, Jack und, sooft es ging, Malory und traf gelegentlich Sarah, entweder zufällig bei Wender & Roberts oder bei feierlichen Anlässen wie diesem. Die kleine Sarah, immer noch apart und gebräunt, leicht wie ein junges Mädchen, in Rock und Pullover oder guter Wollhose, immer noch mit dem fröhlichen, vollen Mädchenlachen, nur die großen Bernsteinaugen dunkler von einem Schmerz, wie er den Einsamen vorbehalten ist.

Am Tag nach dem Brand von Pumphouse Hill hatte mir Ben Cameron gesagt, meine Zeit in der Sonne werde noch kommen. Ist sie gekommen und vorbeigegangen, überlegte ich auf einmal, während ich im Gartenhaus über toten Camerons gebrütet habe? Hätte ich... draußen behaglich leben können? Kann ich es jetzt? Nein. Früher nicht und jetzt nicht. Noch nicht. Vielleicht später... Aber was habe ich vorzuweisen für all die Jahre? Genug Stoff für die längste Südstaatensaga der Welt? Wen interessiert so etwas noch? Vermutlich niemanden. Außer mir. Mich interessiert es wirklich. Und es ist keine Arbeit, die geschändet hätte.

Was hätte ich sonst tun können? Während der abschließenden Gebete für meinen unverstandenen Vater blickte ich nach innen in einen Bereich, den ich sonst fest verschlossen hielt. Ich erkannte nichts. Ich fühlte mich blind, gefesselt, eingeengt. Hinter meinen geschlossenen Augen sah ich keine Gegenwart, keine Zukunft, nur Bilder aus der Vergangenheit drängten sich mir auf: wir alle, die Pinks und die Jells, wir Buckhead Boys und unsere Freundinnen, jung, golden und naiv in der Kühle von Wender & Roberts Drugstore; in der hellen, heißen Sonne eines Apriltags vor fast dreißig Jahren an einem großen, trägen, braunen Fluß, in dem sich der blaue Himmel spiegelte...

Die Pinks und Jells. Mir brannten die Augen hinter den geschlossenen Lidern. Wir sind jetzt fast fünfzig Jahre alt, dachte ich, und wir sind Fremde in unserem Land.

Als wir auf dem Heimweg von Oakland den langgestreckten Hügel gleich hinter der Peachtree Battle Avenue hinauffuhren, hob ich den Kopf wie immer an dieser Stelle, um den ersten Blick auf die wohltuende Harmonie meiner Villa zu erhaschen – doch ich sah sie nicht. Bis auf den kurzen Straßenzug mit meinem Haus und das kleine Quadrat von urwüchsigem Wald dahinter, erstreckten sich die Hochhäuser an der Peachtree Road bis zum Horizont. Nicht nur die vier- und fünfstöckigen Wohnanlagen und Blocks, die an unserer Straße streckenweise vorherrschten, sondern zwanzig- bis dreißigstöckige Bürohochhäuser und Wohntürme, die meinem Haus die Oktobersonne nahmen und tiefe, blaue Schatten über den bunten Garten und das Gartenhaus warfen. Mein Haus, dieses Wunder an Symmetrie, Anmut und Licht, wirkte jetzt wie eine wehrhafte alte Matrone, umzingelt von einem Heer blinder Riesen. Ich sog hörbar die Luft ein. Die erlesene Schönheit der Villa war verdunkelt von ihrem trotzigen Aussehen, ihrer grotesken Weigerung, sich ins Unvermeidliche zu fügen und den großen, blinden Barbaren zum Opfer zu fallen. Der Anblick mußte einen Fremden ja zum Lachen reizen: »Wer kann der wunderliche Kauz sein, der da aushält? Will wohl die Spekulanten gehörig schröpfen, die sich ins Hemd machen wegen dem Land. Bravo, Opa! Laß sie bluten!«

»Mann Gottes, wann ist das alles nur passiert?« fragte ich laut. Eine rhetorische Frage; Dorothy und Shem merkten es und gaben keine Antwort. Ich wußte natürlich, wann es passiert war: Ich hatte die Planierraupen gesehen und die Preßlufthämmer gehört. Ich hatte die Erde bluten sehen, als die großen Bäume und die alten Häuser meiner Jugend bei lebendigem Leib mit der Wurzel ausgerissen worden waren. Wie konnte mir entgangen sein, was sich in den letzten fünf bis zehn Jahren vor meinen Augen abgespielt hatte?

Und doch, auf einer tieferen Ebene hatte ich weggesehen. Meine Netzhaut hatte die Bilder der Zerstörung zurückgewiesen.

Nach meiner Rückkehr ins Gartenhaus rief ich Carter Rawson an.

»Wieviel Zeit bleibt mir, ehe mir jemand mein Haus unter dem Hintern abreißt und einen fünfzigstöckigen Turm hochzieht?« fragte ich ohne Vorgeplänkel.

Carter gab das kurze Hyänengebell von sich, das bei ihm Heiterkeit anzeigte. »Wie's aussieht, eine Ewigkeit. Jeder in den Staaten, der ein bißchen Geld hat, vom Ausland ganz zu schweigen, war schon hinter deinem Grundstück her. Eigentlich hinter dem ganzen Block. Ich auch. Hat Marty Fox es dir nicht gesagt?«

»Nein. Nach den ersten drei Anrufen vor fünf oder zehn Jahren habe ich mir eine Geheimnummer geben lassen und Marty gesagt, daß ich nein sage, jetzt und in Zukunft, und daß er mir erst gar nicht mitteilen soll, wenn er ein Angebot kriegt.«

»Ein Angebot – heilige Mutter Gottes.« Carter lachte wieder auf. »Eine Zeitlang hättest du dir eine ganze Bananenrepublik von dem kaufen können, was du mit einem einzigen Anruf für das Grundstück rausgeschlagen hättest. Und egal wieviel, ich hätte dir das Doppelte gezahlt. Aber zur Zeit ist die Frage, ob es für 'ne Busfahrkarte reichen würde.«

»Woran liegt das?«

»Am Bebauungsplan. Es heißt, es soll auch in Zukunft reines Wohngebiet bleiben; unzählige Male haben wir die Änderung bei der Bauordnung beantragt, und der Stadtrat hat jedesmal abgelehnt. Einstimmig. Ohne Diskussion und ohne Erklärung. Solange es nicht Gewerbegebiet oder wenigstens frei für ›diverse Nutzung‹ wird, läßt jeder die Finger davon.«

»Und wie kommt das? Wer blockiert die Sache?« Die kalte Angst, die am Nachmittag in mir aufgekommen war, als ich die himmelstürmenden Giganten um mein Haus zum erstenmal richtig wahrgenommen hatte, ließ ein wenig nach.

»Keine Ahnung. Niemand, den ich kenne. Jemand von ganz oben, der auf Geld scheißt. Und ich wüßte nicht, daß es so jemanden bei uns gibt. Ich hätte gedacht, daß man den ganzen Stadtrat mit einem BMW kaufen kann, aber irgend jemand braucht offenbar keinen. Nicht, daß die Leute nicht verkaufen wollten. Die arme alte Dorothy Cameron versucht seit Jahren, ihren alten Kasten loszuwerden. Und auch die Cobbs und Rhodes Bayliss. Eigentlich alle bis auf dich. Hast du etwa den Stadtrat gekauft?«

»Ich wußte nicht einmal, daß wir einen haben«, antwortete ich wahrheitsgemäß. »Mir kann also nichts passieren? Ich kann damit rechnen, daß das Haus noch ... lange steht? Solange ich lebe?« Und Malory, sagte ich nicht.

»Das habe ich nicht gesagt. Im Gegenteil, ich könnte wetten, wir bekommen in den nächsten fünf, zehn Jahren die Planungsänderung durch. Vielleicht vorher. Wir kriegen schon raus, wer sich querstellt. Wir kriegen es immer raus. Hör, Shep«, und seine Stimme wurde tiefer, verwandelte sich in seine Version des berühmten Clubsingsangs, »das war nicht nur so dahingesagt. Wenn sich der Bebauungsplan ändert – und der Tag wird kommen –, kriegst du von mir das Doppelte von deinem höchsten Angebot. Egal, wieviel. Ruf mich an. Du wirst es nicht bereuen. Ich such dir ein anderes Haus, ganz nach deinen Wünschen. Menschenskind, ich bau dir auch eins und mach dir den Umzug. Du brauchst keinen Finger zu rühren.«

»Ich verkaufe nicht, Carter, und wenn sie morgen den Plan ändern. Aber aus reiner Neugier, was würdest du damit machen? Abreißen, ich weiß, aber was würdest du hinstellen?«

»Eine Parkgarage«, sagte er wie aus der Pistole geschossen, mit der zielbewußten Besessenheit eines Verhungernden. »Zwischen der Brookwood Station und dem Lenox Square gibt es nicht einen Parkplatz. Es wäre wie Geld drucken. Hey, willst du vielleicht eine kleine Beteiligung? Das ließe sich ein –«

»Carter, vielleicht habe ich mich nicht klar genug ausgedrückt. Ich verkaufe nicht.«

»Klar verkaufst du, wenn sich der Plan ändert. So oder so. Freiwillig oder unfreiwillig. Unfreiwillig ist manchmal ziemlich unerfreulich. Ich hoffe, du verkaufst freiwillig. An mich.«

»Carter, tu mir den Gefallen und leck mich am Arsch!«

Ich legte auf. Ohne einen Augenblick zu überlegen, rief ich im Rathaus an. Mein Zeigefinger wählte schon, ehe ich recht wußte, mit wem ich telefonieren wollte.

»Ich hab schon gedacht, wann ruft er denn mal an«, sagte Glenn Pickens. »Ein Schnellmerker bist du nicht gerade, hm?«

»Nein, war noch nie meine Stärke. Was mein Haus angeht, sag mir erstens, wie lange ich meine Ruhe habe, und zweitens, wieso.«

Er lachte. Ich hatte ihn meines Wissens noch nie lachen hören, aber mir fiel ein, daß Lucy mir einmal erzählt hatte, sie und Glenn hätten viel zusammen gelacht, als sie beide noch ganz klein gewesen seien.

»Du kommst just im rechten Augenblick. Wir haben wieder mal eine Anfrage von der Bauordnung deswegen, und ich weiß zufällig, daß der ganze Stadtrat dahintersteht. Wie jedesmal. Was bedeutet, ich muß wieder mal vier, fünf Abende und vielleicht das ganze Wochenende telefonieren und herumhandeln und Versprechen abgeben und lavieren und nachgeben, und ich kriege es langsam über. Wenn jemand mal all die Gefälligkeiten auf einmal einfordert, muß ich nach Buenos Aires auswandern.«

»Verstehe kein Wort«, sagte ich.

Das Lachen verschwand unvermittelt aus seinem Ton. »Ben Cameron hat euch draußen in Buckhead die Ärsche gerettet, bis er krank geworden ist. Aber ich bin nicht daran interessiert, Ärsche aus Buckhead zu retten. Trotzdem sage ich dir, ich sorge dafür, daß der Bebauungsplan bleibt, wie er ist. Ich hab's schon tausendmal gemacht, und ich mach es weiter, solange ich kann. Bis dahin kannst du dein Haus behalten. Allerdings wird es bald weniger friedlich zugehen, weil es nur eine Frage der Zeit ist, bis die Spekulanten auf mich aufmerksam werden. Wenn du eine Breitseite abkriegst, kannst du darauf wetten, daß ich noch mehr einstecken muß. Aber solange ich im Amt bin, bist du sicher. Ich denke mir, ein paarmal werde ich schon noch wiedergewählt. Ich bin ein guter Bürgermeister. Und wir sind mehr als ihr.«

Vor Erleichterung und Dankbarkeit traten mir die Tränen in die Augen, und ich fürchtete, er könnte es mir anhören. Ich riß mich zusammen.

»Glenn, ich habe keine Ahnung, wie ich dir das je danken soll.«

»Eins solltest du wissen, Shep. Ich tu's nicht aus Sentimentalität, schon gar nicht aus Freundschaft. Die Stadt schuldet es dir. Du hast seinerzeit nach dem Brand ganz schön Prügel eingesteckt, und das hättest du nicht müssen. Du hast einer Menge Leute den Arsch gerettet, Schwarzen und Weißen. Es ist also eine alte Schuld. Aber bedank dich nicht bei mir, sondern bei Ben Cameron.«

»Ben?«

Er lachte wieder. »Ja, Ben. Er hat einen langen Arm. Ich verdanke ihm mindestens so viel wie du. Ohne ihn würde Buckhead nur noch aus Wolkenkratzern bestehen. Du kannst mir glauben, eure Grundsteuer ist ein Trinkgeld gegen das, was ich für die Stadt aus eurem Wohngebiet rausschlagen könnte. Aber Ben hat mich beiseite genommen, als ich mit der Schule fertig war, und mir gesagt, er bezahlt mir das Jurastudium und sorgt für meinen Vater, solange er lebt, und macht mich eines Tages zum Bürgermeister, wenn ich alles tue, was er mir sagt, weil wir so sicher wie das Amen in der Kirche einen schwarzen Bürgermeister kriegen, und dann soll es am besten jemand wie ich werden. Er meinte natürlich jemand, den er in der Tasche hat, aber das war mir egal. Jeder Bürgermeister in ganz Amerika steckt in irgendeiner Tasche, und es gibt viel schlimmere als

Bens. Und als Gegenleistung sollte ich den Zipfel von Buckhead mit seinem und deinem Haus drauf vor den Grundstücksmaklern retten, und nach dem Brand hat er mir das mit deinem Haus immer wieder eingeschärft. Er hat seinen Teil der Abmachung gehalten. Und ich halte meinen. Also, wie gesagt, du wirst Ruhe haben, solange ich da bin. Aber wahrscheinlich keinen Augenblick länger.«

»Danke Glenn.«

»Dank ihm. Ihm und Lucy Bondurant. Dir schulde ich was. Sie hab ich gern.« Er legte auf.

Ich warf mich auf das Sofa in meinem Wohnzimmer und starrte auf die rauchgeschwärzten alten Deckenbalken. Ich bin also in Sicherheit, dachte ich. Das Haus ist sicher – so sicher, wie es in unserer Stadt sein kann. Aber wozu eigentlich? Malory wird heiraten; sie kommt vielleicht nicht mehr zurück aus Massachusetts. Wenn man es recht bedenkt, ist es bloß ein Geld verschlingender Haufen Schutt. Nichts als ein Schauplatz für Tante Willas heuchlerisches Getue. Lucy kann nicht wieder herziehen. Ich betrete es monatelang nicht. Ich könnte überall hingehen. Ich könnte nach Tate ziehen... Was soll ich noch hier?

Die Antwort stand mir deutlich vor Augen, mit einem lebendigen Gesicht: Wenn Malory *doch* nach Hause kommen und hier wohnen wollte...

Sie kam über Weihnachten, zum erstenmal, seit sie im Juni fortgegangen war, denn sie war an Erntedank doch nicht heimgekehrt. Fast im letzten Moment hatte sie mich angerufen und mir erzählt, jemand aus ihrem Studienjahr habe sie eingeladen, den Feiertag bei sich zu Hause in Marblehead zu verbringen.

»Shep, ich würde so gerne mitgehen. Die Küste von New England ist wirklich was Besonderes – ich habe mein Herz an sie verloren, als ich sie zum erstenmal gesehen habe. Sie hat so was... was Karges. Wie wenn man auf einem hohen Gipfel steht und das Licht und die Luft und der Wind ganz rein und klar sind. Aber daheim, da versinkt man manchmal bis zu den Knien in der Erde... verstehst du?«

»Na klar«, antwortete ich. Ich kannte ja den schlürfenden, schwankenden Boden des Südens, die dunkle, klamme Zugkraft alter Wurzeln...

»Ist ja sowieso nur ein verlängertes Wochenende. An Weihnachten bin ich dann drei ganze Wochen zu Hause. Die Leute sind sehr nett, eine große Familie, und so witzig; sie lachen die ganze Zeit... Meinst du, du könntest es vielleicht Mama sagen? Ich hab Angst, wenn ich sie anrufe...«

Sie brach ab, aber ich wußte, was sie befürchtete. Mir ging es ebenso. Lucy kam nach wie vor gut zurecht zu Hause, doch ich wußte, daß sie Malory schmerzlich vermißte. Jack hatte mir erzählt, sie habe Malory in der ersten Woche so oft in Wellesley angerufen, daß er schließlich ernsthaft mit ihr habe reden müssen, und sie hätten ausgemacht, daß Lucy nur noch einmal in der Woche anrufen solle. Doch die alte geistige Verbindung war, vermutete ich, nicht unterbrochen.

»Oder findest du, daß ich heimkommen sollte?« fragte Malory. Ich hörte ihre alte Besorgnis heraus.

»Nein. Ich sag's ihr. Mach dir keine Gedanken. Amüsier dich gut bei deiner neuen Freundin und ihrer Familie. Wir sehen uns dann Weihnachten.«

Sie zögerte ein wenig, dann sagte sie leise: »Eigentlich ist es ein Er. Aber ich glaube, Mama braucht das noch nicht zu wissen. Es hat überhaupt nichts zu bedeuten – wir haben uns erst kennengelernt.«

»Aha. Schon kapiert. Ich sage ihr, jemand aus deinem Studienjahr. Bist du sicher, daß er nur ein jemand ist, Mal?«

Meine Stimme klang scherzhaft, doch mir war nicht nach Scherzen zumute.

»Aber ja. Da brauchst du dir keine Sorgen zu machen. Die Typen hier sind mir zu schnell im Reden und im Denken. Und keiner von denen kann dir das Wasser reichen. Ich bin also nicht in Gefahr.«

»Na, dann bis Weihnachten«, sagte ich und legte auf, um Lucy anzurufen.

»Scheiße«, war ihr Kommentar, als ich ihr ausrichtete, daß Malory nicht kam, doch dann fuhr sie fort: »Macht nichts. Vielleicht besser so. Ich muß am Montag nach Erntedank einen langen Artikel über die MARTA-Bahn abliefern und hätte sowieso das ganze Wochenende über arbeiten müssen. Aber es paßt mir nicht, daß sie dich anruft, nicht mich. Hat sie geglaubt, daß ich deswegen einen Anfall kriege?«

»Kann sein, daß sie auf die abwegige Idee gekommen ist.«

Lucy lachte.

»Ich kriege keinen Anfall. Nicht den klitzekleinsten.«

Und so kam Malory an Weihnachten wieder zu uns, schlank und lebensfroh wie immer und mit dem Glanz des Ostens an sich, was vermutlich unvermeidlich war. Ich brauchte nur daran zu denken, wie schnell ich seinerzeit Princetons Patina angenommen hatte. Ich vermißte jedoch ein wenig ihre kindliche Begeisterungsfähigkeit. Als Malory im Winter nach Atlanta zurückkehrte, war sie eine junge Frau geworden, und zwar eine bezaubernde.

Weihnachten war schön, fast wie im Bilderbuch, jedenfalls für mich. Es schneite kurz und ergiebig, und der Schnee blieb tagelang liegen. Die übrige Zeit war blauer Himmel und eine klare, kalte Luft: richtiges Weihnachtswetter. Da Malory in Atlanta keine Freunde hatte, war sie viel bei Jack und Lucy auf der Farm, ging im winterlichen Wald spazieren, schmückte das schiefe alte Häuschen und kochte üppige, raffinierte Menüs, die sie mit Jack allein aufaß. Nun saßen wir im Gartenhaus am Kamin im Schein des kleinen Baums, den ich extra für sie aufgestellt hatte, und sie erzählte mir, daß Lucy im Essen nur herumstochere, ununterbrochen rauche und sie mit unheimlichen Blicken anstarre. Malory war in den Weihnachtsferien oft bei mir. Ich genoß die langen Nachmittage und Abende mit ihr.

»Manchmal hab ich das Gefühl, sie will sich mein Gesicht einprägen oder so was. Und manchmal legt sie mir die Hand auf den Arm oder aufs Knie und läßt sie da liegen. Arme Mama – sie hat so wenig Freude, seit ich fort bin. Jack schläft ja immer wie ein Weltmeister. Und sie arbeitet die ganze Zeit. Arbeitet nur. Aber sie trinkt nicht. Und sie sieht wirklich besser aus. Ich hab mir solche Sorgen um sie gemacht. Manchmal hab ich mich richtig schuldig gefühlt beim Studieren, weil meine Vorlesungen so interessant sind und ich mich so gut amüsiere, wo ich doch weiß, wie furchtbar ich ihr fehle.«

»Natürlich fehlst du ihr. Du fehlst uns allen. Aber wir möchten auch alle, daß du dein Leben genießt. Sie würde bestimmt nicht wollen, daß du das Studium aufgibst. Oder hat sie so etwas gesagt?«

»Aber nein. Zumindest nicht laut. Aber sie braucht mich daheim. Wir haben doch noch unsere eigene Sprache, weißt du. In der sagt sie es mir.«

»Dann schalt für die nächsten vier Jahre den Empfänger ab. Vielleicht möchte sie insgeheim, daß du nach Hause kommst, aber sie würde furchtbare Schuldgefühle kriegen, wenn du ihretwegen vom College abgehen würdest. Glaub mir. Ich kenne sie ein paar Jährchen länger als du.«

Sie räkelte sich genüßlich und seufzte tief.

»Du findest immer die richtigen Worte. Du machst damit alles gut. Manchmal wünschte ich, du wärst mein Vater.«

»Warum?« Das Herz klopfte mir bis zum Hals. »Bin ich als Freund kein Gewinn?«

»Das große Los.« Sie drückte mir die Hand. »Bloß, weißt du, Jack ist immer so abwesend. Als hätten wir nichts miteinander zu tun. Als wär ich gar nicht richtig da, oder er nicht. Er ist furchtbar träge, Shep. Manchmal kriegt er den ganzen Tag nicht einen vollständigen Satz heraus. Ich kann mir gar nicht vorstellen, wie er war, als er die Mama geheiratet hat...«

»Er ist ein feiner Mensch, Malory«, sagte ich nicht zum erstenmal. »Er hat's schwer gehabt. Er war damals ein gutaussehender Mann, leidenschaftlich wie sie, und wenn das meiste davon inzwischen erloschen ist – na, du kannst dir denken, wie das gekommen ist.«

»Bei dir sind die Leidenschaften auch nicht erloschen.«

›Doch, Schätzchen‹, dachte ich, ›doch – alle bis auf eine. Aber das kann ich dir nicht erzählen.‹

»Nun, ich mußte auch nicht mit deiner Mutter zusammenleben«, antwortete ich.

»Du hast länger mit ihr zusammengelebt als er«, erwiderte Malory beharrlich.

»Das war was anderes. Was jetzt verbrennt, hat damals gewärmt.«

»Ja. Das verstehe ich. Armer Jack. Arme Mama. Arme alle.«

»So arm wieder nicht«, sagte ich. »Wir hatten ja dich.«

»Siehst du, was ich damit gemeint habe, daß du immer die richtigen Worte findest?« Sie kam zu mir und küßte mich. »Was würde ich ohne dich nur machen!«

»Daran brauchst du keinen Gedanken zu verschwenden«, antwortete ich.

Drei Tage vor dem Ende der Weihnachtsferien flog sie wieder ab nach Wellesley, um mit ihrem Freund und seinen Brüdern in Stowe skifahren zu gehen. Nachdem sie mir einen Abschiedskuß gegeben hatte und hinaus zum Ford gelaufen war, der ungehalten hustend in der Auffahrt stand mit Jack am Steuer und Lucy auf dem Rücksitz – die beiden wollten sie zum Flughafen bringen –, kehrte ich zurück ins Gartenhaus, verschloß die Tür vor dem kalten, perligen Licht des zu Ende gehenden Tags und legte im Kamin ein Scheit nach. Wenn ich gekonnt hätte, hätte ich ein Lagerfeuer angezündet, daß es ein Fauchen und Tosen bis hinauf zu den Diamantsplittern der aufgehenden Sterne gegeben hätte, ein Riesenfeuer der Herausforderung an die Sonnenwende, denn in mir war es fast ganz pechschwarz und kalt.

Ich weiß nicht, warum mir das Zwielicht so totenbleich erschien. Malory in ihrer dunklen, jugendlichen Schönheit war gesund und lebendig und fühlte sich beim Studium wohl wie ein Füllen im tiefen Rispengras. Sie war glücklich; sie war so behütet wie irgend möglich; sie hatte mich gern. Ich sah sie vielleicht an Ostern wieder, spätestens in den Sommerferien. Lucys Zustand stabilisierte sich ganz allmählich, und auch Jack schien es ein wenig besser zu gehen, denn Lucys Gehalt hatte ihm erlaubt, seinen Abendjob als Dozent aufzugeben, und seine Erschöpfung und Verzweiflung hatten nachgelassen. Mein *Compleat Georgian* näherte sich seiner Vollendung, und ein angesehener kleiner Universitätsverlag hatte Wind davon bekommen und Interesse angemeldet. Eigentlich sollte es mir gutgehen, oder doch nicht schlecht.

Aber die sternenlose Finsternis, die sich über das Gartenhaus gebreitet hatte, als Malory hinauslief, lichtete sich nicht. Ich holte mir etwas zu trinken, legte Cole Porter mit Ella Fitzgerald auf, nahm mir einen Perelman aus dem Bücherregal und setzte mich ans Feuer, in meinem Kopf nichts als schwarzer Schneesturm. Ich nippte an meinem Glas, hörte halb der Musik zu und starrte auf die sinnlosen Buchstaben vor meinen Augen, während mich – stundenlang, wie ich meinte – böser Weltschmerz ergriff. Ich bin alt, schrie es in mir. Alt, alt, alt...

Mir war nicht einmal bewußt, daß Silvester war, bis Sarah in der Tür stand.

Ich blinzelte sie dümmlich an, als kämpfte ich mich durch stilles Moorwasser ans Sonnenlicht. Sie stand in einem kurzen roten Satinabendkleid mit Spaghettiträgern und mit hochhackigen Silbersandaletten in der offenen Tür – um die Schultern einen schönen Nerz, fast so dunkel wie ihr Haar – und brachte von draußen den kalten Wind herein. In der Hand hielt sie eine volle Flasche Sekt. Sie lächelte, und ihr Gesicht war so weiß, daß die Farbe auf ihren vorstehenden Wangenknochen wie schlecht aufgelegtes Rouge wirkte. Von meinem Platz auf dem Sofa aus konnte ich sehen, wie ihre Lippen beim Lächeln zitterten.

»Du bist es«, sagte ich entgeistert.

»Ja, sicher bin ich es. Prost Neujahr, Shep.«

»Was machst du hier in diesen Galakleidern?« Meine Konversation war schon geistreicher gewesen.

»Ich... ach, Snake und Lelia haben mich überredet, zu dieser schrecklichen Party zu gehen, die immer im Club abgehalten wird, und es war ein Fehler. Mir wurde plötzlich klar, wenn ich noch eine Stunde bleibe, muß ich zwanzig Betrunkene abküssen, die ich nicht ausstehen kann. Also hab ich mich mit einer Flasche Sekt empfohlen und bin hergekommen, um dir einen guten Rutsch zu wünschen. Und« – hier wurde ihre Stimme zu einem fast opernreifen Tremolo – »um dich zu verführen. Meinst du, eine Flasche reicht?«

Sie lachte, und ich merkte mit einem Anflug von Bestürzung, daß sie nicht wenig beschwipst war. Als sie zu mir kam und sich behutsam ans andere Ende des Sofas setzte, sah ich einen flüssigen Schimmer wie von Tränen in ihren großen Augen; so hatte sie immer ausgesehen, wenn sie zu viel getrunken hatte, als wir beide noch jung waren. Damals...

»Du siehst grandios aus. Ist der Pelz neu?« fragte ich. Die lähmende Dunkelheit lastete so schwer auf mir, daß ich die Worte nur mit Mühe bilden konnte. Ich wollte meinen Kopf in ihren Satinschoß legen und losheulen. Aber mir war, als würde sie, wenn ich näherrückte, fliehen wie ein scheues Tier. Ich spürte, daß sie ganz verängstigt war. Ich konnte mir nicht denken, wieso, und hatte keine Ahnung, was da zu tun war.

»Nein, er gehört Mutter. Sie hat ihn mir beim Umzug abgetreten. Sie sagt, sie geht bei Kälte sowieso nicht mehr vor die Tür. Wäre das nicht phantastisch, Shep? Nie wieder frieren...«

Ihr liefen die Tränen übers Gesicht, und sie wandte sich ab, um sie wegzuwischen.

»Entschuldige. Ich vertrage nichts. Das weißt du ja bestimmt noch. Ich hatte nicht vor, einen Heulkrampf zu kriegen.«

Ich griff nach der Hand, die ihr Gesicht beschirmte, und betrachtete die Innenfläche. Die Hand schien aus Eis zu sein. Meine auch. Ich spürte Sarahs Haut nicht. Unter ihren kurzen, polierten, nackten Nägeln waren verblaßte dunkelblaue Halbmonde – ›preußischblau‹, dachte ich automatisch.

»Du malst wieder«, sagte ich dümmlich. »Ich freue mich darüber. Ich fand es sehr schade, als du aufgehört hast.«

»Eigentlich nicht.« Sie schüttelte den Kopf, wie um klarer zu werden, und lächelte noch strahlender. Eine dunkle Haarlocke fiel ihr in die Stirn. »Ich unterrichte. Das heißt, zwei-, dreimal in der Woche kommen ein paar Schüler privat zu mir, auf Empfehlung der Kunstschule im Museum. Manche von ihnen sind ziemlich gut. Und es ist ein gutes Gefühl, wieder mal einen Pinsel in der Hand zu halten. Nur schlimm für meine Fingernägel...«

Ihr Lachen klang geziert, wie ich es von ihr nicht gewohnt war.

»Hast du jetzt ein Atelier?« fragte ich aus purer Höflichkeit. Diese satinschimmernde, ängstliche, zierliche Frau in meinem Wohnzimmer, die wie ein Starkstromkabel summte und nach Joy und kaltem Tierfell roch, war mir fremd. Ich war mir selbst fremd, der ich da saß und sie anstarrte.

»Ich habe mir im Keller eines eingerichtet.« Sie verzog das Gesicht. »Ich weiß, es klingt gräßlich. Aber es war der einzige Raum, wo es sich machen ließ.«

»Und in der Muscogee Avenue? Willst du das nicht wieder aufmachen? Nicht das Haus, nur das Atelier. Es wäre doch ideal.«

»Ich kann nicht hingehen. Ich kenne da keinen mehr«, antwortete sie rätselhaft. Unter meiner Verzweiflung, dem Gefühl von Fremdsein, tat mir das Herz weh.

»Na, wenigstens malst du«, sagte ich.

»Ja, wenigstens was«, pflichtete sie bei. »Dann habe ich eine Aufgabe. Oh Gott, Shep. Ich brauche keine Aufgabe. Ich habe massig zu tun. Ich brauche das Geld, deshalb mache ich's. Ich will nicht lügen. Aber in letzter Zeit habe ich viel gelogen.«

Sie biß sich auf die Lippen und wandte den Blick ab, und ich umschloß ihre kalte Hand.

»Ich habe mehr Geld als Krösus. Ich brauche es nicht. Laß mich dir was geben, Sarah. Ich kann nicht zusehen, wie du in deinem Keller Malunterricht gibst, weil du Geld brauchst.«

Sie entzog mir ihre Finger und schlug die Hände vor die glühenden Wangen.

»Ich weiß wirklich nicht, was heute abend mit mir los ist.« Ihre Stimme zitterte wieder. »Ich bin nicht hergekommen, um dich um Geld anzubetteln. Mama und Papa würden mir Geld genug geben, das heißt Mutter, wenn ich es nehmen würde. Ich will nur keins von ihr. Und von dir nehme ich erst recht nichts. Ich bin eigentlich nicht arm. Nur zur Zeit, wo beide Mädchen studieren... da kommt mir der Malunterricht eben recht. Bringt mir gerade genug ein, und sobald ich das Extrageld nicht mehr brauche, kann ich damit wieder aufhören. Und eines Tages können wir das Haus in der Muscogee Avenue verkaufen, und ich bekomme das Geld... Ich bin entsetzt über mich, daß ich dir das alles erzähle. Ich wollte doch nur herkommen und dir Prost Neujahr wünschen und den Langweilern im Club entgehen. Ich hab gedacht, es wäre eine gute Idee...« Wieder schwangen Tränen in ihrer Stimme mit.

»Es war eine gute Idee. Eine glänzende Idee. Ich hab hier gesessen und mir selbst leid getan und mich mindestens tausend Jahre alt gefühlt. Mir war nicht einmal klar, daß Silvester ist, sonst hätte ich schon den Kopf in den Herd gesteckt.«

Sie lachte zittrig und leise, und ihre Tränen versiegten.

»Ja. Ist das nicht furchtbar? Diese Huperei, das krampfhafte Lächeln, das Tanzen und Brüllen – und man muß lauter Leute küssen, mit denen man den Rest des Jahres kein Wort redet... Shep?«

»Ja?«

»Erinnerst du dich noch an den Silvesterabend, als du zum erstenmal aus Princeton heimgekommen bist? Als wir bei Hart's waren?«

»Und es hat geschneit, und wir sind in der Fensternische gesessen und haben zugeschaut, wie der Schnee auf die Peachtree Street gefallen ist, und haben dazu Taittinger-Sekt getrunken? Ja, ich weiß es noch.«

»Das war das letzte richtig gute Silvester, an das ich mich erinnern kann«, sagte sie.

»Ich auch.«

»Wollen wir noch mal?« Sarah angelte nach der Flasche neben dem Sofa und hielt sie hoch. Taittinger. Der schwarze Eisblock in meinem Innern regte sich ein wenig, schwerfällig und weit unten.

»Und ob ich will!« sagte ich.

Ich holte zwei Kelchgläser aus der Küche und öffnete die Flasche, während Sarah zuschaute. Der Sekt machte wunderbar festlich *Plopp* und ergoß sich in einer Fontäne über den Kamin. Sie lachte, ein leiser, gezierter Ton, hielt die Hände auf dem Schoß gefaltet, saß mit übereinandergeschlagenen Knöcheln da – die alte elegante Ruhepose der Atlanta Pink – und sah mir zu, wie ich das sprühende Gold einschenkte.

Ich gab ihr ein Glas und warf einen Blick auf die Uhr auf dem Kaminsims. Zwanzig vor zwölf.

»Prost Neujahr, Sarah!«

»Prost Neujahr, Shep.«

Wir tranken. Wir tranken noch einmal. Der Uhrzeiger wanderte, das Feuer sprühte, Ella stimmte »Love for Sale« an, und wir tranken weiter. In nur sieben Minuten war die Flasche leer. In der Zwischenzeit sprachen wir kein Wort. Als wir gleichzeitig den Mund aufmachten, um loszureden, und abbrachen und lachten und wieder anfingen, merkte ich plötzlich, daß ich meine Lippen nicht mehr spürte, und sagte: »Oh Gott, ich glaub, ich bin blau wie ein Veilchen.«

»Ein Glück«, antwortete Sarah, »sonst würde ich es bestimmt nicht fertigbringen.«

»Was denn?« fragte ich dämlich.

»Dich verführen. Deswegen bin ich doch hier!«

Sie drehte sich langsam vor meinen Augen. Ich kniff ein Auge zu und linste zu ihr hin, um zu sehen, ob sie wieder damit aufhörte. Und wirklich: Sie hörte auf und wurde wieder Sarah, mit bloßen Schultern, im Schein meines Feuers schön und reif wie ein kleiner Pfirsich, aber völlig verängstigt. Ich blinzelte, um schärfer zu sehen, und starrte sie mit großen Augen an. Sie machte keine Witze.

»Bringst du es denn fertig? Nach all den Jahren und allem, was ich dir angetan habe und wozu ich geworden bin? Kannst du es denn, Sarah?«

»Ich kann nicht anders«, flüsterte sie mit einem langen, zittrigen Atemzug. »Ich kann nicht anders. Seit zwanzig Jahren fehlst du mir. Und ich bin... schon viel zu lange nur unter Weibern, Shep.«

Ich stand behutsam auf – wackelig auf den Beinen –, mein Herz fing langsam und heftig zu trommeln an. Ich streckte die Arme nach ihr aus.

»Dann komm her, Sarah. Komm her und verführe mich. Wir haben schließlich Silvester.«

Sie stellte das Glas ab, stand auch auf und sah mich fast trotzig an, während ihr das flackernde Licht auf Schultern und Gesicht fiel. Ihre Augen glitzerten vor Trunkenheit und Tränen.

»Augenblick, warte noch!« Sarah lallte leicht. Sie schwankte nur wenig, fast unmerklich. Aber ich hatte das Gefühl, daß sie trotz des schützenden Rauschs genau wußte, was sie wollte, und daß sie deshalb so verängstigt war.

»Ich möchte, daß du siehst, was du zu erwarten hast«, sagte sie.

Sarah zog die Sandalen aus. Sie schob die Träger ihres roten Satinkleides über die Schultern – langsam und zärtlich, wie unter dem blauen Licht eines kleinen Scheinwerfers. Sie streifte sich den Stoff über die Hüften und stieg aus dem Kleid. Darunter trug sie einen winzigen, schwarzen BH aus Satin mit Spitze und eine schwarze Strumpfhose. Ihr voller, fester, zierlicher Körper schimmerte blaßgold wie frischer Honig durch das Schwarz, weiß nur da, wo sie im Sommer der Bikini vor dem Kuß ihrer geliebten Sonne geschützt hatte. Kräftige Muskeln spielten auf dem Bauch und an Armen und Schultern.

»Kannst du es hiermit?« fragte sie und strich mit den Händen an ihrem Körper entlang. »Alles nicht mehr jung.« Ich starrte sie an, das Blut pochte mir dumpf in den Schläfen, meine Ohren dröhnten. Ich brachte kein Wort heraus.

»Kannst du es mit einer Frau mittleren Alters, die es schon lange nicht mehr getan hat, und erst einmal mit dir? Kannst du?« flüsterte Sarah. Während sie flüsterte, hakte sie den Büstenhalter auf und ließ ihn zu Boden fallen. Ihre Brüste hüpften befreit im Licht der Flammen, süß und schwer, und meine Hände und Lenden erinnerten sich an diese vollen Früchte. Erinnerten sich an eine Nacht vor zwanzig Jahren in einem Apartment in der Lower West Side von Manhattan – zu einer anderen Zeit in einer anderen Welt... Immer noch blieb ich stumm.

»Kannst du, Shep?« Sarah zog die Strumpfhose aus. Sie hatte nur noch ein schwarzes Spitzenunterhöschen an.

»Ich weiß nicht«, raunte ich wahrheitsgemäß und erstickte fast an den Worten. Ich fühlte mich wie gelähmt, in Dunkelheit verloren unter der Bürde der Jahre, der Last der Einsamkeit. Ein Hunger, alt und wild wie die Welt, regte sich in mir. Im Licht des verlöschenden Feuers war Sarah für mich die schönste Frau, die ich je gesehen hatte, reifer, voller als ein junges Mädchen. Aber ich war schon so lange allein, so lange... Meine Lenden waren wie kaltes Eisen. Ich glaubte nicht, daß ich mich würde rühren können.

»Ich glaube, du kannst«, sagte Sarah, kam – fast nackt – auf mich zu und warf sich in meine ausgestreckten Arme. »Ich glaube, du kannst...«

Sie lehnte sich gegen mich, schmiegte sich an mich, wiegte sich im Takt der Musik und im Rhythmus ihres Bluts, schmiegte sich, wiegte sich. Sie bog sich und streichelte mit ihrem Busen meine Brust. Ihr Gesicht fand seinen alten Platz in der Kuhle an meinem Hals. Ich spürte ihre Tränen, ihren Atemhauch, als sie Worte murmelte, die ich nicht verstand, sanfte, zärtliche Worte von alter Liebe, von Verlieren und Sehnsucht. Meine Arme umschlossen sie mechanisch, meine Hände fanden die glatte, warme Einbuchtung in ihrem Kreuz und preßten sie an meine Lenden. Als existierten sie unabhängig von mir, zogen sie ihr das Höschen über die Hüften, und Sarah, immer noch an mich geschmiegt, strampelte sich frei.

»Hilf mir«, flüsterte sie. »Kannst du? Kannst du, Shep?«

Ob ich konnte? Ohne mich zu besinnen, drückte ich sie an mich, wiegte mich mit ihr. Konnte ich? Konnte das erkaltete Blut wieder heiß werden, das Feuer unter der Asche wieder aufflammen? Konnte ich die alte Leidenschaft erwecken, das lange vergessene Ballett von Auf und Nieder. Auf und Nieder? Konnte meine hoffnungslose alte Liebe, ausgehungert und verbannt, mit Sarah neuen Atem und neues Leben finden? Konnte ich? Traute ich mich?

Mit leisem Schluchzen zog Sarah mich zum Sofa. Ihr zierlicher Körper wand sich unter mir, bis sie meinen Mittelpunkt fand und sich in Wärme, Feuchtigkeit und Gier öffnete, um mich endlich aufzunehmen in ihr geheimes Inneres. Ja. Ich konnte. Ich traute mich. Ich konnte...

Das Telefon klingelte. Ohne den Hauch eines Zweifels, ohne ein Silberhaar Ungewißheit wußte ich, wer anrief. Während ich mich hob und senkte, hob und senkte, während sich in meinen durstigen Lenden unausweichlich Befreiung von zwei Jahrzehnten Einsamkeit sammelte, wußte ich es. Wußte es mit Muskel, Sehne, Knochen, Blut und Haut. Mein pochendes Herz wußte es. Mein keuchender

Atem wußte es. Mein Penis wußte es und erschlaffte verzweifelt. Still, mit geschlossenen Augen lag ich auf Sarah, schlapp, am Ende, mit dem bitteren Geschmack der Verzweiflung im Mund.

Auch Sarah wußte es. Mit einer heftigen, geschmeidigen Bewegung hatte sie sich unter mir hervorgearbeitet. Ihr Gesicht war weiß wie Eis, die Augen blind und leer. Bevor ich mich aufsetzen konnte, war sie in ihrem Satinkleid und ihren Silbersandalen und hatte den Mantel um. Sie sprach erst, als sie unter der Tür stand. Ich betrachtete sie von der anderen Seite des Zimmers. Sie sah in diesem Augenblick so alt aus wie Dorothy – älter. Sie sah tot aus, wie ein belebter Leichnam, der im alten Nerzmantel der Mutter die uneinsichtigen Lebenden heimsucht.

»Ich werde dich nicht mehr belästigen«, sagte sie mit einer Stimme, die zu ihrem leichenhaften Äußeren paßte. »Ich hatte es vergessen. Wirklich vergessen. Aber jetzt vergesse ich es nicht mehr.«

Als sie sich zum Gehen wandte, begannen in der zerborstenen Nacht die Glocken der Kirche Saint Philip's wie verrückt zu läuten. Sarah drehte sich noch einmal um.

»Ich wünschte«, sagte sie leichthin, »Red Chastain hätte sie umgebracht, als er Gelegenheit dazu hatte.«

Und fort war sie in den ersten, dröhnenden Sekunden des Neuen Jahrs.

Als die Tür zugeschmettert wurde, fing das Telefon wieder an zu läuten. Ich ließ es zehn-, fünfzehn Mal klingeln, schlurfte dann schwerfällig zum Apparat und nahm den Hörer ab.

»Hallo, Gibby«, sagte sie. Pause. Ein tiefer, zittriger Zigarettenzug. »Ich bin's, Schätzchen, Lucy. Frohes Neues Jahr!«

26. Kapitel

Lucy hat nicht gewußt, daß sie es mir an jenem Silvesterabend mit Sarah verdorben hat. Zumindest glaube ich nicht, daß es ihr bewußt war. Sie hätte ihre Waffen sonst offener eingesetzt. Der mitternächtliche Anruf, der jeden Funken Hoffnung für Sarah und mich auslöschte, war nicht einmal Zufall: Seit Jahren hatte Lucy in der Neujahrsnacht Schlag zwölf bei mir angerufen.

Doch was sie in ihrem Unterbewußtsein ahnte, war eine andere Sache. Da drin, in dem dunklen Styx sprühenden, unverwüstlichen Lebens, der Lucy Bondurant Chastain Venable durch so viel Entsetzliches getragen hatte, kannte und ergänzte sie mich in jedem Zoll. Unsere Verbindung war nicht so leidenschaftlich und beschwingt wie die zwischen Lucy und Malory, aber sie war ebenso stark. Denn an einem gab es nichts zu rütteln: Zwanzig Jahre, nachdem ich Sarah zum erstenmal geliebt und gewollt hatte, war sie noch immer für mich verloren, diesmal endgültig, und trotz all meiner eigenen Schwäche war Lucy die Ursache dafür.

Dorothy aber wußte es, und zwar, anders als Lucy, mit ihrem ganzen, klaren, scharfen Verstand. Kurz nach Neujahr brachte ich ihr einen Entwurf meines *Compleat Georgian*; dabei war ich so schüchtern und stumm wie als Fünfzehnjähriger, als ich Sarah in Merrivale House zum Tanzen abholte. Ben hatte einen schlechten Tag gehabt, war herumgewandert, hatte um sich geschlagen, war gefallen und hatte ruhiggestellt und in die Krankenabteilung gebracht werden müssen, also saßen wir unten im Wintergarten von Carlton House und tranken Tee zwischen Rohrmöbeln, tropischen Pflanzen und Käfigvögeln.

Das grelle Licht – wahrscheinlicher aber der andauernde Kummer und die Strapazen wegen Bens Verfall – hatte alle Farbe aus Dorothys Gesicht weichen lassen – dem letzten tapferen Refugium ihrer Jugendlichkeit. Ich überlegte, ob Sarah die ihre für immer verloren hatte. Bei meinem letzten Blick auf sie hatte es so ausgesehen.

»Da haben wir es also«, sagte sie und wog die dicke Manuskriptenmappe in der schlanken Hand. »Das Haus Cameron aus der Sicht eines Bondurant. Eine unschlagbare Verbindung. Ich finde es sehr traurig, daß das die einzige bleiben wird.«

Da wußte ich, daß Sarah ihrer Mutter zumindest teilweise von den Ereignissen der Neujahrsnacht erzählt hatte. Den Rest hatte Dorothy sich denken können. Mir fiel wieder ein, wie sie mich vor langer Zeit, vor meinem Aufbruch zu der schicksalhaften Reise quer durch Amerika nach Lucys Hilferuf, vor meiner Kusine gewarnt hatte.

»Sie ist für sich selbst eine große Gefahr, aber für dich ist sie eine noch größere«, hatte sie gesagt. Es war nobel von ihr, mich jetzt nicht daran zu erinnern. Sie wußte natürlich, daß es dazu längst zu spät war.

»Ich finde es auch traurig«, begann ich. Ich setzte an zu einer Erklärung, einer Rechtfertigung, wollte Hoffnung äußern, ließ es dann aber sein. Es gab nichts zu sagen, also hielt ich den Mund.

»Das hätte fast die letzten schlimmen Jahre aufgewogen«, sagte sie mit ihrer normalen, ruhigen Stimme, doch aus ihrer Miene las ich denselben Schmerz wie beim Tod ihres Sohnes und beim Ausbruch von Bens langer Krankheit. Ihre Augen waren geschlossen.

›Oh Lucy, so viele Leben‹, dachte ich müde. Ich konnte nicht wütend auf sie sein. Auch darüber waren wir hinaus.

»Aber das hier ist fabelhaft, Herzchen, ganz fabelhaft«, sagte Dorothy munter. Der Schmerz war verflogen, und zurück blieb nur ihre Freude über das Manuskript. In mir regte sich idiotischer Stolz.

»Ja, nicht? Ich habe es geschafft. Ich habe es wirklich geschafft. Und dabei habe ich Atlanta nie verlassen. Normalerweise muß man weg, wenn man ein Genie werden will – oder häßlich sein, oder irgendwie außergewöhnlich.«

»Na, du bist geblieben. Du hast dich zwar verkrochen wie ein Opossum in einem hohlen Baum, aber du bist geblieben.«

»Ich muß mich korrigieren. Wenn man ein Genie und häßlich und glücklich zugleich werden will. Man kann nicht hier leben und alles drei sein.«

Sie lächelte leise. »Muß man denn all das sein, Shep? Muß nicht jeder eine Wahl treffen, eine Sache der anderen opfern, egal, wo er lebt?«

»Vielleicht.« Ich fühlte einen unbestimmten Ärger über sie. »Aber eines sage ich Ihnen, es gibt wenige Städte, wo eine dieser Sachen das eigene Leben ist.«

»Wenn du von dir redest, du hast viele Privilegien genossen.«

»Aber man muß verflucht teuer bezahlen für das Privileg... für Privilegien in unserer Stadt«, antwortete ich hartnäckig. Ich wußte nicht, warum ich keine Ruhe gab. »Sehen Sie sich Lucy an.«

»Nun, wenn du darauf bestehst, dann sehen wir uns eben Lucy an«, entgegnete Dorothy mit Schärfe. »Was ist Lucy denn schon Schlimmes passiert, das sie sich nicht selbst zuzuschreiben hätte? Sie wurde geliebt, behütet, umsorgt...«

»Aber es hat ihr nicht gereicht, es war nicht die richtige Liebe. Das erste Band ist zerrissen – daß ihr Vater für sie sorgt, wenn sie ihn braucht –, und sie hat ihr Leben damit zugebracht, sich abwechselnd mit ihm zu versöhnen und ihn zu quälen. Privilegien haben ihr nicht weitergeholfen.«

»Bei vielen Kindern zerreißt dieses Band.« Dorothys schöne Stimme klang sanft und unversöhnlich. Von der Frau, die mit der kleinen Lucy Mitleid gehabt hatte, war längst nichts mehr übrig.

»Aber Lucy konnte es nicht verwinden. Als ihr klar wurde, daß er nicht kommen und für sie sorgen würde, verstand sie es so, daß sie nichts wert war, keine Fürsorge verdiente und daß nichts, was sie selbst tun konnte, ihr ausreichend Gesundheit und Geborgenheit geben würde. Daher kamen das ganze Elend, die Abhängigkeit und Selbstsabotage.«

»Und wer hat ihr diesen Gedanken eingegeben?« Dorothy rukkelte unruhig auf der Rattanbank herum.

»Der alte Herr«, antwortete ich. »Der Süden. Der Süden durch den Mund Willas und der anderen Frauen um sie herum. Auch die Frauen – die Frauen haben ihr das auch angetan.«

»Sie hat doch starke Frauen kennengelernt«, sagte Dorothy ungeduldig. »Deine Mutter war auf ihre Art eine starke Frau. Die alte Martha Cater war ein ganzer Kerl und hat sie sehr gern gehabt. Und ich bin auch ein zäher Brocken.«

»Ja, aber ihr alle seid stark in einer Männerwelt, oder wart es«, beharrte ich. »Meine Mutter – Accessoire für einen mächtigen Mann, zumindest von außen gesehen. Martha – eine Bedienstete im Haus dieses Mannes. Sie, Dorothy – eine Löwin in einem Krankenhaus, das Männern gehörte und von ihnen geleitet wurde. Lucy wollte nun einmal alles. Unerhört für eine Frau aus den Südstaaten. Nicht für jeden gottserbärmlichen Trottel in Amerika, nur für eine Frau...«

»Und wie ist sie zu diesem Anspruch gekommen?« fragte Dorothy schnippisch. »Ob Mann oder Frau, ich kenne sonst niemanden, der solche Ansprüche gestellt hat, nachdem er erst einmal dreizehn geworden ist. Ach, du kannst dir eine Antwort sparen, das hat sie natürlich von der Bondurantseite. Ihr seid der anspruchsvollste Haufen, der mir je vorgekommen ist.«

»Nur ich bin nicht anspruchsvoll!«

»Oh doch, Shep, du vor allem! Erinnerst du dich nicht mehr an deine Wutausbrüche als kleiner Junge? Schau dich nur an – du hast zwanzig Jahre lang geschmollt, weil du teilweise deinen Willen nicht gekriegt hast. Du hast dir die ganze Zeit gesagt: ›Wenn ich nicht alles haben kann, will ich nichts.‹ Du hast dir ungeheuer viel Gutes entgehen lassen. Eine ganze Welt hast du dir entgehen lassen vor nicht einmal zwei Wochen. Nicht Lucy ist das Opfer, sondern du. Und, Gott steh dir bei, du bist außerstande, jetzt noch etwas daran zu ändern.«

Ich schwieg, und die alte, tote Dunkelheit von Silvester stieg auf aus ihrer Quelle tief in meinem Innern. Ihre Worte kamen mir vor wie ein unumstößliches Urteil.

»Harte Worte«, sagte ich endlich.

»Herzchen, ich würde sie heute nicht mehr an viele Leute verschwenden. Schon kurz nach deiner Geburt habe ich dich ins Herz geschlossen. Ich habe mir für dich Besseres gewünscht, als du für dich gewählt hast.«

»Und was ist das hier, Spatzendreck?« fragte ich mit gespielter Leichtigkeit. Ich tippte auf das Manuskript auf ihrem Schoß.

»Das ist wunderbar. Eine Meisterleistung. Ein Appetithappen. Und was ist mit den nächsten zwanzig Jahren?«

»Darüber habe ich noch gar nicht nachgedacht.« Vor Panik verschwand die Dunkelheit in mir wie Nebel bei scharfem Wind. Ich hatte wirklich nicht darüber nachgedacht. Die Blätterstapel, die im Lauf der Jahre langsam gewachsen waren, waren mir genug gewesen, in sich vollkommen. Ja, was war mit den nächsten fünfundzwanzig Jahren? Vor mir nur ein weißer Wirbel, sonst nichts.

»Na, dann setz deinen Hintern in Bewegung«, sagte Dorothy nüchtern. »Ich bin nämlich müde und möchte bald mal sterben, aber ich werde so lange nicht gehen, bis ich weiß, du hast eine Beschäftigung gefunden. Wenn ich eine bemitleidenswerte, jammernde, sabbernde Hundertjährige werde, hast du das zu verantworten.«

»Dorothy, wenn Sie sterben, will ich auch nicht mehr leben.« Ich meinte es ehrlich. Die Vorstellung eines Atlantas ohne sie war mir unerträglich.

Sie schwieg lange.

»Bitte bleib am Leben!« Ihre Stimme klang gebrechlich, dünn und unendlich erschöpft. In ihren Augenwinkeln standen Tränen. »Bitte finde endlich zu einem eigenen Leben.«

Als ich mich verabschiedet hatte und die Peachtree Road entlang auf die Nummer 2500 zulief, ewig kühl im blauen Schatten der überragenden, stumpfäugigen Gebäude zu beiden Seiten, dachte ich, daß nach Dorothys Ableben nur sehr wenige Menschen in meiner Welt übrigblieben, auf die das Wort »vornehm« paßte. Nur ihre Tochter fiel mir noch ein.

Lucy führte sich bei der Arbeit und zu Hause auf der Farm weiterhin so gut, daß mich Malory in ihrem zweiten Studienjahr kurz vor Weihnachten anrief und mich um meine Meinung fragte, ob sie ihren Freund aus Boston mit heimbringen sollte.

»Ich glaube«, sagte sie, und zaghafte Freude schwang in ihrer Stimme mit, »er fragt mich vielleicht, ob ich ihn heirate!«

»Oh Mal –« Ich war bestürzt, riß mich aber zusammen. Ich hätte sie am liebsten angeschrien: »Nein! Nein! Du bist noch viel zu jung…« Statt dessen fragte ich: »Hat er auch einen Namen?«

»John Hunter Westcott, der Vierte«, antwortete sie und lachte ein wenig über den Namen. »Wie findest du das? Super, oder? Aber wir nennen ihn Jinx. Er ist groß und blond und kühl und schön, und er ist so tadellos erzogen, daß man meint, er müßte auf seinem edlen Hinterteil einen Stempel mit ›Groton Harvard – Wallstreet‹ draufhaben. Hat er aber nicht. Dafür ist er ein ernster Fall von Long-Island-Maulsperre, und in der vornehmen, traditionsreichen Anwaltskanzlei von seinem Papa und Großpapa wird ihm ein Platz freigehalten. Du wirst ihn bestimmt abscheulich finden.«

»Ich kann es kaum erwarten«, antwortete ich wahrheitsgemäß. »Ich verspreche dir, ihn so abscheulich zu finden und so gräßlich zu ihm zu sein, wie ich kann. Ich verrate ihm all deine Verrücktheiten und heimlichen Laster, daß er sich jaulend nach Boston oder sonstwohin verzieht.«

»Oh Gott, bitte nicht!« sagte sie nur halb im Spaß. »Mama reicht schon. Aber sie müssen ihn sowieso kennenlernen, und er möchte sie besuchen. Meinst du, sie kommt damit zurecht?«

Ich überlegte ein Weilchen und antwortete: »Ich denke schon. Aber wenn ich du wäre, Mal, würde ich das mit dem Heiraten nicht erwähnen. Vielleicht ist es besser, wenn es nur ein normaler Besuch ist.«

»Also sage ich nichts. Aber sie errät es trotzdem.«

»Wahrscheinlich. Aber sie wird es nicht sicher wissen, wenn du nichts sagst.«

»Mach ich schon nicht. Du hast wahrscheinlich recht. Gut. Ich ruf sie gleich an. Kann ich am Tag nach unserer Rückkehr zu dir kommen und dir den Pechvogel vorstellen?«

»Aber gerne. Ich werde meine alte Clubkrawatte rauskramen. Soll ich euch beide vom Flughafen abholen und rausfahren? Als Blitzableiter bei der ersten Begegnung?«

»Nein. Ich glaube, ihr ist es lieber, wenn ich ihn erst bei ihnen vorbeibringe.«

Und so ging ich nicht mit auf die Farm mit Malory und ihrem kühlen, edlen, rundum vollkommenen gefangenen Brahmanen, und das sollte ich noch schwer bedauern. Erst hinterher erfuhr ich, was an dem Abend geschehen war, doch da war Malory schon wieder in Massachusetts, entschlossen, ihre Mutter nie wieder zu sehen.

Jack hatte die beiden vom Flughafen abgeholt und in seinem uralten Ford nach Lithonia gebracht, und Jinx Westcott verhielt sich dabei garantiert wie ein Gentleman, obwohl er entsetzt gewesen sein muß. Lucy hatte die Farm von den Dachsparren bis zum Herd mit immergrünen Zweigen aus dem Wald und den zerfransten Girlanden geschmückt, die bei Malorys Geburt angeschafft worden waren, und das Haus wirkte vermutlich in seinem guten Gewand, bei warmem, flackerndem Feuer und Kerzenlicht so vorteilhaft wie nur möglich, obwohl es inzwischen über das Stadium vornehmer Schäbigkeit hinaus bis zur Baufälligkeit heruntergekommen war. Auch das nahm Jinx sicherlich wie ein Gentleman hin. Was sich freilich in der feinen Hirnschale regte, hinter den kühlen, nordischen Augen, verengt durch jahrhundertelange Zucht, konnte mir Malory nicht sagen.

Sie erzählte mir, Jinx Westcott habe, während Malory und Lucy in der Küche arbeiteten und Jack mit seinem Whiskey vor dem Fernseher döste, zu Lucy gesagt: »Sieht lecker aus, Mrs. Venable. Hoffentlich haben Sie Mal nicht nur Ihr gutes Aussehen, sondern auch Ihre Talente als Köchin vererbt. In meiner Familie können die Frauen alle nicht kochen, und ich weigere mich, mein Leben lang Gefrierfraß zu essen.«

Lucy richtete die blauen Augen auf den blonden jungen Halbgott in ihrer Bruchbude von Küche.

»Ach, ist das ein Süßer«, sang sie. »Man merkt, daß Ihre Mama Sie gut erzogen hat. Seien Sie ein Schatz und sehen Sie nach, ob Lucys Vater noch was zu trinken möchte.«

Als Jinx Westcott mannhaft ins Wohnzimmer schritt, wandte sie sich an Malory.

»Na, Schatz, was gibt's Neues?« flötete sie.

»Ich glaube, er macht mir vielleicht einen Heiratsantrag, Mama«, sagte Malory mit klopfendem Herzen und leiser Stimme.

»Na ja, einen knackigen Hintern hat er ja.«

Das hätte Malory stutzig machen müssen. Mich an ihrer Stelle hätte es stutzig gemacht. Aber Malory war von Hoffnung geblendet, und Jack war von Scotch und Dan Rather betäubt, und keiner merkte, wie der Pegel der Whiskeyflasche, die Jack auf dem Küchentisch aufbewahrte, fiel und fiel, während Lucy kochte. Als das Essen fertig war und Malory mit Jinx Westcott den Tisch decken wollte, war Lucy auf einmal sternhagelvoll; sie lallte und torkelte, lachte hektisch mit wild aufgerissenen Augen und ließ sich schwer auf Jinx fallen.

Malory floh wortlos ins Wohnzimmer, um Jack zu holen. Sie brauchte einige Zeit, bis sie ihn wach bekam. Als sie in die Küche zurückkehrten, fanden sie Lucy, den Rock hochgezogen und die Unterhose bis zu den schlanken, weißen Knöcheln heruntergelassen, wie sie sich auf dem Schoß des entsetzten John Hunter Westcott IV wand und gellend laut und unsinnig wie eine durchgedrehte Kuckucksuhr schrie: »Ich will kommen! Ich will kommen!«

Sie kreischte, als Malory und Jack sie von Jinx Westcott losreißen wollten, und sie schrie noch immer, als der Krankenwagen kam, um sie zum Central State zu bringen – alle anderen Kliniken hatten sie inzwischen zur unerwünschten Person erklärt. In ihrem Wahnsinn kratzte, trat und biß Lucy in grenzenloser Wut. Ihre Schreie hallten noch nach in der leeren Luft der Farm, als das Taxi aus Lithonia kam, um die blasse, am Boden zerstörte Malory und den arktisch höflichen John Hunter Westcott IV zum Flughafen zu bringen. Ich glaube, Malory hörte die Schreie noch lange im Geiste.

»Ich will sie nie mehr wiedersehen, mein ganzes Leben lang nicht«, schluchzte sie, als ich sie in ihrem Wohnheim anrief, nachdem mich ein halb betrunkener und erschöpfter Jack benachrichtigt hatte, daß Lucy wieder in der Klinik war. »Ist mir egal, daß sie krank ist – ganz egal! Ich will sie nie wiedersehen!«

Ihre Stimme brach, und sie hängte ein.

Ich legte den Hörer auf und schwor mir, dafür zu sorgen, daß sie sie wirklich nicht mehr sah. Lucy konnte ich vielleicht nicht mehr helfen, aber Malory würde ich, mußte ich retten.

Irgend etwas geschah mit Lucy im Central State. Wir wissen bis heute nicht genau, was. Der diensthabende Arzt beteuerte, es gebe keinerlei Hinweis auf einen Schlaganfall, und als ich Hub Dorsey anrief, bestätigte er es.

»Im EEG ist nichts zu erkennen«, sagte er. »Auch sonst kein Anzeichen für eine Schädigung der Gefäße. Es handelt sich nicht um einen Hirnschlag.«

Lucy war so ruhig, befand sich im Zustand so tiefer Lethargie, daß sie die üblichen Beruhigungspillen und Antidepressiva nicht brauchte, sondern stundenlang träumend und dösend im Aufenthaltsraum saß, dabei häufig vor sich hin summte und fast immer lächelte. Es war, als sei das Feuer in ihr nun wirklich erloschen, obwohl ich bei meinen Besuchen den kleinen, hartnäckigen Funken des Erkennens in ihren blauen Augen sah, der allem Grauen und Leid trotzte. Sie konnte sich normal bewegen, hatte aber anscheinend kaum noch Lust dazu. Und sie sagte nichts. Wir wußten lange nicht, ob sie die Sprache verloren hatte oder ob sie Sprechen lediglich der Sache unangemessen fand. Auf jeden Fall schien sie still, zahm und ziemlich zufrieden.

Ich habe damals geglaubt, daß sich bei der Elektroschocktherapie, der man sie unterzogen hatte, in irgendeinem lebenswichtigen Teil ihres Hirns ein Kurzschluß ereignet hatte. Ich glaube es noch, obwohl uns eine ganze Phalanx überarbeiteter junger Ärzte versicherte, es wäre nicht so und könne nicht so sein.

Meines Erachtens behaupteten sie das eher aus Unwissenheit als aus Furcht vor einem Prozeß. Die Patientin hatte zwar einen Juristen als Ehemann, doch war selbst für den oberflächlichen Beobachter offensichtlich, daß Jack zu gerichtlichen Schritten nicht imstande war; außerdem hatte er bei Lucys Einlieferung eine kompliziert abgefaßte Vollmacht unterschrieben. Und so saß sie still da, lächelte in Gedanken an Gott-weiß-was vor sich hin und war uns ohne die verbindende Brücke der Worte so verloren, als wäre sie tot. Ich glaube, sowohl Jack als auch ich waren insgeheim froh darüber. Ich jedenfalls spürte schlichte Erleichterung. Wir, aber auch sie, waren von dem peinigenden Feuer in Lucy befreit.

Nach drei, vier Monaten fing sie zwar wieder zu sprechen an, aber nur in erratischen Ausbrüchen; sie gab manchmal plötzlich sinnlose Worte und Phrasen von sich. Das Kauderwelsch hatte für sie eine Bedeutung, denn nach einem Schwall dieses herzzerreißenden Unsinns lächelte sie mich oft in zaghafter Freude an, als erwarte sie eine Antwort. Ich wußte nichts zu sagen und ertrug die zerbrochenen Sätze nicht, die ihr aus dem hübschen Mund flossen und zu Boden stürzten wie zu Tode getroffene Vögel, also behalf ich mich mit dem alten Beruhigungsmittel ihrer ersten Klinikaufenthalte.

»Steck ihn dir ins Ohr, Luce!« rief ich fröhlich, und Lucy klatschte in die Hände und steckte sich den Finger ins Ohr; aus ihren blauen Augen strahlte Licht wie Küsse, während sie krähte: »Steck ihn dir ins Ohr! Steck ihn dir ins Ohr, Gibby!«

Der einzige zusammenhängende Satz, den sie in vielen, vielen Monaten bildete.

Sie konnte nicht unbegrenzt im Central State bleiben, und es schien ihr in jeder Hinsicht, abgesehen vom Sprechen, gutzugehen – oder doch so gut, wie es ihr gehen konnte. Also brachten wir sie nach Hause. Die freundliche, statuenhafte Zahmheit hielt an; Lucy fand offenbar eine Art sinnliches Vergnügen und Wohlbehagen an einem einfachen Tagesablauf: Frühstücksfernsehen, Mittagsschläfchen, herzhaftes Essen und kurze Spaziergänge in den Feldern und Wäldern um die Farm.

Jack konnte sich zu Hause keine Pflegekraft für sie leisten, ja, er gab wieder Abendkurse an dem zweitklassigen kleinen College der Gemeinde, um die enorme, nie abnehmende Schuldenlast der Arztkosten abzutragen. Es bestand freilich keinerlei Aussicht, daß ihm das je gelingen würde. Ich fürchtete sogar, er würde, wenn er nicht mit dem allabendlichen Trinken aufhören und die Apathie, die ihn wie ein Sukkubus umschlungen hielt, nicht abschütteln würde, früher oder später eine oder auch beide Arbeitsstellen verlieren. Die Zustände auf der Farm waren unsäglich, das Haus war ein Schweinestall. Als ich es nicht mehr mitansehen konnte, stellte ich trotz Jacks Protest eine Pflegerin für Lucy an. Nach zwei Wochen fuhr ich hinaus, um mir ein Bild zu machen, wie die beiden zurechtkamen.

Die Pflegerin war eine intelligente, flinke, energische junge Frau aus Trinidad. Sie hieß Amelia Kincaid und behandelte Lucy mit Festigkeit, Tüchtigkeit und unpersönlicher, unerschütterlicher Freundlichkeit. Zu meiner Verwunderung konnte Lucy sie nicht ausstehen.

»Böses Niggerweib«, fauchte sie Amelia Kincaid an und funkelte mich von unten mit boshafter Verschlagenheit an. »Ich hasse Nigger. Hasse Nigger!«

Mit flammend rotem Gesicht wandte ich mich an die Schwester. »Das meint sie nicht so. Sie hat schwarze Menschen immer weit lieber gemocht als weiße; sie hat ihr Leben lang für die Bürgerrechtsbewegung –«

»Steck ihn dir ins Ohr, Gibby!« sang Lucy.

»Macht doch nichts, Mr. Bondurant«, sagte Amelia Kincaid in liebenswürdigem, singendem Tonfall. »Nur ein Betriebsunfall im Hirn, glaube ich. Ich nehme es nicht ernst.«

Aber ich fand es unerträglich, in Lucys schöner, voller, gedehnter Stimme, die mir so viel Wunderbares erzählt hatte, diese gehässigen Worte zu hören; unerträglich, wenn sie murmelte: »Bin zum Tanz und hilf mir, Gibby. Papa will kein Blut, Blut, Blut.«

Ich warf einen verzweifelten Blick auf Jack, aber der war auf dem Sofa vor dem Fernseher eingenickt, wo eine Wiederholung mit Mary Tyler Moore lief. Ein Haus der Hoffnungslosigkeit und des Verfalls. ›Ich komme nicht mehr her‹, dachte ich.

Kaum zu glauben, aber der Phönix in Lucy erstand wieder einmal aus der Asche und entzog sie teilweise den Flammen des Wahnsinns; immerhin gelang es ihr, sich sozusagen auf eine freundliche Hochebene zu retten, wo sie offenbar in stiller, kindlicher Zufriedenheit dem Augenblick lebte, die wenigen Besucher empfing, die kamen, die Süßigkeiten verschlang, die sie ihr mitbrachten, und ununterbrochen vor dem Flimmerkasten hockte. Sie wurde ziemlich dick. Amelia Kincaid schnitt ihr das trockene, glanzlose Haar, damit es ihr nicht ins Essen hing. Die Frisur stand ihr gut, das Haar fiel ihr hübsch in das schöne, schmale Gesicht. An den langen Tagen im Spätsommer und frühen Herbst lag sie jeden Nachmittag draußen im Liegestuhl und sonnte sich, so daß ihre dünne Haut, über die sich inzwischen ein Spinnennetz winziger Linien zog, einen rötlichen Schimmer erhielt. Sie sah hübsch aus, wenn auch nicht mehr schön, ohne den alten, unheimlichen Glanz, und freute sich offenbar über jede Kleinigkeit an ihren ereignisarmen Tagen. Jack konnte Amelia Kincaid schließlich entlassen, und mit ihr ging auch Lucys unerklärliche, auf sie beschränkte Wut. Und da eine seufzende und leicht pikierte Little Lady Rawson fast täglich nach ihr sah, konnte Lucy wieder alleine leben.

Ich glaube nicht, daß sie unglücklich war.

Wie ich es im nachhinein sehe, gewannen wir alle im folgenden Jahr unser Gleichgewicht im Leben wieder, mochte dieses Leben auch noch so bitter und reduziert, dieses Gleichgewicht auch noch so labil sein. Nicht, daß wir Ruhe gefunden hätten; wir drei, Lucy, Jack und ich, hörten vielmehr auf zu kämpfen. Das heißt, eigentlich nur Lucy und ich, denn Jack hatte schon vor Jahren damit aufgehört. Deshalb war er wohl noch am Leben.

Als ich Dorothy damals erzählte, wie es mir erging, sagte sie: »Wenn man zu kämpfen aufhört oder stirbt, hat man die mittleren Jahre erreicht. Nach einer Binsenweisheit braucht man so lange, um erwachsen zu werden, aber die alten Leute wissen, daß das nichts mit Erwachsenwerden zu tun hat – man gibt nur auf. ›Hör auf, dich abzustrampeln, und schwimm mit dem Strom‹, wie man heutzutage sagt. Gräßlich! Reife ist nichts als verdeckte Passivität.«

»Klingt ganz schön nach Drückebergerei, wenn Sie es so sehen. Einfach die Zügel fahrenlassen, nachdem man sein Leben all die Jahre selbst in die Hand genommen hat.«

»Hat man eben nicht. Und man ist endlich erwachsen, wenn man das anerkennt. Wenn man aufhört, sich zu winden wie ein aufgespießter Frosch, und sich dem Strom überläßt. Man kommt genauso schnell vorwärts, und die Reise ist viel angenehmer.«

Als ich mich verabschiedete, fühlte ich mich eher wie eine Nacktschnecke als wie die Krone der Schöpfung.

Etwa um diese Zeit nahm der Universitätsverlag, der am *Compleat Georgian* Interesse angemeldet hatte, das Buch an und schickte mir zwei Gelehrte, die mit mir darüber diskutieren sollten. Nach Wochen von höflichem Räuspern – »Also, eigentlich« und »Wie wäre es, wenn« – überließen sie mich der befriedigend langwierigen Aufgabe des Überarbeitens.

›Na, Dorothy, um das nächste Jahr brauchst du dir jedenfalls keine Gedanken zu machen‹, dachte ich, setzte mich an den Schreibtisch und fing an, die bläßlichen Bemerkungen meiner gespensterhaften Lektoren zu entziffern. »Damit bin ich bis zum Herbst beschäftigt, und mit etwas Glück kann ich die Sache bis Weihnachten strecken.«

Ein Beruhigungsmittel, ein Narkotikum, meine erneute Wanderung durch das Reich der toten Camerons. An den lebenden hatte ich inzwischen wenig Freude. Dorothy hatte sich im Sommer das Knie gebrochen; der Knochen verheilte schlecht um den kalten Stahlnagel, der ihn fixierte, so daß sie vor Schmerzen geistesabwesend und teilnahmslos war. Sie konnte nicht mehr in den Aufenthaltsraum von Carlton House kommen, und die Pausen zwischen meinen Besuchen in ihrer Wohnung wurden immer länger, denn Ben hatte uns inzwischen fast ganz verlassen, stand kaum noch in Verbindung mit seinem rasenden, blinden Körper, nur noch erhalten von seinem Lebenswillen und einer bitteren, sinnlosen Gesundheit. Ab und zu telefonierte ich mit Dorothy, und dann hatte ich das Gefühl, ihre Stimme wäre ihr in ein anderes Land vorausgegangen, das mir noch verschlossen war.

Und Sarah traf ich überhaupt nicht mehr. Vielleicht hatte sie die Route ihrer alltäglichen Besorgungen verändert, oder sie kaufte inzwischen nicht mehr in Buckhead ein. Doch ob sie mir absichtlich aus dem Weg ging oder es ihr gleichgültig war – mit der Zeit war ich froh über ihr Verschwinden aus meinem Leben. Das neue, friedliche Land meiner Seele hielt seine Grenzen vor dem Schmerz verschlossen.

Im Frühjahr erlitt Martha Cater eines Nachts in ihrer Wohnung über der Garage einen leichten Schlaganfall, wußte beim Aufwachen nicht, wo sie war, und erkannte den bekümmerten Shem nicht mehr. Gegen Mittag hatte sich die Verwirrung gelegt, aber was ich auf keinen Fall hatte wahrhaben wollen, hatte sich nun gezeigt: Martha und Shem waren zu alt geworden für ihre energische Arbeit in unserem Haus – selbst für das reduzierte Pensum, das eine alte Dame und ein Einsiedler ihnen abverlangten –, und man mußte Vorkehrungen für sie treffen.

Ich bot ihnen an, die Wohnung über der Garage zu behalten, wo sie so lange daheim gewesen waren, aber Martha schaffte die Treppe nicht mehr gut, und auch Shem zuckte beim Hinaufgehen vor Schmerz zusammen, wenn er sich unbeobachtet glaubte. Außerdem weigerte Martha sich halsstarrig, in einem Haus zu bleiben, wo sie nicht arbeiten konnte, wenn sie es wollte.

»Ich werd mich doch nich auf meim Hintern ausruhen, und du und Miss Willa, ihr beide versucht alles allein«, donnerte sie. »Und wißt nich mal, wie man den Herd anzündet. Werdet mir verhungern in einer Woche.«

Das stimmte zwar nicht, aber ich sah ein, daß Martha, wenn sie blieb, sterben würde, wie sie gelebt hatte: im Dienste der Bondurants – und das kam nicht in Frage. Als die beiden nur »Äh« und »Hm« machten und nicht mit der Sprache herauswollten – oder nicht konnten –, fuhr ich mit Tom Carmichael und Marty Fox nach Forest Park, wo die hilflose ToTo mit ihrer wortkargen Kinderschar wohnte, kaufte ein zwölf Monate altes Ranchhaus aus Ziegelsteinen mit vier Zimmern, gleich neben einem neuen Einkaufszentrum, hängte die Besitzurkunde gerahmt über den Kamin und brachte die sich sträubenden Caters mit ihren Sachen dort unter. Beide behaupteten, das Haus sei schrecklich, aber in Shems milchige alte Augen traten Tränen, als er in der Einfahrt den tadellosen Buick Baujahr 1972 sah, den Marty für mich aufgetrieben hatte. Der größte, schwerste Wagen, den wir hatten finden können, und Shem würde am Steuer wie ein Zwerg wirken, der über einen Fliegenpilz lugt, aber nach all den Jahren als Chauffeur des Rolls empfand er nichts als Verachtung für »die kleinen Schrottkisten«, wie er sich ausdrückte. Der Buick war in seiner Stattlichkeit Shems großem alten Herzen ebenbürtig.

Und Martha weinte und umarmte mich, als sie ihre Küche sah. Sie sollte auf meine Anweisung der in der Villa möglichst gleichen; Marty hatte über eine Woche gebraucht, um das Inventar zu finden. Außerdem hatte ich Marthas Haushaltsgeräte und Kochtöpfe nachkaufen lassen, vom Abkühlgitter bis zum Quirl, und die Küche mit einem kleinen Fernseher und dem geflochtenen Schaukelstuhl mit Eichenrahmen aus der Villa ausgestattet, auf dessen Sitz Marthas üppiges Hinterteil gehörte, und kein anderes. Es hat mir Freude gemacht. Ich muß immer noch lächeln, wenn ich Shem und Martha in ihrem ersten eigenen Heim vor mir sehe, auf das sie so lange warten mußten.

Doch sie hinterließen ein riesiges, tiefes Loch. Die Villa in der Peachtree Road schrie nach ihnen, wie sie weder nach meiner Mutter noch nach meinem Vater geschrien hatte. Ich hatte eine liebende Pflicht erfüllt und dabei mein Haus seiner Seele beraubt. Ich konnte die tüchtigen, mit Overalls bekleideten weißen Putzfrauen nicht ausstehen, die zweimal in der Woche wie die Zirkusclowns vom Kleinbus ihrer Reinigungsfirma ausgespuckt wurden und im Haus ausschwärmten. Sie wirkten wie Hausfrauen, die Aerobik übten, und waren es wahrscheinlich auch. Mit gierigen Augen kamen sie aus ihren engen, dünnwändigen Vorstadthäusern in die Villa; sie wirbelten über das Grundstück, das Gartenhaus und über mich hin wie die Gleitbomben beim Zielanflug.

Nach der ersten Begegnung ging ich ihnen aus dem Weg. Kaum besser gefiel mir die dünne, elegante Mulattin, die Tante Willa sich als Zofe engagiert hatte. Sie kam morgens um zehn, strich gelangweilt bis gegen fünf Uhr um Tante Willa herum, schenkte ihr und denen, die ihr zur Teestunde Gesellschaft leisteten, Sherry ein und servierte Käsestangen. Sie sah aus und kleidete sich wie Jane Fonda, und ich mißtraute der riesigen Einkaufstasche, die sie dabeihatte. Nicht nur, daß es sich, glaube ich, um eine echte Gucci handelte, ich hatte auch den Verdacht, daß etliches an Bondurantschem Lalique und Tiffany Platz in ihr gefunden hatte, wenn sie in dem hübschen kleinen Honda ihrer Besitzerin verschwand. Aber Tante Willa mochte die junge Frau und war mit der Reinigungsfirma zufrieden, also ließ ich die Dinge auf sich beruhen, in meinem Herzen ein dumpfer, hartnäckiger Schmerz und ein Gefühl der Dankbarkeit für die Caters. Eine zufriedene Willa war eine Willa, die mir vom

Leibe blieb. Wochenlang hatte sie in der Pose einer hochwohlgeborenen Märtyrerin des sechzehnten Jahrhunderts verhalten geschmollt, weil ich ihr keinen Chauffeur für den Rolls genehmigt hatte.

»Wie sieht das denn aus, Shep, ich am Steuer dieses alten Monstrums«, hatte sie gemeckert. »Ich glaube, in meinem Alter ist so ein schweres Fahrzeug ein bißchen gefährlich.«

Da sie mir nur dann mit ihrem Alter und ihrer Gebrechlichkeit kam, wenn sie ihren Kopf durchsetzen wollte, und – wie ich wußte – so gesund und unbezähmbar war wie ein Wildpferd, lächelte ich sie verständnisvoll an.

»Marty hat sich erboten, dich zu fahren, wohin zu willst. Seit wir Fred Perry eingestellt haben, hat er nachmittags viel Zeit. Er ist ein guter Fahrer.«

Sie fuhr selbst. Ich hatte es gewußt. Willa nahm viel lieber Lächerlichkeit und Verletzungsgefahr in Kauf, als sich von einem smarten jüdischen Rechtsanwalt aus Newark herumkutschieren zu lassen. Als ich sie majestätisch die Auffahrt entlangsegeln sah wie eine alternde Königin, die auf einem Gletscher reitet, fiel mir auf, daß ich gar nicht mitbekommen hatte, wann und wie Tante Willa eigentlich fahren gelernt hatte, seit sie bei uns wohnte. Noch mit über Siebzig blieb sie ein Wesen voll Überraschungen. Diese war einmal eine angenehme.

Und so lebten wir in Stagnation dahin. Jack auf seiner Farm arbeitete, trank und schlief. Lucy saß mit ihrer neugefundenen Ruhe vor dem Mondenschein des Fernsehers und in der Frühlings- und Sommersonne, genas langsam, langsam und fand schließlich zu einer sensiblen, viel einfacheren Ganzheit. Im Juni konnte sie wieder normal sprechen, wenn es ihrer Rede auch an Gehalt fehlte. Im August konnte sie wieder lesen, im September ein bißchen schreiben. Als erstes schrieb sie Malory einen Brief – soviel ich weiß der erste Kontakt zwischen ihnen seit den schrecklichen letzten Weihnachtsferien. Weder Jack noch ich erfuhren, was in ihm stand und ob Malory ihn beantwortete.

Malory hatte ihre Ankündigung wahr gemacht. Sie war seit Lucys letztem erschütternden Anfall von Wahnsinn nicht mehr nach Hause gekommen. Sie hatte nicht angerufen und nicht geschrieben. Ich wußte es von Jack. Lucy sprach nicht über ihre Tochter. Sie hatte Malory, so Jack, ihm gegenüber mit keinem Wort erwähnt, seit sie wieder krank geworden war; als sei sie ihrem Sinn, ihrem Herzen entfallen. Lucy schien weder darüber noch über anderes unglücklich zu sein. Und Jack, von Erschöpfung, Apathie und Scotch durchtränkt wie ein alter Teebeutel, wollte den schalen Frieden in seinem Haus nicht aufs Spiel setzen, indem er Malorys Namen nannte. Es war, als hätte sie nie mit ihnen zusammengewohnt.

Sie schrieb mir jede Woche einen Pflichtbrief, in dem alles über ihre Unternehmungen und nichts über sie selbst stand, und ich gab ihn an Jack weiter. Sie rief mich nicht an. Wenn ich mit ihr telefonierte, war sie höflich, sogar herzlich, aber ich kannte diese Malory nicht mehr, also gab ich meine Anrufe auf und begnügte mich traurig mit der lauen Brühe ihrer Briefe. Sie mußte von selbst zu mir zurückfinden, auch auf die Gefahr hin, daß sie gar nicht kam. Ich dachte ständig an sie, und sie fehlte mir sehr; ich beantwortete ihre Pflichtkorrespondenz mit witzigen Briefchen, in denen im wesentlichen nichts stand, und wartete ab, was sie tun und wie sich entwikkeln würde.

Weil sie nicht hatte nach Hause kommen wollen, hatte sie Sommerkurse absolviert und sich mehr Wochenstunden aufgebürdet, so daß sie schon Ende August, fast ein Jahr vor der üblichen Zeit, mit dem Studium fertig war. Sie hatte mir nichts über ihre Pläne für die Zeit danach geschrieben. Irgend etwas Soziales, vermutete ich, aber nicht, weil sie es erzählt hätte, sondern weil sie aufgrund ihres Charakters und ihrer Erfahrungen dazu prädestiniert schien. Soviel ich wußte, war Malorys Zukunft ebenso ein weißer Fleck wie meine eigene.

Im Juli rief sie mich an, ihre Stimme klang ganz nach meiner alten Malory, oder vielmehr nach der alten Malory mit neuer Frische und Energie. Sie sagte, ich müsse unbedingt zu ihrer Examensfeier kommen. Jack auch, wenn er wolle, obwohl sie es nicht glaube. Ich müsse jedenfalls kommen.

»Und deine Mutter?«

»Nein, Shep. Bitte!«

Am Abend rief ich Jack an und erzählte ihm von dem Gespräch.

»Meinst du, du kannst es Lucy klarmachen?« fragte ich.

»Aber ja. Kein Problem. Sie weiß, daß es bald soweit sein muß, und hat mit keinem Wort erwähnt, daß sie hinfahren will. Es interessiert sie bestimmt, und sie freut sich darüber, aber ich glaube, Shep, dieses Feuer ist für immer aus. Und ich denke, ich gehe auch nicht hin. Ich möchte Lucy jetzt ungern allein lassen. Kannst du es Malory beibringen?«

»Sie versteht es bestimmt«, erwiderte ich und war froh, ihm nicht sagen zu müssen, daß Malory ihre Mutter – und beinahe auch ihn – ausgeladen hatte.

»Gefällt mir gar nicht, daß ich als einziger von uns dreien fahre«, sagte ich wahrheitsgemäß. »Ich habe das Gefühl, mir euren Platz bei ihr zu erschleichen.«

»Du erschleichst ihn dir nicht, du füllst ihn aus, und das zu Recht. Du hast ihr mehr Glück und Geborgenheit gegeben als wir. Mach dir keine Vorwürfe. Ich würde mitkommen, wenn ich wirklich Lust hätte. Weißt du, ich bin froh, wenn ich nicht hin muß. Natürlich habe ich Mal sehr lieb, aber ich bin einfach zu kaputt.«

Und so fuhr ich im August nach Wellesley. Ich wartete auf Malory auf einer Steinbank unter einem großen alten Fliederbusch vor ihrem Wohnheim, und als sie um die Hausecke bog und mit ausgestreckten Armen auf mich zulief, war mir wie beim Aufgang einer fremden, eher bedrohlichen jungen Sonne nach etlichen Jahren Regenschleier.

Da sie bei unserem letzten ernsthaften Gespräch am Boden zerstört gewesen war und darauf lange Monate spröden Schweigens gefolgt waren, überraschte mich die strahlende, voll entwickelte junge Frau, die sich an diesem graugrünen Tag in meine Arme warf. Sie sah der jungen Lucy so ähnlich, daß ich Herzklopfen bekam, doch ich entdeckte an ihr auch einen ureigenen Charakterzug: eine Kraft, eine freundliche Unnahbarkeit, die an einem so jungen Menschen rührend wirkte, eine ernsthafte Zärtlichkeit für die Welt, die sich an ihr schon als Kind angekündigt hatte. In Lucys Gesicht mit den blauen Augen, der rosigen Haut und den schwarzseidenen Haaren, Brauen und Lidern fand ich mein störrisches Kinn und die Falkennase. Malory hatte freilich über ihre Mutter und ihren Großvater einen eigenen legitimen Anspruch auf die Bondurantzüge.

Ihr Gesicht glühte vor Seligkeit wie ein Bunsenbrenner.

»Ach, Shep!« Sie schmiegte den Kopf an Sarahs alte Stelle unter meinem Kinn, wozu sie ihn allerdings ein wenig einziehen mußte. »Ich bin ja so froh, daß du da bist!«

Da erst nahm ich den großen jungen Mann neben ihr wahr. Und wußte augenblicklich und ohne die Spur eines Zweifels, daß Malory ihre Zukunft gefunden hatte.

Wie ihre Blicke aneinander hafteten und nicht voneinander lassen wollten! Ich kannte das. Wie oft sie einander behutsam und fasziniert mit den Fingerspitzen über Hände und Schultern streichelten! Ich erinnerte mich an diese federleichten Berührungen. Wie froh sie einander anlächelten, daß ihre Mundwinkel nicht mehr zur Ruhe kamen! Ich spürte die zitternde Freude auf meinen Lippen. Es gab mir einen Stich, daß mir fast die Luft wegblieb, doch allmählich spürte ich große Freude in mir, warme, grenzenlose Erleichterung. Noch ehe ich seinen Namen hörte, ehe ich die feuchte, schwielige Hand nahm, wußte ich, daß Malory bei diesem jungen Mann gut aufgehoben war. Ich spürte in ihm Kraft, durchsetzt von Humor. Und – unheimlich – aus den freundlichen braunen Augen blickte mich durch eine dicke Hornbrille lächelnd Charlie Gentry an.

Er hieß Peter Hopkins Dallett, war dünn und schlaksig, und seine Haut, seine Haare und Augen hatten alle den gleichen, beinahe häßlichen muskatbraunen Farbton. Er hatte in Yale Architektur studiert, war im Juni fertig geworden und hatte sogar schon ein Haus gebaut. Er stammte aus einem Weiler an der Küste der Penobscot Bay in Maine, der so klein war, daß er weder über einen Namen noch über ein Postgebäude verfügte; die nächste nennenswerte Stadt war siebzehn Meilen entfernt und hieß Ellsworth. Er war der jüngste von vier Brüdern, sein Vater war Hummerfischer und betrieb in der Saison einen kleinen Kaufladen. Seine Mutter war gestorben, als er zwölf war. Er hatte Malory im März auf der Hochzeit eines gemeinsamen Bekannten in New Hampshire kennengelernt. Seither hatten sie jedes Wochenende gemeinsam verbracht. Es stand außer Frage, daß sie heiraten wollten – das hatte ich gewußt, ehe ein Wort gefallen war –, nur der Zeitpunkt war noch offen, und sie wußten noch nicht, wohin sie ziehen wollten.

»Wollen Sie sie uns entführen?« fragte ich Peter Dallett beim gemeinsamen Mittagessen mit Sekt und Austern. Zwar hatte keiner Hunger, aber wir tranken ziemlich viel billigen Sekt. Peter bestand darauf, uns einzuladen, und bestellte munter, was er sich leisten konnte. Nicht gerade Taittinger, doch der Sekt rann uns süß und feurig durch die Adern.

»Ich weiß noch nicht«, antwortete er. »Ich würde mir Atlanta gerne mal ansehen. Malory will das zwar nicht, und ich kann es verstehen, aber sie würde da schon zurechtkommen. Ich kann auf sie aufpassen. Es wär nicht schlecht. Die besten Entwürfe im ganzen Land kommen zur Zeit aus dem Sunbelt, und in Zukunft erst...«

Ich zuckte unwillkürlich zusammen, und Malory sagte schnell: »Ach, ich glaube eigentlich nicht, daß wir das machen, Shep. Peter hat jetzt so gute Beziehungen hier geknüpft.«

Sie darf nicht heimkommen, schrie es in mir. Sie darf nicht kommen.

»Nun, gute Beziehungen sind nicht zu verachten«, bemerkte ich so beiläufig ich konnte. »Vielleicht werden Sie finden, daß der hochgelobte Sunbelt gar nichts so Besonderes ist.«

»Da wird Neuland betreten«, erwiderte Peter Dallett. »Es ist unvergleichlich – offen für eine ganz neue Welt der Planung. Wir haben noch nicht einmal eine Bezeichnung dafür. Ich würde wahnsinnig gern dabeisein.«

Mir gefiel der Enthusiasmus, der aus ihm sprach, aber ich fürchtete ihn auch.

»Wenn Sie eine Vorliebe für Ladenzeilen und Bräunungsstudios ohne Stadtzentrum, für nicht enden wollende Vorstädte und verstopfte Straßen von Atlanta bis Baltimore haben, werden Sie begeistert sein. Ach, Sie hätten Atlanta sehen sollen, als es noch eine richtige Stadt war, als ich in Malorys Alter –«

»Die Zeiten sind vorbei«, sagte er mit der selbstverständlichen Unerbittlichkeit der Jugend. »Die Zukunft gehört dem Sunbelt. Da gibt es enorme Energie. Ein unbegrenztes Wachstumspotential. Ganz neue Herausforderungen und Lösungen. Noch kein Mensch hat da geplant. Noch kein Mensch hat da gearbeitet.«

»Aber könnten Sie da leben?« fragte ich. »Das ist zwar nur eine Kleinigkeit, wissen Sie, aber von Belang.«

Er lachte, die Brille wackelte ihm auf der kurzen braunen Nase, von der sich die Haut schälte.

»Ich weiß nicht. Aber, sehen Sie, die Leute werden da ja gar nicht leben. Nur in der Nähe. Die Zukunft, insbesondere im Sunbelt, gehört den Schlafstädten. Die Stadtplaner und Architekten können meinetwegen sagen, was sie wollen – so kommt es. Es gibt ganz in der Nähe von Atlanta erfreulich viel freien Grund.«

»Tate...« Malorys Stimme klang sanft, als zergehe ihr das Wort auf der Zunge.

Tate. Grün, still, sonnenbeschienen und einsam, träumend in seiner Appalachen-Zeitlosigkeit am Hang des Burnt Mountain, selbstverständlich unverändert und unveränderlich. Malory, wie sie im Sonnenlicht von Tate auf dem Boden unserer großen alten Hütte tanzt, in völligem Entzücken. Tate...

»In Tate könnte ich schon leben«, sagte Malory geistesabwesend. »Ich habe die ganze Zeit gedacht, daß ich Atlanta nie wiedersehen will, aber oben in Tate könnte ich leben...«

Sie richtete den Blick auf mich und schlug die Augen nieder.

»Geht es Mutter gut?«

»Ja, ihr geht's prächtig. Sie läßt dich grüßen. Sie ist sehr stolz auf dich. Du kannst ihr ja schreiben und ihr erzählen, wie... die Dinge stehen. Natürlich erst, wenn du möchtest. Sie würde sich sehr über einen Brief von dir freuen.«

»Und... und braucht sie mich?« Ein Phantom der alten, ängstlichen Stimme.

»Nein. Ehrlich. Sie will nur wissen, ob du glücklich bist und behütet. In guten Händen. Nur das liegt uns allen am Herzen.«

»Ja, das bin ich.« Sie lächelte. »Wirklich, Shep. Du... ich hab mir gedacht, wir machen nur eine winzig kleine, ruhige Hochzeit, wahrscheinlich im Herbst in der kleinen Kirche von Peters Familie. Ich fahre nachher mit ihm hin und bleibe dort. Sein Vater hat mich eingeladen, und mir scheint es das beste, einfach da zu wohnen und zu heiraten, wenn die Feriensaison um ist und er den Laden dichtmachen kann. Nur die engsten Familienmitglieder. Oder meinst du, wir sollten heimkommen und da heiraten? Ich weiß ja... Mama... kann nicht reisen...«

»Nein. Macht es so. Komm danach heim. Gib ihr Zeit, die Sache zu verdauen. Ich sage es den beiden, soll ich? Und dann schreibst du ihr. So ist es für sie weniger anstrengend, und für dich auch.«

Sie wandte mir im Licht des Augusttags das ernste, schöne junge Gesicht zu, und plötzlich liefen ihr die Tränen aus den wasserblauen Augen, die Lucys Augen waren, und auch wieder nicht. Sie flog in meine Arme. Ich spürte warme Tränen auf meinem Gesicht.

»Danke, Shep. Vielen Dank für alles«, flüsterte sie.

»Sehr gern geschehen, Malory«, sagte ich.

Am Wochenende darauf fuhr ich mit Lucy und Jack nach Tate. Irgendwie schien mir, daß ich ihnen dort, in den kühlen blauen Bergen, weit weg von der schwülen Fieberhitze der septembermüden Stadt, leichter von Malorys bevorstehender Hochzeit erzählen konnte, daß ich die Situation auf diese Weise entschärfen konnte – falls das überhaupt nötig war. Ich wußte, Jack war kein Problem, und wenn ich mir während der Fahrt Lucys ruhiges, leeres Gesicht ansah, die im sinkenden, goldenen Licht des Spätnachmittags neben mir saß, konnte ich mir nicht vorstellen, daß der Wahnsinn noch einmal von ihr Besitz ergreifen würde. Trotzdem, besser in Tate...

Zum Abendessen backten wir die Pizzas auf, die ich besorgt hatte; Jack und ich tranken dazu wässerigen Chianti und Lucy den ewigen Kaffee, der ihr den Alkohol ersetzt hatte und die Zigaretten ergänzte, und um zehn lagen wir schon im Bett. Schon als wir auf dem Kamm angelangt und zwischen den Torpfosten in das Tal mit der Ferienkolonie abgebogen waren, hatte ich mich entspannt; mir war, als lockerte eine boshafte Hand den festen Griff, mit dem sie uns umklammert hielt. Später lag ich da, lauschte auf die Nachtgeräusche der ermatteten alten Berge – viele waren es nicht in der müden Luft eines frühen Herbstes: ein paar verspätete Zikaden und Grillen, Hundegebell von einem Berg weit westlich her –, dann fiel ich in tiefen Schlaf und erwachte im ersten Morgenlicht in derselben Stellung wie beim Einschlafen.

Ich setzte mich an den verschrammten alten Küchentisch, blickte über die Wiese auf den diesigen, spiegelgleichen See und trank Kaffee, als Jack schläfrig herunterkam in einem schlotternden Sweatshirt und viel zu großer Hose. ›Ob die Sachen ihm einmal gepaßt haben?‹ überlegte ich. ›Wie kann er nur, ohne daß ich etwas gemerkt habe, vor meinen Augen so geschrumpft sein?‹

Sein Gesicht wirkte in dem klaren, zarten Licht grau und schlaff. Morgens nicht weniger müde als abends, schlurfte er durch die Küche zum Tisch. Weiße Stoppeln überpuderten sein bleiches Kinn. Das weiße Haar war ganz ohne Leben, die blauen Augen matt und halb geschlossen. Mit einem Schlag wußte ich, daß Jack bis in die tiefste Seele erschöpft war. Erschöpft und vielleicht gezeichnet von einer verzehrenden Krankheit, deren Ursache Verzweiflung war.

»Ich hab gehofft, du schläfst mindestens bis Mittag«, sagte ich und schenkte ihm aus der alten Keramikkanne eine Tasse Kaffee ein.

»Lucy hat einen Alptraum gehabt. Sie hat um sich geschlagen und im Schlaf geweint. Nicht mal ein Stein könnte dabei schlafen. Komisch – sie ist nicht unruhig, solange sie wach ist. Und sie unterdrückt es auch nicht, sonst würde ich es merken. Sie hat wirklich nichts. Aber ein-, zweimal im Monat, wenn sie schläft, kommt das vor... Was sie wohl träumt? Sie sagt, sie kann sich nicht erinnern.«

»Sie hat das früher auch gehabt. Als sie klein war, war es ganz schlimm – furchtbare Träume, daß sie sich verirrt hat oder ausgesetzt ist, daß sie in Todesgefahr schwebt und sterben muß. Ich habe gedacht, sie wäre dem entwachsen.«

»Arme Luce«, sagte er sanft, sanft. »Ihre Dämonen sind mit ihr gewachsen. Sie ist dem Widersacher begegnet, und sie war es selbst. Weißt du, am Anfang habe ich wirklich gedacht, daß ich ihr helfen kann. Der Fels sein, den sie braucht, jemand zum Anlehnen. Aber nach einer Weile habe ich die Last nicht mehr tragen können. Ich habe sie nicht im Stich lassen wollen. Ich habe mich dafür gehaßt. Aber ich... war nicht stark genug.«

»Niemand ist stark genug, Jack. Kein Mensch hätte ihren Hunger stillen können«, antwortete ich, und mir tat das Herz weh vor Mitleid mit diesem müden, leeren, gebrochenen Mann, dessen Liebesfähigkeit nicht beides verkraftet hatte: Lucy und die Bürgerrechtsbewegung. Ich fand, daß »tragisch« kein zu großes Wort für ihn war.

»Wahrscheinlich nicht. Aber ich kann dir sagen, ich hab mir so gewünscht, die Ausnahme zu sein. Und jetzt sitze ich da und sehe sie an – an der Schwelle zur glücklichen Idiotin, aber in meinen Augen immer noch schön –, und statt traurig zu sein über den Verlust von so viel Licht und... Zauber..., danke ich Gott für die glückliche Idiotin und gehe wieder schlafen.«

»Mach dir deswegen keine Vorwürfe. Wir alle sind hin und wieder froh über die Idiotin. Und beten feige, daß es vorhält.«

»Keine Angst. Der Dämon ist für immer ausgetrieben. Lucy, wie sie jetzt ist, bleibt uns erhalten. Für uns vielleicht ein Glück. Für Lucy weniger.«

»Ich hoffe, daß du recht hast, wenigstens in nächster Zeit. Wir müssen ihr heute was sagen, wovor ich eine Heidenangst habe. Ich will es erst mal dir beibringen.«

»Über Malory.« Er sah von der Kaffeetasse auf. Keine Frage.

»Ja. Sie will bald heiraten, und zwar einen jungen Architekten aus Maine, den sie im Frühjahr kennengelernt hat. Dort soll auch die Hochzeit sein, nur mit seiner Familie. Ich glaube, die Leute sind bitter arm. Die Mutter lebt nicht mehr. Der junge Mann ist ein Goldstück. Ich habe ihn bei der Examensfeier kennengelernt. Er wird dir bestimmt gefallen. Und Lucy auch, glaube ich. Malory wird es gut bei ihm haben. Und sie ist verrückt nach ihm und er nach ihr. Ich... keiner von uns geht hin, aber sie will ihre Mutter anrufen, oder ihr wenigstens schreiben, sobald wir es ihr gesagt haben.«

Sein verhärmtes Gesicht leuchtete auf.

»Wie schön für sie.« Sein Lächeln war grau und wund wie der Mensch. »Schön für Mal. Ich wünsche ihr alles Glück. Anscheinend habe ich ihr das nie richtig zeigen können. Alles, was ich geben konnte, hat eben Lucy bekommen.«

»Du meinst also, es ist nichts dabei, wenn ich es ihr erzähle?«

»Ach was. Wie gesagt, das Feuer ist aus. Ich weiß nicht, was die im Central State mit ihr gemacht haben, aber dadurch ist es passiert. Du kannst ihr jetzt alles sagen. Ist ganz ungefährlich. Und trotz allem, was ich da eben gesagt habe, wär es mir fast lieber...«

»Willst du dabeisein, wenn ich's ihr erzähle?«

»Nein. Es macht dir doch nichts aus? Nicht, daß ich Angst hätte, ich bin bloß –«, er grinste, »so müde. Ich glaub, ich leg mich noch ein bißchen aufs Ohr.«

Er schlief fast den ganzen Tag. Lucy stand gegen Mittag auf und wollte zu meinem Erstaunen den Rundweg auf dem sonnengesprenkelten Sträßchen um den See gehen. Unser alter Spaziergang, bequem und schön, aber lang.

»Schaffst du das?« fragte ich.

»Ja. Wenn wir langsam laufen und ab und zu eine Pause machen. Komm, Gibby, laß uns gehen. Wir können uns belegte Brote mitnehmen und unsere ganzen alten Lieblingsstellen abklappern und auf der Wiese picknicken. Ach, und nimm doch auch deine Klarinette mit – hast du sie dabei?«

»Ich habe meine alte hier. Die, auf der ich spielen gelernt habe. Wahrscheinlich total verrostet, aber ich kann sie ja mal holen.«

Und so brachen wir auf. In ihren Blue jeans und einem alten, weiten Karohemd, das jemand bei ihr im Schrank vergessen hatte, wirkte Lucy, wenn man nicht zu nahe heranging, ausgeruht, beinahe jung, fast wieder schön. Sie ging langsam, stützte sich auf mich und ermüdete schnell, so daß wir häufig eine Pause einlegten. Wir setzten uns im tiefen Schatten eines Hickorywäldchens, eingeschlossen von lohbraunen Berghängen, überwölbt von einem klarblauen, frühherbstlichen Himmel, auf den Boden; sie war von dem erinnerungsträchtigen Ort, wo wir so viel Zauber erlebt, so viele Streiche gespielt hatten, wieder ebenso entzückt wie als Kind.

»Erzähl, wie wir mal baden gegangen sind«, forderte sie, und auf einmal waren wir wieder dünn, glitschig und elastisch wie junge Ottern, kreischten lautlos in der warmen Sonne und im kalten Wasser des kleinen Sees, und die kleine Sarah war mitten im Sprung vor einem kobaltblauen Julihimmel, elegant wie eine junge Möwe.

»Erzähl, wie der Hirsch über mich gesprungen ist«, sagte Lucy, und der Tag verfinsterte sich zu jener lang zurückliegenden, magischen, entsetzlichen Nacht, still, sternenklar und mondbeglänzt, und vor mir auf eben dieser Straße lief die irrlichternde kleine Lucy fröhlich hinein in eine undurchdringliche Wand aus seelenloser Schwärze, und der gespenstische Schatten eines Hirschs im Sprung fiel auf sie wie der Fluch einer bösen Fee.

Es schüttelte mich. Da ich nicht noch mehr von Tates kleinen, verlorenen Geistern heraufbeschwören wollte, spazierte ich mit Lucy weiter zur sonnenbeschienenen Wiese und spielte so gut es ging auf der krächzenden Klarinette, der ich vor langer Zeit einmal hier im hohen Gras »Frenesi« entlockt hatte wie Quellwasser. Ich spielte wieder »Frenesi«, dann »Amapola«, »In the Mood« und etliche andere Lieder, mit denen wir Pinks und Jells auf dem glänzenden Parkett von einem halben Dutzend Clubs Tanzen gelernt hatten, und ich endete, wie früher unsere Bälle, mit »Moonglow«.

Lucy lag still auf dem Rücken in der letzten, schräg einfallenden Sonne. Sie schien ihr ins Gesicht und schlug Funken aus ihrem dunklen Haar.

»Danke, Gibby«, sagte sie schließlich. »Das war genauso schön wie früher.«

»Bitte, Lucy.«

Dann berichtete ich ihr mit klopfendem Herzen von Malorys Heiratsplänen. Dabei heftete ich den Blick auf ihr ruhiges Gesicht mit den milden blauen Augen. Als ich schließlich schwieg, sagte sie nur: »Oh, Gibby, ehrlich? Das ist ja phantastisch! Wie ist er denn so?«

Ich erzählte es ihr.
»Ist er gut zu ihr?«
»Ein Engel. Er wird immer gut zu ihr sein.«
»Schön. Alles andere ist unwichtig.«
Sie schwieg, und als ich mir sicher war, daß sie nichts mehr sagen wollte, fing ich an: »Lucy... ich glaube nicht, daß wir hinfahren sollten. Ich gehe nicht. Nur seine Familie soll dabeisein.«
»Nein, nein.« Sie sah mit ihren klaren, unergründlichen Augen zu mir auf. »Ich hatte es nicht vor. Ich habe es nicht verdient.«
Es gab mir einen schmerzlichen Stich.
»Ach, Liebes«, sagte ich. »Ach, Luce. Das hat damit nichts...«
»Doch«, antwortete sie sachlich. Aus dem Ton ihrer vollen, dunklen Stimme war keinerlei Wehleidigkeit herauszuhören, sondern sie klang nach dem unbezähmbaren kleinen Mädchen, das dickköpfig jedes Selbstmitleid abgelehnt hatte. »Es hat *wohl* damit zu tun. Ich habe mich furchtbar danebenbenommen, ich weiß. Ich bin schuld, daß sie fort ist. Ich verdiene nicht, bei ihrer Hochzeit dabeizusein. Aber ich habe damit abgeschlossen. Vielleicht versteht sie das in einer Weile und bringt ihren... Ehemann... mit zu uns nach Hause.«
»Bestimmt. Sie hat schon gesagt, daß sie das möchte.«
Lucy grinste mich an. Auf einmal war es ihr altes, volles Grinsen, launig, boshaft und wunderbar anzusehen.
»Ich verspreche, wenn sie kommen, lasse ich die Unterhose an.«
»Ich liebe dich, Lucy«, sagte ich. Und es stimmte. In dem Augenblick liebte ich sie von ganzem Herzen.
»Ich dich auch, Gibby.«
Wir saßen auf der Wiese und sahen die rote, aufgeblasene Sonne hinter dem Burnt Mountain untergehen. Im Süden wurde deutlich der kupferne Wolkenstreifen von Atlanta sichtbar, das in seinem eigenen Dunst kochte und rülpste.
Lucy deutete mit dem Finger zur Stadt.
»Gefällt es dir noch da?«
»Nein. Ich glaube, es hat mir noch nie sonderlich da gefallen, und jetzt kann ich die Stadt nicht einmal mehr leiden. Ich kenne sie nicht, ich will nichts mehr von ihr wissen. Sie stinkt. Sie ist viel zu riesig. Ohne Charme. Aber ich brauche sie, wenn das einen Sinn ergibt. Was man braucht, muß einem nicht unbedingt gefallen. Man

kann es auch aus anderen Gründen brauchen... Aus Haß, Angst, Schmerz... Ich weiß auch nicht. Es ist halt so. Ich... brauche die Stadt eben.«

»Du mußt es mir nicht erklären. Ich verstehe dich. Atlanta ist längst nicht mehr meine Stadt. Aber sie hat was, Gibby. Sie hat... Tiefe. Leidenschaft, Energie, eine Art... Gleichgültigkeit. Unbekümmertheit. Sachlichkeit. Sie interessiert sich einen Dreck, was du bist und was du machst. Und sie hat Macht – viel Macht. Ich hätte etwas werden können in dieser Stadt. Aber mir gefällt sie auch nicht. Ich glaube, Atlanta hat mir schon früher nicht gefallen.«

Sie zündete sich ihre letzte Zigarette an, nahm einen tiefen Lungenzug, stieß den Rauch in die abendliche Lavendelluft und sah durch ihn hindurch auf den schmutzigen Kupferatem der Stadt im Süden.

»Aber, Mann!« Sie lächelte leise. »Was für eine großartige Stadt zum Jungsein!«

Drei Wochen darauf, am ersten Oktoberwochenende, wurde ich nachts vom Klingeln des Telefons unsanft aus tiefem, ruhigem Schlaf gerissen. Die Woche über war es so heiß gewesen wie im August. Ich hatte im Schlafzimmer die Klimaanlage laufen. Wie ein Schwimmer, der sich durch hochschlagende, schwarze Brandung kämpft, mühte ich mich, wach zu werden. Im Zimmer herrschte völliges Dunkel. Ich hatte keine Orientierung und stieß das Telefon um, ehe ich den Hörer fand. Ich wußte nicht, wieviel Uhr es war.

»Gibby?« Pause. Ein langer Atemzug, ein tiefer Seufzer ausgestoßenen Rauchs. »Ich bin's Schätzchen. Lucy.«

»Lucy«, murmelte ich. »Wieviel Uhr ist es?« Mein Blick fiel auf den Digitalwecker auf dem Nachttisch. »Mein Gott«, sagte ich. »Kurz vor vier. Was'n los?«

Da stimmte doch etwas nicht, wenn Lucy um diese Zeit anrief. Ihre nächtlichen Anrufe kamen sonst fast immer zwischen zehn und elf, sobald Jack eingedöst war. Als ich ihre Stimme hörte, wußte ich, was es war, und mir sank das Herz. Sie triefte vom Honig des alten Wahnsinns.

»Gibby, hast du gewußt, daß Malory heiratet? Sie heiratet nächstes Wochenende!« sagte Lucy in kindlich schmollendem Ton.

»Ja, schon«, antwortete ich wachsam. »Und du auch. Weißt du

noch, wie ich es dir vor zwei, drei Wochen in Tate erzählt habe? Wir haben lange darüber gesprochen.«

»Na, du mußt es jemand anders erzählt haben, nicht Malorys Mutter, weil, mir hast du's nicht erzählt. Ich habe kein Wort davon gehört, ehe Jack es heute abend erwähnt hat mit seinem millionsten Glas Scotch in der Hand. Ich bin wirklich sauer auf ihn. Und auf dich auch, wenn du es gewußt hast, ohne mir was zu sagen.«

Eine grenzenlose, abgrundtiefe Müdigkeit legte sich allmählich über mich wie ein riesiges Spinnennetz. So mußte sich Jack die meiste Zeit fühlen. ›Lieber Gott, bitte nicht schon wieder!‹ Ein stummes Stoßgebet.

»Ich habe es dir gesagt, Schatz. Ich würde dir so was doch nicht verheimlichen. Du hast gesagt, du findest es phantastisch, und warst einverstanden, daß wir nicht hinfahren wollen, weil Peters Familie in Maine so arm ist, und hast dich darauf gefreut, die beiden zu sehen, wenn sie nach der Hochzeit zu Besuch kommen. Wir waren stolz, daß du so großartig reagiert hast.«

»Papperlapapp«, erwiderte Lucy ungehalten. »Du mußt mich mit jemand anderem verwechselt haben, Herzchen. Ich finde es kein bißchen großartig. Das Kind ist doch noch viel zu jung zum Heiraten! Sie hat nicht mal mit mir darüber geredet – ich könnte ihr so manches über die Ehe erzählen. Und ich wüßte nicht, daß ich einen dahergelaufenen Peter aus einem Drecksnest in Maine kenne. Und ich war keineswegs einverstanden, daß wir nicht fahren. Natürlich fahre ich! Deswegen rufe ich dich ja an. Ich will, daß du mich zum Flughafen bringst. Ich bin fast schon mit Packen fertig. Jack war mir nicht eben eine große Hilfe. Er hat sich einfach geweigert, mich hinzufahren. Er ist richtig grob geworden, Gibby.«

Ihre Stimme nahm einen weinerlichen Ton an. Ein Schauder rann mir den Rücken hinunter, eisige Klauen gruben sich in mein Fleisch.

»Luce, gib mir Jack mal.« Ich blieb ruhig. »Ist er wach?«

Sie schwieg lange und lachte dann. Das Geräusch klang mir klirrend in den Ohren wie spitze Eissplitter.

»Nein«, antwortete sie ausgelassen. »Ich glaube nicht, daß man das als wach bezeichnen kann. Ich bin mir eigentlich fast sicher, daß das Arschloch tot ist. Ich habe ihm eben mit seinem alten Revolver eine Kugel in die Rübe verpaßt. Will mich nicht zur Hochzeit von meinem eigenen Kind fahren. So was!«

Sie hatte mir in ihrem Wahn schon so viele Lügen über Mißhandlungen von Jack erzählt, daß ich in einem ersten Impuls schon auflegen wollte. Doch die eisige Geisterhand in meinem Kreuz ließ es nicht zu.

»Lucy, lügst du mich auch nicht an?« Meine Stimme klang in meinen Ohren albern und schrill.

»Aber nein. Er blutet ganz schön. Eine richtige Sauerei! Schon deswegen mußt du unbedingt herkommen, Gibby. Ich kann das nicht alles alleine saubermachen.«

Ich fing von innen heraus zu beben an. Das Zittern begann im Bauch und setzte sich fort bis in die Glieder. An der Stelle, wo ich nackt und schwitzend neben dem Telefontisch stand, ließ ich mich auf mein zerwühltes Bett sinken. Auch der Kopf zitterte mir, sogar der Mund, so daß ich für den Augenblick kein Wort herausbrachte.

Dann sagte ich mühsam mit lächerlich bebenden Lippen: »Lucy, ich komme so schnell ich kann zu dir raus. Ich muß mir nur noch rasch was anziehen. Also, hör – daß du mir niemanden anrufst, bis ich da bin. Hast du sonst noch jemanden angerufen?«

»Natürlich nicht«, erwiderte sie ärgerlich. »Ich habe in diesem erbärmlichen Nest doch keine Freunde. Nicht mal um Malorys Bekanntschaft hat sich hier draußen ein Mensch bemüht. Ich würde doch keinen von denen hier bitten, daß er mich zum Flughafen bringt, damit ich zur Hochzeit von meinem Kind gehen kann!«

»Gut. Ruf niemanden an. Ich sage dir, was du machst. Du ziehst dich jetzt an und kochst Kaffee, und dann setzt du dich hin und wartest auf mich. Kannst du das machen?«

»Natürlich kann ich das, du Dummerjan!« Ihre Stimme klang fröhlich. »Ich bin doch nicht gelähmt! Du bringst mich also hin?«

»Ich bringe dich hin«, antwortete ich, während mein Kopf zu dröhnen anfing.

»Ach, Gibby, auf dich ist doch immer Verlaß!«

Da war sie wieder, die Stimme des ausgestoßenen Wechselbalgs, der in seinem schmalen Eisenbett auf dem düsteren Speicher eines großen, eleganten Hauses kauerte und in einer kleinen, schönen, versunkenen Stadt darauf wartete, daß ich käme und ihm die Alpträume vertriebe.

»Ich bin unterwegs«, sagte ich.

Die Nacht war schwül und friedlich. In der Villa brannte kein

Licht. Draußen auf der Peachtree Road leuchteten die ewigen kalten weißen Lichter der riesigen Hochhäuser – überflüssige Wachposten einer längst siegreichen Armee – und blinkten durch das gelbe Laub der Bäume um das Gartenhaus. Am Ende der Auffahrt floß lebhaft und beständig der Verkehr vorbei. Ich fand eine Lücke, ließ den Rolls in die Peachtree Road gleiten und staunte über meine Geschicklichkeit bei der Handhabung des glatten, schweren Lenkrads. Ich fuhr vorsichtig südwärts nach Piedmont zur Interstate 85, der ich in und durch die hell erleuchtete Innenstadt folgte, dann bog ich ostwärts ab auf die Interstate 20. Als ich die Autobahn erreicht hatte und die verblassenden Lichter der Vorstädte hinter mir lagen, raste rechts und links von mir in stetigem schwarzen Fluß das herbstlich dürre Land vorbei. Nur die Lichter der über Nacht geöffneten Tankstellen und Motels beleuchteten mir den Weg. Vor mir am östlichen Horizont ein schwacher Lichtstreifen. Ich fuhr still dem Morgengrauen entgegen.

Unterwegs erfand ich ein Lied. Ich sang es wieder und wieder vor mich hin, meine starren Lippen bildeten sinnlose Worte, im Kopf hörte ich nur ein lautes Pfeifen, ein Heulen wie von Föhn. Ich sang die Worte zur Melodie von »Jada«: Lüge, Lüge, Lüge, Lüge, Lü-hü-ge. Lüge, Lüge, Lüge, Lüge, Lü-hü-ge. Ich glaube, ich sang es auf der ganzen Fahrt durch das schlafende Lithonia bis zur Einmündung der Straße, an deren fast eine Meile entferntem Ende die Farm lag.

Erst als ich aus dem Tunnel struppiger Krüppelbäume heraus auf den holprigen Hof fuhr und das Haus hell erleuchtet fand, wurde mir klar, daß ich gehofft, halb auch erwartet hatte, alles im Dunkeln, Lucy und Jack fest und sicher schlafend anzutreffen. Mir war übel, das Herz sank mir. Auf meinen Lippen verstummte das Lied. Als ich ausstieg, sacht den Schlag zuwarf und auf gefühllosen Beinen die durchgetretene Treppe hinaufging, flüsterte ich verzweifelt: »Lügner, Schwindler, Hosenpinkler«. Im Rückblick scheint mir, ich war in dem Augenblick ebenso verrückt wie Lucy.

Lucy hatte nicht gelogen. Im warm erleuchteten, hoffnungslos unaufgeräumten Wohnzimmer wartete sie auf mich in ihrem angestammten Stuhl, die Füße sittsam nebeneinander, die Hände im Schoß gefaltet, in der empfohlenen Stellung für die Tanzpausen, wie sie Margaret Bryan uns allen vor vielen Jahren beigebracht hatte.

Über den Fernsehschirm flimmerte wild und lautlos ein alter Gangsterfilm in Schwarz-Weiß mit George Raft. Lucy hatte sich ihr bestes, ein wenig zu weites blaues Wollkleid angezogen, das sie bei besonderen Anlässen trug – ein Geschenk von Little Lady, das sie vermutlich im Secondhandladen von Saint Philip's erstanden hatte; das Futteralkleid und das kurze Jäckchen mit Kragen erinnerten wehmütig an Jackie Kennedy. Auf ihrem Schoß lag eine kleine Couverttasche. Ein zerschrammter Fiberglaskoffer stand, verschlossen und beschriftet, neben ihr auf dem Boden. Ein surrender Ventilator rotierte mühsam vor ihrem Gesicht, doch der Schweiß floß ihr trotzdem in Strömen herunter und sammelte sich perlig auf ihrem Schlüsselbein. Sie trug kurze weiße Baumwollhandschuhe. Ihr schwarzes Haar war zerzaust und verfilzt. An den Füßen hatte sie fleckige Frotteeschlappen.

Die Beine waren bloß und bis zum Knie voll dunkler Sprenkel aus getrocknetem Blut. Auch auf der Backe und einem Unterarm war Lucy vollgespritzt mit geronnenem Blut. Ihre blauen Augen tanzten und tanzten über den Flecken. Ihre Wangen hatten Grübchen, doch sie sagte nichts. Ihr Blick schweifte von mir ab durch den Raum. Meine Augen folgten ihren unter ungeheurer Willensanstrengung.

Angesichts dessen, was ich sah, konnte ich nicht einmal mehr zusammenzucken. Ich konnte mich nicht abwenden.

Jack lag gegenüber von Lucy auf dem schäbigen alten Sofa. Er hatte mir den Rücken zugekehrt, die Knie angewinkelt, das Gesicht in die schmutzigen Rückenpolster gedrückt. In dieser Stellung hatte ich ihn oft gesehen, friedlich in langen Schlaf versunken. Auch jetzt wirkte er friedlich und entspannt in seiner zerknitterten, olivgrünen Hose, dem weißen Hemd und den vergilbten alten Sportsocken. Seine abgetragenen dünnen Slipper standen ordentlich nebeneinander, mit den Zehen unter dem Sofarand, und warteten, daß ihr Besitzer sich erheben und mit ihnen zu Bett schlurfen würde.

Aber aus diesem Schlaf würde Jack nicht mehr erwachen. Von meinem Standpunkt sah er zwar unverletzt aus, doch aus dem Loch in seiner Schläfe war ein Rinnsal Blut durch das Polster darunter und über den Sofarand auf den alten, leberfarbenen Teppich geflossen, wo es eine Pfütze gebildet hatte wie halb flüssiger schwarzer Wackelpudding mit Kirschgeschmack.

Ich ging nicht näher ans Sofa, um ihn zu untersuchen. Die völlige Blässe der Haut an Hals und Armen, seine verzweifelte Reglosigkeit, die Farbe und Konsistenz des Bluts überzeugten mich – den kleinen Zipfel in meinem Hirn, der dem heulenden Föhn wiederstanden hatte – restlos davon, daß Jack tot war, und zwar schon eine Weile.

Ich sah wieder Lucy an. Auf ihrem Schoß lag, halb verdeckt von der kleinen Debütantinnentasche, ein häßlicher schwarzer Revolver, bösartig und furchterregend wie eine Schlange. Mit dem Revolver hat sie mich nicht angelogen, dachte ich unklar. Sie hatte die ganzen Jahre recht. Er hatte einen.

Lucy sah verschmitzt zu mir auf, neigte den Kopf und lächelte.

»Hallo, Gibby«, sagte sie.

Da gaben meine Knie nach und ich sackte zu ihren gräßlichen Füßen haltlos zu Boden wie ein Schneider. Mein Herz schlug so langsam und schwach, daß ich mir sicher war, es würde einfach stehenbleiben. Mir war kalt, kalt bis auf die Knochen, bis ins Mark, trotz der schwülen, schlechten Luft im Zimmer; bei dem Geruch überkam mich eine eisige Übelkeit: Es roch nach Feuer, Whiskey, Schweiß, dem süßlichen, metallischen Geruch von sich zersetzendem Blut. Und nach etwas anderem, so widerlich, daß man es besser nicht wahrnahm.

Ich starrte ein Weilchen blind auf den Teppich, auf den winzigen Mondkrater eines Brandlochs von einer Zigarette, auf einen alten, eingetrockneten, dunklen Fleck. Dann stieß ich krächzend hervor: »Lucy, was soll nur werden? Was passiert jetzt mit dir? Das kriege ich nicht wieder hin. So was kann man nicht wieder hinkriegen. Wer soll sich jetzt um dich kümmern?«

Sie beugte sich ein wenig vor, blickte mich an und lächelte wieder, als sei sie zufrieden mit dem, was sie aus meiner Miene las.

»Du natürlich, Gibby! Du kriegst das wohl wieder hin. Ich weiß, daß du es schaffst. Und Malory. Malory kommt bestimmt. Mein bester Freund und unsere schöne, schöne Tochter. Das hast du natürlich gewußt, nicht? Daß sie unsere Tochter ist. Klar wußtest du's. Wir sind eines Blutes, wir drei. Siehst du jetzt, daß ihr beide euch um mich kümmern müßt? Ruf Malory an, Gibby. Sie kommt bestimmt.«

Ich sah hinauf in ihr süß und irre lächelndes Gesicht. Ich überlegte, ob sie mich in bezug auf Malory belog. Ich würde es nie erfahren. Malory. Malory... Ja, Malory kam gewiß. Wie ein starker, schöner Falke sich höher und höher ins klare, helle Sonnenlicht hinaufschwingt, um sich dann auf den Ruf des Beizjägers hin in seiner ganzen Pracht in die tödliche Falle zu stürzen, so kam Malory.

›Und ich?‹ dachte ich. ›Ja. Solange Lucy lebt, Gott helfe mir, komme auch ich. Ich komme.‹

Vor meinen schmerzenden Augen stand ein Bild: wir drei, für immer gefesselt an eine rasende Troika von Blut und Tod, Wahnsinn und Verderben. Für immer. Für immer...

Steif wie ein lahmer alter Mann erhob ich mich auf die Knie, nahm die Waffe von Lucys Schoß und drückte sie ihr in die Hände. Ich legte ihre Finger um den Revolver. Sie waren rauh und heiß, trotz der Kühle des schweren Stahls. Sie bebten ein wenig wie die Kehle eines singenden Vogels. Ich sah ihr wieder ins Gesicht. Sie lächelte noch. Das Lächeln eines artigen Kindes, freundlich und schlicht. Darüber strahlten blau die ungewöhnlichen, lichtfunkelnden Augen jenes vom Schicksal gezeichneten Mädchens, das mit seiner bloßen Gegenwart mein Herz zum Stocken gebracht hatte, als es in die Halle der Villa in der Peachtree Road getreten war und mit dunkler Honigstimme gesagt hatte: »Hier stinkt's.«

»Steck ihn dir ins Ohr, Luce«, sagte ich.

Sie lachte ihr altes, volles, anzügliches, wunderbares Lachen.

Immer noch lachend, steckte sie sich den dunklen Revolver ins Ohr, und ihre blauen Augen verströmten ihr wohltuendes, erlösendes, segensreiches Licht auf mich.

»Drück ab!«

Lucy drückte ab.

27. Kapitel

Und so waren wir an diesem Nachmittag wieder auf dem Friedhof Oakland versammelt. Wie Freddie gesagt hatte. Die alternden Buckhead Boys und ihre Freundinnen hatten sich einmal mehr zum Begräbnis einer der Ihren eingefunden. Diese allerdings gehörte nur dem Namen nach zu ihnen, sie war immer eigene Wege gegangen.

Ich hegte den verrückten Wunsch, zu jemandem hinzulaufen und allen Ernstes zu sagen: »Wir müssen endlich aufhören, uns so zu treffen.« Doch die drei Menschen, denen das am besten gefallen hätte und die darüber gelacht hätten, waren inzwischen unter der herbstlichen, melancholischen Erde, und nicht mehr über ihr wie der Rest unseres geschrumpften Häufchens. Der junge Ben Cameron. Charlie. Und jetzt auch Lucy.

Eine allzu reiche Saat für einen Acker, der keine Frucht trug.

Ich dachte an die Party in dem eleganten neuen Haus draußen im Chattahoochee Triangle vor langer Zeit, als mich die gegerbte, unzufriedene Dame aus dem Norden gefragt hatte, wo denn das echte Old Atlanta noch zu finden sei, und ich – nur halb im Schmerz – geantwortet hatte, »auf dem Friedhof Oakland«.

Inzwischen waren vermutlich wir »Old Atlanta«, wir orientierungslosen, enterbten Pinks und Jells eines Buckheads, toter als Pompeii.

Aber wir konnten es mit denen, die vor uns waren, nicht aufnehmen, dachte ich wieder, wie damals bei der Beerdigung meines Vaters.

Ich war unter den letzten, die den Friedhof verließen. Malory, tief bekümmert und stumm, hatte sich von Peter Dalletts verläßlicher brauner Hand zum Wagen führen lassen und wartete in der Villa in der Peachtree Road auf mich, ehe sie wieder nach Maine in ihr eigenes Leben zurückkehrte. Sie war natürlich am Boden zerstört und tief verletzt. Ich konnte ihr ihren Schmerz lebhaft nachfühlen. Ich wußte aber auch, daß sie ihn überwinden würde. Jene andere Verletzung dagegen wäre unheilbar, unüberwindlich gewesen. Malory konnte genesen, und dann war sie frei. Ob sie je wieder heim nach Atlanta kam, war für mich inzwischen ohne Belang. Zwar hatte ich deutlich das Gefühl, daß sie eines Tages wieder ein Teil dieser unvorstellbaren Stadt sein würde, die kein Teil mehr von mir war, hätte dafür aber keinen Grund nennen können. Ich wünschte, ich hätte um uns alle und um das alles mehr Trauer empfinden können.

»Mein Beileid, Mal«, flüsterten meine Lippen, doch mein Herz kannte keine Traurigkeit. Ich spürte an dem Tag nichts als Leere und große, erwartungsvolle Spannung. Ich hatte keine Ahnung, worauf ich wartete.

Die alte Willa Bondurant, die wie ein Pekinese hinter ihrer geliebten Little Lady hertrottete, blieb bei mir stehen und warf mir einen tückischen, verschlagenen Schlangenblick zu, den Blick einer alten Feindin. Sie dachte längst nicht mehr an den Tag im Treppenhaus der Villa, an dem ich ihr erlaubt hatte, ihre Sachen vom Speicher zu holen und ins Zimmer meiner toten Mutter zu ziehen, als sie vor Erleichterung geweint hatte. Sie hätte sich diese Erinnerung nicht leisten können.

»Was meinst du, Shep, bin ich nicht eine zähe alte Haut?« fragte sie in ihrem mühsam erlernten vornehmen Singsang. »Ich bin ein Überlebenskünstler. Jim Bondurant habe ich überlebt, und zwei von seinen drei Kindern habe ich auch überlebt. Bei Gott, es ist furchtbar, alt zu werden und sein gutes Aussehen zu verlieren« – und sie faßte sich in ihr mit Spray fixiertes, stahlblaues Haar mit der Geste einer Frau, die sich bewußt ist, sich gut gehalten zu haben –, »aber man kann sich wenigstens rächen, indem man alle überlebt.«

In mir regte sich etwas längst tot Geglaubtes und lauerte kalt und reglos auf ihre Worte.

»Woher weißt du, daß Onkel Jim tot ist?« Ich dachte, meine Stimme klänge freundlich neutral, doch sie wußte, warum ich diese Frage stellte. Das Medusenlächeln vertiefte sich. Alte Grübchen gähnten irrwitzig.

»Weil er Lucy ewig lang geschrieben hat«, antwortete sie mit einem gräßlich verschmitzten Verschwörerblick. »Seit sie neun oder zehn war. Das ist jahrelang so gegangen. Natürlich habe ich seine Briefe verbrannt. Ich hätte nicht zugelassen, daß diese Bestie meinem Kind irgendwie nahekommt. Aber er hat nicht aufgehört, die schmutzigen Dinger zu schicken, und da hab ich ihm geschrieben, wenn er es nicht bleiben läßt, verklage ich ihn wegen böswilligen Verlassens, und der Brief ist zurückgekommen mit dem Stempel ›verstorben‹.«

Ich starrte sie nur an. Sagen konnte ich nichts. Verbrannt. Sie hatte sie verbrannt. Hatte die Briefe verbrannt, die Lucy hätten retten können. Wer weiß, vielleicht hätten die lang ersehnten Worte etwas enthalten, das sie geheilt, ihren Heißhunger gestillt, das harte Geschwür des Wahnsinns geöffnet und gereinigt hätte...

Ja. Wir schaffen uns unsere Ungeheuer selbst, doch sie nehmen unerbittlich Rache.

Ich sah ihr nach. Sie drehte sich um und lächelte mir noch einmal zu – eine groteske alte Dame aus der Junior League in ihrem schlichten »kleinen Schwarzen«, ihren Perlen und hochhackigen Schuhen, die nun zurückkehrte zu ihren Bridgeabenden im Driving Club, ihren Tabletten und Internisten, ihren Wohlfahrtsveranstaltungen. Da, im schwindenden Tageslicht war sie so alt, herzlos und simpel wie eine Riesenschildkröte und wirkte doch jünger als die rot befleckte Tochter, die sie eben begraben hatte.

Ich wußte, sie fuhr nun zurück zu dem kühlen, ruhigen, anmutigen alten Haus in der Peachtree Road, wo sie, die Fremde, so lange regiert hatte, rauchte eine ihrer selten genossenen Zigaretten, ließ sich von ihrer eleganten Mulattin guten Sherry im dünnen Kristallglas servieren und gab sich den Tröstungen alter Frauen wie ihresgleichen hin. Am Leben.

Am Leben.

Ich folgte ihr zu den auf der engen Ziegelstraße geparkten Wagen. Als ich zum Rolls kam, waren Carter und Little Lady schon weg. Ich verließ Oakland als letzter.

Ich fuhr nach Hause, ließ das Auto mit offener Tür in der Auffahrt stehen, ging schnurstracks zum Telefon im Gartenhaus und wählte Carter Rawsons Nummer. Ausnahmsweise nahm er selbst ab.

»Carter? Hör. Ich habe es mir anders überlegt. Ruf morgen Marty Fox an und mach ihm ein gutes Angebot für das Haus. Aber sieh zu, daß es wirklich gut ist. Der Bebauungsplan ist kein Problem mehr.«

Und ich legte auf, ehe er antworten konnte.

Dann rief ich im Rathaus im Vorzimmer des Bürgermeisters an. Als mir Glenn Pickens' Sekretärin sagte, er sei in einer Besprechung und werde mich gerne zurückrufen, erwiderte ich: »Richten Sie ihm bitte aus, Mr. Bondurant hätte gesagt, die Schulden sind voll bezahlt, und er soll sie streichen.«

Sie wiederholte alles gewissenhaft.

»Ist das alles?« fragte sie.

»Ja. Das ist alles.«

»Willa«, sagte ich laut in die stille, sonnige Luft des Gartenhauses, »steck ihn dir ins Ohr.«

Abends um halb acht stand ich am Geländer der alten Eisenbrücke über den Chattahoochee, wo Lucy vor dreißig Jahren meine Schande vor den versammelten Pinks und Jells zum Frühlingshimmel hinaufgeschrien hatte. Ich hatte den Rolls auf dem grasbewachsenen Seitenstreifen der Brückenauffahrt abgestellt. Auf der alten Straße war kein Verkehr, und nichts unterbrach die heiße Stille als der Zikadenchor in den Bäumen am Flußufer und das kräftige Glucksen des trägen braunen Wassers tief unter mir. Der Tag kam mir sehr heiß und ruhig vor. Mir war, als wäre die Zeit stehengeblieben.

Durch die Blase zeitloser Stille, die mich in den vergangenen beiden Tagen umgeben hatte, spürte ich auf einmal, wie mir die tiefstehende Sonne auf den Kopf, ins Gesicht schien, während sich im Zwielicht vom Wasser her eine leichte Brise erhob. Sie streichelte mir sanft über Arme, Brust und Gesicht, doch ahnte ich schon die knochige Schärfe des Winters. Ich war in Shorts, ohne Hemd und barfuß, denn vor mir lag eine sehr weite Reise, und ich wollte den Fahrtwind auf der Haut spüren. Ich war weder glücklich noch unglücklich, war mir nur bewußt, daß ich und die Welt um mich herum völlig zum Stillstand gekommen waren, in einer großen Achse eingefroren. Ich hatte keine Ahnung, ob sie oder ich uns je wieder in Bewegung setzen würden, und es war mir auch gleichgültig. Der blaßblau gewölbte Abendhimmel spiegelte sich vollkommen und schön im Wasser weit unter mir, wie an jenem Frühlingstag vor langer Zeit. Die alten Weiden, jetzt gelb, hingen immer noch in den Fluß.

Ich stand eine Weile da und dachte an gar nichts, dann kletterte ich auf die Brüstung und sah zum Wasser hinunter. Der Sommer war regenreich gewesen. Der Fluß führte Hochwasser und strömte weit unter mir geschwind dahin, doch die Oberfläche wirkte seidig und heil. Wie an jenem Tag drehte sich über und unter mir schwindelerregend der Himmel, und ich schloß die Augen im Kampf gegen die Übelkeit. Von weit unten hörte ich aus einer anderen Zeit deutlich Lucys silberhelle, höhnische Stimme: »Los, Gibby, spring, oder du bist der größte Angsthase von ganz North Fulton! Auf jetzt! Folge meiner Fä-ä-ä-ährte!«

Ich blinzelte und sah unten auf der Sandbank bei den Weiden einen weißen Körper schimmern, sah die edle Form eines schmalen, schönen Kopfs unter nassem schwarzen Haar. Die Luft zitterte von ihrer strahlenden Lebendigkeit.

Ich warf den Kopf zurück, bildete mit den Händen einen Trichter vor dem Mund und rief in die wirbelnde blaue Leere: »Lucy! Lucy! Hörst du mich? Lucy... Folge meiner Fährte!«

Nur die Stille antwortete mir. Sie war fort, hatte mir Weiden und Fluß leer zurückgelassen. Leer, leer... Meine Knie gaben nach, und vor Verzweiflung wurde mir übel.

Da kam von weit unter mir eine andere Stimme aus unserer Kindheit auf dem leisen Abendwind zu mir hinaufgeweht.

»Shep! Ich folge deiner Fährte!«

Ich schnellte mit dem Kopf vorwärts, der Raum kreiste um mich herum.

Unten auf der grasbewachsenen Brückenauffahrt stand Sarah Cameron Gentry, die ihren kleinen blauen Dodge neben dem Rolls geparkt hatte; ihr roter Schal und das schwarze Haar wehten im Wind. Sie beschirmte die Augen mit der Hand vor dem abendlichen Zwielicht. Selbst von hier aus konnte ich sehen, daß sie lachte.

Auf einmal war mir ungeheuer leicht. Heiterkeit hob sich in meiner Brust wie eine Lerche auf der Wiese in Tate. Die Welt bebte, ruckte an und floß wieder vorwärts wie eine Flutwelle. Der wirbelnde Raum um mich grölte vor Freude. Ich streckte die Faust aus zum alten Black-Power-Gruß und tauchte, getragen von dröhnendem Gelächter, in den Himmel.